HEYNE BÜCHER

Tip des Monats

In derselben Reihe
erschienen außerdem als Heyne-Taschenbücher:

Alistair MacLean · Band 23/1
Desmond Bagley · Band 23/5
Victoria Holt · Band 23/6
Marie Louise Fischer · Band 23/8
Robert Ludlum · Band 23/11
Colin Forbes · Band 23/14
Victoria Holt · Band 23/18
Caroline Courtney · Band 23/22
Robert Ludlum · Band 23/23
Gwen Bristow · Band 23/24
Susan Howatch · Band 23/27
Craig Thomas · Band 23/30
Marie Louise Fischer · Band 23/33
Johanna Lindsey · Band 23/34
Philippa Carr · Band 23/36
Caroline Courtney · Band 23/40
Robert Ludlum · Band 23/41
Johanna Lindsey · Band 23/43
Marie Louise Fischer · Band 23/45
John Gardner · Band 23/46
Alistair MacLean · Band 23/47
Gwen Bristow · Band 23/48
Jackie Collins · Band 23/49
John Saul · Band 23/50
Alexandra Cordes · Band 23/51
David Morrell · Band 23/52
Philippa Carr · Band 23/53
Eric van Lustbader · Band 23/54
Barbara Cartland · Band 23/55
Mary Westmacott · Band 23/56
Schimanski · Band 23/57
Pearl S. Buck · Band 23/58
Alistair MacLean · Band 23/59
Caroline Courtney · Band 23/61
Len Deighton · Band 23/62
Marie Louise Fischer · Band 23/63
Daphne Du Maurier · Band 23/64
Alexandra Cordes · Band 23/65
Evelyn Sanders · Band 23/66
Philippa Carr · Band 23/67
Robert Ludlum · Band 23/68
Barbara Cartland · Band 23/69
Jackie Collins · Band 23/70
Peter Straub · Band 23/71
Marc Olden · Band 23/72
Mary Westmacott · Band 23/73
Alistair MacLean · Band 23/74
Xaviera Hollander · Band 23/75
Dean R. Koontz · Band 23/76
Gwen Bristow · Band 23/77

3 UNGEKÜRZTE ROMANE

Johanna Lindsey

Die gefangene Braut
Das Geheimnis ihrer Liebe
Zärtlicher Sturm

WILHELM HEYNE VERLAG
MÜNCHEN

HEYNE TIP DES MONATS
Nr. 23/78

Aus dem Amerikanischen übersetzt von Uschi Gnade
(Der Titel erschien bereits in der Allgemeinen Reihe
mit der Band-Nr. 01/6831)

Aus dem Amerikanischen übersetzt von Uschi Gnade
(Der Titel erschien bereits in der Allgemeinen Reihe
mit der Band-Nr. 01/6976)

Aus dem Amerikanischen übertragen von Uschi Gnade
(Der Titel erschien bereits in der Allgemeinen Reihe
mit der Band-Nr. 01/6883)

Printed in Germany 1992
Umschlagillustration: John Ennis/Agentur Schlück
Umschlaggestaltung: Atelier Ingrid Schütz, München
Satz: Compusatz GmbH, München
Druck und Bindung: Ebner Ulm

ISBN 3-453-00304-7

Inhalt

Die gefangene Braut

1

Das Wetter war an diesem Vorfrühlingstag des Jahres 1883 erfreulich warm. Eine leichte Brise spielte in den alten Eichen, die den langen Privatweg zur Villa Wakefield säumten. Zwei prächtige weiße Rösser, die vor einen offenen Wagen gespannt waren, standen schnaufend vor dem großen, zweistöckigen Gutshaus.

Im Innern des Hauses lief Tommy Huntington gereizt durch den riesigen Salon mit den Polstermöbeln aus Goldbrokat und wartete ungeduldig darauf, daß Christina Wakefield herunterkommen würde. Tommy war zu ihr geeilt, um mit ihr zu sprechen, nachdem er endlich zu einer Entscheidung gekommen war, was sie betraf, aber jetzt wurde er zusehends nervöser.

Verdammt, sie hat doch sonst nie so lange gebraucht, dachte er, als er endlich vor dem Fenster stehenblieb, das einen Ausblick auf das gewaltige Anwesen der Wakefields bot, es dauert erst so lange, seit sie angefangen hat, Kleider zu tragen und sich die Haare hochzustecken. Wenn er sie jetzt aufsuchte, endete es jedesmal damit, daß er eine halbe Stunde oder gar länger wartete, ehe sie sich zu ihm gesellte. Tommy ließ sich das, was er ihr sagen wollte, gerade noch einmal durch den Kopf gehen, als zwei zarte Hände über seine Augen glitten und er Christinas Brüste spürte, die sich gegen seinen Rücken preßten.

»Rat mal, wer das ist?« flüsterte sie ihm verspielt ins Ohr.

O Gott, er wünschte, sie würde das endlich bleibenlassen. Als sie Kinder waren, die gemeinsam aufwuchsen, war alles schön und gut gewesen, aber in der letzten Zeit brachte ihre Nähe ihn vor Verlangen fast um den Verstand.

Er drehte sich zu ihr um und war von ihrer außergewöhnlichen Schönheit bezaubert. Sie trug ein figurbetontes Kleid aus dunkelblauem Samt, dessen Kragen und lange Ärmel weiße Spitze zierte, und ihr goldenes Haar wand sich in zahllosen Ringellöckchen um ihren Kopf.

»Ich wünschte, du würdest mich nicht so anstarren, Tommy. Das tust du in letzter Zeit immer häufiger, und es macht mich nervös. Wenn ich es nicht besser wüßte, könnte ich fast glauben, ich hätte Schmutz im Gesicht.«

»Es tut mir leid, Crissy«, stammelte er. »Es liegt nur daran, daß du dich in diesem letzten Jahr so sehr verändert hast, daß ich mir nicht mehr zu helfen weiß. Du bist so schön geworden.«

»Also, hör mal, Tommy Huntington, willst du damit etwa sagen, daß ich früher häßlich war?« neckte ihn Christina, die jetzt die Beleidigte spielte.

»Natürlich nicht. Du weißt doch, was ich meine.«

»Schon gut, ich verzeihe dir«, sagte sie lachend, während sie auf das Sofa mit dem Bezug aus Goldbrokat zuging und sich setzte. »Und jetzt sag mir, warum du so früh gekommen bist. Ich habe dich nicht vor dem Abendessen erwartet, und Johnsy hat mir gesagt, du seist völlig erschöpft ins Haus gestürzt.«

Tommy verlor die Fassung und versuchte die richtigen Worte zu finden, denn er hatte sich seine kleine Ansprache nicht zurechtgelegt. Jetzt war es wohl besser, wenn er irgend etwas sagte, ehe der Mut ihn verließ.

»Crissy, ich möchte nicht, daß du diesen Sommer in London verbringst. Dein Bruder kommt in wenigen Monaten zurück, und ich habe vor, bei ihm um deine Hand anzuhalten. Wenn wir erst verheiratet sind und du dir London immer noch ansehen möchtest, nehme ich dich mit nach London.«

Christina starrte ihn entgeistert an. »Du scheinst zuviel als selbstverständlich vorauszusetzen, Tommy«, sagte sie barsch, doch als sie sah, welch ein betroffener Blick auf sein knabenhaftes Gesicht trat, war sie wieder ein wenig besänftigt. Schließlich hatte sie schon immer gewußt, daß es eines Tages dazu kommen würde. »Es tut mir leid, daß ich so grob war. Mir ist klar, daß unsere Familien uns immer als ein perfektes Paar angesehen haben, und vielleicht heiraten wir eines Tages, aber bestimmt nicht jetzt. Du bist erst achtzehn Jahre, und ich bin siebzehn. Wir sind zu jung zum Heiraten. Du weißt, daß ich hier immer sehr isoliert gelebt habe. Ich liebe mein Zuhause, aber ich möchte neue Leute kennenlernen und die Aufregungen Londons erleben. Kannst du das denn nicht verstehen?«

Sie wartete ab, denn sie wollte ihn nicht verletzen. »Ich liebe dich, Tommy, aber nicht so, wie du es willst. Du bist immer mein bester Freund gewesen, und ich liebe dich so, wie ich meinen Bruder liebe.«

Er hatte ihr geduldig zugehört, denn er wußte, wie willensstark sie war, aber ihre letzten Worte hatten ihn zutiefst verletzt.

»Verdammt noch mal, Crissy. Ich will dir kein Bruder sein. Ich liebe dich. Ich begehre dich, wie ein Mann eine Frau begehrt.« Er trat zu ihr, nahm ihre Hände und zog sie an sich. »Ich will dich mehr, als ich je irgend etwas gewollt habe. Ich kann an nichts anderes mehr denken als daran, dich in meine Arme zu nehmen und dich zu lieben. Dieser Gedanke ist zu einer Besessenheit geworden.«

»Du redest dummes Zeug, Tommy. Ich will kein Wort mehr davon hören!«

Christina riß sich von ihm los, und im nächsten Moment tauchte Johnsy, ihr altes Kindermädchen, mit dem Tee auf. Daher wurde kein Wort mehr zu diesem Thema verloren.

Sie aßen vergnügt zusammen zu Abend, nachdem sie einen langen Ritt unternommen hatten, um die Spannungen abzubauen. Da Christina wieder zu ihrer gewohnten, sorglosen Art zurückgekehrt war, kam Tommy taktvollerweise nicht mehr auf das Verlangen zu sprechen, das in ihm entbrannt war.

Später am Abend, als Tommy in seinem Bett lag und an Christina und den vergangenen Nachmittag dachte, machten sich große Sorgen in ihm breit. Er war plötzlich absolut sicher, daß sich, wenn Christina, wie sie es vorhatte, diesen Sommer in London verbrachte, ihr gesamtes Leben verändern und sein Leben verpfuscht sein würde. Aber er konnte nichts tun, um sie davon abzuhalten.

2

Tausend blinkende Sterne waren an diesem klaren Sommerabend zu sehen. Eine warme Brise ließ die Baumwipfel wanken und gab ab und zu den Blick auf den vollen Mond frei, der die Landschaft erhellte. Doch die friedliche Ruhe der schönen englischen Landschaft wurde durch die Kutsche der Wakefields gestört, die über die leere, staubige Straße rumpelte.

Im Innern der geräumigen, üppig gepolsterten Kutsche sah sich John Wakefield versonnen sein eigenes Spiegelbild im Fenster an. Eine einzelne Kerze warf ein gedämpftes Licht auf den dunkelblauen Samt des Kutscheninneren.

John sagte sich, daß er diese Reise in die Stadt einfach genießen sollte, und er wußte, wie sehr sich Crissy freute. Er warf einen

Blick auf seine Schwester, die auf dem Sitz ihm gegenüber unbeirrt schlief.

Christina Wakefield hatte sich von einem bubenhaften Mädchen, das stets zu Streichen aufgelegt war, in eine verblüffend schöne Frau verwandelt, und das im Lauf dieses einen Jahres, das Johnny fern von zu Hause verbracht hatte. Als er sie bei seiner Rückkehr vor einem Monat derart erwachsen vorgefunden hatte, war er schockiert gewesen, und er hatte diese unglaubliche Veränderung immer noch nicht bewältigt. Ihre Figur hatte sich zu einer verblüffenden Perfektion ausgewachsen, und selbst ihr Gesicht hatte sich derart verändert, daß Johnny sie nur mit Mühe wiedererkannt hatte.

Jetzt musterte er ihr Gesicht, während sie in süßen Träumen versunken war. Über ihren hohen Backenknochen wuchsen dichte Wimpern, die innerhalb eines Jahres länger geworden zu sein schienen. Ihre gerade, schmale Nase und das leicht runde Kinn hatte der Verlust der kindlichen Pausbacken betont. Johnny wußte, daß er alle Hände voll zu tun haben würde, die jungen Kerle in Schach zu halten, wenn sie in der Stadt eintrafen.

Crissy hatte sich diese Reise nach London zu ihrem achtzehnten Geburtstag gewünscht, und John hatte keine Gründe dafür gefunden, ihr diesen Wunsch abzuschlagen. Christina Wakefield war es immer gelungen, das zu bekommen, was sie wollte. Sie hatte ihren Vater um den kleinen Finger gewickelt, und jetzt machte sie es mit ihm ganz genauso. Aber er hatte nichts dagegen. John gab den Wünschen seiner kleinen Schwester gern nach. Sie war alles, was er jetzt noch hatte.

Er erinnerte sich nur zu deutlich an jenen verhängnisvollen Tag vor vier Jahren, als Jonathan Wakefield bei einem Jagdunfall ums Leben gekommen war. John hatte Crissy über den Tod ihres Vaters unterrichten müssen, denn ihre Mutter hatte die Meldung so schlimm aufgenommen, daß sie selbst drei Wochen darauf gestorben war – am Kummer, sagte der Arzt. Doch trotz seines eigenen Kummers brachte John es irgendwie fertig, Crissy in ihrem Leid beizustehen. Crissy hatte den größten Teil der Zeit, die auf den Tod ihrer Eltern folgte, damit verbracht, wie eine Wilde auf ihrem schwarzen Hengst über das Gut zu reiten. John hatte sie ungehindert bei Tag und Nacht ausreiten lassen, denn erst drei Monate vorher hatte sie ihm gesagt, sie könne alle ihre Sorgen vergessen, wenn sie mit dem Wind ritt.

Damals hätte John sie am liebsten ausgelacht, denn welche Sorgen hätte sie in ihrem Alter haben können? Er hatte jedoch nur zu schnell gelernt, daß man in jedem Alter Sorgen haben kann. Das Reiten half Crissy über ihren Kummer hinweg, und sie kehrte früher wieder zu einem normalen Leben zurück, als es zu erwarten stand, nachdem sie plötzlich beide Elternteile verloren hatte.

Von da an war es Johns Aufgabe, Crissy aufzuziehen, doch ohne die Hilfe von Mrs. Johnson – Johnsy nannten sie sie – hätte er es nicht geschafft. Als sie klein waren, war sie das Kindermädchen der beiden gewesen, doch jetzt kümmerte sie sich um das Haus und führte die Aufsicht über sämtliche Bediensteten, die auf dem Gut arbeiteten. John konnte noch vor sich sehen, wie Johnsy ihm mit besorgt aufgerissenen Augen mit dem Finger gedroht hatte, ehe sie nach London aufgebrochen waren.

»Daß du mir bloß mein Kleines im Auge behältst, Johnny, mein Junge«, hatte sie zum drittenmal an diesem Morgen zu ihm gesagt. »Laß mir ja nicht zu, daß sie sich in einen dieser Schnösel aus London verliebt. Ich kann diese Gecken aus der Stadt mit ihrer überheblichen Art nicht leiden. Also, bring mir bloß nicht so einen mit nach Hause.«

Crissy hatte gelacht und Johnny gehänselt, als sie in die Kutsche stieg. »Schäm dich, Johnny. Was sollte ich mich in einen Schnösel aus London verlieben, wenn ich hier meinen Tommy habe, der meine Rückkehr erwartet?« Crissy warf Tommy Huntington, der zum Abschied gekommen war, einen Kuß zu. Tommy hatte den Verlegenen gespielt und den Kopf gesenkt, aber John hatte gemerkt, daß er nicht glücklich über Crissys Reise in die Stadt war.

Tommy lebte bei seinem Vater, Lord Huntington, auf einem der angrenzenden Güter. Da in der Umgebung keine Mädchen in Crissys Alter lebten, waren Tommy und sie seit ihrer Kindheit ständige Gefährten. John und Lord Huntington hatten immer gehofft, sie würden eines Tages heiraten. Aber Tommy mit seinem bräunlichen Haar und den hellbraunen Augen war nur sechs Monate älter als Crissy und in Johns Augen immer noch ein Junge. Crissy dagegen war jetzt eine junge Frau im heiratsfähigen Alter. John hatte gehofft, Tommy würde ebenso schnell heranreifen wie Crissy, aber wenn sie ihn liebte, würde sie vielleicht auf ihn warten.

Wer weiß, was im Kopf einer Frau vor sich geht, dachte John geistesabwesend. Er versuchte gar nicht erst Crissys Gefühle für Tommy zu verstehen; er wußte nicht einmal, ob sie nur freundschaftliche Gefühle für ihn hegte oder ob es mehr war. Er mußte daran denken, sie irgendwann danach zu fragen, aber wahrscheinlich würde sie in den kommenden Wochen so beschäftigt sein, daß er keine Gelegenheit bekam, diese Frage zu stellen.

John lächelte, als er sich die überraschten Gesichter der jungen Männer vorstellte, die ihren Kontakt suchen würden, wenn sie erst feststellten, daß Crissy nicht nur schön, sondern auch intelligent war. John kicherte in sich hinein, als er an den hitzigen Streit zwischen seinen Eltern dachte, was Crissys Schulbildung anging. Sie hatten sich auf einen Kompromiß geeinigt, und Crissy hatte dieselbe Schulbildung wie ein Junge bekommen, doch gleichzeitig hatte man sie auch die weiblichen Künste des Nähens und des Kochens gelehrt.

Ja, Crissy war gebildet, und sie war schön, aber sie hatte auch ihre Mängel. Ihre absolute Halsstarrigkeit war ein Mangel, den sie von ihrer Mutter geerbt hatte, die bei keinem Thema nachgab, wenn sie sich im Recht fühlte. Eine weitere schlechte Eigenschaft war ihre aufbrausende Art, denn sie konnte über die kleinsten Kleinigkeiten außer sich geraten.

John seufzte, als er daran dachte, wie hektisch die beiden kommenden Wochen werden würden. Nun, immerhin waren es nur zwei Wochen. Er schlummerte ein, während die Kutsche auf der menschenleeren Straße nach London fuhr.

Christina und John Wakefield schliefen noch, als ihre Kutsche vor dem zweistöckigen Haus am Portland Place anhielt. Die Sonne tauchte gerade über dem Horizont auf und färbte den Himmel rosa und hellblau, und die Vögel zwitscherten fröhlich.

Christina erwachte, als der Kutscher den Verschlag öffnete. »Wir sind da, Miß Christina«, sagte er in einem entschuldigenden Tonfall, ehe er das Gepäck von dem stabilen Fahrzeug lud.

Christina richtete sich auf und strich sich über ihr Haar, das in langen Locken um ihr Gesicht fiel. Sie glättete ihr Kleid und warf einen Blick auf John, der ihr gegenübersaß und noch fest schlief. Das blonde Haar war ihm in die hohe Stirn gefallen.

Sachte rüttelte sie seine Knie. »John, wir sind da! Wach auf!«

Langsam öffnete Johnny seine dunkelblauen Augen und lächelte, fuhr sich mit einer Hand durch das Haar und setzte sich aufrecht hin. Christina bemerkte, daß seine Augen rot waren. Er konnte letzte Nacht nicht allzulange geschlafen haben.

»Komm schon, John! Du weißt doch, wie aufgeregt ich bin«, flehte sie ihn an.

»Immer langsam, junge Frau«, sagte er lachend, während er sich den Schlaf aus den Augen rieb. »Die Yeats schlafen wahrscheinlich noch.«

»Aber ich könnte schon unsere Sachen auspacken und mich einrichten und dann den Tag mit Einkäufen verbringen. Du hast gesagt, daß ich neue Garderobe bekomme, und wann wäre der Zeitpunkt günstiger, um mich neu einzukleiden, wenn nicht an meinem ersten Tag hier? Dann kann ich meine neuen Kleider tragen, solange wir hier sind«, sagte sie beseligt, während sie aus der Kutsche sprang.

»Hat dir diese Anstandsdame denn überhaupt nichts beigebracht, Crissy?« schalt er sie aus, und er schüttelte seinen Kopf über ihr unangemessenes Benehmen. »Ich weiß, daß du aufgeregt bist, aber beim nächstenmal wirst du warten, bis ich dir aus der Kutsche helfe.«

Sie stiegen die wenigen Stufen zu einer großen Flügeltür hinauf, und John klopfte fest an die Tür. »Wahrscheinlich schläft das ganze Haus noch«, sagte er und klopfte noch einmal.

Doch die Türen wurden weit aufgerissen, und beide waren überrascht. Eine kleine, stämmige Frau mit roten Backen und grauem Haar lächelte sie an.

»Sie müssen Christina und John Wakefield sein. Kommen Sie rein – na, kommen Sie schon. Wir haben Sie bereits erwartet.«

Sie traten in einen schmalen Hausflur, in dem ein Orientteppich lag und an dessen hinterem Ende eine Treppe nach oben führte. An einer der Wände stand ein Mahagonitisch, der mit kleinen, zarten Figürchen beladen war.

»Ich bin Mrs. Douglas, die Haushälterin. Sie müssen müde sein nach dieser Reise. Wollen Sie sich noch ein wenig ausruhen, ehe Sie den Tag beginnen? Mr. und Mrs. Yeats sind noch im Bett«, sagte sie heiter, während sie sie zur Treppe führte.

»John könnte sicher noch ein wenig Schlaf gebrauchen, aber ich würde schrecklich gern ein heißes Bad nehmen und dann etwas frühstücken, wenn das nicht zuviel Aufwand macht«, sagte Christina, als sie den oberen Treppenabsatz erreicht hatten.

»Das macht überhaupt keinen Aufwand, Miß«, sagte Mrs. Douglas. Sie zeigte ihnen die Zimmer und ging.

Der Kutscher folgte mit ihrem Gepäck und ging dann wieder

nach unten, um sich um die Pferde zu kümmern. John entschuldigte sich und sagte, ein kleines Schläfchen sei genau das, was er jetzt brauche, als ein junges Mädchen eintrat, um Wasser für Christinas Bad zu bringen.

»Ich bin Mary, das Stubenmädchen«, sagte sie schüchtern, während sie einen großen Zuber herauszog und das Wasser hineingoß. »Wenn Sie etwas brauchen, Miß, dann sagen Sie es mir einfach«, fügte sie hinzu.

»Danke, Mary.«

Christina sah sich das Zimmer an. Es war klein im Vergleich zu ihrem Schlafzimmer zu Hause, aber es war ein schönes Zimmer. Ein goldgelber Plüschteppich lag auf dem Boden, und das Bett mit dem goldenen Baldachin hatte auf einer Seite eine kleine Kommode mit einer Marmorplatte darauf, und auf der anderen Seite stand eine verzierte Truhe mit Schubladen. Ein kleines Sofa mit einem grünen Samtbezug stand in der Ecke unter dem einzigen Fenster, vor dem hellgrüne Samtgardinen hingen, und an einer anderen Wand war ein Spiegel in einem vergoldeten Rahmen.

Mary verstaute die Kleider, die Christina mitgebracht hatte, und als sie damit fertig war, traf weiteres heißes Wasser ein, und endlich ließ man Christina allein. Nachdem sie ihr Haar hochgesteckt hatte, zog sie sich aus und ließ sich in das dampfend heiße Wasser. Sie lehnte sich zurück und entspannte sich.

Solange sie zurückdenken konnte, hatte Christina schon von dieser Reise in die Stadt geträumt. Immer hatte man sie für zu jung gehalten, und letztes Jahr, als sie sechzehn war, war John mit seinem Regiment ausgezogen. Er war als Leutnant der Königlichen Armee zurückgekehrt und erwartete jetzt weitere Befehle.

Sie hatte ihr gesamtes Leben auf dem Gut der Wakefields verbracht. Doch sie hatte eine wunderbare Kindheit auf dem Lande verlebt, war frei herumgestromert und hatte viel Unfug angestellt. Sie dachte daran, wie Tommy und sie sich auf dem Dachboden über den Ställen der Huntingtons versteckt hatten, um dem alten Peter zu lauschen, dem obersten Stallknecht. Er fluchte immer und redete mit sich selbst und mit den Pferden. Vom alten Peter lernte Christina Wörter, die alles andere als damenhaft waren und von denen sie die meisten gar nicht verstand. Doch eines Tages hatte Tommys Vater sie entdeckt, als sie sich am Dachboden versteckt hatten. Beide wurden übel ausgescholten, und Christina durfte lange nicht mehr in die Nähe der Ställe der Huntingtons kommen.

Christina war nicht mehr der Lausbub, der sie gewesen war. Sie trug jetzt Kleider anstelle der Hosen, die Johnsy für sie hatte anfertigen lassen, weil sie sich immer schmutzig machte und ihre Kleider zerriß. Sie war jetzt eine Dame, und sie genoß es, das zu sein.

Christina stieg aus der Badewanne und zog sich ein kühles Baumwollkleid mit einem Blumenmuster an. Ihr fiel auf, daß es nicht modisch war, aber sie wollte sich für ihre Einkäufe etwas anziehen, worin sie sich wohl fühlte. Sie kämmte ihr langes, goldenes Haar und steckte es dann zu Löckchen und Ringeln auf. Mit dem Hut in der Hand, den sie tragen würde, ging sie die Treppe hinunter, um zu frühstücken.

Hinter einer der Türen, die von dem Korridor abgingen, fand sie den Frühstücksraum. John saß mit Howard und Kathren Yeats an einem riesigen Tisch. Sie roch den Duft des Schinkens und der Apfelküchlein, der Eier und der süßen Brötchen, unter denen sich der Tisch bog.

»Christina, meine Liebe. Ich kann Ihnen gar nicht sagen, wie sehr wir uns freuen, Sie bei uns zu haben.« Kathren Yeats lächelte sie aus freundlichen grauen Augen an. »Wir haben John gerade von den Partys erzählt, zu denen wir eingeladen sind, und es wird auch einen großen Ball geben, den Sie unbedingt aufsuchen müssen, ehe die Zeit Ihres Aufenthalts bei uns abläuft.«

Howard Yeats mischte sich ein. »Für den Anfang findet heute abend im Haus eines Freundes eine förmliche Essensgesellschaft statt. Aber machen Sie sich keine Sorgen – die jüngeren Leute werden ebenfalls dort vertreten sein«, sagte er lachend.

Howard und Kathren Yeats waren Ende Vierzig, ein fröhliches und gesundes Paar, das ständig unterwegs war und jeden einzelnen Moment auskostete. Christina und John kannten die beiden schon immer, denn es waren alte Freunde der Familie.

»Ich kann es gar nicht erwarten, rauszugehen und mir die Stadt anzuschauen!« sagte Christina, die sich von allem etwas auf den Teller tat. »Ich will heute meine Einkäufe erledigen. Kommen Sie mit, Kathren?«

»Selbstverständlich, meine Liebe. Wir gehen in die Bond Street. Sie ist gleich um die Ecke, und dort ist ein Laden neben dem anderen.«

»Ich wollte dich selbst schon begleiten, da ich ohnehin nicht mehr schlafen kann. Ich muß auch ein paar Dinge besorgen«, bemerkte John. Er hatte keineswegs vor, Crissy ohne seine Begleitung in die gefährliche Stadt ziehen zu lassen, selbst dann nicht, wenn Kathren Yeats mitkam.

John wirkte immer noch müde, aber vielleicht war er genauso aufgeregt wie sie, dachte Christina. Ein Mädchen füllte ihre Tasse mit dampfend heißem Tee, während sie in großen Bissen schmackhaften Schinken mit Eiern verschlang.

»Ich bin sofort soweit«, sagte Christina, als sie merkte, daß alle außer ihr schon gegessen hatten.

»Laß dir Zeit, mein Kind«, sagte Howard Yeats, auf dessen rotbäckiges Gesicht ein belustigter Ausdruck getreten war. »Du hast alle Zeit auf Erden.«

»Howard hat recht, Crissy. Iß nicht so schnell«, schalt John sie aus. »Du wirst deine Einkäufe verschieben müssen, weil du Bauchweh bekommst.«

Alle lachten, aber Christina aß keineswegs langsamer weiter. Sie wollte sich sofort auf den Weg machen. Sie hatte nicht damit gerechnet, sich an ihrem ersten Abend in der Stadt für einen offiziellen Anlaß kleiden zu müssen. Sie hatte nur ein Abendkleid mitgenommen, das sie für Lord Huntingtons letzten Ball hatte anfertigen lassen.

Den gesamten Morgen und einen Teil des Nachmittags verbrachten sie damit, von einem Laden in den nächsten zu gehen. Es gab ein paar Läden, in denen man Kleider von der Stange kaufen konnte, aber Christina fand nur drei Straßenkleider, die ihr zusagten, und dazu die passenden Schuhe und Hüte. Ein Abendkleid konnte sie nirgends finden, und daher verbrachten sie die übrige Zeit damit, ihre Maße nehmen zu lassen und Stoffe und Borten auszusuchen. Sie gab drei Abendkleider und zwei weitere Straßenkleider in Auftrag, jeweils mit den passenden Accessoires.

Die Näherin sagte, es würde mindestens vier Tage dauern, bis ihre Garderobe fertiggestellt war, doch sie würde mit den Abendkleidern anfangen, damit Christina sie als erstes bekommen konnte. Schließlich kehrten sie nach Hause zurück und legten sich nach einer leichten Mahlzeit kurz schlafen.

An jenem Abend lösten sich die Zungen, als Christina und John Wakefield bei der Abendgesellschaft auftraten. Mit ihren blonden Haaren und ihrem extrem guten Aussehen gaben sie ein ganz unglaubliches Paar ab. Christina fühlte sich in ihrem dunkelvioletten Abendkleid deplaziert, da alle anderen jungen Frauen zarte Pastelltöne trugen, doch sie gewann ihre Selbstsicherheit wieder, als John ihr zuflüsterte: »Du stellst alle anderen in den Schatten, Crissy.«

Ihre Gastgeber führten sie herum, um sie den anderen Gästen vorzustellen, und Christina genoß jede einzelne Minute. Die Frauen flirteten dreist mit John, und das schockierte sie ein wenig. Doch noch mehr schockierte sie die Art, in der die Männer sie ansahen – als entkleideten sie sie mit ihren Blicken. Sie nahm an, daß sie noch eine Menge über die Städter lernen mußte.

Das Essen wurde in einem riesigen Saal serviert, und über dem Tisch hingen zwei gewaltige Kronleuchter. Christina wurde zwischen zwei junge Herren gesetzt, die sie verschwenderisch mit viel zu vielen Komplimenten überhäuften. Der Mann zu ihrer Linken, Mr. Peter Browne, hatte die lästige Gewohnheit, ihre Hand zu halten, wenn er mit ihr sprach. Sir Charles Buttler zu ihrer Rechten hatte klare blaue Augen, die sich nicht einen Moment lang von ihr lösten. Beide Männer wetteiferten um ihre Aufmerksamkeit und prahlten und versuchten, einander auszustechen.

Nach beendigtem Mahl zogen sich die Frauen in den Salon zurück und überließen die Männer den Spirituosen und den Zigarren. Christina hätte es vorgezogen, bei den Männern zu bleiben und über Politik oder Staatsgeschäfte zu diskutieren. Statt dessen war sie gezwungen, sich den neuesten Klatsch über Leute, die sie nicht kannte, anzuhören.

»Wissen Sie, meine Liebe, dieser Mann hat jedes hübsche junge Mädchen beleidigt, das sein Bruder, Paul Caxton, ihm vorgestellt hat. Es ist nicht normal, wie er die Frauen meidet«, hörte Christina eine Witwe zu ihrer Freundin sagen.

»Es stimmt, daß er sich nicht für Frauen zu interessieren scheint. Er will nicht einmal tanzen. Sie glauben doch nicht, daß er... äh – anders ist, oder? Sie wissen schon, die Sorte Mann, die sich nichts aus Frauen macht?« entgegnete die andere.

»Wie können Sie das bei diesem männlichen Erscheinungsbild sagen? Jede heiratsfähige junge Frau in der ganzen Stadt würde ihn liebend gern an Land ziehen – ganz gleich, wie schlecht er sie auch behandelt.«

Christina fragte sich einen Moment lang, von wem die Witwen

wohl sprachen, aber es interessierte sie nicht wirklich. Sie war sehr erleichtert, als sie und John schließlich gehen konnten. In der Kutsche auf dem Heimweg lächelte John schelmisch.

»Weißt du, Crissy, drei deiner Verehrer haben mich unabhängig voneinander zur Seite genommen, um zu fragen, ob sie dir einen Anstandsbesuch abstatten dürfen.«

»Wirklich, John?« erwiderte sie gähnend. »Und was hast du ihnen geantwortet?«

»Ich habe gesagt, du hättest einen ganz eigenwilligen Geschmack und würdest dir aus dem ganzen Haufen nicht die Bohne machen.«

Christina riß abrupt die Augen auf. »Das hast du nicht gesagt, John!« keuchte sie. »Ich kann mich nie wieder blicken lassen.«

Howard Yeats brach in Gelächter aus. »Du bist heute äußerst leichtgläubig, Christina. Wo ist dein Humor geblieben?«

»Die Wahrheit ist, daß ich ihnen gesagt habe, ich würde dir nicht vorschreiben, wen du sehen oder nicht sehen darfst – die Entscheidung, ob du Besucher empfangen wolltest oder nicht, läge ganz bei dir«, sagte John, als sie vor dem Haus der Yeats' vorfuhren.

»Weißt du, darüber habe ich mir noch gar keine Gedanken gemacht. Ich wüßte gar nicht, was ich sagen oder tun sollte, wenn ich Herrenbesuch bekäme. Ich habe noch nie einen anderen Besucher als Tommy gehabt, und er ist für mich so etwas wie ein Bruder«, sagte Christina ernst.

»Das wird sich alles ganz von selbst ergeben, meine Liebe«, sagte Kathren. »Deshalb brauchst du dir gar keine Sorgen zu machen.«

Für Christina verflogen die Tage schnell. Partys, gesellschaftliche Anlässe und Abendgesellschaften lösten einander ab. Peter Browne, der an ihrem ersten Abend in London bei der Gesellschaft neben ihr gesessen hatte, drückte sein spontanes Entzücken aus und ermüdete sie mit ständigen Liebeserklärungen. Er hielt sogar bei ihrem Bruder um ihre Hand an.

»Peter Browne hat gestern bei mir um deine Hand angehalten.«

»Sir Charles Buttler hat mich heute darauf angesprochen, als wir durch den Park geritten sind. Diese Londoner Männer sind reichlich impulsiv, findest du nicht? Ich will sie einfach nicht mehr sehen! Es ist doch lächerlich, daß sie glauben, jedes Mädchen, das nach London kommt, sei auf der Suche nach einem Ehemann. Und ihre Liebe zu erklären, obwohl sie mich kaum kennen – das ist einfach absurd!« legte Christina los, und ihr Bruder war mehr als nur belustigt über diesen Ausbruch.

An diesem Abend sollte Christinas erster Ball stattfinden. Schon seit dem letzten Monat freute sie sich darauf, zu tanzen, denn damals hatte sie Johnsys Mann beschwätzt, es ihr beizubringen. Ihr schönstes neues Kleid hatte sie sich für diese Nacht aufgehoben, und sie war so aufgeregt wie ein kleines Kind, das ein neues Spielzeug bekommen hat. Bisher war ihr Londonaufenthalt nicht das gewesen, was sie sich davon erträumt hatte. Aber das würde sich heute abend ändern! Und sie hoffte, daß Peter und Sir Charles den Ball besuchen würden, denn sie war entschlossen, beide zu ignorieren.

3

Paul Caxton starrte verdrossen aus dem Fenster seines Arbeitszimmers. Er grübelte über seinen älteren Bruder Philip nach, den er nie wirklich verstanden hatte. Philip war ein stilles, zurückhaltendes Kind gewesen, und der Umstand, daß er die letzten Jahre bei seinem Vater verbracht hatte, hatte daran auch nichts geändert.

Philip war unzufrieden, seit er vor einem Jahr aus Anlaß von Pauls Hochzeit nach London zurückgekehrt war. Paul hatte ihn überredet, in England zu bleiben, denn er hatte gehofft, Philip würde hier eine Frau finden, sich dauerhaft niederlassen und eine Familie gründen. Doch Philip hatte zu lange mit seinem Vater in der Wüste gelebt und war in dieser Zeit ein Barbar geworden. Paul und seine Frau Mary stellten Philip viele junge Damen vor, doch er zeigte nur Verachtung für alle.

Paul konnte Philips Einstellung nicht verstehen. Er wußte, daß Philip charmant und höflich sein konnte, wenn er wollte, denn er behandelte Mary mit größtem Respekt. Philip kümmerte sich einfach einen feuchten Kehricht darum, wie die Gesellschaft über ihn dachte. Er weigerte sich, den Gentleman zu spielen, ganz gleich, wie sehr er Paul auch in Verlegenheit brachte.

Philip war gestern abend von einem einmonatigen Aufenthalt

auf ihrem Landsitz zurückgekehrt. Er war ungewöhnlich beherrscht gewesen, aber in Wut geraten, als Paul ihm den Ball angekündigt hatte, der an diesem Abend stattfinden sollte.

»Falls du die Absicht haben solltest, mir noch mehr von deinen naseweisen Gesellschaftsfrätzchen schmackhaft machen zu wollen, dann schwöre ich dir, daß ich diese Stadt für alle Zeiten verlassen werde!« hatte Philip ihn angeschrien. »Wie oft muß ich dir noch sagen, Paul, daß ich keine Frau will! Ich habe nicht den Wunsch, eine gezierte Zicke in Rüschen am Hals zu haben, die mir auf die Nerven geht und Anforderungen an meine Zeit stellt. Ich habe Besseres zu tun, als mich mit einer Frau abzugeben.« Philip war erbost und ärgerlich durch den Raum gelaufen. »Wenn ich eine Frau haben will, dann nehme ich sie mir, aber nur für eine vergnügliche Nacht und ohne jede Verpflichtung. Ich will mich nicht binden. Verdammt noch mal, wann geht das endlich in deinen Kopf?«

»Aber was ist, wenn du dich eines Tages verlieben solltest – so, wie es mir ergangen ist? Wirst du dann heiraten?« hatte Paul sich vorgewagt, da er wußte, daß das Bellen seines Bruders schlimmer als sein Beißen war.

»Falls dieser Tag jemals kommen sollte, werde ich selbstverständlich heiraten. Mach dir trotzdem keine Hoffnungen, kleiner Bruder, denn ich habe bereits gesehen, was diese Stadt zu bieten hat. Dieser Tag wird niemals kommen.«

Der Ball könnte Philip überraschen, dachte Paul, und er lächelte vor sich hin. Er sprang von seinem Stuhl auf und nahm jeweils drei Treppenstufen mit einem Satz. Er war blendend aufgelegt, als er an die Tür seines Bruders klopfte und seinen Kopf ins Zimmer steckte. Philip richtete sich gerade im Bett auf und wischte sich den Schlaf aus den Augen.

»Es ist an der Zeit, daß du dich anziehst, Alter«, sagte Paul. »Und wirf dich in Schale. Du willst doch schließlich sämtliche anwesenden Damen mit deinem Charme erobern, stimmt's?« Paul schloß eilig die Tür, als ein Kissen dagegen knallte. Er lachte schallend, als er durch den Korridor zu seinem Zimmer ging.

»Was amüsiert dich derart, Paul?« fragte Mary, als er, immer noch lachend, das Zimmer betrat.

»Ich glaube, daß Philip heute abend der Untergang bevorsteht, und er wird es noch nicht einmal merken«, antwortete Paul.

»Wovon, um alles in der Welt, sprichst du?«

»Nichts weiter, mein Liebling – nichts von Bedeutung!« rief er aus, hob sie auf seine Arme und wirbelte sie durch die Luft.

Philip Caxton war verärgert. Erst gestern hatte er mit seinem Bruder über Frauen und die Ehe gestritten, und schon fing Paul wieder damit an.

»Sieh dir nur all die Schönheiten in diesem Ballsaal an, unter denen du wählen kannst«, hatte sein Bruder mit einem Funkeln in den grünen Augen gesagt. »Es ist wirklich an der Zeit, daß du seßhaft wirst und den Caxtons einen Erben gibst.«

Paul ging zu weit. Philip fragte sich, was für ein Spiel er wohl spielen mochte. »Erwartest du im Ernst von mir, daß ich mir unter diesen einfältigen jungen Damen der besseren Gesellschaft eine Frau suche?« fragte er sarkastisch. »Hier läuft nicht eine einzige Frau herum, die ich in meinem Bett haben möchte.«

»Warum tanzt du nicht, Philip?« fragte Mary, die zu den beiden trat. »Du solltest dich schämen, Paul – deinen Bruder von all diesen hübschen jungen Damen fernzuhalten.« Sie legte ihre Hand auf Pauls Arm.

Es belustigte Philip immer wieder, wenn Mary von Mädchen in ihrem eigenen Alter als jungen Dingern sprach. Mary war selbst erst achtzehn Jahre alt und sah mit ihren großen Katzenaugen und ihrem hellen braunen Haar ganz bezaubernd aus. Paul hatte sie erst im letzten Jahr geheiratet.

Philip erwiderte spöttisch. »Wenn ich ein Mädchen finde, das so schön ist wie du, meine Liebe, dann würde ich mich mehr als glücklich schätzen, die ganze Nacht mit ihr durchzutanzen.«

In genau diesem Augenblick sah Philip Christina, die nur einen Meter von ihm entfernt stand. Sie war eine Erscheinung! Er hatte nicht gewußt, daß eine Frau derart schön sein konnte.

Sie warf ihm einen Blick zu, ehe sie sich abwandte, doch in diesem einen Augenblick grub sich ihr Bild für alle Zeiten in seine Seele ein. Ihre Augen faszinierten ihn – dunkle meeresblaue Ringe, die helle, bläulich-grüne Stellen umschlossen. Ihr Haar war eine schimmernde goldene Lockenpracht, und ein par kleine Löckchen baumelten lose über ihren Nacken und ihre Schläfen. Ihre Nase war schmal und gerade – ihre Lippen voll und verlokkend und zum Küssen geschaffen.

Sie trug ein Ballkleid aus dunklem saphirgrauem Satin. Ihre zarten, runden Brüste hoben sich unter dem Ausschnitt, und hellblaue Bänder betonten die schlanke Taille. Sie war eine vollkommene Erscheinung.

Philips Blick wurde durch Pauls Hand gestört, die vor seinen Augen hin und her wedelte. Endlich sah er seinen Bruder an, der breit grinste.

»Hast du den Kopf verloren?« fragte Paul lachend. »Oder hat dir nur Miß Wakefields Anblick den Kopf verdreht? Was glaubst denn du, warum ich darauf bestanden habe, daß du heute abend mitkommst? Sie lebt mit ihrem Bruder in Halstead und ist für den Sommer mit ihm hierhergekommen. Möchtest du sie gern kennenlernen?«

Philip lächelte. »Das fragst du noch?«

Christina fiel auf, daß ein Mann sie ungehörig anstarrte. Sie hatte bereits früher am Abend mitangehört, wie er sämtliche Damen im Raum beleidigt hatte. Vielleicht war es eben der Mann, dessen schlechtes Benehmen in London Tagesgespräch war.

Sie wandte sich ab, als sie sah, daß er auf sie zukam. Sie mußte sich eingestehen, daß er der bestaussehendste Mann war, den sie je gesehen hatte, doch sie rief sich in Erinnerung, daß sie ein abgeschiedenes Leben geführt und erst wenige Männer getroffen hatte.

»Entschuldige, John«, sagte sie zu ihrem Bruder, »aber hier drinnen ist es extrem heiß. Könnten wir eine Runde durch den Garten drehen?« Sie trat einen Schritt vor, doch eine Stimme hinter ihrem Rücken hielt sie zurück.

»Miß Wakefield?«

Christina hatte keine andere Wahl, als sich umzudrehen. Sie sah in ein Paar moosgrüne Augen mit Hunderten von gelben Sprenkeln, die darin tanzten. Diese Augen nahmen sie gefangen. Es schien eine Ewigkeit vergangen zu sein, als sie wieder Stimmen hörte.

»Miß Wakefield, wir sind uns gestern im Park begegnet – Sie erwähnten, Sie würden diesen Ball aufsuchen. Sie erinnern sich doch, oder nicht?«

Christina drehte sich endlich zu dem großen jungen Mann und seiner Frau um. »Ja, ich erinnere mich. Paul und Mary Caxton, ist das richtig?«

»Ja, das stimmt«, sagte Paul. »Ich möchte Ihnen meinen Bruder vorstellen, der ebenfalls hier in der Stadt zu Besuch ist. Miß Christina und Mr. John Wakefield – mein Bruder, Philip Caxton.«

Philip Caxton drückte John die Hand und gab ihr einen flüchtigen Handkuß, bei dem ihr eine Gänsehaut über den Arm lief.

»Miß Wakefield, es wäre mir mehr als nur eine Ehre, wenn Sie einwilligen würden, mir den nächsten Tanz zu gewähren«, sagte Philip Caxton, ohne ihre Hand loszulassen.

»Es tut mir leid, Mr. Caxton, aber ich wollte gerade mit meinem Bruder einen kleinen Spaziergang machen. Es ist so heiß und stickig hier.« Warum gab sie diesem Mann Erklärungen ab?

»Dann müssen Sie zulassen, daß ich Sie begleite, die Erlaubnis Ihres Bruders selbstverständlich vorausgesetzt.« Er sah John an.

»Gewiß, Mr. Caxton. Ich habe gerade einen Bekannten entdeckt, mit dem ich mich gern unterhalten würde, und Sie täten mir insofern einen Gefallen.«

Oh, John, wie kannst du nur, dachte sie erbost. Aber Philip Caxton führte sie bereits durch die Menge auf die Türen zu. Als sie ins Freie traten, zog Christina augenblicklich ihre Hand aus seiner zurück. Sie gingen einige Schritte, ehe sie seine tiefe Stimme wieder hörte.

»Christina, was für ein bezaubernder Name. War Ihre Ausrede mit der Hitze ein weiblicher Trick, um mich alleine ins Freie zu locken?«

Sie drehte sich ganz langsam zu ihm um, die Hände auf ihren Hüften, und Funken sprühten aus ihren Augen. »Na so was, Sie unmöglicher Prolet! Ihr Dünkel überwältigt mich. Sind Sie auch ganz sicher, daß diese einfältige Dame der besseren Gesellschaft es wert ist, daß Sie sie im Bett haben wollen?«

Der schockierende Ausdruck, der auf Philips Gesicht trat, entging Christina, weil sie sich umdrehte und in den Ballsaal stolzierte. Auch das Grinsen, das langsam an die Stelle des schockierten Gesichtsausdruckes trat, entging ihr.

Ich will verdammt sein, dachte der kopfschüttelnd. Das ist keine einfältige junge Dame. Das ist ein kleiner Hitzkopf. Ich will verdammt sein, wenn sie es mir nicht ordentlich gegeben hat. Er schloß die Augen und sah sie vor sich, und er wußte, daß er sie haben mußte. Aber er hatte mit Sicherheit einen schlechten Einstieg, denn sie hatte eine spontane Abneigung gegen ihn gefaßt. Jedenfalls würde er nicht aufgeben. So oder so würde er sie bekommen.

Philip fand Christina im Ballsaal bei ihrem Bruder vor. Er behielt sie die ganze Nacht lang im Auge, doch es gelang ihr, seinen

Blicken auszuweichen. Er entschloß sich, Distanz zu halten, denn es hatte keinen Sinn, die Dinge noch schlimmer zu machen, als sie ohnehin schon standen. Er würde ihr Gelegenheit geben, sich über Nacht zu beruhigen, und morgen würde er einen neuen Anfang machen.

4

Die Sonne stand hoch über den Bäumen, als Christina endlich aus dem Bett kroch. Sie schlüpfte in ihre Hausschuhe und ihren Morgenmantel, ging ans Fenster und fragte sich, wie spät es wohl sein mochte. Sie erinnerte sich daran, wie sie sich nach dem Ball die ganze Nacht lang in ihrem Bett herumgewälzt hatte.

Immer wieder sah sie diese ungewöhnlichen Augen, die sie aus diesem schön geschnittenen Gesicht heraus unverschämt anstarrten. Philip Caxton war größer als die meisten Männer, mehr als dreißig Zentimeter größer als sie, und sie war schließlich selbst mit eins zweiundsechzig nicht gerade klein. Er war schlank und muskulös, hatte schwarzes Haar und eine kräftige Sonnenbräune, die ihn von den blütenweißen Gecken aus London absetzte.

Was ist bloß los mit dir, Christina, schalt sie sich. Wieso geht dir dieser Mann nicht aus dem Kopf? Er hat dich beleidigt, und doch denkst du immer wieder an ihn. Jedenfalls wirst du Philip Caxton nicht wiedersehen, solange es sich vermeiden läßt.

Sie zog sich eins ihrer neuen Straßenkleider an und machte sich auf die Suche nach ihrem Bruder. Im Eßzimmer fand Christina Mrs. Douglas und eines der Stubenmädchen vor, die gerade die Überreste des Mittagessens abräumten.

»Miß Christina, wir haben uns schon gefragt, ob Ihnen vielleicht etwas fehlt. Möchten Sie gern etwas frühstücken? Oder wäre Ihnen ein Mittagessen lieber?« sagte Mrs. Douglas.

Christina setzte sich lächelnd hin. »Nein, danke Mrs. Douglas. Nur etwas Toast und ein Tee wäre mir lieb. Wo sind denn die anderen alle?«

»Mr. John hat gesagt, er hätte ein paar Besorgungen zu erledigen, und er ist gerade gegangen, als Sie heruntergekommen sind, Miß«, sagte Mrs. Douglas, während sie Christina eine Tasse

Tee einschenkte. »Und Mr. und Mrs. Yeats halten gerade ihren Mittagsschlaf.« Das Stubenmädchen kam mit Toast und Marmelade herein.

»Fast hätte ich es vergessen, Miß Christina«, sagte Mrs. Douglas. »Heute morgen war ein junger Mann hier, der Sie sehen wollte. Er scheint recht beharrlich zu sein – schon dreimal war er da. Ein Mr. Caxton, glaube ich.« Sie wurde durch ein Klopfen an der Tür unterbrochen. »Das muß er wohl wieder sein.«

Christina war verärgert. »Wenn es sich wieder um diesen Herrn oder um irgendeinen anderen Mann handelt, dann sagen Sie ihm, daß ich mich schlecht fühle und heute keine Besucher empfange.«

»Ja, Miß. Aber dieser Mr. Caxton ist ein schrecklich gut aussehender Mann«, erwiderte Mrs. Douglas, ehe sie den Raum verließ, um die Tür zu öffnen.

Kurz darauf kam sie kopfschüttelnd wieder. »Das war wieder Mr. Caxton. Er hat gesagt, ich soll Ihnen ausrichten, Miß, es täte ihm leid, daß Sie sich nicht wohl fühlen, und er hofft, daß es Ihnen morgen besser geht.«

John und sie fuhren morgen wieder nach Hause, und das hieß, daß sie Mr. Caxton nicht wiederzusehen brauchte. Sie vermißte das Land, und sie vermißte ihre täglichen Ausritte auf ihrem Hengst Dax. Sie freute sich darauf, wieder nach Hause zu kommen.

Dax und Princess waren zur selben Zeit auf die Welt gekommen, und ihr Vater hatte ihr Princess zum Geburtstag geschenkt. Aber Princess war weiß und sanftmütig, und Dax war ein temperamentvolles schwarzes Füllen. Daher hatte Christina ihren Vater überredet, ihr statt dessen Dax zu geben, und sie hatte versprochen, ihn zur Sanftmut zu erziehen.

Doch Dax war nur bei Christina sanftmütig. Sie lachte laut, als sie daran dachte, wie John vor zwei Jahren versucht hatte, Dax zu reiten. Der Hengst duldete niemanden außer Christina auf seinem Rücken. Zu Hause würde sie diesen ungehobelten Philip Caxton schnell vergessen und auch Peter Browne und Sir Charles Buttler.

Christina hörte, wie sich die Haustür öffnete und wieder schloß, und John tauchte in der Tür zum Eßzimmer auf.

»Hast du es schließlich doch noch geschafft, aus dem Bett zu kommen! Ich habe heute morgen auf dich gewartet, aber als es Mittag wurde, habe ich aufgegeben.« John lehnte sich an den Türrahmen. »Ich habe Tom und Anne Shadwell auf der Straße getroffen. Du erinnerst dich sicher – er war in meinem Regiment. Sie haben uns zum Abendessen eingeladen, zusammen mit ein paar Freunden. Kannst du um sechs Uhr fertig sein?«

»Ich denke schon, John.«

»Außerdem habe ich draußen Mr. Caxton getroffen. Er hat gesagt, er hätte dich besuchen wollen, aber du fühlst dich nicht wohl. Fehlt dir etwas?«

»Nein. Ich wollte nur heute niemanden sehen«, erwiderte sie.

»Wir reisen morgen ab, und somit hast du heute eine letzte Gelegenheit, einen würdigen Ehemann zu finden«, neckte John sie.

»Also wirklich, John! Du weißt, daß ich nicht deshalb in die Stadt gekommen bin. Das allerletzte, was ich will, ist, mich festnageln und von weiblichen Pflichten versklaven zu lassen. Wenn ich einen Mann finde, der mich als Ebenbürtige behandelt, dann werde ich eventuell eine Ehe ins Auge fassen.«

John lachte. »Ich habe Vater gewarnt, daß jede Form von Bildung dein Untergang sein wird. Welcher Mann will schon eine Frau, die so klug ist wie er?«

»Wenn alle Männer so schwach und furchtsam sind, werde ich nie heiraten – und damit zufrieden sein!«

»Ich kann nicht behaupten, daß ich den Mann bemitleiden würde, der dein Herz für sich gewinnt, Crissy«, sagte John. »Das wird eine hochinteressante Ehe.« Dann verließ er den Raum.

Christina blieb sitzen und dachte über das nach, was John gesagt hatte. Sie bezweifelte, daß sie je die Form von Liebe finden würde, die sie glücklich machen konnte: die Art von Liebe, die ihr Vater und ihre Mutter füreinander empfunden hatten. Ihre Ehe war bis zu ihrem Tod vor vier Jahren eine perfekte Ehe gewesen. John und sie waren nach dem Tod ihrer Eltern nur um so näher zusammengewachsen.

Im letzten Jahr hatte John dann ein Offizierspatent in der Königlichen Armee erworben und wartete jetzt auf weitere Befehle. Plötzlich stand Christinas Entschluß fest, mit ihm zu gehen, ganz gleich, wohin er auch geschickt wurde. Sie würde Dax und das Wakefield-Anwesen vermissen, aber John würde ihr andernfalls noch mehr fehlen.

Sie hoffte, man würde John nicht zu weit fortschicken. Er hatte nicht vor, eine militärische Karriere zu machen, aber er wollte seinen Teil für sein Land tun, ehe er sich seßhaft machte. Morgen würden sie wieder in Wakefield sein und dann bald abreisen. Sie hoffte, es würde nicht zu bald sein.

Christina ging nach oben, um ein Bad zu nehmen. Sie liebte entspannende Bäder. Sie taten ihr ebenso gut wie das Reiten.

Christina kleidete sich mit besonderer Sorgfalt, da es ihr letzter Abend in London sein würde. Sie wählte ein Abendkleid in dunklem Burgunder und ließ sich von Mary ihre blonden Locken zu einer kunstvollen neuen Frisur hochstecken. Sie steckte sich blutrote Rubine ins Haar und legte ein dazu passendes Geschmeide an. Ihre Mutter hatte ihr Rubine, Saphire und Smaragde hinterlassen. Die Diamanten und Perlen sollte John seiner Frau schenken, wenn er heiratete. Ihre Mutter hatte einmal zu ihr gesagt, ihre Haut und ihr Haar seien zu hell für Diamanten, und Christina hatte ihr zugestimmt.

Christina bewunderte ihr Spiegelbild. Sie trug liebend gern schöne Kleider und edlen Schmuck. Sie wußte, daß sie hübsch war, aber sie konnte nicht glauben, daß sie so schön war, wie es ihr immer wieder gesagt wurde. Ihr Haar war von einem so hellen Blond, daß ihre hohe Stirn in ihren Haaransatz überzugehen schien. Mit ihrer Figur war sie jedenfalls zufrieden. Ihre Brüste waren voll und perfekt geformt, und ihre schlanken Hüften betonten ihre langen Beine.

Ein Klopfen an der Tür riß sie aus ihrer eitlen Selbstgefälligkeit. John rief von draußen: »Wenn du fertig bist, Crissy, könnten wir noch ein letztes Mal durch den Park fahren, ehe wir zum Essen gehen.«

Als sie die Tür öffnete, sah sie Johns bewundernden Blick. »Ich muß nur noch meinen Umhang holen, dann können wir gehen«, erwiderte sie fröhlich.

»Du bist sehr schön heute, Crissy, aber schließlich bist du immer schön.«

»Du bist ein Schmeichler, John, aber ich mag das«, neckte sie ihn. »Gehen wir?«

Christina und John fuhren gemächlich durch den Regent's Park, ehe sie vor einem schmucken Stadthaus in der Eustin Street anhielten. Tom und Anne Shadwell begrüßten sie an der Tür, und John stellte ihnen Christina vor. Anne Shadwell war die kleinste Frau, die Christina je gesehen hatte. Mit ihrem schwarzen Haar, ihren dunklen Augen und dem weißen Teint sah sie wie eine

Porzellanpuppe aus. Ihr Mann war so groß wie John und hatte ein gefurchtes Gesicht.

»Ihr seid die letzten, John. Meine anderen Gäste sind bereits im Salon«, sagte Tom Shadwell, als er ihnen voranging.

Als sie den Salon betraten, fiel Christinas Blick unwillkürlich zuerst auf ihn. Er war unter allen Anwesenden der Größte. Oh, verdammt noch mal, dachte sie, er würde ihr den letzten Abend in London verderben!

Philip Caxton sah Christina in dem Moment, in dem sie den Raum betrat. Sie wandte sich verächtlich ab, als sie ihn sah. Aber schließlich hatte er nicht mit einer leichten Eroberung gerechnet. Am Vorabend schien sie ihn gehaßt zu haben.

Es war ein reiner Glücksfall gewesen, daß er John Wakefield am Nachmittag über den Weg gelaufen war und von ihm erfahren hatte, daß er und seine Schwester heute abend hier sein würden. Paul kannte Tom Shadwell und konnte eine Einladung für sich und Philip besorgen.

Philip hatte außerdem von John Wakefield erfahren, daß dies ihr letzter Abend in London war, und daher mußte er zügig vorgehen. Er hoffte, daß sich Christina von seiner Kühnheit nicht zu sehr in die Enge getrieben fühlte, aber er hatte keine andere Wahl, als zu versuchen, sie noch heute nacht für sich zu gewinnen. Am liebsten hätte er Christina in seine Heimat mitgenommen und sie zu seiner Frau gemacht, ob sie Einwände dagegen erhob oder nicht – ganz so, wie es beim Volk seines Vaters üblich war. Aber er wußte, daß er das nicht tun konnte, nicht hier in England. Er mußte versuchen, ihre Zuneigung auf zivilisierte Art zu gewinnen.

Er seufzte und verfluchte die Zeitknappheit. Aber vielleicht spielte Christina Wakefield auch nur das Mädchen, das schwer rumzukriegen war. Schließlich kamen junge Mädchen nach London, um sich einen Mann zu suchen. Und ein so schlechter Fang war er nun auch wieder nicht. Dennoch standen die Chancen nicht gut für ihn, und sie hatten sich erst am Vortag kennengelernt. Verdammt, warum hatte er sie nicht eher getroffen?

Anne Shadwell zog Christina zu Philip. »Miß Wakefield, darf ich vorstellen, Mr. –«

Ihr wurde abrupt das Wort abgeschnitten.

»Wir kennen uns bereits«, sagte Christina verächtlich.

Anne Shadwell sah die beiden bestürzt an, doch Philip verbeugte sich mit arroganter Anmut, nahm Christinas Arm mit festem Griff und zog sie auf den Balkon. Sie versuchte, sich zu widersetzen, aber er war sicher, daß sie keine Szene machen würde.

Als sie am Geländer standen, wirbelte sie herum und sah ihm trotzig ins Gesicht. Ihre Augen sprühten Funken, und ihre Stimme war kalt vor Verachtung.

»Also wirklich, Mr. Caxton! Ich dachte, ich hätte mich gestern abend deutlich genug ausgedrückt, aber da Sie mich nicht zu verstehen scheinen, möchte ich Sie aufklären. Ich kann Sie nicht ausstehen. Sie sind ein ungehobelter, eingebildeter Mann, und ich finde Sie ziemlich unerträglich. Und wenn Sie mich jetzt entschuldigen, werde ich wieder zu meinem Bruder gehen.« Sie wandte sich ab, um zu gehen, doch er griff nach ihrer Hand und hielt sie fest.

»Warten Sie, Christina«, forderte er mit heiserer Stimme und zwang sie, in seine dunklen Augen zu sehen.

»Ich glaube wirklich nicht, daß wir einander noch etwas zu sagen haben, Mr. Caxton. Im übrigen möchte ich Sie bitten, Abstand davon zu nehmen, mich bei meinem Vornamen zu nennen.« Sie drehte sich wieder um und wollte gehen, doch Philip ließ ihre Hand nicht los. Sie sah ihm noch einmal ins Gesicht und stapfte wütend mit ihrem Fuß auf den Boden.

»Lassen Sie meine Hand los!« forderte sie.

»Nicht, ehe Sie sich angehört haben, was ich Ihnen zu sagen habe, Tina,« antwortete er, und er zog sie dichter an sich.

»Tina!« Sie sah ihn böse an. »Wie können Sie es wagen...«

»Ich wage, verdammt noch mal, alles, was mir paßt. Und jetzt hältst du den Mund und hörst mir zu.« Die Ungläubigkeit, die auf ihrem reizenden Gesicht geschrieben stand, belustigte ihn. »Ich habe mich gestern nur deshalb so grob über die jungen Damen geäußert, um meinen Bruder zum Schweigen zu bringen, der mich unter allen Umständen verkuppeln will. Ich wollte nie heiraten, bis ich dich gesehen habe. Tina, ich will dich haben. Es wäre mir eine Ehre, wenn du einwilligen würdest, meine Frau zu werden. Ich würde dir alles geben, was du dir nur wünschen kannst – Juwelen, schöne Gewänder, meine Ländereien.«

Sie sah ihn auf ganz ungewöhnliche Weise an. Sie machte den Mund auf, um etwas zu sagen, aber die Worte wollten nicht herauskommen. Dann spürte er das Brennen ihrer Hand auf seiner Wange.

»So bin ich in meinem ganzen Leben noch nicht beleidigt...«

Philip ließ sie den Satz nicht beenden. Er zog sie in seine Arme und erstickte ihre Worte in einem ungestümen, fordernden Kuß. Er preßte sie dicht an sich, spürte ihre Brüste, die sich an seinen Brustkorb drängten, und benahm ihr den Atem. Sie wehrte sich und wollte sich losreißen, doch ihre Bemühungen verstärkten nur sein Verlangen.

Dann sackte Christina ganz unerwartet in seinen Armen zusammen und überrumpelte ihn. Philip glaubte, sie sei ohnmächtig geworden, doch er zuckte zusammen, als er einen stechenden Schmerz an seinem Schienbein spürte. Er ließ sie augenblicklich los, um sein Bein zu halten, und als er aufblickte, lief Christina in den Salon. Er sah sie zu ihrem Bruder gehen, der sofort ihren Umhang holte und etwas zu ihrem Gastgeber sagte. Dann begleitete John seine Schwester aus dem Salon.

Philip konnte ihre Lippen noch auf seinem Mund spüren. Sein Verlangen war noch nicht abgeebbt, als er sich zur Straße umdrehte und sah, wie Christina und ihr Bruder in ihre Kutsche stiegen und losfuhren. Er sah ihnen nach, bis sie aus seiner Sichtweite verschwunden waren, und dann suchte er Paul, um ihn zu bitten, sie bei Tom Shadwell zu entschuldigen. Er war nicht dazu aufgelegt, das Abendessen über sich ergehen zu lassen.

Paul wollte Einwände machen, aber Philip verließ bereits den Salon.

Ich hätte es wissen sollen, sagte sich Philip. Er hatte sie angefleht wie der letzte Dummkopf. Das war aber auch das letzte Mal. Nie vorher hatte er sich einer Frau erklärt, und er würde es auch nie wieder tun. Allein der Gedanke, daß er tatsächlich geglaubt hatte, sie an nur einem einzigen Abend für sich gewinnen zu können! Sie war nicht irgendeine Scheuermagd, die jede Gelegenheit ergriffen hätte, aus ihrem tristen Dasein errettet zu werden. Christina war ein Dame, die für den Luxus geboren war. Sie brauchte den Reichtum nicht, den er ihr bieten konnte.

Er hätte nach Halstead gehen und behutsam um sie werben müssen. Aber das entsprach ihm nicht. Außerdem hatte er noch nie einer Frau den Hof gemacht. Er war es gewohnt, das, was er wollte, augenblicklich zu bekommen, und er wollte Christina.

Christina zitterte unkontrolliert, als sie in den Salon stürzte. Sie konnte Philip Caxtons Lippen noch auf ihrem Mund spüren, seine

Arme, die sie an sich zogen, das Harte zwischen seinen Beinen, das sich an sie preßte. So also küßte ein Mann eine Frau. Sie hatte sich immer gefragt, wie es wohl sein mochte. Das seltsame Gefühl, das Philip Caxton in ihr ausgelöst hatte, hatte sie nicht erwartet: ein Gefühl das sie zugleich erschreckte und erregte.

Zum Glück war ihr wieder eingefallen, was ihre Mutter ihr einmal gesagt hatte: Wenn ein Mann sich ihr annäherte und sie ihn loswerden wollte, sollte sie so tun, als würde sie ohnmächtig und ihn dann mit aller Kraft treten. Es hatte geklappt, und sie dankte ihrer Mutter stumm für diesen Rat.

Christina beruhigte sich, während ihr Bruder ihren Umhang holte. Sie hatte ihm erzählt, sie habe bohrende Kopfschmerzen und wolle augenblicklich gehen. Als er zurückkam, waren sie zur Kutsche gegangen.

Als sie aufblickte, sah sie Philip Caxton, der auf dem Balkon stand und ihnen nachsah. Allein der Gedanke, daß dieser Mann sie haben wollte und sie aufgefordert hatte, ihn zu heiraten, obwohl er wußte, daß sie ihn nicht leiden konnte! Eine solche Dreistigkeit war ihr noch in keiner Form begegnet!

Jetzt, da sie Philip Caxton entkommen und in Sicherheit war, wurde sie wütend. Erst gestern hatte sie ihn kennengelernt, und heute hatte er ihr einen Heiratsantrag gemacht – ohne ein Wort von Liebe. Er hatte lediglich verkündet, daß er sie haben wollte. Er war noch impulsiver als Peter oder Sir Charles. Die beiden waren wenigstens Gentlemen.

Der Gedanke brachte sie in Wut. Er war kein Gentleman! Er benahm sich wie ein Barbar! Am liebsten wäre sie sofort auf diesen Balkon zurückgekehrt und hätte ihm noch eine weitere Ohrfeige in sein arrogantes Gesicht verpaßt.

Christinas Gefühle zeigten sich auf ihrem Gesicht, und John, der sie still und forschend gemustert hatte, riß sie schließlich aus ihren Gedanken heraus.

»Crissy, was auf Erden ist los mit dir? Du wirkst völlig fassungslos. Ich dachte, du hättest Kopfschmerzen.«

Sie wandte John ihre Aufmerksamkeit zu und legte geistesabwesend eine Hand auf ihre Stirn, als wolle sie fühlen, ob dort ein Schmerz zu finden sei. Dann platzte sie hitzig heraus.

»Kopfschmerz! Ja, ich hatte einen Kopfschmerz, aber ich habe ihn auf dem Balkon stehen lassen. John, dieser unerträgliche Schnösel hat mich aufgefordert, ihn zu heiraten.«

»Wer?« fragte John ruhig.

»Philip Caxton, ausgerechnet er! Und er hat die Frechheit besessen, mich zu küssen – dort, auf dem Balkon.«

John war belustigt. »Mir scheint, liebe Schwester, du bist auf einen Mann gestoßen, der weiß, was er will, und der seine Ziele beharrlich verfolgt. Du sagst, er hat dir einen Heiratsantrag gemacht, und das, nachdem er dich erst seit gestern kennt? Browne und Buttler kannten dich wenigstens etwas länger. Es sieht ganz so aus, als wolle Philip Caxton dich wirklich haben.«

Christina, die sich nur zu lebhaft an seine Worte erinnerte, brauste noch mehr auf. »Ja, er will mich haben. Das hat er mir auch gesagt, ohne auch nur ein Wort von Liebe zu erwähnen – die reine Lüsternheit!«

John lachte. Er erlebte seine Schwester nicht oft so zornig. Wenn Caxton versucht hätte, Crissy zu belästigen, wäre John weniger belustigt gewesen, und er hätte diesen Mann aufsuchen müssen. Aber einen Kuß und einen Heiratsantrag konnte er Caxton wohl kaum vorwerfen. Er hätte sich ebenso verhalten, wenn er eine Frau gefunden hätte, die so schön wie Crissy war.

»Weißt du, Crissy, es ist meistens so, daß das Verlangen vor der Liebe kommt. Wenn Caxton gesagt hätte, daß er dich liebt, wäre das wahrscheinlich eine Lüge gewesen. Was er dagegen gesagt hat, war die Wahrheit – daß er dich begehrt. Wenn ein Mann eine Frau findet, ohne die er nicht leben kann, dann weiß er, daß er sich verliebt hat. Ich glaube, daß die Liebe langsamer heranreifen muß und mehr als zwei Tage braucht, um sich herauszubilden, auch mehr als zwei Wochen. Mir scheint jedoch, daß Philip Caxton die Bereitschaft spürt, dich zu lieben, wenn er dich heiraten will. Du hättest das als ein Kompliment auffassen sollen, statt so zornig zu werden.«

Christina, die sich langsam wieder beruhigte, lehnte sich zurück und starrte verdrossen in die Ferne.

»Das spielt jetzt ohnehin keine Rolle mehr. Ich werde Philip Caxton nie wiedersehen. Und überhaupt hätte ich erst gar nicht nach London kommen sollen. Die Männer hier wissen selbst nicht, was in ihnen vorgeht. Sie wetteifern alle nur um Aufmerksamkeiten: Jeder brüstet sich damit, besser als der andere zu sein. Und Männer wie Philip Caxton glauben, daß sie alles bekommen können. Das ist kein Leben für mich. Ich vermute, in meinem Herzen bin ich doch ein Mädchen vom Lande.« Christina holte tief

Luft und atmete ganz langsam wieder aus. »Oh, John, ich bin so froh, daß wir wieder nach Hause fahren.«

5

Ein angenehmer Windhauch spielte mit Christinas Röcken, als sie und John das Schiff bestiegen, das sie nach Kairo bringen würde. Christina wurde zu einer kleinen Schiffskabine geführt, die sie mit einer anderen Frau teilen mußte. John hatte die Kabine direkt gegenüber. Nachdem ihr Gepäck an Bord gebracht worden war, ging Christina an Deck, um einen letzten Blick auf ihr geliebtes England zu werfen. Sie sah zu, wie die Matrosen die Vorbereitungen zur Abreise trafen, und dachte an die unglaubliche Hektik dieses Morgens.

Christina war durch ein lautes Klopfen an der Tür aus einem unruhigen Schlaf herausgerissen worden. Ihr Bruder betrat das Zimmer und blieb neben ihrem Bett stehen. Auf seinem Gesicht stand ein Ausdruck der Hilflosigkeit. Ihr Blick fiel auf das Papier, das er in der Hand hielt, als sie sich den Schlaf aus den Augen wischte.

»Heute morgen ist es gekommen, Crissy. Ich fürchte, ich muß augenblicklich abreisen.«

»Wer ist gekommen?« gähnte sie. »Wovon sprichst du überhaupt?«

»Von meinen Anweisungen. Sie sind eher als erwartet gekommen.« Er drückte ihr das Papier in die Hand.

Christina las langsam durch, was darauf stand, und sie schüttelte ungläubig den Kopf. »Kairo!« rief sie aus. »Aber das ist mehr als sechstausend Kilometer von hier!«

»Ja, ich weiß. Ich muß in einer Stunde abreisen. Es tut mir leid, daß ich dich nicht nach Hause bringen kann, Crissy, aber Howard hat gesagt, er würde dich mit Freuden nach Hause begleiten. Ich werde dich vermissen, kleine Schwester.«

Ein Lächeln trat auf ihre Lippen. »Nein, das wirst du nicht, großer Bruder. Ich komme mit, das habe ich schon längst beschlossen.«

»Das ist ein Witz, Crissy! Was solltest du in einem Militärposten in Ägypten anfangen? Das Wetter ist unerträglich. Es ist glühend heiß und ein sehr ungesundes Klima. Du würdest dir den Teint verderben.«

Christina schlug ihre Bettdecke zurück, stellte sich vor John hin, stemmte ihre Arme in die Hüften und reckte stur ihr kleines Kinn in die Luft.

»Ich gehe mit, John Wakefield, und mehr gibt es dazu nicht zu sagen! Das letzte Jahr zu Hause, als du fort warst, war schrecklich. Das mache ich nicht noch einmal mit. Und so lange werden wir nun auch nicht in Ägypten bleiben.« Sie wirbelte herum und sah ihre Habe, die über das ganze Zimmer verteilt war. »Ach was, ich vergeude meine Zeit! Raus mit dir, damit ich packen und mich anziehen kann. Ich brauche nicht lange, das verspreche ich dir.«

Christina stieß John aus dem Zimmer und rief Mary, damit sie ihr beim Packen half. Sie mußte sich eilen, damit John keinen Vorwand hatte, sie zurückzulassen.

In weniger als einer Stunde war sie angekleidet und abreisebereit. John brachte kein Einwände mehr vor und sagte ihr sogar, er freue sich, daß sie mitkomme.

Als sie sich die anderen Passagiere ansah, fand sie es befremdlich, daß ihr Bruder der einzige Offizier an Bord war.

»Du hättest auf mich warten sollen, Crissy. Ich will dich nicht noch einmal allein an Deck sehen!«

Seine Worte verblüfften Christina, aber sie beruhigte sich, als John sich neben sie an die Reling stellte. »Oh, John, du bist wie eine Glucke zu mir. Ich komme gut allein zurecht.«

»Trotzdem wäre es mir lieber, wenn du während der Reise nicht ohne Begleitung an Deck gehst.«

»Gut, wenn du darauf bestehst«, gab sie nach. »Ich habe mir nur gerade überlegt, wie seltsam es ist, daß keine anderen Offiziere an Bord sind. Ich dachte, Ersatztruppen reisen im allgemeinen zusammen.«

»Gewöhnlich ist das auch der Fall. Ich habe mich auch schon darüber gewundert, aber die Antwort werde ich erst in Kairo bekommen.«

»Vielleicht braucht man dich für etwas ganz Besonderes!« wagte sich Christina vor.

»Das bezweifle ich, Crissy, aber wir werden es bei der Landung herausfinden.« John legte seinen Arm um Christinas Schulter, und sie sahen zu, wie England hinter ihnen zurückblieb, als das Schiff aufs Meer hinaussegelte.

Für Christina war es eine lange und langweilige Reise. Sie haßte die Enge, und das Schiff bot wenig Möglichkeiten zur Zerstreuung. Sie freundete sich mit ihrer Mitreisenden, einer Mrs. Bigley, an, die die Kabine mit ihr teilte. Mrs. Bigley hatte ihre Kinder besucht, die in England in die Schule gingen, und kehrte jetzt nach Ägypten zurück. Ihr Mann war Colonel bei eben dem Regiment, zu dem John berufen worden war. Aber Mrs. Bigley konnte Christina nicht sagen, warum ihr Bruder nach Kairo geschickt wurde. Sie wußte nur, daß erst in einem Monat andere Ersatztruppen eintreffen würden.

Da sich die Fragen erst nach beendeter Reise beantworten ließen, gab Christina es vorläufig auf, dieses Rätsel zu lösen. Sie verbrachte die meiste Zeit damit, in ihrer Kabine zu lesen, und gleich zu Beginn der Reise hatten sich drei junge Bewunderer eingestellt, die ihr Bestes taten, um Monopolansprüche auf ihre Zeit zu stellen.

Einer von ihnen war ein Amerikaner. Er hieß William Dawson und war ein netter junger Mann mit grauen Augen und dunkelbraunem Haar. Sein Gesicht war schmal und gefurcht, und seine Stimme hatte einen seltsamen Akzent. Christina konnte stundenlang dasitzen und ihm zuhören, wenn er ihr aufregende Geschichten von den Kämpfen im Wilden Westen erzählte.

Christina konnte Mr. Dawson zwar gut leiden, doch sie empfand für keinen ihrer drei Verehrer romantische Gefühle. Sie hatte beschlossen, die meisten Männer seien gleich; sie wollten alle nur eins von einer Frau. Kein Mann schien gewillt zu sein, sie als ebenbürtig zu akzeptieren.

Die Tage zogen sich ohne jegliche Vorfälle dahin. Christina konnte es kaum glauben, als sie Ägypten schließlich erreichten. Je weiter sie nach Süden gekommen waren, desto heißer war es geworden, und sie war froh, daß sie Sommerkleider mitgenommen hatte. John hatte arrangiert, daß ihre übrige Garderobe nachgeschickt wurde, doch die Überseekoffer würden erst im kommenden Monat eintreffen.

Am folgenden Morgen legte ihr Schiff in Alexandria an. Christina konnte es gar nicht erwarten, wieder festen Boden zu betreten, doch die Hafenanlagen waren so überfüllt von Ägyptern, daß die Passagiere, die an Land gingen, sich einen Weg durch die dichte Menge bahnen mußten.

John und Christina standen an Deck, als Mrs. Bigley auf sie

zukam und Christinas Hand drückte. »Meine Liebe, erinnern Sie sich noch an unser Gespräch über die Anweisungen Ihres Bruders? Seit da an rätsele ich an dieser Geschichte herum. Mein Mann, Colonel Bigley, holt mich hier ab, und ich werde ihn als erstes danach fragen. Wenn irgend jemand weiß, warum Ihr Bruder hierher geschickt worden ist, dann ist er es. Wenn Sie bei mir bleiben wollen, bis ich ihn gefunden habe, werden Sie auch gleich eine Antwort auf ihre Frage bekommen.«

»Ja, natürlich«, sagte Christina. »Ich sterbe vor Neugier, und ich bin sicher, daß John auch sehr gespannt ist.«

Mrs. Bigley winkte einen stämmigen Herrn, der Ende Vierzig sein mochte, zu sich heran. Das mußte ihr Mann sein, der Colonel. Sie gingen ihm entgegen, und er umarmte seine Frau und küßte sie.

»Verdammt einsam hier ohne dich, Liebling«, sagte der Colonel, der seine Frau dicht an sich drückte.

»Ich habe dich auch vermißt, Schatz. Ich möchte dir Lieutenant John Wakefield und seine Schwester Christina Wakefield vorstellen.« Sie sah ihren Mann an. »Colonel Bigley.«

John und der Colonel salutierten. »Was auf Erden haben Sie einen Monat zu früh hier zu suchen, Lieutenant? Die Ersatztruppen werden erst nächsten Monat erwartet«, sagte Colonel Bigley.

»Ich hatte gehofft, Sie könnten mir diese Frage beantworten, Sir«, sagte John.

»Was? Wollen Sie damit etwa sagen, daß Sie nicht wissen, warum Sie hier sind? Haben Sie Ihre Befehle bei sich?«

»Ja, Sir.« John drückte sie dem Colonel in die Hand.

Nachdem Colonel Bigley die Befehle gelesen hatte, sah er John mit einem verblüfften Ausdruck auf seinem sonnengebräunten Gesicht an. »Tut mir leid, mein Sohn, aber ich kann Ihnen auch nicht helfen. Alles, was ich Ihnen sagen kann, ist, daß *wir* Sie nicht hierher beordert haben. Haben Sie irgendwelche Feinde in England, die Sie gern außer Landes sehen würden?«

John sah ihn schockiert an. »Auf die Idee wäre ich nicht gekommen, Sir. Ich habe keine Feinde, von denen ich weiß.«

»Die Sache ist höchst ungewöhnlich, aber da Sie jetzt hier sind, müssen Sie unbedingt eine Erfrischung mit uns einnehmen. Der Zug nach Kairo fährt erst in zwei Stunden.«

William Dawson verabschiedete sich von Christina und machte mit ihr aus, sich bei ihr zu melden, wenn er nach Kairo kam, eine Woche nach ihr.

Die Zugfahrt war heiß und unangenehm. Es belustigte Christina, daß sie, bei all den Zügen, die es in England gab, um die halbe Welt gereist war, ehe sie zum erstenmal mit einem Zug fuhr. Sie zog die kühle Behaglichkeit der Kutsche bei weitem vor, wenn es auch manchmal sehr holprig war.

Mrs. Bigley und Christina saßen in dem überfüllten Abteil zu zweit auf einem Sitz. »Ich habe gehört, daß es in der Wüste viele gefährliche Gesetzlose gibt. Stimmt es, daß die Beduinenstämme ihre Gefangenen zu Sklaven machen?« fragte Christina, die jetzt doch nervös war, Mrs. Bigley.

»Es ist alles wahr, meine Liebe«, erwiderte Mrs. Bigley, »aber machen Sie sich deshalb keine Sorgen. Die gesetzlosen Stämme fürchten die Truppen Ihrer Majestät, und das sollte man ihnen auch raten. Sie verstecken sich in der arabischen Wüste, die weit von Kairo entfernt ist.«

»Das ist eine große Erleichterung«, seufzte Christina.

Der Zug fuhr vor Einbruch der Nacht in Kairo ein. Die Bigleys brachten Christina und John in einem Hotel unter.

»Wenn Sie sich erst eingerichtet haben, werde ich Ihnen die Stadt zeigen, und wir können zusammen in die Oper gehen«, sagte Mrs. Bigley freundlich. »Wußten Sie, daß die berühmte Oper *Aida* ausgerechnet hier anläßlich der Feierlichkeiten zur Eröffnung des Suezkanals uraufgeführt wurde?«

»Nein, das wußte ich nicht, aber ich habe ohnehin noch nicht allzuviel über dieses Land gelesen«, erwiderte Christina. Sie war zu müde, um sich heute noch übermäßig für irgend etwas zu interessieren. John und sie dankten den Bigleys für ihre Freundlichkeit und verabschiedeten sich von ihnen. John bestellte etwas Leichtes zum Abendessen, doch Christina brachte nur wenig herunter und zog sich früh in ihr Zimmer zurück.

Ihr Zimmer lag Johns Zimmer gegenüber, und ein heißes Bad erwartete sie. Schnell schlüpfte sie aus ihren Kleidern und glitt in die Wanne. Das ist der Himmel, dachte sie. Die Hitze und die Fahrt in dem überfüllten Zug hatten ihr das Gefühl gegeben, verklebt und schmutzig zu sein. Doch jetzt streckte sie sich genüßlich in dem dampfend heißen Wasser.

Sie blieb eine Stunde in der Wanne liegen, ehe sie die Seife abspülte und ihr Nachthemd anzog. Das heiße Wasser hatte sie entspannt, und es bereitete ihr keinerlei Schwierigkeiten, augenblicklich einzuschlafen.

6

Irgendwann mitten in der Nacht erwachte Christina durch ein Geräusch in ihrem Zimmer. Sie schlug die Augen auf und sah eine große Gestalt, die über ihr aufragte. Christina fragte sich, was auf Erden John hier zu suchen hatte, der neben ihrem Bett stand und sie im Dunkeln betrachtete. Doch dann wurde ihr klar, daß es nicht John sein konnte. Dieser Mann war größer als John, und sein Gesicht war bedeckt.

Sie wollte schreien, doch ehe sie einen Laut von sich geben konnte, legte sich eine riesige Hand auf ihren Mund. Sie versuchte, diese Hand fortzustoßen, aber der Mann war zu stark.

Plötzlich zog er sie an sich und küßte sie inbrünstig. Er preßte seinen Körper gegen ihren und fuhr mit seiner freien Hand kühn über ihre Brüste.

»Mein Gott«,dachte sie in heller Panik, »er wird mich vergewaltigen!« Christina wehrte sich heftig, doch ihr Angreifer ließ sie auf ihr Bett zurückfallen, brachte einen Knebel an und zog ihr einen Sack über den Kopf, der über ihren ganzen Körper reichte und den er an ihren Knien zuband. Dann hob er sie hoch und warf sie sich über die Schulter.

Christina trat um sich, um ihn aus dem Gleichgewicht zu bringen, doch er warf sie nur in die Luft, und als sie wieder auf seiner Schulter landete, blieb ihr der Atem aus. Sie spürte, daß er sich in Bewegung setzte, und sie hörte, wie die Tür ihres Schlafzimmers geöffnet und wieder geschlossen wurde. Sie schienen sich eine Treppe hinunter zu begeben, und dann spürte sie einen leichten Windhauch an ihren nackten Füßen. Sie mußten im Freien sein. O Gott, was wird dieser Mann mir antun? Bin ich nur in dieses gottverfluchte Land gekommen, um hier zu sterben – und wie werde ich sterben? Wird er mich vorher brutal vergewaltigen? Warum habe ich England bloß verlassen? Der arme John, er wird sich Vorwürfe machen, wenn ich tot bin. Ich muß entkommen!

Der Mann ging etliche Minuten lang schneller, und dann hörte sie einheimische Stimmen miteinander murmeln. Schallendes Gelächter ertönte, und Christina fühlte sich hin und her geworfen. Dann wurde ihr klar, daß sie wie ein Sack Kartoffeln auf einem Pferd lag. Fast hätte sie hysterisch gelacht, als der Mann eine Hand in ihr Kreuz preßte. Hatte er Angst, sie könnte vom Pferd fallen und sich verletzen, ehe er ihr etwas antun konnte?

Christinas Herz schlug so schnell, daß sie fürchtete, es könne sich überschlagen. Wohin bringt er mich wohl? fragte sie sich, und dann dämmerte es ihr. Natürlich – in die Wüste. Nirgends konnte man eine Frau besser vergewaltigen als in der Wüste – und niemand konnte dort ihre Schreie hören. Außerdem schienen einige andere Männer mit dem Mann zu reiten, der sie aus ihrem Bett geholt hatte. Wie viele Vergewaltigungen würde sie über sich ergehen lassen müssen, ehe sie sie töteten?

Sie ritten stundenlang, und Christina verlor jedes Zeitgefühl. Ihr Haar hing ihr wirr ins Gesicht, und ihr Magen schmerzte wegen ihrer unbequemen Lage. Sie konnte nicht verstehen, warum sie so weit in die Wüste hinausritten. Dann hielten sie an.

Jetzt wird es passieren, dachte sie, als sie auf den Boden gehoben wurde. Als sie keine Hände auf sich spürte, versuchte sie, davonzulaufen, aber sie hatte vergessen, daß der Sack um ihre Knie zugebunden worden war, und sie fiel vornüber in den Sand.

Eine größere Demütigung konnte sie nicht mehr ertragen. Sie fing an zu wimmern. Wenn der Knebel nicht in ihrem Mund gesteckt hätte, hätte sie hysterisch geschrien. Jemand hob sie auf und stellte sie wieder auf die Füße. Ihre Zehen versanken langsam in dem kalten Wüstensand.

Christina spürte, daß das Seil um ihre Knie gelöst wurde, und wieder machte sie einen Satz nach vorn. Aber sie wurde zurückgezogen, und ein Mann drückte sie an seine breite Brust. Er hielt sie so lange in seinen Armen gefangen, daß es ihr wie eine Ewigkeit erschien, und dann kicherte er mit tiefer Stimme vor sich hin. Er hob sie auf das Pferd und stieg hinter ihr auf. Es schien, daß dieser Mann sie zumindest mit einer gewissen Würde im Sitzen reiten lassen würde.

Aber warum ritten sie schon wieder weiter? Warum hatte man ihr nichts angetan? Glaubten sie etwa, sie könnten sie schlimmer leiden lassen, indem sie sie in Ungewißheit ließen? Dann schoß es ihr plötzlich durch den Kopf. Vielleicht würden sie sie gar nicht töten. Vielleicht würden sie sie ganz einfach als Sklavin verkaufen, nachdem sie sie vergewaltigt hatten. Natürlich. Wahrscheinlich würde sie bei einer Sklavenversteigerung eine ansehnliche Summe einbringen. Mit ihrem langen blonden Haar und ihrem schlanken weißen Körper war sie eine große Attraktion. Darum ging es wahrscheinlich, dachte sie, und sie fühlte sich elend. Sie werden mich benutzen und mich dann gewinnbringend verkaufen. Das war schlimmer als der Tod.

Christina hatte immer gesagt, sie würde sich von keinem Mann durch eine Ehe versklaven lassen. Doch jetzt würde sie eine echte Sklavin sein – die Sklavin eines Herren, der mit ihr tun und lassen konnte, was er wollte. Sie würde in dieser Angelegenheit nichts zu sagen haben. Sie betete, sie würden sie statt dessen töten, denn die Vorstellung, eine Sklavin zu sein, war ihr unerträglich.

Die Stunden zogen sich ewig dahin, bis Christina Licht durch das rauhe Material des Sacks sehen konnte und wußte, daß die Dämmerung hereingebrochen war. Sie dachte an John und daran, wie elend er sich fühlen würde, wenn er feststellte, daß sie verschwunden war. Sie bezweifelte, daß er sie jemals finden würde, denn sie waren die ganze Nacht lang geritten.

Wohin brachten sie sie bloß? Christina spürte den Schweiß an sich herunterrinnen, als der Tag immer heißer wurde. Sie hätte diesen Schurken zum Teufel gewünscht, wenn er sie verstanden hätte. Sie war außer sich und erschöpft.

Schließlich hielten sie an, doch Christina war das inzwischen egal – sie wollte an nichts mehr denken. Wieder wurde sie auf den Boden gestellt, und ihre Beine sackten unter ihr zusammen. Sie gab nicht auf, aber sie wußte, daß es zwecklos war, wegzulaufen. Eine Minute lang war sie von der Sonne geblendet, als jemand den Sack von ihrem Kopf zog. Als sie wieder etwas sehen konnte, stand ein kleiner Eingeborener vor ihr. Er drückte ihr ein Kleid und ein quadratisches Stück Stoff mit einer Schnur in die Hand, die Kopfbedeckung der Beduinen.

»*Kufijah*«, sagte er und deutete auf das Tuch. Er nahm ihr den Knebel ab und ließ sie stehen.

Sie waren zu dritt. Zwei mittelgroße junge Männer und ein riesiger Mann, der die Pferde tränkte. Der junge Mann, der ihr die Kleider gegeben hatte, kam wieder zu ihr, lächelte dämlich und drückte ihr ein Stück Brot und einen Wasserschlauch in die Hand. Sie war sehr hungrig, weil sie am Vorabend nur wenig gegessen hatte.

Als Christina gegessen hatte, kam der große Mann auf sie zu, nahm ihr den Wasserschlauch ab und warf ihn einem der anderen Männer zu. Seine *kufijah* bedeckte die untere Hälfte seines Gesichtes, und daher konnte sie nicht sehen, wie er aussah.

Für einen Araber war er sehr groß. Sie hatte geglaubt, daß Araber generell klein waren, doch neben diesem Mann waren die beiden anderen Zwerge.

Er half ihr, das Kleid überzuziehen und strich ihr das Haar zurück, das ihr bis auf die Hüften fiel. Zumindest half er ihr beim Anziehen, statt ihr die Kleider herunterzureißen. Er zog ihr die *kufijah* über das Gesicht und führte sie in den Schatten eines Felsens und stieß sie dort in den kühlen Sand.

Entsetzt wich Christina vor ihm zurück, aber der große Mann lachte nur rauh und ging fort, um den anderen mit den Pferden zu helfen. Die beiden kleineren Araber legten sich schlafen, und der große kletterte mit einer Flinte in der Hand auf den Felsen, um Wache zu halten. Sie konnte nicht entkommen. Christina gönnte ihrem erschöpften Körper Entspannung und schlief ein.

Als sie erwachte, stand die Sonne tief über dem Horizont. Die Pferde standen bereit, und der große Mann schwang sie vor sich aufs Pferd.

Christina konnte in der Ferne Berge und vor sich einen Ozean aus Sand sehen. Sie gab auf und lehnte sich an den Mann, der hinter ihr saß. Sie glaubte, ihn lachen zu hören, aber sie war zu müde, um sich etwas daraus zu machen. Wieder schlief sie ein.

Sie ritten drei weitere Nächte lang und schliefen während der heißesten Zeit des Tages. Endlich ließen sie die Wüste hinter sich. Christina konnte um sich herum Bäume sehen, und sie spürte, daß die Luft kühler wurde. Wenn es wirklich kälter wurde, mußten sie wohl schon hoch oben in den Bergen sein.

Verzweifelt wünschte sie sich, dieser Alptraum sei wirklich nur ein böser Traum gewesen. Bald würde sie zu Hause in Halstead aufwachen, ein kühler Morgenwind würde wehen, und nach dem Frühstück würde sie genüßlich auf Dax ausreiten. Aber sie wußte, daß es kein Traum war. Nie mehr würde sie Dax oder ihr Zuhause sehen.

Ein Feuer loderte vor ihnen auf. Einer der Männer schrie etwas, und dann ritten sie langsam aus den Bäumen heraus, die sie verborgen hatten, und in ein Lager hinein. Dort standen fünf Zelte, von denen eines größer als die anderen war. Die Zelte waren um das Feuer herum aufgebaut. Das Feuer war die einzige Lichtquelle, und es warf auf alles in seiner Reichweite tanzende Schatten.

Vier Eingeborene, auf deren dunklen Gesichtern ein breites

Lächeln stand, kamen näher, und alle fingen an, zu reden und zu lachen. Die Frauen kamen aus ihren Zelten, und in ihren Augen blitzte Neugier auf, aber sie blieben im Hintergrund.

Christina wurde vom Pferd gehoben. Ihr wurde klar, daß sie das Ziel der Reise erreicht hatten. Sie mußte versuchen, sich vor dem Schicksal zu bewahren, das ihr bevorstand. Vielleicht konnte sie sich in den Bergen verstecken und dann einen Weg in die Zivilisation finden.

Weitere Männer gesellten sich zu der Gruppe, die um das Feuer herumstand. Alle drängten sich um ihren großen Entführer herum und redeten und gestikulierten. Christina stand einen Moment lang allein da. Rechneten sie etwa damit, daß sie seelenruhig dort stehenblieb und ihr Los erwartete?

Christina hob das arabische Gewand und ihr Nachthemd bis zu ihren Schenkeln und rannte los. Sie rannte um ihr Leben, und sie rannte schneller, als sie es sich zugetraut hätte. Sie wußte nicht, ob sie gejagt wurde, denn das einzige, was sie hörte, war das laute Hämmern ihres Herzens. Die *kufijah* glitt von ihrem Gesicht, und ihr Haar wehte im Wind hinter ihr her.

Christina stolperte und fiel hin. Sie blickte auf und sah zwei Füße, die über ihr gespreizt waren. Sie warf sich auf den harten Boden und fing an zu weinen. Sie konnte nicht gegen ihre Tränen an, obwohl es ihr verhaßt war, diesem Mann ihre Schwäche zu zeigen. Er hatte einen Sieg über sie errungen, indem er sie zum Weinen gebracht hatte. Er zog sie roh auf die Füße und zerrte sie zurück ins Lager.

Christina wurde in das größte Zelt geführt und auf ein niedriges Sofa ohne Rückenlehne gesetzt, das an beiden Seiten abgerundete Armlehnen hatte. Augenblicklich versuchte sie, ihre Fassung wiederzugewinnen. Sie strich sich ihr wirres Haar aus dem Gesicht und wischte sich die Tränen von den Wangen.

Ihr gegenüber stand ein zweites Sofa, und auf dem Boden lagen dicke Teppiche und viele bunte Kissen. Christina beobachtete ihren Entführer, der ihr den Rücken zugewandt hatte, als er seine *kufijah* und sein Gewand ablegte. Darunter trug er kniehohe Wildlederstiefel, eine weite Hose, die in seinen Stiefeln steckte, und eine lose, kurze Tunika.

Christina war verblüfft, als der Mann sie in fließendem, fehlerlosem Englisch ansprach.

»Ich sehe schon, daß der Umgang mit dir schwierig wird, Tina.

Aber jetzt bist du hier, und du weißt, daß du mir gehörst, und vielleicht wirst du weniger oft versuchen, fortzulaufen.«

Christina traute ihren Ohren nicht. Der Mann drehte sich zu ihr um. Ihre Augen wurden kugelrund, und ihr Kiefer fiel herunter.

Er brach in Lachen aus. »Ich habe lange darauf gewartet, diesen Ausdruck auf deinem Gesicht zu sehen, Tina, schon seit dem Moment, in dem du mich an jenem Abend in London hast stehenlassen.«

Wovon sprach er? Er mußte verrückt sein.

Ihre Wangen erröteten vor Zorn, und ihr ganzer Körper bebte. »Sie!« schrie sie. »Was tun Sie denn hier, und wie können Sie es wagen, mich zu entführen und mich an diesen gottverfluchten Ort zu bringen? Mein Bruder wird Sie umbringen, Philip Caxton!«

Wieder lachte er. »Du fürchtest dich also nicht mehr vor mir, Tina. Das ist gut so. Ich glaube nicht, daß es mir Spaß machen würde, dich um Gnade flehen und winseln zu hören.«

»Diese Befriedigung würde ich Ihnen niemals gönnen, Mr. Caxton.« Christina stand auf und trat vor ihn hin. Ihr Haar floß um ihre Hüften. »Würden Sie mir jetzt freundlicherweise sagen, warum Sie mich hierher gebracht haben? Wenn Sie auf Lösegeld aus sind, wird mein Bruder jede Ihrer Forderungen erfüllen. Mir wäre es nur lieb, die Sache schnell zu regeln, damit ich diesen Ort verlassen kann und Ihre Gesellschaft nicht länger ertragen muß.«

Er lächelte sie an. Seine ungewöhnlichen Augen zogen sie in ihren hypnotischen Bann. Warum mußte er so verdammt gut aussehen, dachte sie.

»Ich nehme an, ich sollte dich darüber aufklären, warum ich dich hierher gebracht habe.« Philip setzte sich auf das Sofa, das ihrem gegenüberstand, und bedeutete ihr, sich ebenfalls zu setzen. Er trank das Gefäß leer, das er sich eingeschenkt hatte, und sah sie prüfend an, bevor er fortfuhr.

»Gewöhnlich gebe ich keine Erklärungen ab, aber ich denke, in deinem Fall kann ich eine Ausnahme machen.« Er unterbrach sich, als suche er nach den Worten, die er jetzt brauchte. »Christina, als ich auf diesem Ball in London den ersten Blick auf dich geworfen habe, wußte ich, daß ich dich haben will. Daher habe ich es auf deine Art versucht. Ich habe dir meine Gefühle erklärt und dir eine Heirat angeboten. Als du abgelehnt hast, habe ich beschlossen, dich auf meine Weise zu holen, und zwar schnell. Ich habe dafür gesorgt, daß dein Bruder noch in der Nacht, in der du mich abgewiesen hast, in dieses Land geschickt wurde.«

»Sie waren es also, der meinen Bruder hierher geholt hat!« Sie schnappte nach Luft.

»Du wirst mich nicht mehr unterbrechen, bis ich ausgeredet habe. Ist das klar?« sagte Philip barsch.

Christina nickte, aber nur, weil ihre Neugier ihr gebot, ihn anzuhören.

»Wie ich schon sagte, ich habe dafür gesorgt, daß dein Bruder hierher geschickt wurde. Es war nur die Frage, die richtigen Leute zu kennen. Wenn du dich entschlossen hättest, in England zu bleiben, hätte es mir keine allzugroßen Schwierigkeiten bereitet, dich in meine Heimat zu bringen, wenn dein Bruder nicht da ist. Dort wäre es dir leichter gefallen, mir zu entkommen, aber ich hätte dich schneller gehabt. Hier stehen deine Chancen schlechter, mir davonzulaufen. In diesem Land ist es üblich, Gefangene zu nehmen, und daher hast du von den Leuten im Lager keine Hilfe zu erwarten.« Philip lächelte sie ironisch an. »Du gehörst jetzt mir, Tina. Je eher dir das klar wird, desto besser ist es für dich.«

Christina sprang auf und lief wütend auf und ab. »Ich kann es einfach nicht glauben! Wie konnten Sie bloß auf die Idee kommen, ich würde Sie heiraten – nach allem, was Sie mir angetan haben!«

»Heiraten!« Er lachte. »Heirat habe ich dir einmal angeboten, und ich werde es kein zweites Mal tun. In diesem Land brauche ich dich nicht zu heiraten, um dich zu besitzen!« Er kam auf sie zu und zog sie in seine Arme. »Du kannst dich als meine Sklavin bezeichnen, aber nicht als meine Frau.«

»Ich werde die Sklavin keines Mannes sein! Eher bringe ich mich um, als mich Ihnen zu fügen!« schrie Christina, und sie wehrte sich, um sich aus seiner Umarmung loszureißen.

»Glaubst du, ich würde zulassen, daß du dich tötest, nachdem ich so lange auf dich gewartet habe?« murmelte Philip heiser. Er senkte seine Lippen auf ihren Mund und küßte sie leidenschaftlich. Mit einer Hand hielt er ihren Kopf, mit der anderen ihre Arme.

Christina spürte wieder, wie dieses seltsame Gefühl durch ihren Körper rann. Genoß sie seinen Kuß? Aber das war doch unmöglich. Sie haßte ihn!

Sie sackte schlaff in seinen Armen zusammen, doch ehe sie dazu kam, um sich zu treten, hatte Philip sie auf seine Arme genommen, und sein Gelächter schallte durch das Zelt.

»Mit diesem kleinen Trick kommst du kein zweites Mal durch, Tina.«

Philip trug Christina durch die schweren Vorhänge zu seinem Bett. Als sie seine Absicht erkannte, begann sie, sich ernstlich zu wehren, aber er legte sie auf das Bett und legte sich neben sie. Sie hieb mit ihren Fäusten auf seine Brust ein, bis er ihre Arme über ihren Kopf zog und sie dort mit einer Hand festhielt.

»Ich denke, ich werde mir jetzt ansehen, ob dein Körper sich mit der Schönheit deines Gesichts messen kann.«

Philip schnürte ihr Gewand auf. Er hielt sie mit einem Bein fest, damit sie nicht um sich treten konnte, und mit einem einzigen Ruck zerriß er ihr Nachthemd.

Christina schrie auf, doch seine Lippen legten sich auf ihre, und seine Zunge forschte in ihrem Mund. Doch diesmal war sein Kuß sanft und zärtlich, und ihr schwirrte der Kopf, denn ihre Gefühle waren so gemischt, wie sie es bisher nicht gekannt hatte. Er ließ seine Lippen auf ihren Hals gleiten, und mit seiner freien Hand liebkoste er frech ihre vollen, reifen Brüste.

Philip sah ihr in die Augen und lächelte. »Du bist noch schöner, als ich es in meinen kühnsten Träumen für möglich gehalten habe. Dein Körper ist für die Liebe geschaffen. Ich begehre dich, Tina«, flüsterte er heiser. Dann senkte er seine Lippen auf ihre Brüste und küßte sie beide. Christina fühlte sich in Flammen gesetzt.

Sie mußte etwas sagen, damit er aufhörte. Gegen seine Stärke konnte sie nicht ankommen. »Sie sind kein Gentleman, Mr. Caxton. Müssen Sie mich gegen meinen Willen vergewaltigen«, fragte sie kühl, »obwohl Sie wissen, daß ich Sie nicht ausstehen kann?«

Philip sah sie an, und sie sah, wie das Verlangen aus seinen grünen Augen wich. Er ließ sie los und stand auf. Als er auf sie herunterblickte, war sein Mund so hart, daß er es mit dem kalten Funkeln in seinen Augen aufnehmen konnte.

»Ich habe nie behauptet, ich sei ein Gentleman, aber ich werde dich nicht vergewaltigen. Wenn ich dich nehme, dann nur, weil du es ebensosehr wollen wirst wie ich. Und du wirst mich begehren, Tina, das verspreche ich dir.«

»Niemals!« zischte sie, und sie zog ihre Kleider über ihren Körper. »Niemals werde ich das wollen. Ich hasse dich aus tiefster Seele.«

»Wir werden sehen, Tina«, antwortete Philip, und er wandte sich ab.

»Und würden Sie endlich aufhören, mich Tina zu nennen? So heiße ich nicht!« schrie sie ihn an, aber er hatte das Zelt bereits verlassen.

Christina band sich das arabische Gewand über ihrem zerrissenen Nachthemd zusammen und sah sich um. Sie glitt unter die Zudecke und dachte über das nach, was er gesagt hatte. Er würde sie also nicht vergewaltigen. Wenn er ein Mann war, der zu seinem Wort stand, war sie in Sicherheit, denn sie wußte, daß sie ihn niemals begehren würde. Weshalb hätte sie jemals einen Mann begehren sollen? Das Verlangen war eine männliche Empfindung, nicht die einer Frau.

Aber was war, wenn er sein Wort nicht hielt? Sie war nicht stark genug, um ihn davon abzuhalten, wenn er sich entschloß, sie gewaltsam zu nehmen. Was dann? Und was zum Teufel hatte er überhaupt in Ägypten zu suchen? Er benahm sich wie ein Eingeborener, und der Stamm schien ihn als einen der ihren zu akzeptieren. Das konnte sie nicht verstehen, und immer wieder ging ihr diese Frage durch den Kopf, ohne daß sie eine Antwort darauf finden konnte.

Als sie daran dachte, wie weit Philip Caxton gegangen war, um sie hierher zu holen, wurde sie wieder wütend. Sich vorzustellen, daß sie die ganze Reise über das Meer nur zurückgelegt hatte, um von einem Verrückten entführt zu werden! Jedenfalls würde sie nicht lange hier sein, wenn sie etwas dagegen tun konnte. Fluchtgedanken gingen ihr durch den Kopf, als sie endlich einschlief.

7

Verdammt, Christina konnte wirklich eine Hexe sein, wenn sie wollte, dachte Philip. Aber ihr Tag würde kommen und es würde ihm großes Vergnügen bereiten, sie eingestehen zu lassen, daß sie ihn begehrte.

Trotz der späten Stunde verließ Philip das Zelt, um Scheich

Yasir Alhamar aufzusuchen, seinen Vater, denn er wußte, daß der alte Mann ihn erwartete.

Yasir Alhamar war jetzt seit mehr als fünfunddreißig Jahren der Scheich dieses Stammes. Seine erste Frau, eine Engländerin aus adliger Familie, hatte er beim Überfall auf eine Karawane gefangengenommen. Sie hatte fünf Jahre lang mit Yasir zusammengelebt und ihm zwei Söhne geboren, Philip und Paul.

Damals hatte der Stamm ein Nomadenleben in der Wüste geführt, und das Klima und das rauhe Leben hatten Philips Mutter schnell altern lassen. Sie hatte ihn darum gebeten, sie mit ihren Söhnen nach England gehen zu lassen. Yasir, der sie sehr geliebt hatte, hatte sie gehen lassen. Doch sie hatte ihm versprochen, ihre Söhne nach Ägypten zurückkehren zu lassen, wenn sie volljährig waren und sich selbst dazu entschlossen.

Philip war in England aufgewachsen und zur Schule gegangen. Als er einundzwanzig Jahre alt war, hatte seine Mutter ihm von seinem Vater erzählt. Philip hatte sich entschlossen, Yasir zu finden und bei ihm zu leben. Als Philips Mutter vor fünf Jahren gestorben war, hatte er das Anwesen geerbt und es in der Obhut des Pächters der Caxtons zurückgelassen, da er nicht in England leben wollte und sein Bruder noch zur Schule ging.

Philip hatte elf Jahre lang beim Stamm seines Vaters gelebt, doch vor einem Jahr war er nach England zurückgegangen, um der Hochzeit seines Bruders beizuwohnen. Paul hatte ihn überredet, eine Weile zu bleiben. Dann hatte er Christina Wakefield kennengelernt und beschlossen, sie zur Seinen zu machen.

Philip war Christina und John zum Hafen gefolgt und hatte geduldig abgewartet, bis ihr Schiff abgelegt hatte. Es war reine Glückssache, daß es ihm gelungen war, auf einem Frachter als Passagier mitgenommen zu werden. Er reiste noch am selben Tag, kam aber eine Woche eher an als Christinas Schiff.

Nach seiner Ankunft hatte er Kontakt zu Saadi und Ahmed aufgenommen und sich von ihnen sein Pferd, Victory, bringen lassen, mit dem sie ihn in Kairo abholten. Saadi und Ahmed waren gute Kameraden; sie waren entfernte Cousins von ihm. Der ganze Stamm war entfernt mit ihm verwandt.

Philip hatte hier einen Halbbruder, der acht Jahre jünger war als er. Aber die beiden kamen nicht allzu gut miteinander aus. Er konnte die Gründe verstehen, denn Rashid wäre das Oberhaupt des Stammes geworden, wenn Philip in England geblieben wäre.

Yasir Alhamar setzte sich auf den Schafsfellen auf, die ihm als Bett dienten. Er lebte immer noch das herkömmliche Nomadenleben, mit wenigen Einrichtungsgegenständen und nur wenig Komfort. Philip erinnerte sich noch daran, wie sein Vater ihn ausgelacht hatte, als er sein Bett und die Möbel in das Lager in den Bergen gekarrt hatte.

»Du bist also immer noch ein Engländer, Abu. Ich dachte schon, du hättest dich nach so langer Zeit daran gewöhnt, auf dem Boden zu schlafen und zu essen«, hatte Yasir gesagt.

»Wenigstens habe ich die Gegenstände gestohlen, Vater«, hatte Philip entgegnet.

»Es besteht also doch noch Hoffnung für dich«, hatte Yasir lachend erwidert.

Als Yasir Philip erblickte, bedeutete er ihm, einzutreten und sich neben ihn zu setzen. »Es ist lange her, mein Sohn. Ich habe von der Frau gehört, die du in das Lager mitgebracht hast. Ist sie deine Frau?«

»Sie wird es werden, Vater. Ich habe sie in London gesehen, und ich wußte, daß ich sie haben muß. Ich habe dafür gesorgt, daß ihr Bruder hierher geschickt wird, und jetzt gehört sie mir. Im Moment widersetzt sie sich mir, aber es wird nicht allzu lange dauern, bis ich sie gezähmt habe.«

Yasir lachte. »Du bist wahrhaft mein Sohn. Du hast dir deine Frau gestohlen, genauso, wie ich deine Mutter geraubt habe. Deine Mutter hat sich mir anfangs auch widersetzt, aber ich glaube, sie hat mich ebenso sehr lieben gelernt, wie ich sie, denn sie hat mich geheiratet. Wenn wir damals schon in den Bergen gelebt hätten, wäre sie vielleicht bei mir geblieben, aber sie konnte das Wüstenklima nicht ertragen. Ich wäre mit ihr gegangen, aber ich habe mein gesamtes Leben hier verbracht, und ich hätte euer zivilisiertes England nicht ertragen«, sagte er. »Vielleicht wirst du mir Enkel schenken, ehe ich sterbe.«

»Vielleicht, Vater. Wir werden es sehen. Morgen werde ich sie zu dir bringen, aber jetzt muß ich wieder gehen.«

Sein Vater nickte, und Philip ging zurück in sein Zelt. Dort erwartete ihn eine Mahlzeit, und er setzte sich hin, um zu essen und über das Mädchen nachzudenken, das in seinem Bett schlief. Er würde es nicht allzu lange erwarten können, sie zu besitzen, wenn sie jetzt ständig in seiner Nähe war. Es war schon zu lange her, seit er sich das letzte Mal zu einer Frau gelegt hatte, und

Christinas Körper brachte ihn um den Verstand. Er erinnerte sich an ihre Brüste, deren Fülle er noch unter seinen Händen spürte; an ihre schmale Taille und ihre schlanken, geschmeidigen Hüften; an ihre langen, wohlgeformten Beine; an ihre seidige Haut; ihr Haar – in dieser goldenen Lockenmasse konnte er sich verlieren.

Christinas Augen faszinierten ihn. Sie hatten ein dunkles Sturmblau angenommen, als sie dahintergekommen war, daß er es war, der sie entführt hatte. Lange hatte er darauf gewartet, diese Reaktion zu sehen. Wieder lachte er, als er an ihr schockiertes Gesicht dachte, dessen Ausdruck sich schnell in Zorn verwandelt hatte.

Vielleicht würde er ihr ein wenig Zeit lassen, damit sie sich an ihr neues Zuhause gewöhnen konnte, aber nicht zuviel Zeit. Bis morgen, das mußte reichen.

Er zog sich aus und legte sich behutsam ins Bett. Christina hatte sich zu einer Kugel zusammengerollt und ihm den Rücken zugewandt. Philip spielte mit dem Gedanken, sie auszuziehen, aber davon würde sie nur wach, und er war zu müde, um ihren Zornesausbruch über sich ergehen zu lassen. Er lächelte bei dem Gedanken an ihre Reaktion, wenn sie am nächsten Morgen feststellte, daß er neben ihr im Bett lag. Zumindest lag Christina jetzt hier neben ihm, wenn auch gegen ihren Willen. Sie würde sich mit dieser Situation abfinden müssen. Philip schloß die Augen und ließ sich vom Schlaf übermannen.

8

Als Christina Wakefield am nächsten Morgen erwachte, stand ein Lächeln auf ihren Lippen, denn sie hatte geträumt, sie sei zu Hause in Halstead durch ein Feld gelaufen. Überrascht riß sie ihre blaugrünen Augen auf, als sie den Mann sah, der neben ihr im Bett lag. Dann fiel ihr wieder ein, wo sie war und wie sie in diese Klemme geraten war.

Eine solche Unverschämtheit! dachte sie erbost. Sie hätte nie damit gerechnet, daß er im selben Bett wie sie schlafen würde. Das ging einfach zu weit; sie mußte diesem Mann entkommen.

Christina stand auf, lugte aus dem Zelt und stellte fest, daß niemand im Lager herumlief. Sie ging langsam durch das Lager, doch sowie das letzte Zelt hinter ihr lag, fing sie an zu rennen, quer durch die Felsen, denn sie wollte nicht den Weg benutzen, falls Philip sie suchte. Leise betete sie, daß niemand sie beim Verlassen des Lagers beobachtet hatte, doch schon hörte sie Pferdehufe hinter sich. Philip galoppierte auf seinem schönen Araberhengst auf sie zu.

»Muß ich dich nachts im Bett festbinden, damit du mir nicht davonläufst, während ich schlafe?« schrie er sie an. »Ist es das, was du willst?«

»Das würdest du niemals wagen!«

»Ich habe dir bereits einmal gesagt, Christina, daß ich verdammt noch mal alles wage, was ich will!« Philip sprang mit der Behendigkeit einer Wüstenkatze von seinem Pferd. In seinen Augen stand eine gefährliche Kälte, als er sie packte und an den Schultern rüttelte. »Ich sollte dich dafür schlagen, daß du mir davonläufst! Das ist es, was jeder Araber, der Achtung vor sich selbst hat, in einem solchen Fall mit seiner Frau anfangen würde.«

»Ich bin nicht deine Frau!« sagte sie, und in ihren funkelnden Augen stand Mordlust. »Und das werde ich auch nie sein!«

»In dem Punkt täuschst du dich, Christina, denn du bist meine Frau und wirst meine Frau bleiben, bis ich dich satt habe.«

»Nein, das werde ich nicht! Und du hast kein Recht, mich hierzubehalten. Mein Gott, siehst du denn nicht, wie sehr ich dich hasse? Du verkörperst all das, was ich an Männern verachte. Du bist ein – ein Barbar!«

»Ja, das bin ich wohl wirklich. Aber wenn ich ein zivilisierter Gentleman wäre, wärst du nicht hier, und genau hier will ich dich haben. Und ob es dir paßt oder nicht – du wirst hierbleiben, und wenn es sein muß, daß ich dich an mein Bett fessele«, erwiderte er kühl. Er hob sie hoch und warf sie unsanft auf den Rücken seines Pferdes.

»Warum muß ich so reiten?« fragte Christina empört.

»Ich finde, du kannst dich mit einer so harmlosen Strafe glücklich schätzen, sagte er. »Du hast Übleres verdient.«

Als sie das Lager erreicht hatten, rechnete Christina damit, daß Philip sie weiterhin roh behandeln würde, doch er ließ ihr eine Mahlzeit vorsetzen, spielte sacht mit ihren Haaren und fragte sie freundlich: »Würdest du gern ein Bad nehmen, meine Süße?«

Christina konnte nicht bestreiten, daß sie liebend gern ein Bad nehmen wollte. Philip brachte ihr Kleider und ein Handtuch und führte sie zu einem frischen, klaren Gebirgssee.

»Du erwartest doch nicht etwa, daß ich mich hier bade?« fragte Christina hochmütig.

»Sieh mal, Tina, du bist hier nicht in England, und hier bringt man dir kein heißes Wasser ins Zimmer. Du bist jetzt hier, und wenn du baden willst, dann wirst du das so tun wie wir anderen auch.«

»Gut. Ich muß mich nach diesem schrecklichen Ritt waschen. Wenn das die einzige Möglichkeit ist, ein Bad zu nehmen, dann soll es mir recht sein. Sie können jetzt gehen, Mr. Caxton.«

Philip grinste sie an. »Nein, gnädige Frau, ich habe nicht die Absicht, zu gehen.« Er setzte sich auf einen Baumstamm und schlug die Beine übereinander. Ein langsames Erröten kroch über Christinas Gesicht. »Das kann doch unmöglich heißen, daß Sie hierbleiben und« – sie unterbrach sich, weil sie den Satz am liebsten gar nicht beendet hätte – »und mir zuschauen!«

»Genau das ist meine Absicht.« Er sah sie mit einem breiten Grinsen an, und Christinas Blut kochte.

»Dann drehen Sie sich wenigstens um, damit ich mich entkleiden kann!«

»Ach, Tina, du mußt noch lernen, daß du mir das Vergnügen nicht versagen kannst, deinen Körper zu betrachten, wenn ich ihn auch bisher noch nicht besessen habe«, erwiderte er.

Christina funkelte ihn mit sturmblauen Augen an. Dieser Mann tat alles, um sie zu entwürdigen.

»Ich hasse Sie«,fauchte sie. Dann drehte sie sich um, zog sich aus und ging ins Wasser, bis es ihr über die Brüste reichte.

Sie hätte alles getan, um ihm jedes Vergnügen zu versagen. Sie blieb mit dem Rücken zu Philip stehen und wusch sich mit der süß duftenden Seife in dem köstlich kühlen Wasser. Dann tauchte sie unter, um ihre Haare anzufeuchten. Als die Seife genügend Schaum für eine Haarwäsche gebildet hatte, hörte sie ein platschendes Geräusch im Wasser.

Christina drehte sich eilig um, aber sie konnte Philip nirgends entdecken. Plötzlich stand er direkt vor ihr. Sie war sich nur zu deutlich bewußt, daß sie beide unter der kühlen Wasseroberfläche nackt waren.

Philip schüttelte das Wasser aus seinem dichten schwarzen Haar und griff nach Christina, um sie in seine Arme zu ziehen, aber darauf war sie vorbereitet, und sie warf die Seife nach ihm. Eilig schwamm sie davon. Erst als sie ihn lachen hörte, drehte sie sich um und stellte fest, daß er sich nicht von der Stelle gerührt hatte, sondern sich mit der Seife wusch.

Aus Christinas Gesicht war deutlich die Erleichterung zu erkennen, als sie sich die Seife aus dem Haar spülte und aus dem Wasser stieg. Eilig trocknete sie sich ab und zog sich an. Als Philip hinter ihr auftauchte, versuchte sie gerade, sich mit den Fingern das Haar zu glätten.

»Fühlst du dich jetzt besser, meine Süße?« fragte er zärtlich.

Sie weigerte sich, ihm zu antworten oder ihn anzusehen, und beschäftigte sich damit, ihre Haare zu flechten, während Philip sich anzog. Es gelang Christina jedoch nicht, lange den Mund zu halten, denn ihre Neugier war noch größer als ihre Unwilligkeit, mit ihm zu sprechen.

»Was tun Sie in diesem Land, Philip, und wie kommt es, daß diese Menschen Sie so gut kennen?« fragte sie.

Sein Lachen drang durch die Lichtung. »Ich habe mich schon gefragt, wann du anfangen wirst, Fragen zu stellen«, sagte er. »Es ist der Stamm meines Vaters.«

Christina war sprachlos. »Ihres Vaters? Aber Sie sind doch Engländer!«

»Ja, von der Seite meiner Mutter her bin ich Engländer, aber mein Vater ist Araber, und das hier ist sein Stamm.«

»Dann sind Sie also halber Araber?« fragte Christina, der es schwerfiel, das zu glauben.

»Ja, und mein Vater hat meine Mutter gefangengenommen, genauso, wie ich dich geraubt habe. Er hat später zugelassen, daß sie mit mir und meinem Bruder nach England zurückkehrt. Daher bin ich in England aufgewachsen, bis ich volljährig war. Dann habe ich mich entschieden, hierherzukommen und bei meinem Vater zu leben.«

»Ihr Vater lebt hier?«

»Ja, du wirst ihn nachher kennenlernen.«

»Ihr Vater billigt es doch bestimmt nicht, daß Sie mich einfach entführt haben?« fragte sie mit einem Hoffnungsschimmer in der Stimme.

»Ich habe dir bisher nichts angetan – aber mein Vater billigt mein Vorgehen«, sagte er, und ein Lächeln spielte auf seinen Lippen. »Du vergißt, Tina, daß das hier nicht England ist. Es liegt in der

Natur meines Volkes, sich das zu nehmen, was es haben will. Und ich habe dafür gesorgt, daß du für mich zu haben bist. Wenn du erst eine Zeitlang hier bist, wirst du das besser verstehen.«

Er brachte sie in sein Zelt zurück und ließ sie dort allein.

Würde sie Philip Caxton jemals verstehen? Christina sah sich im Zelt um und fragte sich, was sie hier mit sich selbst anfangen sollte. Plötzlich fühlte sie sich sehr einsam, und das ärgerte sie.

Ohne nachzudenken, stürzte Christina aus dem Zelt und sah, daß Philip gemeinsam mit vier anderen Reitern dabei war, die Pferde zu besteigen. Sie lief auf ihn zu und umklammerte sein Bein. »Wohin gehen Sie?« fragte sie.

»Ich bin bald wieder da.«

»Aber was soll ich mit mir anfangen, solange Sie fort sind?«

»Das ist eine absurde Frage, Tina. Tu, was ihr Frauen sonst auch tut, wenn ihr allein seid.«

»Ach so, natürlich, Mr. Caxton«, sagte sie schnippisch. »Weshalb bin ich darauf nicht selbst gekommen? Ich kann Ihr Nähzimmer benutzen, wenn auch kein wirklicher Bedarf dafür besteht – ich bin es gewohnt, fertige Kleider zu tragen, die andere abgelegt haben. Vielleicht könnte ich mich auch um Ihre Korrespondenzen kümmern. Ich bin sicher, daß Sie ein vielbeschäftigter Mann sind, der selbst nicht die Zeit dafür findet. Aber wenn es Ihnen lieber ist, kann ich auch in Ihrer gutsortierten Bibliothek herumstöbern. Ich bin sicher, daß ich dort interessanten Lesestoff finden werde. Ich besitze nämlich nicht nur einen Körper, sondern auch einen Geist, Mr. Caxton!«

»Sarkasmus steht dir nicht, Christina«, sagte Philip zornig.

»Mir hätte klar sein müssen, daß Sie besser wissen als ich, was zu mir paßt«, gab Christina zurück.

»Christina, ich werde diese Tiraden nicht länger dulden. In deinem Zelt kannst du dich benehmen, wie es dir paßt, aber in der Öffentlichkeit wirst du mir Respekt erweisen!« erwiderte er, und seine Kiefermuskeln zuckten bedrohlich.

»Respekt!« Sie trat einen Schritt zurück, um ihn zu mustern. Es belustigte sie nahezu. »So, wie du mich behandelt hast, erwartest du Respekt von mir?«

»In diesem Land schlägt man eine Frau, die ihrem Mann keinen Respekt erweist.«

»Du bist nicht mein Mann«, verbesserte sie ihn.

»Nein, aber das entspricht sich. Ich bin dein Herr, und du

gehörst mir. Wenn du wünschst, daß ich eine Peitsche suche und öffentlich deine Rückseite entblöße, dann komme ich deinen Wünschen mit Vergnügen nach. Wenn nicht, kehrst du jetzt in mein Zelt zurück.«

Er sagte das so kühl, daß Christina es nicht darauf ankommen ließ, sich zu vergewissern, ob er seine Drohung wahr machen würde. Sie eilte ins Zelt, warf sich auf das Bett und weinte sich aus. Nie würde sie diesem Schurken etwas anderes als Haß und Verachtung entgegenbringen. Sie wußte weder was sie anfangen sollte, wenn Philip fort war, noch was sie anfangen sollte, wenn er da war. Sie weinte sich in den Schlaf.

Christina erwachte durch einen festen Klaps auf ihren Hintern. Als sie sich umdrehte, stand Philip neben dem Bett, die Hände in die Hüften gestemmt, und auf seinem schönen Gesicht stand ein schelmisches Lächeln.

»Du verbringst viel Zeit damit, in diesem Bett zu schlafen, mein Liebling. Möchtest du, daß ich dir einen anderen Verwendungszweck dieses Betts zeige?«

Christina sprang auf. Es fiel ihr inzwischen schon leichter, seine rauhe Ausdrucksweise zu verstehen.

»Ich bin sicher, daß ich gut ohne dieses Wissen zurechtkomme, Mr. Caxton.« Christina stemmte ebenfalls ihre Hände in die Hüften und fühlte sich sicher, weil das Bett zwischen ihnen stand.

»Du wirst es so und so bald lernen. Im übrigen würde ich es vorziehen, wenn du mich mit Philip oder mit Abu ansprichst, denn so werde ich hier genannt. Ich finde, es ist an der Zeit, daß du die Förmlichkeiten ablegst.«

»Ich würde es vorziehen, bei den Förmlichkeiten zu bleiben, Mr. Caxton. Zumindest macht das Ihrem Volk klar, daß ich nicht freiwillig hier bin«, sagte sie schnippisch.

Philip grinste boshaft. »Die Leute wissen längst, daß du nicht freiwillig hier bist, aber sie wissen auch, daß ich kein Mann bin, den man warten läßt. Sie gehen davon aus, daß du letzte Nacht defloriert worden bist. Vielleicht kommt es heute Nacht dazu.«

Christina riß die Augen auf. »Aber Sie – Sie haben es doch versprochen! Haben Sie denn gar keine Skrupel?«

»Ich halte immer mein Wort, Tina. Es wird nicht nötig sein, dich zu vergewaltigen. Wie ich dir bereits sagte, wirst du mich ebenso begehren wie ich dich.«

»Sie müssen verrückt sein! Wie könnte ich Sie begehren, wenn ich Sie mit meinem ganzen Wesen verachte?« fragte sie aufbrausend. »Sie haben mich von meinem Bruder und von allem, was ich liebe, fortgeholt. Sie halten mich hier gefangen und lassen mich bewachen. Ich hasse Sie!«

Christina stolzierte hinaus und verfluchte ihn innerlich mit allen üblen Schimpfwörtern, die ihr nur einfielen. Plötzlich bemerkte sie zwei Stapel Bücher und mindestens zehn Ballen Stoff, die neben einem der Sofas lagen. Sie vergaß ihren Ärger und sah sich die Schätze an.

Es waren Seide, Satin, Samt und Brokat in den schönsten Farben, die sie je gesehen hatte. Sogar ein Ballen fast durchsichtiger Baumwolle für Unterkleider war dabei. Garn in allen passenden Farben, Scheren, kunstvolle Borten und alles, was sie brauchen konnte, um sich schöne Kleider zu nähen, lag vor ihr.

Dann wandte sie sich den Büchern zu, nahm eins nach dem anderen in die Hand. Shakespeare, Defoe, Homer... Manche dieser Bücher hatte sie schon gelesen, und manche waren von Schriftstellern, von denen sie noch nie gehört hatte. Neben den Büchern lagen ein Kamm und eine Bürste aus kunstvoll geschnitztem Elfenbein.

Christina war begeistert. Sie fühlte sich wie ein kleines Kind, das zum Geburtstag mit so üppigen Geschenken überschüttet wird, daß sie bis zum nächsten Geburtstag reichen werden. Philip hatte hinter ihr gestanden und ihre Freude über diese Überraschung gesehen. Sie wirbelte herum.

»Ist das für mich?« fragte sie zimperlich, während sie ihre Hand über einen Ballen blauen Samt gleiten ließ, der exakt der Farbe ihrer Augen entsprach.

»Es war für dich gedacht, aber so, wie du dich benommen hast, weiß ich nicht, ob ich es dir geben sollte«, sagte er.

Seine grauen Augen gaben keinen Hinweis darauf, ob er Spaß machte oder nicht. Plötzlich war sie ganz verzweifelt.

»Bitte, Philip! Ich gehe ein, wenn ich nichts habe, womit ich mich beschäftigen kann.«

»Vielleicht könntest du mir auch etwas geben«, erwiderte er mit rauchig heiserer Stimme.

»Du weißt, daß ich das nicht kann. Warum quälst du mich?«

»Du ziehst vorschnelle Schlußfolgerungen, mein Liebling. Ich hatte nur an einen Kuß gedacht – einen Kuß mit Gefühl.«

Christina warf einen Blick auf die Fülle an Schätzen, die auf dem Sofa lagen. Was kann ein kleiner Kuß schon schaden, dachte sie, wenn ich dafür bekomme, was ich will? Sie kam auf ihn zu und wartete mit geschlossenen Augen ab, aber er tat gar nichts. Sie schlug die Augen auf und sah ihn an. In seinem Blick stand Belustigung.

»Ich habe dich aufgefordert, mir einen Kuß zu geben, junge Frau, und zwar mit Gefühl.« Er sah lächelnd auf sie hinunter.

Nach kurzem Zögern legte Christina ihre Arme um seinen Hals und zog seinen Mund auf ihren herunter. Sie öffnete die Lippen. Der Kuß begann zart, ehe seine Zunge in ihren Mund vordrang. Wieder durchzuckte sie dieses Flattern, doch diesmal wehrte sie sich nicht dagegen. Seine Arme schlangen sich um sie und drückten ihren Körper an sich. Sie spürte das Harte zwischen seinen Beinen, als er seine Lippen senkte und eine Feuerspur auf ihrem Nacken hinterließ.

Philip hob sie auf seine Arme und trug sie zum Schlafzimmer. Christina fing an zu zappeln.

»Du wolltest nur einen Kuß! Bitte, stell mich wieder hin«, bettelte sie.

»Verdammt noch mal, Frau! Es wird eine Zeit kommen, in der du gern mit mir kommst, das verspreche ich dir.«

Er stellte sie ab und ging. Ein Lächeln trat auf Christinas Lippen. Aber wie lange würde ihr Glück anhalten? Philips Kuß erregte etwas in ihr, was sie nicht verstand. Sie blieb mit einem Gefühl der Leere zurück, dem Gefühl, mehr zu wollen, aber sie wußte nicht, was dieses Mehr war.

Nach wenigen Minuten kam Philip mit einem Mädchen zurück, das das Abendessen brachte. Als sie gegangen war, sprach Philip unfreundlich mit ihr.

»Wir werden jetzt essen, und anschließend stelle ich dich meinem Vater vor. Er erwartet uns schon.«

Sie aßen schweigend, aber Christina war zu nervös, um die warme Mahlzeit zu genießen. Sie fürchtete sich ein wenig davor, Philips Vater kennenzulernen. Wenn er Ähnlichkeit mit seinem Sohn besaß, hatte sie einiges zu fürchten.

»Könnten wir dieses Treffen nicht um ein paar Tage verschieben, damit ich mir vorher etwas nähen kann, was vorzeigbarer ist als das hier?« fragte sie.

Philip sah sie stirnrunzelnd an. »Mein Vater hat sein ganzes

Leben hier verbracht. Er ist es nicht gewohnt, daß Frauen schicke Kleider und kostbare Gewänder tragen. Das, was du anhast, ist dem Anlaß durchaus angemessen.«

»Und wessen Kleider trage ich hier eigentlich. Haben sie deiner letzten Mätresse gehört?« fragte Christina angewidert.

»Du hast eine scharfe Zunge, Tina. Diese Kleider gehören Amine, dem Mädchen, das das Essen gebracht hat. Amine ist die Frau von Syed, einem entfernten Cousin von mir.«

Christine schämte sich, aber sie dachte gar nicht daran, es zuzugeben.

»Gehen wir? Mein Vater kann es gar nicht erwarten, dich kennenzulernen.«

Philip nahm sie an der Hand und führte sie zu einem kleineren Zelt, das rechts neben seinem Zelt stand. Sie traten ein, und Christina sah einen alten Mann, der mitten im Zelt auf dem Fußboden saß.

»Kommt rein, Kinder. Ich habe mich schon auf euch gefreut.«

Philip führte sie durch das Zelt, setzte sich seinem Vater gegenüber auf ein Schaffell und zog sie neben sich.

»Ich möchte dir Christina vorstellen«, sagte Philip zu seinem Vater. Dann sah er sie an. »Mein Vater, Scheich Yasir Alhamar.«

»Du mußt wirklich aufhören, mich Scheich zu nennen, Abu. Du bist jetzt der Scheich«, schalt er seinen Sohn.

»Ich werde in dir immer den Scheich sehen, Vater. Bitte mich nicht darum, dich mit weniger Respekt zu behandeln.«

»Nun gut, zwischen uns spielt das ohnehin keine Rolle. Das ist also die Frau, ohne die du nicht mehr leben konntest«, sagte Yasir, und er musterte Christina gespannt. »Ja, ich kann verstehen, warum du sie besitzen mußtest. Du bist ein erfreulicher Anblick, Christina Wakefield. Ich hoffe, du wirst mir noch viele schöne Enkel schenken, ehe ich sterbe.«

Christina riß die Augen weit auf, und ihr Gesicht nahm eine rötliche Tönung an. »Enkel! Also so was, ich...«

Philip schnitt ihr abrupt das Wort ab. »Du sagst jetzt kein Wort mehr.« Er sah sie böse an, mit einem Blick, der ihren Ungehorsam herausforderte.

»Es ist schon gut, Abu. Ich sehe, daß deine Christina noch viel Kämpferisches in sich hat. Deine Mutter war am Anfang genauso, als ich sie in mein Lager brachte. Ich war nur nicht so freundlich wie du, denn ich mußte sie einmal schlagen.«

Christina schnappte nach Luft, doch Yasir lächelte sie vielsagend an.

»Das schockiert dich, Christina Wakefield? Mir hat es auch nicht gepaßt, als es geschehen war. Du mußt wissen, daß ich damals viel getrunken habe und in blinde Wut geraten bin, weil sie ganz unverhohlen mit den Männern in meinem Lager geflirtet hat. Später hat sie zugegeben, daß sie es absichtlich getan hat, um mich so eifersüchtig zu machen, daß ich sie heirate. Danach habe ich nie mehr die Hand gegen sie erhoben, und gleich am Tag darauf haben wir geheiratet. Ich habe fünf unschätzbare Jahre mit ihr erlebt, und sie hat mir meine Söhne geschenkt. Abu und Abin. Aber sie konnte das heiße Wüstenklima nicht ertragen, und daher habe ich ihr den Wunsch nicht abgeschlagen, sie nach Hause reisen zu lassen. Ich trauere noch immer über ihren Tod. Und ich werde immer um sie trauern.«

In den dunkelbraunen Augen von Philips Vater stand ein trauriger Blick, als erinnere er sich an diese längst vergangenen glücklichen Jahre. Er nickte nur, ohne die beiden anzusehen, als Philip sagte, sie würden ihn wieder besuchen.

Christina hatte Mitleid mit Yasir, der nur fünf Jahre mit der Frau verbracht hatte, die er liebte, aber für Philip empfand sie nichts dergleichen. Als sie in sein Zelt zurückkehrten, sah sie ihn mit blitzenden dunkelblauen Augen an.

»Ich werde ihm keine Enkel schenken!« brauste sie auf.

»Was?« fragte Philip lachend. »Das ist doch nur der Wunschtraum eines alten Mannes. Ich erwarte keine Kinder von dir. Das ist auch nicht der Grund, aus dem ich dich hierher gebracht habe.«

»Warum hast du mich denn sonst hierher gebracht?« schrie Christina ihn mit schriller Stimme an.

»Das sagte ich dir bereits, Tina. Du bist zu meinem Vergnügen hier. Weil ich dich will«, erwiderte er ohne Umstände.

Er streckte die Arme nach ihr aus, und Christina wich eilig aus. Angst war an die Stelle ihres Zorns getreten. »Wo kann ich diese Stoffballen verstauen?« fragte sie, um ihn abzulenken.

»Nächste Woche versuche ich, dir eine Truhe dafür zu besorgen. Vorläufig kannst du sie einfach liegenlassen. Komm laß uns jetzt ins Bett gehen«, sagte er und machte sich auf den Weg in das abgetrennte Schlafzimmer.

»Es ist gerade erst dunkel geworden, und ich bin nicht müde. Außerdem denke ich gar nicht daran, mit dir in einem Bett zu schlafen. Und du hast nicht das Recht, mich dazu zu zwingen!« Sie setzte sich und flocht ihre Zöpfe auf.

Philip kam zu ihr und hob sie auf seine Arme. »Ich habe nicht davon gesprochen, daß wir schlafen gehen, meine Süße«, sagte er kichernd.

»Nein!« schrie sie. »Setz mich augenblicklich wieder ab!«

Philip sah lächelnd auf sie herunter, als er sie ins Schlafzimmer trug und sie auf das Bett fallen ließ. »Ich habe dir doch gesagt, daß ich dir Vergnügen bereiten werde. Zieh dich jetzt aus, Tina.«

»Nichts dergleichen werde ich tun«, gab Christina empört zurück.

Sie wollte aus dem Bett springen, doch es war ein nutzloses Unterfangen, denn Philip zog sie schnell in die Mitte des Bettes und legte ein Knie über ihre Hüften. Er zog ihr die Bluse über den Kopf, und obwohl sie sich mit aller Kraft wehrte, war sie verloren. Er band ihren Rock auf und drehte sie um, um ihn runterzuziehen.

»Das kannst du nicht tun!« schrie sie, und sie versuchte verzweifelt, ihm zu entkommen.

Er lachte herzlich. »Wann wirst du endlich begreifen, meine Kleine, daß ich hier der Herr bin? Was ich tun will – das tue ich auch.«

Philip sah die Angst in ihren dunkelblauen Augen, doch das konnte ihn nicht zurückhalten.

»Verdammt noch mal, Tina, ich habe dir mein Wort gegeben, dich nicht zu vergewaltigen, aber ich habe nicht versprochen, dich nicht zu küssen oder deinen Körper nicht zu berühren. Und jetzt hältst du still!« sagte er barsch. Gegen ihren Willen preßte er seine Lippen auf ihren Mund.

Philip küßte sie brutal und ausgiebig. Christina hatte ein ganz seltsames Gefühl. Genoß sie seine Küsse etwa wirklich? Ihre Brüste, ihr Bauch, ihr ganzer Körper prickelten, und sie fühlte sich unglaublich lebendig.

Philip ließ sie los und stellte sich neben das Bett. Er kostete ihren Körper mit dunkelgrünen Augen, als er sich auszog und seine Kleidungsstücke auf den Boden warf. Christinas Augen wurden kugelrund, als sie sein nacktes Verlangen sah. Furcht erfaßte sie, und sie sprang aus dem Bett, um einen letzten Fluchtversuch zu unternehmen. Doch Philip hielt sie an ihrem langen Zopf fest und zog sie gewaltsam in seine Arme.

»Du hast nichts zu befürchten, Tina«, sagte er, als er sie auf das Bett stieß.

Er ließ seine Lippen über ihr Gesicht und ihren Hals gleiten, doch als sie zart auf ihren Brüsten lagen, fing sie wieder an, sich zu wehren. Er hielt ihre Arme mit einer Hand über ihrem Kopf fest.

»Wehr dich nicht, Tina. Sei ganz entspannt und genieße, was ich für dich tun kann«, flüsterte er mit tiefer Stimme.

Während Philip ihre Brüste mit seinen Lippen streichelte, legte er die Hand, die er frei hatte, auf ihren Oberschenkel. Als seine Hand zu dem golden behaarten Dreieck unter ihrem Nabel hinaufglitt, stöhnte Christina und flehte Philip an, aufzuhören.

»Ich habe gerade erst angefangen, Tina«, murmelte er, und stieß sein Knie zwischen ihre Beine, um ihre Schenkel zu öffnen.

Christina fühlte sich entflammt, als Philip sie zart zwischen den Beinen streichelte. Er bedeckte ihre Lippen mit seinem Mund, als sie leise zu stöhnen begann. Jetzt wollte sie nicht mehr, daß er aufhörte. Sie wollte wissen, wie dieses seltsame prickelnde Gefühl in ihrem Innern jemals enden sollte.

Philip ließ ihre Hände los und legte sich auf sie. Er hielt ihren Kopf zwischen seinen großen Händen und küßte sie begierig. Sie spürte seine Härte zwischen ihren Beinen, aber sie störte sich nicht mehr daran. Ihr Kopf schrie innerlich, er solle aufhören, doch ihr Körper forderte, er solle weitermachen. Jetzt wußte Christina, daß Philip recht gehabt hatte. Sie haßte ihren Körper dafür, daß er sie verriet, aber sie begehrte Philip.

Sie spürte, daß er langsam anfing in sie einzudringen. Doch er unterbrach plötzlich seine Bewegungen und sah ihr in die Augen.

»Ich begehre dich, Tina. Du gehörst mir, und ich will dich lieben. Willst du, daß ich jetzt aufhöre? Willst du, daß ich dich loslasse?« Er lächelte sie an, und er wußte, daß er gewonnen hatte. »Sag es mir, Tina. Sag mir, daß ich nicht aufhören soll.«

Sie haßte ihn, aber er konnte sie jetzt nicht einfach im Stich lassen. Sie schlang ihre Arme um seinen Hals. »Hör nicht auf«, flüsterte sie tonlos.

Sie spürte einen sengenden Schmerz, als er tief in sie hineinstieß. Seine Lippen erstickten ihren Schrei, als ihre Nägel sich in seinen Rücken gruben.

»Es tut mir leid, Tina, aber das mußte sein. Es wird jetzt nie mehr weh tun – das verspreche ich dir.« Er fing an, sich langsam in ihr zu bewegen.

Er hatte recht. Es tat nicht mehr weh. Es wurde immer genüßlicher, als Philips Bewegungen schneller wurden. Christina gab sich ihm völlig hin, während sie auf jede seiner Bewegungen empfänglich reagierte. Es gelang ihm, ihren Genuß immer mehr zu steigern, bis sie ihre Augen aufriß und eins mit ihm wurde.

Philip zeigte ihr Genüsse, von denen sie nicht gewußt hatte, daß es so etwas geben konnte. Doch als sie jetzt atemlos unter ihm lag, haßte sie ihn dafür um so mehr. Sie verfluchte sich für diese neuentdeckte Schwäche. Sie hatte gesagt, nie würde sie sich ihm freiwillig hingeben, doch sie hatte es getan, und das konnte sie sich nicht verzeihen.

Christina schlug die Augen auf und stellte fest, daß Philip sie mit einem Blick in den Augen anstarrte, den sie nicht deuten konnte.

»Ich werde dich niemals aufgeben, Tina. Du wirst immer mir gehören«, murmelte er leise. Dann ließ er sich neben sie fallen, zog sie aber an sich, bis ihr Kopf auf seiner Schulter lag.

»Und ich warne dich hiermit. Wenn du jemals wieder versuchen solltest, mir fortzulaufen, werde ich dich finden und dich auspeitschen, bis sich die Haut von deinem bezaubernden Rücken schält. Darauf gebe ich dir mein Wort.«

Christina blieb stumm. Bald darauf konnte sie seinen gleichmäßigen Atem hören und wußte, daß Philip eingeschlafen war. Sie rückte von ihm ab und schlüpfte aus dem Bett.

Sie glitt unbeobachtet aus dem Lager und schlich sich zu der Lichtung, zu der Philip sie am Morgen geführt hatte. Dort tauchte sie in den warmen Teich ein. Bis hierher hatte sie es geschafft, ohne ertappt zu werden. Aber ihr Glück hatte sie verlassen, und sie ließ es nicht auf einen Fluchtversuch ankommen, um zu sehen, ob Philip seine Drohung wahr machen und sie auspeitschen würde. Daher wies Christina ihre Fluchtgedanken von sich, und das warme Wasser spülte seinen Geruch von ihrem Körper.

9

Philip erwachte lächelnd und erinnerte sich an den Sieg, den er in der vergangenen Nacht davongetragen hatte. Er bemerkte den Blutfleck auf dem Laken und spielte versonnen mit Christinas Zopf.

Was für eine Frau hatte er gefunden! Nachdem sie ihre Niederlage eingestanden hatte, hatte sie sich ihm letzte Nacht vollständig hingegeben. Sie hatte seiner rasenden Leidenschaft in nichts nachgestanden. Vielleicht sollte er sie zu seiner Ehefrau machen, um sicherzugehen, daß sie ihn niemals verlassen würde. Doch sie hatte ihn in diesem Punkt einmal zurückgewiesen, und es gab kein Mittel, mit dem er sie zu einer Heirat zwingen konnte.

Philip zog sich an, verließ das Zelt und bat Amine, ihnen das Frühstück zu bringen. Er sah nach seinem Pferd und zwei Pferden, die sie kürzlich erst eingefangen hatten. Er liebte den Umgang mit Pferden, und zwischen den Überfällen auf die vorbeiziehenden Karawanen war es ihm eine Abwechslung, die neuen Pferde zuzureiten.

Philip dachte an den ungläubigen Blick, der bei dem gestrigen Überfall auf das Gesicht des fetten, alten Kaufmanns getreten war, als er gefragt hatte, ob die Karawane irgendwelche Bücher mit sich führte. Philip hatte nur die Dinge genommen, die er für Christina brauchte, und er hatte seinen Männern befohlen, nur Lebensmittel und andere Notwendigkeiten mitzunehmen.

Philip hatte keinen Bedarf an den Reichtümern, die man durch die Überfälle auf Karawanen erbeuten konnte, denn in England besaß er allen Reichtum, den er sich nur wünschen konnte. Seine Mutter hatte ihm neben dem großen Grundbesitz auch einen Titel hinterlassen.

Sein Halbbruder Rashid nahm alles mit, wenn er eine Karawane überfiel, und es störte ihn auch nicht weiter, wenn dabei jemand ums Leben kam. Rashid war ein harter und erbitterter Mann. Philip war froh, daß er seit seiner Rückkehr nicht mehr im Lager gewesen war.

Als Philip wieder ins Zelt trat, warf Christina ihm einen so haßerfüllten Blick zu, daß jeder andere Mann erstarrt wäre.

»Ich hatte gehofft, deine Übellaunigkeit hätte in der vergangenen Nacht nachgelassen, aber ich sehe schon, daß dem nicht so ist«, bemerkte Philip beiläufig.

»Und ich hatte gehofft, du besäßest den Anstand, die letzte Nacht nicht zu erwähnen. Aber du bist natürlich ein solcher Rüpel, mir diese Nacht sofort um die Ohren zu hauen! Ich verspreche dir, daß ich es nie mehr dazu kommen lasse!«

Philip grinste heimtückisch, als er sich ruhig neben sie setzte. »Gib keine Versprechen ab, die du nicht halten kannst, Tina. Nach dem Frühstück bringe ich dich zum Baden.«

»Danke, ich habe heute nacht schon gebadet«, sagte sie hochmütig.

Philips Augen zogen sich gefährlich zusammen. Er packte sie an den Schultern und rüttelte sie kräftig. »Du kleiner Dummkopf! Glaubst du, wir sind der einzige Stamm hier in den Bergen? Es gibt Dutzende von anderen, und wir teilen uns das Wasser und den Badesee mit Yamaid Alhabbal. Sein Stamm spricht im Gegensatz zu meinem kein Englisch. Weißt du, wo du heute morgen wärst, wenn dich jemand von diesem Stamm entdeckt hätte? Du stündest auf dem Sklavenmarkt – und brächtest eine ansehnliche Summe ein. Natürlich erst, nachdem Yamaid Alhabbal und alle seine Männer deine Reize gekostet hätten.«

Philip stieß sie von sich und sah mit erbarmungslosem Blick auf sie herunter. »Nie wieder wirst du dieses Lager ohne Begleitung verlassen, hast du gehört?«

»Ja«, flüsterte sie eingeschüchtert.

Als er ihren Schrecken bemerkte, beruhigte Philip sich wieder. »Es tut mir leid, Tina. Es geht nur darum, daß ich dich wahrscheinlich nicht wiederfände, wenn du verkauft wirst. Der fette alte Geier, der das meiste für dich zahlen könnte, würde dich irgendwo verstecken, weil er Angst hätte, dich sonst zu verlieren. Das wünsche ich dir ebensowenig, wie du es dir wünschst.«

Christina wirkte schon wieder völlig gelassen, als sie sich ihren Nähsachen zuwandte. Philip entschloß sich, die Wildpferde zuzureiten, denn sie würden leichter zu zähmen sein als Christina.

Da Christina ihn völlig ignorierte, gab sich Philip nach dem Abendessen ganz seinen eigenen Gedanken hin. Er hatte den späten Nachmittag damit verbracht, seinem Vater von Paul und seiner Frau zu erzählen. Zwar hatte Yasir Paul seit vielen Jahren nicht gesehen, doch er stand seinem Herzen immer noch nahe.

Philip hoffte immer noch, daß Paul seinen Vater wenigstens ein einziges Mal besuchen würde. Der alte Mann hatte nicht mehr allzuviel Zeit vor sich. In diesem Land starben die Leute vor ihrer Zeit.

Als Yasir sich entschlossen hatte, mit seinem Stamm in das Vorgebirge zu ziehen, war Philip begeistert gewesen. Er hatte das Nomadenleben in der Wüste nie gemocht, das ständige Weiterziehen von einer Oase zur nächsten. Der Stamm lebte jetzt seit acht Jahren in den Hügeln. Philip wäre vielleicht nicht so lange bei seinem Vater geblieben, wenn sie nicht dauerhaft in die Berge gezogen wären. Hier war es beträchtlich kühler. Es gab sogar genügend Wasser für regelmäßige Bäder. Und ihr Lager war so gelegen, daß sie einem Überfall standhalten konnten, wenn das nötig sein sollte.

Philip wußte nicht, ob er nach dem Tod seines Vaters in Ägypten bleiben würde. Aber jetzt, da er Christina hatte, würde er sich vermutlich für das Bleiben entscheiden. Er konnte nicht mit ihr nach England zurückgehen, denn dort konnte sie ihm davonlaufen.

Als er die Augen aufschlug, sah er sie auf dem Sofa schlummern. Sie hatte sich wie ein kleines Mädchen zusammengerollt, das unschuldige Träume träumt. Sie erschien ihm kaum wie eine sinnliche Frau, die er in der vergangenen Nacht erlebt hatte. Er wollte sie auf seine Arme heben, um sie ins Bett zu tragen, doch sie erwachte und wich vor ihm zurück.

»Ich wollte dich wirklich nur ins Bett tragen«, sagte er. »Aber da du wach zu sein scheinst, wüßte ich etwas Besseres.«

»Nein!« fauchte sie. »Eher schlafe ich auf dem Fußboden!«

»Das würde dir nicht gefallen, Tina. Es kann hier nachts sehr kühl werden, und du solltest dich an meinen warmen Körper gewöhnen. Der Winter kommt bald.«

»Lieber ertrage ich die Kälte als dich und deine Annäherungsversuche«, erwiderte sie heftig.

»So hast du das letzte Nacht nicht gesehen«, sagte Philip. »Du bist eine sehr leidenschaftliche Frau, Tina, auch wenn du dich weigerst, es einzugestehen.« Er warf sie roh über seine Schulter.

Sie wehrte sich heftig. Plötzlich hielt sie zu Philips Erstaunen vollkommen still. Ein neues Spielchen, dachte er, aber lange wird sie diese Teilnahmslosigkeit nicht durchhalten. Er legte sich neben sie und streichelte sie, bis sie leidenschaftlich stöhnte. »O Philip«, hauchte sie. »Nimm mich.«

Philip legte sich auf sie. Ihre Arme schlangen sich um seinen Hals, und sie erwiderte nur zu begierig seinen Kuß. Langsam drang er in sie ein und bewegte sich dann immer heftiger, bis ihrer beider Leidenschaft sich entlud und sie in eine glühende Ekstase sandte.

10

Christina schlief so schlecht, daß es endlos zu dauern schien, bis die Dämmerung endlich anbrach. Sie war bereits erwacht, als es noch ganz dunkel war. Als jetzt das Tageslicht allmählich in das Zelt einfiel, starrte Christina den Mann an, der sie letzte Nacht gänzlich ihres Willens beraubt hatte.

Christina hatte sich verzweifelt bemüht, gegen das Drängen anzukämpfen, das ihren Körper durchzuckt hatte, als Philip sie gestreichelt hatte, doch sie hatte seiner Berührung nicht widerstehen können. Sie hatte sich ihm absolut hingegeben. Sie hatte ihn angefleht, sie zu nehmen.

Was hat er bloß aus mir gemacht? dachte Christina wütend. Wie eine läufige Hündin habe ich ihn begehrt.

Sie ließ ihre Blicke über seinen nackten Körper gleiten. Er war von vollendeter Schönheit: schlank, muskulös und kräftig. Sie sah sich sein Gesicht genauer an: so gefurcht und attraktiv, wenn er wach war, und so knabenhaft und bezaubernd, wenn er schlief. Sein schwarzes Haar, das durch die Nacht zerzaust war, lockte sich leicht in seinem Nacken. Philip sah aus wie ein Märchenprinz, den sie sich in kindlicher Unschuld ausgemalt hatte, aber sein Charakter war der eines Teufels!

Plötzlich schreckte Christina durch eine tiefe Stimme auf.

»Abu«, sagte der Mann. »Ich habe gerade eben von deiner Rückkehr erfahren. Wach auf!«

Ein großgewachsener Mann, dessen Körperbau dennoch schmächtig war, betrat das Schlafzimmer. Christina hatte ihn noch nie gesehen. Als er sie erblickte, erstarrte er.

Der Mann sah Philip an, der gerade erwachte, und dann wieder Christina. Ein breites Grinsen trat auf sein Gesicht, als Christina, die sich schämte, daß jemand sie mit Philip im Bett liegen sah, die Decke bis zu ihrem Hals hochzog.

»Ich bitte tausendmal um Entschuldigung, Bruder. Ich wußte nicht, daß du geheiratet hast«, sagte er unschuldig. »Wann hat das glückliche Ereignis stattgefunden?«

Philip setzte sich auf der Bettkante auf und funkelte den Mann böse an.

»Es hat keine Heirat gegeben, und ich bin sicher, daß du das weißt. Falls deine Neugier zufriedengestellt ist, würde ich dich bitten, mein Schlafzimmer zu verlassen.«

»Wie du wünschst, Abu. Ich werde warten und das Frühstück mit dir einnehmen«, erwiderte er. Er grinste noch einmal, drehte sich um und verließ den Raum.

Christina wandte sich an Philip. »Wer war dieser Mann?« fragte sie wütend. »Wie kann er es wagen, einfach dein Schlafzimmer zu betreten? Habe ich denn gar keine Privatsphäre hier?«

Philip stand auf und streckte sich. Er zog sich an.

»Verdammt noch mal, wirst du mir jetzt endlich antworten?« fauchte Christina ihn an, als er sich setzte, um seine Stiefel anzuziehen. Philip drehte sich zu ihr um. Ihr Zorn belustigte ihn.

»Es wird kein zweites Mal passieren, mein Kleines. Das war mein Halbbruder Rashid, und es war eins seiner kleinen Spielchen, mit denen er mich ärgern will. Gerade in meinem Schlafzimmer kannst du dich darauf verlassen, daß du ungestört bist – von mir natürlich abgesehen. Und jetzt zieh dich an«, sagte er. Er hob ihre Kleider auf und reichte sie ihr. »Er wartet schon darauf, dich kennenzulernen.«

Philip sah nicht, daß Christina ihm hinter seinem Rücken kindisch die Zunge herausstreckte, als er das Zelt verließ. Sein Bruder also, dachte sie, während sie sich eilig anzog. Wie viele Überraschungen soll ich eigentlich noch über mich ergehen lassen? Jetzt habe ich es also mit seinem Bruder zu tun – zweifellos schon wieder mit einem Barbaren.

Sie bürstete sich das Haar und band es mit einem Stück Spitze zusammen, das Philip ihr gegeben hatte. Christina wünschte, sie hätte einen Spiegel gehabt, aber sie dachte gar nicht daran, Philip darum zu bitten.

Beide Brüder saßen beim Frühstück, als Christina die Vorhänge zurückschlug. Sie sind so unzivilisiert, daß sie es nicht einmal fertigbringen, aufzustehen, wenn eine Dame hereinkommt, dachte sie. Sie ging auf die beiden zu und blieb vor ihnen stehen.

»Ich bin Rashid Alhamar«, sagte Philips Bruder, und sein Blick glitt von Kopf bis Fuß über ihren Körper. »Und du mußt Christina Wakefield sein.«

Sie nickte, nahm sich ein Stück Brot und setzte sich auf das Sofa gegenüber.

Abgesehen von der Größe wies Rashid keine äußerliche Ähnlichkeit mit Philip auf. Seine Hautfarbe war wesentlich dunkler, und er hatte schwarzes Haar und braune Augen. Sein Gesicht war knabenhaft, fast weibisch, und er hatte im Gegensatz zu Philips gefurchtem Gesicht und dem starken Bartwuchs eine glatte, zarte Haut. Philip war breit und muskulös, obwohl er schlank war, aber Rashid war regelrecht mager.

»Dein Bruder hat eine sehr hohe Belohnung darauf ausgesetzt, daß du sicher zurückkommst, Christina«, sagte Rashid. »Ich habe gehört, daß er und seine Männer dich bei allen Karawanen und sämtlichen Nomadenstämmen in der Wüste suchen.«

»Und jetzt sagen Sie bloß noch, daß Sie diese Belohnung gern einkassieren würden, Mr. Alhamar«, sagte Christina kühl.

»Von einer Belohnung wird kein Wort mehr geredet«, sagte Philip zu Rashid, und seine Stimme klang bedrohlich. »Ich sage es dir hiermit ein für allemal. Christina wird hierbleiben, weil ich es wünsche. Mir als Stammesoberhaupt wird niemand Fragen nach ihr stellen. Sie ist meine Frau, und als solche hat sie auch behandelt zu werden. Und im übrigen betrittst du nie wieder mein Schlafzimmer.«

Rashid lachte. »Nura hat gesagt, du würdest besonders eifrig über sie wachen. Jetzt sehe ich selbst, daß sie recht hat. Nura ist nämlich eifersüchtig auf deine neue Frau. Sie hat immer gehofft, sie würde deine Frau werden.«

»Ach, diese Frauen«, sagte Philip achselzuckend. »Ich habe Nura nie einen Grund gegeben, auf eine Heirat zu hoffen.«

»Aber sie ist genauso wie alle anderen jungen Frauen dieses Stammes. Alle wollen deine Aufmerksamkeit auf sich lenken.«

Christina glaubte, Neid aus seiner Stimme herauszuhören.

»Jetzt reicht es aber mit dem Gerede über Frauen«, erwiderte Philip ärgerlich. »Wo warst du, Rashid? Und warum warst du nicht hier, als ich zurückgekommen bin?«

»Ich war in El Bajyana, weil ich gehört habe, daß dort eine große Karawane vorbeikommt. Dort habe ich von Christinas Verschwinden erfahren. Die Karawane ist mit zwei Tagen Verspätung eingetroffen. Andernfalls wäre ich zu deiner Begrüßung hier gewesen.«

Rashid zog ein kleines Säckchen aus seinem Gewand, öffnete es und schüttelte den Inhalt auf den Tisch.

»Das ist der Grund dafür, daß ich so lange gewartet habe. Ich wußte, wo sie sie verstecken, und daher war es ein leichtes, sie zu stehlen.«

Christina riß die Augen auf, als sie die phantastischen Edelsteine sah, die auf den Tisch kullerten. Es waren riesige Diamanten, Smaragde und Saphire und andere kostbare Steine, die sie nicht kannte. Aber der schönste Stein war ein riesiger Rubin, der blutrot funkelte. Der Rubin allein war schon genug Lösegeld für einen König.

»Da du das Stammesoberhaupt bist, gehören sie natürlich dir«, sagte Rashid widerstrebend.

»Was soll ich mit einem Sack voll Edelsteinen anfangen?« sagte Philip lachend. »Ich brauche hier keinen Reichtum, und ich will auch gar keinen Reichtum haben. Du kannst die Edelsteine behalten, denn schließlich hast du dir die Mühe gemacht, sie zu stehlen.«

»Ich hatte gehofft, daß du es so siehst, Abu.« Rashid packte die Edelsteine wieder in das Säckchen und verbarg es unter seinem Gewand.

»Ich hoffe nur, daß du die Juwelen sinnvoll anlegst«, sagte Philip. »Hast du unseren Vater schon aufgesucht?«

»Ich suche ihn jetzt auf. Er ist vor ein paar Monaten schwerkrank gewesen. Maidi hat ihn durchgebracht, aber seit da an ist er nicht mehr zu Kräften gekommen. Ich fürchte, er wird nicht mehr lange leben.«

Philip begleitete seinen Bruder hinaus und blieb im Zelteingang stehen. Christina fragte sich, was für ein Mann er wohl war, wenn er so unbeteiligt die Nachricht aufnehmen konnte, daß sein Vater im Sterben lag. Was für ein Mann konnte Juwelen, die ein Vermögen wert waren, von sich weisen wie gewöhnliche Steine? Würde sie jemals diesen Mann verstehen, der sie zu seiner Mätresse gemacht hatte? Und wollte sie ihn überhaupt verstehen?

Langsam drehte Philip sich um und hob beide Hände, um sich das Haar aus dem Gesicht zu streichen, das ihm in die Stirn gefallen war. Christina konnte die Traurigkeit in seinen dunkelgrünen Augen erkennen.

Er empfand also doch etwas Schmerzliches bei dem Gedanken. Plötzlich empfand sie das Bedürfnis, zu ihm zu gehen und ihn in den Arm zu nehmen. Sie wollte seine Traurigkeit fortwischen. Was war bloß mit ihr los? Sie haßte ihn. Außerdem hätte er sie doch nur ausgelacht.

»Ich glaube, es ist an der Zeit, daß du die Mitglieder meines Stammes kennenlernst«, sagte er mit ruhiger Stimme. Er kam auf sie zu und legte seine Hand unter ihr Kinn. »Das heißt – wenn du nichts Besseres zu tun hast.«

»Meine Näharbeit kann warten«, erwiderte sie.

Philips Hand fiel auf ihre zierliche Taille herunter, als sie aufstand. Sie waren nur wenige Zentimeter voneinander entfernt, und seine Nähe ließ Christinas Puls schneller schlagen. Sie spürte, daß sie dahinschmolz, die Kontrolle über sich selbst verlor. Es war ihr verhaßt, daß er diese Wirkung auf sie ausübte. Sie mußte etwas sagen, um das, was sich zwischen ihnen entspann, aufzulösen.

»Wünschen Eure Hoheit gleich zu gehen?« fragte sie sarkastisch.

»Hier gibt es keine Hoheit, Tina. Ich habe dir doch gesagt, daß du mich Philip nennen sollst.« Seine Hand spannte sich kräftiger um ihre Taille.

Zuerst suchten sie Said und seine Familie auf.

»Das ist Christina Wakefield«, sagte Philip zur ganzen Familie. Alle starrten sie an. »Christina, das ist mein alter Freund Said, und das ist seine Frau, Maidi.« Er zeigte auf die alte Frau, die das Essen zubereitete. »Maidi kümmert sich um meinen Vater, seit er krank ist, und sie kocht das Essen für uns alle. Die junge Frau rechts neben ihr ist ihre Tochter, Nura.«

Beim Anblick des wunderschönen dunkelhaarigen Mädchens, das nicht älter als sie selbst zu sein schien, bekam Christina große Augen. Sie glaubte Feindseligkeit in Nuras Blick zu sehen, und dann fiel ihr wieder ein, daß dieses Mädchen gehofft hatte, Philips Frau zu werden.

»Und die junge Frau mit den Babys ist ihre Schwägerin Amine.«

Christina erwiderte das Lächeln des dunkelhäutigen hübschen Mädchens, das Anfang zwanzig zu sein schien. Sie hatte ihnen gestern das Essen gebracht. Und es waren ihr Rock und ihre Bluse, die Christina im Moment trug. Vielleicht würde Christina Gelegenheit bekommen, sich mit ihr anzufreunden.

»Das sind Maidis Söhne – Ahmad, Saadi und Syed, Amines Mann«, beendete Philip die Vorstellung.

Die Söhne nickten ihr der Reihe nach zu. Christina erkannte in Ahmad und Saadi die beiden jungen Männer wieder, die Philip bei ihrer Entführung geholfen hatten. Syed war in Philips Alter, und über seine rechte Wange lief eine lange Narbe.

»Es freut mich sehr, Sie alle kennenzulernen«, sagte Christina.

»Wir sind diejenigen, die es ehrt, dich kennenzulernen, Christina Wakefield«, entgegnete Said, der sie herzlich anlächelte. »Ich sehe jetzt ein, warum Scheich Abu sich die Mühe gemacht hat, dich hierher zu bringen. Du bist von ungewöhnlicher Schönheit.«

»Sie schmeicheln mir, Said, aber ich...«

Philip schnitt ihr das Wort ab. »Es war kein großer Aufwand, wie Ahmad und Saadi bestätigen können, aber Christina hat eure Brüder noch nicht kennengelernt, und daher gehen wir jetzt wieder.« Er stieß Christina ins Freie.

»Ich verstehe. Vielleicht ein anderes Mal«, rief Said ihnen nach, und er wirkte verstört.

»Wie kommst du dazu, mir derart ins Wort zu fallen?« schrie Christina Philip heftig an, sowie sie im Freien standen.

»Weil du gerade sagen wolltest, daß du gegen deinen Willen hier bist. Das weiß bereits jeder. Aber wenn du es öffentlich aussprichst, dann wäre das peinlich für mich. Du scheinst zu vergessen, daß wir unsere Frauen schlagen, wenn sie es an Respekt mangeln lassen.« Philip packte sie rauh an der Schulter.

»Nein!« schrie Christina, die sich von ihm losriß. »Ich bin auch brav, ich – ich verspreche es dir!« sprudelte sie eilig hervor, und sie zitterte am ganzen Körper.

»Sei ruhig, Christina«, gebot ihr Philip. »Ich habe nicht vor, dich jetzt zu schlagen. Soweit hast du mich bisher nicht getrieben.«

Er umarmte sie zärtlich und ließ sie erst wieder los, als sie nicht mehr zitterte. Sie würde niemals in der Lage sein, diesen Mann zu begreifen. Im einen Moment drohte er ihr mit Schlägen, und im nächsten Moment hielt er sie zärtlich und liebevoll im Arm.

Liebevoll? Wie kam sie bloß auf Liebe? Philip liebte sie nicht. Er begehrte sie lediglich. Und Liebe und Verlangen unterschieden sich voneinander wie Tag und Nacht. Es bestand keine Hoffnung für sie, diesen Ort jemals wieder zu verlassen, wenn sich sein Herz nicht für sie erweichte und er sie gehen ließ, wie auch sein Vater seine Mutter freigelassen hatte.

»Ist es wieder gut, Tina?« erkundigte er sich mit heiserer Stimme.

»Ja«, erwiderte sie mit niedergeschlagenen Lidern.

Jetzt stellte er ihr Saids Brüder und deren große Familien vor. Christina fiel auf, daß alle jungen Frauen Philip mit sehnsüchtigen Augen ansahen. Rashid hatte also recht gehabt. Alle hatten gehofft, ihn für sich zu gewinnen, bis er sie aus England geholt hatte, um mit ihr anzugeben. Sie alle mußten sie hassen – und Nura am allermeisten.

Am Nachmittag hatte Christina ihren ersten Rock fertig genäht. Es störte sie nicht, daß ihre Kleider aus zu feinen Stoffen für das

Lagerleben waren, denn sie fühlte sich einfach wohler, wenn sie schöne Kleider trug. Philip lobte sie lediglich für ihre flinken Finger, als sie ihren neuen Rock anzog, doch Rashid, der zum Abendessen kam, konnte seine Blicke nicht von Christina losreißen. Da Philip sich über Rashids Aufmerksamkeiten ärgerte, zog Christina sich früh zurück und überließ die beiden Brüder ihren Erörterungen von Stammesangelegenheiten. Als Philip ins Bett kam, stellte sie sich schlafend, weil sie damit gerechnet hatte, er würde wieder versuchen, sie zu nehmen. Doch er zog sie nur dicht an sich und schlief augenblicklich ein.

11

Die kommenden Tage vergingen gemächlich, und zwischen Christina und Philip wurden die ersten Dinge zur Routine. Er nahm sämtliche Mahlzeiten mit ihr ein, überließ sie jedoch am Morgen und am Nachmittag sich selbst. Jeden Abend vor dem Essen brachte er sie zum Teich, damit sie baden konnte, und nach dem Essen blieb er bei ihr, reinigte seine Waffen, las oder dachte nur einfach nach.

Jede Nacht liebte Philip sie, und allnächtlich wehrte sie sich gegen ihn, bis ihre Leidenschaft ihre Widerstandskräfte besiegte und sie mit sich riß. Christina konnte nicht leugnen, daß sie Vergnügen bei ihm empfand, aber das bewirkte nur einen um so größeren Haß auf ihn.

Philip löste die seltsamsten gemischten Gefühle bei ihr aus. Sie war immer nervös, wenn er in ihrer Nähe war. Nie konnte sie vorhersagen, was er als nächstes tun würde. Er brachte sie dazu, die Kontrolle über sich selbst zu verlieren und brachte sie in rasende Wut, doch dann verwandelte er diese Wut in Angst. Außerdem fürchtete sie sich ohnehin vor ihm, weil sie wirklich glaubte, er würde sie einmal schlagen, wenn sie ihn zu sehr provozierte.

Eine Woche war vergangen, und sie war des Nähens überdrüssig und langweilte sich im Zelt. Philip hatte ihren Willen gebrochen und gnadenlos die Macht gefestigt, die er über sie besaß, und wenn sie auch jede Minute auskostete, so weinte sie doch hinterher über diesen Verrat, den ihr Körper an ihr beging.

Christina legte ihr Nähzeug zur Seite und trat an den Zelteingang. Die Sonnenstrahlen fielen so einladend durch das Laub des Wacholders, daß Christina ihre Angst vor Philips Strafen verlor, die auf sie zukamen, wenn sie das Zelt verließ. Sie schlenderte zu dem Pferch, in dem die Pferde standen, und sog genüßlich die Wärme der Sonne in sich auf.

Als sie Philip sah, blieb sie erstarrt stehen. Ahmad saß auf einem wunderbaren Araberhengst, und Philip stand neben ihm. Mutig trat Christina näher. Als sie die Umzäunung erreichte, scheute das Pferd.

Philip drehte sich um. »Was hast du hier zu suchen?« fragte er zornig.

»Mich interessiert, was du tust, und ich würde dir gern zusehen, wenn du die Pferde zureitest«, sagte sie. »Ich habe es in diesem Zelt einfach nicht mehr ausgehalten. Was bringt ihr den Pferden eigentlich bei?«

»Wir erziehen sie systematisch dazu, auf den Druck der Knie zu reagieren, nicht auf die Hände, weil man die Hände nicht immer frei hat. Man kann unsere Pferde auch nur stehlen, indem man sie fortführt, denn sie dulden keinen Reiter mit Zügeln auf ihren Rücken.«

»Das ist ja phantastisch«, sagte Christina mit wachsendem Interesse. »Und wie bringt ihr die Pferde dazu, stehenzubleiben?«

»Da wir ohne Sattel reiten, bohren wir ihnen die Fersen in die Flanken. Bist du jetzt zufrieden?«

»Ja. Darf ich noch eine Weile stehenbleiben und zusehen?« fragte sie schwach.

»Wenn du ruhig bist und das Pferd nicht ablenkst«, sagte er. Sie konnte seinen Blick nicht deuten.

Wie gern sie selbst auf einem dieser Pferde gesessen oder gar ein Wildpferd zugeritten hätte! Plötzlich wurde Christina klar, daß sie sich eine Zukunft in diesem Lager ausmalte. Verflucht, warum kam John nicht zu ihrer Rettung? Wahrscheinlich glaubte er, sie sei längst tot. Sie mußte entkommen oder abwarten, bis Philip ihrer überdrüssig war. Aber wer wußte, ob er sie dann nicht in einen Harem verkaufte?

Wenn sie ihn dazu brachte, sich in sie zu verlieben – vielleicht ließ er sie dann gehen? Aber wie konnte ihr das gelingen, wenn sie ihn haßte? Außerdem hatte er ihr selbst gesagt, daß er nur ihren Körper begehrte.

Christina beobachtete Philip nicht. Sie genoß es nur, endlich im Freien zu sein. Als sie wieder im Zelt waren und beim Essen saßen, teilte Philip ihr mit, daß er das Lager für eine Weile verlassen würde.

»Ich werde Ahmad als Wache vor deinem Zelt zurücklassen, solange ich fort bin. Wenn ich dich bewachen lasse, dann dient das ausschließlich deinem Schutz.«

»Wohin gehst du?«

»Es geht nur um ein *ghazw*«, sagte er gereizt. Offensichtlich wollte er nicht darüber reden, doch Christinas weibliche Neugierde ließ sie nicht in Ruhe, und sie hakte nach.

»Das kann doch nicht dein Ernst sein!« sagte sie entsetzt, als sie begriffen hatte, daß es sich um einen Raubzug handelte. Philip war ein Gesetzloser, der gnadenlos mordete! Und sie, Christina Wakefield, war in seiner Gewalt!

Sie versuchte, aus Ahmad, der vor ihrem Zelt Wache hielt, herauszukriegen, ob Philip andere Frauen vor ihr in das Lager gebracht hatte, denn vielleicht ließ sich in Erfahrung bringen, was ihr bevorstand. Doch Ahmad versicherte ihr, Philip habe vor ihr keine Frau ins Lager gebracht. Jetzt mußte sie diese Frage mit Philip selbst klären. Sie konnte nur hoffen, daß er besserer Laune war, wenn er zurückkehrte.

12

Sie ritten durch die heiße Mittagssonne, und Philip dachte an Christina. Würde er diese Frau jemals verstehen? Warum weinte sie nach etwas, was ihr Vergnügen bereitet hatte?

Ihr geheucheltes Interesse an den Pferden hatte er gleich erkannt, als sie zum Korall gekommen war, aber mußte er nicht verstehen, daß ihr jedes Mittel recht war, ins Freie zu kommen? Das Entsetzen, das in ihrem Blick gestanden hatte, als er ihr von dem Überfall erzählt hatte! Er war wirklich entschlossen gewesen, ihr diese Seite seines Lebens vorzuenthalten, denn er selbst hielt nichts von diesen Überfällen und wußte, daß er sie in Panik versetzen würde, aber sie hatte ihn mit ihrer Neugier so erbost, daß er sie bewußt schockiert hatte. So viele Fragen war er nicht gewohnt, und am allerwenigsten von einer Frau.

Ah, aber was für eine Frau! Philip genoß ihre Gegenwart in vollen

Zügen. Es bereitete ihm Vergnügen, ihre außergewöhnliche Schönheit zu sehen. Seit sie da war, freute er sich darauf, in sein Zelt zurückzukehren – ob er es wollte oder nicht. Bisher war sein Zelt ein einsamer Ort gewesen, den er nach Möglichkeit gemieden hatte.

Die Karawane kam in Sicht. Syed feuerte zwei Schüsse in die Luft ab, um zu sehen, ob sich die Männer wehren oder ob sie kampflos hergeben würden, was die Kamele geladen hatten. Die sechs Wachen warfen ihre Waffen fort. Sie wollten lieber am Leben bleiben, als um das Eigentum eines anderen zu kämpfen und dabei zu sterben.

Sie luden die Lebensmittel, die sie brauchten, und ein paar andere Güter auf eins der Kamele und ließen die Karawane weiterziehen. Bald darauf schlugen sie ihr Nachtlager auf, und am nächsten Nachmittag wurden sie jubelnd im Lager begrüßt.

Philip nahm eine der Truhen und überließ den anderen den Rest. Er hoffte, Christina würde besser aufgelegt sein, doch sie würdigte ihn keines Wortes, als er sein Zelt betrat.

Philip begleitete Christina zum Teich und probierte seinen erbeuteten Rasierapparat aus. Auch nach dem Abendessen war Christina stumm und verdrossen. So konnte es nicht weitergehen. Philip sehnte sich zu sehr danach, sie in sein Bett zu tragen.

»Komm, Tina, laß uns ins Bett gehen«, sagte er versuchsweise, und zu seinem großen Erstaunen folgte sie ihm wortlos. Sie löste ihr Haar und zog sich mit langsamen, verführerischen Bewegungen aus. Dann setzte sie sich nackt auf die Bettkante, und es wirkte wie eine Aufforderung. Doch als er zu ihr kam, hob sie ihre Hände und hielt ihn zurück.

»Ich muß mit dir reden, Philip«, sagte Christina, während sie mit ihren dunklen, saphirnen Augen seinen Blick zu ergründen versuchte.

»Später, mein Kleines«, erwiderte Philip heiser, und er brachte sie mit einem Kuß zum Schweigen. Sie raffte sich mühsam dazu auf, ihn trotzdem von sich zu stoßen.

»Bitte, Philip! Es gibt etwas, was ich wissen muß.«

Er sah ihre bebenden Lippen und das tiefe Blau ihrer Augen.

»Was ist los, Tina?«

»Was hast du mit mir vor?«

»Ich werde dich jetzt lieben. Was hast du denn geglaubt?« Er spielte lächelnd mit den Locken, die über ihre Brüste baumelten.

»Nein, ich meine in weiterer Zukunft – wenn du mich nicht mehr willst. Was wirst du dann mit mir tun?«

»Darüber habe ich noch gar nicht nachgedacht«, log er, denn es gab nichts, worüber er nachdenken mußte. Er würde sie niemals gehenlasen.

»Würdest du mich zu meinem Bruder zurückgehen lassen?« wagte sie sich schüchtern vor.

Philip wußte jetzt, was Christina Sorgen bereitete. Glaubte sie denn wirklich, er würde sie einfach abschieben? Natürlich glaubte sie das, denn sie dachte nur das Schlechteste über ihn.

»Wenn ich deiner müde werde, Tina – ja, dann darfst du zu deinem Bruder zurückgehen.«

»Gibst du mir dein Wort darauf, Philip?«

»Du hast mein Wort darauf. Ich schwöre es dir.«

Er konnte die Erleichterung sehen, die auf ihr Gesicht trat, als sie sich auf das Kissen zurückfallen ließ. Sie lächelte ihn einladend an.

»Sind jetzt alle deine Ängste vergessen, mein Liebes?« flüsterte er, und seine glühenden Lippen versengten ihren Hals.

»Die meisten«, hauchte sie. Sie zog sein Gesicht zu sich und reagierte willig auf seinen leidenschaftlichen Kuß.

Philip fragte sich einen Moment lang, was sonst noch bewirken konnte, daß Christina sich vor ihm fürchtete. Aber gerade jetzt wehrte sie sich nicht, und das wunderte und erregte ihn gleichermaßen. Er grübelte jedoch nicht lange daran herum, denn er hatte keineswegs vor, diesen Moment mit banalen Fragen zu vergeuden.

Als die Dämmerung anbrach, erwachte Christina beim süßen Gesang einer Nachtigall. Sie dachte an die letzte Nacht und daran, wie weit sie gegangen war.

Sie hatte nicht die Hure spielen müssen. Sie hatte Philip bereits dazu gebracht, ihr zu versprechen, daß er sie zu ihrem Bruder zurückschickte. Doch sie hatte ein Geschäft mit ihm gemacht, und sie hatte sich willig hingegeben, um den Pakt zu besiegeln. Es war eine Kleinigkeit gewesen – er hätte sie auch andernfalls genommen.

Christina lächelte bei dem Gedanken daran, wie sehr ihre Zärtlichkeiten wildes Verlangen in Philip ausgelöst hatte. Seine glühende Leidenschaft hatte sie höher denn je hinaufgetragen.

Und sie war in demselben Strudel des Begehrens gefangen gewesen und hatte sich von ihm mitreißen lassen, bis die Flut sie beide in ein Meer der Seligkeit geschwemmt hatte.

Dieser Abend lag jetzt hinter ihr. Es hatte einen Grund, daß sie sich Philip willig hingegeben hatte. Doch da ihre schlimmsten Ängste beschwichtigt waren, würde Philip sie in Zukunft weniger willig vorfinden. Sie würde sich ihm sogar heftiger widersetzen denn je.

Es wird ein wunderbarer Tag, dachte Christina, als sie aus dem Bett schlüpfte und sich anzog. Ich sollte mich vor mir selbst ekeln, aber ich tue es nicht. Ich bin wirklich glücklich.

Es ging auf den Winter zu, und als Christina am Nachmittag zur Pferdekoppel schlenderte, dachte sie daran, sich wärmere Kleider zu nähen. Als sie Schritte hinter sich hörte, glaubte sie, es sei Philip, und sie drehte sich abrupt um, doch zu ihrem Erstaunen fand sie Amine vor, die sie schüchtern ansah.

»Ich wollte dich nicht erschrecken«, sagte Amine scheu.

»Du hast mich nicht erschreckt. Ich dachte, es sei Abu.«

»Oh, Scheich Abu bewacht dich mit Adleraugen. Ich glaube, er liebt dich sehr.«

»Das ist doch lächerlich. Er liebt mich nicht.« Christina lachte bei diesem Gedanken. »Er begehrt mich nur.«

»Das verstehe ich nicht«, erwiderte Amine mit verwirrtem Blick.

»Das macht nichts, ich verstehe es selbst nicht.«

»Darf ich dir eine Frage stellen?« Amine wirkte sehr verlegen, aber als Christina nickte, fuhr sie fort. »Ist es wahr, daß du am selben Tisch mit Scheich Abu ißt?«

Christina war überrascht.

»Natürlich esse ich mit ihm. Wo sollte ich sonst essen?«

Amine riß ihre dunkelbraunen Augen auf. »Ich habe Nura nicht geglaubt, als sie es mir gesagt hat, aber wenn du es selbst sagst, muß ich es glauben.«

»Was ist so schockierend daran, daß ich mit Abu esse?« fragte Christina interessiert.

»Es ist den Frauen verboten, ihre Mahlzeiten mit den Männern einzunehmen«, antwortete Amine kopfschüttelnd. »Das tut man einfach nicht.«

Philip durchbrach also eine unumstößliche Regel, indem er mit ihr gemeinsam aß. Aber das ist doch lächerlich, dachte Christina.

Ich bin doch nicht eine von ihnen. Ihre Regeln betreffen mich nicht. Aber sie wollte Amine nicht verletzen.

»Amine, du mußt verstehen, daß ich anders aufgewachsen bin. In meinem Land essen Männer und Frauen immer zusammen. Du siehst also, daß Abu nur versucht, mir die Möglichkeit zu geben, mich in seinem Land heimischer zu fühlen.«

»Ach so, jetzt verstehe ich das«, sagte Amine lächelnd. »Das ist sehr aufmerksam von Scheich Abu. Du hast Glück gehabt, daß er sich dich ausgesucht hat.«

Christina hätte am liebsten laut gelacht. Glück gehabt! Sie war entführt worden und gegen ihren Willen genommen worden! Aber sie erkannte, daß Amine romantisch war, und sie wollte ihr die Illusion nicht rauben.

»Abu ist ein gutaussehender Mann. Jede Frau würde sich glücklich schätzen, wenn er sie für sich auswählt«, log Christine. Jede Frau außer ihr. »Aber wo sind deine Kinder, Amine?«

»Maidi paßt auf sie auf. Es sind ihre einzigen Enkel, und sie ist vernarrt in sie. Es ist schwierig, hier zu heiraten, weil nicht viele Besucher in unser Lager kommen.«

»Wie hast du dann Syed kennengelernt?«

»Ach, Syed hat mich meinem Stamm geraubt«, sagte Amine stolz.

»Dich geraubt!« rief Christine aus. Waren denn alle diese Männer gleich?

»Unsere Stämme haben das Weideland miteinander geteilt, ehe sie sich verfeindet haben. Ich kannte Syed schon, als ich noch ein kleines Kind war, und ich habe ihn immer geliebt. Als ich alt genug war, um ihn zu heiraten, mußte er mich rauben. Mein Vater hätte die Heirat verboten.«

»Aber warum haben sich die beiden Stämme miteinander verfeindet?« fragte Christina mit wachsendem Interesse.

»Ich weiß nicht, denn über solche Dinge reden die Männer nicht mit den Frauen. Ich weiß nur, daß Scheich Ali Hejaz von meinem Stamm etwas gegen Yasir Alhamar hat. Es hat etwas mit Rashids Mutter zu tun, die die Schwester von Ali Hejaz war.«

In genau dem Augenblick ritt Philip mit einem langen Schwert am Gürtel und einer Flinte auf dem Rücken ins Lager.

»Ich muß jetzt gehen!« keuchte Amine, als sie Philip sah.

»Es hat mir Spaß gemacht, mich mit dir zu unterhalten, Amine. Komm doch bitte zu mir und besuch mich in meinem Zelt. Du bist mir immer willkommen, und du kannst gern deine Kinder mitbringen.«

»Das tue ich gern«, sagte Amine furchtsam.

Sie eilte in ihr Zelt, als Philip auf Christina zuritt und neben ihr anhielt, um abzusteigen.

»Warum ist Amine so eilig verschwunden?« fragte Philip.

»Ich habe den Eindruck, sie fürchtet sich vor dir«, antwortete Christina mit einem leisen Lächeln.

»Was?« Er sah sie ungläubig an. »Von mir hat doch niemand etwas zu befürchten!«

»Da täuschst du dich jetzt, mein Geliebter, denn allein deine Gegenwart löst Angst und Schrecken aus«, neckte sie ihn. »Siehst du denn nicht, wie ich zittere und bebe?«

Philip grinste sie an.

»Du, meine Süße, hast viel zu fürchten«, sagte er, und Christina errötete, als sie verstand, was er damit andeuten wollte. Und die Zeit, vor der sie sich am meisten fürchtete, nahte gerade heran, während die Sonne unterging.

Sie nahmen ein schmackhaftes Mahl ein, und nach dem Essen las Philip in einem der Bücher, die er Christina mitgebracht hatte, während sie lange Ärmel für ein Kleid nähte und laut lachte, als sie sich fragte, ob sie sich selbst einen Kaftan nähen sollte und sich vorstellte, wie sie in der Stammeskleidung der Beduinen wohl aussehen würde, denn selbstverständlich würde sie eine samtene *kufijah* dazu nähen.

Philip lächelte, als sie ihm ihre Überlegung mitteilte. »Möchtest du, daß ich dein Gepäck aus Kairo kommen lasse? Das ließe sich regeln.«

Christina dachte einen Moment lang darüber nach.

»Nein«, sagte sie dann. »John wäre nur außer sich, wenn plötzlich mein Gepäck verschwunden wäre. Ich will nicht, daß er sich Sorgen um mich macht. Ich komme gut mit den Stoffen zurecht, die du mir mitgebracht hast.«

Christina sah mit leerem Blick auf die Schere in ihrer Hand. Der arme John. Sie hoffte, daß er sich mit ihrem Tod abgefunden hatte, statt daran herumzurätseln, wo sie wohl stecken mochte und was ihr wohl widerfuhr. Zorn brauste in ihr auf, als sie an den Mann dachte, dessen Begierde ihr Leben aus den Fugen gebracht hatte.

»Christina!« rief Philip laut, und das riß sie aus ihren Gedanken. »Ich habe dich gefragt, ob du willst, daß dein Bruder dich für tot hält?«

»Ja!« schrie sie zurück, und ihr ganzer Körper war steif vor Zorn. »Mein Bruder und ich haben uns sehr nahegestanden. John weiß, wie sehr ich darunter leide, von einem Barbaren wie dir beherrscht zu werden. Es ist besser für ihn, wenn er mich für tot hält, bis ich zu ihm zurückkehren kann.«

Philip erhob sich. Ihr plötzlicher Wutausbruch erstaunte ihn. »Leidest du denn hier, Tina?« fragte Philip sie mit ruhiger Stimme. »Schlage ich dich und zwinge ich dich, Sklavenarbeit zu verrichten?«

»Du hältst mich hier gefangen!« brauste sie auf, und ihre dunkelblauen Augen schossen Dolche auf ihn ab. »Du vergewaltigst mich jede Nacht! Erwartest du etwa, daß ich es genieße, gegen meinen Willen genommen zu werden?«

»Willst du es leugnen?« fragte Philip zärtlich, und seine Augen lachten.

Sie senkte den Kopf, um Philips Blick auszuweichen.

»Wovon sprichst du? Was leugnen?« fragte sie.

Philip legte einen Finger unter ihr Kinn und sah ihr in die Augen.

»Leugnest du, daß du die Liebe mit mir genießt? Kannst du wirklich leugnen, daß ich dir ebenso viel Vergnügen bereite wie du mir? Leidest du so sehr, wenn ich allnächtlich zwischen deinen Beinen liege, Tine?«

Christinas Zorn verwandelte sich in ein Gefühl der Demütigung, und sie senkte ihren Blick. Mußte er denn immer alles gegen sie verwenden? Warum mußte er sie so etwas fragen?

Dieser verfluchte Kerl! Er war nicht bereit, ihr ihren Stolz zu lassen, denn er wußte, daß sie es nicht leugnen konnte. Aber sie würde ihm nicht die Befriedigung gönnen, einzugestehen, welche Genüsse er ihr bereitete.

»Ich habe dir nichts mehr zu sagen«, antwortete Christina eisig. »Und wenn du mich jetzt entschuldigst, würde ich mich gern zurückziehen.«

»Du hast meine Frage noch nicht beantwortet, Tina«, erwiderte Philip mit zarter Stimme.

»Ich habe auch nicht die Absicht«, gab Christina hochmütig zurück. Sie stand auf, um ins Bett zu gehen, doch Philip zog sie an sich und zwang sie, ihm ins Gesicht zu sehen.

Christina versetzte ihm einen Stoß gegen die Schulter, um ihn zu zwingen, sie loszulassen, und die Schere, die sie völlig vergessen hatte, aber noch in der Hand hielt, stach ihn. Sie schnappte entsetzt nach Luft, als sie bemerkte, was sie angerichtet hatte. Er zeigte keine Spur von dem Schmerz, von dem sie wußte, daß er ihn spüren mußte, als er die Schere aus seiner Schulter zog. Das Blut sprudelte heraus.

»Philip, es tut mir leid. Ich – das wollte ich nicht«, flüsterte sie. »Ich hatte ganz vergessen, daß ich die Schere noch in der Hand hatte – du mußt mir glauben! Ich würde nie versuchen, dich zu töten! Ich schwöre es dir.«

Philip trat vor den Schrank, ohne ein Wort mit ihr zu sprechen. Er holte ein kleines Päckchen heraus, kam auf sie zu, nahm ihre Hand und zog sie ins Schlafzimmer. Er gab ihr keinen Anhaltspunkt dafür, was er von ihr wollte.

Doch Christina zog ihm das Hemd aus und brachte ihn dazu, sich hinzulegen. Er ließ sie nicht aus den Augen, als sie seinen Kaftan auf seine Wunde preßte, um den Blutstrom zu hemmen.

Dann raste Christina aus dem Zelt und fand Maidi. Sie besorgte sich Wasser und frische Handtücher, ohne Fragen gestellt zu bekommen, und dann lief sie wieder zu Philip. Ihre Hände zitterten unkontrolliert, als sie die Wunde säuberte und die Salbe auftrug und die Verbände anlegte, die sie in dem Päckchen gefunden hatte. Sie war sich nur zu bewußt, daß er jede ihrer Bewegungen beobachtete, als sie unbeholfen die Verbände um seine Brust und seine Schulter wickelte.

Christina fürchtete sich immer noch zu Tode davor, was er jetzt mit ihr tun würde. Glaubte er, daß sie versucht hatte, ihn umzubringen? Warum sagte er denn nichts – aber auch gar nichts? Christina sah ihm nicht in die Augen, weil sie sich vor dem Zorn fürchtete, den sie dort hätte sehen können.

Als sie seine Verletzung verbunden hatte, griff Philip plötzlich nach ihren Handgelenken und zog sie auf sich herunter.

»Du mußt verrückt sein!« keuchte sie, und sie wollte sich aus seinem Griff befreien. »Deine Wunde wird wieder anfangen zu bluten!«

»Dann sag mir das, was ich hören will, Tina«, flüsterte er. »Sag mir, daß du es genießt, mit mir zu schlafen, oder ich nehme dich jetzt sofort und beweise es dir.«

Der Blutverlust ließ seine grünen Augen glasig werden, aber

seine Willenskraft und seine Entschlossenheit reichten aus, um diese Drohung in die Tat umzusetzen.

Das war also die Strafe für die Verletzung, die sie ihm zugefügt hatte! Sie mußte zugeben, daß er ihr Genüsse bereitete. Aber sie würde es ihm nicht eingestehen – das konnte sie einfach nicht tun!

Der Schmerz, den sein eiserner Griff in ihren Handgelenken verursachte, gab ihr Mut, und sie funkelte ihn wütend an.

»Verdammt noch mal, Philip! Warum mußt du es aus meinem eigenen Mund hören, wenn du die Antwort ohnehin längst kennst?«

»Sag es mir!« forderte er grob.

Christina hatte ihn noch nie so roh und erbarmungslos erlebt. Mit einer Hand hielt er ihre Handgelenke fest, und mit der anderen zog er ihren Rock hoch. Sie wurde sich darüber klar, daß er verbluten und sterben konnte, wenn er seine Drohung wahrmachte und die Wunde wieder aufriß. Yasir würde sie umbringen, wenn Philip starb.

»Von mir aus«, schluchzte sie. »Ich gebe es zu. Ich gebe alles zu. Bist du jetzt zufrieden, du verfluchter Kerl?«

Er ließ sie los, und sie weinte leise in ihr Kissen.

»Du hast es mir zu leicht gemacht, Liebling«, sagte Philip, und er lachte leise. »Ich hätte dich jetzt nicht geliebt, ganz gleich, wie genußvoll es auch gewesen wäre. Lieber koste ich alle die süßen Nächte aus, die noch vor uns liegen, als heute nacht in deinen Armen zu sterben!«

»Oh! Ich hasse dich, Philip Caxton. Ich hasse dich, ich hasse dich, ich hasse dich!« schrie Christina klagend.

Er lachte nur und schlief augenblicklich ein.

Dieser verdammte Kerl! Wäre er doch verblutet! Aber was wäre dann aus ihr geworden? Ihr wurde ganz übel bei dieser Vorstellung. Aber warum? Hatte sie Angst um Philip oder bangte sie um sich selbst? Sie wußte es nicht, aber sie gelobte, sich in Zukunft nicht mehr so leicht von ihm einschüchtern zu lassen und nicht mehr auf seine Tricks hereinzufallen.

13

In der Woche, die auf diesen Zwischenfall folgte, ruhte Philip die meiste Zeit. Christina entschloß sich, das Beste daraus zu machen, daß sie jetzt eine Zeitlang mit ihm zusammenlebte, und sie begann sogar, sich in Philips Gesellschaft wohl zu fühlen, da er keine Forderungen an sie stellte. Er sprach mit ihr, lachte mit ihr und brachte ihr sogar Kartenspiele bei. Das Pokern beherrschte sie schnell, und bald konnte sie ihn in diesem Spiel schlagen.

Sie fing an, sich in Philips Gegenwart so wohl zu fühlen, als hätte sie ihn ihr Leben lang gekannt. Er erzählte ihr, wie er nach Ägypten gekommen war, um seinen Vater zu suchen, und er erzählte ihr von seinem Leben unter den Ägyptern. Davon, wie sie in der Wüste auf der Suche nach Weideland für ihre Herden von einer Oase zur anderen gezogen waren und gelegentlich Karawanen oder andere Beduinenstämme überfallen hatten. Sie fragte ihn, warum er dieser Lebensweise den Vorzug gegeben hatte, doch darauf sagte er nur: »Mein Vater lebt hier.«

Vier Tage nach dem Unfall wurde Philip gereizt, weil er zu Tatenlosigkeit verdammt war und das Zelt nicht verlassen konnte. Er fauchte sie wegen jeder Kleinigkeit an, doch sie ging nicht auf seine Launen ein. Genauso war es ihr auch gegangen, als sie das Zelt zu Anfang nicht hatte verlassen dürfen. Wenn seine Übellaunigkeit zu stark aufflackerte, entfloh sie dem Zelt und suchte Yasir auf.

Yasir Alhamar freute sich, wenn sie ihn besuchte. Seine alten braunen Augen strahlten, und das Lächeln ließ viele Falten um seine Augen herum entstehen, wenn sie sein Zelt betrat. Yasir war so ganz anders als ihr eigener Vater, der noch ein vitaler junger Mann gewesen war, als er starb. Aber sie wußte, daß Yasir nicht annähernd so alt war wie er aussah. Das erbarmungslose Klima Ägyptens und die Härten seines Daseins hatten ihn vorzeitig altern lassen.

Philips Vater lag jetzt wirklich im Sterben. Er war blaß und noch schwächer als vor kurzer Zeit, als sie ihn kennengelernt hatte, und oft schweifte seine Aufmerksamkeit ab.

Christina las ihm aus *Arabische Nächte* vor, und das bereitete ihm viel Freude. Aber oft schlummerte Yasir nach einer Stunde ein, oder er blickte nur einfach ins Leere, als sei sie gar nicht da.

Als sie Yasirs Entkräftung Philip gegenüber erwähnte, sagte er nur: »Ich weiß.« Aber sie konnte den Kummer in seinen dunkelgrünen Augen sehen. Er wußte, daß sein Vater nicht mehr lange zu leben hatte.

Am siebenten Tag seiner Regeneration erwachte Christina davon, daß Philips Hand sie streichelte. Schläfrig drehte sie sich um, legte ihre Arme um seinen Hals und schmiegte sich an ihn, als er sie küßte.

»Nein!« schrie sie schrill, als sie merkte, daß er nicht träumte, und sie versuchte, ihn von sich zu stoßen.

»Warum nicht?« fragte er brüsk. »Meine Schulter ist gut verheilt. Du hast dich mir willig hingegeben, ehe du mich letzte Woche zum Invaliden gemacht hast. Jetzt bin ich zufriedenstellend genesen und verspüre ein Verlangen nach dir, das gestillt werden sollte.« Er ließ seine Lippen begierig auf ihren Mund sinken und raubte ihr mit seinem zügellosen Kuß den Atem.

»Hör auf, Philip«, flehte Christina. »Ich hatte einen Grund, mich dir so willig hinzugeben, aber ich werde es nicht wieder tun. Und jetzt laß mich los!« Sie versuchte, sich loszureißen, aber es war zwecklos. Philip war wieder zu Kräften gekommen.

»So – du hast also in dieser wunderbaren Nacht nur ein Spielchen mit mir gespielt. Jedenfalls lasse ich dich nicht los, meine Süße, und du kannst dich wehren, solange du willst. Wehr dich doch gegen mich, bis du vor Vergnügen stirbst!«

Am selben Nachmittag hörte Christina im Freien gereizte Stimmen. Sie lief zum Zelteingang und sah Philip und Rashid, die hitzig miteinander stritten. Drei Frauen saßen neben ihnen auf dem Boden. Plötzlich wandte sich Philip von Rashid ab und kam mit finsterem Blick auf das Zelt zu.

»Rein mit dir, Christina«, brummte Philip, als er sie sah. Er ging direkt auf den Schrank zu, schenkte sich ein Glas Wein ein und spülte seinen Ärger hinunter.

»Was ist passiert, Philip?« fragte sie. Sie wußte nicht, warum er wütend war, und sie hoffte nur, daß sie nicht der Grund war. »Ich sehe, daß wir Besuch haben.«

»Besuch, ha!« brauste er auf. Er ging auf und ab. »Diese Frauen sind keine Besucher. Es sind Sklavinnen, die Rashid der Karawane eines Sklavenhändlers geraubt hat. Er hat vor, sie morgen in den Norden zu bringen und sie zu verkaufen.«

»Sklavinnen!« japste Christina voller Entsetzen. Sie lief zu Philip und zwang ihn, ihr ins Gesicht zu sehen. »Du bist in England aufgewachsen. Du kannst den Menschenhandel nicht gutheißen. Sag mir, daß du nicht mitspielst!«

»Natürlich heiße ich es nicht gut, aber darum geht es jetzt nicht.«

»Du wirst sie doch freilassen?« fragte sie, aber er riß sich nur von ihr los.

»Nein«, erwiderte er barsch. »Verdammt noch mal, ich wußte, daß das passieren mußte!«

Wenn Philip zuließ, daß Rashid diese Frauen verkaufte, was sollte ihn dann daran hindern, sie zu verkaufen? Wieder einmal schwanden alle ihre Hoffnungen.

»Warum läßt du sie nicht frei?« fragte sie ganz ruhig.

»Mußt du denn immer meine Motive hinterfragen, Frau? Die Sklavinnen gehören Rashid. Er hat sie gestohlen. Wie ich dir schon einmal sagte, überlasse ich ihm das, was er erbeutet. Frag mich nicht noch einmal, wenn es um ihn geht. Hast du verstanden?«

»Eins verstehe ich«, schleuderte sie ihm ins Gesicht. »Nämlich, daß du ein grausamer, erbarmungsloser Barbar bist. Wenn du mich jemals wieder anrührst, trifft meine Schere einen entscheidenderen Körperteil!«

Sie lief zu Yasirs Zelt und hoffte, Philip würde ihr nicht folgen. Doch Rashid lebte im selben Zelt wie sein Vater, und sie lief ihm direkt in die Arme.

»Du«, flüsterte sie giftig. »Du bist noch schlimmer als Philip. Ihr seid eine Horde von Barbaren!«

Rashid ließ sie los und tat so, als verstehe er nicht, wovon sie sprach. »Was habe ich getan, um dich zu verletzen, Christina?« sagte er.

»Hast du denn gar keinen Respekt vor anderen Menschen?« fauchte sie, und sie stemmte ihre Hände in die Hüften. »Warum mußt du diese Frauen verkaufen?«

»Das tue ich doch gar nicht«, sagte Rashid, der sie von Kopf bis Fuß mit seinen Blicken verschlang. »Nichts liegt mir ferner, als den Zorn einer schönen Frau auf mich zu laden. Wenn du willst, daß ich diese Sklavinnen freilasse, werde ich es tun.«

Christina starrte ihn an. Rashid war also doch nicht der habgierige Kerl, als den Philip ihn hingestellt hatte.

»Danke, Rashid, und es tut mir leid. Ich habe den Eindruck, ich habe mich in dir getäuscht.« Sie lächelte. »Wirst du heute gemeinsam mit uns zu Abend essen? Ich fürchte, ich wäre ungern allein mit Philip.«

»Oh, du bist nicht glücklich hier?« fragte er. »Es ist nicht alles gut zwischen dir und Abu?«

»Hast du jemals geglaubt, daß zwischen uns alles stimmt?« fragte sie lachend. Vielleicht hatte sie in Rashid einen Freund gefunden.

»Das ist schade, Christina«, sagte er. Sie sah das Verlangen in seinen dunkelbraunen Augen, aber sein Gesicht war so zart und knabenhaft, daß er ihr fast jünger vorkam als sie selbst es war.

An jenem Abend spielte Christina die anmutige, zuvorkommende Gastgeberin, die Rashid jeden Wunsch von den Augen ablas. Sie unterhielt ihn mit Geschichten aus England und aus ihrer Kindheit.

Rashid konnte seine Blicke nicht von ihr losreißen und störte sich dann daran, wie offen seine Gelüste zu erkennen waren. Er konnte sich nicht vorstellen, daß es irgendeine Frau auf Erden gab, die es an Schönheit mit ihr aufnehmen konnte. Sie trug einen blaßgrünen Seidenrock und eine Bluse und einen Schal aus dem selben Material, der um ihre cremig weißen Schultern spielte, und ihre goldenen Locken, die sie nicht hochgesteckt hatte, fielen über ihren Rücken. Während er sie ansah, hätte er beinah seine Pläne vergessen können, aber er hatte zu lange darauf gewartet, seine Träume erfüllt zu sehen.

Auch Philip behielt Christina im Auge, wenn auch aus anderen Gründen. Er kochte innerlich, während sie ganz offen mit Rashid flirtete. Mit jedem weiteren Glas Wein fiel Philip eine neue Methode ein, die beiden genüßlich umzubringen. Er war wütend gewesen, als sie am Nachmittag das Zelt verlassen hatte, aber jetzt fühlte er sich dazu in der Lage, ihr den schönen Hals umzudrehen. Er hatte kein Wort gesagt, als sie ihm mitgeteilt hatte, daß Rashid die Frauen freilassen würde. Jetzt wartete er ab, während der Zorn in ihm schwelte, wie weit sie gehen würde, um ihn zu provozieren.

Während des Essens und auch anschließend ignorierte Christina Philip völlig. Sie spürte, daß er wütend war, denn seine Augen, die jeder ihrer Bewegungen folgten, waren vom Zorn verdunkelt. Sie wollte ihn so wütend machen, wie sie es am Nachmittag gewesen war. Sie zahlte es ihm auf ihre Art zurück, und sie kostete es in vollen Zügen aus.

Als Rashid gegangen war, setze sich Christina Philip gegenüber und wartete, wie er sich verhalten würde. Sie wurde zunehmend nervöser, während er sie stumm anstarrte.

»Hat es dir Spaß gemacht, mich heute abend als Trottel hinzustellen, Christina?«

Sie zuckte zusammen und war auf der Hut. »Jetzt sag mir nur noch, wie ich das angestellt haben soll«, erkundigte sie sich unschuldig.

Ein Schauer lief über ihren Rücken, als er antwortete.

»Weißt du nicht, wann du zu weit gehst, Frau?«

»Ich fürchte, ich werde noch weiter gehen, ehe diese Nacht vorbei ist«, flüsterte sie.

Als Philip aufstand, griff Christina eilig nach der Schere, die sie unter ihrem Rock verborgen hatte. Doch Philip sah die Bewegung und nahm sie vorweg. Er zog Christina roh auf die Füße, band ihren Rock auf und warf die Schere quer durch das Zelt.

»Könntest du mich wirklich töten, Tina?« fragte er mit hartem Gesicht. Er hatte diese Frau, die er zur Seinen gemacht hatte, unterschätzt.

»Ja, ich könnte dich töten!« fauchte sie. Wie demütigend es war, halbnackt und hilflos vor ihm zu stehen! »Ich hasse dich!«

»Das habe ich jetzt schon oft genug gehört«, sagte er. »Aber diesmal bist du zu weit gegangen, Christina, und du hast Strafe verdient.« Er wirkte teilnahmslos, als er sich setzte und sie quer über seinen Schoß zog.

»Philip, nein!« schrie sie, aber er ließ seine Hand mit aller Kraft auf ihr entblößtes Hinterteil sausen. Sie schrie vor Schmerz, doch seine riesige Hand sauste wieder durch die Luft und ließ einen weiteren roten Abdruck zurück.

»Bitte, Philip!« schrie sie. »Ich könnte dich nicht töten. Und das weißt du ganz genau!« Doch er achtete nicht auf ihre Worte und schlug ein drittes Mal zu.

»Philip, ich schwöre dir, daß ich es nie mehr versuchen werde!« schrie sie auf, während Tränen über ihre Wangen strömten. Sie flehte ihn an, aber selbst das störte sie jetzt nicht mehr. »Ich schwöre es dir, Philip. Bitte, hör auf!«

Philip drehte sie zart um und wiegte sie in seinen Armen. Christina kam sich wie ein kleines Kind vor, während sie an seiner

Brust schluchzte. Aber ganz gleich, wie demütigend es auch gewesen war – Philip hatte recht, sie hatte es verdient. Sie hätte wissen müssen, daß Philip ihren Trick durchschauen würde. Sie hätte nie den Mut gehabt, bewußt mit der Schere auf ihn loszugehen.

Endlich hörte Christina auf zu weinen und legte ihren Kopf an Philips breite Brust. Sie zitterte immer noch, als er sie ins Schlafzimmer trug. Sie brachte nicht den Willen auf, Einwände zu erheben, ganz gleich, was er auch vorhaben mochte. Er legte sie auf das Bett, zog sie aus, deckte ihren zitternden Körper zu und strich ihr das goldene Haar aus dem Gesicht. Dann beugte er sich zu ihr hinunter, küßte sie zärtlich auf die Stirn und verließ den Raum.

Philip wandte sich sofort dem Wein zu. Sie hatte es verdient, und den ganzen Abend hatte er sich ausgemalt, wie genüßlich es sein würde, sie für ihren Flirt mit Rashid zu bestrafen, doch jetzt litt er darunter. Noch nie hatte er eine Frau geschlagen, und das lag ihm überhaupt nicht. Verdammt, diese Frau ging ihm unter die Haut!

Philip fragte sich, was für ein Spiel Rashid spielte. Er hatte ihn aufgefordert, die Sklavinnen freizulassen oder sie aus dem Lager zu entfernen. Doch Rashid hatte es ihm abgeschlagen, und im nächsten Moment machte er eine Kehrtwendung und ließ die Sklavinnen für Christina frei.

Philip wußte, daß Rashid von Christina fasziniert war, und das konnte er ihm wahrhaft nicht vorwerfen. Christina war so schön, daß jeder Mann sie begehrt hätte. Vielleicht versuchte er, ihre Zuneigung zu gewinnen, denn eben darin hatte Philip versagt. Er würde Rashid im Auge behalten müssen. Christina gehörte ihm. Und obwohl sie ihn haßte, würde er sie sich nicht nehmen lassen.

14

Die Hitze des Tages war schon angebrochen, als sich Christina endlich unter ihren Decken rührte. Der Raum war leer, und sie fragte sich, ob Philip überhaupt im Bett gewesen war. Sie konnte ihm keine Vorwürfe machen, denn sie hatte ihm einmal mehr Grund gegeben, ihr zu mißtrauen. Jetzt mußte er sie hassen, aber vielleicht war es besser so. Möglicherweise ließ er sie sogar gehen.

Behutsam rieb sie sich mit der Hand den Hintern, aber dort war kein Schmerz. Ihr Stolz war verletzt worden, und das waren ihre einzigen Schmerzen. Sie fragte sich, wie Philip sich wohl heute ihr gegenüber verhalten würde, denn er hatte kein Wort mehr zu ihr gesagt, seit er sie geschlagen hatte. Sie hoffte, daß keine weiteren Strafen auf sie zukamen.

Vor dem Mittagessen kam Amine mit dem älteren ihrer Kinder zu Christina, um sie zu besuchen. Der kleine Syed war etwa zwei Jahre alt, und Christina lachte über den kleinen Jungen, aber Amis Anwesenheit hemmte sie, den Christina wußte, daß sie in der vergangenen Nacht ihre Schreie gehört haben mußte.

Amine lächelte sie verständnisvoll an. »Ich möchte dir etwas sagen, Christina, weil ich weiß, was dich bedrückt. Das, was Scheich Abu gestern mit dir getan hat, ist keine Schande für dich. Es zeigt nur, daß er sich etwas aus dir macht, denn andernfalls würde er sich die Mühe sparen. Nura war letzte Nacht schrecklich eifersüchtig, denn auch sie weiß davon.«

»Das ganze Lager muß mich gehört haben«, krächzte Christina. »Ich kann mich nie wieder hier sehen lassen.«

»Die meisten haben geschlafen. Und außerdem ist das nichts, wofür man sich schämen muß.«

»Stolz bin ich nicht gerade«, sagte Christina. »Aber ich weiß, daß ich gestern abend Strafe verdient habe.«

In dem Moment kam Philip ins Zelt und verblüffte sie beide. Er ging wortlos ins Schlafzimmer. Christina hoffte, daß er nichts von dieser Unterhaltung gehört hatte.

»Ich gehe jetzt«, sagte Amine, und sie nahm den kleinen Syed auf ihren Arm. »Ich bin sicher, daß Scheich Abu allein sein will.«

»Du brauchst nicht zu gehen, Amine«, erwiderte Christina nervös.

»Ich komme wieder.«

»Es hat mir Spaß gemacht, mir dir zu reden«, sagte Christina. Sie begleitete Amine zum Eingang, drückte ihr die Hand und flüsterte: »Danke, Amine. Es geht mir jetzt viel besser als vorher.«

Amine erwiderte ihr Lächeln und eilte davon. Christina stutzte darüber, was für einen glücklichen Eindruck Amine machte, obwohl auch sie von ihrer Familie geraubt worden war.

Christina spürte, daß Philip hinter ihr stand, aber ehe sie sich umdrehen konnte, schlang er seine Arme um sie und zog sie gewaltsam an sich. Er legte seine Hände auf ihre Brüste, und seine

Nähe ließ sie weiche Knie kriegen. Sie kämpfte gegen ihre Schwäche und gegen das genüßliche Gefühl, das von dieser Berührung ausging.

»Hör auf, Philip. Laß mich augenblicklich los!« forderte sie und versuchte verzweifelt, seine großen Hände von ihrem Körper zu ziehen. Doch Christina hörte auf, sich zu wehren, als er fester zupackte.

»Du tust mir weh«, sagte sie atemlos.

»Das ist nicht meine Absicht, Tina«, flüsterte er ihr ins Ohr. Er lockerte seinen Griff und spielte mit ihren Brustwarzen, die er zart zwischen seinen Fingerspitzen rieb. Unter dem seidigen Material ihrer Bluse stellten sie sich straff auf und forderten mehr.

Aber sie konnte nicht zulassen, daß er weitermachte. Sie hatte geschworen, nie wieder nachzugeben.

»Bitte, Philip, hör auf«, bat sie, als er seine sengenden Lippen über ihren Nacken bewegte. Ein brennendes Verlangen stieg in ihr auf und wurde so glühend, daß sie zitterte, und plötzlich betete sie, er möge sie nicht mehr loslassen.

»Warum sollte ich aufhören? Du gehörst mir, Tina, und ich werde dich liebkosen, wann und wo es mir beliebt.«

Bei seinen Worten wurde sie stocksteif. »Ich gehöre nicht dir. Ich gehöre niemand anderem als mir selbst!« Sie stemmte sich erbost gegen seine Hände und drehte sich zu ihm um. Stolz stand sie da und starrte in seine dunkelgrünen Augen, und ihre eigenen Augen funkelten trotzig.

»In dem Punkt täuschst du dich, Tina.« Er hielt ihr Gesicht mit beiden Händen fest, damit sie seinem eindringlichen Blick nicht entkommen konnte. »Ich habe dich geraubt. Und folglich gehörst du mir, und zwar nur mir allein. Du würdest dich wohler fühlen, wenn du eine gewisse Zuneigung für mich empfändest.«

»Wie kannst du von Zuneigung sprechen, Philip, wenn du selbst der Grund für all meine Sorgen bist! Du weißt, daß ich nach Hause will, aber du hältst mich hier gefangen.«

»Ich will dich hier bei mir haben, und das, was ich will, zählt. Ich dachte nur, du wärest vielleicht glücklicher, wenn sich dein Herz für mich erweichen würde.« Er ließ sie los und wollte das Zelt verlassen.

»Und was ist mit dir, Philip?« fragte sie. »Was empfindest du für mich? Liebst du mich?«

»Dich lieben?« Er wirbelte herum, um sie anzusehen, und dann lachte er leise. »Nein, ich liebe dich nicht. Ich habe nie eine Frau geliebt, abgesehen vielleicht von meiner Mutter. Ich begehre dich, und das genügt.«

»Nein, das genügt nicht! Dein Verlangen kannst du bei jeder beliebigen Frau stillen – warum muß ich es sein?«

»Weil mir nie eine andere Frau so gut gefallen hat wie du.« Seine Augen streiften indezent über ihren Körper. »Ich fürchte, du hast mich verwöhnt, Tina«, sagte er kichernd, ehe er endgültig das Zelt verließ.

Es war ein heißer Nachmittag, und die Luft war feucht. Es hatte nicht geregnet, seit Philip nach Ägypten zurückgekehrt war, und ihr Wasserloch erschöpfte sich allmählich. Aber bald mußte es regnen. Um diese Jahreszeit regnete es immer.

Philip ritt ein dreijähriges Pferd zu, als er Christina sah, die durch das Lager schlenderte und Yasirs Zelt betrat. Er grinste, als er an den Besuch dachte, den er seinem Vater an diesem Vormittag abgestattet hatte.

»Sie ist ein zartes, freundliches Mädchen, Abu«, hatte Yasir ihn gescholten. »Und du solltest sie richtig behandeln. Es hat mich geschmerzt, sie letzte Nacht schreien zu hören. Wenn ich nicht so schwach wäre, hätte ich dich persönlich zurückgehalten!«

Philips Kopf hatte gepocht und gedröhnt, weil er zuviel getrunken hatte, und die Worte seines Vaters hatten ihn erbost. Er hatte ihm schon zynische Enthüllungen über Christinas wahren Charakter machen wollen, doch im letzten Moment hatte er es sich anders überlegt. Er konnte sehen, wie eingenommen sein Vater für Christina war, und das freute ihn. Christina wirkte auf seinen Vater so wohltuend wie eine frische Brise. Sie konnte wirklich reizend sein, wenn sie nur wollte.

Eine Stunde verging, ehe Philip sie wiedersah. Sie kam so schüchtern auf ihn zu, daß er vermutete, sie wollte etwas von ihm.

»Was kann ich für dich tun, mein Schatz?« fragte er sie.

»Ich habe mich gefragt, ob es hier Pferde gibt, die noch nicht zugeritten sind.«

»Ja, aber warum fragst du?«

»Ich möchte reiten«, sagte sie mit scheu gesenktem Blick.

Philip sah sie zweifelnd an. »Nach dem, was letzte Nacht passiert ist, erwartest du, daß ich dir eins meiner Pferde anvertraue?«

»O bitte, Philip. Ich kann diese Untätigkeit nicht ausstehen. Ich bin es gewohnt, täglich auszureiten«, flehte sie ihn an.

Philip sah ihr prüfend in die Augen. »Woher weiß ich, daß du mit einem Pferd umgehen kannst? Ich weiß nur aus deinen eigenen Erzählungen, daß du schon geritten bist.«

»Das ist eine Beleidigung! Ich bin schon als Kind geritten, und mein Hengst zu Hause ist zwei Hände größer als jedes einzelne dieser Pferde!«

»Nun gut, Tina«, sagte er lachend, und wies auf das Pferd, das er gerade trainierte. »Ist dir mit dem da gedient?«

»O ja!« sagte sie strahlend. Der prachtvolle Araberhengst war rabenschwarz und erinnerte sie an Dax, abgesehen davon, daß er nicht so groß war wie Dax. Er hatte eine stolze, geschwungene Halshaltung, eine breite Brust und lange, schmale Beine. Sie konnte noch gar nicht glauben, daß sie dieses Pferd reiten durfte.

»Ich bin sofort umgezogen!« rief sie, und schon rannte sie zum Zelt.

»Du wirst ohne Sattel reiten müssen«, reif er ihr nach, denn sie benutzten grundsätzlich keine Sattel.

»Das geht in Ordnung«, rief sie über ihre Schulter zurück. »Damit komme ich zurecht.«

Christina stürzte ins Schlafzimmer und holte die weite Reithose, die sie gerade erst genäht hatte. Sie war froh, daß sie sich entschieden hatte, nicht noch ein Kleid, sondern erst eins der langen Beduinengewänder für sich zu nähen.

Sie warf ihren Rock auf das Bett und zog eilig die schwarze Seidenhose an. Dann schlang sie sich einen schwarzen Schal um den Kopf, der ihr goldenes Haar verbarg. Sie glitt in den weiten schwarzen Samtumhang, schnürte ihn mit einer weißen Schärpe um ihre Taille und zog sich dann eine *kufijah* aus schwarzem Samt vor das Gesicht.

Als sie sich überlegte, was Philip zu ihrer Reitkleidung sagen würde, lachte sie. Aber sie störte sich nicht daran, denn sie war unwahrscheinlich glücklich.

Philip war überrascht, als er sie aus dem Zelt kommen sah. Aus der Ferne sah sie aus wie ein junger Knabe, und erst aus der Nähe erkannte er die sinnlichen Rundungen, die durch den weich fallenden Samt betont wurden.

»Ich bin soweit.« Sie drehte sich zu dem Pferd um, legte ihre Hand auf seine Nüstern und flüsterte ihm etwas ins Ohr. »Wir werden gute Freunde werden, meine schwarze Schönheit, und ich werde dich lieben wie mein eigenes Pferd. Hat er einen Namen?« fragte sie Philip, als er sie auf die Decke hob, die auf dem Rücken des Pferdes lag, und ihr die Zügel reichte.

»Nein.«

»Ich werde dich Raven nennen«, sagte sie fröhlich, wobei sie sich vorbeugte, damit das Pferd sie hören konnte. »Und wir werden uns vom Wind tragen lassen wie Raben.«

Philip stieg auf Victory und ritt langsam los. Er wunderte sich darüber, wie zart Raven mit Christina umging, denn es hatte ihm viel Ärger bereitet, das Pferd zuzureiten.

Christina gewöhnte sich schnell an das Gefühl, ohne Sattel zu reiten. Sie kam auf dem gewundenen Pfad, der bergab führte, glänzend mit Raven zurecht.

Als sie die Ebene erreicht hatten, trieb Christina Raven zum Galopp an und ließ Philip hinter sich zurück. Ohne jedes Ziel schossen sie durch die endlose Wüste, und Christina vergaß all ihre Sorgen, während sie träumte, wieder in Halstead zu sein und über ihr Anwesen zu reiten, doch dann holte Philip sie ein.

Er nahm ihr die Zügel aus der Hand. »Wenn du darauf bestehst, mit mir um die Wette zu reiten, Tina, dann sollten wir vielleicht vorher auch eine Wette darüber abschließen, wer der Sieger sein wird.«

»Aber ich habe nichts, worum ich wetten kann«, erwiderte sie. Trotzdem hätte sie ihn zur Abwechslung liebend gern besiegt.

»Dann ist der Einsatz eben das, was wir voneinander wollen«, schlug er vor, und seine dunkelgrünen Augen bohrten sich in ihre. »Wir reiten zurück, und wenn ich den Fuß des Berges vor dir erreiche, wirst du dich mir von jetzt an willig hingeben.«

Christina dachte einen Moment lang über diesen Einsatz nach. »Und wenn ich gewinne, schickst du mich zu meinem Bruder zurück.«

Philip musterte sie aufmerksam. Sie konnte sehr gut reiten. Es war möglich, daß sie ihn schlug, und dieses Risiko konnte er nicht eingehen.

»Du verlangst zuviel, Tina.«

»Du auch, Philip«, erwiderte sie barsch. Sie ließ ihr Pferd umkehren und schoß davon.

Lächelnd schüttelte er den Kopf, als er ihr nachsah. Sie hatte gewußt, daß er die Wette nicht annehmen würde. Immerhin hatte sie es doch versucht. Er holte sie ein, und sie ritten schweigend zusammen zurück.

Die Wolken kamen aus dem Nichts und ließen einen Regenguß herunterprasseln, der die Hitze fortschwemmte. Christina und Philip waren durchnäßt bis auf die Haut, als sie das Lager erreichten. Die Männer packten kräftig zu, um die Zelte zu retten, und sie sorgten dafür, daß kein Wasser von unten in die Zelte hineinsikkern konnte. Manche saßen im Regen am Feuer und fächelten Rauch aus dem Schutzwall, der errichtet worden war.

Philip stieg vor ihrem Zelt ab und trug Christina ins Zelt. »Sieh zu, daß du aus diesen nassen Kleidern rauskommst, und tu, was nötig ist. Bald wird es dunkel, und heute nacht werden wir kein Feuer haben.« Er setzte sie sachte ab und fügte hinzu: »Ich muß mich um die Pferde kümmern, aber ich komme gleich zurück.«

Als Philip gegangen war, kam Amine. Sie brachte ihnen das Abendessen und frische Handtücher. »Du mußt dich schnell umziehen, Christina. Der Regen bringt Kälte mit sich, und wenn du nicht gleich etwas dafür tust, daß dir warm wird, wirst du krank.«

»Ich frage mich nur, was ich mit den nassen Kleidern tun soll«, erwiderte Christina lachend. »Ich kann sie ja schlecht zum Trocknen an einen Baum hängen.«

»Komm«, sagte Amine, und sie führte Christina ins Schlafzimmer. »Hast du Nähnadeln?«

»Ja.«

»Gut. Dann hänge ich deine Kleider damit an die Innenwand des Zeltes. Es wird ein paar Tage dauern, aber irgendwann sind sie trocken.«

Als Christina ihren Umhang auszog, starrte Amine verwundert ihre Hose an. Christina lachte über den schockierten Ausdruck, der auf Amines Gesicht getreten war. »Die habe ich mir zum Reiten genäht. Damit kann ich schnell reiten, ohne daß mir ein Rock ins Gesicht fliegt.«

»Ach, aber Scheich Abu gefällt das sicher nicht«, kicherte Amine, als Christina ihr erst die Hose und dann ihre Bluse gab.

»Er hat sie noch nicht gesehen, aber ich nehme an, wenn er sie sieht, werden sie ihm wirklich nicht gefallen«, sagte Christina lachend, denn sie stellte sich vor, wie diese Hose Philips Eifer, sie ins Bett zu bringen, bremsen konnte.

Christina hüllte sich in einen warmen Kaftan, der Philip gehörte, da sie noch nichts Warmes zum Anziehen hatte. Dann bedankte sie sich bei Amine und sagte ihr, wie verloren sie sich ohne sie als Freundin fühlen würde.

Zum Essen schenkte Christina sich ein Glas Wein ein, um sich aufzuwärmen, denn bereits jetzt wehte ein kühler Wind, und im Zelt war es zugig.

Als es endgültig dunkel wurde und Philip sie ins Bett ziehen wollte, hatte der Wein sie Mut schöpfen lassen, und Christina biß ihm in die Hand.

»Verdammt noch mal, Frau, bist du denn nie mit deinen Tricks am Ende?« hörte sie ihn fluchen, aber sie wußte, daß er sie nicht sehen konnte.

In dem Moment blitzte es, und Christinas schmale Silhouette zeichnete sich gegen den Vorhang ab. Das nächste was sie spürte, war, daß sie flach auf dem Bett lag und Philips Gewicht auf sich spürte.

Er lachte roh, als er ihr Gewand zerriß, statt es aufzuschnüren. Seine Lippen brannten auf ihrem Mund und ließen ihre Schreie verstummen, als er brutal und rücksichtslos in sie eindrang. Sie hatte längst ihren Verstand aufgegeben, und ihr Körper nahm seinen Körper hin wie ein wildes Tier, und der Schmerz verwandelte sich in heftige Wogen ekstatischer Verzückung.

»Es tut mir leid, Tina«, sagte er später, »aber du erstaunst mich immer wieder damit, was du alles tust, um dem zu entgehen. Dich begeistert es doch genauso sehr wie mich.«

»Nein, eben nicht!« schrie sie. Sie stieß ihn von sich und ließ ihren Tränen freien Lauf.

»Ich will nach Hause, Philip«, flehte sie ihn im Dunkeln an. »Ich will wieder zu meinem Bruder«, kam es zwischen zwei Schluchzlauten aus ihr heraus.

»Nein«, erwiderte er barsch. »Und ich will kein Wort mehr davon hören.«

Sie weinte sich die Augen aus, aber Philip war immun gegen ihr Weinen, und schließlich schliefen sie beide ein.

15

Schnell war ein Monat vergangen, dann der nächste. Es war zwar Winter, aber die Tage waren warm mit leichtem Ostwind, doch die Nächte waren extrem kalt. Christina war der Umstand zuwider, daß sie in den langen, kalten Nächten die Wärme von Philips Körper suchte. Jeden Morgen, wenn sie erwachte, war sie dicht an Philip gekuschelt, oder er schmiegte sich an ihren Rücken.

Das Wetter arbeitete gegen Christina, denn die Nähe ihrer Körper auf der Suche nach Wärme rief Philips Verlangen wach. Wenn er vor ihr erwachte, gab es für sie kein Entkommen.

Philip genoß ihre morgendlichen Rangeleien, weil er Christina nicht durch das Zelt jagen und ihre Abwehrversuche abfangen mußte. Morgens hielt er sie fest, ehe sie wirklich wach war und wußte, wie ihr geschah. Dann ließ er sich Zeit mit ihr und mußte nur schwache Proteste über sich ergehen lassen, ehe sie sich seinen Liebkosungen hingab.

Tagsüber ging Philip auf die Jagd. Er war ein guter Jäger, der nur selten sein Ziel verfehlte und seinem Stamm oft willkommenes Fleisch nach Hause brachte.

Christinas Tage waren angefüllt, und gewisse Regelmäßigkeiten hatten sich in ihren Tagesablauf eingeschlichen. Die Vormittage verbrachte sie im Zelt mit Nähen oder Lesen. Amine kam oft zu ihr zu Besuch. Christina, die Kinder liebte, spielte gern mit Amines Kleinen, vor allem mit dem Baby.

Wenn Christina den Kindern beim Spielen zusah, fragte sie sich manchmal, was geschähe, wenn sie schwanger würde. Sie hätte gern ein eigenes Kind gehabt, aber sie wollte kein Kind von Philip. Dazu haßte sie ihn zu sehr.

Und wie würde Philip reagieren? Würde er sie wegschicken, wenn sie ihre gute Figur verlor und ihn nicht mehr zufriedenstellen konnte? Er hatte zu ihr gesagt, daß er sie nicht hierhergebracht hatte, damit sie Kinder bekam. Vielleicht mochte er Kinder nicht. Aber wenn sie einen Sohn von ihm bekäme, würde er dann das Kind behalten wollen? Würde er sie ohne ihr Kind fortschicken? Aber es war unsinnig, sich solche Fragen zu stellen, und daher gab sie sich nicht lange damit ab, an diesen Dingen herumzugrübeln.

Täglich nach dem Mittagessen besuchte Christina Yasir. Sein Gesundheitszustand hatte sich wesentlich gebessert. Er konnte sich wieder länger konzentrieren, und er sprach öfter mit ihr, wobei sein Lieblingsthema Philip war. Wenn er erst einmal anfing, von seinem Sohn zu reden, war er nicht mehr zu bremsen. Er erzählte ihr, wie Philip als Kind in der Wüste aufgewachsen war. Er erzählte ihr, wie er Philip das Laufen und das Reden beigebracht hatte.

»Abus erster Satz war halb Arabisch und halb Englisch«, sagte Yasir. »Er kannte den Unterschied nicht.«

Rashid tat Christina leid. Sie spürte, daß Yasirs ganze Liebe Philip gehörte. Vielleicht tat Rashid auch Philip leid, und das konnte der Grund dafür sein, daß er ihm immer seinen Willen ließ.

Wenn sie Yasir besucht hatte, ritt sie aus. Darauf freute sie sich täglich von neuem. Wenn Philip fort war, wurde sie von Amine oder Saadi begleitet, manchmal sogar von Rashid, wenn er gerade im Lager war, doch das war eher selten.

Wenn Christina auf Ravens Rücken durch die Wüste ritt, konnte sie sich einreden, sie sei sicher und geborgen und völlig sorglos zu Hause in Halstead. Kein Philip, keine Sorgen, nichts, was sie ein vergangenes Glück zurückwünschen ließ. Nur Dax unter ihr und neben ihr Tommy oder John, und sie ritten über Wiesen und Felder, während ein kühler Lufthauch um ihr Gesicht spielte. Die trockene Wüstenluft ließ ihre Träume immer wieder zerbrechen und rief ihr die Wirklichkeit ins Gedächtnis.

Christina betete verzweifelt darum, Philip möge ihrer bald überdrüssig sein. Doch sein Verlangen war anscheinend unersättlich. Allabendlich ersann sie neue Tricks, um das Unvermeidliche zu umgehen, doch schon bald gingen ihr die Ideen aus, und nichts schien ihr zu nutzen. Sie war kratzbürstig und nörgelte. Sie heuchelte Müdigkeit und Kopfschmerz. Doch er durchschaute ihre kleinen Kniffe immer wieder.

Wenn sie ihn in Zorn brachte, nahm er sie nur um so heftiger. Eines nachts trug sie im Bett ihre Reithose, doch das tat ihr hinterher leid, denn die Hose endete als zerrissener Fetzen auf dem Boden. Aufschub gab es für sie nur, wenn er zu erschöpft war, doch gewöhnlich glich er das am kommenden Morgen wieder aus.

Christina hatte Philip den ganzen Tag über nicht gesehen. Rashid hatte am Vorabend mit ihnen gegessen und sie mit einem wunderschönen handgeschnitzten Spiegel beschenkt. Sie hatte sich mit einem flüchtigen Kuß auf seine Wange für dieses Geschenk bedankt. Philip war für den Rest des Abends schweigsam und verdrossen gewesen.

Christina dachte über sein Verhalten nach, während sie eilig zu Saadi lief, der schon mit den Pferden auf sie wartete. In ihrer Hast sah sie Nura nicht, die vom Feuer aufstand, und sie prallte mit ihr zusammen. Nura fiel hin.

»Entschuldige, bitte«, sagte Christina fassunglos, und sie streckte ihre Hand aus. »Laß dir helfen, bitte.«

»Rühr mich nicht an«, zischte Nura, als sie aufstand, und ihre Stimme war haßerfüllt. »Du böse Hexe! Du hast Abu verzaubert, damit er dich will. Aber ich werde diesen Zauber brechen. Abu liebt dich nicht. Bald wird er dich rauswerfen und mich heiraten. Du bist hier nicht erwünscht. Warum bleibst du?«

Christina war sprachlos. Sie mußte dem Haß entkommen, den sie in Nuras Augen sah. Sie hatte nicht gewußt, daß Eifersucht einen solchen Haß bewirken konnte. Sie rannte zu den Pferden, und auf Saadis dunklem Gesicht stand deutliches Entsetzen über die Worte seiner Schwester. Er wollte etwas zu Christina sagen, aber sie stieg eilig auf Raven und galoppierte aus dem Lager.

Saadi stieg auf sein Pferd und versuchte verzweifelt, sie einzuholen. Er wußte, daß Scheich Abu ihn bei lebendigem Leibe häuten würde, wenn er verschuldete, daß seiner Frau etwas zustieß. Sie ritt so schnell den Hügel hinunter, daß sie leicht stürzen und sich verletzen konnte. Es war Nuras Schuld, daß sie derart außer sich war, aber Saadi würde die Strafe auf sich nehmen müssen.

Oh, diese Nurah! Dafür würde sie ihm zahlen. Er mußte ihr klarmachen, daß der Scheich mit dieser fremdländischen Frau glücklich war, auch wenn er sie bisher nicht geheiratet hatte. Nura mußte ihre unberechtigten Hoffnungen begraben.

Ein Tränenschleier trübte Christinas Sicht. Sie weinte nicht über Nuras Worte, denn es war ihr ganz gleich, ob Philip sie liebte oder nicht. Sie weinte, weil Nura sie haßte und weil das nicht ihre Schuld war. Christina hätte Philip mit Freuden an Nura abgetreten. Sie wäre sofort gegangen, wenn es ihr möglich gewesen wäre. Sie hatte schließlich nicht darum gebeten, entführt zu werden!

Am Fuß des Berges ließ Christina Raven anhalten, um sich die Tränen aus den Augen zu wischen, ehe sie das Pferd wieder zum Galopp antrieb. Sie würde soweit in die Wüste hinausreiten, wie

Raven sie nur irgend tragen konnte, und was aus ihr wurde, war ihr völlig gleich.

Plötzlich bemerkte sie zwei Männer, die in der Ferne auf ihren Pferden saßen. Sie standen regunglos da, und sie überlegte, ob sie auf sie zureiten sollte, doch dann kam der größere der beiden auf sie zu. Sie dachte sich, daß dieser Mann entweder Philip oder Rashid sein mußte, denn er war zu groß, um jemand anderes zu sein. Welcher von beiden es war, konnte sie nicht sagen, weil er noch zu weit entfernt war und seine *kufijah* seine Gesichtszüge verbarg.

Wenn es Philip war, konnte sie ihm nicht entkommen. Sie hörte Saadi, der hinter ihr auftauchte, und als sie sich umdrehte, sah sie die Besorgnis in seinen Augen.

»Ich möchte mich für meine Schwester entschuldigen«, brachte Saadi atemlos heraus. »Sie hatte kein Recht, das zu sagen, was sie gesagt hat, und ich werde sie dafür bestrafen.«

»Es ist schon gut, Saadi. Ich will nicht, daß du Nura meinetwegen bestrafst. Ich kann ihre Gefühle verstehen.«

Christina wandte sich wieder dorthin, wo sie die beiden Männer gesehen hatte, aber alle beide waren verschwunden. Sie setzte wie gewöhnlich ihren Ritt mit Saadi fort, und vor Einbruch der Dämmerung kehrten sie ins Lager zurück.

Als Christina das Zelt betrat, erwartete Philip sie bereits, um sie zu ihrem Bad zu begleiten. Er schien bester Laune zu sein und gab ihr einen Klaps auf den Hintern, als sie an ihm vorbeiging, um die Handtücher und die Seife zu holen. Sie fragte ihn nicht, ob er einer der Männer gewesen war, die sie in der Wüste gesehen hatte. Er hatte schon bei früheren Gelegenheiten deutlich klargestellt, daß er es nicht mochte, wenn sie ihn ausfragte.

Am späten Morgen des kommenden Tages nähte Christina gerade den Saum eines Rockes um, als Amine ganz langsam das Zelt betrat. Sie blieb händeringend vor Christina stehen.

Ein entsetzlicher Schmerz schlich sich in Christinas Herz. Ihr war klar, daß etwas Schreckliches passiert sein mußte, aber sie wußte nicht, warum sie selbst sich so elend fühlte.

»Was ist passiert, Amine?« fragte sie atemlos. »Ist Abu etwas zugestoßen?«

»Nein«, erwiderte Amine, und eine Träne lief über ihre Wange. »Es geht um seinen Vater – Scheich Yasir Alhamar ist tot.«

»Aber das kann doch nicht wahr sein!« rief Christina aus, und sie sprang auf die Füße. »Yasir war gestern in guter Verfassung, und in den letzten Monaten hat sich sein Gesundheitszustand sichtlich gebessert. Ich – ich kann es einfach nicht glauben!«

Christina lief aus dem Zelt, ohne auf Amine zu achten, die ihr nachrief. Doch schon ehe sie Yasirs Zelt betrat, wußte sie, daß es wahr war. Sein Zelt war leer. Er war wirklich tot. Erst jetzt weinte sie, und ihre Tränen flossen hemmungslos, als sie auf die Schaffelle hinunterblickte, die noch gestern seine Bettstelle gewesen waren und auf denen jetzt niemand mehr lag. Sie ließ sich auf die Knie sinken und berührte den weichen Schafspelz. Sie hatte eine große Zuneigung zu Yasir gefaßt, und jetzt war er einfach nicht mehr da.

Sie spürte, daß Amine ihre Arme um sie legte und ihr wieder auf die Füße half. Sie brachte sie zurück in ihr Zelt und hielt sie im Arm, bis Christinas Tränen versiegt waren.

»Scheich Yasir ist heute Nacht im Schlaf gestorben. Rashid hat ihn heute am frühen Morgen tot vorgefunden, und er und Scheich Abu haben ihn in die Wüste gebracht, um ihn dort zu begraben.«

»Aber warum hat man mir nicht eher etwas davon gesagt?« fragte Christina.

»Das ist eine Privatangelegenheit zwischen Söhnen und ihrem Vater. Scheich Abu wollte dich nicht beunruhigen.«

»Wo ist Abu jetzt?« fragte Christina, denn sie wußte, wie er sich jetzt fühlen mußte. Sie erinnerte sich an den Schmerz, den sie empfunden hatte, als sie ihre Eltern verloren hatte. So seltsam es auch sein mochte, aber sie wollte Philip trösten, ihn in die Arme nehmen und seinen Kummer mit ihm teilen.

»Als Rashid ins Lager zurückkehrte, sagte er, Abu sei in die Wüste hinausgeritten, und dann – ist Rashid auch wieder fortgeritten.«

Christina erwartete geduldig Philips Rückkehr. Sie bemühte sich, sich zu beschäftigen, um nicht an Yasir zu denken, aber es war unmöglich. Immer wieder sah sie sein Gesicht vor sich und das Strahlen, das auf seine Züge trat, wenn sie in sein Zelt kam. Immer wieder hörte sie seine Stimme, die liebevoll von Philip sprach.

Der Mond schwebte hoch über den Bergen und warf einen zarten grauen Lichtschein durch den Wacholder, von dem das Lager umgeben war. Philip stand niedergeschlagen am Feuer und wärmte seine matten Glieder.

Er war den ganzen Tag lang durch die Wüste geritten, ehe er sich mit Yasirs Tod abgefunden hatte. Jetzt hielt er es für das beste, daß es dahin gekommen war. Yasir war sein Leben lang ein tatkräftiger Mann gewesen, und die Monate, die auf seine Krankheit gefolgt waren, hatten ihn zu einem Invaliden gemacht, der sich nicht mehr frei bewegen konnte.

Philip wünschte, man hätte ihm einen längeren Zeitraum mit Yasir zugestanden, aber er war dankbar für die Jahre, die er an seiner Seite verbracht hatte. Er konnte viele erfreuliche Erinnerungen an diese Zeit in die Zukunft hinüberretten, denn Yasir und er hatten einander nähergestanden als üblich zwischen Vätern und Söhnen; sie waren gute Freunde gewesen und hatten vieles gemeinsam erlebt.

Philip war an Körper und an Seele erschöpft und sehnte sich danach, Christina dicht neben sich zu spüren. Er ging direkt in sein Schlafzimmer, doch er fand es leer vor. Die verschiedensten Gefühlsregungen zogen nacheinander über sein Gesicht – Elend, Zorn und Bedauern, als er sich fragte, warum sie sich ausgerechnet diesen Zeitpunkt für ihre Flucht hatte aussuchen müssen.

Verdammt noch mal, wieviel Leid wird noch über mich hereinbrechen ehe dieser Tag zu Ende ist? dachte er. Er drehte sich um und stürzte aus dem Zimmer; dabei fragte er sich, wie groß Christinas zeitlicher Vorsprung wohl sein mochte. Eine zarte Stimme ließ ihn stehenbleiben, ehe er den Zelteingang erreicht hatte.

»Bist du das, Philip?«

Philip fühlte sich, als sei eine schwere Last von seiner Brust genommen. Er ging langsam auf das Sofa zu. Christina hatte sich auf einen Ellbogen gestützt und ihre Füße unter einer schweren Decke aus Schafsfell angezogen. Sie blickte besorgt zu ihm auf.

Er setzte sich neben sie und sah, daß ihre Augen rotgeweint waren. Sanft legte sie ihre Hand auf seine Hände.

»Es tut mir leid, Philip«, sagte sie.

»Es ist jetzt wieder gut, Tina. Ich werde eine Zeitlang trauern, aber das Schlimmste ist vorbei, und ich muß mein Leben weiterleben.«

Ein forschender Blick in Christinas Augen sagte ihm, daß auch sie trauerte. Er hatte nicht gewußt, daß sie sich soviel aus Yasir machte. Philip zog sie in seine Arme und drückte sie zart an sich, als sie wieder anfing zu weinen.

In den Tagen, die darauf folgten, herrschte eine seltsame Form von Trauer im Lager. Alle fröhlichen Rufe und jedes laute Gespräch waren aus dem Alltag verbannt.

Amine versuchte auf ihre Art, Christina aufzuheitern. Christina war dankbar, eine Freundin zu haben, mit der sie reden konnte. Wenn Amine und ihre Kinder nicht gewesen wären, hätte sie sich wirklich einsam gefühlt.

Es schien, als könnte Christina Philip nicht aus der Stimmung herausreißen, die sich seiner bemächtigt hatte. Er saß nur da und starrte ins Leere, als sei sie gar nicht da. Er beantwortete ihre Fragen und begrüßte sie, aber das war auch schon alles. Sie erinnerte sich, daß sie nach dem Tod ihrer Eltern in der selben Verfassung gewesen war, doch John hatte ihr geholfen, diese Zeit durchzustehen. Sie wußte nicht, wie sie Philip helfen konnte.

Nachts, wenn sie ins Bett gingen, hielt Philip sie im Arm, sonst nichts. Das fing an, sie nervös zu machen. Ständig fragte sie sich, wann er sie wieder nehmen würde. Sie sagte sich, daß ihr die gegenwärtige Situation nicht paßte, weil sie dieses Verhalten von Philip nicht gewohnt war.

Sie dachte immer wieder darüber nach, wie sie ihn aus seinen Depressionen herausreißen könnte, aber ihr fiel nichts dazu ein. Hatte sie sich denn nicht längst gewünscht, ihn leiden zu sehen? Doch, sie hatte es so gewollt, aber das war lange her. Es tat ihr weh, Philip unglücklich zu sehen, und sie wußte nicht, warum.

16

Seit Yasirs Tod waren fünf Tage vergangen, und Christina, die die letzten Tage im Zelt verbracht hatte, hielt diese Anspannung nicht mehr aus. Sie beschloß auszureiten.

»Es ist gut, daß du deine gewohnten Aktivitäten wieder aufnimmst«, sagte Ahmad zu ihr, als sie losritten. Er lächelte sie strahlend an, als er ihr auf den Hengst half.

»Ja, es ist besser so«, gab Christina zurück. Aber nicht alle Aktivitäten, fügte sie zu sich selbst hinzu, und sie dachte an die ruhigen Nächte, die ihr in letzter Zeit gewährt wurden.

Sie waren weit in die Wüste hineingeritten, als Christina vier Männer entdeckte, die auf ihren Pferden eilig auf sie zukamen. Es schien, als seien sie aus dem Nichts aufgetaucht, und schon hatten sie sie erreicht. Christina hielt Raven an, und als sie sich umdrehte, sah sie, daß Ahmad seine Flinte hob. Doch ehe er den Abzug betätigen konnte, hallte ein Schuß durch die Luft, und Christina sah voller Entsetzen zu, wie Ahmad langsam von seinem Pferd fiel und Blut aus seiner Brust sickerte.

»O Gott – nein!« schrie sie, aber Ahmad lag regungslos im heißen Sand.

Augenblicklich ließ Christina Raven umkehren und peitschte ihn zu einem rasenden Galopp an. Sie wollte sich um Ahmad kümmern, aber jetzt mußte sie an sich selbst denken. Sie hörte, wie ihre Verfolger näherkamen. Ein Arm schlang sich um ihre Taille, riß sie vom Pferd und warf sie über ein anderes Pferd. Sie wehrte sich heftig, was nur dazu führte, daß sie mit dem Rücken in den harten Sand fiel. Der Mann, der sie geschnappt hatte, stieg von seinem Pferd und kam langsam auf Christina zu. Auf seinem bärtigen Gesicht stand ein wütender, brutaler Ausdruck.

Christinas Herz schlug schmerzhaft, als sie sich auf die Füße zog und anfing zu laufen, doch ehe sie auch nur zehn Meter weit gekommen war, wirbelte der Mann sie herum und schlug sie mit einem Hieb ins Gesicht brutal zu Boden. Dann zog er sie an ihrem Umhang hoch, schlug ihr noch zweimal mit aller Kraft ins Gesicht und ließ sie dann fallen wie ein Stück Dreck. Sie schrie hysterisch, als sie sich im Sand umdrehte, damit er sie nicht mehr schlagen konnte.

Undeutlich hörte Christina Stimmen, die miteinander stritten, aber sie klangen als kämen sie aus weiter Ferne. Sie fühlte sich benommen, und einen Moment lang wußte sie nicht einmal mehr, wo sie war oder warum sie weinte. All das fiel ihr schmerzlich wieder ein, als sie behutsam den Kopf hob und Ahmads leblosen Körper im Sand liegen sah.

O Gott, warum hatten sie ihn töten müssen? dachte sie, und sie fühlte sich elend. Wenige Meter von ihr entfernt saßen drei Männer auf ihren Pferden, und einer von ihnen sprach grob mit dem Mann, der sie geschlagen hatte.

Amair Abdalla stieg ab und trat zu der Frau, die im Sand lag. Er empfand Mitleid mit ihr, als er sie umdrehte und ihr Gesicht sah, das bereits jetzt verfärbt und angeschwollen war. Er hatte gehört, die Frau sei eine Schönheit, aber jetzt war ihr zerschundenes Gesicht zudem noch von Sand und Tränen entstellt.

Dieser elende Schurke Cassim! Es war alles so schnell gegangen, daß Amair ihn nicht hatte aufhalten können. Sie hatten es eilig; andernfalls hätte er diese Bestie auf der Stelle bestraft. Cassim war schon immer brutal gewesen. Seine Frau war zweimal fast an seinen Grausamkeiten und seinen Schlägen gestorben.

Scheich Ali Hejaz würde es nicht gut aufnehmen, daß diese Frau geschlagen worden war. Christina Wakefield war Scheich Ali in mehr als einer Hinsicht wichtig, und er hatte strikte Anweisung gegeben, daß ihr nichts zustoßen dürfe.

Cassim würde seine Strafe bekommen, wenn sie ins Lager zurückkehrten – und das wußte er genau. Aber jetzt mußten sie sich beeilen. Ein offener Kampf auf Scheich Abus Boden widersprach den Plänen, und Amair wollte einen Zusammenstoß mit diesem großgewachsenen Mann aus dem Wege gehen. Es hätte den sicheren Tod bedeutet.

Einige Momente waren vergangen, seit der junge Mann Christina umgedreht hatte. Er hatte ihr ins Gesicht gesehen, und sie konnte das Mitleid in seinen braunen Augen erkennen. Was würde jetzt geschehen? Vielleicht würden sie sie nicht mehr schlagen – jedenfalls im Moment nicht. Christina zuckte instinktiv vor dem Mann zurück, als er sich herunterbeugte, um sie aufzuheben. Er trug sie zu den Pferden, setzte sie auf seinen kleinen Araber und stieg hinter ihr auf. Die drei anderen Männer saßen bereits auf ihren Pferden und warteten, und alle ritten im Galopp los.

Christina schloß die Augen, als sie an Ahmads Leiche vorbeikamen. Der arme Ahmad. Er war kaum älter als sie, und jetzt war sein Leben zu Ende. Die vier Männer ließen Raven und Ahmads Pferd zurück. Wenn es Diebe waren, warum nahmen sie dann nicht auch ihre Pferde mit?

Wer waren sie überhaupt? Sie hätten sie unmöglich als Frau erkennen können, nicht in ihrer Reitkleidung. Warum also hatten sie nicht auf sie geschossen? Die Männer konnten nicht zu ihrer Rettung gekommen sein, denn niemand wußte, daß sie hier war. Und wenn sie vorhatten, sie zu ihrem Bruder zurückzubringen, dann hätten sie sie nicht geschlagen. Sie konnte sich die Zusammenhänge einfach nicht zusammenreimen.

Diese Männer mußten dem benachbarten Stamm angehören, vor dem Philip sie gewarnt hatte. Würden sie sie alle benutzen und sie dann in die Sklaverei verkaufen? Philip würde sie niemals finden.

Philip, wo bist du? Du mußt mich finden! Wie konnte sie bloß so etwas denken! Wollte sie Philip denn nicht längst verlassen?

Zumindest wird mein neuer Herr niemals die Macht über mich haben, mich mit seinen Berührungen schwach zu machen, so, wie es Philip gelungen ist. Keinem anderen Mann wird es gelingen, derart mein Verlangen wachzurufen, wie es Philip gelungen ist. Plötzlich wurde ihr klar, was sie gerade in Gedanken gesagt hatte.

Ich liebe ihn! Ich habe ihn die ganze Zeit über geliebt und es nie auch nur gewußt! Christina, du bist ein Dummkopf, eine dumme kleine Närrin! In all diesen Monaten hast du dich gegen Philip gewehrt und darum gebetet, daß er dich nach Hause schickt, und während all dem hast du ihn die ganze Zeit geliebt. Vielleicht siehst du ihn nie wieder, und Philip glaubt immer noch, daß du ihn haßt.

Aber was ist, wenn er mich nicht sucht? Was, wenn er froh ist, daß ich fort bin, daß er mich los ist? Kann ich ihm das vorwerfen – so, wie ich mich ihm gegenüber benommen habe? O nein, er muß mich holen, er muß mich retten, damit ich ihm sagen kann, wie sehr ich ihn liebe. Und er muß mich bald finden, ehe es zu spät ist!

Als Yasir gestorben ist und ich Philip trösten wollte, hätte mir klar sein müssen, daß ich Philip liebe. Ein solcher Alptraum war nötig, damit ich die Wahrheit erkenne, und jetzt ist es vielleicht zu spät. O Gott, gib mir noch eine Chance!

Es wurde jetzt dunkel, und sie ritten immer noch, als sei ihnen der Teufel auf den Fersen. Auch das ergab keinen Sinn. Wenn diese vier Männer dem benachbarten Stamm angehörten, von dem Philip gesprochen hatte, hätten sie in die Berge reiten müssen, und sie hätten längst das Lager erreicht.

Sie mußte sich irren. Sie waren am Fuß des Gebirges entlanggeritten, aber als jetzt der Mond herauskam und ihnen den Weg beleuchtete, kehrten sie in die Wüste um. Wohin brachten sie sie? Und was würde aus ihr werden, wenn sie dort ankamen?

Christina erinnerte sich daran, wie sie sich vor langer Zeit die selben Fragen gestellt hatte, aber damals war Philip ihr Entführer gewesen. In den ersten Wochen, nachdem er sie in sein Lager gebracht hatte, hatte sie ihn wirklich gehaßt. Er hatte ihr alles genommen, was sie liebte. Er hatte alles so manipuliert, daß sie in dieses Land gekommen war. Aber jede junge Frau läßt bei ihrer Heirat alles zurück, was sie bis dahin gekannt hat. Es dauert eine Weile, ehe man sich an ein neues Leben gewöhnt.

Sie hatte sich daran gewöhnt – sich sogar zu sehr daran gewöhnt. Und sie spürte eine Furcht und eine Leere in ihrem Herzen bei dem Gedanken, Philip vielleicht nie wiederzusehen. Das war schlimmer als der Schmerz in ihrem geschwollenen Gesicht, den sie bei jedem Schritt empfand, den das Pferd zurücklegte. Sie schloß die Augen, um sich vor all dem Elend zu verschließen, und irgendwie gelang es ihr, einzuschlafen.

Der Klang von Stimmen ließ Christina die Augen wieder aufschlagen. Sie wurde vom Pferd gehoben. Sie fragte sich, was geschehen war, bis sie die vielen neuen Gesichter um sich herum sah und die Stiche in ihrem Gesicht spürte. Die Sonne war aufgegangen, und es herrschte eine sengende Hitze, die durch den Sand verstärkt wurde und sie zwang, eine Hand über die Augen zu halten, um etwas sehen zu können.

Ehe Christina in ein kleines Zelt gebracht wurde, sah sie sich im Lager um. Sie befanden sich in einer Wüstenoase. Zwei riesige Palmen ragten über sechs kleinen Zelten auf, und sie konnte Ziegen, Schafe und Kamele sehen, die auf einem Streifen Gras hinter ihr weideten. Als sie im Zelt waren, dauerte es einen Moment lang, bis Christinas Augen sich an das Dunkel gewöhnt hatten. Dann sah sie einen alten Mann, der allein auf einem Kissen hinter einem niedrigen Tisch saß, auf dem in mehreren Schalen Essen stand.

Der alte Mann hatte noch keinen Blick in ihre Richtung geworfen. Er aß ungestört, und daher sah Christina sich in dem Zelt um. Einige Kissen waren auf dem Boden verstreut, und an einer Seite stand eine Truhe, aber nirgends gab es Stühle oder Teppiche.

Als Christina den alten Mann wieder ansah, tauchte er seine Finger in eine kleine Wasserschale, wie sie selbst es viele Male nach einem Essen mit Philip getan hatte. Jetzt sah er sie an, und seine braunen Augen wurden beim Anblick ihres geschundenen Gesichtes groß vor Zorn. Sie zuckte zusammen, als er mit der Faust auf den Tisch schlug und sämtliche Schalen klapperten.

Er trug einen farbenprächtigen Kaftan und eine *kufijah*, und sie stellte fest, daß er barfuß war. Als er aufstand, schien er nicht größer als sie zu sein, doch seine Stimme gebot Achtung.

Er sprach so grob mit dem jungen Mann, der bei Christina war, daß sie schloß, er müsse der Scheich dieses Stammes sein. Ein hitziger Wortwechsel entspann sich zwischen den beiden, aber Christina konnte nichts verstehen, und dann führte der junge Mann sie hinter einen Vorhang in einer Ecke des Zeltes.

Dort hatte sie kaum genügend Platz, um sich hinzulegen. Ein Schaffell lag auf dem Sand, auf das Christina gelegt wurde. Dann wurde sie allein gelassen.

Wenige Minuten später schlug eine alte Frau die Vorhänge zurück und brachte ihr ein Tablett mit einer großen Schale Essen und einem Glas Wein. Die Frau stellte das Tablett in den Sand, drückte Christina ein nasses Handtuch in die Hand, deutete auf ihr Gesicht und ließ Christina wieder allein.

Sie wusch sich mit dem Handtuch das Gesicht, aber um ihre schmerzhaft geschwollenen Augen herum konnte sie nicht jeden Schmutz entfernen. Das Essen war fett, aber zum Glück war es zart, denn auch das Kauen war schmerzhaft. Der Wein schmeckte köstlich, aber sie spürte eine ganz seltsame Müdigkeit, als sie das Glas ausgetrunken hatte. Christina bemühte sich nach Kräften, wachzubleiben, um auf das vorbereitet zu sein, was als nächstes passieren würde, doch es gelang ihr nicht, die Augen offenzuhalten, und sie konnte auch nicht mehr zusammenhängend denken, und im nächsten Moment war sie fest eingeschlafen.

Als Amair Abdalla die Frau in Scheich Ali Hejaz' Zelt zurückließ, gab er Cassim Bescheid, daß Scheich Ali ihn zu sprechen wünsche, ehe er direkt zum Zelt seines Vaters ging. Er empfand keinerlei Mitleid mit Cassim, denn ganz gleich, was ihm bevorstand – er hatte es sich selbst zuzuschreiben. Scheich Ali war noch wütender, als Amair es erwartet hatte, und Cassim würde für das, was er getan hatte, wahrscheinlich sterben.

»Ist alles glatt gelaufen, Amair?« fragte sein Vater, Cogia Abdalla, als Amair das Zelt betrat, das sie gemeinsam bewohnten.

»Ja, Vater, alles ist verlaufen wie geplant«, erwiderte Amair voller Abscheu. Er setzte sich auf das Schaffell, das ihm als Bett diente, und griff nach dem Weinschlauch aus Ziegenfell, der daneben lag. »Aber eins sage ich dir – mir paßt nicht, was mir hier befohlen worden ist. Diese Frau hat niemandem etwas getan, und es ist nicht richtig, sie als Pfand zu benutzen, um Rache zu üben. Sie hat jetzt schon genug gelitten, denn Cassim hat sie geschlagen, ehe ich ihn zurückhalten konnte.«

»Was! Dieser nichtsnutzige...«

»Verstehst du das denn nicht, Vater?« fiel ihm Amair ins Wort. »Nichts von alledem hätte überhaupt passieren dürfen. Cassim hat auf den Mann geschossen, mit dem Christina Wakefield ausgeritten ist. Ich bete nur darum, daß er gefunden wird, ehe er stirbt, denn es ist Ahmad, der Bruder von Amines Mann. Wenn Ahmad stirbt, wird Syed uns hassen, und wir werden meine Schwester Amine nie wiedersehen.«

»Ich hätte wissen müssen, daß dieser Plan zu nichts Gutem führt.« Cogia ließ niedergeschlagen den Kopf hängen. »Ich hätte nie meine Zustimmung geben dürfen, daß du dich daran beteiligst. Ich will nur, daß dieser Haß zu einem Ende kommt, damit ich meine Tochter wiedersehen kann. Amine muß inzwischen Kinder haben, und ich habe sie nie gesehen. Vielleicht werde ich meine Enkelkinder niemals sehen.«

»Und trotzdem hättest du diesem Plan niemals zustimmen dürfen, Vater. Scheich Abu hat nichts mit dem zu tun gehabt, was vor all diesen Jahren vorgefallen ist. Er war damals jenseits der Meere. Ich finde es nicht richtig, daß Scheich Ali sich an ihm rächen will, nachdem Scheich Yasir gestorben ist.«

»Ich weiß, mein Sohn, aber was können wir jetzt noch tun? Vielleicht kommt Scheich Abu gar nicht«, sagte Cogia. Er warf einen Blick aus dem offenen Zelt hinaus. Draußen spielten drei kleine Jungen mit einem kleinen Lamm. Cogia verzehrte sich vor Sehnsucht danach, seine eigene Tochter und deren Kinder zu sehen.

»Er wird kommen«, erwiderte Amair. »Und wenn er die Männer seines Stammes mitbringt, wird es zu viel sinnlosem Blutvergießen kommen, und das für etwas, was fünfundzwanzig Jahre zurückliegt. Und nicht einer der Männer, die dabei sterben werden, hat irgend etwas damit zu tun gehabt.«

Philip kam, und zwar keine Stunde später. Er kam allein, und dafür verfluchte er sich, als er sah, in welche Gefahr er sich begab.

Philip war in sein Lager zurückgekehrt und hatte gehört, daß Christina mit Ahmad ausgeritten war. Er war froh, daß sie sich entschlossen hatte, ihre Ausritte wieder aufzunehmen, und ihm wurde auch klar, daß es für ihn an der Zeit war, seine eigenen

Depressionen abzuschütteln. Sein Vater war tot, aber er hatte immer noch Christina.

Gedanken an Christina gingen Philip durch den Kopf, als er durch das Zelt lief und ihre Rückkehr erwartete. Doch als die Sonne unterging und immer noch keine Spur von ihr zu sehen war, wurde er von einem entsetzlichen Grauen gepackt. Er lief aus dem Zelt, sah Syed bei den Pferden stehen und sagte ihm, er solle ihm folgen.

Philip brach der Schweiß aus, als sie den Hügel hinuntergaloppierten. Syed versuchte verzweifelt, mit ihm schrittzuhalten. Nachdem er ein Stück weit in die Richtung geritten war, die Christina meistens einschlug, sah Philip zwei Pferde, die dicht nebeneinander standen. Jegliche Farbe wich aus seinem Gesicht, als er näherkam und eine Gestalt im Sand liegen sah.

Er sprang von seinem Pferd und rannte zu Ahmad. Die Wunde war im Brustkorb, und Ahmed hatte viel Blut verloren, aber er war noch am Leben. Als Syed kam, flößten sie Ahmad gewaltsam Wasser ein. Endlich schlug er die Augen auf. Er sah von Philip zu Syed und versuchte, sich aufzurichten, aber der Blutverlust hatte ihn zu sehr geschwächt.

»Kannst du sprechen, Ahmad?« fragte Philip. »Kannst du mir sagen, was passiert ist?«

Ahmad sah Philip mit glasigen Augen an. »Vier Männer aus der Wüste sind mit hoher Geschwindigkeit auf uns zugekommen. Ich – ich habe meine Flinte gehoben, um zu schießen, aber sie haben auf mich geschossen. Das ist alles, woran ich mich erinnern kann.« Ahmad strengte sich an, um sich umzusehen, und als er Christinas Pferd sah, sank er in den Sand zurück. »Sie haben sie mitgenommen?«

»Es sieht ganz danach aus«, erwiderte Philip. Sein Körper war angespannt und kampfbereit. Er sah den älteren der beiden Brüder an. »Syed, du bringst Ahmad ins Lager zurück. Maidi wird wissen, was sie für ihn tun kann. Ich weiß nicht, wie lange ich fort sein werde, aber folge mir nicht. Ich werde Christina finden, und der Mann, der auf deinen Bruder geschossen hat, wird sterben.«

»Allah sei mit dir«, erwiderte Syed, als Philip auf sein Pferd stieg.

Die Spuren der vier Entführer waren noch zu erkennen, da es nicht windig gewesen war und sie nicht im Sand verweht waren. Philip folgte der Fährte mit einer Geschwindigkeit, die Victory bisher noch nie erreicht hatte. Immer wieder sah er Christinas verängstigtes Gesicht vor sich, und er betete darum, sie rechtzeitig zu finden, ehe die Männer sie vergewaltigten und sie anschließend verkauften.

Er hätte niemals zulassen sollen, daß sie in die Wüste ritt. Wenn er ihre Bewegungsfreiheit auf das Lager beschränkt hätte, wäre sie jetzt da, und er müßte nicht um ihr Leben bangen. O Gott, laß mich sie rechtzeitig finden!

Philip wurde ganz krank ums Herz, als er versuchte, sich vorzustellen, wie sein Leben ohne Christina aussehen würde. Er sah das Bett, das er mit ihr geteilt hatte, leer vor sich, das leere Zelt, das er in letzter Zeit so gern betreten hatte, ihren schönen, zarten Körper, der ihn so sehr in Versuchung führen konnte. Wie sollte je eine andere Frau Christinas Platz einnehmen? Der Gedanke, sie nie wiederzusehen, war ihm schier unerträglich.

Er mußte sie lieben, wenn er so empfand!

Philip hatte nie geglaubt, daß er sich je verlieben würde. Was für ein Narr war er gewesen! Aber was war, wenn er Christina nicht fand? Oder noch schlimmer – wenn sie nicht gefunden werden wollte? Er würde sie finden oder bei dem Versuch, sie zu finden, sterben, und er würde sie zwingen, mit ihm zurückzukehren. Lieber wollte er mit ihrem Haß leben als ohne sie. Vielleicht würde sie ihn eines Tages doch noch lieben lernen.

Philip dankte dem Himmel für den Vollmond, der ihm genug Licht gab, um den Spuren zu folgen. Die Stunden vergingen langsam und waren von peinigenden Gedanken angefüllt, und die Sonne stand schon hoch am Himmel, als Philip das Lager eines Wüstenstammes in der Ferne vor sich sah. Die Spuren, denen er folgte, führten direkt zu dem Lager. Jetzt dauerte es nicht mehr lange, Christina, dachte er. Ich werde dich finden und nach Hause bringen.

Philip ritt langsam in das Lager hinein. Etliche Männer kamen auf ihn zu, als er Victory mitten im Lager zum Stehen brachte.

»Ich suche vier Männer und eine Frau«, sagte Philip auf Arabisch. »Sie sind hier vorbeigekommen, oder?«

»Du befindest dich am richtigen Ort, Abu Alhamar. Du wirst jetzt absteigen und mit mir kommen.«

Philip drehte sich zu dem Mann um, der gesprochen hatte. Eine Flinte war auf seinen Rücken gerichtet und ließ ihm kaum eine Wahl. »Woher weißt du, wer ich bin?«

»Du wirst erwartet. Komm mit.«

Philip stieg ab, und der Mann stieß ihn mit der Flinte zu einem Zelteingang. Weitere bewaffnete Männer liefen hinter ihm her und waren bereit, auf die kleinste Bewegung von seiner Seite aus zu reagieren. Woher wissen sie, wer ich bin? fragte sich Philip.

Ein alter Mann, der am hintersten Ende des Zeltes saß, stand auf und musterte Philip. »Du hast nicht lange gebraucht, um hierherzukommen, Scheich Abu. Auf diesen Moment habe ich lange gewartet.«

»Was zum Teufel soll das alles heißen?« fragte Philip. »Woher weißt du, wer ich bin? Ich habe dich in meinem ganzen Leben noch nicht gesehen.«

»Du hast mich gesehen, aber daran erinnerst du dich sicher nicht. Vielleicht hast du von mir gehört? Ich bin Ali Hejaz, der Scheich dieses Stammes und der Onkel von Rashid, deinem Halbbruder. Weißt du jetzt, wer ich bin?«

»Ich habe deinen Namen gehört, aber das ist auch schon alles. Warum hast du mich erwartet?«

»Oh, ich sehe, daß dein Vater dir die Wahrheit verschwiegen hat. Dann muß ich dir eben die ganze Geschichte erzählen, damit du verstehst, warum ich dich töten werde, um den Tod meiner Schwester zu rächen.«

»Du mußt verrückt sein«, sagte Philip lachend. »Ich habe dir nichts getan. Warum willst du meinen Tod?«

»Ich bin nicht verrückt, Abu Alhamar.« Ali Hejaz sprach mit ruhiger Stimme und kostete den Moment seines Triumphes aus. »Du wirst bald erfahren, warum du sterben mußt. Ich wußte, daß du mir in die Falle gehen würdest, denn ich habe deine Frau in meiner Gewalt.«

»Wo ist sie?« fragte Philip aufbrausend. »Wenn du ihr etwas angetan hast...«

»Alles zu seiner Zeit, Abu«, fiel ihm Ali Hejaz ins Wort. »Du kannst sie später sehen, wenn auch zum letztenmal. Bange nicht um sie, denn ihr wird in meinem Lager nichts zustoßen. Ich bin Christina Wakefield dankbar, weil sie dich meiner Rache ausgeliefert hat. Später werde ich sie dann zu ihrem Bruder zurückbringen und die Belohnung kassieren.«

»Woher weißt du von ihr?« fragte Philip.

»Du stellst so viele Fragen! Weißt du, Rashid besucht mich von Zeit zu Zeit. Er hat erwähnt, du seiest aus England zurückgekehrt und würdest dir eine Ausländerin als Mätresse halten. Es scheint ganz so, als hätte ich Christina Wakefield von ihrem Entführer befreit!« Ali legte eine Pause ein. Als er wieder sprach, war seine Stimme zornerfüllt. »Dazu kommt, daß ich kürzlich von Yasirs Tod erfahren habe. Man hat mich darum betrogen, ihn eigenhändig zu töten, und daher wirst du, sein geliebter Sohn, seinen Platz einnehmen.«

»Was soll mein Vater angeblich getan haben?« fragte Philip. Ali Hejaz schenkte zwei Gläser Wein ein und bot Philip eins der beiden an. Er lehnte ab, und Ali lächelte. »Es wird dein letztes sein – ich schlage dir vor, es zu trinken. Der Wein ist nicht vergiftet, das versichere ich dir. Ich habe mir einen langsameren, grausameren Tod für dich ersonnen.«

»Fahr fort mit deinen Erklärungen, Hejaz. Ich will Christina sehen«, erwiderte Philip. Er nahm den Wein und prostete dem alten Mann spöttisch zu.

»Ich sehe, daß du mich noch nicht ernst nimmst. Ah, aber das wirst du tun, wenn dein langwieriger Tod beginnt. Wie dem auch sei – du verdienst jedenfalls, zu erfahren, warum du sterben wirst.« Ali unterbrach sich und trank aus dem Glas, das er in der Hand hielt.

»Vor langer, langer Zeit waren dein Vater und ich eng miteinander befreundet. Ich hätte alles für Yasir getan. Ich kannte auch deine Mutter, und ich war mit Yasir zusammen, als du geboren wurdest. Damals habe ich mich für deinen Vater gefreut. Er hatte zwei prachtvolle Söhne und eine Frau, die er mehr als sein Leben liebte. Ich erinnere mich noch, dich auf meinem Schoß gehabt zu haben, als du erst drei Jahre alt warst, und ich habe dir Geschichten erzählt. Kannst du dich daran noch erinnern?«

»Nein.«

»Damit habe ich auch nicht gerechnet. Es waren glückliche Tage – bis deine Mutter gegangen ist. Sie war eine gute Frau, aber sie hat Yasir vernichtet. Er wurde nie mehr der alte. Als seine Frau und seine beiden Söhne ihn verlassen hatten, hatte Yasir das Gefühl, es gebe nichts mehr in seinem Leben, wofür es sich zu leben lohnte. Drei Jahre lang habe ich mit ihm gelitten, denn ich habe Yasir geliebt wie einen Bruder. Ich hoffte, er würde deine Mutter vergessen und ein neues Glück finden. Ich hatte eine Schwester, die Margiana hieß, ein wunderschönes Mädchen, das Yasir anbetete. Daher bot ich Yasir Margianas Hand an.«

»Aber meine Mutter und mein Vater waren doch noch verheiratet. Wie hätte er deine Schwester heiraten können?« unterbrach ihn Philip.

»Deine Mutter war fort und würde nicht zurückkommen. Es war genauso, als sei sie tot. Yasir stand es frei, sich wieder zu verheiraten. Er konnte ein neues Leben beginnen und Söhne zeugen, und er hätte zusehen können, wie sie zu Männern heranwachsen. Yasir willigte ein, meine Schwester zu heiraten. Damals mußte ich gerade fortgehen, und ich bat Margiana, nicht vor meiner Rückkehr zu heiraten. Aber sie weigerte sich, bis dahin zu warten.

Ich wurde verwundet, während ich fort war, und Monate lang war ich ans Bett gebunden. Ich brauchte fast zwei Jahre, um meine Schwester und Yasirs Stamm zu finden. Rashid, der Sohn meiner Schwester, war damals ein Jahr alt.

Und so vergingen die Jahre, und ich glaubte, mit meiner Schwester stünde alles zum Besten. Yasir war immer noch unglücklich. Er liebte Rashid nicht so, wie er dich geliebt hatte. Aber meine Schwester tat so, als sei sie glücklich, wenn ich sie besuchte.

Vor einigen Jahren kam meine Schwester dann zu mir und erzählte mir endlich die Wahrheit über ihre sogenannte Ehe. Yasir hatte sich im allerletzten Moment geweigert, sie zu heiraten. Aber in der Nacht, in der sie hätten heiraten sollen, betrank er sich und vergewaltigte sie. Als sie Monate später feststellte, daß sie ein Kind bekam, bat sie Yasir, sie zu heiraten. Doch er weigerte sich weiterhin. Er konnte deine Mutter nicht vergessen. Margiana schämte sich, weil sie nicht verheiratet war, und daher log sie mich an und ließ mich in dem Glauben sie sei glücklich. Yasir hat sie nie mehr genommen, aber er hat sie und Rashid bei seinem Stamm leben lassen. Sie hat ihn geliebt, und er hat sie wie ein Stück Dreck behandelt.

Nachdem meine Schwester mir die Wahrheit erzählt hatte, brachte sie sich um. Es war, als hätte Yasir ein Messer in ihre Brust gestoßen. Er hat meine Schwester getötet, und an jenem Tag hatte ich Rache geschworen. Ich wartete, aber Yasir wußte von meinem Haß und verließ nicht mehr allein das Lager. Er vergaß nie, daß ich auf ihn wartete, und ich habe zu lange gewartet. Yasir ist als glücklicher Mann gestorben und ohne das zu erleiden, was meine Schwester erlitten hat.«

»Aber all das hat nichts mit mir zu tun. Warum willst du meinen

Tod?« fragte Philip. Er glaubte die Geschichte. Yasir hatte bis zum Tage seines Todes mit der Erinnerung an seine erste und einzige Frau gelebt. Wahrscheinlich hatte er nie gewußt, daß Margiana ihn geliebt und deshalb gelitten hatte.

»Du wirst stellvertretend für Yasir sterben«, sagte Ali Hejaz. »Du, sein geliebter Sohn, der ihm alles war, wie meine Schwester mir alles war. Du, der du Yasir in hohen Jahren noch Freude geschenkt hast, die ihm nicht zustand. Du, der Sohn der Frau, die die Schuld am Tod meiner Schwester trägt. Du, der du deinem Vater in jeder Hinsicht gleichst und dir Frauen nimmst, ohne sie zu heiraten, und sie leiden läßt.

Du wirst sterben, und ich werde zu guter letzt doch noch Rache geübt haben.« Ali lachte ein kurzes, satanisches Lachen. »Ah, aber Rache ist süß. Wenn jetzt Yasir noch hier wäre und deinen Tod erleben könnte, wäre ich der glücklichste Mensch auf Erden. Ich werde dir sogar einen letzten Wunsch gewähren, wenn er im Rahmen des Vernünftigen bleibt.«

»Das ist zu freundlich«, sagte Philip sarkastisch. »Ich möchte jetzt Christina Wakefield sehen.«

»Ach ja, diese Frau. Sagte ich nicht schon, daß du sie sehen kannst? Aber vorher muß ich dich warnen, denn ich fürchte, ihr ist etwas zugestoßen, bevor sie hierhergekommen ist.«

»Etwas zugestoßen? Wo ist sie?« fragte Philip heftig. Ali Hejaz gab einem der Männer, die hinter Philip standen, ein Zeichen. Der Mann hob einen Vorhang im Hintergrund.

Philip sah Christina, die auf dem Boden lag. »O mein Gott!« stieß er atemlos hervor. Er bückte sich, um sie zu berühren, aber sie bewegte sich nicht.

»Ich hielt es für das beste, sie für ein paar Tage zu betäuben, bis die Schwellung nachläßt«, sagte Ali.

Philip richtete sich auf und drehte sich ganz langsam zu dem alten Mann um. Die Muskeln in seinen Wangen zuckten, denn er war rasend vor Zorn.

»Wer war das?« sagte er mit ruhiger Stimme, und es fiel ihm schwer, seine Empfindungen derart zu unterdrücken. »Wer hat ihr das angetan?«

»Es hätte nicht passieren sollen. Der Mann, der sie geschlagen hat, ist immer grausam zu Frauen gewesen. Als sie vor ihm davongelaufen ist, ist er außer sich geraten und hat sie geschlagen, ehe meine Männer ihn zurückhalten konnten. Natürlich wird er dafür sterben. Ich habe strikte Anweisung gegeben, der Frau nichts anzutun, und er war ungehorsam. Ich habe noch nicht über seine Todesart entschieden, aber er wird sterben.«

»Gib ihn mir«, sagte Philip grimmig.

»Was?«

»Überlaß mir den Mann, der das getan hat. Du hast mir eine letzte Bitte gewährt. Ich will den Mann, der sie geschlagen hat.«

Ali sah Philip ungläubig an und riß dann seine alten Augen weit auf. »Natürlich! Es stimmt, daß dir diese Ehre zusteht. Ich zweifle nicht daran, daß du gewinnst, aber es wird ein fairer Kampf. Ihr werdet mit Messern kämpfen, jetzt sofort, und zwar hier im Lager. Wenn Cassim tot ist, wirst du einen langsameren Tod sterben.«

Philip folgte dem alten Mann aus dem Zelt. Er konnte an nichts anderes mehr denken als daran, den Mann zu töten, der es gewagt hatte, Christina so zuzurichten.

»Holt Cassim und sagt ihm, was er zu erwarten hat«, befahl Ali.

Ali zog sein eigenes Messer aus dem Gürtel und reichte es Philip. »Wenn der Kampf vorbei ist, wirst du das Messer hinwerfen und keinen weiteren Widerstand leisten. Wenn nicht, dann wird Christina Wakefield nie zu ihrem Bruder zurückgebracht, sondern in die Sklaverei verkauft. Hast du verstanden?«

Philip nickte und nahm das Messer. Er zog seinen Kaftan und sein Hemd aus und nahm das Messer in die rechte Hand. Cassim wurde aus einem Zelt geführt, und seine Furcht zeigte sich deutlich auf seinem Gesicht. Er wurde vor Philip gezerrt.

»Gegen diesen Mann kämpfe ich nicht!« schrie Cassim. »Wenn ich sterben muß, dann erschießt mich!«

»Steh auf und kämpfe wie ein Mann. Oder ich werde dir lebendig das Herz aus dem Leib reißen lassen!« schrie Ali.

Philip empfand kein Mitleid für den Mann, der vor ihm kauerte. Er sah nur noch Christinas geschwollenes Gesicht vor sich. »Bereite dich auf deinen Tod vor, du feiges Schwein.«

Cassim wurde losgelassen und taumelte einige Meter zurück. Dann stürzte er nach vorn. Doch Philip war vorbereitet. Er wich seitlich aus, und sein Messer erwischte Cassims rechten Arm, direkt unter der Schulter. Sie umkreisten einander mit ausgebreiteten Armen. Cassim sprang wieder mit einem Satz nach vorn und wollte sein Messer in Philips Brust stoßen. Doch Philip bewegte sich blitzschnell und erwischte sein Opfer. Er schlitzte Cassims ausgestreckten Arm bis zum Knochen auf. Cassim ließ das Messer fallen und starrte bestürzt die Wunde an. Philip schlug ihn mit der Hand nieder.

Er ließ Cassim Zeit, sein Messer aufzuheben, ehe er ihn wieder angriff. Cassim war offensichtlich nicht geübt im Umgang im Messern, und seine Angst machte ihn so unvorsichtig, daß er Philips Geschicklichkeit mühelos zum Opfer fiel.

Philip kannte viele Tricks, die er von seinem Vater gelernt hatte, aber er brauchte keinen Trick anzuwenden. Philips Messer stach wieder und immer wieder zu, bis Cassim von seinem eigenen Blut überströmt war und vornüber in den Sand fiel.

Philip fühlte sich abgestoßen. Er hätte nie geglaubt, daß er zu solcher Brutalität fähig war. Wie konnte er derart gnadenlos einen Mann töten? Philip fühlte sich gräßlich. Er warf das Messer neben Cassims Leiche und ging zu Ali Hejaz.

»Du wirkst unzufrieden, Abu. Vielleicht fühlst du dich besser, wenn du weißt, daß Cassim auch deinen Stammesgenossen erschossen hat.«

»Es gibt kein Mittel, um sich besser zu fühlen, wenn man einen Menschen getötet hat«, erwiderte Philip.

»Wenn du viele Jahre darauf gewartet hast, einen Menschen zu töten, wie es bei mir der Fall ist, dann kann Rache sehr wohl genüßlich sein«, sagte Ali. »Du wirst jetzt mit meinen Männern gehen. Denk daran, daß Christina Wakefields Zukunft in deinen Händen liegt. Außerdem habe ich meinen Männern befohlen, auf dich zu schießen, wenn du versuchst zu fliehen. Eine Wunde im Arm oder im Bein wird deinen Tod nur noch qualvoller gestalten.«

Die Männer ergriffen Philip und führten ihn hinter Ali Hejaz' Zelt. Dort steckten vier Pfähle im Sand, und an jedem Pfahl war ein Seil befestigt. Jetzt wußte er, wie er sterben würde.

Er leistete keinen Widerstand. Die Männer legten ihn auf den Rücken, spreizten seine Arme und Beine und banden ihn an die vier Pfähle. Einer der Männer flüsterte Philip zu: »Verzeih mir«, ehe er ging. Der zweite Mann setzte sich in den Schatten, den Alis Zelt warf, um Philip zu bewachen.

Philip fragte sich, wozu eine Wache überhaupt nötig war. Er konnte nicht entkommen. Es war schon spät am Nachmittag, aber die Sonne würde noch mindestens zwei Stunden lang sengend auf den Sand strahlen.

Heute würde die Sonne nicht viel Schaden anrichten, aber morgen würden seine Qualen beginnen. Würde er das ertragen?

Konnte er sich mit reiner Willenskraft dazu bringen, schnell zu sterben?

Er würde sich zwingen, die Nacht über zu wachen, das war die einzige Möglichkeit. Dann hatte er bereits zwei Tage und Nächte nicht geschlafen, und das würde es ihm möglich machen, morgen zu schlafen, und vielleicht würde er in der heißen Sonne so schnell sterben, daß er nicht einmal erwachte.

Eine Stunde war vergangen, und Philip mußte bereits gegen den Schlaf ankämpfen. Ein Schatten zeichnete sich über ihm ab, und als er die Augen aufschlug, sah er Ali Hejaz.

»Ist es nicht eine Ironie des Schicksals, daß du ausgerechnet auf diese Weise stirbst? Du wolltest unter unserer Sonne leben und Yasir glücklich machen, und daher ist es nur angemessen, daß du unter unserer Sonne stirbst. Es ist keine angenehme Todesart. Deine Zunge wird aufquellen. Aber ich will nicht, daß du allzu bald erstickst. Du wirst gerade genug Wasser bekommen, um das zu verhindern. Du wirst lange leiden, während die Sonne dich bei lebendigem Leib röstet. Und falls du mit dem Gedanken gespielt hast, dich über Nacht wachzuhalten und dein Leiden morgen durch Schlaf zu verkürzen, dann muß ich dich enttäuschen. Ich habe dir ein leichtes Mittel in den Wein getan, und du wirst heute nacht schlafen.« Ali lachte, als er Philips Hoffnungen ein Ende bereitete. »Du wirkst überrascht, Abu. Aber wie du siehst, habe ich an alles gedacht. Ja, du wirst morgen bei Sonnenaufgang wach sein. Ich wünsche dir eine angenehme Nacht, Abu. Es wird deine letzte sein.« Mit diesen Worten überließ er Philip seinen Gedanken.

Philip zog mit aller Kraft an den Seilen, aber es bestand keine Hoffnung für ihn, zu entkommen. Er schlief ein.

17

Der Schmerz in seinen Augen ließ Philip erwachen. Als er sie aufschlug, starrte er direkt in die späte Morgensonne und war eine Minute lang geblendet. Im ersten Moment fragte er sich, warum er im Freien geschlafen hatte, doch dann versuchte er aufzustehen und spürte den Schmerz in seinen Schultern.

Die Sonne tat also bereits ihr Werk. Er sah auf seine verbrannte

Brust und seine verbrannten Arme hinunter. Zumindest hatte sich Hejaz in einer Hinsicht getäuscht – er war nicht bei Sonnenaufgang erwacht. Philip blieb vollkommen still liegen.

Die Sonne stand jetzt direkt über ihm. Philips Zunge fühlte sich wie ein Fremdkörper in seinem Mund an, wie ein Stück trockener Stoff. Der Schweiß, der aus seinem Körper trieb, strömte unter Schmerzen über seine verbrannte Haut. Wie lange konnte er das durchhalten? Er zwang sich, an erfreuliche Dinge zu denken, und er verlor sich in Gedanken an Christina.

Philip hörte eine Stimme, die ihn aus weiter Ferne rief und ihn aus seiner Bewußtlosigkeit herausriß, als sie immer lauter wurde. Als er mühsam die Augen aufschlug, sah er Ali Hejaz, der neben ihm stand. Er versuchte zu sprechen, aber sein Mund war zu trocken, und seine Lippen waren gesprungen und hatten Blasen.

»Du bist also noch am Leben. Du mußt einen starken Lebenswillen haben.« Ali wandte sich an den Wächter, der neben ihm stand. »Gib ihm ein paar Tropfen Wasser, aber nicht mehr.«

Der Wächter ließ ein paar Tropfen in Philips Mund rinnen, und Ali sagte: »Morgen früh sollte dir die Sonne den Rest geben. Wenn du dann immer noch lebst, werde ich dich von einem meiner Männer töten lassen, weil wir morgen das Lager abbrechen und weiterziehen müssen. Das Wasser wird knapp hier. Ich würde dich mitnehmen und dich in unserem nächsten Lager wieder in der Sonne rösten lassen, aber dein Stamm wird sich bald auf die Suche nach dir machen. Du wirst morgen sterben, so oder so. Angenehme Träume, Abu.«

Die Sonne ging unter, aber Philip glühte immer noch. Das Wasser war nur soviel gewesen, daß es seine Sinne genarrt hatte. Er dachte an Christina, die nur wenige Meter von ihm entfernt in Hejaz' Zelt lag. Wenigstens schlief sie, statt diesen Alptraum mitzuerleben. Aber vielleicht hätte sie es sogar genossen, ihm bei lebendigem Leibe rösten zu sehen. Schließlich haßte sie ihn. Bald würde sie jedenfalls wieder bei ihrem Bruder sein, wie sie es sich immer gewünscht hatte.

Der Mond stand hoch am Himmel, als Philip spürte, daß jemand bei ihm war. »Endlich schläft das ganze Lager, aber wir müssen leise sein, damit niemand etwas merkt«, flüsterte der Mann, als er sich zu Philip hinunterbeugte. »Ich bin Amair Abdalla, der Bruder von Amine, die in deinem Lager lebt. Ich bitte dich, meinem Vater und mir den Anteil, den wir an dieser Sache gehabt haben, zu verzeihen. Mein Vater ist ein alter Mann und wollte nichts anderes, als ein Ende des Hasses unseres Scheichs erleben, weil er seine Tochter wiedersehen will. Ihm ist inzwischen klar, daß es falsch war, deine Frau gefangenzunehmen. Sie hat es nicht verdient zu leiden, ebensowenig wie du. Ich werde dich jetzt mit einer Salbe einreiben. Du darfst aber nicht laut schreien.«

Philips ganzer Körper zuckte zusammen, als das kühlende Fett mit seiner Haut in Berührung kam. Er unterdrückte die Schreie, als der Mann die Salbe in seine Brust und sein Gesicht massierte.

»Ich hätte dich letzte Nacht schon freigelassen, wenn du nicht so stark betäubt gewesen wärst. Es dauert eine Weile, aber dann wird dir die Salbe einen Teil der Schmerzen nehmen«, sagte Amair. Er wischte sich das Fett von den Händen.

Dann durchschnitt er die Seile, zog Philip auf die Füße und gab ihm eine Wasserflasche. Philip trank nur ganz wenig.

»Dein Pferd steht im Schatten für dich bereit«, sagte Amair. »Die Frau ist noch betäubt und wird nicht allein reiten können. Ich hole sie sofort. Kannst du sprechen?«

Philip trank mehr Wasser, und dann gelang es ihm, heiser zu flüstern: »Was wird passieren...«

»Mein Vater wird sich am Morgen mit den Ältesten zusammensetzen, noch ehe Scheich Ali erwacht. Sie werden Ali davon abhalten, dir weiterhin nachzustellen, und sie werden mich vor ihm beschützen. Ich kann nur beten, daß du verstehst, daß ich den Befehl hatte, die Frau zu ergreifen. Es hat mir nicht gepaßt, aber ich hatte keine andere Wahl. Kannst du mir verzeihen?«

»Du bist in meinem Lager willkommen«, gab Philip zurück.

»Jetzt hole ich deine Frau. Du hast noch fünf Stunden Zeit bis zum Sonnenaufgang. Bis dahin solltest du deinen Kaftan wieder tragen können.«

Amair stellte sich dicht neben das Zelt und schlitzte es mit einem Messer auf. Er kroch durch den Schlitz, und als er im nächsten Moment wieder auftauchte, trug er Christina auf den Armen. Er legte sie neben Philip und ging, um das Pferd zu holen.

Amair half Philip auf Victory und hob Christina dann vor ihm. »Kannst du reiten?«

»Ich muß wohl«, sagte Philip.

Amair führte das Pferd leise aus dem schlafenden Lager. »Ich wünsche dir ein langes und erfolgreiches Leben, Scheich Abu. Allah sei mit dir.«

»Laß es dir wohlergehen, mein Freund. Ich habe dir mein Leben zu verdanken«, flüsterte Philip. Er grub seine Fersen in Victorys Flanken und schlug die Richtung zu seinem Lager ein.

Jede Bewegung des Pferdes verursachte Philip mörderische Qualen, doch nach einer Weile begann die Salbe zu helfen. So merkwürdig es auch war – aber er konnte Ali Hejaz nicht hassen. Er bedauerte den Mann dafür, so viele Jahre lang mit diesem Haß gelebt zu haben.

Philip dankte Gott, daß er noch am Leben war. Bald würden seine Wunden verheilt sein, und er hatte Christina wiedergefunden. Ja, er hatte allen Grund zur Dankbarkeit.

Wenn Christina es nur lernen könnte, ihn zu lieben, wäre er der glücklichste Mensch auf Erden. Aber er durfte sie nicht drängen. Wenn er ihr jetzt seine Liebe erklärte, würde sie ihn nur auslachen. Nein, er mußte ganz langsam ihre Liebe gewinnen. Jetzt, da sie wieder bei ihm war, würde er geduldig sein.

Christina kam ganz allmählich wieder zu sich und stellte fest, daß sie auf einem Pferd saß und daß dieses Pferd sich bewegte.

Es war Tag. Sie konnte den Nacken des Pferdes und die Wüste vor sich sehen. Sie erinnerte sich an ein Lager in der Wüste, an eine Mahlzeit und daran, ein Glas Wein getrunken zu haben, aber sonst an nichts. Wie war sie auf dieses Pferd gekommen? Wohin wurde sie jetzt schon wieder gebracht?

Sie mußte fliehen. Sie mußte Philip wiederfinden. Christina schwang ein Bein über den Nacken des Pferdes und ließ sich vornüber in den Sand fallen. Der Mann stöhnte, als sie ihn anstieß, aber das war ihr gleich. Sie sprang auf und lief davon.

»Christina!«

Christina blieb stehen. Sie konnte es einfach nicht glauben. Philip war gekommen, um sie zu holen, und jetzt brachte er sie nach Hause. Sie schrie seinen Namen und wirbelte herum.

»O mein Gott!« entfuhr es ihr, als sie sein von Blasen übersätes Gesicht sah.

»Genau das habe ich auch gesagt, als ich dich gesehen habe, aber ich kann es dir jetzt nicht erklären. Steig bitte wieder auf, Tina. Ich habe es eilig, nach Hause zu kommen.«

»Aber, Philip, dein Gesicht ist ja...«

»Ich kann mir vorstellen, wie ich aussehe«, fiel ihr Philip ins Wort. »Aber hast du dein eigenes Gesicht schon gesehen? Keiner von uns beiden ist – äh – allzu leicht wiederzuerkennen, aber das wird verheilen. Komm jetzt, Tina.«

Christina brachte es fertig, ohne Hilfe aufzusteigen. Sie war bestürzt und machte sich Sorgen wegen seines Zustands. Wie hatte er derart üble Verbrennungen davontragen können? Aber wenigstens waren sie wieder zusammen, und dafür dankte sie Gott.

Eine Stunde später ritten sie in das Lager und wurden von einer Ansammlung von überraschten und schockierten Gesichtern begrüßt. Man half Christina und Philip vom Pferd. Amine eilte weinend auf sie zu und nahm Christina liebevoll in die Arme.

»Ich habe schon geglaubt, du seist tot – das dachten wir alle. Und als Scheich Abu nicht zurückgekommen ist, dachten wir, er sei bei dem Versuch, dich zu retten, auch getötet worden. Aber dein Gesicht – o Christina, tut es weh? Wie konnte das bloß passieren?« fragte Amine. Sie drückte Christinas Hände. »Und Scheich Abu – er hat schlimme Verbrennungen.«

»Ich bin von einem Araber, der irgendeinem Wüstenstamm angehört, geschlagen worden, und dann haben sie mich in ihr Lager verschleppt. Aber ich weiß nicht, warum. Das ist alles, woran ich mich erinnern kann. Ich weiß nicht einmal, wie Philip mich gerettet und woher er diese Verbrennungen hat.« Sie drehte sich um und sah, daß Syed Philip ins Zelt half. Dann sah sie ihre Freundin wieder an. »Amine, das mit Ahmad tut mir so entsetzlich leid.«

»Ahmad wird bald wieder gesund sein, aber ich muß Maidi helfen. Wir müssen uns um Scheich Abu kümmern.«

»Ahmad lebt noch!« rief Christina glücklich aus.

»Ja, und in ein paar Tagen geht es ihm wieder gut. Eine Rippe hat die Kugel abgefangen, und die Wunde verheilt gut. Aber jetzt muß ich Maidi holen.«

»Natürlich. Wir reden später miteinander«, sagte Christina. Sie ging ins Zelt.

Syed zog Philip gerade den Kaftan aus, als sie ins Schlafzimmer kam. Sie blieb erstarrt stehen, als sie seine Verbrennungen sah.

»O Philip. Deine Brust auch?« wimmerte sie.

»Ich fürchte, ja, Tina. Aber du brauchst dich nicht aufzuregen. Es ist nicht ganz so schlimm, wie es aussieht. In rund einer Woche wird der Schmerz nachlassen, und die Haut wird sich schälen. Ich habe nicht die Absicht, mein Leben lang zweifarbig zu bleiben.«

»O Philip! Wie kannst du damit spaßen?« Sie kam näher und sah sich seine Brust und seine Arme genauer an. Beim Anblick der gräßlich dunkelroten Haut verfinsterte sich ihr Gesicht. »Tut es sehr weh? Wie konnte das passieren?« fragte sie.

»Setz dich, mein Liebling. Du hast keinen Grund, in Wut zu geraten. Schließlich bin ich derjenige, der verletzt worden ist«, stöhnte Philip, als er sich ganz langsam auf das Bett sinken ließ.

»Aber wie konnte das passieren, Philip?« fragte Christina wieder. Sie war absolut fassungslos.

»Das ist eine lange Geschichte, Tina, und meine Kehle ist noch zu ausgedörrt, um sie dir zu erzählen. Ich bin müde, ich habe Schmerzen, und ich bin hungrig wie ein Wolf. Warum besorgst du uns nicht etwas zu essen?«

»Oh, du verdammter Kerl!« brauste sie auf, und sie stolzierte aus dem Zelt.

Amine stand am Feuer und füllte zwei Schalen mit einem köstlich duftenden Eintopf. Christina war wütend, als sie auf sie zukam.

»Er ist unmöglich! Er beantwortet mir keine meiner Fragen. Er will etwas Eßbares, sonst nichts!« sprudelte Christina erbost heraus.

»Scheich Abu muß starke Schmerzen haben, Christina. Er will nicht, daß du merkst, wie übel er zugerichtet worden ist.«

»Du hast recht. Er hat Schmerzen, und ich denke nur an mich. Dieser Alptraum war nötig, damit mir klar wurde, wie sehr ich ihn liebe.«

»Er macht sich offensichtlich auch viel aus dir«, sagte Amine. »Sei geduldig, Christina. Er wird dir erzählen, was passiert ist, wenn er sich erst ausgeruht hat. Und jetzt braucht ihr beide etwas zu essen, also komm jetzt.«

»Du hast recht. Ich fühle mich, als hätte ich seit Tagen nichts gegessen.«

»Du warst drei Tage und drei Nächte fort.«

»Drei Tage! Aber wie kann das sein?« sagte Christina. »Wie kann ich so lange fort gewesen sein?«

»Scheich Abu wird es dir erklären können. Wir sind alle begierig darauf, zu erfahren, was passiert ist. Aber jetzt komm. Du mußt etwas essen.«

Christina konnte nichts dagegen einwenden, und sie folgte Amine ins Zelt. Amine brachte Philip das Essen ins Schlafzimmer. Maidi kümmerte sich dort um seine Wunden. Dann ging Amine.

Ich schäme mich so, dachte Christina, als sie das Essen heißhungrig verschlang. Philip muß extreme Schmerzen haben, und ich muß ihm ins Gesicht springen und Antworten verlangen, obwohl er gar nicht in der Verfassung ist, sie geben zu können. Ich muß die ganze Sache jetzt vergessen und nur noch daran denken, was ich tun kann, damit es ihm wieder besser geht. Er wird mir alles erzählen, wenn es an der Zeit ist – oder doch nicht? Er kann es nicht leiden, Fragen zu beantworten. Diese Fragen wird er mir beantworten müssen. Schließlich bin ich auch betroffen!

Christina hatte ihre eigenen Verletzungen völlig vergessen. Ihre Augen und ihre Wangen waren noch geschwollen und wund, aber es bereitete ihr keine Schwierigkeiten, zu essen oder zu reden.

Ihr Kaftan war völlig verdreckt. Sie fühlte sich schmutzig und klebrig, aber wie konnte sie baden, wenn Philip ans Bett gebunden war? Es war zu gefährlich, alleine baden zu gehen. Als sie gegessen hatte, kam Syed ins Zelt. Er trug einen Eimer Wasser in jeder Hand.

»Scheich Abu hat Wasser für dich kommen lassen. Er hat gesagt, du müßtest dich eine Zeitlang auf diese Weise waschen«, sagte Syed eilig, während er die Eimer abstellte.

Seine Verlegenheit war so offenkundig, daß Christina am liebsten laut gelacht hätte, aber sie riß sich zusammen. »Danke, Syed, das ist sehr freundlich von dir.«

Maidi kam aus dem Schlafzimmer, und endlich war Christina allein mit Philip im Zelt. Sie entschloß sich, sich im Schlafzimmer zu waschen. Jemand hätte ins Zelt kommen und sie unbekleidet vorfinden können, aber sie wollte auch in Philips Nähe sein. Sie ging zu der Truhe, um Handtücher und Seife herauszuholen, und dann trug sie die Eimer in den anderen Raum.

»Schläfst du, Philip?« fragte sie.

»Nein.«

»Ich wollte mich hier waschen, weil ich hier mehr für mich bin, aber wenn es dich stört, kann ich wieder gehen.«

»Natürlich nicht. Ich hatte die Absicht, dich hier baden zu sehen, und ich muß sagen, daß ich mich schon darauf gefreut habe.«

»Oh, du!« gab sie zornig zurück. Aber als sie das Fett sah, das über seinen Oberkörper verteilt war, fing sie an zu lachen.

»Was zum Teufel ist hier so komisch?« fragte er erbost.

»Es tut mir leid«, kicherte sie. »Aber du siehst so komisch aus. Hast du schon gesehen, wie du aussiehst?«

»Nein, hab' ich nicht – aber was ist mit dir?«

»Was soll das heißen?« fragte sie.

»Ich schlage dir vor, dir dein eigenes Gesicht im Spiegel anzusehen, ehe du mich auslachst.«

Christina nahm ihren Spiegel, und als sie ihr eigenes Spiegelbild sah, stockte ihr der Atem. »O Gott, das bin doch nicht ich! Ich sehe ja gräßlich aus! Den Schurken, der mich geschlagen hat, würde ich mit Vergnügen auspeitschen!«

»Verdammt noch mal, Tina, mußt du denn ständig fluchen? Ich finde das nicht allzu damenhaft.«

»Damenhaft! Sieh dir mein Gesicht an, Philip. Ist dieses geschwollene Gesicht mit den blauen Flecken das Gesicht einer Dame? Damen schlägt man im allgemeinen nicht, aber ich bin geschlagen worden.«

»Wenn ich es mir recht überlege, sprichst du nicht nur nicht wie eine Dame, sondern du siehst in diesem Kaftan und dieser Hose auch kaum wie eine Dame aus«, kicherte Philip.

»Jetzt gehst du zu weit, Philip. Ehe du mich wegen meines Aussehens beleidigst, solltest du dir ansehen, wie du aussiehst«, erwiderte sie hochnäsig, und sie warf ihm den Spiegel zu. »Und jetzt sag mir, wer von uns beiden schlimmer aussieht.«

»Touché, meine Süße. Die Runde geht an dich. Warum wäschst du dich nicht, damit wir mit diesen Albernheiten aufhören und endlich schlafen können?«

»Ganz wie du sagst, mein Herr und Meister. Aber solange ich nicht wieder wie eine Dame aussehe, sehe ich auch keinen Grund, warum ich mich jetzt wie eine Dame geben sollte.« Sie schnürte ihren Kaftan auf und ließ ihn auf den Boden fallen. Langsam folgten ihre restlichen Kleider.

»Was zum Teufel wolltest du mit dieser Bemerkung sagen?« fragte Philip.

»Ach – nichts weiter«, neckte sie ihn, und sie fing an, sich von Kopf bis Fuß zu waschen. Sie wußte, daß Philip ihr zusah. Und erstaunlicherweise störte sie es nicht im geringsten. Bisher hatte sie sich immer wieder gescheut, sich in Philips Anwesenheit auszuziehen, doch jetzt genoß sie das, was der Anblick ihres Körpers bei ihm auslösen konnte.

»Vielleicht solltest du dich doch lieber nebenan waschen, Christina.«

Seine Stimme klang verärgert, und sie konnte sich den Grund denken. »Aber warum, Philip«, gab sie unschuldig zurück. »Ich bin fast fertig, und du kannst immer noch die Augen zumachen, wenn dir mein Anblick unerträglich ist.«

Sie hörte ihn stöhnen, und plötzlich war sie wütend auf sich selbst, weil sie ihn verspottete. Vor einem Monat, selbst vor einer Woche noch, hätte sie es ausgekostet, wenn Philip ihrer Willkür derart ausgeliefert gewesen wäre. Aber jetzt wünschte sie sich nur noch, daß es ihm wieder besser ging. Sie wollte seine Arme wieder um sich spüren.

Nachdem sie sich abgetrocknet hatte, löste Christina ihr Haar und bürstete es ganz schnell durch, ehe sie ins Bett kam.

»Warte, Christina. Ich glaube, es ist besser, wenn ich ein paar Tage auf dem Sofa schlafe – bis diese verfluchten Schmerzen nachlassen.«

Im ersten Moment wirkte sie verletzt, doch dann trat ein entschlossener Ausdruck auf ihr Gesicht.

»Du wirst nichts dergleichen tun. Wenn hier jemand auf dem Sofa schläft, dann bin ich das. Es hat keinen Sinn, daß du dich von der Stelle rührst, wenn du endlich eine bequeme Lage gefunden hast.« Sie ging zu seiner Truhe und holte einen seiner Kaftane heraus, um darin zu schlafen.

»Christina, ich will nicht, daß du allein dort draußen schläfst.«

»Du bist wohl kaum in der Verfassung, dich mit mir zu streiten.« Sie schlüpfte in das Gewand, schnürte es in der Taille zu und krempelte dann die langen Ärmel hoch. »Und jetzt entspann dich und schlaf gut. Wir sehen uns morgen früh.«

»Wirklich?«

Sie drehte sich zu ihm um und sah ihn zärtlich an. »Ist es das, was dir Sorgen macht – daß ich dir in der Nacht davonlaufe? Schäm dich, Philip. Es wäre reichlich unfair von mir, ausgerechnet jetzt fortzulaufen, während du außer Gefecht bist. Und außerdem traue ich eurer verfluchten Wüste nicht. Ich gebe dir mein Wort darauf, daß ich morgen früh noch da bin.«

»Ist dein Wort irgend etwas wert?«

»Oh, du bist unmöglich! Du mußt bis morgen warten, ehe du eine Antwort auf diese Frage bekommst. Und jetzt gute Nacht.«

Mit diesen Worten verließ sie das Schlafzimmer und rollte sich auf dem einsamen Sofa zusammen. Wenigstens war es bequem. Verdammt noch mal, sie wollte nicht hier schlafen, sie wollte mit Philip im Bett schlafen. Aber er hatte natürlich recht. Sie hätte ihm während der Nacht durch jede Berührung weh tun können, und das wollte sie nicht. Sie wollte, daß er so schnell wie möglich wieder gesund wurde.

Jetzt, da sie wußte, daß sie Philip liebte, war alles anders. Sie konnte sich nicht mehr gegen ihn wehren oder ihm irgend etwas abschlagen. Aber wie konnte sie ihre veränderte Haltung erklären, ohne ihm ihre Liebe zu gestehen? Vielleicht würde er glauben, sie sei ihm für ihre Errettung dankbar. Ja, das konnte er durchaus glauben. Dann würde er sich nicht einmal wundern.

Aber wenn sie ihm nachgab und er ihrer dann überdrüssig wurde, weil er das Spiel gewonnen hatte? Nein – so war Philip nicht. Er mußte sich etwas aus ihr machen, denn sonst wäre er nicht zu ihrer Rettung gekommen. Christina hätte es nicht ertragen, wenn er sie jetzt fortgeschickt hätte. Es machte ihr noch nicht einmal etwas aus, daß sie nicht verheiratet waren. Sie wollte nur bei Philip bleiben.

Vielleicht würden sie Kinder bekommen. Das würde sie aneinander binden. Ein Kind – ein Sohn! Damit wären alle Probleme gelöst, denn Philip konnte die Mutter seines Sohnes nicht fortschicken. Er würde ein wunderbares Leben werden.

18

Christina kam es so vor, als sei sie seit einer Ewigkeit gerannt. Die Meilen flogen an ihr vorbei, aber sie kam an kein Ziel. Sie konnte nirgends etwas anderes als Sand sehen – wohin sie auch sah, nichts weiter als Sand und eine ungeheuerliche Sonne, die herunterbrannte. Doch hinter ihr war der Tod her, und sie mußte entkommen. Ihre Beine taten entsetzlich weh und fühlten sich von ihrem Körper losgelöst. Ihre Brust brannte bei jedem Atemzug, aber immer noch wurde sie vom Tod gejagt. Sie mußte schneller laufen – sie mußte entkommen! Sie hörte, wie der Tod ihren Namen rief. Sie sah sich um, und Furcht durchflutete sie, denn er kam näher. Der Angstschweiß brach aus ihrem Körper. Wieder und wieder rief er ihren Namen, doch sie lief weiter und betete, ein Wunder möge sie retten. Die Stimme des Mannes wurde immer lauter, während er immer wieder ihren Namen rief. Wieder blickte sie zurück. Gütiger Gott, er war direkt hinter ihr und streckte die Hände aus, und dann sah sie sein Gesicht. Es war dieser schreckliche Mann, der sie geschlagen hatte, und jetzt würde er sie töten. Philip! Wo bist du!

»Christina!«

Sie setzte sich plötzlich auf und sah sich mit weit aufgerissenen Augen um. Doch sie wurde ruhiger, als sie die vertraute Umgebung des Zeltes sah.

Ein Traum, lachte sie – ein blödsinniger Traum. Sie wischte sich den Schweiß von der Stirn. Verflucht, aber heute wird ein heißer Tag.

»Du alter Idiot. Du hättest wissen müssen, daß du ihr nicht trauen kannst.«

Christina fragte sich, mit wem Philip wohl sprach. Sie stand eilig auf und trat ins Schlafzimmer. Als sie die Vorhänge zurückschlug, sah sie, daß Philip sich auf der Bettkante aufgerichtet hatte und unter größten Schwierigkeiten versuchte, seine Hose anzuziehen.

»Was zum Teufel hast du vor, Philip? Du solltest noch nicht sitzen«, schalt Christina ihn aus. Sie sah sich um und entdeckte niemanden außer Philip. »Und mit wem hast du dich eben gerade noch unterhalten?«

Philip starrte sie an, und ein überraschter Ausdruck trat auf sein Gesicht, verwandelte sich jedoch augenblicklich in Zorn. »Wo zum Teufel hast du gesteckt?«

»Was?«

»Wo du gewesen bist, verdammt noch mal! Ich rufe jetzt seit zehn Minuten nach dir. Wo warst du?« brauste er auf.

»Dann hast du also gerade mit dir selbst geredet. Du bist wirklich ein alter Idiot, wenn du in deinem Herzen nicht das kleinste bißchen Vertrauen zu mir findest. Ich habe auf dem Sofa gelegen und geschlafen. Ich habe dir doch gesagt, daß ich nicht weglaufe, und mein Wort ist genauso viel wert wie deins.«

»Warum hast du mir dann nicht geantwortet?«

»Ich hatte einen Alptraum, Philip. Ich habe geträumt, daß mich der Mann, der mich geschlagen hat, durch die Wüste jagt. Der Traum war so intensiv – ich dachte, daß er meinen Namen ruft. Als ich schließlich aufgewacht bin, habe ich nichts weiter gehört, als daß du vor dich hingeredet hast.«

»Schon gut, es tut mir leid, daß ich falsche Schlüsse gezogen habe.« Philip stand auf und versuchte, seine Hose zuzuschnüren.

»Du darfst nicht aufstehen, Philip«, sagte sie eilig, als sie den Schmerz in seinem Gesicht sah.

»Ich habe vor, im Bett zu bleiben, Tina, aber es ist so verdammt heiß in diesem Zelt, daß die schwere Decke zu warm ist. Und um des Anstands willen hätte ich gern etwas an.«

Christina kam zu ihm und schnürte seine Hose zu. Dann half sie ihm, sich wieder auf das Bett zurückzulegen. »Kann ich dir etwas zum Frühstück besorgen, Philip?«

»Das ist der eigentliche Grund, warum ich dich gerufen habe. Ich bin ausgehungert.«

Christina wollte schon gehen, drehte sich dann aber doch noch einmal um. »Wenn ich dich gefüttert habe – wirst du mir dann erzählen, wie du zu diesen Verbrennungen gekommen bist?«

»Eins sage ich dir jetzt gleich. Es besteht kein Grund mehr zu Alpträumen, die sich um diesen Mann drehen – er ist tot.«

»Tot!« sagte sie atemlos. »Wieso?«

»Ich habe ihn umgebracht.«

»Philip! Warum mußtest du ihn töten? Meinetwegen?«

»Ich dachte, du wolltest seinen Tod.«

»Ich wollte, daß er ausgepeitscht wird, nicht, daß er ermordet wird.« Ihr wurde ganz übel bei dem Gedanken, daß er einen Mann um ihretwillen getötet hatte.

»Der Mann hat außerdem auf Ahmad geschossen, und ich habe Syed versprochen, daß er dafür büßt. Ich bin nicht glücklich mit dem, was ich getan habe, aber der Mann wäre ohnehin gestorben, weil er Ungehorsam geleistet hat. Er erwartete seine Hinrichtung, als ich im Lager eingetroffen bin. Zumindest habe ich ihm einen fairen Kampf geliefert, Tina – wir waren beide bewaffnet.«

»Aber warum mußtest *du* es tun?«

»Verdammt noch mal, Tina! Ich war außer mir vor Zorn, als ich gesehen habe, wie er dich zugerichtet hat. Und als ich erfahren habe, daß eben dieser Mann auch auf Ahmad geschossen hat – ich mußte es tun. Der Mann wäre ohnehin gestorben. Man hätte ihm keine Chance gegeben. Dazu kam, daß man mir bereits mitgeteilt hatte, ich würde einen langsameren Tod sterben, und wenn dieser Mann den Kampf gewonnen hätte, hätte er mich davor bewahrt.«

»Was soll das heißen, daß du sterben solltest? Hast du daher die Verbrennungen – bist du bei lebendigem Leibe geröstet worden?«

»Ja.«

»Aber warum?«

»Wie ich gestern abend schon sagte, Tina, ist das eine lange Geschichte. Könnte ich bitte vorher etwas essen?«

Sie nickte, ohne noch etwas zu sagen, und verließ den Raum. Sie brauchte das Zelt nicht zu verlassen, denn dort fand sie bereits ein großes Tablett vor, das sie erwartete. Diese Amine, dachte Christina, sie ist mir immer um einen Schritt voraus. Christina brachte das Essen ins Schlafzimmer und bestand darauf, Philip zu füttern. Sie wußte, daß ihm jede Bewegung seiner Arme wehtat.

Nach dem Frühstück erzählte ihr Philip die ganze Geschichte. Anfangs war sie wütend – als sie erfuhr, daß man sie dazu benutzt hatte, Philip in den Tod zu locken. Doch dann empfand sie Mitleid für Hejaz, der all diese Jahre mit einem solchen Haß gelebt hatte. Vielleicht war es besser, daß man sie betäubt hatte. Sie hätte es niemals ertragen, Philip leiden zu sehen.

Als er ihr von seiner Flucht erzählte, dankte sie Gott dafür, daß Amair den Mut besessen hatte, ihm zu helfen. Sie wußte, daß Philip mit keinem Wort die Foltern und Qualen erwähnt hatte, die er unter der brennenden Sonne erlitten haben mußte. Das einzige Dumme war, daß sie sich bei Philip nicht für ihre Rettung bedanken konnte. Das wäre dem Eingeständnis gleichgekommen, daß sie lieber bei ihm blieb, denn ihre Entführer hätten sie zu John zurückgeschickt. Und sie konnte ihm einfach nicht sagen, daß sie ihn liebte, wenn er sie nicht liebte.

Christina sah Philip mit einem Blick voller Zärtlichkeit an. Er hatte soviel erlitten, um sie zu retten. Sie sah eine neue Hoffnung – vielleicht liebte er sie doch. »Philip, warum bist du mir nachgeritten?« fragte sie.

»Du gehörst mir, Tina. Niemand nimmt mir weg, was mir gehört.«

Christina verließ den Raum. Das war also alles, was sie ihm bedeutete. Sie war sein Besitz, und er benutzte sie, bis er ihrer überdrüssig wurde, aber niemand durfte sie ihm wegnehmen. Sie war zu dumm gewesen. Was hatte sie denn von ihm erwartet – etwa, daß er sagte, er sei ihr zur Rettung gekommen, weil er sie liebte? Daß ihm der Gedanke, sie zu verlieren, unerträglich war?

Doch dann blieb sie stehen. Sie hatte kein Recht, zornig über seine Antwort zu sein. Sie erwartete zuviel. Zumindest hatte Philip gesagt, sie gehöre ihm und genau das wollte sie schließlich.

Sie brauchte nur Zeit – Zeit, um ihn dazu zu bringen, sie zu lieben, Zeit, ihm ein Kind zu gebären, das sie aneinander binden würde.

Christina mußte sich mit irgend etwas beschäftigen, um sich von Philip abzulenken. Sie setzte sich mit einem Buch auf ihr Bett und fing an zu lesen.

Kurz darauf betrat Rashid das Zelt. Als er Christina sah, sperrte er vor Staunen den Mund auf. Christina war ebenfalls überrascht, denn normalerweise kam Rashid nicht einfach in ihr Zelt, jedenfalls nicht mehr, seit Philip es ihm strikt untersagt hatte.

»Was – was tust du hier?« fragte Rashid nach einem ungewohnt langen Schweigen.

»Ich lebe hier – wo sollte ich sonst sein?« fragte sie lachend.

»Aber du warst doch.. Wie bist du hierhergekommen?«

»Was ist los mit dir, Rashid? Hat dir denn niemand gesagt, was passiert ist? Ich bin entführt worden, und Philip wäre beinah von deinem Onkel getötet worden, aber er ist entkommen und hat mich hierhergebracht.«

»Ist er hier?«

»Natürlich ist er hier. Dein Benehmen ist äußerst seltsam, Rashid. Fühlst du dich nicht wohl?«

»Rashid!« rief Philip aus dem Schlafzimmer.

»Da, siehst du?« sagte Christina, denn sie hatte das komische Gefühl, daß Rashid ihr nicht glaubte. »Geh lieber zu ihm, denn er kann nicht rauskommen.«

»Was fehlt ihm?«

»Er hat üble Verbrennungen, und daher ist es besser, wenn er eine Zeitlang im Bett bleibt«, erwiderte Christina.

Rashid zögerte einen Moment, ehe er das Schlafzimmer betrat. Christina folgte ihm und setzte sich neben Philip auf das Bett.

»Wo warst du, Rashid?« fragte Philip mit ruhiger Stimme.

»Was soll das heißen – ich war draußen in der Wüste und habe Christina gesucht. Ich bin in der Nacht, in der sie entführt worden ist, zurückgekommen, und Syed hat mir erzählt, was passiert ist.«

»Und hat Christina dir nicht gerade erzählt, wie es weiterging?«

»Sie hat meinen Onkel erwähnt.«

»Sag mir eins, Rashid. Wußtest du nichts von dem Haß deines Onkels auf unseren Vater?«

»Doch, aber mein Onkel ist ein alter Mann. Ich hätte nicht gedacht, daß er etwas vorhat«, antwortete Rashid, der sichtlich nervös war.

»Als du Ali Hejaz vom Tod unseres Vaters berichtet hast, hat sich sein Haß auf mich gerichtet!«

»Davon wußte ich nichts«, flüsterte Rashid.

»Infolge deines losen Mundwerks ist Christina dazu benutzt worden, mich in das Lager deines Onkels zu locken. Sie ist von einem Angehörigen seines Stammes geschlagen worden, und deinem Onkel wäre es beinah gelungen, mich umzubringen.« Philip legte eine Pause ein und musterte Rashid aufmerksam. »In Zukunft, Rashid, wäre ich dir dankbar, wenn du Abstand davon nehmen würdest, meinen Namen oder irgend etwas, was mich betrifft, deinem Onkel gegenüber zu erwähnen – oder auch irgend jemand anderem gegenüber. Wenn noch einmal etwas geschehen sollte, was auf deine Anregung zurückgeht und mein Leben verkürzen könnte, werde ich weniger freundlich darauf reagieren. Ist das klar?«

»Ja«, antwortete Rashid nervös.

»Dann kannst du jetzt gehen. Ich brauche Ruhe.«

»Warst du nicht etwas grob mit ihm?« fragte Christina, als Rashid gegangen war. »Es war doch nicht wirklich seine Schuld.«

»Mußt du Rashid denn immer in Schutz nehmen? Lassen wir die Schuldfrage ungeklärt, solange es nicht zu weiteren solchen Vorfällen kommt. Und jetzt laß uns von etwas anderem reden. Bring mir zwei Schläuche Wein, und wenn ich bis zur Bewußtlosigkeit betrunken bin, könntest du mir den Gefallen tun, diese Schmiere von meiner Brust zu entfernen. Sie macht mich verrückt.«

»Wie der Herr wünschen.« neckte sie ihn, und verließ den Raum, ehe er auf ihre spitze Bemerkung reagieren konnte.

19

Zehn Tage waren vergangen, seit Philip Christina in das Lager zurückgebracht hatte. Zehn Tage voller Schmerzen, Klagen und Enttäuschungen. Zehn elende Nächte in seinem einsamen Bett. Der Schmerz war völlig verschwunden, und dunkelbraune Haut war zurückgeblieben, die sich in wenigen Tagen schälen würde. Er hoffte, er würde dann wieder so aussehen wie früher. Und heute – heute nacht würde er Christina in sein Bett locken. Heute nacht würde er sie sich nehmen, nachdem er so lange hatte warten müssen.

Philip fühlte sich wie ein Kind, das auf Heiligabend wartet. Weihnachten stand auch wirklich in wenigen Tagen bevor. Aber er würde sein Geschenk schon heute abend bekommen, und die Vorfreude war kaum zu ertragen. Er hätte Christina heute morgen schon nehmen können, aber er wollte alles so anfangen, daß sie unmöglich mit irgendeiner Ausrede kommen konnte.

Philip hatte seinen Alltag wieder in Angriff genommen. Dazu gehörte auch, Christina zum Baden zu begleiten. Sie im Teich zu sehen, hatte extreme Anforderungen an seine Willenskraft gestellt! Aber jetzt war der Abend herangerückt.

Christina lag zusammengerollt auf dem Sofa gegenüber von Philip. Sie nähte einen winzigen Kaftan für den kleinen Syed, und sie hatte das Kleidungsstück schon fast fertiggestellt, aber ihre Gedanken schweiften ab. Sie fragte sich, was mit Philip los war. Es ging ihm wieder gut, aber sie schlief immer noch auf dem Sofa. Ein unerwünschter Gedanke ging ihr immer wieder durch den Kopf – was, wenn er sie nicht mehr haben wollte?

Wie dem auch sein mochte – bald würde sie es wissen, denn sie war fest entschlossen, heute Nacht in seinem Bett zu schlafen.

»Ich gehe jetzt ins Bett, Philip«, sagte sie.

Sie stand vom Sofa auf und ging ins Schlafzimmer, wie sie es in den vergangenen zehn Tagen auch getan hatte – um ihre Kleider abzulegen und sich zum Schlafen in einen von Philips Kaftanen zu hüllen. Doch heute würde sie seinen Kaftan nicht anziehen, und sie würde auch nicht in das andere Zimmer zurückkommen.

Als Christina ihre Bluse auszog und sie auf ihre Kleidertruhe legte, spürte sie einen Luftzug, denn der Vorhang wurde zurückgeschlagen. Doch sie drehte sich nicht um. Sie flocht ihre Zöpfe auf, und sie tat es sehr langsam, denn ihre Finger zitterten vor Nervosität.

Das war der Moment, auf den sie gewartet hatte. Sie wußte, daß Philip den Raum betreten hatte, aber sie wußte nicht, was er tun würde. Er konnte ganz einfach ins Bett gehen – ohne etwas von ihr zu wollen – oder er konnte zu ihr kommen. O Gott, laß ihn kommen!

Plötzlich spürte Christina ihn hinter sich. Sie drehte sich langsam zu ihm um, und ihr Blick drückte Zärtlichkeit und Liebe aus, und in seinen Augen stand unglaubliches Verlangen.

»Christina.«

Sie ging auf Philip zu, schlang ihre Arme um seinen Hals und zog seinen Mund auf ihre Lippen. Seine Arme preßten sie an sich. Als er sie auf das Bett gleiten ließ, fragte sie sich, ob sie jemals wieder so glücklich sein würde.

Nachdem sie sich geliebt hatten, lag Christina mit dem Kopf auf Philips Schulter da. Mit dem Finger spielte sie in den Locken auf seiner Brust. Eins wußte sie jetzt ganz gewiß – Philip begehrte sie noch. Und solange er sie begehrte, würde er sie nicht fortschicken.

Sie war froh, daß an Schlaf nicht zu denken war, und sie staunte darüber, daß sie keinerlei Schuldgefühle empfand, nachdem sie sich Philip so willig hingegeben hatte. Aber weshalb hätte sie auch Schuldgefühle haben sollen, wenn sie sich ihm hingab? Sie liebte ihn, und es war nur natürlich, daß sie ihn glücklich machen wollte. Sie wollte sich dem, den sie liebte, ganz und gar hingeben. Und es kam erst in zweiter Linie dazu, daß Philip ihr dabei die größten Genüsse auf Erden bereitete.

Was bedeutete schon eine Ehe? Nichts weiter als ein unterzeichneter Vertrag, den man der Zivilisation vorzeigen konnte. Sie lebte nicht inmitten der Zivilisation, und es zählte nur, was sie empfand. Zum Teufel mit der zivilisierten Welt. Sie war nicht hier, um sie zu verdammen, und sie hatte auch nicht vor, dorthin zurückzukehren.

Aber sie mußte auch an John denken.

»Philip, bist du wach?«

»Wie könnte ich schlafen, wenn deine Finger mich kitzeln?« fragte er im Spaß.

Christina richtete sich im Bett auf und sah ihn an.

»Philip, könnte ich meinem Bruder schreiben, damit er weiß, daß mit mir alles in Ordnung ist?«

»Würde dich das glücklich machen?« fragte er.

»Ja.«

»Dann schreib ihm. Saadi wird deinen Brief überbringen. Aber du wirst deinem Bruder nicht schreiben, wo du bist, mein Liebling. Ich glaube kaum, daß es mir Spaß machen würde, wenn die gesamte Britische Armee diesen Berg stürmt.«

»O Philip, ich danke dir!« rief sie aus, und sie beugte sich vor und küßte ihn zärtlich.

Philip schlang seine Arme um sie und ließ sie nicht mehr los. »Wenn ich gewußt hätte, was das bewirkt, dann hätte ich dich deinem Bruder eher schreiben lassen«, sagte er lachend. Er ließ sich mit Christina in den Armen fallen, und alle ihre Gedanken waren vergessen.

Am kommenden Morgen erwachte Christina mit dem Gefühl, etwas ganz Dringendes vorzuhaben. Dann fiel ihr ein, daß sie heute an John schreiben würde. Sie war ganz aufgeregt und wollte gleich aufstehen. Dann spürte sie Philips Hand, die träge zwischen ihren Brüsten ruhte, und eine Form der Erregung bemächtigte sich ihrer.

Philip schlief noch, und nichts war wichtig genug, um von seiner Seite zu weichen. Christina überlegte einen Moment lang, ob sie ihn wecken sollte, doch dann schlug er langsam die Augen auf und lächelte sie an.

»Ich dachte, daß du längst deinen Brief schreibst«, sagte er schläfrig, während seine Hand sich ein wenig bewegte und sich auf eine ihrer zarten Brüste legte.

»Du hast so friedlich geschlafen, daß ich dich nicht wecken wollte«, log sie. »Bist du hungrig?«

»Nur auf dich, mein Liebling.« Er lächelte und senkte seine Lippen auf ihre Brust und sandte Ströme glühenden Feuers durch ihren ganzen Körper.

»Einem Hungrigen kann ich die Nahrung nicht versagen«, flüsterte sie, und sie schlang ihre Arme um ihn, als er sich auf sie legte.

Gerade als Christina und Philip aus dem Schlafzimmer kamen, brachte Amine das Frühstück. Als sie Christinas strahlendes Gesicht sah, war sie sehr froh für ihre Freundin.

»Ich glaube, es wird ein schöner Tag«, bemerkte Amine heiter, als sie das Tablett mit dem Frühstück auf dem Tisch absetzte.

»Ja, es ist ein wunderschöner Tag«, seufzte Christina zufrieden, als sie sich setzte. Sie lief dunkelrot an, als sie sah, mit welchem rätselnden Blick Philip sie betrachtete, denn sie war noch nicht im Freien gewesen und konnte sich keinerlei Vorstellungen davon machen, was draußen für ein Tag war. »Äh – wie geht es dem kleinen Syed?« platzte sie hilflos heraus, um ihre Verlegenheit zu überspielen.

»Ihm geht es gut«, sagte Amine lächelnd. »Er folgt seinem Vater jetzt auf Schritt und Tritt, und Syed ist froh, daß er ihn mitnehmen kann.«

»Das freut mich«, erwiderte Christina, die ihre Fassung wiedergefunden hatte. »Genauso sollte es sein. Ach, ehe ich es vergesse – der Kaftan für den kleinen Syed ist so gut wie fertig. Ich bringe ihn dir später vorbei.«

»Das ist nett von dir, Christina.« Amine lächelte scheu. Noch nie hatte sie eine Freundin wie Christina gehabt, die so gut zu ihr war und ihre Zeit so großzügig für anderer opferte. Sie liebte sie sehr und hätte alles für sie getan. »Wir sehen uns dann später.«

Philip beobachtete Christina während des gesamten Frühstücks, und das brachte sie in Verlegenheit und machte sie nervös. Nach dem Frühstück sprach er endlich mit ihr.

»Bevor ich nach England zurückgegangen bin, habe ich Paul oft geschrieben, und daher findest du alles, was du für deinen Brief brauchst, in meiner Truhe. Ich sage Saadi jetzt Bescheid und komme später zurück.«

Sobald Philip das Zelt verlassen hatte, setzte sich Christina an den Brief.

An meinen geliebten Bruder.

Verzeih mir, John, daß ich dir nicht eher geschrieben habe, aber ich bin erst kürzlich auf den Gedanken gekommen. Laß dir gleich zu Anfang erzählen, daß es mir an Leib und Seele blendend geht und daß ich wirklich glücklich bin.

Wahrscheinlich hast du mich schon für tot gehalten, weil drei ganze Monate vergangen sind. Es tut mir leid, wenn ich dir Kummer bereitet habe, aber ich wollte, daß du genau das denkst. Anfangs wußte ich nicht, was aus mir werden würde, und daher war es besser, daß du nicht wußtest, daß ich am Leben bin. Aber jetzt ist alles anders.

Denke nicht schlecht von mir, wenn ich dir sage, daß ich mit einem Mann zusammenlebe. Ich will dir seinen Namen nicht sagen, da das keine Rolle spielt. Was eine Rolle spielt, ist, daß ich ihn liebe und bei ihm bleiben will. Wir sind nicht verheiratet, aber auch das spielt keine Rolle. Solange ich weiß, daß er mich haben will, werde ich glücklich sein.

Dieser Mann, den ich liebe, ist eben der Mann, der mich von dir fortgeholt hat, und anfangs habe ich ihn dafür gehaßt. Doch dieser Haß hat sich im Lauf unseres Zusammenseins von Tag zu Tag mehr in Liebe verwandelt. Ich wußte gar nicht, daß es so gekommen war, bis ich ihn vor zwei Wochen beinah verloren hätte. Doch seit da an weiß ich, daß ich für alle Zeiten bei ihm bleiben will. Ich weiß nicht, ob er mich liebt, aber ich bete, daß er mit der Zeit lernen wird, mich zu lieben.

Vielleicht wird er mich eines Tages heiraten, aber selbst wenn er es nicht tut, werde ich bei ihm bleiben, bis er mich nicht mehr haben will. Ich würde dir schreiben, wo ich bin, aber er möchte das nicht. Ich weiß in meinem Innersten, daß ich dich eines Tages wiedersehen werde, John. Bis dahin bitte ich dich, dir keine Sorgen um mich zu machen. Ich bin hier glücklich, und mir fehlt es an nichts.

John, ich flehe dich an, urteile nicht zu schlecht über mich, denn ich kann nichts dafür, was ich in meinem Herzen für diesen Mann empfinde. Ich täte alles für ihn. Bitte, versteh das, und verzeih mir, wenn ich dir Leid angetan habe. Du weißt, daß ich es niemals absichtlich täte. Er wollte mich und daher hat er dafür gesorgt, daß er mich bekommt. Er sagt, in seinem Land sei das so üblich, und jetzt liebe ich ihn und will ihn mehr als alles andere. Versteh das bitte um meinetwillen.

In Liebe
Crissy

Christina lehnte sich zurück und versiegelte den Brief. Sie war zufrieden mit dem, was sie geschrieben hatte, aber sie konnte unmöglich zulassen, daß Philip den Brief sah. Sie wollte gerade Saadi suchen, als Philip das Zelt betrat.

»Wenn du deinen Brief geschrieben hast, mein Liebling, dann gebe ich ihn Saadi. Er wartet schon draußen.«

»Nein«, sagte sie etwas zu eilig. »Ich gebe ihm den Brief selbst.«

Philip sah sie fragend an. »Du hast deinem Bruder doch nicht geschrieben, wo du bist, oder etwa doch?«

»Philip, du hast mich gebeten, es nicht zu tun, und daher habe ich es nicht getan. Wenn du mir jetzt nicht vertraust, wirst du mir nie vertrauen.«

»Gut. Dann kannst du Saadi den Brief geben.«, sagte er, und er hielt den Zelteingang für sie zur Seite.

Saadi wartete auf seinem Pferd. Christina gab ihm den Brief und flüsterte: »Geh mit Gott.«

Er lächelte sie an, und in seinen Augen stand glühende Bewunderung. Dann gab er seinem Pferd die Hacken und ritt den Hügel hinunter. Christina blieb stehen und blickte ihm nach, bis er aus ihrer Sichtweite verschwunden war. Dann drehte sie sich zu Philip um, der neben ihr stand, und legte ihre Hand voller Nervosität auf seinen Arm.

»Ich danke dir nochmals, Philip. Ich fühle mich wesentlich besser, wenn ich weiß, daß John sich keine Sorgen um mich macht.«

»Rechtfertigt das nicht noch einen Kuß, mein Liebling?«

»Doch, allerdings«, erwiderte sie. Und sie schlang ihre Arme um seinen Hals und zog seinen Kopf zu ihren Lippen.

20

Christina saß geistesabwesend auf dem Sofa und nippte an ihrem Tee. Sie versuchte verzweifelt, sich an das zu erinnern, was Philip zu ihr gesagt hatte, ehe er an diesem Morgen losgeritten war. Es war noch so früh gewesen, und sie war noch so müde gewesen, daß sie gar nicht wach genug war, um ihm wirklich zuzuhören.

Er hatte irgend etwas von einem Vertrag gesagt, den er mit Scheich Yamaid Alhabba unterschreiben würde, um sicherzugehen, daß die beiden Stämme sich nicht um das gemeinsam benutzte Wasser streiten würden. Er würde Vorkehrungen für eine Zusammenkunft der Stämme treffen, die gemeinsam die erneuerte Freundschaft feiern wollten. Es würde den ganzen Tag über fort sein, vielleicht sogar über Nacht.

Alles war so vage, daß Christina sich fragte, ob sie nicht die ganze Geschichte geträumt hatte. Aber wenn es ein Traum war, wo war dann Philip? Er hatte nicht neben ihr im Bett gelegen, als sie schließlich aufgewacht war. Und Amine berichtete ihr später, sie hätte Philip ganz früh am Morgen mit Rashid bei den Pferden gesehen. Die beiden hatten miteinander gesprochen, und dann war Philip fortgeritten.

Plötzlich fühlte sich Christina schrecklich einsam. Philip hatte sie noch nie einen ganzen Tag lang allein gelassen, abgesehen von der Zeit, in der sie ihm entführt worden war. Es war noch früh am Morgen, und bereits jetzt vermißte sie ihn. Was zum Teufel sollte sie heute nur machen?

Sie wollte gerade anfangen, ein Buch zu lesen, als Rashid sich ankündigte und hereinkam. Im ersten Moment freute sie sich über seinen Besuch, doch dann sah sie den ernsten Ausdruck, der auf seinem Gesicht stand.

»Was ist los, Rashid? Was ist passiert?« fragte sie eilig.

»Ich habe etwas für dich, Christina. Von Abu.«

Er drückte ihr einen Zettel in die Hand und wirkte dabei sehr nervös. Sie setzte sich, um zu lesen, was er ihr geschrieben hatte.

Christina,
ich habe Rashid gebeten, dich zu deinem Bruder zurückzubringen. Ich hätte nicht geglaubt, daß es soweit kommt, aber die Feuer sind erloschen, und es hat keinen Sinn, so weiterzumachen. Ich gebe dich frei, und das ist ja das, was du immer wolltest. Ich möchte, daß du fort bist, wenn ich zurückkomme. Es ist besser so.

Philip

Christina schüttelte den Kopf und starrte ungläubig den Zettel an. Nein – das konnte nicht wahr sein. Es war irgendein grausamer Scherz. Aber warum fühlte sie sich innerlich ganz krank? Ein Kloß saß in ihrer Kehle, und die Finger, mit denen sie das Papier zerknüllte, waren kalt und klamm.

»Gütiger Himmel – warum sollte er mir das ausgerechnet jetzt antun?« flüsterte sie heiser.

Die Tränen strömten ungehindert über ihre Wangen, und ihre Nägel gruben sich tief in ihre Handflächen, als sie das Blatt Papier, das ihr Leben zerstörte, zusammenpreßte. Doch sie spürte nur den inneren Schmerz, der sie verzehrte.

»Wir müssen jetzt gehen, Christina.«

»Was?«

Christina blickte auf und sah ihn an, als wisse sie nicht, wer er sei. Doch dann kehrte das Leben in sie zurück, und plötzlich packte sie eine ungeheure Wut auf Philip. Wie konnte er sie so dickfällig abschieben?

»Nein!« sagte sie eilig. »Ich gehe nicht. Ich lasse mich nicht ablegen wie ein altes Hemd. Ich bleibe hier und rede selbst mit ihm. Soll er mir doch ins Gesicht sagen, daß er will, daß ich verschwinde. Ich werde es ihm nicht leicht machen.«

Rashid sah sie überrascht an. »Aber ich dachte, du wolltest zu deinem Bruder zurückkehren. Du hast mir doch selbst gesagt, daß zwischen Abu und dir nicht alles stimmt.«

»Das ist lange her. Seit damals hat sich alles geändert. Ich liebe ihn, Rashid.«

»Das hast du ihm doch nicht etwa gesagt?«

»Nein«, flüsterte sie. »Wie hätte ich es ihm sagen können, wenn ich nicht weiß, was er empfindet? Aber jetzt weiß ich es ja.«

»Es tut mir leid, Christina. Aber du kannst nicht hierblieben. Er hat mir befohlen, dich vor seiner Rückkehr fortzubringen.«

»Ich gehe aber nicht. Soll er mir doch ins Gesicht sagen, daß er mich nicht mehr haben will.«

Rashid machte einen verzweifelten Eindruck. »Christina, wir müssen gehen! Ich wollte es dir nicht sagen, aber du zwingst mich dazu. Abu begehrt dich nicht mehr. Er will dich aus dem Weg räumen, damit er Nura heiraten kann, wenn er zurückkommt.«

»Hat er dir das gesagt?«

»Ja«, sagte Rashid leise und mit niedergeschlagenen Lidern.

»Wann?«

»Heute morgen – ehe er losgeritten ist. Aber es ist nicht das erste Mal, daß er darüber gesprochen hat. Es war schon immer damit zu rechnen, daß er Nura heiratet. Wir müssen jetzt gehen. Ich helfe dir beim Packen.«

Es war zwecklos zu bleiben und sich noch länger quälen zu lassen. Christina ging ins Schlafzimmer und schlug die Vorhänge zurück. Sie wollte einen letzten Blick auf den Raum werfen, in dem sie so viele glückliche Nächte verbracht hatte. Warum mußte sie jetzt so empfinden – warum hatte sie sich bloß in Philip verliebt? Wenn sie ihn weiterhin gehaßt hätte, wäre sie jetzt überglücklich gewesen. Statt dessen fühlte sie sich, als sei das das Ende ihres Lebens.

Christina wollte nichts mitnehmen, was sie an Philip erinnerte, aber als sie den Spiegel sah, den Rashid ihr geschenkt hatte, dachte sie an Amine.

»Ich will mich nur noch von Amine verabschieden und ihr das hier geben«, sagte Christina, und sie hielt den Spiegel hoch. »Ich will nichts mitnehmen, was mich an diesen Ort erinnert. Aber Amine war mir eine gute Freundin, und ich möchte ihr gern etwas schenken. Das verstehst du doch, oder nicht?«

Christina weinte wieder, als sie Amine den Spiegel in die Hand drückte.

»Ich möchte dir das schenken. Denk immer daran, daß ich dich wie eine Schwester liebe. Ich gehe, und ich bin gekommen, um mich zu verabschieden.«

»Wohin gehst du? Du kommt doch bald wieder?« fragte Amine,

aber sie merkte bereits, daß sie die Freundin nie wiedersehen würde.

»Ich gehe zurück zu meinem Bruder, und ich komme nicht zurück. Du wirst mir fehlen, Amine. Du bist mir eine wirkliche Freundin gewesen.«

»Aber warum, Christina, warum?«

»Das spielt jetzt keine Rolle mehr. Ich kann jedenfalls nicht hierbleiben. Sag Syed und seinen Brüdern Auf Wiedersehen von mir, und richte ihnen aus, daß ich ihnen alles Gute wünsche. Und küß den kleinen Syed und das Baby von mir. Ich würde zu sehr heulen, wenn ich sie selbst küsse.« Sie lächelte Amine wehmütig an und schlang ihr dann die Arme um den Hals. »Ich werde oft an dich denken. Auf Wiedersehen.«

Christina lief zu Rashid, der die Pferde bereits geholt hatte. Sie ritten gemeinsam aus dem Lager, und nachdem sie einen letzten Blick zurückgeworfen hatte, grub Christina ihre Hacken in Ravens Flanken und drängte ihn zu einer selbstmörderischen Geschwindigkeit. Rashid schrie ihr nach, aber sie wartete nicht auf ihn. Sie wollte sterben. Sie hatte das Gefühl, nichts mehr im Leben zu haben, wofür es sich zu leben lohnte. Wenn sie in Philips Bergen starb, würde er vielleicht den Rest seines Lebens Schuldgefühle haben. Aber warum sollte sie ihn erfahren lassen daß sie nicht ohne ihn leben konnte? Es war nicht seine Schuld, daß er sie nicht mehr begehrte. Und sie liebte ihn immer noch. Sie hoffte, er würde mit Nura glücklich werden, wenn es das war, was er wollte.

Christina zügelte Raven und ritt in gemäßigtem Tempo weiter. Sie würde sich etwas anderes einfallen lassen, um ihrem Leben ein Ende zu bereiten. Aber sie würde so lange damit warten, daß Philip nichts davon erfuhr. Sie dachte an Margiana und daran, daß sie sich wegen Yasir umgebracht hatte. Christina verstand jetzt wahrhaft die Qualen und die Leiden, die eine Frau empfinden konnte.

Die Hitze der Wüste nahm zu, doch Christina merkte nichts von alledem. Ihr war so elend zumute, daß ihr Körper nichts von außen wahrnahm. Sie konnte nicht verstehen, warum ihr das zustieß.

Die Nacht brach herein und ging vorüber, und die Sonne stieg wieder auf, aber Christina konnte keinen Frieden finden.

Fragen bestürmten sie. Sie durchforstete ihr Inneres, um Antworten zu finden, doch es gab keine Antworten. Warum – warum bloß wollte er sie nicht mehr? Sie war immer noch derselbe Mensch, der sie vor vier Monaten gewesen war. Sie sah auch noch genauso aus – nur ihre Gefühle hatten sich gewandelt. Warum hatte Philip ihr das angetan?

Lag es daran, daß sie ihm nachgegeben hatte? Hatte er sie weggeworfen, weil sie keine Herausforderung mehr darstellte? Aber das wäre nicht fair – und das konnte auch nicht der Grund sein, denn sonst hätte er sie schon vor einem Monat fortgeschickt.

Und was war mit dem letzten Monat? Es war eine wunderbare Zeit gewesen – so wunderbar und vollkommen in jeder Hinsicht. Philip hatte genauso glücklich und zufrieden gewirkt, wie sie es gewesen war. Er hatte mehr Zeit denn je mit ihr verbracht. Täglich war er mit ihr ausgeritten. Er hatte ihr von seiner Vergangenheit erzählt, hatte sich geöffnet und mehr von sich preisgegeben. Warum also war sie jetzt hier? Warum hatte Philip es sich anders überlegt? Warum nur? Warum?

Die Fragen ließen sie nicht schlafen. Sie lag wach da, als sie während der heißesten Zeit des Tages ruhten, und sie dachte und dachte im Kreis, aber sie konnte keinen Frieden finden. Sie nahm das Brot und das Wasser, das Rashid ihr gab und aß mechanisch, doch ihr Geist arbeitete weiter – drehte immer wieder alles um und betrachtete es von allen Seiten – und sie versuchte verzweifelt, eine Lösung zu finden. Wenigstens war auf die Dämmerung Verlaß, die einsetzte, wie sonst auch, und sie ritten weiter.

21

Verdammt, das wird wieder ein stickiger Tag, dachte John Wakefield gereizt, als er hinter seinem Schreibtisch saß und die Morgenpost durchsah. Es war Winter. Es war nicht ganz so heiß wie am Anfang, als er in dieses schreckliche Land gekommen war, aber in dieser letzten Woche ohne Regen waren die Tage warm und feucht gewesen. Dieses verfluchte Wetter ging ihm unter die Haut.

Wenigstens konnte er sich darauf freuen, heute abend Kareen Hendricks zu sehen. Die bezaubernde, hinreißende Kareen. John dankte seinem Glücksstern, daß er William Dawson dazu gebracht hatte, ihn letzte Woche in die Oper zu schleifen, denn andernfalls hätte er Kareen nicht kennengelernt.

Ein kalter Schauer überlief John, als er an die Hölle dachte, die er in seinen ersten drei Monaten in Ägypten durchlebt hatte. Aber alles hatte sich verändert, als er Crissys Brief bekommen hatte – sein Glück inbegriffen.

Es klopfte. »Was ist?« fauchte John.

»Ein Araber steht draußen. Er sagt, es geht um etwas Wichtiges«, sagte Sergeant Townson.

»Das sagen sie doch alle. Schicken Sie ihn rein, Townson.«

Als sich die Tür leise wieder schloß und John aufblickte, sah er einen ungewöhnlich großen Araber vor sich stehen. Es war nicht nur der größte Araber, den John je gesehen hatte, sondern er war sogar größer als er selbst.

»Sie sind John Wakefield?« fragte der junge Mann, der in stolzer Haltung vor Johns Schreibtisch stand.

»Lieutenant Wakefield«, verbesserte ihn John. »Darf ich fragen, wie Sie heißen?«

»Mein Name spielt keine Rolle. Ich bin gekommen, um mir die Belohnung abzuholen, die Sie für die Rückkehr Ihrer Schwester ausgesetzt haben.«

Nicht schon wieder so einer, dachte John kläglich. Mit wie vielen von diesen geldgierigen Opportunisten und Dieben mußte er sich denn noch abgeben? Er konnte gar nicht mehr zählen, wie viele Menschen zu ihm gekommen waren, weil sie hofften, sich durch Fehlinformationen die Belohnung erschleichen zu können. Die meisten machten einen Rückzieher, wenn John ihnen sagte, die Richtigkeit ihrer Informationen müsse erst noch erwiesen werden. Wie oft hatte er eine wilde Jagd durch die Stadt und in der Wüste unternommen, und all das war fruchtlos geblieben.

Er hatte zwar Christinas Brief erhalten, den ihm ein junger Araber in die Hand gedrückt hatte, ehe er gleich wieder davongelaufen war, doch er hatte die Hoffnung, sie zu finden, immer noch nicht ganz aufgegeben. Er wollte gern glauben, daß sie dort, wo sie war, glücklich war, aber er mußte sich seiner Sache sicher sein. Schließlich konnte alles gelogen sein. Es war nicht auszuschließen, daß sie gezwungen worden war, diesen Brief zu schreiben. Mit Vergnügen hätte er Hand an den Mann gelegt, der Crissy entführt hatte und der sie sich als Mätresse hielt, statt sie zu heiraten. John hätte diesen Lümmel gezwungen, sie zu heiraten!

»Wollen Sie Ihre Schwester wiederhaben?«

»Entschuldigen Sie bitte«, sagte John. »Ich war in Gedanken. Wissen Sie, wo meine Schwester ist?«

»Ja.«

»Und Sie können mich zu ihr führen?«

»Ja.«

Dieser Mann war anders als die anderen. Er zögerte nicht, wenn es galt, Antworten zu geben. John sah einen Hoffnungsschimmer.

»Woher weiß ich, daß Sie die Wahrheit sagen? Man hat schon oft versucht, mich reinzulegen.«

»Darf ich Ihnen eine Frage stellen?«

»Selbstverständlich.«

»Woher weiß ich, daß Sie mir das Geld geben, nachdem ich Sie zu Ihrer Schwester geführt habe?«

»Eine gute Frage«, sagte John grimmig. Er schloß die unterste Schublade seines Schreibtisches auf und holte einen kleinen, schweren Sack heraus. »Seit Christinas Entführung liegt dieses Geld bereit. Sie können es zählen, wenn Sie wollen, aber die Gesamtsumme, die ich als Belohnung ausgesetzt habe, ist in diesem Sack, und sie gehört Ihnen, wenn Sie die Wahrheit sagen. Das Geld zählt für mich nicht. Ich will nur Christina wiederhaben.« John unterbrach sich und musterte einen Moment lang diesen jungen Mann. »Sagen Sie mir eins – woher wissen Sie, wo meine Schwester ist?«

»Sie hat in meinem Lager gelebt.«

John sprang so heftig auf, daß sein Stuhl hinter ihm umfiel. »Sind Sie etwa der Mann, der sie entführt hat?«

»Nein«, erwiderte der junge Mann ganz schlicht, ohne unter den sturmblauen Augen zusammenzuzucken, die ihn anfunkelten.

John beruhigte sich wieder, als er sah, daß er keinen Kampf austragen mußte.

»Wie weit ist ihr Lager von hier entfernt?«

»Wir brauchen nicht dorthin zu reisen.«

»Ja, aber...«

»Ihre Schwester wartet draußen.«

»Draußen!«

»Wir sind mehrere Tage lang geritten. Sie sitzt schlafend auf ihrem Pferd. Sie können sie von Ihrem Fenster aus sehen.«

John eilte an das Fenster, das einen Ausblick auf die Straße bot.

Einen Moment später wandte er sich zu dem Araber um, und Zorn war auf seinem gebräunten Gesicht zu erkennen.

»Sie haben gelogen! Außer einem arabischen Knaben, der sich über sein Pferd beugt, ist dort draußen niemand. Was haben Sie sich von diesem Trick versprochen?«

»Ach – ihr Engländer seid so skeptisch. Haben Sie erwartet, daß Ihre Schwester so gekleidet ist, wie es bei Ihnen Brauch ist? Sie hat bei meinem Volk gelebt und sich so wie mein Volk gekleidet. Wenn Sie hinausgehen, werden Sie die Wahrheit meiner Worte erkennen«, erwiderte der Araber. Dann drehte er sich auf dem Absatz um und verließ Johns Büro.

Für einen faulen Trick war es zu einfach, dachte John. Er brauchte nichts weiter zu tun, als ins Freie zu gehen und nachzuschauen. Warum stand er noch hier? John hob den Geldsack auf und folgte dem Araber ins Freie. Es mußte die Wahrheit sein.

Draußen auf der Straße, auf die die Sonne glühend herunterbrannte, lief John auf die beiden Pferde zu, die mit gefesselten Vorderfüßen vor dem Gebäude standen. Er blieb neben dem seidig schwarzen Araberhengst stehen, der die staubige Gestalt im schwarzen Kaftan auf seinem Rücken trug. Wenn das wieder ein fauler Trick war, stand zu befürchten, daß er den jungen Araber, der neben ihm stand, in Stücke reißen würde.

Wenn das Crissy war, brauchte er nichts weiter zu tun, als die schwarze *kufijah* anzuheben, die ihr Gesicht bedeckte, um es herauszufinden. So einfach war das.

In diesem Augenblick bewegte sich das Pferd, und die schlafende Gestalt fiel langsam von seinem Rücken. John fing sie in seinen Armen auf. Währenddessen rutschte die *kufijah* von ihrem Gesicht und legte ein schmutziges, tränenüberströmtes Gesicht frei, das er überall auf Erden wiedererkannt hätte.

»Crissy! O Gott – Crissy!«

Christina schlug einen Moment lang die Augen auf und flüsterte Johns Namen. Dann sackte sie in seinen Armen zusammen, und ihr Kopf fiel auf seine Schultern.

»Wie ich schon sagte, sie hat zwei Tage und zwei Nächte lang nicht geschlafen. Alles, was ihr fehlt, ist Schlaf.«

John drehte sich um und sah den jungen Mann an, der ihm seine Schwester zurückgebracht hatte.

»Ich muß mich bei Ihnen für meine Zweifel entschuldigen. Für das, was Sie getan haben, werde ich Ihnen ewig dankbar sein.

Wenn Sie das Geld aus meinen Händen annehmen würden, gehört es Ihnen.«

»Ich bin mehr als glücklich, daß ich Ihnen diesen Dienst erweisen konnte. Und jetzt werde ich gehen, aber wenn Christina erwacht, dann richten Sie ihr bitte aus, daß ich ihr alles Gute wünsche.«

Er nahm die Zügel des schwarzen Pferdes, stieg auf sein eigenes Pferd und ritt die Straße hinunter.

John sah auf Christina hinunter, die friedlich in seinen Armen schlief. Gott sei Dank, dachte er. Bitte, steh mir bei, das an Christina wieder gutzumachen, was sie erlitten hat.

John trug Christina ins Haus. Er setzte sich auf einen Stuhl, der Sergeant Townsons Schreibtisch gegenüberstand, und hielt Christina immer noch zärtlich im Arm.

»Lieutenant! Ist sie auf der Straße ohnmächtig geworden? Sie sollten sie lieber hinlegen, Sir. Der Staub auf ihrem Kaftan beschmutzt Ihre Uniform.«

»Hören Sie auf mit Ihrem Geschwätz, Sergeant. Ich werde nichts dergleichen tun. Aber ich werde Ihnen sagen, was Sie jetzt tun. Als erstes werden Sie meine Kutsche vorfahren lassen. Dann können Sie Colonel Bigley davon unterrichten, daß ich für heute Schluß mache.«

»Sie machen Schluß? Und was, wenn der Colonel nach den Gründen fragt?«

»Sagen Sie ihm, daß ich meine Schwester wiedergefunden habe und sie anständig unterbringen muß. Glauben sie, daß Sie das behalten können, Sergeant?«

»Ja, Sir. Aber Sie wollen doch nicht sagen, daß dieses Mädchen da Ihre Schwester ist?« Der Sergeant bereute seine Frage, als er das kalte Blitzen in Lieutnant Wakefields Augen sah.

»Sie werden jetzt augenblicklich meine Kutsche vorfahren lassen, Sergeant. Das ist ein Befehl.«

Es war schon gegen Mittag, als John seine Wohnung erreichte. Es gelang ihm, die Tür zu seiner Wohnung aufzuschließen, ohne Christina zu wecken, doch als er auf dem Weg zu dem leerstehenden Gästezimmer war, hielt ihn Mrs. Greene, seine Haushälterin, an.

»Was auf Erden haben Sie am hellichten Tag zu Hause zu suchen, John Wakefield? Und was haben Sie da?« fragte sie mißbilligend.

»Das ist meine Schwester.«

»Ihre Schwester?« Mrs. Greene war schockiert. »Wollen Sie damit sagen, daß das das kleine Mädchen ist, daß Sie in ganz Ägypten gesucht haben? Warum sagen Sie das denn nicht gleich? Stehen Sie nicht rum, bringen Sie Ihre Schwester ins Bett.«

»Ich war gerade dabei, als Sie mich aufgehalten haben, Mrs. Greene«, sagte John. Er betrat das Zimmer, in dem Christinas gesamte Habe aufbewahrt war, und legte sie sachte auf das Bett.

»Ist sie verletzt – und wie haben Sie sie gefunden?«

»Sie braucht nichts weiter als Schlaf, das ist alles«, sagte John. Er sah Christina liebevoll an. »Vielleicht könnten Sie ihr den Umhang ausziehen, damit sie es bequemer hat, aber versuchen Sie, sie nicht aufzuwecken.«

»Wenn Sie nicht wollen, daß sie wach wird, sollten Sie mir lieber helfen.«

Johns Blick fiel auf ein zerknülltes Blatt Papier, das Christina fest umklammert hielt. Es gelang ihm, ihre Finger so weit zu lösen, daß er den Zettel aus ihrer Hand nehmen konnte. Dann warf er ihn achtlos auf den kleinen Nachttisch. Gemeinsam zogen sie Christina den Kaftan und die Schuhe aus. Einmal schlug Christina die Augen auf, doch sie schloß sie sofort wieder und schlief weiter.

Mrs. Greene und John verließen den Raum, und leise schloß er die Tür hinter ihnen. Er begab sich direkt zu der Bar im Salon, goß sich ein Glas Whisky ein, ließ sich auf seinen Lieblingssessel sinken und trank den Whisky pur.

»Was soll ich damit anfangen, Sir – es wegwerfen?« fragte Mrs. Greene, und hielt Christinas schmutzigen Kaftan hoch. John sah zu der Matrone auf, die in der Tür stand. »Legen Sie ihn einfach zur Seite. Christina soll entscheiden, was damit geschieht.«

John wollte Christina sobald wie möglich wieder nach England bringen. Ägypten hatte ihnen beiden nur Leid gebracht, aber jetzt, da Christina wieder bei ihm war, würden sie wieder glücklich sein.

Warum, fragte er sich, hatte Christina den Mann verlassen, den sie zu lieben behauptete? Sie hatte geschrieben, sie würde bei ihm bleiben, bis er sie nicht mehr haben wollte. War es das? Dieser Schurke hatte sie entführt, sich an ihr gütlich getan und sie dann abgelegt, um die Belohnung einzukassieren. Crissy hatte gesagt, daß sie ihn liebte. Wie sehr sie leiden mußte!

John trank den letzten Rest Whisky aus, stand auf und ging durch das kleine Eßzimmer in die ebenso kleine Küche. Dort fand er Mrs. Greene, die am Herd stand.

»Ich werde etwa eine Stunde aus dem Haus gehen, Mrs. Greene«, sagte er. »Es ist unwahrscheinlich, daß meine Schwester in der Zwischenzeit erwacht. Falls doch, dann sagen Sie ihr, daß ich eine Verabredung absagen mußte und gleich wieder da bin. Und geben Sie ihr alles, wonach sie fragt.«

»Was ist mit Ihrem Mittagessen?«

»Ich esse, wenn ich zurückkomme«, sagte John, der sich einen Apfel aus der Obstschale auf dem Küchentisch nahm. »Es dauert nicht lange.« Es war kein weiter Weg zu Major Hendricks' Unterkunft, und John hoffte, Kareen dort vorzufinden, denn er wollte die Verabredung, die er mit ihr für den Abend getroffen hatte, persönlich absagen.

Kareen war ein Jahr jünger als er und hier zu Besuch bei ihrem Onkel Hendricks. Sie war in England zu Hause, aber ihre Mutter hatte spanisches Blut. Viel mehr wußte er nicht über sie – nur, daß sie ihn in hohem Maße anzog.

Kareen sah mit ihrem seidigen schwarzen Haar und ihren schwarzen Augen wie eine Spanierin aus. Ihr Körper war schlank und doch an den richtigen Stellen wohlgerundet. John hatte sich auf diesen Abend gefreut, doch jetzt mußte er die Verabredung absagen. Kareen würde das verstehen.

John klopfte an die Tür von Major Hendricks' bescheidenem Heim. Wenige Momente später öffnete sich die Tür, und er stand einem jungen Mädchen gegenüber, das ihn fröhlich anlächelte. John war schockiert, denn dieses Mädchen sah aus, als sei es erst sechzehn oder siebzehn, und doch...

»Kareen?«

Das junge Mädchen lachte über Johns Bestürzung.

»Das passiert ständig, Lieutenant. Ich bin Kareens Schwester Estelle. Wollen Sie nicht eintreten?«

»Ich wußte gar nicht, daß sie eine Schwester hat«, sagte John, als er in den Flur trat. »Sie sehen ihr unglaublich ähnlich.«

»Ich weiß – wie Zwillinge. Aber Kareen ist fünf Jahre älter als ich. Mein Vater sagt immer, daß Kareen und ich die exakten Abbilder unserer Mutter in jungen Jahren sind. Unsere Mutter ist immer noch eine schöne Frau, und es ist gut zu wissen, wie wir eines Tages aussehen werden.« Sie lächelte John ganz bezaubernd an. »Entschuldigen Sie, bitte. Alle sagen, ich rede zuviel. Wollen Sie Kareen sehen, Lieutenant...«

»John Wakefield«, stellte er sich mit einer knappen Verbeugung vor. »Ja, ich würde sie gern sprechen, wenn das möglich ist.«

»Ich glaube, das läßt sich machen. Sie ist in ihrem Zimmer und ruht sich aus. Es ist dieses heiße Wetter – wir haben uns noch nicht daran gewähnt. Es kann einen ganz schlaff machen. Sie sind also John Wakefield«, sagte sie und musterte ihn von Kopf bis Fuß. »Kareen hat eine Menge über Sie erzählt, und ich sehe schon, daß sie nicht übertrieben hat.«

»Sie besitzen eine erstaunliche Offenheit, Miß Estelle.«

»Nun, ich finde, die Leute sollten sagen, was sie denken.«

»Das kann einem manchmal Scherereien eintragen«, sagte John im leichten Plauderton.

»Ja, ich weiß. Aber es macht mir Spaß, andere Leute zu schokkieren. Ich könnte allerdings nicht behaupten, daß ich sie schokkiert habe. Sie müssen Komplimente von den Damen gewöhnt sein«, sagte sie schelmisch.

»Nicht direkt. Ich bin es gewohnt, Komplimente zu machen, nicht sie zu bekommen«, sagte John lachend.

»So spricht ein wahrer Gentleman. Aber Sie haben zugelassen, daß ich schon wieder weiterplappere. Wenn Sie jetzt bitte im Salon warten, gehe ich zu Kareen und sage ihr, daß Sie hier sind.«

»Danke, und es war mir ein Vergnügen, Sie kennengelernt zu haben, Miß Estelle.«

»Dasselbe kann ich ganz entschieden auch von Ihnen behaupten, Lieutenant Wakefield. Aber ich bin sicher, daß wie uns wiedersehen«, fügte sie hinzu, ehe sie im Korridor verschwand.

Wenige Minuten später tauchte Kareen in der Tür auf, und sie war so schön, wie er sie in Erinnerung hatte.

»Ich dachte, meine Schwester erlaubt sich einen Scherz, als sie sagte, Sie seien hier«, sagte sie. »Gelegentlich tut sie solche Dinge. Aber warum sind Sie schon so früh hier, Lieutenant Wakefield?«

»Kareen – ich weiß, daß wir uns erst zum zweitenmal sehen, aber würden Sie mich bitte John nennen?« fragte er, und er legte seinen gesamten Charme in dieses Ansinnen.

»Einverstanden, John«, sagte sie lächelnd. »Aber was führt sie hierher?«

»Ich weiß nicht so recht, wie ich es Ihnen sagen soll«, sagte John, und er wich ihren forschenden Blicken aus. Er trat an das offene Fenster, verschränkte die Hände hinter dem Rücken und schaute ins Freie. »Sie sind erst seit einem Monat hier, Kareen, aber Sie wissen vermutlich von dem Verschwinden meiner Schwester?«

»Ja, mein Onkel hat es mir erzählt, als ich erwähnte, daß ich Sie kennengelernt habe«, erwiderte sie.

»Christina ist in unserer ersten Nacht in Kairo aus ihrem Hotelzimmer entführt worden. Christina und ich haben einander sehr nahe gestanden. Ich habe sie überall gesucht und vor Sorge um sie fast den Verstand verloren. Doch heute ist sie zurückgekehrt – heute morgen.«

»John – das ist ja wunderbar! Ich freue mich so für Sie. Fehlt ihr auch nichts?«

Er drehte sich zu ihr um und sah, daß sie sich wirklich für ihn freute.

»Es geht ihr gut, aber ich habe bisher noch keine Gelegenheit gehabt, auch nur ein Wort mit ihr zu reden. Sie ist fast eine Woche lang geritten, und jetzt schläft sie. Ich wollte Ihnen das erst erzählen, damit Sie verstehen, warum ich Sie heute abend nicht in die Oper begleiten kann. Ich muß da sein, wenn Crissy aufwacht.«

»Selbstverständlich verstehe ich das, und ich danke Ihnen für Ihre Erklärung. Kann ich Ihnen in irgendeiner Form behilflich sein?«

»Es ist nett, daß Sie das fragen, Kareen. Vielleicht könnten Sie sie in ein paar Tagen besuchen. Ich weiß noch nicht, wie leicht ihr die Eingewöhnung fallen wird, nachdem sie endlich wieder da ist. Ich kann nur beten, daß sie in der Lage sein wird, dieses schreckliche Erlebnis zu vergessen.«

»Ich bin sicher, daß es ihr mit der Zeit wieder gutgehen wird, John«, erwiderte Kareen.

»Das hoffe ich auch.«

Christina schlief jetzt seit zwölf Stunden. Es war fast Mitternacht, und John ging ungeduldig im Salon auf und ab. Es gab so viele Dinge, die er wissen mußte. Er wollte sich nicht in dem Augenblick, in dem sie erwachte, gleich auf sie stürzen, aber er brauchte Antworten. Es gab wirklich Dinge, die er unbedingt wissen mußte. Würde Crissy noch dieselbe sein, oder hatten diese letzten vier Monate sie verändert?

John öffnete leise ihre Tür. Aber Crissy lag immer noch zusammengerollt da und hatte eine Hand unter ihrem Kopf liegen. Langsam betrat er das Zimmer und blieb neben dem Bett stehen. Er blickte auf sie hinunter, wie er es im Lauf des Abends schon so häufig getan hatte.

Sie hatte nicht abgenommen, und sie machte einen gesunden Eindruck, wenngleich sie schmutzig war. Sie trug einen Rock und eine Bluse nach Art der Wüstenbewohner. Doch beides war aus edlem grünem Samt gefertigt und mit Borten aus Spitze eingesäumt. Sie sah aus wie eine arabische Prinzessin.

In ihrem Brief hatte sie geschrieben, daß es ihr an nichts fehlte. Dieser Mann mußte gut für sie gesorgt haben. Und gerade das gab John Rätsel auf, denn er fragte sich, wie ein Mann, der sie erst einmal hatte, sie wieder gehen lassen konnte. Christina war von ganz außergewöhnlicher Schönheit. Etwas war anders an ihr – auffallend und doch unbeschreiblich – etwas, was sie von allen anderen Frauen abhob, die als schön bezeichnet wurden.

Plötzlich schlug Christina die Augen auf, zwinkerte ein paarmal und fragte sich offensichtlich, wo sie war.

»Es ist alles gut, Crissy«, sagte John. Er setzte sich auf ihre Bettkante. »Du bist zu Hause.«

Sie sah ihn an, und ihre Augen füllten sich mit Tränen. Ich nächsten Moment klammerte sie sich an ihn, als hänge ihr Leben davon ab. »John! O Johnny – halt mich fest. Sag mir, daß alles nur ein Traum war, daß es nie passiert ist«, schluchzte sie.

»Es tut mir leid, Crissy, aber das kann ich dir nicht sagen – ich wünschte, ich könnte es«, sagte er, während er sie fest an sich drückte. »Aber es wird alles wieder gut – du wirst sehen.«

Er ließ sie sich ausweinen, ohne etwas zu sagen. Als sie aufhörte zu weinen, hielt er sie auf Armeslänge von sich und strich ihr das Haar von den nassen Wangen zurück.

»Fühlst du dich jetzt besser?«

»Nicht wirklich.« Sie lächelte schwach.

»Warum wäschst du dir nicht das Gesicht, während ich dir etwas zu Essen besorge, und dann können wir uns unterhalten.«

»Ich täte nichts lieber, als mich stundenlang in einer heißen Badewanne einzuweichen. In den letzten vier Monaten habe ich nur kalt gebadet.«

»Das kannst du später machen. Wir müssen uns vorher unterhalten.«

»O John, ich will nicht darüber reden – ich will es nur so schnell wie möglich vergessen.«

»Das kann ich verstehen, Crissy. Aber es gibt Dinge, die ich wissen muß. Es ist das beste, wenn wir gleich darüber reden, dann können wir es beide vergessen.«

»Gut, ich nehme an, du hast recht«. Sie stieg aus dem Bett und sah sich um. »Laß mir einen Moment Zeit, damit ich...«

Sie unterbrach sich abrupt, als sie das zerknitterte Blatt Papier sah, das John am Vormittag auf ihren Nachttisch geworfen hatte.

»Wie ist das hierhergekommen?« Ihre Stimme klang zornig.

»Was ist los mit dir, Crissy? Ich habe es dir aus der Hand genommen, ehe ich dich ins Bett gepackt habe.«

»Und ich dachte, ich hätte es weggeworfen.« Sie drehte sich eilig zu ihm um und runzelte die Stirn. »Hast du das gelesen?«

»Nein. Warum bist du so wütend?«

»Es ist sozusagen meine Entlassung«, sagte sie leichthin, doch in ihren Augen ballten sich Sturmwolken zusammen. »Aber das spielt jetzt keine Rolle mehr. Wie war das mit dem Essen?«

Nach dem Abendessen schenkte John zwei Gläser Sherry ein und brachte Christina eins davon ins Eßzimmer. Er setzte sich ihr gegenüber, streckte seine Beine behaglich unter dem Tisch aus und musterte ihr Gesicht.

»Liebst du ihn noch?« fragte John.

»Nein – inzwischen hasse ich ihn!« sagte sie eilig, und ihre Augen blitzten gefährlich auf.

»Aber noch vor einem Monat...«

»Das war, bevor ich dahintergekommen bin, was für ein grausamer und egoistischer Mensch er ist.«

»Ist das der Grund, aus dem du ihn verlassen hast?«

»Ihn verlassen? Er hat mich fortgeschickt! Er hat mir diesen Brief hinterlassen, in dem steht, daß er mich nicht mehr begehrt und wünscht, daß ich bei seiner Rückkehr verschwunden bin. Er konnte es mir nicht einmal persönlich sagen.«

»Ist das der Grund, aus dem du ihn jetzt haßt – weil er dich fortgeschickt hat?«

»Ja! Er hat sich nicht das geringste aus mir oder aus meinen Gefühlen gemacht. Ich dachte, daß ich ihn liebe, und ich hatte gehofft, daß er mich mit der Zeit auch lieben würde. Aber jetzt weiß ich, wie dumm ich war. Es hat ihn nicht einmal interessiert, daß ich ein Kind von ihm bekommen könnte!«

»O Gott, Crissy – dann hat er dich also doch vergewaltigt!«

»Vergewaltigt? Nein – er hat mich nie wirklich vergewaltigt. Ich war sicher, das hätte ich in dem Brief klargestellt, den ich dir geschickt habe, John. Ich dachte, du würdest verstehen, daß ich mich ihm hingegeben habe. Deshalb habe ich dich doch um Verzeihung gebeten!«

»Ich vermute, ich konnte es einfach nicht akzeptieren. Ich wollte es wohl einfach nicht glauben. Aber, Crissy, wenn er dich nicht vergewaltigt hat – das kann doch nicht heißen, daß du dich ihm von Anfang an hingegeben hast?«

»Ich habe mich gegen ihn gewehrt!« rief sie empört aus, und sie versuchte, sich zu verteidigen. »Ich habe mich mit aller Kraft gegen ihn gewehrt.«

»Dann hat er dich also doch vergewaltigt?«

Christina ließ beschämt den Kopf hängen. »Nein, John, er brauchte mich nie zu vergewaltigen. Er hatte Geduld mit mir – er hat sich Zeit gelassen und meinen Körper langsam zum Leben erweckt. Versteh das bitte, John – ich habe ihn gehaßt, aber gleichzeitig habe ich ihn begehrt. Er hat eine Glut in mir entfacht, von der ich gar nicht wußte, daß es so etwas gibt. Er hat mich zur Frau gemacht.«

Sie fing wieder an zu weinen. John fühle sich ganz kläglich, weil er ihr die Schuld an etwas gegeben hatte, wofür sie nichts konnte. Aber warum verteidigte sie diesen Schuft?

John lehnte sich über den Tisch und hob ihr Gesicht, um in ihre hellblauen Augen zu sehen. »Es ist schon gut. Es war nicht deine Schuld. Es ist dasselbe, als hätte er dich vergewaltigt.«

»Ich habe mich gegen ihn gewehrt, aber es war jedesmal dasselbe. Ich habe versucht, ihm zu entkommen, aber er hat mir damit gedroht, daß er mich findet und mich schlägt, wenn ich es wieder versuche. Am Anfang habe ich Todesängste vor ihm ausgestanden, aber im Lauf der Zeit hat meine Furcht nachgelassen. Ich habe sogar einmal auf ihn eingestochen, und er hat mir nichts getan. Und dann bin ich von einem anderen Stamm geraubt worden, und er ist bei seinem Versuch, mich zu retten, fast ums Leben gekommen. Damals ist mir klar geworden, daß ich ihn liebe. Danach habe ich mich nicht mehr gegen ihn zur Wehr gesetzt, John. Ich konnte mich nicht gegen den Mann wehren, den ich liebe. Wenn du mir das nicht verzeihen kannst, dann tut es mir leid.«

»Ich verzeihe dir, Crissy. In der Liebe gibt es keine Regeln. Aber du hast gesagt, daß du ihn jetzt haßt. Warum verteidigst du ihn dann weiterhin?«

»Ich verteidige ihn doch gar nicht!«

»Dann sag mir seinen Namen, damit ich ihn aufspüren kann. Für das, was er dir angetan hat, hat er Strafe verdient.«

»Sein Stamm nannte ihn Abu.«

»Und sein Nachname?«

»O John, das ist doch ganz gleich. Ich will nicht, daß er bestraft wird.«

»Verdammt noch mal, Crissy!« schrie John, und er schlug mit der Faust auf den Tisch. »Er hat dich genommen, und dann hat er dich zu mir zurückgeschickt, um die Belohnung zu kassieren.«

»Belohnung?«

»Ja. Der Mann, der dich hiehergebracht hat, hat das Geld gewollt, und daher habe ich es ihm gegeben.«

Christina ließ sich auf ihren Stuhl zurückfallen, und ein leichtes Grinsen trat auf ihre Lippen.

»Ich hätte wissen müssen, daß Rashid das tut. Er nimmt Geld, wo er es nur irgend findet. Abu wird wahrscheinlich nie erfahren, daß Rashid die Belohnung angenommen hat. Und das ist nicht der Grund, aus dem Philip – aus dem Abu mich zurückgeschickt hat. Er ist der Scheich seines Stammes, und er braucht kein Geld. Ich war selbst dabei, als er sogar einen Beutel mit Edelsteinen zurückgewiesen hat.«

»Du wolltest ihn gerade anders nennen«, sagte John, der eine Braue hochzog.

»Ja, er hat noch einen anderen Namen, aber das ist nicht von Bedeutung.« Sie stand auf und trank den letzten Schluck Sherry. »Können wir die ganze Geschichte jetzt vergessen, John? Ich möchte ihn für alle Zeiten aus meinen Gedanken verbannen.«

»Kannst du das denn, Crissy?« Er blickte skeptisch zu ihr auf. »Du liebst ihn doch immer noch, oder nicht?«

»Nein!« wimmerte sie, aber dann biß sie sich auf die Lippen, und wieder traten Tränen in ihre Augen. »O Gott, ja – doch! Ich kann nichts dafür. Warum mußte er mir das antun, John? Ich liebe ihn so sehr, daß ich sterben möchte!«

John zog sie an sich. Er spürte, wie sehr sie litt. Er ertrug es nicht, sie so unglücklich zu sehen – und ihr Herz zerbrach auch noch an einem Mann, der ihre Liebe nicht verdient hatte.

»Es wird Zeit brauchen, Crissy, aber du wirst ihn vergessen. Du wirst eine neue Liebe finden – irgend jemanden, der dir die Form von Liebe gibt, die du verdienst.«

22

Zwei Monate waren vergangen, seit Philip sie fortgeschickt hatte. Christina versuchte verzweifelt, ihn aus ihren Gedanken zu verbannen. Aber sie dachte immerzu an ihn. Täglich betete sie, er möge es sich anders überlegen und sie holen. Doch er kam nicht. Sie konnte nicht schlafen. Sie lag allnächtlich wach und sehnte sich nach ihm, nach seinen Händen auf ihrem Körper, und sie vermißte seinen Körper neben sich im Bett.

Christina hatte seit ihrer Rückkehr niemanden außer Kareen gesehen. Sie hatte Kareen auf Anhieb gemocht, als John sie in ihr kleines Zimmer gebracht hatte. Kareen hatte ihr keine Fragen gestellt, und bald waren sie gute Freundinnen geworden. Christina wußte, daß Kareen in John verliebt war, und sie war froh, daß John ihre Liebe erwiderte. Sie verbrachten viele Tage gemeinsam, und schließlich vertraute Christina Kareen alles an – alles bis auf Philips richtigen Namen.

Sie verbarg ihr Unglück vor John, aber wenn sie alleine war, verbrachte sie ihre Zeit damit, in ihren Erinnerungen zu schwelgen und allein in ihrem Zimmer zu weinen. Sie ging nicht aus und empfing auch keine Besucher, und sie schob als Ausrede vor, in einer schlechten Verfassung zu sein, was auch tatsächlich stimmte. In der Stadt war es wesentlich heißer, als es in den Bergen gewesen war. Sie litt unter der drückenden Luftfeuchtigkeit und den schlechten Lüftungsmöglichkeiten der kleinen Wohnung. Oft war ihr schwindlig und übel.

Christina wußte, daß sie ein neues Leben anfangen mußte, und daher erklärte sie sich schließlich einverstanden, die Frauen der Offiziere zum Tee zu empfangen.

Anfangs hatte sie höflich über das Wetter geplaudert, über die Oper und über Probleme mit Bediensteten. Aber dann hatten die fünf Frauen mittleren Alters angefangen, über andere Leute zu klatschen, die Christina nicht kannte – und die sie auch gar nicht erst kennenlernen wollte. Mechanisch kapselte sie sich ab und dachte an Philip, aber ihre Aufmerksamkeit wurde wieder auf das Gespräch gelenkt, als sie hörte, daß ihr Name fiel.

»Wie schon gesagt, Miß Wakefield, war mein Mann unter den Männern , die die Suche nach Ihnen durchgeführt haben«, sagte die behäbigste der Frauen.

»Mein James auch«, fiel eine andere Frau ein.

»Wir haben uns alle solche Sorgen um Sie gemacht, als Sie nicht aufgefunden wurden. Wir dachten, nach so langer Zeit seien Sie mit Gewißheit tot«, fügte wieder eine andere Frau hinzu, während sie geziert von einem Keks abbiß.

»Und dann sind Sie völlig gesund und unbeschadet wieder aufgetaucht. Es war wie ein Wunder.«

»Sagen Sie, Miß Wakefield, wie ist es Ihnen gelungen, zu entkommen?« fragte die behäbige Frau betont.

Christina stand auf und trat vor den Kamin. Diese Frauen wollten nichts anderes, als ihr Informationen aus der Nase zu ziehen, um neuen Stoff für ihren Klatsch zu haben, den sie in der ganzen Stadt verbreiten würden, um dann geschlossen über sie herzufallen.

»Ich möchte lieber nicht darüber reden, wenn Sie nichts dagegen haben«, sagte Christina ruhig, während sie sich ihnen wieder zuwandte.

»Aber, meine Liebe, wir sind alle Ihre Freunde. Uns können Sie es doch sagen.«

»Ich hätte mich umgebracht, wenn ich an Ihrer Stelle gewesen wäre«, bemerkte eine der Damen abgeschmackt.

»Das hätte ich auch getan«, warf eine zweite ein.

»Ich bin sicher, daß Sie beide Ihr Leben nicht sehr hoch einschätzen. Was mich angeht, so ziehe ich es vor, weiterzuleben«, bemerkte Christina kühl. »Sie bezeichnen sich als Freunde – aber Sie sind nichts weiter als ein Haufen alter Tratschweiber. Ich denke gar nicht daran, Ihnen irgend etwas zu erzählen. Ich möchte, daß Sie alle dieses Haus verlassen – und zwar augenblicklich!«

»Jetzt hört euch nur diese eingebildete Primadonna an. Wir sind gekommen, um unser Mitgefühl auszudrücken, und Sie benehmen sich ganz so, als seien Sie stolz auf das, was Ihnen widerfahren ist – die Gefangene eines dreckigen Arabers zu sein. Und dabei sind Sie nichts weiter als ...«

»Raus – alle miteinander!« schrie Christina.

»Wir gehen ja schon! Aber lassen Sie sich eins gesagt sein,

Miß Wakefield. Sie sind jetzt Ware aus zweiter Hand! Kein anständiger Mann wird je auf den Gedanken kommen, Sie zu heiraten, nachdem Sie bei einem dreckigen Araber gelegen haben. Merken Sie sich das!«

Als John nach Hause kam, erzähle Christina ihm nichts von diesem Vorfall. Aber er wußte bereits alles.

»Sie haben dich zum Weinen gebracht, stimmt's, Crissy?« sagte er mit zarter Stimme, und er nahm ihr Gesicht zwischen seine Hände. »Du darfst es dir nicht zu Herzen nehmen. Diese Frauen sind doch nichts weiter als ein Haufen neidischer, keifender Schnattergänse.«

»Aber es ist wahr, was sie gesagt haben, John. Kein anständiger Mann wird mich jetzt noch heiraten. Ich bin beschmutzt!«

»Das ist doch lächerlich, und ich will so etwas nicht mehr aus deinem Mund hören«, schalt er sie. »Du unterschätzt deine Schönheit, Crissy. Jeder Mann auf Erden würde seinen rechten Arm dafür hergeben, mit dir verheiratet zu sein. Ist William Dawson nicht ein dutzendmal hiergewesen, um dich aufzusuchen? Wenn du dein Zimmer wieder verlassen und ein neues Leben beginnen würdest, würdest du selbst feststellen, daß du dich vor Heiratsanträgen kaum retten könntest! Warum gehst du nicht heute abend mit Kareen und mir in die Oper?«

»Ich will euch nicht stören, wenn ihr zusammen ausgeht.« Christina seufzte und ließ ihre Schultern hängen. »Vielleicht lese ich einfach ein Buch und gehe früh ins Bett.«

»Crissy – ich kann nicht mitansehen, was du dir antust«, sagte John. »Wenn ich nach Hause komme, sind deine Augen meistens so rot wie jetzt. Du hast versucht, es vor mir zu verbergen, aber ich weiß, daß du immer noch um diesen Mann weinst. Er ist deine Tränen nicht wert! Mein Gott, ich würde ihn umbringen, wenn er mir in die Finger käme!«

»Sag das nicht, John«, sagte sie. Sie war völlig außer sich. Sie griff nach seinem Arm, und ihre Finger gruben sich mit ungewohnter Heftigkeit in seine Muskeln. »Sag das *nie* wieder! Er läßt mich leiden, ja, das stimmt, aber diese Last habe allein ich zu tragen. Du kannst ihm nicht die ganze Schuld geben, denn er hat nie gewußt, daß ich ihn liebe. Er war in dem Glauben, mir das zu geben, was ich immer wollte – meine Freiheit. Schwöre mir, ihm niemals etwas anzutun!«

»So beruhige dich doch, Crissy«, sagte John, den ihr Ausbruch schockiert hatte. »Wahrscheinlich wird mir dieser Mann ohnehin nie über den Weg laufen.«

Christinas Stimme war eindringlich, und Tränen standen in ihren Augen. »Aber eines Tages könntet ihr euch doch begegnen. Du mußt mir dein Wort darauf geben, daß du ihm nichts tun wirst!«

John zögerte, und er sah in das flehentliche Gesicht seiner Schwester. Er würde diesen Abu niemals kennenlernen, und daher schadete es nichts, Crissy sein Wort zu geben, wenn es sie glücklich machte. Dann kam er auf eine Idee.

»Ich gebe dir mein Wort – unter einer Bedingung, daß du aufhörst, dich wegen dieses Mannes zu quälen. Geh raus und lerne neue Leute kennen. Und den Anfang machst du, indem du heute mit mir in die Oper gehst!«

Christinas Gesicht wurde plötzlich ganz ruhig. Sie löste ihren Griff und ließ Johns Arme los.

»Einverstanden, John, wenn es das ist, was mir die Sicherheit gibt, daß du dein Wort halten wirst. Aber ich glaube trotzdem, daß der Abend schöner für dich wäre, wenn ich nicht mitkomme.«

»Überlaß das meinem Urteil.« Er warf einen Blick auf die Uhr, die auf dem Kaminsims stand. »Du hast nur noch eine knappe Stunde Zeit, um dich fertigzumachen.« Er grinste breit, als er ihren Unwillen sah. Das war sehr wenig Zeit, um sich für ihren ersten Ausgang seit sechs Monaten herauszuputzen. »Ich sage Mrs. Greene, daß sie dir ein heißes Bad vorbereitet.«

Eine knappe Stunde später saßen sie wirklich in der Kutsche, holten Kareen ab und fuhren zur Oper. Als sie das Foyer betraten, wandten sich ihnen alle Blicke zu, und flüsternde Bemerkungen wurden ausgetauscht. Die Frauen musterten Christina verächtlich und wandten sich dann ab. Aber die Männer entblößten sie mit lasziven Blicken. Ein paar junge Männer, die John und Kareen offensichtlich kannten, kamen auf sie zu, um sich Christina vorzustellen. Sie überschütteten sie mit artigen Komplimenten, aber ihre Augen streiften unverschämt über ihre Körper, und sie reagierte barsch auf ihre Schmeicheleien.

»Miß Wakefield!«

Christina drehte sich abrupt um und sah William Dawson, der mit einem strahlenden Lächeln auf sie zukam. Er sah noch genauso aus, wie sie ihn in Erinnerung hatte – gebräunt und sportlich.

Sie erinnerte sich an seine spannenden Geschichten und wünschte, sie hätte ihn bei einem seiner zahlreichen Besuche empfangen.

»Es ist so lange her«, sagte er, und er führte ihre Hand an seine Lippen. »Und Sie sind so schön wie eh und je. Ich hoffe, Sie haben sich völlig von Ihrer Krankheit erholt?«

»Ja. Man hat mich – äh – überredet, mich wieder in die Welt der Lebenden zu stürzen«, sagte sie. »Es ist schön, Sie wiederzusehen, Mr. Dawson.«

»William«, verbesserte er sie. »Wir sind doch alte Freunde, Christina. Es würde mich verletzen, wenn Sie mich anders ansprechen. Haben Sie einen Begleiter?«

»Ich bin mit John und Kareen gekommen.«

»Schämen Sie sich, John, die beiden schönsten Frauen Kairos ganz für sich zu beanspruchen.«

»Ich vermute, wenn es um die beiden geht, bin ich ein wenig egoistisch«, sagte John lachend.

»Ich wäre der glücklichste Mann in Kairo, wenn Sie mir erlauben würden, während der Vorstellung neben Ihnen sitzen zu dürfen, Christina, und Sie vielleicht anschließend nach Hause zu bringen. Das Einverständnis Ihres Bruders selbstverständlich vorausgesetzt.«

»Nun, ich...« Christina sah John hilfesuchend an, aber er warf ihr einen warnenden Blick zu, um sie an das Versprechen zu erinnern, das sie ihm gegeben hatte. Sie lächelte schwach.

»Es ist mir ein Vergnügen, Ihr Angebot anzunehmen, William. Es scheint so, als hätte ich jetzt meinen eigenen Begleiter, was meinst du, Kareen?«

Kareen nickte mit einen einfühlsamen Blick. »Ja, und einen charmanten noch dazu.«

Sie wußte, daß Christina nicht soweit war, einen solchen Abend durchzustehen. Sie trug ihr gebrochenes Herz noch zu offen mit sich herum. Kareen fragte sich, wie es John gelungen sein mochte, Christina zu überreden, heute abend mitzukommen. Es war gut für Christina, daß sie endlich aus dem Haus kam, aber dem höflichen Plaudern mit einem Kavalier war sie noch nicht gewachsen.

Christina bekam die Oper nur unvollständig mit. Immer wieder ließ sie sich von Gedanken an Philip ablenken. Sie war froh, daß sie eingewilligt hatte, sich von William nach Hause bringen zu lassen. John würde eine Zeitlang mit Kareen allein sein wollen, und sie wäre nur im Weg gewesen.

»Mögen Sie noch auf ein Glas Sherry mitkommen, William?« fragte sie, denn sie hatte Schuldgefühle wegen der vielen Male, die sie sich geweigert hatte, ihn zu empfangen.

»Ich hatte gehofft, daß Sie mich dazu auffordern würden.«

Im Haus ging Christina direkt auf die Bar zu, aber William kam von hinten auf sie zu, streckte beide Arme aus, damit sie ihm nicht entkommen konnte, schenkte zwei Gläser Sherry ein und trat dann zurück, um ihr eins der Gläser in die Hand zu drücken.

»Auf diesen Augenblick würde ich gern anstoßen. Wie oft habe ich davon geträumt«, murmelte er. Seine Blicke streiften ihren Busen, der sich durch ihr tiefausgeschnittenes Kleid deutlich abzeichnete.

»Ich glaube kaum, daß dieser Moment so denkwürdig ist, William«, sagte sie nervös.

Christina rückte von ihm ab und setzte sich auf Johns Lieblingssessel, in dem sie sich wenigstens etwas geborgener fühlte. Plötzlich fiel ihr ein, daß Mrs. Greene Freunde besuchte und wahrscheinlich über Nacht bei diesen Freunden bleiben würde.

»Sie täuschen sich, Christina«, sagte William und griff nach ihrer Hand, um sie auf die Füße zu ziehen. »Die heutige Nacht wird für uns beide eine denkwürdige Nacht werden.«

Plötzlich riß er sie in seine Arme. Seine Lippen fanden ihren Mund und verschlangen ihn in einem brutalen, fordernden Kuß. Christina war schockiert und fühlte sich abgestoßen. Wie hatte sie sich bloß in diese Lage bringen können? Sie entzog ihm ihren Mund, doch er preßte sie immer noch an sich.

»William, bitte – lassen Sie mich los.« Sie versuchte ruhig zu sprechen. Aber sie wußte, daß sie allein mit ihm war, und nur mit Mühe konnte sie die Panik unterdrücken, die in ihr aufstieg.

»Was ist los, Christina?« Er hielt sie auf Armeslänge von sich entfernt. »Du brauchst mir nicht die keusche Jungfrau vorzuspielen.«

»Sie gehen zu weit, William Dawson«, erwiderte Christina kühl, während sie sich aus seinem Griff losriß. »Sie haben nicht das Recht, sich solche unverschämten Freiheiten bei mir herauszunehmen.«

»Ich habe noch gar nicht angefangen, mir die Freiheiten herauszunehmen, die ich mir heute nacht noch herauszunehmen gedenke.«

William streckte seine Arme nach Christina aus, doch sie lief fort und schob den breiten Stuhl zwischen sich und ihn.

»Ich muß Sie bitten zu gehen«, sagte sie barsch.

»Und du glaubst, so kannst du dich benehmen, Püppchen? Ich werde mich gut um dich kümmern. Ich bin kein reicher Mann, aber eine Mätresse kann ich mir mit Sicherheit leisten. Und wenn du ein braves Mädchen bist, heirate ich dich nach einer Weile vielleicht sogar.«

»Sie müssen verrückt sein!«

Er lachte. Sie sah das lüsterne Verlangen in seinem Gesicht. Er schob den Stuhl zur Seite und kam mit ausgestreckten Armen auf sie zu. Christina wandte sich ab, um fortzulaufen, aber es war schon zu spät. William packte sie um die Taille und riß sie wieder an sich. Sein gemeines Lachen versetzte sie in Wut. Seine Hände erforschten ihre Brüste und ihren Bauch, während sie versuchte, sich loszureißen.

»Magst du es gern roh? Ist es das, was du gewohnt bist, Püppchen? Ein Mann mehr spielt nach all diesen stinkigen Ausgestoßenen in der Wüste, für die du die Beine breitgemacht hast, auch keine Rolle mehr. Sag mir – wie viele waren es? Und welcher von ihnen hat den Bastard gezeugt, den du im Bauch trägst? Ich bin sicher, der Kleine wird nichts dagegen haben, daß ich die Reize seiner Mama koste.«

Bei seinen letzten Worten erstarrte Christina. Sie blieb regungslos stehen. Nicht einen Atemzug konnte sie mehr machen, und die Worte dröhnten in ihren Ohren. *Der Bastard, den du im Bauch trägst – Bastard.* Ein Baby!

»Du hast dich also doch entschlossen vernünftig zu sein. Du wirst es auch genießen, nach all dem Abschaum, den du gewöhnt bist, einen richtigen Mann zu haben.«

Plötzlich brach Christina in lautes Gelächter aus. Es war lange her, seit sie den Klang ihres eigenen Lachens vernommen hatte. William wirbelte sie grob herum und schüttelte sie an den Schultern.

»Was zum Teufel ist hier so komisch?« fragte er. Aber sie lachte nur hysterisch, und Tränen rollten über ihre Wangen.

Und dann hörten beide, wie Johns Kutsche vor dem Haus vorfuhr.

»Du kleine Hexe!« flüsterte William erbost, während er sie von sich stieß.

»Ja«, erwiderte sie fröhlich. »Ich kann allerdings eine Hexe sein, wenn die Situation es erfordert.«

»Mit dir bin ich noch nicht fertig – es wird ein anderes Mal geben«, sagte er kalt.

»Das bezweifle ich, William.«

John betrat das Zimmer, und seine Blicke wanderten von Christinas belustigtem Gesicht zu Williams finsterem Blick. Er fragte sich im ersten Moment, was vorgefallen sein mochte, doch dann nahm er Abstand davon, sich zu erkundigen.

»Noch hier, William? Es ist ja noch früh – nehmen Sie noch einen Drink mit mir?«

»Ich, äh...«

»Machen Sie schon, William«, fiel ihm Christina spielerisch ins Wort. Sie hoffte, daß er sich vor Verlegenheit winden würde.

»Ich ziehe mich jetzt ohnehin zurück. Es war ein höchst ungewöhnlicher Abend. Nicht allzu erfreulich, aber informativ. Gute Nacht, John.«

Sie wandte sich ab, und ging in ihr Zimmer. Sie schloß die Tür hinter sich, lehnte sich an die Tür und hörte noch die Stimmen der Männer im Salon.

»Was wollte sie mit dieser letzten Bemerkung sagen?« fragte John.

»Ich habe keine Ahnung.«

Christina stieß sich von der Tür ab und wirbelte durch das Zimmer, immer wieder, im Kreis, wie sie es als kleines Mädchen getan hatte. Ihr Rock flog durch die Luft, und Nadeln lösten sich aus ihrem Haar, und immer noch wirbelte sie herum, bis sie vor ihrem Bett stand und sich rückwärts darauf fallen ließ. Sie kicherte vor lauter Vergnügen in sich hinein. Mit beiden Händen betastete sie ihren Bauch und suchte nach einem Beweis für Williams Worte.

Sie fand nur eine ganz leichte Erhebung – überhaupt keinen Beweis. Vielleicht hatte William nur vermutet, daß sie schwanger war, weil sie vier Monate lang mit einem Mann zusammengelebt hatte?

Christina sprang vom Bett, zog die Vorhänge zu, zog sich splitternackt aus und stellte sich vor den Spiegel. Sie sah ihren Körper prüfend an, aber sie konnte keinen Unterschied erkennen. Dann drehte sie sich um und stellte sich im Profil vor den Spiegel.

Christina drückte ihren Bauch so weit heraus, wie es nur irgend ging, aber das war nicht viel, und dann zog sie ihn ein. Jetzt hatte sie ihren Beweis. Ihr Bauch ließ sich nicht so weit einziehen wie früher. Aber dann runzelte sie die Stirn, denn vielleicht waren es nur zusätzliche Pfunde und kein Baby. Schließlich hatte ihr Appetit in diesem letzten Monat zugenommen. Darüber mußte sie nachdenken.

Sie blies das Licht aus, kroch ins Bett und zog nur eine leichte Decke über ihren unbekleideten Körper. Es war komisch. Jetzt, da sie wieder ein Nachthemd hätte tragen können, wollte sie es nicht mehr. Sie war es gewohnt, mit Philip in einem Bett zu schlafen und keine Kleidungsstücke zwischen sich zu haben.

Aber wenn sie Philips Kind austrug, mußte es andere Anzeichen geben. Es traf sie wie ein Schlag. Alle Anzeichen waren vorhanden, aber sie hatte sie unter allen möglichen Vorwänden von sich gewiesen. Ihre Benommenheit und ihre Übelkeit hatte sie auf das Wetter geschoben. Zweimal hatte sie ihre Regel jetzt nicht bekommen, aber das hatte sie sich damit erklärt, daß sie so unglücklich war. Ihre Regel war schon früher ausgeblieben, nach dem Tod ihrer Eltern.

Sie hatte Vorwände gesucht, weil sie sich davor gefürchtet hatte, schwanger zu sein. Doch jetzt machte es sie überglücklich, etwas zu haben, wofür es sich zu leben lohnte. Sie würde ein Baby bekommen – ein Baby, das sie in alle Ewigkeiten an Philip erinnern würde. Das konnte ihr niemand nehmen.

Aber wie weit war es schon? Es mußte das Ende des dritten Monats sein, und somit blieben ihr noch sechs Monate. Sechs wunderbare Monate voller Freude, bis sie Philips Sohn auf die Welt bringen würde. Sie wußte, daß sie einen Jungen bekommen würde und daß er aussehen würde wie sein Vater.

Mit diesem glücklichen Gedanken drehte sich Christina auf die Seite, und mit einem Lächeln auf den Lippen legte sie ihre Hände zart auf ihren Bauch und schlief ein.

23

»John, kann ich mit dir sprechen, ehe du gehst?« fragte Christina. Sie saß am Eßtisch und trank die dritte Tasse Tee.

»Kann das nicht bis später warten, Crissy? Ich muß diese Papiere noch heute vormittag dem Colonel zustellen, ehe er die Stabssitzung einberuft«, erwiderte John.

»Nein, es kann nicht warten. Ich muß dir jetzt sofort etwas sagen. Ich habe gestern nacht auf dich gewartet, aber du bist zu spät nach Hause gekommen.«

»Nun gut«, seufzte John. Er setzte sich ihr gegenüber und schenkte sich eine Tasse Tee ein. »Was gibt es so Wichtiges?«

»Als ich gestern nachmittag auf dem Markt war, habe ich erfahren, daß in vier Tagen ein Schiff nach England ausläuft. Ich habe vor, mit diesem Schiff abzureisen.«

»Aber warum, Crissy? Mir ist klar, daß du so bald wie möglich dieses Land verlassen willst, aber kannst du nicht noch fünf Monate warten und zusammen mit mir zurückkehren?«

»Ich kann nicht warten.«

»Natürlich kannst du das. Du hast keinen Grund, jetzt abzureisen. Du bist in diesem letzten Monat doch ausgesprochen glücklich gewesen: keine Tränen mehr, kein trauriges Gesicht mehr. Seit du angefangen hast, wieder auszugehen, hast du dich total verwandelt. Du gehst gern zum Markt. Du bist ausgegangen, hast neue Leute kennengelernt und deinen Spaß gehabt, und deshalb sehe ich gar nicht ein, weshalb du nicht noch fünf Monate bei mir bleiben könntest.«

»Es gibt einen sehr guten Grund dafür, daß ich jetzt abreisen muß. Bliebe ich noch fünf Monate hier, so müßte ich noch länger hierbleiben. Ich kann mein«, – sie legte eine Pause ein – »mein Baby schließlich nicht direkt nach der Geburt auf eine Seereise mitnehmen.«

John sah sie an, als hätte sie ihm ins Gesicht geschlagen. Christina wandte sich von seinem schockierten Gesicht ab, aber sie war äußerst erleichtert, daß sie es ihm endlich gesagt hatte.

»Ein Baby«, flüsterte er. »Du wirst ein Baby bekommen.«

»Ja, John – in fünf Monaten«, sagte Christina stolz.

»Warum hast du mir das nicht eher gesagt?«

»Ich weiß es selbst erst seit dem letzten Monat, und selbst da hatte ich noch Zweifel.«

»Wie konntest du das nicht wissen?« fragte John.

»Ich war zu aufgebracht, John – zu sehr in dem befangen, was mich seelisch quälte, um mitzukriegen, was mit meinem Körper geschieht.«

»Ist das der Grund, aus dem du in diesem letzten Monat so glücklich warst – weil du ein Baby bekommst?«

»O ja! Das war für mich der Grund, weiterzuleben.«

»Dann hast du also vor, das Baby zu behalten und es selbst aufzuziehen?«

»Natürlich! Wie kannst du das auch nur in Frage stellen? Es ist mein Kind, und ich habe es in Liebe empfangen. Ich werde den Jungen niemals hergeben!«

»Alles kommt immer wieder auf diesen – diesen Mann zurück. Du willst sein Kind, weil es *sein* Kind ist. Willst du wirklich abreisen, ohne ihm zu sagen, daß du sein Kind bekommst? Vielleicht würde er dich jetzt heiraten«, sagte John zornig.

»Wenn ich daran glauben könnte, daß er mich heiratet, würde ich augenblicklich zu ihm gehen. Aber es ist zwecklos. Inzwischen hat er Nura geheiratet. Er will sein Kind nicht haben, aber ich will es. Und ich möchte, daß es zu Hause, in England, geboren wird. Daher muß ich bald abreisen, und warum nicht gleich in vier Tagen?«

»Hast du dir auch überlegt, was die Leute sagen werden? Du bist nicht verheiratet, Crissy. Dein Kind wird ein Bastard sein.«

»Ich weiß. Ich habe oft darüber nachgedacht, aber daran läßt sich nichts ändern. Zumindest wird es ein reicher Bastard«, sagte sie. »Aber wenn du dich an Klatsch störst, bleibe ich eben nicht zu Hause. Ich kann auch anderswo mit meinem Baby leben.«

»Crissy, so war das nicht gemeint. Du weißt, daß ich zu dir stehe, ganz gleich, wie du dich entscheidest. Ich dachte dabei nur an deine Gefühle. Schließlich warst du reichlich außer dir über die widerlichen Bemerkungen der Offiziersgattinnen«.

»Aber damals habe ich mich unerwünscht und erbärmlich gefühlt. Und ich habe mich noch elender gefühlt, als ich mir anhören mußte, daß kein Mann mich noch jemals heiraten wird. Aber jetzt bin ich glücklich. Es kann mich nicht mehr verletzen, was andere über mich sagen. Es ist mir auch recht, niemals zu heiraten. Ich will nur mein Kind – und meine Erinnerungen.«

»Solange du glücklich bist, zählt nichts anderes«, sagte John. Er versuchte sich mit dem Umstand abzufinden, daß Christina eine ledige Mutter sein würde. Er wußte, daß sie stark war, und er wollte gern glauben, daß sie durch nichts zu verletzen war.

»Dein Kind wird keinen Vater haben, aber dafür hat es einen Onkel. Ich helfe dir, es großzuziehen, Crissy.«

»Ich danke dir, John!« rief Christina aus. Sie kam zu ihm, stellte sich hinter seinen Stuhl und schlang ihre Arme um seinen Hals. »Du bist so gut zu mir, John, und ich habe dich so lieb.«

»Trotzdem gefällt mir die Vorstellung noch nicht, daß du die Seereise ganz allein unternehmen willst. Das schickt sich nicht.«

»Mach dir nicht immer solche Sorgen um mich. Ich bin sicher, daß mich in meinem Zustand niemand belästigen wird. Wie du sehen kannst, zeigt sich mein Baby schon«, sagte sie und sie drehte sich zur Seite. »Und bis ich London erreiche – bis dahin bin ich so fett wie ein Ochse. Ich werde jede Menge Stoff und Garn mitnehmen und die ganze Reise über in meiner Kabine bleiben und Babykleidung nähen. Und wenn das Schiff in London anlegt, miete ich mir eine Kutsche, die mich direkt zu Wakefield Manor bringt. Du siehst also, daß du keinen Grund zu Befürchtungen hast.«

»Laß mich wenigstens an Howard Yeats schreiben. Er kann dich am Hafen abholen und dich nach Hause begleiten.«

»Dazu reicht die Zeit nicht mehr, John. Mein Schiff ist das erste, das ausläuft, und der Brief käme gleichzeitig mit mir an. Und außerdem würden Howard und Kathleen wahrscheinlich darauf bestehen, daß ich bei ihnen bleibe, und das will ich nicht. Ich will so bald wie möglich zu Hause sein. Ich möchte genügend Zeit haben, das kleine Gästezimmer neben meinem Zimmer in ein Kinderzimmer zu verwandeln. Ich muß es neu tapezieren lassen, und dann brauche ich eine Tür, die mein Zimmer mit dem Kinderzimmer verbindet, und...«

»Einen Augenblick, Crissy«, unterbrach er sie. »Nicht so vorschnell. Was hast du gegen unser altes Kinderzimmer einzuwenden? Es war gut genug für uns.«

»John, weißt du denn nicht, wie weit dieses Kinderzimmer von meinem Zimmer entfernt ist? Ich habe vor, mich ganz allein um mein Kind zu kümmern. Ich werde seine Mutter, seine Amme und sein Kindermädchen sein. Es ist ja schließlich nicht so, daß ich einen Mann habe, dem ich die Hälfte meiner Zeit widmen muß. Alles, was ich habe, ist mein Baby – und es darf meine gesamte Zeit beanspruchen.«

»Du hast dir das alles schon recht genau überlegt«, sagte John. Es erstaunte ihn, wie begierig Christina ihr eigenes Leben in die Hand genommen hatte. »Johnsy wird nicht glücklich sein, daß du alles selbst in die Hand nehmen willst«, wandte er ein.

»Sie wird es verstehen, sowie sie die ganze Geschichte kennt. Und ihre Hilfe brauche ich trotz allem«, erwiderte Christina.

»Hast du vor, Tommy ebenfalls die ganze Geschichte zu erzählen?« fragte John.

»Nein – nur das Nötigste.«

»Du weißt hoffentlich, daß es ihn verletzen wird. Tommy wollte dich heiraten.«

»Ja. Aber ich habe ihn nie in der Weise geliebt. Tommy wird darüber hinwegkommen. Vielleicht hat er bereits ein anderes Mädchen gefunden.«

John sah sie zweifelnd an. Tommy hatte mit ihm gesprochen, und er war sicher, daß Tommy Christina auch jetzt noch würde heiraten wollen.

»Ich bin sicher, daß er dich auch mit Kind nimmt«, sagte John.

»Aber ich habe nie das für Tommy empfunden, was er sich gewünscht hat. Ich bezweifle, daß ich ihn je geheiratet hätte – auch wenn ich Abu nie getroffen hätte. Er ist der einzige Mann, den ich je lieben werde. Ich habe ihn verloren, aber ich habe sein Kind, und das ist das einzige, was zählt. Ich will Tommy wirklich nicht verletzen, aber ich kann ihn nicht heiraten.«

»Vielleicht siehst du das später einmal anders. Aber jetzt muß ich wirklich gehen, Schwesterchen. Ich hoffe, der Colonel hat ein Einsehen und läßt zu, daß ich dich nach Alexandria bringe«, sagte John.

»Ich bin sicher, daß er das zuläßt, John. Wenn nicht, dann muß ich eben mit Mrs. Bigley reden.«

»Es wird dem Colonel nicht gefallen, wenn ihr Frauen euch gegen ihn verbündet«, sagte John lachend. Er stand auf und küßte Christina zärtlich auf die Wange. »Ich versuche heute abend früh nach Hause zu kommen, und dann reden wir weiter.«

Sobald John gegangen war, ging Christina in ihr Schlafzimmer, um zu entscheiden, was sie noch für die Heimreise besorgen mußte. Sie ging ihre Garderobe durch. Ihre gesamten Kleider würden in ihre beiden Truhen passen, aber sie würde noch eine zusätzliche Truhe für die Kinderkleidung kaufen müssen, die sie zu nähen gedachte. Und dann ging ihr plötzlich auf, daß alle ihre anliegenden Kleider in wenigen Wochen unbrauchbar sein würden.

Christina lachte über sich selbst, weil es ihr gelungen war, etwas derart Wichtiges zu vergessen. Jetzt würde sie meterweise Stoff kaufen müssen, um nicht nur für das Baby, sondern auch für sich selbst neue Kleider zu nähen, und sie würde zwei weitere Truhen erwerben müssen.

»Auf dieser Reise wirst du dich wahrhaft nicht langweilen, Christina«, sagte sie laut zu sich selbst.

24

Christina stand an Deck und wartete darauf, daß England in Sicht kam. Die Reise war im Handumdrehen vorübergegangen. Lange hatte sie keine so üppige Landschaft mehr gesehen, und auf der Fahrt mit der Kutsche genoß sie das grüne ländliche England. Dicky Johnson kam aus dem Haus, als die Kutsche am späten Abend vorfuhr. Er konnte kaum glauben, daß sie es war.

»Sind Sie das, Miß Crissy? Sind Sie das wirklich?« fragte er mit ungläubigen Augen.

»Ja, Dicky, ich bin es – endlich wieder zu Hause.«

Lachend fiel sie dem kleinen Mann um den Hals.

»Es ist so schön, Sie wieder hier zu haben, Miß Crissy. Und Master John – ist er auch nach Hause gekommen?«

»Nein, und er kommt auch erst in ein paar Monaten. Ich wollte eher heimkommen – damit mein Baby hier geboren wird.«

»Ein Baby! Deshalb haben Sie sich durch den Umhang so angefühlt, als hätten Sie zugenommen.«

»Wer ist da, Dicky?« rief Johnsy aus dem Haus.

»Es ist Miß Christina. Sie ist eher als erwartet zurückgekommen. Und zwar ganz allein, wenn ich das hinzufügen darf«, sagte er mißbilligend.

»Mein Kleines!« rief Johnsy. Sie lief die Stufen hinunter und zog Christina in ihre Arme. Dann trat sie einen Schritt zurück, und in ihren Augen stand großes Staunen. »Mein Kleines wird selbst etwas Kleines bekommen. O mein Gott, wie habe ich auf diesen Tag gewartet. Aber warum hast du mir nicht geschrieben?«

»Und du meinst, du hättest meinen Brief lesen können?« neckte Christina die ältere Frau.

»Nein, aber ich hätte jemanden gefunden, der ihn mir vorgelesen hätte. Und jetzt komm rein, mein Liebling. Du mußt mir einiges erklären, und das kannst du bei einer Tasse Tee tun«, sagte Johnsy. Dann sah sie über ihre Schulter Dicky an. »Du bringst Miß Christinas Gepäck rein und gibst dem Kutscher etwas zu essen, ehe er weiterfährt.«

Die übrigen Hausangestellten begrüßten Christina erfreut.

»Über ein Jahr habe ich nichts von dir gehört«, klagte Johnsy, als sie endlich mit Christina allein war.

»Es tut mir leid, daß ich nicht geschrieben habe, Johnsy, aber du wirst es verstehen, wenn ich dir erst alles erklärt habe.«

»Ich will doch hoffen, daß du guten Grund hattest, mir solche Sorgen zu machen«, sagte Johnsy mürrisch.

Als Christina ihren Umhang und ihren Hut abgelegt hatte, richteten sich Johnsys braune Augen direkt auf Christinas Bauch.

»Welcher Teufel hat Master John geritten, dich in diesem Zustand allein die Reise unternehmen zu lassen?« sagte sie fassungslos. »Und wo steckt dein neugebackener Mann? Erzähl mir bloß nicht, daß er auch in diesem heidnischen Land bleiben mußte?«

Christina lehnte sich seufzend auf dem Sofa zurück. »John hat eingesehen, daß ich das Kind hier bekommen möchte. Wir hätten andernfalls in Ägypten bleiben müssen, bis es groß genug ist, um die Reise zu unternehmen. Und was meinen Mann betrifft – ich habe keinen. Ich war nie...«

»Ach, mein armes Kleines! Dein Kind ist doch nicht auf die Welt gekommen, und schon bist du verwitwet!«

»Nein, Johnsy, du hast mich nicht ausreden lassen. Ich habe keinen Mann, weil ich nie verheiratet war.«

»Nicht verheiratet? Ach, du meine Güte!« Johnsy brach in Tränen aus. »O mein Kleines! Ein uneheliches Kind! Wie konnte Master John das nur zulassen!« klagte sie. »Oh – der Lump, der dir das angetan hat – sollen ihn tausend Teufel...«

»Nein!« schrie Christina. »Sag niemals ein Wort gegen ihn – nie! Ich liebe den Vater meines Kindes, und ich werde ihn immer lieben. Und ich werde mein Kind selbst großziehen und es lieben. Mir ist ganz gleich, ob es ein Bastard ist oder nicht!«

»Aber, Miß Crissy – das verstehe ich nicht. Warum hast du nicht geheiratet? Ist der Mann tot?«

Christina wußte, daß es ein langer Abend werden würde, bis sie endlich ins Bett gehen konnte. Sie setzte sich bequemer hin und setzte dazu an, Johnsy die ganze Geschichte zu erzählen, und sie erzählte ihr all das, was sie John nicht erzählt hatte. Sie begann mit ihrer ersten Begegnung mit Philip auf dem Ball in London und endete mit den ersten Anzeichen, die darauf hingewiesen hatten, daß sie ein Kind bekam, und mit ihren Plänen, nach Hause zu kommen.

Johnsy weinte und hielt Christina im Arm.

»O mein Kleines, du mußt so sehr gelitten haben. Wäre ich bloß dagewesen und hätte dir helfen können! Und ich behaupte immer noch, daß dieser Philip Caxton ein Lump ist – sich so von dir abzuwenden.«

»Nein, Johnsy – Philip hatte seine Gründe. Es waren egoistische Gründe, aber ich mache ihm keine Vorwürfe mehr. Ich hoffe nur, daß er mit Nura glücklich ist, denn ich bin glücklich mit meinem Kind«, erwiderte Christina.

»Du magst vielleicht glücklich sein, aber du bist trotzdem traurig, weil du in so kurzer Zeit einen Mann geliebt und ihn verloren hast. Es tut mir so leid für dich, mein Liebes – es tut mir wirklich leid. Aber jetzt muß ich ins Bett gehen. Und du schläfst schon fast im Sitzen ein. Ich sollte mich schämen, dich bis in den frühen Morgen wachzuhalten. Aber morgen kannst du ausschlafen, Liebes. Ich sorge dafür, daß die Dienstboten dich nicht wecken.«

Christinas Badewasser war längst kalt geworden, aber sie war ohnehin zu müde für ein Bad. Sie sah sich in ihrem alten Zimmer um, das sie wegen seiner Blautöne so gern hatte. Es war ja so gut, wieder zu Hause zu sein, mit den Dingen und den Leuten, mit denen sie aufgewachsen war und die sie liebte!

Christina legte sich ins Bett und deckte sich zu. Sie schlief bereits, als Johnsy, die ihre Sachen noch ausgepackt hatte, sie auf die Stirn küßte und auf Zehenspitzen den Raum verließ.

25

Christina erwachte, weil sie zornige Stimmen hörte. Die Stimmen wurden so laut, daß sie die Augen weit aufriß, ohne im ersten Moment zu wissen, wo sie war.

»Verdammt noch mal, wo steckt Sie?«

Es war Tommy, der außer sich war, daß er durch seine Dienstboten von Christinas Rückkehr erfahren hatte. Er wollte sich nicht abwimmeln lassen, und als es Johnsy gelungen war, ihn von Christinas Schlafzimmertür fortzuschicken, damit er unten wartete, lugte sie leise in das Zimmer.

Christina legte sich in die Badewanne, ehe sie zu Tommy hinunterging. Sie blieb im Türrahmen stehen, als sie sah, daß Tommy mit dem Rücken zu ihr dasaß. Dann betrat sie leise das Zimmer.

»Schön, dich wiederzusehen, Tommy.«

»Christina, warum hast du nicht...« Er stand auf und drehte sich zu ihr um, doch als er ihren Bauch sah, verschlug es ihm die Sprache.

Ein kleiner, erstickter Laut kam aus seiner Kehle. Christina wandte sich ab und setzte sich an den Tisch. Kurz darauf wurde das Essen gebracht.

»Willst du nicht mir mir essen, Tommy? Ich hasse es, allein zu essen, und dieses Essen duftet zu köstlich, um es stehen zu lassen«, sagte sie, ohne ihn anzusehen. Eilig strich sie sich Butter auf eine Scheibe Toast.

»Wie – wie kannst du bloß so tun, als sei nichts geschehen? Christina, wie konntest du mir das antun? Du weißt, daß ich dich liebe. Ich wollte dich heiraten. Geduldig habe ich deine Rückkehr erwartet und die Tage gezählt. So, wie du aussiehst, hast du geheiratet, sowie du dieses verfluchte Land betreten hast! Wie konntest du nur? Wie konntest du nur? Wie konntest du so schnell einen anderen Mann heiraten?«

»Ich bin nicht verheiratet, Tommy – und ich war es auch nie«, sagte sie ruhig. »Und jetzt setz dich. Du verdirbst dir den Appetit.«

»Aber du bist doch schwanger!« rief er aus.

»Ja«, sagte sie lachend. »Und zwar reichlich.«

»Das verstehe ich nicht.« Dann hielt er den Atem an. »Oh, es tut mir leid, Christina! Wenn John diesen Mann nicht umgebracht hat, werde ich ihn finden und für Gerechtigkeit sorgen!«

»Hör auf, Tommy! Ich war nicht verheiratet, und ich bin nicht vergewaltigt worden. Ich bin entführt worden, und man hat mich vier Monate lang als Gefangene gehalten. Ich habe mich in den Mann verliebt, der mich entführt hat. Er weiß nicht, daß ich ein

Kind von ihm bekomme, und er wird es auch nie erfahren. Aber eins mußt du verstehen, Tommy. Ich werde mein Kind behalten und es aufziehen und ihm meine ganze Liebe geben. Ich bin glücklich, und daher ist es nicht nötig, da ich dir leid tue.

Du hast mich vor langer Zeit gebeten, dich zu heiraten, aber ich habe nie meine Zusage gegeben, Tommy. Und jetzt kommt das natürlich nicht mehr in Frage. Es tut mir leid, wenn ich dich verletzt habe, aber ich möchte gern mit dir befreundet bleiben, wenn – wenn du mir verzeihen kannst.«

»Dir verzeihen! Ich habe dich geliebt, und du hast dich einem anderen Mann hingegeben. Ich wollte dich zur Frau haben, und du bekommst ein Kind von einem anderen. Du bittest mich um Verzeihung? Gütiger Himmel!« Er schlug mit der Faust auf den Tisch und stürzte aus dem Zimmer.

»Tommy, geh nicht fort!« rief sie ihm nach, aber er war bereits verschwunden.

Johnsy kam ins Zimmer. »Ich habe gewartet, bis ich gehört habe, wie er die Tür zugeschlagen hat. Hat er es sehr schlimm aufgenommen?«

»Ja, ich fürchte, ich habe ihn furchtbar verletzt«, sagte Christina seufzend. »Und dabei habe ich es mir wahrhaftig nicht ausgesucht, daß es so gekommen ist.«

»Ich weiß, mein Liebes. Es ist nicht deine Schuld. Mach dir keine Vorwürfe. Dieser Philip Caxton ist schuld. Aber Master Tommy wird darüber hinwegkommen. Ihr beide habt euch schon oft gestritten und seid euch immer wieder einig geworden.«

»Aber das war, als wir noch Kinder waren. Ich glaube nicht, daß Tommy mir das jetzt je verzeihen wird.«

»Unsinn! Er braucht nur Zeit, um sich mit der Situation abzufinden. Du wirst noch an meine Worte denken – er wird zurückkommen. Soll ich dir das Essen noch einmal aufwärmen?«

»Nein, im Moment habe ich den Appetit verloren«, erwiderte Christina. Sie stand von ihrem Stuhl auf.

»Du setzt dich jetzt sofort wieder hin. Du darfst nicht mehr nur an dich selbst denken. Dein Baby muß essen, ob du nun willst oder nicht. Du willst doch, daß es gesund und kräftig wird?«

»Schon gut, Johnsy, du hast gewonnen.«

Nach dem Frühstück begab sich Christina sofort in den Stall. Sie schlang ihre Arme um Dax.

»O Dax, ich habe dich ja so vermißt!«

»Er hat sie auch vermißt, Miß Crissy«, sagte Deke, der Stallmeister. »Seit Ihrer Abreise ist er nicht mehr geritten worden. Er hat vier hübsche Füllen gezeugt, und das nächste ist unterwegs.«

Am Nachmittag suchte Christina die Stätten ihrer Kindheit auf, doch alles erinnerte sie in irgendeiner Form an Philip.

Als sie ins Haus zurückkehrte, war es schon dunkel, und sie wollte mit einem der langen Streichhölzer den Kamin anzünden, ohne Licht zu machen, als sich ein dunkler Umriß aus den Schatten löste.

»Du hast mich zu Tode erschreckt, Tommy Huntington!« schrie sie, als sie sich von ihrem ersten Schreck erholt hatte und ihre Augen sich an die Dunkelheit gewöhnten. »Was zum Teufel hast du hier im Dunkeln zu suchen?«

»Ich habe auf dich gewartet, aber ich wollte dich nicht erschrekken«, erwiderte Tommy kläglich. Christinas Zorn hatte ihn schon immer eingeschüchtert.

»Warum hast du dann kein Wort gesagt, als ich ins Zimmer gekommen bin?«

»Ich wollte dich beobachten, ohne gesehen zu werden.«

»Warum um alles auf der Welt?«

»Selbst in deinem derzeitigen Zustand bist du immer noch das schönste Mädchen in ganz England.«

»Danke, Tommy. Aber du weißt, daß ich es nicht leiden kann, wenn man mir nachspioniert. Außerdem habe ich nicht damit gerechnet, dich heute noch einmal zu sehen. Bist du aus bestimmten Gründen hier? Ich bin nämlich müde und möchte nach dem Abendessen gleich ins Bett gehen.«

»Warum hast du dann Feuer gemacht?«

»Weil ich hier essen werde. Ich hasse es, allein in diesem riesigen Eßzimmer zu essen.«

»Hast du etwas dagegen, wenn ich dir Gesellschaft leiste?« fragte Tommy.

Christina zog überrascht eine Braue hoch. Vielleicht war er doch gewillt, die Freundschaft zu erhalten.

»Christina, ich habe dir etwas zu sagen, und ich möchte, daß du mich ausreden läßt, ehe du antwortest.«

Sie sah ihn genauer an und stellte fest, daß er in diesem Jahr herangereift war. Seine Züge hatten das Knabenhafte verloren. Er hatte sich einen Schnurrbart wachsen lassen, und sogar seine Stimme war tiefer geworden.

»Gut, Tommy. Fang an. Ich höre.«

»Ich habe den Nachmittag damit verbracht, den Schock zu überwinden, daß du einen anderen Mann liebst. Ich – ich bin zu dem Schluß gekommen, daß ich dich trotz allem liebe. Es spielt keine Rolle, daß du das Kind eines anderen austrägst. Ich möchte dich trotzdem heiraten. Ich werde dein Kind akzeptieren und es wie mein eigenes großziehen. Bald wirst du diesen anderen Mann vergessen. Du wirst es lernen, mich zu lieben – ich weiß, daß es so kommen wird. Ich will jetzt gar keine Antwort von dir haben. Ich möchte, daß du es dir eine Zeitlang überlegst.« Er unterbrach sich und griff nach ihrer Hand. »Ich kann dich glücklich machen, Christina. Du würdest es nie bereuen, meine Frau geworden zu sein.«

»Es tut mir leid, daß du immer noch so für mich empfindest«, sagte Christina. »Ich hatte gehofft, wir könnten weiterhin Freunde sein. Aber ich kann dich nicht heiraten, Tommy, und ich werde es mir nie anders überlegen. Die Liebe, die ich für den Vater meines Kindes empfinde, ist zu groß. Ich werde ihn zwar niemals wiedersehen, aber ich kann ihn nicht vergessen.«

»Verdammt nochmal! Christina – du kannst nicht in deinen Erinnerungen leben. Er ist weit weg, und ich bin hier. Findest du denn in deinem Herzen keinen Raum für eine neue Liebe?«

»Nicht für diese Art von Liebe.«

»Und was ist mit deinem Kind? Ich würde ihm einen Namen geben. Der Junge müßte sich nicht als Bastard durch sein Leben kämpfen.«

»Die Neuigkeiten, daß ich schwanger bin, haben sich wahrscheinlich schon in ganz Halstead verbreitet. Selbst wenn ich dich heiraten würde, würde mein Kind immer noch als Bastard gelten. Nur sein richtiger Vater könnte dieses Unrecht gutmachen.«

»Trotzdem, Crissy – das Kind braucht einen Vater. Ich könnte den Jungen lieben – und sei es nur deinetwegen. Du mußt an das Kind denken.«

Christina rückte von Tommy ab und stellte sich vor das Kaminfeuer. Es war ihr verhaßt, Tommy zu verletzen.

»Tommy, ich habe dir doch schon gesagt...«

»Nein, Christina – sag es nicht.« Er stellte sich hinter sie und hielt sie an den Schultern fest. »Ich bitte dich – überleg es dir! Du bist alles, was ich je wollte, was ich mir je erträumt habe. So leichtfertig kannst du meine Hoffnungen nicht zerstören. Ich liebe dich, Crissy – ich kann nichts dagegen tun.«

Er wandte sich ab und verließ den Raum, ehe sie etwas drauf sagen konnte.

Christina aß allein und blickte auf die leeren Stühle. Sie fühlte sich fett und aufgedunsen, elend und unglücklich. Verdammt, warum mußte Tommy ihr solche Schuldgefühle einflößen? Sie wollte ihn nicht heiraten, denn es war ihr schier unerträglich, sich nach Philip das Leben mit einem anderen Mann vorzustellen. Warum mußte Tommy sie ausgerechnet lieben? Sie würde ihn nicht heiraten, ihn nicht und auch keinen anderen.

Wenn sie ihr Kind hier nicht in Frieden bekommen konnte, hätte sie ebenso gut in Kairo bleiben können.

26

Die kommenden Monate zogen sich dahin. Das Kinderzimmer war fertig, die kleinen Kleidungsstücke waren genäht, und Christina, die nichts mehr zu tun hatte, langweilte sich.

Sie konnte kaum noch etwas tun, und sie fragte sich schon, ob sie wirklich jemals wieder schlank sein würde. Ihren Spiegel drehte sie zur Wand. Sie konnte sich selbst nicht mehr sehen.

Tommy machte ihr das Leben zur Qual. Täglich suchte er sie auf, und täglich wieder war es dasselbe. Er gab einfach nicht auf.

Immer wieder sagte sie ihm, daß sie ihn nicht heiraten würde, und immer wieder verschloß er seine Ohren davor.

Es war Ende September, als Christina endgültig einen Entschluß faßte. Sie suchte Johnsy im Haus.

»Ich muß von hier fortgehen«, teilte sie ihr aus heiterem Himmel mit.

»Wovon um alles in der Welt sprichst du, mein Liebes?«

»Ich kann hier einfach nicht mehr bleiben. Tommy bringt mich um den Verstand. Immer wieder ist es dasselbe. Ich halte das nicht mehr aus.«

»Ich lasse ihn nicht mehr zu dir.«

»Das hilft nicht, allein die Vorstellung, daß er demnächst wieder auftauchen wird, macht mich ganz nervös.«

»Das ist nicht gut für das Baby.«

»Ich weiß, und deshalb will ich ja fortgehen. Ich gehe nach London und miete mir ein Hotelzimmer. Bis es soweit ist, habe ich auch einen Arzt gefunden. Aber mein Entschluß steht fest. Ich gehe.«

»Das kommt überhaupt nicht in Frage. Du wirst nicht nach London gehen – an einem Ort, an dem es von Leuten wimmelt, die für niemand anderen als sich selbst Zeit haben – und dann noch ganz allein«, erwiderte Johnsy.

»Ich muß gehen. Ich komme schon zurecht.«

»Du hast mich nicht ausreden lassen, mein Liebes. Ich sehe ein, daß du nicht in Master Tommys Nähe bleiben willst. Aber du gehst nicht nach London. Du kannst zu meiner Schwester gehen, die in Benfleet arbeitet. Sie ist Köchin auf einem großen Anwesen, das einer Familie gehört, die so heißt wie der Mann, den du liebst.«

»Caxton?«

»Ja, aber dieser Philip Caxton kann kein Gentleman sein – nicht nach allem, was er getan hat.«

»Philips einziger lebender Angehöriger ist sein Bruder, und dieser Bruder lebt in London.«

»Gut, dann kannst du also hingehen und dort dein Kind bekommen. Victory heißt das Anwesen, glaube ich. Das hat Mavis mir erzählt. Und dort hast du Menschen, die sich um dich kümmern.«

»Aber was werden die Besitzer dazu sagen, daß ich mich dort aufhalte?« fragte Christina.

»Mavis sagt, der Gutsherr ist nie da – treibt sich immer auf den Meeren rum. Die vielen Dienstboten leben ganz allein in diesem großen Haus und haben nichts anderes zu tun, als es in Schuß zu halten.«

»Aber du hast mir schon früher von Mavis erzählt. Ich dachte, sie wohnt in Dover.«

»Dort hat sie auch bis vor sieben Monaten gewohnt. Der alte Koch von Victory ist gestorben, und Mavis hat ganz zufällig von dieser Stellung gehört. Der Gutsbesitzer zahlt recht gut. Er ist ein sehr reicher Mann. Mavis hat gesagt, er war so begeistert von ihrem Porridge, daß sie die Stelle bekommen hat. Es gab so viele Bewerber, daß sie wirklich Glück hatte, die Stelle zu kriegen. Ich werde ihr heute abend noch schreiben, damit sie weiß, daß du kommst. Dann kannst du packen und gleich morgen abreisen. Ich ginge gern mit, mein Liebes, aber dieses Haus steht auf dem Kopf, wenn ich nicht da bin.«

»Ich weiß, aber ich bin sicher, daß alles gut ist, wenn deine Schwester nach mir sehen kann.«

»Auch die Haushälterin, die sie dort haben, ist eine gutherzige Frau. Wenn du in guten Händen bist, brauche ich mir keine Sorgen um dich zu machen.«

Als Tommy am Abend kam, sagte Christina ihm nichts von ihrer Abreise. Sie überließ es Johnsy, ihn nach ihrer Abreise vor die vollendeten Tatsachen zu stellen.

Nach einer dreitägigen Reise traf Christina am Nachmittag auf dem riesigen Anwesen ein, das Victory genannt wurde. In der letzten halben Stunde waren sie bereits über das Land der Caxtons gefahren. Christina wurde klar, daß dieses Anwesen mindestens zweimal so groß wie Wakefield war. Ein prachtvolles, weitläufiges dreistöckiges Haus aus Sandstein, den Moos und Efeu bewuchsen, ragte vor ihr auf.

Christina war sehr nervös, weil sie niemanden dort kannte. Auf ihr zweimaliges Klopfen hin öffnete eine kleine, pausbackige Frau, die sie mit einem warmen Lächeln begrüßte. Ihr schwarzes Haar war von grauen Strähnen durchsetzt und im Nacken geknotet, und sie hatte freundliche graue Augen.

»Sie müssen Christina Wakefield sein. Kommen Sie rein – so kommen Sie doch. Ich bin Johnsys Schwester Mavis. Ich kann Ihnen gar nicht sagen, wie froh wir sind, daß Sie hierhergekommen sind, um hier Ihr Baby zu bekommen«, sagte sie fröhlich, während sie Christina in die riesige Eingangshalle führte, die mindestens über zwei Stockwerke reichte. »Als der Bote heute morgen die Nachricht von Ihrem Kommen überbracht hat, ist dieses alte Haus wieder zum Leben erwacht.«

»Ich möchte keine Mühe machen«, sagte Christina.

»Unsinn, mein Kind! Wie sollten Sie uns zur Last fallen? In diesem Haus sind alle müßig, und Sie sind hier willkommen. Sie können hier bleiben, solange Sie wollen – je länger, desto lieber.«

»Vielen Dank«, erwiderte Christina.

Christina war von den Maßen des Hauses beeindruckt. »Ein so großes Haus habe ich noch nie gesehen – es ist schön hier.«

»Ja, so wie hier sieht es im ganzen Haus aus – groß und leer. Hier gehört eine Familie hinein, aber ich glaube nicht, daß ich das noch erleben werde. Der Gutsbesitzer scheint nicht heiraten und keine Kinder bekommen zu wollen.«

»Ach – er ist also noch jung?« Christina war überrascht. Sie hatte ihn sich alt und kränklich vorgestellt.

»Es heißt, er sei jung und verantwortungslos. Er zieht es vor, im Ausland zu leben, statt sich um sein Gut zu kümmern. Aber kommen Sie, nach dieser Reise in Ihrem Zustand müssen Sie erschöpft sein. Ich bringe Sie jetzt in Ihr Zimmer, damit Sie sich vor dem Abendessen noch ausruhen können. Wissen Sie, Miß Christina, Ihr Baby wird seit zwei Generationen das erste Kind sein, das hier geboren wird. Die Haushälterin, Emma, hat mir erzählt, daß Lady Anjanet die letzte ist, die hier geboren wurde, und sie war ein Einzelkind.«

»Dann ist Mr. Caxton gar nicht hier geboren worden?« fragte Christina.

»Nein, er ist im Ausland geboren. Lady Anjanet ist viel gereist, als sie jung war«, erwiderte Mavis.

Christina beschlich ein gewisses Unbehagen, doch sie schüttelte es ab.

»Ich gebe Ihnen ein Zimmer im Ostflügel – mit Morgensonne«, sagte Mavis. Sie gingen durch einen langen Korridor im ersten Stock, der mit wunderbaren Wandteppichen behängt war. Sie kamen an einer offenstehenden Tür vorbei, und die blauen Töne der Einrichtung erinnerten Christina an ihr eigenes Zimmer. Die Größe und die Schönheit des Raumes verblüfften sie. Der Teppich und die Gardinen waren dunkelblau, und die Möbel und die Bettdecke auf dem massigen Bett waren in einem helleren Blau gehalten. In dem Zimmer gab es einen gewaltigen Kamin mit Marmoreinfassung.

»Könnte ich mich vielleicht in diesem Zimmer einrichten?« fragte Christina impulsiv. »Blau ist meine Lieblingsfarbe.«

»Natürlich geht das, mein Kind. Ich bin sicher, daß Mr. Caxton nichts dagegen hat. Er ist ohnehin nie zu Hause.«

»Oh – ich wußte nicht, daß es sein Zimmer ist. Ich kann unmöglich...«

»Das geht schon in Ordnung, mein Kind. Dieses Zimmer braucht ein bißchen Leben. Es ist jetzt seit mehr als einem halben Jahr nicht mehr bewohnt worden. Ich lasse Ihr Gepäck nach oben bringen.«

»Aber sind hier nicht seine Sachen?«

»Doch, aber das Zimmer war für zwei Leute gedacht. Sie werden ganz bestimmt jede Menge Platz für Ihre Dinge finden.«

Nach dem Abendessen führte Mavis Christina durch das Erdgeschoß. Die freundliche Haushälterin, Emmaline Lawrence, gesellte sich zu ihnen. Im obersten Stockwerk befanden sich die Dienstbotenquartiere, eine große Bibliothek und ein Schulzimmer. Der Westflügel des ersten Stocks war völlig unbenutzt, doch im Erdgeschoß nahm ein riesiger Ballsaal die gesamte Rückfront des Hauses ein. Christina sah die Küche, einen großen Bankettsaal und ein kleineres Eßzimmer. Am anderen Ende des Hauses lagen das Arbeitszimmer des Gutsherrn und der Salon.

Der Salon war prächtig ausgestattet und ganz in Grün und Weiß gehalten, und viele Porträts zierten die Wände. Christina fühlte sich zu dem größten der Porträts hingezogen, das über dem Kamin hing. Sie blieb davor stehen und sah in meeresgrüne Augen mit goldenen Sprenkeln. Das war das Porträt einer auffallend schönen Frau, deren pechschwarzes Haar über die bloßen Schultern floß. Christinas früheres Unbehagen kehrte in verstärkter Form zurück.

»Das ist Lady Anjanet«, unterrichtete Emma Christina. »Sie war so schön. Ihre Großmutter war Spanierin – daher hat sie das schwarze Haar, aber die Augen kommen von der Seite ihres Vaters.«

»Sie sieht so traurig aus«, flüsterte Christina.

»Ja, das Porträt wurde gemalt, nachdem sie mit ihren beiden Söhnen nach England zurückgekommen ist. Danach ist sie nie mehr glücklich gewesen, aber sie hat niemandem die Gründe verraten.«

»Sie sprachen von zwei Söhnen?«

»Ja, Mr. Caxton hat einen jüngeren Bruder, der in London lebt.«

Eine Woge von Schwindelgefühlen brach über Christina herein, und sie brach auf dem nächstbesten Stuhl zusammen.

»Ist alles in Ordnung, Miß Christina? Sie sind ganz blaß«, rief Mavis aus.

»Ich weiß es nicht – ich – ich – fühle mich etwas schwach. Könnten Sie mir eventuell den Vornamen von Mr. Caxton verraten?« fragte sie. Aber sie kannte die Antwort bereits.

»Ich dachte, das hätte ich schon gesagt«, sagte Emma. »Sein Name ist Philip. Philip Caxton, Esquire.«

»Und sein Bruder heißt Paul?« fragte Christina mit schwacher Stimme.

»Ja, aber weshalb? Woher wissen Sie das? Sind sie mit Mr. Philip bekannt?«

»Bekannt!« Christina lachte hysterisch. »Ich bekomme ein Kind von ihm.«

Mavis schnappte nach Luft.

»Aber warum haben Sie das denn nicht gleich gesagt?« fragte Emma, und auf ihrem Gesicht stand ein schockierter Ausdruck.

»Ich finde das einfach wunderbar!« platzte Mavis heraus.

»Sie verstehen mich falsch. Ich wußte nicht, daß das hier sein Haus ist. Mavis, Sie haben Johnsy nie gesagt, wie Mr. Caxton mit Vornamen heißt, und Philip hat mir nie gesagt, daß er in diesem Teil des Landes ein Gut besitzt. Ich kann jetzt unmöglich hier bleiben – das wäre ihm gar nicht recht!«

»Unsinn!« sagte Emma. »Wo sollte Mr. Philips Baby geboren werden, wenn nicht hier in seinem eigenen Haus?«

»Aber Philip wollte mich nicht haben. Er will dieses Kind nicht.«

»Das kann ich nicht glauben, Miß Christina – dazu sind Sie viel zu hübsch«, sagte Mavis. »Ein solcher Dummkopf kann Mr. Caxton nicht sein. Weiß er, daß Sie sein Kind bekommen?«

»Ich – ich wußte, daß er dieses Kind nicht will, und daher fand ich es nicht nötig, es ihm zu sagen.«

»Wenn Sie es ihm nicht gesagt haben, dann können Sie nicht sicher sein, daß er so empfindet«, argumentierte Emma vernunftgemäß. »Nein, Sie werden hierbleiben, wie geplant. Sie können es mir doch nicht nehmen, Philip Caxtons Kind zu sehen.«

»Aber...«

»Ich will kein Wort mehr davon hören, daß Sie abreisen. Aber jetzt wüßte ich furchtbar gern, wie Sie Mr. Caxton kennengelernt haben.«

»Ich möchte am liebsten die ganze Geschichte hören!« sagte Mavis.

Christina blickte zu Lady Anjanets Porträt auf. Wie ähnlich Philip ihr doch sah!

Wenige Wochen später setzten Christinas Wehen ein. Emma packte sie augenblicklich ins Bett und holte Mavis, die Erfahrungen als Hebamme hatte. Die Wehen dauerten vierzehn Stunden lang. Mit letzter Anstrengung stieß Christina das Kind in die Welt hinaus und wurde mit krähendem Geschrei belohnt.

Trotz ihrer Ermattung lächelte sie. »Ich möchte meinen Sohn in den Arm nehmen«, flüsterte sie Emma matt zu. Emma wirkte ebenso erschöpft wie sie.

»Gleich, aber woher wissen Sie, daß es ein Junge ist?«
»Was sonst sollte Philip Caxton zeugen?«

27

Es war Ende September, und Philip war erst gestern in Kairo eingetroffen. Heute morgen war es ihm gelungen, einen halbwegs passenden Anzug zu finden, und er hatte alles in Auftrag gegeben, was er für seine Heimreise brauchen würde. Jetzt saß er vor einem Glas Cognac und wartete auf sein Essen. Er dachte an gar nichts. An die letzten acht Monate, in denen er die Hölle auf Erden durchlebt hatte, wollte er auch gar nicht denken.

»Philip Caxton, oder irre ich mich? Daß ich Ihnen über den Weg laufe! Was führt Sie nach Kairo?«

Philip blickte von seinem Cognac auf und sah John Wakefield vor sich stehen.

»Ich muß einiges Geschäftliche erledigen«, antwortete Philip. Er fragte sich, ob John wußte, daß sich diese geschäftlichen Angelegenheiten um Johns Schwester drehten. »Aber jetzt habe ich alles erledigt, und Ende des Monats werde ich nach England zurückkehren. Wollen Sie nicht mit mir zu Mittag essen?« fragte Philip aus reiner Höflichkeit.

»Ich erwarte jemanden zum Mittagessen, aber ich trinke gern etwas mit Ihnen, solange ich warte.«

»Sind Sie hier mit Ihrer Schwester verabredet?« fragte Philip, und er hoffte, die Antwort würde nein lauten. Er verspürte nicht den Wunsch, sie wiederzusehen – am liebsten wollte er sie nie mehr sehen. »Christina ist vor fünf Monaten nach England gereist. Es hat ihr in Ägypten nicht gefallen. Ich könnte auch nicht gerade behaupten, daß ich mir allzuviel daraus mache. Das einzig Gute, was dieser Aufenthalt für mich mit sich gebracht hat, ist, daß ich hier meine Frau kennengelernt habe. Wir haben erst im letzten Monat geheiratet, und wir reisen auch bald nach England, wahrscheinlich sogar mit demselben Schiff wie Sie.«

»Dann muß ich Ihnen wohl gratulieren. Zumindest war Ihre Reise kein totaler Mißerfolg – was bei mir der Fall war«, sagte Philip verbittert. Er würde froh sein, wenn er Ägypten und die jüngst vergangenen Ereignisse hinter sich zurückgelassen hatte.

John Wakefield stand auf und winkte, und Philip sah zwei bezaubernde Frauen, die auf den Tisch zukamen. John küßte die ältere der beiden auf die Wange und stellte Philip seiner Frau und deren Schwester vor.

»Mr. Caxton ist ein Bekannter aus London. Es sieht ganz danach aus, als würden wir gemeinsam nach England zurückfahren«, teilte John den Damen mit.

»Ich kann Ihnen gar nicht sagen, wie froh ich bin, Sie kennenzulernen, Mr. Caxton!« sprudelte Estelle Hendricks heraus. »Jetzt weiß ich, daß die Reise weitaus angenehmer wird. Wenn Sie mitkommen, macht es sicherlich mehr Spaß. Sie sind doch nicht verheiratet, Mr. Caxton?«

»Estelle!« rief Kareen aus. »Das geht dich überhaupt nichts an!« Dann wandte sie sich an Philip, und ein leichtes Lächeln stand auf ihren rosigen Lippen. »Ich muß mich für meine Schwester entschuldigen, Mr. Caxton. Sie ist direkter in ihrer Art, als es gut für sie ist.«

Philip amüsierte sich über die Kühnheit des jungen Mädchens. »Das ist doch in Ordnung, Mrs. Wakefield. Es ist erfrischend, wenn jemand frei heraus redet.«

In der darauffolgenden Nacht lag Philip in seinem kleinen Hotelbett und verfluchte sein Pech, ausgerechnet John Wakefield über den Weg gelaufen zu sein. Dieses Zusammentreffen hatte dazu geführt, daß Christina wieder überdeutlich vor seinen Augen stand. Er hatte gehofft, sie vergessen zu können, aber es war ihm unmöglich. Allnächtlich spukte ihr Bild durch seinen Kopf: ihr Haar, wenn das Licht darauf fiel; ihre blaugrünen Augen und ihr verlockendes Lächeln. Allein der Gedanke daran erregte ihn. Er begehrte sie immer noch, obwohl er sie nie mehr haben würde.

Anfangs war Philip entschlossen gewesen, in Ägypten zu bleiben. Er konnte nicht nach England zurückkehren und Gefahr laufen, versehentlich auf Christina zu treffen. Doch wohin er auch sah, sah er nur sie. Im Zelt, im Teich, in der Wüste – überall. Er konnte sie einfach nicht aus seinen Gedanken verbannen, solange er in Ägypten blieb.

Philip hatte bereits vor vier Monaten nach England zurückkehren wollen. Aber dann war Amines Bruder Amair in sein Lager zu Besuch gekommen und hatte Philip die Wahrheit über Christinas Entführung erzählt. Rashid hatte die gesamte Geschichte ausgeheckt. Er hatte Philips Tod herbeigewünscht, um selbst Scheich zu werden.

Rashid war nie mehr ins Lager zurückgekehrt, nachdem er Christina zu ihrem Bruder zurückgebracht hatte. Philip hatte Rashid vier Monate lang gesucht, aber Rashid war vom Erdboden verschwunden.

Am Tag vor der Abreise seines Schiffes hatte Philip nichts Besseres zu tun, und daher ging er zum Markt und schlenderte zwischen den offenen Verkaufsständen und den kleinen Läden herum. In den Straßen wimmelte es von arabischen und ägyptischen Händlern. Wohin Philip auch blickte – überall sah er Kamele, die mit Handelsware schwerbepackt waren.

Der Duft von Parfums und Essenzen hing in der Luft und rief Philip in Erinnerung, wie er zum erstenmal über diesen Markt gelaufen war, vor rund vierzehn Jahren. Damals war er erst zwanzig gewesen, und Ägypten war für ihn ein fremdes und erschreckendes Land. Er war gekommen, um seinen Vater zu suchen, aber er hatte keine Ahnung gehabt, wie er vorgehen sollte. Er hatte nichts weiter gehabt als den Namen seines Vaters und die Information, daß er der Scheich eines Wüstenstammes war.

Philip hatte viele Wochen damit zugebracht, durch staubige Straßen zu laufen und die Leute zu fragen, ob sie Yasir Alhamar kannten. Schließlich hatte er erkannt, daß das zu nichts führte. Sein Vater war ein Mann der Wüste, und daher hatte Philip einen Führer engagiert, der ihn in die Wüste führte. Mit zwei Kamelen, die mit Vorräten beladen waren, waren sie in den sengenden Sand hinausgezogen.

In den schrecklichen Monaten, die darauf folgten, hatte sich Philip mit den Beschwerlichkeiten des Lebens in der Wüste vertraut gemacht. Tagsüber hatte die sengende Sonne auf ihn heruntergebrannt; nachts hatte ihn die eisige Kälte gezwungen, sich dicht an sein Kamel zu kuscheln, um sich zu wärmen.

Sie waren tagelang geritten, ohne ein anderes menschliches Wesen zu treffen. Wenn sie auf Beduinen gestoßen waren, hatten sie entweder nie von Yasir gehört, oder sie hatten keine Ahnung, wo er zu finden war.

Und dann, als Philip die Suche schon aufgeben wollte, waren sie zufällig auf das Lager seines Vaters gestoßen. Nie würde er diesen Tag und den Gesichtsausdruck seines Vaters vergessen, als er ihm mitgeteilt hatte, wer er war.

Philip war in Ägypten glücklich gewesen, aber er hielt es dort nicht mehr aus. Solange er blieb, konnte er Christina nicht vergessen. Da keine Hoffnung zu bestehen schien, Rashid zu finden, hatte er sich endlich doch entschlossen, das Land zu verlassen.

Er würde nach England zurückgehen, Paul über den Tod ihres Vaters unterrichten und dann sein Anwesen verkaufen. Vielleicht würde er nach Amerika gehen. Er wollte irgendwo hingehen, wo er weit fort von Christina Wakefield war.

28

Nach ihrer Zeit im Wochenbett blieb Christina noch einen Monat lang in Victory, und sie machte sich gründlich mit dem kleinen Philip junior vertraut. Sie hatte ihm den richtigen Namen gegeben, denn er war ein Abbild seines Vaters – dieselben grünen Augen, dasselbe schwarze Haar, dieselben ausgeprägten Züge. Er war ein wunderhübsches Baby – gesund und mit einem unersättlichen Appetit ausgestattet. Er war ihre Freude und ihr Lebensinhalt.

Doch jetzt war sie lange genug hier, und es war an der Zeit, nach Hause zu reisen. Johnsy würde es kaum erwarten können, Philip junior zu sehen, und Christina hoffte, daß sie jetzt mit Tommy zurechtkommen würde.

Sie drehte sich zu ihrem Baby um, das mitten auf Philips großem Bett lag und sie stumm betrachtete. Sie lächelte es an, packte ihre restliche Habe in die letzte Truhe und verschloß sie. Vor wenigen Minuten hatte sie gehört, wie die Kutsche vor dem Haus vorgefahren war, und daher ging sie zur Tür und bat eines der Dienstmädchen, den Fahrer zu ihr hinaufzuschicken, damit er ihr Gepäck holte.

Als das Mädchen gegangen war, setzte Christina ihren Hut auf, zog ihren Umhang an und sah sich sehnsüchtig im Zimmer um. Jetzt sah sie zum letztenmal Dinge, die mit Philip zu tun hatten. Plötzlich machte es sie traurig, sein Haus zu verlassen. Sie strich zart mit ihrer Hand über die Einrichtungsgegenstände und war sich darüber im klaren, daß er sie einst berührt hatte.

»Und wer mögen Sie wohl sein, Madam?«

Beim Klang der fremden Stimme drehte Christina sich abrupt um, und ihr stockte der Atem, als sie Paul Caxton in der Tür stehen sah.

»Was um alles in der Welt tun Sie hier?« fragte er. Doch dann sah er das grünäugige Baby auf dem Bett liegen. »Ich will verflucht sein! Er hat gesagt, daß es so kommt. Er hat gesagt, er würde Sie bekommen, aber ich hätte nie geglaubt, daß Sie ihn je heiraten würden!« Paul lachte laut und wandte sich wieder zu Christina um, der vor Überraschung immer noch die Worte fehlten. »Und wo steckt mein Bruder? Ich muß wohl meine herzlichsten Glückwünsche aussprechen.«

»Ihr Bruder ist nicht hier, Mr. Caxton, und ich habe ihn nicht geheiratet. Und wenn Sie mich jetzt entschuldigen – ich wollte gerade abreisen«, erwiderte sie kühl. Dann ging sie auf das Bett zu und hob ihr Baby hoch.

»Aber Sie haben ein Kind von ihm. Soll das etwa heißen, daß dieser miese Schurke Sie nicht heiraten wollte?«

»Ihr Bruder hat mich entführt und mich vier Monate lang gefangengehalten. Er wollte mich nicht heiraten. Ich habe den Jungen, den Philip nicht haben will, geboren, aber ich will das Kind, und ich werde es selbst aufziehen. Und jetzt gehe ich, wenn Sie mich entschuldigen.« Sie ging an ihm vorbei und die Treppe hinunter.

Paul blieb stehen und sah ihr nach. Er fragte sich, was auf Erden hier eigentlich vorging. Er konnte einfach nicht glauben, daß Philip seinen eigenen Sohn nicht haben wollte. Und warum hatte er Christina Wakefield nicht geheiratet? War sein Bruder denn völlig übergeschnappt?

Es war deutlich zu erkennen, daß er von Christina keine Antworten auf seine Fragen bekommen würde. Er würde Philip selbst schreiben müssen.

Christina war seit einer Woche wieder in Wakefiled Manor, als sie einen Brief von John bekam. Er schrieb ihr, daß Kareen eingewilligt habe, ihn zu heiraten, und daß er in Kürze mit seiner neuen Frau nach Hause zurückkehren würde.

Christina war überglücklich. Sie hatte Kareen ins Herz geschlossen und freute sich wirklich darauf, sie als Schwägerin zu haben. Sie hoffte, die beiden würden noch rechtzeitig vor Weihnachten zu Hause sein. Welch ein freudiger Feiertag das werden konnte!

Johnsy und Christina machten sich eifrig daran, das frühere Zimmer der Eltern für John und seine Frau herzurichten. Christina stürzte sich kopfüber in diese Arbeit, denn sie brauchte Bewegung, um ihre Bauchmuskulatur wieder zu straffen. Sie war enttäuscht gewesen, als sie nicht augenblicklich wieder die Figur gehabt hatte, die sie von sich gewohnt war, und sie hatte sich in das Hilfsmittel flüchten müssen, ein Korsett zu tragen. Doch sie machte Gymnastik und sorgte dafür, daß sie bei Johns Rückkehr wieder eine gute Figur hatte.

Die Zeit verflog schnell. Christina nahm ihre täglichen Ausritte wieder auf, und das war gut für sie und für Johnsy. So bekam Johnsy die Gelegenheit, mit Philip junior zu spielen, und Christina konnte gleichzeitig Tommy entkommen. Er hatte sich nicht verändert, während sie fort gewesen war, und er war auch nicht von seiner Einstellung abzubringen. Sie behandelte ihn kühl, aber er blieb beharrlich.

Christina spürte, daß Tommy ihr Kind haßte, obwohl er sich alle Mühe gab, es vor ihr zu verbergen. Jedesmal, wenn sie Tommy sitzenließ, um nach Philip junior zu sehen, war er verärgert. Er beharrte darauf, Johnsy könne sich um das Kind kümmern. Und es versetzte Tommy in Wut, daß Philip junior jedesmal anfing zu schreien, wenn er auch nur in seine Nähe kam. Christina tat alles, um die beiden nach Möglichkeit auseinanderzuhalten.

Zwei Tage nach Weihnachten kam John mit Kareen nach Hause. Sie trafen am frühen Morgen ein, und Christina schlief noch, als Johnsy in ihr Zimmer stürzte. Sie hatte gerade noch genügend Zeit, um in einen Bademantel zu schlüpfen, ehe John und Kareen ins Haus kamen. Christina lief auf sie zu und umarmte und küßte alle beide.

»Ich freue mich so für euch, und ich bin so froh, daß ihr endlich zu Hause seid!« rief Christina aus, und Freudentränen traten in ihre hellblauen Augen.

»Ich werde Wakefield nie wieder verlassen«, sagte John lachend, und er drückte Christina dicht an sich. »Das kann ich dir versichern. Aber wo steckt mein Neffe?«

»Hier, Master John«, antwortete Johnsy voller Stolz, uns sie öffnete die Tür, die die beiden Zimmer miteinander verband.

Philip junior war hellwach und hatte einen Fuß in jeder Hand, als sie sich alle um die Wiege scharten.

»Wie hübsch er ist, Christina, absolut bezaubernd!« rief Kareen aus. »Darf ich ihn auf den Arm nehmen – oder hast du etwas dagegen?«

»Natürlich kannst du ihn nehmen – Philip junior ist begeistert, wenn man mit ihm schmust«, antwortete Christina.

»Philip junior?« John zog eine Braue hoch. »Ich dachte, du würdest ihn nach unserem Vater benennen. Oder nach seinem Vater.«

»Der Name hat mir einfach gut gefallen. Ich konnte mir nicht vorstellen, wie es sich macht, wenn ein Engländer Abu gerufen wird.«

»Das könnte ich allerdings auch nicht«, sagte John lachend. Er drückte die Hand des kleinen Philip, der in Kareens Armen lag. »Er ist so kräftig wie ein Ochse. Aber woher hat er diese ungewöhnlichen Augen, Crissy? In unserer Familie gibt es keine grünen Augen, und einen Araber mit solchen Augen habe ich nie gesehen.«

»Du stellst komische Fragen, John. Woher soll ich das denn wissen?«

Er wollte noch mehr sagen, doch er schluckte die Worte hinunter, als er Kareens mißbilligenden Blick sah.

»Und jetzt ist es an der Zeit, den Kleinen zu füttern. Und Sie scheren sich jetzt hier raus, Master John«, fiel Johnsy ein.

John errötete wirklich bei dem Gedanken, daß seine Schwester das Baby an die Brust nehmen würde. »Komm runter, wenn du fertig bist, Crissy. Estelle ist mitgekommen, und wir können alle zusammen frühstücken.«

Christina war froh, daß Estelle mitgekommen war. Estelle war ein sehr hübsches Mädchen, und vielleicht würde Tommy ganz bezaubert von ihr sein.

Eine Weile später legte Christina Philip junior in seine Wiege, und als er wieder eingeschlafen war, ging sie zu den anderen ins Eßzimmer. »Wie schön, dich wiederzusehen, Estelle«, sagte Christina, als sie das Mädchen in die Arme schloß. »Ich hoffe, du hast vor, bei uns zu bleiben. Wir haben mehr als genügend Platz in diesem großen Haus.«

»Eine Zeitlang, ja, aber dann muß ich meine Eltern besuchen«, sagte das Mädchen.

»Hat dir die Reise Spaß gemacht?«

»Oh – es war die schönste Zeit meines Lebens!« sagte Estelle überschwenglich.

»Ich fürchte, Estelle hat sich hoffnungslos in einen der Passagiere verliebt, der mitgereist ist – in einen Freund von John«, sagte Kareen.

»Er ist der bestaussehende Mann, der mir je unter die Augen gekommen ist, und ich weiß, daß er mich genauso sieht«, erwiderte Estelle beseeligt.

»Du setzt zuviel als selbstverständlich voraus, Estelle«, sagte Kareen. »Kleine Aufmerksamkeiten bedeuten noch lange nicht, daß er dich liebt.«

»Doch, das tut er!« rief Estelle. »Und wir werden uns ganz bestimmt wiedersehen, selbst wenn ich dazu nach London fahren muß. Ich habe vor, Philip Caxton zu heiraten.«

Alle Beteiligten zuckten zusammen, als in der Küche Geschirr zerschmettert wurde, und Christina wußte, daß Johnsy der Unterhaltung gelauscht hatte. Philip war zurückgekommen, und er war in London! Eine Woge der Eifersucht spülte über Christina hinweg, als sie sich vorstellte, daß Estelle und er auf demselben Schiff gewesen waren.

Warum war er zurückgekommen? Und warum hatte er Nura verlassen? Vielleicht hatte er sie auch schon satt, und Estelle war jetzt sein neues Spielzeug. Würde er denn niemals aufhören, Frauen zu erobern?

»Du erinnerst dich doch an Philip Caxton, Crissy?« fragte John, der nicht merkte, wie sehr sie um ihre Selbstbeherrschung rang.

»Du hast ihn kennengelernt, Christina?« sagte Estelle. »Dann mußt du doch wissen, wie ich...«

Johnsy betrat das Zimmer, bleich wie ein Gespenst, und sagte: »Es tut mir leid – das mit den Tellern. Sie sind mir aus der Hand geglitten. Miß Crissy, könntest du mich bitte auf mein Zimmer bringen? Ich fühle mich nicht allzu wohl.«

»Natürlich, Johnsy«, antwortete Christina, die dankbar auf sie zuging und so tat, als helfe sie ihr.

Als sie außer Hörweite waren, sagte Johnsy: »Oh, mein Kleines, es tut mir so leid. Es muß ganz schrecklich für dich sein. Dieser Schurke ist also wieder in England. Und was wirst du jetzt tun?«

»Ich werde überhaupt nichts tun, Johnsy. Er wird nicht hierherkommen, und ich gehe nirgends hin, wo ich ihm über den Weg laufen könnte. Außerdem fühle ich mich gar nicht furchtbar, sondern ich bin wütend! Dieser Mann ist verachtungswürdig. Jede hübsche Frau, die ihm über den Weg läuft, muß er zerrütten.«

»Für mich klingt das ganz so, als seist du eifersüchtig, mein Liebes«, bemerkte Johnsy.

»Ich bin *nicht* eifersüchtig«, wütete sie. »Ich bin verrückt. Ich habe ihm nicht vorgeworfen, was er mir angetan hat, aber ich hätte es ihm vorwerfen sollen. Wahrscheinlich hat er Nuras Herz gebrochen, und dasselbe wird er bei Estelle auch tun. Estelle weiß gar nicht, daß er verheiratet ist!«

»Du auch nicht, Crissy. Du weißt nicht mit Sicherheit, ob er dieses andere Mädchen geheiratet hat. Vielleicht hat er sie auch nur als seine Mätresse gehalten, wie dich.«

»Das würde er nicht wagen! Ihre Familie hätte das niemals zugelassen.«

»Trotzdem weißt du es nicht mit Gewißheit.«

Tommy kam zum Abendessen, aber er würdigte Estelle keines Blickes, ebenso wenig wie sie ihn. Nach dem Abendessen fand Christina einen Moment, in dem sie allein mit John sprechen konnte, und sie bat ihn, ihr zu helfen, was Tommy betraf. Sie erklärte ihm, daß Tommy sie seit ihrer Rückkehr belästigt hatte und daß sie nicht mehr wußte, was sie tun sollte.

»Kannst du nicht mit ihm sprechen, John? Sag ihm, daß er aufhört, mich zu bitten, daß ich ihn heirate!«

»Ich wüßte nicht, warum du ihn nicht heiraten solltest, Crissy. Er liebt dich. Er würde einen guten Ehemann abgeben. Und dein Kind hätte einen Vater. Du kannst nicht ewig in deinen Erinnerungen leben, und ich bin sicher, daß du mit der Zeit lernen könntest, Tommy zu lieben.«

Christina war einen Augenblick lang überrascht. Doch dann wurde ihr klar, daß ihr Bruder recht haben konnte. Es gab keinen Grund mehr, Tommy nicht zu heiraten.

29

Philip klopfte lautstark an die Tür. Sie wurde von einem Dienstboten geöffnet, der einen griesgrämigen Eindruck machte. »Mr. Caxton, Sir, schön, Sie wiederzusehen.«

»Wo steckt mein Bruder?« fragte Philip, während er dem Hausangestellten seinen Überzieher in die Hand drückte.

»In seinem Arbeitszimmer, Mr. Caxton. Soll ich Sie melden?«

»Das wird kaum nötig sein«, erwiderte Philip, der den kurzen Gang hinunterging, der zu Pauls Arbeitszimmer führte. Die Tür stand offen. »Ich kann ein anderes Mal wiederkommen, wenn du beschäftigt bist, Brüderchen«, sagte Philip im Spaß.

Paul blickte von seinen Papieren auf und erhob sich eilig. Auf seinem gutgeschnittenen Gesicht stand ein breites Grinsen.

»Verdammt, es ist wirklich schön, dich wiederzusehen, Philip! Wann bist du zurückgekommen?« Paul kam auf ihn zu und umarmte seinen Bruder liebevoll.

»Ich bin gerade erst angekommen«, antwortete Philip. Er setzte sich auf seinen breiten Ledersessel am Fenster.

»Ich habe dir vor nicht allzu langer Zeit einen Brief geschrieben, aber du bist offensichtlich abgereist, ehe er dich erreichen konnte. Aber das ist ja auch gleich – jetzt bist du hier. Darauf sollten wir etwas trinken«, sagte Paul. Er trat vor die kleine Bar, in der er eine Flasche Cognac und ein Sortiment an Gläsern aufbewahrte. »Außerdem meinen herzlichsten Glückwunsch.«

»Ich glaube kaum, daß man mir zu meiner Heimkehr gratulieren muß«, bemerkte Philip trocken.

»Da bin ich ganz deiner Meinung. Einen Drink rechtfertigt deine Heimkehr auch nicht, aber meinen Glückwunsch hast du dir verdient, weil ich deinen Sohn gesehen habe und er ein hübsches, gesundes Kerlchen ist. Er sieht genauso aus wie du«, sagte Paul heiter, während er Philip ein Glas in die Hand drückte.

»Wovon zum Teufel sprichst du, Paul? Ich habe keinen Sohn.«

»Aber ich – ich dachte, du weißt es! Ist das denn nicht der Grund, weshalb du nach England zurückgekommen bist – um dein Kind zu finden?« fragte Paul.

»Du sprichst in Rätseln, Paul. Ich sagte dir doch bereits, daß ich keinen Sohn habe!« gab Philip zurück. Er fing an sich zu ärgern.

»Du wirst ihn also nicht anerkennen? Du willst einfach seine Existenz leugnen – so tun, als hätte es ihn nie gegeben?«

»Es gibt keinen Sohn, den ich anerkennen könnte – wie oft muß ich dir das denn noch sagen! Und jetzt solltest du mir eine vernünftige Erklärung liefern, denn du stellst meine Geduld reichlich auf die Probe, Bruder!« brauste Philip auf.

Paul brach in Gelächter aus und ließ sich auf einen Sessel sinken, der Philip gegenüberstand. »Ich will verdammt sein! Sie hat es dir also nicht gesagt? Du weißt von nichts?«

»Nein, sie hat es mir nicht gesagt, und wer zum Teufel ist *sie*?«

»Christina Wakefield! Mit wem hast du denn sonst in diesem Jahr zusammengelebt?«

Philip sank schockiert auf seinen Sessel zurück.

»Sie hat vor drei Monaten in Victory ein Kind zur Welt gebracht. Natürlich habe ich angenommen, du wüßtest davon, wenn sie in dein Haus zieht, um das Baby zu bekommen. Ich war zufällig dort und habe sie getroffen, als sie gerade abreiste, um wieder nach Hause zu fahren. Sie schien wütend zu sein, daß ich das mit dem Kind erfahren habe. Und sie hat mir erzählt, was du getan hast – wie du sie entführt und sie vier Monate lang als Gefangene gehalten hast. Wie zum Teufel konntest du das bloß tun, Philip?«

»Ich hatte keine andere Möglichkeit, sie zu bekommen. Aber warum ist sie nicht zurückgekommen und hat es mir gesagt?« sagte Philip, mehr zu sich selbst als zu Paul.

»Sie hat gesagt, du wolltest das Kind nicht haben – du hättest sie nicht heiraten wollen.«

»Aber ich habe ihr nie gesagt...« Er unterbrach sich, als ihm einfiel, daß er ihr genau das gesagt hatte. Er hatte gesagt, er hätte sie nicht in sein Lager gebracht, damit sie seine Kinder zur Welt brachte, und ganz zu Anfang hatte er ihr gesagt, er habe nicht die leisesten Absichten, sie zu heiraten.

»Wenn das Kind mir ähnlich sieht, dann beweist das noch lange nicht, daß es mein Kind ist. Christina könnte nach ihrer Rückkehr zu ihrem Bruder schwanger geworden sein.«

»Benutzte deinen Verstand, Philip, und rechne den Zeitraum nach. Du hast sie entführt, als sie gerade erst nach Kairo gekommen ist – im September, das stimmt doch?«

»Ja.«

»Du hast sie vier Monate bei dir behalten, und Ende Januar hat sie dich verlassen. Acht Monate später, Ende September, ist das Kind geboren. Also muß es von dir sein. Und außerdem hat Christina mir mehr oder weniger deutlich gesagt, daß es dein Kind ist. Ihre exakten Worte waren: ›Ich habe den Sohn geboren, den Philip nicht haben will‹, und ich könnte dem hinzufügen, daß sie die Absicht hat, das Kind zu behalten und es selbst aufzuziehen.«

»Ich habe einen Sohn!« rief Philip aus, und er schlug mit seiner Faust auf die Stuhllehne, während sein Lachen durch den Raum hallte. »Ich habe einen Sohn, Paul – einen Sohn! Und du sagst, er sieht mir ähnlich?«

»Er hat deine Augen und dein Haar – er ist ein hübscher Junge. Besser hättest du es dir nicht wünschen können.«

»Einen Sohn. Und sie hätte es mir nicht einmal gesagt. Ich brauche eines deiner Pferde. Ich reite morgen früh sofort los.«

»Du reitest nach Halstead?«

»Natürlich! Ich will meinen Sohn haben. Jetzt muß Christina mich heiraten!«

»Wenn du nichts von dem Kind wußtest – warum bist du dann eigentlich nach England zurückgekehrt?« fragte Paul, während er ihre Gläser nachfüllte. »Bist du wegen Christina zurückgekommen?«

»Ich will sie immer noch, aber ich bin nicht gekommen, um sie zu suchen. Ich bin zurückgekommen, weil ich in Ägypten nichts mehr zu suchen hatte. Yasir ist tot.«

»Das tut mir leid, Philip. Ich habe Yasir nie wirklich gekannt oder an ihn als an meinen Vater gedacht. Aber ich weiß, daß du ihn geliebt hast. Es muß schlimm für dich gewesen sein.«

»Das war es auch, aber Christina hat mir über seinen Tod hinweggeholfen.«

»Ich wünschte, ich wüßte, was zwischen Christina und dir vorgefallen ist«, sagte Paul.

»Vielleicht werde ich es dir eines Tages erzählen, Brüderchen. Aber heute nicht. Ich bin selbst nicht sicher, was eigentlich passiert ist.«

Philip reiste am kommenden Morgen bei Anbruch der Dämmerung ab, und während er durch das Land ritt, hatte er Gelegenheit, über die Vorfälle nachzudenken.

Warum war Christina nicht zurückgekommen und hatte ihm gesagt, daß sie ein Kind von ihm bekam, als sie selbst es gemerkt hatte? War sie zu stolz gewesen? Und was war mit John? Sie hatte ihrem Bruder offensichtlich nichts davon erzählt, denn sonst hätte John sich auf ihn gestürzt, als sie sich in Kairo getroffen hatten.

John würde jedenfalls bald die Wahrheit erfahren. Philip fragte sich, wie er die Neuigkeiten aufnehmen würde, denn sie hatten sich auf der Rückreise nach England wirklich angefreundet. Er fragte sich natürlich auch, wie Christina reagieren würde, wenn er unerwartet auftauchte. Offensichtlich hatte sie verhindern wollen, daß er etwas von der Geburt seines Sohnes erfuhr. Oder doch nicht? War sie nach Victory gegangen, damit er es unter allen Umständen erfahren würde?

Sie wollte das Kind behalten und es selbst aufziehen. Wenn sie ihn haßte, warum hätte sie dann seinen Sohn behalten sollen, der sie ständig an ihn erinnern würde? Vielleicht machte sie sich doch etwas aus ihm!

Hätte er ihr doch nur gesagt, daß er sie liebte! Hätte er doch nur nicht darauf gewartet, diese Worte erst aus ihrem Mund zu hören. Diesmal würde er es ihr sagen, und zwar sowie er sie sah.

30

Christina war Estelle den ganzen Morgen über bewußt aus dem Weg gegangen. Sie ertrug das Glück nicht, das in den Augen des Mädchens stand, nicht, wenn dieses Mädchen Philip liebte. Jetzt war es schon spät am Nachmittag, und Kareen und Estelle waren nach Halstead gefahren, um Einkäufe zu machen, während sich John in seinem Arbeitszimmer in die Bücher vertiefte, um zu überprüfen, was auf dem Gut vorgefallen war. Es war still im Haus. Christina zog sich in den Salon zurück und versuchte, ein Buch zu lesen, um nicht an Estelle und Philip zu denken. Doch immer wieder stellte sie sich die beiden zusammen vor, wie sie sich küßten und im Arm hielten. Dieser verfluchte Kerl!

»Christina, ich muß mit dir reden.« Das war Tommy Huntington.

Sie stand auf und ging zum Kamin. Ihr roter Samtrock bauschte sich sachte bei ihren Bewegungen.

»Ich habe nicht damit gerechnet, dich vor dem Abend zu sehen, Tommy. Was ist so wichtig, daß es dich schon zu dieser Zeit hierher führt?« fragte Christina. Sie wandte ihm den Rücken zu und beschäftigte sich damit, die Figürchen auf dem Kaminsims umzustellen.

»Ich habe heute morgen mit John gesprochen. Er ist auch der Meinung, daß wir heiraten sollten. Du kannst mich nicht länger zurückweisen, Christina. Ich liebe dich. Würdest du mich bitte heiraten?«

Christina seufzte. Ihre Antwort würde alle Beteiligten glücklich machen, nur sie selbst nicht. Selbst Johnsy hatte ihr auseinandergesetzt, daß Ehen um der Form willen geschlossen wurden und nicht aus Liebe, und auch Johnsy war der Meinung, daß es ausreichend war, wenn Tommy sie liebte.

»Gut, Tommy, ich werde dich heiraten. Aber ich kann dir nicht garantieren, daß ich jemals...«

Sie wollte ihm erklären, daß sie ihn vielleicht nie lieben würde, doch der Klang einer tiefen Stimme fiel ihr ins Wort. Sie wurde totenbleich.

»Ich bin davon unterrichtet worden, daß ich einen Sohn habe, gnädige Frau. Stimmt das?«

Tommy packte Christinas Arm mit aller Kraft, aber sie war zu schockiert, um die rohe Berührung zu spüren. Tommy ließ sie wieder los und wirbelte herum, um dem Eindringling ins Gesicht zu sehen. Christina hielt sich am Kaminsims fest. Ihre Knie waren so weich, daß sie fast zusammensackte.

»Wer sind Sie, Sir?« fragte Tommy, »und was hat es zu bedeuten, daß Sie meine Verlobte fragen, ob Sie einen Sohn haben?«

»Ich bin Philip Caxton. Es mag sein, daß Sie die Absicht haben, Miß Wakefield zu heiraten, aber diese Angelegenheit geht Sie nichts an. Ich spreche mit Christina. Und ich erwarte eine Antwort.«

»Wie können Sie es wagen?« brauste Tommy auf. »Christina, kennst du diesen Mann?«

Christina war vollkommen verwirrt und aufgewühlt. Sie drehte sich langsam zu Philip um und sah ihn an, und bei seinem Anblick schmolz sie dahin. Er hatte sich nicht verändert – er war immer noch der Mann, den sie liebte. Sie wäre am liebsten auf ihn zugelaufen. Sie wollte ihre Arme um seinen Hals schlingen und ihn nie mehr loslassen. Doch der Haß, der in seinen Augen stand, und die bittere Kälte seiner Stimme hielten sie zurück.

»Habe ich einen Sohn, gnädige Frau?« Seine Stimme war so gehässig, daß Christina zusammenzuckte. Doch dann kam Zorn in ihr auf. Wie konnte er es wagen, so kalt nach ihrem Kind zu fragen.

»Nein, Mr. Caxton«, sagte sie. »*Ich* habe einen Sohn – nicht *Sie*!«

»Dann lassen Sie mich meine Frage umformulieren, Miß Wakefield. Habe ich Ihren Sohn gezeugt?«

Christina wußte, daß sie nicht ausweichen konnte. Paul mußte ihm erzählt haben, wann sie das Kind geboren hatte. Philip hatte es sich ausrechnen können, und jetzt wußte er, daß sie dieses Kind von ihm haben mußte. Außerdem brauchte er nur einen Blick auf Philip junior zu werfen, um selbst zu sehen, daß es sein Sohn war.

Christina sank auf den nächstbesten Stuhl und wandte ihren Blick von den beiden Männern ab, die auf ihre Antwort warteten.

»Ist das wahr, Christina? Ist dieser Mann der Vater deines Kindes?« fragte Tommy mit erstickter Stimme.

»Ja, Tommy, es ist wahr«, flüsterte Christina.

»Wie können sie es wagen, hierherzukommen, Mr. Caxton?« fragte Tommy.

»Ich bin wegen meines Sohnes hier, und ich rate Ihnen, sich nicht einzumischen.«

»Wegen *deines* Sohnes!« schrie Christina, und sie sprang von ihrem Stuhl auf. »Aber du wolltest ihn doch nie haben. Warum willst du ihn jetzt?«

»Ich fürchte, du hast das, was ich dir vor langem gesagt habe, falsch ausgelegt, Christina. Ich habe dir gesagt, ich hätte dich nicht in mein Lager entführt, damit du mir Kinder gebärst. Ich habe nie zu dir gesagt, daß ich kein Kind will, wenn es dazu kommen sollte, daß du schwanger wirst«, erwiderte Philip ganz ruhig.

»Aber ich...« Johns Auftauchen in der Tür schnitt Christina das Wort ab. »Was ist das hier für ein Geschrei?« fragte er streng. Dann sah er Philip, der in der Tür lehnte, und er lächelte erfreut. »Philip – ich habe nicht damit gerechnet, Sie so schnell wiederzusehen. Aber es freut mich, daß Sie meine Einladung angenommen haben, uns zu besuchen. Estelle wird begeistert sein, Sie zu sehen.«

»Gütiger Himmel!« platzte Tommy heraus. »Sind denn hier alle verrückt geworden? Weißt du denn nicht, wer dieser Mann ist, John? Das ist der Vater von Christinas Kind.«

Johns Lächeln erstarb. »Ist das wahr, Christina?« fragte er.

»Ja«, hauchte sie ängstlich.

John schlug mit der Faust gegen die Wand. »Verdammt noch mal, Christina! Ich habe mich mit diesem Mann angefreundet! Du hast mir erzählt, der Vater deines Kindes sei ein Araber!«

»Aber Philip ist ein halber Araber, und ich habe dir gesagt, daß er noch einen anderen Namen hat!« schrie Christina zurück.

»Und *Sie*!« schrie John Philip an. »Sie kommen jetzt mit!«

»John!« schrie Christina auf. »Du hast mir dein Wort gegeben!«

»Ich erinnere mich nur zu gut an das Versprechen, das du mir abgenommen hast, Crissy. Ich habe nichts anderes vor, als mich mit Philip allein in meinem Arbeitszimmer zu unterhalten«, sagte John jetzt ruhiger, und die beiden verließen den Raum.

John schenkte zwei Gläser Cognac ein und drückte Philip eins der Gläser in die Hand. Dann ließ er sich in den schwarzen Ledersessel hinter seinem Schreibtisch sinken.

»Warum sind Sie hierhergekommen? Gütiger Himmel, Philip! Ich habe jedes Recht, Sie zum Duell aufzufordern, denn Sie haben das Leben meiner Schwester zerstört!«

»Ich hoffe, daß es nicht dazu kommt«, erwiderte Philip. »Ich habe von meinem Bruder erfahren, daß ich einen Sohn habe, und ich bin gekommen, um Christina zu heiraten und sie und den Jungen zu mir nach Benfleet zu holen. Aber ich habe gerade mitangehört, daß dieser kämpferische Milchbub ihr einen Antrag gemacht hat, und sie hat ihn angenommen. Daher steht eine Heirat jetzt nicht mehr zur Diskussion. Aber ich will trotzdem meinen Sohn haben.«

»Christina wird ihr Kind niemals hergeben!«

»Dann muß ich Sie um die Erlaubnis bitten, mich hierbleiben zu lassen, damit ich sie bekehren kann, es sich anders zu überlegen. Sie verstehen doch sicher meine Gefühle. Der Junge ist mein Erbe, und ich bin ein reicher Mann. Er hätte nur dabei zu gewinnen, daß ich ihn aufziehe.«

»Ich kann das einfach nicht verstehen. Sie sind ein Gentleman, aber andererseits entführen Sie eine Dame und halten Sie sich als Mätresse. Wie konnten Sie etwas Derartiges tun?« fragte John.

Philip belustigte es, daß John ihm dieselbe Frage stellte, die ihm bereits sein Bruder gestellt hatte.

»Ich habe Ihre Schwester mehr begehrt als jemals eine Frau zuvor. Sie ist so schön, daß Sie mir daraus kaum einen Vorwurf machen können. Ich bin es gewohnt, mir zu nehmen, was ich will, und ich habe sie gebeten, mich zu heiraten, als ich sie in London kennengelernt habe. Als sie meinen Heiratsantrag abgelehnt hat, habe ich dafür gesorgt, daß Sie nach Ägypten geschickt wurden, ins Land meines Vaters.«

»*Sie* waren das also!«

»Ja, und den Rest der Geschichte kennen Sie vermutlich.«

John nickte. Es überraschte ihn, wie weit dieser Mann gegangen war, um Christina zu bekommen. Wahrscheinlich würde er genausoweit gehen, um seinen Sohn zu bekommen. Crissy täuschte sich also – Philip wollte sie und das Kind, und er war hierhergekommen, um sie zu heiraten. John war schuldbewußt, weil er Crissy überredet hatte, Tommy zu heiraten. Möglicherweise hatte er Crissy die einzige Chance zu ihrem Glück vermasselt. Aber wenn er zuließ, daß Philip hierblieb, konnte es sein, daß er und Crissy die Dinge unter sich regelten und klärten. John beschloß, sich zu keinen weiteren Einmischungen hinreißen zu lassen.

»Sie können von mir aus hierbleiben, solange Sie wollen, Philip, obwohl dadurch vermutlich ein gewaltiger Wirbel entsteht. Wie Sie wissen, hält sich Estelle ebenfalls hier auf, und sie bildet sich ein, verliebt in Sie zu sein. Ich weiß nicht, wie Sie ihr gegenüber empfinden, aber ich möchte Sie bitten, mit Behutsamkeit vorzugehen – um Christinas willen.« John erhob sich und ging zur Tür. »Ich bin sicher, daß Sie jetzt Ihren Sohn sehen wollen. Ich versuche Tommy Huntington die Sachlage zu erklären, während Sie sich von Christina ins Kinderzimmer bringen lassen.«

»Ich bin Ihnen dankbar für Ihr Verständnis«, erwiderte Philip.

Philip und John standen vor der Tür zum Arbeitszimmer, und John rief Christina zu sich. Sie tauchte im Korridor auf, und ihr Gesicht glich einer Maske.

»Ich habe mich entschlossen, Philip eine Zeitlang als meinen Gast aufzunehmen«, sagte John.

»Aber, John...«

»Wir haben diese Angelegenheit bereits geregelt, Crissy. Und jetzt führst du Philip ins Kinderzimmer. Es ist wirklich an der Zeit, daß er seinen Sohn kennenlernt.«

»Oh!« Sie drehte sich um und ging die Treppe hinauf, ohne auf Philip zu warten.

»Sie haben doch nicht etwa erwartet, daß Sie ein leichtes Spiel haben, oder?« fragte John.

»Wenn Christina im Spiel ist, ist nichts auf Erden leicht«, erwiderte Philip, und er folgte ihr die Stufen hinauf.

Vor der Tür zum Kinderzimmer wartete sie auf ihn. Sie war angespannt und wütend, und als Philip sie eingeholt hatte, konnte sie sich nicht mehr zügeln.

»Was versprichst du dir davon, hierzubleiben?« fragte sie grob. »Hast du nicht schon genug Unheil angerichtet?«

»Ich habe dir diese Frage bereits beantwortet, Christina. Ich bin wegen meines Sohnes gekommen.«

»Das kann doch nicht dein Ernst sein! Nach allem, was du mir angetan hast, erwartest du noch von mir, daß ich dir deinen Sohn überlasse? Du bekommst ihn nicht!«

»Ist er in diesem Zimmer?«

»Ja, aber...«

Philip öffnete die Tür und ging an Christina vorbei in das

Kinderzimmer. Er ging direkt auf die Wiege zu, blieb daneben stehen und sah auf seinen Sohn hinunter.

Christina stellte sich neben ihn, aber sie sagte kein Wort, als sie das stolze Lächeln sah, mit dem er Philip junior betrachtete.

»Er ist ein hübsches Kerlchen, Tina – ich danke dir«, sagte Philip voller Wärme, und Christina schmolz wieder dahin, als sie die Zartheit in seiner Stimme vernahm. Philip nahm seinen Sohn in die Arme. Erstaunlicherweise plärrte das Baby nicht, sondern sah sich neugierig die Bartstoppeln im Gesicht seines Vaters an. »Wie hast du ihn getauft?«

Christina zögerte und wandte ihren Blick ab. Was konnte sie darauf sagen?

»Junior«, flüsterte sie.

»Junior! Was ist denn das für ein Name für meinen Sohn?« brauste Philip auf, und Philip junior fing an zu schreien.

Eilig nahm Christina Philip das Baby aus dem Arm, denn er stand hilflos da. »Psst, mein Liebling, es ist alles gut – Mama ist da«, beschwichtigte sie den Kleinen. Er hörte sofort auf zu schreien, und Christina funkelte Philip wütend an. »Den Namen habe ich ausgesucht, weil du nicht da warst. Ach – warum mußtest du überhaupt kommen?«

»Ich bin mit wohlmeinender Absicht gekommen, aber dann habe ich mitangehört, wie du deinem Liebhaber die Einwilligung gegeben hast, ihn zu heiraten«, gab Philip zurück, und seine Augen wurden dunkel und bedrohlich.

»Meinem Liebhaber!«

»Jetzt komm schon, Christina – erspare mir dein Leugnen. Ich weiß schließlich besser als jeder andere, was für eine leidenschaftliche Frau du bist. Nach all diesen Monaten habe ich damit gerechnet, dich in den Armen eines anderen Mannes vorzufinden.«

»Ich hasse dich!« schrie Christina, und ihre Augen nahmen ein dunkles, bewölktes Blau an.

»Mir ist durchaus bewußt, wie du zu mir stehst. Wenn du mich so sehr haßt, warum willst du dann meinen Sohn behalten? Jedesmal, wenn du ihn ansiehst, wirst du mich in ihm sehen.«

»Er ist schließlich auch mein Sohn! Neun Monate lang habe ich ihn ausgetragen. Ich habe die Schmerzen durchgemacht, die es bedeutet, ein Kind zu gebären. Ich gebe ihn nicht her! Er ist ein Teil von mir, und ich liebe ihn!«

»Noch etwas anderes verwundert mich. Wenn du mich so sehr haßt, weshalb bist du dann nach Victory gegangen, um meinen Sohn auf die Welt zu bringen?«

»Ich wußte nicht, daß es dein Haus ist, als ich dort hinging. Ich wollte nicht hierbleiben, und daher hat Johnsy, meine alte Amme, vorgeschlagen, daß ich zu ihrer Schwester gehe, die nun mal zufällig deine Köchin ist. So bin ich nach Victory gekommen. Woher hätte ich denn wissen sollen, daß es dein Gut ist?«

»Das muß eine gewaltige Überraschung für dich gewesen sein«, höhnte Philip. »Warum bist du nicht wieder abgereist, als du die Wahrheit herausgefunden hast?«

»Emma hat darauf bestanden, daß ich bleibe. Und jetzt habe ich dazu nichts mehr zu sagen«, erwiderte sie. »Du mußt jetzt gehen, Philip. Es ist Essenszeit für den Kleinen.«

»Dann stille ihn doch. Es ist reichlich spät für falsche Scham von deiner Seite, Christina. Der Körper, der unter deinem Kleid verborgen ist, ist mir sehr wohl vertraut.«

»Du bist unmöglich! Du hast dich kein bißchen verändert!«

»Nein, aber du. Du warst aufrichtiger.«

»Ich weiß nicht, wovon du sprichst.« Sie ging auf ihre Schlafzimmertür zu. »Ich schlage vor, du läßt dir von jemandem dein Zimmer zeigen. Deinen Sohn kannst du später wiedersehen – wenn du es wünschst.«

Sie setzte sich in der hintersten Ecke ihres Zimmers auf einen Stuhl und legte Philip junior auf ihren Schoß, während sie ihr Mieder aufknöpfte. Doch sie konnte Philips Gegenwart weiterhin spüren, und als sie aufblickte, stand er im Türrahmen und starrte sie gebannt an.

»Bitte, Philip! Das Kinderzimmer steht dir offen, aber das hier ist mein Zimmer. Ich hätte gern eine gewisse Privatsphäre – wenn du nichts dagegen hast.«

»Bringe ich dich in Verlegenheit, Christina? Hast du bisher noch nie deine Brüste vor einem Mann entblößt?« spottete er. »Ich schlage vor, du hörst jetzt auf, dich empört zu geben, und stillst endlich meinen Sohn. Er hat Hunger, oder etwa nicht?«

»Oh!« Sie entschloß sich, ihn zu ignorieren, und sie hoffte, er würde gehen. Sie zog ihr Kleid auf einer Seite herunter und legte Philip junior an die Brust. Er trank gierig und stützte sich dabei mit einer seiner winzigen Fäuste ab. Ihr war bewußt, daß Philip ihr immer noch zusah.

»Christina, was tust du da?« kreischte Johnsy, die durch die andere Tür ins Zimmer gekommen war und Philip sah.

»Schon gut, Johnsy. Beruhige dich«, sagte Christina gereizt. »Das ist Philip Caxton.«

»Sie sind also der Vater von Philip junior«, fauchte Johnsy, die sich zu Philip umdrehte. »Sie haben vielleicht Nerven, hierherzukommen – nach allem was Sie meiner Kleinen angetan haben.«

»Ach, Johnsy, sei still! Du hast jetzt schon mehr als genug gesagt!« schnitt ihr Christina das Wort ab. Philip fing an zu lachen, und sie zuckte zusammen, denn sie wußte ganz genau, was ihn so sehr belustigte. »Das ist ein gängiger Name, verdammt noch mal! Ich brauche dir keine Erklärungen abzugeben!« Philip junior fing wieder an zu schreien.

»Scheren Sie sich hier raus, Mr. Caxton. Sie stören Crissy und Ihren Sohn«, schalt Johnsy. Sie schloß die Tür hinter Philip, aber Christina konnte sein Lachen immer noch hören. Eilig schloß Johnsy die andere Tür und sah dann kopfschüttelnd Christina an. »Er ist also doch gekommen – wußte ich es doch. Weiß Master John, daß er da ist?«

»Ja. John hat beschlossen, Philip als Besuch hier aufzunehmen. Und Tommy weiß es auch. Philip ist in dem Moment ins Zimmer gekommen, als ich Tommy meine Einwilligung zur Heirat gegeben habe. Oh, Johnsy, was soll ich bloß tun?« Christina fing an zu weinen. »Er ist wegen seines Sohnes gekommen – nicht meinetwegen! Philip ist so kalt zu mir, und wie soll ich es ertragen, ihn und Estelle zusammen zu sehen?«

»Es wird alles gut ausgehen, Miß Crissy – du wirst es ja sehen. Und jetzt hörst du auf zu weinen, denn sonst schläft der Kleine gar nicht mehr ein.«

Christina schloß die Tür des Kinderzimmers ganz leise hinter sich und sah Philip, der aus dem Nebenzimmer kam. Sie mußte auf ihn zugehen, um die Treppe zu erreichen, aber er verstellte ihr den Weg.

»Schläft *Philip* junior?« fragte er spöttisch.

»Ja«, erwiderte sie, wobei sie seinen Blicken auswich. »Stellt dich dein Zimmer zufrieden?«

»Es hat zu reichen«, sagte er und bog ihr Gesicht zu sich. »Aber mir wäre es lieber, dein Zimmer mit dir zu teilen.«

Philip zog sie an sich, ließ ihren Körper mit dem seinen verschmelzen und legte seinen Mund auf ihre Lippen. Sein Kuß verlangte eine Reaktion. Nur zu willig reagierte sie. Die langen, einsamen Monate fielen von ihr ab.

»Ach, Tina, warum hast du mir nicht gesagt, daß du ein Kind von mir bekommst?« murmelte er mit belegter Stimme.

»Ich habe erst bemerkt, daß ich schwanger bin, als ich schon im dritten Monat war. Und dann war es zu spät – du warst schon mit Nura verheiratet.«

»Nura!« sagte er lachend, und er blickte in ihre hellblauen Augen. »Ich...«

Doch dann fuhr er zusammen. Sie war also doch zu ihrem Bruder zurückgegangen, weil sie es so gewollt hatte. Philip hatte schon geglaubt, vielleicht hätte sie bereits von der Schwangerschaft gewußt und gefürchtet, er könne zornig werden. Wann würde er endlich begreifen, daß diese Frau ihn haßte!

»Was ist los mit dir, Philip?« fragte Christina, die die Kälte in seinen Augen bemerkte.

»Du solltest besser wieder zu deinem Liebhaber gehen. Ich bin sicher, daß dir seine Küsse lieber sind als meine«, sagte Philip grob. Mit diesen Worten stieß er sie von sich.

Christina sah ihm nach und hatte das Gefühl, ihre Knie würden unter ihr nachgeben. Was hatte sie bloß gesagt? Wie hatte sie ihn dazu gebracht, sie so brutal zu verletzen? Noch vor einem Moment war sie vor Glück wie von Sinnen gewesen, und jetzt war ihr sterbenselend zumute.

»Philip! Oh, ich wußte, daß du kommen würdest!«

Christina hörte Estelles glückliche Stimme aus dem unteren Stockwerk nach oben dringen.

»Ich hatte gehofft, du würdest noch hier sein, meine Süße. Du wirst mir den Aufenthalt hier verschönern«, antwortete Philips tiefe Stimme heiter.

Tränen schossen in Christinas Augen. Sie trat in ihr Zimmer und warf sich schluchzend auf ihr Bett. Wie hätte sie es ertragen können, nach unten zu gehen und zuzusehen, wie Philip mit Estelle flirtete? Warum haßte er sie nur so? Warum konnte er sie nicht nach wie vor begehren? Wie hätte sie es ertragen können, die beiden zusammen zu sehen, wenn gleichzeitig ihr Herz brach?

31

Philip stand in der offenen Tür und sah Christina beim Schlafen zu. Er hatte sie schon oft im Schlaf beobachtet, aber damals hatte er sie in die Arme ziehen und sie lieben können, wie er es auch jetzt am liebsten getan hätte. Sie war so schön mit ihrem goldenen Haar, das sich über das Kissen fächerte, und dem unschuldigen Gesichtsausdruck. Wenn sie sich etwas aus ihm machte, wäre er der glücklichste Mann auf Erden.

Er fragte sich, warum Christina am Vorabend nicht zum Abendessen erschienen war. Er hatte sich darauf vorbereitet, ihr zu zeigen, daß er genauso gleichgültig sein konnte wie sie, und er hatte vorgehabt, seine gesamte Aufmerksamkeit Estelle zu widmen. Christinas Ausbleiben bei der Mahlzeit war eine herbe Enttäuschung für ihn gewesen. Estelle war ein bezauberndes Mädchen, aber sie konnte sich nicht mit Christina messen – niemand konnte sich mit Christina messen. Warum mußte sie bloß eine so verschlagene Hexe sein?

Philip junior fing wieder an zu schreien, und Philip stellte sich hinter die Tür, um Christina ungesehen beobachten zu können, wenn sie das Kinderzimmer betrat. Sie kam ins Zimmer, und er stellte überrascht fest, daß sie den schwarzen Kaftan trug, den sie sich in Ägypten geschneidert hatte. Warum hatte sie ihn nicht verbrannt? Offensichtlich war für sie das Kleidungsstück nicht mit Erinnerungen belastet.

Ihre goldenen Locken flossen über ihren Rücken, als sie direkt auf die Wiege zuging, und Philip junior hörte auf zu weinen, als er sie sah.

»Guten Morgen, mein Liebling. Heute hast du Mami lange schlafen lassen, das muß man schon sagen. Du bist meine einzige Freude, Philip. Was täte ich ohne dich?«

Philip wurde warm ums Herz, als er sah, wie sehr sie dieses Kind liebte. Dennoch verwunderte ihn, warum sie das Kind nach ihm benannt hatte.

Plötzlich drehte sich Christina um. Sie hatte Philips Anwesenheit im Zimmer unbewußt wahrgenommen, aber als sie ihn an der Tür stehen sah, sagte sie kein Wort. Sie wandte sich wieder Philip junior zu, hob ihn aus der Wiege und setzte sich in einer Ecke des Zimmers in einen Schaukelstuhl. Langsam knöpfte sie ihr Nachthemd auf.

Ihr Schweigen erzürnte Philip. Es wäre ihm lieber gewesen, wenn sie ihn angeschrien hätte. Aber sie ignorierte ihn vollständig.

»Du hast nicht lange gebraucht, um deinen Anstand wieder zu verlieren«, bemerkte er boshaft.

»Du hast dich gestern deutlich ausgedrückt, Philip. Ich könnte dir nichts zeigen, was du nicht längst gesehen hast«, sagte Christina ruhig, und sie warf ihm dieses Halblächeln zu, das nicht bis zu ihren blauen Augen reichte.

Er lachte. Heute morgen konnte er sie nicht aus der Fassung bringen. Er sah zu, wie sein Sohn gierig an Christinas Brust trank, und dieser Anblick ergriff ihn. Das war sein Kind, und das war die Frau, die er nach wie vor haben wollte. Er weigerte sich, seine Niederlage zu akzeptieren. Er würde einen Weg finden, sie beide zu bekommen.

»Er hat großen Appetit. Brauchst du keine Amme?« fragte Philip.

»Ich habe genug Milch, um seinen Bedarf zu decken. Philip junior wird bestens versorgt«, sagte sie angespannt.

Philip seufzte inbrünstig. »Ich wollte nicht andeuten, du seist keine gute Mutter. Die Mutterschaft scheint dir zu bekommen, Christina. Du gehst ganz ausgezeichnet mit meinem Sohn um«, sagte Philip zart, und er spielte mit einer Strähne ihres Haares, die über die Stuhllehne gefallen war.

»Danke«, flüsterte sie.

»Wo hast du ihn taufen lassen?« fragte Philip, um etwas zu sagen. Er wollte nicht gehen, und er glaubte, etwas sagen zu müssen, um Christina nicht nervös zu machen, indem er einfach wortlos hinter ihr stehenblieb.

»Er ist noch nicht getauft«, sagte Christina.

»Gütiger Himmel, Christina! Er hätte einen Monat nach seiner Geburt getauft werden müssen. Worauf hast du noch gewartet?« fragte er aufbrausend, und er kam um den Stuhl herum, um ihr Gesicht zu sehen.

»Verdammt noch mal – hör auf, mich anzuschreien! Ich habe einfach nicht daran gedacht, das ist alles. Ich bin es nicht gewohnt, Kinder zu kriegen«, erwiderte sie genauso zornig, wie er es war, und ihre Augen nahmen ein dunkles Saphirblau an.

»Der Junge wird noch heute morgen getauft – mach dich sofort fertig und den Jungen auch!« brüllte Philip. Christina wollte widersprechen, aber sie wußte, daß es zwecklos war. Philip stürmte aus dem Zimmer.

Philip arrangierte alles für die Taufe, und Christina blieb vor Schreck der Atem aus, als der Junge eine Stunde später auf den Namen Philip Caxton, junior, getauft wurde.

»Du hattest kein Recht, das zu tun«, fauchte sie Philip auf dem Rückweg in der Kutsche an.

»Ich hatte durchaus das Recht – ich bin sein Vater«, erwiderte Philip grinsend.

»Du bist rechtlich gesehen nicht sein Vater – zwischen uns sind keine Gelübde gesprochen worden. Verdammt noch mal! Der Junge heißt Philip Junior Wakefield, und so steht es auch auf seiner Geburtsurkunde.«

»Das läßt sich leicht ändern, Christina.«

»Vorher müßtest du das Original des Dokumentes finden. Er ist mein Sohn, und er wird meinen Namen tragen, nicht deinen!«

»Und wenn du heiratest, hast du dann etwa die Absicht, ihm den Namen deines Mannes zu geben?«

»Darüber habe ich mir noch keine Gedanken gemacht, aber wenn Tommy ihn adoptieren will, ja, dann wird er seinen Namen tragen.«

»Ich lasse nicht zu, daß dieser junge Trottel meinen Sohn aufzieht«, fuhr Philip sie mit finsterem Blick an.

»In dieser Angelegenheit hast du nichts mehr zu sagen, Philip. Tommy wird ihm ein guter Vater sein.« Sie glaubte ihren eigenen Worten nicht so recht.

»Das werden wir ja sehen«, murmelte Philip.

Als sie nach Hause kamen, war John außer sich vor Sorge. Beide wußten, weshalb er sich Sorgen machte.

Christina legte Philip junior ins Bett. Dann ging sie in ihr Zimmer, und durch die offene Tür hörte sie, daß Philip sein Zimmer betrat. Seine Stimme war deutlich zu vernehmen, und die Worte, die er sagte, bewirkten, daß sie regungslos stehenblieb.

»Was tust du denn hier? Deine Schwester würde dir etwas erzählen, wenn sie wüßte, daß du dich im Zimmer eines Mannes herumtreibst.«

»Sieh mich nicht so entsetzt an, Philip. Du mußt es schließlich gewöhnt sein, Damen in deinem Schlafzimmer zu empfangen«, sagte Estelle mit süßlicher Stimme. »Ich habe hier auf dich gewartet, damit ich dich allein sprechen kann. Warum machst du nicht die Tür zu und kommst zu mir? Das ist viel gemütlicher.«

»Das wird kaum nötig sein – du bleibst nämlich nicht lange hier. Ich habe nicht die Absicht, mich aus diesem Haus werfen zu lassen, weil du deine Spielchen mit mir spielen willst, Estelle.«

Christina wollte nicht länger zuhören, aber sie konnte sich nicht abwenden.

»Ich spiele keine Spielchen, Philip Caxton! Ich bin hierhergekommen, weil ich eine Antwort will. Liebst du Christina noch? Ich habe ein Recht darauf, es zu erfahren.«

»Liebe! Was hat denn Liebe damit zu tun? Ich habe sie damals begehrt, genauso, wie ich heute dich begehre«, sagte Philip mit äußerst wenig Gefühl in seiner tiefen Stimme.

»Dann bedeutet sie dir also nichts mehr?« fragte Estelle.

»Christina ist die Mutter meines Sohnes – das ist alles. Und jetzt muß ich dich bitten, zu gehen, Estelle, ehe dich jemand hier findet. Wenn du das nächste Mal mit mir allein reden willst, dann such dir einen angemesseneren Ort dafür aus.«

»Ganz wie du willst, Philip«, kicherte Estelle, die offensichtlich sehr zufrieden mit sich war. »Sehe ich dich beim Mittagessen?«

»Ich komme bald runter.«

Christina setzte sich auf ihre Bettkante und fühlte sich, als sei ihr ein Messer ins Herz gerammt worden. Sie war am Verhungern gewesen, aber jetzt konnte sie nicht mehr ans Essen denken. Sie mußte dieses Haus verlassen!

Christina zog ihre Reitkleidung an, ließ sich Dax satteln und ritt, bis ihr die Tränen kamen. Sie trieb Dax zu immer größerer Eile an. Sie hätte ihrem Leben ein Ende bereitet, wenn Philip junior nicht gewesen wäre. Sie konnte ihr Baby nicht allein lassen. Aber sie mußte der Tatsache ins Auge sehen, daß sie Philip nach wie vor liebte und ihn niemals mehr haben würde. Das mußte sie akzeptieren, und Freude schenkte ihr das Kind. Tommy liebte sie, und vielleicht würde sie eines Tages eine gewisse Zufriedenheit an seiner Seite empfinden.

Es war schon seit zwei Stunden dunkel, als Christina endlich nach Hause kam und alle ihr besorgt im Korridor entgegenkamen.

Christinas Kleider waren zerrissen, weil sie wie eine Wilde durch den Wald geritten war. John war wütend und stellte ihr viele Fragen.

»Ich bin ausgeritten, und das ist alles. Und niemand sollte besser als du meine Gründe kennen!« fauchte Christina ihn an.

»Crissy, ich möchte dich allein sprechen«, sagte John, der erkannte, daß Philips Anwesenheit in diesem Haus Christina mehr Sorgen machte, als er für möglich gehalten hatte.

»Heute nicht, John. Ich bin zu müde.«

Er folgte ihr die Treppe hinauf. »Ich kann ihn wegschicken, wenn du willst, Crissy.«

»Nein, John, das ist nicht nötig. Ich komme von jetzt an mit seiner Gegenwart in diesem Haus zurecht.« Sie wußte selbst nicht, ob sie die Wahrheit sagte.

32

Es war der fünfte Tag des neuen Jahres, und das Jahr war 1885. In der letzten Wochen war Wakefield Manor ein Pulverfaß gewesen. Tommy haßte Philip, und Estelle bedachte Christina mit verächtlichen Bemerkungen. Alle warteten nur darauf, daß es zu einer Explosion kommen würde.

Wenn Christina gegen ihren Willen mit Philip allein war, schien er sich ausschließlich für sein Kind zu interessieren, und mit keinem Wort erwähnte er vergangene Zeiten. Er behandelte Christina höflich und kühl, spielte mit seinem Sohn, und wenn es an der Zeit war, daß Christina ihn stillte, verließ er taktvoll das Zimmer. Das verblüffte Christina am meisten.

Christinas größtes Problem war Tommy. Er war sehr fordernd, seit Philip eingetroffen war. Ständig drängte er Christina, einen Termin für ihre Eheschließung festzusetzen, doch bisher hatte sie es vermieden, sich festzulegen.

Doch heute konnte Christina sich endlich über etwas freuen.

Kareen kam zu ihr ins Eßzimmer.

»Estelle hat sich endlich entschlossen, nach Hause zu fahren – sie ist gerade oben und packt«, sagte sie.

Christina sagte kein Wort, obwohl sie vor Freude am liebsten an die Decke gesprungen wäre.

»Auch wenn sie meine Schwester ist und ich sie sehr lieb habe«, fuhr Kareen fort, »muß ich zugeben, daß ich froh über ihre Abreise bin. Aber es wundert mich, daß sie jetzt fährt – und sie sagt mir ihre Gründe nicht. Noch gestern habe ich versucht, sie zu einer Abreise zu überreden, und sie hat sich strikt geweigert. Heute morgen ist sie dann mit Philip ausgeritten, und nach ihrer Rückkehr hat sie gesagt, daß sie keine Minute mehr hierbleibt. Es ist besser so, aber ich verstehe es nach wie vor nicht.«

Christina verstand es auch nicht. Aber ihr war egal, warum Estelle abreiste – solange sie nur abreiste. Jetzt brauchte sie nicht mehr mit anzusehen, wie eine andere Frau sich an Philip klammerte. Aber vielleicht würde Philip ebenfalls abreisen, wenn Estelle abreiste. Plötzlich war Christina gar nicht mehr so glücklich.

Philip hatte die kleinen Spielchen mit Estelle schon längst satt gehabt, aber nur durch ihre eigene Kühnheit hatte sie es ihm ermöglicht, dem endgültig ein Ende zu machen. Sie hatte ihn überredet, mit ihr auszureiten.

Sie war unter einer alten Eiche abgestiegen, hatte sich ins Gras gesetzt und ihn verführerisch aufgefordert, sich zu ihr zu gesellen.

»Estelle, steig wieder auf dein Pferd. Ich habe keine Zeit für deine Spielchen«, hatte er grob gesagt.

»Spielchen!« hatte Estelle aufgeschrien. Sie war aufgesprungen, hatte ihn angesehen und ihre Arme in die Hüften gestemmt. »Hast du jetzt die Absicht, mich zu heiraten oder nicht?«

Philip war überrascht gewesen, aber das war die Lösung seines Problems. Er konnte dem ganzen Ärger ein Ende machen, indem er nein sagte.

»Ich habe nicht die Absicht, dich zu heiraten, Estelle, und es tut mir leid, wenn ich den Glauben in dir geweckt habe, das sei meine Absicht.«

»Aber du hast doch gesagt, daß du mich begehrst«, gab sie wütend zurück.

»Ich hatte egoistische Gründe, das zu sagen. Und außerdem war es genau das, was du hören wolltest. Es gibt nur eine Frau, die ich begehre oder je heiraten werde.«

»Und die ist mit einem anderen verlobt«, hatte Estelle mit einem bitteren Lachen gesagt. Sie hatte sich auf ihr Pferd geschwungen und war losgeritten.

Philip mußte Christina zurückerobern, und wenn er sie wieder entführen mußte. Die Vorstellung, daß sie diesen Kerl heiraten würde, der bei jeder Mahlzeit neben ihr saß, daß dieser unreife Junge sie in seinen Armen halten würde, war unerträglich. Er würde es zu verhindern wissen. Lieber wollte er mit ihrem Haß leben als ohne sie.

Philip sah nach dem Abendessen auf die Uhr und wartete nur darauf, daß das Dienstmädchen Christinas Zimmer verlassen würde. John und Kareen hatten ihr Schlafzimmer am anderen Ende des Hauses, und er konnte zudem hoffen, daß sie bereits schliefen. Sowie Philip hörte, daß das Mädchen die Tür hinter sich schloß, schlich er sich in Christinas Zimmer. Sie saß mit dem Rücken zu ihm in der Wanne und badete. Als er sich näher an sie heranschlich, hörte sie ihn.

»Was tust du hier?« schrie sie auf und rutschte tiefer in die Wanne.

Philip schnappte sich ihr Handtuch und ihren Morgenmantel und warf beides auf ihr Bett, außerhalb ihrer Reichweite. Dann setzte er sich auf einen Stuhl und wartete. Christina sah ihn wütend an.

»Was zum Teufel soll das heißen, Philip Caxton? Verdammt noch mal! Willst du unbedingt aus dem Haus geworfen werden? Brauchst du einen Vorwand, um ebenfalls abzureisen, nachdem Estelle abgereist ist? Ist es das?«

Philip grinste, ohne sie aus den Augen zu lassen.

»Ich habe nicht vor, dieses Haus zu verlassen, Christina, und selbst wenn es so wäre, brauchte ich keinen Vorwand. Wenn du jetzt bitte Abstand davon nehmen würdest, deine Stimme zu erheben, damit mich niemand hier entdeckt?«

Tiefe Verwirrung brach über sie herein. Philip saß im Schatten, aber Christina konnte deutlich den glühenden Blick erkennen, der in seinen Augen stand. Philip begehrte sie, dessen war sie sicher, und ein Prickeln durchlief ihren Körper. Sie begehrte ihn aus ganzem Herzen, aber sie wußte, daß diese Liebe nur eine Nacht andauern würde. Morgen würde er sich so kalt und gleichgültig wie bisher verhalten, und das würde sie nicht ertragen.

»Verlaß mein Zimmer, Philip. Du hast kein Recht, hier zu sein.«

»Du bist heute abend außergewöhnlich schön, Tina«, murmelte Philip. »Du könntest einen Mann in Versuchung führen, alles zu tun, was du nur willst – aber nicht, dich jetzt allein zu lassen.«

Er lachte herzlich.

Sie drehte sich in der Wanne um. Sein Anblick war ihr unerträglich; das pechschwarze Haar, das zerzaust war, und sein weißes Hemd, das bis zur Taille offenstand und seine gebräunte Brust mit den kleinen schwarzen Haarlöckchen entblößte. Er war die Verführung in Person! Es kostete sie große Anstrengung, nicht triefend naß zu ihm zu gehen und ihn augenblicklich zu lieben. Das war das, was sie wollte, und es war das, was er wollte, aber sie konnte es nicht tun. Sie hätte es nicht ertragen, ihn heute nacht zu lieben und morgen wieder seinem Haß ausgesetzt zu sein.

Zwanzig Minuten vergingen. Weder Philip noch Christina sprachen. Ihr Rücken war ihm zugewandt, aber sie wußte, daß er sie immer noch ansah.

»Philip, bitte – das Wasser wird kalt«, flehte sie ihn an.

»Dann schlage ich dir vor, aus der Wanne zu steigen«, erwiderte er sanft.

»Dann geh, damit ich aus der Wanne steigen kann!« fauchte sie.

»Du versetzt mich in Erstaunen, Tina. Ich habe dir hundertmal beim Baden zugeschaut und gesehen, wie du nackt aus dem Wasser gestiegen bist. Damals warst du nicht so schüchtern, warum also jetzt so tun als ob? Einmal haben wir uns sogar auf dem harten Boden am Ufer des Teiches geliebt. Du warst es, die an diesem Tag zu mir gekommen ist und...«

»Hör auf!« schrie sie, und sie schlug mit ihrer geballten Faust auf das Wasser. »Es ist sinnlos, über die Vergangenheit zu reden, Philip. Es ist aus und vorbei. Und jetzt gehst du augenblicklich, ehe ich mir eine Erkältung hole.«

»Hat dein Körper bei der Geburt meines Sohnes Schaden genommen?« fragte Philip. »Oder warum sonst weigert du dich, nackt vor mir zu stehen?«

»Natürlich nicht! Meine Figur ist wieder wie früher.«

»Dann steh auf und beweise es, Tina«, murmelte er mit belegter Stimme.

Christina hätte fast an diesem Köder angebissen, und sie wollte schon aufstehen, aber dann ließ sie sich noch tiefer als bisher ins Wasser sinken und verfluchte Philip tonlos. Der Seifenschaum hatte sich gänzlich aufgelöst, und ihr Körper war seinen Blicken ausgesetzt. Ihre einzige Hoffnung bestand darin, daß er ging, ohne ihr nahezukommen! Wenn er sie auch nur berührte, war sie verloren.

In diesem Moment hörten sie Schritte im Korridor, und Christina erstarrte, als leise an ihre Tür geklopft wurde.

»Christina, ich muß mit dir sprechen. Christina, bist du wach?«

Sie wandte ihren Kopf zu Philip um, doch er saß immer noch

behaglich in seinem Stuhl und amüsierte sich über diese neue Klemme, in die sie geraten war.

»Tommy, um Himmels willen, geh nach Hause! Ich nehme gerade ein Bad – wir sprechen morgen miteinander!« sagte sie laut.

»Ich warte, bist du fertig bist«, rief Tommy durch die Tür.

»Nein, das wirst du nicht tun, Tommy Huntington!« Ihre Furcht war jetzt größer als ihr Zorn. »Es ist spät am Abend. Ich sehe dich morgen – aber nicht jetzt!«

»Christina, es kann nicht bis morgen warten, verdammt noch mal! Ich mache nicht mehr mit, daß dieser Mann in diesem Haus weilt. Er muß gehen!«

Philips tiefes Lachen schallte durch das Zimmer. Die Tür wurde heftig aufgerissen und schlug gegen die Wand, als Tommy ins Zimmer stolperte. Philip saß noch im Schatten, und Tommy mußte sich zweimal im Zimmer umsehen, ehe er ihn entdeckte.

Tommy war außer sich und ballte die Fäuste, die neben ihm herabhingen. Erst sah er sie an, dann Philip, dann wieder Christina. Ehe ihr etwas einfiel, stieß Tommy einen entsetzlichen Schrei aus und stürzte sich auf Philip.

Christina stand auf, und Wasser spritzte nach allen Seiten auf den dicken blauen Teppich.

»Laß das, Tommy!« schrie sie.

Tommy hielt in der Bewegung inne. Bei Christinas Anblick fiel ihm der Kiefer herunter, und er vergaß vollständig, daß Philip im Zimmer war. Aber Philip, der sich fast erhoben hatte, um sich gegen Tommys Angriff zu stemmen, blickte Christina finster an.

»Setz dich hin, Frau«, knurrte Philip zornig.

Sie tat es augenblicklich, und wieder spritzte Wasser nach allen Seiten über den Wannenrand, und eine tiefe Röte breitete sich auf ihrem Gesicht aus.

»Was zum Teufel haben Sie hier zu suchen, Caxton?« fragte Tommy gebieterisch.

»Du brauchst dich gar nicht aufzuregen, Tommy«, sagte Christina beschwichtigend. »Philip ist direkt vor dir ins Zimmer gekommen – um mit mir über meinen Sohn zu reden. Er hat nicht gewußt, daß ich ein Bad nehme, als er reinkam.«

»Dann hat er also dagesessen und dir beim Baden zugesehen? Wie konntest du ihn in dein Zimmer lassen, Christina, oder geht das schon die ganze Zeit so?«

»Sowas Albernes! Ich sage dir doch, daß alles ganz harmlos war. Himmel! Dieser Mann hat mir in der Vergangenheit hundertmal beim Baden zugesehen. Wenn du dich erinnern würdest – Philip ist wegen seines Sohnes hierhergekommen, nicht meinetwegen. Und er hat nur lange genug hier gesessen, um mir ein paar Fragen zu stellen – das ist alles. Ich war die ganze Zeit über in dieser Wanne, Tommy. Er hat mich erst in dem Moment gesehen, in dem du mich durch deine Dummheit gezwungen hast, aufzuspringen.«

»Aber er hat kein Recht darauf, hier zu sein, verdammt noch mal!«

»Wenn du deine Stimme nicht senkst, Tommy, wirst du John noch wecken!« fauchte Christina.

»John wecken – genau das habe ich vor. Sie werden nicht mehr lange hier sein, Mr. Caxton.« Tommy lachte bitter und eilte aus dem Zimmer.

»Jetzt sieh dir nur an, was du angerichtet hast!« schrie Christina. »Warum konntest du mich nicht einfach in Ruhe lassen? Jetzt ist John gezwungen, dich aufzufordern, daß du sein Haus verläßt. Das hast du absichtlich getan, oder etwa nicht?«

»Es lag nicht in meiner Absicht, hier entdeckt zu werden, Christina«, sagte Philip ruhig. »Dieses Haus ist ebenso sehr dein Haus wie Johns Haus. Ich brauche also nicht zu gehen, es sei denn, du wünscht auch, daß ich gehe. Wenn du willst, daß unser Sohn aufwächst, ohne seinen richtigen Vater zu kennen, liegt das ganz bei dir.«

Es war das erste Mal, daß Philip von ›unserem Sohn‹ gesprochen hatte. Christina war überrascht und gleichzeitig erfreut, als sie es hörte.

»Schnell – reich mir meinen Hausmantel, bevor John kommt!« sagte sie eilig. »Und dreh dich um, verdammt noch mal!«

»Um Gottes willen, Christina!« Aber er drehte sich um und entfernte sich weit von ihr. Er blieb am Fenster stehen.

Christina stieg aus der Wanne, und es gelang ihr, das Gewand über ihren nassen Körper zu ziehen und es in der Taille zu schnüren, als John mit Tommy auf den Fersen in ihr Zimmer stürzte.

»Was zum Teufel geht hier vor, Christina?« fragte John.

Philip wandte sich den beiden zu, und Tommy funkelte ihn wütend an.

»Ich habe dir doch gesagt, daß es die heilige Wahrheit ist, John. Das ist empörend, und ich fordere, daß Caxton augenblicklich dieses Haus verläßt!« brauste Tommy auf.

»Es reicht, Tommy. Ich muß dich jetzt bitten, nach Hause zu gehen. Ich werde diese Angelegenheit regeln« erwiderte John.

»Ich gehe nicht!«

»Tommy – du gehst, und zwar gleich! Ich will allein mit Christina reden. Ich werde tun, was nötig ist.«

Tommy drehte sich um und stürmte aus dem Zimmer.

»Ich ziehe mich ebenfalls zurück, wenn Sie sich allein mit Christina unterhalten wollen«, sagte Philip.

»Ja, bitte«, erwiderte John barsch. »Ich werde Sie morgen früh von meiner Entscheidung unterrichten.«

»Dann bis morgen. Gute Nacht, Tina.« Philip schloß die Tür hinter sich.

Christina wußte, daß er sie bitten wollte, sich für ihn einzusetzen, damit er in der Nähe seines Sohnes bleiben konnte. Sie entspannte sich ein wenig und setzte sich auf ihr Bett.

»Crissy, wie kommst du dazu, Philip zu dieser nachtschlafenden Zeit in dein Zimmer zu lassen?« fragte John. »Habt ihr die Dinge endlich unter euch geregelt? Ist es das?«

»Ich weiß nicht, wovon du sprichst, John. Zwischen uns gibt es nichts zu regeln. Was zwischen uns war, ist vorbei – und es läßt sich nichts daran ändern. Außerdem habe ich Philip nicht gebeten, in mein Zimmer zu kommen. Er ist einfach reingekommen und nicht mehr gegangen.«

»Hat er...«

Christina lächelte schwach. »Philip hat die ganze Zeit über, die er hier war, in der Ecke gesessen, aber ich wußte, daß er mich begehrt hat. Und ich weiß, daß ich dich nicht noch mehr schockieren kann, als ich dich ohnehin schon schockiert habe, wenn ich dir jetzt sage, daß ich ihn auch wollte, mehr als alles auf der Welt«, flüsterte sie, denn sie fürchtete, daß Philip sie in seinem Zimmer hören konnte. »Aber ich habe ihm widerstanden, weil ich wußte, daß er mich nur für diese eine Nacht haben will. Morgen hätte er mich wieder gehaßt.«

»Aber, Crissy, Philip hat nie aufgehört, dich zu begehren.«

»Oh, doch, das hat er!« fauchte sie.

Es war zwecklos, mit ihr zu diskutieren, wenn sie auf stur schaltete. John schüttelte den Kopf. »Dann werde ich ihn wohl bitten müssen zu gehen, Crissy. Wäre dieser Mann nicht ausgerechnet Philip gewesen, dann wäre er jetzt tot.«

»Ich will nicht, daß er fortgeht, John.«

»Das kann doch nicht dein Ernst sein! Gerade eben hast du mir noch erzählt, daß du ihm nicht widerstehen kannst, wenn er – Crissy, es *wird* wieder passieren, wenn er hierbleibt.«

»Es wird nicht wieder passieren, John, ich weiß, daß es nicht dazu kommen wird. Und außerdem werde ich meine Tür von jetzt an abschließen. Ich will, daß Philip hierbleibt, bis er aus eigenem Willen geht. Ich will ihm nicht das Recht streitig machen, seinen Sohn kennenzulernen.«

»Und was ist mit Tommy? Er wird nicht verstehen, warum Philip weiterhin hierbleibt.« John machte eine Pause und schüttelte den Kopf. »Es ist alles meine Schuld, Crissy. Ich hätte dir niemals zureden dürfen, Tommy zu heiraten.«

»Das spielt jetzt keine Rolle mehr. Ich werde morgen früh mit Tommy sprechen. Ich werde ihm klarmachen, daß es eine harmlose Angelegenheit war.«

»Ich bezweifle, daß er dir das glauben wird. Was hast du vor, wenn du mit Tommy verheiratet bist? Er wird Philip niemals in seinem Haus dulden.«

»Ich weiß es nicht. Damit befasse ich mich, wenn es soweit ist. Und wenn du mit Philip sprichst, dann sag ihm bitte, ich hätte dir gesagt, daß wir über Philip junior gesprochen haben. Und auch wenn es sich nicht gehört, daß solche Dinge vorfallen, vergiß bitte die ganze Sache, solange so etwas nicht wieder vorkommt.«

»Hast du das etwa auch zu Tommy gesagt? Kein Wunder, daß er so wütend war. Glaubst du wirklich, Tommy ist so naiv, dir das zu glauben? Er ist doch kein Dummkopf.«

»Ich muß eben einfach darauf beharren, daß es so ist«, sagte Christina. »Ich will keine Konfrontationen zwischen Philip und Tommy mehr erleben.«

»Spricht mit Tommy, ehe er mir über den Weg läuft. Ich weiß nicht, wie ich ihm erklären soll, daß Philip weiterhin hierbleibt. Ich verstehe es selbst nicht so ganz.« John kam zu ihr und küßte sie zart auf die Wange. »Ich kann mir vorstellen, daß Tommy morgen in aller Frühe auftaucht, und daher solltest du jetzt am besten schlafen. Gute Nacht, meine kleine Schwester. Ich hoffe, du weißt, was du tust.«

Sie lächelte schwach, aber sie gab ihm keine Antwort. Nachdem

John gegangen war, sah Christina sich in ihrem leeren Zimmer um und spürte einen Stich des Bedauerns. Sie fragte sich, was passiert wäre, wenn Tommy nicht dazwischengekommen wäre. Sie schlüpfte in ihr Nachthemd, kroch ins Bett, und wie schon in so vielen Nächten überkam sie ein glühendes Verlangen. Sie wollte Philip – seine Hände, die ihren Körper erforschten, seine Lippen, die ihr jeden Willen raubten, seine Muskeln, die sich auf seinem Rücken bewegten, wenn sie ihn streichelte. Sie drehte sich um und weinte leise in ihr Kissen. Sie weinte um das, was niemals mehr sein konnte.

33

Christina erwachte vom lauten Schreien ihres Sohnes. Sie stürzte zur Wiege, und keine Gefahr in Gestalt von Philip war zu sehen. Als das Kind aufgehört hatte zu schreien, wickelte und stillte sie es. Dabei dachte sie wieder an die Worte, die Philip gebraucht hatte: *unser Sohn*. Wie natürlich das klang, nicht so wie mein Sohn oder Philips Sohn.

Es war zehn nach sieben, und jede Sekunde konnte Tommy im Haus auftauchen. Christina entschied sich für ein unpassendes Kleid, das tief ausgeschnitten war und Tommy bei der bevorstehenden Auseinandersetzung vielleicht ablenken konnte. Sie steckte sich rubinbesetzte Nadeln ins Haar und schmückte sich mit ihren Rubinohrringen, ließ jedoch die passende Kette weg, weil sie fürchtete, die Kette könne verbergen, was sie Tommy sehen lassen wollte.

Tommy war noch nicht da, und das Frühstücksgeschirr ließ darauf schließen, daß John und Philip bereits gegessen und das Haus verlassen hatten. Nach dem Frühstück schenkte Christina sich eine Tasse Tee ein. Als sie sich umdrehte, stand Tommy in der Tür. Er hatte sich ebenfalls sorgsam gekleidet und sah gut aus. Wie Christina gehofft hatte, fiel sein Blick sofort auf ihren tiefen Ausschnitt, der kaum verbergen konnte, was darunter war.

»Christina, wie kannst du am frühen Morgen in einem solchen Kleid herumlaufen?« fragte er bestürzt.

»Gefällt dir mein Kleid nicht, Tommy?« Sie lächelte verlockend. »Ich habe es nur für dich angezogen.«

Tommy schmolz dahin. Er zog sie in seine Arme. Seine Lippen suchten ihren Mund. Sie spürte keine Schauer der Erregung, nicht die Feuer, die jedesmal auf loderten, wenn Philip sie küßte.

»Es ist ein wunderbares Kleid, Crissy.« Er hielt sie auf Armeslänge von sich fern und musterte sie von Kopf bis Fuß. »Da Caxton jetzt fort ist, habe ich nichts dagegen, daß du es trägst.«

»Tommy.«

»Mein Gott, Crissy, du weißt ja nicht, was ich durchgemacht habe, seit dieser Mann aufgetaucht ist. Es war die Hölle! Ich konnte nicht mehr schlafen, ich konnte nicht mehr essen, ich konnte gar nichts mehr tun. Ich konnte nur noch daran denken, daß er einmal dein Liebhaber war.«

»Tommy.«

»Aber jetzt wird alles gut. Sag mal, hat John ihn in der Nacht noch rausgeworfen, oder ist er heute morgen abgereist?«

Christina seufzte. »Philip reist nicht ab, Tommy.«

Er sah sie an, als sei er völlig unerwartet geohrfeigt worden, doch sie sprach schnell weiter.

»John hat mir geglaubt, als ich ihm gesagt habe, daß gestern abend nichts vorgefallen ist. Es war alles vollkommen unschuldig, Tommy – nichts ist geschehen. Philip Caxton will mich nicht mehr – du hast doch selbst gesehen, wie er mit Estelle umgegangen ist. Du hast wirklich keinen Grund, dich aufzuregen.«

»Keinen Grund!« schrie Tommy aufbrausend. »Ich mache das nicht mehr mit, Christina, keinen Tag länger!«

»Tommy! Philip hat ein Recht darauf, hier zu sein. Sein Sohn ist hier.«

»Darüber werde ich mit John reden! Dieser Mann wird nicht in einem Haus mit dir bleiben!«

»Dieses Haus ist ebenso sehr mein Haus wie Johns Haus!« schrie Christina. »Und Philip bleibt hier!«

»Verdammt noch mal!« Tommy schlug mit seiner Reitpeitsche auf den Tisch.

»Tommy«, sagte Christina, »Philip ist nur wegen seines Sohnes hier, nicht meinetwegen. Kannst du das denn nicht verstehen?«

»Warum in Gottes Namen gibst du ihm seinen Sohn dann nicht?«

»Das kann doch nicht dein Ernst sein«, sagte Christina lachend.

»Wenn Caxton nichts anderes als seinen Sohn will, dann gib diesem Mann seinen Sohn. Mir war dieses Balg ohnehin immer im

Weg«, sagte Tommy bitter. »Wir werden unsere eigenen Söhne haben, Christina, und zwar sobald wir verheiratet sind. *Meine* Söhne!«

Langsam und bedächtig sagte Christina: »Ich bin dir wirklich dankbar dafür, daß du mir gesagt hast, wie du zu Philip junior stehst, bevor wir geheiratet haben. Jetzt wird es zu keiner Heirat kommen. Wenn du meinen Sohn nicht haben willst, kann ich dich unmöglich heiraten, Tommy.«

»Christina!«

»Du verstehst anscheinend nicht, was ich für mein Kind empfinde. Es ist mein Baby, Tommy, und ich liebe es von ganzem Herzen. Nichts auf Erden könnte mich dazu bringen, mich von diesem Kind zu trennen.«

»Du hast nie vorgehabt, mich zu heiraten, stimmt's?« schrie Tommy mit verzerrtem Gesicht. Ein kalter Schauer lief über Christinas Rücken. »Du hast während all der Zeit immer nur diesen Mann geliebt! Aber du wirst ihn nicht bekommen, Christina. Merk dir gut, was ich dir sage! Philip Caxton wird den Tag, an dem er dieses Haus betreten hat, noch bereuen. Und auch du wirst diesen Tag verfluchen!«

»Tommy!« schrie sie auf. Doch er stürzte aus dem Haus und schlug die Tür hinter sich zu.

Christina fing an, unkontrolliert zu zittern. Was sollte sie bloß tun? Was würde Tommy unternehmen? Sie mußte Philip finden und ihn warnen, aber sie hatte keine Ahnung, wo er steckte.

Christina nahm zwei Treppenstufen gleichzeitig. Sie begab sich direkt in Philips Zimmer und schloß die Tür hinter sich. Sie würde hier auf ihn warten. O Philip – bitte, beeil dich! Tommy war rasend wie ein Irrer.

Zwanzig Minuten vergingen. Christina erschienen sie wie Stunden. Immer wieder ließ sie sich Tommys Worte durch den Kopf gehen und fragte sich, was er damit hatte sagen wollen. Als sie Schritte im Flur hörte, hielt sie den Atem an und betete, es möge Philip sein. Als die Tür aufging, wurde sie vor Erleichterung fast ohnmächtig.

»Was zum Teufel hast du hier zu suchen? Versuchst du, mir den gestrigen Abend zurückzuzahlen?« frage Philip.

Seine Grobheit verletzte Christina, aber darüber vergaß sie nicht den Grund ihres Kommens.

»Philip, ich bin gekommen, um dich zu warnen. Tommy hat

Drohungen gegen dich ausgestoßen, und er hat sich so merkwürdig benommen, daß ich...«

»Sei nicht albern, Christina!« schnitt ihr Philip das Wort ab. »Du hast mich gestern abend aufgefordert, dein Zimmer zu verlassen, und jetzt fordere ich dich auf, mein Zimmer zu verlassen. Dein Bruder hat deutlich klargestellt, daß er nicht wünscht, daß wir beide miteinander allein sind.«

»Hat er das gesagt?«

»Nicht wörtlich, aber es ist auf dasselbe hinausgelaufen.«

»Aber Philip, Tommy hat gesagt, er brächte dich dazu, daß du bereust, jemals hierhergekommen zu sein. Er...«

»Glaubst du wirklich, daß ich auch nur einen Pfifferling darauf gebe, was Huntington sagt? Ich kann auf mich selbst aufpassen. Und jetzt sei so freundlich, mein Zimmer zu verlassen.«

Christina griff nach Philips Arm. In ihren sturmblauen Augen stand Zorn.

»Ich glaube, daß er dich umbringen will! Geht das denn nicht in deinen Dickschädel, verdammt noch mal?«

»Ganz richtig, Christina, genau das habe ich vor«, sagte Tommy.

Christina fühlte sich plötzlich ganz elend, und sie spürte, wie sich die Muskeln in Philips Arm anspannten. Langsam drehte sie sich zu Tommy um, der in der offenen Tür stand. Er hatte zwei Pistolen auf Philip gerichtet.

»Wußte ich doch, daß ich euch beide zusammen vorfinde. Deine Warnung ist zu spät gekommen, Christina. Jetzt kann nichts mehr deinen Liebhaber retten.« Er lachte bitter.

Christina hatte das Gefühl, jeden Moment ohnmächtig zu werden, aber sie zwang sich, dennoch zu sprechen. »Tommy, das kannst du nicht tun! Das ist – das ist Mord! Du wirfst dein eigenes Leben weg!«

»Glaubst du, daß mich mein eigenes Leben noch einen Pfifferling interessiert? Mir ist ganz gleich, was aus mir wird, solange er stirbt, Christina und zwar vor deinen Augen. Glaubst du etwa, ich wüßte nicht, daß du während der ganzen Zeit, in der wir verlobt waren, mit ihm geschlafen hast? Hältst du mich für einen solchen Trottel?«

»Das ist nicht wahr, Tommy!« schrie Christina. Sie stellte sich vor Philip, doch er stieß sie von sich, und sie fiel auf das Bett zurück.

»Aus dem Weg mit dir, Christina. Das geht nur Huntington und mich etwas an!« sagte Philip barsch.

»Wie ergreifend!« sagte Tommy lachend. »Aber ich habe nicht vor, Christina zu erschießen.«

»Tommy, hör mir zu!« flehte Christina. Sie mußte ihn davon abhalten! Sie zog sich vom Bett hoch und stellte sich mit wogendem Busen vor Tommy hin. »Ich werde mit dir von hier fortgehen, Tommy. Ich heirate dich heute noch. Leg nur bitte, bitte, diese Pistolen fort!«

»Du lügst! Du hast mich immer nur belogen!«

»Ich lüge nicht, Tommy. Das ist einfach Wahnsinn! Du hast keinen Grund, auf Philip eifersüchtig zu sein. Ich liebe ihn nicht. Er will mich nicht, und ich will ihn nicht. Wie könnte ich ihn wollen – nach allem, was er mir angetan hat? Bitte – du mußt auf die Vernunft hören! Ich reise heute noch mit dir ab, und wir werden nie mehr ein Wort über diesen Vorfall verlieren. Tommy, bitte!«

»Es reicht, Christina! Du willst mich schon wieder zum Narren halten, aber diesmal spiele ich nicht mit. Du wolltest immer nur diesen Mann, also versuch jetzt nicht, mir das Gegenteil zu erzählen!« schrie Tommy, und die Muskeln in seinem Gesicht zuckten. »Während unserer gesamten Verlobungszeit wolltest du dich von mir nicht anrühren lassen, aber *ihm* hast du erlaubt, dich anzufassen, oder etwa nicht? Damit ist jetzt Schluß! Du wirst ihn nicht bekommen, Christina – und seinen Sohn auch nicht.« Tommy lachte wieder, als er hörte, wie sie nach Luft schnappte, doch er behielt den regungslosen Philip im Auge. »Hast du etwa geglaubt, ich würde dieses Balg am Leben lassen, damit es dich an ihn erinnert? Nein, Christina – beide werden sterben. Ich habe zwei Kugeln, für jeden eine.«

»Du wirst beide Kugeln für mich brauchen, Huntington. Und selbst dann werde ich dich noch in Stücke reißen.« Philips Stimme war ruhig, aber von tödlicher Gefährlichkeit.

»Das bezweifle ich, Caxton – ich bin ein ausgezeichneter Schütze. Meine erste Kugel wird in Ihrem Herzen steckenbleiben, und somit bleibt mir noch eine Kugel, um dieses Balg zu töten, Ihren Sohn. Nichts wird ihr von Ihnen bleiben.« Er unterbrach sich und starrte mit leerem Blick auf den Fußboden. »Du warst alles, was ich je wollte, Crissy, aber diese beiden haben mir dich weggenommen.« Er blickte zu Philip auf, und der Wahnsinn trat wieder in seine Augen.

Tommy hob eine der Pistolen und richtete sie direkt auf Philips Herz. Christina entfuhr ein Schrei, bei dem einen das Blut gerinnen konnte, und sie stürzte in dem Moment nach vorn, in dem Tommy die Kugel abfeuerte. Philip war zur Seite getreten, um der Kugel auszuweichen, doch er mußte Christina in seinen Armen auffangen, als sie zusammenbrach und Blut aus einer Kopfverletzung strömte.

Christina hatte das Gefühl zu fallen, in Zeitlupe zu fallen, und alles drehte sich. Die Welt blitzte rot vor ihren Augen auf – und dann umfing sie Schwärze.

»O mein Gott, was habe ich getan? Ich habe sie umgebracht!« schrie Tommy. Jegliche Farbe wich aus seinem Gesicht, und mit einem grauenerregenden Schrei drehte er sich um und stürzte die Treppe hinunter. Doch ehe er die Haustür erreicht hatte, stürzte John aus dem Eßzimmer, und Kareen und Johnsy folgten dicht hinter ihm.

»Tommy!« schrie John. Er hielt ihn an der Tür an. Tommy drehte sich langsam um, und beim Anblick der beiden Pistolen, die er in seinen Händen hielt, erbleichte John. »Mein Gott! Was hast du getan?«

Tommy ließ augenblicklich die Waffen fallen, als habe er sich die Hände verbrannt. Doch eine der Pistolen war noch geladen und ging mit einem gräßlichen Geräusch los, als sie auf den Boden fiel. Von oben ertönte ein gequälter Aufschrei. Tommy sank auf seine Knie, und Tränen strömten über seine Wangen.

»Sie verfolgt mich jetzt schon als ein Spuk!« schrie Tommy. »O Gott, Crissy, ich wollte dir nichts tun. Ich habe dich geliebt!«

»Bleib wo du bist, Tommy«, ordnete John mit erstickter Stimme an, ehe er die Treppe hinaufsprang. Die Frauen folgten dicht auf seinen Fersen.

»Wohin mit mir?« murmelte Tommy vor sich hin. Er war allein in der Eingangshalle. »Warum verfolgt mich Caxton nicht? Gerechtigkeit muß geübt werden! O Gott, wie konnte ich bloß so blind sein, nicht zu erkennen, wie sehr sie ihn geliebt hat – so sehr, daß sie mir in die Schußlinie läuft, um ihn zu schützen? Mit dem, was ich angerichtet habe, kann ich nicht leben – ich will sterben!«

34

»Verdammt noch mal Doktor, warum kommt sie nicht zu sich? Jetzt sind es schon drei Tage, und Sie haben gesagt, es sei nur eine leichte Verletzung – die nicht einmal verbunden werden muß!« John ging in Christinas Schlafzimmer auf und ab, während der alte Dr. Willis seine Tasche schloß.

»Nach allem, was mir Mr. Caxton erzählt hat, fürchte ich, daß Christinas Verfassung seelisch bedingt ist, nicht körperlich. Als sie aus ihrer ersten Ohnmacht erwachte und dann den zweiten Schuß hörte, ging sie sofort davon aus, daß jetzt ihr Sohn tot sei. Sie sieht absolut keinen Grund, zu sich zu kommen – sie will es einfach nicht.«

»Aber sie hat allen Grund, weiterzuleben!«

»Wir wissen das, aber sie weiß es nicht. Ich kann Ihnen nur vorschlagen, hier sitzenzubleiben und mit ihr zu sprechen. Sie müssen versuchen, ihr das, was sie glaubt, auszureden. Und machen Sie nicht ein solches Getue, John. In all den Jahren meiner Praxis habe ich noch nie einen Patienten verloren, der an reiner Hartnäckigkeit gestorben ist. Wenn man von Ihrer Mutter einmal absieht. Aber sie war bei vollem Bewußtsein, und sie hat sich durch reine Willenskraft dazu gebracht zu sterben. Reden Sie mit Christina. Sagen Sie ihr, daß ihr Junge sie braucht – sagen Sie ihr, was sie wollen, damit sie sich nur aus diesem Zustand aufrütteln läßt. Wenn sie erst die Augen aufschlägt, ist alles gut.«

Nachdem Doktor Willis gegangen war, kam Philip ins Zimmer und blieb am Bett stehen.

»Was hatte Willis zu ihrem Zustand zu sagen?« fragte Philip sachlich.

»Daß sie keinen Grund hat, nicht zu sich zu kommen, es nur einfach nicht will!« erwiderte John erhitzt. »Verdammt noch mal! Sie versucht, aus reiner Willenskraft heraus an ihrem Kummer zu sterben, genauso wie unsere Mutter es getan hat.«

John redete den ganzen Tag auf Christina ein, und am späten Abend schlug sie die Augen auf.

Sie sah John an, der auf einem Stuhl neben ihrem Bett saß, und sie fragte sich, warum er hier war. Dann fiel ihr wieder ein, was passiert war.

»O Gott, nein – nein!« schrie sie hysterisch.

»Es ist alles in Ordnung, Crissy – Philip junior geht es gut. Er ist am Leben, das schwöre ich dir!« sagte John eilig.

»Du – du darfst mich nicht belügen, John«, flehte Christina ihn zwischen zwei Schluchzlauten an.

»Ich schwöre es dir Crissy, deinem Sohn ist nichts zugestoßen. Er liegt im Nebenzimmer und schläft.«

Sie konnte nicht aufhören zu weinen. »Ich habe den Schuß gehört. Ich habe ihn selbst gehört!«

»Der Schuß, den du gehört hast, ist aus dem unteren Stockwerk gekommen, Crissy. Er hat sich gelöst, als Tommy die Pistolen fallen gelassen hat. Niemand ist durch diesen Schuß verletzt worden – Philip junior geht es gut.«

Crissy schlug ihre Decke zurück und wollte aufstehen. Aber ein stechender Schmerz schoß durch ihren Kopf, und ihr wurde schwarz vor Augen. Sie fiel auf das Kissen zurück. »Ich muß es mit eigenen Augen sehen.«

»Gut, Crissy, wenn du mir nicht glaubst, kannst du ihn sehen. Aber setz dich diesmal langsam auf. Du liegst seit drei Tagen im Bett.«

John blieb nichts anderes übrig, als Crissy in das Kinderzimmer zu tragen. Er stellte sie sachte neben der Wiege ab und hielt sie fest, damit sie nicht umfallen konnte. Crissy sah auf ihren schlafenden Sohn hinunter. Sie legte ihre Hände dicht neben sein kleines Gesicht und spürte seinen warmen Atem. Dann streichelte sie seine Wangen. Er bewegte sich und drehte seinen Kopf um.

»Er lebt«, flüsterte sie beglückt. John hob sie wieder auf und trug sie ins Bett. Sie fing sofort wieder an zu weinen, doch diesmal waren es Freudentränen.

»Ich lasse dir etwas zu essen bringen, Crissy. Und dann solltest du dich ausruhen.«

»Aber du hast doch gesagt, daß ich seit drei Tagen schlafe. Ich brauche keine Ruhe mehr. Ich will wissen, was passiert ist, John«, sagte Crissy sachlich.

»Einer der Bediensteten der Huntingtons hat mich in den Ställen gefunden. Lord Huntington hat ihn losgeschickt, um mich zu warnen, Tommy sei bewaffnet auf dem Weg hierher. Den ersten Schuß habe ich gehört, ehe ich das Haus erreicht hatte. Dann habe ich Tommy im Flur gefunden. Der zweite Schuß ist versehentlich losgegangen. Du hast geschrien, und ich dachte, Tommy hätte Philip umgebracht. Aber als ich zu dir kam, mußte ich feststellen, daß auf dich geschossen worden war, Crissy – ich dachte, du seist tot. Aber Philip hat mir versichert, du seist nur ohnmächtig geworden, als du den zweiten Schuß gehört hast. Wenn du das Bewußtsein nicht verloren hättest, hättest du gewußt, daß Philip junior nichts zugestoßen ist. Der erste Schuß hat ihn nicht geweckt. Aber der zweite Schuß, der durch das ganze Haus hallte, hat ihm Angst eingejagt, und er hat sich die Seele aus dem Leib geschrien. Selbst als Johnsy zu ihm gekommen ist, wollte er nicht aufhören zu schreien.«

»Ist Philip in Ordnung?«

»Ja. Euch würde beiden nichts fehlen, wenn du nicht in die Schußlinie gelaufen wärst. Ich weiß, warum du es getan hast, Crissy, aber ich fand, es sei nicht meine Sache, Philip zu erklären, warum du es getan hast. Dem Himmel sei Dank, daß die Kugel dich nur gestreift hat.«

»Wo ist Philip jetzt?«

»Ich glaube, er ist unten und betrinkt sich, wie er es jetzt schon seit drei Nächten tut.«

»Und Tommy – ist mit ihm alles in Ordnung?«

»Tommy war, glaube ich, weit mehr erschüttert als alle anderen. Er hat wirklich geglaubt, er hätte dich umgebracht. Er hat geweint wie ein kleines Kind, als ich ihm gesagt habe, daß du lediglich bewußtlos bist. Aber ich fürchte, er ist verhaftet worden. Schließlich hat er auf dich geschossen.«

»Aber mir fehlt nichts – es war nur ein unglückliches Versehen. Ich will nicht, daß er ins Gefängnis kommt, John. Tommy ist durchgedreht, weil ich unsere Verlobung gelöst habe. Ich möchte, daß er freigelassen wird – heute nacht noch.«

»Ich werde sehen, was ich tun kann, aber vorher besorge ich dir etwas zu essen.«

»Miß Crissy, mein Liebes, wach auf. Hier ist jemand, der seine Mama sehen möchte.«

Crissy drehte sich im Bett um und sah Johnsy, die Philip junior auf ihren Armen wiegte. Sie lächelte, denn er zappelte in Johnsys Armen. Sie knöpfte ihr Nachthemd auf und legte ihn an die Brust, während sie zusah, wie Johnsy, die offensichtlich außer sich war, im Zimmer aufräumte.

»Was ist los mit dir?« fragte Crissy.

»Du kannst gern von mir hören, daß ich vor Angst fast den

Verstand verloren habe – einfach drei Tage lang hier im Bett zu liegen. Und dann kommt auch noch dein Bruder und sagt zu mir, ich soll zu dir raufgehen und dich fragen, ob du bereit bist, Master Tommy zu sehen. Wenn er mich gefragt hätte, hätte ich nein gesagt, aber mich fragt ja niemand mehr.«

»O Johnsy, sei nicht so verdrießlich. Ich werde mit Tommy sprechen, sowie ich Philip junior gestillt habe.«

»Vielleicht ist es dazu noch zu früh?« fragte Johnsy mit einem schwachen Hoffnungsschimmer.

»Mir fehlt nichts. Und jetzt sieh zu, daß du runterkommst und Tommy sagst, ich werde ihn gleich empfangen.«

Eine Weile später klopfte Tommy an die Tür, als Crissy Philip junior gerade wieder in seine Wiege gelegt hatte. Sie machte die Tür auf und bemerkte, daß Tommy Reisekleidung trug. Sie forderte ihn auf einzutreten.

»Crissy, ich...«

»Es ist schon gut, Tommy«, fiel sie ihm ins Wort. »Du brauchst nichts dazu zu sagen.«

»Ich will aber etwas sagen«, sagte er, und er nahm ihre Hände in seine. »Es tut mir leid, Crissy. Das mußt du mir glauben. Ich wollte dir um keinen Preis etwas antun.«

»Das weiß ich, Tommy.«

»Mir ist jetzt klar, wie sehr du Philip Caxton liebst. Ich hätte es eher merken müssen, aber ich war zu sehr von meinen eigenen Gefühlen besessen. Als Caxton hier aufgetaucht ist, habe ich in ihm nur einen Rivalen gesehen. Aber jetzt weiß ich, daß du nie für mich zu haben warst – du warst immer nur für ihn da. Sag ihm, daß mir dieser Vorfall außerordentlich leid tut. Er schläft noch, denn sonst würde ich versuchen, es ihm selbst zu sagen.«

»Du kannst es ihm später sagen.«

»Nein, dann bin ich nicht mehr hier. Ich reise heute noch ab.«

»Wohin gehst du?«

»Ich habe mich entschlossen, zum Militär zu gehen, wie John es getan hat«, sagte Tommy hilflos.

»Aber was ist mit deinen Ländereien? Dein Vater braucht dich«, sagte Crissy. Aber dann merkte sie, daß Tommys Entschluß längst feststand.

»Mein Vater ist noch ein junger Mann. Ich habe hier nichts zu suchen. Mir geht es so, wie es dir gegangen ist, Crissy. Ich habe mein ganzes Leben hier verbracht. Es ist an der Zeit, daß ich mir die Welt ansehe.« Er küßte sie flüchtig auf die Wange, und in seinen braunen Augen stand herzliche Freundschaft. »Jemanden wie dich werde ich nie mehr finden, aber vielleicht gibt es doch noch eine andere Frau, die mir gefällt.«

»Ich hoffe es, Tommy, ich hoffe es wirklich für dich. Und ich wünsche dir alles Glück auf Erden.«

Christina blieb noch lange mitten im Zimmer stehen, nachdem Tommy gegangen war. Sie war traurig und fühlte sich so einsam, als sei ein kleines Stückchen ihres Herzens einfach abgeschnitten worden. Der Tommy, mit dem sie eben gesprochen hatte, war der alte Tommy, den sie wie einen Bruder geliebt hatte, und sie würde ihn sehr vermissen.

35

Philip erwachte mit einem bohrenden Kopfschmerz. Die Sonne, die in sein Zimmer strömte, trug auch nicht gerade zu einer Besserung bei. Er preßte sich die Hände gegen die Schläfen, damit der Schmerz nachließ, aber auch das half nichts. Dann blickte er an seinem vollständig bekleideten Körper hinunter, dem nur ein Schuh fehlte, und er stöhnte.

John hatte ihm am späten Abend mitgeteilt, Christina sei endlich wieder zu sich gekommen. Oder hatte er das alles nur geträumt? Das ließ sich herausfinden. Er stand auf. Wieder zuckte ein stechender Schmerz durch seinen Kopf, und er gelobte sich, lange Zeit keine Whisky mehr anzurühren. Er spritzte sich reichlich Wasser ins Gesicht und hielt sich dann an der Kommode fest, bis der Schmerz ein wenig nachließ.

Nach einer Weile war er soweit, daß er sich rasieren und umziehen konnte. Er fühlte sich fast wieder wie ein Mensch, und er beschloß, es sei ein guter Zeitpunkt, um nach Christina zu sehen.

Unangekündigt betrat er ihr Zimmer. Sie saß aufrecht im Bett und trug über einem weißen Spitzennachthemd ausgerechnet den Kaftan aus schwarzem Samt. Ihr langes Haar umrahmte ihr Gesicht mit einem goldenen Heiligenschein.

»Kannst du denn nicht anklopfen?« fragte sie barsch.

»Du würdest ja doch nur ›herein‹ sagen, und warum soll ich

unser beider Zeit vergeuden?« Philip setzte sich. »Du bist also endlich wieder zu dir gekommen. Was zum Teufel soll das heißen – einfach drei Tage durchzuschlafen und meinen Sohn einer Amme anzuvertrauen?«

Christina konnte aus seinem Tonfall nicht erkennen, ob Philip sie necken wollte oder ob er es ernst meinte. Sie entschied sich für letzteres und wurde böse.

»Es tut mir leid, daß mein verspätetes Erwachen dich aus der Fassung gebracht hat, aber ich habe *meinen* Sohn heute morgen schon gesehen. Wie wärest du eigentlich mit Ammen zurechtgekommen, wenn du sie so sehr ablehnst?«

»Verdammt noch mal, Frau!« brüllte er, doch dann stöhnte er über den Klang seiner eigenen Stimme.

Crissy wurde klar, was mit ihm los war, und sie fing an zu kichern.

»Was zum Teufel ist hier so verdammt komisch?« Er sah sie durch seine roten Augen finster an.

»Du«, sagte Christina, und sie unterdrückte ihr Lachen. »Was kann bloß in dich gefahren sein, dich drei Nächte hintereinander im Alkohol zu ertränken? Ich weiß, daß du außer dir warst, weil du Philip junior fast verloren hättest, aber ist das ein Grund, dich krank zu trinken? Ihm ist nichts zugestoßen.«

»Du liegst bewußtlos im Bett, und ich weiß nicht, ob du leben oder sterben wirst – und du fragst mich, was in mich gefahren ist, mich zu betrinken?«

»Was für eine Rolle spielt es, ob ich lebe oder sterbe? Ich bin sicher, daß John dir Philip junior gegeben hätte, wenn ich nicht durchgekommen wäre. Die Vorstellung, zu bekommen, was du willst, hätte dich glücklich machen sollen. Es tut mir leid, daß ich dich enttäuscht habe.«

Philip lehnte sich auf dem Stuhl zurück und starrte Christina an. »Für diese Bemerkung sollte ich dich verdreschen. Ach, zum Teufel – vergiß es! Ich hätte nicht so früh zu dir kommen sollen. Mir hätte klar sein müssen, daß du außer dir bist, weil du weißt, daß dein Liebhaber im Gefängnis sitzt.«

»Er war nicht mein Liebhaber, verdammt noch mal!« fauchte Christina zornig. »Um es endgültig zu den Akten zu legen, Mr. Caxton, Sie sind der einzige Liebhaber, den ich je hatte.«

»Du brauchst nicht zu schreien, verdammt noch mal!« schrie er.

»So, brauche ich das nicht zu tun? Mir scheint, anders kann ich nicht zu dir durchdringen. Und überhaupt sitzt Tommy nicht mehr im Gefängnis. Er war...«

»Habe ich dich richtig verstanden?« fiel Philip ihr jetzt ins Wort, und seine Grünen Augen wurden eine Spur dunkler.

»Ja, hast du«, erwiderte sie und sie tat so, als bemerke sie seinen Zorn nicht. »Tommy ist letzte Nacht freigelassen worden – auf mein Bestreben hin.«

»Um Himmels willen!« explodierte Philip. Er vergaß sogar seine Kopfschmerzen. »Nach allem, was er dir angetan hat, läßt du ihn frei herumlaufen, als sei nichts geschehen?«

»Er wollte nicht auf mich schießen.«

»Ich weiß! Auf *mich* hat er gezielt. Bist du eigentlich auf die Idee gekommen, daß ich ihn verklagen könnte?«

»Mir wäre es lieb, wenn du es nicht tätest, Philip«, sagte Christina ruhig. »Tommy bereut, was er getan hat. Er hat mich gebeten, dir in seinem Namen seine Entschuldigung auszurichten. Er...«

»Du hast schon mit ihm gesprochen?« fiel Philip ihr ins Wort.

»Ja. Er hat mich heute morgen aufgesucht.«

»Und jetzt flehst du mich an, ihm die Freiheit zu geben.«

Philip lehnte sich auf seinem Stuhl zurück, als drücke ihn ein schweres Gewicht gegen die Lehne. »Mir scheint, du liebst ihn wirklich.«

»Tommy und ich sind zusammen aufgewachsen. Ich war sehr mit ihm befreundet, bis er sich entschlossen hat, mich zu lieben. Aber ich habe ihn nicht auf dieselbe Weise geliebt.«

»Aber ihr beide wolltet doch heiraten.«

»Am ersten Tag nach meiner Heimkehr hat er mir einen Heiratsantrag gemacht, und seit da an hat er mich täglich gebeten, ihn zu heiraten, bis ich es nicht mehr ausgehalten habe. Ich habe nein gesagt, aber er hat nicht aufgegeben. Ich bin nach Victory gegangen, weil ich Tommy nicht mehr sehen konnte, aber nach meiner Rückkehr hat er wieder von vorn angefangen. Ich habe John gebeten, Tommy aufzufordern, daß er mich in Ruhe läßt, aber er hat sich auf Tommys Seite gestellt. Ich habe nicht damit gerechnet, dich jemals wiederzusehen, und daher habe ich aufgegeben. Ich habe mich einverstanden erklärt, Tommy zu heiraten, weil alle es so haben wollten. Wir waren Freunde, und als Freund mochte ich ihn – und mag ihn immer noch. Als er sich heute morgen von mir verabschiedet hat, war er wieder ganz der alte.«

»Verabschiedet?«

»Ja, er geht zum Militär. Ich werde ihn vermissen. Als ich unsere Verlobung gelöst habe, hat er vor Eifersucht durchgedreht, aber jetzt ist alles wieder in Ordnung. Willst du ihn immer noch verklagen?«

»Nein, wenn er fort ist, wünsche ich ihm Glück. Du siehst ihn also nur als guten Freund?«

»Ja.«

Philip lachte. Er beugte sich auf seinem Stuhl vor.

»Ich werde dir jetzt sagen, was ich dir schon vor langem hätte sagen sollen. Ich liebe dich, Tina, und ich habe dich immer geliebt. Mein Leben ist ohne dich nicht lebenswert. Ich will dich mit mir nach Hause nehmen – nach Victory. Ich verstehe, wenn du nein sagst, aber ich muß dich fragen. Und wenn du einverstanden bist, werde ich dich in keiner Weise drängen. Ich weiß, daß du mich für das Elend haßt, das ich auf dich geladen habe, aber ich kann mit deinem Haß leben, solange ich mit dir leben kann.« Christina fing an zu weinen. Sie konnte es einfach nicht glauben.

»Du mußt mir jetzt nicht antworten, Tina.«

Sie sprang vom Bett und kniete sich vor ihn hin. Ihre Arme umschlangen seine Taille, als würde sie ihn nie mehr loslassen. Philip hob ihr Gesicht hoch und strich ihr zart über das Haar, und seine Augen waren zart und forschend.

»Heißt das, daß du mit mir kommst?«

»Philip, wie kannst du nur etwas anderes denken? Wie kannst du glauben, daß ich dich hasse? Ich liebe dich grenzenlos. Es war wohl von Anfang an so, aber ich habe es erst gemerkt, als Ali Hejaz mich dir geraubt hat. Ich wäre für alle Zeiten mit dir in Ägypten geblieben, wenn du mich nicht fortgeschickt hättest. Und als du mich fortgeschickt hast, habe ich alle Höllenqualen durchlebt, bis ich gemerkt habe, daß ich ein Kind von dir in mir trage. Philip war mein Grund, weiterzuleben.«

»Bitte, Tina, belüg mich jetzt nicht. Ich habe dich nicht fortgeschickt. Du hast mich verlassen.«

»Aber ich lüge doch gar nicht, Philip. Ich habe bis heute die Nachricht, die Rashid mir ausgehändigt hat, nachdem du in Yamaid Alhabbals Lager geritten bist. Ich konnte es im ersten Moment einfach nicht glauben. Aber als Rashid mir gesagt hat, daß du Nura heiraten willst, habe ich aufgegeben und bin mit ihm gegangen.«

»Ich habe keine Nachricht hinterlassen, Tina. Ich bin in Yamaids Lager geritten, um seinen Stamm zu unserer Hochzeit einzuladen. Als ich zurückgekommen bin...«

»Zu unserer Hochzeit?«

»Ja – ich hatte gerade begonnen zu glauben, daß du dir wirklich etwas aus mir machst. Ich wollte dich heiraten, um sicherzugehen, daß ich dich niemals verlieren werde. Ich hatte unsere Hochzeit als Überraschung geplant. Aber als ich zurückkam, warst du fort und – zeig mir diese Nachricht.«

Widerwillig ließ Christina ihn los und ging zu ihrer Kommode. Aus der obersten Schublade zog sie den zerknitterten Zettel und drückte ihn Philip in die Hand.

»Rashid!« fauchte Philip, nachdem er gelesen hatte, was auf dem Zettel stand. »Ich hätte es wissen müssen! Und wenn es meine letzte Tat auf Erden ist – ich gehe zurück nach Ägypten und bringe diesen Schurken um!«

»Das verstehe ich nicht.«

»Rashid hat diese Nachricht an dich geschrieben! Mir hat er eine Nachricht hinterlassen, die mit deinem Namen unterschrieben war. Darin stand, daß du mich bittest, dir nicht zu folgen. Ich dachte, du hättest mich in dem letzten Monat reingelegt. Ich dachte, du hättest mir nur vorgespielt, glücklich zu sein, damit ich dir vertraue und dich allein lasse, damit du entkommen kannst.«

»Wie konntest du das bloß glauben, Philip? Ich war nie in meinem ganzen Leben glücklicher als in diesem Monat mit dir. Diese Art von Glück hätte ich nicht heucheln können.« Sie lächelte liebevoll und streichelte seinen Nacken. »Aber warum hätte Rashid etwas Derartiges tun sollen?«

»Er muß gehofft haben, daß ich dir nach England folge und nicht mehr zurückkehre. Rashid hat mich immer gehaßt, weil ich der Liebling unseres Vaters war und weil ich das Stammesoberhaupt geworden bin. Scheich zu sein, hat ihm mehr bedeutet als alles andere. Ich habe das verstanden und ihm in vieler Hinsicht seinen Willen gelassen. Aber er ist zu weit gegangen, um das zu erreichen, was er angestrebt hat. Er hat deine Entführung ausgeheckt und meinen Tod durch Scheich Alis Hände gewünscht. Als ich von Amines Bruder die Wahrheit erfuhr, habe ich Rashid überall gesucht, aber er war nicht auffindbar. Schließlich habe ich die Suche aufgegeben. Ich konnte nicht in diesem Land leben, in dem die Erinnerung an dich mich überall verfolgt hat, ganz gleich, wohin ich auch gesehen habe. Aber das, was Rashid getan hat, ist unverzeihlich. Er hat uns ein ganzes Jahr unserer Liebe geraubt.«

»Während gewisser Zeiten dieses Jahres wäre es reichlich schwierig gewesen, einander zu lieben«, sagte Christina lachend. »Aber das spielt jetzt keine Rolle mehr – solange wir einander jetzt und für alle Zeiten haben.« Sie unterbrach sich. »Aber was ist mit Estelle? Du hast ihr gesagt, daß du sie begehrst.«

Philip lachte. »Nur, weil ich wußte, daß du uns zuhörst, mein Liebling. Was glaubst denn du, warum ich die Tür offengelassen habe?«

Philip stand auf und zog Christina in seine Arme. Ihre Lippen fanden sich in einem leidenschaftlichen Kuß, und Christina glaubte, vor Glück ohnmächtig zu werden. Philip hielt ihr Gesicht zwischen seinen Händen und küßte ihre Augen, ihre Wangen, ihre Lippen.

»Wirst du mich heiraten, Tina? Wirst du mit mir zusammenleben und an meinem Leben teilnehmen und mich für alle Zeiten lieben?«

»O ja, mein Geliebter, für alle Zeiten. Und ich werde meine Gefühle nie mehr vor dir verbergen.«

»Und ich nicht vor dir.«

»Aber etwas wundert mich immer noch, Philip. Warum hast du mich vom ersten Moment an, als du hier erschienen bist, so kühl behandelt?«

»Weil ich, mein Liebling, hierhergekommen bin, um dich zu heiraten, und in dem Moment, als ich das Haus betrat, höre ich, wie du den Heiratsantrag eines anderen Mannes annimmst. Ich war so wütend, daß ich nicht mehr wußte, wie mir geschah.«

»Du warst eifersüchtig?« fragte sie fröhlich, und sie fuhr mit einem Finger über seine Wange.

»Eifersüchtig! Ich war noch nie eifersüchtig!« Er ließ sie stehen und verriegelte ihre Schlafzimmertür. Dann zog er sie grob an sich. »Wenn ich dich jemals bei einem Seitenblick auf einen anderen Mann ertappe, schlage ich dich grün und blau!«

»Tust du das wirklich?« Sie sah ihn überrascht an.

»Nein«, murmelte er. In seinen Augen tanzten tückische Funken, als er den schwarzen Kaftan von ihren Schultern gleiten ließ. »Du wirst nicht lange genug aus dem Bett herauskommen, um mir Grund zur Eifersucht zu geben.«

36

Sie waren seit sechs Monaten verheiratet, seit sechs glücklichen Monaten. Christina fiel es immer noch schwer, zu glauben, daß Philip jetzt ihr gehörte. Sie wollte jede Minute an seiner Seite verbringen, ihn berühren, seine süßen Worte hören, seine Liebeserklärungen, die ihr Herz beglückten.

»Hast du die Wette vergessen, die ich dir gestern nacht vorgeschlagen habe?« fragte Philip, als sie mit einem Frühstückstablett ins Schlafzimmer kam. »Ich glaube, der Einsatz war ein Vormittag, den wir in aller Ruhe im Bett verbringen, und ich habe gewonnen.«

»Ich habe es nicht vergessen, mein Liebling, aber du hast noch geschlafen, als ich aufwachte. Ich dachte, du würdest vielleicht etwas mögen, was dich zum Mittagessen hinüberrettet.«

»Ich glaube eher, daß du dich bis zum Mittagessen hinüberretten willst. So, wie du in letzter Zeit beim Essen zugreifst, fange ich schon an zu glauben, daß du dir mehr aus dem Essen machst als aus mir«, neckte er sie. Er nahm ihr das Tablett aus der Hand und stellte es auf den schwarzen Marmortisch vor dem Sofa.

»Das ist nicht wahr, und das weißt du selbst«, sagte Christina, und sie tat so, als würde sie schmollen.

»Du hättest das Tablett jedenfalls nicht selbst nach oben tragen sollen. Die Dienstboten sollen sich ihren Lohn in Zukunft verdienen.«

»Du weißt sehr wohl, mein Herr, daß es den Dienstboten nicht gestattet ist, sich deinem Schlafzimmer zu nähern, wenn die Tür geschlossen ist. Du hast diese Anweisung selbst erteilt, am zweiten Tag unserer Flitterwochen. Ein Dienstmädchen ist hereingekommen, um das Bett frisch zu beziehen, und wir haben immer noch im Bett gelegen. Mit deinem Zorn hast du das arme Mädchen zu Tode erschreckt.«

»Und das mit gutem Grund!« sagte Philip lachend. »Aber was hat dich so lange aufgehalten? Ich bin seit fast einer Stunde auf und wollte dich gerade suchen. Wenn ich eine Wette gewinne, erwarte ich, daß mir der gesamte Einsatz zusteht, nicht nur die Hälfte.«

»Jedesmal, wenn wir in den letzten Monaten Poker gespielt haben, habe ich verloren. Anfangs dachte ich, du hättest mich absichtlich gewinnen lassen, als du mir in Ägypten das Spiel beigebracht hast.«

»Damals wolltest du nicht mit mir wetten, wenn du dich bitte erinnern würdest. Aber jetzt, da der Einsatz es wert ist zu gewinnen, ziehe ich es vor zu gewinnen. Aber vielleicht verlierst du auch gern.«

»Das würdest du wohl gern glauben – stimmt's?« neckte sie ihn, und sie lehnte sich auf dem samtbezogenen Sofa zurück.

»Stimmt es etwa nicht?« fragte er, während er sich neben sie setzte.

»Mein Liebling, du brauchst kein Kartenspiel und kein Glücksspiel, um mich dazu zu bewegen, daß ich den Vormittag mit dir im Bett verbringe – oder meinetwegen auch den ganzen Tag. Das solltest du inzwischen wissen.«

»Ich habe so viele Monate lang geglaubt, daß du mich haßt, Tina, und jetzt fällt es mir schwer zu glauben, daß unser Glück wahr ist«, sagte Philip.

Er nahm ihr Gesicht zwischen seine Hände und sah sie mit strahlender Wärme in den Augen an. »Kein Mann hat das Recht, so glücklich zu sein, wie du mich damit gemacht hast, mir deine Liebe zu schenken. Ich kann einfach nicht glauben, daß du wirklich mir gehörst.«

Christina kam in Philips Arme und schmiegte sich an ihn.

»Wir müssen die elf Monate vergessen, in denen wir voneinander getrennt waren«, flüsterte sie, »die Zweifel vergessen, die uns beide geplagt haben. Wir waren beide so dumm, damals nicht gleich von unserer Liebe zu sprechen. Aber jetzt, da ich weiß, daß du mich so sehr liebst, wie ich dich liebe, werde ich dich nie mehr verlassen.«

Sie lehnte sich zurück und sah ihn an, und plötzlich sprangen Funken in ihre Augen. »Und sollte jemals eine andere Frau dein Interesse gefangennehmen, dann sage ich dir jetzt gleich, Philip Caxton, daß ich um dich kämpfen werde! Du hast mir einmal gesagt, niemand würde dir wegnehmen, was dir gehört. Und ich sage dir: Keine Frau wird mir jemals wegnehmen, was mir gehört!«

»Was habe ich bloß für einen Hitzkopf geheiratet«, lachte er. »Warum hast du mir nicht vorher gesagt, daß du eine eifersüchtige, habgierige Ehefrau wirst?«

»Tut es dir leid, daß du mich geheiratet hast?« frage sie.

»Die Antwort kennst du selbst. Und jetzt sag mir, was dich so lange unten festgehalten hat. Du versuchst doch nicht etwa, mein Bett zu meiden, oder, mein Liebling?«

»*Das* werde ich nie tun. Ich habe nur ein paar Minuten nach Philip gesehen. Er hat wieder Gehversuche gemacht, ohne sich festzuhalten. Er ist so niedlich, wenn er versucht zu laufen. Außerdem hat Emmy mir einen Brief gegeben – von Kareen.«

»Und ich nehme an, den willst du jetzt gleich lesen? Na los, lies ihn schon«, sagte er.

Sie lächelte und riß eilig den Brief auf. Nachdem sie einige Minuten lang leise gelesen hatte, fing sie an zu lachen. »So, das war aber auch an der Zeit.«

»Was ist?« fragte Philip.

»Kareen bekommt ein Baby. John muß ja so glücklich sein, und ich kann mir vorstellen, daß Johnsy ganz außer sich ist. Sie war richtig böse, als wir abgereist sind und *ihr* Baby mitgenommen haben, wie sie es nennt. Ihr einfach ihren Philip wegzunehmen! Sie wird froh sein, wenn ein anderes Kind im Haus ist.«

»Das sind erfreuliche Nachrichten, und ich freue mich für die beiden. Aber es wäre auch an der Zeit, daß wir unsere eigene kleine Familie ein wenig ausweiten.« Philip grinste verschmitzt. »Und eigentlich könnten wir uns gleich ans Werk machen.«

Er hob sie hoch und trug sie auf das große Bett mit den vier Bettpfosten, das von der vergangenen Nacht noch ganz zerwühlt war. Er küßte sie zärtlich, und seine Lippen bewegten sich zart und nachgiebig und ganz langsam und behutsam über ihre. Er küßte ihre Kehle, ihre Schulter und legte sie sachte auf das Bett.

In seinen flammenden grünen Augen stand helle Vorfreude. Er schlüpfte aus seinem Kaftan aus Samt und half Christina aus ihrem Kleid heraus. Sie breitete ihre Arme aus, und ihre Körper verschlangen sich ineinander. Er küßte sie wieder, diesmal mit glühender Liebe und Liedenschaft.

Plötzlich zog er sich auf einen Ellbogen und lächelte.

»Mir gefällt die Vorstellung, eine große Familie zu haben«, sagte er. »Du hast doch nichts dagegen, so schnell schon wieder ein Kind zu bekommen, oder?«

»Diese Frage hättest du mir vor einem Monat stellen sollen. Jetzt stehe ich in dieser Frage vor keiner Wahl mehr. In acht Monaten wird sich unsere Familie vergrößern«, sagte Christina mit einem breiten Grinsen.

»Aber warum hast du mir das nicht eher gesagt?« fragte er freudig.

»Ich habe auf den rechten Moment gewartet. Ich hoffe, daß es diesmal ein Mädchen wird.«

»Nein, das kommt nicht in Frage. Erst mal bekommen wir drei oder vier Jungen – dann kannst du das Mädchen haben, das du dir wünscht.«

»Aber wieso?«

»Weil unsere Tochter, wenn sie dir auch nur halbwegs ähnlich sieht, mein Liebling, allen Schutz brauchen wird, den sie nur bekommen kann.«

»Warten wir es doch ab. Ich fürchte, in der Hinsicht haben wir nicht viel zu sagen.«

»Ich nehme an, das ist der Grund, aus dem du in letzter Zeit so unbändig ißt«, sagte er. »Diesmal bin ich da und kann zusehen, wie du in deiner Mutterschaft aufblühst.«

Christina runzelte leicht die Stirn, als die daran dachte, wie dick sie geworden war, als sie Philip bekommen hatte. Aber Philip lächelte.

»Das, was in dir wächst, ist unser Kind. Und in meinen Augen wird dich das noch viel schöner machen, als du es ohnehin schon bist – falls das überhaupt geht. Ich liebe dich, Tiny.«

Dann küßte er sie, diesmal leidenschaftlich, und ihre Körper verschmolzen miteinander. Die glühenden Flammen der Liebe nahmen sie gefangen, und Christina wußte, daß es zwischen ihnen immer so bleiben würde. Sie wußte, daß ihre Liebe zu Philip niemals erlöschen würde.

Das
Geheimnis ihrer Liebe

1

London, 1817

Die Finger, die den Cognacschwenker hielten, waren lang und zartgliedrig. Selena Eddington war eitel, was ihre Hände anging. Sie zeigte sie betont vor, wenn sich ihr eine Gelegenheit dazu bot, so wie in diesem Moment. Sie brachte Nicholas die Karaffe, statt mit seinem Glas zu ihr zu gehen. Das diente zugleich einem weiteren Zweck. Sie konnte sich vor ihn, der sich auf dem blauen Plüschsofa zurückgelehnt hatte, hinstellen – das Feuer im Rücken, das ihre Figur durch das Abendkleid aus feinem Musselin als provokative Silhouette hervorhob. Selbst ein hartgesottener Lebemann wie Nicholas Eden wußte einen reizvollen Körper zu schätzen.

Ein großer Rubin blinkte an ihrer linken Hand, als sie sein Glas nahm und den Cognac einschenkte. Ihr Ehering. Sie trug ihn immer noch voller Stolz, obwohl sie jetzt schon seit zwei Jahren verwitwet war. Weitere Rubine zierten ihren Hals, aber selbst diese funkelnden Edelsteine lenkten nicht von ihrem außerordentlich tiefen Dekolleté ab, von dem nicht mehr als sieben Zentimeter Stoff zur hochangesetzten Taille reichten, unter der das Empirekleid in geradem Schnitt bis zu ihren schmalen Fesseln fiel. Die Farbe des Kleides war ein sattes, leuchtendes Magentarot, das nicht nur zu den Rubinen, sondern auch zu Selena vorzüglich paßte.

»Hörst du mir überhaupt zu, Nicky?«

Nicholas machte einen aufreizend versonnenen Eindruck, den sie in letzter Zeit immer häufiger an ihm feststellte. Er hatte nicht ein Wort von dem, was sie gesagt hatte, gehört, sondern war in Gedanken versunken, die sich mit Sicherheit nicht um sie drehten. Er hatte sie nicht einmal angesehen, als sie ihm den Cognac eingeschenkt hatte.

»Also, wirklich, Nicky, wie du dich in Luft auflöst und mich allein zurückläßt, wenn wir zu zweit sind – schmeichelhaft ist das nicht gerade.« Sie blieb beharrlich vor ihm stehen, bis er aufblickte.

»Was soll denn das heißen, meine Liebe?« Ihre haselnußbraunen Augen blitzten auf. Sie hätte am liebsten mit dem Fuß aufgestampft, wenn sie es gewagt hätte, ihm ihr überschäumendes Temperament zu zeigen. Wie provozierend er war, wie gleichgültig, wie – unmöglich! Wenn er nur nicht eine so gute Partie gewesen wäre...

Sie achtete auf ihre Haltung und sagte mit ruhiger Stimme: »Der Ball, Nicky. Ich rede schon seit einer Weile davon, aber du hörst mir nicht zu. Wenn du willst, kann ich das Thema wechseln, aber nur, wenn du mir versprichst, daß du mich morgen abend nicht zu spät abholst.«

»Welcher Ball?«

Selena schnappte Luft. Sie war wirklich erstaunt. Er war nicht trickreich, und er war auch nicht blasiert. Dieser Mann, der sie so in Rage bringen konnte, hatte wirklich keine Ahnung, wovon sie redete.

»Mach dich nicht über mich lustig, Nicky. Der Shepford-Ball. Du weißt, wie sehr ich mich schon darauf freue.«

»Ach ja«, sagte er trocken. »Der Ball, der alles bisher Dagewesene überbieten wird, und das ist erst der Anfang der Saison.«

Sie tat so, als hätte sie seinen Tonfall nicht bemerkt. »Du weißt auch, wie lange ich auf eine Einladung zu einem Abend bei der Herzogin von Shepford gewartet habe. Und morgen gibt sie ihren größten Ball seit Jahren. Alles, was Rang und Namen hat, wird erscheinen.«

»Ja, und?«

Selena zählte stumm bis fünf. »Und ich sterbe, wenn ich auch nur ein kleines bißchen zu spät komme.«

Seine Lippen verzogen sich zu dem vertrauten spöttischen Lächeln. »Du stirbst viel zu oft, meine Liebe. Du solltest den gesellschaftlichen Wirbel nicht so ernst nehmen.«

»Soll ich vielleicht so sein wie du?«

Sie hätte diese Bemerkung zurückgenommen, wenn sie dazu in der Lage gewesen wäre. Ihre Wut stand kurz vor dem Ausbruch, und zu dieser Katastrophe durfte es nicht kommen. Sie wußte, wie sehr er jeden Gefühlsüberschwang von allen Seiten ablehnte – obwohl er durchaus akzeptierte, daß er selbst seinem Zorn Luft machte, was manchmal ausgesprochen unerfreulich sein konnte.

Nicholas zuckte lediglich die Achseln. »Du kannst mich als einen Exzentriker bezeichnen, meine Liebe, als einen der wenigen, die sich einen Dreck um diesen ganzen Haufen scheren.«

Wie wahr das doch war! Er mißachtete und beleidigte ganz nach Lust und Laune jeden. Er freundete sich an, mit wem er Lust hatte, sogar mit übel beleumundeten Subjekten, mit denen sich die Gesellschaft nicht abgab. Und er verlor nie auch nur ein freundliches Wort, wenn es sich gehört hätte. Er war wirklich genauso arrogant, wie die Leute es behaupteten. Aber er konnte auch umwerfend charmant sein – wenn er Lust hatte.

Wundersamerweise konnte Selena ihre Wut zügeln. «Jedenfalls hast du mir versprochen, mich zu dem Shepford-Ball zu begleiten, Nicky.«

»So, habe ich das getan?« fragte er gedehnt.

»Ja, das hast du getan«, brachte sie mühsam mit ruhiger Stimme heraus. »Und du wirst mir jetzt versprechen, daß du mich morgen keine Sekunde zu spät abholst, ja?«

Wieder zuckte er die Achseln. »Wie könnte ich dir so etwas versprechen, meine Liebe? Ich bin kein Hellseher. Wie soll ich wissen, daß morgen nichts eintrifft, was mich aufhalten würde?«

Sie war nahe daran, laut aufzuschreien. Es gab nichts, was ihn aufhalten könnte, außer seiner eigenen perfiden Teilnahmslosigkeit, und das wußten sie alle beide. Es war einfach unerträglich!

Selena fällte eine spontane Entscheidung und sagte nonchalant: »Nun gut, Nicky. Da dieser Ball mir so wichtig ist und ich mich nicht auf dich verlassen kann, werde ich mir einen anderen Begleiter suchen und hoffen, daß du irgendwann auch auf dem Ball erscheinst.« Das Spiel, das er mit ihr spielte, beherrschte sie ebenfalls.

»In so kurzer Zeit willst du jemanden finden?« fragte er.

»Bezweifelst du, daß es mir gelingen wird?« fragte sie herausfordernd.

Er lächelte, und sein Blick schweifte abschätzig über ihre Figur. »Nein, ich glaube sogar, daß es dir keinerlei Schwierigkeiten bereiten wird, einen Ersatz für mich zu finden.«

Selena kehrte ihm den Rücken zu, ehe er sehen konnte, wie tief er sie mit dieser Bemerkung verletzte. Wollte er sie warnen? Oh, wie selbstsicher er war. Es wäre ihm recht geschehen, wenn sie die Beziehung abbrach. Das hatte noch keine seiner Mätressen getan. Er war immer derjenige, der bestimmte, was getan wurde. Wie würde er wohl reagieren, wenn sie ihn fallenließ? Würde er in Wut geraten? Würde er sich dann zum Handeln gezwungen sehen? Das war eine ernsthafte Überlegung wert.

Nicholas Eden machte es sich noch bequemer auf dem Sofa und beobachtete, wie Selena ihr Sherryglas nahm und sich dann mit dem Rücken zu ihm auf das dicke Fell vor dem Feuer legte. Seine Lippen verzogen sich zynisch. Wie verlockend ihre Pose war, aber natürlich wußte sie das selbst. Selena wußte immer ganz genau, was sie tat.

Sie hielten sich im Stadthaus ihrer Freundin Marie auf, nachdem sie mit Marie und ihrem derzeitigen Liebhaber ein köstliches Abendessen zu sich genommen und etwa eine Stunde Whist gespielt hatten. Und dann waren sie in den behaglichen Salon gegangen. Marie und ihr glühender Gentleman hatten sich bald darauf in eines der Zimmer im oberen Stockwerk zurückgezogen und Nicholas und Selena sich selbst überlassen. Wie viele vergleichbare Nächte hatten sie schon verbracht? Der einzige Unterschied war, daß die Gräfin jedesmal einen anderen Liebhaber hatte. Sie lebte ein gefährliches Leben, wenn ihr Mann, der Earl, gerade nicht in der Stadt war.

Doch der heutige Abend unterschied sich durch etwas anderes von den vorangegangenen. Das Zimmer war so romantisch wie immer, ein Feuer knisterte im Kamin, eine Lampe, die heruntergedreht worden war, brannte in einer Ecke, guter Cognac stand bereit, das Personal hatte sich diskret entfernt, und Selena war so verführerisch wie eh und je. Aber heute abend langweilte sich Nicholas. So einfach war das. Er verspürte nicht den Wunsch, das Sofa zu verlassen und sich zu Selena auf das Fell zu legen.

Sein Interesse an Selena ließ schon seit einer ganzen Weile nach. Seine Unlust, heute abend mit ihr zu schlafen, bestätigte ihn in dem Gefühl, daß es an der Zeit war, diese Affäre zu beenden. Dieses Verhältnis hatte ohnehin schon länger gedauert als die meisten seiner Beziehungen, schon fast drei Monate. Vielleicht war das auch der Grund, warum er sie gern verlassen wollte, obwohl er noch keinen geeigneten Ersatz gefunden hatte.

Im Moment gab es niemanden, auf den er gern Jagd gemacht hätte. Selena stellte die Damen in seinem Bekanntenkreis entschieden in den Schatten, wenn man von den vereinzelten Frauen absah, die in ihre Ehemänner verliebt waren und seinem Charme daher nicht erlagen. Aber sein Jagdrevier beschränkte sich ja nicht nur auf verheiratete Frauen, die sich mit ihren Ehemännern langweilten, wahrhaftig nicht. Er war skrupellos genug, die bezaubernd unschuldigen Mädchen, die ihre erste oder zweite Ballsaison mitmachten, zu betören. Wenn die zarten jungen Damen anfällig für ihn waren und ihm erlagen, waren sie nicht sicher vor

Nicholas. Wenn sie von ihm ins Bett gezogen werden wollten, dann kam er ihren Wünschen gern nach, solange die Affären der Aufmerksamkeit ihrer Eltern entgingen. Das waren natürlich seine weitaus kürzesten Tändeleien, aber sie stellten gleichzeitig auch die größte Herausforderung dar.

In jüngeren, draufgängerischen Jahren hatte er drei Jungfrauen vernascht. Die eine, die Tochter eines Herzogs, war schleunigst mit einem Vetter zweiten Grades oder mit einem anderen Glücklichen verheiratet worden. Die beiden anderen hatte man ähnlich schnell unter die Haube gebracht, ehe es zu einem ausgewachsenen Skandal gekommen war. Was keineswegs heißen sollte, daß der Klatsch nicht in voller Blüte stand, wenn es um eine dieser Affären ging. Aber da die erzürnten Familien keine Forderung zum Duell aussprachen, kursierten nur Gerüchte. Tatsache war, daß die jeweiligen Väter allesamt nicht wagten, Nicholas zum Duell zu fordern. Er hatte sich zu diesem Zeitpunkt bereits mit zwei aufgebrachten Ehemännern duelliert und gesiegt.

Er war nicht stolz auf die Defloration dreier unschuldiger Mädchen und auch nicht darauf, zwei Männer verwundet zu haben, deren einziger Fehler darin lag, daß sie leichtfertige Frauen hatten. Aber er verspürte auch keine Schuldgefühle. Wenn die Debütantinnen so dumm gewesen waren, sich ihm ohne Eheversprechen hinzugeben, war das eben der Lauf der Dinge. Und die Frauen der Adligen hatten ganz genau gewußt, was sie taten.

Es hieß über Nicholas, er würde sich nicht weiter darum sorgen, wer zu Schaden kam, während er seinen persönlichen Genuß suchte. Vielleicht stimmte das, vielleicht auch nicht. Niemand kannte Nicholas gut genug, um das mit Sicherheit behaupten zu können. Nicht einmal er selbst wußte in manchen Fällen, warum er dieses oder jenes tat.

Jedenfalls mußte er für seinen Ruf auch bezahlen. Väter mit Adelstiteln, die ranghöher als der seine waren, hätten ihn für ihre Töchter nicht in Betracht gezogen. Nur die ganz Verwegenen und auch die Menschen, die nach einem reichen Mann für ihre Töchter suchten, hatten Nicholas' Namen auf der Gästeliste stehen.

Aber er hielt gar nicht Ausschau nach einer Braut. Er glaubte schon längst, er hätte nicht das Recht, einer jungen Frau aus guter Familie und von Adel, wie es seinem Titel entsprach, einen Antrag zu machen. Aller Wahrscheinlichkeit nach würde er niemals heiraten. Niemand wußte, warum der Vicomte von Montieth sich seinem Junggesellenleben verschrieben hatte, und daher gab es immer noch zahllose hoffnungsvolle junge Frauen, die ihn einfangen und bessern wollten.

Lady Selena Eddington gehörte zu diesen optimistischen Damen. Sie bemühte sich sehr, es nicht zu zeigen, aber er wußte, wann eine Frau auf seinen Titel versessen war. Bei ihrem ersten Anlauf war sie mit einem Baron verheiratet gewesen, und jetzt wollte sie höher hinaus. Sie war auffallend schön. Kurzes schwarzes Haar schmiegte sich, ganz der neuesten Mode entsprechend, in Ringellöckchen an ihr ovales Gesicht. Die zarte Haut betonte ihre ausdrucksvollen haselnußbraunen Augen. Vierundzwanzig, amüsant, verführerisch, eine bezaubernde Frau. Es war gewiß nicht ihre Schuld, daß Nicholas sie nicht mehr begehrte.

Keiner Frau war es je gelungen, seine Glut für längere Zeit zu entflammen. Er hatte damit gerechnet, daß diese Affäre abklingen würde. So war es immer. Das einzige, was ihn überraschte, war seine Bereitwilligkeit, sie zu beenden, ehe eine neue Eroberung in seinem Blickfeld auftauchte. Diese Entscheidung würde ihn dazu zwingen, eine Zeitlang am Gesellschaftsleben teilzunehmen, bis jemand sein Interesse weckte, und Nicholas haßte es, sich bei diesen Anlässen umsehen zu müssen.

Vielleicht war der morgige Ball genau die richtige Lösung. Dort würden sich Dutzende von Debütantinnen einfinden, da die Saison gerade erst eröffnet wurde. Nicholas seufzte. Mit siebenundzwanzig und nach sieben Jahren eines Lebens, das ihm schal wurde, hatte er den Geschmack an unschuldigen jungen Mädchen verloren.

Er entschloß sich, heute nacht nicht mit Selena zu brechen, denn sie war ohnehin schon wegen des Balles verärgert, und die gesamte Wut, die er ihr zutraute, würde sich dann über ihn ergießen. Solche überschwenglichen Gefühle fand er widerwärtig, da er selbst von Natur aus übermäßig leidenschaftlich veranlagt war. Die Frauen konnten sich nicht mit ihm messen, wenn er wirklich in Wut geriet. Sie lösten sich immer in Tränen auf, und das ekelte ihn genauso. Nein, er wollte es ihr morgen abend sagen, wenn er sie auf dem Ball sah. Sie würde es nicht wagen, ihm in der Öffentlichkeit eine Szene zu machen.

Selena hielt ihr Kristallglas mit dem Sherry gegen das Feuer und dachte, daß die bernsteinfarbene Flüssigkeit an Nicholas' Augen erinnerte. So schimmerten sie, wenn er in einer extremen Verfassung war – wie in jenen Tagen, als er begonnen hatte, Jagd auf sie zu machen. Aber sie nahmen diese honiggoldene Färbung auch an, wenn er sich über irgend etwas ärgerte oder freute. Wenn er gerade nichts Bestimmtes empfand, wenn er ruhig oder gleichgültig war, ähnelte das rötliche Braun seiner Augen frisch geputztem Kupfer. Beunruhigend wirkten diese Augen allerdings immer, denn selbst wenn sie dunkler wurden, strahlte immer noch ein inneres Licht darin. Diese verwirrenden Augen hoben sich von seiner dunklen Haut und seinen außergewöhnlich langen schwarzen Wimpern ab. Seine Haut hatte einen dunklen Goldton, von Natur her, und außerdem war er von der Sonne gebräunt, da er sich leidenschaftlich gern an der frischen Luft aufhielt. Das braune Haar mit den goldenen Spitzen bewahrte ihn davor, finster zu erscheinen. Seine Frisur war ein wenig zerzaust, wie es gerade der Mode entsprach, und da er von Natur aus welliges Haar besaß, wirkte es bei einer bestimmten Beleuchtung fast getönt.

Eigentlich war es unverschämt von ihm, so gut auszusehen, daß schon bei seinem Anblick die Mädchenherzen schneller schlugen. Selena hatte es oft genug beobachtet. In seiner Gegenwart verwandelten sich junge Mädchen in kichernde Hohlköpfe. Ältere Frauen ließen ihm mit ihren Blicken deutliche Aufforderungen zukommen. Kein Wunder, daß er einem solche Schwierigkeiten bereitete... Zweifellos hatten ihm seit seiner Volljährigkeit, wenn nicht schon eher, hübsche Frauen zu Füßen gelegen. Und nicht nur sein Gesicht stellte eine unwiderstehliche Verlokkung dar. Warum kann er nicht klein oder sogar pummelig sein, fragte sie sich, oder irgendeinen anderen Makel haben, der seine verheerende Wirkung abschwächen würde? Aber nein, die derzeitige Mode der hautengen Hosen und der kurzen Jacketts wirkte an ihm, als wäre sie nur für ihn erschaffen worden. Nicholas Eden zwängten diese Jacketts nicht ein, und er hatte es auch nicht nötig, sich die Schultern zu polstern. Sein Körper war fantastisch – muskulös und doch schlank, großgewachsen und doch graziös in seinen Bewegungen, der Körper eines feurigen Athleten.

Wenn es doch bloß nicht so gewesen wäre... Dann hätte Selenas Herz nicht gar so gepocht, wenn er sie mit diesen sherryfarbenen Augen ansah. Sie wollte ihn mit aller Macht vor den Altar schleifen. Denn er war nicht nur der bestaussehende Mann, den sie kannte, sondern zudem der vierte Vicomte Eden von Montieth und zu allem Überfluß auch noch reich – dazu geschaffen, Befehle zu erteilen, und diesen Umstand betonte er auf anmaßende Weise.

Aber womit konnte sie ihn rumkriegen? Irgendwie mußte es ihr gelingen, denn sie erkannte mit qualvoller Deutlichkeit, daß er das Interesse an ihr verlor. Was konnte sie tun, um die Flamme wieder zu entfachen? Nackt durch den Hyde Park reiten? Bei einem dieser Schwarzen Sabbats mitmachen, über die so viel geflüstert wurde und von denen es hieß, sie wären nur Vorwände für Orgien? Sich noch skandalöser betragen als er? Sie konnte bei Whites oder bei Brooks eindringen – das würde ihn wirklich schockieren. In diesen Etablissements, die ganz den Männern vorbehalten waren, hatten Frauen keinen Zutritt. Oder vielleicht konnte sie auch anfangen, ihn zu ignorieren. Oder gar... Bei Gott, ja, ihn wegen eines anderen Mannes sitzenlassen! Das würde ihn umbringen! Er wäre unfähig, diesen Angriff auf seine Eitelkeit wegzustecken. Damit könnte sie seinen Zorn und seine Eifersucht wachrufen, und er würde sofort von ihr fordern, daß sie ihn heiratete!

Bei diesem Gedanken wurde Selena ganz aufgeregt. Es mußte klappen. Es durfte einfach nicht schiefgehen. Sie hatte ohnehin keine andere Wahl, als es auf einen Versuch ankommen zu lassen. Wenn es mißglückte, hatte sie auch nichts verloren, denn so, wie die Dinge jetzt standen, würde er sie ohnehin verlassen.

Sie drehte sich auf die andere Seite, um ihn ansehen zu können, und stellte fest, daß er sich auf dem Sofa ausgestreckt, die Füße mit den Stiefeln auf eine Seitenlehne gelegt und am anderen Ende seine Hände hinter dem Kopf gefaltet hatte. Er würde einfach einschlafen! Phantastisch! Sie konnte sich nicht erinnern, jemals eine derartige Beleidigung erfahren zu haben. Nicht einmal der Mann, mit dem sie zwei Ehejahre verbracht hatte, war je in ihrer Gegenwart eingeschlafen. Ja, sie mußte endlich kraße Maßnahmen ergreifen.

»Nicholas?« Sie sprach seinen Namen leise aus, und er antwortete ihr auf der Stelle. Wenigstens hatte er noch nicht geschlafen. »Nicholas, ich habe mir Gedanken über unsere Beziehung gemacht.«

»Ach, wirklich, Selena?«

Sie zuckte zusammen, als sie seine gelangweilte Stimme hörte. »Ja«, fuhr sie tapfer fort. »Und ich bin zu einem Schluß gekommen. Angesichts deiner fehlenden – sagen wir mal, *Wärme* – glaube ich, daß ein anderer mich mehr zu schätzen wüßte.«

»Ja, zweifellos.«

Sie runzelte die Stirn. Er nahm es nur allzugut auf. »Ja, also, ich habe in der letzten Zeit mehrere Anträge bekommen und mich entschlossen...« Sie machte eine kleine Pause, ehe sie sich zu einer Lüge hinreißen ließ, und dann schloß sie die Augen und sprudelte heraus: »Ich habe mich entschlossen, dich zu verlassen und eins dieser Angebote anzunehmen.«

Sie wartete ein paar Sekunden, bis sie die Augen wieder aufschlug. Nicholas hatte sich nicht von der Stelle gerührt, und es dauerte noch eine volle Minute, bis er endlich in Bewegung geriet. Er setzte sich langsam auf und heftete seinen Blick auf ihre Augen. Sie hielt den Atem an. Sein Gesichtsausdruck war unleserlich.

Er nahm sein leeres Glas vom Tisch und hielt es ihr hin. »Wärst du so nett, meine Liebe?«

»Ja, natürlich.« Sie sprang auf, um seiner Bitte Folge zu leisten, und sie überlegte sich noch nicht einmal, wie tyrannisch es von ihm war, von ihr zu erwarten, daß sie ihn bediente.

»Wer ist der Glückliche?«

Selena zuckte zusammen und schüttete Cognac auf den Tisch. War seine Stimme schärfer geworden, oder handelte es sich bei dieser Vermutung um reines Wunschdenken von ihrer Seite?

»Er zieht es vor, unsere Abmachung diskret zu behandeln, und daher wirst du sicher verstehen, daß ich dir seinen Namen nicht nenne.«

»Er ist verheiratet?«

Sie brachte ihm das Glas, das dank ihrer Nervosität bis zum Rand gefüllt und kaum zu transportieren war. »Nein. Ich habe sogar allen Grund zu glauben, daß sich aus dieser Beziehung mehr entwickeln wird. Wie ich schon sagte, will er lediglich die Diskretion wahren – vorerst.«

Ihr wurde sofort klar, daß sie damit nicht hätte kommen dürfen. Sie und Nicholas waren ebenfalls diskret gewesen und hatten sich wegen des Personals nie in ihrem Haus geliebt, obgleich er sie dort besucht hatte, und auch sein Haus in der Park Lane hatten sie nie dafür benutzt. Und doch wußte jeder, daß sie seine Mätresse war. Man brauchte nur dreimal hintereinander mit Nicholas Eden gesehen zu werden, und schon wurde einem ein Verhältnis mit ihm unterstellt.

»Erwarte nicht von mir, daß ich seinen Wunsch mißachte, Nicholas«, sagte sie mit einem halbherzigen Lächeln, »du wirst früh genug erfahren, wer es ist.«

»Dann erklär mir doch bitte, warum du mir seinen Namen nicht gleich nennst.«

Wußte er, daß sie log? Ja, er wußte es. Sie erkannte es an seinem Verhalten. Und wer zum Teufel hätte Nicholas wirklich ersetzen können? Seit er ihr Begleiter war, gingen ihr alle Männer aus ihrem Bekanntenkreis aus dem Weg.

»Du bist einfach widerlich, Nicholas.« Selena ging zum Angriff über. »Wer er ist, spielt doch für dich gewiß keine Rolle, denn mir ist aufgefallen – wenn es mir auch weh tut, das zuzugeben – daß deine Glut in letzter Zeit erloschen ist. Offenbar interessiere ich dich nicht mehr. Dein Verhalten läßt keine andere Schlußfolgerung zu.«

Sie hatte ihm eine Möglichkeit gegeben, alles abzustreiten. Nichts war erreicht.

»Was soll das heißen?« fragte er mit scharfer Stimme. »Geht es um diesen verfluchten Ball? Ist es das?«

»Natürlich nicht«, erwiderte sie empört.

»Nein?« fragte er provozierend. »Du glaubst, du kannst mich mit der Geschichte, die du mir erzählst, dazu zwingen, dich morgen abend zu diesem Ereignis zu begleiten. Daraus wird nichts, meine Liebe.«

Sein kolossales Ego würde ihr den Todesstoß geben, soviel stand fest. Dieser eingebildete Kerl! Er konnte einfach nicht glauben, daß sie ihm einen anderen vorziehen könnte.

Nicholas zog überrascht seine dunklen Augenbrauen hoch, und Selena stellte entsetzt fest, daß sie ihre Überlegungen laut ausgesprochen hatte. Sie war schockiert, aber dann festigte sich ihre Entschlossenheit.

»Es ist nun mal wahr«, sagte sie dreist, und sie entfernte sich von ihm und ging wieder auf das Feuer zu, dessen Hitze es fast mit ihrem glühenden Zorn aufnehmen konnte. Er hatte es nicht verdient, geliebt zu werden.

»Es tut mir leid, Nicholas«, sagte sie nach einer Weile, aber sie wagte es nicht, ihn anzusehen. »Ich wollte unser Verhältnis nicht im Unfrieden beenden. Du warst wunderbar – die meiste Zeit jedenfalls. Meine Güte«, seufzte sie. »Darin bist du wirklich ein Experte. Besser geht es doch nicht, oder?«

Nicholas hätte fast laut gelacht. »Für einen Amateur ist es nicht schlecht, meine Liebe.«

»Gut«, sagte sie fröhlicher und riskierte einen Seitenblick auf ihn. Er sah sie mit einem breiten Grinsen an. Verdammt noch mal, er kaufte ihr die Geschichte immer noch nicht ab. »Zweifle ruhig an mir, Lord Montieth, aber du wirst es ja selbst sehen, stimmt's? Du solltest nur nicht allzusehr überrascht sein, wenn du mich mit meinem neuen Begleiter siehst.«

Sie wandte sich wieder dem Feuer zu, und als sie sich das nächste Mal zu ihm umdrehte, war er verschwunden.

2

Das Haus der Malorys am Grosvenor Square war hell erleuchtet, und die meisten Bewohner hielten sich in ihren Schlafzimmern auf, um ihre Vorbereitungen für den Ball des Herzogs und der Herzogin von Shepford zu treffen. Die Dienstboten waren geschäftiger als sonst und liefen von einem Ende des Hauses ans andere.

Lord Marshall wünschte eine entschieden besser gestärkte Krawatte. Lady Clare wollte einen kleinen Snack. Sie war den ganzen Tag über zu nervös gewesen, um etwas zu essen. Lady Diana brauchte einen heißen Punsch zur Beruhigung. Man mußte ihr zugute halten, daß es ihre erste Ballsaison und zudem noch der allererste Ball war. Sie hatte seit zwei Tagen nichts mehr gegessen. Lord Travis brauchte Hilfe, weil er sein neues Rüschenhemd nicht fand. Lady Amy benötigte nichts weiter als Aufmunterung. Sie war die einzige in der ganzen Familie, die noch zu jung war, um den Ball zu besuchen, selbst einen Maskenball, auf dem sie ohnehin niemand erkannt hätte. Wie gräßlich es doch war, fünfzehn zu sein!

Als einzige Person, die kein Kind des Hauses war, machte sich Lady Regina Ashton für den Ball fertig. Lord Edward Malorys Nichte und eine Kusine ersten Grades seiner umfangreichen Nachkommenschaft. Natürlich hatte Lady Regina eine eigene Zofe, die sie bediente, wenn sie etwas brauchte, aber offensichtlich brauchte sie nichts, denn niemand hatte die beiden in der letzten Stunde auch nur gesehen.

Seit Stunden war das Haus ein geschäftiger Bienenstock, Lord und Lady Malory hatten wesentlich eher begonnen, sich zurechtzumachen, da sie zu dem offiziellen Bankett eingeladen waren, das vor dem Ball für einige Auserwählte veranstaltet wurde. Sie hatten das Haus vor rund einer Stunde verlassen. Die beiden Malory-Söhne würden ihre Schwester und ihre Kusine begleiten, eine große Verantwortung für die jungen Männer, von denen einer gerade aus der Universität kam, wogegen der andere sie noch besuchte.

Marshall Malory hatte sich gar nicht darauf gefreut, die weiblichen Familienangehörigen zu dem Ball zu begleiten, bis heute ganz unerwartet eine Freundin darum gebeten hatte, in der Kutsche der Familie Malory mitfahren zu dürfen. Er war überglücklich über das Ansinnen dieser speziellen Dame.

Hals über Kopf hatte er sich in sie verliebt, als er sie im letzten Jahr während der Semesterferien erstmals getroffen hatte. Damals hatte sie ihn in keiner Weise ermutigt. Aber jetzt hatte er die Schule hinter sich gebracht und war einundzwanzig Jahre alt, ein vollwertiger Mann. Ja, wirklich, schließlich konnte er jetzt sogar einen eigenen Hausstand begründen, wenn er das beabsichtigte. Er konnte eine gewisse Dame fragen, ob sie ihn heiraten wollte. Wie wunderbar es doch war, endlich volljährig zu sein!

Lady Clare dachte ebenfalls über Altersfragen nach. Sie war zwanzig, so gräßlich es auch war, sich das klarzumachen. Ihre dritte Ballsaison brach gerade an, und es stand ihr trotzdem noch bevor, einen Ehemann zu finden oder sich wenigstens zu verloben. Sie hatte ein paar Anträge bekommen, das schon, aber von niemandem, den sie ernsthaft in Erwägung gezogen hätte. Eigentlich war sie recht hübsch, ein ganz heller Typ – mit heller Haut und hellen Haaren. Genau darin lag das Problem. Sie war – nun ja, eben hübsch und nichts weiter, nicht einmal annähernd eine so auffallende Erscheinung wie ihre Kusine Regina, und sie neigte dazu, in Gegenwart des jüngeren Mädchens zu verblassen. Und was ihr Los noch verschlimmerte – sie mußte auch diese zweite Ballsaison gemeinsam mit Regina verbringen.

Clare schäumte vor Wut. Ihre Kusine hätte längst heiraten sollen. Sie hatte Dutzende von Anträgen bekommen. Und es war auch nicht so, als hätte sie es nicht gewollt. Sie schien nur allzu gewillt zu sein, sich zu verheiraten, und sich noch sehnlicher als Clare zu wünschen, eine Familie zu gründen. Aber auf die eine oder andere Weise waren alle diese Anträge im Sand verlaufen. Selbst eine Europareise im letzten Jahr hatte keine Eheschließung nach sich gezogen. Regina war vor einer Woche nach London zurückgekehrt und immer noch auf der Suche.

Dieses Jahr würde als Konkurrenz auch noch Clares Schwester Diana hinzukommen. Da sie noch nicht ganz achtzehn war, wäre es möglich gewesen, sie dazu zu bringen, daß sie noch ein Jahr wartete, ehe sie Bälle besuchte. Aber ihre Eltern fanden, Diana sei alt genug, um ihren Spaß zu haben. Es war ihr jedoch ausdrücklich verboten worden, sich ernsthafte Gedanken über irgendwelche jungen Männer zu machen. Sie war noch zu jung, um zu heiraten, aber sie durfte sich amüsieren, soviel sie Lust hatte.

Als nächstes werden meine Eltern die fünfzehnjährige Amy für erwachsen erklären, wenn sie sechzehn ist, dachte Clare mit zunehmendem Mißmut. Sie sah es schon auf sich zukommen! Wenn sie bis dahin noch keinen Mann gefunden hatte, würde sie sich im nächsten Jahr gegen Diana *und* Amy behaupten müssen. Amy war eine ebenso auffallende und ausdrucksstarke Erscheinung wie Regina, der gleiche dunkle Typ, der bei den Malorys so selten vorkam. Clare mußte in dieser Saison einen Mann finden, koste es, was es wolle.

Sie ahnte wenig davon, aber mit denselben Gefühlen ging ihre schöne Kusine an die Ballsaison heran. Regina Ashton starrte ihr Spiegelbild an, während ihre Zofe Meg ihr langes schwarzes Haar hochrollte, um seine wahre Länge zu verbergen und es modischer zu frisieren. Regina sah nicht das verblüffende Kobaltblau ihrer leicht schräg geschnittenen Augen oder ihre vollen Lippen, die beinah geschürzt waren, auch nicht ihre fast eine Spur zu weiße Haut, zu der ihr dunkles Haar und ihre langen, kohlrabenschwarzen Wimpern einen so dramatischen Kontrast bildeten. Sie sah Männer, ganze Heerscharen von Männern, Legionen von Männern vor ihren Augen vorbeimarschieren – Franzosen, Schweizer, Österreicher, Italiener, Engländer – und sie fragte sich, warum sie immer noch nicht verheiratet war. Mit Sicherheit lag es nicht daran, daß sie sich zu wenig bemühte.

Reggie, wie sie allenthalben genannt wurde, hatte die Auswahl unter so vielen Männern gehabt, daß es wirklich schon peinlich war. Es hatte mindestens ein Dutzend gegeben, bei denen sie sicher gewesen war, daß sie glücklich mit ihnen werden konnte, mindestens zwei Dutzend, bei denen sie geglaubt hatte, sie wäre dabei, sich in sie zu verlieben, und unzählige, die einfach aus dem einen oder anderen Grund nicht in Frage kamen. Und die, bei denen Reggie das Gefühl gehabt hatte, sie kämen in Frage, waren genau die, bei denen ihre Onkel die Auffassung vertraten, sie kämen unter keinen Umständen in Frage.

Es hatte ja solche Nachteile, vier Onkel zu haben, die sie von Herzen liebten! Sie ihrerseits betete sie an, alle vier. Jason, jetzt fünfundvierzig, war schon im Alter von sechzehn das Familienoberhaupt geworden und für seine drei Brüder und seine einzige Schwester, Reggies Mutter, verantwortlich. Er nahm seine Verantwortung ernst – zeitweilig sogar zu ernst.

Edward war das genaue Gegenteil, gutgelaunt, fröhlich, leichtfertig, nachsichtig. Ein Jahr jünger als Jason, hatte er geheiratet, als er zweiundzwanzig gewesen war, lange vor dem ältesten Bruder. Er hatte mit Tante Charlotte fünf Kinder, drei Töchter und zwei Söhne. Vetter Travis war mit seinen neunzehn Jahren in Reggies Alter und das mittlere von Edwards Kindern. Travis, Reggie und Onkel Jasons einziger Sohn waren ihr Leben lang Spielgefährten gewesen.

Reggies Mutter, Melissa, war viel jünger als ihre beiden großen Brüder gewesen, um fast sieben Jahre. Aber zwei Jahre nach ihrer Geburt hatte James das Licht der Welt erblickt.

James war der unbändige Bruder, derjenige, der »zum Teufel damit« sagte und seine eigenen Wege ging. Jetzt, nach seinem fünfunddreißigsten Geburtstag galt es als ungeschriebenes Gesetz, daß nicht einmal sein Name genannt werden durfte. Was Jason und Edward anging, existierte James überhaupt nicht. Aber Reggie liebte ihn immer noch, trotz seiner schrecklichen Sünden. Sie vermißte ihn sehr und konnte ihn nur heimlich treffen. In den vergangenen neun Jahren hatte sie ihn nur sechsmal gesehen, das letzte Mal vor mehr als zwei Jahren.

Anthony war, um der Wahrheit gerecht zu werden, ihr Lieblingsonkel – außerdem der einzige außer Reggie, Amy und der Mutter, die das dunkle Haar und die kobaltblauen Augen der Großmutter geerbt hatte, von der man munkelte, sie wäre eine Zigeunerin gewesen. Natürlich wollte kein Familienangehöriger diesen skandalösen Umstand bestätigen. Vielleicht mochte Reggie ihn am liebsten, weil er so sorglos war wie sie selbst.

Anthony war mit seinen vierunddreißig und als das Nesthäkchen der Familie eher so etwas wie ein Bruder, weniger ein Onkel, und außerdem amüsanterweise der notorischste Lebemann der Londoner Gesellschaft, seit sein Bruder James die Stadt verlassen hatte. Aber im Gegensatz zu James, der viel von Jason hatte und absolut rücksichtslos sein konnte, besaß Anthony einige Eigenschaften von Edward. Er war forsch und kühn, ein unglaublicher Charmeur. Ihn interessierte nicht die Spur, wie andere über ihn dachten, aber auf seine persönliche Art tat er alles, um denen zu gefallen, die ihm wichtig waren.

Reggie lächelte. Trotz all seiner Mätressen und seiner exotischen Freunde, mit denen er sich umgab, trotz all der Skandale, die ihn umrankten, und der Duelle, die er ausgefochten hatte, trotz der wüsten Wetten, die er abgeschlossen hatte – sie hielt Anthony für den liebenswertesten Heuchler, den man sich nur denken konnte. Wenn einer seiner Gaunerfreunde sie auch nur ansah, stand ihm eine Kampfansage bevor. Selbst die schlimmsten Wüstlinge lernten, ihre Gedanken zu verbergen, wenn sie ihren Onkel besuchte. Statt dessen mußten sie sich auf ein harmloses Geplänkel beschränken, und damit hatte es sich. Wenn Onkel Jason je erfahren hätte, daß sie mit manchen der Männer, die sie dort kennengelernt hatte, auch nur im selben Raum gewesen war, wären die Köpfe gerollt, allen anderen voran Tonys Kopf. Doch Jason erfuhr es nie, und Edward hegte zwar einen Verdacht, aber er war nicht so streng wie Jason.

Ihre vier Onkel behandelten sie weniger wie ihre Nichte, sondern weit mehr wie eine Tochter, da alle vier sie nach dem Tod ihrer Eltern, als Reggie erst zwei Jahre alt gewesen war, aufgezogen hatten. Seit ihrem sechsten Lebensjahr war sie buchstäblich unter ihnen aufgeteilt worden. Edward, James und Anthony hatten damals schon in London gelebt. Sie stritten heftig mit Jason, weil er darauf bestand, sie bei sich auf dem Land zu behalten. Schließlich gab er nach und gestattete ihr, sechs Monate im Jahr bei Edward zu leben, was hieß, daß sie auch ihre beiden jüngeren Onkel oft sehen konnte.

Als sie elf war, fand Anthony, er wäre jetzt alt genug, um auch seinen Anteil an ihrer Zeit für sich zu beanspruchen. Ihm wurden die Sommermonate zugestanden, die Zeit, die ganz dem Spielen diente. Mit Freuden brachte er das Opfer, sein Junggesellenhaus alljährlich in ein Zuhause zu verwandeln, und das war leicht zu bewerkstelligen, denn wenn Reggie kam, brachte sie ihre Zofe, ihr Kindermädchen und ihre Gouvernante mit. Anthony und Reggie aßen zweimal in der Woche mit Edward und seiner Familie zu Abend. Trotz allem konnte diese Häuslichkeit bei Anthony nie den Wunsch auslösen, selbst zu heiraten. Er war nach wie vor Junggeselle. Und seit sie volljährig war, ziemte es sich nicht mehr, daß sie einen Teil des Jahres bei ihm verbrachte, was hieß, daß sie ihn nur noch unregelmäßig sah.

Aber schließlich, dachte sie, würde sie ja bald verheiratet sein. Es war nicht gerade das, was sie sich wirklich wünschte. Viel lieber hätte sie noch ein paar Jahre ihren Spaß gehabt. Aber es war das, was ihre Onkel wollten. Sie nahmen an, daß sie sich danach sehnte, einen passenden Mann zu finden und eine Familie zu gründen. War es denn nicht das, was sich jedes junge Mädchen wünschte? Sie setzten sich wirklich alle zusammen, um das zu diskutieren, und ganz gleich, wie deutlich sie auch verkündete, sie wäre noch nicht soweit, den Schoß der Familie zu verlassen – die guten Absichten der Onkel siegten über ihre Einwände, und schließlich gab sie klein bei.

Von dem Moment an tat sie alles, was in ihrer Macht stand, um ihnen Freude zu machen, weil sie alle so furchtbar gern mochte. Sie brachte einen Freier nach dem anderen an, aber einer ihrer Onkel hatte an jedem etwas auszusetzen. Reggie setzte ihre Suche in Europa fort, aber da war sie es längst überdrüssig, jeden Mann, den sie kennenlernte, mit kritischen Blicken zu mustern. Sie konnte keine Freundschaften schließen, keinen Spaß haben. Jeder Mann mußte sorgsam seziert und analysiert werden. Taugte er zum Ehemann? War er der große Magier, den alle ihre Onkel billigen würden?

Sie fing schon an zu fürchten, daß es einen solchen Mann nicht gab, und sie glaubte, diese besessene Suche nicht mehr durchzuhalten, wenn sie keine Verschnaufpause bekam. Sie wollte Onkel Tony sehen, den einzigen, der sie verstehen, der sich bei Jason für sie einsetzen würde. Aber Tony war bei ihrer Rückkehr nach London zu Besuch bei einem Freund auf dem Lande gewesen und erst gestern spät abends zurückgekommen.

Reggie war im Laufe des Tages zweimal zu seinem Haus gefahren, ohne ihn anzutreffen. Daher hatte sie ihm eine Nachricht hinterlassen, die er inzwischen eigentlich gelesen haben mußte. Warum also war er noch nicht gekommen?

In dem Moment, in dem sie sich diese Frage stellte, hörte sie eine Kutsche vor dem Haus vorfahren. Sie lachte erfreut.

»Endlich!«

»Nein, nein«, sagte Meg. »Ich bin noch nicht fertig. Ich kann dir sagen, daß es nicht gerade leicht ist, dein Haar aufzustecken. Ich finde immer noch, du solltest es dir schneiden lassen. Damit sparst du uns beiden eine Menge Zeit.«

»Das ist jetzt ganz egal, Meg.« Reggie sprang auf, und ein paar Haarnadeln fielen auf den Boden. »Onkel Tony ist da.«

»Du kannst doch so nicht fortlaufen!« Megs Tonfall war entrüstet.

Aber Reggie beachtete sie nicht und eilte aus ihrem Zimmer. Sie hörte Megs lautes »Regina!«, das hinter ihr her schallte, aber sie machte sich nichts daraus. Sie rannte, bis sie die Treppe ins Untergeschoß erreicht hatte, doch dann wurde sie sich ihrer Aufmachung bewußt. Hastig trat sie hinter eine Ecke, blieb aber stehen, weil sie nicht bereit war, wieder in ihr Zimmer zu gehen, ehe sie die Stimme ihres Onkels gehört hatte. Aber darauf wartete sie vergeblich. Statt dessen erklang eine Frauenstimme, und als sie einen vorsichtigen Blick um die Ecke warf, stellte sie enttäuscht fest, daß der Butler eine Dame und nicht Onkel Tony einließ. Sie erkannte die Frau als Lady Dingsbums, die Reggie vor ein paar Tagen im Hyde Park kennengelernt hatte. Mist! Wo zum Teufel steckte Tony?

In diesem Augenblick zerrte Meg an ihrem Arm und zog sie wieder durch den Gang. Meg nahm sich Freiheiten heraus, soviel stand fest, aber das war kein Wunder, denn sie kannte Reggie schon so lange wie Tess, das Kindermädchen, nämlich schon immer.

»Hat man so was Skandalöses schon mal gesehen!« schalt Meg, als sie Reggie wieder auf den Stuhl vor der kleinen Frisierkommode drückte. »Da stehst du in deinen Unterhosen! Wir haben dich wahrhaft besser erzogen.«

»Ich dachte doch bloß, es ist Onkel Tony.«

»Das ist keine Entschuldigung.«

»Ich weiß, aber ich muß ihn heute noch sehen. Du weißt selbst, warum, Meg. Onkel Tony ist der einzige, der mir helfen kann. Er wird Onkel Jason einen Brief schreiben, und dann kann ich mich endlich einmal ausruhen.«

»Und was glaubst du, kann er dem Marquis schreiben, was dir etwas nutzen würde?«

Reggie grinste. »Ich möchte ihnen vorschlagen, daß sie mir einen Mann aussuchen.«

Meg schüttelte den Kopf und seufzte. »Den Mann, den sie für dich aussuchen, wirst du nicht mögen, Mädchen.«

»Das kann sein. Aber inzwischen ist es mir einfach egal. Es wäre ja schön, wenn ich mir selbst einen Mann aussuchen könnte, aber ich habe nur zu schnell lernen müssen, daß meine Wahl niemanden interessiert, wenn meine Onkel der Meinung sind, es sei eine schlechte Wahl. Ich treibe diesen Aufwand jetzt seit einem vollen Jahr, und ich habe so viele Partys, Abendgesellschaften und Bälle besucht, daß ich sie jetzt hasse. Ich hätte nie geglaubt, ich würde das einmal sagen. Schließlich konnte ich es gar nicht erwarten, auf meinem ersten Ball zu tanzen.«

»Das ist verständlich, mein Liebes«, redete Meg ihr gut zu.

»Wenn mein Onkel Tony es nur versteht und bereit ist, mir zu helfen, verlange ich gar nicht mehr. Ich will nichts anderes, als mich aufs Land zurückziehen, wieder ein ruhiges Leben zu führen – ob mit oder ohne Mann. Wenn ich heute abend den richtigen Mann finden könnte, würde ich ihn gleich morgen heiraten. Ich täte *alles*, um diesem gesellschaftlichen Rummel zu entkommen. Aber ich weiß, daß es so nicht kommt, und daher ist es die zweitbeste Möglichkeit, wenn meine Onkel einen Ehemann für mich finden. Wie ich sie kenne, wird das Jahre dauern. Sie können sich nämlich nie über etwas einig werden. Und bis dahin gehe ich nach Hause. Nach Haverston.«

»Ich wüßte nicht, was dein Onkel Tony für dich tun könnte, was du nicht auch selbst tun kannst. Du hast doch keine Angst vor dem Marquis. Du kannst diesen Mann um den kleinen Finger wickeln, wenn du es dir in den Kopf setzt. Hast du es nicht schon oft genug getan? Du brauchst ihm doch nur zu sagen, wie unglücklich du bist, und schon wird er...«

»Das kann ich nicht tun!« protestierte Reggie atemlos. »Ich könnte Onkel Jason niemals das Gefühl geben, daß er mich unglücklich gemacht hat. Das würde er sich nie verzeihen!«

»Du bist zu gutherzig und denkst zu wenig an dich«, murrte Meg. »Dann willst du dich also weiterhin elend fühlen?«

»Nein. Sieh mal, deshalb will ich doch nur, daß Onkel Tony Onkel Jason schreibt. Wenn ich es täte und er trotzdem darauf beharren würde, daß ich hierbleibe, was hätte ich dann erreicht? Aber wenn er auf Tonys Brief nicht eingeht, dann weiß ich, daß aus diesem Plan nichts wird, und dann kann ich mir immer noch etwas anderes einfallen lassen.«

»Ich bin sicher, daß du Lord Anthony heute abend auf dem Ball triffst.«

»Nein. Er verabscheut Bälle. Eher täte er sich etwas an, als einen Ball zu besuchen, selbst wenn er meinetwegen kommen sollte. O Mist! Ich fürchte, es muß wohl doch bis morgen warten.« Meg runzelte die Stirn und wandte ihren Blick ab. »Was ist denn los? Du weißt etwas, was ich nicht weiß«, sagte Reggie.

Meg zuckte mit den Schultern. »Es ist nur... Na ja, Lord Anthony wird morgen früh schon wieder fort sein und erst in drei bis vier Tagen zurückkommen. Aber so lange kannst du wirklich noch warten.«

»Wer hat gesagt, daß er fort ist?«

»Ich habe gehört, wie Lord Edward seiner Frau erzählt hat, der Marquis hätte ihn zu sich bestellt. Er wird wieder mal zusammengestaucht, weil er sich in irgendeine Klemme gebracht hat.«

»Nein!« Dann fragte Reggie hilflos: »Du glaubst aber nicht, daß er schon fort ist, oder?«

»Nein, ganz bestimmt nicht.« Meg grinste. »Der Spitzbube hat es doch nicht eilig, seinem älteren Bruder gegenüberzutreten. Er wird die Abreise so lange wie möglich hinausschieben, da bin ich ganz sicher.«

»Dann *muß* ich ihn heute abend noch sehen. Das ist ja perfekt. Er kann Onkel Jason viel besser überzeugen, wenn er persönlich vor ihm steht, als wenn er ihm einen Brief schreibt.«

»Aber du kannst jetzt unmöglich zu Lord Anthony gehen. Ihr müßt bald zu dem Ball fahren.«

»Dann hilf mir eben, das Kleid ganz schnell überzuziehen. Tony wohnt nur ein paar Straßen weiter. Ich kann die Kutsche nehmen und wieder da sein, ehe meine Vettern und Kusinen aufbruchsbereit sind.«

Als Reggie ein paar Minuten später die Stufen hinunterstürmte, waren jedoch die anderen schon fertig und warteten auf sie. Das war unangenehm, aber nicht weiter erschreckend. Sie nahm ihren ältesten Vetter zur Seite, als sie den Salon betrat, und die anderen lächelte sie zur Begrüßung flüchtig an. »Marshall, es ist mir wirklich ganz furchtbar unangenehm, dich darum bitten zu müssen, aber ich brauche die Kutsche ganz dringend noch ein paar Minuten, ehe wir alle abfahren.«

»Was?«

Sie hatte geflüstert, aber sein lauter Ausruf hatte die Blicke aller auf sie gezogen. Sie seufzte. »Also wirklich, Marshall, du brauchst nicht gleich so zu tun, als hätte ich etwas Unmäßiges von dir verlangt.«

Marshall, der augenblicklich wahrnahm, daß sie beobachtet wurden, war entgeistert, weil er momentan die Selbstbeherrschung verloren hatte. Er nahm seine gesamte Würde zusammen und sagte in dem vernünftigsten Tonfall, den er aufbieten konnte: »Wir warten bereits seit zehn Minuten auf dich, und jetzt schlägst du ernstlich vor, daß wir noch länger warten sollen?«

Von drei Seiten wurde entrüstet geschnaubt, aber Reggie bedachte ihre übrigen Vettern und Kusinen mit keinem Blick. »Ich würde nicht darum bitten, wenn es nicht wichtig wäre, Marshall. Es wird nicht länger als eine halbe Stunde dauern... Ich meine, länger als eine Stunde brauche ich gewiß nicht. Ich muß Onkel Anthony sehen.«

»Nein, nein, nein!« Das kam von Diana, die kaum jemals ihre Stimme erhob. »Wie kannst du nur so rücksichtslos sein, Reggie? Das sieht dir gar nicht ähnlich. Wir kämen alle zu spät. Wir sollten jetzt sofort aufbrechen.«

»Unsinn«, erwiderte Reggie, »Ihr wollt doch nicht die ersten Gäste sein, oder doch?«

»Wir wollen jedenfalls nicht als letzte eintreffen«, fiel Clare mißmutig ein. »Der Ball beginnt in einer halben Stunde, und genauso lange dauert die Fahrt. Was ist denn so wichtig, daß du Onkel Anthony jetzt sofort sehen mußt?«

»Es ist etwas Persönliches. Und es kann nicht warten. Er bricht morgen in aller Frühe nach Haverston auf. Wenn ich nicht jetzt sofort hinfahre, kann ich ihn vorher nicht mehr sprechen.«

»Bis er zurückkommt«, sagte Clare. »Und ich wüßte nicht, warum es nicht solange warten kann.«

»Das kann es eben nicht«, sagte Reggie. Sie sah ihre Kusinen an, die fest entschlossen waren, sich ihr zu widersetzen, und auch Lady Dingsbums wirkte ganz empört. Reggie gab nach. »Also gut. Dann miete ich mir eben eine Kutsche. Wenn du nur bitte einen der Lakaien losschickst, damit er einen Kutscher sucht, der mich abholt, Marshall... Ich treffe euch dann auf dem Ball, sowie ich fertig bin.«

»Das kommt gar nicht in Frage.« Marshall war verärgert. Es war typisch für seine Kusine, daß sie versuchte, ihn in eine Dummheit hineinzuziehen, damit er als der Älteste derjenige war, der hinterher den Ärger bekam. Diesmal nicht, bei Gott nicht. Er war älter und klüger, und sie konnte ihn nicht mehr beschwatzen wie sie es früher getan hatte. »Ein gemietetes Transportmittel? Am Abend? Das ist nicht sicher, und das weißt du selbst, Reggie.«

»Travis kann mit mir kommen.«

»Travis will aber nicht«, wandte der vorgeschlagene Begleiter eilig ein. »Und du brauchst dir gar nicht die Mühe machen, mich mit deinen babyblauen Augen anzusehen, Reggie. Ich habe auch keine Lust, zu spät zu dem Ball zu kommen.«

»Bitte, Travis.«

»Nein.«

Reggie sah in all diese erbarmungslosen Gesichter. Sie wollte nicht nachgeben. »Dann gehe ich eben nicht zu dem Ball. Ich wollte ohnehin nie hingehen.«

»O nein.« Marshall schüttelte streng den Kopf. »Ich kenne dich zu gut, liebe Kusine. Sobald wir das Haus verlassen hätten, würdest du dich rausschleichen und zu Onkel Anthony rüberlaufen. Vater würde mich umbringen.»

»So unvernünftig bin ich nicht, Marshall«, versicherte sie spitz. »Ich werde Tony noch eine Nachricht schicken und ihn hier erwarten.«

»Und wenn er nicht kommt?« wandte Marshall ein. »Er hat Besseres zu tun, als nach deiner Pfeife zu tanzen. Vielleicht ist er auch gar nicht zu Hause. Nein. Du kommst mit, und damit ist das Thema beendet.«

»Nein, ich komme nicht mit.«

»Doch, du wirst mitkommen!«

»Sie kann meine Kutsche benutzen.« Alle Blicke wandten sich dem Gast zu. »Mein Kutscher und der Diener sind schon seit Jahren bei mir. Ich kann mich darauf verlassen, daß sie die junge Dame sicher an den Ort bringen, an dem sie etwas zu erledigen hat, und anschließend zu dem Ball.«

Reggies Lächeln war strahlend. »Phantastisch! Sie sind wirklich meine Rettung, Lady...?«

»Eddington«, stellte sich die Frau vor, die soeben eingetreten war. »Wir haben uns Anfang der Woche getroffen.«

»Ja, im Park. Ich erinnere mich sehr wohl. Ich bin nur furchtbar vergeßlich, was Namen angeht, nachdem ich in diesem letzten Jahr so viele Menschen kennengelernt habe. Ich kann Ihnen gar nicht genug danken.«

»Nicht der Rede wert. Es freut mich, wenn ich Ihnen gefällig sein kann.«

Selena war überglücklich – ihr war alles recht, wenn sie sich nur um Himmels willen endlich auf den Weg machten. Sie fand es schon schlimm genug, daß Marshall Malory sie zu *dem* Ball der Saison begleiten würde. Aber er hatte sich als einziger von einem Dutzend Männern, denen sie an diesem Morgen Nachrichten zugeschickt hatte, nicht mit dem einen oder anderen Vorwand aus der Affäre gezogen. Malory, jünger als sie, war ihre letzte Zuflucht gewesen. Und jetzt geriet sie mitten in einen Familienkrach hinein, nur wegen dieses jungen Dings.

»Da hast du es, Marshall«, sagte Reggie gerade. »Dagegen kannst du doch bestimmt nichts einwenden.«

»Nein, wohl kaum«, bestätigte er mürrisch. »Aber denk daran, daß du von einer halben Stunde gesprochen hast, Kusine. Ich kann dir nur raten, bei den Shepfords zu sein, ehe Vater zufällig bemerkt, daß du nicht da bist. Andernfalls ist der Teufel los, und das weißt du genau.«

3

»Aber ich meine es ganz ernst, Tony!« erklärte Reggie, während sie ihn in seinem Wohnzimmer besorgt anschaute. »Wie kannst du bloß an mir zweifeln? Es ist wirklich eine Notlage, Tony.« Er war der einzige ihrer Onkel, der darauf bestand, daß sie ihn schlicht mit seinem Vornamen ansprach.

Sie hatte zwanzig Minuten warten müssen, bis es gelungen war, ihn aufzuwecken, denn er hatte den ganzen Tag mit Trinken und Spielen in seinem Club zugebracht und war dann heimgekommen und sofort ins Bett gefallen. Weitere zehn Minuten waren mit dem Versuch vergeudet worden, ihn dazu zu bringen, daß er ihr endlich glaubte, wie ernst es ihr war. Ihre dreißig Minuten waren bereits abgelaufen, und sie hatte kaum ihr eigentliches Anliegen ausgesprochen, Marshall würde sie umbringen.

»Jetzt hör aber auf, Kätzchen! Du wärst noch keine Woche auf dem Land und würdest schon das gute alte London und seine Lebenslust vermissen. Wenn du eine Ruhepause brauchst, dann erzähl dem guten Eddie, daß du krank bist oder sonst was. Wenn du ein paar Tage lang allein in deinem Zimmer warst, wirst du mir dankbar sein, daß ich dich jetzt nicht ernst nehme.«

»Ich habe das ganze letzte Jahr über nichts anderes als dieses flotte Leben gehabt«, fuhr Reggie entschlossen fort. »Ich bin auf meiner Europareise von einer Party zur nächsten gereist, nicht von einem Land in ein anderes. Und es geht nicht nur darum, daß ich diese ständigen gesellschaftlichen Ereignisse satt habe, Tony. Damit käme ich wirklich noch zurecht. Mein Vorschlag geht auch nicht dahin, daß ich die ganze Ballsaison in Haverston verbringen will, nur ein paar Wochen, damit ich mich erholen kann. Diese Jagd auf einen Mann bringt mich um. Wirklich!«

»Niemand hat gesagt, daß du den ersten Mann, den du kennenlernst, gleich heiraten mußt, Kätzchen«, erwiderte Anthony begütigend.

»Den ersten Mann? Es waren schon Hunderte, Tony. Du kannst ruhig wissen, daß sie mich inzwischen den ›kalten Fisch‹ nennen.«

»Um Gottes Willen, wer nennt dich so?«

»Der Name ist absolut angemessen. Ich war kalt und abweisend. Das mußte ich sein, weil ich nicht bereit bin, einem Mann Hoffnungen zu machen, wo keine bestehen.«

»Wovon, zum Teufel, sprichst du eigentlich?« fragte Anthony barsch.

»Ich habe Sir John Dodsley schon längst vor Ende der letzten Ballsaison engagiert.«

»Diesen alten Taugenichts? Für was engagiert?«

»Als eine Art Ratgeber, könnte man vielleicht sagen«, gestand sie ein. »Dieser alte Taugenichts, wie du ihn nennst, kennt Gott und die Welt. Und außerdem weiß er alles über jeden. Nachdem mein sechster ernsthafter Freier von dir und deinen Brüdern abgelehnt worden ist, fand ich, es sei sinnlos, weiterhin mich selbst oder irgendwelche jungen Männer zu enttäuschen, indem ich all das noch öfter durchmache. Ich habe Dodsley dafür bezahlt, daß er zu jeder Einladung, die ich annehme, auch erscheint. Er hatte eine Liste dessen, was dir und deinen Brüdern bei einem Mann mißfallen könnte, und bei so ziemlich jedem Mann, den ich kennenlernte, schüttelte er den Kopf. Das hat mir Zeit gespart und mich vor Enttäuschungen bewahrt, aber es hat mir auch diesen strittigen Spitznamen eingetragen. Es ist unmöglich, Tony. Ich kann es Jason recht machen, aber dir nicht... Dir, aber Edward nicht. Dem Himmel sei Dank, daß Onkel James nicht auch noch hier ist und seiner Meinung Ausdruck verleiht. Es gibt nicht einen Mann auf dieser Welt, der euch allen passen würde.«

»Das ist doch absurd«, protestierte er. »Ich könnte ein Dutzend Männer aus dem Handgelenk schütteln, die absolut in Ordnung wären.«

»Wären sie das wirklich, Tony?« fragte sie mit zarter Stimme. »Würdest du es wirklich gerne sehen, wenn ich einen von ihnen heiraten würde?«

Er schnitt ein bekümmertes Gesicht und grinste dann plötzlich. »Nein, ich glaube nicht.«

»Dann siehst du also ein, weshalb ich in einer mißlichen Lage bin?«

»Aber willst du denn nicht heiraten, Kätzchen?«

»Natürlich will ich heiraten. Und ich bin sicher, daß der Mann, den du und deine Brüder für mich aussuchen, mich sehr glücklich machen wird.«

»Was?« Er funkelte sie an. »O nein, das kommt nicht in Frage. Du wirst *mir* doch nicht diese Verantwortung aufladen, Reggie!«

»Gut, dann eben nicht«, willigte sie ein. »Dann überlassen wir es eben Onkel Jason.«

»Sei nicht albern. Er würde dich mit einem solchen Tyrannen verheiraten, wie er selbst einer ist.«

Reggie lachte. »Jetzt hör aber auf, Tony. Du weißt, daß das nicht wahr ist.«

»Na ja, aber fast«, murrte er.

»Verstehst du, Tony, wenigstens müßte *ich* dann nicht mehr jeden Mann, den ich kennenlerne, vor euch zitieren. Ich will wieder meine Freude haben, mit einem Mann reden können, ohne ihn zu analysieren, mit ihm tanzen, ohne mich zu fragen, ob mein Tanzpartner sich als Ehemann eignet. Es ist so weit gekommen, daß ich mich bei jedem Mann, den ich auch nur ansehe, frage: Soll ich den heiraten? Könnte ich ihn lieben? Wäre er so gut und so freundlich zu mir wie...« Sie unterbrach sich errötend.

»Wie?« drängte er sie.

»Ach, meinetwegen kannst du es ruhig wissen«, sagte sie seufzend. »Ich vergleiche jeden Mann mit dir und meinen anderen Onkeln. Dafür kann ich nichts. Ich wünschte fast, ihr hättet mich alle weniger gern. Ihr habt mich übermäßig verwöhnt. Ich will, daß mein Mann eine Mischung aus euch allen ist.«

»Was haben wir bloß mit dir angestellt?«

Er wollte in lautes Gelächter ausbrechen, und sie verlor die Geduld. »Du findest das wohl ziemlich komisch? Ich habe den Eindruck, dich interessiert dieses Problem überhaupt nicht. Und wenn ihr mir keine Ruhepause gebt, dann schwöre ich dir, daß ich versuchen werde, Onkel James zu erreichen, damit er mich fortbringt.«

Das ernüchterte ihn augenblicklich. Er verstand sich zwar mit James am besten, doch selbst er war wütend gewesen und hatte seinem Bruder nie verziehen, was er getan hatte.

»Sag das nicht, Reggie«, warnte er sie. »Du kannst im Moment nicht klar denken. Wenn du James in diese Sache hineinziehst, machst du alles noch schlimmer, nicht besser.«

Sie bohrte erbarmungslos weiter. »Dann wirst du also Onkel Jason sagen, daß ich für einige Zeit nach Hause kommen möchte? Daß ich es satt habe, mich nach einem Mann umzusehen, und daß ich abwarte, bis ihr drei euch drauf einigen könnt, wen ich heiraten soll?«

»Verflucht, Reggie, Jason wird davon genauso wenig halten wie ich. Du solltest deine eigene Wahl treffen, jemanden finden, den du liebst.«

»Das habe ich doch schon probiert.« Es entstand eine peinliche Stille.

Anthony zog ein finsteres Gesicht. »Lord Medhurst war ein großspuriger Trottel!«

»Wie konnte ich das wissen? Ich habe ihn für den Richtigen gehalten und mich verliebt.«

»Du hättest Newel haben können, wenn Eddie nicht davon überzeugt gewesen wäre, daß er einen miserablen Vater abgeben wird«, fuhr Tony finster fort.

»Ja, und? Onkel Edward hat zweifellos recht gehabt. Wieder einmal einer meiner Versuche, mich zu verlieben.«

»Du weißt wirklich, wie man andere in Depressionen stürzt. Wir wollten doch nur das Beste für dich, Kätzchen.«

»Das weiß ich, und dafür liebe ich euch ja auch. Ich bin absolut sicher, daß ich einen Mann, den ihr alle drei für einen perfekten Ehemann haltet, anbeten werde.«

»So, wirklich?« Er grinste. »Ich bin mir da nicht so sicher. Wenn Jason sich beispielsweise einverstanden erklären sollte, auf deinen Vorschlag einzugehen, dann wird er alles tun, um einen Mann zu finden, der nicht die geringste Ähnlichkeit mit mir hat.« Er scherzte. Wenn es irgend jemanden gab, der sich für sie niemanden wünschte, der Ähnlichkeit mit ihm selbst hatte, so war das Tony persönlich.

Sie lachte. »Du kannst meinen Mann schließlich immer noch ändern, Tony – wenn ich endlich unter der Haube bin.«

4

Percival Alden schrie triumphierend auf, als er sein Pferd am Rande des Green Park auf der Piccadilly-Seite zügelte. »Somit schuldest du mir zwanzig Pfund, Nick!« rief er über seine Schulter, als der Vicomte ihn auf seinem Braunen eingeholt hatte. Nicholas Eden sah Percy finster an.

Sie ritten im Kreis herum. Die beiden Freunde kamen gerade von Boodles und hatten ein ausgezeichnetes Kartenspiel hinter sich gebracht, als Percy auf seinen neuen Hengst zu sprechen gekommen war. Vom Alkohol umnebelt, hatte er die Herausforderung angenommen, und sie hatten ihre Pferde holen lassen.

»Weißt du eigentlich, daß wir uns beide das Genick hätten brechen können?« verkündete Nicholas einigermaßen vernünftig, während seine Sicht getrübt war und er fast alles doppelt sah. »Erinnere mich daran, daß ich so was nie wieder tue, ja?«

Percy fand das furchtbar komisch und fing an, so laut zu lachen, daß er beinah das Gleichgewicht verloren hätte. »Als könnte dich jemand von dem abhalten, was du dir in den Kopf gesetzt hast, vor allem, wenn du angesäuselt bist! Aber mach dir nichts daraus, Kumpel. Morgen früh erinnerst du dich wahrscheinlich gar nicht mehr an diesen verwegenen Streich, und wenn doch, glaubst du bestimmt, du hättest dich getäuscht. Ach, wo zum Teufel war dieser verdammte Mond, als wir ihn gebraucht hätten?«

Nicholas blickte zu der silbernen Scheibe hinauf, die gerade in diesem Moment hinter einer Wolkenbank herauskam. Sein Kopf schwirrte. Verdammt! Das Rennen hätte ihn ernüchtern sollen.

Er richtete seinen verschwommenen Blick auf seinen Freund. »Wieviel willst du für das Tier haben, Percy?«

»Ich denke gar nicht daran, es zu verkaufen. Mit diesem Hengst gewinne ich noch mehr Rennen.«

»Wieviel?« wiederholte Nicholas hartnäckig.

»Ich habe zweihundertfünfzig dafür bezahlt, aber...

»Dreihundert.«

»Es ist nicht zu verkaufen.«

»Vierhundert.«

»Jetzt hör aber auf, Nick«, protestierte Percy.

»Fünfhundert.«

»Morgen lasse ich es dir bringen.«

Nicholas strahlte vor Zufriedenheit.

»Ich hätte durchhalten sollen, bis du auf tausend gehst«, sagte Percy, der ebenfalls breit grinste. »Aber schließlich weiß ich, wo ich für zweihundertfünfzig seinen Bruder bekommen kann. Und ich will dich doch nicht übervorteilen.«

Nicholas lachte. »Du vergeudest dein Talent, Percy. Du solltet dir einen Job auf dem Smithfield Market besorgen und Pferdefleisch verkaufen.«

»Und meiner lieben Mutter noch einen Grund liefern, den Tag zu verfluchen, an dem sie mich geboren hat? Nein, danke. Ich mache so weiter wie bisher und übervorteile harte Geschäftsleute wie dich, um dabei anständige Gewinne zu erzielen. Außerdem macht es mehr Spaß. Und da wir gerade von Spaß sprechen – solltest du nicht heute abend bei den Shepfords erscheinen?«

»Verdammter Mist«, knurrte Nicholas. »Warum mußtest du mich ausgerechnet daran erinnern?«

»Als gute Tat des Tages.«

»Ich würde keinen Fuß in dieses Haus setzen, wenn ich meinem Vögelchen nicht die Flügel stutzen müßte«, vertraute Nicholas ihm an.

»Sie hat dir wohl das Gefieder zerzaust?«

»Kannst du dir vorstellen, daß sie wirklich glaubt, sie könnte mich eifersüchtig machen?« fragte Nicholas entrüstet.

»Dich? Eifersüchtig?« höhnte Percy. »Den Tag würde ich gern erleben, darauf kannst du wetten.«

»Du bist herzlich eingeladen, mitzukommen und dir meinen Auftritt anzusehen. Ich habe vor, Lady E. einen ganz beachtlichen Auftritt zu servieren, ehe wir quitt sind«, sagte Nicholas finster.

»Du wirst den armen Kerl doch nicht zum Duell herausfordern, oder?«

»Gütiger Himmel, wegen einer Frau? Nein, natürlich nicht. Aber sie wird es glauben, während ich ihm in Wirklichkeit meinen

Segen gebe. Dann kann sie sich selbst ihre Dummheit vorwerfen, denn von mir wird sie nichts mehr sehen.«

»Das ist eine neue Art, so was anzupacken«, sagte Percy versonnen. »Ich muß es mir merken und es auch mal ausprobieren. Sieh mal, warum erteilst du mir nicht deinen Segen? Eine gutaussehende Frau, Lady E....« Er sah auf die Straße. »Da wir gerade davon sprechen – steht da drüben nicht ihre Kutsche?«

Nicholas folgte seiner Blickrichtung und sah die grellbemalte Kutsche in Rosa und Grün, die er so gut kannte. »Unmöglich«, murmelte er. »Sie würde lieber sterben, als zu spät zu diesem Ball zu erscheinen, und der hat schon längst begonnen.«

»Ich kenne niemanden sonst, der eine so schön bemalte Kutsche hat«, bemerkte Percy. »Und ich habe mir schon überlegt, ob ich meine nicht auch in diesen Farben anmalen soll.«

Nicholas warf ihm einen entsetzten Blick zu, ehe er wieder auf die Straße schaute. »Wen kennen wir, der in dieser Straße wohnt?« fragte er seinen Freund.

»Mir fällt niemand ein...«, begann Percy. »Warte mal! Ich glaube, ich weiß, vor wessen Haus sie angehalten hat. Das Haus gehört dem jungen Malory – wie heißt er schnell noch mal? Du weißt schon, nicht der ganz Wilde, der schon seit Jahren nicht mehr hier ist, sondern der andere – der großartige Schütze... Ja, jetzt habe ich's! Anthony, Lord Anthony! Gütiger Himmel! Du glaubst doch nicht etwa, daß sie dich mit *ihm* eifersüchtig machen will? Nicht einmal du wagst es, dich mit ihm anzulegen, Nick.«

Nicholas antwortete nicht. Langsam, ganz langsam, verließ er den Park und überquerte die Straße. Wenn sich Selena tatsächlich in diesem Haus aufhielt, dann wußte sie, daß er sie entdecken würde, denn er kam jeden Abend auf dem Heimweg von seinem Club hier vorbei. An diesem Abend waren sie auf der Piccadilly-Seite aus dem Park geritten, und die Kutsche wäre ihm gar nicht aufgefallen, wenn Percy sie nicht bemerkt hätte. Aber jetzt war seine Neugier geweckt.

Saß Selena im Wagen und wartete darauf, daß er vorbeikäme? Oder hatte sie etwa keinen Begleiter für ihren verfluchten Ball finden können und war jetzt entschlossen, ihn doch dorthin zu schleifen? Es war ausgeschlossen, daß sie Anthony Malory kannte, der mit seinen Kumpeln einer völlig anderen Welt angehörte, einer Horde von Wüstlingen, die der Gesellschaft einen Schock nach dem anderen versetzten. Nicholas hatte zwar selbst einen befleckten Ruf, aber nicht einmal ihn hätte man zu diesen Tunichtguten gezählt.

Und wenn sie Malory doch irgendwo begegnet war? Aber ausgerechnet heute nacht würde sie sich niemals hier rumtreiben. Dazu bedeutete ihr der Shepford-Ball zuviel. Seit einem Monat sprach sie von nichts anderem.

Oder hatte sie ein Stelldichein mit Malory? Nicholas zügelte sein Pferd drei Häuser weiter am Randstein. Percy holte ihn ein und sah in bestürzt an. »Das, was ich vorhin sagte, war keine Herausforderung. Du hast doch nicht etwa vor, eine Dummheit anzustellen, oder?«

»Ich habe mir nur etwas überlegt, Percy«, erwiderte Nicholas grinsend. »Wenn Lady E. wirklich dort drinnen ist, dann wird sie jeden Augenblick herauskommen.«

»Woher willst du das wissen?«

»Der Ball. Sie wird vielleicht zu spät kommen, aber sie wird ihn nicht verpassen, sie nicht. Oder vielleicht doch – ganz entgegen ihren Absichten. Eine Frau sollte sich nicht so sehr auf etwas versteifen, daß sie den Mann in ihrem Leben ignoriert. Diese Lektion sollte ihr unmißverständlich erteilt werden, findest du nicht? Ja, unmißverständlich. Absolut unmißverständlich. Damit sie denselben Fehler nicht noch einmal macht.«

»Montieth! Was zum Teufel hast du vor?« fragte Percy besorgt.

Nicholas antwortete nicht, weil seine Aufmerksamkeit auf die Haustür gelenkt wurde, die sich nun öffnete. Sein Grinsen wurde breiter, als Selena Eddington auf die Straße trat. Eine schwarze Halbmaske, die sie mit den Händen vor ihr Gesicht hielt, verdeckte ihre Augen, aber dieses schwarze Haar hätte er überall erkannt. Sie trug ein langes Cape mit Pelzbesatz, das am Hals geschlossen und über ihre Schultern zurückgeworfen war, und darunter schimmerte ein bezauberndes roséfarbenes Gewand. Nicholas war entgeistert. Rosé? Das war keine ihrer Farben. Sie bezeichnete sie herablassend als die Farbe der Unschuld, etwas, das sie schon vor langem ohne Reue verloren hatte. Er nahm an, daß sie die Herzogin von Shepford mit ihrer Jugend beeindrucken wollte.

Sie drehte sich zu dem Mann um, der hinter ihr stand, und Nicholas erkannte Anthony Malory, den er nur zu oft in den Clubs sah. Allerdings war er nicht mit ihm befreundet. Selena findet ihn mit Sicherheit äußerst attraktiv, überlegte Nicholas. Nun, er wünschte ihr Glück. Malory war ein noch eingefleischterer Junggeselle, als er selbst. Den würde sie nie vor einen Altar schleifen. Ob ihr das wohl klar war?

Er beobachtete belustigt, wie sie Malory umarmte und ihm dann einen flüchtigen Kuß gab. Offensichtlich begleitete er sie nicht zu dem Ball, denn er trug einen Hausmantel.

»Wie reimst du dir das zusammen?« fragte Percy beunruhigt. Er lenkte sein Pferd noch etwas näher zu Nicholas. »Es ist doch Lady E., oder?«

»Ja, und du tust mir einen großen Gefallen, wenn du die Kutsche so lange wie möglich davon abhältst zu wenden, Percy.«

»Verdammt, was hast du denn vor?«

»Ich will Lady E. zu mir nach Hause bringen, was denn sonst?« entgegnete Nicholas lachend. »Ich schneide ihr den Weg ab. Treffen wir uns in der Park Lane.«

»Der Teufel soll dich holen, Nick!« rief Percy. »Da steht Malory!«

»Ja, aber er wird mich nicht zu Fuß verfolgen, oder? Und wenn er sich gerade mit ihr abgegeben hat, muß er unbewaffnet sein. Dieses kleine Schauspiel wird ihm Freude bereiten.«

»Tu es nicht, Nick.«

Aber Nicholas war nicht nüchtern genug, um klar zu denken. Er ritt auf die Kutsche zu und dicht davor auf den Bürgersteig, wobei er alle Beteiligten damit überrumpelte, daß er zwischen dem Haus und dem Wagen hindurchritt. Er bückte sich, packte Selena und zerrte sie auf sein Pferd.

Wunderbar gemacht, gratulierte er sich selbst. Besser hätte er es nüchtern auch nicht machen können. Hinter ihm ertönten Schreie, aber er ritt nicht langsamer. Die Frau, die er über sein Pferd gezogen hatte, fing an zu schreien, aber er stopfte ihr eilig sein weißes Seidentaschentuch in den Mund, um ihre Schreie zu ersticken, und dann band er mit seiner Krawatte ihre Handgelenke zusammen.

Sie wand sich so heftig, daß sie abzustürzen drohte, und daher zerrte er an ihr, bis sie vor ihm saß. Dann zog er ihr das Cape über das Gesicht und verschnürte sie wie ein Bündel. Zufrieden grinste er, als sie um eine Ecke bogen und durch die Park Lane ritten. »Anscheinend werden wir nicht verfolgt, meine Liebe. Vielleicht hat Tovey, dein Kutscher, mich erkannt und weiß, daß du in guten Händen bist.« Er hörte die gedämpften Laute, die sie unter dem Cape von sich gab. »Ja, ich weiß, daß du sauer auf mich bist,

Selena. Aber tröste dich damit, daß du vor Wut toben kannst, wenn ich dich wieder gehen lasse – morgen früh.«

Wieder fing sie an, sich zu wehren, aber wenig später hielt er das Pferd vor seinem Haus in der Park Lane an. Percival Alden hatte am Rande der großen dunklen Weite des Hyde Parks auf der anderen Straßenseite Stellung bezogen, und nur er sah, wie Nicholas sich das Bündel über die Schulter warf und ins Haus trug. Sein Butler bemühte sich, nicht allzu verblüfft zu wirken.

Percy folgte ihm ins Haus. »Sie haben die Verfolgung gar nicht erst aufgenommen.«

»Ach, das bedeutet doch nur, daß der Kutscher mich erkannt hat.« Nicholas lachte laut auf. »Wahrscheinlich hat er Malory inzwischen erklärt, daß die Dame und ich miteinander befreundet sind.«

»Ich kann immer noch nicht glauben, daß du das getan hast, Nick. Das wird sie dir nie verzeihen.«

»Ich weiß. Und jetzt sei ein guter Kerl und komm mit mir nach oben, damit du ein paar Lampen anzünden kannst, ehe ich mein Gepäck ablege.« Er blieb gerade lange genug stehen, um seinem Butler zuzugrinsen, der die Füße anstarrte, die über die Schulter seiner Lordschaft hingen. »Sagen Sie meinem Kammerdiener, er soll meine Abendgarderobe bereitlegen, Tyndale. Ich will das Haus in zehn Minuten verlassen. Und wenn aus irgendwelchen Gründen jemand zu Besuch kommt, sagen Sie ihm, daß ich bereits vor einer Stunde zum Ball des Herzogs von Shepford aufgebrochen bin.«

»Selbstverständlich, Mylord.«

»Du gehst doch noch hin?« fragte Percy erstaunt, als er mit dem Butler hinter Nicholas die Treppe hinaufstieg.

»Ja, natürlich. Ich habe vor, die ganze Nacht durchzutanzen.« Nicholas betrat ein Schlafzimmer im zweiten Stock des Hauses und inspizierte es eilig, um sicherzugehen, daß sich keine Wertsachen darin befanden, die Selena in ihrem Zorn zertrümmern könnte. Als er zufrieden festgestellt hatte, daß sich ihr dazu wenig Gelegenheit bot, beauftragte er Tyndale, den Schlüssel zu holen, und bedeutete Percy, die Lampe auf dem Kaminsims anzuzünden.

»Sei ein braves Mädchen, meine Liebe, und stell dich nicht zu sehr an.« Er tätschelte auf vertrauliche Art ihren Hintern. »Wenn du anfängst zu schreien oder Dummheiten machst, ist Tyndale gezwungen, etwas dagegen zu unternehmen. Ich bin sicher, daß es dir mißfallen würde, für die nächsten Stunden ans Bett gefesselt zu werden.«

Er scheuchte Percy hinaus, ehe er sie auf das Bett fallen ließ. Dann löste er die Krawatte von ihren Handgelenken, verließ das Zimmer und schloß mit einem leisen Klicken die Tür. Er wußte, daß sie den Knebel früher oder später aus ihrem Mund ziehen würde, aber dann war er nicht mehr da und brauchte sich ihr Gezeter nicht anzuhören.

»Komm, Percy. Ich habe einen Abendanzug für dich, wenn du mit mir auf den Ball kommen möchtest.«

Percy schüttelte verwirrt den Kopf, während er Nicholas zu dessen Gemächern im ersten Stock folgte. »Ich könnte mitkommen, aber ich verstehe nicht, warum du den Ball besuchst, wenn sie doch nicht da ist.«

»Das ist die Krönung des Ganzen.« Nicholas lachte in sich hinein. »Wozu ist es gut, daß Lady E. den Ball verpaßt, wenn sie nicht morgen von ihren lieben Freundinnen hört, daß ich vom Moment meiner Ankunft bis zu meinem Verschwinden keinen einzigen Tanz ausgelassen habe?«

»Das ist grausam, Montieth.«

»Nicht grausamer als ihre Entscheidung, mich für Malory fallen zu lassen.«

»Aber das stört dich doch gar nicht«, wandte Percy ein, der außer sich war.

»Nein, es stört mich nicht. Aber es verlangt doch nach *irgend*einer Reaktion, findest du nicht? Schließlich wäre sie am Boden zerschmettert, wenn ich nichts dergleichen getan hätte.«

»Wenn sie sich hätte aussuchen können, wie du reagierst, Montieth, dann glaube ich nicht, daß ihre Wahl *darauf* gefallen wäre.«

»Da hast du vermutlich recht. Aber es immer noch besser, als wenn ich Malory zum Duell auffordern würde. Oder bist du etwa anderer Meinung?«

»Himmel, nein!« Percy war aufrichtig erschrocken. »Gegen den hättest du nicht die geringste Chance!«

»So, glaubst du das?« murmelte Nicholas. »Hm, vielleicht nicht. Schließlich hat er mehr Übung als ich. Aber wir werden nie erfahren, wer der Sieger gewesen wäre, oder?«

5

Reggie fürchtete sich nicht. Sie hatte genug gehört, um zu wissen, daß ihr Entführer ein Edelmann war. Er ging davon aus, daß ihr Kutscher ihn erkannt hatte, und insofern stellte er keine wirkliche Bedrohung dar. Nein, ihr würde nichts zustoßen. Noch etwas anderes veranlaßte sie, genüßlich und gehässig zu lächeln. Der Mann hatte einen grauenhaften Irrtum begangen. Er hielt sie für eine andere – Selena hatte er sie genannt. »Ich bin es nur«, hatte er gesagt, als müßte sie seine Stimme mit Leichtigkeit erkennen.

Selena? Wieso glaubte dieser Mann, sie wäre Selena? Er hatte sie schlicht und einfach vom Bürgersteig aufgegriffen, und wie kam er also dazu ... »*Der Kutscher hat mich erkannt*!« Gütiger Himmel, Lady Eddington! Er kannte die Kutsche, und daher hielt er sie für Lady Eddington.

Das war von unschätzbarem Wert. Er würde sich auf den Ball der Shepfords begeben – und, *voilà*, dort würde er Lady Eddington zusammen mit Reggies Vettern und Kusinen vorfinden. Wie gern würde sie sein Gesicht sehen ... In jüngeren Jahren hatte auch sie ihren Mitmenschen mit Vorliebe solche Streiche gespielt.

Und dann würde er sich eilig auf den Heimweg machen, sich überschwenglich entschuldigen und sie um Verzeihung bitten. Er würde sie anflehen, kein Wort darüber zu verlieren. Und sie würde einwilligen müssen, weil schließlich ihr Ruf auf dem Spiel stand. Sie würde den Ball besuchen und ganz einfach sagen, sie wäre länger bei Onkel Anthony gewesen, als sie es vorgehabt hatte. Niemand würde je erfahren, daß sie entführt worden war.

Nachdem sie den Knebel und die Krawatte entfernt hatte, streckte sie sich auf dem Bett aus. Sie war völlig gelassen und kostete das Abenteuer aus. Es war nicht ihr erstes, nein, keineswegs. Sie hatte ihr Leben lang Abenteuer bestanden. Angefangen hatte es, als sie sieben Jahre alt gewesen war und im Winter auf dem zugefrorenen See von Haverston eingebrochen war. Sie wäre ertrunken, wenn nicht einer der Stallknechte ihre Rufe gehört und sie aus dem Wasser gezogen hätte. Im Jahr darauf hatte derselbe Junge einen wilden Keiler abgelenkt, der sie auf einen Baum gejagt hatte. Der Keiler hatte sich auf ihn gestürzt, und während er schnell wieder gesund wurde und seinen Freunden beglückt alle Einzelheiten dieser dramatischen Rettung erzählte, wurde ihr der Wald für ein Jahr verboten.

Nein, selbst die fast fromme Hingabe, mit der sich ihre Onkel ihrer Kindheit gewidmet hatten, war dem Schicksal nicht hinderlich gewesen, und Reggie hatte in neunzehn Jahren mehr Abenteuer hinter sich gebracht als die meisten Männer in einem ganzen Leben. Als sie sich in ihrem elegant eingerichteten Gefängnis umsah, in dem sie nun vorübergehend eingesperrt war, lächelte sie. Wie sie wußte, träumten junge Frauen von Abenteuern, sehnten sich danach, von gutaussehenden Fremden, die auf Pferden einherkamen, hochgehoben und entführt zu werden, aber sie hatte es in Wirklichkeit erlebt. Sogar zweimal, denn der Streich des heutigen Abends war nichts Neues für sie.

Vor zwei Jahren, mit siebzehn, war sie auf der Straße nach Bath von drei maskierten Wegelagerern überfallen und von dem kühnsten verschleppt worden. Gott sei Dank, daß ihr verwegener ältester Vetter Derek an diesem Tag auch in der Kutsche gesessen hatte. Er hatte eines der Pferde losgebunden, wutentbrannt die Verfolgung ihres Entführers aufgenommen und Reggie davor bewahrt... Wovor auch immer, jedenfalls vor den Absichten des Fremden.

Und davor hatte sie im Alter von zwölf Jahren ein Abenteuer auf hoher See überstanden. Sie war für einen ganzen Sommer entführt worden und hatte auf dem Meer gräßliche Stürme und sogar eine ganz unglaubliche Schlacht miterlebt.

Jetzt wurde ihr also wieder ein Abenteuer geboten, und zwar diesmal ein lustiges, bei dem sie sich recht sicher fühlte – und dann richtete sie sich kerzengerade auf. Onkel Tony! Er wußte davon! Plötzlich war es gar nicht mehr komisch. Wenn er dahinterkam, wer ihr Entführer war, würde er hier auftauchen und die Tür eintreten. Das würde einen Klatsch ohne Ende nach sich ziehen, und dann war es aus mit ihr. Anthony Malory würde es dem Mann auch nicht leichtmachen. Er würde den armen Kerl zu einem Duell herausfordern und ihn töten, ob es nun ein Irrtum gewesen war oder nicht.

Reggie stand auf und lief im Zimmer umher. Sie war barfuß. Ach, du meine Güte, die Lage spitzte sich ganz übel zu. Sie ging immer wieder auf und ab und sah sich das Zimmer näher an, um sich zu zerstreuen. Der Raum war in gedämpften Grün- und Brauntönen gehalten, ein paar moderne Chippendalemöbel standen herum. Ihr Cape hing über einen Sessel, ihre Schuhe standen auf dem Boden davor, und ihre Maske war auf den Polstersitz geworfen worden. Von dem einzigen Fenster aus sah man auf den Garten, der jetzt dunkel und voller Schatten dalag. Sie brachte ihre Frisur vor einem Spiegel in Ordnung, der von Blättern und Blüten im Rocaille-Stil umrahmt war.

Würde Tyndale sie wirklich fesseln und knebeln, wenn sie anfing, um Hilfe zu schreien? Es war ihr lieber, wenn sie das nicht so genau wußte. Sie fragte sich auch, warum Nick so lange brauchte, um zu merken, daß er sie mit jemandem verwechselt hatte. Die Minuten tickten auf der Meißner Uhr, die das Kaminsims schmückte.

Nicholas sah sie in den Armen eines Gecken in leuchtend grünem Satin, der sich entsetzlich mit Selenas pflaumenfarbenem Abendkleid biß, einen Walzer tanzen. Diese Farbzusammenstellung machte sie zu einem Paar, das man auf der gesteckt vollen Tanzfläche kaum übersehen konnte.

»Jetzt hol mich doch der Teufel«, knurrte Nicholas.

Percy, der neben ihm stand, drückte sich deutlicher aus. »O mein Gott! Du hast es wirklich getan, und ich wußte, daß du es nicht hättest tun sollen, aber du hast es getan, und jetzt kannst du sehen, was du tust.«

»Halt den Mund, Percy.«

»Das *ist* sie doch, oder? Wer in Gottes Namen ist dann das Vögelchen, das du bei dir zu Hause in den Käfig gesperrt hast? Du hast Malory die Mätresse gestohlen, so ist es doch? Er wird dich umbringen, Nick«, teilte Percy ihm mit. »Er wird dich verdammt noch mal umbringen, genau das und nichts anderes.«

Nicholas stand kurz davor, seinen leicht erregbaren Freund zu ermorden. »Du kannst aber auch nicht einen Moment lang den Mund halten, nein? Du mußt reden und reden. Das einzige, was auf mich zukommt, ist die Strafpredigt einer wütenden Frau, die ich in meinem ganzen Leben noch nicht gesehen habe. Lord Malory wird mich nicht wegen einer solchen dämlichen Verwechslung zum Duell herausfordern. Wer ist denn überhaupt zu Schaden gekommen?«

»Der Ruf der Dame, Nick. Wenn das rauskommt...«

»Wie soll es denn rauskommen? Benutz mal deinen Verstand, alter Junge. Wenn sie Malorys Mätresse ist, welchen Ruf hat sie dann noch zu verlieren? Was ich allerdings wirklich gern wüßte – was hatte sie in Lady Eddingtons Kutsche zu suchen?« Er seufzte, ganz der mißverstandene Mann, der zum Narren gehalten worden war. »Ich mache mich am besten gleich auf den Heimweg und lasse sie raus – ganz gleich, wer sie ist.«

»Brauchst du Hilfe?« Percy grinste. »Ich würde zu gern wissen, wer sie ist.«

»Ich halte es für unwahrscheinlich, daß sie in umgänglicher Stimmung ist, und muß froh sein, wenn mir nur eine Vase an den Kopf geworfen wird.«

»Danke, das darfst du allein hinter dich bringen. Du kannst es mir ja morgen ganz genau erzählen.«

»Ich dachte mir schon, daß du dich drücken würdest«, sagte Nicholas trocken.

In aller Eile fuhr er nach Hause. Inzwischen war er ziemlich ernüchtert und bereute den gesamten Verlauf des Abends zutiefst. Er hoffte, die geheimnisvolle Dame würde Sinn für Humor haben.

Tyndale öffnete ihm die Tür und nahm seinen Umhang, den Hut und die Handschuhe entgegen. »Hat es irgendwelche Probleme gegeben?« fragte Nicholas und wartete vergeblich auf eine lange Liste von Schwierigkeiten.

»Absolut nicht, Mylord.«

»Kein Lärm?«

»Nichts dergleichen.«

Nicholas holte tief Atem. Sie sparte sich wahrscheinlich ihre gesamte Wut für ihn auf. »Lassen Sie die Kutsche vorfahren, Tyndale«, befahl er, ehe er die Treppe hinaufstieg.

Im zweiten Stock herrschte Grabesstille. Die Dienstboten hatten keinen Grund, sich in diesem Teil des Hauses nach Einbruch der Dunkelheit aufzuhalten. Lucy, das hübsche Zimmermädchen, auf das er in letzter Zeit ein Auge geworfen hatte, würde sich nicht nach oben wagen, wenn nicht nach ihm geschickt wurde, und Harris, sein Kammerdiener, schlief jetzt sicher im ersten Stock und rechnete damit, daß sein Herr wesentlich später zurückkehren würde. Wenigstens befand sich außer Tyndale niemand im Haus, der etwas von der Anwesenheit der Dame wußte. Das war immerhin etwas.

Nicholas blieb einen Moment lang vor Reggies Tür stehen, ehe er sie aufschloß und eilig aufriß. Er rechnete mit einem Schlag in sein Gesicht, aber der Schlag, der ihn bei ihrem Anblick traf, saß mindestens ebensogut.

Sie stand am Fenster, wie in einem Bilderrahmen, und sah ihn auf eine verblüffend direkte Art an. In ihrem Blick lag keine Scheu, und dieses zarte, edle, herzförmige Gesicht verriet auch keine Angst. Die Augen waren beunruhigend, leicht exotisch angehauchte Mandelaugen. Derart dunkelblaue Augen in diesem hellen Gesicht, so blau und so klar, wie eingefärbte Kristalle. Die Lippen weich und voll, und die Nase gerade und schmal. Diese ungewöhnlichen Augen wurden von pechschwarzen langen Wimpern umrahmt, und darüber wölbten sich zarte schwarze Brauen. Ihr Haar war rabenschwarz und umgab ihr Gesicht in kleinen Kringellöckchen, was ihrer hellen Haut den Schimmer von poliertem Elfenbein verlieh.

Sie war atemberaubend. Die Schönheit hörte keineswegs bei ihrem Gesicht auf. Sie war zwar zierlich, aber ihre Gestalt hatte nichts Kindliches an sich. Feste, junge Brüste preßten sich gegen den dünnen Musselin ihres roséfarbenen Abendkleides, das nicht so tief ausgeschnitten war wie manche anderen Kleider und genau den Punkt erreichte, an dem es nicht provozierend, aber doch verführerischer als alles war, was er in London bisher gesehen hatte. Er wollte den roséfarbenen Musselin ein paar Zentimeter weit hinunterziehen und zusehen, wie diese bezaubernden Brüste sich befreien. Jetzt traf ihn der nächste Schlag, als er feststellte, daß seine Männlichkeit sich gegen seinen Willen regte. Himmel, seit seiner Jugend hatte er nicht mehr derart die Kontrolle über sich verloren!

Er bemühte sich verzweifelt, wieder alles in seine Gewalt zu bekommen, und er suchte nach irgend etwas, was er sagen könnte. »Hallo«, war alles, was ihm einfiel.

Aus seinem Tonfall war ein »Was haben wir denn da?« herauszuhören, und Reggie lächelte unwillkürlich. Er sah phantastisch aus, einfach phantastisch. Es lag nicht nur an seinem Gesicht, wenngleich auch das umwerfend war. Von diesem Mann ging eine magnetische sexuelle Anziehungskraft aus, die zutiefst beunruhigend wirkte. Er gefiel ihr sogar noch besser als Onkel Anthony, den sie bis dahin als den attraktivsten Mann auf Erden betrachtet hatte.

Der Vergleich war beruhigend. Er erinnerte sie an Onkel Tony, nicht nur in seiner Größe und seinem Äußeren, sondern auch in der Art, wie er sie abschätzend musterte. Seine Mundwinkel zogen sich zufrieden nach oben. Wie oft hatte sie beobachtet, daß ihr Onkel Frauen auf eben diese Art begutachtet hatte. Nun, dann ist er wohl ein Lebemann, sagte sie sich. Wer sonst hätte seine Mätresse von der Türschwelle eines anderen Mannes entführt? War er eifersüchtig gewesen, weil er geglaubt hatte, daß seine Mätresse und Onkel Anthony zusammen... Oh, das versprach eine äußerst amüsante Situation zu werden.

»Selber hallo«, sagte Reggie verschmitzt. »Ich habe schon angefangen, mich zu fragen, wann Sie die Verwechslung wohl bemerken würden. Sie haben sich reichlich Zeit gelassen.«

»Ich bezweifle, daß es wirklich eine Verwechslung war. Sie sehen gar nicht so aus, als hätte ich mich geirrt. Sie sehen sogar ganz so aus, als hätte ich ausnahmsweise endlich einmal das Richtige getan.«

Er schloß leise die Tür und lehnte sich dagegen. Diese wunderbaren Bernsteinaugen wanderten dreist von Kopf bis Fuß über ihren Körper. Ein junges Mädchen war absolut nicht sicher, wenn es mit einem Mann seines Kalibers allein in einem Raum war, und das erkannte Reggie jetzt. Und doch empfand sie aus irgendwelchen Gründen, die sie selbst nicht durchschaute, keine Angst vor ihrem Entführer. Skandalöserweise fragte sie sich sogar, ob es wohl wirklich so schrecklich wäre, ihre Tugend an ihn zu verlieren. In welcher leichtfertigen Stimmung sie plötzlich war!

Sie musterte die Tür und seine großgewachsene Gestalt, die ihr diesen einzigen Ausgang versperrte. »Pfui, schämen Sie sich, mein Herr. Ich hoffe doch, daß Sie nicht vorhaben, mich noch mehr zu kompromittieren, als Sie es bereits getan haben.«

»Wenn Sie es zulassen, werde ich es tun. Wie denken Sie darüber? Überlegen Sie sich die Antwort ganz genau«, sagte er mit einem umwerfenden Lächeln. »Mein Herz ist in Gefahr.«

Sie kicherte vor Begeisterung. »Quatsch! Lebemänner wie Sie haben gar kein Herz. Das weiß doch jeder.«

Nicholas war bezaubert. Konnte sie denn nichts, was er sagte, aus der Fassung bringen?

»Sie verletzen mich, meine Liebste, wenn Sie mein Herz mit dem Malorys vergleichen.«

»Im Traum nicht, Sir«, versicherte sie ihm. »Tonys Herz ist so wankelmütig, wie es nur irgend geht. Das Herz eines jeden anderen Mannes ist beständiger als seines. Sogar Ihres«, sagte sie trocken.

Und *das* aus dem Mund der Mätresse dieses Mannes? Nicholas

konnte sein Glück nicht fassen. Sie hatte noch nicht einmal den Eindruck gemacht, als wäre sie verdrossen, nahm ganz schlicht hin, daß Malory ihr nie treu sein würde. War sie reif für einen Liebhaberwechsel?

»Interessiert es Sie denn gar nicht, warum ich Sie hierhergebracht habe?« fragte er. Warum war sie nicht außer sich?

»O nein«, erwiderte sie unbeschwert. »Dahinter bin ich bereits selbst gekommen.«

»So, wirklich?« Er war belustigt und wartete auf irgendeine merkwürdige Erklärung, die sie sich zurechtgelegt hatte.

»Sie haben mich für Lady Eddington gehalten«, sagte sie, »und Sie wollten, daß sie den Shepford-Ball verpaßt, während Sie hingehen und keinen Tanz auslassen. Das stimmt doch?«

Nicholas schüttelte sich. »Was?«

»Haben Sie keinen Tanz ausgelassen?«

»Ich habe überhaupt nicht getanzt.«

»Sie müssen sie wohl dort gesehen haben. Ich wünschte, ich hätte Ihr Gesicht beobachten können.« Wieder kicherte sie. »Waren Sie nicht furchtbar überrascht?«

»Äh – furchtbar«, gab er zu. Er konnte es einfach nicht glauben. Wie zum Teufel hatte sie sich all das zusammenreimen können? Was hatte er bloß gesagt, als er sie hierhergetragen hatte? »Jetzt bin ich Ihnen gegenüber in einer ungünstigen Lage. Anscheinend habe ich vorhin eine ganze Menge zu Ihnen gesagt.«

»Erinnern Sie sich denn nicht?«

»Nicht allzu deutlich«, gestand er matt. »Ich fürchte, ich war ziemlich angetrunken.«

»Wenn das so ist, nehme ich an, daß Sie damit entschuldigt sind, oder ? Aber soviel haben Sie gar nicht gesagt. Es hilft schon, wenn man die Leute kennt, um die es geht, verstehen Sie.«

»Sie *kennen* Lady Eddington?«

»Ja. Nicht allzugut natürlich. Ich habe sie erst in der letzten Woche kennengelernt. Aber sie war so freundlich, mir heute abend ihre Kutsche zu leihen.«

In dem Moment löste er sich plötzlich von der Tür und durchquerte das Zimmer, bis er wenige Zentimeter vor ihr stand. Aus der Nähe war sie sogar noch hübscher. Zu seinem Erstaunen wich sie nicht vor ihm zurück, sondern blickte zu ihm auf, als setzte sie ihr volles Vertrauen in ihn.

»Wer sind Sie?« fragte er. Es war ein heiseres Flüstern.

»Regina Ashton.«

»Ashton?« Er runzelte nachdenklich die Stirn. »Ist das nicht der Familienname des Earl von Penwich?«

»Ja, genau. Kennen Sie ihn etwa?«

»Nein. Er besitzt ein Stück Land, das an meines grenzt und das ich seit etlichen Jahren zu kaufen versuche, aber dieser großspurige... Er reagierte gar nicht erst auf meine Anfragen. Sie sind doch nicht etwa mit ihm verwandt, oder?«

»Doch, leider ja. Aber zumindest sind es keine allzu nahen Bande.«

Nicholas grinste. »Die meisten Damen würden sich nicht darüber beklagen, mit einem Earl verwandt zu sein.«

»Wirklich? Dann kennen sie wohl den derzeitigen Earl von Penwich nicht. Ich kann von Glück sagen, daß ich den Mann seit vielen Jahren nicht mehr gesehen habe, aber ich bezweifle, daß er sich allzusehr verändert hat. Er ist in der Tat ein großspuriger...«

Er grinste. »Aber wer sind Ihre Eltern?«

»Ich bin eine Waise, Sir.«

»Das tut mir leid.«

»Mir auch. Aber ich habe bezaubernde Verwandte mütterlicherseits, die sich um mich gekümmert haben. Und jetzt ist es nur gerecht, wenn sie mir sagen, wer Sie sind.«

»Nicholas Eden.«

»Der vierte Vicomte von Montieth? Ach, du meine Güte, von Ihnen habe ich allerdings schon einiges gehört.«

»Alles skandalöse Lügen, das versichere ich Ihnen.«

»Das bezweifle ich.« Sie lächelte ihn an. »Aber Sie brauchen nicht zu fürchten, daß ich schlecht über Sie denke. Schließlich ist kein anderer so schlimm wie Tony – oder wie sein Bruder James – und ich liebe beide von Herzen.«

»Beide? Tony *und* James Malory?« Er war total verdutzt. »Gütiger Himmel, Sie wollen damit doch nicht etwa sagen, daß Sie auch James Malorys Mätresse sind?«

Ihre Augen wurden kugelrund. Sie biß sich auf die Zunge, aber es half nichts. Sie brach gegen ihren Willen in Gelächter aus.

»Ich kann daran nichts komisch finden«, bemerkte Nicholas kühl.

»Doch, es ist komisch, und wie! Ich hatte schon Angst, Sie könnten glauben, daß Tony und ich... Oh, das ist einfach prima! Das muß ich Tony erzählen... Nein, lieber doch nicht. Er wird es gar nicht komisch finden. Ihr Männer seid manchmal so steif«, seufzte sie. »Sehen Sie, er ist nämlich mein Onkel.«

»Wenn Sie es vorziehen, ihn als solchen zu bezeichnen...«

Sie lachte wieder. »Sie glauben mir nicht, stimmt's?«

»Meine liebe Miß Ashton...«

»Lady Ashton«, verbesserte sie ihn.

»Nun gut – Lady Ashton. Ich muß Ihnen mitteilen, daß Jason Malorys Sohn, Derek Malory, einer meiner engsten Freunde ist...«

»Ja, das weiß ich.«

»Das wissen Sie?«

»Ja, und eigentlich ist er sogar Ihr bester Freund. Sie gingen mit ihm in die Schule, wenngleich Sie auch ein paar Jahre vor ihm fertig waren. Und Sie faßten eine Zuneigung zu ihm, als andere ihn nicht mochten. Dafür liebt er Sie. Ich liebte Sie auch, weil Sie sich mit ihm angefreundet hatten, obwohl ich damals, als er es mir erzählte, erst elf war und Sie nicht kannte. Was glauben Sie denn, wo ich von Ihnen erfahren habe, Lord Montieth? Vetter Derek sprach die ganze Zeit nur über Sie, wenn er in den Ferien nach Hause kam.«

»Und warum hat er Sie dann nie erwähnt?« fauchte Nicholas.

»Warum hätte er über mich reden sollen?« fragte sie. »Ich bin sicher, daß Sie und er besseren Gesprächsstoff als die Kinder Ihrer Familien hatten.«

Nicholas zog ein finsteres Gesicht. »Sie könnten sich das alles ausgedacht haben.«

»Natürlich.« Sie beließ es dabei und unternahm keinen Versuch, ihn zu überzeugen.

Ihre Augen sprühten vor Lachen. Verdammt, sie war so schön. »Wie alt sind Sie?« fragte er.

»Sie sind also nicht mehr wütend?«

»War ich wütend?«

»Ja, sicher.« Sie lächelte. »Ich kann mir allerdings nicht vorstellen, warum. *Ich* bin hier doch diejenige, die wütend sein müßte. Und ich bin neunzehn, wenn Sie es unbedingt wissen wollen, obgleich Sie mich das nicht hätten fragen dürfen.«

Er wurde wieder gelöster. Sie war wunderbar. Er hielt es kaum aus. Er wollte sie in seine Arme ziehen, und doch war es ihm zuwider, sie an die Unziemlichkeiten ihrer Lage zu erinnern.

»Ist das Ihre erste Ballsaison, Regina?«

Es gefiel ihr, wie er ihren Namen aussprach. »Sie gestehen mir also zu, daß ich bin, wer ich zu sein behaupte?«

»Das muß ich wohl.«

»Sie brauchen deshalb nicht gleich so enttäuscht zu sein«, gab sie zurück.

»Ich bin am Boden zerstört, wenn Sie es unbedingt wissen wollen.« Seine Stimme wurde wieder heiserer, und er gestattete es sich, einen Finger über ihre Wange gleiten zu lassen, zart, um sie nicht zu erschrecken. »Ich will nicht, daß du ein unschuldiges Mädchen bist. Ich will, daß du ganz genau weißt, wovon ich spreche, wenn ich dir sage, daß ich dich lieben will, Regina.«

Ihr Herz schlug schneller. »Wirklich?« flüsterte sie, und ihr Herz schlug schneller. Sie durfte ihre Beherrschung nicht verlieren. »Ja, natürlich wollen Sie das«, neckte sie ihn. »Ich dachte mir doch, daß ich diesen Ausdruck in Ihrem Blick gesehen habe.«

Seine Hand fiel herunter, und seine Augen verengten sich. »Und woher sollten Sie diesen Ausdruck kennen?«

»Ach, du meine Güte, jetzt sind Sie schon wieder wütend«, sagte sie voller Unschuld.

»Zum Teufel noch mal!« stieß er hervor. »Können Sie denn nicht einen Moment lang ernst sein?«

»Wenn ich ernst werde, Lord Montieth, dann bekommen wir beide Schwierigkeiten.«

Ihre dunklen Augen waren unlesbar. Gütiger Himmel, unter dieser übersprudelnden Oberfläche war ein ganz anderes Mädchen verborgen.

Sie ging an ihm vorbei und blieb mitten im Zimmer stehen, und als sie sich wieder zu ihm umdrehte, waren das verschmitzte Lächeln und das spöttische Funkeln in ihre Augen zurückgekehrt.

»Es ist meine zweite Ballsaison, und ich habe viele Männer kennengelernt, die genauso unzüchtig sind wie Sie«, versicherte sie ihm.

»Das glaube ich nicht.«

»Daß es Männer gibt, die genauso unsittlich sind wie Sie?«

»Daß das Ihre zweite Ballsaison ist. Sind Sie verheiratet?«

»Sie spielen darauf an, daß ich es sein sollte, weil ich schon im letzten Jahr in die Gesellschaft eingeführt worden bin? Das ist ganz einfach. Was meine Familie angeht, ist niemand gut genug für mich. Was äußerst lästig ist, das kann ich Ihnen versichern.«

Nicholas lachte. »Es ist ein Jammer, daß ich im letzten Jahr in die

Karibik gesegelt bin, um die Ländereien zu inspizieren, die ich dort besitze. Ich hätte Sie eher kennengelernt, wenn ich hiergeblieben wäre.«

»Hätten Sie sich um meine Hand bemüht?«

»Ich hätte mich um – einen Teil von Ihnen bemüht.«

Zum ersten Mal errötete Reggie. »Das war zu dreist.«

»Aber noch lange nicht so dreist, wie ich es gern wäre.«

Oh, er ist wirklich gefährlich, dachte Reggie. Attraktiv charmant, gerissen. Warum also fürchtete sie sich nicht davor, mit Nicholas Eden allein zu sein? Der gesunde Menschenverstand sagte ihr, daß sie sich hätte fürchten müssen.

Sie sah atemlos zu, wie er auf sie zukam, wieder den Abstand zwischen ihnen verringerte. Sie rührte sich nicht von der Stelle, und er lächelte. Eine winzige Ader pochte direkt unter ihrer Kehle, und er verspürte ein übermächtiges Verlangen, seine Zunge darüber gleiten zu lassen und zu spüren, wie dort ihr Puls schlug.

»Ich frage mich, ob Sie wirklich so unschuldig sind, wie Sie es von sich behaupten, Regina Ashton.«

Sie durfte ihm nicht nachgeben, ganz gleich, wie sehr er seinen Zauber auch auf sie wirken ließ. »Da Sie wissen, wer meine Familie ist, können Sie das doch wirklich nicht bezweifeln, Lord Montieth.«

»Sie sind überhaupt nicht in Panik geraten, als ich Sie hierhergebracht habe«, platzte er heraus. »Wie kommt das?« Er musterte aufmerksam ihr Gesicht.

»Vermutlich habe ich erkannt, daß es ein Scherz war. Am Anfang habe ich mir allerdings Sorgen gemacht, weil ich dachte, Onkel Tony könnte dahinterkommen, wohin Sie mich gebracht haben, und er könnte hier anklopfen, ehe Sie wieder da sind und mich freilassen. Das wäre ein schönes Durcheinander gewesen! Ich wüßte nicht, wie wir ein Geheimnis wie dieses lange hätten hüten können, und es hätte damit enden können, daß Sie mich heiraten müssen. Was für ein Jammer, denn wir würden wirklich nicht zusammen passen.«

»So, wir passen also nicht zusammen?« fragte er belustigt.

»Aber gewiß nicht!« rief sie mit gespieltem Entsetzen. »Ich würde mich rasend in Sie verlieben, während Sie weiterhin ein übel beleumdeter Lebemann wären und mir das Herz brächen.«

»Sie haben zweifellos recht«, seufzte er und ging auf ihr Spiel ein. »Ich würde einen schrecklichen Ehemann abgeben. Und ganz nebenbei ist es auch unwahrscheinlich, daß ich mich zu einer Eheschließung zwingen lassen würde.«

»Nicht einmal dann, wenn Sie meinen Ruf ruiniert haben?«

Seine Mundwinkel zogen sich nach unten. »Nicht einmal dann.«

Offensichtlich gefiel ihr seine Antwort nicht, und er ärgerte sich über sich selbst, weil er unnötigerweise so aufrichtig gewesen war. Dieser Zorn ließ seine leuchtenden Bernsteinaugen noch heller strahlen, als schimmerte hinter ihnen ein unnatürliches Licht. Sie erschauerte und fragte sich, wie er wohl wäre, wenn er wirklich in Wut geriet.

»Ist Ihnen kalt?« fragte er, als er sah, daß sie die Gänsehaut auf ihren Armen rieb. Würde er es wagen, sie an seine Brust zu ziehen?

Sie griff nach ihrem Cape und hängte es sich lose um die schmalen Schultern. »Ich glaube, es ist jetzt Zeit...«

»Ich habe Sie erschreckt«, sagte er mit zarter Stimme. »Das war nicht meine Absicht.«

»Ich fürchte, ich weiß ganz genau, was Ihre Absichten sind, Sir«, erwiderte Reggie.

Sie bückte sich, um ihre Schuhe anzuziehen, und als sie sich wieder aufrichtete, fand sie sich in seinen Armen wieder – so schnell, daß sie geküßt wurde, ehe sie auch nur Luft holen konnte. Er schmeckte nach Schnaps, süß und berauschend. Oh, sie hatte ja gewußt, daß es so sein würde, so himmlisch.

Noch nie war sie mit soviel Gefühl oder mit solcher Verwegenheit geküßt worden. Er preßte ihre zarte Gestalt an sich und ließ sie zum ersten Mal in ihrem Leben spüren, wie sich männliche Erregung anfühlte. Sie war schockiert und erregt, und ihre Brüste prickelten dort, wo sie sich gegen sein Jackett preßten. Was war dieses andere tiefere Gefühl, das ganz aus ihrem Innern kam?

Seine Lippen glitten über ihre Wange und auf ihren Hals hinunter, und dort küßte er den pochenden Puls, zog die Haut zwischen seine Lippen und saugte unendlich zart daran.

»Das dürfen Sie nicht tun«, flüsterte Reggie mühsam. Es klang überhaupt nicht wie ihre eigene Stimme.

»Doch, ich muß es tun, meine Liebe, ich muß es wirklich tun.« Er hob sie auf seine Arme.

Sie schnappte nach Luft. Was hier geschah, fand sie überhaupt nicht mehr komisch. Seine Lippen streiften wieder ihre Kehle, und sie stöhnte.

»Lassen Sie mich runter«, sagte sie atemlos. »Derek wird Sie dafür hassen.«

»Das ist mir gleich.«

»Mein Onkel wird Sie umbringen.«

»Das ist es wert.«

Jetzt reichte es. »Darüber werden Sie anders denken, wenn Sie erst zum Duell gegen ihn antreten. Und jetzt lassen mich *runter*, Lord Montieth.«

Nicholas stellte sie sachte auf den Boden, ganz behutsam, und ihr Körper glitt verführerisch an seinem hinab. »Es würde dir also etwas ausmachen?«

Er preßte sie dicht an sich, und die Hitze seines Körpers brachte sie aus der Fassung. »Gewiß. Ich will sie doch nicht wegen eines – eines harmlosen Streichs sterben sehen.«

»So würdest du es bezeichnen, wenn ich mit dir schlafe?« fragte er lachend.

»Das meine ich nicht – sondern daß Sie mich hierhergebracht haben. So, wie die Dinge stehen, wird es mir schon höllisch schwerfallen, Tony einzureden, er sollte die ganze Angelegenheit besser vergessen.«

»Sie wollen mich also beschützen?« fragte Nicholas leise.

Reggie stieß ihn von sich, weil sie nicht in der Lage war, einen klaren Gedanken zu fassen, wenn sich sein Körper an sie schmiegte. Ihr Cape war auf den Boden gefallen, und er hob es galant auf und reichte es ihr mit einer Verbeugung.

Sie seufzte. »Wenn Tony nicht weiß, daß Sie derjenige sind, der mich verschleppt hat, werde ich ihm Ihren Namen nicht nennen. Wenn er es weiß, werde ich vermutlich mein Bestes tun, um Ihre Haut zu retten. Aber ich beharre darauf, daß Sie mich jetzt sofort zu ihm zurückbringen, eher er Dummheiten anstellt – indem er zum Beispiel irgend jemandem erzählt, ich wäre verschollen.«

»Wenigstens machen Sie mir Hoffnungen«, sagte Nicholas lächelnd. »Ich gebe zwar vielleicht keinen guten Ehemann ab, aber man hat mir gesagt, ich sei ein ausgezeichneter Liebhaber. Werden Sie mich in Betracht ziehen?«

Sie war schockiert. »Ich will keinen Liebhaber.«

»Ich werde Ihnen in dieser Ballsaison auf den Fersen sein müssen, bis Sie es sich anders überlegen«, warnte er sie.

Er ist unverbesserlich, dachte sie, als er sie endlich aus dem Haus begleitete, unverbesserlich und äußerst verführerisch. Tony war gut beraten, wenn er sich bei Onkel Jason erfolgreich für sie einsetzte, denn Nicholas Eden konnte ein Mädchen zu Fall bringen.

6

»Es tut mir leid, daß Sie den Ball verpaßt haben.« Nicholas ließ seine Kutsche wenige Häuser neben Anthony Malorys Haustür anhalten. Seine Augen liebkosten Reggies Gesicht.

Sie lächelte. »Ich wette, Sie bedauern noch viel mehr, daß Lady Eddington ihn nicht verpaßt hat.«

»Die Wette würden Sie verlieren«, erwiderte er seufzend. »Ich weiß ohnehin nicht, warum ich das getan habe. Vermutlich war der Alkohol schuld. Aber das spielt jetzt wohl keine Rolle mehr.«

»Unsinn! Sie waren eifersüchtig, als Sie glaubten, daß sie Tony besucht.«

»Schon wieder falsch. Ich war in meinem ganzen Leben noch nicht eifersüchtig, auf nichts und auf niemanden.«

»Wie schön für Sie.«

»Sie glauben mir nicht?«

»Ich kann mir keinen anderen Grund denken, aus dem Sie Ihre Mätresse einen Abend lang einsperren wollten. Sie hatten noch nicht einmal vor, den Abend mit ihr gemeinsam zu verbringen.«

»Sie sagen das so weltgewandt«, meinte er lachend.

Sie errötete. »Jedenfalls braucht es Ihnen nicht leid zu tun, daß ich den Ball verpaßt habe. Mir tut es auch nicht leid.«

»Weil Sie mich statt dessen kennengelernt haben?« wagte er sich vor. »Sie machen mir immer größere Hoffnungen.«

Sie richtete sich steif auf. »Es widerstrebt mir, Sie zu enttäuschen, Lord Montieth, aber das ist nicht der Grund. Ich wäre heute abend ebenso gern einfach zu Hause geblieben.«

»Ich auch, wenn Sie bei mir gewesen wären. Aber wir haben ja noch Zeit. Noch können wir umkehren und wieder zu mir gehen.«

Sie schüttelte den Kopf. Am liebsten hätte sie gelacht. Seit sie ihn getroffen hatte, verspürte sie einen fortwährenden albernen Lachreiz, vor lauter Freude. Sie sprudelte über. Aber sie wußte, daß sie nicht mehr länger mit ihm zusammen sein durfte.

»Ich muß gehen«, sagte sie leise.

»Ja, so wird es wohl sein.« Seine Finger schlossen sich um ihre Hand, an der sie einen Handschuh trug, aber er machte keine Anstalten, ihr beim Aussteigen aus der Kutsche behilflich zu sein. Statt dessen drückte er ihre Finger und hielt sie fest. »Ich möchte dich noch einmal küssen.«

»Nein.«

»Nur ein Gutenachtkuß.«

»Nein.«

Seine freie Hand berührte ihre Wange. Er hatte sich nicht die Mühe gemacht, Handschuhe oder Hut zu holen, ehe sie sein Haus verlassen hatten, und seine bloßen Finger lagen heiß auf ihrer Wange. Sie konnte sich nicht von der Stelle rühren und wartete atemlos darauf, daß er sich den Kuß rauben würde, den sie ihm verweigert hatte.

Er tat es auf eine Weise, wie sie nie zuvor geküßt worden war. Warm und meisterlich kosteten seine Lippen ihren Mund, bis sie die Besinnung zu verlieren glaubte.

»Und jetzt geh«, sagte er grob, »ehe ich mich vergesse.« Seine Stimme war belegt vor Leidenschaft.

Reggie war ganz benommen, als er ihr aus der Kutsche half und sie zum Haus ihres Onkels führte. »Sie sollten lieber nicht mitkommen«, flüsterte sie. Lampen brannten zu beiden Seiten der Tür, und sie konnte regelrecht vor sich sehen, wie die Tür aufging und Tony ihrem Begleiter mit erhobener Waffe gegenübertrat. »Es ist wirklich nicht nötig.«

»Meine Liebe, ich mag zwar viele tadelnswerte Eigenschaften haben, aber niemand hat je von mir behauptet, ich sei kein Gentleman, und ein Gentleman bringt eine Dame bis zur Haustür.«

»Unsinn! Sie sind nur dann ein Gentleman, wenn es Ihnen gerade in den Kram paßt, und im Moment paßt es Ihnen in den Kram, beharrlich zu sein.«

Nicholas lachte. »Sind Sie um meine Sicherheit besorgt?«

»Ja, das bin ich. Tony ist zwar meistens sehr liebenswürdig, aber es gibt Gelegenheiten, bei denen er sein Temperament einfach nicht zügeln kann. Er darf Sie nicht sehen, ehe ich nicht dazu gekommen bin, ihm zu sagen, daß nichts Unschickliches passiert ist.«

Nicholas blieb stehen und drehte sie zu sich um. »Wenn er so jähzornig ist, lasse ich Sie nicht mit ihm allein.«

Er wollte *sie* vor Tony beschützen. Sie hätte laut lachen können, beherrschte sich aber. »Wenn Sie wüßten, was Tony und ich einander bedeuten, würden Sie auch begreifen, daß ich der letzte Mensch bin, der sich vor ihm zu fürchten braucht. Wir lieben uns sehr - so sehr, daß er sein Leben regelmäßig völlig umkrempelt, wenn ich bei ihm wohne. Das hat er immer getan und sogar monatelang von seinen sonstigen Beschäftigungen Abstand genommen. Was das heißt, sollten *Sie* doch wirklich wissen«, schloß sie trocken.

Grinsend führte er sie weiter. »Der Punkt geht an Sie. Trotzdem gibt es für alles, was ich tue, einen Grund, und ich *werde* Sie bis an die Haustür begleiten.«

Sie wollte wieder Einwände erheben, aber sie waren schon fast am Ziel. Ihre Anspannung wuchs, und sie betete nur, daß niemand sie gehört hatte, daß sich die Tür nicht öffnen würde. Sie wandte sich zu Nicholas und flüsterte: »Welchen Grund könnten Sie...«

Doch er schnitt ihr verschmitzt das Wort ab. »Sehen Sie, jetzt habe ich einen Vorwand, Ihnen noch einen Gutenachtkuß zu geben.«

Er schlang seine Arme um sie, und sein Mund senkte sich auf ihre Lippen herab, um sie zu verbrennen. Leidenschaft war es, glühende, sengende Leidenschaft, was sie mit ihm verschmelzen ließ. Nichts anderes zählte. In diesem Moment gehörte sie ganz ihm.

Nicholas beendete den Kuß abrupt, weil ihn sein eigenes Verlangen zu überwältigen drohte. Fast stieß er sie von sich, aber er hielt sie immer noch fest, als sich seine Finger in ihre Oberarme gruben. Sein Atem ging stockend, und seine Augen loderten. »Ich will dich haben, meine süße Regina. Stell meine Geduld nicht auf eine allzuharte Probe, bis du eingestehst, daß du mich auch haben willst.«

Reggie brauchte einen Moment, bis ihr klar wurde, daß er sie losgelassen hatte. Dann drehte sie sich um und ging auf die Tür zu. Sie spürte den Wunsch, hinter ihm herzulaufen, aber sie kämpfte dagegen an. Leicht war es nicht. Ihr Herz klopfte wie rasend, und ihre Knie waren weich.

Reiß dich zusammen, du dumme Gans, schalt sie sich. *Das war ja schließlich nicht dein erster Kuß. Aber so, o nein, so war es noch nie!*

Reggie wartete, bis Nicholas in seine Kutsche gestiegen war, und erst dann wandte sie sich widerstrebend ab, öffnete die Tür und trat ins Haus. Der Eingang und der Korridor waren hell erleuchtet und zum Glück leer. Die Tür zu Tonys Bibliothek, die ihm gleichzeitig als Arbeitszimmer diente, stand offen, und ein heller Lichtschein strömte heraus. Sie ging langsam darauf zu und hoffte, Tony würde dasein und nicht ganz London nach ihr absuchen. Er saß auch wirklich an seinem Schreibtisch, den Kopf in die Hände gestützt, seine Finger hatten sich in sein dichtes schwarzes Haar gegraben, als hätte er versucht, es sich auszureißen. Neben ihm standen eine Cognac-Karaffe und ein Glas.

Als sie ihn so bekümmert dasitzen sah, faßte sich Reggie sofort wieder. Ihre Schuldgefühle halfen ihr, sich zusammenzureißen. Während sie soviel Spaß gehabt hatte wie in ihrem ganzen Leben noch nicht, war der Mensch, aus dem sie sich mehr als aus allen anderen auf Erden machte, vor Sorge krank gewesen. Und sie war noch nicht einmal zu ihm zurückgeeilt. Sie hatte sich Zeit gelassen und jede einzelne Sekunde in Nicholas' Gesellschaft genossen. Wie hatte sie nur so egoistisch sein können? »Tony?«

Er blickte schockiert auf. Dann spiegelte sein gutgeschnittenes Gesicht erst Überraschung und schließlich Erleichterung wider. Er stürzte auf sie zu, zog sie in seine Arme und drückte sie so fest an sich, daß sie glaubte, er würde ihr die Rippen brechen. »Meine Güte, Reggie, ich habe mich fast zu Tode geängstigt. So schlecht ist es mir nicht mehr gegangen, seit James dich damals mitgenommen hat und – aber vergessen wir das jetzt.« Er hielt sie auf Armeslänge von sich, um sie genauer anzusehen. »Alles in Ordnung? Oder ist dir etwas zugestoßen?«

»Mir geht es gut, Tony, wirklich.«

Sie sah auch gut aus. Das Kleid nicht zerrissen oder zerknittert, die Frisur intakt, nicht ein Löckchen, das sich gelöst hatte. Aber sie war geschlagene drei Stunden fort gewesen, und die Dinge, die ihr hätten zustoßen können... Er hatte sie sich alle ausgemalt.

»Morgen früh bringe ich den Kerl um, sowie ich erst herausgefunden habe, wo er wohnt!«

Daher hatte also niemand an die Tür gehämmert, dachte Reggie.

»Er war absolut unschuldig, Tony«, begann sie. »Ein Irrtum...«

»Ich weiß, daß es ein Irrtum war, Reggie. Dieser Idiot von einem Kutscher, mit dem du gekommen bist, hat es mir versichert. Er hat darauf beharrt, daß Montieth dich zurückbringt, daß er und Lady Eddington – äh – daß sie – na ja, du weißt ja sicher, was ich meine. Ach, zum Teufel!«

»Ja.« Reggie lächelte über seine Verlegenheit. »Ich weiß genau, was du meinst.« Dann fügte sie hastig hinzu. »Der arme Mann hat geglaubt, daß du und seine...«

»Sprich das nicht aus! Und eine Entschuldigung ist das noch lange nicht!«

»Kannst du dir sein Gesicht vorstellen, Tony, als ihm klarwurde, daß er die falsche Dame erwischt hatte?« fragte Reggie kichernd. »Oh, ich wünschte, ich hätte ihn selbst sehen können!«

Anthony legte die Stirn in Falten. »Und wie kommt es, daß du ihn nicht sehen konntest?«

»Ich war nicht dabei. Er hat mich in seinem Haus gelassen und ist zu dem Ball gegangen. Verstehst du, er wollte, daß Lady Eddington den Ball verpaßt. Du kannst dir sicher denken, wie schockiert er war, als er sie dort gesehen hat. Er wußte nicht, wen zum Teufel er in seinem Haus eingeschlossen hat.«

»Er hat dich in seinem Haus eingeschlossen?«

»Ja, aber ich hatte es sehr bequem«, versicherte sie eilig. »Du siehst also, daß ich nicht die ganze Zeit mit ihm zusammen war – wir haben uns sogar nur kurz gesehen. Es ist nichts Böses geschehen, und er hat mich heil und gesund hierhergebracht.«

»Ich kann einfach nicht glauben, daß du ihn auch noch in Schutz nimmst. Wenn ich gewußt hätte, wo er wohnt, wäre er jetzt schon tot. Der dämliche Kutscher wußte es nicht. Ich habe einen Mann losgeschickt, damit er die Clubs abklappert und Erkundigungen einzieht, aber wegen dieses verfluchten Balls waren sämtliche Clubs so gut wie menschenleer. Als der Mann zurückkam, um mir zu berichten, daß er nichts in Erfahrung bringen konnte, war ich schon fast so weit, selbst zu den Shepfords zu rasen und die Adresse dieses Halunken ausfindig zu machen.«

»Dann hätte Onkel Edward erfahren, daß ich nicht bei dir bin, und die Hölle wäre los gewesen«, beendete sie seinen Gedankengang. »Zum Glück hast du das nicht getan. So weiß niemand, daß ich nicht die ganze Zeit hier bei dir war. Jetzt müssen wir nur noch überlegen, ob ich hierbleibe oder ob ich wieder nach Hause fahre. Was schlägst du vor?«

»O nein, Mädchen, so läuft das nicht.« Er durchschaute ihre

Intrigen augenblicklich. »Du bringst mich nicht dazu, den ganzen Vorfall einfach zu vergessen.«

»Wenn du ihn nicht vergißt, ist mein Ruf ruiniert«, sagte sie ernst. »Kein Mensch wird nämlich glauben, daß ich drei Stunden in Lord Montieths Haus verbracht und meine Tugend gerettet habe. Im übrigen bin ich unbeschadet davongekommen.«

Er starrte sie an. »Dann bringe ich ihn eben nicht um. Aber ich werde ihm eine Lektion erteilen, die er wahrhaft verdient hat.«

»Es ist doch nichts passiert, Tony!« beharrte sie. »Und – und ich will nicht, daß du ihm etwas antust.«

»Wenn du das nicht willst, dann wirst du mir jetzt bei Gott sagen, warum nicht!«

»Er gefällt mir«, antwortete sie schlicht. »Weil er mich an dich erinnert.«

Lord Malorys Gesicht lief rot an. »Und ich werde ihn doch umbringen.«

»Hör auf mit dem Unsinn!« schrie sie. »Du hättest dich einer Frau niemals gegen ihren Willen aufgezwungen, und das hat er auch nicht getan.«

»Hat er dich geküßt?«

»Ja, also...«

»Natürlich hat er es getan. Man müßte ein Dummkopf sein, um eine solche Chance zu versäumen, und er ist kein Dummkopf. Ich werde...

»Nein, das wirst du nicht!« schrie sie wieder. »Du wirst so tun, als hättest du seinen Namen nie erfahren, und wenn du ihn triffst, wirst du ihn nicht beachten. Mir zuliebe, Tony – weil ich nicht weiß, ob ich dir je verzeihen könnte, wenn du Nicholas Eden etwas antun würdest. Ich habe heute einen vergnüglichen Abend verlebt, vergnüglicher als seit langem.« Nachdem sie schon soviel gesagt hatte, flehte sie ihn an. »Bitte, Onkel Tony.«

Er wollte etwas sagen, aber dann preßte er die Lippen aufeinander, zog eine finstere Miene, seufzte tief und sagte schließlich mit sanfter Stimme: »Er ist nichts für dich, Kätzchen. Das weißt du doch, oder nicht?«

»Ja, das weiß ich. Aber wenn er nicht einen gar so schlechten Ruf hätte, würde ich ihn mir angeln.«

»Nur über meine Leiche.«

Sie lächelte ihn an. »Irgendwie war mir klar, daß du das sagen würdest.«

7

Reggie saß an ihrer Frisierkommode und sah verträumt den kleinen roten Fleck auf ihrem Hals an. Ein Knutschfleck von Nicholas Eden. Sie legte einen Finger auf die Stelle. Es war ein Glück, daß sie ihren Umhang nicht ausgezogen hatte, als sie am Vorabend in Tonys Haus zurückgekehrt war. So, wie die Dinge standen, würde sie einen Schal tragen müssen, bis die Rötung nachgelassen hatte.

Es war am späten Vormittag, und sie hatte wesentlich länger geschlafen als sonst. Ihre Vettern und Kusinen frühstückten sicher schon, und wenn sie noch zu Hause waren, mußte sie ihnen die Geschichte vorsetzen, die Tony und sie sich letzte Nacht zurechtgelegt hatten.

Tony hatte seinem Bruder Edward eine Nachricht zukommen lassen, ehe Reggie nach Hause gefahren war, und er hatte ihm ganz schlicht mitgeteilt, sie würde doch nicht zu dem Ball erscheinen. Nichts weiter, ohne jede Angabe von Gründen. Die Geschichte, die sie sich ausgedacht hatten, war die, daß Tony bei ihrer Ankunft in seinem Haus nicht dagewesen war. Daher hatte sie stundenlang auf ihn gewartet. Als er schließlich heimgekommen war, hatten sie sich miteinander unterhalten. Und da es hinterher sehr spät gewesen war, hatte sie auf den Ball verzichtet. Onkel Edwards Dienstboten würden bestätigen, daß Tony sie nach Hause gebracht hatte und daß sie gleich zu Bett gegangen war.

Reggie seufzte und läutete nach Meg. Dann suchte sie eilig in ihrer Kommode einen Schal. Meg sollte ihren Knutschfleck auch nicht sehen.

Als sie eine halbe Stunde später nach unten ging, fand sie Tante Charlotte und ihre Kusinen Clare und Diana vor, die Besucherinnen empfingen und sich mit ihnen im Salon aufhielten – mit den Damen Braddock, Mutter und Töchter, mit Mrs. Faraday und ihrer Schwester Jane und mit zwei Damen, die Reggie nicht kannte. Bei ihrem Eintreten starrten alle Anwesenden sie an, und sie wurde äußerst verlegen, weil sie ihnen Lügen auftischen würde.

»Meine liebe Regina«, sagte Mrs. Faraday mit einem seltsam mitfühlenden Tonfall. »Wie phantastisch Sie aussehen – beachtenswert.«

Reggie spürte, daß sich in ihrer Magengrube etwas zusammenzog. Nein. Es war unmöglich. Nur ihr eigenes Schuldbewußtsein ließ sie glauben, sie könnten etwas von ihrem Abenteuer der letzten Nacht gehört haben.

Nicholas Eden, der Vierte Vicomte Eden von Montieth, lag ausgestreckt auf seinem breiten Bett, die Arme hinter dem Kopf verschränkt und nur ein dünnes Laken über seinem nackten Körper. Nach dem Aufwachen war er fast eine Stunde lang so liegen geblieben, und er machte nach wie vor keine Anstalten, aufzustehen und den Tag zu beginnen. Den gewohnten Morgenritt durch den Hyde Park ließ er ausfallen. Es gab nichts, was er auf der Stelle hätte erledigen müssen. Vielleicht sollte er wieder einmal einen Brief an den Earl von Penwich schreiben, in dem er ihn aufforderte, ihm bezüglich des Grundes, den er kaufen wollte, eine Antwort zukommen zu lassen, aber auch das konnte warten. Es stand ohnehin fest, daß ihn dies nur ärgern würde, denn er hatte von dem Mann noch nie ein Antwortschreiben erhalten.

Er mußte sich mit dem Leiter seiner Schiffsagentur auseinandersetzen, die in Southampton saß, da er ihn kürzlich beauftragt hatte, eine Fregatte bereitzustellen. Jetzt wollte er diese Anweisung zurückziehen. Er hatte vorgehabt, London für ein paar Monate den Rücken zu kehren und wieder in die Karibik zu segeln. Aber nach dem vergangenen Abend konnte ihn nichts auf Erden dazu bewegen, London zu verlassen.

Sie hieß Regina. Er sprach den Namen laut aus, ließ ihn genüßlich von seiner Zunge rollen. Regina. Die entzückende, hellhäutige Regina mit dem ebenholzschwarzen Haar und den kristallklaren blauen Augen. Diese Augen! Er brauchte nur die Lider zu senken, und schon sah er sie vor sich, wie sie ihn anlächelten, wie sie lachten. Wieviel Leben in diesen Augen lag! Regina, die Schönste der Schönen, mit deren Schönheit sich niemand messen konnte.

Nicholas lachte über seine eigenen Fantasien. Percy würde sagen, er hätte sich Hals über Kopf verliebt. War es so? Nein, natürlich nicht. Aber er konnte sich nicht erinnern, je eine Frau so sehr begehrt zu haben wie jetzt Regina Ashton.

Er seufzte. Tante Ellie würde ihm sagen, er sollte das Mädchen heiraten und mit ihm glücklich werden. Seit dem Tod seines Vaters war sie die einzige, die sich auch nur noch irgend etwas aus Nicholas machte. Doch, vielleicht seine Großmutter, vielleicht aber auch nicht. Bei Rebecca, der alten Tyrannin, war das schwer zu beurteilen.

Und dann war da natürlich auch noch seine ›Mutter‹. Sie war der letzte Mensch auf Erden, der ihm Glück gewünscht hätte. An ihr lag es, daß er Regina oder irgendein anderes Mädchen aus einer guten Familie nicht heiraten konnte – oder wollte. Er würde überhaupt nicht heiraten, oder zumindest nicht, solange die Frau, die allgemein als seine Mutter galt, noch am Leben war. Gemeinsam mit ihr würde auch die Drohung sterben, die sie wie ein Damoklesschwert über ihn hielt.

Nicholas schlug das Laken zurück und richtete sich auf. Der Gedanke an die verwitwete Gräfin machte seine genüßliche Idylle zunichte. An ihr lag es, daß er nur sehr selten zu Hause war, auf seinem Landsitz in Hampshire, dem Gut Silverley. Und doch liebte er Silverley und vermißte es so sehr, daß es ihn erbitterte. Dennoch war er nur zu den Zeiten, zu denen die Gräfin abwesend war, bereit, die Gegend aufzusuchen. Sie lebte fast das ganze Jahr dort, und das nur, um Nicholas von seinem Landsitz fernzuhalten.

Er läutete nach Harris, seinem Kammerdiener, und wurde darüber unterrichtet, daß die Lords Alden und Malory ihn im Frühstückszimmer erwarteten. Er dachte nicht weiter darüber nach, da diese beiden Freunde oft ohne vorherige Anmeldung vorbeikamen.

Als er sich kurz darauf bei ihnen einfand, saß Derek Malory am Tisch, und vor ihm stand ein großer Teller, der bis zum Rand gefüllt war. Percy stand da und trank Kaffee. Derek begrüßte ihn fröhlich, ehe er sich wieder darauf verlegte, das junge Dienstmädchen zu necken. Percy winkte Nicholas mit einem verschwörerischen Grinsen zu sich.

»Ich weiß, wer das kleine Vögelchen ist, das du letzte Nacht in dein Nest geholt hast«, flüsterte Percy, dann deutete er mit einer Kopfbewegung auf Derek. »*Er* weiß bisher noch nichts davon, aber natürlich wird er es noch heute erfahren.«

Nicholas fühlte sich, als wäre ihm eine harte Faust in den Bauch geschmettert worden. Er bemühte sich, mit leiser, ruhiger Stimme zu sprechen. »Sei so gut und sag mir, wie du an diese Information gelangt bist.«

»Das ist kein Geheimnis«, sagte Percy kichernd. »Ich wette sogar, daß sie noch am heutigen Tag die Runde durch ganz London macht. Gerade habe ich es in der Rotten Row gehört. Ich bin auf zwei hübsche Mädchen zugeritten, die ich kenne, und sie konnten es kaum erwarten, mir das neueste Gerücht zu unterbreiten.«

»Wie kommt das?« platzte Nicholas laut heraus, und Derek warf ihm einen fragenden Blick zu, ehe er sich wieder an das Mädchen wandte.

»Lady E., ist dir das nicht klar? Ihr Kutscher dachte anscheinend, daß sie großen Wert darauf legen würde, alles über deinen gemeinen Plan zu erfahren. Und bei dem Gedanken, du seist eifersüchtig genug gewesen, um etwas derart Empörendes zu tun, muß sie richtig aufgeblüht sein. Sie konnte es kaum erwarten, es all ihren lieben Freundinnen zu erzählen – auch denen, die ihr gar nicht so lieb sind. Oh, sie hat heute morgen viel zu tun.«

»Der Teufel soll dieses Weib holen!«

»Ja, also, wenn ich an deiner Stelle wäre, würde ich London für einige Zeit verlassen.«

»Damit das Mädchen all das allein durchmacht?«

»Das hat dich bisher doch auch nie gestört.« Mit dieser Bemerkung fing sich Percy eine finstere Miene ein. »Sei mir nicht böse, Nick. Aber ihr wird es besser ergehen als dir, und zweifellos wird man sie schleunigst verheiraten, wie es auch mit deinen anderen unschuldigen Mädchen geschehen ist, und sie wird bis ans Ende ihres Lebens glücklich sein. Aber du darfst Dereks Onkel nicht vergessen, von seinem Vater ganz zu schweigen. Die Verwandten dieses Mädchens, das du kompromittiert hast, wollen dir an den Kragen. Diesmal ist es nicht so wie bei den anderen.«

»Verdammt noch mal, ich habe das Mädchen nicht angerührt!«

»Natürlich nicht, aber wer wird dir das glauben?« wandte Percy ein. »Am besten verschwindest du, ehe einer ihrer Onkel dich zum Duell fordert.«

In dem Moment erschien Tyndale in der Tür und verkündete. »Lord Malorys Diener wünscht Sie kurz zu sprechen, Mylord.«

Derek sah überrascht auf und sah den Diener, der hinter Tyndale stand. »Hör mal, Nicky, hier muß ein Irrtum vorliegen. Der Kerl arbeitet nicht für mich.«

»Nein, ich glaube nicht, daß es ein Irrtum ist«, murmelte Nicholas, und Percy stöhnte.

8

»Nein!«

Anthony Malory blickte auf, als seine Nichte in das Zimmer stürzte und mit weitaufgerissenen Augen die Pistole anstarrte, die er gerade an seinem Schreibtisch reinigte. Er sah sie unwillig an, ehe er sich wieder der Waffe widmete. »Für ein Nein ist es zu spät, Reggie.«

»Er ist schon so gut wie tot!« schrie sie.

Er blickte nicht auf, und daher sah er nicht, wie die Farbe aus ihren Wangen wich. »Ich habe einen Diener zu ihm geschickt. Es war nicht schwierig, die Adresse heute morgen gleich in Erfahrung zu bringen. Er muß jeden Moment hier sein, damit wir uns auf den Ort und die Zeit einigen können.«

»Nein, nein, nein!«

Als er aufblickte, sprühten ihre Augen Funken. »Jetzt hör mal, Reggie...« begann er, aber sie kam ihm zuvor.

»Ist das deine Antwort auf alles, was gewesen ist?« Sie zeigte mit einem Finger auf die Waffe in seinen Händen. »Ich dachte, wir hätten gestern abend alles besprochen.«

»Das war, ehe Montieths Streich zum allgemeinen Gesprächsstoff wurde. Oder weißt du etwa nicht, daß dein Name heute in aller Munde ist?«

Reggie zuckte zusammen, aber sie sagte mit ruhiger Stimme: »Doch, ich weiß es. Ich komme gerade aus einem Raum voller Frauen, die es gar nicht erwarten konnten, mir ihr Mitgefühl auszudrücken.«

»Und was hast du ihnen erzählt?«

»Ich konnte ja schlecht abstreiten, daß es passiert ist, weil Lady Eddingtons Kutscher die ganze Geschichte bestätigt. Aber ich habe gelogen und gesagt, Lord Montieth hätte seinen Irrtum sofort erkannt und mich gleich wieder zurückgebracht.«

Anthony schüttelte den Kopf. »Und sie haben dir kein Wort geglaubt. Stimmt's?«

»Ja, es stimmt«, gab sie widerstrebend zu.

»Weil nämlich dieser verdammte Kutscher rund eine Stunde auf dich gewartet hat, das weiß jeder. Und um das zu tun, wovon es heißt, es sei geschehen, braucht man keine Stunde. Deine Lügen weisen nur darauf hin, daß du etwas zu verbergen hast.«

»Aber das ist nicht wahr!«

»Seit wann spielt der Wahrheitsgehalt bei Gerüchten eine Rolle?«

»O Tony, was soll ich bloß tun?« rief sie kläglich aus.

»Du wirst gar nichts tun und alles überstehen, unterstützt von deiner ganzen Familie. *Er* wird dafür zahlen, daß er deinen guten Namen beschmutzt hat.«

»Du wirst ihn nicht zum Duell fordern.«

Anthony kniff die Augen zusammen. »Wenn ich es nicht tue, tut es Jason, und das ist Jasons Tod. Er ist ein schlechterer Schütze als ich.«

»Niemand wird getötet, Tony.« Sie sagte es, als läge die Entscheidung ganz bei ihr. »Es muß eine andere Lösung geben. Deshalb bin ich zu dir gekommen. Ich dachte allerdings, es könnte schon zu spät sein und du hättest die Stadt bereits verlassen. Wie hast du es erfahren?«

»Ich wollte wirklich gerade die Stadt verlassen, als mein alter Freund George mir einen Tip gegeben hat, damit ich weiß, daß die Katze aus dem Sack ist. Glücklicherweise war ich spät dran, denn sonst wäre ich inzwischen schon auf halbem Wege nach Gloucester, und der alte Eddie hätte sich allein damit befassen müssen. Ich kann mir vorstellen, wie er alles verpfuscht hätte.«

»Zumindest hätte er eine andere Reaktion gezeigt, als zur nächstbesten Pistole zu greifen.«

Anthony schnitt eine Grimasse. »Weiß er es schon?« »Nein. Er hat den ganzen Morgen in seinem Büro verbracht. Und da ist er jetzt immer noch. Tante Charlotte hat gesagt, sie würde versuchen, es so lange wie möglich vor ihm geheimzuhalten. Ich dachte, du könntest vielleicht...«

»Diese Feigheit! Aber um Eddie brauchst du dir keine Sorgen zu machen. Jason ist es, der die Wände hochgehen wird.«

»Zumindest hört er so schnell nichts davon.«

»Verlaß dich nicht darauf, Kätzchen. Er wird es noch heute erfahren, spätestens morgen. Glaubst du etwa, er setzt niemanden auf deine Fersen an, wenn du im verruchten alten London bist?«

»Das tut er nicht!«

»Und wie er das tut«, versicherte Anthony. »Er hat sich auch, als du in Europa warst, regelmäßig Berichte über dich zuschicken lassen. Jason entgeht nichts. Selbst ich bin vor seinem allgegenwärtigen Blick nicht sicher. Was glaubst du denn, auf welche

Weise er immer so schnell hinter jeden meiner verdammten Schnitzer kommt?«

Reggie stöhnte. Es wurde immer schlimmer. Jason konnte genauso hitzköpfig wie Tony sein. Außerdem war er ein Mann von starren Prinzipien. Wenn die Ehre der Familie auf dem Spiel stand, ließ er nicht mit sich spaßen.

Für ihn kam nur eine einzige Lösung in Frage, und wenn Montieth nicht darauf einging, würde er seine Pistole reinigen, ganz so wie Tony.

Aber die Lösung, die er vorher anstreben würde, war für Nicholas Eden undenkbar. Lieber würde er sich einem ihrer Onkel zum Duell stellen, als eine erzwungene Ehe einzugehen, daran zweifelte sie nicht.

Sie biß sich besorgt auf die Unterlippe. »Es muß einen Ausweg geben, Tony. Erfinden wir irgendeine Geschichte.«

»Wir können uns ein Dutzend Geschichten ausdenken, Kätzchen, aber nicht eine einzige davon wird man uns glauben. Leider hat Montieth schon öfter unschuldige Mädchen wie dich verführt. Daß er mit dir allein war – und dabei spielt es gar keine Rolle, daß du nicht diejenige warst, mit der er allein sein wollte – weist bereits darauf hin, daß er die Situation ausgenutzt hat. Einem so gutaussehenden Teufelskerl konntest du nicht widerstehen. Genau das werden die Leute glauben. Und sie werden es auch aussprechen.«

Reggie errötete und wandte voller Unbehagen ihren Blick ab.

»Ich weiß gar nicht, warum ich überhaupt mit dir darüber rede«, fuhr Anthony barsch fort. »Es gibt nur eins, was man tun kann, und es liegt an mir, dafür zu sorgen, daß es getan wird.«

Reggie seufzte. »Du hast natürlich recht. Ich weiß auch nicht, warum ich mich dem so sehr widersetzt habe.«

Er zog argwöhnisch eine Augenbraue hoch. »Keine Tricks, Reggie!«

»Keine Tricks. Du wirst dafür sorgen, daß er mich heiratet. Das ist das einzige, was wir noch tun können.«

»Zum Teufel!« Anthony sprang wutentbrannt auf. »Er ist nicht gut genug für dich!«

»Aber trotzdem ...«

»Nein! Und nochmals nein! Und glaube bloß nicht, ich würde dich nicht durchschauen, Regina Ashton. Du glaubst, daß das auch deine anderen Probleme löst und daß du dich nicht mehr nach einem Ehemann umzusehen brauchst.«

»Da du gerade davon sprichst... O Tony, ich hätte wirklich nichts dagegen, ihn zu heiraten, ganz bestimmt nicht. Und er erinnert mich an dich.«

»Er ist mir zu ähnlich, und gerade deshalb ist er nichts für dich.«

»Aber er erinnert mich auch an Onkel Edward. Und von Onkel Jason hat er auch etwas. Schließlich war er ziemlich entrüstet, als ich angedeutet habe, diese Verwechslung würde meinen Ruf ruinieren und jetzt müßte er mich heiraten.«

»Das hast du gesagt?«

»Irgendwie hatte ich Lust dazu. Und er wurde wütend. Er benahm sich genauso, wie Onkel Jason es getan hätte.«

»Also dieser...«

»Nein, nein, Tony. Er ist genau der Richtige, verstehst du das denn nicht? Er hat ein wenig von euch allen – genau das, was ich gesucht habe. Und außerdem ist es eine echte Herausforderung, ihn zu bessern.«

»Er wird sich nicht ändern, Reggie. Aus dem wird niemals ein gesetzter Ehemann.«

»Ach, ich weiß nicht.« Sie lächelte. »Das könnten wir von dir behaupten, aber bei ihm wissen wir es nicht mit Sicherheit. Und gefallen habe ich ihm. Das ist doch schon ein Anfang.«

»Wir wollen die Tatsachen nicht beschönigen«, entgegnete Anthony. »Er hat dich begehrt, aber er wird auch andere Frauen begehren und ihnen nachlaufen. Er kann kein treuer Ehemann sein.«

»Ich glaube, das weiß ich selbst«, sagte sie ganz ruhig.

»Und du willst ihn trotzdem?«

Sie wollte ihn nicht tot sehen. Das war die Alternative.

»Schließlich geht es darum, alles wiedergutzumachen. Er hat mich in einen Skandal verwickelt, und daher sollte er derjenige sein, der mich aus diesem Skandal herausholt. Das ist eine friedliche Lösung, und ich bin sicher, daß Onkel Jason ihr aus vollen Herzen zustimmen wird.«

»Das ist nicht gerade das, was mir für Montieth als wohlverdienter Lohn vorschwebt«, erwiderte Anthony finster. »Dieser Handel bringt ihm dich als Ehefrau ein, und du wirst weiterhin leiden.«

»Er wird es nicht so sehen, Tony. Ich bin sogar ganz sicher, daß er sich weigern wird.«

»Nun gut.« Anthony lächelte und wandte sich wieder seiner Pistole zu.

»O nein«, sagte Reggie. »Du mußt mir versprechen, daß du dein Bestes tust, um ihn dazu zu bringen, Tony.«

»Einverstanden«, willigte er ein.

Er lächelte auf eine Weise, die bewirkte, daß sie ihn am liebsten geohrfeigt hätte. Sie kannte dieses Lächeln nur zu gut. »Ich will, daß Onkel Edward dabei ist, wenn du mit ihm sprichst«, sagte sie argwöhnisch.

»Aber dein Vicomte wird gleich hier sein, Kätzchen«, rief er ihr ins Gedächtnis zurück.

»Dann kommst du eben jetzt sofort mit mir zu Onkel Edward. Laß Lord Montieth ausrichten, daß er heute abend wiederkommen soll. Und noch etwas, Tony«, fügte sie bedächtig hinzu, während sie ihren Schal löste, »ich glaube, Onkel Edward sollte das hier sehen, damit er davon überzeugt ist, wie wichtig es ist, Lord Montieths Einwilligung zu erhalten.«

Anthonys Gesicht verfinsterte sich. »Du hast gesagt, er hätte dich nur geküßt.«

Sie band sich den Schal wieder um und sah ihn mit unschuldigen Augen an. »Das hier kommt von einem Kuß, Tony.«

»Wie kann er es wagen, dieses Mal zu hinterlassen?«

Reggie zuckte die Achseln und mied seinen Blick.

»Glaubst du, Onkel Edward wird diesen roten Fleck zu ernst nehmen und vom Schlimmsten ausgehen? Ich vermute, er wird es als seine Pflicht ansehen, Onkel Jason darüber zu unterrichten. Du glaubst doch nicht, daß sie diese Eheschließung überstürzen wollen, oder? Ich würde lieber noch ein paar Monate warten, um sicherzugehen, daß mein erstes Kind erst geboren wird, nachdem eine gewisse Anstandsfrist abgelaufen ist, damit keine Mißverständnisse mehr möglich sind.«

»Das ist Erpressung, Reggie.«

Sie riß ihre dunkelblauen Augen weit auf. »Wirklich?«

»Jason hätte dir den Hintern verhauen sollen, als du dieses Talent, andere zu manipulieren, entfaltet hast.«

»Wie kannst du nur etwas so Schreckliches sagen!« stöhnte Reggie.

Daraufhin lachte er und schüttelte den Kopf. »Du kannst jetzt aufhören, mir etwas vorzuspielen, Kätzchen. Irgendwie bringe ich den Vicomte schon dazu, daß er dich heiratet.«

Sie umarmte ihn, und ihre Freude war deutlich zu erkennen. »Und sein Tod steht nicht mehr zur Debatte?«

»Wohl kaum«, seufzte er. »Da Eddie der schlaueste von uns allen ist und den besten Geschäftssinn hat, fällt ihm vielleicht etwas ein, womit er diesen Mann rumkriegen kann, ohne Zuflucht zur Gewalt zu nehmen.«

Er löste sich aus ihrer Umarmung und wandte sich ab, um die Pistole wegzulegen. »Du hast gesagt, daß Lord Montieth sich nicht einverstanden erklären wird, Reggie, und wenn ein Mann stur genug ist, braucht man Überredungskünste, um ihn von seinem Standpunkt abzubringen. Daher kannst *du* es dir immer noch anders überlegen, verstehst du?« Er sah ihr fest in die Augen.

»Nein. Je länger ich es mir überlege, desto sicherer bin ich, daß meine Idee genau das Richtige ist.«

»Es kann sein, daß er dich dafür haßt. Hast du dir das schon überlegt?«

»Ja, das kann sein, aber das riskiere ich. Ich würde eine Eheschließung nicht in Betracht ziehen, wenn er mich nicht attraktiv gefunden hätte. Aber er hat versucht, mich zu verführen – *versucht*, habe ich gesagt. Nein, er wird mein Mann, Tony. Sag Onkel Edward und Onkel Jason, daß ich keinen anderen haben will.«

»Na gut«, erwiderte Tony, und dann fügte er mit einem scharfen Blick hinzu. »Aber du wirst diesen verdammten Schal nicht ablegen, hörst du? Es hat keinen Zweck, daß meine Brüder schlechter über deinen zukünftigen Mann denken, als es nötig ist.«

9

Es war halb zehn abends, und Nicholas saß in seiner Kutsche vor Edward Malorys Haus am Grosvenor Square, dreißig Minuten zu spät für seine Verabredung, doch er machte keine Anstalten, aus seiner Kutsche zu steigen. Er hatte den Versuch aufgegeben, dahinterzukommen, was das alles bedeutete. Als Anthony Malory ihn am Vormittag zu sich zitiert hatte, war ihm absolut klargewesen, was das hieß. Aber da es zu diesem morgendlichen Treffen nicht gekommen war, wußte er jetzt nicht mehr, was er von alldem halten sollte. Er konnte sich nicht vorstellen, daß Dereks Onkel

Edward, der sachliche Geschäftsmann, ihn zum Duell fordern würde, aber worum sonst konnte es gehen? Zum Teufel damit!

Reggie beobachtete die Kutsche von einem Fenster im oberen Stockwerk aus, und ihre Nervosität hatte sich zu heller Panik gesteigert. Das, was sie in Bewegung gesetzt hatte, würde ihm gar nicht gefallen. Nein, mit Gewißheit nicht. Er mußte einen Verdacht haben, warum man ihn hierherbestellt hatte. Warum sollte er sonst zögern, das Haus zu betreten?

Oh, Onkel Edward hatte eine ganze Menge über Lord Montieth zu sagen gehabt und darauf bestanden, ihr möglichst deutlich klarzumachen, worauf sie sich einließ. Er kannte die Familie Eden seit Jahren, und er war sogar sehr gut mit Nicholas' Vater befreundet gewesen. Daher wußte Reggie jetzt alles, einschließlich der Geschichten über die beiden anderen jungen Frauen, um die er Skandale entfacht hatte, weil sie schwach genug gewesen waren, seinem Charme zu erliegen. Er war verantwortungslos und gewissenlos, er konnte kalt und arrogant und auch sehr übellaunig sein. Der Charme, mit dem er den Damen begegnete, war bei weitem nicht alles, worauf man bei diesem Mann gefaßt sein mußte. Ja, sie hatte sich all das angehört, aber zu Onkel Tonys größtem Unwillen auf ihrer Entscheidung beharrt.

Reggie stand in Amys Zimmer, um aus dem Fenster sehen zu können, und sie dankte dem Himmel dafür, daß sie allein im oberen Stockwerk war. Tante Charlotte hatte ihre gesamte Kinderschar eingepackt, die ausnahmslos lautstark protestiert hatte, und sie waren fortgefahren, um die Nacht bei einer Freundin außerhalb von London zu verbringen. Reggie war es gestattet worden hierzubleiben, damit sie nicht bis zum nächsten Morgen warten mußte und erst dann von ihrem Los erfuhr. Aber sie sollte oben bleiben und sich in keiner Weise in das Geschehen einmischen. Onkel Tony war in diesem Punkt unerbittlich gewesen. Selbst, wenn sie hören sollte, daß unten die Hölle losbrach, durfte sie sich nicht ins untere Stockwerk wagen.

Der Butler nahm Nicholas Hut und Handschuhe ab und führte ihn in den Salon. Zu seinem Erstaunen erwies sich das Haus als weitaus größer, als es von außen den Anschein hatte. Er wußte, daß Edward Malory mehrere Kinder hatte. Dieses Gebäude war entschieden groß genug für eine mehrköpfige Familie. Die beiden oberen Stockwerke waren vermutlich ausschließlich den Schlafzimmern vorbehalten, dachte er, und das Erdgeschoß wirkte selbst für einen Ballsaal geräumig genug.

»Sie werden erwartet, Mylord«, verkündete der Butler, als sie vor dem Salon standen. Das Gesicht des Angestellten war ausdruckslos, aber seine Stimme drückte Mißbilligung aus. Nicholas hätte am liebsten gelacht. Er wußte, daß er sich verspätet hatte.

Es verließ ihn jedoch jeglicher Humor, als der Butler die Tür geöffnet und sie dann hinter Nicholas wieder geschlossen hatte. Auf einem cremefarbenen Sofa saß Eleanor Marston, seine altjüngferliche Tante Ellie – und neben ihr Rebecca Eden, seine Großmutter, eine beachtliche Erscheinung. In diesem Augenblick erweckte sie den Eindruck, als wäre sie bereit, den Zorn der Götter auf sein Haupt herabzurufen.

So. Er sollte also zurechtgewiesen werden. Hatte sich sowohl von seiner eigenen Familie als auch von der Reginas eine Strafpredigt anzuhören. Ihn erstaunte nur, daß sie seine ›Mutter‹, Miriam, nicht herbeizitiert hatten. Wie sehr sie es genossen hätte!

»Du hast also doch endlich den Mut aufgebracht, das Haus zu betreten, du Spitzbube?« begann die alte Dame ohne jede Vorrede.

»Rebecca!« schalt Eleanor.

Nicholas lächelte. Er wußte, daß seine Großmutter nicht weniger an seiner Dreistigkeit zweifelte als er selbst. Es machte ihr lediglich Spaß, sein Gefieder zu zerzausen. Tante Ellie sprang immer schnell zu seiner Verteidigung ein, die Gute. Sie war auch wirklich die einzige, die es wagte, Rebecca zu tadeln. Tante Ellie hatte zwanzig Jahre lang als Gesellschafterin der alten Dame fungiert, und er stand staunend vor ihrer Ausdauer, denn seine Großmutter war eine wahre Tyrannin, die ihre gesamte Umgebung mit ihrem eisernen Willen regierte.

Vor langer Zeit, in den ersten Ehejahren seiner Eltern, noch ehe Nicholas geboren worden war, hatte Eleanor bei Miriam und Charles Eden auf Silverley gelebt. Doch ständige Zänkereien zwischen den beiden Schwestern hatten dazu geführt, daß Ellie wieder zu ihren Eltern gezogen war. Später hatte sie Charles' Mutter Rebecca in Cornwall besucht. Seit diesem ›Besuch‹ lebte sie dort, und sie kam im Lauf der Jahre oft nach Silverley zurück, aber wirklich nur als Gast und nie, um zu bleiben.

»Wie geht es dir?« fragte er seine Großmutter.

»Als ob es dich interessieren würde, wie es mir geht!« gab sie zurück. »Komme ich nicht jedes Jahr um diese Zeit nach London?«

»Doch, das hast du dir zur Gewohnheit gemacht.«

»Aber hast du mich seit meinem Eintreffen auch nur einmal aufgesucht?«

»Ich habe dich erst letzten Monat in Cornwall gesehen«, rief Nicholas ihr ins Gedächtnis zurück. »Das spielt auch gar keine Rolle.« Sie lehnte sich zurück. »Diesmal sitzt du wohl in der Patsche, stimmt's?»

»Es sieht ganz danach aus«, sagte er trocken, dann wandte er sich zu den beiden Malorys.

Der ältere Mann kam auf ihn zu, um ihn freundlich zu begrüßen. Edward Malory war groß und blond, hatte grüne Augen und sah seinem Bruder Anthony überhaupt nicht ähnlich, dafür aber um so mehr Jason. Er war mit seinen einsdreiundachtzig zwei Zentimeter kleiner als Nicholas, aber kräftiger gebaut.

Der jüngere Malory blieb wie angewurzelt neben dem Kamin stehen. Dunkelblaue Augen schienen sich Nicholas' Entmannung auszumalen und verrieten Nicholas ebenso wie das pechschwarze Haar, daß Anthony blutsverwandt mit Regina Ashton sein mußte. Sie besaß wirklich eine verblüffende Ähnlichkeit mit ihm, bis hin zu den leicht schrägstehenden Augen. Gütiger Himmel, fragte er sich, könnte Regina seine Tochter sein? Das würde heißen, daß ihn der Hafer in recht frühen Jahren gestochen hatte. Allerdings war das nicht unmöglich.

»Wir sind uns noch nie begegnet, Nicholas«, sagte Edward Malory, der sich daraufhin vorstellte. »Aber ich kannte Ihren Vater Charles sehr gut, und ich kenne auch Rebecca seit einigen Jahren.«

»Edward legt mein Geld für mich an, und das sogar sehr gut«, erklärte Rebecca. »Das hast du wohl nicht gewußt, du Spitzbube?«

Also deshalb war sie hierhergebeten worden. Die bereits bestehenden Beziehungen zwischen den beiden Familien begannen Nicholas nervös zu machen.

Edward fuhr fort: »Meinen jüngsten Bruder Anthony kennen Sie, glaube ich, schon?«

»Wir sind uns ab und zu in den Clubs über den Weg gelaufen«, erwiderte Nicholas, ohne auch nur einen Schritt auf Anthony zuzugehen.

Dieser sah ihn nur an, um ihn mit seinen Blicken zu durchbohren. Er war so groß wie Nicholas und hatte auch die gleichen breiten Schultern. Schon seit seinem sechzehnten Lebensjahr war er ein übler Bengel, wenn man Derek glaubte. Nicholas hätte wetten können, daß es in Anthonys Vergangenheit üblere Skandale gegeben hatte als diesen albernen Ausrutscher mit Regina. Weshalb zum Teufel mußte Anthony ihn derart gehässig anstarren?

»Der da will deinen Kopf auf einer Schüssel sehen«, sagte seine Großmutter in das erdrückende Schweigen hinein. Ellie bemühte sich, sie zum Schweigen zu bringen, aber sie ließ sich nicht einschüchtern.

»Das habe ich bereits selbst bemerkt«, entgegnete Nicholas, der sich an Anthony wandte. »Legen wir den Zeitpunkt fest, Mylord?«

Anthony lachte trocken. »Bei Gott, dazu ist Ihnen wirklich zu raten. Aber so gern ich Ihnen auch Ungelegenheiten bereiten würde, habe ich versprochen, Sie erst den anderen zu überlassen.«

Nicholas sah sich um. Mitgefühl strömte ihm aus Ellies braunen Augen entgegen, und Edward wirkte resigniert. Plötzlich wuchs Nicholas' Nervosität, und er richtete seinen Blick wieder auf Anthony. »Mylord«, sagte er steif, »ich duelliere mich gern mit Ihnen.«

»Meine Nichte will das nicht.«

»Sie will es nicht?«

»Sie ist viel zu gutmütig«, seufzte Anthony. »Sie will nicht, daß Ihnen etwas zustößt – ein solcher Jammer.« Er schüttelte den Kopf.

»Ich glaube trotzdem...«

»Nein, um Himmels willen!« dröhnte Rebecca dazwischen. »Ich habe nie versucht, eines der Duelle zu verhindern, auf die du dich eingelassen hast, aber in diesem Fall mische ich mich ein. Du darfst deine Pistolen nicht anrühren. Eher lasse ich dich in den Kerker werfen, mein Junge. Du wirst es selbst erleben.«

Nicholas versuchte zu lächeln. »Der Herr wünscht Satisfaktion, und die muß ich ihm bieten.«

»Lord Anthony wird sich mit etwas anderem zufriedengeben. Er liebt seine Nichte nämlich. Wir können ihm dankbar dafür sein.«

»Wir? Du kennst meine Undankbarkeit.«

»Deine zynischen Bemerkungen kannst du dir sparen«, meinte

sie. »Du magst zwar verdammt arrogant und verantwortungslos sein, aber du bist der letzte Eden. Du wirst für einen Erben sorgen, ehe du dein Leben bei einem Duell verwirkst.«

Nicholas zuckte zusammen. »Das war nicht schlecht, aber wie kommst du auf den Gedanken, daß ich dir nicht bereits einen Erben vorsetzen kann?«

»Weil ich es besser weiß. Es sieht zwar oft so aus, als würdest du versuchen, die Welt zu bevölkern, aber du hast keine unehelichen Kinder. Und außerdem weißt du selbst, daß ich ein solches Kind nie akzeptieren würde.«

»Muß das alles sein, Rebecca?« fragte Eleanor eilig.

»Ja, es muß sein«, erwiderte die alte Frau und schaute die beiden Brüder Malory bedeutsam an.

»Nicky?« flehte Eleanor, und er seufzte.

»Also gut, ich gebe zu, daß ich keine unehelichen Kinder habe, weder Mädchen noch Jungen. Du hast recht. Das gehört zu den wenigen Dingen, bei denen ich wirklich äußerst vorsichtig bin.«

»Das ist wohl auch das einzige.«

Er verbeugte sich leicht vor ihr, antwortete aber nicht. Sein Benehmen war lässig, fast gelangweilt, aber innerlich kochte Nicholas. Er genoß verbale Schlachten mit seiner Großmutter, wenn sie miteinander allein waren, aber nicht in Gesellschaft. Das wußte sie, und sie köderte ihn nur aus Bosheit.

»Ach, setz dich doch bitte, Nicholas«, sagte Rebecca mißmutig. »Ich habe keine Lust, mir den Hals zu verrenken, um dich anzusehen.«

»Das heißt wohl, daß das Ganze länger dauert?« Er grinste provozierend, ehe er sich ihr gegenüber auf einem Sessel niederließ.

»Mach es uns nicht so schwer, Nicky, ich bitte dich«, flehte Eleanor ihn wieder an.

Er erschrak. Das aus Ellies Mund? Sie war immer diejenige gewesen, mit der er hatte reden können, die seine geheime Erbitterung verstand. Als Kind hatte er sich stets an ihrer Schulter ausweinen können. Wie viele Male war er den weiten Weg von Hampshire nach Cornwall mitten in der Nacht geritten, nur, um sie zu sehen? Als er erwachsen geworden war, hatte sie ihm immer noch näher gestanden als jeder andere. Sie hatte ihn nie wegen seines Lebenswandels gescholten. Es war fast so, als wüßte sie, warum er so lebte.

Natürlich wußte sie es nicht. Nur Miriam kannte die Gründe, warum er so rücksichtslos und immer angespannt war.

Nicholas sah seine Tante zärtlich an. Mit fünfundvierzig sah sie immer noch gut aus. Sie hatte hellblondes Haar und gütige braune Augen. Ihre ältere Schwester Miriam war früher die attraktivere gewesen, aber die Bitterkeit hatte dazu beigetragen, Miriams Schönheit zu vernichten. Ihm gefiel der Gedanke, daß es Ellies Güte war, die sie so hübsch erhalten hatte.

Das war die Frau, von der er sich während seiner gesamten Kindheit insgeheim vorgemacht hatte, sie wäre seine Mutter. Ihr Gesicht sagte ihm so vieles, und ihre Miene ließ sich jetzt ebenso leicht deuten wie immer. Es tat ihr leid, daß er sich in eine mißliche Lage gebracht hatte. Sie hoffte, er würde sich nicht noch mehr Ärger einhandeln. Außerdem war sie mit dem Abkommen einverstanden, das sie hinter seinem Rücken geschlossen hatten. Aber würde sie sich gegen ihn stellen und gemeinsame Sache mit seiner Großmutter machen? Das hatte sie noch nie getan. Glaubte sie wirklich, er hätte Regina Ashton vergewaltigt? Ja, er hätte sie verführt, wenn sie willig gewesen wäre. Aber sie hatte sich nicht verführen lassen. Deshalb plagten ihn keine Gewissensbisse. Die bloße Absicht konnte ihm niemand verübeln.

»Haben sie dir alles erzählt, Tante Ellie?« fragte er sie.

»Ja, ich glaube schon.«

»Sie haben dir gesagt, daß es eine Verwechslung war?«

»Ja.«

»Und daß ich das Mädchen unbeschadet zurückgebracht habe?«

»Ja.«

»Was tust du dann hier?«

Rebecca sah ihn finster an. »Laß sie in Ruhe, du Spitzbube. Es ist nicht ihre Schuld, daß du dich in diese Klemme gebracht hast.«

»Wir wissen, wessen Schuld es ist«, ertönte Anthonys verächtliche Stimme hinter ihm.

Jetzt reichte es Nicholas. »Was erwartet ihr von mir?« fragte er und drehte sich auf seinem Sessel um, um Anthony anzusehen.

»Du weißt längst, was zu geschehen hat, Nicky«, sagte Eleanor, und er hörte einen leisen Vorwurf aus ihrer Stimme heraus. »Es ist ein Jammer, daß es zu alldem kommen mußte. Keiner der Anwesenden glaubt, daß du dem Mädchen etwas tun wolltest, aber das ändert nichts an der Tatsache, daß du ihrem Ruf irreparabel geschadet hast. Sie soll nicht die Demütigungen erdulden, die gehässigen Klatschgeschichten – nur, weil bei einer deiner Eskapaden etwas schiefgegangen ist. Das siehst du doch ein, oder nicht?« Sie holte tief Atem. »Es bleibt dir nichts anderes übrig, als die Verantwortung für deine Handlungen zu tragen. Du mußt das Mädchen heiraten.«

10

»Ich halte das nicht aus, Meg, ich halte das wirklich nicht aus!« rief Reggie gereizt.

Die Zofe reagierte ebenso wenig auf diese Klage wie auf all die anderen. »Willst du etwa mit diesem Schal schlafen?«

Reggie legte die Hände auf ihre Kehle. »Ja, natürlich. Es könnte doch sein, daß Onkel Edward kommt, um mir zu sagen, was aus mir wird. Es reicht schon, wenn Onkel Tony es gesehen hat. Ich will nicht, daß es außer ihm noch jemand sieht.«

Meg wandte sich mit finsterem Gesicht wieder ihrem Nähzeug zu, das sie auf ihren Schoß hatte sinken lassen. Sie hatte den Knutschfleck mit eigenen Augen betrachtet. Reggie konnte nichts vor ihr geheimhalten oder jedenfalls nicht lange. Sie war empört über diese ganze Geschichte, und ganz entgegen ihren sonstigen Gewohnheiten stimmte sie erstmals vollkommen mit Anthony Malory überein, statt sich hinter das Mädchen zu stellen, das im Schneidersitz mitten auf seinem Bett saß und nervös die Hände rang.

Der Vicomte Eden von Montieth sollte erschossen werden und nicht etwa diese Kostbarkeit zur Frau bekommen. Meg hatte in ihrem Leben noch von keiner derartig himmelschreienden Ungerechtigkeit gehört. Drückte man etwa dem Taschendieb dankbar das Portemonnaie in die Hand? Wie konnten sie ihre kostbare Reggie dem Mann überlassen, der für diese Schande verantwortlich war?

»Kannst du nicht runtergehen und horchen? Vielleicht hörst du irgend etwas, Meg.«

»Nein, das kommt nicht in Frage.«

»Dann gehe ich eben.«

»Das kommt auch nicht in Frage. Du wirst hier sitzen bleiben.

Mach dir ruhig weiterhin Sorgen, wenn es dir Spaß macht. Du wirst schon früh genug hören, daß er ja gesagt hat.«

»Aber das ist doch gerade das Ärgerliche.« Reggie schlug sich ungeduldig auf die Knie. »Er wird nein sagen.«

Meg schüttelte den Kopf. »Mich überzeugst du nicht davon, daß du ihn haben willst, Mädchen, und daher kannst du gleich aufhören, es zu versuchen.«

»Aber es ist die Wahrheit, Meg.«

»Ich kenne dich, Reggie. Du machst doch nur gute Miene zum bösen Spiel und redest dir um deiner Onkel willen etwas ein, weil das die einzige Lösung zu sein scheint.«

»Unsinn!« Reggie kicherte vor Vergnügen. »Du willst dir nur einfach nicht eingestehen, daß ich so sündhaft und verrucht bin, einen Mann zu wollen, den ich kaum kenne.«

Meg sah zu ihr auf. »Jetzt verstehe ich, was das alles soll. Du machst das alles nur, damit du schnell einen Mann bekommst und dich nicht mehr nach Ehemännern umschauen mußt. Gib es zu, Mädchen.«

»Das ist ein weiterer Pluspunkt, da hast du recht.«

»Ein Pluspunkt!« schnaubte Meg. »Das ist der einzige Grund, aus dem du ihn haben willst. So muß es sein.«

»Das sagst du nicht mehr, wenn du ihn erst gesehen hast, Meg. Ich glaube, ich habe mich verliebt.«

»Wenn ich dir das glauben könnte, würde ich runtergehen und ihm die Füße küssen. Aber du bist nicht so dumm, dich für verliebt zu halten, nachdem du einen Mann ein einziges Mal gesehen hast.«

»Ich vermute, du hast recht.« Reggie seufzte, aber ihre Augen strahlten. »Aber es wird nicht lange dauern, Meg, ganz bestimmt nicht. Warte es nur ab.«

»Ich hoffe, daß ich es nicht erleben muß, dich mit ihm verheiratet zu sehen. Das wäre der unglücklichste Tag deines Lebens, und wenn es dazu kommt, dann denk an meine Worte.«

»Unsinn!«

»Denk daran, ich habe dich gewarnt.«

»Ich werde sie nicht heiraten.«

»Sehr gut.« Anthonys Lächeln spiegelte seine gehässige Freude wider. »Ich war von Anfang an gegen diese Idee.«

»Halt den Mund, Anthony«, warnte Edward ihn. »Noch ist nichts entschieden.«

»Ich wiederhole, daß ich sie nicht heiraten werde«, sagte Nicholas mit sanfter Stimme, doch es bereitete ihm große Mühe, die Ruhe zu bewahren.

»Besäßen Sie die Güte, mir Ihre Gründe zu nennen?« Edwards Stimme war ebenfalls ein Muster an Ausgeglichenheit.

Nicholas sagte das, was ihm als erstes dazu einfiel. »Sie hat etwas Besseres verdient.«

»Ganz meine Meinung«, warf Anthony gehässig ein. »Unter normalen Umständen wären Sie auch nie in Betracht gezogen worden.«

Edward warf ihm einen Blick zu, der ihn zum Schweigen brachte. Dann wandte er sich wieder an Nicholas. »Falls Sie von Ihrem Ruf sprechen, kann ich Ihnen nur versichern, daß dieser Ihnen ohnehin vorauseilt. Ich wäre der erste, der die Anrüchigkeit Ihres Rufes eingesteht. Und doch müssen wir diese Dinge im Moment außer acht lassen.«

»Ich würde das Mädchen unglücklich machen«, argumentierte Nicholas eilig und etwas temperamentvoller.

»Das ist eine reine Mutmaßung. Sie kennen Regina nicht gut genug, um zu wissen, was sie glücklich oder unglücklich macht.«

»Du drückst dich doch nur, du Spitzbube«, sagte Rebecca. »Du hast keinen Grund, das Mädchen nicht zu heiraten, und das weißt du selbst. Und es ist sowieso höchste Zeit, daß du heiratest, allerhöchste Zeit sogar.«

»Damit du deinen Erben bekommst?« erwiderte er.

»Hören Sie, Nicholas«, mischte sich Edward ein. »Streiten Sie ab, daß Sie meine Nichte in einen Skandal verwickelt haben?«

»Ihre Nichte?«

»Für wen zum Teufel hast du sie denn gehalten, du Spitzbube?« fragte Rebecca entgeistert.

Plötzlich lachte Anthony. »Sagen Sie, Montieth, haben Sie vielleicht gehofft, sie sei ein uneheliches Kind? Eine unliebsame Verwandte, von der Sie behaupten können, wir wollten sie abschieben und Ihnen aufhalsen?«

»Jetzt reicht es aber«, warnte Edward ihn erneut. »Nicholas... vielleicht muß ich Ihnen zugestehen, daß Sie nicht wußten, wer Regina ist. Es erinnern sich nicht mehr allzuviele Menschen an Melissa. Es ist schon so lange her, daß sie gestorben ist.«

»Melissa?«

»Unsere einzige Schwester. Sie war wesentlich jünger als Jason und ich, das dritte Kind. Sie war... Aber ich brauche hier nicht näher auszuführen, wie viel sie uns bedeutet hat, das einzige Mädchen inmitten von vier Jungen. Regina ist ihre Tochter.«

»Sie ist alles, was ihnen von Melissa geblieben ist«, fügte Rebecca hinzu. »Fängst du allmählich an zu verstehen, wie wichtig Regina den Brüdern Malory ist?«

Nicholas war ganz elend zumute.

»Ich sollte Ihnen vielleicht aufgrund der Bemerkung, die mein Bruder gemacht hat, noch sagen, daß Regina ein legitimes Familienmitglied ist«, fuhr Edward fort. »Melissa war glücklich verheiratet mit dem Earl von Penwich.«

»Penwich!« Nicholas erstickte fast an dem Namen, den er schon so oft verflucht hatte.

»Mit dem verstorbenen Earl, Thomas Ashton«, klärte Edward ihn auf. »Irgendein merkwürdiger Vetter trägt jetzt diesen Titel. Ein unangenehmer Kerl, aber er hat nichts mit Regina zu tun. Seit Melissa und Thomas vor siebzehn Jahren gemeinsam bei einem entsetzlichen Brand ums Leben gekommen sind, ist sie in unserer Obhut.«

Nicholas schwirrte der Kopf. Sie war tatsächlich Dereks Kusine, die Tochter eines Earls, die Nichte des Marquis von Haverston. Er hätte sich nicht gewundert, wenn er jetzt auch noch erfahren hätte, daß sie zudem eine reiche Erbin war. Sie hätte sich mit Leichtigkeit einen Mann mit einem höheren Adelstitel als dem seinen an Land ziehen können. Aber jetzt, nachdem er ihren Namen mit dem seinen in Verbindung gebracht hatte, war sie nicht mehr die erstrebenswerte Schwiegertochter, nicht für die Familien, die nichts mit einem Mädchen zu tun haben wollten, das je in einen Skandal verwickelt worden war. Das wußten alle Anwesenden in diesem Raum, er selbst inbegriffen. Und doch gab es andere Männer, die sie begehren würden, ungeachtet dessen, Männer, die weniger verbissene Auffassungen vertraten als andere.

Dementsprechend wandte er sich an Anthony. *Sie* scheinen nicht zu glauben, daß sie ihre Chancen auf eine gute Partie verspielt hat. Warum also sind Sie bereit, sich mit mir abzufinden?«

»Habe ich gesagt, mir sei das recht? Nein, ganz bestimmt nicht. Sie ist diejenige, die Sie haben will, nicht ich.«

Nicholas suchte krampfhaft eine Antwort. »Und als die geliebte Nichte bekommt sie, was sie will?« fragte er dann.

»Wir haben es mit der simplen Tatsache zu tun«, mischte sich

Edward ein, »daß – würde sie einen anderen heiraten – der arme Kerl mit dem Skandal leben müßte, den Sie verursacht haben, und für den Rest seines Lebens würden die Leute hinter seinem Rücken tuscheln. Das könnte kein Mann je wirklich verkraften, und mit Sicherheit wäre es keine Voraussetzung für eine glückliche Ehe.«

Nicholas runzelte die Stirn. »Aber sie würde ihrem Mann die Wahrheit erzählen.«

»Was zählt die Wahrheit, wenn es die Unwahrheit ist, an die alle Welt glaubt?« erwiderte Edward verdrossen.

»Dann soll ich hier also als Geisel für die Engstirnigkeit anderer festgehalten werden?«

»Was zum Teufel ist los mit dir, Nicholas?« fragte Rebecca erbost. »Ich habe das Mädchen gesehen, und sie ist das entzükkendste kleine Geschöpf, das ich kenne. Eine bessere Partie kannst du gar nicht machen, und das weißt du selbst. Warum wehrst du dich so sehr dagegen?«

»Ich will keine Frau – ganz gleich, wen«, stieß Nicholas hervor.

»Was du willst, ist in dem Moment irrelevant geworden«, gab seine Großmutter zurück, »in dem du dich mit einem unschuldigen Mädchen eingelassen hast, dessen Familie nicht daran denkt, den Vorfall zu übergehen und ein Auge zuzudrücken, wie es bei anderen deiner Eskapaden der Fall war. Du hast verdammtes Glück, daß man dir Regina überlassen will.«

»Sei vernünftig, Nicky«, meldete sich Eleanor zu Wort. »Du mußt ja irgendwann doch heiraten. Du kannst nicht ewig so weiterleben wie bisher. Und dieses Mädchen ist bezaubernd und wird dir eine wunderbare Frau sein.«

»Sie mag die beste Ehefrau abgeben, aber nicht meine«, entgegnete Nicholas tonlos. In der Stille, die darauf folgte, stiegen seine Hoffnungen, doch seine Großmutter zerschlug sie wieder.

»Du wirst nie der Mann werden, der dein Vater war. Zwei Jahre zur See zu gehen, einfach zu verschwinden, und dann kommst du zurück und führst ein Lotterleben, überträgst deine Verantwortlichkeit an Makler und Lakaien. Bei Gott, es beschämt mich, zugeben zu müssen, daß du mein Enkel bist, und ich sage dir jetzt – du kannst für alle Zeiten vergessen, daß du mich kennst, wenn du nicht deinen Mann stehst und dieses Mädchen heiratest.« Sie erhob sich, und ihr Gesichtsausdruck war versteinert. »Komm, Ellie. Ich habe alles gesagt, was ich ihm zu sagen habe.«

Rebeccas Gesicht blieb kalt und unerbittlich, als sie mit Ellie den Raum verließ. Doch sowie sich die Tür hinter ihnen geschlossen hatte, drehte sie sich zu Eleanor um und strahlte sie verschwörerisch an. »Was sagst du, meine Liebe? Glaubst du, damit haben wir ihn rumgekriegt?«

»Daß du dich seiner schämst, das war ein bißchen zu dick aufgetragen. Ich weiß, daß es nicht so ist. Schließlich kostest du seine wüsten Eskapaden mehr aus als er selbst. Ich schwöre es dir, Rebecca, du hättest ein Mann werden sollen.«

»Als ob ich das nicht selbst wüßte! Aber diesmal ist eine seiner kleinen Eskapaden ein Geschenk Gottes. Trotzdem hätte ich nicht geglaubt, daß er sich derart widersetzt.«

»Wirklich nicht?« gab Eleanor zurück. »Du weißt, warum er nicht heiraten will. Du weißt, wie er empfindet. Nicky weigert sich, einer arglosen Frau den Makel seiner Geburt anzuhaften. Er hat das Gefühl, nicht um die Hand eines anständigen Mädchens anhalten zu dürfen, und doch macht es ihm seine gesellschaftliche Stellung unmöglich, sich unter seinem Niveau zu verheiraten. Er hat sich schlicht und einfach entschieden, nie zu heiraten. Das weißt du doch selbst.«

Rebecca nickte unwillig. »Und gerade deshalb ist das ja ein Geschenk Gottes. Jetzt muß er heiraten, noch dazu ein Mädchen aus guter Familie. Es paßt ihm zwar im Moment überhaupt nicht, aber mit der Zeit wird er froh darüber sein. Ich sage dir, Regina Ashton stört sich keine Spur daran, wenn sie jemals die Wahrheit erfährt.«

»Glaubst du das wirklich?«

»Wenn ich nicht davon überzeugt wäre, könnte sie nicht die Richtige für ihn sein«, sagte Rebecca brüsk.

Beide kannten Nicholas' Motive ganz genau, was er allerdings nicht klar wußte. In den Augen der Öffentlichkeit war Miriam seine Mutter, und der Tag, an dem sie dieser Heuchelei ein Ende setzte – womit sie ständig drohte – war der Tag, an dem er aufhören würde, in Panik vor dieser Enthüllung zu leben, und dann konnte er der Ausgestoßene werden, auf den bereits jetzt sein gesamtes Handeln abzielte. Er wollte für verrucht gehalten werden, um sich an die Behandlung zu gewöhnen, die er erfahren würde, wenn die Wahrheit eines Tages ans Licht kam.

»Irgend jemand sollte ihm erklären, daß es wahrscheinlich keinen großen Unterschied machen würde, wenn die Leute über alles informiert wären«, meinte Rebecca. »Es würde ohnehin niemand glauben, nicht nach all diesen Jahren.«

»Warum sagst du es ihm nicht?« fragte Ellie, obwohl sie die Antwort kannte.

»Ich tue es nicht, meine Liebe. Warum tust du es denn nicht?«

»O nein.« Eleanor schüttelte nachdrücklich den Kopf. »Es geht ihm viel zu nahe.« Sie seufzte. »Wir haben schon hundertmal darüber gesprochen, Rebecca. Und außerdem wird er sich endlich eine Braut nehmen, sich niederlassen und seine eigene Familie gründen.«

»Das wollen wir doch hoffen. Aber bisher haben sie ihm noch kein Ja entlockt.«

»Ihre Einstellung ist äußerst verblüffend, Nicholas«, sagte Edward. »Wenn ich nicht mit Bestimmtheit wüßte, daß Sie ein Schürzenjäger sind, würde ich anfangen, mich zu wundern.«

Nicholas mußte über diese Bemerkung aus dem Munde dieses gesetzten Lords lächeln. »Meine Neigungen gelten entschieden dem weiblichen Geschlecht, Sir.«

»Und trotzdem wollen Sie meine Nichte nicht?«

Anthony meldete sich barsch zu Wort. »Sehen Sie mich an, wenn Sie antworten, Montieth, denn ich habe das Mal gesehen, das Sie an Reginas Hals hinterlassen haben.«

»Was soll denn das heißen?« fragte Edward.

»Ganz ruhig, Eddie. Das ist eine Angelegenheit zwischen dem Vicomte und mir. Aber wie lautet Ihre Antwort, Montieth?«

Nicholas lief vor Zorn rot an. Er fühlte sich in die Enge getrieben, und das behagte ihm überhaupt nicht. Hatte er wirklich Spuren an dem Mädchen zurückgelassen? Und wenn es so war, wie zum Teufel kam sie dann dazu, ihrem Onkel etwas davon zu erzählen? Sie hatten gesagt, sie wollte ihn heiraten. Verdammt noch mal, hatte sie Anthony vielleicht den Eindruck vermittelt, ihre Begegnung mit ihm wäre doch nicht so unschuldig gewesen? Lag ihrem jüngsten Onkel deshalb so viel daran, sein Blut fließen zu sehen?

»Ihrer Nichte fehlt nichts, meine Herren«, sagte Nicholas gepreßt, und seine bernsteinfarbenen Augen glühten vor Zorn. »Aber das wissen Sie ja wohl besser als ich.«

»Ja, man kann ganz unvoreingenommen sagen, daß sie in jeder Hinsicht begehrenswert ist. Und doch können wir das Problem nicht lösen.« Edward seufzte. »Jason wird das alles überhaupt nicht gefallen. Er ist Reginas gesetzlicher Vormund, verstehen Sie.«

»Jason wird ihn in Stücke reißen, wenn sie sich zu dem Zeitpunkt, zu dem er hier eintrifft, nicht wenigstens verlobt hat«, prophezeite Anthony tonlos. »Gib es auf, Eddie, und überlaß ihn mir. Wenn Jason ihn in die Finger kriegt, bleibt nichts von ihm übrig.«

Nicholas setzte sich wieder und stützte seinen Kopf in die Hände, während die beiden miteinander diskutierten. Er mochte und respektierte Dereks Vater, Jason Malory. In Haverston war er mit ihm auf die Jagd gegangen, und sie hatten lange gemeinsame Abende bei gutem Cognac und interessanten Gesprächen verbracht. Er bewunderte, wie Jason über Haverston herrschte und mit seinen Leuten umging, und wünschte sich nichts weniger, als sich seinen Zorn zuzuziehen. Aber er konnte das Mädchen nicht heiraten, und er konnte ihnen nicht sagen, warum.

Nie zuvor war seine Erbitterung über seine Herkunft so schmerzlich gewesen. Er war ein uneheliches Kind. Und jede Frau, die sich auf eine Heirat mit ihm einließ, würde den Makel seiner Herkunft und dessen Folgen ertragen müssen. Man würde ihn ächten, wenn die Wahrheit ans Licht kam. Hatte er all das nicht bei Derek Malory erlebt, von dem man wußte, daß er ein uneheliches Kind war? Daher fühlte er sich Derek auch so verbunden wie keinem seiner anderen Freunde.

Edwards Stimme riß ihn aus seinen Gedanken. »Ich bezweifle, daß Reginas finanzielle Lage Sie beeindrucken könnte, Nicholas, da die geschickten Geldanlagen Ihres Vaters sowie auch Ihre eigenen Sie zu einem reichen jungen Mann gemacht haben. Es reicht zu sagen, daß sie sehr gut dasteht. Aber – vielleicht interessieren Sie sich für das hier.«

Nicholas nahm den Stapel Papier entgegen, den Edward aus seinem Jackett gezogen hatte. Briefe. *Seine* Briefe an den Earl von Penwich!

»Wie zum Teufel kommen Sie zu diesen Briefen?« fragte er ungläubig.

»Sie sind mir erst kürzlich zugeschickt worden, wenn Sie es genau wissen wollen. Der Earl ist dafür berüchtigt, Dinge, die ihn nicht interessieren, zu ignorieren, und dieses Stück Land, das Sie haben wollen, interessiert ihn nicht.«

»Und weshalb haben Sie die Briefe?«

»Weil das Land Teil eines Vermögens ist, das ich verwalte. Es ist ein hübsches, kleines Grundstück mit fast einem Dutzend von Bewohnern, die alle regelmäßig ihre Pacht zahlen.«

»Es ist ein verdammt großes Grundstück, das wissen Sie selbst, und es wird nicht annähernd so gut genutzt, wie man es nutzen könnte«, gab Nicholas zurück.

»Ich hätte nicht geglaubt, daß Sie sich so sehr für Landbesitz interessieren«, bemerkte Edward boshaft. »Schließlich kümmern Sie sich auch nicht um Silverley.«

Ein Muskel sprang auf Nicholas' Kiefer hervor. Verdammt und zum Teufel! Gegen seinen alten Feind Captain Hawke hatte er unbewaffnet bessere Chancen als gegen diese Malorys.

»Soll ich das so verstehen, daß ich dieses Stück Land niemals bekomme, wenn ich Ihre Nichte nicht heirate?«

»Sie könnten es zartfühlender formulieren, aber den Kern der Aussage haben Sie durchaus erfaßt.«

»Lehnen Sie ab, Montieth«, verlockte Anthony ihn mit sanfter Stimme. »Treffen Sie sich statt dessen morgen früh mit mir. Ich werde Sie nicht töten. Ich werde ein ganzes Stück unter Ihr Herz zielen, damit das nächste Mädchen, mit dem Sie sich mitten in der Nacht davonstehlen, sich darauf verlassen kann, daß ihr alle glauben, wenn sie behauptet, Sie hätten sie nicht angerührt.«

Nicholas mußte lachen. Jetzt lautete die Drohung also Kastration? So sahen seine Möglichkeiten aus? Er bezweifelte nicht, daß seine Großmutter ihn ins Gefängnis bringen konnte, wie sie es angedroht hatte. Zweifellos würden sie sich einander entfremden, und in Wahrheit liebte er die alte Hexe. Im übrigen stellte man ihm den Tod oder betrübliche Verletzungen zur Wahl. So also sahen seine Möglichkeiten aus.

Oder er konnte das bezauberndste Geschöpf heiraten, das ihm je unter die Augen gekommen war. Er würde wahrscheinlich das Land bekommen, das er wollte. Tante Ellie war für diese Heirat ebenso wie seine Großmutter und sämtliche Malorys.

Nicholas schloß sekundenlang die Augen und tat so, als wäre er tief in Gedanken versunken. Dann öffnete er sie wieder und stand auf. »Meine Herren«, sagte er mit fester Stimme, »wann soll die Hochzeit stattfinden?«

11

»Du bist also gekommen, um deine Verlobte in die Vauxhall Gardens auszuführen? In ein Konzert? Ich hätte nie geglaubt, daß ich es einmal erlebe, daß du dir ein verdammtes Konzert anhörst, und noch dazu am hellichten Tage!«

Derek Malory amüsierte sich königlich, und der Abscheu, der Nicholas Eden Gesicht ausdrückte, war vollkommen. Sie hielten sich im Salon von Edwards Haus auf, in genau dem Raum, in dem am Vorabend die peinliche Zusammenkunft stattgefunden hatte, und Nicholas war soeben eingetroffen.

»Anscheinend ist das die einzige Möglichkeit, sie zu sehen«, sagte Nicholas. »Gestern abend wollten sie mich nicht in ihre Nähe lassen.«

»Nein, natürlich nicht. Das hätte sich schließlich nicht gehört. Sie ist ins Bett geschickt worden.«

»Willst du damit sagen, daß sie sich wirklich Vorschriften machen läßt?« fragte Nicholas mit gespieltem Erstaunen. »Ich dachte, alle tanzen nach ihrer Pfeife.«

»Tja, ich sehe es schon. Du bist wirklich sauer. Ich kann das gar nicht verstehen. Sie ist ganz große Klasse, verstehst du, ein echtes Juwel. Besser könntest du gar nicht dran sein.«

»Ich hätte es vorgezogen, mir selbst eine Frau auszusuchen, statt mir eine aufzwingen zu lassen.«

Derek grinste. »Ich habe schon gehört, daß du dich ganz schön angestellt hast. Als sie es mir erzählt haben, konnte ich erst mal kein Wort glauben, am allerwenigsten, daß du nachgegeben hast. Ich weiß doch, wie wenig du es leiden kannst, wenn man dir irgendwelche Vorschriften macht.«

»Und jetzt hältst du den Mund, Derek«, fauchte Nicholas. »Was hast du überhaupt hier zu suchen?«

»Ich soll mitkommen. Wußtest du das nicht? Kusine Clare ist ebenfalls mit von der Partie. Anweisung von Onkel Edward. Du hast doch nicht geglaubt, du bekämst sie allein, oder ? Nichts von wegen Tändeleien vor der Hochzeit.«

Nicholas sah ihn finster an. »Was zum Teufel soll das jetzt noch für einen Unterschied machen? Es heißt doch ohnehin schon, ich sei mit ihr im Bett gewesen.«

»Das glaubt niemand, Nick, zumindest kein Familienmitglied.«

»Mit Ausnahme von deinem Onkel Anthony?«

»Was der glaubt, weiß ich nicht«, erwiderte Derek etwas nüchterner. »Aber vor dem solltest du dich hüten. Die beiden verstehen sich besonders gut miteinander, er und deine Zukünftige.«

»Sie ist seine Lieblingsnichte?«

»Mehr als nur das. Tante Melissa war nur drei Jahre älter als er, und die beiden verstanden sich immer großartig. Als sie starb, war er erst siebzehn. Regina nimmt sozusagen den Platz ihrer Mutter in seinem Herzen ein. So ist es bei allen meinen Onkeln gewesen, auch bei meinem Vater. Aber Onkel Anthony war als der jüngste von ihnen eher so etwas wie ein Bruder für Regina. Du kannst dir gar nicht vorstellen, wie sehr er sich mit meinem Vater stritt, als er volljährig wurde und nach London zog, weil mein Alter sie ihm nicht für einen Teil des Jahres überlassen wollte, so wie er es Onkel Edward zugesteht.« Derek kicherte in sich hinein. »Mein Alter hat schließlich aufgegeben, weil sie es auch wollte, und wenn sie etwas will, dann setzt sie sich meistens durch.«

Nicholas schnaubte ungehalten. Regina mußte unglaublich verzogen sein. »Wie kommt es eigentlich, daß ich sie nie in Haverston gesehen habe?«

»Sie war immer bei Onkel Edward oder bei Onkel Anthony, wenn du da warst. Als du anfingst, mich zu besuchen, hatte jeder von ihnen sie vier Monate im Jahr.« Derek lachte. »Aber einmal bist du ihr begegnet, als du das erste Mal bei mir zu Hause warst. Erinnerst du dich an das kleine Luder, das dir die Schüssel Pudding auf den Schoß kippte, weil du es aufgezogen hattest?«

»Aber du hast dieses Kind Reggie genannt!« rief Nicholas aus.

»Wir alle nennen Regina Reggie und jetzt ist sie erwachsen. Du hast diese Szene doch nicht vergessen?«

Nicholas stöhnte. »Wie könnte ich? Sie streckte mir ihre Zunge raus, als ich ihr androhte, ihr den Hintern zu versohlen.«

»Ja, und danach mochte sie dich überhaupt nicht mehr. Sie war, glaube ich, mehr als einmal im Haus, wenn du zu Besuch kamst, ging dir aber aus dem Weg.«

»Sie behauptete, als du damals von mir sprachst, hätte sie mich sehr gern gehabt«, bemerkte Nicholas trocken.

»Ja, damals mochte sie dich«, bestätigte Derek lachend. »Aber das war, ehe sie dich kennenlernte. Sie hatte mich nämlich besonders gern – und alle, die mit mir Freundschaft schlossen.«

»Zum Teufel! Als nächstes redest du mir wahrscheinlich noch ein, daß sie deine Spielgefährtin war.«

»Das sollte dich nicht überraschen, Kumpel. Schließlich war ich erst sechs, als sie nach Haverston kam. Ich gebe zu, daß ich sie vom rechten Pfad wegführte, weil es dort nur uns beide gab. Überall, wo ich hinging, schleifte ich sie mit. Natürlich bekam mein Alter einen Anfall, als er endlich herausfand, daß sie mit mir beim Fischen und beim Jagen war, statt zu nähen, daß wir auf Bäume stiegen und im Wald Festungen bauten, während sie doch Musik hören sollte. Weißt du eigentlich, daß er nur geheiratet hat, damit wir eine Mutter bekommen? Er hat gehofft, das hätte einen festigenden Einfluß auf uns. Eine schlechte Wahl war es noch dazu. Ich mag das alte Mädchen wirklich, aber sie war öfter krank als gesund und hat die meiste Zeit mit Kuren verbracht und nicht in Haverston.«

»Willst du mir vielleicht erzählen, daß ich einen Jungen heirate?«

»Meine Güte, nein! Du mußt dir klarmachen, daß sie einen Teil des Jahres immer bei Onkel Edwards Familie verbracht hat, und das in den letzten dreizehn Jahren. Und Edward hat drei Töchter, die etwa in ihrem Alter sind. Wenn sie hier bei ihnen war, hat sie brillant gelernt, war ein Engel in ihren Anstandsformen und alles, was dazu gehört. Natürlich hatten wir immer noch unseren Spaß, wenn sie nach Haverston kam. Ich kann dir gar nicht sagen, wie oft wir vom Alten ausgeschimpft wurden. Und das Schlimmste hat nie sie abgekriegt, immer ich. Mit vierzehn war sie dann nicht mehr so ein Wildfang. Damals führte sie schon den Haushalt, weil unsere Mutter kaum da war.«

»Sie hat also einen Haushalt geführt, in einem anderen Haushalt mehr dazugelernt – und was, das wüßte ich wirklich gern, hat sie in dem dritten Haushalt gelernt?«

Derek lachte über seinen gehässigen Tonfall. »Jetzt hör aber auf. Die Zeiten, die sie bei Onkel Anthony verbrachte, waren eigentlich die reinsten Ferien. Er tat alles, damit sie ihren Spaß hatte. Und wahrscheinlich hat er ihr auch erklärt, wie man mit Kerlen wie uns umgeht.« Dann fügte er ernst hinzu: »Sie alle lieben Reggie, Nick. Damit wirst du dich einfach abfinden müssen.«

»Ich habe also für den Rest meines Lebens angeheiratete Onkel am Hals, die sich in alles einmischen?« fragte Nicholas kühl.

»Ich möchte bezweifeln, daß es ganz so schlimm wird. Schließlich hast du sie in Silverley ganz für dich allein.«

Mit diesem Gedanken brauchte sich Nicholas gar nicht erst

auseinanderzusetzen. Er hatte dem Drängen ihrer Onkel zwar nachgegeben, aber nicht im entferntesten die Absicht, Regina Ashton zu heiraten. Irgendwie mußte er sie dazu bringen, die Verlobung zu lösen. Sie mochte zwar einen Vetter haben, der ein uneheliches Kind war, aber sie sollte nicht auch noch einen Ehemann bekommen, der mit dem Makel einer illegitimen Geburt behaftet war.

Derek war besser dran als Nicholas, denn er hatte in seinen dreiundzwanzig Lebensjahren von Anfang an gewußt, was er war, und es störte ihn nicht. Aber Nicholas hatte erst im Alter von zehn Jahren die Umstände seiner Geburt erfahren. Und vor dieser Enthüllung hatte ihm die Frau, die er für seine Mutter gehalten hatte, das Leben gerade deshalb zur Qual gemacht, weil er sie für seine Mutter hielt. Er hatte nie verstanden, warum sie ihn derart haßte, ihn schlechter als jeden Dienstboten behandelte, ihn ständig ausschalt. Sie hatte nie auch nur so getan, als könnte sie ihn leiden, nicht einmal in Anwesenheit seines Vaters. Das war mehr, als man irgendeinem Kind zumuten durfte.

Eines Tages, als er zehn Jahre alt war, hatte er sie in aller Unschuld ›Mutter‹ genannt, etwas, was er ohnehin selten tat, und plötzlich hatte sie ihn angeschrien. »Ich bin nicht deine Mutter! Ich habe es satt, so zu tun, als sei ich das. Deine Mutter war eine Hure, die versucht hat, meinen Platz einzunehmen – eine Hure!«

Sein Vater war dabeigewesen, der Ärmste. Er hatte nicht gewußt, daß Nicholas kaum etwas glücklicher machen konnte als die Eröffnung, Miriam wäre nicht seine Mutter. Erst viel später erkannte er, wie grausam die Welt illegitime Kinder behandelte.

Daraufhin war sein Vater gezwungen gewesen, ihm die Wahrheit zu sagen. Miriam hatte in den ersten vier Jahren ihrer Ehe mit Charles viele Fehlgeburten gehabt, und die Warnung des Arztes, es könnte immer wieder dazu kommen, hatte die Ehe sehr belastet. Charles hatte es nicht ausdrücklich gesagt, aber Nicholas nahm an, daß Miriam eine Abneigung gegen das Ehebett entwikkelt hatte. Und so hatte Charles andernorts Trost gefunden.

Kläglich hatte er erklärt, Nicholas' richtige Mutter wäre eine Dame, eine liebe und anständige Frau, die er geliebt hätte. Er hatte diese Liebe eines Nachts betrunken ausgenutzt, und das war das einzige Mal, daß er und sie sich diese Freiheit herausgenommen hatten. Nicholas war in dieser Nacht gezeugt worden. Die Frau konnte das Kind nicht behalten. Sie war unverheiratet. Aber

Charles wollte das Kind, wollte es unbedingt für sich haben. Miriam erklärte sich bereit, gemeinsam mit der Frau zu verreisen, bis das Kind auf die Welt kam. Als sie zurückkehrte, glaubte jeder, Nicholas wäre ihr kleiner Sohn.

Er konnte ihre Verbitterung verstehen, auch ihre Abneigung gegen ihn, aber das erleichterte es ihm nicht, damit zu leben. Er ertrug Miriam weitere zwölf Jahre, bis zum Tode seines Vaters. Daraufhin verließ er England im Alter von zweiundzwanzig Jahren, mit der Absicht, niemals zurückzukehren. Diese beiden Jahre, in denen er verschollen war, sollte seine Großmutter ihm nie verzeihen, aber er genoß es, auf seinen eigenen Schiffen über die Meere zu segeln, ein Abenteuer nach dem anderen zu überleben und sogar ein paar Seeschlachten auszutragen. Schließlich kam er wieder nach England zurück, aber nicht nach Silverley. Er konnte nicht mit Miriam und ihrem Haß leben, mit ihren ständigen Drohungen, die Wahrheit über seine Geburt in alle Welt hinauszuposaunen.

Bis heute wußte außer der Familie und den Anwälten seines Vaters niemand etwas davon. Charles hatte Nicholas zu seinem rechtmäßigen Erben erklären lassen und daher die Anwälte unterrichten müssen. Es war nicht so, daß Nicholas den Hohn der Gesellschaft nicht ertragen würde, wenn die Wahrheit ans Licht käme. Darauf hatte er sich längst vorbereitet. Aber sein Vater hatte sich die größte Mühe gegeben, seinen Fehltritt geheimzuhalten, um den Namen der Familie zu schützen. Er wollte dem Ruf seines Vaters nicht im nachhinein Abbruch tun.

Doch er konnte Miriam nicht vertrauen. Es war möglich, daß sie eines Tages den Mund aufmachte. Aus diesem Grund hatte er nicht das Recht, ein Mädchen aus einer guten Familie zu heiraten, denn die Gesellschaft würde seine Frau ächten, wenn Miriam sich entschloß, diesen Verrat an ihm zu begehen.

Nein. Regina Ashton war nichts für ihn. Er hätte alles gegeben, um sie zu besitzen, das gestand er sich ein. Aber er würde auch alles tun, um sie nicht heiraten zu müssen. Dem Grauen, das ihr bevorstünde, wenn sein Geheimnis je enthüllt würde, durfte er sie nicht aussetzen. Er mußte einen Ausweg finden.

12

»Es tut mir leid, daß Sie auf mich warten mußten, Mylord.«

Nicholas wirbelte beim Klang ihrer Stimme herum. Bei ihrem Anblick zuckte er zusammen. Er hatte vergessen, wie unglaublich schön sie war. Zögernd trat sie auf die Türschwelle, wirkte ein wenig furchtsam. Ihre Kusine Clare stand hinter ihr. Sie war groß und blond wie die meisten Malorys, und sie war auch recht hübsch, aber neben Reginas exotischer Schönheit verblaßte sie.

Wieder war er schockiert, als er spürte, daß sein Körper sich von Reginas Anblick hinreißen ließ. Verdammt und zum Teufel. Er würde dieser Verlobung ein baldiges Ende setzen müssen, denn andernfalls würde er mit ihr schlafen.

Sie blieb weiterhin in der Tür stehen, und er sagte: »Komm schon, ich beiße dich nicht, Liebling.«

Sie errötete bei diesem Kosenamen. »Du hast meine Kusine Clare noch nicht kennengelernt«, sagte sie, während sie zögernd näher trat.

Er ließ sich ihr vorstellen und sagte dann zu Regina: »Derek hat gerade mein Gedächtnis aufgefrischt. Du hättest mir sagen sollen, daß wir uns schon früher getroffen haben.«

»Ich hätte nicht geglaubt, daß du dich noch daran erinnerst«, murmelte Regina, die äußerst verlegen war.

»Glaubst du wirklich, ich könnte es vergessen, wenn mir jemand Pudding auf den Schoß kippt?« In gespieltem Erstaunen zog er die Brauen hoch.

Sie lächelte trotz ihrer Nervosität. »Ich kann nicht sagen, daß ich es bereue. Du hattest es verdient.«

Als er das Funkeln in ihren kobaltblauen Augen sah, fragte er sich, wie er ihr je weismachen sollte, daß er sie nicht haben wollte, wenn er sie doch in Wirklichkeit so heiß begehrte. Sie begeisterte ihn in jeder Hinsicht. Allein ihr Anblick reichte schon aus, um sein Blut in Wallung zu bringen. Er spürte den übermächtigen Drang, sie zu küssen, die Süße ihrer Lippen wieder zu schmecken, den Puls zu spüren, der in ihrer Kehle schlug. Der Teufel sollte sie holen, aber sie war einfach zu reizvoll.

»So, Kinder, jetzt kommt schon«, sagte Derek spöttisch. »Ist es zu fassen? Ich gehe wirklich zu einem Nachmittagskonzert – und noch dazu als Anstandsdame. Wenn das dem Faß nicht den Boden ausschlägt!« Kopfschüttelnd erschien er in der Tür.

Nicholas wollte mit Regina verstohlen ein paar Worte unter vier Augen wechseln, aber ihre Kusine Clare machte ihm das absolut unmöglich. Ihr kritischer Blick fixierte sie beide unablässig. Er seufzte und hoffte nur, daß Derek es fertigbringen würde, später etwas zu arrangieren.

Regina schien während der Fahrt zu den Vauxhall Gardens ungewöhnlich gut aufgelegt zu sein. Ihr ständiger Redefluß beschränkte sich auf ein unsinniges Geplauder mit ihrem Vetter und ihrer Kusine. Waren es die Nerven, oder war sie wirklich so glücklich? Er genoß es, sie zu beobachten. Freute sie sich wirklich auf diese Heirat? Warum hatte sie ihren Onkeln gesagt, daß sie ihn haben wollte? Warum ausgerechnet ihn?

Reggie war erstaunt darüber, wie freundlich Nicholas war. Da sie wußte, daß er sich nur widerstrebend bereit erklärt hatte, sie zu heiraten, hatte sie Erbitterung erwartet, vielleicht sogar Zorn. Warum war er so liebenswürdig? An dem Stück Land konnte es doch nicht liegen, oder etwa doch? Es war keineswegs schmeichelhaft für sie, daß dieser Grundbesitz erforderlich gewesen war, um ihn zu einem Ja zu bewegen. Tony behauptete, der Mann hätte sich kaufen lassen. Aber Tony hatte noch nicht gesehen, wie Nicholas Eden sie anschaute. Hatte er sich wirklich kaufen lassen? Und warum hatte er sich dieser Heirat so sehr entgegengestellt und dann doch nachgegeben?

Er mußte sie begehren. Das Lodern in seinen Augen sagte ihr, daß er sie wirklich wollte. Es war wahrhaft anstößig, wie er sie ansah, und das sogar vor ihrem Vetter und ihrer Kusine. Sie hatte Clares schockierten Gesichtsausdruck und Dereks Belustigungen durchaus bemerkt. Aber Nicholas schien sich nicht im klaren darüber zu sein, was er tat. Oder tat er es vielleicht absichtlich, um sie in Verlegenheit zu bringen? War seine Liebenswürdigkeit gespielt? Seine Begierde jedenfalls nicht, dessen war sie sich ganz sicher.

Sie ließen die Kutsche stehen und gingen einen von Blumen gesäumten Pfad entlang. Die Musik wurde immer lauter, als sie sich dem Orchester näherten. Nicholas sah Derek so lange an, bis der jüngere Mann endlich verstand und mit Clare vorauseilte, um bei den Verkäufern, die durch das Publikum liefen, Gebäck und Törtchen zu erstehen. Reggie lachte laut, als Derek seine protestierende Kusine hinter sich herzerrte.

Im erstmöglichen Moment zog Nicholas sie von dem Weg und

hinter einen breiten Baumstamm. Sie waren nicht allein. Die Menschenmenge vor ihnen konnte sie nicht sehen, aber vor den neugierigen Blicken derjenigen, die sich hinter ihnen auf dem Weg näherten, waren sie nicht geschützt. Doch sie fanden zumindest eine Gelegenheit für ein paar Worte unter vier Augen.

Sie lehnte am Baum, und er stemmte seine Arme zu beiden Seiten ihrer Schultern gegen den Stamm. So hatte er ein Publikum, das festsaß und gezwungen war, ihm zuzuhören. Sie blickte erwartungsvoll zu ihm auf, und er dachte: *Hasse mich, Mädchen. Verachte mich. Aber heirate mich nicht.* Er hatte sich alles zurechtgelegt, was er ihr sagen wollte, aber er verlor sich in ihren Augen.

Ohne sich dessen auch nur bewußt zu sein, neigte er seinen Kopf herab und berührte mit seinem Mund ihre Lippen, spürte die Zartheit von Blütenblättern, die Süße, als ihre Lippen sich öffneten. Glut stieg in ihm auf, und er preßte sich an sie, preßte sie gegen den Baumstamm, und selbst das war noch nicht nah genug. Er mußte ihr noch näher kommen...

»Bitte, Lord Montieth«, gelang es ihr zu keuchen. »Man kann uns hier beobachten.«

Er lehnte sich gerade so weit zurück, daß er ihr Gesicht sehen konnte.

»Sei nicht so förmlich, Liebling. Es steht dir doch wirklich zu, mich bei meinem Vornamen zu nennen, meinst du nicht?«

Hörte sie Bitterkeit aus seiner Stimme heraus? »Du kannst doch nicht... *Warum* hast du dich einverstanden erklärt, mich zu heiraten?«

»Warum wolltest du mich haben?« fauchte er.

»Es schien die einzige Lösung zu sein.«

»Du hättest es ganz unverfroren ausschlagen können.«

»Warum hätte ich das tun sollen? Ich habe dich doch davor gewarnt, was passieren würde, wenn wir versehentlich ins Gerede kommen.«

»Das war im Spaß«, rief er ihr brüsk ins Gedächtnis zurück.

»Ja, sicher – weil ich nie geglaubt hätte, daß man uns ertappen würde. Oh, aber ich will nicht streiten. Was geschehen ist, ist geschehen.«

»Nein, eben nicht«, sagte er gepreßt. »Du kannst die Verlobung immer noch lösen.«

»Warum sollte ich?«

»Weil du mich nicht heiraten willst, Regina«, entgegnete er mit einer sanften, fast drohenden Stimme. »Du willst es gar nicht.« Dann lächelte er zärtlich, und seine Blicke liebkosten ihr Gesicht. »Du willst statt dessen meine Geliebte werden, denn ich werde dich lieben, bis es dich um den Verstand bringt.«

»Eine Zeitlang?« fragte sie abrupt.

»Ja.«

»Und dann gehen wir wieder getrennte Wege?«

»Ja.«

»Das reicht mir nicht.«

»Ich werde dich besitzen«, warnte er sie.

»Ja, nachdem wir verheiratet sind.«

»Wir werden nicht heiraten, mein Liebling. Du wirst schon lange vor dem Hochzeitstag wieder zur Vernunft kommen. Aber ich werde dich trotzdem besitzen. Du weißt doch – es ist unvermeidlich, daß wir beide zusammenkommen, oder?«

»Das scheinst du zu glauben.«

Er lachte. Wie charmant sie war. Sein Lachen blieb ihm in der Kehle stecken, als er die tiefe Stimme hörte, die hinter ihm ertönte.

»Ich kann nicht behaupten, daß es mir leid tut, wenn ich störe, Montieth, denn das ist offenbar dringend nötig.«

Nicholas richtete sich steif auf. Reggie sah über seine Schulter, und dort stand Onkel Tony mit einer Dame, die sich bei ihm eingehängt hatte. O nein! Nicht sie! Nicholas würde wütend sein, denn er würde mit Sicherheit glauben, Tony hätte Selena Eddington absichtlich hierhergebracht.

»*Du* in den Vauxhall Gardens, Tony?« Sie bemühte sich, ihrer Stimme einen ungläubigen Klang zu geben. »Ich kann es kaum fassen.«

»Verschone mich mit deinem Spott, Kätzchen. Über genau dieses Orchester habe ich begeisterte Schwärmereien gehört.«

Sie hielt den Atem an, als Nicholas' Blick auf seine Mätresse fiel, die verwirrt und wütend wirkte. Fast hätte sie Reggie leid getan, aber dieses Mitgefühl konnte nicht die Oberhand gewinnen. Schließlich hatte Selena nicht gezögert, Reggies Namen dem übelsten Klatsch zum Fraß vorzuwerfen.

»So trifft man sich also wieder, Lady Eddington«, sagte Reggie mit falscher Liebenswürdigkeit. »Nun kann ich mich endlich für die Kutsche bedanken, die Sie mir geliehen haben.«

Anthony räusperte sich vernehmlich, und Nicholas lachte bitter. »Ich muß mich ebenfalls bei dir bedanken, Selena. Schließlich hätte ich meine zukünftige Frau gar nicht kennengelernt, wenn du nicht gewesen wärst.«

Eine Woge von vielfältigen Emotionen glitt über Lady Eddingtons Gesicht – und nicht eines dieser Gefühle war wohlmeinend. Sie beschimpfte sich selbst als eine tausendfache Närrin. Als sie von den Ereignissen erfahren hatte, war sie sehr glücklich über Nicholas' Plan gewesen, sie zu entführen. Sofort hatte sie allen ihren Freundinnen erzählt, was für ein romantischer Liebhaber er doch war – und wie schlimm es für ihn gewesen sein mußte, die falsche Frau zu erwischen. Ihre Prahlereien bewirkten, daß sie sich diese Katastrophe selbst zuschreiben mußte.

Anthony sagte entschieden: »Ihr kommt jetzt mit, ja? Vielleicht sollte ich selbst die Anstandsdame spielen. Ich muß mich mit diesem unzuverlässigen Neffen unterhalten. Derek sollte wissen, daß er euch beide nicht allein lassen kann. Eine Verlobung ist noch lange kein Freibrief für schlechtes Benehmen. Merkt euch das.«

Mit diesen Worten ging er und flüsterte Lady Eddington etwas ins Ohr, als er sie fortführte. Es war nur zu wahrscheinlich, daß er sie dazu bringen wollte, keine Szene zu machen. Nicholas' Mund war ein schmaler Strich, als er den beiden nachsah. »Hat der Onkel mir etwa nicht zugetraut, daß ich ihr selbst von meiner Verlobten erzähle? Ich hätte es getan, mit dem größten Vergnügen sogar. Wenn sie und ihre eingebildete Schwätzerei nicht gewesen wäre...«

»Dann würdest du mich ohnehin nicht heiraten«, beendete Reggie leise seinen Satz.

Sein Zorn verflog. Sein Gesichtsausdruck wurde so unlesbar, daß es zum Verrücktwerden war. »Und du würdest meine Geliebte und nicht meine Frau. Eine weit bessere Übereinkunft.«

»Für mich nicht.«

»Willst du damit sagen, du würdest mir nicht erliegen, Liebling?«

»Nein, ich bin mir nicht sicher, sogar überhaupt nicht sicher«, antwortete sie wahrheitsgemäß. Dieses Eingeständnis klang traurig, und er verspürte sofortige Reue.

»Es tut mir leid, Liebling«, sagte er sanft. »Ich sollte dich nicht in die Enge treiben, sondern dir einfach nur sagen, daß ich dich nicht heiraten will.«

Sie sah ihn mit festem Blick an. »Soll ich dir für deine Aufrichtigkeit dankbar sein?«

»Verflucht noch mal! Faß es nicht als eine Beleidigung auf. Es hat nichts mit dir zu tun.«

»Und wie es mit mir zu tun hat«, widersprach Reggie wütend. »Du hast deinen Namen mit meinem in Verbindung gebracht, ob du es nun vorhattest oder nicht. *Du* hast das getan, nicht ich. Außerdem hast du dich einverstanden erklärt, mich zu heiraten. Du hast dich dazu nötigen lassen, ja – aber wenn du nicht die Absicht hast, dich an diese Abmachung zu halten, dürftest du dich heute nicht mit mir in der Öffentlichkeit zeigen. Unser gemeinsames Erscheinen bindet mich noch mehr an dich. Ich fürchte, jetzt habe ich dich am Hals, ob es *mir* paßt oder nicht. Und allmählich paßt es mir überhaupt nicht mehr.« Ohne ihm eine Gelegenheit zu geben, ihre Worte voll zu erfassen, drehte sie sich um und ging.

Nicholas rührte sich nicht von der Stelle. Er spürte, daß ihn eine lächerliche Zufriedenheit überkam, weil sie meinte, sie hätte ihn nun am Hals – und ebenso lachhaft verletzt war er, weil ihr das nicht paßte. Es stand ihm nicht zu, so zu empfinden. Sie waren nicht aufeinander angewiesen, und er tat verdammt gut daran, das zu bedenken.

13

»Onkel Jason!«

Reggie warf sich in voller Wiedersehensfreude in die ausgebreiteten Arme ihres Onkels. Jason Malory, der Dritte Marquis von Haverston, war ein stämmiger Mann und groß wie auch alle ihre anderen Onkel. Das gefiel ihr.

»Du hast mir gefehlt, Mädchen. Haverston ist nicht dasselbe, wenn du fort bist.«

»Das sagst du jedesmal, wenn ich nach Hause komme.« Sie lächelte ihn liebevoll an. »Eigentlich wollte ich für einige Zeit nach Hause kommen, ehe all das passiert ist. Ich will es auch immer noch.« Sie sah sich im Salon um und entdeckte Onkel Edward und Onkel Tony.

»Und deinen Bräutigam hier in London allein lassen, damit er sich die Beine in den Bauch steht?«

»Irgendwie glaube ich, daß er gar nichts dagegen hätte«, erwiderte sie leise.

Er führte sie zu dem cremefarbenen Sofa, auf dem Anthony saß. Edward stand am Kamin, wie es seine Gewohnheit war. Wahrscheinlich hatten sie eine Auseinandersetzung gehabt, ehe sie gekommen war. Es mußte sich um das bewußte Thema gedreht haben. Niemand hatte ihr auch nur ein Wort davon gesagt, daß Onkel Jason hier war.

»Ich dachte schon, ich hätte keine Zeit mehr, mit dir zu reden, ehe du aus dem Haus gehst«, begann Jason. »Wie gut, daß du so früh aufgestanden bist!«

Reggie zuckte die Achseln. »Ich habe Nicholas gestern warten lassen, als er mich in die Vauxhall Gardens ausgeführt hat, und ich will seine Geduld nicht schon wieder strapazieren.«

Jason setzte sich und sah sie ernst an. »Ich kann nicht direkt behaupten, es würde mir gefallen, daß diese ganze Angelegenheit schon entschieden war, als ich in London ankam. Meine Brüder haben sehr eigenmächtig gehandelt.«

»Du weißt, daß wir keine andere Wahl hatten, Jason«, verteidigte sich Edward.

»Ein paar Tage mehr oder weniger hätten auch keinen Unterschied gemacht«, gab Jason zurück.

»Willst du damit sagen, daß du uns jetzt, nachdem die Verlobung beschlossen ist, deine Zustimmung verweigern willst?« rief Reggie aus.

Anthony kicherte. »Ich habe dich gewarnt, Jason. Sie hat sich diesen jungen Taugenichts in den Kopf gesetzt, und dagegen bist du machtlos.«

»Ist das wahr, Reggie?«

Es war so gewesen, ja, aber... Sie war sich jetzt nicht mehr so sicher, nicht nach dem gestrigen Tag. Sie wußte, daß Nicholas sie nach wie vor begehrte. Das hatte er deutlich klargestellt. Und sie begehrte ihn. Weshalb hätte sie sich vormachen sollen, es sei nicht so? Aber eine Heirat?

»Ich mag ihn wirklich sehr gern, Onkel Jason, aber... Ich fürchte, er will mich eigentlich gar nicht heiraten.«

Da. Jetzt hatte sie es ausgesprochen. Warum fühlte sie sich deshalb gleich so kläglich?

»Ich habe gehört, daß er sich vor seinem Einverständnis lange gewehrt hat«, sagte Jason mit sanfter Stimme. »Aber damit war zu rechnen. Kein junger Mann mag es, wenn man ihn zu etwas zwingt.«

Neue Hoffnung erfüllte sie. War das der einzige Grund? »Ich hatte vergessen, daß du ihn kennst«, sagte sie, »und zwar besser als wir alle.«

»Ja, und ich habe den Jungen immer gemocht. An dem ist weit mehr dran als das, was er der Welt freiwillig zeigt.«

»Verschone uns damit, Bruder«, bat Anthony sarkastisch.

»Er wird ihr ein guter Ehemann sein, Tony, trotz allem, was du von ihm zu glauben scheinst.«

»Glaubst du das wirklich, Onkel Jason?« fragte Reggie, deren Hoffnungen weiterhin stiegen.

»Allerdings«, antwortete er entschieden.

»Dann hältst du es für gut, wenn ich ihn heirate?«

»Ich hätte es vorgezogen, wenn du unter normalen Umständen verheiratet worden wärst. Aber da wir nun einmal in diese unselige Lage geraten sind, stört es mich keineswegs, daß dieser Kerl ausgerechnet Nicholas Eden ist, nein, ganz bestimmt nicht.«

Reggie strahlte vor Freude, aber ehe sie noch mehr dazu sagen konnte, eilten ihre Vettern und Kusinen herein. Sie würden alle die Gesellschaft der Hamiltons besuchen, Amy mit ihr und Nicholas, die anderen mit Marshall in seinem eleganten neuen Viersitzer. Während alle fröhlich durcheinanderredeten und Jason von seinen Nichten und Neffen begrüßt wurde, traf Nicholas ein und blieb unbemerkt in der Tür stehen. Panik erfaßte ihn, als er diese große Familie sah. Erwartete man von ihm, daß er in diese riesige Horde einheiratete? Gott möge ihm beistehen.

Reggie näherte sich ihm als erste, und er lächelte auf sie herunter, fest entschlossen, seine Gefühle diesmal unter Kontrolle zu behalten. In ihrem cremefarbenen Tageskleid, das ihren schimmernden Teint hervorhob, sah sie umwerfend aus. Der Schnitt war ungewöhnlich, denn während die meisten Frauen in ganz London es genossen, ihren Busen so weit wie möglich zu entblößen, hatte sie sich entschlossen, ihren Ausschnitt mit einem Einsatz aus Gaze zu bedecken, die bis zu ihrem Hals reichte und dort von breiter Spitze abgeschlossen wurde. Es belustigte ihn. Vielleicht hatte er dort seine Spuren hinterlassen, die sie hiermit geschickt verbarg.

»Nicholas?« begann sie, weil sie nicht wußte, was er dachte.

»Du hast dich also entschlossen, die Förmlichkeiten abzulegen? Ich hatte schon gefürchtet, du würdest heute gar nicht mit mir reden.«

»Müssen wir uns denn schon wieder streiten?« Sie wirkte am Boden zerstört.

»Ganz bestimmt nicht, Liebling.«

Sie errötete bezaubernd. Weshalb bestand er darauf, sie so zu nennen? Es ziemte sich nicht, und das wußte er.

Der Marquis begrüßte ihn freundlich, ohne auf die wüste Eskapade anzuspielen, die zu der Verlobung geführt hatte. Die Fahrt zu dem Landhaus der Hamiltons einige Meilen außerhalb von London verlief reibungslos, und die junge Amy füllte jede Gesprächslücke mit aufgeregtem Plappern, denn es wurde ihr nicht oft erlaubt, Abendgesellschaften aufzusuchen.

Dann stand es ihnen bevor, die Reaktionen auf die Verlobung im Haus der Hamiltons abzuwarten. Denn Nicholas' Verlobung mit Regina war das vorherrschende Thema und hatte schon jetzt die Gerüchte über ihre unziemliche erste Zusammenkunft abgelöst. Das hatte Nicholas am Vorabend auf einer Abendgesellschaft festgestellt.

Die Soirée der Hamiltons war kein grandioses gesellschaftliches Ereignis. Nur etwa hundert Menschen waren in dem großen Landhaus versammelt, und das hieß, daß man jede Menge Platz und Bewegungsfreiheit hatte. Die Gäste kosteten die Speisen, die auf langen Tischen angerichtet waren, tanzten in einem Salon, der zu diesem Zweck ganz ausgeräumt worden war, oder sie standen und saßen in kleinen Grüppchen zusammen und plauderten. Einige besonders spießige Leute reagierten auf den Anblick von Nicholas und Regina, die gemeinsam auftraten, mit bösen Blicken, aber die meisten stellten kühne Vermutungen darüber an, wie ihre erste unorthodoxe Begegnung wohl verlaufen sein mochte.

Es war schon immer so vereinbart gewesen, daß die beiden heiraten sollten, wurde gemunkelt. Er hatte sich lediglich mit Selena amüsiert, während er Reginas Rückkehr nach London erwartet hatte. Sie hatten sich nämlich auf dem Festland kennengelernt, so war das. »Nein, nein, meine Lieben, sie haben sich in Haverston getroffen. Montieth und der Sohn des Marquis' waren jahrelang dicke Freunde, wußten Sie das denn noch nicht?«

»Hast du gehört, was man über uns sagt, Liebling?« fragte Nicholas, als er den ersten Walzer mit ihr tanzte. »Es heißt, wir seien schon verlobt, seit du noch in den Windeln gesteckt hast.«

Reggie hatte einige der abwegigeren Spekulationen, die angestellt wurden, von ihren Kusinen gehört. »Sag das nicht«, kicherte sie. »Meine anderen Verehrer sind am Boden zerstört, wenn sie erfahren, daß sie nie wirklich Chancen hatten.«

»Deine anderen Verehrer?«

»Die Heerscharen, die um meine Hand anhalten wollen.« Ein paar Glas Champagner hatte den Kobold in ihr geweckt.

»Ich hoffe doch sehr, daß du übertreibst, Regina.«

»Ich wünschte, es wäre so«, seufzte sie in ihrer Unschuld, ohne seinen Stimmungsumschwung wahrzunehmen. »Es wäre äußerst ermüdend, immer wieder zu versuchen, eine Wahl unter so vielen zu treffen. Ich war schon fast soweit, aufzugeben ... Und dann bist du aufgetaucht.«

»Was für ein Glück ich doch habe!« Nicholas war wütend. Er ahnte nicht, daß er eifersüchtig war. Ohne ein weiteres Wort bugsierte er sie an eine Wand des Raumes, und dort ließ er sie abrupt bei Marshall und Amy stehen, verbeugte sich kurz und ging. Sowie er ihr den Rücken zugewandt hatte, machte er sich auf den Weg in das Kartenzimmer, denn dort würde er mit Sicherheit ein stärkeres Getränk als Champagner finden.

Reggie runzelte die Stirn und war zutiefst bestürzt. Erst neckte er sie mit dem neuesten Klatsch, dann lächelte er sie voller Zärtlichkeit an, wärmte sie mit seinen honiggelben Augen, und schließlich geriet er grundlos in Wut. Was war bloß mit ihm?

Sie lächelte, denn sie war entschlossen, sich nicht von ihm unglücklich machen zu lassen. Wieder und immer wieder wurde sie zum Tanzen aufgefordert, und sie erneuerte Bekanntschaften mit den jungen Männern, die sich in der letzten Ballsaison um sie gedrängt hatten. Basil Elliot und George Fowler, zwei glühende Bewunderer, bekundeten jetzt dramatisch, ihr Leben wäre sinnlos geworden, da der Vicomte sich so glücklich schätzen könnte. Die beiden jungen Männer schworen ihr ewige Liebe. Reggie war belustigt und fühlte sich gleichzeitig geschmeichelt, denn George und Basil waren beide sehr beliebt. Ihre Aufmerksamkeit entschädigten sie für Nicholas' Grobheit.

Es dauerte rund zwei Stunden, bis der verschollene Lord von Montieth beschloß, sich wieder zu Regina zu gesellen. Sie hatte ihn während der gesamten Zeit nicht gesehen, aber er sie. Immer wieder hatte er in der Tür des Kartenzimmers gestanden und beobachtet, wie sie einen Tanzpartner angelacht hatte, oder sie war von glühenden Verehrern umgeben gewesen. Dieser Anblick hatte ihn sofort wieder veranlaßt, umzukehren und sich noch einen Drink zu genehmigen. Als er wieder in ihrer Nähe auftauchte, war er erfreulich angetrunken.

»Tanzt du mit mir, Liebling?«

»Werden wir diesen Tanz auch *beenden*?« gab sie zurück.

Er antwortete nicht, wartete auch nicht auf ihre Einwilligung, sondern legte seine Hand um ihre Taille und zog sie auf den Tanzboden. Es war wieder ein Walzer, und er hielt sie diesmal viel zu dicht an sie gepreßt.

»Habe ich dir heute abend eigentlich schon gesagt, daß ich dich begehre?« fragte er unvermittelt.

Sie hatte gemerkt, daß etwas anders war als sonst, aber erst, als er sich zu ihr herunterbeugte, roch sie den Schnaps. Doch das machte ihr keine Sorgen. Jemand, der sich so anmutig auf einer Tanzfläche bewegte, konnte nicht beschwipst sein.

»Ich wünschte, du würdest solche Dinge nicht sagen, Nicholas.«

»›Nicholas‹«, wiederholte er. »Wie reizend von dir, daß du mich mit meinem Taufnamen anredest, Liebling. Schließlich glaubt hier so ziemlich jeder, daß wir bereits ein Liebespaar sind, und daher wäre es doch ein wenig merkwürdig, wenn du mich Lord Montieth nennen würdest.«

»Wenn du nicht willst, daß ich dich...«

»Habe ich das gesagt?« fiel er ihr ins Wort. »Aber etwas wie ›Geliebter‹ wäre doch noch netter als nur einfach ›Nicholas‹. Ich nehme an, du mußt mich wohl lieben, wenn du mich heiraten willst. Und ich will dich nicht heiraten, aber ich begehre dich, Liebling. Zweifle nie daran.«

»Nicholas...«

»Es sieht ganz so aus, als könnte ich an nichts anderes denken«, fuhr er fort. »Ich bin für schuldig befunden worden, und doch ist es mir bisher versagt geblieben, in den Genuß des Vergehens zu kommen, dessen man mich bezichtigt. Ziemlich ungerecht, findest du nicht auch?«

»Nicholas...«

»Geliebter«, verbesserte er sie. Dann wechselte er das Thema. »Komm, wir sehen uns jetzt die wunderschönen Gärten der Hamiltons an.« Ehe sie protestieren konnte, führte er sie von der Tanzfläche und ins Freie.

Die Gärten waren liebevoll angelegt, eine Landschaftsarchitektur, die sich dem sanft geschwungenen Land anpaßte, Rasenflächen, mit Bäumen gesprenkelt, künstlich angelegte Teiche, Blumenbeete, eine Gartenanlage mit kunstvoll gestutzten Bäumen und sogar eine Laube, die dicht von blühenden Ranken überwachsen war, so dicht, daß sie wie ein Baum wirkte.

Sie blieben nicht stehen, um diese Schönheit zu würdigen. Im Handumdrehen fand sich Reggie in der Laube wieder, und Nicholas hatte seine Arme um sie geschlungen und küßte sie so inbrünstig, daß sie kurz vor einer Ohnmacht stand.

Der Mondschein flutete durch die Ranken hinein und badete sie in seinem weichen, silbrigen Licht. Gepolsterte Bänke säumten die Spalierwände. Der Fußboden war aus Holz, glatt und poliert. Zwischen den Bänken waren riesige Topfpflanzen aufgestellt, deren Blätter in der warmen Nachtluft leise raschelten.

Tief im Innern wußte Reggie, daß Nicholas sich nicht damit zufriedengeben würde, sie zu küssen, diesmal nicht. Es würde an ihr liegen, ihn zurückzuhalten. Aber eine Stimme in ihrem Innern meldete sich zu Wort und wollte wissen, warum sie ihn zurückhalten wollte.

Er würde ihr Mann sein, oder etwa nicht? Warum sollte sie ihm etwas versagen – vor allem, wenn sie ihm gar nichts versagen *wollte*? Und war es nicht sogar möglich, daß seine Einstellung zu einer Heirat mit ihr sich ändern würde, wenn sie...? Oder nicht?

Wie praktisch der Verstand doch arbeitet, wenn es ihm darum geht, zu kriegen, was er haben will... Und wie berechenbar der Körper auf angenehme Empfindungen reagiert, indem er mehr und immer mehr will... Ihr Verstand und ihr Körper verbündeten sich gegen Reggie, und bald war jede Abwehrkraft aus ihr gewichen. Sie schlang die Arme um Nicholas und ergab sich.

Er trug sie zu einer der Bänke, setzte sich und wiegte sie auf seinem Schoß. »Es wird dir nicht leid tun, Liebling«, flüsterte er, und dann legte sich sein warmer Mund wieder auf ihre Lippen.

Wie hätte es ihr leid tun können, wenn sie derart erregt und glücklich war?

Er stützte mit einem Arm ihren Rücken, während sich seine andere Hand langsam über ihren Hals bewegte, dann tiefer hinunter über ihre Brüste glitt, über ihren Bauch, an ihren Schenkeln hinunter. Er tastete sie zögernd ab, als könnte er noch nicht wirklich glauben, daß sie es zuließ. Aber als seine Hand denselben Pfad wieder nach oben zurückglitt, wurde er kühner, besitzergreifender.

Durch die dünne Seide ihres Kleides begann ihre Haut zu glühen. Das Kleid war im Weg, ein Hindernis. Das fand er auch. Erst wurde der Knopf an ihrem Hals geöffnet, dann das Band, das das Kleid unter ihren Brüsten hielt. Im nächsten Moment standen sie da, und er hatte sie ganz ausgezogen.

Nicholas schnappte nach Luft, als er Regina in ihrer seidenen Unterwäsche sah, die sich an ihren Körper schmiegte und ihre sanften Rundungen betonte.

Sie schaute ihm ins Gesicht, ohne Scham, und das fachte die Flammen an, die in ihm hochzüngelten. Ihre Augen waren schwarz im Schatten, und ihre jungen Brüste preßten sich gegen das Hemdchen aus Spitze. Sie war das schönste Geschöpf, das er in seinem ganzen Leben gesehen hatte.

Sein Blick fiel auf den kleinen Fleck an ihrem Hals, und er lächelte. »Ich habe also doch meine Spuren hinterlassen. Vermutlich sollte ich jetzt sagen, daß es mir leid tut.«

»Es täte dir auch leid, wenn du wüßtest, wie schwierig es war, das zu verbergen. So was machst du nicht noch mal mit mir, ja?«

»Ich kann es dir nicht versprechen«, flüsterte er heiser. Dann musterte er sie prüfend und fragt: »Du fürchtest dich doch nicht, mein Liebling, oder?«

»Nein – oder jedenfalls glaube ich, daß ich mich nicht fürchte.«

»Dann laß mich dich ganz sehen«, redete er ihr sachte zu. Sie widersprach nicht, und er begann ihre restlichen Kleidungsstücke zu entfernen, bis sie ganz nackt war. Seine Augen erkundeten sie bedächtig und gierig, und dann zog er sie dichter an sich und heftete seinen Mund auf ihre Brüste. Seine Zunge, seine Zähne, seine Lippen, alles kam mit ins Spiel, und immer wieder stieß sie kleine Schreie aus und keuchte atemlos. Sie schlang ihre Arme um seinen Kopf und preßte ihn an sich. Ihr Kopf fiel nach hinten, als er anfing, ihren Bauch zu küssen. Gütiger Himmel, viel mehr hielt sie einfach nicht aus...

»Solltest du nicht – Nicholas – deine Kleider, Nicholas«, brachte sie schließlich heraus.

Sekunden später war seine Brust entblößt, und Reggie riß die Augen auf vor lauter Erstaunen darüber, was seine Kleidung verborgen hatte. Sie hatte gewußt, daß seine Brust breit sein würde, aber jetzt erschien ihr seine Statur geradezu gewaltig. Seine Haut war ganz und gar dunkelbraun, und die Haare auf seiner Brust schimmerten in einem goldenen Braunton.

Sie ließ ihre Finger über seinen muskulösen Oberarm gleiten. Ihre Berührung versengte ihn, und er stöhnte.

»Und jetzt der Rest«, flehte sie ihn zart an, denn sie wollte ihn von Kopf bis Fuß betrachten, so, wie auch er alles von ihr gesehen hatte.

Reggie trat zurück und setzte sich, um zuzusehen, als er sich entkleidete. Sie fühlte sich kein bißchen verlegen, obwohl sie ganz nackt war. Sie weidete ihren Blick an ihm, einem Mann in seiner gesamten Pracht.

Als er endlich nackt war, ging sie zu ihm und berührte ihn, erst seine schmalen Hüften, dann seine langen, muskulösen Oberschenkel. Er griff nach ihrer Hand und hielt sie zurück.

»Tu das nicht, Liebling.« Seine Stimme war rauh vor Leidenschaft. »Ich kann mich kaum noch zurückhalten, aber ich werde mir viel Zeit mit dir lassen müssen.«

Dann sah sie, was sich kaum noch zurückhalten konnte. Unglaublich. Wunderschön. Außergewöhnlich.

Langsam blickte sie zu ihm auf. »Wie soll ich denn lernen, was du magst, wenn ich dich nicht berühren darf?«

Er nahm ihr Gesicht zart zwischen seine Hände. »Später, Liebling. Diesmal werde ich es genießen, dir Freude zu bereiten. Aber vorher muß ich dir weh tun.«

»Ich weiß«, sagte sie leise und schüchtern. »Tante Charlotte hat es mir gesagt.«

»Aber wenn du mir vertraust, Regina – wenn du dich entspannst und dich mir ganz anvertraust – bereite ich dich darauf vor. Es wird nur ein kurzer Schmerz sein, und ich verspreche dir, daß du das, was danach kommt, genießen wirst.«

»Ich habe schon genossen, was vorher kommt.« Sie sah lächelnd zu ihm auf.

»Ich auch, mein süßer Liebling.«

Er küßte sie wieder, und seine Zunge teilte ihre Lippen, um zwischen ihnen einzutauchen. Er stand kurz davor, seine Selbstbeherrschung zu verlieren. Ihr Eifer entflammte ihn, ließ ihn um kostbare Zeit kämpfen. Er streichelte ihren Bauch und ließ seine Hand dann tiefer hinunter zu ihren gespreizten Schenkeln gleiten.

Sie stöhnte, als er die Wärme zwischen ihren Schenkeln berührte. Und dann zuckte sie erstaunt zusammen, als er einen Finger tief in sie stieß. Ihr Rücken wölbte sich, und ihre Brüste preßten sich gegen seine Brust. Sie riß ihre Lippen von ihm los.

»Ich bin – bereit, Nicholas. Ich schwöre es dir.«
»Noch nicht, Liebling«, warnte er sie.
»Bitte, Nicholas«, keuchte sie.
Das gab ihm den Rest. Er sah verzweifelt auf die schmale Bank herunter, war nicht gewillt, ihr die Jungfräulichkeit auf dem Fußboden zu nehmen, aber – zum Teufel, er hätte sie niemals an diesen Ort bringen dürfen, nicht, wenn es das erste Mal für sie war.
»Nicholas!« flehte sie ihn inbrünstig an.
Er brachte sie in die richtige Stellung und beugte sich ihr dann so sachte wie möglich entgegen. Er hörte, wie sie nach Luft schnappte, als ihre Wärme sich um ihn schloß. Sie drängte sich ihm entgegen, bis ihre Jungfernhaut im Weg war. Als sie diesen Druck spürte, hielt sie still, aber in ihrer Stellung konnte er sie nicht schnell genug durchstoßen, um den Schmerz so gering wie möglich zu halten.
Es half nichts. Er legte seinen Mund auf ihre Lippen, um ihren Schrei zu ersticken, und dann hob er sie ohne jede Warnung von der Bank hoch und zog sie kraftvoll zu sich herunter und drang in sie ein.
Es dauerte wenige Minuten, bis ihre Nägel sich aus seinen Schultern lösten und sie wieder vor Vergnügen stöhnte und sich entspannte. »Nicholas?«
Sein Name hatte nie süßer geklungen. Er lächelte erleichtert und antwortete ihr wortlos, indem er ihre Hinterbacken umklammerte, um sie hochzuheben und dann langsam wieder zurückgleiten zu lassen.
Sie beschleunigte kurz darauf das Tempo und klammerte sich fest an ihn. Tausend Feuer waren in ihr entfacht worden, und sie verbanden sich zu einer einzigen Flamme, die bald nicht mehr einzudämmen war. Sie breitete sich in ihr aus und ertränkte sie in ihrer süßen Glut.

Nicholas konnte sich nicht erinnern, je nach diesem Akt eine so vollkommene Zufriedenheit verspürt oder eine derartige Zärtlichkeit empfunden zu haben. Er hatte das Bedürfnis, Regina bis in alle Ewigkeit festzuhalten und sie nie mehr loszulassen.
»War das – normal?« fragte sie träumerisch.
Er lachte. »Nach dem, was wir gerade erlebt haben, willst du nichts weiter als die Normalität?«

»Nein, ich glaube nicht.« Sie hob ihren Kopf von seiner Brust und seufzte: »Ich denke, wir müssen wohl wieder ins Haus gehen.«

»Oh, so ein Mist«, knurrte er. »Ich nehme an, das müssen wir wohl tun.«

Sie sah ihn an, und Liebe und Sehnsucht ließen ihr schönes Gesicht strahlen. »Nicholas?«

»Ja, Liebling?«

»Du glaubst aber nicht, daß sie sich etwas denken, oder?«

In Wahrheit interessierte sie das gar nicht, aber sie glaubte, fragen zu müssen.

Nicholas grinste sie an. »Niemand würde es wagen, anzudeuten, wir hätten uns im Freien geliebt. Das tut man nicht, Liebling.«

Es kostete sie weitere zwanzig Minuten, sich anzuziehen, zu necken und Küsse zu rauben, ehe sie sich wieder auf den Weg machten und um den Teich herum zum Haus schlenderten. Nicholas' Arm lag um Reggies Schultern, als Amy hinter einer dichten kleinen Hecke hervorstürzte und auf sie zukam.

»O Reggie, ich bin ja so froh, daß du es bist!« rief sie atemlos.

»Bin ich vermißt worden?« fragte Reggie, die sich auf eine Strafpredigt gefaßt machte.

»Vermißt? Das weiß ich nicht. Ich war draußen – spazieren, verstehst du, und ich habe gar nicht gemerkt, daß so viel Zeit...« Amy fing an zu husten, eine schlechte schauspielerische Leistung, als die Büsche hinter ihr zu rascheln begannen. »Marshall wird so böse sein. Würde es euch schrecklich viel ausmachen, wenn ich ihm sage, daß ich mit euch zusammen war?«

Reggie gelang es mit Mühe, ihren Lachreiz zu unterdrücken. »Natürlich nicht, wenn du versprichst, daß dir die – Zeit nicht wieder zwischen den Fingern zerrinnt, Nicholas?«

»Mich stört es keineswegs«, willigte er ein. »Ich weiß, wie leicht es ist, das Zeitgefühl zu verlieren.«

Alle drei brachten es fertig, keine Miene zu verziehen, als sie eilig zum Haus zurückliefen.

14

Die Verlobungsfeier, die Edward und Charlotte Malory veranstalteten, war ein voller Erfolg. Die gesamte Familie und alle guten Freunde waren erschienen. Sogar Jasons Frau hatte sich überreden lassen, ihre Kur in Bath zu unterbrechen und zu dem Ereignis zu erscheinen. Nicholas' Großmutter und Tante Eleanor hatten ihre helle Freude, und Reggie gewann den Eindruck, daß sie schon verzweifelt gewesen waren, weil sie geglaubt hatten, Nicholas würde niemals heiraten. Seine Mutter, von der er niemals sprach, war auffälligerweise nicht unter den Gästen.

Nicholas holte seine besten Manieren heraus, und alles verlief blendend. Die Vorbereitungen des Festes hatten zwei Wochen in Anspruch genommen, und das pedantische Beachten von Einzelheiten, die gesamte Mühe, die man sich gemacht hatte – all das zahlte sich aus.

Aber wenn alles reibungslos verläuft, dann heißt das noch lange nicht, daß es auch so bleibt. Zwei Monate nach der Feier war Regina Malory abgrundtief verzweifelt. Es war ihr keine Hilfe, daß sie diese Verzweiflung allmählich und in kleinen Schritten über sich hereinbrechen sehen hatte.

Es war alles umsonst.

Reggie hätte es nicht für möglich gehalten, nicht, nachdem er sie geliebt hatte. Sie war ganz sicher gewesen, daß er sie nach dieser Nacht mit Freuden heiraten würde. Er war in dieser Nacht so wunderbar mit ihr umgegangen, so unglaublich geduldig und zärtlich gewesen. Sicher lag es daran, daß er zuviel getrunken hatte, aber reichte das aus, um ihn diesen Abend vergessen zu lassen?

Sicher, heiraten würden sie, nach wie vor. Und er informierte sie immer, wenn er die Stadt verließ. Er begab sich wochenlang nach Southampton und behauptete, dort Geschäfte erledigen zu müssen. Er meldete sich immer bei ihr, wenn er nach London zurückkehrte, aber in den beiden letzten Monaten hatte sie ihn nicht öfter als fünfmal gesehen. Und diese fünf Male waren entsetzlich gewesen, jedes Mal schlimmer als beim letzten Mal.

Wenn er sie zu einer Einladung abholte, verspätete er sich nie, aber nur dreimal hatte er sie nach Hause gebracht. Bei den beiden anderen Malen war ihr Temperament mit ihr durchgegangen, und sie hatte die Gesellschaft ohne ihn verlassen. Es war nicht etwa so, daß er sie stehengelassen hätte, um den ganzen Abend im Kartenzimmer zu verbringen oder sich in politische Diskussionen verwickeln zu lassen. Aber oft verbrachte er mehr Zeit mit Selena Eddington als mit ihr. Wenn er sich ganz gräßlich zum Narren machte und dieser Frau nachlief, dann war das ja wohl der Gipfel.

Und all das war Absicht. Sie wußte ganz genau, daß er nur um ihretwillen den miesen Kerl spielte. Das war es ja gerade, was ihr so weh tat. Wenn sie auch nur einen Moment lang geglaubt hätte, daß er damit Farbe bekannte, hätte sie ihn Tony überlassen, ganz gewiß. Aber er war kein mieser Kerl. Er startete einen rücksichtslosen Feldzug, um sie dazu zu bringen, die Verlobung zu lösen. So, wie ihm die Verlobung aufgezwungen worden war, wollte er sie jetzt zwingen, ihm den Laufpaß zu geben.

Das allerschlimmste war, daß sie, so schmerzlich all das auch war, nicht mit ihm brechen konnte. Sie durfte nicht mehr nur an sich selbst denken.

Nicholas half ihr aus ihrem kurzen schwarzen Spitzencape und reichte es dem Lakaien zusammen mit seinem roteingefaßten dunklen Umhang und seinem Hut. Reggie trug ein weißes Kleid, das am Saum und an den kurzen Ärmeln mit Goldborte eingefaßt war. Das Kleid war tief ausgeschnitten, wie es der derzeitigen Mode entsprach, und bedeckte kaum ihre Brüste, und sowohl deshalb als auch wegen des Umstandes, daß Weiß unschuldigen Mädchen vorbehalten war, fühlte sie sich unwohl darin.

Es war ihr gelungen, ihren Onkel Edward zu überreden, sie dieses eine Mal ohne Anstandsdame ausgehen zu lassen. Seit der Verlobungsfeier waren keine Nettigkeiten zwischen ihr und Nicholas ausgetauscht worden.

Worauf sie auch gehofft haben mochte – sie war bereits jetzt enttäuscht. Während der kurzen Fahrt waren sie in seiner geschlossenen Kutsche allein gewesen, und er hatte nicht versucht, sich ihr zu nähern, und kein einziges Wort gesagt.

Sie warf einen verstohlenen Blick auf ihn, als sie nebeneinander zum Musikzimmer schlenderten, in dem ein junges Paar, Freunde von Nicholas, die rund zwanzig Essensgäste unterhielt. Nicholas sah an diesem Abend in einem dunkelgrünen Jackett mit langen Schößen, einer bestickten cremefarbenen Weste und einem Rüschenhemd ganz besonders attraktiv aus. Seine Krawatte war lose gebunden, und er trug lange Hosen anstelle der Kniebundhosen mit den Seidenstrümpfen, die von modebewußten Männern als Abendgarderobe bevorzugt wurden. Der Stoff schmiegte sich an seine langen Beine und zeigte deutlich die kräftigen Schenkel und Waden. Es brachte sie schon in Verlegenheit, seinen hochgewachsenen, anmutigen Körper auch nur zu betrachten.

Sein Haar war kurz geschnitten, leicht gewellt und zerzaust. Durch das Dunkelbraun zogen sich so viele goldene Strähnen, daß seine Haarfarbe zum Kupfer und manchmal sogar zum Blond tendierte. Sie wußte, wie weich sich sein Haar anfaßte, und sie wußte auch, daß seine Lippen weich und zart waren und nicht der dünne, starre Strich, den sie in letzter Zeit dort sah. Warum war er denn nicht bereit, mit ihr zu reden?

Ein Funkeln trat in ihre Augen. Sie blieb mitten im Saal stehen, packte seinen Arm und zwang ihn, ebenfalls stehenzubleiben. Er wandte sich zu ihr, und sie bückte sich, um ihren Schuh richtig anzuziehen. Unbeholfen verlor sie das Gleichgewicht und geriet ins Wanken. Nicholas griff ihr unter die Arme, um sie festzuhalten, aber sie fiel gegen ihn. Ihre Hände umfaßten seine Schultern, und während sie ihren Halt wiederfand, drückten sich ihre Brüste gegen ihn. Er schnappte nach Luft, als hätte er einen gewaltigen Hieb in die Magengrube bekommen. Hitze wallte durch seinen Körper, und das Feuer trat in seine Augen und spiegelte die eingedämmte Glut glühender Kohlen wider.

Reggie schaute ihn strahlend an. »Danke, Nicholas.« Sie ließ ihn los und ging weiter, als wäre nichts geschehen, während er mit geschlossenen Augen und zusammengebissenen Zähnen stehenblieb und versuchte, seine Selbstbeherrschung wiederzuerlangen.

Wie konnte ein so winziger Zwischenfall das strenge Regime, das er über sich selbst führte, derart ins Wanken bringen? Es war schon schlimm genug, daß ihr Anblick, ihre Stimme und ihr Duft ständig Tribute von ihm forderten, aber ihre Berührung – das war die einzige Waffe, die seine Abwehrmechanismen im Sturm durchbrach.

»Oh, sieh mal, Nicholas. Onkel Tony ist da!«

Reggie lächelte Anthony Malory quer durch den Raum an, aber ihr Lächeln galt mindestens so sehr ihr selbst wie ihm. Sie hatte gehört, wie Nicholas nach Luft geschnappt hatte, hatte gespürt, wie er zitterte, die Begierde in seinen bernsteinfarbenen Augen gesehen. Dieser trügerische Mann... Er begehrte sie immer noch, was er sich allerdings nicht anmerken lassen wollte, aber jetzt wußte sie es. Dieses Wissen wärmte sie innerlich und machte einen großen Teil seines abscheulichen Verhaltens ihr gegenüber wieder gut.

Nicholas holte Reggie in der Tür des Musikzimmers ein, und sein Blick fiel sofort auf den dunklen Schopf von Anthony Malory, der sich zu der Dame an seiner Seite neigte. »Was zum Teufel tut der denn hier?«

Reggie hätte am liebsten über seinen Tonfall gelacht, aber es gelang ihr mit Mühe, keine Miene zu verziehen. »Ich habe keine Ahnung. Die Gastgeberin ist deine Bekannte, nicht meine.«

Er fixierte sie. »Solche Festlichkeiten sucht er nicht oft auf, ob er nun eingeladen ist oder nicht. Er ist gekommen, um dich im Auge zu behalten.«

»Du bist ungerecht, Nicholas«, schalt sie ihn. »Es ist das erste Mal, daß wir ihn treffen.«

»Du vergißt Vauxhall.«

»Also, das war wirklich ein reiner Zufall. Ich glaube nicht, daß es an jenem Tag seine Absicht war, mich im Auge zu behalten.«

»Nein, wir wissen beide, welche Absicht er damals verfolgt hat.«

»Meine Güte, du bist wirklich wütend«, murmelte sie, und dann ließ sie das Thema auf sich beruhen. Sie wußte, warum ihr Onkel hier war. Er hatte gehört, daß Nicholas mit anderen Frauen gesehen wurde, und war außer sich vor Wut. Anscheinend hatte er entschieden, seine Gegenwart könne hilfreich sein.

Das junge Paar am Klavier beendete sein Duett, und einige der Gäste erhoben sich von ihren Sesseln, um sich die Füße zu vertreten, ehe das nächste Lied gesungen wurde. Leuchtende Satinjacketts und dazu passende Kniebundhosen zierten die modebewußteren Männer. Die verheirateten Frauen zeichneten sich durch grelle Farben aus, denn die jungen Mädchen trugen Pastelltöne und Weiß.

Reggie kannte alle Anwesenden bis auf die Gastgeberin, Mrs. Hargreaves. George Fowler war mit seiner Schwester und seinem jüngeren Bruder gekommen. Sie hatte kürzlich Lord Percival Alden kennengelernt, einen guten Freund von Nicholas. Sogar Tonys derzeitige Freundin, die neben ihm saß, war ihr schon einmal begegnet. Und zu ihrer tiefen Erbitterung entdeckte sie auch Selena Eddington, in der Begleitung eines alten Freundes von Tony.

»Nicholas.« Reggie legte ihre Finger sachte auf seinen Arm. »Du mußt mich unserer Gastgeberin vorstellen, ehe Georges Schwester mit ihrem Vortrag beginnt.«

Sie spürte, wie sich sein Arm unter ihrer Hand verkrampfte, und lächelte, als sie ihm vorausging, auf Mrs. Hargreaves zu. Nun muß ich wirklich ganz bewußt darauf achten, ihn häufiger zu berühren, dachte sie.

Der Abend verlief nicht so, wie sie es sich wünschte. Beim Essen war sie an dem langen Tisch weit von Nicholas entfernt plaziert worden. Er saß neben der Gastgeberin, einer attraktiven vollschlanken Frau, gab sich charmant und nahm mit seinen Erzählungen nicht nur sie, sondern auch alle übrigen Damen in seiner Nähe gefangen. Reggie unterhielt sich so angeregt wie möglich mit George, aber es war schwer, fröhlich und überschwenglich zu sein, wenn sie gleichzeitig derart traurig war. Der üble Lord Percival zu ihrer Rechten half ihr auch nicht weiter, denn er gab ständig Äußerungen über Nicholas von sich, die ihre Blicke wieder und immer wieder auf ihren Verlobten zogen und sie zwangen, alle Anzeichen, die sie schon öfter wahrgenommen hatte, wiederzuerkennen. Nicholas verhielt sich Mrs. Hargreaves gegenüber nicht etwa nur charmant, sondern er vermittelte den Eindruck eines Mannes, der auf die Jagd ging.

Während der Abend voranschritt, vergaß Reggie den triumphalen Augenblick, wo sie Nicholas aus der Fassung gebracht hatte. Er sah sie während des Essens nicht ein einziges Mal an. Es fiel ihr schwer, auch nur das matteste Lächeln für ihre Tischgenossen auf ihr Gesicht zu zaubern, und sie dankte dem Himmel dafür, daß Tony nicht in ihrer Nähe war. Wenn sie in dem Moment seine bissigen Kommentare über sich hätte ergehen lassen müssen, wäre sie in Tränen ausgebrochen.

Reggie war maßlos erleichtert, als sie sich endlich gemeinsam mit den anderen Damen aus dem Saal zurückziehen konnte. Doch sie hatte nur wenige Minuten Zeit, um sich wieder zu fangen, ehe die Männer in den Salon schlenderten. Sie hielt den Atem an und wartete gespannt ab, ob Nicholas sie weiterhin ignorieren würde. Er ging direkt auf Mrs. Hargreaves zu, ohne seine Verlobte auch nur eines einzigen Blickes zu würdigen.

Das reichte. Ihr Stolz ließ es nicht zu, daß sie blieb. Und wenn ihr Onkel auch nur ein Wort über Nicholas geäußert hätte, was jederzeit passieren konnte, wäre sie explodiert.

Als sie George Fowler bat, sie nach Hause zu bringen, riß er vor Freude seine durchscheinenden grünen Augen auf. Aber dann fragte er: »Und was ist mit deinem Onkel?«

»Auf den bin ich eher böse.« Sie war es einerseits, andererseits aber auch nicht, doch es diente ihr als ein Vorwand. »Und außerdem hat er selbst eine Dame mitgebracht. Es ist mir wirklich unangenehm, mich dir aufzudrängen, George. Du hast selbst deine Schwester dabei.«

»Mein Bruder kann sich um sie kümmern, keine Angst«, verkündete er lachend.

Nun ja, dachte sie griesgrämig, wie schön, daß wenigstens *irgend jemand* mich mag.

15

»Ich frage mich, wieso Sie es sofort merken, wenn sie mit einem anderen den Raum verläßt.«

Nicholas wirbelte herum und starrte in Anthony Malorys Augen, die ihn fest ansahen. »Sie folgen mir, Mylord?«

»Wozu sollte ich bleiben, wenn der Auftritt vorbei ist?« erwiderte Anthony liebenswürdig. »Eine grandiose Darbietung war es noch zudem. Sie ist erst seit zehn Minuten fort, und schon gehen Sie auch. Das wirkt nicht gut.«

Nicholas funkelte ihn wütend an. »Es überrascht mich, daß Sie ihr nicht gefolgt sind, um sich zu vergewissern, daß Fowler sie auch auf direktem Weg nach Hause bringt. Das wäre doch das, was ein guter Wachhund getan hätte, oder?«

Anthony kicherte in sich hinein. »Wozu denn? Sie tut ohnehin, was sie will, egal, was ich sage. Und ich vertraue sie lieber Fowler an als Ihnen...« Er räusperte sich. »Selbst, wenn er zu den Kerlen gehört, die in der letzten Ballsaison hinter ihr her waren. Wenn er sie nicht direkt nach Hause bringt, dann kann man ihm das wohl kaum vorwerfen, oder? Sie tun schließlich Ihr Bestes, um diesen jungen Stutzern den Eindruck zu vermitteln, daß sie noch zu haben ist.« Nach einer kleinen Pause fragte er: »Oder etwa nicht?«

Nicholas' Augen glühten. »Wenn Sie an meinem Verhalten Anstoß nehmen, dann wissen Sie ja, was Sie tun können.«

»Allerdings«, sagte Anthony kühl, und augenblicklich war jeglicher Humor von ihm abgefallen. »Wenn ich nicht glauben würde, daß Reggie in ein schreckliches Gezeter ausbricht, würde ich Sie sofort zum Duell fordern. In dem Moment, in dem sie aufhört, Sie zu verteidigen, machen wir beide einen Termin aus – darauf können Sie sich verlassen.«

»Sie sind ein verdammter Heuchler, Malory.«

Anthony zuckte die Achseln. »Ja, das bin ich, wenn es um jemanden geht, der mir wichtig ist. Wissen Sie, Montieth, Jason mag ja viel von Ihnen halten, aber er kennt nur die positiveren Seiten Ihres Charakters. Er weiß nicht, was Sie hier erreichen wollen, aber ich weiß es.«

»Wirklich?«

Sie unterbrachen ihr Gespräch, als Percy hinzukam. Anthony ließ Nicholas stehen, und Percy näherte sich seinem Freund mitfühlend. »Ihr seid also wieder einmal aneinandergeraten, stimmt's?«

»Ja, so könnte man es nennen«, fauchte Nicholas durch zusammengebissene Zähne.

Percy schüttelte den Kopf. Nicholas' Problem bestand darin, daß er kaum je in seinem Leben auf Widerstand stieß. Er war so stark und so leichtsinnig, daß niemand sich auf verbale Gefechte oder gar Handgreiflichkeiten mit ihm einließ. Jetzt stand er Lady Ashtons Verwandtschaft gegenüber, die ihm ihren Willen mit vereinten Kräften aufzwang, und das wurmte ihn ganz furchtbar.

»Du solltest es nicht so ernst nehmen, Nick. Du bist ganz einfach noch niemandem begegnet, der so toll ist wie du selbst, und jetzt hast du es gleich mit einer ganzen Sippe zu tun.« Als Nicholas nicht darauf reagierte, fuhr er fort: »Es wird besser, wenn du erst verheiratet bist.«

»Verdammter Mist!« fluchte Nicholas, ließ Percy stehen und holte sich seinen Umhang.

In tiefen Zügen atmete er die Nachtluft ein, als er ins Freie trat, um auf seine Kutsche zu warten, die auf der anderen Straßenseite stand. Er holte noch einmal tief Luft. Auch das beruhigte ihn nicht.

»Warte, Nick.« Percy kam die Stufen hinunter. »Vielleicht hilft es dir, wenn du mit einem Freund redest.«

»Nicht heute abend, Percy. Ich bin viel zu aufgebracht.«

»Malorys wegen?« Nicholas knurrte. »Ach so, es liegt daran, daß sie mit Georgie weggegangen ist, stimmt's?«

»Sie kann meinetwegen weggehen, mit wem es ihr paßt.«

»Meine Güte, friß mich nicht gleich!« Percy wich ein Stück zurück. »Der gute alte George ist wirklich – nicht ganz so harmlos, aber... Na ja, was soll das? Sie ist schließlich mit dir verlobt...« Er sah, daß er alles nur noch schlimmer machte. »Ich kann es nicht glauben. Wäre es möglich, daß der gefühllose Montieth zur Abwechslung einmal wirklich und wahrhaftig eifersüchtig ist?«

»Ich bin doch nicht eifersüchtig«, fauchte Nicholas. »Ich hatte nur gehofft, daß es heute abend endgültig aus ist.«

Aber er hatte rot gesehen, grellrot, als George Fowler seine Hand auf Reginas Ellbogen gelegt hatte. Fowler war jung, er sah gut aus, und der verdammte Malory hatte auch noch gesagt, daß er in der letzten Ballsaison hinter Regina her gewesen war!

»Wovon zum Teufel sprichst du, Nick? Was soll endgültig aus sein?«

»Diese Farce von einer Verlobung. Du hast doch nicht im Ernst geglaubt, ich würde das Mädchen heiraten, bloß, weil ich mich einschüchtern ließ und zu allem ja und Amen sagte?«

Percy stieß einen leisen Pfiff aus. »Das wolltest du also bezwekken, als du heute abend um Mrs. H. rumgeschlichen bist. Ich wußte doch, daß sie nicht dein Typ ist.« Nicholas schüttelte den Kopf.

»Aber ich dachte, du wolltest versuchen, dein Mädchen eifersüchtig zu machen?«

»Wütend zu machen – damit sie die Verlobung löst. Es ist nicht das erste Mal, daß ich mich an andere Frauen ranmache, wenn sie dabei ist und zusieht. Ich habe mich sogar Selena ausgiebig gewidmet, obwohl sie mir zuwider ist. Aber Regina hat kein einziges Wort darüber verloren.«

»Vielleicht liebt dich das Mädchen«, meinte Percy ganz schlicht.

»Ich will ihre Liebe nicht, ich will ihren Haß«, stieß Nicholas hervor. Und zwar jetzt, sagte er zu sich selbst, nicht erst, nachdem er sich an ihre Liebe gewöhnt hatte und sie brauchte, sich auf ihre Liebe angewiesen fühlte und sie erwiderte. Dann würde er nicht mehr in der Lage sein, ihren Haß zu ertragen.

»Du sitzt ja ganz schön in der Klemme. Was ist, wenn sie nicht mit dir bricht? Wirst du sie dann abschieben?«

Nicholas verdrehte die Augen. »Ich habe versprochen, sie zu heiraten.«

»Dann könnte es also damit enden, daß du genau das tust.«

»Ich weiß.«

»Wäre das denn so schlimm?«

Er fürchtete, es könnte der Himmel auf Erden sein, aber das durfte er Percy gegenüber nicht äußern. Seine Kutsche fuhr am Randstein vor, und er fragte: »Tust du mir einen Gefallen, Percy? Geh noch einmal hinein und richte meinem zukünftigen angeheirateten Onkel eine Nachricht von mir aus. Sag ihm, er solle sich mal mit seiner Nichte darüber unterhalten, von wem sie sich nach Hause bringen läßt. Wenn er glaubt, es würde mich interessieren, verdoppelt er vielleicht seine Bemühungen, sie davon zu überzeugen, daß ich der falsche Mann für sie bin. Wenn nicht, wird ihn diese Nachricht zumindest ärgern. Und das macht mich glücklich.« Er sah auch gleich viel besser aus.

»Nein, danke, Kumpel. Dem ist es zuzutrauen, daß er *mir* den Kopf abreißt, wenn ich ihm das ausrichte«, entgegnete Percy.

»Darauf kannst du dich verlassen.« Nicholas lächelte. »Aber du tust es trotzdem für mich, ja? Das nenne ich einen guten Freund.«

Nicholas lachte, als er Percys Gesichtsausdruck sah, und während seine Kutsche die Einfahrt hinunterrollte, winkte er ihm zu.

Schon im nächsten Moment verflüchtigte sich seine gute Laune. Der heutige Abend hatte ihm bewiesen, daß er Reginas Gegenwart nicht mehr oft ertragen konnte. Schon ihre Berührung hatte ihn beinahe in die Knie gezwungen. Verdammt noch mal! Er hatte sich bemüht, ihr so oft wie möglich fern zu bleiben, aber das mochte zwar bequemer sein, konnte jedoch nichts an seiner üblen Lage ändern. Sie waren immer noch verlobt.

»Hier hört die Straße auf, Kumpel«, drang es in seine Träumereien vor.

Kumpel? Und das aus dem Munde *seines* gesetzten Kutschers?

Nicholas warf einen Blick aus dem Fenster und sah nicht etwa sein Haus, sondern Bäume in allen Richtungen. Dahinter lag nichts als tiefe Schwärze. Wie hatte er nur so gedankenverloren sein können, nicht einmal zu merken, daß er aus London heraus und aufs Land gebracht worden war? Oder befand er sich in einem der großen Parks von London? Wenn ja, dann hätte er, gemessen am Durchgangsverkehr, den es hier in der Nacht gab, ebensogut mitten auf dem Land sein können.

Was zum Teufel hatte Malory getan, etwa einen Schläger angeheuert, der sich mit ihm befaßte, damit Anthony jeden Eid darauf leisten konnte, daß er Nicholas nicht angerührt hatte, wenn Regina ihn verdächtigte? Er konnte direkt vor sich sehen, wie ihr Onkel gemeinsam mit Freunden darüber lachte.

Nicholas lächelte grimmig. Das war natürlich auch eine Möglichkeit, Dampf abzulassen. Warum war er nicht selbst auf den Gedanken gekommen?

16

Am früheren Abend, direkt nachdem Nicholas und Regina in Mrs. Hargreaves' Haus im West End eingetroffen waren, hatte ein kleingewachsener Mann namens Timothy Pye eine vorüberfahrende Mietskutsche angehalten und dem Fahrer die Adresse einer Taverne in Flußnähe gegeben.

Timothy nahm die seltsamsten Aufträge an, von einem Tag ehrlicher Arbeit im Hafen bis zum Aufschlitzen von menschlichen Kehlen. Er gab seine Schwäche für einfache Arbeiten zu, und das hier war so einfach, wie es einfacher kaum ging. Sein Freund Neddy arbeitete mit ihm zusammen. Alles, was sie zu tun hatten, war, diesem Krösus zu folgen, wohin er auch ging, und immer wieder mußten sie ihrem Arbeitgeber berichten, wo sich der Lord herumtrieb.

Diesmal war Timothy mit dem Bericht dran, und es dauerte nicht lange, bis er die vornehme Taverne erreicht hatte, in der sich dieser Kerl aufhielt. Er stieg ins obere Stockwerk und klopfte an die Tür. Es dauerte nur einen Moment, bis sie geöffnet wurde.

Zwei Männer hielten sich im Raum auf. Einer war ein großer, dürrer Kerl mit einem dichten, buschigen roten Bart, der andere ein junger Mann von mittlerer Größe, eher noch ein Junge, der auf fast mädchenhafte Art hübsch war, mit schwarzem Haar und tiefblauen Augen. Den jüngeren der beiden hatte Timothy bisher erst einmal gesehen, obwohl er dem älteren schon ein halbes Dutzend Mal seine Berichte vorgelegt hatte. Ihre Namen hatten sie ihm nie genannt, und Timothy interessierte sich auch gar nicht dafür. Er tat ganz einfach das, wofür er bezahlt wurde, ohne irgendwelche Fragen zu stellen.

»›E‹ hat was vor heut abend, ist schon da«, begann Timothy und wandte sich an den Mann mit roten Bart. »Eine Feier im West End drüben, viele feine Kutschen auf der Straße.«

»Allein?«

Jetzt grinste Timothy. »Hat in seiner Kutsche die Hübsche mitgebracht, dieselbe wieder. Ist mit ihr reingegangen. Ich hab' sie gesehen.«

»Sind Sie sicher, daß es sich um dieselbe Dame handelt, Mr. Pye, die beim letzten Mal ohne ihn gegangen ist?«

Timothy nickte. »Die vergißt man nicht so leicht, Sir. Ein verdammt hübsches Mädchen.«

Nun ergriff der jüngere Mann das Wort. »Es muß seine Mätresse sein, glauben Sie nicht auch? Mein Vater hat gesagt, er sei nicht der Typ, der seine Zeit mit jemandem vergeudet, mit dem er nicht ins Bett geht.«

»Reiß dich zusammen, Junge!« brummte der Rotbärtige. »Bei deinem Vater benimmst du dich besser. Du beleidigst nur immer wieder meine Ohren.«

Der junge Mann errötete bis zur Brust hinunter, was durch seinen offenen Hemdkragen leicht zu erkennen war. Verlegen wandte er seine dunkelblauen Augen ab und trat an einen Tisch, auf dem neben einer Flasche Wein und zwei Gläsern ein Kartenspiel lag. Er setzte sich und mischte die Karten mit der Absicht, den übrigen Bericht zu ignorieren, nachdem er sich derart hatte demütigen lassen.

»Sie wollten etwas sagen, Mr. Pye.«

»Richtig, Sir.« Das ›Sir‹ ging ihm ganz leicht über die Lippen, denn dieser Kerl sah zwar nicht wie ein Gentleman aus mit seinem buschigen roten Bart, aber er sprach ganz bestimmt so wie einer. »Weiß ich doch, daß Sie von der Hübschen hören wollen, für den Fall, daß sie heut wieder ohne ihn weggeht.«

»Wie sieht es mit der Straßenbeleuchtung aus?«

»Hell. Aber nicht so hell, daß Neddy den Kutscher nicht ganz ruhig und leise rausholen kann.«

»Dann ist heute vielleicht genau der richtige Abend.« Der Rotbärtige lächelte zum ersten Mal. »Sie wissen, was Sie zu tun haben, wenn die Gelegenheit sich bietet, Mr. Pye.«

»Ja, Sir. Sie wollen die Hübsche nicht dabei haben, ich weiß, Sir. Wenn er allein rauskommt, schnappen wir ihn.«

Die Tür schloß sich hinter Pye, und Conrad Sharpe lachte. Es war ein tiefes, volltönendes Lachen für einen so dürren Mann. »Jetzt hör auf zu schmollen, Junge. Wenn alles gutgeht, sind wir morgen wieder auf dem Heimweg.«

»Du hättest mich vor so einem Schurken nicht verbessern sollen, Connie. Mein Vater maßregelt mich auch nicht vor anderen.«

»Dein Vater ist noch ein ziemlich neuer Vater, und daher bemüht er sich noch, deine Gefühle nicht zu verletzen, obwohl du keinen richtigen Satz aussprechen kannst, Jeremy.«

»Und du bemühst dich nicht?«

»Warum sollte ich mich bemühen, du Lausebengel?«

Das Verhalten des Älteren ließ echte Zuneigung erkennen, und der junge Jeremy grinste jetzt doch. »Wenn sie ihn heute nacht kriegen, darf ich dann mitgehen?«

»Tut mir leid, Junge. Aber das wird eine ganz schöne Schweinerei, und dein Vater wird nicht wollen, daß du das siehst.«

»Ich bin sechzehn!« protestierte Jeremy. »Ich habe schon eine Seeschlacht miterlebt.«

»Aber nur am Rande.«

»Trotzdem...«

»Nein«, sagte Conrad hitzig. »Selbst wenn dein Vater einverstanden wäre, würde ich niemals zulassen, daß du das miterlebst. Du brauchst deinen Vater nicht von seiner schlechtesten Seite kennenzulernen.«

»Er wird ihm doch nur eine Lektion erteilen, Connie.«

»Ja, aber da du verletzt worden bist, wird die Lektion roh ausfallen. Und außerdem steht auch noch sein Stolz auf dem Spiel. Du hast den Spott und den Hohn nicht gehört, den der junge Lord ihm in die offene Wunde gerieben hat, und mit einer Verletzung, die beinah tödlich gewesen wäre, auf dem Rücken gelegen.«

»Die ich ihm zu verdanken hatte! Und deshalb will ich ja...«

»Ich habe nein gesagt!« schnitt Conrad dem Jungen wieder das Wort ab.

»Schon gut«, murrte Jeremy. »Aber ich kann immer noch nicht verstehen, warum wir uns diese ganze Mühe überhaupt gemacht haben. Wieso haben wir ihn in Southampton ohne Erfolg beschatten lassen und dann zwei Wochen hier in London mit dieser Spioniererei vergeudet? Es wäre doch viel lustiger gewesen, eins seiner Schiffe zu versenken.«

Conrad lachte. »Dein Vater sollte hören, was du dir unter lustig vorstellst. Aber was das angeht, so besitzt dieser Lord zwar vielleicht nur sechs Schiffe, die er für den Handel einsetzt, aber er würde den Verlust eines einzigen finanziell gar nicht spüren. Dein

Vater hat sich entschlossen, auf einer persönlicheren Ebene mit ihm abzurechnen.«

»Und dann können wir wieder nach Hause fahren?«

»Ja, mein Junge. Und dann wirst du wieder etwas lernen und regelmäßigen Unterricht bekommen.«

Jeremy schnitt eine Grimasse, und Conrad Sharpe lachte. Dann hörten sie das Kichern einer Frau, das aus dem Nebenzimmer kam, in dem sich Jeremys Vater aufhielt, und die Grimasse verwandelte sich in ein glühendes Erröten, woraufhin Conrad nur um so lauter lachte.

17

Der Boden, der wohl die Hitze des Tages in sich aufgesogen hatte, war noch warm unter seiner Wange. Oder vielleicht lag er auch schon seit Stunden da, und seine Körperwärme hatte den Boden durchdrungen. Er wußte es nicht. Das waren die Gedanken, die Nicholas durch den Kopf gingen, als er zu sich kam und die Augen aufschlug.

Als nächstes beschimpfte er sich selbst, nannte sich einen Schwachkopf und fand noch üblere Beschimpfungen für die eigene Dummheit. Als Gentleman war er ganz einfach aus seiner Kutsche gestiegen und hätte nicht im Traum damit gerechnet, daß man ihn angreifen könnte, ehe er auch nur die Füße auf den Boden gesetzt hatte.

Er spuckte Erde aus. Offensichtlich hatten sie ihn dort liegengelassen, wo er zu Boden gestürzt war. Behutsame Bewegungen machten ihm klar, daß seine Hände hinter seinem Rücken zusammengebunden und schon fast gefühllos waren. Phantastisch. Die Stiche, die durch seinen Kopf zuckten, würden es ihm, wenn er Glück hatte, gerade noch ermöglichen, sich auf die Knie zu ziehen, aber an ein Aufstehen war nicht zu denken. *Falls* man ihm seine Kutsche gelassen hatte, konnte er das Gespann unmöglich lenken, wenn er seine Hände nicht zu Hilfe nehmen konnte. Hatten sie die Kutsche stehenlassen?

Er drehte seinen Kopf unter starken Schmerzen zur Seite und sah eins der Räder – und daneben ein Paar Stiefel.

»Sie sind noch da?« fragte er ungläubig.

»Wo sollte ich denn sonst sein, Kumpel?«

»In ihrer Räuberhöhle, vermute ich«, antwortete Nicholas.

Der Kerl lachte. Was zum Teufel sollte das bedeuten? War das vielleicht doch kein gewöhnlicher Überfall? Nicholas dachte wieder an Malory, aber so sehr er sich auch bemühte, so konnte er sich doch nicht vorstellen, daß der jemanden engagiert hätte, um ihn zusammenzuschlagen.

»War ich lange bewußtlos?« fragte er. Blut hämmerte in seinem Schädel.

»Eine gute Stunde, Kumpel, wenn nicht mehr.«

»Wären Sie dann vielleicht so freundlich, mir zu sagen, worauf zum Teufel Sie noch warten?« knurrte Nicholas. »Rauben Sie mich aus, und kümmern Sie sich wieder um ihre Angelegenheiten.«

Wieder lachte der Kerl. »Längst erledigt, Kumpel, auf der Stelle. Hat mir keiner gesagt, ich darf es nicht, und da hab' ich es getan. Und jetzt muß ich dafür sorgen, daß Sie sich nicht vom Fleck rühren.«

Nicholas versuchte, sich aufzusetzen, aber eine Woge von Schwindelgefühlen ließ ihn vornüberkippen. Er fluchte und unternahm weitere Anstrengungen.

»Bleiben Sie, wo Sie sind, Kumpel. Versuchen Sie jetzt nicht, mir Ärger zu machen, oder ich zeige Ihnen nochmals, was mein Knüppel kann.«

Nicholas setzte sich auf und zog die Knie an, um seine Brust darauf zu stützen. Er atmete tief durch, und das half. Endlich konnte er einen Blick auf die schlampige Gestalt werfen. Er war gar nicht beeindruckt. Wenn es ihm gelang, sich auch nur auf die Füße zu ziehen, würde er trotz seiner gefesselten Hände kurzen Prozeß mit diesem Kerl machen.

»Seien Sie so nett, und helfen Sie mir auf die Füße, ja?«

»Finden Sie das komisch, Kumpel? Sie sind zweimal so groß wie ich. Ich bin doch nicht von gestern.«

Das klappt also nicht, dachte Nicholas. »Was haben Sie mit meinem Kutscher angestellt?«

»In einer Seitenstraße liegenlassen. Brauchen sich keine Sorgen zu machen. Der wird mit Kopfweh wach, so wie Sie, aber sonst ist er in Ordnung.«

»Wo sind wir?«

»Als Sie geschlafen haben, waren Sie mir lieber«, antwortete der Wegelagerer. »Zu viele Fragen.«

»Sie könnten mir wenigstens sagen, was wir hier tun«, fragte Nicholas unwillig.

»Sie sitzen mitten auf der Straße, und ich passe auf, daß Sie da auch bleiben.«

»Hören Sie, Sie machen mich ziemlich wütend!« fauchte Nicholas.

»Das betrübt mich aber, Kumpel«, höhnte der Kerl.

Wenn er sich ein wenig Mühe gab und den richtigen Winkel fand, der seinem Stoß Nachdruck verlieh, konnte er diesem schimpflichen Halunken den Kopf mitten in den Bauch rammen... Aber Nicholas' Vorhaben wurde von den Geräuschen einer anderen Kutsche durchkreuzt, die sich näherte. Da der Wegelagerer keine Anstalten machte, hastig vom Schauplatz zu verschwinden, mußte Nicholas voller Unbehagen davon ausgehen, daß diese Kutsche erwartet wurde. Was kam wohl als nächstes?

»Freunde von Ihnen?«

Der Kerl schüttelte den Kopf. »Ich hab' es dir doch schon gesagt, Kumpel – du stellst zu viele Fragen.«

Die Lampe, die außen an der Kutsche angebracht war, erhellte die Umgebung, und das, was Nicholas sah, war ihm nur zu vertraut. Der Hyde Park? Er ritt allmorgendlich auf diesen Wegen und kannte sie so gut wie das Anwesen Silverley. Würden sie es wirklich wagen, sich so nah bei seinem Haus an ihm zu vergreifen?

Das Fahrzeug hielt in einer Entfernung von sechs Metern an, der Kutscher stieg ab und griff nach der Lampe, die außen an der Kutsche hing. Hinter ihm stiegen zwei Männer aus der Kutsche, aber Nicholas konnte nur vage Umrisse erkennen, weil das Licht ihm direkt ins Gesicht fiel. Er versuchte aufzustehen, aber Pyes Knüppel legte sich warnend auf seine Schulter.

»Oh, welch ein hübscher Anblick, Connie«, hörte er, und dann: »Ja, allerdings. Schön zusammengeschnürt und voller Erwartung.«

Ihr Gelächter nagte an Nicholas' überreizten Nerven. Er erkannte die Stimmen nicht, aber der Akzent klang kultiviert. Welche Feinde hatte er sich während der letzten Zeit in der besseren Gesellschaft gemacht? Gütiger Himmel, Dutzende! Sämtliche bisherigen Freier seiner zukünftigen Braut.

»Saubere Arbeit, meine Lieben.« Eine Geldbörse wurde dem Knüppelschwinger zugeworfen, eine weitere dem kleinen stämmigen Kutscher. »Zündet uns diese Lampe noch an, und dann könnt ihr die Mietkutsche zurückbringen. Wir werden uns seiner Kutsche bedienen, da seine Lordschaft sie bestimmt nicht brauchen wird.«

Das Licht fiel jetzt nicht mehr in seine Augen, und Nicholas konnte einen ersten Blick auf die beiden Männer werfen. Beide waren groß und bärtig, beide gut gekleidet, und der dünnere trug als Überrock einen Zweireiher. Der andere, der einen langen, dichten Bart hatte, steckte in einem Gehrock. Er sah dunkle Hosen und frischgeputzte Stiefel. Aber wer waren die beiden anderen?

Der etwas Stärkere hielt einen Spazierstock mit Elfenbeingriff in der Hand. Das ließ ihn in Verbindung mit dem buschigen Bart wie eine Karikatur wirken. Er war älter als sein Gefährte, möglicherweise schon Anfang Vierzig. Er kam ihm irgendwie vertraut vor, aber selbst wenn sein Leben davon abhängen sollte, konnte Nicholas nicht sagen, wer die beiden waren.

»Bring die andere Lampe rüber, ehe du gehst.«

Die Lampe von Nicholas' Kutsche wurde so befestigt, daß sie ihr Licht auf ihn warf, die beiden Herren dagegen in Schatten tauchte. Der Kutscher und der Räuber fuhren im Mietwagen fort.

»Er macht einen recht verwirrten Eindruck, Connie, findest du nicht?« sagte der jüngere Mann, als die Kutsche holpernd fortgefahren war. »Du glaubst doch nicht, er wird mich enttäuschen und mir sagen, daß er sich nicht an mich erinnern kann?«

»Vielleicht solltest du sein Gedächtnis auffrischen.«

»Vielleicht sollte ich es aber auch zermalmen.«

Der Stiefel erwischte Nicholas am Kinn. Er fiel auf seine gefesselten Arme zurück und schnaubte vor Schmerz.

»Komm schon, Junge, setz dich auf. Das war doch nur ein kleiner Vorgeschmack.«

Nicholas wurde an seinen gefesselten Handgelenken roh auf die Beine gezogen, und seine Arme wurden ihm dabei umgedreht. Er wankte einen Moment lang, und eine Woge von Schwindelgefühlen überkam ihn, aber dann stützte ihn eine Hand, damit er das Gleichgewicht behielt. Sein Kiefer wurde zum Glück schon gefühllos. Es schmerzte kaum noch, als er die Lippen öffnete. »Falls ich Sie bereits kennengelernt haben sollte...«

Die Faust, die in seinen Magen geschmettert wurde, raubte ihm den Atem. Er taumelte nach vorn und schnappte nach Luft.

Die Hand, die unter sein Kinn glitt, um ihn wieder hochzuziehen, behandelte ihn fast zart. »Enttäusch mich nicht schon wieder,

Junge.« Die Stimme klang leise und bedrohlich. »Sag mir, daß du dich an mich erinnerst.«

Nicholas errötete vor machtlosem Zorn, als er den Mann anstarrte, der nur wenige Zentimeter kleiner war als er selbst. Ein Band faßte das lange hellbraune Haar zusammen, aber kürzere blonde Locken fielen ihm über die Ohren. Der Bart hatte denselben hellen Braunton wie das Haar. Als er den Kopf zur Seite legte, um Nicholas zu mustern, blitzte an seinem Ohr etwas Goldenes auf.

Ein Ohrring? Ausgeschlossen, sagte sich Nicholas. Die einzigen Männer, die Ohrringe trugen, waren... Unbehagen trat an die Stelle seines Zorns. »Captain Hawke?«

»Ausgezeichnet, Junge! Ich fände es entsetzlich, wenn ich glauben müßte, du hättest mich vergessen«, kicherte Hawke. »Da siehst du, was man erreichen kann, wenn man dem Gedächtnis ein wenig auf die Sprünge hilft, Connie. Und als wir uns das letzte Mal getroffen haben, war das in einer dunklen Gasse. Ich bezweifle, daß der Junge mich dort deutlich erkennen konnte.«

»Er hat dich auf der *Maiden Anne* gut sehen können.«

»Aber sehe ich an Deck eines Schiffs so aus wie jetzt? Nein. Der Junge ist gescheit, das merkt man doch. Er hat seine Schlüsse gezogen, verstehst du? Ich bezweifle, daß er noch einen so erbitterten Feind wie mich hat.«

»Ich enttäusche Sie ungern«, sagte Nicholas matt, »aber Sie haben kein Monopol mehr auf den Haß gegen mich.«

»Nein? Das ist ja großartig! Mir würde der Gedanke gar nicht behagen, daß Sie es allzu leicht haben, wenn ich fort bin.«

»Dann hat also noch nicht meine letzte Stunde geschlagen?« fragte Nicholas.

Connie lachte. »Er ist genauso arrogant wie du, Hawke. Das mußt du ihm verdammt noch mal lassen. Ich glaube, er fürchtet sich überhaupt nicht vor dir. Als nächstes wird er dir ins Gesicht spucken.«

»Das bezweifle ich«, erwiderte Hawke kühl. »Falls er's doch tut, könnte ich ihm ein Auge ausreißen. Was meinst du, wie würde er wohl aussehen, wenn er so eine Augenklappe wie der alte Billings trüge?«

»Mit dem hübschen Gesicht?« entgegnete Connie. »Das würde seinem phantastischen Aussehen nur noch einen zusätzlichen Reiz geben. Die Damen wären entzückt.«

»Wenn das so ist, sollte ich mich vielleicht doch lieber seines Gesichtes annehmen.«

Nicholas sah den Schlag gar nicht auf sich zukommen. Seine Wange brannte wie Feuer, und er taumelte. Connie stand jedoch schon bereit, um ihn aufzufangen, und dann traf ein genauso kräftiger Hieb seine andere Wange.

Als sein Kopf nicht mehr ganz so heftig schwirrte, spuckte Nicholas Blut. In seinen Augen stand ein mordlustiges Funkeln, als er den Piraten anstarrte.

»Bist du jetzt wütend genug, um mit mir zu kämpfen, Junge?«

»Sie hätten mich nur fragen müssen«, brachte Nicholas mit Mühe heraus.

»Du brauchtest einen gewissen Ansporn. Ich bin gekommen, um die Rechnung mit dir zu begleichen, nicht zum Spaß. Und ich fordere einen fairen Kampf, oder wir müssen das Ganze wiederholen.«

Nicholas schnaubte verächtlich, trotz der Schmerzen, die es ihm bereitete. »Die Rechnung begleichen? Sie vergessen, wer wen auf offener See angegriffen hat.«

»Aber das ist doch mein Gewerbe, das weißt du doch.«

»Wie können Sie es dann wagen, von Rache zu sprechen, weil jemand besser war als Sie und Sie besiegt hat?« fragte Nicholas. »Oder habe ich etwa die Ehre, der einzige Mann zu sein, der nach einem Zusammenstoß mit der *Maiden Anne* mit einem heilen Schiff davongekommen ist?«

»Keineswegs«, antwortete Hawke aufrichtig. »Wir sind schon vorher kaum noch an Land gekommen. Ich selbst habe in der Hitze des Gefechts Wunden davongetragen. Trotzdem war's mir gar nicht recht, daß mein Sohn verletzt wurde, als Sie meinen Hauptmast fällten. Aber selbst das mußte ich hinnehmen, weil ich den Jungen schließlich an Bord hatte. Unter Gentlemen sollten wir jetzt...«

»Ein Pirat ein Gentleman?« Es war gefährlich, das auszusprechen, aber Nicholas mußte es sagen.

»Spotte, soviel du willst, aber du bist klug genug, um zu begreifen, warum wir uns wiedersehen mußten.«

Nicholas hätte fast laut aufgelacht. Es war einfach unglaublich. Der Pirat hatte ihn von sich aus angegriffen, weil er die Ladung, die Nicholas' Schiff beförderte, an sich bringen wollte. Nicholas hatte diese Seeschlacht gewonnen. Er vermutete, er hätte Captain

Hawke nicht verhöhnen dürfen, als sie weitergesegelt waren. Aber diese ganze Geschichte lag jetzt vier Jahre zurück, er hatte sich von seinem jugendlichen Leichtsinn hinreißen lassen, und der Sieg war ihm zu Kopf gestiegen. Trotzdem mußten diese Sticheleien der Grund sein, warum Hawke eine Rechnung begleichen wollte. Welcher Gentleman konnte eine solche Beleidigung ungestraft hinnehmen?

Gentleman! Sie hatten sich ein Jahr später in einer dunklen Gasse in Southampton getroffen. Nicholas hatte seinen Angreifer in dieser Nacht nicht erkennen können, doch Hawke hatte sich das Vergnügen nicht nehmen lassen, sich vorzustellen. Bei dieser Begegnung waren sie gestört worden.

Ein Brief hatte für Nicholas bereitgelegen, als er im letzten Jahr aus der Karibik zurückgekehrt war, und in diesem Brief hatte Hawke sein Bedauern darüber ausgedrückt, daß es ihm nicht möglich gewesen war, während eines Aufenthalts in London seine Bekanntschaft mit Nicholas aufzufrischen. Dieser Brief hatte Nicholas davon überzeugt, daß er sich einen schrecklichen Feind gemacht hatte. Warum nur war er damit gesegnet, daß der Abschaum dieser Erde nach seinem Blut dürstete?

»Schneide ihm die Fesseln durch, Connie.«

Nicholas spannte sich an. »Kämpfe ich gegen Sie beide?«

»Also jetzt mach aber mal halblang«, protestierte Captain Hawke. »Das könnte man wohl kaum als einen fairen Kampf bezeichnen, oder?«

»Zum Teufel«, knurrte Nicholas. »Einen wehrlosen Mann niederzuschlagen, ist auch nicht gerade fair.«

»Habe ich dir weh getan, Junge? Dann muß du meine Entschuldigung entgegennehmen, aber ich dachte, du seist aus festerem Holz geschnitzt. Und du mußt verstehen, daß ich mich nach all den Mühen, die du mir verursacht hast, im Recht fühle, denn schließlich habe ich lange genug auf diesen Moment gewartet.«

»Sie verstehen sicher, wenn ich nicht Ihrer Meinung bin?«

»Gewiß«, erwiderte Hawke mit einer ironischen Verbeugung, dann zog er seinen Gehrock aus. Er trug ein weites Hemd, das in seiner Hose steckte und ihm viel Bewegungsspielraum ließ. Nicholas wurde von seinem Umhang, dem Jackett und der Weste behindert. Er erkannte, daß er keine Gelegenheit bekommen würde, sich dieser Kleidungsstücke auch nur teilweise zu entledigen, denn der Pirat bewegte jetzt schon ungeduldig die Finger.

Nicholas konnte das Stöhnen nicht unterdrücken, das sich ihm entrang, als seine Fesseln endlich durchgeschnitten wurden und seine schmerzenden Arme herunterfielen. Eine Zeitlang hatte er überhaupt kein Gefühl in den Händen, und dann, als das Blut in seine Finger schoß, spürte er zuviel. Außerdem war seine Vermutung richtig gewesen. Ihm wurde nicht ein Moment zugestanden, um wieder zu sich zu kommen, als auch schon der erste Schlag unter seinem Kinn landete. Der Hieb saß gut, und Nicholas wankte.

»Jetzt komm schon, Junge«, klagte Hawke mit einem matten Seufzen. »Diesmal kommt uns niemand in die Quere. Zeig mir, was du kannst, und wir sind quitt.«

»Und wenn ich es nicht tue?«

»Dann wirst du womöglich keinen Schritt mehr laufen können.«

Nicholas nahm sich die Warnung zu Herzen. Noch während er auf dem Boden lag, warf er seinen Umhang ab, und dann stürzte er sich auf den älteren Mann, erwischte ihn mit der Faust in der Magengegend und ließ sich mit ihm auf den Boden fallen. Dem folgte eine Rechte in Hawkes Kiefer, doch die Wucht, mit der Nicholas zuschlug, verursachte solche Schmerzen in seiner kaputten Hand, daß er es selbst war, der aufschrie.

Er gab sein Bestes, aber Hawke war erbarmungslos, und trotz der Verletzungen, die er Nicholas zugefügt hatte, war der Captain der wütendere von beiden. Außerdem war er schwerer und muskulöser. Mit riesigen Pranken schlug er unerbittlich auf das bereits übel zugerichtete Gesicht und den Körper seines Gegners ein.

Es war jedoch für beide ein harter Kampf, und als Nicholas blutend im Staub lag, wußte er, daß der ältere Mann ebenfalls verletzt war und Schmerzen hatte. Trotzdem konnte Hawke darüber lachen. »Eins muß ich dir lassen, Montieth«, keuchte er. »Du hättest mich wahrscheinlich geschlagen, wenn du zu Beginn etwas frischer gewesen wärst. Ich gebe mich hiermit zufrieden.«

Nicholas hörte nur einen Teil dieser Worte, ehe er in eine beseligende Bewußtlosigkeit fiel. Conrad Sharpe rüttelte ihn, aber er kam nicht zu sich.

»Er ist bewußtlos, Hawke. Trotzdem mußt du deinen Hut vor dem Jungen ziehen. Für einen verhätschelten Gecken hat er sich doch viel besser gehalten, als ich es erwartet hätte.« Conrad kicherte in sich hinein. »Wie denkt dein eigener Körper jetzt eigentlich über solche Racheakte?«

»Sei still, Conrad. Himmel, Arsch und Zwirn, der Kerl hat eine heimtückische Rechte.«

»Das ist mir aufgefallen«, sagte Conrad lachend.

Hawke seufzte. »Weißt du, wenn die Dinge anders lägen, könnte ich ihn fast gern haben. Es ist ein Jammer, daß ich ausgerechnet zu einem Zeitpunkt über ihn gestolpert bin, wo er ein so junger Hund mit diesem gehässigen Mundwerk war.«

»Waren wir nicht alle mal in diesem Alter?«

»Ja, ich denke, du hast recht. Und wir müssen alle etwas daraus lernen.« Hawke versuchte, sich zu seiner vollen Größe aufzurichten, aber er stöhnte und sackte wieder in sich zusammen. »Bring mich in irgendein Bett, Connie. Ich glaube, ich habe jetzt mindestens eine Woche Ruhe nötig.«

»War es das wert?«

»Ja, bei Gott!«

18

Der letzte Polizeibeamte und der Arzt verließen das Zimmer, und Nicholas' Kammerdiener Harris schloß die Tür hinter ihnen.

Nicholas gestattete sich ein Lächeln, das jedoch zu einer Grimasse wurde, als seine gespaltene Lippe sich dehnte.

»Wenn Sie nichts dagegen haben, Sir, übernehme ich das Lächeln für uns beide«, erbot sich Harris. Das tat er dann auch wirklich, und sein Schnurrbart, der auf beiden Seiten herunterhing, wurde zu einer geraden Linie, als er über das ganze Gesicht strahlte.

»Es ist doch besser ausgegangen, als ich es hoffen konnte, oder?« fragte Nicholas.

»Allerdings, Sir. Jetzt wird er nicht wegen eines ganz normalen tätlichen Angriffs vor den Polizeirichter gestellt, sondern man erhebt Anklage wegen Piraterie.«

Nicholas hätte wieder gern gelächelt, aber diesmal besann er sich rechtzeitig anders. Jetzt wußte er, wie Captain Hawke sich fühlte, wenn er Rechnungen beglich. Aber Hawkes Sieg war ein äußerst kurzlebiger gewesen.

»Ich vermute, ich sollte mich nicht damit brüsten, aber der Kerl hat nichts Besseres verdient«, meinte Nicholas.

»Wahrhaftig nicht, Sir. Der Arzt hat schließlich gesagt, Sie könnten froh sein, daß Ihr Kieferknochen noch heil ist. Und ich habe noch nie in meinem Leben so viele Platzwunden und...«

»Ach, das macht nichts. Sie glauben doch nicht etwa, daß *er* jetzt nicht leidet? Es ist eine Frage des Prinzips. Ich hätte diesen Schweinehund nie auch nur kennengelernt, wenn er mein Schiff nicht angegriffen hätte. Und doch hat *er* einen Groll gegen mich gehegt! Aber ich glaube nicht, daß er jetzt, wenn er im Gefängnis sitzt, noch darüber lacht.«

»Es ist ein Glück, daß die Wache Sie genau dann gefunden hat, Sir.«

»Ja. Das war wirklich ein reiner Glücksfall.«

Kurz, nachdem Hawke und der rothaarige Connie in Nicholas' Kutsche abgefahren waren, hatte Nicholas das Bewußtsein wiedererlangt und kurz darauf nicht allzuweit entfernt Pferdehufe gehört. Es gelang ihm, so laut zu rufen, daß sie ihn liegen ließen und statt dessen seiner Kutsche folgten. Dreißig Minuten später kehrten sie mit den erfreulichen Nachrichten zu ihm zurück, daß man die Kutsche gefunden und seinen verletzten Angreifer festgenommen hatte – wenngleich es dessen Begleiter auch gelungen war, fortzulaufen und sich der Verhaftung zu entziehen.

Nicholas erzählte den guten Kerlen, die ihn nach Hause brachten, die ganze Geschichte, und einem von beiden sagte der Name Hawke etwas. Eine ganze Horde von Beamten stürzte sich auf Nicholas, während der Arzt ihn noch behandelte. Sie teilten ihm mit, Hawke wäre ein gesuchter Schwerverbrecher.

»Außerdem ist es ein Glück«, fuhr sein Diener geschwätzig fort, während er Nicholas' Bettdecke glattstrich, »daß Lady Ashton nicht bei Ihnen war, als Sie diese Schurken trafen. Ich vermute, der Abend verlief wie geplant und sie ging wieder vor Ihnen.«

Nicholas antwortete nicht. Allein der Gedanke, was hätte passieren können... Nein, es war zwecklos, darüber nachzudenken. Sie war in Sicherheit, weil George Fowler sie nach Hause gebracht hatte.

Hm. George Fowler. Ein unerklärlicher Zorn, glühend und heftig, ergriff ihn.

»Sir?«

»Was ist?« knurrte Nicholas, doch dann fing er sich wieder. »Ja,

Harris, was die Dame betrifft, ist der Abend erwartungsgemäß verlaufen.«

Der Diener mittleren Alters war seit zehn Jahren bei Nicholas und mit dessen Gedanken und Gefühlen vertraut wie kein anderer Mensch. Er wußte, daß Nicholas Regina Ashton nicht heiraten wollte, wenn er auch nicht wußte, warum – und er hätte auch im Traum nicht daran gedacht, sich nach den Gründen zu erkundigen. Nicholas und er hatten gemeinsam die Strategie entworfen, die jetzt angewandt wurde, um eine Lösung seiner Verlobung herbeizuführen.

»Lady Ashton hat mit Ihnen gestritten, Sir?«

»*So* gut ist es nun doch nicht gelaufen«, erwiderte Nicholas matt. Das Beruhigungsmittel, das der Arzt ihm gegeben hatte, begann allmählich zu wirken. »Ich bin nach wie vor verlobt.«

»Nun, beim nächsten Mal...«

»Ja.«

»Aber viel Zeit bleibt nicht mehr bis zur Hochzeit«, fügte Harris zögernd hinzu. »Der Arzt will Ihnen drei Wochen Bettruhe verordnen.«

»So ein Unsinn!« gab Nicholas zurück. »Ich bin in drei Tagen wieder munter und auf den Beinen, und keinen Tag später.«

»Wenn Sie meinen, Sir.«

»Ja, das meine ich.«

»Gut, Sir.«

Da er noch nie so übel zusammengeschlagen worden war, konnte Nicholas nicht wissen, daß es ihm am nächsten Tag zehnmal schlechter gehen würde. Er verfluchte Captain Hawke und hätte den Piraten am liebsten hängen sehen.

Es dauerte eine volle Woche, bis er sich überhaupt wieder rühren konnte, ohne bei der kleinsten Bewegung Schmerzen zu verspüren. Und wenn er auch nach Ablauf einer weiteren Woche endlich wieder aufstehen und umherlaufen konnte, waren doch die Platzwunden in seinem Gesicht noch nicht verheilt.

Er war nicht in der Verfassung, Regina zu sehen. Aber er durfte nicht noch mehr Zeit verlieren. Die Hochzeit sollte in einer Woche stattfinden. Er mußte sie einfach sehen.

Trotz seines Aussehens suchte er das Haus der Malorys am Grosvenor Square auf. Man teilte ihm mit, Regina würde gerade Einkäufe für ihre Aussteuer erledigen. Diese Information trug nur noch zu seiner Panik bei. Er wartete eine Stunde lang, und als sie endlich nach Hause zurückkehrte, trennte er sie bereits in dem Moment, wo sie zur Tür hereinkam, auf sehr unhöfliche Weise von ihren Kusinen.

Er führte sie durch den Garten und auf den Platz hinaus, ohne auch nur ein Wort zu sagen, lief mit langen, schnellen Schritten, und sein Gesicht war finster. Ihre zarte Stimme, die ihn in seinen Überlegungen aufstörte, ließ ihn abrupt stehenbleiben.

»Du hast dich erholt?« fragte sie. Ein frischer Herbstwind peitschte Blätter durch die Luft und zerzauste die Federn auf Reginas Hut. Ihre Wangen waren gerötet, und in ihren Augen funkelten blaue Lichter. Sie war so verdammt reizend, viel zu schön, und sie strotzte vor Gesundheit und Schwung.

»Erholt?« Nicholas fragte sich, wieso sie von diesem Überfall wußte, nachdem er sie doch in diesen beiden letzten Wochen nur gemieden hatte, damit sie nicht dahinterkam.

»Derek hat uns erzählt, du wärst krank«, erklärte sie. »Es tut mir leid, daß es dir schlechtgegangen ist.«

Verdammt noch mal! Jetzt sollte er auch noch ihr Mitgefühl ertragen, und das hatte er Derek zu verdanken, der die Wahrheit verschleiert hatte. Ihr Zorn wäre ihm lieber gewesen.

»In Wirklichkeit habe ich eines meiner liebsten Gasthäuser aufgesucht, unten am Fluß. Dort lauerten mir Gauner auf, die mich zusammenschlugen, weil sie mein Geld wollten. Es bringt eine gewisse Spannung mit sich, solche verruchten Lokale zu frequentieren.«

Sie lächelte duldsam. »Tony war sicher, du würdest deine Krankheit als Vorwand benutzen, um die Hochzeit zu verschieben. Ich habe ihm gesagt, das sei nicht deine Art.«

»So gut kennst du mich, Liebling?« fragte Nicholas sarkastisch.

»Man mag dir zwar einiges nachsagen, aber feige bist du nicht.«

»Du nimmst also an...«

»Ach, Unsinn«, fiel sie ihm ins Wort. »Ich glaube dir ja doch nicht, wenn du versuchst, mich vom Gegenteil zu überzeugen, und daher kannst du dir die Mühe sparen.«

Nicholas biß die Zähne zusammen, und sie lächelte ihn belustigt an. Der Anblick ihrer Schönheit ging ihm wie immer unter die Haut, und seine Gedanken verwirrten sich entsprechend.

»Ich nehme an, ich sollte dich fragen, wie es dir ergangen ist?«

»Ja, das solltest du eigentlich tun«, stimmte Reggie ihm zu.

»Aber wir wissen beide, daß dich das, was ich mit meiner Zeit anfange, nicht interessiert. Du wärst doch beispielsweise nicht verletzt, wenn ich dir sagen würde, daß ich zu beschäftigt war, um dich zu vermissen, oder? Und es wäre dir auch egal, wenn du wüßtest, daß ich von anderen Männern zu den gesellschaftlichen Ereignissen begleitet wurde, die ich auf Wunsch meiner Vettern besuchen mußte?«

»George Fowler?«

»George, Basil, William...«

»Hüte dich, oder ich fange an zu glauben, daß du zur Vergeltung meine Eifersucht wecken willst.«

»Vergeltung? Ach so, ich verstehe, du mißt mich an deinem eigenen Verhalten. Wie amüsant, Nicholas! Bloß, weil du andere Frauen faszinierend findest...«

»Zum Teufel, Regina!« Nun riß ihm endlich die Geduld. »Warum hüllst du deinen Ärger in höflichen Unsinn? Schrei mich ruhig an!«

»Führe mich nicht in Versuchung.«

»Aha!« rief er triumphierend aus. »Ich dachte schon fast, du seist temperamentlos.«

»Ach, Nicholas!« Reggie lachte leise. »Erwartest du etwa von mir, daß ich dich als einen miesen, widerlichen Kerl beschimpfe und dir unter Tränen schwöre, ich würde dich selbst dann nicht heiraten, wenn du der letzte Mann auf Erden wärst, und so weiter?«

Nicholas starrte sie wütend an. »Du machst dich über mich lustig?«

»Wie kommst du denn darauf?« fragte sie mit einem so unschuldigen Gesicht, daß er ihre Schultern packte und sie schütteln wollte. Aber ihre phantastischen blauen Augen wurden vor Erstaunen größer, während sie ihre Hände hob und auf seine Brust legte. Nicholas errötete glühend.

Er trat zurück. »Der Zeitdruck zwingt mich, plump und direkt zu sein, Regina«, sagte er kühl. »Ich habe dich schon früher aufgefordert, diese Farce von einer Verlobung zu lösen, und jetzt fordere ich dich noch einmal dazu auf. Nein, ich bitte dich darum. Ich will dich nicht heiraten.«

Sie senkte ihre Lider und richtete ihren Blick fest auf seine funkelnd polierten Schaftstiefeln. »Du willst mich also – in keiner Weise? Noch nicht einmal als deine Geliebte?«

Diese Frage entfesselte ein Chaos in ihm, aber er erwiderte nur. »Du würdest zweifellos eine gute Mätresse abgeben.«

»Aber du bist nicht daran interessiert?«

»Nicht mehr.«

Sie wandte ihm den Rücken zu, mit hängenden Schultern, eine niedergeschlagene kleine Gestalt. Nicholas mußte seine gesamte Willenskraft bis auf den letzten Rest aufbieten, um nicht die Arme auszustrecken und sie an sich zu ziehen. Er wollte alles zurücknehmen. Aber es war besser für sie, wenn sie eine Zeitlang an ihrer Enttäuschung litt und ihn dann vergaß. Er konnte nicht zulassen, daß diese bezaubernde Frau einen Mann von illegitimer Geburt heiratete.

»Ich dachte wirklich, ich könnte dich glücklich machen, Nicholas.«

»Das kann keine Frau, Liebling, jedenfalls nicht über einen längeren Zeitraum hinweg.«

»Dann tut es mir leid. Es tut mir wirklich leid.«

Er rührte sich nicht von der Stelle. »Du wirst mich also aufgeben?«

»Nein.«

»Nein?« Er zuckte ungläubig zusammen. »Was zum Teufel soll das heißen?«

»Das Wort ›nein‹ heißt…«

»Ich weiß selbst, was dieses verdammte Wort bedeutet!« Endlich drehte sie sich um. »Du brauchst mich nicht anzuschreien.«

»Du willst wohl wieder förmlich werden?« rief er, und seine Wut ging mit ihm durch.

»Unter den gegebenen Umständen – ja», antwortete sie barsch. »Du brauchst nichts weiter zu tun, als nächste Woche London zu verlassen. Ich versichere dir, daß ich stark genug bin, die Demütigung zu ertragen, abgeschoben zu werden.«

»Ich habe mein Wort gegeben!« rief er entrüstet aus.

»Ach ja, das Wort eines Gentleman – der nur dann ein Gentleman ist, wenn es ihm in den Kram paßt.«

»Ich bürge für mein Wort.«

»Dann mußt du eben dazu stehen.«

Sie wollte davongehen, aber er hielt sie am Arm fest. »Tu das nicht, Regina«, warnte er sie. »Du wirst es bereuen.«

»Das tue ich bereits jetzt«, lautete die geflüsterte Antwort. Er wich zurück.

»Warum tust du es dann?« fragte er verzweifelt.
»Ich – ich muß es tun«, antwortete sie.
Er ließ ihren Arm los und trat zurück. Sein Gesicht war eine Maske des Zorns. »Dann soll dich doch der Teufel holen! Ich werde dir kein Ehemann sein, das schwöre ich dir. Wenn du darauf bestehst, diese Farce weiterzuspielen, dann wirst du genau das bekommen – eine Scheinehe. Viel Glück.«
»Das ist doch nicht dein Ernst, Nicholas.« In ihren Augen standen Tränen.
»Ich gebe dir mein Wort darauf. Und eine letzte Warnung – komm nicht in die Kirche!«

19

»Oh, jetzt weine nicht mehr, mein Süßes«, flehte Meg. »Deine Kusinen werden jeden Moment da sein und dir beim Ankleiden helfen. Du willst doch nicht, daß sie dich so sehen.«
»Ich kann nichts dafür«, schluchzte Reggie erbärmlich. »Und heißt es denn nicht, daß Bräute an ihrem Hochzeitstag weinen?«
»Aber du weinst jetzt schon seit einer Woche. Es hat doch nichts geholfen, oder?«
»Nein.«
»Und du willst doch nicht, daß deine Augen ganz dick und angeschwollen sind, doch nicht ausgerechnet heute.«
Reggie zuckte kraftlos die Achseln. »Das ist mir egal. Ich werde einen Schleier tragen.«
»Aber heute nacht wirst du keinen Schleier tragen.«
Es entstand ein Schweigen, ehe Reggie flüsterte: »Wird es denn zu einer Hochzeitsnacht kommen?«
»Du glaubst doch nicht etwa, daß er nicht erscheint?« schnaubte Meg empört.
»Doch, er wird da sein.« Reggie seufzte tief auf. »Aber ich habe dir ja erzählt, was er gesagt hat.«
»Unsinn. Manche Männer fürchten sich einfach zu Tode vor einer Heirat, und dein Vicomte scheint einer davon zu sein.«
»Aber er hat geschworen, mir kein Ehemann zu sein.«
»Das hat er im Zorn gesagt«, meinte Meg geduldig. »Man darf einen Mann nicht darauf festnageln, was er im Zorn sagt.«

»Aber er wird sich darauf versteifen, verstehst du das denn nicht? Oh, wie konnte ich mich nur so in ihm täuschen, Meg?« rief Reggie aus. »Wie konnte mir das bloß passieren?« Sie schüttelte den Kopf. »Wenn ich mir vorstelle, daß ich ihn mit Tony verglichen habe. Nicholas Eden hat nicht die geringste Ähnlichkeit mit meinem Onkel, nicht die Spur von Gefühl – außer zwischen den Beinen«, fügte sie bitter hinzu.

»Reggie!«

»Wenn es doch wahr ist«, gab sie zurück. »Ich war für ihn doch nur eine Beute, eine von vielen Eroberungen.«

Meg stand da, die Hände in die Hüften gestemmt, und sah auf sie herunter. »Du hättest ihm das mit dem Baby erzählen sollen«, sagte sie zum hundertsten Mal. »Dann hätte er wenigstens verstanden, warum du darauf beharren mußt.«

»Wahrscheinlich hätte er mir kein Wort geglaubt. Ich fange ja selbst schon an, mich zu wundern. Sieh mich an! Vier Monate sind vorbei, und mir ist nicht das Geringste anzusehen. Mir war auch nicht übel, nein... Binde ich mich etwa umsonst an diesen Mann? Was ist, wenn ich gar nicht schwanger von ihm bin?«

»Ich wünschte, du wärst es nicht, Mädchen, aber du weißt selbst, daß du es bist. Und ich behaupte immer noch, daß du es ihm hättest sagen sollen.«

»Ich war so dumm zu glauben, sein miserables Benehmen sei nur eine List«, sagte Reggie erbittert. »Weißt du, Meg, einen Rest von Stolz besitze ich doch noch.«

»Manchmal müssen wir den letzten Rest von Stolz schlucken, Süßes«, sagte Meg zart.

Reggie schüttelte den Kopf. »Hätte ich es ihm gestanden, hätte er mir erzählt, ich solle aufhören, meine Zeit mit ihm zu vergeuden, und mir einen Vater für mein Kind suchen.«

»Vielleicht hättest du das auch tun sollen.«

Reggies Augen blitzten auf. »Ich würde niemals einem Mann das Kind eines anderen aufdrängen! Nicholas Eden hat ein Kind gezeugt, das jetzt unterwegs ist, und den Preis dafür muß er bezahlen, nicht ein anderer.«

»Du bist es, die dafür bezahlt, und zwar mit Kummer und Herzeleid.«

»Ich weiß«, seufzte Reggie. »Aber nur, weil ich geglaubt habe, ihn zu lieben. Wenn ich erst einmal einsehe, wie sehr ich mich getäuscht habe, komme ich schon zurecht.«

»Es ist noch nicht zu spät. Du kannst auf das europäische Festland reisen ehe...«

»Nein!« sagte Reggie so nachdrücklich, daß Meg zusammenzuckte. »Es ist *mein* Kind! Ich werde mich nicht beschämt verstekken, bis es geboren ist, und es dann weggeben, um mir eine unerfreuliche Ehe zu sparen.« Dann ging sie näher darauf ein. »Ich muß nicht mit diesem Mann zusammenleben, verstehst du, nicht, wenn es sich als zu schwierig erweist. Ich brauche nicht für alle Zeiten bei ihm zu bleiben. Aber mein Kind wird den Namen seines Vaters tragen. Nicholas Eden wird seinen Teil der Verantwortung übernehmen, wie es sich gehört.«

»Dann sollten wir sehen, daß wir rechtzeitig in der Kirche sind«, seufzte Meg.

Nicholas wartete bereits vor der Kirche. Er wütete abwechselnd stumm vor sich und war dann wieder verzweifelt. Familienangehörige und Freunde trafen ein und bewiesen ihm nur noch deutlicher, daß all das wirklich geschah. Seine Großmutter und seine Tante waren da, aber Miriam Eden fiel wieder einmal durch Abwesenheit auf. Das bestärkte ihn in seiner Überzeugung, daß er recht daran getan hatte, seine Verlobte zu warnen und abzuschrecken.

Sein Herz sank, als Jason Malory die Kirche betrat, die Braut wenige Schritte hinter ihm. Ein Wispern zog sich durch die Menge, denn in ihrem taubenblauen Seidenkleid sah sie wirklich atemberaubend aus. Die ganze Kreation war mit weißer Spitze besetzt. Es war ein verblüffend altmodisches Kleid mit schmaler Taille und langen Ärmeln, und es reichte bis auf den Boden. Der Schleier vor ihrem Gesicht fiel auf ihren Rücken, mit einer kleinen Schleppe.

Sie zögerte einige Sekunden lang in der Kirchentür und sah Nicholas an, der am anderen Ende des Ganges stand. Er konnte ihr Gesicht und ihre Augen nicht sehen, und er wartete atemlos und versuchte, sie mit reiner Willenskraft dazu zu bringen, sich abzuwenden und zu fliehen.

Regina tat es nicht. Sie legte ihre Hand auf den Arm ihres Onkels und machte sich auf den langen Weg durch den Gang. Kalte Wut stieg in ihm auf. Eine Laune dieser Kindfrau zwang ihn zu einer Heirat. Gut, sollte sie heute ihren Triumph feiern. Es würde nicht von Dauer sein. Wenn sie erst erfuhr, daß sie einen

Mann von illegitimer Geburt geheiratet hatte, würde sie wünschen, sie hätte sich seine Warnungen zu Herzen genommen. Die Ironie an der ganzen Geschichte war, daß Miriam ihm dabei helfen würde. Sie würde ein gehässiges Vergnügen dabei finden, Regina unter die Nase zu reiben, welche Mängel deren Ehemann aufwies. Mit grimmigem Humor dachte er, daß das wohl Miriams erste freundliche Tat ihm gegenüber sein würde. Natürlich würde sie das nicht wissen.

20

Reggie sah aus dem Fenster der Kutsche, aber das einzige, was sie erblickte, war ihr eigenes Spiegelbild. Sie errötete, als ihr Magen vor Hunger knurrte, aber sie sah Nicholas nicht an, um sich davon zu überzeugen, ob er es gehört hatte oder nicht. Er saß ihr in der plüschgepolsterten Kutsche gegenüber, die sein Wappen trug.

Die Innenbeleuchtung war schon vor zwei Stunden angezündet worden, aber sie hatten immer noch nicht angehalten, um in einem Gasthaus zu Abend zu essen. Und trotz ihres Hungers wollte sie verdammt sein, wenn sie ihn darum bat.

Den Hochzeitsgästen war bei den Malorys ein üppiges Mittagessen vorgesetzt worden, aber Reggie war nicht dort gewesen. Nicholas hatte sie von der Kirche aus direkt nach Hause gebracht und sie beauftragt, das Nötigste, was sie für eine Nacht brauchte, in eine Tasche zu packen und anzuordnen, daß ihre übrige Habe nach Silverley geschickt würde. Sie waren schon losgefahren, als die Gäste eintrafen.

Er hatte sie den ganzen Nachmittag über und bis in den Abend hinein in der Kutsche sitzen lassen, ohne Rast zu machen, aber ihr war nicht danach zumute, sich zu beklagen. Nicht jetzt, als er ihr so gedankenverloren gegenübersaß und nie auch nur in ihre Richtung sah. Seit der Abfahrt aus London hatte er kein Wort mit ihr gesprochen.

Er war verheiratet und wütend darüber. Nun, damit hatte sie ja schließlich gerechnet. Aber es müßte doch ein gutes Zeichen sein, daß er sie auf seinen Landsitz mitnahm, oder? Das überraschte sie. Sie wußte nicht, was sie eigentlich erwartet hatte.

Wieder knurrte ihr Magen, und sie beschloß nun doch zu

fragen: »Werden wir bald irgendwo anhalten und zu Abend essen?«

»Das letzte Gasthaus war in Montieth. Silverley liegt direkt vor uns«, erwiderte Nicholas barsch.

Es wäre nett gewesen, wenn er ihr das eher mitgeteilt hätte.

»Ist Silverley groß, Nicholas?«

»Etwa so groß wie dein eigenes Anwesen, das direkt an meines grenzt.«

Sie riß erstaunt die Augen auf. »Das wußte ich gar nicht.«

»Wie kommt es, daß du das nicht weißt?«

»Warum bist du so wütend? Das ist doch perfekt. Die Grundstücke werden zusammengelegt...«

»Genau das wollte ich seit Jahren. Aber das hat dir dein Onkel mit Sicherheit erzählt. Er hat dein Grundstück als Lockmittel eingesetzt, um mir die Heirat schmackhaft zu machen.«

Das Blut stieg in Reggies Wangen. »Das glaube ich nicht.«

»Daß ich dieses Land haben wollte?«

»Du weißt, was ich meine«, fauchte sie. »Oh, ich erfuhr, daß es um irgendein Stück Land ging, und Tony behauptete sogar, das wäre es gewesen, was dich ins Wanken brachte. Aber – aber ich habe es nicht geglaubt. Davon wurde mir nichts erzählt. Ich hatte keine Ahnung, daß dein Anwesen an das Grundstück grenzt, das von meiner Mutter auf mich übergegangen ist. Dort kamen meine Eltern bei einem Feuer ums Leben, das ihr Haus zerstörte. Damals war ich erst zwei. Ich kehrte danach nie wieder nach Hampshire zurück. Onkel Edward kümmerte sich um das, was noch von dem Anwesen übrig war, auch um das Erbe, das mir mein Vater hinterließ.«

»Ja, eine recht ansehnliche Summe, fünfzigtausend Pfund, und hat sich, wie er nur zu gern hervorhebt, dank seiner geschickten Investitionen verdreifacht, was für dich auf ein beträchtliches Jahreseinkommen hinausläuft.«

»Gütiger Himmel, bist du deshalb etwa auch wütend?«

»Ich bin kein Mitgiftjäger!«

»Himmel noch mal, wer würde dir das, wenn er auch nur halbwegs bei klarem Verstand ist, unterstellen? Du bist ja auch nicht direkt der Ärmste.«

»Es ist kein Geheimnis, daß ich dein Grundstück haben wollte. Ich nahm an, es würde dem Earl von Penwich gehören, da er der letzte war, der dort gelebt hat.«

»Das war mein Vater, nicht der jetzige Earl. Aber da das Land von Seiten meiner Mutter kam, ist es nicht an Penwich gegangen, sondern an mich. Das war der Wunsch meiner Eltern.«

»Das weiß ich inzwischen auch! Dein Onkel Edward fand es komisch, mir beim Verlassen der Kirche mitzuteilen, ich bräuchte mir nicht länger Gedanken über einen Kauf dieses Grundstücks zu machen. Er konnte es gar nicht abwarten, mir das zu erzählen. Um mir eine Last von der Seele zu nehmen, hat er gesagt. Verdammter Mist! Weißt du, wie das aussieht?«

»Ist dir klar, daß du mich beleidigst?«

Er besaß den Anstand, überrascht zu wirken. »Ich wollte damit nicht andeuten...«

»Natürlich nicht. Das ist es also, worüber du dich beschwerst, stimmt's? Daß die Leute sagen werden, du hättest mich wegen meines Erbes geheiratet? Wenn das so ist, vielen Dank. Ich wußte gar nicht, daß darin meine einzige Chance lag, einen Mann zu bekommen.«

Er zog die Brauen zusammen und sagte kühl: »Willst du wirklich darüber diskutieren, wie du einen Mann bekommen hast?«

Ihre Augen sprühten blaue Funken, und einen Moment lang fürchtete Reggie, sie könnte ihre gesamte Selbstbeherrschung verlieren. Es gelang ihr mit Mühe, den Mund zu halten, und Nicholas nahm Abstand davon, sie zu verspotten. Beide waren erleichtert, als sie feststellten, daß die Kutsche im selben Augenblick hielt.

Er sprang aus dem Wagen und half ihr heraus. Doch sobald sie auf dem Boden stand, stieg er wieder ein. Sie starrte ihn an und riß ungläubig ihre Augen auf. »Das kannst du doch nicht tun!«

Er sagte bitter: »Das dürfte dich nicht überraschen. Ich bin trotz allem ein Mann, der zu seinem Wort steht.«

»Du kannst mich doch nicht einfach hier lassen – nicht heute nacht.«

»Heute, morgen – was macht das für einen Unterschied?«

»Du kennst den Unterschied sehr wohl.«

»Ach so, ja, die Hochzeitsnacht. Aber wir hatten unsere doch schon, oder etwa nicht, Liebling?«

Sie schnappte nach Luft. »Wenn du das tust, Nicholas«, sagte sie mit bebender Stimme, »dann schwöre ich dir, daß ich dir nie verzeihen werde.«

»Wenn wir uns beide an unsere Eide halten, ist ja alles bestens.

Du hast, was du wolltest. Du trägst meinen Namen. Jetzt überlasse ich dir mein Heim. Wo steht geschrieben, daß ich es mit dir teilen muß?«

»Du erwartest von mir, daß ich hierbleibe, während du so weiterlebst wie bisher, dich in London aufhältst und...«

Er schüttelte den Kopf. »London ist zu nah für unsere Abmachung. Nein, ich werde England ganz verlassen. Ich wünschte, ich hätte das schon getan, ehe wir uns kennenlernten.«

»Nicholas, das kannst du nicht tun. Ich bin...«

Reggie unterbrach sich, ehe sie das einzige sagte, was dazu hätte führen können, daß er seine Meinung änderte. Ihr Stolz setzte sich beharrlich durch. Sie würde nicht den Weg einschlagen, den Tausende von anderen Frauen vor ihr eingeschlagen hatten, um ihre Männer zu halten. Wenn er nicht bleiben wollte, weil er...

»Was bist du, Liebling?«

»Deine Frau«, sagte sie.

»Das bist du allerdings«, stimmte er zu, und sein Mund zog sich zu einem schmalen Strich zusammen. »Aber du erinnerst dich sicher, daß ich dich nicht darum bat, meine Frau zu werden, und daß ich dich davor warnte, mich zu dieser Eheschließung zu drängen. Ich habe mich in diesem Punkt immer sehr deutlich ausgedrückt, Regina.«

Dann schloß er die Kutschentür und pochte gegen das Dach, um dem Kutscher ein Signal zu geben. Reggie starrte ihm ungläubig nach, als sich das Fahrzeug in Bewegung setzte. »Nicholas, komm zurück!« rief sie. »Wenn du weggehst... Nicholas! Oh! Ich hasse dich! Ich hasse dich!« rief sie in ihrer Verzweiflung aus und wußte, daß er sie ohnehin nicht hören konnte.

Benommen drehte sie sich zu dem großen grauen Steinhaus um. In der Dunkelheit der Nacht sah es mit seinem Turm und den kleinen Giebeln und Erkern wie ein Miniaturschloß aus, ein finsteres, gespenstisches Gemäuer. Und dabei betrachtete sie es jetzt aus der Nähe und konnte noch gar nicht erkennen, wie es sich nach hinten und nach beiden Seiten in asymmetrischen Formen und ungleicher Höhe ausbreitete. An der Rückfront gab es sogar ein großes Gewächshaus mit einer Glaskuppel, das über dem rechten Flügel aufragte, in dem die Dienstboten untergebracht waren.

Die Bogenfenster zu beiden Seiten der Tür waren nicht erleuchtet. War womöglich niemand hier? Phantastisch. In ihrer Hochzeitsnacht im Stich gelassen, damit sie jetzt vor einem leeren Haus stand...

Aber das half jetzt auch nichts. Sie straffte die Schultern, zwang sich zu einem Lächeln und ging zur Haustür, als wäre es ganz normal, daß eine Braut ohne ihren Bräutigam eintraf. Sie klopfte, erst leise, dann lauter.

Als die Tür schließlich geöffnet wurde, sah Reggie in das verblüffte Gesicht eines jungen Mädchens, einer Hausangestellten. Sie blinzelte unsicher, weil es zu Sayers Aufgaben gehörte, an die Tür zu gehen, und sie war es nicht gewohnt, Fremden zu öffnen. Sayers nahm sich so wichtig. Er würde ihr das Fell über die Ohren ziehen, wenn er erfuhr, daß sie seinen Platz einnahm.

»Wir erwarten niemanden, gnädige Frau, denn ich bin sicher, daß Sayers sonst schon hier gestanden hätte, um Sie einzulassen. Aber Sie haben so zaghaft geklopft... Himmel, wie ich wieder plappere! Was kann ich für Sie tun?«

Regina lächelte und fühlte sich gleich wesentlich besser. »Zunächst könnten Sie mich einlassen.«

Das Mädchen öffnete die Tür weiter. »Sie wollen die Gräfin, Lady Miriam, besuchen?«

»Ich vermute, ich bin eher gekommen, um hier einzuziehen, wenigstens für eine Weile. Aber ich nehme an, daß ich zuerst einmal Lady Miriam aufsuchen sollte.«

»Meine Güte! Sie wollen hier leben? Sind Sie auch ganz sicher, daß Sie das wollen?«

Das wurde mit einem so ungekünstelten Erstaunen ausgesprochen, daß Reggie lachte. »Wieso? Gibt es hier Drachen und Gnome?«

»Einen mit Sicherheit. Zwei, wenn Sie Mrs. Oates mitzählen.« Das Mädchen sperrte den Mund auf und lief dann rot an. »Ich wollte nicht... Oh, verzeihen Sie mir, gnädige Frau.«

»Schon gut. Wie heißen Sie?«

»Hallie, Madam.«

»Nun, Hallie, glauben Sie, daß Sie Lady Miriam meine Ankunft mitteilen könnten? Ich bin die neue Gräfin von Montieth.«

»Meine Güte!« quietschte Hallie.

»Exakt. Und wenn Sie mir jetzt zeigen würden, wo ich Lady Miriam erwarten kann?«

Das Mädchen ließ Reggie ein. »Ich sage Mrs. Oates, daß Sie hier sind, und dann wird sie nach oben gehen und die Gräfin verständigen.«

Die Eingangshalle war schmal und hatte einen Marmorfußboden. Auf einem langen Wandtisch stand eine verzierte Silberschüssel für Visitenkarten. Darüber hing ein hübscher Gobelin, gegenüber von einem großen venezianischen Spiegel zwischen zwei Kerzenleuchtern.

Hallie öffnete eine Flügeltür, und ein weitaus größerer Saal wurde sichtbar, zwei Stockwerke hoch, von einer prächtigen Kuppel überwölbt. An der rechten Seite führte eine Treppe nach oben. Am Ende dieser großen Eingangshalle sah Reggie durch offenstehende Türen in ein Vorzimmer, wo Buntglasfenster fast die ganze Außenwand einnahmen. Sie gewann den Eindruck, daß es sich um ein außergewöhnlich großes Haus handeln mußte.

Am hinteren Ende des Ganges zur Linken lag die Bibliothek, und dorthin wurde sie von Hallie geführt. Der Raum war dreizehn Meter lang und sieben Meter breit und hatte an der hinteren Front hohe Fenster, die tagsüber viel Licht einließen. An den drei anderen Wänden reihten sich Bücher, und über den Regalen hingen riesige dunkelgerahmte Porträts.

Zu beiden Seiten des Kamins standen Sofas. Schön gearbeitete Stühle, Sessel und Tische waren zum Lesen vor den Fenstern aufgestellt, auch ein altes, golden lackiertes Lesepult. Den Boden bedeckte ein Teppich, der in tiefen Braun-, Blau- und Goldtönen gehalten war. Am hinteren Ende der Bibliothek umgaben Stühle einen riesigen Schreibtisch mit geschwungenen Beinen. Ein bemalter Wandschirm aus Leder verwandelte diese hintere Ecke in ein behagliches Arbeitszimmer und teilte sie vom Rest des Raumes ab.

»Es dauert sicher nicht lange, Madam«, sagte Hallie. »Die Gräfin… Ach du meine Güte, die Gräfinwitwe, das ist sie doch jetzt? Genauso wie die alte Frau, die Großmutter seiner Lordschaft. Aber Lady Miriam wird es kaum erwarten können, Sie willkommen zu heißen, ich bin ganz sicher«, beteuerte sie höflich, doch ihre Stimme klang, als wäre sie keineswegs davon überzeugt. »Darf ich Ihnen etwas bringen? Cognac steht auf dem Tisch, und der Maulbeerwein, den die Gräfin mag, steht auch da.«

»Nein, danke, ich werde es mir einfach nur bequem machen«, erwiderte Reggie lächelnd.

»Gut, Madam. Und darf ich Ihnen als erste sagen, wie froh ich bin, daß Sie gekommen sind? Ich hoffe, daß es Ihnen hier gefällt.«

»Das hoffe ich auch, Hallie«, seufzte Reggie. »Ich hoffe es wirklich.

21

Reggie sah in die Morgensonne, die gerade vorsichtig in ihr Schlafzimmer lugte. Direkt unter ihren Südfenstern lag die runde Kuppel des Gewächshauses, dahinter der Teil des Gartens, in dem sich die Dienstboten aufhalten durften. Dichtes Gehölz verbarg die Ställe und die Schuppen für die Kutschen.

Sie bewohnte das herrschaftliche Schlafzimmer an der rechten hinteren Ecke des Zentralbaus. Somit hatte sie zwei Wände mit Fenstern, vor denen blutrote Samtvorhänge mit Goldfransen und goldenen Troddeln hingen. In diesem Zimmer waren alle Farben dunkel gehalten, wenn man vom gedämpften Blau der Tapete absah. Dennoch würde es später, wenn durch alle Fenster Licht hereindrang, ein freundliches Zimmer sein.

Die andere Fensterwand bot einen Ausblick auf eine Parklandschaft. Es war eine überwältigende Aussicht – Rasenflächen mit vereinzelten Bäumen, links ein Wald mit goldenem und rotem Herbstlaub. Rechts ein kleiner See, der eine wahre Farbenpracht war, denn seine Ufer säumte ein Teppich aus spät blühenden wilden Blumen, und das Blau des Sees funkelte in der Sonne. Was für ein friedliches, wohltuendes Bild, das zu dieser frühen Stunde unbeeinträchtigt war... Fast hätte Regina ihre Sorgen darüber vergessen. Aber nur fast.

Sie läutete ihrem Mädchen und hoffte, sie würde *nicht* Mrs. Oates, die Haushälterin, zugeteilt bekommen, die genauso war, wie Hallie sie beschrieben hatte, nämlich ein Drache. Was für ein derbes, heuchlerisches, widerliches Geschöpf! Wenn man sich nur vorstellte, daß sie darauf beharrt hatte, Reggie in ein Gästezimmer zu führen, und noch dazu in ein besonders kleines! Reggie hatte sich augenblicklich dagegen verwahrt. Zugegebenermaßen waren die Räume, die der Dame des Hauses zugedacht waren, von Miriam Eden belegt, von der man nicht erwarten konnte, daß sie sie über Nacht räumte, aber sie hatte darauf hingewiesen, daß die Räumlichkeiten des Hausherrn leer standen und ihr durchaus angemessen waren.

Die Haushälterin war entgeistert gewesen. Nur ein kleines Wohnzimmer lag zwischen den beiden großen Schlafzimmern, von denen jedes eine Tür zum Wohnzimmer hatte. Lady Miriam okkupierte das andere Schlafzimmer.

Reggie setzte ihren Kopf durch, nachdem sie Mrs. Oates behutsam darauf hingewiesen hatte, sie wäre die neue Hausherrin. Miriam Eden mochte zwar nach dem Tode ihres Gatten weiterhin in Silverley residiert haben, aber in Wirklichkeit gehörte Silverley Nicholas, und Reggie war Nicholas' Frau.

Mrs. Oates ersuchte sie zu schweigen, als sie durch das Wohnzimmer gingen, das an Miriams Zimmer grenzte. Reggie wurde mitgeteilt, die Gräfin würde sich nicht wohl fühlen und hätte sich frühzeitig zurückgezogen. Dies wäre auch der Grund dafür, daß sie Reggie nicht gebührend begrüßen könnte.

Reggie atmete verstohlen auf. Sie war erschöpft, die Abwesenheit ihres Mannes machte sie verlegen, nachdem sie ihn doch erst vor wenigen Stunden geheiratet hatte. Und in ihrer Bitterkeit wäre sie einer Begegnung mit ihrer Schwiegermutter, einer völlig fremden Frau, wohl kaum gewachsen gewesen.

Sie hatte sich in Nicholas' Zimmer eingerichtet und festgestellt, daß es auffallend frei von persönlichen Gegenständen war. Irgendwie wurde dadurch alles noch schlimmer.

Die Hausangestellte, die auf Reggies Läuten hin erschien, war dunkelhaarig und dunkelhäutig und das genaue Gegenteil der redseligen Hallie. Sie sprach kaum ein Wort, während sie Regina beim Ankleiden half, sie frisierte und ihr das Frühstückszimmer zeigte. Dieser Raum lag an der Vorderseite des Hauses, vom Licht der Morgensonne erfüllt. Der Tisch war nur für eine Person gedeckt. Ein Affront? An einer Wand stand ein Geschirrschrank aus Rosenholz, der zartes Porzellan mit Goldrand und einem Blumenmuster in Weiß und Rosa enthielt. Ein Büffett zwischen den Fenstern an der Rückwand war mit schönen Schnitzereien aus Eiche und Ebenholz verziert.

Hallie trat ein, lächelte strahlend und brachte eine große Platte, die sie auf der Anrichte abstellte. »Guten Morgen, Madam. Ich hoffe, Sie hatten eine angenehme Nacht.«

»Ja, wirklich. Ist die Gräfin schon heruntergekommen?« Reggie wies auf das einzige Gedeck hin.

»Sie ist ausgeritten. So früh am Morgen ißt sie nie etwas, Madam.«

»Ich eigentlich auch nicht. Warum zeigen Sie mir nicht stattdessen den Rest des Hauses?«

»Aber was sollen wir denn mit dem ganzen Essen machen?« fragte Hallie überrascht und hob die Deckel der Schüsseln. Reggie sah Eier, Wurst, Bücklinge, Schinken, Marmelade, Toast und Brötchen und sogar zwei köstliche kleine Törtchen.

»Himmel!« japste Regina. »Das soll ich doch nicht etwa alles aufessen?«

Hallie kicherte. »Die Köchin wollte einen guten Eindruck machen, weil Sie Ihnen doch gestern abend nur noch etwas Kaltes raufgeschickt hat.«

»Dann nehme ich doch einfach das da und eins von denen mit.« Reggie steckte eine fette Wurst in ein Brötchen und nahm eins der Törtchen in die andere Hand. »Und jetzt könnten wir den Rundgang machen.«

»Aber sollte nicht Mrs. Oates...?«

»Ja«, fiel Reggie ihr verschwörerisch ins Wort, »ich glaube auch, daß sie das eigentlich tun sollte. Aber ich kann mir ja später von ihr alles noch mal zeigen lassen. Im Moment möchte ich einfach nur sehen, wie groß Silverley ist, und dabei hätte ich gern angenehme Gesellschaft.«

Hallie kicherte wieder. »Keine von uns kann Mrs. Oates allzu gut leiden, aber sie führt ein strenges Regiment, wie sie immer betont. Ja, dann kommen Sie doch, Eure Ladyschaft. Aber wenn Mrs. Oates uns ertappt...«

»Keine Sorge«, wurde sie von Reggie beruhigt. »Ich denke mir etwas aus, um ihr zu erklären, warum Sie bei mir sind. Ihnen kann sie die Schuld daran nicht geben.«

Das Haus war erstaunlich groß. In der Nähe des Eingangs kamen sie an einem Billardzimmer vorbei, in dem bis auf drei Spieltische nichts anderes stand. Reggie konnte sich schon jetzt kaum noch an die Zimmer erinnern, die sie besichtigt hatte. Alle Räume waren mit Chippendale- und Queen-Anne-Möbeln eingerichtet. Hübsch vergoldete Stuckarbeit schmückte viele der hohen, gewölbten Decken. In manchen Zimmern hingen riesige, wunderbare Kronleuchter. Es gab ein Musikzimmer, in Grün und Weiß gehalten, und rechts neben dem Salon lag ein Vorzimmer mit deckenhohen Buntglasfenstern, die den Raum in Farben tauchten und sich wirkungsvoll vom weißen Marmorboden abhoben. Die Wände waren von roten Plüschbänken gesäumt.

An der Rückfront des Hauses grenzte das Gewächshaus an den großen Saal für förmliche Dinnereinladungen. An einem Gang, der sich durch den Raum zog, standen Stühle, Sofas und Statuen auf Sockeln. Topfpflanzen flankierten die breiten Steinstufen, die zu einem Brunnen in der Mitte des Raumes führten. Überall waren Bäume und Herbstblumen. Reggie tat es leid, daß sie diesen Raum nicht im Sommer gesehen hatte, wenn dieser Garten, ein Bestandteil des Hauses, in voller Blüte gestanden haben mußte.

Im oberen Stockwerk nahmen die herrschaftlichen Suiten die gesamte Rückfront des Hauses ein. Außer den beiden ehelichen Schlafzimmern und dem dazwischenliegenden Wohnzimmer gab es ein Kinderzimmer sowie die Quartiere für ein Kindermädchen und eine Zofe des Kindermädchens.

Der Rundgang dauerte eine knappe Stunde, und Hallie konnte sich wieder zum Personal gesellen, ehe jemand entdeckte, was sie unternommen hatten. Reggie setzte sich in die Bibliothek, um Lady Miriam zu erwarten.

Sie brauchte sich nicht lange zu gedulden. Die Gräfin kam von ihrem Ausritt zurück und begab sich direkt in die Bibliothek. Sie trug ein dunkelviolettes Reitkostüm und hielt ihre Reitpeitsche noch in der Hand. Nur im ersten Moment wirkte sie überrascht, weil sie den Raum nicht leer vorfand. Dann zog sie ihren Hut und ihre Handschuhe aus, ohne Reggie zu beachten.

So war das also... Zumindest erklärte das, woher Nicholas seinen Hang zur Grobheit hatte.

Reggie nutzte die Gelegenheit, Miriam Eden zu mustern, während sie ignoriert wurde. Für eine Frau von fast fünfzig Jahren hatte sie sich bemerkenswert gut gehalten. Sie war schlank, gepflegt und jugendlich, ihre Haltung steif und aufrecht. Keine einzige Silbersträhne durchzog ihr blondes, zu einem Knoten aufgestecktes Haar. Ihre Augen waren herbstlich grau – harte, kalte Augen, aber vielleicht lächelten sie auch manchmal? Reggie zweifelte daran.

In ihrem Äußeren wies sie eine minimale Ähnlichkeit mit ihrer Schwester Eleanor auf, das erschöpfte sich bereits in den Äußerlichkeiten. Die jüngere Schwester strahlte Wärme und Freundlichkeit aus, und davon besaß die Gräfin gar nichts. Wie sollte es ihr wohl möglich sein, mit dieser Frau zusammenzuleben?

»Soll ich Sie Mutter nennen?« fragte sie plötzlich, und die Gräfin zuckte wahrnehmbar zusammen. Sie drehte sich um und sah

Reggie direkt an. Die grauen Augen waren starr, die Lippen spöttisch geschürzt. Offenbar ist sie es nicht gewohnt, angesprochen zu werden, ehe sie sich dazu herabläßt, das Wort an jemanden zu richten, überlegte Reggie.

Mit spröder Stimme erwiderte Miriam: »Bloß nicht. Ich bin genauso wenig Ihre Mutter wie...«

»Ach, du meine Güte«, fiel Reggie ihr ins Wort. »Ich dachte mir schon, daß Sie sich Nicholas entfremdet haben, da Sie nicht zu unserer Hochzeit gekommen sind, aber ich...«

»Ich wurde hier gebraucht«, sagte Miriam steif.

»... mir war nicht klar, daß Sie Ihren Sohn derart abgeschrieben haben«, beendete Reggie ihren Satz.

»Was tun Sie hier ohne Nicholas?« fragte Miriam.

»Nicholas und ich passen einfach nicht zusammen, verstehen Sie, und daher ist es wohl unmöglich, daß wir zusammenleben«, antwortete Reggie.

Es entstand eine erstaunte Pause. »Warum habt ihr dann geheiratet?«

Reggie zuckte die Achseln und lächelte sie strahlend an. »Es schien eine gute Idee zu sein. Jedenfalls für mich. Ich hatte den ständigen Partyrummel satt, und mir ist das Landleben ohnehin lieber.«

»Das erklärt noch nicht, warum Nicholas geheiratet hat.«

Reggie zog eine Augenbraue hoch. »Das wissen Sie doch sicher. Ich selbst war nicht dabei, als Nicholas sich einverstanden erklärt hat, mich zu heiraten, aber Ihre Schwester und Ihre Schwiegermutter haben an diesen Verhandlungen teilgenommen.«

Miriam sah sie finster an. Natürlich konnte sie dieselbe Frage nicht noch einmal stellen. Und sie wollte auch nicht eingestehen, daß sie keinen Kontakt mit Eleanor und Rebecca hatte. Jetzt mußte sie weiterhin an dieser Eheschließung herumrätseln, und genau das beabsichtigte Reggie.

»Wir leben hier ziemlich abgeschieden«, warnte Miriam.

Reggie lächelte. »Das klingt ganz wunderbar. Ich bedaure nur, daß ich Sie bitten muß, sich andere Zimmer auszuwählen.«

Miriam richtete sich steif auf. »Man sagte mir, Sie hätten sich in Nicholas' Zimmern eingerichtet.«

»Aber auf die Dauer ist das nichts. Ich brauche das Kinderzimmer ganz in meiner Nähe.« Sie tätschelte liebevoll ihren Bauch.

Die Gräfin schien kurz vor einem Erstickungsanfall zu stehen.

»Unsinn! Sie können nicht guter Hoffnung sein. Sie haben gestern erst geheiratet, und selbst wenn Sie nach der Hochzeit in irgendeinem Gasthaus angehalten haben, können Sie unmöglich jetzt schon wissen...«

»Sie vergessen den Ruf Ihres Sohnes, Lady Miriam. Nicholas ist ein geschickter Verführer. Ich war seinem Charme hilflos ausgesetzt. Jetzt bin ich im vierten Monat.«

Die Gräfin starrte Reggies Bauch an.

»Ist es nicht ein Glück, daß man noch nichts sieht?«

»Ich verstehe nicht, wie Sie überhaupt auch nur in irgendeiner Hinsicht von Glück sprechen können«, entgegnete Miriam herablassend. »Die Leute können nämlich zählen. Es ist eine Schande, daß Sie nicht einmal erröten, wenn Sie – einfach eine Schande.«

»Ich erröte nicht, Madam, weil ich mich nicht schäme«, erklärte Reggie kühl. »Und ich habe auch keine Schuldgefühle. Wenn mein Kind fünf Monate nach der Eheschließung geboren wird – nun, andere Kinder sind schon früher auf die Welt gekommen. Zumindest habe ich einen Ehemann, selbst wenn er sich nicht allzuoft blicken lassen wird. Und mein Kind trägt seinen Namen. Wenn man den Ruf Ihres Sohnes bedenkt, wird sich niemand allzusehr darüber wundern, daß er sich während der vier Monate unserer Verlobung nicht vertrösten lassen wollte.«

»Also, das hätte ich nie getan!«

»Haben Sie es denn nicht getan?«

Miriam Eden wurde ob dieser Anspielung scharlachrot und stolzierte aus dem Zimmer. Reggie seufzte. Sie hatte sich ihr Bett selbst gemacht, und wie man sich bettet, so liegt man. Eigentlich hätte sie sich nicht mit der verbitterten alten Kuh anlegen sollen, aber... Sie lächelte. Dieser letzte empörte Blick der Gräfin und diese Entrüstung waren es wert gewesen...

22

»Du scheinst ein bißchen zuzunehmen, stimmt's, Kätzchen?« fragte Anthony, als er Reggie auf die Wange küßte und sich dann neben ihr auf den Rasen setzte. »Du ißt wohl, weil du dich elend fühlst, und das ist kein Wunder, wenn du mit diesem kalten Fisch zusammenlebst.«

Reggie legte ihren Skizzenblock beiseite und lächelte ihren Onkel liebevoll an. »Wenn du Miriam meinst – so übel ist sie gar nicht. Nach unseren beiden ersten Streitereien sind wir zu einer Einigung gekommen. Wir reden einfach nicht miteinander.«

»Ich vermute, das ist auch eine Möglichkeit, mit jemandem auszukommen«, erwiderte Anthony sehr trocken.

Reggie lachte. »O Tony, ich habe dich im letzten Monat vermißt und dich wirklich eher erwartet. Alle anderen sind schon hiergewesen.«

»Es hätte dir kein Vergnügen bereitet, wenn ich gekommen wäre, nachdem ich erfahren habe, was hier gespielt wird. Ich habe bis jetzt gebraucht, um mich zu beruhigen.«

Sie seufzte. »Ich nehme an, du wolltest ihn wieder umbringen?«

»Du hast verdammt recht. Ich habe versucht, diesen niederträchtigen Halunken zu finden, aber er ist wie vom Erdboden verschluckt.«

»Ich hätte dir die Mühe sparen können, ihn zu suchen«, erwiderte sie mit ruhiger Stimme. »Er sagte mir, er würde England verlassen. Das war wohl sein Ernst.«

Anthony geriet in Wut. »Wir sollten uns lieber über etwas anderes unterhalten, Kätzchen. Dein Mann ist nicht mein Lieblingsthema. Was zeichnest du da?«

Reggie reichte ihm den Skizzenblock. »Nur einen Hund, der das welke Laub jagt. Er ist ein paar Minuten ehe du gekommen bist, dort im Wald verschwunden. Aber ich habe ein paar gute Skizzen von den Gärtnern bei der Arbeit und von den Stallknechten mit den Pferden.« Er blätterte die Seiten um und bewunderte ihre Arbeit. »Das ist Sir Tyrwhitt, ein Nachbar«, erklärte sie, als er bei der Skizze eines Gecken mittleren Alters angelangt war. »Kannst du dir vorstellen, daß er und die Gräfin...?«

»Nein!«

»Sieh dich vor. Ich weiß es nicht mit Sicherheit, aber wenn er da ist, benimmt sie sich wie ein ganz anderer Mensch, geradezu kleinmädchenhaft. Kannst du dir das überhaupt vorstellen?«

»Nein«, sagte er entschieden.

Reggie lachte. »Und das sind Quire Gibbs und seine junge Frau Faith. Ich mag sie sehr gern. Miriam ist wütend, weil ich mich mit ihr angefreundet habe. Eine Einladung nach Silverley ist immer eine Ehre gewesen, verstehst du, und als ich Faith hier empfing, zog sich die Gräfin für zwei volle Tage auf ihr Zimmer zurück, um ihren Unwillen auszudrücken.«

»Es macht ihr wohl Spaß, dem niederen Adel eins auszuwischen, stimmt's?«

»O nein, sie nimmt das sehr ernst, Tony.«

Anthony blätterte eine Seite weiter. »Gütiger Himmel, was sind denn das für Typen?« Er blickte sie fragend an.

»Ich vermute, daß es zwei der Gärtner sind, aber es gibt hier so viel Personal, daß ich immer noch nicht alle Dienstboten kennengelernt habe. Ich habe sie gestern unten am See gezeichnet.«

»Du mußt gestern besonders trübsinnig gewesen sein. Sie wirken auf deiner Zeichnung wie finstere Gespenster.«

Reggie zuckte die Achseln. »Das hat nichts mit meiner Stimmung zu tun. Sie sahen wirklich so finster aus. Als sie merkten, daß ich sie zeichne, rannten sie davon, und daher mußte ich die Skizze aus dem Gedächtnis fertigstellen.«

»Mir kommen sie wie die Kerle vor, die in den Hafenspelunken Krawall machen«, meinte er, »nicht wie Gärtner.«

»Ach, Unsinn. Die Leute hier sind wirklich alle sehr nett, wenn man sie erst einmal kennenlernt.«

»Bis auf den kalten Fisch.«

»Sei nicht so unfreundlich, Tony. Ich glaube nicht, daß sie ein sehr glückliches Leben hinter sich hat.«

»Das ist keine Entschuldigung dafür, daß sie anderen ihr Unglück aufzwingen will. Und da wir gerade davon sprechen...«

»Sag es nicht«, sagte sie entschieden. »Mir geht es wirklich sehr gut, Tony, im Ernst.«

»Du kannst mich nicht belügen, Kätzchen. Sieh dich doch an. Du würdest nicht zunehmen, wenn du dich bewegen würdest, und wenn du rumhängst und nicht auf deine Gesundheit achtest, ist das ein Zeichen dafür, daß du unglücklich bist. Ich kenne dich, hast du das vergessen? Du bist in mancher Hinsicht genauso wie deine Mutter. Aber du brauchst nicht hierzubleiben, das weißt du doch. Du kannst wieder nach Hause kommen.«

»Ich weiß, daß ich einen Fehler gemacht habe, Tony, aber ich will nicht, daß es jeder erfährt. Verstehst du das?«

»Um seinetwillen?« fragte er mit scharfer Stimme.

»Nein«, erwiderte sie, und dann fügte sie zögernd hinzu: »Mein Gewicht, auf dem du immer wieder herumreitest, hat andere Gründe, als du glaubst, Tony. Ich bin schwanger.«

Einen Moment lang herrschte verblüfftes Schweigen. Dann entgegnete er: »So früh kannst du das noch nicht wissen. Du bist erst seit einem Monat verheiratet.«

»Ich bin schwanger, Tony. Und zwar hochschwanger.«

Seine kobaltblauen Augen, die ihren so ähnlich waren, wurden kugelrund und zogen sich dann zu Schlitzen zusammen. »Das darf doch nicht wahr sein! Ich bringe ihn um.«

»Nein, das wirst du nicht tun.« Wieder einmal erhob sie Einwände gegen seine bevorzugte Lösung ihrer Probleme. »Du wirst zum ersten Mal Großonkel. Wie könntest du dem Kind erklären, daß du seinen Vater getötet hast?«

»Er hat zumindest eine ordentliche Tracht Prügel verdient«, knurrte ihr Onkel.

»Vielleicht«, stimmte sie zu. »Aber nicht, weil er mich vor der Hochzeit verführt hat. An der Zeugung dieses Kindes war ich nur zu bereitwillig und gern beteiligt.«

»Mach dir nicht die Mühe, ihn in Schutz zu nehmen, Kätzchen. Du vergißt, daß er mir sehr ähnlich ist, und ich kenne *alle* Tricks. Er hat dich verführt.«

»Aber ich wußte genau, was ich tue«, beharrte sie. »Ich – ich war ganz furchtbar dumm, und das weiß ich jetzt auch, aber ich dachte, es würde dazu beitragen, seine Haltung mir gegenüber zu ändern. Er wollte mich dazu bringen, die Verlobung zu lösen. Die Heirat ging ihm von Anfang an gegen den Strich, was er mir deutlich zu verstehen gab.«

»Er hat sich einverstanden erklärt!«

»Ja, aber er dachte, er könnte mich vor der Hochzeit so ärgern, daß ich ihm den Laufpaß gebe.«

»Das hättest du auch tun sollen.«

»Was ich hätte tun sollen, zählt jetzt nicht mehr, Tony.«

»Ich weiß, ich weiß, aber, verflucht, Reggie, wie konnte er dich verlassen, wenn er weiß, daß ...«

»Ich habe es ihm nicht gesagt! Du glaubst doch nicht etwa, ich würde versuchen, einen Mann auf *diese* Weise zu halten, oder?« Sie wirkte ausgesprochen schockiert.

»Oh«, sagte Anthony verwirrt. Dann fügte er düster hinzu: »Im Ernst, Kätzchen, du bist wirklich wie deine Mutter. Melisse hat dich auch wenige Monate nach ihrer Eheschließung geboren.«

Reggie schnappte nach Luft. »Wirklich? Aber – warum hat mir denn das keiner von euch je erzählt?«

Anthony wurde rot und wandte sich ab. »Na ja, hätten wir vielleicht sagen sollen: ›Übrigens, Liebes, du hast es gerade so mit Mühe und Not geschafft, kein uneheliches Kind zu werden‹?«

Sie kicherte und beugte sich vor, um ihn auf die Wange zu küssen. »Ich bin dir wirklich dankbar dafür, daß du mir das erzählt hast. Es freut mich, daß ich nicht der einzige Schandfleck in der ganzen Familie bin – außer Onkel Jason natürlich«, neckte sie ihn.

»Dein Vater hat Melissa wenigstens nicht verlassen. Er betete sie an. Und er hätte sie eher geheiratet, wenn ihr verbissener Stolz die beiden nicht auseinandergebracht hätte.«

»Von alldem habe ich nie auch nur ein Wort gehört«, flüsterte sie verblüfft.

»Sie haben entsetzlich miteinander gestritten, die beiden, das kann man wohl sagen. Melissa hat die Verlobung dreimal gelöst und jedesmal geschworen, sie würde ihn nie wiedersehen.«

»Aber mir haben immer nur alle erzählt, wie sehr sie einander geliebt hätten«, protestierte Reggie.

»So war es auch, Kätzchen«, versicherte er ihr. »Aber sie war genauso aufbrausend wie ich. Die kleinste Unstimmigkeit hat sie aus der Fassung gebracht. Gott sei Dank, daß du *das* nicht von ihr geerbt hast.«

»Ach, da wäre ich mir gar nicht so sicher«, erwiderte Reggie versonnen. »Wenn Nicholas je zurückkommt, werde ich ihm nicht verzeihen. Er hat mich dazu gebracht, mich in ihn zu verlieben, aber unserer Ehe nicht die kleinste Chance gegeben. Ich habe meinen Stolz, obwohl ich ihn anflehte, mich nicht zu verlassen. Aus meiner Liebe ist... Jedenfalls gerate ich in Wut, wenn ich nur an ihn denke.«

»Das ist gut für dich. Überleg dir, ob du nicht doch wieder nach Hause kommen willst, ja? Bei deiner Familie kannst du das Kind genausogut auf die Welt bringen. Wir halten Außenstehende auch gern von dir fern.«

»Ich hab schließlich Meg, und ich...«

»Überleg es dir«, ordnete er entschieden an.

Sie lächelte. »Ja, Onkel.«

23

Es war wieder einer dieser feuchten Novembermorgen, und Reggie schlenderte mit ihrem Skizzenblock zum See hinunter. Onkel Tony hatte die Nacht in Silverley verbracht, und sie hatte sich am frühen Morgen von ihm verabschiedet und ihm noch einmal versprechen müssen, sich zu überlegen, ob sie nicht doch wieder nach Hause kommen wollte. Sie würde darüber nachdenken. Oder zumindest würde sie darüber nachdenken, ob sie nicht nach London zurückkehren sollte, um ihrer Familie näher zu sein. Wenn sie in Nicholas' Stadthaus zog, bliebe der Schein gewahrt. Das war eine gute Idee. Und außerdem hätte sie eine Beschäftigung – jetzt, wo ihre körperlichen Aktivitäten doch stark eingeschränkt waren. Sie konnte sein Haus in London neu einrichten, einen Teil seines Geldes ausgeben.

Das Ärgerliche war, daß sie wirklich angefangen hatte, die Ruhe und Abgeschiedenheit in Silverley zu genießen – zumindest dann, wenn Miriam nicht in der Nähe war. Mit dem Personal kam Reggie gut aus. Sogar Mrs. Oates hatte sich überraschenderweise in dem Moment, in dem sie erfahren hatte, daß Reggie ein Baby bekam, umstimmen lassen. Anscheinend liebte Mrs. Oates Babys. Wer hätte das gedacht?

Reggie sah das graue Haus träumerisch an. Hier hätte sie wirklich glücklich sein können. Sie malte sich aus, wie ihre Kinder über die Wiesen von Silverley liefen, im Sommer kleine Boote auf dem See schwimmen ließen, im Winter darauf Schlittschuh liefen. Und sie stellte sich sogar vor, wie ihr Vater ihnen ihre ersten Ponys schenkte und ihnen die Gangarten zeigte. Irgendwie wußte sie, daß Nicholas gut mit Kindern umgehen könnte. Sie seufzte tief und setzte die Kapuze ihres Pelzcapes auf, als sie einen Blick auf die dräuende Wolkenmauer warf, die sich über ihr zusammenbraute. Meg hatte recht. Es wurde zu kalt, um im Freien zu zeichnen.

Sie klemmte ihren Skizzenblock unter einen Arm und wandte sich wieder dem Haus zu. Den See würde sie bei einer anderen Gelegenheit zeichnen. Plötzlich sah sie, daß einer der Dienstboten auf sie zueilte, aber er kam nicht vom Haus her, sondern aus den Wäldern.

Auf der anderen Seite dieser Wälder lag ihr eigenes Anwesen. Sie war bisher noch nicht dort gewesen. Die Melancholie, die der

Gedanke an diesem Ort auslöste, an dem ihre Eltern den Tod gefunden hatten, war zu überwältigend. Irgendwann würde sie das Grundstück aufsuchen, sagte sie sich. Ja, irgendwann. Und eines Tages würde sie es ihrem Kind zeigen. Das Anwesen, das seinen Großeltern gehört hatte.

Als er näher kam, erkannte sie in dem Dienstboten einen der Männer, die sie kürzlich gezeichnet hatte. Er trug einen riesigen Sack, von dem sie vermutete, daß er dazu diente, welkes Laub hineinzustopfen. Sein Äußeres wirkte so seltsam, wie sie es in Erinnerung hatte. Ein ungewisses Gefühl einer drohenden Gefahr stieg in ihr auf. Vielleicht lag es an dem dichten, ungepflegten Bart, vielleicht an dem langen, strähnigen Haar – aber vielleicht auch an seiner Dreistigkeit. Auf jeden Fall beschloß sie, nicht zu warten, bis er sie erreicht hatte. Sie würde zum Haus zurücklaufen.

Dann blieb sie stehen und sagte sich, was für ein Dummkopf sie doch war. Sie ließ zu, daß ihre Phantasie mit ihr durchging. Wie albern von ihr! Schließlich war der Mann ein Gärtner, nichts weiter.

Reggie hatte diesen Gedanken kaum zu Ende gedacht, als der Mann sie erreicht hatte. Sekundenlang wartete er, um Atem zu holen, dann zog er den Sack, den er bei sich trug, über ihren Hals und ihre Schultern. Im ersten Moment wollte sie impulsiv schreien. Doch ihre Verblüffung überrumpelte sie, während der Sack bis zu ihren Füßen hinuntergezogen wurde, und von ihrem Schrei blieb nur ein erstickter Laut.

Ihr Angreifer warf sich seine Beute sofort über die Schulter und kehrte in die Wälder zurück. Dort stand in einem Versteck eine kostbare, gutgefederte Kutsche, mit zwei Grauschimmeln, die es kaum erwarten konnten, loszulaufen. Ein Mann saß auf dem Kutschbock, bereit, die Pferde mit der Peitsche anzutreiben, sowie er auch nur eine Spur von irgendwelchen Verfolgern wahrnahm. Der Mann, der auf dem Boden stand, blickte finster zu ihm auf.

»Du könntest deinen Arsch wenigstens so weit bewegen, um mir diese verdammte Tür aufzumachen. Sie sieht zwar vielleicht aus, als würde sie nicht mehr als eine Feder wiegen, aber nach dem langen Weg ist sie überhaupt nicht mehr leicht.«

Henri, oder »Onry«, wie seine englischen Freunde ihn mit Vorliebe nannten, kicherte über Arties Bärbeißigkeit, ein sicheres Zeichen dafür, daß ihm der Auftrag keine Sorgen mehr machte. »Es folgt dir also niemand?«

»Soweit ich gesehen habe, nicht. Und jetzt pack mal zu. Du weißt, daß wir sie zart anfassen sollen.«

Sie legten Reggie auf einen gutgepolsterten Sitz und schlangen eilig ein Seil um ihre Knie, damit der Sack nicht verrutschen konnte. »Das müßte seine Laune doch deutlich verbessern, oder? Ich hätte nie geglaubt, daß wir unsere Beute so schnell fangen.«

»Gib es auf, Frenchy. Du kannst sagen, was du willst, und doch wird dich niemand für einen Engländer halten. Wozu probierst du es also noch? Ich wette, du dachtest schon, wir würden wochenlang in diesen Wäldern sitzen.«

»Hast du das etwa nicht geglaubt?«

»Ja, aber ich sagte dir doch, es würde sich auszahlen, wenn wir abwarten, ob sie uns nicht direkt in die Arme läuft. Ganz schön Glück gehabt, was? Wenn das den Captain nicht freut, dann frage ich mich, was ihn überhaupt freuen soll.«

»Mit dem kleinen Fisch fangen wir den größeren.«

»Wie recht du doch hast! Hoffen wir nur, daß das auch nicht allzu lange dauert.«

»Willst du hinten bei ihr sitzen, damit sie nicht vom Sitz fällt, oder willst du vielleicht, daß ich...«

»Das Vergnügen gönne ich dir. Ich traue dir nicht zu, daß du dieses wacklige Landschiff in einem Stück aus diesen Wäldern bringst. Das ist doch wohl eher meine Aufgabe.« Er kicherte in sich hinein. »Diese Arbeitsteilung scheint dir zu behagen?«

»Wie du willst, Artie.« Der junge Franzose grinste den Engländer breit an.

»Aber komm mir bloß nicht auf die Idee, dich an der Kleinen zu vergreifen, Kumpel. Das würde dem Captain gar nicht passen«, sagte der Mann ernst, ehe er wieder auf den Kutschbock stieg. Der Wagen fuhr holpernd los.

Reggie schwirrte der Kopf. Es mußte sich um eine schlichte Entführung handeln. Sobald das Lösegeld bezahlt war, würde man sie wieder nach Hause bringen. Kein Grund zur Sorge.

Sie wünschte, ihr Körper hätte es auch so gesehen. Doch der zitterte fürchterlich. Sie brachten sie zu einem Captain, der nicht wollte, daß sie roh behandelt wurde. Ja, eine Entführung. Und er war ein Schiffskapitän, vermutete sie, denn in Southampton gab es einen großen Hafen. Schließlich hatte Nicholas dort selbst seinen eigenen Schiffahrtsbetrieb.

Sie zwang sich, jedes Wort zu überdenken, das bisher gesagt

worden war. Was hatte das mit dem kleinen Fisch zu bedeuten, mit dem sie den größeren Fisch fangen wollten? Sie strengte sich an, jeden einzelnen Laut und jede Bewegung wahrzunehmen.

Es dauerte nicht länger als eine halbe Stunde, bis sie die Geschwindigkeit verlangsamten, und sie wußte, daß sie in Southampton waren.

»Noch ein paar Minuten, *chérie*, und dann hast du es bequemer«, versicherte ihr derjenige, der sie gefangengenommen hatte. »Dann sind wir drinnen.«

›Drinnen‹? Nicht ›an Bord‹? Aber schließlich war er Franzose, und daher konnte sie nicht wissen, wie wörtlich sie die Dinge nehmen mußte. Ach, du meine Güte. Der Sack, der über ihrem Cape hing, trieb ihr den Schweiß aus allen Poren. Und sie hatte geglaubt, wenn sie erst erwachsen war, würde sie keine Abenteuer mehr erleben...

Die Kutsche hielt an, und sie wurde behutsam herausgehoben, doch diesmal trug der Engländer sie. Es waren keine Wassergeräusche zu hören, keine Wellen, die gegen einen Schiffsrumpf schwappten, kein Knirschen von Planken. Wo waren sie? Sie wankten nicht über eine Schiffsbrücke, aber die Schritte stiegen höher. Dann wurde eine Tür geöffnet.

»Da schlägt es doch dreizehn, Artie! Du hast sie schon?«

»Ballast, den ich abwerfen will, ist das jedenfalls nicht. Wo soll ich sie ablegen, Kumpel?«

»Oben ist ein Zimmer für sie hergerichtet worden. Warum läßt du mich die Kleine nicht tragen?«

»Ich kann dir eins auf's Ohr geben, ohne sie dabei fallen zu lassen. Willst du es sehen?«

Ein tiefes Lachen war zu vernehmen. »Du bist viel zu heikel, Artie. Komm, ich zeige dir ihr Zimmer.«

»Wo ist der Captain?«

»Der wird vor heute abend nicht erwartet. Ich schätze, das heißt, daß ich mich um sie kümmern soll, oder?«

»Hör dir diesen jungen Gockel an, Onry!« rief Artie. »Für nichts auf Erden lassen wir dich mit so was wie der hier alleine, Kerlchen. Du bist hier der einzige, der glauben könnte, daß er heil davonkommt, wenn er sie betatscht, weil der Captain dein Alter ist. Daran brauchst du gar nicht zu denken, solange ich da bin.«

»Ich habe nur gesagt, ich würde mich um sie kümmern – aber nicht so, wie du's meinst«, entgegnete der Junge.

»Errötet der Kleine, Onry? Ist das wirklich ein Erröten, was ich da erkenne?«

»Lauf los, *mon ami*«, riet Henri dem Jungen. »Heute ist nicht mit ihm zu spaßen.«

»Ich will sie wenigstens sehen.«

»Das ist eine Hübsche, Kerlchen.« Artie grinste. »Wenn sie dem Captain erst unter die Augen kommt, könnte es sogar sein, daß er ganz vergißt, weshalb er sie ursprünglich haben wollte. Kann sein, daß er sie für sich behält. Das könnte durchaus sein.«

Sie trugen sie zu ihrem Zimmer, und dort wurde sie auf die Füße gestellt. Sie wankte und fiel fast hin. Das Seil um ihre Knie wurde entfernt, der Sack über ihren Kopf gezogen. Aber in dem kleinen Zimmer mit den zugenagelten Fenstern war es so dunkel, daß sie im ersten Moment Mühe hatte, etwas zu erkennen.

Ihre erste Tat bestand darin, tief Luft zu holen. Dann gewöhnten sich ihre Augen an das Dämmerlicht, und sie richtete ihren Blick auf die drei Männer, ihre Entführer und den Jungen, die auf die Tür zugingen. Der jüngste sah sie über die Schulter an, und sein Mund stand sperrangelweit offen.

»Einen Moment, bitte!« rief sie den Männern nach, als sie die Tür erreichten. »Ich verlange zu wissen, warum ich hierhergebracht worden bin.«

»Das wird der Captain Ihnen sagen, wenn er wieder da ist, Mylady.«

»Und wer ist der Captain?«

»Namen spielen keine Rolle«, antwortete der dreistere von beiden, wobei er ihren hochmütigen Tonfall mit einem besänftigenden Grinsen quittierte.

»Aber ich kenne Ihren Namen, Artie – und Ihren Namen, Henri. Ich habe sogar...« Sie unterbrach sich, ehe sie ihnen erzählte, daß sie die beiden schon skizziert hatte. »Ich wünsche zu erfahren, warum ich hier bin.«

»Sie müssen warten, bis Sie mit dem Captain reden. Im übrigen steht eine Lampe auf dem Tisch, und bald gibt es auch was zu essen. Setzen Sie sich doch einfach, und machen Sie sich's gemütlich.«

Sie wirbelte wütend herum und kehrte ihnen den Rücken zu. Die Tür wurde geschlossen, und ein Schlüssel drehte sich im Schloß. Sie stieß einen tiefen Seufzer aus. Wie hatte sie bloß den Mut aufgebracht, so herablassend mit ihnen zu reden? Es waren finster wirkende Gestalten, und das auch, wenn sie mit ihr plänkelten und mit beschwichtigenden, einschmeichelnden Stimmen auf sie einredeten. Zumindest hatte sie ihnen gegenüber keine Angst gezeigt, das bereitete ihr eine gewisse Genugtuung. Sie konnten lange warten, bis eine Malory klein beigab.

Sie sank erschöpft auf einen Stuhl aus Weidengeflecht und fragte sich mutlos, ob dies wohl für lange Zeit der letzte Moment war, in dem sie diese Genugtuung verspürte.

24

Das Essen war so köstlich, daß Reggie es trotz ihrer Nervosität bemerkte. Sie aß eine üppige Portion Taubenpastete, Reispudding und Safrankuchen. Auch der Wein war delikat. Aber sowie sie nicht mehr durch die Mahlzeit abgelenkt wurde, machte sie sich wieder Sorgen.

Henri hatte ihr das Essen gebracht, in einem auffälligen Rüschenhemd aus Seide, einer schwarzen Kniebundhose, hohen Stulpenstiefeln und einer langen Weste, die einem Frack glich. Meine Güte, jetzt fehlt ihm nur noch ein Ohrring, hatte sie gedacht. Sogar rasiert hatte er sich, abgesehen von seinem säuberlich gezwirbelten Schnurrbart. Weshalb bloß?

In was war sie denn nun schon wieder geraten? Er hatte Frauenkleidung, die brandneu aussah, auf dem Bett ausgebreitet – einen seidenen Morgenmantel, ein eher züchtiges Leinennachthemd, fellbesetzte Pantoffeln und, was ihr wirklich peinlich war, auch Unterwäsche. Auf einer Frisierkommode standen oder lagen Toiletteartikel bereit – Kamm und Bürste und ein sehr teures Parfüm, ebenfalls alles ganz neu.

Der junge Mann war am frühen Nachmittag hereingekommen, um ein Feuer anzuzünden, und Artie hatte an der Tür Wache gehalten und sie furchtsam angelächelt. Frostig hatte sie seinen Blick erwidert und den Jungen vollkommen ignoriert.

Inzwischen war es Nacht geworden, aber sie weigerte sich, das breite Bett zu benutzen. Sie würde, wenn es sein mußte, die ganze Nacht über wach bleiben, aber sie dachte gar nicht daran, sich häuslich einzurichten, ehe sie den Captain getroffen und ihm ihre Meinung gesagt hatte.

Sie legte einige der Holzscheite nach, die der Junge ihr dagelassen hatte, dann rückte sie einen Stuhl vor das Feuer, setzte sich, zog die Beine an und verbarg die Füße unter ihrem dunkelblauen Samtrock. Es war warm im Zimmer, und sie fühlte sich zusehends schläfriger.

Fast hätte sie nicht gehört, wie sich der Schlüssel im Schloß drehte. Sie fuhr bei diesem Geräusch zusammen, drehte sich aber nicht um. Sie wollte verdammt sein, wenn sie sich dazu herabließ, Artie oder Henri auch nur zu bemerken.

»Mein Sohn hat mir erzählt, Sie seien eine unglaubliche Schönheit«, sagte eine tiefe Stimme. »Sehen wir uns doch einmal an, was ihn derart verzückt hat. Zeigen Sie sich, Lady Montieth.«

Sie stand auf und drehte sich ganz langsam um. Verwirrt riß sie die Augen auf.

»Onkel James!« – »*Regan*!« riefen beide gleichzeitig aus.

Sie erholte sich schneller von ihrem Schock. »O Onkel! Es kann doch nicht dein Ernst sein, daß du mich wieder für drei Monate entführen willst, damit wir auf der *Maiden Anne* unseren Spaß haben? Meinst du nicht auch, daß ich etwas zu alt dafür bin?«

Verwirrter hätte er sie gar nicht anschauen können. Er breitete seine Arme aus. »Komm her, Süßes, laß dich umarmen. Mein Gott, aus dir ist wirklich eine unglaubliche Schönheit geworden.«

Sie fiel ihm glücklich um den Hals. »Es sind jetzt drei Jahre her, Onkel James, und damals habe ich dich auch nur eine Stunde lang gesehen. Irgendwie ist es nicht gerecht, daß ich meinen eigenen Onkel nur heimlich und verstohlen treffen kann. Meinst du nicht, es ist an der Zeit, daß du dich wieder mit deinen Brüdern verträgst?«

»Das täte ich gern, Reggie«, sagte er leise. »Aber ich bezweifle, daß sie es wollen.«

Er war immer gern anders als die anderen gewesen, und er hatte ihr sogar einen eigenen Namen gegeben, um sich von ihnen zu unterscheiden. Ihr Onkel, der Pirat, hatte sie seinen Brüdern vor der Nase weggeschnappt und sie entführt, nachdem sie ihm verboten hatten, sie zu sehen. Er hatte sie an Bord seines Schiffes gebracht und sie zu einem phantastischen Abenteuer mitgenommen, weil er entschlossen war, seinen Anteil ihrer Zeit für sich zu beanspruchen. Sie war damals zwölf gewesen, und sie bewahrte immer noch lebhafte Erinnerungen an diese unglaublichen drei Monate.

Natürlich hatten sie beide dafür büßen müssen. James war bereits in Ungnade gefallen, weil er als Pirat sein Dasein fristete. Als er Reggie zurückbrachte, wurde er von allen drei Brüdern fürchterlich verprügelt, weil er sie in Gefahr gebracht hatte. Sie wollten nichts mehr mit ihm zu tun haben, nicht einmal Tony, mit dem er sich immer so gut verstanden hatte. James litt unter dieser Entzweiung, und es bekümmerte Reggie, daß sie der Grund dieses Zwistes gewesen war. Er hatte es ihr nie vorgeworfen, aber das machte es nur noch schlimmer für sie.

Sie schob James von sich, um ihn von Kopf bis Fuß zu mustern. Er hatte sich in diesen drei Jahren kaum verändert, war immer noch groß und blond und sah so gut aus wie eh und je – und er benahm sich auch so ungehörig wie früher. Was er jetzt wieder angerichtet hatte – sie einfach hierher verschleppen zu lassen!

»Eigentlich sollte ich kein Wort mit dir reden«, sagte sie streng. »Du hast mir einen furchtbaren Schrecken eingejagt. Wenigstens hättest du deine Männer beauftragen können, mich darüber zu informieren, daß ich vom berüchtigten Captain Hawke entführt werden soll.«

»Ich werde ihnen das Fell über die Ohren ziehen! Verdammt noch mal!« Er riß die Tür auf und schrie: »Artie! Henri!«

»Nein, Onkel«, protestierte Reggie.

James' Wutausbrüche waren etwas anders als die von Tony. Der ließ mit sich reden. Selbst mit Jason, der im Zorn zu einem sturen Bullen wurde, konnte man reden. Aber James Malory war furchteinflößend. Obwohl sich sein Zorn nie gegen sie gerichtet hatte, fürchtete sie ihn.

»Onkel James«, sagte sie, »die Männer sind wirklich sehr sachte mit mir umgegangen, und sie waren eifrig um mein Wohlbefinden besorgt. Ich habe mich nicht gefürchtet«, log sie.

»Sie haben einen Irrtum begangen, Regan, und dafür werde ich keine Ausflüchte hinnehmen.«

Eine schwarze Augenbraue wurde abrupt hochgezogen. »Soll das heißen, daß ich gar nicht hierhergebracht werden sollte?«

»Natürlich nicht. Ich hätte dich aufgesucht, ehe ich England wieder verlasse. Aber ich hätte dich nicht zu mir bringen lassen – jedenfalls gewiß nicht auf diese Weise.«

Die beiden Bösewichte tauchten in der Tür auf, und James' kalter, finsterer Blick bereitete ihnen Unbehagen. »Sie wollten uns sprechen, Captain?«

»Wißt ihr eigentlich, wen ihr mir hier gebracht habt?« fragte er mit leiser Stimme. Es war der Tonfall, der seine Unberechenbarkeit erkennen ließ.

Henri ahnte schon, worin die Schwierigkeit lag. »Die falsche Dame?«

»Darf ich vorstellen, meine Herren...« James wies in Reggies Richtung und explodierte: *»Meine Nichte!«*

»Merde!«

»Das kann man wohl sagen«, hauchte Artie.

Ein weiterer Mann tauchte in der Tür auf. »Warum zum Teufel schreist du hier so rum, Hawke?«

»Connie!« rief Reggie begeistert aus, ehe sie sich in seine Arme stürzte.

Das war der Mann, mit dem sie auf den Ausguck geklettert war, der ihr das Fechten und sogar das Segeln beigebracht hatte, wenn ihr Onkel gerade nicht zusah. Conrad Sharpe, James' bester Kindheitsfreund, war jetzt der erste Maat auf der *Maiden Anne*, der spitzbübischste und zugleich auch der liebenswerteste Pirat aller Zeiten.

»Bist du das etwa, kleine Krabbe?« blökte Connie. »Mich soll der Teufel holen, wenn du es nicht bist!« Er drückte sie fest an sich.

»Es ist *Jahre* her!«

»Ja, das kann man wohl sagen«, lachte Conrad. Als sein Blick endlich auf James' finsteres Gesicht fiel, räusperte er sich. »Ich, äh – ich glaube, du solltest gar nicht hier sein, Regan.«

»Den Eindruck habe ich auch.« Sie wandte sich wieder an James. »Tja, Onkel, hier stehen die Schurken. Willst du sie für diesen häßlichen Irrtum auspeitschen lassen? Wenn ja, dann will ich zusehen.«

»Regan!«

»Du tust es also nicht?« Sie sah ihre Entführer an. »Nun, Gentleman, Sie können sich in der Tat glücklich schätzen, daß mein Onkel so gnädig gestimmt ist. Sie kommen gut davon. Ich hätte Ihnen das Fell über die Ohren gezogen, soviel steht fest.«

»Schon gut, Regan, du hast gewonnen«, ließ James sich erweichen. Er nickte Artie und Henri zum Zeichen, daß sie wieder gehen konnten, barsch zu.

»Sie hat sich überhaupt nicht verändert, stimmt's, Hawke?« fragte Conrad lachend, als sich die Tür hinter den beiden Entführern geschlossen hatte.

»Ein gerissenes kleines Miststück«, knurrte James.

Reggie grinste die beiden an. »Aber freut ihr euch denn nicht, mich wiederzusehen?«

»Darüber muß ich erst mal nachdenken.«

»Onkel James!«

»Natürlich, mein Süßes.« James strahlte sie mit dem offenen Lächeln an, das den wenigen vorbehalten war, die er liebte. »Aber du hast hier wirklich Probleme ausgelöst, und jetzt ist man in Silverley sicher auf der Hut.«

»Willst du mir vielleicht erzählen, was das alles zu bedeuten hat?«

»Es hat nichts mit dir zu tun, Regan.«

»So leicht kannst du mich nicht abspeisen, Onkel. Ich bin schließlich kein Kind mehr.«

»Das sehe ich selbst.« Er grinste. »Schau sie dir an, Connie. Ist sie nicht das exakte Ebenbild meiner Schwester?«

»Und die Vorstellung, daß sie meine Tochter sein könnte...«, meinte Conrad versonnen.

»O Connie, du auch?« fragte Reggie mit zarter Stimme.

»Alle haben deine Mutter geliebt, kleine Krabbe, sogar ich«, gestand Conrad brummig ein.

»Hast du mich deshalb unter deine Fittiche genommen?«

»Das brauchst du nicht zu glauben. Du hast dich ganz allein in mein Herz eingeschlichen, du selbst.«

»Dann erzählst du mir vielleicht, was das alles soll.«

»Nein, kleine Krabbe.« Conrad schüttelte den Kopf und schaute James an. »Das ist ganz allein sein Werk. Wenn du `rauskriegen willst, was du wissen möchtest, mußt du ihn mit deinen blauen Augen betören.«

»Onkel James?«

»Es ist – eine alte Geschichte, die ich noch zu regeln habe. Aber das ist wirklich nichts für dich.«

»Ist die Gräfin nicht etwas zu alt für dich?«

»Darum geht es nicht, Regan«, protestierte James. »Und was zum Teufel willst du mit ›alt‹ sagen?«

»Nun ja, sie ist nicht direkt uralt, nehme ich an«, verbesserte sich Reggie. »Sie ist auch sehr gepflegt. Aber was könntest du mit ihr zu schaffen haben?«

»Nicht mit ihr. Mit ihrem Mann.«

»Der ist tot.«

»Tot? Tot!« James sah Connie an. »Verdammt noch mal! Er kann nicht tot sein!«

Reggie sah Connie bestürzt an. »Er wollte eine Rechnung mit ihm begleichen, kleine Krabbe«, erklärte Connie. »Und jetzt sieht es ganz so aus, als sei das Schicksal ihm zuvorgekommen.«

»Wann ist er gestorben?« fragte James barsch. »Und wie?«

Reggie fing an, sich Sorgen zu machen. »Ich weiß wirklich nicht, woran er gestorben ist. Es ist doch schon einige Jahre her.«

James' Wut wurde von Erstaunen verdrängt. Dann fingen beide Männer an zu lachen, und das verblüffte Reggie noch mehr.

»Ach, Süßes, jetzt hast du mich wirklich aus der Fassung gebracht!« rief James lachend. »Aber ich glaube nicht, daß wir von demselben Mann reden. Der, den ich haben will, ist der junge Vicomte.«

»Nicholas Eden?« stieß sie hervor.

»Jetzt hast du es erfaßt. Kennst du ihn?«

»Sehr gut sogar.«

»Dann kannst du mir ja vielleicht verraten, wo er ist. Jemand anderes kann es uns weiß Gott nicht sagen. Ich habe ihn überall gesucht, und ich schwöre dir, dieser Kerl versteckt sich vor mir – und das mit gutem Grund.«

»Gütiger Himmel!« keuchte Reggie. »Du hast mich entführen lassen, damit ich der Köder bin, der Nicholas zu dir lockt, stimmt's?«

»Nicht dich, Süßes«, versicherte James ihr. »Diese Idioten haben dich für Edens Frau gehalten.«

Reggie trat näher an Conrad heran, holte tief Atem und begann dann zögernd: »Onkel James, deine Männer haben keinen Fehler gemacht.«

»Sie...«

»... haben sich nicht geirrt«, beendete sie seinen Satz. »Ich bin Nicholas' Frau.«

Das angespannte Schweigen, das darauf folgte, zerrüttete die Nerven aller. James stand starr da. Conrad legte einen Arm schützend um Reggie, und gemeinsam erwarteten sie seinen Wutausbruch. Ehe es dazu kam, ging die Tür auf, und der junge Mann sah durch den Türspalt. »Henri hat mir gerade erzählt, daß sie meine Kusine ist. Stimmt das?«

James sah ihn finster an. »Jetzt nicht, Jeremy!« Der Junge zuckte zusammen.

»Nein, geh nicht weg, Jeremy.« Reggie nahm den Jungen an der Hand und zog ihn in das Zimmer. »Onkel James ist wütend auf mich, nicht auf dich.«

»Ich bin nicht wütend auf dich, Regan.« Mühsam beherrschte er seine Stimme.

»Du wolltest mich gerade anschreien.«

»Ich wollte dich nicht anschreien!« explodierte er.

»Das ist mir aber jetzt eine große Erleichterung«, gab Reggie zurück.

James machte den Mund auf, preßte seine Lippen wieder zusammen und seufzte resigniert. Er sah Conrad in die Augen, und es war deutlich zu erkennen, was er ihm mitteilen wollte. *Kümmere du dich um sie. Ich gebe auf.*

Conrad stellte die beiden einander vor. »Jeremy Malory – Lady Regina Mal – äh, Eden, Gräfin von Montieth.«

»Donnerwetter!« Jeremy grinste. »Deshalb ist er so aufgebracht.«

»Ja. Ich glaube nicht, daß es ihm gefällt. Na ja, das ist ja auch egal.« Sie lächelte den attraktiven jungen Mann an, der ihre Haare und ihre Augen hatte. »Bisher habe ich dich nicht genauer in Augenschein genommen. Himmel, du siehst aus wie dein Onkel Tony, als er jünger war.« Sie wandte sich an James. »Wo hältst du ihn eigentlich immer verborgen, Onkel?«

»Ich verstecke ihn nicht«, sagte James mürrisch.

»Die Familie weiß nichts von ihm.«

»Ich selbst habe erst vor fünf Jahren herausgefunden, daß er mein Sohn ist. Und ich stehe seitdem nicht gerade auf dem besten Fuß mit meinen Brüdern. Wir haben seither nicht mehr miteinander gesprochen.«

»Du hättest es *mir* sagen können, als wir uns das letze Mal trafen.«

»Damals hatten wir dafür keine Zeit, Regan. ›Ach, übrigens, ich habe einen Sohn.‹ Du hättest mich mit deinen endlosen Fragen verfolgt, und Jason hätte das Personal ausgeschickt, damit es dich aufspürt und mich findet.«

»Ich nehme an, du hast recht. Aber wie hast du ihn gefunden? Fünf Jahre ist das also her?«

»Sogar etwas weniger als fünf Jahre«, erwiderte er. »Und wir sind einander rein zufällig in einer Kneipe begegnet, in der er gearbeitet hat.«

»Du hättest das Gesicht deines Onkels sehen sollen, kleine Krabbe, als sein Blick auf den Jungen fiel.« Conrad lächelte bei der Erinnerung. »Irgendwie kam ihm der Kleine bekannt vor, aber er wußte nicht, warum. Und Jeremy ließ ihn auch nicht aus den Augen.«

»Weil ich ihn erkannt habe, verstehst du?« warf Jeremy ein. »Ich hatte ihn zwar selbst noch nie gesehen, aber meine Mutter hat ihn mir oft beschrieben. Endlich habe ich dann meinen Mut zusammengenommen und ihn ganz direkt gefragt, ob er James Malory ist.«

»Die Reaktion kannst du dir vorstellen«, bemerkte Conrad fröhlich. »In allen Hafenkneipen kannte man ihn nur als Captain Hawke, und dann stand diese halbe Portion vor ihm und nannte ihn bei seinem richtigen Namen. Und um das alles noch zu überbieten, behauptete er, daß er sein Sohn ist! Ich habe angefangen, laut zu lachen, aber Hawke hat nicht mitgelacht. Er hat sich die Haarfarbe, die Augenfarbe und den Gesichtsschnitt des Jungen angesehen und ihm ein paar Fragen gestellt, und über Nacht ist er der stolzeste Vater aller Zeiten geworden.«

»Dann habe ich also einen neuen Vetter, noch dazu einen, der fast ausgewachsen ist.« Reggie lachte. »Das ist ja einfach großartig. Willkommen in der Familie, Jeremy.«

Er war fast so groß wie sein Vater, nämlich wesentlich größer als Reggie. Sie stellte sich auf die Zehenspitzen, um ihn auf die Wange zu küssen. Zu ihrem Erstaunen drückte er sie überschwenglich an sich, und ihr blieb die Luft weg. Der Junge wollte sie nicht mehr loslassen.

»Es reicht, Jeremy. Jeremy!«

Der Junge trat zurück. »Kann ein Vetter seine Kusine heiraten?« fragte er.

Conrad brüllte vor Lachen. James blickte finster drein. Reggie errötete. Jetzt verstand sie das Motiv, das hinter dieser Umarmung stand.

»Noch ein Lebemann mehr in der Familie, Onkel James?« fragte sie trocken.

»Es scheint ganz so«, seufzte James. »Und noch dazu einer, der alle diese Tricks viel zu früh lernt.«

»Er folgt nur deinem Beispiel«, warf Conrad gewandt ein.

»Jetzt geht er jedenfalls ins Bett.«

»Donnerwetter, das kannst du nicht mit mir machen«, protestierte Jeremy.

»Geh«, sagte James streng. »Du kannst deine Kusine morgen früh länger sehen, wenn du dich ordentlich benimmst und immer daran denkst, daß sie deine Kusine und nicht irgendeine Dirne in einer Hafenkneipe ist.«

Nach dieser Ermahnung hätte man vielleicht damit rechnen sollen, daß sich der Junge beschämt zurückziehen würde. Nicht so Jeremy. Er grinste Reggie schelmisch an und zwinkerte ihr zu. »Ich werde von dir träumen, süße Regina, heute nacht und für alle Zeiten.«

Sie hätte fast gelacht. Eine solche Dreistigkeit! Sie sah ihn keck an. »Sei nicht so ungehörig, Vetter. Du hast mich dicht genug an dich gedrückt, um sagen zu können, daß ich *sehr* verheiratet bin.«

Reggie stöhnte innerlich und verfluchte sich für ihr vorlautes Mundwerk. Jeremy warf einen Blick auf seinen Vater und stürzte zur Tür. Sie machte sich auf einiges gefaßt, denn sie war sicher, daß James genau verstanden hatte, was sie damit hatte sagen wollen.

»Ist das wahr?«

»Ja.«

»Der Teufel soll ihn holen! Wie konnte das geschehen, Regan? Wie zum Teufel kommst du dazu, diesen – diesen...«

»Du scheinst genauso wütend zu sein wie Tony«, schnitt sie ihm das Wort ab. »Ihr wollt beide ein Stück von ihm haben. Dann sucht doch Nicholas, teilt ihn zwischen euch auf, schneidet ihn in Stücke, erschießt ihn oder bringt ihn sonstwie um. Was macht mir das schon aus? Er ist ja schließlich nur mein Mann und der Vater meines Kindes.«

»Ganz ruhig, kleine Krabbe«, sagte Conrad beschwichtigend. »Dein Onkel hat in dem Moment, in dem er erfahren hat, daß du mit ihm verheiratet bist, seine Pläne aufgegeben.«

»Was für Pläne?« fragte sie. »Was bedeutet das alles, Onkel James?«

»Nun gut. Kurz gesagt – ich habe ihn wegen einer Beleidigung gründlich verprügelt, und dafür bin ich im Gefängnis gelandet.«

»Und beinah gehängt worden«, fügte Conrad hinzu.

»Nein«, sagte Reggie atemlos, »ich kann nicht glauben, daß Nicholas...«

»Er hat der Polizei Hawkes Namen genannt, kleine Krabbe. Es mag ja sein, daß die *Maiden Anne* ohne Piratenflagge ausläuft, aber England vergißt nie etwas. Hawke ist wegen Piraterie verurteilt worden. Es ist ihm gelungen zu entkommen. Aber das hatte er nicht Montieth zu verdanken.«

»Jetzt verstehst du vielleicht, warum die Jungen darauf geachtet haben, dir meinen Namen nicht zu nennen«, fügte James hinzu. »Ich mußte meinen eigenen Tod inszenieren. Andernfalls hätte ich England augenblicklich verlassen müssen. Es tut mir leid, Regan, und es wäre mir lieber, wenn du nicht wüßtest, daß dein Mann in diese Geschichte verwickelt ist.«

»Du brauchst dich nicht zu entschuldigen, Onkel«, entgegnete Reggie mit gepreßter Stimme. »Es überrascht mich nur, wie oft ich von allen Seiten daran erinnert werde, wie sehr ich mich in ihm getäuscht habe. Ich verstehe einfach nicht, wie ich so dumm sein konnte, mir einzureden, daß ich ihn liebe.«

»Du liebst ihn nicht?«

»Nein. Und sieh mich nicht so an. Ich liebe ihn wirklich nicht.«

»Findest du nicht, daß sie es zu heftig abstreitet, Hawke?« fragte Conrad grinsend.

»So, das glaubst du also?« rief Reggie erbost. »Würdest du etwa eine Frau lieben, die dich am Tag der Hochzeit verläßt? Das werde ich ihm nie verzeihen. Niemals. Selbst wenn er mich nicht heiraten wollte, selbst wenn er es gerechtfertigt fand, mich zu verlassen, dann hasse ich ihn dafür, daß er mich... Jedenfalls ist er einfach hassenswert.«

Die beiden Männer wechselten einen Blick. »Wo ist er?« fragte ihr Onkel.

»Er hat England verlassen. Nicht einmal den Gedanken, in einem und demselben Land mit mir zu leben, konnte er ertragen.«

»Hat er irgendwelche Güter in anderen Ländern?«

Sie zuckte die Achseln und war wieder ganz in ihrem eigenen Elend versunken. »Er hat einmal erwähnt, daß er in der Karibik ein Stück Land besitzt, aber ich weiß nicht, ob er dort ist. Was spielt das auch für eine Rolle? Er hat nicht die Absicht, jemals wieder zurückzukommen. Das hat er absolut deutlich...«

Sie verstummte, als im unteren Stockwerk ein Tumult ausbrach. James nickte Conrad zu, der sich auf den Weg machte, um nachzusehen, was da vorging. In dem Moment, in dem Conrad die Tür öffnete, stand fest, daß das Handgemenge nicht im unteren Stockwerk, sondern ganz in der Nähe stattfand. James rannte hinter Conrad aus dem Zimmer, dicht gefolgt von Reggie.

Auf der Treppe war eine Schlägerei im Gange, zwischen Henri und – *Tony*? Gütiger Himmel, es war wirklich Tony! Artie lag bereits flach ausgestreckt auf dem unteren Treppenabsatz. Henri stand kurz davor, sich zu ihm zu gesellen.

Reggie bahnte sich einen Weg zwischen James und Conrad hindurch. »Tony, hör auf!«

Anthony sah sie und ließ Henri los, der daraufhin auf den Stufen zusammensackte.

»Ich habe also doch recht gehabt!« Tony sah seinen Bruder finster an. »Du hast deine Lektion wohl nicht gelernt, als du das letzte Mal mit ihr durchgebrannt bist, James?«

»Darf ich fragen, wie du uns gefunden hast?« erkundigte sich James mit professioneller Ruhe.

»Nein, das darfst du nicht!« gab Anthony zurück.

»Tony, du verstehst das nicht...«, begann sie.

»Reggie!«

Sie biß die Zähne zusammen. Tony war so stur. Aber diese Gelegenheit durfte sie sich nicht entgehen lassen. Die Brüder waren zusammengetroffen – eine Chance, die Kluft, die sie entzweite, wieder zu schließen. Doch wenn Tony sie augenblicklich aus dem Haus schleifen wollte, wie konnte sie ihn dann dazu bringen, daß er sich beruhigte und mit James redete?

»Ohhh!« Reggie griff mit einer Hand nach James' Arm und hielt sich mit der anderen den Bauch. Sie krümmte sich, als hätte sie Schmerzen. »Mir ist ganz – ohhh! Zuviel – Aufregung! Ein Bett, Onkel. Leg mich auf ein Bett.«

James hob sie behutsam auf seine Arme. Er sagte kein Wort, aber als er ihr in die Augen sehen konnte, warf er ihr einen zweifelnden Blick zu. Reggie tat so, als hätte sie nichts gemerkt, und stöhnte wieder sehr eindringlich.

Jeremy kam durch den Korridor auf sie zugelaufen und steckte sich ein offenes Hemd in die Hose. Er mußte beides eilig übergezogen haben. »Was ist passiert? Was fehlt Regan?« Niemand antwortete ihm, und James und Conrad eilten mit Reggie wieder zu ihrem Schlafzimmer. »Wer sind Sie denn?« fragte Conrad, als Anthony an ihm vorbeistürzte, um den anderen zu folgen.

Anthony blieb wie erstarrt stehen. Er hatte nur einen Blick auf den Jungen geworfen, aber das reichte. Es war, als hätte er in einen Spiegel gesehen, der ihm die eigene Vergangenheit zeigte. »Und wer zum Teufel bist *du*?«

Conrad kam aus dem Schlafzimmer und lachte. »Das ist nicht Ihrer, falls Sie das glauben, Sir Anthony. Aber er gehört zur Familie, da haben Sie recht. Es ist James' Sohn.«

Anthony schnappte überrascht nach Luft, doch Jeremy übertönte diesen Laut mit seinem eigenen erstaunten Atemholen. »Onkel Tony? Donnerwetter! Ich dachte schon, ich würde die Familie meines Vaters nie kennenlernen, aber jetzt kommt erst Regan. Dann du – und das alles an einem Abend...« Er drückte Anthony so kräftig an sich, daß diesem fast die Luft wegblieb. Dann packte Tony den Jungen an den breiten Schultern und umarmte ihn zu Conrads Erstaunen ebenfalls. »Geh nicht weg, Junge«, sagte er brummig, ehe er das Schlafzimmer betrat.

Als er Reggie auf dem Bett liegen und James neben ihr stehen sah, geriet Tony wieder in Wut. »Zum Henker mit dir, James! Hast du denn den letzten Rest Verstand verloren – sie in ihrem Zustand durch die Gegend zu schleifen?«

»Er hat mich nicht durch die Gegend geschleift«, protestierte Reggie.

»Lüge nicht um meinetwillen, Süßes«, schalt James sie sachte aus. Er stand auf und stellte sich seinem jüngeren Bruder gegenüber. »Du hast recht, Tony. Wenn ich auch nur einen Rest Verstand besäße, hätte ich mich erkundigt, wer Montieths neue Frau ist, ehe ich sie hierherbringen lasse, um ihn damit zu ködern.«

Tony sah ihn bestürzt an und fragte dann entgeistert: »Ein Irrtum?«

»Ein kolossaler Irrtum.«

»Das ist immer noch keine Entschuldigung«, knurrte Tony.

»Ich bin ganz deiner Meinung.«

»Würdest du aufhören, meiner Meinung zu sein?«

James kicherte in sich hinein. »Du brauchst keinen Vorwand, wenn du über mich herfallen willst, und genau das ist es doch, was dich juckt, Bruder.«

»Tu es nicht, Onkel Tony«, bat Jeremy, der gerade ins Zimmer kam. »Ich will doch keinen Ärger mit dir haben, wenn ich dich gerade erst kennengelernt habe.«

»Er will seinen Alten immer beschützen«, warf Conrad ein, »weil er glaubt, daß sein Vater nach der gräßlichen Lektion, die ihm Montieth verpaßt hat, nicht mehr allein klarkommt.«

»Ich dache, ich hätte dich ins Bett geschickt, Jeremy.« Aber James' finsteres Gesicht galt in Wirklichkeit seinem ersten Maat.

»Sagtest du nicht, daß *du* Nicholas verprügelt hast, Onkel James?« fragte Reggie.

»O ja, das hat er auch getan, kleine Krabbe.« Conrad grinste. »Er hat den Schauplatz dieses Treffens auf seinen eigenen Füßen verlassen – wenn auch nur mit knapper Not – wogegen dein Mann zweifellos nicht mehr selbst laufen konnte.«

»Zweifellos?« echote sie.

Conrad hob die Schultern. »Wir sind verschwunden, als er noch bewußtlos war.«

»Willst du damit sagen«, rief sie aufgebracht, »daß ihr ihn liegen gelassen habt, als er verletzt war?«

Conrad und James zuckten zusammen und letzterer erwiderte: »Es ist schnell Hilfe gekommen, Regan, sogar so schnell, daß ich eine Stunde später im Gefängnis gelandet bin.«

»Was hat denn das zu bedeuten?« schrie Anthony.

»Oh, das ist eine Geschichte, die dir sicher Vergnügen bereitet«, sagte Reggie verärgert. »Es scheint so, als seist du nicht der einzige, der meinem Mann an die Gurgel will.«

Anthony sah sie finster an. »Ich dachte, du hättest endlich aufgehört, diesen Lumpen zu verteidigen?«

»Das habe ich auch«, erwiderte sie steif. »Aber es ist meine Sache, es ihm zu zeigen, *nicht eure*. Ich brauche keine Einmischung von Seiten meiner Onkel, wenn ich selbst durchaus in der Lage bin, Nicholas Eden bereuen zu lassen, daß er je wieder nach England zurückgekehrt ist, falls er überhaupt irgendwann wiederkommt.«

»Das klingt schon ziemlich bedenklich«, meinte Anthony.

»Ja, das kann man wohl sagen«, stimmte James lächelnd zu. »Ich wünschte fast, er käme zu ihr zurück.«

»Das ist ja phantastisch!« fauchte Reggie. »Es freut mich wirklich, daß ihr beide euch endlich einig seid.«

»Mach dir keine zu großen Hoffnungen, Kätzchen«, warnte Anthony. »Ich verbünde mich nicht mit Piraten, die Kinder entführen.«

»Ach, so ein Blödsinn, Tony!« rief Reggie gereizt. »Das ist jetzt Jahre her. Hör endlich damit auf.«

»Wen bezeichnest du hier als einen Piraten?« fragte Jeremy herausfordernd.

»Dein Vater ist ein Pirat«, sagte Anthony.

»Das ist er nicht! Jedenfalls nicht mehr!«

Anthony sah James an, um Klarheit zu bekommen, aber James war so stur, ihm nichts zu erklären. Conrad war derjenige, der sagte: »Die *Maiden Anne* wurde, kurz nachdem Jeremy zu uns kam, aus dem Verkehr gezogen. Wir konnten den Jungen doch nicht gut an Bord aufwachsen lassen, oder? Jetzt läuft das Schiff – abgesehen von den wenigen Reisen in die alte Heimat – nur noch aus, um unsere Ernte auf den Markt zu bringen. Wir sind Pflanzer auf den Inseln geworden.«

»Ist das wahr, James?« fragte eine ruhige Stimme hinter ihnen, die aus dem Türrahmen kam.

»Onkel Jason?« rief Reggie aus, als sie ihren ältesten Onkel sah. James machte einen bedrohlichen Eindruck, und sein Gesicht war nicht minder finster.

»Oh, es tut mir leid, James«, sagte Anthony von sich aus. »Ich habe ganz vergessen, dir zu sagen, daß unsere älteren Brüder gleich nachkommen.«

»Nicht schnell genug«, keuchte Edward atemlos, als er neben Jason in der Tür auftauchte. Ein nettes Häuschen hast du hier, James. Was kostet es dich?«

»Immer noch ganz der große Geschäftsmann, was, Edward?« fragte James grinsend. »Hättet ihr etwas dagegen, mir zu sagen, wie zum Teufel ihr mich gefunden habt? Und wieso wißt ihr überhaupt, daß ich in England bin?«

»Das ist Anthonys Werk«, erwiderte Edward. »Er hat eine Skizze gesehen, die Reggie gezeichnet hat. Als er heute morgen nach London zurückgekommen ist, hat er bei mir vorbeigeschaut, um mir zu erzählen, wie es ihr geht. Und dabei ist ihm aufgegangen, wo er einen der Kerle auf der Skizze schon einmal gesehen hat. Er konnte sich erinnern, daß er zu deiner Mannschaft gehörte, als du die *Maiden Anne* eben erst gekauft hattest. Jason war gerade aus Haverston gekommen und reimte sich den Rest zusammen.«

»Aber woher wußtet ihr, daß ihr mich hier findet?«

»Das war ganz einfach«, antwortete Edward. »Hier ist der nächste Hafen. Ich dachte mir, du seist vielleicht unverfroren genug, hier im Hafen einzulaufen.«

»Nicht ganz so unverfroren«, erwiderte James mürrisch. »Das Schiff wartet auf See.«

»Deshalb haben wir es nicht gefunden. Aber Anthony gibt natürlich nicht so schnell auf. Den Rest des Nachmittags verbrachten wir damit, von einem Ende der Stadt bis zum anderen Nachforschungen anzustellen. Endlich hatten wir dann Glück und spürten einen Mann auf, der dich aus diesem Mietshaus hatte kommen sehen.«

»Und was jetzt?« erkundigte sich James, zu Jason gewandt. »Wollt ihr mich jetzt wieder alle maßregeln?«

»Natürlich nicht, Onkel James«, antwortete Reggie eilig. »Ich bin sicher, daß sie die Vergangenheit gern vergessen, wenn du sie auch vergißt. Du hast dich jetzt niedergelassen und einen prächtigen Sohn. Schließlich bist du kein Pirat mehr. Ich weiß, daß sie deinen Sohn gern in die Familie aufnehmen werden.«

»Einen Sohn!«

»Ich«, sagte Jeremy stolz, und er sah Jason und Edward erwartungsvoll an.

Reggie sprach weiter, ehe ihre beiden älteren Onkel sich wieder gefaßt hatten. »Ich glaube wirklich nicht, daß ich heute noch mehr Aufregungen vertrage. Schließlich könnte ich mein Baby verlieren, wenn...«

»Baby!«

»Tony, hast du es ihnen denn nicht erzählt?« fragte Reggie in aller Unschuld.

»Gut gemacht, Kätzchen.« Anthony grinste sie an. »Ich sehe, daß du dich schon wieder gut erholt hast.«

»Ich mußte mich doch nur einen Moment hinlegen.«

Er schüttelte den Kopf. »Ich glaube, du kannst uns jetzt beruhigt allein lassen, damit wir einander umarmen und uns wieder versöhnen. Lauf los und besorg dir eine Tasse Tee oder so was. Und nimm meinen neuen Neffen mit.«

»Onkel Jason?« Sie brauchte ihre Frage nicht auszusprechen. Er nickte. Seine Miene drückte jetzt wieder harmlosen Mißmut aus, und somit war alles in Ordnung. »Geh schon, Reggie. Wenn du im Zimmer bist, bringt kein Mann ein Wort raus.«

Reggie lächelte triumphierend und umarmte James. »Willkommen in der Familie, Onkel James.«

»Regan, mein Süßes, du darfst dich niemals ändern.«

»Als ob ihr vier jemals zulassen würdet, daß ich mich ohne *eure* Einwilligung ändere!« Sie hängte sich bei Jeremy ein. »Komm, Vetter. Dein Vater wird ihnen alles über dich erzählen, und inzwischen kannst du mich informieren.«

»Ich gehe wohl besser mit den beiden«, meinte Conrad, und das tat er auch.

Als die drei das Zimmer verließen, hörten sie hinter sich: »Du mußt immer noch alles anders machen, James, stimmt's?« Das war Jason. »Sie heißt nicht Regan.«

»Und sie heißt auch nicht Reggie! Und überhaupt ist sie über den Namen Reggie hinausgewachsen. Regan paßt viel besser zu einer erwachsenen Frau.«

»Ich finde, es klingt eher so, als sei es dir nicht gelungen, sie wieder miteinander zu versöhnen«, sagte Jeremy.

»Unsinn«, erwiderte Reggie kichernd. »Erklär du es ihm, Connie.«

»Sie hat recht, Junge«, murmelte Conrad, der mit den beiden durch den Korridor ging. »Sie sind ganz verzweifelt, wenn sie nichts haben, worüber sie sich streiten können.«

»Und jetzt überleg dir mal, wie glücklich du sie gemacht hast, Jeremy«, fügte Reggie weise hinzu. »Jetzt können sie sich auch noch darüber streiten, wie *du* aufwächst.«

25

Der Hengst hinterließ eine aufwirbelnde Staubspur, als er über die Wege der Plantage galoppierte. Frühlingsblumen europäischer Herkunft mischten sich mit den tropischen Blüten am Wegesrand zu einer wilden Farbenpracht. Rechts neben dem Weg, nicht weiter als eine halbe Meile entfernt, ließ das Meer hohe Wellen auf den Sandstrand branden. Die heiße Sonne fiel, soweit das Auge reichte, glitzernd auf das blaue Wasser.

Nicholas nahm an diesem frühen Apriltag nichts von all der Schönheit wahr, denn er war zu verdrossen. Er kehrte vom kleinen Inselhafen zurück, wo er Captain Bowdler getroffen und erfahren hatte, sein Schiff könnte mit der Flut am nächsten Morgen auslaufen. Er würde zurück nach England segeln, nach Hause, zu Regina.

Die sechs Monate, die er fort gewesen war, hatten nicht dazu beigetagen, sie aus seinen Gedanken zu verbannen. Er hatte es wirklich versucht und Monate damit verbracht, eine baufällige Villa in das Glanzstück der ganzen Insel zu verwandeln, weitere Monate damit, den Boden für die Saat vorzubereiten. Fast jede Sekunde hatte er hart gearbeitet, aber seine Grundstimmung war immer noch beängstigend sentimental. Hundertmal hatte er sich entschlossen, nach Hause zurückzukehren, und sich diesen Vorsatz ebenso oft wieder ausgeredet. Die Lage dort konnte sich nicht verändert haben. Miriams Drohungen belasteten seine Ehe mit Regina immer noch.

Doch in all der Zeit hatte Nicholas das Naheliegende übersehen. Regina wußte es wahrscheinlich längst. Miriam konnte nicht sechs Monate lang mit seiner Frau zusammenleben, ohne zu versuchen, sie gegen ihn einzunehmen. Ja, inzwischen mußte Regina alles wissen.

Diese Wahrscheinlichkeit war ihm letzte Woche vor Augen geführt worden, als er sich mit Captain Bowdler gewaltig betrunken und dem Mann sein Herz ausgeschüttet hatte. Ein objektiver Außenstehender, genauso betrunken wie er, war nötig, um ihm deutlich zu machen, daß er hier auf der Insel festsaß und schmollte wie ein Kind, weil er die Frau nicht hatte, die er haben wollte. Aber er hatte wahrhaft lange genug geschmollt. Es war an der Zeit, nach Hause zu gehen und dort zu erkunden, wie die Dinge standen. Wenn seine Frau ihn verabscheute, dann war das eben das Ende der ganzen Geschichte.

Aber wenn nicht? Das hatte ihn auch Captain Bowdler gefragt. Was war, wenn sie die öffentliche Meinung achtlos abtat und ihn nach seinen eigenen Vorzügen beurteilte? Nun, die Wahrheit war, daß er sie abscheulich behandelt hatte und daß sie ihn nur danach einschätzen konnte. Außerdem war es bereits zu einem Skandal gekommen, und sie hatte daraufhin beschlossen, ihn zu heiraten. Er hätte gern geglaubt, daß sie es aus anderen Gründen als um der Schicklichkeit willen getan hatte, aber das war zu unwahrscheinlich.

Was bedeutete das alles für ihn? Es sagte ihm gar nichts. Ehe er nicht wieder zu Hause war, konnte er nicht wissen, wieviel Unheil angerichtet worden war.

Ein barfüßiger Junge mit schokoladenbrauner Haut kam aus dem großen weißen Haus gelaufen, um Nicholas das Pferd abzunehmen. Das war das einzige, woran Nicholas sich hier nie gewöhnt hatte – daß er Sklaven hielt. Es war das einzige, was er an diesen Inseln haßte.

»Sie haben Gäste, Sir, im Arbeitszimmer«, teilte ihm seine Haushälterin mit. Er bedankte sich bei ihr und lief etwas verärgert durch die weitläufige Eingangshalle. Wer wollte ihn besuchen? Er mußte noch packen und außerdem einen Termin mit seinem

Grundstücksverwalter wahrnehmen. Für einen Plausch hatte er keine Zeit.

Nicholas trat in das abgedunkelte Arbeitszimmer, dessen Jalousien die Mittagshitze abhielten. Er warf einen Blick auf die drei Stühle vor seinem Schreibtisch, die besetzt waren. Statt seinen Augen zu trauen, schloß er sie. Das durfte doch gar nicht wahr sein. »Sagen Sie mir, daß Sie nur in meiner Einbildung existieren, Hawke.«

»Ich existiere nur in Ihrer Einbildung.«

Nicholas ging durch das Zimmer und nahm hinter seinem Schreibtisch Platz. »Dann haben Sie wohl auch nichts dagegen, wenn ich so tue, als seien Sie gar nicht da?«

»Siehst du, was ich meine, Jeremy? Er würde dem Teufel ins Gesicht spucken.«

»Ist der das Beste, was Sie als dritten Mann bekommen konnten?« fragte Nicholas trocken und wies mit einer Kopfbewegung auf den jungen Mann. »Ich halte nichts davon, Kinder zu mißhandeln. Kommen Sie und Ihr rothaariger Begleiter nicht ohne Hilfe aus?«

»Es scheint Sie nicht zu überraschen, mich hier zu sehen, Montieth«, sagte James mit ruhiger Stimme.

»Sollte ich überrascht sein?«

»Ja, sicher. Sie haben England verlassen, ehe ich gehängt werden sollte.«

»Ach ja...« Nicholas lehnte sich lächelnd zurück. »Hat es eine große Menschenmenge angelockt?«

»Sie finden das wohl amüsant?« rief Jeremy hitzig.

»Mein lieber Junge, das einzige, was ich amüsant finde, ist meine eigene Dummheit. Wenn ich gewußt hätte, daß dieser Kerl es sich zur Lebensaufgabe macht, mich zu belästigen, hätte ich nie dafür gesorgt, daß die Wächter ein Auge zudrücken, damit er entkommen kann.«

»Verdammter Lügner!« mischte sich Conrad hitzig ein. »Diese Wächter waren unbestechlich! Ich habe ihnen genug geboten, um das mit Sicherheit sagen zu können.«

»Connie, so heißen Sie doch?«

»Für Sie immer noch Mr. Sharpe!«

Nicholas grinste. »Sie sollten wissen, daß sich nicht alles mit Geld regeln läßt. Manchmal hilft es auch, wenn man die richtigen Leute kennt.«

»Weshalb?« fragte James leise.

»Oh, Sie brauchen nicht zu bezweifeln, daß meine Gründe rein egoistisch waren«, erwiderte Nicholas. »Da ich nicht da war, als Sie gehängt werden sollten, habe ich mich entschlossen, die übrige Bevölkerung auch um dieses Vergnügen zu bringen. Hätte ich arrangieren können, daß die Hinrichtung bis nach meiner Rückkehr aufgeschoben wird, können Sie sicher sein, daß ich es getan hätte. Sie brauchen also nicht das Gefühl zu haben, daß Sie mir Dank schuldig sind.«

»Überlaß ihn mir, Hawke.« Conrads Wut wurde übermächtig. »Sie braucht es nie zu erfahren.«

»Falls Sie von meiner Haushälterin sprechen, kann ich Ihnen versichern, daß sie wahrscheinlich in diesem Moment an der Tür lauscht. Aber das braucht Sie von nichts abzuhalten, Sie alter Knacker.«

Conrad schnellte von seinem Stuhl hoch, doch James bedeutete ihm, sich zurückzuhalten. Der Captain starrte Nicholas etliche Sekunden lang nachdenklich an, sah forschend in diese honiggoldenen Augen, dann lache er. »Ich will verdammt sein, wenn ich Ihnen nicht einiges von dem, was Sie gesagt haben, glaube, Montieth. Aber ich frage mich«, fuhr er langsam fort, »was wirklich Ihr Motiv war. Haben Sie sich etwa gedacht, wenn Sie mich aus der Klemme holen, in die Sie mich gebracht haben, sind wir quitt? So sehe ich das nicht.« Nicholas antwortete nicht, und James lachte wieder. »Erzählen Sie mir bloß nicht, ein Mann mit Ihrem Charakter hätte ein Gewissen? Ein Gerechtigkeitsempfinden?«

»Verdammt unwahrscheinlich«, murmelte Conrad.

»Ah, Connie, vergiß nicht, daß ich nicht für das gehängt werden sollte, was ich mit ihm angestellt habe. Und doch war er dafür verantwortlich, daß ich verhaftet wurde.«

»Sehr amüsant«, meinte Nicholas kühl. »Könnten wir diese unsinnigen Spekulationen hiermit abtun? Legen Sie Ihre Karten auf den Tisch, Hawke, oder verschwinden Sie. Ich habe anderes zu tun.«

»Wir auch. Sie glauben doch nicht etwa, es macht mir Spaß, Sie immer wieder aufzuspüren, oder? Es scheint, als sei das alles, was ich heute noch tue«, seufzte James. »Die letzten sechs Monate waren reichlich ermüdend.«

»Sie verstehen sicher, wenn mir das kein Mitgefühl entlockt.«

»Wieviel läßt du dir noch von ihm sagen, Hawke?« knurrte Conrad. »Bist du jetzt bereit, es dir noch einmal zu überlegen?«

»Connie hat recht«, warf Jeremy ein. »Ich kann nicht verstehen, was Regan je an ihm gefunden hat.«

»Nein, mein Junge, wirklich nicht?« höhnte Conrad. »Schau dir doch dieses hübsche Gesicht an.«

»Ruhe jetzt, alle beide«, warnte James. »Regan ist viel zu klug, um auf einen attraktiven Mann reinzufallen. Sie muß mehr als das in ihm gesehen haben.«

»Er ist jedenfalls ganz bestimmt nicht so, wie ich ihn mir vorgestellt habe«, murrte Jeremy.

James lächelte. »Du kannst ihn nicht nach diesen paar Minuten beurteilen, Jeremy. Er ist in Verteidigungsstellung.«

Nicholas hatte das Gefühl, sich genug angehört zu haben. »Hawke, wenn Sie mir etwas sagen wollen – nur zu! Wenn Sie sich wieder mit mir zu schlagen beabsichtigen – worauf warten Sie? Aber wenn Sie sich lediglich über irgendeine Dirne unterhalten möchten, dann tun Sie das woanders.«

»Das nehmen Sie zurück, Lord Montieth!« schrie Jeremy. »Sie ist keine Dirne!«

»Wer zum Teufel ist dieser Junge?«

James lachte. »Mein Sohn, wissen Sie das denn nicht? Ich habe versucht, ihn dazu zu bringen, daß er an Bord bleibt, aber davon wollte er nichts hören. Er war wild entschlossen, dabeizusein, weil er sehen wollte, wie Sie die Nachrichten aufnehmen, die wir für Sie haben.«

»Ich bezweifle, daß sie mir Neuigkeiten bringen, die mich interessieren.«

»Ihre Frau interessiert Sie nicht?«

Nicholas erhob sich langsam und ließ den Captain nicht aus den Augen. »Was ist mit ihr?«

»Sie ist bezaubernd, nicht wahr?«

»Wie konnten Sie...« Nicholas warf sich wutentbrannt über den Schreibtisch und ging James an die Gurgel. Conrad und Jeremy mußten gemeinsam ihre gesamte Kraft aufbieten, um ihn zurückzuzerren. Sie hielten Nicholas fest, jeder an einem Arm. »Wenn Sie ihr auch nur ein Haar gekrümmt haben, Hawke, dann bringe ich Sie um!«

James rieb sich den schmerzenden Hals, aber seine dunklen Augen strahlten. Er war zufrieden. »Was habe ich dir gesagt,

Connie? Ist das die Reaktion eines Mannes, der sich nichts aus seiner Frau macht?« fragte er freudig.

»Meine Frau!« fauchte Nicholas, ehe Conrad antworten konnte. »Was haben Sie mit ihr gemacht?«

»Das ist ja einfach großartig!« rief James lachend. Conrad und Jeremy hielten Nicholas noch fester umklammert. »Was für eine süße Rache es doch wäre, eine Geschichte zu erfinden, mein Junge, um Sie zu martern! Ich könnte Ihnen erzählen, ich hätte Ihre reizende Frau entführt, was sogar wirklich wahr ist. Das tat ich, weil ich Sie zu mir locken wollte. Verstehen Sie, wir wußten nicht, daß Sie das Land verlassen hatten. Und – leider, leider wußte ich nicht, wer Ihre Frau ist.«

»Erzählen Sie mir bloß nicht, der furchtlose Captain Hawke hätte sich von ihrer Familie einschüchtern lassen.«

Das wurde von allen dreien mit einem so brüllenden Gelächter aufgenommen, daß Nicholas ganz entgeistert war. Er brachte es fertig, Jeremy abzuschütteln und dann einen Hieb in Conrads Bauchs zu landen. Damit konnte er sich befreien, aber nur für ein paar Sekunden.

»Ganz ruhig, Junge.« James hielt eine Hand hoch, um Nicholas von weiteren Kämpfen abzuhalten. »Ich will Ihnen nicht weh tun.« Er grinste. »Schon deshalb nicht, weil es mich Wochen gekostet hat, mich vom letzten Mal zu erholen.«

»Soll mich das etwa beschwichtigen? Ich habe genauso lange gebraucht, um mich wieder zu erholen, und das hat mir die Möglichkeit genommen, Regina zu entmutigen... Aber das geht Sie ja nun wahrhaftig nichts an.«

»Wie man's nimmt, Junge. Ich weiß, Sie wollten sie dazu bringen, die Verlobung zu lösen. Ein Jammer, daß sie es nicht getan hat«, seufzte er, »aber darum geht es jetzt nicht.«

»Dann kommen Sie doch endlich zur Sache!« fauchte Nicholas. »Was haben Sie mit Regina gemacht?«

»Mein lieber Junge, Regan würde durch mich nie zu Schaden kommen. Sehen Sie, sie ist meine geliebte Nichte.«

»Regan? Mir ist völlig egal, was...«

»Wirklich?«

Sein Verhalten deutete so vieles an, daß Nicholas sich aufrichtete und sein Gehirn durchforstete. Plötzlich wurde ihm klar, was er bisher nicht gemerkt hatte, als er Hawke fest ansah. Hawke und der Junge hatten große Ähnlichkeit miteinander und mit...

»James Malory?«

»Genau.«

»Da soll mich doch der Teufel holen.«

James lachte. »Nehmen Sie es sich nicht so zu Herzen. Stellen Sie sich vor, was ich empfunden habe, als ich hören mußte, daß Sie in meine Familie eingeheiratet haben. Das hat allen meinen Plänen ein Ende gesetzt.«

»Warum?« gab Nicholas zurück. »Wenn ich mich recht erinnere, will Ihre Familie nichts mit Ihnen zu tun haben.«

»Das war vor unserer Versöhnung. Meine Brüder und ich haben dank Regan wieder zueinandergefunden. Sie hat nun mal so eine gewisse Art und setzt immer ihren Willen durch.«

»Ach, wirklich«, murmelte Nicholas mit triefender Ironie in der Stimme. »Was haben Sie dann hier zu suchen? Sie sind wohl gekommen, um mir zu gratulieren, oder?«

»Wohl kaum, mein Junge«, entgegnete James lächelnd. »Ich bin gekommen, um Sie nach Hause zu holen.«

Nicholas' Augen sprühten Funken. »Da können Sie lange warten.«

James' Lächeln wurde haifischartig. »Sie werden mit uns kommen, so oder so.«

Nicholas blickte von einem zum anderen. Er sah, daß sie es ernst meinten. »Ihre Begleitung ist nicht nötig.« Er beschloß, es mit der Wahrheit zu probieren. »Mein eigenes Schiff liegt bereit. Morgen laufe ich mit der Flut aus. Ich hatte mich bereits entschieden, nach England zurückzukehren, verstehen Sie, und daher werden Sie nicht gebraucht, Gentlemen.«

»Wenn Sie das sagen, mein lieber Junge...« begann James zweifelnd.

»Es ist die Wahrheit.«

»Sollten Sie diesen Hafen allein verlassen, wäre das noch keine Garantie dafür, daß Sie England auch erreichen. Nein, ich muß darauf bestehen, daß Sie mit uns kommen.«

Nicholas geriet wieder in Wut. »Warum?«

»Meinen Brüdern gefällt es nicht, daß Sie Ihre Frau im Stich gelassen haben. Sie wollen, daß Sie wieder zurückkommen und Regan im Auge behalten.«

»Das ist ja wohl das Absurdeste, was ich je gehört habe! Sie können mich nicht in England festhalten, wenn ich das Land verlassen will.«

»Was Sie tun, wenn Sie erst wieder zu Hause sind, geht mich nichts an.« James zuckte die Achseln. »Ich befolge nur Jasons Anweisungen. Er hat gesagt, ich soll Sie nach Hause bringen, und genau das werde ich auch tun.«

Als sie Nicholas aus seinem Arbeitszimmer führten, wisperte Jeremy seinem Vater zu: »Onkel Jason hat doch gar nicht gesagt, daß du ihn nach Hause bringen sollst. Er hat nur gesagt, daß du ihm von dem Baby erzählen sollst, falls wir ihn finden.«

»Seit ich volljährig bin, habe ich nicht mehr getan, was meine Brüder mir vorgeschrieben haben, Junge«, flüsterte sein Vater zurück. »Ich fange doch nicht jetzt plötzlich an, ihnen zu gehorchen.«

»Aber wenn er es wüßte, würde er vielleicht nicht so einen Wirbel machen.«

James kicherte in sich hinein. »Habe ich behauptet, mir würde was dran liegen, daß ihm die Überfahrt Spaß macht?«

26

»Nicholas!« Eleanor sprang eilig auf, als die drei Männer den Salon des Montieth-Stadthauses betraten.

Reggie erhob sich langsamer, und ihre Augen verengten sich beim Anblick ihres Mannes und seiner Begleiter. »Onkel James, war das dein Werk?«

»Ich bin ganz zufällig auf ihn gestoßen, Süßes.«

»Dann bringst du ihn am besten wieder dorthin, wo du rein *zufällig* auf ihn gestoßen bist«, sagte sie mit gepreßter Stimme. »Er ist hier nicht willkommen.«

»Regina!« rief Eleanor entsetzt aus.

Reggie verschränkte die Arme vor der Brust und weigerte sich hartnäckig, Nicholas' Tante anzusehen. In den letzten Monaten hatte sie sich eng mit Eleanor angefreundet, und sie hatte diese Frau sehr ins Herz geschlossen.

Aber keiner von ihren oder seinen Verwandten würde Reggie dazu bringen, einen Mann an ihrer Seite zu akzeptieren, der mit Gewalt zu ihr zurückgebracht worden war. Diese Demütigung erschien ihr fast so schlimm wie die, daß er sie verlassen hatte.

Nicholas musterte sie verstohlen und tat dabei so, als sähe er seine Tante an. Ihm war danach zumute, mit den Fäusten um sich zu schlagen, auf *irgend etwas* einzuschlagen – oder in tiefste Verzweiflung zu versinken. Es war offensichtlich. Sie wußte von seiner unehelichen Geburt, wußte es und verachtete ihn dafür. Er konnte es in der Linie ihrer fest zusammengepreßten Lippen sehen, in der unnachgiebigen Körperhaltung, die sie eingenommen hatte.

Miriam hatte es ihr also gesagt. Gut so. Wenn ihr der Gedanke verhaßt war, mit einem Mann seiner Herkunft verheiratet zu sein, dann verdiente sie das, denn schließlich hatte sie ihn zu dieser Ehe gezwungen.

Der Umstand, daß ihr Onkel ihn nach Hause gebracht hatte, ließ Nicholas ganz vergessen, daß er von sich aus entschlossen gewesen war, zurückzukehren und alles wiedergutzumachen. Er vergaß alles, bis auf seine Wut.

»Ich bin hier nicht willkommen?« fragte Nicholas mit leiser Stimme. »Irre ich mich, oder gehört dieses Haus mir?«

Er sah ihr erstmals in die Augen. Gütiger Himmel, sie hatte nicht bedacht, welche Macht diese sherryfarbenen Augen auf sie ausübten. Und er sah phantastisch aus, die Haut sonnengebräunt, das Haar voller heller, ausgebleichter Strähnen. Aber sie durfte nicht in seinen Bann geraten.

»Du vergißt, daß du dich geweigert hast, in ein und demselben Haus mit mir zu wohnen. Um es genauer zu sagen – du hast mir dein Haus zur Verfügung gestellt.«

»Silverley, nicht mein Stadthaus in London. Und was zum Teufel hast du hier angestellt?« fragte er, während er sich zwischen all den neuen Möbeln und den blumigen Tapeten umsah.

Reggie lächelte unschuldig. »Was ist, Nicholas, gefällt es dir etwa nicht? Du warst natürlich nicht da, um mir bei der Ausstattung behilflich zu sein, aber ich bin sehr sparsam mit deinem Geld umgegangen. Es hat dich nur viertausend Pfund gekostet.«

James wandte sich eilig ab, um seine Heiterkeit zu verbergen. Conrad fand plötzlich die Decke ganz faszinierend. Nur Eleanor zog die Stirn in Falten. Die beiden jungen Menschen starrten einander böse an.

»Nicholas, ist das etwa eine Art, deine Frau nach sieben Monaten zu begrüßen?«

»Was hast du hier zu suchen, Tante Ellie?«

»Ist das eine Art, *mich* zu begrüßen?« Seine Züge milderten sich nicht. Sie seufzte. »Wenn du es unbedingt wissen willst – dieses Haus ist so groß, daß ich dachte, Regina könnte meine Gesellschaft vielleicht gebrauchen. Es war nicht richtig, deine Frau hier ganz allein leben zu lassen.«

»Ich habe sie in Silverley gelassen!« polterte er.

»Wage es nicht, Ellie anzuschreien!« fuhr Reggie ihn an. »Und *du* kannst ja in Silverley mit Miriam leben. Mir gefällt es gut hier.«

»Ich glaube, wir gehen beide wieder nach Silverley«, sagte er mit kalter Stimme. »Jetzt, da ich keinen Grund mehr habe, meiner *Mutter* aus dem Weg zu gehen.«

»Undenkbar!«

»Ich habe dich nicht um deine Zustimmung gebeten. Ein Mann braucht die Einwilligung seiner Frau nicht – wozu auch immer«, sagte er grob.

Sie schnappte nach Luft, als sie den Inhalt seiner Worte voll und ganz erfaßte. »Du hast auf alle Rechte verzichtet«, sagte sie heftig.

Er lächelte. »Nicht darauf verzichtet. Nur Abstand davon genommen, sie zu nutzen – bis heute. Schließlich hat sich deine Familie solche Mühe gegeben, uns wieder zusammenzubringen, daß *ich* sie jetzt ganz bestimmt nicht enttäuschen will.«

»Lady Regina«, unterbrach sie die Stimme einer älteren Angestellten von der Tür her. »Es ist an der Zeit.«

»Danke, Tess.« Regina schickte das Kindermädchen fort. Dann wandte sie sich an James und Conrad. »Ich weiß, daß ihr es gut gemeint habt, aber ihr werdet verstehen, daß ich euch nicht für eure Mühe danke.«

»Du hast gesagt, du kämst allein zurecht, Regan«, rief James ihr ins Gedächtnis zurück.

Sie lächelte zum ersten Mal seit ihrer Ankunft, umarmte beide Männer und küßte sie auf die Wange. »Ich bin auch zurechtgekommen. Und ich werde weiterhin zurechtkommen. Wenn die Herren mich jetzt bitte entschuldigen würden ... Ich muß mich um meinen Sohn kümmern.«

James und Conrad brachen in schallendes Gelächter aus, als Reggie das Zimmer verlassen hatte. Ihr Mann stand stocksteif da, wie angewurzelt, mit offenem Mund, völlig entgeistert.

»Was habe ich dir gesagt, Connie?« polterte James. »Ist dieser Anblick die ganze Mühe wert, die wir mit ihm hatten, oder nicht?«

27

Nicholas kippte seinen dritten Cognac in zwanzig Minuten hinunter und schenkte sich den nächsten ein. James Malory und Conrad Sharpe, die ihm so lange wie Schatten gefolgt waren, hatten gerade sein Haus verlassen, und ihn wurmte immer noch, wie sehr sie sich auf seine Kosten lustig gemacht hatten. Dennoch, sagte er sich, gab es viel wichtigere Dinge, mit denen er sich auseinandersetzen mußte.

Er saß in einem Raum, der noch vor kurzem sein Arbeitszimmer gewesen und jetzt ein kleines Musikzimmer war. Ein Musikzimmer! Wenn das keine böswillige Gehässigkeit war, dann wußte er nicht, was es sonst sein sollte. Das Arbeitszimmer eines Mannes war heilig. Und sie hatte sein Arbeitszimmer nicht nur verändert, sie hatte es vollständig abgeschafft.

Hatte sie damit gerechnet, er würde nie mehr kommen, oder auf seine Heimkehr gehofft? Der Teufel sollte sie holen. Seine entzückende, hübsche Frau hatte sich in ein rachsüchtiges, aufbrausendes Weib verwandelt, das vom selben Holz wie ihre beiden jüngeren Onkel geschnitzt war. Die sollte auch der Teufel holen.

Eleanor lief auf und ab und warf jedesmal, wenn er das Cognacglas an seine Lippen hob, mißbilligende Blicke auf Nicholas. Er kochte vor Zorn.

»Was zum Teufel hat sie mit meinen Papieren, meinem Schreibtisch und meinen Büchern angestellt?«

Eleanor zwang sich, ganz ruhig zu bleiben. »Du hast gerade eben erfahren, daß du einen Sohn hast. Ist das alles, wonach du dich jetzt erkundigst?«

»Willst du damit etwa sagen, daß du nicht weißt, wohin sie meine Sachen geschafft hat?«

Eleanor seufzte. »Auf den Dachboden, Nicky. Es ist alles auf dem Dachboden.«

»Und du warst hier, als mein ganzes Haus auf den Kopf gestellt wurde?« fragte er anklagend.

»Ja, ich war hier.«

»Und du hast nicht versucht, sie davon abzuhalten?« rief er ungläubig.

»Um Himmels willen, Nicky, du bist verheiratet. Du hast doch nicht erwartet, daß du nach deiner Hochzeit weiterhin in einem Junggesellenhaus lebst?«

»Ich wollte keine Frau haben«, stieß er erbittert hervor. »Und ich dachte, sie würde dort bleiben, wo ich sie hingebracht hatte – und nicht, daß sie unbefugt hier eindringt. Wenn sie unbedingt ein Haus neu einrichten wollte, warum konnte sie sich dann nicht damit begnügen, Silverley umzukrempeln?«

»Ich glaube, daß ihr Silverley so, wie es ist, gefallen hat.«

»Warum ist sie dann nicht dort geblieben?« tobte er.

»Mußt du das wirklich noch fragen?«

»Worin bestand das Problem?« höhnte er. »Wollte meine liebe Mutter ihr die Zügel nicht überlassen?«

»Regina hat dort den Platz eingenommen, der ihr rechtmäßig zusteht, wenn es das ist, was du meinst.«

»Dann sind die beiden prächtig miteinander ausgekommen? Ja, warum auch nicht?« Er lachte hämisch. »Sie haben ja soviel gemeinsam, wenn man bedenkt, wie sehr mich beide verabscheuen.«

»Du bist ungerecht, Nicky.«

»Erzähl mir bloß nicht, daß du jetzt plötzlich anfängst, deine Schwester in Schutz zu nehmen!«

»Nein«, erwiderte Eleanor betrübt.

»Ich verstehe. Du stellst dich hinter Regina. Du wolltest ja schließlich, daß ich sie heirate. Bist du zufrieden mit dem Ausgang der Dinge?«

Eleanor schüttelte den Kopf. »Ich schwöre dir, daß ich dich einfach nicht mehr kenne. Warum hast du das getan, Nicky? Sie ist ein wunderbares Mädchen. Sie hätte dich so glücklich machen können.«

Ein plötzlicher Schmerz zog seine Brust zusammen und raubte ihm den Atem. Glück an Reginas Seite war etwas, was er nie finden konnte, ganz gleich, wie sehr er es sich auch wünschte. Aber Eleanor konnte die Gründe nicht verstehen, weil Miriam ihr nie die Wahrheit erzählt hatte. Die Schwestern hatten sich schon zu Zeiten auseinandergelebt, an die er sich nicht erinnern konnte. Und wenn Miriam und Regina es ihr nicht gesagt hatten, dann würde er es ihr ganz bestimmt nicht erzählen. Die süße Ellie hätte ihn bemitleidet, und davon wollte er nichts wissen. Es war besser, wenn sie ihn für den widerlichen Kerl mit dem verabscheuungswürdigen Charakter hielt, den auch alle anderen in ihm sahen.

Er starrte das Glas in seiner Hand an und murmelte: »Ich kann es nicht leiden, wenn man mich zu etwas zwingt.«

»Aber es ist geschehen«, wandte Eleanor ein. »Du hast sie geheiratet. Hättest du ihr nicht wenigstens eine Chance geben können?«

»Nein.«

»Gut. Das kann ich verstehen. Du warst erbittert. Aber jetzt, Nicky, kannst du es denn nicht *jetzt* versuchen?«

»Damit sie mir ins Gesicht lacht? Nein, danke.«

»Du hast sie verletzt, das ist alles. Was konntest du denn anderes erwarten, nachdem du deine Braut schon am Tage der Hochzeit verlassen hast?«

Seine Hand spannte sich fester um das Glas. »Ist es das, was sie dir erzählt hat? Daß ich sie verletzt habe?«

Eleanor wandte ihren Blick ab. »Eigentlich...«

»Das dachte ich mir.«

»Unterbrich mich nicht, Nicky. Ich wollte sagen, daß sie mit mir überhaupt nicht über dich redet. Aber ich verstehe sie ganz gut, nachdem ich seit vier Monaten mit ihr zusammenlebe.«

»Es ist klug von ihr, dir nicht zu sagen, was sie von mir hält. Sie weiß, daß du eine Schwäche für mich hast.«

»Du denkst wohl nicht im Traum daran, deine Sturheit aufzugeben?« Er gab keine Antwort, und sie verlor die Geduld. »Was ist mit deinem Sohn? Soll er in einem Haushalt aufwachsen, in dem ständig gestritten wird – so, wie du groß geworden bist? Ist es das, was du ihm wünschst?«

Nicholas sprang von seinem Stuhl auf und zerschmetterte sein Glas an der Wand.

Eleanor war zu schockiert, um auch nur ein Wort zu sagen, und im nächsten Moment erklärte er mit barscher Stimme: »Ich bin doch kein Dummkopf. Sie mag zwar jedem erzählt haben, daß das Kind von mir ist, aber was sollte sie auch sonst sagen? Soll sie doch versuchen, mir einzureden, das Baby sei von mir.«

»Willst du damit sagen, daß du und sie – daß ihr nie...«

»Einmal, Tante Ellie, ein einziges Mal. Und das war vier Monate vor unserer Hochzeit.«

Eleanors Miene hellte sich auf. »Sie hat das Kind fünf Monate nach der Hochzeit geboren, Nicky.«

Er blieb erstarrt stehen und äußerte dann mit ausdrucksloser Stimme: »Es war eine Frühgeburt.«

»War es nicht!« fauchte Eleanor. »Woher willst du das denn wissen?«

»Weil«, sagte er sachlich, »sie bei der Hochzeit noch nichts von ihrer Schwangerschaft wußte. Sonst hätte sie mir's erzählt, um mich hier festzuhalten. Du kannst mir doch nicht einreden, sie hätte es nicht gewußt, wenn sie schon im vierten Monat war. Außerdem hätte man ihr etwas angesehen, und es war nichts zu erkennen. Als ich fortging, war sie höchstens im zweiten Monat, und offensichtlich ahnte sie noch nichts davon.«

»Nicholas Eden, solange du nicht aufhörst, derart abartigen Unsinn zu reden, habe ich dir nichts mehr zu sagen!« Mit diesen Worten stürmte Eleanor wutentbrannt aus dem Zimmer.

Nicholas griff nach der Cognacflasche und wollte sie dem Glas schon nachwerfen. Statt dessen führte er sie an seine Lippen. Weshalb auch nicht? Ja, sie hätte ihm etwas gesagt, wenn sie bei ihrer Eheschließung schwanger gewesen wäre. Er erinnerte sich wieder daran, daß sie sich mehrfach von anderen Männern hatte begleiten lassen. Er erinnerte sich dabei insbesondere an George Fowler und an die Weißglut, in die ihn das gebracht hatte. War das Intuition gewesen? Hatte er damals schon gewußt, daß dieser junge Halunke sie nicht auf direktem Weg nach Hause bringen würde?

Nicholas war so wütend, daß er kaum noch einen klaren Gedanken fassen konnte. Er hatte sich von dem Moment an, in dem er von der Geburt erfahren hatte, bemüht, nicht an dieses Kind zu denken. Sein Sohn sollte das also sein? Sollte sie nur versuchen, ihn davon zu überzeugen!

28

Reggie lächelte gedankenverloren, als die kleine Faust ihre Brust knetete. Es hatte ihr immer besonders großen Spaß gemacht, ihren Sohn zu stillen, aber heute abend weilten ihre Gedanken unten im Salon. Sie bemerkte es noch nicht einmal, als der kleine Mund zu saugen aufhörte.

»Er schläft wieder, Reggie«, flüsterte Tess.

»O ja, stimmt. Aber doch noch nicht lange, oder?«

Reggie hob das Baby sachte auf ihre Schulter und tätschelte ihm den Rücken. Sein Kopf schmiegte sich an sie, und es atmete tief ein, ehe es wieder einschlief. Sie lächelte ihr früheres Kindermädchen an, das jetzt ihren Sohn betreute.

»Vielleicht schläft er diesmal gleich weiter«, flüsterte Reggie, als sie den Jungen wieder in sein Bettchen legte. Aber in dem Moment, in dem sie ihn auf den Bauch gelegt hatte, hob er ruckartig den Kopf, strampelte mit den Beinen und schlug seine forschenden Augen auf.

»Damit war ja zu rechnen«, sagte Tess fröhlich. »Er braucht jetzt einfach nicht mehr soviel Schlaf. Schließlich wird er immer älter.«

»Dann muß ich wohl jemanden einstellen, der dir hilft.«

»Unsinn!« schalt Tess sie. »Wenn er sechs Monate alt ist und anfängt rumzukrabbeln – dann ist mir Hilfe recht.«

»Wie du meinst«, sagte Reggie lachend. »Aber du wirst jetzt gehen und essen. Ich bleibe inzwischen bei ihm.«

»Nein, das wirst du nicht tun, Mädchen. Du hast Gesellschaft, man erwartet dich unten.«

»Ja«, seufzte Reggie, »aber da ich meinem Mann nichts zu sagen habe, verbringe ich den Abend hier oben. Nun geh schon, Tess. Und laß mir bitte das Dinner heraufschicken, ja?«

»Aber...«

»Nein.« Reggie nahm das hellwache Baby wieder auf ihren Arm. »Dieser junge Herr hier ist die einzige Gesellschaft, die ich mir jetzt wünsche.«

Kaum war die Tür hinter Tess ins Schloß gefallen, legte Reggie das damenhafte Verhalten ab, das sie zur Schau gestellt hatte, kniete sich auf den Fußboden, um mit ihrem Sohn zu spielen, machte seine Laute und Gesten nach und versuchte, ihn zum Lächeln zu bringen. Richtig lachen konnte er noch nicht, aber bald würde es soweit sein, denn er hörte wirklich genug Gelächter um sich herum. Seine zahlreichen Besucher, vom Personal bis zu ihren Onkeln, bemühten sich alle, ihn mit verrückten Possen zu erheitern, und die Scherze aller anderen waren bestimmt genauso albern wie die seiner Mutter.

Wie sehr sie dieses kleine Wesen liebte... Kurz vor seiner Geburt war sie wieder entsetzlich niedergeschlagen gewesen. Aber nach der Niederkunft, die den Arzt überrascht hatte, weil er nicht verstand, daß ein erstes Kind so mühelos geboren werden konnte, war Reggie euphorisch gewesen. Dieses Baby versüßte ihr das Leben. In den beiden vergangenen Monaten war sie wirklich so sehr damit beschäftigt gewesen, Dinge dazuzulernen und ihre Mutterschaft zu genießen, daß sie kaum noch an Nicholas gedacht hatte, wenigstens nicht öfter als ein Dutzend Mal täglich.

»Aber jetzt ist er wieder da, mein Liebling. Was sollen wir bloß tun?« seufzte Reggie.

»Du erwartest doch nicht, daß er dir darauf eine Antwort gibt?«

»O Meg, du hast mich erschreckt.«

»Soll ich das auf den Boden stellen?« Meg hielt ein Tablett in der Hand. »Ich bin dem Kindermädchen auf der Treppe begegnet.«

»Dort drüben auf den Tisch, bitte. Und jetzt erzähl mir genauer von dem Abend, an dem du mit Harris ausgegangen bist.«

Nicholas hatte Harris hiergelassen, zum großen Kummer des Kammerdieners. Der arme Mann hatte ihn in all diesen Monaten vermißt, und besonders unglücklich war er gewesen, nachdem Reggie in Nicholas' Stadthaus eingezogen war. Er hatte sich regelrecht feindselig verhalten und mit Meg hitzige Wortgefechte ausgetragen, wobei jeder sein Territorium verteidigt hatte.

Nach der Geburt des Babys änderte sich all das abrupt. Harris erwärmte sich für Reggie, oder, genauer gesagt, für Meg. Zum Erstaunen beider entdeckten sie tiefere Gefühle für einander. Sie waren sogar zusammen ausgegangen und verstanden sich prächtig, solange Meg nichts Abfälliges über den Vicomte äußerte.

Sie stellte das Tablett mit einem Knall ab. »Mach dir keine Gedanken über diesen starrköpfigen Kerl, mit dem ich meine Zeit vergeudet habe. Ich glaube nicht, daß ich das noch einmal tue. Was macht er in dem Moment, wo er hört, daß der Vicomte hier ist? Ohne auch nur ein Wort zu sagen, stürzt er nach oben zu seiner Lordschaft! Und ich hätte ihm den Ärger ersparen können. Tess hat mir gerade berichtet, daß eine weitere Flasche Cognac ins Musikzimmer gebracht wurde.«

»Ins Musikzimmer? Ach so, ja.« Reggie kicherte. »Das Musikzimmer. Ich hatte ganz vergessen, was aus seinem Arbeitszimmer geworden ist.«

»Tess sagte, er hätte sich dort mit Lady Ellie gestritten«, teilte Meg ihr mit.

»Wirklich? Ich fürchte, das interessiert mich nicht.«

»Unsinn!« schalt Meg. »Du würdest deinen Augapfel dafür geben, wenn du wüßtest, was sie über dich geredet haben.«

»Du gehst also davon aus, daß sie sich über mich gezankt haben.«

»Worüber denn sonst?«

»Ja, worüber sonst?« fragte Nicholas aus der offenstehenden Tür.

Meg war zerknirscht und verfluchte sich, weil sie die Tür nicht geschlossen hatte. Reggie, die auf dem Fußboden lag, bog ihren Kopf zurück, um ihren Mann von unten anzusehen. Sie lag flach auf dem Rücken, und ihr Sohn ausgestreckt auf ihrer Brust. Langsam setzte sie sich auf.

Nicholas trat näher und sah einen kleinen Kopf auf ihrer Schulter. Eine Faust war auf den Mund gepreßt. Schwarze Haarbüschel und strahlend blaue, unverwechselbare Augen. Durch und durch ein Malory.

Er ging um sie herum und hielt ihr seine Hand hin. »Tust du das oft, Liebling?«

Sie ließ sich von seinem sanften Tonfall nicht zum Narren halten. Seine Lippen waren verkniffen, und in seinen Augen stand hitziger Zorn. Gefiel ihm sein Sohn denn überhaupt nicht? Wie konnte er dastehen und ihn ansehen, ohne begeistert zu sein? Ihr mütterlicher Stolz erwachte augenblicklich. Sie nahm seine Hand und stand auf, kehrte ihm aber sofort den Rücken zu. »Wenn du nicht gekommen bist, um dir Thomas anzusehen, dann kannst du auch wieder gehen«, verkündete sie frostig.

»Natürlich, ich bin gekommen, um ihn mir anzuschauen.« Nicholas lächelte grimmig. »Du hast ihn Thomas genannt, nach deinem Vater?«

Reggie legte das Baby behutsam in sein Bett und beugte sich hinab, um es zu küssen. Dann drehte sie sich zu ihrem Mann um. »Thomas Ashton Malory Eden.«

»Damit ist *deine* Familie ja recht deutlich vertreten, stimmt's?«

Sein Sarkasmus brachte sie in Wut. »Wenn du gewollt hättest, daß er nach deiner Familie benannt wird, hättest du bei der Geburt hier sein müssen.«

»Warum hast du mir nichts von ihm gesagt?«

Ihre Augen zogen sich zu schmalen Schlitzen zusammen. Im nächsten Moment würden sie einander anschreien, und das konnte sie im Kinderzimmer nicht dulden.

»Meg, bleib doch bitte bei Thomas, bis Tess wiederkommt, ja?« Dann wandte sie sich zu Nicholas. »Meine Zimmer liegen auf der anderen Seite des Korridors. Falls du diese Unterhaltung fortsetzen willst, kannst du mich dort besuchen.«

Reggie wartete nicht auf ihn, sondern stolzierte durch den Gang und in ihr Wohnzimmer. Nicholas folgte ihr und knallte die Tür hinter sich ins Schloß. Sie drehte sich um und starrte ihn erbost an.

»Wenn du Türen zuschlagen willst, dann tu das bitte in einem anderen Teil des Hauses.«

»Wenn ich Türen zuschlagen will, was ich im Moment übrigens gar nicht getan habe, tue ich das überall in meinem Haus. Und jetzt antworte mir! Warum hast du mir nichts gesagt?«

Welche Erklärung sollte sie ihm geben? Es widerstrebte ihr einzugestehen, daß sie ihn nicht damit hatte halten wollen. Sie war sich nicht sicher, ob sie ihn überhaupt mit irgend etwas hätte halten können, nicht, nachdem er nicht die Spur von Freude über seinen Sohn gezeigt hatte.

Schließlich fragte sie ganz einfach: »Hätte das denn überhaupt irgendwas geändert?«

»Wie sollen wir das je wissen, nachdem du mir kein Wort davon erzählt hast?« Sein Verhalten nahm einen Hauch von Zynismus an. »Natürlich besteht auch die Möglichkeit, daß du es nicht wußtest und es mir daher nicht erzählen konntest.«

»Du meinst, ich hätte nicht gewußt, daß ich im vierten Monat schwanger war?« Sie lächelte. »Es haben sich sehr wenige Symptome gezeigt, das stimmt. Aber vier Monate? Bis dahin wüßte es jede Frau.«

Er kam näher, bis er direkt vor ihrem Stuhl stand. »Im allgemeinen weiß es nach vier Monaten auch jeder andere«, sagte er leise. »Und zwar aus dem simplen Grund, daß der Körperumfang zunimmt. Bei dir war das nicht der Fall, Liebling.«

Reggie sah ihm ins Gesicht, und als sie erkannte, was in seinen Augen zu lesen war, hob sie die Brauen. »Du glaubst, er ist nicht von dir!« flüsterte sie ungläubig. »Kein Wunder, daß du ihn dir kaum angesehen hast!« Sie stand auf, und er trat zurück, damit sie an ihm vorbeigehen konnte. Mehr zu sich selbst als zu ihm sagte sie: »Ach, das ist ja phantastisch. Ich bin nicht einen Augenblick lang auf diesen Gedanken gekommen.«

Sie konnte die Komik erkennen, die darin lag, und unter anderen Umständen hätte sie laut gelacht. Eine vollendete Rache dafür, wie er sie behandelt hatte – ihm bei seiner Rückkehr das Kind eines anderen Mannes vorzusetzen. Aber Reggie war nicht dazu aufgelegt, die Dinge von ihrer humorvollen Seite zu betrachten. Es war ein Schock für sie, ihn wiederzusehen, und noch schrecklicher erschien ihr, welche schockierenden Schlüsse er zog.

Er legte eine Hand auf ihre Schulter und drehte sie zu sich herum. »Fällt dir nichts Besseres ein, als mir dieses geheuchelte

Erstaunen vorzuspielen? Du hattest wahrhaftig genug Zeit, um dir irgendeinen Vorwand dafür auszudenken, warum sich dein Hochzeitskleid an deine schmale Taille schmiegte. Ich bin fast neugierig darauf, mir anzuhören, was du an Vorwänden fabriziert hast.«

Der schräge Schnitt ihrer Augen prägte sich aus, als sie sich verengten, aber sie sprach mit ruhiger Stimme. »So, du bist neugierig? Da wäre der naheliegende Vorwand – ein eng geschnürtes Korsett. Soll ich vielleicht sagen, daß es das war? Würdest du das glauben? Nein? Auch gut, da ich mich ja doch nie in enge Korsetts schnüre.«

»Du gibst es also zu?« fauchte er.

»Was soll ich zugeben, Nicholas? Ich sage dir, daß meine Schwangerschaft von Anfang an sehr ungewöhnlich verlaufen ist. Sogar so ungewöhnlich, daß ich schon anfing, mir Sorgen zu machen, mit dem Baby könnte etwas nicht stimmen. Als ich im siebten Monat schwanger war, sah ich eine Frau, die erst im fünften war und bereits den doppelten Umfang von mir hatte.« Sie holte tief Atem. »Onkel Jason hat mir versichert, daß es bei meiner Großmutter genauso war. Die Leute haben eigentlich erst gemerkt, daß sie schwanger war, wenn die Babys schon kurz darauf zur Welt kamen. Er sagte, daß er und seine Brüder alle genauso winzige Säuglinge waren wie Thomas, und sieh dir an, was aus ihnen geworden ist! Und er hatte recht. Thomas wächst in Schüben, er ist genau richtig und absolut normal. Wahrscheinlich wird er eines Tages genauso groß wie sein Vater.« Sie schwieg, atemlos, immer noch wütend, aber auch erleichtert. Nun hatte sie ihm alles gesagt. Was er glaubte und was nicht, lag ganz bei ihm.

»Das war eine gute Geschichte, die richtig echt klingt, Liebling, und mit Sicherheit besser als alles, was ich erwartet habe.«

Reggie schüttelte den Kopf. Er hatte sich seine Meinung gebildet und war nicht bereit, sich davon abbringen zu lassen.

»Wenn du Thomas nicht als deinen Sohn anerkennen willst, dann laß es doch bleiben. Mir ist wirklich egal, was du glaubst.«

Nicholas explodierte. »Sag mir, daß er mein Sohn ist! Sag es mir in deutlichen Worten!«

»Er ist dein Sohn.«

»Das glaube ich nicht.«

»Gut.« Sie nickte zustimmend. »Wenn du mich jetzt entschuldigen würdest. Mein Abendessen wird kalt.«

Er starrte ihr erstaunt nach, als sie an ihm vorbei und zur Tür ging. »Du versuchst nicht, mich davon zu überzeugen?«

Reggie wandte sich zu ihm und zögerte. Sie sah seinen bestürzten Blick, in dem eine schwache Hoffnung mitschwang, und fast hätte sie sich erweichen lassen. Aber sie hatte getan, was sie konnte. Es war jetzt seine Sache, die Wahrheit zu akzeptieren. »Wozu?« antwortete sie. »Thomas braucht dich nicht. Er hat mich. Und an Zuwendung von männlicher Seite fehlt es ihm ganz bestimmt nicht – nicht mit vier Großonkeln, die in ihn vernarrt sind.«

»Das kommt überhaupt nicht in Frage!« brüllte er. »Ich lasse nicht zu, daß diese großspurigen Mistkerle meinen…« Er preßte die Lippen zusammen. »Geh endlich essen!«

Als sie in das Kinderzimmer zurückkehrte, lächelte Reggie, und ihre Laune hatte sich entschieden gebessert. Wenn ihr das nicht einiges zu denken gab!

29

Nicholas setzte sich langsam auf und runzelte die Stirn, als er das ungewohnte Geräusch hörte, das ihn geweckt hatte. Er schüttelte den Kopf und legte sich wieder hin, aber schon im nächsten Augenblick war er hellwach. Der Säugling schrie. Er hatte Hunger, oder?

Hellwach fragte er sich, wie oft ihn dieses Gebrüll noch aus dem Schlaf reißen würde. Aber darauf kam es nicht an. Morgen würde er sie alle nach Silverley bringen. Und selbst wenn er auch dort blieb, waren seine Zimmer weiter von dem Kinderzimmer entfernt als hier.

Wenn er dort blieb? Warum hätte er nicht dort bleiben sollen? Miriam hatte ihn jahrelang von Silverley ferngehalten, aber nachdem sie Regina von den Umständen seiner Geburt erzählt hatte, gab es nichts Schlimmeres mehr, was sie noch anrichten könnte. Da das passiert war, spielte es auch keine Rolle mehr, wenn es die ganze Welt erfuhr. Miriam konnte ihm jetzt nichts mehr anhaben. Und bestimmt würde er nicht zulassen, daß Regina ihn von Silverley fernhielt. Silverley war, wie er sich eindringlich ermahnte, sein Zuhause. Gewisse Rechte besaß selbst er noch auf dieser Welt.

Es war jetzt still im Haus, und der Säugling wurde zweifellos von einer Amme gestillt. Ob Regina wohl aufgewacht war? Er stellte sie sich im Nebenzimmer vor, im Bett zusammengerollt, und wahrscheinlich schlief sie tief und fest. Sicher war sie diese Ruhestörungen gewohnt und schlief einfach weiter, als wäre nichts geschehen.

Da er sie noch nie im Bett gesehen hatte, konnte er sich jetzt kein klares Bild von ihr machen. Ob sie wohl die Hände unter dem Kinn gefaltet hatte wie ein kleines Kind? Ob ihr dunkles Haar gelöst war, oder ob sie es unter eine Schlafmütze steckte? Wie lang war ihr Haar überhaupt? Er hatte es nie unfrisiert gesehen. Was trug sie nachts? Er wußte überhaupt nichts über sie, und sie war seine Frau.

Es war sein volles Recht, diese wenigen Meter zu ihrem Zimmer zurückzulegen, sie zu wecken und mit ihr zu schlafen. Er wollte es. Aber er würde es niemals tun. Sie war nicht mehr die leidenschaftliche und doch unschuldige Frau, die ihm in einer warmen Sommernacht ihre Jungfräulichkeit hingegeben hatte. Sie würde ihn abweisen, ihn mit Verachtung und Hohn behandeln. Das würde er sich nicht antun.

Aber – sie brauchte nichts davon zu erfahren, wenn er sich auf Zehenspitzen in ihr Zimmer schlich und sie ansah, oder? Nicholas war schon aus dem Bett gesprungen und hatte seinen Morgenmantel übergezogen, ehe er diesen Gedanken überhaupt zu Ende gedacht hatte. Kurz darauf stand er in dem Gang zwischen Reginas Wohnzimmer und dem Kinderzimmer. Ihre Tür war geschlossen, kein Lichtschein fiel durch die Ritzen. Die Tür des Kinderzimmers stand einen Spalt breit offen, Licht drang heraus. Eine Frau summte leise ein bekanntes Schlaflied vor sich hin.

Nicholas blieb mit der Hand auf der Klinke der geschlossenen Tür stehen, der Tür zu Reginas Zimmer. Aber er fühlte sich auf seltsame Weise in das Kinderzimmer gezogen. Die Amme würde es nicht mögen, wenn er sie störte, und doch überkam ihn plötzlich ein übermächtiger Drang, diesen Raum und nicht Reginas Schlafzimmer aufzusuchen. Er hatte den Jungen bisher noch gar nicht näher betrachtet.

Behutsam öffnete Nicholas die Tür des Kinderzimmers. Das Kindermädchen lag in einem Bett, das an der Wand stand, und schlief fest. Eine kleine Lampe brannte auf dem Tisch neben einem Polstersessel. In diesem Sessel saß Regina und stillte ihren Sohn.

Er war außer sich. Damen, die etwas auf sich hielten, stillten ihre Kinder nicht. Das gehörte sich nicht. Sie saß mit dem Profil zu ihm, hatte den Kopf zu dem Kind hinuntergeneigt und summte leise vor sich hin. Die modisch kurzen Löckchen, die er tagsüber an ihr gesehen hatte, umrahmten ihr Gesicht, während ihr übriges Haar lang und schimmernd in nachtschwarzen Wellen über die Stuhllehne fiel. Sie trug einen einfachen, langärmeligen weißen Morgenmantel, der offenstand und ein Nachthemd zeigte, das auf einer Seite heruntergezogen war, um ihre Brust zu entblößen. Der Mund des Kindes saugte gierig, und eine kleine Hand lag direkt über der Brustwarze, als wolle sie die Brust an der richtigen Stelle festhalten.

Nicholas fühlte sich hypnotisiert. Aus seinem tiefsten Inneren bestürmten ihn Gefühle, die er nicht kannte, zärtliche Gefühle, die ihn in ihrem Bann hielten. Selbst, als sie seine Anwesenheit wahrnahm und aufblickte, rührte er sich nicht von der Stelle.

Sie sahen einander in die Augen. Lange Zeit starrten sie sich einfach nur an. Sie wirkte weder überrascht noch verärgert. Er spürte nichts von ihrer Feindseligkeit. Sie schienen einander ohne Hände zu berühren, und zwischen ihnen bewegten sich Ströme, die ihre Streitigkeiten nichtig erscheinen ließen.

Regina wandte ihren Blick als erste ab. »Tut mir leid, daß er dich geweckt hat.«

»Nein, nein, das macht nichts. Ich – ich habe allerdings nicht damit gerechnet, dich hier anzutreffen.« Dann fragte er schüchtern: »Konntest du denn keine Amme für ihn finden?«

Reggie lächelte. »Ich habe keine gesucht. Als Tess mir erzählte, daß meine Mutter diesen Brauch abgelehnt und mich selbst gestillt hat, beschloß ich, es mit Thomas genauso zu machen. Ich habe es auch noch keine Sekunde lang bereut.«

»Aber für dich ist das doch eine ziemliche Belastung, oder?«

»Ich habe nichts zu tun und keine Lust auszugehen. Wenn ich das Haus verließe, müßte ich mich für längere Zeit von Thomas trennen. Natürlich kann ich keine Besuche machen, aber das ist mir wirklich egal.«

Er hatte nichts mehr zu sagen. Aber er wollte nicht gehen. »Ich habe noch nie eine Mutter gesehen, die ihr Baby stillt. Störe ich dich?« fragte er unbeholfen.

»Es ist dein... Nein, ich habe nichts dagegen«, beendete sie ihren Satz, ohne ihren Blick von dem Baby abzuwenden.

Er lehnte sich einen Moment lang an die Tür und musterte sie. War das sein Kind? Sie behauptete es. Und seine gesamten Instinkte sagten ihm, daß es sein Kind war. Warum also wollte er beharrlich die Wahrheit leugnen? Weil es etwas anderes war, eine Frau zu verlassen, die sich einem aufgedrängt hatte, als eine schwangere Frau. Es stimmte, sie hatte es ihm nicht gesagt. Aber angesichts der Schwangerschaft, die sie ganz allein durchgemacht hatte, war sein Verschwinden verabscheuungswürdig. Verdammt noch mal! In diese Lage hatte sie ihn gebracht, indem sie ihm ihren Zustand verschwiegen hatte. Wie zum Teufel sollte er sich aus dieser Klemme winden?

Reggie drehte den Jungen um, und gab ihm ihre andere Brust. Nicholas hielt den Atem an, als einen Moment lang die beiden weißen Halbkugeln vor seinen Augen enthüllt waren, ehe sie wieder eine Brust bedeckte.

Er trat langsam näher, gegen seinen Willen zu ihr hingezogen, und er blieb erst stehen, als er direkt vor dem Sessel stand. Sie schaute zu ihm auf, aber er vermied es, ihr in die Augen zu sehen. Er durfte ihren Blick nicht erwidern, weil er fürchtete, sie sonst zu berühren.

Er sah auf das Kind, aber dann wanderten seine Augen wie aus eigenem Antrieb über ihre Brust, ihren Hals und ihre zarten Lippen. Was sie wohl täte, wenn er sie küßte? Er beugte sich vor, um es herauszufinden.

Ehe sein Mund ihre Lippen fand, hörte er, daß sie tief Luft holte. Er küßte sie flüchtig und zart und beendete den Kuß, bevor sie sich von ihm abwenden konnte. Dann richtete er sich wieder auf, sah ihr aber immer noch nicht in die Augen. »Es ist ein wunderschönes Baby, Regina.«

Es dauerte einen Moment lang, bis sie antwortete: »Das möchte ich auch gern glauben.«

Er lächelte zögernd. »Im Moment beneide ich ihn.«

»Warum?«

Jetzt sah er direkt in diese dunklen, klaren blauen Augen. »Mußt du das noch fragen?«

»Du willst mich nicht, Nicholas. Das hast du deutlich gezeigt, ehe du gegangen bist. Bist du nun anderen Sinnes geworden?«

Er zuckte zusammen. Sie wollte von ihm angefleht werden, das war es doch? Das gab ihr die Gelegenheit, ihn zu demütigen. Sie hatte geschworen, ihm nie zu verzeihen, und wahrscheinlich würde sie ihm auch nie verzeihen. Er konnte es ihr nicht vorwerfen, aber er wollte alles nicht noch schlimmer machen. Wortlos verließ er das Zimmer.

30

Es war sein Ernst! Er wollte wirklich, daß sie alles einpackten, was nach Silverley gebracht werden sollte, und noch am selben Tag abfuhren. Nicholas traf diese anmaßende Anordnung beim Frühstück, und er war auch noch so dreist, als Vorwand zu benutzen, er könnte nicht in einem Haus bleiben, in dem er kein Arbeitszimmer hätte. Was sollte sie dazu sagen, sie, die ihm in einem längst vergangenen Augenblick, wo sie vom Hafer gestochen worden war, diesen Vorwand geliefert hatte? Dieser empörende Mann!

Sie würde nicht ohne Eleanor nach Silverley gehen. Das fehlte ihr gerade noch, mit zwei unfreundlichen Menschen auf dem Land festzusitzen. Nein, Eleanor mußte mitkommen. Aber sie sagte es Nicholas nicht, sie sagte es seiner Tante. Ellie weigerte sich erst, aber Reggie setzte ihren Willen durch.

Für den Rest des Tages hatten sie alle Hände voll zu tun – alle bis auf Nicholas, der einfach herumstand und zufrieden den Tumult beobachtete, den er hervorgerufen hatte. Reggie fand keine Zeit, sich von irgendwelchen Familienangehörigen zu verabschieden. Eilig geschriebene Nachrichten mußten genügen. Aber selbst wenn alle einsprangen, um ihr behilflich zu sein – alle bis auf Nicholas – war es doch schon fast Abend, als der letzte Koffer auf einen weiteren Wagen verladen worden war, den Nicholas herbeigezaubert hatte.

Reggie sprach nicht mehr mit dem Vicomte, aber ihre Verärgerung saß tiefer und war nicht nur durch den Unfug ausgelöst worden, den er heute angeordnet hatte. Das, was sie eigentlich verstörte, war ihr Zusammentreffen mit ihm in den frühen Morgenstunden. Ganz gleich, was er auch beabsichtigt hatte – es war ihm gelungen, sie um den Schlaf zu bringen. Es lag nicht daran, daß er sie geküßt hatte. Wenn sie sich selbst gegenüber wirklich ehrlich war, lag es daran, daß er ansonsten nichts getan und es bei diesem flüchtigen Kuß belassen hatte.

Das verwirrte sie. Wie konnte sie ihn nach all dem, was er ihr angetan hatte, immer noch begehren? Aber sie begehrte ihn wirklich. Sie hatte ihn in der Tür stehen sehen, sein seidener Morgenmantel fast bis zur Taille geöffnet, sein zerzaustes Haar mit den hellen Strähnen, der eindringliche Blick in diesen honigfarbenen Augen, und ein Verlangen hatte sie erfaßt, so stark, daß es sie ängstigte. Dieser Anblick genügte, um sie alle die Monate vergessen zu lassen, in denen sie ihn verflucht hatte

Was sollte sie bloß tun? Es war nicht so, daß sie ihm verziehen hätte. Nein, sie würde ihm nicht verzeihen, und sie durfte sich nicht nach ihm sehnen.

Eleanor, Tess und das Baby fuhren mit Nicholas und Reggie in der größeren Kutsche, und Meg, Harris und Eleanors Zofe saßen in der kleineren. Von drei Frauen umgeben, fehlte es Thomas nicht an weichen Busen, an denen er schlafen konnte. Während der meisten Zeit war er ein stummer Fahrgast, und die Frauen unterhielten sich leise. Nicholas wirkte betont langweilig. Sie dagegen ignorierten ihn völlig, und Reggie zögerte nicht einmal, ihr Kleid hinunterzuziehen und ihren Sohn zu stillen, als er unruhig wurde. Sollte er doch etwas dagegen einwenden. Sollte er doch den Mund aufmachen.

Plötzlich vollzog sich eine Wandlung mit Nicholas. Das hochmütige Gebaren, das seine Frau an den Tag gelegt hatte, amüsierte ihn, und sogar die bösen Blicke seiner Tante fand er komisch, denn die freundliche, liebevolle Eleanor hatte es noch nie fertiggebracht, ihm lange böse zu sein. Es überraschte ihn ein wenig, daß sie nach Silverley mitkam, denn sie war seit dem Tod seines Vaters vor sechs Jahren nicht mehr dort gewesen. Er nahm an, daß Eleanor glaubte, Regina brauchte moralischen Beistand, und das belustigte ihn und verletzte ihn zugleich.

Sein Amüsement war jedoch nur ein kleiner Teil des Strudels an Gefühlen, in den er gesogen wurde. Er mußte wirklich ein lasterhafter Mensch sein, wenn ihn allein der simple Vorgang, daß Regina das Kind stillte, derart erregte, aber er war aufgewühlt. Eine mitfühlende Stimme in seinem Hinterkopf flüsterte, er würde sich selbst zu hart beurteilen. Er vergaß ganz, daß Regina schon immer diese Wirkung auf ihn ausgeübt hatte.

Diese Erkenntnis half ihm überhaupt nicht. Regina würde seine Annäherungsversuche abprallen lassen. Und er würde sich zu einem absoluten Idioten machen, wenn er versuchte, seine eigene Frau zu umwerben, oder etwa nicht? Wenn sie im selben Schlafzimmer schliefen, konnte ihm die Nähe eine Hilfe sein. Schließlich war sie eine leidenschaftliche Frau. Aber das Haus, aus dem sie gerade kamen, war ebenso wie Silverley, so daß weder da noch dort die Notwendigkeit bestand, zu zweit in einem Zimmer zu schlafen.

Es gab nur eine Möglichkeit, je im selben Zimmer mit ihr zu schlafen, und zwar die, daß sich die Notwendigkeit ergab, und das war unwahrscheinlich... Andererseits... Bei Gott, ja! Es gab eine Möglichkeit, und fast hätte er sie übersehen, eine Gelegenheit, die er schnell nutzen mußte, denn sie waren schon auf halbem Wege nach Silverley. Er ließ sich diese Idee noch einmal durch den Kopf gehen und kam zu dem Schluß, daß es klappen könnte.

Ohne den Plan genauer zu durchdenken und eventuelle Mängel daran zu finden, rief Nicholas dem Kutscher zu, er sollte vor dem nächsten Gasthaus anhalten.

»Stimmt etwas nicht?« fragte Eleanor.

»Keineswegs, Tante Ellie. Mir ist nur gerade klargeworden, daß mir eine warme Mahlzeit heute abend lieber ist als das kalte Essen, mit dem wir in Silverley rechnen müssen, wenn wir um diese Tageszeit dort ankommen.«

»Aber so spät ist es doch noch gar nicht. Sind wir nicht schon fast da?« wollte Reggie wissen.

»Nein, noch nicht, Liebling. Und ich bin absolut ausgehungert. Ich kann nicht mehr warten.«

In dem Gasthaus, das sie kurz darauf erreichten, war Nicholas schon oft abgestiegen. Er kannte den Besitzer gut genug, um ihm genau erklären zu können, was er wollte. Und jetzt, dachte er, mußte er nur noch hoffen, daß sein Glück ihn für den Rest der Nacht nicht verließ...

31

Reggie kicherte auf dem Weg ins Bett. Meg hatte sie verlassen, ihr aber vorher, als sie ihr beim Ausziehen geholfen hatte, eine ordentliche Strafpredigt gehalten. Meg glaubte, sie wäre betrunken. Aber das stimmte natürlich nicht. Eleanor litt unter den Folgen ihres Alkoholkonsums. Das war lustig, denn Reggie hatte sich gezwungen gesehen, die ältere Frau auf ihr Zimmer zu bringen, und dort hatte deren Zofe alle beide gescholten. Wie dreist das Personal doch heutzutage war!

Ellie hatte doch nicht mehr als – wie viele waren es denn gewesen? – ein halbes Dutzend Gläser von dem köstlichen Wein getrunken, den der Gastwirt eigens für sie aufgehoben hatte, wie seiner an Nicholas gerichteten Bemerkung zu entnehmen war. Reggie hatte genausoviel getrunken, und sie fühlte sich ganz wunderbar, aber beschwipst war sie nicht, nein, das nicht. Sie vertrug wohl einfach mehr als Eleanor.

Sie ließ sich auf das Bett fallen, schaukelte darauf herum und richtete sich dann auf. Das hier war nicht ihr geräumiges Zimmer in Silverley, aber für eine Nacht würde es reichen. Während des Essens hatte Nicholas ihnen gesagt, sie könnten sich ruhig Zeit lassen, er wäre in seiner Hast unbedacht gewesen, wobei er sich darauf herausredete, er wäre es nicht gewohnt, mit soviel Begleitung zu reisen. Er hätte erkannt, wie unaufmerksam von ihm es wäre, zu so später Stunde und ohne Vorankündigung in Silverley zu erscheinen, denn dort würde man sämtliche Dienstboten aus den Betten holen müssen, damit sie die Zimmer bereitmachten, das Gepäck abluden, und so weiter. Deshalb hatte er entschieden, daß es besser war, am Vormittag dort anzukommen, und Zimmer im Gasthaus bestellt.

Das Abendessen war genüßlich und zog sich in die Länge. Nicholas bemühte sich, sie für die Ungelegenheiten zu entschädigen, die er ihnen bereitet hatte. Er war sogar wirklich recht charmant und brachte seine Tante mit seinen komischen Anekdoten zum Lachen. Bald ertappte sich auch Regina dabei, daß sie herzlich lachte. Sie hoffte, daß Meg und Tess und die anderen Dienstboten genausoviel Spaß hatten.

Reggie gähnte und streckte ihre Hand aus, um die Lampe auf dem Nachttisch auszuschalten. Sie griff daneben, und das erheiterte sie von neuem. Ehe sie es ein zweites Mal versuchen konnte, ging die Tür auf, und Nicholas betrat das Zimmer.

Reggie war eher belustigt als sonst etwas, als sie ihn dort stehen sah. Er entschuldigte sich nicht für seinen Irrtum. War es ein Irrtum? Warum stand er in ihrem Zimmer?

»Wolltest du irgend etwas, Nicholas?«

Er lächelte. Ein Blick in das Zimmer zeigte ihm, daß einer ihrer Koffer nach oben gebracht worden war, aber nichts von seinen Sachen. Harris hatte Einwände gegen Nicholas' Vorkehrungen erhoben, insbesondere, nachdem er erfahren hatte, daß er mit den Lakaien im Stall schlafen würde, um die Geschichte glaubhaft erscheinen zu lassen, das Gasthaus wäre zu voll, um allen eine eigene bequeme Unterkunft zu bieten.

Reggie runzelte die Stirn, als er seine Jacke ausziehen wollte. »Was – was tust du da?«

»Ich gehe schlafen«, sagte er beiläufig.

»Aber...«

»Habe ich es dir denn nicht gesagt?« Er hob die Brauen. »Ich dachte, ich hätte es dir gesagt.«

Sie wirkte verwirrt. »Was hast du mir nicht gesagt?«

»Daß hier nur drei Zimmer zu haben waren. Meine Tante und ihre Zofe haben das eine, deine Zofe und das Kindermädchen das andere, und dort ist auch ein Bett für Thomas aufgestellt worden. Somit ist nur noch dieses Zimmer frei.«

Er setzte sich auf die andere Bettkante und zog seine Stiefel aus. Reggie riß die Augen weit auf und starrte seinen breiten Rücken an. »Du hast vor, hier zu schlafen?« Das kam mit hoher Stimme über ihre Lippen. »Hier?«

»Wo sollte ich denn sonst schlafen?« Er bemühte sich, seiner Stimme einen gekränkten Klang zu geben.

»Aber...«

Sie verstummte abrupt, denn er wirbelte zu ihr herum, und seine Nähe brachte sie aus der Fassung.

»Stimmt etwas nicht?« fragte er. »Wir sind verheiratet, falls du das vergessen hast. Und ich versichere dir, daß du dich in einem Bett mit mir in absoluter Sicherheit wiegen kannst.«

Mußte er sie schon wieder daran erinnern, daß er sie nicht mehr begehrte?

»Du schnarchst doch nicht, oder?« fragte sie, weil ihr danach zumute war, gemein zu sein.

»Ich? Ganz bestimmt nicht.«

»Dann ist es ja nicht allzu schlimm, eine Nacht lang in einem Bett mit dir zu schlafen. Du wirst aber doch etwas anbehalten, nicht wahr?«

»Ich kann einengende Kleidungsstücke nicht ausstehen.«

»Dann mache ich jetzt das Licht aus, wenn du nichts dagegen hast.«

»Damit ich dich mit meiner Nacktheit nicht schockiere? Aber selbstverständlich.«

Hatte sie Belustigung aus seiner Stimme herausgehört? Dieser Gauner. Sie würde ihn wohl einfach ignorieren müssen.

Diesmal streckte sie beide Hände nach der Lampe aus – sie hatte nicht vor, sich von ihm vorwerfen zu lassen, sie sei angetrunken – aber dann fiel es ihr schrecklich schwer, die Bettdecke mit ihren Füßen wiederzufinden. Als sie es endlich geschafft hatte, war Nicholas ausgezogen und streckte sich ganz selbstverständlich unter derselben Decke aus. Sein Gewicht ließ seine Seite des Bettes so weit heruntersinken, daß Reggie sich an der Zudecke festhalten mußte, um nicht zu ihm zu rollen. Sie lag steif wie ein Brett da und bemühte sich, ihn bloß nirgends zu berühren.

»Gute Nacht, meine liebe Ehefrau.«

Reggie runzelte die Stirn. »Gute Nacht, Nicholas.«

Es dauerte keine Minute, bis er schnarchte. Reggie gab einen angewiderten Laut von sich. Er schnarchte also nicht, oder? Wie sollte sie bei diesem Lärm schlafen? Sie wartete noch eine Minute ab, und dann schüttelte sie seine Schultern.

»Nicholas?«

»Hab ein Herz, Liebling«, murmelte er. »Einmal war genug für heute nacht.«

»Einmal – oh!« keuchte sie, als sie verblüfft feststellte, wie er das gemeint hatte. Er hielt sie für eine andere Frau, und er glaubte, daß sie mit ihm schlafen wollte – wieder. Allein diese Vorstellung!

Sie ließ sich mürrisch auf ihr Kissen fallen. Im nächsten Moment fing er wieder an zu schnarchen, aber sie biß nur die Zähne aufeinander. Nach ein paar Minuten drehte sich Nicholas zu ihr, und seine Hand landete erschreckend nah neben ihrer Brust. Ein Bein fiel über ihren Oberschenkel.

Ihr schoß durch den Kopf, daß die Brust, die sich gegen ihren Arm preßte, nackt war, daß das Bein, das auf ihr lag, nackt war, daß... O Gott, wenn sie sich bewegte, konnte es passieren, daß er aufwachte. Doch gleichzeitig rief diese Nähe Gefühle in ihr wach, die sie besser vergessen sollte. Unter diesen Umständen konnte sie unmöglich schlafen.

Sachte und behutsam versuchte sie, seine Hand von sich zu nehmen. Seine Reaktion bestand darin, nach ihrer Brust zu greifen. Sie riß die Augen weit auf. Ihr Atem ging schneller. Und er schlief weiter und merkte zum Glück überhaupt nicht, was er da tat.

Noch einmal versuchte sie, sich zu befreien, seine Finger der

Reihe nach von ihrer Brust zu lösen. Als seine Hand ihre Umklammerung gelockert hatte, bewegte sie sich aus eigenem Antrieb weiter, aber nicht dorthin, wo sie hätte liegen sollen. Seine Hand glitt langsam über ihren Bauch, über den Hügel zwischen ihren Beinen und wieder nach oben, um auf der anderen Brust liegenzubleiben. In dem Moment bewegte sich sein Knie gerade so weit, daß es auf ihren Lenden zu liegen kam. Die Finger kosten ihre Brust.

»Sehr schön.« Sein warmer Atem wurde gegen ihre Wange gehaucht, während er im Schlaf vor sich hin murmelte.

Das Stöhnen rang sich aus ihrem tiefsten Inneren, versetzte sie selbst in Erstaunen und bewirkte, daß sie glühend errötete. Das war doch verrückt. Er schlief! Wie konnte er diese Empfindungen in ihr erregen, wenn er schlief?

Es war der Wein. Es mußte der Wein sein, denn sie hatte sich einen Moment lang fast gewünscht, sie wäre der Mann und er die Frau, damit sie ihn jetzt auf den Rücken drehen, sich auf ihn legen und ihr zunehmendes Verlangen lindern könnte.

Sie mußte es riskieren, ihn zu wecken. Sie mußte ihn dazu bringen, sich wieder auf seine Seite des Bettes zu legen. »Nicholas?« flüsterte sie. »Nicholas, du mußt...«

»Du bist so beharrlich, Liebling.« Seine Hand schlich sich auf ihren Hals hinauf und zog ihr Gesicht an seines. »Komm her, wenn du darauf bestehst.«

Warme Lippen berührten ihren Mund, erst zart, dann leidenschaftlich. Die Hand auf ihrem Hals fing an, sie zärtlich zu streicheln, bis ihr ganzer Körper prickelte.

»O Liebling«, murmelte er heiser, als seine Lippen über ihre Wange glitten, um an ihrem Ohrläppchen zu knabbern. »Du solltest öfter so beharrlich sein.«

Seine Freude an diesen erotischen Handlungen überwältigte Reggie. Was machte es schon aus, daß er nicht hellwach war und nicht wußte, was er tat? Sie legte eine Hand in seinen Nacken und übte gerade soviel Druck aus, daß er sich ihr nicht entziehen konnte.

Nicholas wünschte, er hätte in Triumphgeheul ausbrechen können. Sie hatte seinen Kuß geduldet, und das hatte ihr Schicksal besiegelt. Seine Lippen bewegten sich heiß über ihren Hals. Schnell und gekonnt schnürte er ihr Nachthemd auf, und mit einer einzigen Bewegung zog er es über ihren Kopf und warf es zur Seite.

Reggies Hand, die von seinem Hals gerissen wurde, als er sie entkleidete, fiel auf seine Schulter. Seine Muskeln spannten sich dort, wo sie ihn berührte, an. Sie zitterte selbst vor übermächtigem Verlangen. Jetzt gab es keine Umkehr mehr. Heute nacht gehörte er ihr, ob er es wußte oder nicht.

Ihre Finger glitten über seinen Rücken. Die Haut war glatt und warm. Sie knetete sie sachte und dann fester, dann wieder ganz zart, und es war ihr ein Genuß, ihn einfach wieder berühren zu können. Es war so entsetzlich lange her. Und er brachte sie dazu, sich wieder daran zu erinnern, wie es beim ersten Mal gewesen war. Seine Lippen brannten eine sengende Spur in ihre Haut, von ihrer Kehle bis zu ihren Schenkeln. Ihr Geruch und ihr Geschmack betäubten Nicholas. Ihre Haut war so fest und so seidig wie in der Nacht, in der er ihr die Jungfräulichkeit genommen hatte. Ihr Körper hatte sich durch das Baby nicht verändert, wenn man von ihren volleren Brüsten absah, und die wagte er fast nicht zu berühren, obwohl er sich danach verzehrte. Aber sie gehörten jetzt ihrem Baby, und er wollte nicht, daß sie ausgerechnet jetzt an ihren Säugling dachte. Er wollte nicht, daß sie auch nur an irgend etwas dachte.

Reggie warf den Kopf hin und her, und ihr Puls überschlug sich. Wenn Nicholas nicht von dieser köstlichen Marter durch seine forschenden Finger abließ, würde sie ihn bald darum anflehen.

Er mußte ihre Gedanken gelesen haben, denn sein langer, schlanker Körper glitt auf sie, und sein Gewicht war ihr ja so willkommen. Ihre Beine hoben sich und schlangen sich um seine Hüften, als sein warmes Fleisch in sie eindrang, sie ausfüllte, in ihre Tiefen vorstieß.

Sein Mund verschloß ihre Lippen und erstickte ihre lustvollen Aufschreie mit fiebrigen Küssen. Sie kam ihm bei jedem Stoß entgegen, ihre Arme verschränkten sich hinter seinem Kopf, ihre Finger gruben sich in sein Haar.

Der Höhepunkt führte sie gemeinsam in schwindelerregende Höhen hinauf, und eine Woge der Verzückung nach der nächsten strömte über sie hinweg. Lust, die auf Lust traf, Genüsse, die ausgekostet waren. Leidenschaft, die sich verbraucht hatte. Die Welt zog sich nach dieser Flut zurück, und sie schliefen fest aneinandergeschmiegt.

32

Nicholas erwachte von einem Klopfen an der Tür und nahm zwei Dinge gleichzeitig wahr. Er lag eng umschlungen mit Regina da, ihre Gliedmaßen in einer festen Umklammerung, und der Mensch, der angeklopft hatte, würde nicht lange warten, bis er aufgefordert wurde, einzutreten.

Seine Frau an seiner Seite vorzufinden war eine herrliche Überraschung, die wunderbare Erinnerungen in ihm wachrief. Er wandte sich zur Tür um und murmelte eine Verwünschung. Reginas Zofe stand da, in der einen Hand eine Kerze. Auf ihrem Gesicht stand ein Ausdruck tiefsten Erstaunens, der sich sehr komisch ausnahm.

»Ist es nicht üblich zu warten, bis man hereingerufen wird?« brummte Nicholas.

Aber Meg ließ sich nicht einschüchtern. »Das ist absolut nicht üblich, eure Lordschaft, nicht, wenn ich Lady Reggies Zimmer betrete.«

»Wie Sie sehen, ist Lady Reggie nicht allein, und wenn Sie sich jetzt umdrehen würden, könnte ich mir etwas überziehen.«

Meg schnappte nach Luft, als er seine Beine ohne jede weitere Vorwarnung aus dem Bett schwang. Sie wirbelte eilig herum, und Wachs spritzte auf den Fußboden. Was hatte er in Reggies Bett zu suchen? Als er auf und davon gegangen war, hatte er dem armen Mädchen das Herz gebrochen. Und jetzt war er wieder da, und das, ihrer Vermutung nach, ohne ein Wort der Entschuldigung.

»Sie können sich jetzt wieder umdrehen und mir sagen, was Sie hier wollen.«

Meg sträubten sich die Haare. Sie warf zögernd einen Blick über ihre Schulter, doch in dem Moment trat er hinter sie und verstellte ihr den Blick auf das Bett.

Argwöhnisch fragte sie: »Weiß sie, daß Sie hier sind?«

Nicholas lachte. »Gute Frau, wessen klagen Sie mich eigentlich an?«

Meg zog die Schultern hoch und versuchte, sich eine Antwort einfallen zu lassen.

»Gibt es irgendwelche Probleme, die Sie mitten in der Nacht hierherführen?« fragte Nicholas, ehe sie etwas sagen konnte.

»Ich habe Lord Thomas zum Stillen gebracht«, erklärte sie, und er fragte sich, wie er so schnell hatte vergessen können, daß der Säugling auch mitten in der Nacht seine Anforderungen stellte.

Meg fuhr fort, als hätte sie seine Gedanken gelesen. »Es ist mühsam, das ist wahr, aber es wird nicht mehr allzu lange so weitergehen mit diesem nächtlichen Stillen. Ein paar Nächte hat er jetzt schon durchgeschlafen. Es liegt an der Reise und an dem fremden Zimmer, das macht ihn unruhig.«

»Schon gut, Sie können ihn mir geben.«

Meg wich erstaunt zurück. »Entschuldigen Sie vielmals, eure Lordschaft, aber wäre es nicht besser, wenn Sie das Zimmer für eine Weile verließen?«

»Nein, das tue ich ganz bestimmt nicht«, entgegnete Nicholas entschieden. »Aber Sie können gehen. Nein, gute Frau, ich bilde mir nicht ein, daß ich seine Bedürfnisse befriedigen kann, und daher brauchen Sie mich gar nicht so anzusehen. Ich werde ihn seiner Mutter geben und dafür sorgen, daß er wieder zu Ihnen kommt, wenn er getrunken hat.«

Er streckte die Arme nach Thomas aus, und Meg war gezwungen, seinen Wünschen Folge zu leisten, doch sie warnte ihn: »Passen Sie auf. Sie müssen den Hals stützen... Ja, so ist es richtig, genauso. Er ist nämlich keine Puppe und kein Spielzeug.« Er warf ihr einen so finsteren Blick zu, daß sie augenblicklich verschwand.

Nicholas seufzte. Es half nichts. Er mußte sie wecken. Verflucht noch mal, er wollte sie nicht wecken. Sie hatte lange genug geschlafen, und die Wirkung des Weines mußte jetzt verflogen sein. Seine Anwesenheit würde sie schockieren. Oh, warum konnte das Kind nur trinken, wenn sie wach war? Ihre hübschen Brüste waren ohnehin entblößt, und sie lag auf der Seite. Ob das Kind es wohl ohne ihre Hilfe konnte?

Er hob den kleinen Jungen behutsam hoch und legte ihn dicht neben Regina. Nichts passierte. Nicholas lehnte sich zurück und runzelte die Stirn. Warum zum Teufel wurde nichts daraus? Besaßen Babys denn gar keinen Instinkt? Er drehte das kleine Gesicht zu ihr um, bis die Wange des Babys ihre Brustwarze streifte. Doch der kleine Kopf wandte sich wieder ab, und Thomas fing an, enttäuscht zu wimmern.

In seiner Verzweiflung legte Nicholas sich hinter Thomas, drehte ihn auf die Seite und führte den kleinen Mund zu der Brustwarze. Nicholas hielt den Jungen dort fest, bis er die Brustwarze schließlich fand und Thomas anfing zu saugen.

Nicholas lächelte. Er war mit sich und dem Baby zufrieden,

legte seine Hände auf den kleinen Hinterkopf und preßte ihn gegen den Nahrungsquell. Jetzt konnte Nicholas entspannt daliegen und Mutter und Kind ansehen. Jeder neue Vater sollte in diese glückliche Lage kommen, sagte er sich.

Fast hätte er vor Freude über seine eigene Geschicklichkeit laut gelacht. Er war so verflucht stolz. Das war sein Sohn – er hätte jeden umgebracht, der etwas anderes behauptete – und *er* hatte geholfen, den Kleinen zu füttern. Oder zumindest hatte er das Baby dorthin gebracht, wo es seine Nahrung fand. Das war doch fast dasselbe. Er verstand nun ein wenig von dem, was Regina jedesmal empfinden mußte, wenn sie den Jungen stillte. Es war ein phantastisches Gefühl. Als er die beiden ansah, erfüllten ihn wieder diese Wärme und Zärtlichkeit, die er in der Nacht zuvor empfunden hatte, und dazu kam ein gewaltiger Besitzerstolz. Seine Frau, sein Kind. Sie gehörten ihm. Irgend etwas mußte geschehen, damit sie es erkannten und akzeptierten.

Nicholas behandelte das Baby mit viel größerem Selbstvertrauen, als er es durch den Korridor in das Zimmer brachte, das sich Meg mit dem Kindermädchen teilte. Es war ihm sogar gelungen, beide, Mutter und Kind, umzudrehen, damit Reginas andere Brust, die prall voller Milch war, auch leergetrunken werden konnte. Und all das, ohne sie zu wecken.

Meg öffnete ihm die Tür und wirkte äußerst unwillig. Hier, dachte er, war ein geeigneter Anfang, wenn er sich Achtung erwerben wollte.

»Sagen Sie mir eins, Meg: Ist Ihre Abneigung gegen mich etwas Persönliches, oder spiegelt sie nur die Gefühle der Dame mir gegenüber wider?«

Meg, weit älter als Nicholas, war kühn genug, um zu sagen, was sie dachte. »Beides. Sie hätten nicht zurückkommen sollen. Sie ist gut ohne Sie zurechtgekommen, und wenn Sie erst wieder fort sind, wird es ihr auch wieder gutgehen.«

»Wenn ich fort bin?« Er war ernstlich schockiert. »Sie warten darauf, daß ich wieder fortgehe, wenn ich doch gerade erst gekommen bin?«

»Und? Gehen Sie etwa nicht wieder weg?« gab Meg zurück. Sie war dabei, sich übel zu verstricken. »Sie wollten sie nicht zur Frau haben. Das weiß sie inzwischen gut genug.«

»Und wenn ich nicht wieder fortgehe, Meg? Was ist dann?« fragte er leise.

Meg gab keinen Zentimeter Boden, den sie gewonnen hatte, auf. So leicht kam er ihr nicht davon. »Sie wird Ihnen das Leben schwermachen, das und nichts anderes. Und das haben Sie auch verdient, wenn Sie entschuldigen, eure Lordschaft. Tess und ich haben kein dummes Ding großgezogen, das kann ich Ihnen sagen. Eine Malory beleidigt man nicht zweimal.«

Nicholas nickte. Er hatte genug gehört. Wenn jemand Reginas wahre Gefühle kannte, dann Meg, und das Mädchen war offen genug, ihm die Wahrheit zu sagen. Hatte sie recht? Bestand wirklich keine Hoffnung für ihn und Regina?

33

Es war Viertel nach acht, und Meg machte sich im Zimmer zu schaffen, schüttelte das violette Kleid und das kurze, ärmellose Jäckchen aus, das Reggie anziehen würde. Reggie saß auf der Bettkante und spielte mit Thomas. Sie hatte ihn schon gestillt und wartete darauf, daß Tess ihn wieder holen würde.

»Es wundert mich, daß Thomas letzte Nacht durchgeschlafen hat, dich nicht auch, Meg? Ich dachte, gerade in einer fremden Umgebung würde er Zirkus machen.«

»Willst du damit etwa sagen, du kannst dich nicht erinnern, daß er nachts hier war?«

Reggie blickte bestürzt auf.

»Seine Lordschaft hat ihn mir zurückgebracht, satt und zufrieden«, berichtete Meg. »Ich bin sicher, daß er gern für sich in Anspruch nehmen würde, das Baby gestillt zu haben, aber wenn Männer heutzutage nicht völlig anders gebaut sind...«

»Nicholas hat ihn zu dir zurückgebracht?«

»Ja, das hat er getan, und ich weiß jetzt, daß du dich *nicht* erinnern kannst. Ich habe dir doch gesagt, daß zuviel Wein...«

»Ach, sei doch still«, schnitt Reggie ihr das Wort ab. »Natürlich kann ich mich erinnern. Es hat nur einen Moment gedauert, bis ich... Ach, das ist ja auch egal. Bring ihn bitte wieder zu Tess, ja? Ich merke, daß ich Kopfschmerzen kriege.«

»Kein Wunder bei soviel...«

»Meg!«

Als sich die Tür geschlossen hatte, legte Reggie sich auf das Bett zurück. Was war bloß mit ihr? Sie wußte, daß Nicholas die Nacht mit ihr verbracht hatte, erinnerte sich daran, daß er ins Zimmer gekommen und augenblicklich eingeschlafen war. Was sich hinterher abgespielt hatte, das konnte sie wirklich nicht vergessen. Warum also erinnerte sie sich nicht daran, Thomas mitten in der Nacht gestillt zu haben?

Sie begann zu überlegen, ob sie sich überhaupt in irgendeiner Hinsicht sicher sein konnte. Vielleicht war sie gleich nach Nicholas eingeschlafen und hatte alles übrige nur geträumt. Dann fiel ihr wieder ein, daß sie ihr Nachthemd getragen hatte, als sie wach geworden war. Oh. Es war wohl doch alles nur ein Traum?

Die Enttäuschung schlug ihr wie eine Woge entgegen.

Als sie später am Morgen in der Kutsche saßen, war Nicholas' Stimmung düster. Er ließ sich kaum dazu herab, auch nur gewisse Anstandsformen an den Tag zu legen. Was für ein Stimmungsumschwung seit dem Abendessen am Vortag! Was war ihm bloß zugestoßen?

Die drei Frauen seufzten wie aus einer Kehle erleichtert auf, als sie endlich Silverley erreichten. Sie wurden erwartet. Die Türen des großen Hauses flogen auf, und ein Trupp Personal stand bereit, um ihr Gepäck abzuladen. Es sah so aus, als hätten sich sämtliche Dienstboten des ganzen Hauses versammelt, um ihren Herrn zu begrüßen, und sogar die Gräfin stand regungslos in der Tür.

Erst später erkannte Reggie, daß ein Teil dieses Tumults für Thomas veranstaltet wurde, den neuen Lord. Einer nach dem anderen versuchten sie, einen Blick auf ihn zu werfen, als sie von der Kutsche zu den hohen Flügeltüren eilten.

Miriam sah Thomas verbittert an, ehe sie ihren kühlen Blick auf Reggie und Nicholas richtete. »Tja«, sagte sie beiläufig, »du hast den Bastard also mit nach Hause gebracht.«

Eleanor atmete hörbar ein. Sie warf ihrer Schwester einen wütenden Blick zu und stürmte an ihr vorbei ins Haus. Die arme Tess lief puterrot an und war froh, daß die reizbare Meg nicht in der Nähe war und diese Worte nicht gehört hatte.

Nicholas, der hinter Reggie stand, erstarrte, aber sein Gesicht blieb ausdruckslos. Er war sicher, daß sich diese Beleidigung auf ihn selbst und nicht auf das Baby bezog. Miriam würde sich niemals ändern. Sie war so voller Bitterkeit, daß ihr Gift manchmal übersprühte.

Reggie blieb stehen, ihr Gesicht rötete sich vor Zorn, und ihre Augen richteten sich fest auf die Gräfin. Die Frau schien sich darüber zu freuen, daß es ihr gelungen war, alle, die in Hörweite waren, aus der Fassung zu bringen. Mit gesenkter Stimme sagte Reggie: »Mein Sohn ist kein Bastard, Lady Miriam. Wenn Sie ihn je wieder als solchen bezeichnen sollten, könnte ich handgreiflich werden.«

Sie betrat das Haus, ehe Miriam darauf antworten konnte, und Tess folgte ihr. Nicholas blieb allein zurück und lachte über Miriams wutentbranntes Gesicht.

»Du hättest dich deutlicher ausdrücken müssen, Mutter.« Er nannte sie nur deshalb so, weil er wußte, wie sehr es sie ärgerte. »Schließlich laufen heutzutage so viele von uns illegitimen Kindern rum.«

Miriam ließ sich nicht dazu herab, darauf einzugehen. »Hast du diesmal vor hierzubleiben?« fragte sie in eisigem Ton.

Nicholas lächelte sie spöttisch an. »Ja, ich habe vor zu bleiben. Irgendwelche Einwände?«

Sie wußten beide, daß sie keine Einwände erheben würde. Silverley gehörte ihm, und nur seiner Erlaubnis hatte sie es zu verdanken, daß sie hier leben konnte.

Nachdem Regina nach oben gegangen war, zog sich Nicholas in die Bibliothek zurück, den Raum, der ihm in Silverley immer der liebste gewesen war, sein Allerheiligstes. Erfreut stellte er fest, daß sich hier nichts verändert hatte. Sein Schreibtisch stand noch in der Ecke, daneben eine gut bestückte Bar. Heute würde er sich die Bücher ansehen, weil er wissen wollte, ob Miriams Zahlen ihm einleuchteten. Außerdem würde er sich betrinken.

Nicholas betrank sich nicht wirklich. Er konnte sich aus den Zahlen in den Rechnungsbüchern nicht den geringsten Sinn zusammenreimen, aber das war nicht weiter erstaunlich. Miriam tat das mit Absicht, soviel stand für ihn fest, damit er gezwungen war, sich stundenlang mit ihr zusammenzusetzen, während sie sich dazu herabließ, ihm zu erklären, was sie mit dem Anwesen unternommen hatte. Bei solchen Besprechungen pflegte sie ständig darauf anzuspielen, Silverley würde ohne sie zu einer Ruine verfallen.

Wie sie beide wußten, mied er Silverley seit dem Tod seines Vaters nur ihretwegen und verließ sich darauf, daß sein Verwalter ihn über die Zustände informierte. Er hielt es ganz einfach nicht lange unter einem Dach mit ihr aus. Miriams Drohungen ließen ihn immer wieder in Wut geraten.

Sie war die Witwe seines Vaters und in den Augen der Welt war sie seine Mutter, daher konnte er sie nicht gut hinauswerfen. Es war immer leichter gewesen, einfach wieder zu gehen. Aber jetzt hatte er seine Frau und sein Kind nach Silverley gebracht, und diesmal würde Miriam ihn nicht vertreiben.

Er ging nach oben, um sich für das Abendessen umzuziehen. Seine Laune hatte sich drastisch verschlechtert. Er hatte es nicht lassen können, über seine Probleme mit Regina nachzugrübeln, und es nagten auch Schuldgefühle an ihm, weil er sie betrunken gemacht hatte. Er hatte ihr das Nachthemd wieder angezogen, damit es sie nicht zu sehr in Verlegenheit brachte, wenn ihre Zofe kam, um sie zu wecken. Aber selbst, wenn sie sich nicht an ihre gemeinsame Nacht erinnerte, wußte er selbst doch, daß er sie mit List und Tücke veranlaßt hatte, seine glühende Leidenschaft zu dulden.

Als Nicholas eintrat, verließen drei Mädchen das Wohnzimmer, das zwischen den beiden herrschaftlichen Suiten lag. »Wohin bringt ihr all das?« murrte er. Eins der Mädchen trug einen Korb mit Schuhen, und die anderen beiden waren mit Unmengen von Kleidern behängt.

Die Dienstmädchen erbleichten angesichts seiner Miene und sagten kein Wort. Reggie folgte ihnen, und nachdem sie alle drei weggeschickt hatte, fragte sie ihren Mann: »Warum fauchst du die Mädchen an?«

»Gefallen dir deine Zimmer nicht?« fragte er, immer noch verwundert, weil ihre Kleider fortgebracht wurden.

»Ganz im Gegenteil, sie gefallen mir sogar sehr gut. Die Dienstmädchen entfernen Lady Miriams Habe, wie schon einmal. Ich nehme an, sie ist wieder dort eingezogen, nachdem ich gegangen bin, weil sie geglaubt hat, ich käme nicht wieder.«

Das konnte ihn nicht beruhigen. Er fühlte sich zu elend, als daß ihn irgend etwas hätte beruhigen können. »Du wärst auch nicht zurückgekommen, wenn ich nicht darauf bestanden hätte, oder?«

Reggie zuckte die Achseln. »Das habe ich mir nie genauer überlegt. Ich bin lediglich nach London zurückgekehrt, weil ich bei Thomas' Geburt meine Familie in der Nähe haben wollte.«

»Natürlich, deine geliebte Familie«, höhnte er. »Deine Familie ist weit fort von hier, und dafür danke ich Gott. Du wirst nicht wieder zu ihnen laufen.«

Reggie stand wie erstarrt da, ihre Augen funkelten vor Wut. »Ich bin nie zu meiner Familie zurückgelaufen, aber wenn ich das wollte, dann täte ich es auch.«

»Nein, das wirst du nicht tun!« schrie Nicholas. »Und ich sage dir jetzt gleich, daß deine Onkel in diesem Haus nicht willkommen sind.«

»Das ist doch nicht dein Ernst?« fragte sie atemlos.

»Du wirst es ja erleben!«

»Oh! Das ist ja wohl...« Sie war zu aufgebracht, um den Gedanken zu beenden. »Oh!«

Sie wirbelte herum, stürmte in ihr Schlafzimmer und knallte die Tür hinter sich zu. Nicholas starrte die geschlossene Tür an, und seine Wut ging mit ihm durch. Mit zwei Schritten stand er vor der Tür und riß sie auf.

»Wage es nicht, jemals wieder fortzulaufen, wenn ich mit dir rede!« brüllte er.

Reggie wirbelte verblüfft, aber keineswegs eingeschüchtert durch den Zorn, der in ihm tobte, zu ihm herum. Sie hatte ihre eigene Wut zu lange angestaut.

»Du hast nicht geredet!« Ihre Stimme konnte es jetzt an Lautstärke mit seiner aufnehmen. »Du hast geschrien, und noch dazu Unsinn. Glaube bloß nicht, daß du mir derartige Einschränkungen auferlegen kannst, weil ich das nämlich nicht dulde! Ich bin doch nicht dein Dienstmädchen!«

»Und was bitte bist du?«

»Deine Frau!«

»Genau! Meine Frau. Und wenn ich dir Vorschriften machen will, dann tue ich das auch, verdammt noch mal!«

»Raus!« schrie sie. »Raus!«

Er stand immer noch im Türrahmen, und sie drückte die Tür gegen ihn, bis sie sich schloß und er draußen stand. Nicholas war außer sich, aber er versuchte nicht, die Tür noch einmal zu öffnen. Die Bedeutung, die es in sich trug, daß sie ihn aus ihrem Zimmer verbannt hatte, war zuviel für ihn und stand symbolisch für die Abweisung, mit der er gerechnet hatte. Er sah die geschlossene Tür an – eine Schranke, fest und undurchdringlich, eine unüberwindliche Hürde.

34

»Nur mal angenommen, ich würde erwähnen, daß ich für das Wochenende Gäste erwarte.«

Diese Äußerung zog alle Blicke auf Miriam. Sie saßen in dem großen Eßzimmer beim Abendessen, Nicholas am einen Kopfende des Tisches, Reggie am anderen. Rufweite könnte eine Beschreibung für die Entfernung zwischen dem Herrn und der Dame des Hauses sein. Das war Reggie nur recht. Sie hatte seit drei Tagen kein Wort mit ihrem Mann gesprochen.

Miriam und Eleanor saßen einander an den Längsseiten des Tisches gegenüber. Es war wesentlich leichter für die beiden, sich zu unterhalten, aber die Schwestern hatten einander nichts zu sagen.

Sir Walter Tyrwhitt saß neben Miriam. Der freundliche Nachbar war vorbeigekommen, und sie hatte ihn eingeladen, zum Essen zu bleiben. Wie üblich war Miriams Verhalten in der Nähe des charmanten Gentlemans kaum wiederzuerkennen. Sie wirkte fast herzlich.

Tyrwhitt war wirklich ein äußerst liebenswürdiger Mann in mittleren Jahren, ein paar Jahre jünger als Miriam, und sehr attraktiv, mit vornehmen silbernen Strähnen in seinem dunkelbraunen Haar, besonders an den Schläfen, und grünen Augen. Er war mit Herz und Seele Landwirt und wurde nie müde, über den Boden, die Saat und das Wetter zu reden. Zu Nicholas' Amüsement nahm Sir Walters Gesicht tiefernste Züge an, wenn er über diese Dinge sprach. Alle anderen Themen tat er mit lässiger Oberflächlichkeit ab.

Der Vicomte behandelte den Gast freundlich, eine große Erleichterung für alle, nachdem er drei Tage lang bärbeißig gewesen war. Er beglückte Sir Walter mit längeren Gesprächen über die Frühjahrssaat. Oder machte er sich etwa über ihn lustig? Vielleicht interessierte es ihn wirklich. Reggie war erstaunt darüber, wie engagiert er auf dieses Thema einging. War er etwa im Grunde seines Herzens auch ein Bauer? Wie wenig sie doch über den Mann wußte, mit dem sie verheiratet war...

Aber seine Liebenswürdigkeit erstreckte sich nicht auf seine Frau. Alle anderen hatten etwas davon. Sogar Miriam bekam höfliche Antworten. Aber Reggie ignorierte er. Das tat weh. Sie war nicht mehr wütend, weil sie gestritten hatten, denn sie konnte nur selten über längere Zeit wütend sein. Aber sie fühlte sich verletzt, weil sie diesen Traum nicht vergessen konnte. Es war ihr alles so wirklich erschienen – was sie in seinen Armen empfunden, wie leidenschaftlich er sie geliebt hatte... Und sie war so dumm gewesen, ihn von ganzem Herzen aufzunehmen. Warum verzieh sie ihm so schnell?

Miriams Äußerung über Gäste, die zu erwarten waren, irritierte Nicholas. »Das ganze Wochenende? Ich nehme an, es handelt sich nicht um eine deiner üblichen Dinnereinladungen?«

»Nein, eigentlich nicht«, erwiderte Miriam. »Ich hoffe, du hast nichts dagegen. Leider sind die Einladungen schon kurz vor deiner Rückkehr verschickt worden. Ich hatte nicht mit deiner Ankunft gerechnet.«

»Und du hast auch nicht damit gerechnet, daß ich bleibe, soviel ist für mich klar«, bemerkte Nicholas trocken.

Eleanor schritt ein, ehe es zu einem Streit kam. »Ich finde, das ist eine gute Idee. Etwas zu kurz vor der Ballsaison in London, aber die beginnt ja doch erst eine Woche später. Wie viele Gäste erwartest du, Miriam?«

»Nur etwa zwanzig. Aber es werden nicht alle hierbleiben.«

»Das ist gar nicht typisch für dich«, äußerte Nicholas. »Dürfte ich mich nach dem Anlaß erkundigen?«

Miriam wandte sich zu ihm, damit Walter ihre Augen nicht sehen konnte. »Muß es denn einen Anlaß dafür geben?« Ihr Blick schien ihn zu erdolchen.

»Nein. Wenn du plötzlich gern große Menschenansammlungen magst, schlage ich dir vor, dieses Jahr London zu besuchen und das Getümmel dort nach Herzenslust auszukosten. Ich würde dir sogar mein Haus in der Stadt zur Verfügung stellen, nachdem meine Frau es inzwischen so durchdacht umgestaltet hat.«

»Ich würde im Traum nicht daran denken, Silverley unbeaufsichtigt zu lassen«, sagte Miriam steif.

»Ich kann dir versichern, daß ich mich dazu durchringen werde, hierzubleiben und mich um das Anwesen zu kümmern. Dazu bin ich durchaus in der Lage, wenn du dir auch gern das Gegenteil einbildest.«

Miriam biß trotz des ausgeworfenen Köders nicht an. Er sah jetzt, daß sie nicht streiten wollte, solange Sir Walter anwesend war. Was für eine köstliche Situation. Ein solches Vergnügen! Aber Tante Ellie musterte ihn stirnrunzelnd, und der arme Tyrwhitt wirkte verlegen. Regina, die bezaubernde Regina, sah auf ihren Teller hinunter und wich seinem Blick auf. Er seufzte.

»Verzeih mir, Mutter. Ich wollte damit nicht andeuten, daß ich dich loswerden will oder daß es dir an Vertrauen in deinen einzigen Sohn mangelt.« Er grinste, als er sah, wie sie zusammenzuckte. Vielleicht konnte er doch noch ein wenig seinen Spaß haben. »Veranstalte unter allen Umständen dieses Fest. Ich bin sicher, Tante Ellie und meine Frau helfen dir gern bei den Vorbereitungen.«

»Ich habe bereits alles geregelt«, erwiderte Miriam hastig.

»Dann wäre das Thema abgeschlossen.«

Nicholas aß weiter, und Reggie schüttelte den Kopf. Sie hatte ihre kleinen Kämpfe mit der Gräfin immer für unter ihrer Würde gehalten, aber sich doch immer wieder provozieren lassen. Miriam hatte heute abend nichts getan, um Nicholas zu ärgern. Warum war es ihm immer wieder ein Anliegen, derart unausstehlich zu sein?

Sobald die Damen die Männer beim Cognac allein ließen, zog sich Reggie in ihre Gemächer zurück. Aber Thomas schlief schon, und Meg besuchte im Dienstbotenflügel Harris. Es war noch zu früh, um schlafen zu gehen. Trotzdem widerstrebte es ihr, wieder nach unten zu gehen. Vor anderen von ihrem eigenen Mann ignoriert zu werden, war einfach zu peinlich.

Nicholas bemerkte Reginas Abwesenheit, sobald er den Salon betrat. Er ging auf Eleanor zu. »Wo ist sie?« fragte er barsch.

»Reggie hat erwähnt, sie würde sich zurückziehen.«

»So früh? Ist sie krank?«

»Mein lieber Nicky, wo blieb dieses Interesse an deiner Frau, als sie vorhin am Tisch saß?«

»Schimpf nicht, Tante Ellie. Ich glaube, ich habe schon genug ausgestanden.«

»Trotzdem machst du auf deine sture Art weiter. Und dabei bist du doch nur unglücklich – gib es zu.«

»Unsinn«, entgegnete er gereizt. »Du kennst nicht die ganze Geschichte, Tante Ellie.«

Sie seufzte, als sie sah, wie er sein Kinn vorreckte. »Das mag sein. Aber wie du dieses arme Mädchen mißachtet hast, das ist einfach abscheulich von dir. Ich glaube nicht, daß du auch nur ein Wort zu ihr gesagt hast, seit wir hier angekommen sind.«

»Es waren mehr als zwei, das versichere ich dir.«

»Oh, du kannst so ekelhaft sein, Nicholas!« Eleanor sprach mit gesenkter Stimme. »Du willst einfach nicht eingestehen, daß du dich geirrt hast, daß du eine wunderbare Frau hast und daß kein Grund besteht, sie nicht zu lieben und zu verwöhnen.«

»Das gebe ich zu. Es ist so, daß meine Frau die Wahl ihres Mannes, die sie selbst getroffen hat, bereut. Ich habe ihr gesagt, sie würde es noch bereuen. Eine bittere Sache«, fügte er hinzu, »wenn einem in dem einzigen Punkt, in dem man sich irren wollte, bewiesen wird, wie recht man doch hatte.«

Sie sah ihm nach, als er sie stehen ließ, und ihre Augen waren traurig. Wie sehr sie doch wünschte, sie könnte ihm helfen... Aber das war etwas, was er mit sich allein abmachen mußte.

Wesentlich später betrat Nicholas das Wohnzimmer, das die beiden herrschaftlichen Schlafzimmer voneinander trennte, und war verblüfft, als er dort Regina vorfand, die sich auf dem Sofa zusammengerollt hatte und las. Sie trug einen Morgenmantel aus meerblauem Satin, der in der Taille von einem Gürtel zusammengehalten wurde und sich verführerisch an ihre zarte Gestalt schmiegte. Ihr mitternachtsschwarzes Haar fiel in sinnlich zerzausten Wellen auf ihre schmalen Schultern. Sie ließ das Buch sinken und sah ihn an.

Ihr Blick war direkt, hatte wie üblich die Macht, ihn aufzurütteln. Zum Teufel, wieder eine Nacht, in der er sich schlaflos herumwälzen würde.

»Ich dachte, du seist ins Bett gegangen.« Tiefe Verzweiflung gab seiner Stimme einen scharfen Klang.

Reggie ließ das Buch langsam auf ihren Schoß sinken. »Ich war nicht müde.«

»Hättest du nicht in deinem Zimmer lesen können?«

Es gelang ihr, völlig ruhig zu wirken. »Mir war nicht klar, daß dieses Zimmer ausschließlich für deinen Gebrauch bestimmt ist.«

»Das ist es nicht, aber wenn du vorhast, halbnackt rumzuliegen, dann tu das in deinem Bett«, fauchte er. Sekundenlang starrte er sie finster an, dann verschwand er in seinem Zimmer.

Reggie setzte sich auf. Soviel dazu, daß sie versucht hatte, zu seiner Verfügung zu stehen... Wie hatte sie bloß glauben können, sie wäre in der Lage, ihn zu betören? Das einzige, was sie erregt hatte, war sein Zorn. Das mußte sie sich für die Zukunft merken.

35

»Dein Haus ist einfach zum Verlieben, Nicky«, sprudelte Pamela Ritchie heraus, als sie ihn in der Bibliothek fand. »Es ist so – so elegant! Es war ganz reizend von deiner Mutter, daß sie mich herumgeführt hat.«

Nicholas lächelte verkniffen und sagte nichts. Aus dem Munde eines jeden anderen hätte ihn dieses Lob seines Hauses mit Stolz erfüllt. Aber er hatte im Lauf seiner stürmischen Beziehung mit dieser knackigen Brünetten vor etlichen Jahren, die genau zwei Wochen gedauert hatte, etwas über sie gelernt, und zwar, daß sie das, was sie sagte, selten auch so meinte. Ja, Silverley beeindruckte sie, aber es verdroß sie mit Sicherheit, daß sie nicht die Hausherrin war.

Nach dem Ende dieser Affäre hatte er dem Klatsch unter den Dienstboten entnommen, daß sie in einem Anfall von Wut ihr Schlafzimmer kurz und klein geschlagen hatte. Seit damals waren sie sich gelegentlich begegnet. Sie hielt immer ein warmes Lächeln für ihn bereit, aber wenn man sie unvorbereitet erwischte, kochte Pamela vor Wut.

Frauen wie Pamela und Selena gerieten immer früher oder später mit seiner eigenen aufbrausenden Art aneinander. In seinen wilden Zeiten hatte er jede Form von weiblichem Temperament gekannt, aber nur in einem Fall war er wirklich in Gefahr gewesen – bei der entzückenden Caroline Symonds. Doch zum Glück war sie mit dem alten Herzog von Windfield verheiratet worden. Er hatte Lady Caroline seit drei Jahren nicht mehr gesehen und den Trennungsschmerz längst vergessen.

»Wir haben uns schon gefragt, wohin du wohl verschwunden bist, Nicky«, sagte Pamela gerade. Sie thronte unaufgefordert auf einer Stuhlkante dicht neben seinem Schreibtisch. »Im Salon wird gerade der Tee serviert. Es sind noch mehr Leute gekommen. Ich kenne sie nicht – ein paar Gutsherren oder... Oh! Und deine bezaubernde Frau hat sich endlich blicken lassen. Ein ganz reizendes, süßes Mädchen. Ich habe sie natürlich schon früher getroffen, das ist ja klar, in der vorletzten Ballsaison. Sie war unglaublich begehrt. Die jungen Kerle haben sich um sie geschart und alles für ein Lächeln von ihr getan. Ich war sogar ein bißchen neidisch, bis offensichtlich wurde, daß etwas... Nun ja – daß etwas nicht mit ihr stimmt, das arme Ding.«

Er hatte von Anfang an gewußt, daß dieses alberne Geplapper auf irgend etwas hinauslaufen würde, aber trotzdem zuckte er jetzt zusammen. »Soll ich jetzt vielleicht raten, was du meinst?«

Sie lachte zwitschernd. »Ich hatte gehofft, daß *du* es mir sagst. Alle sind schon schrecklich gespannt darauf, es zu erfahren.«

»Es zu erfahren?« wiederholte Nicholas barsch.

»Ja, klar – zu erfahren, was deiner Meinung nach bei ihr nicht stimmt.«

»Ich bin nicht der Ansicht, daß bei meiner Frau etwas nicht stimmt, Pamela«, antwortete er kühl.

»Du wirst also nicht aus der Schule plaudern? Galant von dir, Nicky, aber nicht allzu aufschlußreich«, sagte sie seufzend. »Du kannst dir ja vorstellen, was für einen Aufruhr du ausgelöst hast. Es kommt schließlich nicht alle Tage vor, daß einer der begehrtesten Junggesellen heiratet und seine Frau dann praktisch schon vor dem Altar verläßt. Es wird gemunkelt, einer von Lady Reggies Onkeln hätte dich ihr in Ketten vorgeworfen.«

Er machte es Pamela nicht leicht zu erkennen, daß sie ins Schwarze getroffen hatte. Nur die Spannung in seinen Händen zeigte seinen Zorn. Sie wollte erreichen, daß er in helle Wut ausbrach. Pamela hegte für diesen Mann einen größeren Groll als für ihre bisherigen und zukünftigen Liebhaber zusammen. Sie hatte ernste Pläne mit Nicholas Eden gehabt, und er hatte diese Pläne vereitelt. Dieser verdammte Schwerenöter, dieser miese Schürzenjäger! Es freute sie, daß er jetzt ausgerechnet bei einer Frau hängengeblieben war, die ihm nicht paßte.

»Dieses Gerücht ist absolut absurd, Pamela«, entgegnete Nicholas mit gepreßter Stimme. »Ich bin nur deshalb in James Malorys Gesellschaft nach England zurückgekommen, weil er so freundlich war, mir eine Kajüte auf seinem Schiff zur Verfügung zu stellen, als ich in der Karibik festsaß. Und«, fuhr er eilig fort, ehe sie etwas sagen konnte, »ich enttäusche dich zwar nur ungern, aber es waren Geschäfte, die mich gezwungen haben, mich von meiner Braut zu trennen. Ein Notstand auf einem meiner dortigen Anwesen, der augenblicklich behoben werden mußte.«

»Ein anderer Mann hätte seine Frau wahrscheinlich mitgenommen, für ausgedehnte Flitterwochen und so weiter«, warf sie ein. »Merkwürdig, daß du nicht auf die Idee gekommen bist.«

»Ich hatte keine Zeit...«, begann er, aber sie lächelte und stand auf.

»Es wird sicher interessant, euch beide zusammen zu sehen. Seltsam, daß du so kurz nach deiner Hochzeit schon Empfänge gibst...«

»Diese kleine Feier war nicht meine Idee.«

»Ja, deine Mutter hat die Einladungen verschickt, aber du warst bereits hier, und daher nehme ich an, daß du ein Fest veranstalten wolltest. Es heißt ja schließlich, das beste Mittel gegen Langeweile sei eine Party. Ich hoffe nur, du hast mich nicht auf die Gästeliste gesetzt, um ein *privates* Fest mit mir zu feiern. Verheiratete Männer reizen mich nicht, wenn du verstehst, was ich meine.«

Sie huschte aus dem Zimmer, ehe er etwas darauf erwidern konnte. Nicholas blieb sitzen und starrte die Tür an. Er war eiskalt abgewimmelt worden, ohne auch nur einen Vorstoß versucht zu haben. Eine solche Dreistigkeit! Ein starker Beschützerdrang bemächtigte sich seiner. Mit Reggie sollte etwas nicht stimmen! Das war doch wohl der Gipfel. Er verließ die Bibliothek mit den besten Absichten, seine Frau zu finden und sich ihr hingebungsvoll zu widmen, solange auch nur noch ein einziger Gast im Hause war. Aber als er aus der Bibliothek kam und einen Blick in die Eingangshalle warf, sah er Selena Eddington, die gerade aus ihrer Kutsche ausstieg. Wütend machte er sich auf die Suche nach Miriam. »Es amüsiert mich, daß du mich in all diesen Jahren so gut überwacht hast. Diese Hingabe, mit der du dich um mich kümmerst. Natürlich hat dich das in die Lage versetzt, genau zu wissen, welche Menschen ich ganz bestimmt nicht sehen will.«

»Keineswegs«, erwiderte sie mit einem gezwungenen Lächeln. »Es gibt wahrhaft viele mitfühlende Seelen, die der Meinung sind, eine Mutter sollte darüber unterrichtet werden, was ihr Sohn im verruchten London treibt – und mit wem. Du kannst dir gar nicht vorstellen, wie viele gutgemeinte Schilderungen ich über mich ergehen lassen mußte. All das mußte ich mir anhören und dabei auch noch den Eindruck erwecken, dankbar zu sein, wobei es mir doch völlig egal gewesen wäre, wenn mein sogenannter Sohn in der Themse ertrunken wäre.« Sie sah ihn mit einem Blick an, aus dem der reinste Haß sprach. »Doch gewisse Informationen sind manchmal nützlich.«

Heller Zorn blitzte in seinen Augen auf. Er wandte sich ab und lief auf die Treppe zu. Miriams Lachen folgte ihm nach oben.

»Du kannst dich nicht das ganze Wochenende verstecken, Lord Montieth!« rief sie ihm hämisch nach.

Nicholas drehte sich nicht um. Was in Teufels Namen hoffte dieses intrigante, abscheuliche alte Weib damit zu erreichen, daß sie seine früheren Mätressen in sein Haus einlud? Und, gütiger Himmel, wie viele Überraschungen standen ihm noch bevor?

36

Der Salon war ziemlich voll, denn aus Miriams zwanzig Leuten waren dreißig geworden. Das Musikzimmer stand offen, und die Laute einer Harfe, die ungeschickt gezupft wurde, drangen heraus. Der lange Tisch im Eßzimmer war in ein Büffet verwandelt worden. Die Gäste liefen zwischen den Räumen hin und her.

Selena Eddington hatte sich in dem Jahr, seit Reggie sie das letzte Mal gesehen hatte, kaum verändert. Sie trug eine Kreation aus rosa Spitze mit Rüschen, die Reggie das Gefühl gab, in ihrem dunkelblauen Kleid wie eine Matrone zu wirken. Die Männer hingen auch gebannt an Selenas Lippen. Von Zeit zu Zeit drehte sie sich mit einem zufriedenen, spöttischen Lächeln zu Reggie um.

»Sie nicht so traurig, meine Liebe. Eines Tages mußte es ja passieren.«

Reggie drehte sich zu Lady Whately um, einer Bekannten aus früheren Jahren. Sie saß neben Reggie auf dem Sofa. »Was mußte passieren?«

»Daß du mit den Frauen aus der Vergangenheit deines Mannes zusammentriffst, von denen es ja wahrhaft viele gibt.«

»Wenn Sie Lady Selena meinen...«

»Nicht nur sie, meine Liebe. Da hätten wir noch die Gräfin und dieses Ritchie-Flittchen und Mrs. Henslowe, wobei ich allerdings gehört habe, das mit Anne Henslowe sei nur ein Versuch gewesen.«

Reggie musterte all die Frauen, die diese alte Klatschtante nannte, und sie riß die Augen weit auf, als ihr Blick auf Caroline Symonds fiel, die Gräfin von Windfield, eine umwerfend schöne Blondine, nur wenige Jahre älter als sie. Die Gräfin saß züchtig neben einem Mann von Ende siebzig. Das mußte der Herzog von Windfield sein. Wie elend sich die junge Frau an der Seite dieses alten Mannes fühlen mußte, dachte Reggie.

Pamela Ritchie, Anne Henslowe, Caroline Symonds und Selena

Eddington. Vier frühere Mätressen von Nicholas in einem Raum mit seiner Frau! Das war zuviel verlangt. Sollte sie sich etwa mit ihnen unterhalten? Die anmutige, huldvolle Gastgeberin spielen?

Nicholas erschien in eben diesem Augenblick, und sie wünschte, sie hätte ihn wütend anschreien können, aber das kam gar nicht in Frage. In ihrem Beisein legte Lady Selena ihre Hand auf Nicholas' Arm und hielt ihn fest.

»Das stört Sie doch nicht, meine Liebe, oder?«

Reggie drehte sich um und stellte fest, daß Lady Whatley gegangen war und Anne Henslowe ihren Platz eingenommen hatte. Sollte sie sich jetzt etwa von einer seiner früheren Geliebten trösten lassen? »Warum sollte es mich stören?« antwortete sie steif.

Mrs. Henslowe lächelte. »Soll es doch gar nicht. Schließlich hat sie ihn nicht halten können, und Sie haben ihn. Sie war entrüstet darüber.«

»Und was ist mit Ihnen?«

»Ach, du meine Güte! Jemand hat Ihnen etwas zugetragen. Das hatte ich schon gefürchtet.«

Reggie konnte einfach nicht ärgerlich sein. Die Frau zeigte echtes Mitgefühl. Sie war nicht übel. Und ihre Affäre mit Nicholas hatte sich zu Zeiten abgespielt, zu denen Reggie ihn noch gar nicht gekannt hatte.

»Zerbrechen Sie sich darüber nicht den Kopf.« Reggie lächelte.

»Ich nicht. Ich hoffe nur, daß Sie es auch nicht tun. Sie können sicher sein, meine Liebe – Nicholas wird nie zurückkommen und sich einen Nachschlag holen.«

Reggie kicherte, obwohl sie schockiert war. »Das haben Sie schön gesagt.«

»Und wahr ist es auch, zum Kummer der Frauen, die es in seiner Vergangenheit gab. Viele versuchten, ihn wieder für sich zu gewinnen, aber keine hatte Glück.«

»Haben Sie es versucht?« fragte Reggie unverblümt.

»Nein, um Himmels willen. Er war nichts für mich, und das wußte ich. Die eine Nacht mit ihm machte mich glücklich. Es war kurz, nachdem ich meinen Mann verloren hatte, und ich stand dicht davor, meinen Verstand auch noch zu verlieren. Nicholas half mir zu erkennen, daß mein Leben doch noch nicht vorbei war. Dafür werde ich ihm immer dankbar sein.«

Reggie nickte, und Anne Henslowe tätschelte ihren Arm. »Machen Sie sich nichts daraus, meine Liebe. Er gehört jetzt Ihnen, für alle Zeiten.«

Aber er gehörte nicht ihr, und nach dieser einen Nacht, die jetzt schon fast ein Jahr zurücklag, hatte er auch nicht mehr ihr gehört.

Sie bedankte sich bei Mrs. Henslowe und sah sich nach Nicholas um. Er war nicht da, im Eßzimmer und im Musikzimmer auch nicht. Somit blieb nur noch das Gewächshaus. Auf leisen Sohlen eilte sie in den warmen, dunklen Raum mit den Glaswänden. Licht fiel durch die Fenster des Eßzimmers. Es war gerade hell genug, um bis zu dem Brunnen zu schauen, um das rosa Spitzenkleid und die kurzen schwarzen Locken von Selena Eddington auszumachen, die ihre Arme um Nicholas' Hals geschlungen hatte.

»Gefällt Ihnen die Führung durch das Haus, Lady Selena?« rief Reggie, als sie auf das Paar zuging.

Ihre Stimme scheuchte die beiden auseinander. Selena besaß den Anstand, verlegen zu wirken. Aber Nicholas war kein bißchen zerknirscht. Er lief sogar vor Zorn rot an. Als sie das sah, verwandelte sich Reggies Wut in einen heftigen Schmerz, der ihr die Kehle zuschnürte. So was Dummes! Er hatte Selena gar nicht loslassen wollen.

Sie drehte sich um und verließ den Raum, so schnell sie konnte. Nicholas rief ihr etwas nach, aber sie beschleunigte ihre Schritte nur um so mehr. Dieser zügellose Schürzenjäger! Wie hatte sie nur so dumm sein können, so absolut dämlich, sich Hoffnungen zu machen?

Als sie das Vorzimmer erreichte, blieb Reggie abrupt stehen. Nein, sie würde nicht davonlaufen und sich verkriechen, als bräche ihr das Herz. Die Malorys waren aus festerem Holz geschnitzt. Sie begingen nicht den Fehler, sich zweimal in denselben Menschen zu verlieben. Der Grund, aus dem sie diesen Kloß in ihrer zugeschnürten Kehle hatte, war nicht Liebe. Nein, sie erstickte an ihrem Zorn, das war alles.

Sie trat wieder in den Salon, und das Lächeln, das sie im Lauf des Tages meistens aufgesetzt hatte, umspielte wieder ihre Lippen. Seelenruhig nahm sie Platz und vertiefte sich in eine Unterhaltung mit Faith und Lady Whately.

Sowie Reggie sich gesetzt hatte, betrat Nicholas den Salon. Ein Blick in ihr gelassenes Gesicht reichte aus, um sein Herz sinken zu lassen. Was hatte er denn erwartet? Tränen? Um eifersüchtig zu sein, mußte man sich aus jemandem etwas machen. Der Teufel sollte Selena dafür holen, weil sie ihm die Arme um den Hals geschlungen und ihn erwischt hatte, als er nicht auf der Hut gewesen war. Er hatte Selena gar nicht durch das Haus führen wollen, aber sie hatte ihn provoziert und angedeutet, er fürchtete sich wohl, sich mit ihr sehen zu lassen, und ihm zugeflüstert, er wäre nicht mehr sein eigener Herr. Und er war so dumm gewesen, sie durch das Haus zu führen, von einem Zimmer in das andere zu zerren...

Sie hatte sehen wollen, was sich hinter den geschlossenen Türen des Gewächshauses verbarg, und als sie den Raum betreten hatten, war ihr eine ganz bestimmte Blume an einer Ranke ins Auge gefallen. Genau diese Blume mußte sie haben. Sie ließ es sich nicht ausreden. Nach zwei Versuchen, sie selbst zu pflücken, bat sie ihn schmeichlerisch, ihr die Blume herunterzuholen. Er streckte seine Hand danach aus, und kaum hatte er die verdammte Blüte gepflückt und sie ihr gereicht, umklammerten ihre Arme auch schon seinen Nacken. Zwei Sekunden waren verstrichen, und dann hatte Regina den Mund aufgemacht. Einfach unglaublich, das größte Pech, das man sich nur vorstellen konnte...

Er sah Regina wieder an, und sie erwiderte seinen Blick. In diesem einen Moment, ehe sie sich wieder abwandte, schossen blaue Flammen aus ihren Augen.

Nicholas' Hoffnungen wuchsen wieder. Sie machte sich nichts aus ihm? Warum war sie dann so wütend? Sein Entschluß stand fest, und er näherte sich den drei Frauen, die auf dem Sofa saßen. »Darf ich mich Ihnen anschließen, meine Damen? Die Pflichten des Gastgebers haben mir bis jetzt kaum Zeit für meine bezaubernde Gattin gelassen.«

»Hier ist kein Platz, Nicholas«, sagte Reggie tonlos.

Das stimmte, denn Lady Whatelys üppiges Hinterteil nahm das halbe Sofa ein. Aber er ließ sich weder davon noch von Reggies kühler Miene abschrecken.

Er griff nach ihrem Handgelenk, zog sie auf die Füße, setzte sich und zerrte sie auf seinen Schoß.

»Nicholas!« japste sie.

»Sei nicht so verlegen, Liebling.« Er grinste und hielt sie energisch fest.

»Einfach skandalös, Lord Montieth!« Lady Whately war noch

viel verlegener als Regina. »Wenn Sie sich so sehr nach Ihrer Frau sehnen, können Sie meinen Platz haben.«

Sie stand auf und ging, und dann erhob sich auch Faith und heuchelte plötzlich Interesse an einem Gemälde am anderen Ende des Zimmers. Reggie ließ sich vom Schoß ihres Mannes gleiten und setzte sich neben ihn. Sie wäre am liebsten weit zurückgewichen, aber sein Arm, um ihre Schultern gelegt, hielt sie auf dem Sofa fest.

»Das war...«

»Psst«, flüsterte er. »Und lächle, mein Liebling. Wir werden beobachtet.« Sie blickte mit einem gequälten Lächeln zu ihm auf, doch ihre Augen verfluchten ihn. Er lachte. »Ist das alles, was du fertigbringst?« Dann flüsterte er: »Es war nichts, verstehst du.«

Sie brauchte nicht zu fragen, wovon er sprach. »Natürlich nicht«, gab sie ironisch zurück.

»Nein, wirklich nicht. Sie hat versucht, mich zu verführen, und es ist ihr mißlungen. Das war alles.«

»O ja, ich glaube dir«, sagte sie mit eisiger Stimme. »Ich glaube dir, weil man mir heute schon zweimal erzählt hat, daß deine früheren Mätressen dich nicht mehr interessieren, wenn sie erst einmal abgelegt sind. Eine deiner Verflossenen hat mir versichert, du würdest nie zurückkommen, um dir einen Nachschlag zu holen. Also muß ich es wohl glauben, obwohl meine eigenen Augen mir etwas anderes sagen.«

»Du bist eifersüchtig.«

»Unsinn!«

Er grinste verschmitzt. »Deine Informantin hat nicht hundertprozentig recht, mein Liebling. Wärst du die Mahlzeit, dann würde ich mir immer wieder einen Nachschlag holen und so viel runterschlingen, bis ich tot umfalle.«

»Oh!« rief sie empört aus. »Ich bin nicht dazu aufgelegt, mich von dir aufziehen zu lassen! Ich wünsche dir eine gute Nacht!«

Sie sprang auf, ehe er sie festhalten konnte, und verließ den Raum. Er ließ sie gehen und lächelte vor sich hin. Allmählich glaubte er, daß Miriams Fest genau das war, was ihm gefehlt hatte, um seine Frau wieder für sich zu gewinnen. Die alte Hexe wäre doch glatt tot umgefallen, wenn sie gewußt hätte, daß sie ihm half! Sein Grinsen wurde breiter, und er fühlte sich ausgesprochen draufgängerisch.

37

Warme Sonne ergoß sich in den Frühstücksraum und in das Damenzimmer. Auf dem langen Büffet waren Platten voller Eier, Heringe, Schinken und Würste für die vielen Gäste angerichtet. Eine Auswahl an Toast und Brötchen und süßem Gebäck stand bereit, und es gab sechs verschiedene Sorten Marmelade. Heiße Schokolade wurde angeboten, Tee und Kaffee mit Sahnehauben gereicht. Lakaien füllten die Platten wieder auf, sowie sie sich leerten.

Es war früh, und viele schliefen noch oder hatten sich in dem gutbestückten Stall bedient, um einen Morgenritt zu unternehmen.

Thomas war in der Morgendämmerung wach geworden, und nach dem Stillen hatte Reggie nicht mehr einschlafen können. Die Whatelys saßen beim Frühstück, ebenso Pamela Ritchie und der Herzog von Windfield. Reggie ließ die Unterhaltung um sich herum plätschern. Sie bemühte sich nicht, wieder ein fröhliches Gesicht aufzusetzen. In der letzten Nacht war sie von finsteren Gedanken verfolgt ins Bett gegangen, und auch jetzt spukten diese Überlegungen noch in ihrem Kopf herum, in deren Mittelpunkt Nicholas stand.

Sie hatte zwar von Anfang an gewußt, was für eine Sorte Mann er war, aber – der Teufel sollte ihn holen – konnte er denn nicht bis zur Rückkehr nach London warten und erst dort einer anderen Frau den Hof machen? Warum war er überhaupt in Silverley? Sie hatte ganz bestimmt nicht damit gerechnet, daß er sich hier aufhalten würde. Und sein ständig mürrisches Gesicht raubte ihr zusätzlich die Nerven.

Sie müßte fortgehen, das wußte sie. Eine Scheidung kam nicht in Frage, aber sie brauchte nicht unter einem Dach mit ihm zu leben. Sie konnte nach Haverston zurückgehen. Onkel Jason wäre sicher hocherfreut.

Aber sie hatte nicht das Recht, Thomas von seinem Vater fernzuhalten. Und wie sie von Tess wußte, tauchte Nicholas mindestens zweimal täglich im Kinderzimmer auf und verscheuchte das Mädchen, um mit seinem Sohn allein zu sein. Er akzeptierte Thomas als sein Fleisch und Blut, aber es war zu bezweifeln, ob er jemals eine richtige Ehe mit Regina führen würde.

Sie seufzte tief. Hatte sie nicht einmal gesagt, es wäre ihr gleich, wie ihre Ehe sich entwickelte, solange sie bloß nicht mehr auf die Jagd nach einem Mann gehen müßte? Wie dumm und naiv sie doch gewesen war!

»Du hast Besuch, meine Liebe«, verkündete Eleanor, als sie ins Zimmer kam. Lord Dicken Barrett folgte ihr auf den Fersen. »George...? Ach, du meine Güte, ich kann mich nicht mehr erinnern.«

»George Fowler«, kam ihr Lord Barrett zu Hilfe.

»Ach ja, Fowler«, stimmte Eleanor zu. »Sayers hat ihn im Empfangszimmer untergebracht, weil das ganze Haus zu voll ist.«

Sayers stand in der Tür, und Reggie runzelte die Stirn, um ihr Erstaunen zu vertuschen. Sie stand auf. »Das ist nicht der richtige Ort für George. Führen Sie ihn in die Bibliothek. Zu der Tageszeit sollte dort niemand sein. Und sorgen Sie dafür, daß ihm Tee serviert wird.«

Sie nickte, um Sayers zu entlassen, dann wandte sie sich an Eleanor. »Du hättest länger schlafen sollen, Ellie, wenn du noch müde bist.«

»Mir geht es gut, meine Liebe. Es ist eine lange Nacht geworden, aber es hat Spaß gemacht.« Sie sah Lord Barrett kurz in die Augen. »Ich bin hellwach, sowie ich meinen Tee getrunken habe. Kennst du deinen Besucher?«

»Ja«, erwiderte Reggie. »Aber ich weiß gar nicht, was er hier will.«

»Dann kümmerst du dich jetzt wohl am besten um ihn. Dicken und ich werden nur schnell einen Happen essen, ehe wir ausreiten.«

Eleanor und Ausreiten? Das mußte man sich mal vorstellen! »Ich wußte gar nicht, daß du gern reitest, Ellie.«

»Und wie gern! Aber es macht viel mehr Spaß, wenn jemand mitkommt.« Sie beugte sich vor und fügte hinzu: »Das mußt du mal mit Nicholas ausprobieren.«

Reggie gab eine nichtssagende Antwort und verließ das Zimmer.

George Fowler stand auf, als sie die Bibliothek betrat, und kam auf sie zu, um sich zu verbeugen und ihre Hand zu küssen. Sie hatte ganz vergessen, was für ein ansprechender junger Mann er war mit seinem dunkelblonden Lockenkopf, dem gepflegten Schnurrbart, den dunkelgrünen Augen und der guten Figur. Er war ein wenig zu klein – nein, nicht wirklich. Sie durfte nicht jeden mit ihrem Ehemann vergleichen.

»Ich fürchte, ich komme ungelegen«, entschuldigte er sich. »Der Kerl, der mir meinen Hengst abnahm, brummte, in eurem Stall sei nicht einmal mehr Platz für ein einziges Pferd.«

»Es ist alles ein wenig eng, aber mir bereitest du überhaupt keine Ungelegenheiten.«

»Du hast Gäste, um die du dich kümmern mußt...«

»Keineswegs«, versicherte sie ihm. »Das hier ist eine Einladung meiner Schwiegermutter, die schon vor unserer Ankunft geplant wurde. Hauptsächlich ihre Freunde – und die meines Mannes. Und um diese Tageszeit sind die meisten noch gar nicht aufgestanden. Nimm doch Platz, George.« Sie setzten sich einander gegenüber. »Du kannst gern bleiben, wenn du magst. Wahrscheinlich kennst du hier so ziemlich alle, und ich bin sicher, daß wir dich auch für die Nacht unterbringen können, wenn es dir nichts ausmacht, mit jemandem ein Zimmer zu teilen.«

Er strahlte fröhlich. »Ich würde die Einladung mit Vergnügen annehmen, wenn ich nicht bereits von meiner Mutter herzitiert worden wäre. Sie macht Urlaub in Brighton, und ich dachte, ich schaue mal vorbei, um herauszufinden, wie du zurechtkommst.«

Reggie lächelte ihn an. Er hatte einen großen Umweg gemacht, um sie zu besuchen. »Es ist lange her, seit wir uns gesehen haben, nicht wahr?« Sie kam freudig auf dieses Thema zu sprechen, denn sie erinnerte sich noch gut daran, wie charmant er sein konnte.

»Eine verflixt lange Zeit«, betonte er.

Hallie brachte Tee, und Reggie schenkte ein. »Wie geht es deiner Mutter, George?«

»So gut, wie man es bei ihrem Zustand erwarten kann.« Er sagte das mit einer Grimasse, als rechnete er mit einer Tracht Prügel, wenn er nach Brighton kam. »Der ganzen Familie geht es gut. Da wir gerade von Familie sprechen – ich habe deinen Onkel Anthony letzte Woche im Club getroffen. Er schien aus irgendwelchen Gründen ungenießbar zu sein. Fast hätte er sich mit einem anderen Kerl geschlagen, nur weil der ihn angerempelt hat.«

Reggie wußte, was das hieß. Vor ziemlich genau einer Woche mußte Onkel Anthony erfahren haben, daß Nicholas wieder da war.

»Onkel Tony ist launisch, wenn er auch Gott sei Dank nicht allzu oft zum Jähzorn neigt.«

»Und was ist mit dir?« Sein Gesicht war plötzlich ernst.

»Ob ich launisch bin, George? Das sind wir doch alle.«

»Stört es dich denn nicht, hier draußen auf dem Lande begraben zu sein? Ich würde innerhalb von einer Woche eingehen.«

»Ich liebe Silverley, und ich habe das Landleben immer vorgezogen.«

Er wirkte enttäuscht. »Ich dachte, daß du vielleicht – hier nicht glücklich bist. Man hört gewisse Dinge.« Er hustete. War er verlegen?

»Dann sollte man vor diesen Dingen die Ohren verschließen«, schalt sie ihn. »Ich bin glücklich, George.« Aber sie konnte ihm nicht in die Augen sehen.

»Bist du sicher?«

»Sie hat es Ihnen doch gesagt, Fowler«, äußerte Nicholas, der in der Tür stand, kühl. »Und da der Grund Ihres Kommens offensichtlich der war, das zu erfahren, wüßte ich es jetzt zu schätzen, wenn Sie gingen.«

Reggie sprang auf. »Nicholas!«

»Schon gut, Reggie«, sagte George freundlich und stand auf.

»Das heißt *Lady Montieth*, alter Junge«, sagte Nicholas mit funkelnden Augen. »Das werden Sie sich doch merken, oder?«

Reggie starrte ihn ungläubig an. »Du brauchst nicht zu gehen, George, wirklich nicht.«

»Doch, ich bestehe darauf.« Nicholas drehte sich um und schrie in den Korridor: »Sayers! Der Gentleman möchte gehen!«

Reggie lief knallrot an. »Es tut mir leid, George. Eine solche Grobheit läßt sich mit nichts entschuldigen.«

»Mach dir nichts draus.« George beugte sich über ihre Hand und ignorierte für einen Augenblick den unausstehlichen Mann, der in der Tür stand. »Es hat mich gefreut, dich wiederzusehen, auch wenn es so kurz war.«

Reggie wartete nur zwei Sekunden, nachdem George das Zimmer verlassen hatte, ehe sie einen wütenden Schrei ausstieß. Ihre Kobaltaugen sprühten Funken. »Wie kannst du es wagen? Habe *ich deine Huren* etwa rausgeworfen? Sag, habe ich das getan?« Sie unterbrach sich nur kurz, um Luft zu holen. »Du bist unerträglich! Absolut unmöglich! Ist das wieder eine deiner gräßlichen Vorschriften? Erst weigerst du dich, meiner Familie zu gestatten, daß sie mich hier besucht, und jetzt sind meine Freunde hier auch nicht mehr willkommen!«

»Ich würde einen früheren Geliebten nicht als alten Freund bezeichnen«, gab er zurück.

»Er ist keine alte Liebe. Und du kannst gut reden, nachdem heute nacht vier *deiner* alten Lieben unter diesem Dach geschlafen haben. Wahrscheinlich warst du sogar bei einer von ihnen – oder war es mehr als eine?«

»Wenn du letzte Nacht in meinem Bett gelegen hättest, dann wüßtest du jetzt, wo ich war.«

Zornig schnappte sie nach Luft. Mit ihm in einem Bett schlafen, nachdem sie ihn mit einer anderen Frau ertappt hatte? Er wollte sie absichtlich reizen. Es war ihm auch gelungen, sie in Wut zu bringen. Sie zog die Schultern hoch. »Dein unflätiges Benehmen hat meinen Entschluß reifen lassen. Ich weigere mich, auch nur noch einen Tag mit einem derart ungehobelten Klotz zu verbringen – ich gehe nach Hause.«

Darauf war Nicholas nicht gefaßt. »Du bist hier zu Hause.«

»So hätte es sein können, aber du hast es mir unerträglich gemacht.«

»Du wirst nicht fortgehen«, sagte er tonlos.

»Du kannst mich nicht davon abhalten.«

»Doch, genau das kann ich tun. Du wirst es ja erleben.«

Ein Schweigen setzte ein. Sie starrten einander erbost an, dann stolzierte Regina aus der Bibliothek.

Nicholas' Schultern sackten nach unten. Warum zum Teufel hatte er den Kopf verlieren müssen? Er hatte vorgehabt, sie dazu zu bringen, daß sie wieder so war wie früher, und dann heute nacht in sein Bett locken wollen, ganz gleich, wie sehr er um sie werben mußte. Morgen hätte alles wieder gut sein können. Was zum Teufel war mit ihm los? Sie hatte recht, sein Benehmen war unerträglich, und er verstand sich selbst überhaupt nicht mehr.

38

Die Tür wurde lautstark aufgerissen. Reggie wirbelte auf dem Stuhl vor ihrer Frisierkommode herum. Die Bürste steckte noch in ihrem Haar.

»Was? Du hast noch keine Koffer gepackt?« rief er. Langsam ließ sie die Bürste sinken. »Du bist betrunken, Nicholas.«

»Nicht ganz, Liebling. Nur so sehr, daß mir klar wird, daß ich grundlos mit dem Kopf gegen eine Steinmauer gerannt bin.«

»Du redest wirres Zeug.«

Er schloß die Tür und lehnte sich daran, richtete seine bernsteinfarbenen Augen auf ihr Gesicht. »Überleg dir das mal. Das Haus gehört mir. Das Zimmer gehört mir. Die Frau gehört mir. Ich brauche keine weitere Erlaubnis, um sie in mein Bett zu holen.«

»Ich...«

»Keine Diskussion, Liebling«, fiel er ihr ins Wort.

Sie warnte ihn frostig: »Ich glaube, du solltest gehen, ehe...«

»Wirst du schreien, Liebling? Damit die Dienstboten und die Gäste angelaufen kommen? Sie wagen es nicht, hier einzudringen, ist dir das auch klar? Morgen würdest du die schlimmsten Peinlichkeiten erleiden.« Er lächelte sie an, dieser Rohling.

»Du wirst deinen Kopf nicht durchsetzen, Nicholas Eden.«

»Doch, das werde ich«, verbesserte er sie liebenswürdig. »Und sei bloß nicht hysterisch.«

»Wenn ich hysterisch werde«, preßte sie zwischen zusammengebissenen Lippen hervor, »dann wird dir das nicht entgehen.«

»Gut, daß du so verständig bist, Liebling. Und warum ziehst du nicht endlich dieses hübsche Ding aus, das du anhast?«

»Warum scherst du dich nicht...«

Er wirkte schockiert. »Wenn du dich nicht anständig benehmen kannst...«

»Nicholas!« schrie Regina verzweifelt. »Ich bin nicht zu dummen Späßen aufgelegt.«

»Wenn du es so eilig hast, Liebling, dann bin ich dir gern zu Diensten.«

Er kam auf sie zu, und sie rannte um das breite Bett herum, um es zwischen sich und ihn zu bringen. Er lief um das Bett herum.

»Keinen Schritt weiter.« Ihre Stimme wurde bei jedem Wort schriller. Aber er kam näher.

Reggie hüpfte auf das Bett und rollte sich auf die andere Seite. Als sie aufblickte, grinste er. Diese Jagd machte ihm Spaß.

»Ich will, daß du augenblicklich verschwindest!« Ihre Stimme überschlug sich vor Wut.

Er stieg auf das Bett, bückte sich, um nicht von dem Betthimmel aufgehalten zu werden, und sie stürmte zur Tür. Als sie hörte, wie Nicholas vom Bett sprang, änderte sie die Richtung. Hinter der Chaiselongue war sie sicherer.

Nicholas ging zur Tür, schloß sie ab und legte den Schlüssel auf den Türrahmen, der weit über Reggies Reichweite war. Reggie starrte erst auf den Schlüssel, an den sie unmöglich herankam, dann auf Nicholas. Sie nahm ein Buch vom Tisch und warf es nach ihm. Er wich behende zur Seite, lachte über ihre Bemühungen und zog sein Jackett aus.

»Wenn du darauf bestehst, Nicholas, dann schwöre ich dir, daß ich dir die Augen auskratze!«

»Das kannst du ja versuchen, Liebling.« Er lächelte. Dann trat er vor die Chaiselongue, zog sie dahinter hervor und preßte sie an sich.

»Nicho...«

Seine Lippen brachten sie zum Schweigen. Im nächsten Moment ließ er sie auf das Bett fallen und preßte sie mit seinem gesamten Körper gegen die Matratze. Sein Mund verschlang den ihren und ließ ihr keine Möglichkeit zu atmen. Ihre Finger, die an seinen Haaren zerrten, bewegten seinen Kopf nicht von der Stelle, und auch ihr Aufbäumen konnte ihn nicht abwerfen. Sie biß ihm in die Lippen, und er wich zurück und sah grinsend auf sie herunter.

»Das willst du doch gar nicht, Liebling. Wie kann ich dich ordentlich küssen, wenn du mir ein Stück von meinem Mund abbeißt?« Sie zerrte heftig an seinen Haaren, und er stöhnte: »Ich hätte dich doch wieder betrunken machen sollen. Wenn du genug Wein getrunken hast, bist du viel umgänglicher.«

Als er sie wieder küßte, riß Reggie die Augen weit auf. Sie betrunken machen? Es war also doch kein Traum gewesen! Er hatte in dieser Nacht im Gasthaus wirklich mit ihr geschlafen – und es sogar geplant! Er hatte sie so sehr begehrt, daß er sie mit einer List reingelegt hatte – sie so sehr begehrt, daß er ihr zuviel Wein eingeflößt hatte – sie begehrt...

Gütiger Himmel, alle diese Empfindungen beschlichen sie wieder. Wie lange konnte sie sich widersetzen?

Er sah sie wieder an. »O Liebling«, sagte er mit rauher Stimme, »liebe mich. Liebe mich, wie du mich schon geliebt hast«, flüsterte er leidenschaftlich, und ihre Widerstandskraft erlahmte. Plötzlich erwiderte sie seinen Kuß mit aller Leidenschaft, die in ihr steckte. Sie war nicht aus Stein. Sie war aus Fleisch und Blut, und ihr Blut stand in Flammen.

Ihre Hände zogen seinen Kopf zu sich. Sein lustvolles Stöhnen war Musik in ihren Ohren. Nicholas wollte sie, begehrte sie – begehrte sie wirklich. Das war ihr letzter Gedanke, ehe sie keine Zeit mehr fand, an irgend etwas zu denken.

39

»Guten Morgen, Liebling.« Nicholas' Zähne griffen nach Reginas Unterlippe und knabberten einen Moment lang zärtlich daran. »Hat dir eigentlich schon mal jemand gesagt, was für einen herrlich zerzausten Anblick du bei Sonnenaufgang bietest?«

Sie grinste schelmisch. »Meg ist die einzige, die mich bei Sonnenaufgang sieht, und sie sagt keine Sachen, die einem Mädchen zu Kopf steigen.«

Nicholas lachte und zog sie dichter an sich. »Deine kämpferische Meg kann mich übrigens nicht leiden, und ich kann mir einfach nicht vorstellen, woran das wohl liegt. Ich bin doch so ein liebenswerter Kerl.«

»Du bist ein unausstehlicher Kerl, und das weißt du ganz genau.«

»Aber ich bin ein *liebenswerter* unausstehlicher Kerl.« Reggie lachte. Wie phantastisch es doch war, so geweckt zu werden, dachte sie und kuschelte sich an den kräftigen Körper ihres Mannes. Und sie war auch gar nicht müde, obwohl sie bis in die tiefe Nacht hinein feurig geliebt worden war. Gar nicht müde, sie fühlte sich sogar ganz wunderbar. Sie würde darauf bestehen müssen, daß er sich ihr öfter aufdrängte.

Das einzige, was ihre Idylle stören konnte, war Thomas' Jammern, und schon im nächsten Moment hörte sie es.

»Ich habe mich schon gefragt, wann es wohl soweit ist«, stöhnte er.

Reggie lächelte ihn an. »Ich sollte wohl nach ihm sehen.«

»Aber du bist ganz schnell wieder da, ja?«

»Ganz bestimmt.«

Als Reggie zwanzig Minuten später in ihr Schlafzimmer zurückkam, war es leer. Sie sah im Wohnzimmer nach und ging dann in Nicholas' Schlafzimmer. Beide Zimmer waren ebenfalls leer. Sie kehrte in ihr eigenes Zimmer zurück und wartete. Er tauchte nicht auf.

Wo steckte er bloß? Und warum war er fort? War es möglich, daß er sie nur ausgenutzt hatte und nun herzlos fallenlassen wollte? Aber das waren vorschnelle Schlüsse. Es mußte einen Grund für sein Verschwinden geben.

Reggie drängelte Meg, als sie ihr beim Ankleiden half, und dann flog sie regelrecht aus ihrem Zimmer und die Treppe hinunter. Aus dem Frühstückszimmer drangen Stimmen, die sie in diese Richtung zogen. In der Tür blieb sie abrupt stehen, und plötzlich schien ihr Blut zu gefrieren. Nicholas, der nur eine Hose und eine kurze grüne Samtjacke trug, stand am Büfett mit dem Rücken zu ihr, ebenso wie Selena Eddington, deren Schulter seinen Oberarm berührte. Sein Kopf war zu ihr geneigt, und Selena lachte – über was immer das auch sein mochte.

Reggie sah rot. »Störe ich etwa – wieder einmal?«

Sie wirbelten herum. Niemand außer ihnen war im Raum, nicht einmal ein Lakai, und doch wirkte Nicholas kein bißchen verlegen.

»Du hättest nicht runterkommen müssen, Liebling.« Er lächelte. »Ich wollte gerade einen Teller mit Gebäck zu dir raufbringen.«

»Ja, gewiß«, erwiderte sie zynisch und sah Selena fest in die Augen. »Madame, packen Sie freundlicherweise Ihre Koffer, und verlassen Sie mein Haus vor der Mittagszeit.«

Selenas selbstgefälliger Gesichtsausdruck wich einer empörten Miene. »Das können Sie nicht machen. Lady Miriam hat mich eingeladen.«

»Lady Miriam ist nicht die Hausherrin. Das bin ich. Und wir Edens sind geradezu dafür berüchtigt, Leute aus unserem Haus zu werfen.« Als sie das losgeworden war, drehte Reggie sich um und ging.

Nicholas holte sie in der Eingangshalle ein und hielt ihren Arm fest. »Was zum Teufel soll das alles heißen?«

»Laß mich los!« zischte sie und riß sich los, aber er packte sie sofort wieder.

»Komm hier rein.« Er zerrte sie in die Bibliothek und schloß die Tür hinter ihnen. »Bist du verrückt geworden?«

»Das muß ich wohl sein, wenn ich geglaubt habe, du hättest dich verändert!«

»Was soll das heißen?«

»Mein Bett war noch warm, als du dich schon nach einer

neuen Eroberung umgesehen hast! Mach du doch deine Kapriolen mit allen Frauen, mit denen du es willst, aber spiele nicht noch einmal mit mir.«

»Wie kannst du nach der letzten Nacht noch glauben, ich wollte eine andere Frau?« erwiderte er ungläubig. »Das, was du gesehen hast, war gar nichts. Selena war nur zufällig da, als ich ans Büffet ging, um dir ein Frühstück zu holen. Ich wollte dich nämlich füttern, damit du keinen Vorwand hast, dein Zimmer heute morgen zu verlassen.«

»Du hast das ganze Haus voller Dienstboten, die dir ein Frühstück bringen können.«

»Die sind doch ganz erledigt von unseren vielen Gästen. Und ich hatte gerade Zeit, mich selbst darum zu kümmern, weil du bei Thomas warst.«

»Ich glaube dir kein Wort.«

Er seufzte matt. »Das ist doch absurd, Regina. Du hattest keinen Grund, in die Luft zu gehen, und schon gar nicht, Selena rauszuschmeißen. Das habe ich ihr auch gesagt.«

»Das darf doch nicht wahr sein!«

»Überleg dir doch mal, wie albern du dich benimmst...«

Das Feuer, das in ihren Augen glühte, ließ ihn innehalten. »Tue ich das? Ja, vermutlich schon. Und außerdem bin ich ein Dummkopf, der größte Dummkopf aller Zeiten. Aber du – du bist ein Bastard, durch und durch. Du erträgst es also nicht, daß deine Freundin fortgeht? Dann laß sie doch unter allen Umständen hierbleiben. Laß sie gleich ganz hier einziehen, denn ich werde nicht mehr dasein und brauche mir das nicht anzusehen. Und wenn du versuchst, mich davon abzuhalten, daß ich das Haus verlasse, dann – erschieße ich dich!«

Sein Gesicht verfinsterte sich und drückte kalte Wut aus, aber sie war voll und ganz davon in Anspruch genommen, den Zorn herauszuschreien, der sie seit Monaten erfüllte. Und daher merkte sie nicht, wie bedrohlich seine Wut war. Als er sich ohne ein Wort umdrehte, lief sie an ihm vorbei und vertrat ihm den Weg. »Wage es nicht, das Zimmer zu verlassen, während ich noch mit dir streite!«

»Was gibt es denn noch zu sagen?« fragte er erbittert. »Du hast es endlich offen ausgesprochen. Ich bin wehrlos und kann nichts dazu sagen.«

Es verschlug ihr die Sprache. Keine Lügen, keine Ausflüchte.

»Du – du gibst also zu, daß du sie immer noch begehrst?«

»Wen?« fauchte er. »Ich spreche davon, daß ich ein Bastard bin. Ich habe versucht, dir das zu ersparen, wenn du so freundlich wärst, dich zu erinnern. Ich habe alles getan, um zu verhindern, daß du einen Bastard heiratest.«

»Du hättest dich ändern können«, gab sie hitzig zurück.

»Wie kann man etwas an den Umständen seiner Geburt ändern?«

»Seiner Geburt?« Sie runzelte die Stirn. »Was ist los mit dir, Nicholas? Ich spreche von deinem Benehmen. Du bist ein Bastard.«

Es entstand eine spannungsgeladene Pause, und dann fragte er: »Miriam hat es dir nie gesagt? Sie hat dir mein unseliges Geheimnis nie erzählt?«

»Wovon zum Teufel sprichst du? Ja, Miriam hat mir von deiner Geburt erzählt. Es hat ihr große Freude bereitet, mir das unter die Nase zu reiben. Aber was hat das mit dem zu tun, wovon wir sprechen? Wenn du mich fragst, solltest du froh sein, daß sie nicht deine Mutter ist.«

Er stand da wie vom Donner gerührt. »Soll das heißen – daß es dich nicht stört?«

»Was sollte mich daran stören? So ein Unsinn! Ich habe zwei Vettern, die Bastarde sind. Heißt das etwa, daß ich sie weniger liebe? Natürlich nicht. Die Umstände deiner Geburt sind doch nicht deine Schuld.« Sie holte tief Atem und fuhr dann fort. »Gegen dich spricht eine ganze Menge, und auf diese eine Kleinigkeit kommt es am allerwenigsten an. Ich habe es satt, keine wirkliche Ehefrau zu sein. Das, was ich gesagt habe, war mein Ernst. Ich werde nicht hierbleiben und zusehen, wie du frühere Affären wieder auffrischst. Wenn ich dich auch nur noch einmal mit dieser Frau zusammen sehe, dann schwöre ich dir, daß ich das, was Connie mir beigebracht hat, sinnvoll anwenden und euch beide in Stücke schneiden werde!«

Er wollte oder konnte nicht aufhören zu lachen. Das war zuviel.

Reggie schrie laut auf. In dem Moment betrat Eleanor die Bibliothek.

»Ist hier ein Krieg ausgebrochen, meine Lieben, oder ist das nichts weiter als eine kleine Familienstreitigkeit?«

»Familiensache?« schrie Reggie. »Der weiß noch nicht mal, daß er eine Familie hat. Er zieht es vor, ein Junggeselle zu sein. Er hält sich sogar nach wie vor für einen Junggesellen.«

Nicholas war ernüchtert. »Das ist nicht wahr.«

»Erklär du es ihm, Ellie«, bat Reggie. »Sag ihm, daß er nur zwei Möglichkeiten hat. Entweder ist er mein Mann, oder er ist es nicht.«

Reggie rannte aus dem Raum und schlug die Tür hinter sich zu. Sie stürmte gerade die Treppe hinauf, als seine Worte plötzlich in ihren Ohren hallten. Fast wäre sie gestolpert. *»Ich habe mein Bestes getan, um zu verhindern, daß du einen Bastard heiratest.«*

Sie blieb stocksteif stehen und starrte ins Leere. Konnte das etwa der Grund für sein abscheuliches Benehmen sein? Warum hatte sie daran nicht gedacht, als Miriam so beiläufig diese Information hatte fallen lassen? Glaubte Nicholas wirklich, es wäre ihr unerträglich, mit einem Bastard verheiratet zu sein?

Oh, dieser Narr, dieser Idiot! Reggie setzte sich auf die Treppe und lachte nun ihrerseits, bis ihr die Tränen kamen.

40

An diesem Abend wurde ein kaltes Abendessen auf der Terrasse hinter dem Haus serviert, um die Krocketspiele nicht zu stören. Reggie holte Thomas nach unten und genoß mit ihm die späte Nachmittagssonne. Eine große Decke war unter ihm ausgebreitet, und er hatte sein Vergnügen daran, seinen Kopf nach allen Seiten zu drehen, wenn irgendwelche Laute sein Interesse erregten. Jeder der Gäste kam, um sich den Montieth-Nachkommen anzusehen.

Nur wenige von Miriams Gästen würden noch eine weitere Nacht in Silverley bleiben. Die meisten waren schon am Nachmittag aufgebrochen, darunter auch Selena Eddington. Ob Nicholas noch einmal mit ihr gesprochen oder ob sie selbst es für ratsam gehalten hatte zu verschwinden, wußte Reggie nicht.

Pamela Ritchie kam zu ihr, um Thomas zu begutachten. Eine unglückliche Frau, diese Pamela. Wenn sie sich nicht vorsah, würden diese Falten der Unzufriedenheit sich ausprägen und ihr für alle Zeiten bleiben.

Reggie hatte sich überhaupt nicht daran gestört, als Anne

Henslowe und Nicholas bei einem Krocketmatch zusammen gespielt hatten. Sie standen nebeneinander und warteten, bis sie wieder dran waren, sie lachten zusammen, aber Reggie machte es nichts aus. Ihre Haltung mußte, das spürte sie, etwas damit zu tun haben, daß Nicholas sie den ganzen Nachmittag über so häufig angelächelt und ihr zugezwinkert hatte. Es war so, als lachten sie über einen Witz, den nur sie beide kannten, aber sie hatten seit dem Mittagessen kein Wort mehr miteinander gesprochen. Trotzdem brauchte er sie nur anzusehen, und schon lachte er fröhlich.

Er war glücklich. Reggie glaubte zu wissen, warum, und ihre Vermutungen machten sie genauso froh.

Die Sonne ging schon unter, und es entwickelte sich eine fantastische Farbenpracht. Thomas war für heute lange genug im Freien gewesen, und er krabbelte so hektisch auf seiner Decke herum, daß sein Hunger deutlich zu erkennen war.

»Zu dieser Tageszeit ist es hier draußen so friedlich«, sagte Eleanor leise. »Ich werde dich und diesen kleinen Kerl vermissen.«

»Du hast doch nicht etwa vor, schon abzureisen, oder?« fragte Reggie überrascht.

»Du brauchst mich hier nicht mehr, meine Liebe.« Sie wußten beide, daß sie nur geblieben war, um Reggie zu helfen, ihre Ehe in den Griff zu kriegen. »Dicken sagt, daß Rebecca absolut unausstehlich und zänkisch ist, seit ich fort bin. Und Dicken vermißt mich auch. Und – um die Wahrheit zu sagen – diese ganzen Monate seit meiner Abreise aus Cornwall haben mir die Augen geöffnet.«

»Sag nur, Eleanor, du und Dicken, ihr seid doch nicht...?« fragte Reggie aufgeregt.

Eleanor lächelte. »Er hat mich in den letzten vier Jahren oft gebeten, ihn zu heiraten. Ich glaube, ich bin endlich soweit, es mir ernstlich zu überlegen.«

»Das ist ja fantastisch! Dürfen Nicholas und ich das Hochzeitsfest für euch veranstalten, oder wird Rebecca darauf bestehen, das zu übernehmen?«

»Ich fürchte, Rebecca wird unerbittlich darauf bestehen«, meinte Eleanor lachend. »Sie hat Dicken schon vor einer Ewigkeit auf mich angesetzt.« Thomas quäkte und forderte ungeteilte Aufmerksamkeit. »Möchtest du vielleicht, daß ich ihn hinaufbringe, meine Liebe?«

»Nur, wenn du ihn auch stillen kannst.« Reggie lächelte schlemisch.

»Beeil dich und komm schnell wieder. Nicky hat dich den ganzen Tag nicht aus den Augen gelassen, und ich bin sicher, daß er sich auf die Suche nach dir macht, wenn du zu lange fort bist.«

»Nicht, solange ich weiß, wo sie ist«, sagte Nicholas, der von hinten auf sie zukam. Er hob Thomas auf seine Arme. »Der kleine Gauner ist wohl hungrig, stimmt's? Mein Gott, und außerdem tropft er!« Er hielt den Jungen eilig weiter von sich weg, und die Frauen lachten. Reggie wickelte eine kleinere Decke um Thomas' Hinterteil. »Das kommt bei Babys vor, und sogar ziemlich oft. Komm, gib ihn mir.«

»Nein, ich trage ihn rauf.« Nicholas beugte sich zu Reggie vor und flüsterte ihr ins Ohr: »Wenn du mit ihm fertig bist, haben wir vielleicht einen Moment Zeit füreinander?«

»Meine Güte, was für ein hübsches Bild ihr doch abgebt«, mischte sich Miriams kalte Stimme ein. »Ein Vater, der in seinen Bastard vernarrt ist. Ihr Edens gebt wunderbare Väter ab, Nicholas. Ein Jammer, daß ihr als Ehemänner so schrecklich versagt...«

Nicholas wirbelte herum. »Ich werde ausnahmsweise keinen Anstoß an deinen Bemerkungen nehmen. Es ist nur natürlich, daß du erbost bist, weil deine kunstvoll gestalteten Intrigen nicht das bewirkt haben, was du wolltest. Es ist dir mißlungen.«

»Ich weiß nicht, wovon du sprichst«, erwiderte sie geringschätzig.

»So, du weißt es nicht? Dann bedanke ich mich jetzt bei dir, ehe ich es vergesse. Ohne deine brillant zusammengestellte Gästeliste hätten meine Frau und ich noch nicht zueinandergefunden. Aber nun vertragen wir uns endlich. Und diese Versöhnung haben wir dir zu verdanken, *Mutter*.«

Miriam bekam vor Wut rote Flecken im Gesicht und verlor jede Beherrschung. »Es ekelt mich zu Tode, mir anzuhören, daß du mich so nennst. Und noch etwas, Nicholas. Du weißt noch gar nicht, wie brillant meine Gästeliste wirklich zusammengestellt ist. Ich habe noch eine wunderbare Überraschung für dich parat. Deine richtige Mutter befindet sich nämlich auch im Haus! Ist das nicht großartig? Warum machst du dich nicht zum Narren und verbringst den Rest des Abends damit, jede der anwesenden Damen zu fragen, ob sie die Hure ist, die dich geboren hat? Das wäre doch wirklich ein Heidenspaß.«

Nicholas konnte sich nicht von der Stelle rühren. Er war so benommen, daß er nicht einmal eine Hand ausstrecken konnte, um Miriam, die sich entfernte, festzuhalten. Reggies Herz verkrampfte sich, als sie ihm Thomas aus den Armen nahm. Er schien es gar nicht zu bemerken.

»O Nicholas, laß dich von ihr nicht so aus der Fassung bringen«, bat sie. »Sie hat das doch nur aus reiner Bosheit gesagt.«

»So, wirklich?« Gequält schaute er sie an. »Und wenn sie die Wahrheit gesagt hat?«

In ihrer Verzweiflung wandte sich Reggie hilfesuchend an Eleanor. Die ältere Frau war aschfahl.

»Sag es ihm«, flüsterte sie, und Ellie schnappte nach Luft.

»Regina!«

»Siehst du es denn nicht ein? Es ist an der Zeit.« Reggie drückte Thomas an sich und wartete.

Nicholas sah von Reggie zu Eleanor, und auf seinem Gesicht mischten sich Elend und Verwirrung miteinander.

»O Nicky, hasse mich nicht«, begann Eleanor mit flehentlicher Stimme. »Miriam hat es aus reiner Bosheit gesagt, aber es war trotzdem die Wahrheit.«

»Nein!« Das Wort rang sich aus seiner Kehle. »Nicht du. Du hättest es mir gesagt, wenn...«

»Ich konnte es nicht.« Eleanor brach in Tränen aus. »Ich habe Miriam geschworen, nie Ansprüche auf dich zu erheben, als *sie* mir ihr Wort darauf gegeben hat, dich als ihren eigenen Sohn aufzuziehen.«

»Glaubst du etwa, das hätte sie getan?« fragte er tonlos. »Sie war mir nie eine Mutter, Ellie, auch nicht, als ich noch ein Kind war. Du warst damals hier. *Du weißt es.*«

»Ja, und ich habe deine Tränen getrocknet und deinen Kummer gelindert, und jedesmal ist ein Stück von mir dabei gestorben. Dein Vater wollte nicht, daß du als Bastard giltst, Nicky, und ich wollte es auch nicht. Miriam hat ihr Wort gehalten, die Wahrheit geheimzuhalten, und daher mußte auch ich mein Versprechen halten.«

»Sie hat es meiner Frau erzählt – und mich durch die Hölle geschickt.«

»Miriam hat Regina richtig eingeschätzt. Sie wußte, daß deine Frau diese Information nicht weitergeben würde.«

»Sie erklärte immer wieder, sie würde alles verraten.«

»Nichts als leere Drohungen, Nicky.«

»Aber ich mußte damit leben. Das hing ständig wie ein Damoklesschwert über mir. Trotzdem hätte ich mich gern als Bastard abstempeln lassen, wenn ich dafür eine Mutter gehabt hätte. Wußtest du das denn nicht, als ich dir in all den Jahren so oft mein Herz ausgeschüttet habe? *Warum hast du es mir nicht gesagt?*«

Der Makel, der seiner Geburt anhaftete, war nicht so wichtig wie das, worum es jetzt ging. Beide erkannten es. Eleanor schluchzte. »Verzeih mir«, und mit diesen Worten rannte sie ins Haus.

Reggie legte ihre Hand auf Nicholas' Arm. »Sie hatte Angst davor, es dir zu sagen – Angst, du würdest sie dafür hassen. Lauf ihr nach, Nicholas. Hör dir in Ruhe an, was sie zu sagen hat, und laß dir von ihr erzählen, was sie mir anvertraut hat. Für sie sind alle diese Jahre auch nicht leicht gewesen.«

»Du wußtest es?« fragte er ungläubig.

»Seit ich Thomas geboren habe«, antwortete sie sanft. »Sie war während der Wehen bei mir, und sie wollte, daß ich den wahren Grund erfahre, warum du nicht bei mir warst. Verstehst du, Nicholas, ich konnte einfach nicht glauben, daß jemand so dumm sein kann, sich von einer Heirat abhalten zu lassen, weil er unehelich geboren ist.« Sie blickte lächelnd zu ihm auf. »Es tut mir leid, aber mir war nie klar, wieviel das für dich bedeutet hat.«

»Es macht mir jetzt nicht mehr viel aus«, räumte er ein.

»Dann urteile nicht zu hart über sie, Nicholas, und hör ihr zu, ohne deine Selbstbeherrschung zu verlieren. Bitte.« Er stand da und sah das Haus an, und sie fuhr fort: »Nicht jede Frau hat den Mut, ein uneheliches Kind großzuziehen. Du hast dich entschlossen, nie zu heiraten, weil du nicht wolltest, daß eine Frau diese Last mit dir gemeinsam trägt. Glaubst du vielleicht, für die Mutter sei so etwas einfacher? Und denk daran, wie jung Eleanor damals war.«

»Du hättest es auch getan, stimmt's?«

Sie zuckte die Achseln. »Ja, aber wir Malorys sind es längst gewöhnt, uneheliche Kinder in die Welt zu setzen.«

Er seufzte.

»Geh schon, Nicholas. Sprich mit ihr. Du wirst feststellen, daß sie immer noch dieselbe Frau ist, die immer deine beste Freundin war. Sie ist dir während all der Zeit eine Mutter gewesen. Jetzt ist es an der Zeit, daß du dir ihren Kummer anhörst.«

Zärtlich streichelte er ihr Gesicht. Thomas wand sich in ihren Armen, und Nicholas sagte: »Geh meinen Sohn füttern.«

Reggie lächelte, als er sie stehenließ und auf das Haus zuging. Ihr Blick fiel auf Miriam, die am anderen Ende des Rasens stand, und sie schüttelte den Kopf, als die Frau sich abrupt abwandte. Ob sie sich jemals ändern würde?

Sachte rieb Reggie ihre Wange an Thomas' Kopf und ging auf das Haus zu. »Mach dir keine Sorgen, mein Engel, du wirst soviel Liebe bekommen, daß dir ihre Liebe nie fehlen wird. Warte nur, bis du erst alt genug bist, um deine Großonkel näher kennenzulernen. Immerhin war einer von ihnen eine Zeitlang ein Pirat, und...«

41

Eleanors Schlafzimmertür war geschlossen, aber Nicholas konnte von drinnen herzzerreißendes Schluchzen hören. Lautlos öffnete er die Tür. Sie hatte sich auf das Bett geworfen, den Kopf zwischen ihren Armen begraben, und ihre Schultern zitterten mitleiderregend. Seine Brust schnürte sich schmerzhaft zusammen. Er schloß die Tür und setzte sich neben sie, zog sie in seine Arme. »Es tut mir so leid, Ellie. Ich wollte dich nicht zum Weinen bringen, für nichts auf der Welt, das weißt du doch.«

Sie schlug goldbraune Augen auf, in denen Tränen schimmerten. Ihre Augen waren seinen so ähnlich. Herr im Himmel, wie dumm er doch gewesen war, das nicht schon eher zu erkennen...

»Du haßt mich nicht, Nicky?«

»Dich hassen? Dich, die du mir immer ein Trost warst, der einzige Mensch, bei dem ich mich darauf verlassen konnte, daß er mich liebt?« Er schüttelte den Kopf. »Du kannst dir gar nicht vorstellen, wie oft ich mir, als ich klein war, eingeredet habe, du seist in Wirklichkeit meine Mutter. Warum ist mir nie klargeworden, daß es die Wahrheit ist?«

»Du solltest es doch gar nicht wissen.«

»Ich hätte es trotzdem merken müssen, vor allem, als du uns nach Vaters Tod nicht mehr besucht hast. Du und Miriam, ihr habt kaum ein Wort miteinander geredet. Du bist nur Vaters wegen gekommen, stimmt's?«

»Ich glaube, du verstehst das falsch, Nicky. Dein Vater und ich sind nur einmal zusammengewesen, ein einziges Mal. Nein, ich bin nach Silverley gekommen, um in deiner Nähe zu sein. Er hat dafür gesorgt, daß der Frieden zwischen Miriam und mir bestehen bleibt, und mir somit ermöglicht, dich bei dir zu Hause zu sehen. Nach seinem Tod ließ ich mich nicht mehr in Silverley blicken, weil du erwachsen warst. Du bist zwei Jahre lang zur See gefahren und dann nach London gezogen. Wenn du dich erinnerst, warst du kaum noch in Silverley.«

»Ich konnte Miriams Nähe nicht ertragen«, gestand er bitter. »Du hast sie die ganze Woche über gesehen. Es ist nie anders gewesen, Ellie.«

»Du mußt Miriam verstehen, Nicky. Sie hat mir nie verziehen, daß ich Charles geliebt habe, und du hast sie ständig daran erinnert, daß sie bei Charles versagt hat.«

»Warum zum Teufel hast du ihn nicht geheiratet?«

Sie lächelte zaghaft, das Lächeln, mit dem eine Mutter ihr hartnäckiges Kind bedenkt. »Charles war einundzwanzig, als er Miriam das erste Mal besucht hat. Sie war achtzehn und ich, mein Liebes, erst vierzehn. Mich hat er gar nicht erst bemerkt. Er war rasend in sie verliebt – und ich in ihn. Vierzehn ist ein Alter, in dem man sich beeindrucken läßt, verstehst du, und Charles hat so gut ausgesehen und war so freundlich. Aber sie haben noch im selben Jahr geheiratet.«

»Und das war Pech für alle Beteiligten«, meinte er leise. »Für alle.«

Aber sie schüttelte den Kopf. »In den ersten Jahren ihrer Ehe hat sie ihn geliebt, Nicky. Sie waren sehr glücklich miteinander. Und du mußt eins verstehen. Er hat nie aufgehört, sie zu lieben, ganz gleich, wie schwierig sie mit der Zeit auch geworden ist. In dem Punkt hat sich Miriam getäuscht. Die Edens geben ganz vorzügliche Ehemänner ab, denn sie lieben nur einmal. Aber Charles wollte unbedingt einen Sohn haben, und Miriam hatte nur Fehlgeburten, drei in ebenso vielen Jahren. Das hat die Beziehung furchtbar belastet. Sie fürchtete eine neue Schwangerschaft, und daher fing sie an, seine Aufmerksamkeiten zurückzuweisen. Ihre Angst brachte sie gegen Charles auf. Ihre Liebe hielt dieser Belastung nicht stand. Aber er hat sie geliebt.«

»Du hast damals hier gelebt?«

»Ja, du bist hier gezeugt worden.« Sie senkte die Lider und

fühlte sich selbst jetzt noch schuldig, weil sie ihre Schwester betrogen hatte. »Ich war siebzehn Jahre alt, und ich habe Charles geliebt. Sie hatten an jenem Tag einen entsetzlichen Streit, weil sie ihn nicht in ihr Bett lassen wollte. Als der Abend kam, war er betrunken, und es ist einfach – passiert. Nicky, ich bin noch nicht einmal sicher, ob er wußte, was er tat, aber *ich* wußte es. Hinterher haben wir es beide bereut und uns gelobt, daß Miriam niemals etwas davon erfahren sollte. Ich bin wieder nach Hause gegangen, zu meinen Eltern, und Charles hat sich ganz seiner Frau gewidmet.« Sie seufzte. »Miriam wäre mit der Zeit über ihre Ängste vor einer Schwangerschaft hinweggekommen. Sie hätten wieder glücklich werden können.«

»Aber dann wurde ich geboren?«

»Ja. Als ich merkte, daß ich ein Kind erwartete, wurde ich hysterisch. Ein einziger Fehltritt, und ich war schwanger. Ich habe sogar mit dem Gedanken gespielt, mich umzubringen. Meinen Eltern konnte ich es nicht sagen. Ich war krank vor Sorge. Schließlich suchte ich in meiner Verzweiflung Silverley auf und bat Charles, mein Problem zu lösen. Der Gute, er war ganz begeistert! Ich konnte es im ersten Moment gar nicht glauben, aber es war so. Ich hatte nur an mich selbst gedacht, daran, daß ich mein Leben ruiniert hatte, aber Charles dachte zuallererst an dich. Das ließ mich erkennen, wie egoistisch es von mir war, dich loswerden zu wollen. Verzeih mir, Nicky, aber ich hielt das für den einzigen Ausweg. Ich war jung und in heller Panik, und Mädchen aus guten Familien bekommen keine unehelichen Kinder.«

Er drückte sie an sich. »Natürlich, Ellie, das verstehe ich doch.«

»Charles wollte dich haben«, fuhr sie fort. »Er war bereit, seine Ehe kaputtzumachen, um dich zu bekommen. Er hätte sich vielleicht anders verhalten, wenn nicht Miriams drei Fehlgeburten gewesen wären. Er war nicht sicher, ob sie ihm je ein Kind gebären würde. Und da stand ich jetzt, im dritten Monat schwanger.«

»Folglich hat Miriam es erfahren.« Soviel wußte er bereits.

»Natürlich war sie schockiert. Sie konnte nicht glauben, daß ihre eigene Schwester so etwas getan hatte. Wie sehr sie mich doch von jenem Tag an gehaßt hat! Und sie hat auch Charles gehaßt und es ihm nie verziehen. Schließlich haßte sie dann dich, das einzige unschuldige Wesen in diesem ganzen Durcheinander. Sie ist nie mehr die geworden, die sie vorher war, Nicky. Am meisten hat sie erbittert, daß ich Charles den Sohn schenken konnte, den er sich so sehr wünschte. Sie hatte das Gefühl, versagt zu haben, aber sie gab ihm und mir die Schuld daran, weil wir uns eingemischt hatten, ehe sie eine Gelegenheit bekam, es noch einmal zu versuchen. Ihre Erbitterung ist im Lauf der Jahre zu einem Ungetüm herangewachsen. Miriam war nicht immer so, wie sie jetzt ist. Ich bin wirklich schuld daran, denn ich hätte Charles in jener Nacht, in der du gezeugt wurdest, zurückhalten müssen, aber ich habe es nicht getan.«

»Um Gottes willen, Ellie, du sagtest doch, daß sie ihn schon damals nicht mehr geliebt hat.«

»Ich weiß, aber vielleicht hätte sie ihn wieder lieben können.« Nach einem langen, nachdenklichen Schweigen sprach sie weiter. »Wir waren Schwestern, vergiß das nicht. Das war nicht bedeutungslos. In diesen langen Stunden, als ich in den Wehen lag, hat sie sogar ihre Abneigung gegen mich vergessen, weil es eine schwierige Geburt war und sie glaubte, ich könnte sterben. Damals brachte ich sie dazu, mir zu schwören, sie würde nie öffentlich bestreiten, deine Mutter zu sein. Ich hatte gehofft, sie würde dich lieben, aber schon damals hatte ich Angst, es könnte nicht so sein. Daher nahm ich ihr diesen Schwur. Und ich mußte geloben, dir nie zu verraten, daß ich deine Mutter bin. Ich wollte es dir ja so oft sagen, aber ich hatte einen Eid abgelegt, und daher konnte ich es nicht tun. Und nachdem dein Vater tot war, hat Rebecca mich immer wieder ermahnt, meinen Mund zu halten.«

»Sie weiß das alles?«

Eleanor nickte. »Ich glaube, ich hätte es dir immer noch nicht gesagt, wenn Regina nicht darauf bestanden hätte.«

»Mein Frau ist ein Juwel, nicht wahr, Mutter?«

Es war das erste Mal, daß er sie so nannte, und Eleanors Gesicht strahlte vor Freude. »Du hast wahrhaftig lange gebraucht, um das zu erkennen.«

»Oh, ich wußte immer, daß sie wunderbar ist. Ich war in sie vernarrt. Wie könnte ich dir vorwerfen, was du getan hast, wenn ich doch selbst aus Angst vor dem Makel meiner Geburt fast meine wunderbare Regina verloren hätte? Dieser Makel hat mir angehaftet und mein ganzes Leben ebenso sehr bestimmt wie deines.«

»Du wirst an ihr alles wiedergutmachen?« fragte sie eindringlich.

»Ich schwöre es dir. Und du, meine Süße, wirst wieder ganz nach Silverley ziehen.«

»O nein, Nicky! Ich meine, ja, also – Lord Barrett und ich...«

»Zum Teufel, du willst doch nicht etwa sagen, daß ich dich an einen anderen Mann verliere, wenn ich dich doch gerade erst gefunden habe?« rief er aus, aber er freute sich unglaublich für sie. »Wer, wenn ich fragen darf, ist Lord Barrett?«

»Du kennst ihn. Er lebt in der Nähe von Rebecca, und du hast ihn dort oft getroffen. Und es ist schließlich nicht so, als würden Dicken und ich nicht oft hierher zu Besuch kommen. Schließlich lebt mein erstes Enkelkind in Silverley.«

Sie sahen einander lange wortlos an. Er freute sich für sie. Sie freute sich für ihn. Sie hatten einen langen, beschwerlichen Weg hinter sich.

42

Reggie lief durch das Wohnzimmer, öffnete die Tür zu Nicholas' Schlafzimmer und schlüpfte leise hinein. Rechts lag der Ankleideraum, dessen Tür in den Korridor führte, und daneben das große quadratische Bad, mit den vielen Spiegeln, dessen Wände und Fußboden aus blauem Marmor waren. Große Regale boten Platz für alle Arten von Dosen und Fläschchen, für Handtücher und Rasierzeug und alles, was der Lord noch brauchte. Die Badewanne selbst war riesig, und aus verschnörkelten Hähnen kam heißes und kaltes Wasser.

Nicholas lag entspannt und mit geschlossenen Augen in der Wanne. Harris legte Handtücher, einen Morgenmantel und bequeme Hausschuhe bereit. Es war erst neun Uhr, und Miriams Gäste hielten sich noch im Haus auf.

»Guten Abend, Harris«, begrüßte Reggie ihn heiter. Der Kammerdiener war verblüfft, aber er brachte es fertig, zu nicken und ihren Gruß zu erwidern. Nicholas feixte träge.

»Meg hat nach Ihnen gefragt, Harris«, fuhr Reggie in aller Unschuld fort, als störte sie ständig Männer bei der Toilette und als wäre sie keine Liebesbotin.

Harris blickte auf. »Wirklich, Madame?«

»Ja, sicher. Wissen Sie, es ist eine so schöne, sommerliche Mondnacht. Eine Nacht, die für einen Spaziergang auf dem Anwesen wie geschaffen ist, meint Meg. Warum machen Sie sich nicht auf die Suche nach ihr, Harris? Ich bin sicher, daß seine Lordschaft nichts dagegen hat. Oder, Nicholas?«

»Ganz und gar nicht. Laufen Sie schon los, Harris. Ich brauche Sie heute abend nicht mehr.«

»Vielen Dank, Sir.« Harris verbeugte sich förmlich, ehe er, ganz entgegen seiner Art, aus dem Raum stürzte.

Nicholas kicherte in sich hinein. »Ich kann es nicht glauben. Harris und die sauertöpfische Meg?«

»Meg ist nicht sauertöpfisch«, gab sie zurück. »Und sie haben sich schon vor einer ganzen Weile miteinander angefreundet.«

»Blüht dort etwa auch die Liebe auf? Weißt du schon von Ellie und Lord Barett? Ja, sicher. Du weißt alles vor mir.«

»Es freut mich ja so sehr für Ellie.«

»Du glaubst nicht, daß sie zu alt ist, um eine Mutterschaft ins Auge zu fassen?«

»Das ist doch nicht dein Ernst, Nicholas«, kicherte Reggie.
»Nein, wohl kaum.« Er grinste und beobachtete ihre Hand, die durch das Wasser glitt. Als sie sich ihm näherte, griff er danach und führte sie an seine Lippen, um sie zu küssen. »Ich muß mich bei dir dafür bedanken, daß meine Kinderträume wahr geworden sind. Sie hätte es mir nie gesagt, wenn du nicht gewesen wärst. Kannst du dir vorstellen, wie schrecklich es ist, sich ständig nach seiner Mutter zu fragen? Wer sie wohl war, wie sie wohl war... Du hast beide Elternteile verloren, als du erst zwei Jahre alt warst.«

Sie lächelte zärtlich. »Ich hatte vier wunderbare Onkel, die mir alles über meine Eltern erzählt haben, was ich nur wissen wollte – darunter auch die schlechten Eigenschaften, die sie mir in allen Einzelheiten beschrieben haben. Aber du hattest deine Mutter schon immer und es bloß nie gewußt.«

»Zu den Dingen, die Ellie mir erzählt hat, gehört auch, daß wir Edens nur einmal lieben. Das sollte dich doch freuen.«

»So, meinst du?«

»Freut es dich etwa nicht?«

»Ach, ich weiß nicht«, antwortete Reggie ausweichend. »Ich werde es dir sagen, nachdem wir uns unterhalten haben. Hast du was dagegen, wenn ich dir den Rücken schrubbe?«

Sie zog den Schwamm aus dem Wasser, ohne eine Antwort abzuwarten, und dann stellte sie sich hinter ihn. Sie lächelte, aber er konnte ihr Gesicht nicht sehen.

»Ich nehme an, du möchtest eine Entschuldigung hören?« fragte er voller Unbehagen.

»Das wäre ganz nett.«

»Ich entschuldige mich bei dir, Regina.«

»Wofür?«

»Was soll das heißen, wofür?« Er drehte sich zu ihr um.

»Könntest du dich vielleicht etwas deutlicher ausdrücken, Nicholas?«

»Es tut mir leid, daß ich während unserer Verlobungszeit ein solches Ekel war.«

»Ja, du warst wirklich nicht gerade nett. Aber das kann ich dir verzeihen. Mach weiter.« Sie fing an, mit dem Schwamm über seinen Rücken zu fahren, und dann strich sie damit langsam über seinen Hals.

»Ich soll weitermachen?« Er wirkte bestürzt, und Reggie warf ihm den Schwamm an den Kopf.

»Du hast mich verlassen. Oder hast du das etwa vergessen?«

Er packte den Schwamm. »Verflixt noch mal, du weißt ganz genau, warum ich das getan habe.«

Reggie stellte sich neben die Wanne, stemmte die Hände in ihre Hüften, und ihre Augen funkelten. »Ich muß dich doch bitten, genauer zu unterscheiden. Ich weiß nicht, warum. Das ist das einzige, wo ich bis jetzt noch nicht dahintergekommen bin.«

Mit ruhiger Stimme und ohne jeden Kampfgeist sagte er: »Ich hätte nicht in deiner Nähe bleiben können, ohne...«

Sie forderte ihn heraus, weiterzureden. »Ohne was?«

»Ohne mit dir zu schlafen.«

Es herrschte tiefes Schweigen. Dann sagte sie: »Warum konntest du nicht einfach mit mir schlafen?«

»Zum Teufel!« fluchte er. »Ich war sicher, daß du mich verachten würdest, sobald du von meiner Herkunft erfahren hättest. Und deinen Spott hätte ich nicht ertragen. Ich war ein verdammter Dummkopf, ich gebe es ja zu. Aber ich wußte, daß Miriam ihren Mund nicht halten würde. Damit hatte ich ja auch recht. Ich habe mich nur bezüglich deiner Reaktion geirrt!«

»Gut. Diese Erklärung reicht. Du darfst jetzt weitersprechen.«

Er zermarterte sich das Gehirn. »Ich habe dir die Wahrheit über Selena gesagt. Sie hat sich das, was du im Gewächshaus beobachtet hast, wirklich ganz allein ausgedacht.«

»Ich glaube dir.«

Das war offensichtlich nicht das gewesen, was sie hatte hören wollen. »Ach so! Dein Freund George. Ich – ich nehme an, daß ich nicht allzu vernünftig mit ihm umgegangen bin. Aber es war ja schließlich nicht das erste Mal, daß ich mich geärgert habe, weil er mit dir zusammen war.«

»Warst du eifersüchtig, Nicholas?« Ihr Humor gewann wieder die Oberhand.

»Ich – ja, verflixt noch mal, ich war eifersüchtig!«

»Entsprechend verbucht. Du darfst fortfahren.« Ihr Blick war gespannt auf sein Gesicht gerichtet. »Aber was habe ich denn sonst noch getan?« fragte er matt. Die Kobaltaugen sprühten Funken. »Du vergißt, daß du zwangsweise zu mir zurückgebracht worden bist.«

»Nein!« Seine Wut ging mit ihm durch. »Jetzt täuschst du dich aber! Ich wollte zurückkommen. Mein Schiff war bereit zum Auslaufen. Ich hatte mich entschlossen, dir alles zu erzählen, dir zu erklären, warum ich mich so schrecklich verhalten habe. Dein verdammter Onkel und seine Rohlinge sind am Tag vor meiner Abreise aufgetaucht.«

»Ach, du meine Güte! Ich nehme an, du hast dich zu sehr über die Einmischung von Onkel James geärgert, um offen mit mir zu reden?«

Nicholas sah sie finster an. »Ich kann diesen speziellen Onkel einfach nicht leiden, und zwar überhaupt nicht.«

»Er wird dir noch ans Herz wachsen.«

»Mir wäre es lieber, wenn wir uns ans Herz wachsen.«

»Das könnte sich machen lassen.«

»Dann hast du also nichts dagegen, daß es mir bestimmt ist, nur einmal zu lieben?« fragte er in vollem Ernst. Aber sie war noch nicht soweit, sich ihm zu erklären, noch nicht ganz.

»Wenn du dich etwas deutlicher ausdrücken könntest ...«

»Habe ich dir denn immer noch nicht gesagt, was du hören willst?«

»Nein, das hast du nicht«, teilte sie ihm mit.

»Dann komm her.«

»Nicholas!« keuchte sie. »Für ein Bad habe ich nicht das Richtige an.«

Er packte sie und zog sie zu sich in die Badewanne. »Ich liebe dich, ich liebe dich, ich liebe dich, ich liebe dich. Reicht das, oder willst du noch mehr?«

»Das reicht – für heute.« Reggie schlang ihre Arme um seinen Hals. Ihre Lippen fanden sich.

Nach einem langen Kuß fragte er: »Und?«

»Und was?« neckte sie ihn. Er gab ihr einen Klaps auf ihr Hinterteil. »Ach so, nun, ich denke, ich liebe dich auch.«

»Du *denkst* es?«

»Das muß ich wohl, oder nicht, wenn ich mich mit dir einlasse? Nein, nein!« quietschte sie, als er anfing, sie zu kitzeln. »Schon gut. Ich liebe dich, du unmöglicher Mann. Ich habe mir dich geangelt, oder etwa nicht? Und nie die Hoffnung aufgegeben, daß du meine Liebe eines Tages erwidern wirst... Freut es dich nicht, daß ich so stur bin?«

»Und wie.« Er küßte sie zärtlich. »Du hattest recht, Liebling, du hast wirklich nicht das richtige für ein Bad an. Sollen wir Abhilfe schaffen?«

»Ich dachte schon, du kämst gar nicht mehr auf die Idee, danach zu fragen.«

43

Nachdem sie sich von dem letzten Gast verabschiedet hatten, blieben Nicholas und Regina in der Tür stehen und küßten sich.

»Endlich ist es wieder friedlich«, sagte er.

»Nein, noch nicht ganz«, erwiderte Reggie zögernd und grub einen Finger in das Revers seines Jacketts. »Ich – ich habe gestern abend meine Familie benachrichtigt und sie gebeten, mich draußen zu besuchen. Sei nicht böse, Nicholas. George hat mir gesagt, daß er Tony letzte Woche gesehen hat und daß der völlig außer sich war. Ich weiß, daß es an uns lag.«

»Hättest du ihnen nicht einfach einen Brief schreiben können?« fragte er matt. »Und ihnen mitteilen, daß es dir gutgeht?«

»Briefe sind nicht dasselbe. Sie sollen selbst sehen, wie glücklich ich bin, denn sie machen sich Sorgen um mich, Nicholas. Ich will, daß sie wissen, daß jetzt endlich alles stimmt.«

»Wie lange bleiben sie?«

»Nur einen Tag.«

»Dann muß ich diesen einen Tag wohl überstehen.« Er seufzte wieder.

»Du bist nicht böse?«

»Ich wage es nicht, dir böse zu sein, Liebling.« Er sagte das so ernst, daß sie ihn verwundert ansah. »Du wirst dann auch gleich so böse.«

»Du Teufel!« gab sie zurück.

Nicholas grinste sie an. Dann tätschelte er ihre Rückseite und stieß sie sachte zur Treppe hin. »Und jetzt geh. Du hast mich wieder daran erinnert, daß ich selbst noch ein paar Familienangelegenheiten zu erledigen habe.«

Er schnitt Miriam den Weg ab, als sie zu ihrem Morgenritt aufbrechen wollte, der sich durch die Abreise der Gäste verzögert hatte. »Ich habe in der Bibliothek ein paar Worte mit dir zu reden, wenn es dir recht ist.«

Miriam wollte ihm erst sagen, sie wäre beschäftigt, doch dann überlegte sie es sich anders. Sein Auftreten schien keinen Widerspruch zuzulassen. Sie stiegen gemeinsam die Treppe hinunter, ohne ein Wort miteinander zu reden. »Ich hoffe, es dauert nicht lange«, sagte sie mürrisch, als er die Tür der Bibliothek hinter ihnen schloß.

»Wohl kaum. Setz dich, Miriam.«

Sie runzelte die Stirn. »Du hast mich nie anders als ›Mutter‹ genannt.«

Nicholas bemerkte das kalte Funkeln in ihren Augen. Es war immer dort zu sehen, wenn sie miteinander allein waren. Diese Frau haßte ihn wahrhaft. Nichts würde etwas daran ändern.

»Stell dir vor«, sagte er, »über Nacht haben zwei Schwestern die Plätze miteinander getauscht.« Sie wurde bleich, und daher fuhr er fort: »Ich vermute, du hattest heute morgen noch keine Gelegenheit, mit Ellie zu reden, oder?«

»Sie hat es dir gesagt?«

»Nun, du hast schließlich vorgeschlagen, ich sollte jede der anwesenden Damen fragen, ob sie meine Mutter ist.« Diese spöttische Bemerkung konnte er sich nicht verkneifen.

»Das hast du doch nicht etwa getan!«

»Nein, Miriam, ich habe es nicht getan. Nachdem du die Wunde aufgerissen hattest, wurde sie von meiner Frau geheilt. Sie zwang Ellie, mir alles zu beichten. Jetzt kenne ich endlich die ganze Geschichte, und ich wollte dir sagen, daß es mir leid tut, was du durchgemacht hast, Miriam, nachdem ich jetzt die Zusammenhänge verstehe.«

»Wage es bloß nicht, Mitleid mit mir zu haben!« schrie sie ihn verblüfft an.

»Wie du wünschst«, erwiderte er steif, und der Entschluß, den er im Lauf der Nacht gefaßt hatte, bereitete ihm jetzt kein Unbehagen mehr. »Ich habe dich in die Bibliothek gebeten, um dir mitzuteilen, daß es unter den gegebenen Umständen nicht länger wünschenswert ist, daß du in Silverley lebst. Such dir irgendwo ein Haus, möglichst weit weg von hier. Ich werde es dir kaufen. Mein Vater hat dir ein bescheidenes Einkommen hinterlassen. Ich werde etwas drauflegen. Mehr schulde ich dir nicht.«

»Bestechung, Nicholas?« höhnte sie.

»Nein, Miriam.« Er hatte das alles gründlich satt. »Wenn du die Welt darüber unterrichten willst, daß du es nicht warst, die deinem Mann einen Erben geschenkt hat, dann tu das doch bitte. Meine Frau weiß es und macht sich nichts daraus, und das ist das einzige, was für mich zählt.«

»Du meinst es wohl ernst, oder?«

»Ja.«

»Du Bastard!« fauchte sie wütend. »Du glaubst, jetzt hast du es geschafft, stimmt's? Aber warte nur ein paar Jahre, und deine geschätzte Frau wird dich hassen – wie ich deinen Vater gehaßt habe.«

»Sie ist nicht wie du, Miriam.« Er lächelte.

»Ich habe dieses Silverley immer gehaßt. Ich bin nur geblieben, um dich von hier fernzuhalten.«

»Das weiß ich, Miriam«, sagte er ruhig.

»Ich bleibe keinen Moment länger. Und du kannst sicher sein, daß das, was ich mir aussuche, kein kleines Häuschen, sondern ein prächtiges Schloß sein wird.«

Sie stolzierte aus dem Zimmer, und er atmete erleichtert auf. Es war ihm ein Vermögen wert, endlich sein Zuhause wieder für sich zu haben, ohne Miriams Bitterkeit.

Wenige Stunden später fuhr eine Kutsche die Auffahrt hinunter, und Nicholas' Tante Miriam saß darin. Die drei Menschen, die auf der Schwelle standen, seufzten wie aus einer Kehle, als sie ihr nachsahen. Eleanor begab sich daraufhin wieder ins Haus, aber Nicholas blieb noch eine Weile stehen, die Arme um seine Frau geschlungen. Er drückte sie an sich, ihre Wange lag auf seiner Brust.

Sie blieben zu lange dort stehen, denn kurz darauf tauchten am hinteren Ende der langen Zufahrt zwei Kutschen auf. Nicholas zuckte zusammen und wurde dann wieder lockerer. Na und, zum Teufel... Wenn Regina sie liebte, dann waren sie vielleicht doch nicht gar so übel.

»Die nächste Invasion«, murmelte er trocken.

»Wage es nicht, davonzulaufen, Nicholas Eden«, schalt Reggie.

Sie hielt ihn aufgeregt fest. Jason und Derek und die Hälfte von Edwards Nachkommenschaft ergossen sich aus der vorderen Kutsche. Jason war der erste, der Nicholas herzlich in seine Arme zog.

»Es freut mich zu sehen, daß du deine Sinne wieder beisammen hast, mein Junge. James hat gesagt, du hättest es kaum erwarten können, deinen Sohn zu sehen. Ich hoffe, deine Geschäfte werden dich in Zukunft nicht allzu oft in die Ferne führen.«

»Nein, ganz bestimmt nicht«, antwortete Nicholas mit Mühe, denn bei dem, was James gesagt hatte, sträubten sich seine Haare. Ein solcher Lügner!

Derek kam als nächster, und er wurde besonders herzlich umarmt. »War aber auch an der Zeit, daß du uns endlich mal einlädst, Alter.«

»Schön, dich zu sehen, Derek.«

Dann erschienen die Kusinen und Edward und seine Frau und die ganze Meute eilte unter fröhlichem Geplauder auf das Haus zu. Doch dann fiel Nicholas' Blick auf James und Anthony, die neben einer Kutsche standen und ihn finster ansahen. Er wandte sich ab, um ins Haus zu gehen, und dabei murmelte er etwas von wegen ungebetene Gäste vor sich hin. Reggie hörte ihn und sah ihren jüngeren Onkel stirnrunzelnd an. »Wagt es nicht, und zwar keiner von euch beiden!« warnte sie, denn sie wußte, daß sie sich nicht deutlicher ausdrücken brauchte. Sie verstanden es. »Ich liebe ihn und er liebt mich. Und wenn ihr beiden euch nicht mit ihm anfreunden könnt, dann werde ich... Dann werde ich nie mehr ein Wort mit euch reden!« Sie folgte ihrem Mann ins Haus und ließ Anthony und James draußen stehen.

James sah seinen Bruder an und grinste: »Ich glaube, sie meint es ernst.«

»Ich weiß, daß sie es ernst meint«, erwiderte Anthony. Er schlug James auf den Rücken. »Na, dann komm schon. Mal sehen, was sich machen läßt, damit wir das mit ihm wieder hinkriegen.«

Wenige Minuten später schnappten sie ihn im Salon und zerrten ihn von den anderen fort, nahmen ihn in die Mitte. Nicholas seufzte matt. Würden sich diese Malorys denn immer als ganze Meute auf ihn stürzen? »Ja?«

»Regan will einen Waffenstillstand, Junge«, begann James. »Und wir sind dazu bereit, wenn du es auch bist.«

»Verflixt noch mal! Sie heißt Reggie und nicht Regan«, fauchte Anthony seinen Bruder an. »Wann wirst du je lernen...«

»Was ist gegen Regina einzuwenden?« warf Nicholas ein.

Die beiden Männer blinzelten und fingen an zu lachen. »Gar nichts, Kumpel«, räumte Anthony ein. »*Du* kannst sie nennen, wie du willst. Dieser sture Kerl hier ist es, der darauf beharrt, ständig neue Namen zu erfinden.«

»Und was ist ›Kätzchen‹, wenn nicht eine von deinen Erfindungen?« gab James zurück.

»Eine Liebkosung, und sonst gar nichts.«

»Und Regan ist keine Liebkosung?«

Nicholas ließ die Brüder stehen, damit sie ihren Streit in Ruhe austragen konnten. Er suchte seine Frau und zog sie neben sich auf ein Sofa.

»Weißt du, Liebling, als ich dein Mann wurde, hätte ich nicht geglaubt, daß ich auch die Gebrüder Malory heirate.«

»Du bist mir doch nicht böse, weil ich sie eingeladen habe, oder? Ich wollte nur, daß sie an unserem Glück teilhaben.«

»Ich weiß. Und ich weiß auch, daß du gesagt hast, sie würden nur heute bleiben. An deine Familie muß man sich wirklich erst gewöhnen, vor allem an diese beiden.« Er machte eine Kopfbewegung zu der Ecke hin, in der Anthony und James ein hitziges Streitgespräch führten.

Sie lächelte schelmisch. »Sie meinen nicht die Hälfte von dem, was sie sagen, ernst. Und oft werden sie ohnehin nicht herkommen. Onkel James segelt schließlich nächste Woche wieder los. Er wird wahrscheinlich von jetzt an nicht öfter als einmal im Jahr hier sein.«

»Und Anthony?«

»Onkel Tony wird von Zeit zu Zeit vorbeikommen, um nachzusehen, wie es mir geht, aber du wirst ihn ins Herz schließen, das verspreche ich dir. Wie könnte es auch anders sein, wenn ihr beide soviel gemeinsam habt? Der Grund, aus dem ich mein Herz so schnell an dich verloren habe, ist doch der, daß du mich an Tony erinnert hast.«

»Verdammt und zugenäht«, knurrte er.

»Ach, schmoll doch nicht«, neckte sie ihn, schlang ihre Hände um seine und verflocht seine Finger mit ihren. »Das ist nämlich nicht der einzige Grund, aus dem ich dich liebe. Soll ich dir andere Gründe nennen?«

»Können wir uns nicht für ein Weilchen verziehen?« fragte er eifrig.

»Ich denke, das läßt sich einrichten.«

»Dann komm mit mir nach oben.«

»Nicholas! Es ist heller Nachmittag!« stieß sie schockiert hervor.

»Ich kann nicht länger warten, Liebling«, flüsterte er ihr zu.

James' Blick fiel auf das Paar, das Hand in Hand aus dem Zimmer stürzte. Reggie preßte sich die andere Hand auf den Mund, um ihr Gelächter zu ersticken. »Seht euch das mal an!« unterbrach Anthony, der gerade sprach. »Habe ich euch nicht gesagt, daß er der Richtige für sie ist?«

»Nein, das hast du nicht gesagt«, gab Anthony hitzig zurück. »Aber *ich* habe es natürlich von Anfang an gewußt.«

Zärtlicher Sturm

Prolog

San Carlos Reservat, Arizona, 1874

Die Wildkatze war riesig, mehr als zweihundert Pfund schwer und fast zweieinhalb Meter lang. Hoch oben in den Bergen lag sie auf einem Felsblock, und ihre Augen waren auf einen Fleck gerichtet, der zehn Meter tiefer lag, dort, wo der Hang abfiel und zu einem breiten Vorsprung auslief. Dort unter den hohen Kiefern stand eingezäunt eine kleine Herde von Wildpferden. Sie stapften nervös auf den Boden; denn sie nahmen die Gegenwart der Wildkatze wahr, obwohl kein Wind wehte, der ihren Geruch zu ihnen hinübergetragen hätte.

Plötzlich witterte die Katze Gefahr. Dann sah sie die beiden Männer, die mit sieben weiteren Pferden auf die Herde zukamen. Die beiden Männer waren recht jung und sahen einander fast zum Verwechseln ähnlich. Beide hatten dunkle, sonnengebräunte Haut und langes schwarzes Haar, das frei auf die Schultern fiel; sie trugen weiche Wildlederstiefel, die ihnen bis zu den Knien reichten, und lange weiße Reithosen, die sich um muskulöse Oberschenkel spannten. Doch einer der beiden war groß und trug nichts unter seiner kurzen schwarzen Weste; der andere war wesentlich kleiner und trug ein langärmeliges weißes Leinenhemd und einen Patronengürtel um die Hüften.

Als die neuen Pferde bei der Herde angelangt waren, erhob sich der Puma auf seinem Vorsprung, sprang von dem Felsblock und bewegte sich behutsam auf die beiden jungen Männer zu. Einer der beiden war ein halber Apache; der andere, der größere von beiden, hatte kein Indianerblut.

Die beiden Männer blieben erstarrt stehen und blickten zu dem riesigen Puma auf. Warum hatten sie seine Nähe nicht bemerkt? Bis auf das unruhige Stapfen der Pferde war nichts zu vernehmen.

Der große Mann streckte seine Hand aus, und der Puma sprang mit einem grollenden Schnurren auf ihn zu. Die Katze rieb sich den Kopf an der ausgestreckten Hand und rollte sich um die Beine des Mannes zusammen. Im nächsten Moment strich sie unter der ausgestreckten Handfläche hindurch, schlenderte dann weiter und ließ sich einen halben Meter entfernt auf ein ebenes Fleckchen Boden fallen.

Billy Wolf atmete ganz langsam aus, damit der andere junge Mann nicht hörte, daß er den Atem angehalten hatte. Seine Hände zitterten fast, und das bedrohte seine Männlichkeit.

»Himmel Donnerwetter!« sagte Billy in der Sprache, die sein Freund ihm so gründlich beigebracht hatte; und als er damit die Aufmerksamkeit des Größeren nicht auf sich lenken konnte, sagte er noch einmal lauter: »Himmel Donnerwetter! Du hast doch gehört, was er mit den Stuten anstellt, Slade?«

Der größere Mann wandte sein Gesicht ab und schenkte Billy ein Lächeln, was bei ihm eine Seltenheit war.

»Warst du denn kein bißchen nervös, solange du nicht wußtest, daß er es ist?«

»Ein bißchen schon«, war alles, was Slade Holt sagte, ehe er zu den Pferden hinüberging, um sie zu beruhigen.

Billy Wolf folgte ihm eilig. »Sieh dir doch bloß an, wie er daliegt – als wüßte er, daß er hier gern gesehen ist, als wäre er nicht einen Moment lang von deiner Seite gewichen!«

»Er weiß ja auch, daß er gern gesehen ist«, sagte Slade ausdruckslos.

Billy starrte den Puma an und schüttelte den Kopf. »Seit acht Monaten hast du ihn nicht mehr gesehen und davor ein ganzes Jahr nicht. Wieso erinnert er sich an dich? Und wie kannst du ihn jetzt noch erkennen? Er sieht inzwischen wie jede andere Raubkatze aus.«

»Ich habe ihn nicht erkannt«, gab Slade zu, und sein Mund verzog sich zu einem Grinsen. »Ich wußte nur, daß er keine Bedrohung darstellt, genauso, wie du gewußt hast, daß ich keine Bedrohung für dich darstelle, als du mich zum erstenmal gesehen hast.«

Billy dachte einen Moment lang darüber nach und sah diese Erklärung dann als vernünftig und einleuchtend an. Und wechselte, wie es seine Art war, abrupt das Thema.

»Bist du wirklich fest entschlossen, morgen wieder zu gehen, Slade?« Als der andere anstelle einer Antwort nur nickte und sich neben die Riesenkatze setzte, runzelte Billy die Stirn. »Bist du denn auch sicher, daß du soweit bist?«

Slade warf einen Blick auf einen Spalt im Berg. Dort lagen eine

Decke, die Kleidung eines Weißen, Stiefel, die Billy im letzten Winter gegen ein Pferd eingetauscht hatte, ein Sack mit Konservendosen, den Billy ihm mitgebracht hatte, und die Faustfeuerwaffe mit dem Halfter, die er vor zwei Jahren gestohlen hatte, als Cactus Reed ihm den Gebrauch von Waffen beigebracht hatte. Im Moment beschäftigte ihn die Waffe. Das einzige, was seines Erachtens gefehlt hatte, um sein Wissen abzurunden, war die Fertigkeit gewesen, Schußwaffen gekonnt zu handhaben. Es hatte der täglichen Übung zweier Jahre bedurft, ehe er sich zugestanden hatte, daß er gut war – zumindest besser als der Mann, den er mit dieser Waffe töten wollte.

»Was heißt soweit?« Slades hellgrüne Augen waren auf den Puma gerichtet; er streckte seine Hand aus, um die große Katze hinter den Ohren zu kraulen. »Mein Problem mußte schon zu viele Jahre warten. Ich war ein Kind, das sich danach sehnte, erwachsen zu werden, und das so schnell wie möglich, weil ich das Leid, das andere mir verursacht haben, nicht aus der Welt schaffen konnte, solange ich nicht erwachsen war. Ich war zwölf, als du endlich den Mut aufgebracht hast, dich mir zu nähern.«

»Mut!« fiel ihm Billy empört ins Wort.

»Gib es zu, Billy«, sagte Slade, und seine Stimme klang belustigt. »Dein Stamm hat mich für verrückt gehalten, und das nicht nur, weil ich allein hier draußen in den Bergen gelebt habe. Du warst nur ein Jahr älter als ich. Selbst eure Krieger haben einen weiten Bogen um den verrückten weißen Jungen gemacht.«

»Was hätten wir denn von dir halten sollen – einem schmutzigen, halbnackten Kind, dessen Gestank man eine Meile gegen den Wind riechen konnte? Auf jeden, der dir auch nur auf Rufweite nahegekommen ist, hast du deine imaginäre Waffe gerichtet und ihn damit erschossen. Wenn das nicht bekloppt ist...«

Slade brach in Gelächter aus. »Dich habe ich auch erschossen, als du zum erstenmal aufgetaucht bist.«

»Mit deinem Finger«, brummte Billy, doch er lächelte. Es kam selten vor, daß Slade Holt nicht aus bitterem Zynismus lachte, sondern weil er etwas wirklich komisch fand.

»Ich habe dir doch erzählt, warum ich damals so schrecklich gestunken habe. Es hat ein halbes Jahr gedauert, bis der Geruch dieses Stinktiers nachgelassen hat.«

»Es hätte geholfen, wenn du dich bemüßigt gefühlt hättest, dich in einem Bach zu waschen.«

»Wozu denn? So ziemlich das einzige, was ich damals an meiner Freiheit genossen habe, war, daß ich nicht baden mußte.«

Billy rümpfte die Nase. »Ich bin froh, daß du das heute anders siehst.«

Slade zuckte die Achseln. »Manche Dinge ändern sich eben im Lauf der Jahre. Ich schieße nicht mehr mit eingebildeten Waffen. Das ist vorbei. Es war ein Spiel, das ich früher immer mit meinem Zwillingsbruder gespielt habe.«

Slades Züge verfinsterten sich. Ein Schmerz schoß durch seinen Kopf, wie immer, wenn er an seinen Bruder dachte. Er preßte die Finger auf die Schläfen. Der Puma merkte, daß etwas nicht stimmte. Er stellte die Ohren auf und hörte auf zu schnurren.

Billy wußte von den Kopfschmerzen, unter denen Slade litt, weil er sich kaum an das erinnern konnte, was sich abgespielt hatte, nachdem er und sein Bruder aus Tucson fortgelaufen waren, nachdem ihr Vater vor acht Jahren von einem Revolverhelden, Feral Sloan, getötet worden war. Slade hatte den Kampf miterlebt, mitangesehen, wie Sloan ganz bewußt Streit mit Jake Holt, Slades Vater, gesucht hatte.

Jake war als einer von tausend Goldsuchern in den Westen gekommen, um das große Geld zu machen. Er und ein Freund, Tom Wynhoff, waren zwei der Glücklichen. Zwanzig Meilen westlich von Tucson fanden sie Gold, und es war ein beträchtlicher Fund. Doch das Glück blieb ihnen nicht treu, weil auch andere dieses Gold haben wollten. Slade wußte sehr wenig darüber. Sein Vater hatte ihm nur gesagt, daß ein Mann an ihn herangetreten war und die Mine kaufen wollte. Slades Vater hatte den Verkauf abgelehnt.

Bald darauf wurde Tom Wynhoff in einer Gasse tot aufgefunden, mit einer Bleikugel in der Brust. Am selben Tag hatte Feral Sloan ohne ersichtlichen Grund Streit mit Jake gesucht und ihn auf der Straße erschossen. Slade hatte drei Meter daneben gestanden. Wenige Monate später war Sloan an Slade vorbeigekommen und hatte sich auf der Straße vor einem Freund gebrüstet: *Die leichtesten hundert Dollar, die ich je verdient habe.*

Slades zehnjähriger Verstand hatte erfaßt, daß der Schütze dafür bezahlt worden war, seinen Vater zu erschießen. Die Gefahr, in der er war, wurde deutlich, als ein alter Mann, der neben Slade stand, seinen Arm packte und ihn warnte: »Erst der alte Tom, dann Jake. Dir und deinem Bruder gehört jetzt diese verfluchte Mine, Slade Holt, aber ihr könnt wetten, daß ihr es nicht erlebt, Gewinn daraus zu schlagen. Ich habe das schon hundertmal erlebt. Diese nichtsnutzigen, faulen Schurken, die wollen, daß sich ein Mann lahmarbeitet, um das Gold zu finden, und dann legen sie ihn um, damit sie es kriegen. Als nächstes kommen dann die Kleinen dran. Hol schnell deinen Bruder. Seht zu, daß ihr schleunigst aus der Gegend verschwindet. Habgierige Menschen schrecken nicht davor zurück, kleine Kinder umzubringen.«

Slade fand seinen Bruder, und zu zweit galoppierten sie nach Nordosten, fort von der Mine, fort von Tucson, und hin zu den Bergen, die sich nach Norden zogen. Sie wurden verfolgt. Slade konnte einen Blick auf Feral Sloan werfen, der eilig hinter ihnen herritt, ehe eine Kugel seine Schläfe streifte und er vom Pferd fiel und einen felsigen Hang hinunterrollte. Er erinnerte sich daran, daß er geschrien hatte, ehe er das Bewußtsein verlor, doch im übrigen erinnerte er sich an nichts.

Der Regen hatte ihn geweckt. Er war allein, und von seinem Bruder oder von dessen Pferd war keine Spur zu sehen, und es war auch keine Fährte da, die er hätte aufnehmen können. Später wurde ihm klar, daß er dort, wo er war, hätte bleiben sollen, falls sein Bruder sich aufgemacht hatte, um Hilfe zu holen, nachdem er Sloan von ihm abgelenkt und in die Irre geführt hatte. Aber er konnte nicht klar denken, und er machte sich auf die Suche nach seinem Zwillingsbruder. Monate später gab er die Suche schließlich auf. Es war von vornherein eine nutzlose Suche gewesen, da er sich nicht in die Nähe von Ortschaften gewagt hatte, weil ihn der gekaufte Mörder dort hätte finden können; oder der namenlose Mann, der seinen Tod wollte, hätte hören können, daß er noch am Leben war.

Er lernte es, sich allein durchzuschlagen und sich nach dem Mannesalter zu sehnen, um nicht mehr hilflos zu sein. Er überlebte durch seine Verzweiflung, lernte aus Fehlern und Ungeschick und durchstreifte die Gegend vom Gila aus soweit nach Süden, daß er auf ein Apachenlager in den Bergen stieß.

Seltsamerweise hatten die Indianer ihn nie erschreckt. Sie respektierten ihn, weil er sich nicht vor ihnen fürchtete, und sie ließen zu, daß er in ihrer Nähe lebte. Slade fürchtete und mied jede Spur der Weißen. Nachdem er zwei Jahre lang mit keinem einzigen Menschen gesprochen hatte, war Slade für eine Freundschaft offen, als Billy sich ihm vor sechs Jahren genähert hatte.

Anfangs konnten sie nicht miteinander sprechen, doch allmählich hatte jeder von beiden die Sprache des anderen erlernt. Billy lebte damals beim Stamm seiner Mutter, und da es ein Nomadenstamm war, konnte es vorkommen, daß längere Zeiträume vergingen, in denen Billy und Slade einander nicht sahen.

Billy war der einzige, den Slade je in seine Nähe ließ, mit Ausnahme von Cactus Reed. Slade hatte Reed vor etwas mehr als zwei Jahren in den Galiru Mountains gefunden. Der Mann war halbtot, hatte zwei Kugeln im Leib und behauptete, es sei zu einer kleinen Unstimmigkeit zwischen ihm und dem Kerl, mit dem er geritten war, gekommen und er hätte diesen Streit verloren. Slade flickte Cactus wieder zusammen, und als Gegenleistung brachte Cactus ihm alles bei, was er konnte und wußte. Er hatte ihm viel beibringen können. Der Mann war ein ehemaliger Kopfgeldjäger, ein Mensch von dem Schlag, der sich mit seinen Revolvern und seinem Mut durchschlägt und Killer zum Kampf fordert.

Es stellte sich heraus, daß Cactus auch eine Neigung zum Diebstahl hatte, denn eines Tages verschwand er, als Slade auf der Jagd war, und er nahm ein Dutzend Wildpferde aus Slades Herde mit. Er war entweder ein Mensch, der sich niemandem verpflichtet fühlte, auch dann nicht, wenn jemand ihm das Leben gerettet hatte, oder er hatte das Gefühl, er und Slade seien jetzt quitt, da er dem jungen Mann genug beigebracht hatte.

Slade verfolgte ihn nicht. Mustangs konnte man leicht fangen, und er benutzte sie nur dazu, das einzutauschen, was er selbst brauchte. Die übrigen Wildpferde überließ er Billy, der sie aus den Bergen brachte, um sie gegen Geld zu verkaufen. Im Laufe der Jahre hatte er einen Haufen Geld angesammelt, aber für dieses Geld hatte er keine Verwendung gehabt – bis jetzt.

Billy Wolf bemitleidete sich selbst. Er wußte, daß er Slade, sobald dieser seine Suche begann, wahrscheinlich nie wiedersehen würde. Er hatte immer gewußt, daß dieser Tag kommen würde. Er hatte sogar im letzten Jahr schon damit gerechnet, als Slade ausgewachsen war und eine endgültige Körpergröße von furchteinflößenden einsneunzig erreicht hatte. Sein rauhes Leben hatte ihn schlank und muskulös werden lassen, und die heiße Sonne von Arizona hatte ihn so dunkel wie einen Indianer werden lassen. Billy wußte verdammt genau, daß die argwöhnischen Städter Slade für ein Halbblut wie ihn halten würden, wenn er in die Zivilisation zurückkehrte. Slade hatte jedoch einen Vorteil, und das war seine Selbstbeherrschung. Selbst seine ruhige Art war einschüchternd, obwohl er erst achtzehn war. Und diese hellen, durchdringenden Augen und seine feingemeißelten Gesichtszüge garantierten für Aufsehen bei den Frauen.

Billy grinste. »Was wirst du als erstes tun? Dir die Haare schneiden lassen oder deine erste Frau nehmen?«

Slade sah auf, doch sein Gesichtsausdruck verriet nichts. »Ich vermute, das Haar muß erst ab, wenn ich eine Frau finden will, die nicht schreiend vor mir davonläuft.«

»Wenn du dir die Haare schneidest und man dich nicht fälschlicherweise für ein Halbblut hält, dann werden sich die Frauen um dich balgen. Vielleicht solltest du dein Haar lieber lang lassen, um das zu vermeiden. Du wirst so schon genug Ärger haben. Du weißt doch, was man mit einer Frau macht, oder?«

»Ich denke mir, das ist nicht allzu schwierig«, sagte Slade gedehnt, »wenn es so ist, wie du es mir gezeigt hast, als du und Little...«

»Das darf doch nicht wahr sein!« rief Billy, dem eine heiße Röte über den Nacken stieg. »Unser Lager war Meilen entfernt, als ich... soll das heißen, daß du mir gefolgt bist?«

»Ich bin direkt hinter dir hergeritten«, sagte Slade. »Ich bin dir in deine Hütte gefolgt, und du hast meine Anwesenheit gar nicht wahrgenommen. Sie schon. Sie hat mir ins Gesicht gesehen und gegrinst. Sie hat es dir nie gesagt?«

»Nein, verdammt noch mal!«

Slade runzelte die Stirn. »Ist dir das wirklich so peinlich? Habe ich dich jetzt wütend auf mich gemacht?«

»Das war eine Privatsache.«

»Du hast recht«, räumte Slade ein. »Und doch bereue ich es nicht, mein Freund. Ich habe mehr dabei gelernt, als ich für möglich gehalten habe.« Er schwieg nachdenklich. »Es hat mir gezeigt, daß der Mann fast alle seine natürlichen Instinkte verliert, wenn er eine Frau nimmt. Er wird schwach. Aber sie läßt sich weniger darauf ein, und daher wird sie stärker.«

»Ha!« Billy war froh, daß er sich wieder ein wenig gefangen hatte. »So ist es nicht immer, Slade. Du hast mich mit meiner ersten Frau gesehen, und ich war ungeschickt und übereifrig. In der Zwischenzeit habe ich gelernt, wie man eine Frau vor Leidenschaft um den Verstand bringt. Heute ist sie es, die die Kontrolle über sich verliert, nicht ich. Aber dazu braucht es spezielle Techniken und Zeit, um sie zu erlernen.«

Slade wägte Billys Worte ab und versuchte dahinterzukommen, ob er log, um sein Gesicht zu wahren, oder ob er die Wahrheit sagte. Er entschied, es sei von beidem etwas, doch er wandte sich mit einer zweifelnden Frage an seinen Freund.

»Und du hast diese Technik gemeistert? Jede, Frau, die du jetzt hast, unterliegt dieser Macht?«

»Ich beherrsche die Technik«, brüstete sich Billy mit extremer Zuversicht, doch dann räumte er eilig ein: »Aber, zum Teufel, es gibt eine Menge Frauen, die es nicht mögen, ganz gleich, was du tust.« Billy enthüllte ihm nicht, daß diese wenigen Frauen in der kurzen Zeit, in der er seine Erfahrungen gemacht hatte, die weißen Huren waren, die er in den Städten ausprobiert hatte.

»Bei dir könnte es allerdings anders liegen«, fuhr Billy fort. »Weiße Frauen erwärmen sich für ein Halbblut ebensowenig wie für einen Vollblutapachen – nämlich gar nicht.«

»Aber wie kann ich deine Technik lernen?«

»Zum Teufel, wenn du glaubst, daß ich es dir beibringe ... Bring eine Frau dazu, dir zu zeigen, was sie mag, so wie ich es auch gemacht habe.«

Slade reagierte auf jedes Thema, das ihm unbehaglich wurde, indem er einfach das Gespräch abbrach. Genau das tat er jetzt, indem er aufstand, zu den Pferden ging und seine liebste graue Stute rief, während Billy seinen breiten Rücken ansah.

Billy konnte sich eine letzte spöttische Bemerkung nicht verkneifen. »Zum Teufel, machst du dir etwa Sorgen wegen dem ersten Mal?«

»Nur, daß die Frau es merken könnte.«

Billy mußte sich anstrengen, um die Worte zu verstehen. Doch den Inhalt konnte er nur zu gut verstehen. Er konnte sich noch lebhaft daran erinnern, wie er sich beim ersten Mal gefühlt hatte.

»Du kannst immer noch ein paar Jahre warten. Schließlich weißt du ja noch nicht, was dir entgeht«, lenkte Billy ein. »Oder, was noch besser ist, mach die Frau betrunken; dann erinnert sie sich an nichts mehr.“

Slade drehte sich wieder um und sah in Billys dunkle Augen. Billy wurde unbehaglich zumute. Slade war manchmal besser als ein Apache, wenn es darum ging, keine Miene zu verziehen. Das hätte jeden anderen auch nervös gemacht. Sein Gesichtsausdruck sagte jetzt absolut nichts über seine eigentlichen Überlegungen aus, aber Billy wußte aus Erfahrung, daß er selbst rasende Wut oder absolute Langeweile gänzlich verbergen konnte. Man konnte beim besten Willen nicht wissen, was in ihm vorging. Und wenn sie auch Freunde waren, so stellten sich doch die Haare in Billys Nacken auf, wenn Slade ihn mit diesem einen, ganz bestimmten Blick ansah.

»Verdammt noch mal, ich weiß gar nicht, wie wir überhaupt auf dieses Thema gekommen sind«, sagte Billy mürrisch, und er wandte sich von diesen hellgrünen Augen ab. »Mir scheint, wir sollten lieber darüber reden, was du mit den Pferden vorhast. Wenn du morgen früh weggehst, ja, also...«

Slades Blick schweifte über die rund dreißig Stuten. Die meisten von ihnen hatte er in den letzten drei Jahren gefangen. Es war ein langwieriger Prozeß, den Harem eines Hengstes aufzuspüren, Tag für Tag mit den Pferden zu leben, sich in die Landschaft einzufügen, bis man nahezu unsichtbar war, und schließlich eine ganz bestimmte Stute auszusuchen und sich an sie heranzupirschen. Er hatte schon vor langer Zeit gelernt, sich gar nicht erst an den Hengsten zu versuchen, und er hatte auch gelernt, daß er warten mußte, bis der Hengst anderweitig beschäftigt war, ehe er sich einer Stute näherte. Aber es war eine Aufgabe, die ihm Vergnügen bereitete, auch, wenn sie Geduld erforderte, eine Geduld, die Billy ihn zu lehren versucht hatte, eine Geduld, die sich nach drei Jahren ganz von selbst eingestellt hatte.

»Sie gehören jetzt dir, Billy«, sagte Slade.

Billy riß die Augen auf. »Verdammt noch mal! Verdammt noch mal! Ich wußte doch, daß du die letzte Woche nur losgezogen bist, um mir eine Freude zu machen! Wußte ich es doch!«

»Unsinn«, schalt Slade ihn. »Es hat mir Spaß gemacht, diesem Rancher die Tiere direkt unter der Nase wegzustehlen. Er hatte so viele, daß sie ihm nicht fehlen werden. Und ich war schon seit etlichen Jahren nicht mehr so weit im Osten. Für mich war es eine Gelegenheit, mir einmal anzusehen, was dort an neuen Städten aus dem Boden sprießt. Und es war ein Abenteuer, an das ich mich erinnern kann, wenn ich als... als zivilisierter Mensch lebe.«

»Aber wirklich alle, Slade?« wandte Billy ein. »Du kannst das Geld gebrauchen, das sie einbringen.«

»Für das, was ich tun muß, habe ich genug Geld.«

Billy drückte seinen Dank durch nichts anderes als durch ein

Nicken aus, mit dem er sich Slades Entscheidung beugte. »Wo willst du mit deiner Suche beginnen?«

»Dort, wo alles angefangen hat.«

»Glaubst du wirklich, daß Sloan noch in Tucson ist? Zum Teufel, es ist die größte Stadt in der ganzen Umgebung. Kerle wie Sloan haben es in den großen Städten nicht mehr so leicht.«

»Das spielt keine Rolle«, sagte Slade abfällig. »Dort oder irgendwo anders werde ich ihn finden, falls er noch am Leben ist.«

»Und wenn du ihn getötet hast?«

»Dann kenne ich den Namen des Mannes, der ihn angeheuert hat.« Seine Stimme war jetzt schneidend kalt.

»Und wenn du den getötet hast?«

Slade wandte sich ab, ehe er antwortete. »Dann steht es mir frei, meinen Bruder zu suchen.«

Bill wechselte eilig das Thema. »Was ist mit dem Gold deines Vaters?«

»Was ist damit?«

»Das ist doch noch da, oder etwa nicht? Du hast gesagt, daß dein Vater und sein Partner es versteckt und die Mine so getarnt haben, daß sie auf jeden, der sie sich flüchtig ansieht, wertlos wirkt, und daß die eigentliche Mine weiter oben am Hang verborgen ist, wo niemand sie finden kann.«

Zorn machte sich auf Slades gutgeschnittenem Gesicht breit. »Dieses Gold hat meinen Vater umgebracht, mich von meinem Zwillingsbruder getrennt und mich gezwungen, wie ein wildes Tier zu leben. Ich will nichts davon haben.« Dann sagte er: »Wozu soll Reichtum überhaupt gut sein? Das Land gibt einem Mann alles, was er sich nur wünschen kann.«

Billy Wolf brummte vor sich hin und entschloß sich, Slade nicht darauf hinzuweisen, daß er wie ein Indianer dachte. Was war gut und was nicht?

Billy sah den jungen Mann, den er wie einen Bruder liebte, fest an. »Also, wenn du je etwas brauchen solltest, weiß du ja, wo du mich findest.« Dann grinste er, weil er bemüht war, den Moment mit einer gewissen Leichtigkeit zu überspielen. »Ich werde der reiche Späher mit der hübschen Frau sein – es sollte dir nicht allzu schwerfallen, mich zu finden. Ich hoffe nur, daß ich deinem Freund, dem Puma, nicht begegne, wenn du nicht da bist.«

Slade lachte.

Am frühen Abend war der Whiskers Saloon gesteckt voll. Er sah auch nicht anders aus als alle anderen Saloons, die Slade im vergangenen Jahr betreten hatte. Inzwischen war er immun gegen die Reaktionen, die sein Aussehen hervorrief. Es wurde immer ganz still, bis er sich das erste Getränk bestellte. Manchmal rückten Männer von ihm ab. Früher war es seine ruhige Art gewesen, die auf andere beunruhigend gewirkt hatte. Jetzt war es die Wildheit, die er ausstrahlte.

Slade stillte nie die Neugier der anderen, und er nannte auch nicht grundlos seinen Namen. Sein Name war zu einem Fluch geworden, der Ängste hervorrief, die weit über die hinausgingen, die ein Fremder auslöste, wenn er eine Waffe trug und den Eindruck vermittelte, mit ihr umgehen zu können. Schon einen Monat, nachdem er sich auf die Suche gemacht hatte, war ihm der Name hinderlich geworden, und all das nur, weil irgendein dummer Cowboy in einer kleinen Goldgräbersiedlung ihn herausgefordert hatte. Viele Zeugen beobachteten, daß Slade seine Waffe gezogen hatte, ehe der andere Mann die Hand auch nur an seinem Halfter hatte. Mehr war nicht nötig gewesen. In der nächsten Stadt, in die er kam, wußte man bereits von ihm. Sein Ruf eilte ihm voraus und zu spät erkannte er, was Gerüchte anrichten können. Von einem Mann, der seine Waffe nie gezogen hatte, konnte es heißen, er habe zehn bis fünfzehn Kerben darauf. Aber wenn er sich dabei beobachten ließ, wie schnell er ziehen konnte, dann galt er schnell als Bösewicht.

Slade stand es noch bevor, jemanden zu töten, und bereits jetzt war er als Killer bekannt. Erst vor einem Jahr war er wieder in der Zivilisation des weißen Mannes aufgetaucht, doch die Gerüchte besagten, er sei vor fünf Jahren aus Texas gekommen, nachdem er den ersten Mann getötet hatte. Er hatte ausnahmslos in fairen, offenen Kämpfen getötet, so hieß es, denn man ging davon aus, daß einer, der schnell ziehen konnte, keine schmutzigen Tricks anzuwenden brauchte. Und doch wurde er von manchem Marshal rasch aufgefordert, die Stadt wieder zu verlassen, und es war Slade unmöglich, aus irgend jemanden Informationen herauszuholen, wenn erst sein Name bekannt war.

Er hatte sich äußerlich verändert. Er hatte sich das Haar wieder wachsen lassen und trug anstelle von Stiefeln kniehohe Mokassins. Das half ihm beträchtlich weiter. Er brauchte nicht zu lügen und zu behaupten, er sei ein Halbblut, sondern seine äußere

Erscheinung vermittelte diesen Eindruck, und daher hielten ihn die Leute auch dafür. Und nach einjähriger Suche hatte er schließlich Feral Sloan gefunden.

Er fand ihn in Newcomb, einer Stadt mit weniger als zweihundert Einwohnern, selbst dann, wenn man jede Ranch in der gesamten Umgebung samt allen Arbeitern mitzählte. Slade war teuflisch erbost, als er hörte, daß Sloan sich vor sieben Jahren in dieser Stadt niedergelassen hatte, kurz nach ihrer Gründung. Am meisten erboste es ihn, weil Sloan Vorarbeiter auf eben der Ranch außerhalb der Stadt war, die er und Billy Wolf bei diesem letzten Mal überfallen hatten. So nahe war er dem Mörder seines Vaters schon gewesen, und er hatte es nicht gewußt. Und jetzt war er ihm noch näher, denn Feral Sloan saß im Saloon an einem der Kartentische. Er saß mit zwei anderen Männern da, und Sloan saß mit dem Rücken zur Wand.

Slade hatte ihn augenblicklich entdeckt. Keinen Moment lang hatte er das Bild vergessen, das ihm noch von damals vor den Augen stand. Der Revolverheld war jetzt etwa dreißig und hatte glatt zurückgekämmtes Haar und ein aggressives Kinn. Doch der hagere Körper hatte seine Festigkeit verloren, und der Haaransatz hatte sich zurückgezogen. Sein Gesicht war von Ausschweifungen gezeichnet. Doch wenn diese Jahre auch seinem Äußeren nicht hold gewesen waren, so waren es doch offensichtlich einträgliche Jahre gewesen. Er war mit prunkvollen Silbermuscheln und gefaßten Edelsteinen herausgeputzt und trug schicke Klamotten.

Slade schloß daraus, daß Feral Sloan entweder einer der größten Schützen der Stadt oder gar der einzige war. Letzteres war recht wahrscheinlich. Viele Cowboys, die in der Umgebung arbeiteten, hielten sich im Saloon auf; es war Samstagabend. Slade hatte es gelernt, einen Mann noch im selben Moment einzuschätzen, in dem der andere ihn ansah. Außer Sloan hielt sich im ganzen Saloon niemand auf, den er ernst nehmen mußte.

Jetzt war es nur noch eine Frage des längeren Atems, und Slade Holt war inzwischen gut im Warten. Er wußte, daß Sloan auf ihn zukommen würde, daß er auf ihn zugehen mußte, um seinen Ruf zu wahren. Sich einem bedrohlichen Fremden zu nähern, war eine Aufgabe, die immer dem besten Schützen der Stadt zukam. Die Leute erwarteten es von ihm, und sie forderten von ihm, daß er Fragen stellte, um ihre Neugier zu stillen. Wenn die harten Männer nicht die Antwort bekamen, die sie haben wollten, zogen sie entweder eine Schau ab, in der sie ihre Freundlichkeit demonstrierten, oder sie brummten laut vor sich hin, wenn sie gingen, und sie beteten, der Fremde möge sich nicht beleidigt fühlen und einen Streit vom Zaun brechen.

Slade brauchte nur zwanzig Minuten zu warten, bis Feral Sloan sich neben ihn an die Bar stellte. Dieselben Männer, die an der Bar auseinandergerückt waren, um Slade jede Menge Platz zu machen, setzten sich jetzt an die Tische. Falls es zu einer Schießerei zwischen diesen beiden gefährlichen Männern kommen sollte, boten die Tische Deckung.

»Wohin geht die Reise, Mister?«

Er erinnerte sich nur zu gut an diese Stimme. *Die leichtesten hundert Dollar, die ich je verdient habe.* Sein Kopf begann, bei dieser Erinnerung zu schmerzen, doch nichts spiegelte sich auf seinen Zügen wider, nicht einmal jetzt, da er diesem gehaßten Menschen gegenüberstand.

»Reden Sie mit mir, Sloan?«

Feral war verblüfft und argwöhnisch. »Sie kennen mich?«

»Gewiß. Ich habe vor langer Zeit von Ihnen gehört. Aber das ist schon Jahre her. Ich dachte, Sie seien tot.«

Slades Ansatz war perfekt. Männer wie Sloan liebten ihren Ruf, und Sloan war schnell bereit zu verteidigen, daß sich sein Dasein nicht mehr im Licht der Öffentlichkeit abspielte.

»Ich habe es hier so nett, daß ich nicht widerstehen konnte und mich dauerhaft niedergelassen habe«, prahlte Feral. »Aber Sie wissen ja, wie das ist. Manche Namen werden so bekannt, daß die Leute einen nicht in Ruhe lassen.«

»Ich weiß.« Slade nickte feierlich. »Ich habe gehört, daß Sie jetzt Vorarbeiter auf dem größten Anwesen in der ganzen Gegend sind. Das muß eine gute Arbeit sein.«

Feral kicherte in sich hinein. Endlich einmal ein Mann, der seine Klugheit zu würdigen wußte. »Die angenehmste Stellung überhaupt – wenn man bedenkt, daß ich nur arbeite, wenn mir danach ist.«

Slade zog eine dunkle Augenbraue hoch und heuchelte Interesse. »Wollen Sie damit sagen, daß Sie bezahlt werden, ohne etwas dafür zu tun? Wie kommt das?«

»Ich arbeite für Samuel Newcomb, und man könnte sagen, daß ich Dinge über ihn weiß, von denen er nicht will, daß sie allgemein bekannt werden.«

Slade stieß einen leisen Pfiff aus. »Dann muß er reich sein, dieser Newcomb?«

»Sagen wir so: Ihm gehört die halbe Stadt, und seine Bank hat die Hypotheken auf die andere Hälfte in der Hand.«

»Ich vermute, dann kann er es sich leisten, Sie auf seine Gehaltsliste zu setzen, statt...«

»... einen anderen dafür zu bezahlen, daß er mich aus dem Weg räumt?« beendete Feral, der diese Vorstellung amüsant fand, seinen Satz. »Das würde zu ihm passen, aber er wagt es nicht. Ich habe bei einem Freund ein Geständnis hinterlegt, verstehen Sie. Wenn mir etwas zustößt... aber ich sehe schon, daß Sie mir folgen können.«

Slade schlug die Augen nieder und musterte sein Getränk. »Ein Mann, der so reich ist, muß viele Feinde haben.«

»Er ist in dieser Gegend recht beliebt, aber mit seiner Vergangenheit kann er nichts riskieren. Er hat sich eine kleine Armee zusammengestellt, die nur zu seinem Schutz dient. Und stellen Sie sich das mal vor«, sagte Feral, der wieder in sich hineinkicherte und sich vorbeugte, als vertraue er ihm ein Geheimnis an. »Er hat sogar eine besondere Klausel in seinem Testament aufgenommen, die im Fall seines gewaltsamen Todes demjenigen hunderttausend vermacht, der seinen Mörder schnappt! Und das ist allgemein bekannt, verstehen Sie? Geschickt eingefädelt, wirklich sehr geschickt. Der Mann, der ihn tötet, würde den Tag nicht überleben, und das ist eine Tatsache. Zum Teufel, das einzige Mittel, diesem Lumpen etwas anzutun, besteht darin, ihn finanziell zu ruinieren. Aber dazu bräuchte es einen gewaltig reichen und klugen Mann.«

»Das klingt nicht gerade so, als würden Sie Ihren Wohltäter mögen.«

Feral zuckte die Achseln. »Das kommt davon, wenn man einen Mann zu gut und zu lange kennt. Wir sind derzeit nicht besonders gut aufeinander zu sprechen.«

»Sie waren lange Zeit mit Samuel Newton zusammen, nicht wahr? Er ist nicht zufällig der Mann, für den Sie '66 in Tucson gearbeitet haben, oder?«

Ferals Gesichtsausdruck veränderte sich abrupt. »Woher, zum Teufel, haben Sie...? Hier weiß niemand etwas davon. Wer sind Sie, Mister?«

»Ist er es, Sloan?« beharrte Slade mit ruhiger Stimme.

Feral fing an zu schwitzen. Dieser große Junge hatte ihn schokkiert, und er wünschte sich an jeden anderen Platz auf Erden, nur nicht dahin, wo er war. Dennoch konnte er einer solchen Gelegenheit, groß aufzuschneiden, nicht widerstehen. »Ich habe ein paar Aufträge für Sam in Tucson erledigt, ein paar Kerle umgelegt, die ihm im Weg waren. Keine größere Sache, nur zwei unbedeutende, kleine Goldgräber.« Er zuckte bescheiden die Achseln. »Und jetzt erzählen Sie mir, woher Sie davon wissen.«

»Ich war zufällig dort«, erwiderte Slade mit gesenkter Stimme. »Ich habe Sie aus nächster Nähe bei der Arbeit beobachtet.«

»Wirklich?« Feral blühte sichtlich auf. »Aber, zum Teufel, Sie müssen noch ein Kind gewesen sein.«

»Das stimmt, aber das, was ich mit meinen eigenen Augen gesehen habe, werde ich niemals vergessen.«

Feral mißverstand, was Slade ihm damit sagen wollte. »Sie haben gesehen, wie ich Hoggs gekriegt habe? Ja, das war haarscharf. Der Lump hat bekommen, was er verdient hat, wenn er es wagt, mich herauszufordern.«

»Nein«, sagte Slade langsam und unheilverkündend. »Ich habe gesehen, wie Sie den unbekannten Goldgräber erschossen haben, den, für dessen Tod Newcomb Sie bezahlt hat.« Sein Gewissen forderte diese Bestätigung.

Feral war jetzt wieder auf der Hut. »Das war kein bemerkenswerter Kampf. Es war gefahrlos, kein echtes Gegenüber.«

»Ich weiß.«

Feral schluckte. »Sie haben mir immer noch nicht gesagt, wer Sie sind, Mister.«

»Ich heiße Holt, Slade Holt.«

Als er das sagte, war seine Stimme an einem Tisch in der Nähe der Bar zu hören. Innerhalb von Sekunden breitete sich die Nachricht aus, bis im ganzen Raum ein Raunen zu hören war.

»Sie wollen mich wohl auf den Arm nehmen, Mister.« Feral setzte soviel gespielte Tapferkeit auf, daß es fast kämpferisch klang. »Slade Holt ist kein Halbblut.«

»Das stimmt.«

Die Augen, die bisher hellgrün gewirkt hatten, loderten in einem gelben Feuer auf. Feral bekam feuchte Hände, und das war nicht gut. Mit Schweißhänden konnte man eine Waffe nicht besonders gut handhaben.

»Ich wollte Sie nicht beleidigen, Mr. Holt.«

»Sie haben mich nicht beleidigt.« Ein einziger Muskel zuckte auf Slades glattrasiertem Kinn, das einzige Anzeichen des Aufruhrs in seinem Innern.

»Was Sie angerichtet haben, ist ein Verbrechen, das Sie vor neun Jahren begangen haben, als Sie diesen unbekannten, kleinen Goldgräber umgebracht haben. Und Ihr Fehler war es, daß Sie mich nicht getötet haben, als Sie Gelegenheit dazu hatten.«

Feral riß die Augen auf, als er plötzlich verstand, doch das Verstehen kam zu spät. Er roch den Tod, und zwar seinen eigenen. Automatisch griff er nach seiner Waffe, doch die Kugel schlug in dem Moment in seine Brust ein, als er gerade die Hand vom Halfter nahm. Die Wucht des Schusses ließ ihn rückwärts taumeln, und er landete Meter weiter hinten auf dem Rücken. Slades weiche Mokassins verursachten keinen Laut, als er auf ihn zuging und neben Sloans Kopf stehenblieb.

Sloan blickte in ein Gesicht auf, das keine Gefühlsregung erkennen ließ, nicht einmal Triumph. Er lag im Sterben, und der Mann, der ihn getötet hatte, nahm es spielend leicht.

»Du mieser Lump«, gelang es Feral zu flüstern. »Ich hoffe, daß du ihm jetzt nachstellst.« Seine Worte kamen nicht so deutlich heraus, wie er sie in seinem Kopf hörte. »Dann bist du ein toter Mann. Verfluchter Junge. So tot, wie du hättest sein sollen... wie wir angenommen haben...«

Feral Sloans Augen wurden glasig. Slade starrte den Toten einen Moment lang an. Er hatte zwar die feste Absicht gehabt, ihn zu töten, und er bereute auch nicht, es getan zu haben, doch sein Magen drehte sich um. Galle stieg in seine Kehle. Doch sein Gesichtsausdruck blieb unbeteiligt, und die Zuschauer hielten ihn für einen kaltblütigen Killer, dem der Tod nicht naheging. Hier, in diesem Saloon, bestätigte sich die Legende, die sich um Slade Holt gebildet hatte.

Daran dachte Slade nicht. Er erinnerte sich an zwei zehnjährige Jungen, die verzweifelt aus Tucson flohen und von einem Mörder verfolgt wurden. Er sah alles wieder vor sich, und diesmal bekam er von der Erinnerung keine Kopfschmerzen.

Feral Sloan hatte auf ihn geschossen und angenommen, daß er tot war. Er hatte sich nicht die Mühe gemacht, in die Felsenschlucht hinabzuklettern, um sich zu vergewissern, daß er tot war.

Jetzt konnte sich Slade endlich wieder an alles erinnern. Er wußte jetzt, wie er sich auf die Suche nach seinem Bruder machen mußte.

Er verließ Newcomb, ohne auch nur einen Blick zurückzuwerfen.

1

New York City, 1882

Nicht allzuweit im Norden des hektischen Geschäftsviertels wurde die Fifth Avenue eine ruhige Wohngegend. Bäume wuchsen am Bordstein zwischen hübschen Straßenlaternen. Vornehme Villen säumten die Fifth Avenue. Sandsteinbauten standen neben Häusern mit Mansardendächern im altfranzösischen Stil. Eine neogotische Villa stand neben einer Villa im italienischen Stil mit Giebeln über den Fenstern und einer Balustrade über dem Gesims.

Die Fassade des Hammond-Hauses war eine Mischung aus Sandstein und weißem Marmor mit einer Veranda über dem Eingang und drei weiteren Stockwerken über dem Erdgeschoß. Dort lebte Marcus Hammond mit seinen beiden Töchtern. Schon vor der Geburt seiner ersten Tochter war er auf dem besten Weg zu großem Reichtum, den er sich selbst erworben hatte, und er duldete nicht, daß sich ihm etwas in den Weg stellte. Nur selten kam es vor, daß ihm jemand trotzte und sich mit ihm messen wollte, und daher war er im großen und ganzen ein gutmütiger und großzügiger Mann, vor allem seinen Töchtern gegenüber.

Eine dieser Töchter, die ältere, machte sich gerade zum Ausgehen fertig; ihr Verlobter würde sie ausführen, ein Mann, den ihr Vater für sie ausgesucht hatte. Sharisse Hammond hatte nichts gegen diese Wahl einzuwenden. An dem Tag, an dem Marcus ihr mitgeteilt hatte, daß sie ihm Lauf des Sommers Joel Parrington heiraten würde, hatte sie lediglich genickt. Noch ein Jahr eher hätte sie seine Wahl möglicherweise in Frage gestellt, vielleicht sogar Einwände dagegen erhoben, aber das war vor ihrer Rückkehr von einer Europareise und vor einer katastrophalen Liebesgeschichte, die so demütigend verlaufen war, daß ihr eine sichere Ehe ohne Liebe jetzt willkommen war.

Sie konnte nicht klagen. Sie und Joel Parrington waren schon seit ihrer Kindheit miteinander befreundet. Sie hatten dieselben Interessen, und sie fand, daß er unglaublich gut aussah. Sie würden eine gute Ehe führen, und wenn sie Glück hatten, würde sich im Lauf der Zeit vielleicht auch die Liebe einstellen. Es wäre scheinheilig gewesen, wenn einer von beiden heute von Liebe gesprochen hätte, denn auch Joel beugte sich den Vorschriften seines Vaters. Doch sie mochten einander recht gern, und Sharisse wußte, daß ihre Freundinnen sie beneideten. Das trug einen großen Teil zu ihrer Zufriedenheit bei, wenn auch nicht zu einer übermäßigen Begeisterung. Es konnte nie schaden, von einer Schar von Frauen beneidet zu werden, die ständig darauf aus waren, einander auszustechen. Da ihr Reichtum dem ihrer Freundinnen gleichkam und selten Äußerungen zu ihrem Aussehen fielen, war ihr Verlobter das einzige, worum Sharisse beneidet wurde.

Ihre Gedanken weilten jedoch im Moment nicht bei Joel. Sharisse fragte sich, wo sie Charley in einem Haus mit so vielen Zimmern wohl finden könnte. Sie hatte sich entschlossen, ihn zu ihrer heutigen Verabredung mitzunehmen. Er konnte ihr Gesellschaft leisten, wenn Joel wieder so geistesabwesend war, wie es in letzter Zeit häufig vorgekommen war.

Zuerst sah sie im Zimmer ihrer Schwester nach, um zu sehen, ob sie Charley dort fand.

Sharisse klopfte kurz an und wartete nicht auf eine Reaktion, ehe sie die Tür öffnete. Sie hatte ihre kleine Schwester überrascht; Stephanie zuckte zusammen und stopfte hastig Papiere in ihre Schreibtischschublade. Sie sah anklagend zu ihrer Schwester auf.

»Du hättest anklopfen können«, sagte Stephanie gereizt.

»Ich habe angeklopft«, erwiderte Sharisse ruhig, und in ihre Amethystaugen trat ein Glitzern. »Schreibst du Liebesbriefe, Steph? Du weißt doch, daß du sie nicht vor mir zu verstecken brauchst.«

Stephanies zartes, blasses Gesicht wurde dunkler. »Hab' ich gar nicht«, sagte sie zu ihrer Verteidigung. »Aber es geht dich trotzdem nichts an.«

Sharisse war entgeistert. Sie wußte nicht mehr, was sie von ihrer kleinen Schwester halten sollte. Seit Stephanie Anfang des Jahres siebzehn geworden war, hatte sie sich total verändert. Es machte ganz den Eindruck, als hätte sie plötzlich gegen alles etwas, vor allem gegen Sharisse, und das völlig grundlos. Ihre Ablehnung machte sich in wütenden, unberechenbaren Ausbrüchen Luft, denen Tränen folgten, ohne daß sie jemals eine Erklärung abgab. Sie hatte den Versuch aufgegeben, dahinterzukommen, was ihre Schwester quälte.

Das Verblüffende daran war, daß Stephanie sich im Lauf dieses letzten Jahres zu einer umwerfenden Schönheit entwickelt hatte und von Jünglingen und Verehrern umlagert war. Mit ihren vollen Brüsten, der schmalen Taille und ihrem zarten Körperbau – dazu kam noch ihr schönes blondes Haar – entsprach sie exakt dem Schönheitsideal der Zeit. Sie wurde von allen Frauen beneidet, denen es auch nur an einem dieser Attribute fehlte – einschließlich Sharisse, die keins dieser Attribute aufzuweisen hatte. Sie konnte es nicht ändern, aber sie wünschte sich wirklich sehnlichst, so auszusehen wie ihre Schwester. Sharisse versteckte ihre Enttäuschung geschickt unter einer Maske der Selbstsicherheit, die selbst die scharfsichtigsten Mitmenschen täuschen konnte. Manche hielten sie sogar für hochmütig.

Stephanies bestürzendes Verhalten hätte ausgereicht, um einen Heiligen aus der Fassung zu bringen. Der einzige Mensch, den sie nicht anfauchte, war ihr Vater. Doch beide Mädchen wußten, daß Wutausbrüche in seiner Gegenwart nicht ratsam waren. Ihre Mutter, die zwei Jahre nach Stephanies Geburt gestorben war, war der einzige Mensch, der es gewagt hatte, sich mit Marcus Hammond zu streiten. Sie hatte einen starken Willen gehabt, und häufig war es zu hitzigen Diskussionen gekommen. Wenn sie sich nicht miteinander stritten, hatten sie einander ebenso glühend geliebt. Keines der beiden Mädchen schien seinen Eltern ähnlich zu sein. Ihr Vater hielt sie beide für liebenswürdig und zuvorkommend. Sie waren ausgezeichnete Schauspielerinnen.

»Was willst du?« fragte Stephanie verdrießlich.

»Ich suche Charley.«

»Ich habe ihn heute noch nicht gesehen.«

Sharisse wandte sich ab, doch ihre Neugier war wachgeworden. »Was hast du eigentlich getan, als ich reingekommen bin, Steph? Wir hatten doch nie Geheimnisse voreinander.«

Stephanie sah sie zögernd an, und einen Moment lang glaubte Sharisse, sie hätte sich erweichen lassen. Doch dann sah sie auf ihre Hände und sagte mit kindlicher Stimme. »Vielleicht habe ich gerade einen Liebesbrief geschrieben. Vielleicht habe ich einen ganz besonderen Verehrer.« Dann blickte sie wieder auf und sagte trotzig: »Und vielleicht heirate ich auch schon bald.«

Sharisse tat all das als Unsinn und Übellaunigkeit ab. »Ich wünschte, du würdest mir sagen, was dich plagt, Steph. Ich würde dir wirklich gern helfen.«

Stephanie ging nicht darauf ein. »Ich sehe, daß du dich zum Ausgehen angekleidet hast.«

Sharisse seufzte resigniert. »Joel hat einen Ritt im Central Park vorgeschlagen, wenn der Tag schön wird.«

»Ach so.« Für einen winzigen Moment trat ein gequälter Blick in Stephanies Augen. Dann sagte sie leichthin: »Dann laß dich von mir nicht aufhalten.«

»Hast du vielleicht Lust mitzukommen?« fragte Sharisse, die einem plötzlichen Impuls gehorchte.

»Nein! Ich meine, ich denke nicht im Traum daran, euch zu stören. Außerdem muß ich noch einen Brief beenden.«

Sharisse zuckte die Achseln. »Mach doch, was du willst. Ich will jedenfalls Charley finden, ehe ich aus dem Haus gehe. Wir sehen uns heute abend.«

In dem Moment, in dem die Tür geschlossen wurde, machte Stephanie ein langes Gesicht, und in ihre Augen traten Tränen. Es war nicht gerecht, es war einfach nicht gerecht! Sharisse bekam immer alles. Ihre Schwester war auf Rosen gebettet. Sie war diejenige, die das phantastische kupferrote Haar ihrer Mutter geerbt hatte und auch deren ungewöhnliche Augen, die ein kräftiges, dunkles Violett annehmen konnten und ansonsten die zarte, sinnliche Tönung eines Amethysts hatten. Sie war diejenige, die ausgeglichen und selbstbewußt war, und sie war immer der Liebling ihres Vaters gewesen. Ihre Gouvernanten, ihre Hauslehrer und selbst die Bediensteten taten alles, um Sharisse zu gefallen. Ihre Tante Sophie zog Sharisse vor, weil sie sie an ihre geliebte, verstorbene Schwester erinnerte. Sie wirkte nicht sehr elegant, nicht bei ihrer Größe von fast einem Meter siebzig und mit ihrem dunklen Teint, aber sie war diejenige, die in einer Menschenmenge Aufsehen erregte, ob sie nun dem Ideal entsprach oder nicht, und sie hatte eine königliche Haltung, als sei es ihr gutes Recht, im Mittelpunkt der Aufmerksamkeit zu stehen.

Stephanie hatte Sharisse nie mißgönnt, daß sie solches Glück hatte. Sie liebte Sharisse sehr. Aber jetzt bekam Sharisse das, was Stephanie mehr als alles andere auf Erden wollte – Joel Parrington. Er löste ein schmerzliches Verlangen in ihr aus. Und es tat weh zu wissen, daß sie ihn nicht haben konnte. Ihre Schwester würde ihn bekommen; und noch schmerzlicher war es, daß Sharisse sich nicht wirklich etwas aus ihm machte.

Das waren die bitteren Dinge, mit denen sie fertig werden

mußte. Ihre Schwester liebte Joel nicht. Und er sah Sharisse nie so an, wie er Stephanie ansah, mit einer Bewunderung, die er nicht immer verbergen konnte. Wenn man ihn vor die Wahl gestellt hätte, hatte sie keinen Zweifel daran, wen er gewählt hätte. Aber man hatte ihm keine Wahl gelassen. Auch Sharisse hatte man keine Wahl gelassen. Wenn doch nur ihr Vater nicht eine so strenge Hand gehabt hätte, wenn es darum ging, über alle zu bestimmen.

Wenn doch Sharisse nur früher geheiratet hätte! Wenn sie doch nur nicht schon zwanzig wäre und man ihr noch Zeit lassen könnte, sich selbst einen Mann auszusuchen. Wenn sie sich doch nur in einen anderen verlieben würde. Sharisse konnte sich durchsetzen, wenn es nötig war. Sie konnte ihrem Vater gegenübertreten und um ihr Glück kämpfen. Hatte sie etwa nicht darum gekämpft, daß Charley bleiben durfte?

Aber was nutzte es, auf ein Wunder zu hoffen, wenn die Heirat schon in zwei Monaten stattfinden würde? Ihr brach das Herz, und nichts half dagegen. Und wenn sie jetzt schon, ehe es wirklich soweit war, so entsetzlich litt, wie würde es dann erst hinterher werden? Sie hatten vor, nach der Hochzeit in ein Haus in derselben Straße zu ziehen. Wie würde sie es ertragen, die beiden so oft zu sehen, zu wissen, daß sie... es würde ihr unerträglich sein.

Stephanie öffnete ihre Schreibtischschublade und zog die Papiere heraus, die sie bei Sharisses Eintreten hineingestopft hatte. Sie hatte aus der *New York Times* die Anzeigen herausgerissen, die Spalte Heiratsanzeigen. Wenn sie Joel nicht haben konnte, dann würde sie jemanden heiraten, der weit weg lebte, damit sie Joel nie wiedersehen mußte. Sie hatte bereits drei verschiedene Briefe geschrieben, zwei an Männer, die die Annoncen selbst aufgegeben hatten, und einen an eine Agentur, die Eheschließungen vermittelte.

Stephanie las die Briefe jetzt noch einmal durch. Es waren Versuche, sich gut darzustellen, indem sie ihre guten Eigenschaften und ihre Fähigkeiten hervorhob. Warum hatte sie gelogen? Sie würde eine wunderbare Ehefrau für irgendeinen Mann abgeben. Warum sollte sie nicht wenigstens einen dieser Briefe abschicken? Wenn sie in New York blieb, dann bedeutete das, daß ihr weiterhin das Herz brechen würde.

Stephanie nahm den Anzeigenteil noch einmal in die Hand.

Eine der Annoncen kam von einem Rancher aus Arizona. Sie versuchte, sich daran zu erinnern, was sie gelernt hatte. Ja, Arizona war weit weg. Und ein Rancher war gerade das Richtige. Vielleicht war er einer dieser großen Rinderzüchter, von denen sie gehört hatte.

Sie las die Anzeige noch einmal von Anfang bis Ende. Sie war ein Jahr jünger als das gewünschte Mindestalter, aber sie konnte ein klein wenig flunkern und behaupten, sie sei achtzehn. ›Muß gesund und kräftig sein.‹ Sie war gesund, aber sie hatte nie Grund gehabt herauszufinden, ob sie kräftig war. ›Muß hart arbeiten können.‹ Das konnte sie wahrhaftig, wenn es sein mußte, aber sie würde auf Hausangestellten bestehen müssen, mindestens ein halbes Dutzend. ›Bild mitschicken.‹ Aha! Der Mann wollte also wissen, was er bekam, und er hoffte auf mehr als ein reizloses Mädchen.

Stephanie lächelte vor sich hin. Sie zog ein frisches Blatt Papier heraus und fing an, ihren Brief an Lucas Holt zu schreiben.

Sharisse betrat das Arbeitszimmer ihres Vaters im Parterre. Ein großes Porträt ihrer Mutter schmückte die Wand hinter seinem Schreibtisch. Sie wußte, daß er sich oft auf seinem prall gepolsterten Ledersessel umdrehte, um es anzusehen. Wenn je ein Mann wahrhaft getrauert hatte, dann war es Marcus Hammond, der sich weigerte, wieder zu heiraten, weil er behauptete, daß keine andere Frau sich mit ihr messen könnte. Seine Freunde hatten es längst aufgegeben, ihn zu verkuppeln, und überließen ihn seinen Erinnerungen, in denen er schwelgte.

Er saß an seinem Schreibtisch und überflog Papiere. Sharisse wußte sehr wenig über seine Geschäfte, nur, daß sie vielfältig waren, eine Gummifabrik, eine Brauerei, ein Möbelhaus, eine Importfirma, Dutzende von Wohn- und Bürogebäuden.

Ihr Vater hatte nicht die Absicht, ihr die Zügel in die Hand zu geben. Er hatte sie nicht dazu erzogen. Das war auch der Hauptgrund, weshalb sie einen Mann seiner Wahl heiraten sollte. Eines Tages würde dieser Mann über alles herrschen, was Marcus Hammond aufgebaut hatte.

Marcus blickte auf, und Sharisse lächelte. »Ich wollte dich nicht stören, Vater. Ich suche Charley. Du hast ihn nicht zufällig gesehen?«

Klare blaue Augen funkelten unter dunklen goldbraunen Augenbrauen. »Hier? Du weißt, daß er hier nicht gern gesehen ist. Und das weiß er auch.«

»Ich habe doch nur gefragt, ob du ihn gesehen hast, Vater.«

»Nein, ich habe ihn nicht gesehen. Und ich hoffe auch, daß ich ihn nie wiedersehe«, erwiderte er mürrisch. »Sorg bitte dafür, daß er mir nicht unter die Augen kommt, Rissy.«

»Ja, Vater.« Sharisse seufzte. Sie verließ das Zimmer und ging in die Küche.

Ihr Vater hatte Charley als einen miesen, kleinen Schmarotzer bezeichnet. Als einen nichtsnutzigen Landstreicher. Aber Charley bedeutete Sharisse wesentlich mehr, als sie je für möglich gehalten hatte, nachdem sie ihn gefunden und gesundgepflegt hatte, als er übel zugerichtet und verletzt gewesen war.

Sharisse wählte einen unglücklichen Zeitpunkt, um den Bereich der Hausangestellten aufzusuchen. Sie hörte ein leises Weinen und dann ein lautes Klagen. Sie öffnete die Küchentür, und die Köchin ging wieder an ihre Töpfe. Jenny, die heruntergekommen war, um eine Tasse Tee zu trinken, kippte den letzten Schluck hinunter und eilte wieder nach oben. Die Küchenhilfe stürzte sich eilig auf das Schälen der Kartoffeln.

Zwei Leute standen am Tisch, Mrs. Etherton, die Haushälterin der Hammonds, und ein neues Hausmädchen, das Sharisse bisher nur einmal gesehen hatte. Dieses kleine Geschöpf war es, das so lautstark heulte. Vor ihren Füßen lag eine zerbrochene Teetasse aus dem kobaltblauen Service, das Sharisses Mutter aus Frankreich, ihrer Heimat, mitgebracht hatte. Sie und ihre Schwester Sophie waren dort aufgewachsen. Es war eine von acht Tassen, von denen Sharisse angeordnet hatte, daß sie eingepackt und in ihr neues Zuhause gebracht würden, ein unermeßlich kostbarer Schatz, den sie ihren eigenen Kindern eines Tages hatte vermachen wollen. Sharisse liebte dieses Service mit dem zarten, verschlungenen blauen Muster und dem feinen Goldrand.

Sharisse bückte sich, um die Scherben aufzuheben, und es tat ihr von Herzen weh. Die anderen sieben Tassen standen auf dem Küchentisch neben einer Kiste, in die sie gepackt werden sollten. Sie seufzte. Wenn sie nicht beschlossen hätte, sie in ihr neues Heim mitzunehmen, stünden sie jetzt noch in dem Porzellanschrank im Eßzimmer, vollständig und ganz und in Sicherheit.

Als das Dienstmädchen ihren Gesichtsausdruck sah, brach sie

wieder in ein lautes Klagen aus. »Ich wollte es wirklich nicht, Miß. Es war ein Unglück, ich schwöre es. Lassen Sie nicht zu, daß sie mich wegschickt.«

Sharisse sah in Mrs. Ethertons strenges Gesicht. »Ich habe sie entlassen, Miß Hammond«, sagte Mrs. Etherton. »Das hätte ich schon eher tun sollen. Wenn das Mädchen nichts zerbricht, dann hängt es seinen Tagträumen nach und bringt keine Arbeit hinter sich.«

»Wenn sie dazu neigt, Dinge zu zerbrechen, dann hätte man ihr gar nicht erst auftragen sollen, daß sie Mutters Tassen verpackt«, sagte Sharisse mit scharfer Stimme.

Mrs. Etherton wurde knallrot, und das junge Mädchen mischte sich eilig ein. »Molly hätte das Geschirr einpacken sollen, Miß, aber sie ist seit drei Tagen krank, und sie hat mich gefragt, ob ich ihr helfen kann, damit sie mit ihren Arbeiten nicht so weit im Rückstand ist.«

»Sie haben es also auf sich genommen, um...? Ich muß mich entschuldigen, Mrs. Etherton«, sagte Sharisse.

Die Haushälterin fand ihre Würde wieder und nickte Sharisse zu.

Das Mädchen wandte sein bekümmertes Gesicht erst der Haushälterin zu, dann Sharisse. »Geben Sie mir noch eine Chance, Miß. Ich schwöre, daß ich mich mehr anstrengen werde. Ich kann nicht nach Five Points zurückgehen. Bitte, lassen Sie nicht zu, daß sie mich zurückschickt.«

»Five Points?« Mrs. Etherton war plötzlich aufgebracht. »Du hast mir doch gesagt, daß du von einer Farm im Norden kommst. Du hast also gelogen, stimmt's?«

»Sie hätten mich nicht genommen, wenn Sie gewußt hätten, daß ich aus Five Points komme.«

Sharisse hörte angewidert zu. Sie konnte dem armen Mädchen nicht vorwerfen, daß es so fassungslos war. Sie war nie auch nur in der Nähe von Five Points gewesen, aber sie wußte, daß es in dieser Gegend von Manhattan die schlimmsten Slums der ganzen Stadt gab, darunter auch die berüchtigte ›alte Brauerei‹, wo Menschen in baufälligen, schmutzigen Häusern zusammengepfercht lebten. Die jährlichen Ziffern der dort verübten Morde, Überfälle und anderer Verbrechen waren schwindelerregend. Kein Fremder war sicher, wenn er durch diese Straßen lief. Wenn man sich vorstellte, daß das arme Kind, das nicht älter als fünfzehn sein konnte, dort aufgewachsen war und sich verzweifelt bemühte, dem zu entkommen...

»Sie werden ihr doch noch eine Chance geben, Mrs. Etherton?« sagte Sharisse impulsiv.

Auf das Gesicht der Haushälterin traten nervöse Flecken. »Aber, Miß...«

»Jeder verdient es, mehr als eine Chance zu bekommen«, sagte Sharisse glühend. »Sieh dich nur vor, daß du in Zukunft behutsamer bist.«

»Oh, danke, Miß!«

»Hat eigentlich irgend jemand Charley gesehen?« fragte Sharisse.

»In der Vorratskammer, Miß«, warf die Köchin ein.

»Natürlich, in der Vorratskammer«, sagte Sharisse.

Da lag er denn auch auf den kühlen Kacheln mit einem Hühnerbein, das er stibitzt hatte. Ohne ein weiteres Wort an die Hausangestellten zu richten, verließ Sharisse mit Charley die Küche. Der langhaarige Kater kuschelte sich wohlig in den Arm seiner Gönnerin.

2

Stephanie legte den Brief aus der Hand, den sie gerade gelesen hatte. Trotzig sah sie ihre beste Freundin, Trudi Baker, an. »Jetzt weißt du also, daß es nicht frei erfunden war, als ich gesagt habe, daß ich heirate. Ehe der Monat vorbei ist, bin ich Mrs. Lucas Holt.«

Sie hatten es sich in Stephanies Schlafzimmer bequem gemacht, einem sehr femininen Zimmer mit weißen Draperien vor den beiden Fenstern, lavendelfarbenen Tapeten und einem Himmelbett, dessen Baldachin rosa und weiß war. Das kleine Sofa, auf dem Trudi saß, war mit einem zartrosa Brokatstoff überzogen und paßte im Ton zu ihrem Nachmittagskleid.

Die beiden jungen Mädchen waren fast gleich groß und hatten beide einen hellen Teint, aber Trudi hatte grüne Augen. Sie war sechs Monate älter als Stephanie, in ihren Augen ein großer Altersunterschied. Sie war auch von ihrer ganzen Art her angriffslustiger. Beide Mädchen waren sich darüber einig, daß sie die Verwegenere von beiden war, und daran lag es auch, daß es ihr solche Schwierigkeiten bereitete, all das hinzunehmen.

Wenn sie nicht mit eigenen Augen die Fahrkarten für die Kutsche und den Zug gesehen hätte, hätte sie nach wie vor geglaubt, daß ihre Freundin sie auf den Arm nahm.

»Nun, was sagst du?« fragte Stephanie.

Trudi versuchte, den Punkt anzusprechen, der ihr am wesentlichsten erschien. »Er sieht bestimmt nicht gut aus. Wahrscheinlich ist er so häßlich, daß ihn da unten keine Frau haben will. Deshalb mußte er auch inserieren, um eine Frau zu bekommen.«

»Unsinn, Trudi. Es kann auch genau umgekehrt sein. Er konnte kein Mädchen finden, das hübsch genug war, jedenfalls nicht so schön wie er.«

»Wunschdenken, Steph! Wenn du ihm schon ein Bild von dir geschickt hast, weshalb hast du ihn dann nicht aufgefordert, dir ein Bild zu schicken?«

Stephanie biß sich auf die Lippen. »Das habe ich getan«, gab sie zu. »Aber er hat kein Bild geschickt und meine Bitte auch mit keinem Wort erwähnt.«

»Siehst du! Er ist alt und häßlich, und er hat genau gewußt, daß er keine Chancen bei dir hat, wenn du siehst, wie er aussieht.«

»Wahrscheinlich hat er bloß kein Bild von sich selbst.«

»Steph, warum gibst du nicht einfach zu, daß du die ganze Sache nicht wirklich durchdacht hast?«

Stephanie setzte einen noch halsstarrigeren Blick auf, und Trudi sprach sprudelnd weiter. »Warum ausgerechnet er? Hier gibt es Dutzende von Männern, die sofort die Gelegenheit beim Schopf packen würden, dich zu heiraten, Männer, die du kennst, keine Fremden. Wenn Lucas Holt die Fahrkarten geschickt hat und dich erwartet, heißt das noch lange nicht, daß du hinfahren mußt. Schick ihm die Fahrkarten zurück. Was kann er dann noch machen?«

Stephanie machte einen kläglichen Eindruck. »Du verstehst es nicht, Trudi. Der einzige Mann, den ich will, heiratet meine Schwester. Ich muß es tun. Nächste Woche findet Sharisses Hochzeit statt. Ich habe nicht vor, hier zu sein und es mitanzusehen.«

»Und deshalb läufst du weg.«

Stephanie sah den Fußboden an. »Wenn du es unbedingt so sagen willst, ja, ich laufe weg.«

Trudi legte die Stirn in Falten. »Ist es dir denn ganz egal, daß du dich vielleicht für den Rest deines Lebens jämmerlich fühlst?«

»Ich habe mich damit abgefunden, für den Rest meines Lebens unglücklich zu sein«, sagte Stephanie seufzend.

»Hast du denn überhaupt nichts unternommen, um die Dinge zu ändern? Hast du mit deinem Vater gesprochen? Hast du es deiner Schwester gesagt? Weiß es irgend jemand außer mir?«

»Nein, nein und nochmals nein. Was für einen Unterschied würde es machen, abgesehen von der Demütigung, die es für mich bedeuten würde? Mein Vater nimmt mich nicht ernst. Er hält mich noch für ein Kind. Und die Vorstellung, daß Sharisse es erfährt, ist mir unerträglich. Ich will nicht von ihr bemitleidet werden.«

»Sie ist deine Schwester, nicht dein ärgster Feind. Sie liebt dich. Vielleicht könnte gerade sie dir helfen.«

»Es gibt nichts, was sie tun könnte.«

»Woher willst du das wissen? Es mag ja sein, daß du dich fürchtest, es deinem Vater zu sagen, aber vielleicht fürchtet sie sich nicht.«

»Das würde sie nicht wagen«, sagte Stephanie atemlos. Trudi kannte Marcus Hammond nicht allzu gut.

»Sie ist praktischer als du, Steph, und sie läßt sich nicht so schnell einen Strich durch die Rechnung machen.«

»Das ist nur aufgesetzt«, sagte Stephanie.

Trudi nahm einen neuen Anlauf.

»Und was ist, wenn Sharisse sich weigert, Joel zu heiraten? Sie scheint ihn ohnehin nicht zu lieben.«

Stephanie sah sie mit einem schiefen Lächeln an. »Niemand wagt es, sich meinem Vater zu widersetzen, und am allerwenigsten Rissy oder ich.«

»Jetzt mal ehrlich, Stephanie Hammond. Du willst es also nicht einmal versuchen, stimmt's?« sagte Trudi verärgert. »Ich würde mich jedenfalls nicht kampflos geschlagen geben. Ich täte alles Erdenkliche, um das zu kriegen, was ich will.«

Stephanie zuckte nur die Achseln.

»Du brauchst nichts weiter zu tun, als deiner Schwester die Wahrheit zu sagen. Schließlich sieht es nicht danach aus, daß sie ihn liebt und wirklich etwas aufgeben würde. Du hast gesagt, daß sie sich nichts aus ihm macht, daß sie ihre eigene Hochzeit so behandelt wie eine unter vielen Partys, die sie in diesem Sommer aufsuchen wird. Ich habe sie selbst schon mit Joel gesehen. Sie geht mit ihm um wie mit einem Bruder. Wenn sie ihn liebt, dann verbirgt sie es sehr geschickt.«

»Nein, sie liebt ihn nicht. Das weiß ich gewiß.«

»Und warum sollte sie dir dann nicht helfen wollen?«

»Hör auf, Trudi. Es gibt nichts, was sie für mich tun könnte.«

»Vielleicht nicht. Aber was ist, wenn sie doch etwas für dich tun könnte? Was ist, wenn es ihr gelingt, die Hochzeit abzublasen und Joel dir zu überlassen? Schlimmstenfalls kannst du damit rechnen, daß sie diejenige ist, die wegläuft. Und dann findet zumindest die Hochzeit nicht statt.«

»Das ist doch verrückt, Trudi«, sagte Stephanie wütend, aber sie war wütend auf sich selbst, weil sie wünschte, es wäre Sharisse, die fortliefe. Lucas Holt war wahrscheinlich alt und häßlich, und sie würde an seiner Seite wirklich unglücklich werden. Sie hatte ein solches Durcheinander angerichtet. Sie spürte, daß die Tränen in ihr aufstiegen.

»Ich könnte Rissy ja zumindest einmal sagen, was ich empfinde«, sagte Stephanie zaghaft.

»Das ist das erste vernünftige Wort, was du heute gesagt hast.« Trudi lächelte sie an und fühlte sich ein wenig erleichtert.

»Gute Nacht, Rissy.«

»Gute Nacht, Joel.«

Sharisse schloß die Augen und wartete auf den üblichen mechanisch gegebenen Kuß, und sie wünschte sich verzweifelt, sie würde diesmal etwas dabei empfinden. Sie empfand nichts. Es war keine Kraft in den Händen, die ihre Schultern umfaßten, keine Begeisterung in den Lippen, die die ihren streiften. Er hatte sie nie an sich gezogen, und ihr wurde klar, daß sie nicht wußte, was es hieß, von einem Mann in die Arme gerissen zu werden. Auch Antoine Gautier hatte sie nie leidenschaftlich an sich gezogen. Er hatte nach Art der Franzosen zärtlich mit ihren Händen gespielt. Und doch hatten Antoines Lippen, wenn sie ihre Handfläche streiften, ihre Leidenschaft stärker angefacht als irgend etwas, was Joel je getan hatte.

Sie konnte es Joel nicht vorwerfen. Nach der Demütigung, die sie durch Antoine erfahren hatte, hatte sie sich geschworen, nie mehr zu lieben – und ihr Herz hatte sie ernst genommen. Ihr konnte das nur recht sein. Jetzt konnte niemand mehr sie verletzen. Das redete sie sich immer wieder ein, um nicht auf mehr als eine laue Zuneigung zu hoffen.

Seufzend blieb sie vor der Haustür stehen und sah Joel nach, der die Stufen hinuntersprang und in seine Kutsche stieg. Er sah so gut aus. Sein Teint war fast so cremig weiß wie der ihre. Sein kleiner Schnurrbart war immer sehr gepflegt. Sein schlanker Körper war keineswegs furchteinflößend, ganz im Gegensatz zu der muskulösen Gestalt ihres Vaters. Er war auch frei von jeder Arroganz, und das war ihr wichtig: Die anmaßende Arroganz ihres Vaters reichte ihr für das ganze Leben. Joel war freundlich und besaß einen leichtsinnigen Charme. Was hätte sie sich sonst noch wünschen können?

Wem machte sie hier eigentlich etwas vor? Es war alles andere als schmeichelhaft, wenn ein Mann einem nicht einmal vormachen konnte, er fände einen begehrenswert. Antoine hatte zumindest so getan als ob. Nein, sie würde die beiden nicht miteinander vergleichen. Joel war ganz anders als der verlogene Antoine. Ihre Größe schreckte die meisten Männer ab, und ihre schlanke, knabenhafte Figur vergraulte die übrigen. Sie war einfach nicht weiblich, und sie hatte all das nicht, was nötig war, um die Leidenschaft in Männern wachzurufen.

Natürlich gab es Männer, die sie mit unverhohlener Wollust ansahen, doch sie hütete sich vor ihnen. Das waren Männer wie Antoine, die lediglich der Gedanke anstachelte, einer Frau die Unschuld zu nehmen. Das war alles, was sie wollten. Zumindest war sie dem nicht mehr ausgesetzt, wenn sie erst verheiratet war.

Nächste Woche. Nächste Woche würde sie Mrs. Joel Parrington sein. Und doch liebte er sie nicht, und sie liebte ihn nicht. Es spielte keine Rolle. Sie würde nie mehr einen Menschen lieben, und daher spielte es wirklich keine Rolle.

3

Marcus Hammonds Blutdruck erhöhte sich. Er funkelte seine ältere Tochter wütend über seinen Schreibtisch an, doch seine Unfreundlichkeit konnte sie diesmal nicht einschüchtern. Sie funkelte ihn an, und er konnte es einfach nicht glauben. Sie erinnerte ihn zu sehr an seine Frau. Aber er dachte gar nicht daran, ihre Auflehnung hinzunehmen.

»Geh in dein Zimmer, Sharisse!«

Ihre großen Amethystaugen wurden noch runder. »Willst du

damit sagen, daß du nicht einmal bereit bist, mit mir darüber zu reden?«

»Ja.«

»Ich gehe nicht ins Bett, ehe diese Angelegenheit geklärt ist.«

»Du gehst nicht ins Bett? Bei Gott...«

»Würdest du mir bitte einfach zuhören?« Sharisses Stimme war jetzt flehentlich.

»Mir noch mehr Unsinn anhören? Ich denke gar nicht daran!«

»Aber verstehst du das denn nicht? Ich kann Joel jetzt nicht heiraten. Wie könnte ich das tun, wenn ich weiß, daß Stephanie ihn liebt?«

»Stephanie ist ein Kind«, brauste ihr Vater auf. »Sie ist zu jung, um irgend etwas über die Liebe zu wissen.«

»Sie ist siebzehn, Vater«, hob Sharisse hervor. »War Mutter nicht siebzehn, als du sie geheiratet hast?«

»Laß deine Mutter aus dem Spiel!« warnte Marcus.

»Hör dir doch wenigstens an, was ich zu sagen habe... ich liebe Joel nicht, aber Steph liebt ihn. Warum also muß ich ihn heiraten, wenn sie ihn doch heiraten will?«

»Damit hättet ihr herausrücken müssen, als abgemacht wurde, daß du ihn heiratest, und nicht jetzt, eine Woche vor der Hochzeit. Du warst rundum bereit, den Jungen zu heiraten, ehe deine Schwester dir dieses alberne Geständnis gemacht hat. Jetzt ist es zu spät, Sharisse.«

»Ich könnte laut schreien!« rief Sharisse aus, und ihr Vater war gänzlich schockiert. »Es ist ja schließlich nicht so, daß wir nicht bestens mit den Parringtons bekannt sind. Joels Vater ist dein bester Freund, und du warst schon vor meiner Geburt mit ihm befreundet. Wenn wir Edward die Situation erklären, wird er es gewiß verstehen.«

»Einen Dreck wird er!« brummte Marcus, den der Gedanke völlig aus der Fassung brachte, seinem Freund sagen zu müssen, daß zu diesem späten Zeitpunkt eine Tochter gegen die andere ausgetauscht würde. Allein diese Idee! »Ich will kein Wort mehr davon hören!«

»Aber, Vater...«

»Kein Wort mehr, habe ich gesagt!« Er stand auf und erhob sich zu seiner vollen, einschüchternden Körpergröße, und Sharisse wurde blaß. »Du bist noch nicht zu alt, um Prügel zu kriegen, Sharisse Hammond, und bei Gott, genau das wirst du von mir bekommen, wenn du mir gegenüber auch nur noch ein Wort von diesem Unsinn erwähnst.«

Sharisse antwortete nicht. Ihr Mut sank, und sie rannte aus dem Zimmer. Auf dem oberen Treppenabsatz blieb sie stehen. Sie hatte Herzklopfen. Hatte sie sich jemals in ihrem Leben derart gefürchtet? Sie wußte selbst nicht, wie sie so dreist hatte sein können, sich ihrem Vater zu widersetzen. Sich nach dieser letzten grauenhaften Drohung gegen ihn zu stellen... undenkbar. Sie hatte vorher gewußt, daß es nicht leicht sein würde, es ihrem Vater zu sagen, aber sie hatte nicht damit gerechnet, daß er in seiner Ablehnung so wütend werden könnte. Und ihr damit zu drohen, sie auszupeitschen! Sie zuckte zusammen.

Sharisse fand Stephanie in ihrem Zimmer vor. Sie saß ängstlich auf der Bettkante und wartete. »Es tut mir leid, Steph«, war alles, was sie zu sagen hatte.

Das jüngere Mädchen fing an zu weinen. »Ich wußte, daß es nichts nutzt. Das habe ich Trudi gleich gesagt, aber sie war ganz sicher, daß du etwas tun kannst.«

Sharisse setzte sich neben ihre Schwester und versuchte, sie zu trösten. »Weine bitte nicht, Steph. Wenn Vater erst eine Zeitlang darüber nachgedacht hat...«

»Wenn er nein sagt, dann ändert er seine Meinung nicht mehr.« Stephanie schluchzte noch lauter. »Ich hätte es dir gar nicht erst sagen sollen. Ich hätte einfach weggehen sollen, wie ich es vorhatte.«

»Weggehen?« Sharisse war nicht sicher, ob sie sich nicht verhört hatte. »Was soll das heißen?«

»Ach, nichts weiter«, schniefte Stephanie.

»Du kannst nirgends hingehen, Steph.«

»So, kann ich das nicht?« sagte Stephanie erbost, weil sie glaubte, Sharisse bemitleide sie jetzt. »Nur zu deiner Information – es gibt einen Mann, der nur darauf wartet, mich zu heiraten, und zwar jetzt sofort, in Arizona. Ich habe die Fahrkarten. Ich könnte sogar schon vor dir verheiratet sein«, fügte sie hinzu, ohne zu wissen, wie lange die Reise nach Arizona dauerte.

»Aber woher kennst du diesen Mann?«

»Ich... ich kenne ihn eigentlich noch gar nicht. Wir haben einen Briefwechsel miteinander geführt.«

»Was?«

»Sieh mich nicht so schockiert an. Das ist ganz üblich. Im

Westen herrscht nämlich Frauenmangel. Wie sollen diese mutigen Männer denn sonst eine anständige Frau finden?«

Stephanie war bereit, alles zu sagen, was halbwegs logisch klang, wenn es zu ihrer Verteidigung diente. In Wirklichkeit wußte sie ebensowenig über den Westen oder über Heiratsanzeigen wie Sharisse. Aber sie wollte nicht, daß ihre Schwester es merkte, und sie wollte auch nicht, daß Sharisse erfuhr, wie sehr ihr davor graute, zu Lucas Holt zu fahren.

»Soll das heißen, daß du vorhattest, irgendeinen Mann, den du überhaupt nicht kennst, zu *heiraten*? Quer durch das Land zu fahren... Steph, wie konntest du auch nur auf eine solche Idee kommen?«

»Wie hätte ich mir denn vorstellen sollen, hierzubleiben, nachdem du Joel geheiratet hast? Ich kann es nicht, und ich werde es auch nicht tun. Ich reise morgen ab, und wage es nicht, auch nur zu versuchen, mich davon abzuhalten.«

»Aber ich kann dich doch nicht einfach gehen lassen. Du bist noch so unerfahren, Steph. Wahrscheinlich würdest du dich schon verirren, ehe du auch nur im Zug sitzt.«

»Bloß, weil du in Europa warst, heißt das noch lange nicht, daß du die einzige bist, die in der Lage ist zu reisen«, fauchte Stephanie. »Ich war auch schon bei Tante Sophie. Ich schaffe es schon.«

»Du warst mit Vater und mir bei Tante Sophie. Du bist noch nie allein irgendwo gewesen. Und... mein Gott, ernstlich in Betracht zu ziehen, einen Fremden zu heiraten! Nein, das kann ich nicht zulassen.«

Stephanies Augen wurden zu schmalen Schlitzen. »Du willst mich zwingen, hierzubleiben und mitanzusehen, wie du Joel heiratest? So grausam könntest du sein?«

»Steph!«

»Ich liebe ihn!« Eine neuerliche Flut von Tränen hatte sich angesammelt. »Ich liebe ihn, und du wirst ihn heiraten! Weißt du«, fügte sie verbittert hinzu, »das einzige, wodurch sich diese Eheschließung nächste Woche verhindern lassen würde, wäre, daß du nicht da bist. Aber kämst du auch nur auf den Gedanken, an meiner Stelle wegzugehen? Das tätest du natürlich nie. Du hast ja auch bei Vater nur zu schnell aufgegeben. Es war ja nicht zu erwarten, daß du den Mut hast, dich ihm zu widersetzen, indem du davonläufst.«

»Er hat mir mit der Peitsche gedroht«, sagte Sharisse leise.

»Oh«, sagte Stephanie, und jeder Vorwurf war erstickt.

»Einen Moment mal«, sagte Sharisse impulsiv. »Warum soll ich denn nicht weggehen? Das würde schließlich alle Probleme lösen. Vater würde erkennen, daß es mir ernst damit ist, Joel nicht zu heiraten, und ich müßte nur solange woanders bleiben, bis er nachgibt.«

»Ist das dein Ernst, Rissy?« fragte Stephanie, die wieder Hoffnung schöpfte. »Tätest du das wirklich für mich?«

Sharisse war nachdenklich. Ihr Vater würde wütend werden. Vielleicht konnte sie monatelang nicht nach Hause kommen. Aber zumindest war sie dann nicht am Unglück ihrer Schwester schuld.

»Warum eigentlich nicht?« sagte sie kühn. »Ich kann zu Tante Sophie fahren und eine Zeitlang dort bleiben.«

Stephanie schüttelte den Kopf. »Dort wird Vater dich zuallererst suchen. Du glaubst doch nicht etwa, daß er keinen Versuch unternimmt, dich zu finden, oder?«

»Ach, du meine Güte.« Sharisse runzelte die Stirn. »Laß mich mal nachdenken.«

»Du könntest die Fahrkarten benutzen, die ich habe.«

»Nach Arizona fahren? Das ist ja lachhaft, Steph. *So* weit muß ich wohl doch nicht fahren.«

»Aber wohin willst du denn sonst gehen? Lucas Holt wird sich zumindest um dich kümmern, bis ich dir Bescheid gebe, daß du wieder nach Hause kommen kannst.«

»Sich um mich kümmern?« sagte Sharisse atemlos. »Der Mann erwartet eine Ehefrau und keinen Gast. Und er erwartet dich, nicht mich.«

»Also, genau genommen weiß er gar nicht, was er bekommt. Ich habe ihm zwar ein Bild geschickt, aber es war das, auf dem wir beide und Vater drauf sind, das Foto, das aufgenommen worden ist, nachdem du aus Europa zurückgekommen bist. Ich... äh... ich habe vergessen, dazuzuschreiben, welche von uns beiden ich bin.«

Wenn Sharisse schon so lieb war wegzugehen, dann wollte sie sie gleich so fern wissen, daß ihr Vater keine Chance hatte, sie zu finden. Arizona war weit genug weg.

»Als ich ihm geschrieben hatte«, fuhr sie fort, »habe ich auch nur mit S. Hammond unterschrieben. Du siehst also, daß er es gar nicht merkt, wenn du an meiner Stelle kommst. Und er braucht ja nicht zu erfahren, daß du gar nicht die Absicht hast, ihn zu heiraten.«

»Du meinst, ich soll ihm etwas vorspielen?«

»Er erwartet schließlich nicht, daß ich ihn sofort heirate. Er hat in seinem Brief geschrieben, er müßte mich erst kennenlernen. Nach einer Weile kannst du ja einfach sagen, daß nichts daraus wird, daß du ihn nicht heiraten kannst.«

Sharisse war entgeistert. »Ich kann diesen Mann unmöglich derart ausnutzen.«

Stephanie weigerte sich, so schnell aufzugeben. »Du hast doch kein Geld, von dem du leben könntest, oder?«

»Ich habe meinen Schmuck. Der müßte eine Zeitlang reichen.«

»Willst du ihn verkaufen?«

»Soweit es nötig ist.«

Stephanie fing an, sich zu fragen, wie sie das von ihrer Schwester erwarten konnte, doch dann dachte sie an Joel und unterdrückte ihre Gewissensregungen.

»Wahrscheinlich bekommst du nirgends auch nur annähernd das, was dein Schmuck wert ist«, sagte Stephanie nachdenklich. »Ich kann nicht einsehen, warum du Lucas Holt nicht ausnutzen willst. Habe ich dir schon gesagt, daß er Rancher ist? Ich gebe dir seinen Brief und die Annonce. Dann kannst du dir selbst ein Bild davon machen, was für ein angenehmer Kerl er zu sein scheint. Wahrscheinlich ist er reich. Du könntest deinen Lebensstil beibehalten.«

»Hör auf, Steph, ich denke nicht im Traum daran, diesen Mann derart auszunutzen. Aber seine Fahrkarte benutze ich, um von hier fortzukommen.« Sharisse strahlte vor Aufregung über ihre eigene Kühnheit. »Gehen wir in mein Zimmer und packen? Wenn ich fahre, muß ich am frühen Morgen abreisen, sowie Vater im Büro ist. Am Nachmittag und am Abend kannst du mich decken. Vater braucht nicht vor dem Tag darauf zu erfahren, daß ich weg bin, und bis dahin müßte ich eigentlich schon weit sein. Du mußt meine Verabredungen für mich absagen. Ich hätte Sheila morgen zum Mittagessen treffen sollen, und dann wäre Carols Party gewesen…«

»Wie kann ich dir je dafür danken, Rissy?« rief Stephanie aus.

»Indem du, so schnell es geht, Mrs. Joel Parrington wirst. Es macht mir nichts aus, für eine Weile zu verschwinden, aber ich möchte nicht allzu lange fort sein.« Sie lächelte versonnen. »Schließlich kann sich kein Ort auf Erden mit New York vergleichen. Ich liebe diese Stadt, und ich hasse es, Heimweh zu haben.«

Stephanie strahlte. »Du wirst wieder hier sein, ehe du weißt, wo die Zeit hingekommen ist.«

4

Benjamin Whiskers stand hinter der Bar und trocknete langsam einen Bierkrug ab. Sein Blick war auf Lucas Holt gerichtet, und er beobachtete, wie er auf die Flügeltür zuging, hinausschaute und sich dann wieder an die Bar stellte. Er trank seinen fünften Whisky aus, und er hatte gerade zum fünften Mal aus der Tür geschaut. Ben verzehrte sich danach, ihn zu fragen, wonach er eigentlich Ausschau hielt, aber er brachte den Mut nicht auf. In seinem Kopf hatte sich immer noch nicht das Bild zurechtgerückt, daß dies hier der freundliche der Brüder Holt und nicht der andere war.

Wenn Ben nicht selbst in der Nacht vor sieben Jahren dabeigewesen wäre, als Slade Holt Feral Sloan erschossen hatte, dann hätte er Luke Holt nicht so argwöhnisch beobachtet. Aber er war dagewesen und hatte gesehen, wie Slade Feral kaltblütig erschossen und es nicht einen Moment lang bereut hatte. Slade Holt war ein gefährlicher Mann. Und der da war ein exaktes Abbild von Slade. Sie waren Zwillinge. Da konnte einem schon ganz anders werden.

Viele Leute in der Stadt mochten Luke, hatten ihn regelrecht ins Herz geschlossen. Das lag nicht etwa daran, daß sie die Geschichten über Slade als erfunden abtaten, sondern daran, daß sie Lucas als ersten der beiden kennengelernt hatten. Diese beiden Brüder sahen zwar absolut gleich aus, aber sie waren so verschieden voneinander wie Tag und Nacht.

Luke, der sonst immer mit einem freundlichen Wort zur Hand war, wirkte heute nervös, und er stürzte Whisky wie Wasser in sich hinein.

Es war ein Schock gewesen, als Lucas vor zwei Jahren dauerhaft in die Stadt gezogen war. Die Leute fragten sich zwar, warum er sich ausgerechnet Newcomb ausgesucht hatte, aber niemand stellte ihm irgendwelche Fragen. Heute ließ sich niemand mehr in Newcomb nieder. Da die Eisenbahn die Stadt übergangen hatte, wollte niemand mehr in dieser Stadt leben. Doch Lucas Holt war gekommen und hatte die alte Johnson-Ranch drei Meilen außerhalb der Stadt gekauft. Wahrscheinlich war er ein liebenswürdiger Mensch, wenn man ihn näher kennenlernte, aber Ben würde ihn und Slade niemals auseinanderhalten können.

Seit Lucas sich hier niedergelassen hatte, war Slade Holt mehrfach in die Stadt gekommen. Er kam nicht oft, aber wenn er kam, dann gab er den Leuten Gesprächsstoff. Wenn er die Bar betrat, verstummten alle.

Niemand wagte es, auch nur ein Wort über das Halbblut zu sagen, das für Lucas arbeitete, denn alle hatten Billy Wolf gemeinsam mit Slade gesehen, und es war nicht schwer zu erkennen, daß sie Freunde waren. Die Apachen, die aus den Reservaten kamen, machten so viel Ärger, daß man das Halbblut aus der Stadt gejagt hätte, wenn nicht die Brüder Holt gewesen wären. Ihretwegen wagte es niemand, Billy Wolf auch nur krumm anzusehen.

Als Lucas das nächste Mal zur Tür ging und wieder zurückkam, konnte Bill es nicht mehr lassen, ihn zu fragen: »Sie warten auf jemanden, Mr. Holt? Man bemerkt unwillkürlich, daß Sie immer wieder draußen nachschauen.«

Lucas grinste. »Heute kommt meine Braut.«

»Ihre... Braut? Das schlägt ja wohl alles!« Ben war viel zu aufgeregt, um sich in acht zu nehmen. »Sicher ist Sam Newcomb froh, wenn er das hört.«

»Ach?«

»Verstehen Sie mich nicht falsch, aber Sam ist schließlich noch nicht lange verheiratet, und es ist Ihnen wohl kaum entgangen, daß seine Frau nur Augen für Sie hat. Sam ist zwar bei weitem kein eifersüchtiger Mann, aber ich schätze, er weiß gern, was ihm gehört, und deshalb wird er froh sein, wenn Sie selbst eine Frau haben.«

Lucas sagte kein Wort, doch innerlich kochte er. Ben hatte den Nagel auf den Kopf getroffen. Fiona Newcomb war der Grund, aus dem Lucas jetzt hier stand und wartete. Wenn sie nicht gewesen wäre, wäre er nicht in dieser Klemme. Als er nach Newcomb gekommen war und sie noch Fiona Taylor war, hatten sie es sich gutgehen lassen. Er hatte sie nie glauben gemacht, daß er mehr als nur sein Vergnügen suchte. Sie dagegen hatte heiraten wollen. Als er nicht bereit war, darüber auch nur zu reden, hatte sie Samuel Newcomb umgarnt.

Sam wußte, warum er Fiona bekommen hatte, und das nagte an ihm. Ehe Fiona dazwischengekommen war, hatte Lucas Samuel

Newcomb genau dort gehabt, wo er ihn haben wollte – sie hatten auf freundschaftlichem Fuß miteinander gestanden. Es lag an Slade, denn eine Ironie des Schicksals hatte es so gewollt, daß Newcomb sich Slade verpflichtet fühlte, weil dieser ihm Feral Sloan vom Hals geschafft hatte. Dieser Mann war ihm ein Dorn im Auge gewesen.

Alles war nach Plan verlaufen, bis Fiona gekommen war. Da Lucas aus dem Osten kam und mehr Geld hatte, als man es mit der Pferdezucht verdienen konnte, mußte Lucas wissen, wovon er sprach, wenn er diese kleinen Investitionen erwähnte. Sam hatte sich daran beteiligt, und als sich diese Investitionen ausgezahlt hatten, war es ein leichtes gewesen, ihn zu der großen Investition zu überreden.

Solange Fiona scharf auf Lucas war, würde Sam unterkühlt bleiben, und so kamen sie nicht weiter. Trotzdem hätte Lucas sich nicht von Billy überreden lassen sollen zu heiraten. Alles, was Billy gesagt hatte, hatte in dem Moment vernünftig geklungen, aber Lucas hatte so viel getrunken, daß er leicht zu überzeugen war.

Er wollte keine Frau. Und wenn er Billy und dessen Frau, Willow, zusammen sah und sich manchmal danach sehnte, auch eine Frau zu haben, dann lag das nur daran, daß das Leben auf der Ranch ein einsames Leben war. Er war es nicht gewohnt, an einem Ort zu bleiben, und noch dazu an einem abgelegenen Ort. Er war es gewohnt, immer dann Frauen zu haben, wenn er sie brauchte. Wenn alles vorbei war, wollte er weiterziehen, und wie sollte er das tun, wenn er eine Frau hatte?

Er hatte sich nicht hier nach einer Frau umgesehen, sondern seinen Anwalt eine Annonce aufgeben lassen, weil er hoffte, daß eine Frau aus dem Osten, wenn sie sah, worauf sie sich hier einließ, darauf bestehen würde, daß er sie wieder nach Hause schickte – und das würde er auch mit Freuden tun, nach einer gewissen Zeit, versteht sich. Das war das Problem. Er mußte sie lange genug hier festhalten, um zu beenden, was er begonnen hatte.

Dabei half ihm, daß nur etwa einmal im Monat ein Geistlicher in die Stadt kam. Solange Samuel Newcomb glaubte, daß er heiraten würde, mußte er seine Probleme lösen.

Er hatte Billy nicht gesagt, daß er nicht die Absicht hatte, das Mädchen zu heiraten. Billy und Willow und der alte Mack reichten wahrhaft als Anstandsdamen für ein ordentliches Mädchen aus, und niemand konnte etwas dagegen einwenden, daß sie mit Lucas die Ranch bewohnte, ehe der Geistliche sie getraut hatte. *Ihr* mochte das vielleicht nicht recht sein, aber Lucas sagte sich, daß jemand, der verzweifelt genug war, um sich einem völlig Fremden auszuliefern, nicht allzu wählerisch sein konnte. Außerdem hatte er vor, sie für die Zeit und die Mühe gut zu bezahlen. Er wollte, daß sie den Eindruck hatte, es sei ganz und gar ihr Wunsch, wieder abzureisen, und so würde niemand durch seine böswillige Täuschung verletzt.

Er zog das Bild noch einmal aus der Tasche. Wenn ihm klar gewesen wäre, wie oft er das in den letzten Wochen schon getan hatte, wäre er wütend auf sich selbst gewesen. Sein Blick verweilte nicht auf seiner ›Braut‹, sondern richtete sich auf das andere Mädchen mit der königlichen Haltung, den zurückgebogenen Schultern und den herausgedrückten kleinen Brüsten. Ihre Größe gab ihr etwas Königliches, und ihre Gesichtszüge drückten Hochmut aus. Sie wirkte gertenschlank, und doch hatte etwas an ihr sein Interesse vom ersten Moment an gefangen genommen.

Lucas hatte sich schon fast für ein Mädchen aus Philadelphia entschieden, als er den Brief von Miß Hammond bekommen hatte. Er wußte sofort, daß das das Richtige war. Die Qualität der Kleidung der drei Menschen, die auf diesem Foto abgebildet waren, stand für Reichtum, und Lucas wußte, daß verhätschelte reiche Mädchen keine Ahnung hatten, was harte Arbeit bedeutete. Es enttäuschte ihn nicht, daß das Mädchen besonders schön war, doch er fragte sich unwillkürlich, wie sie dazu kam, auf eine Annonce zu antworten.

Aber so hübsch sie auch sein mochte – er würde sich nicht an ihr vergreifen, und wenn sie als Jungfrau zu ihm kam, so würde sie ihn auch als eine solche verlassen. Sicher war sie in der heißen Sonne schon mehrfach in Ohnmacht gefallen und würde bei ihrem Eintreffen bereits entschlossen sein, möglichst umgehend wieder abzureisen. Nein, einem reichen Mädchen aus guter Familie, das aus New York kam, konnte es hier nicht gefallen.

5

Sharisse wischte sich mit einem klatschnassen Taschentuch das Gesicht ab. Ihre Unterwäsche und ihre langärmelige Bluse klebten an ihrem Körper, und das Haar auf ihrer Stirn und ihren Schläfen, das sich nicht zu einem Knoten aufstecken ließ, klebte in ihrem Gesicht.

Sie wollte gar nicht gut aussehen, um im Zug nicht belästigt zu werden, aber sie sah noch schlimmer aus, als es ihr recht gewesen wäre. Wie hatte nur alles so schiefgehen können? Sie hatte immer noch keine Erklärung dafür, daß sie nur noch zwei Dollar in der Tasche hatte. Davon konnte sie sich noch eine Mahlzeit kaufen, wenn die Kutsche vor Newcomb noch einmal anhielt. Sie hatte gräßliche Mahlzeiten zu sich genommen und mehr Gewicht verloren, als sie es sich hätte leisten können. Lucas Holt würde sie nur einmal ansehen und sie sofort wieder nach Hause schicken.

Sie hatte an diesem abscheulichen heißen Ort nichts zu suchen. Sie hätte mit Charley in der Abgeschiedenheit einer Kleinstadt im mittleren Westen sein sollen. Der arme Charley. Mit seinem langen, dichten Haar litt er noch mehr unter der Hitze als sie. Das Fell ging ihm aus, und er japste nach Luft. Woher hätte sie auch wissen sollen, daß es hier so unerträglich heiß war? Sie befand sich in einer Gegend, über die sie nichts wußte. Aber selbst wenn sie es gewußt hätte, hätte sie Charley nicht einfach zurücklassen können.

Sie konnte immer noch nicht glauben, daß Stephanie ihr all das wirklich angetan hatte. Sharisse war diejenige, die alle Gefahren auf sich nahm und sogar den Zorn ihres Vaters herausforderte, und all das für Stephanie. Warum hätte ihre Schwester ihr dieses ganze Unternehmen noch zusätzlich erschweren sollen? Und doch hatte sie Sharisse überredet, nach Arizona zu reisen. Noch Schlimmeres offenbarte sich, als Sharisse feststellte, daß sie ihren Schmuck nicht mehr hatte. Sie erinnerte sich ganz genau, daß sie Stephanie ihre Handtasche mit dem Schmuck hatte halten lassen, während sie Charley in sein Reisekörbchen gesteckt hatte. Nachdem sie das Haus verlassen hatte, hatte sie die Tasche nicht einen Augenblick lang aus den Augen gelassen und sie sogar unter ihren Rock gesteckt, als sie am ersten Tag in der Bahn geschlafen hatte. Sie hatte das Fehlen ihres Schmucks bemerkt, als sie in ihrer Handtasche nach Mr. Holts Brief gesucht hatte. Warum hatte

Stephanie den Schmuck aus ihrer Tasche genommen? Der Gedanke, so weit von zu Hause ohne Geld festzusitzen, erschreckte sie, und sie hatte auch kein Geld für die Heimreise. Sie konnte nur noch abwarten und sich anschauen, was für ein Mann dieser Lucas Holt war.

Sein Brief gab ihr keinen Aufschluß darüber, obwohl sein Hinweis, er brauche eine Weile Zeit, um zu sehen, was er sich eingehandelt hatte, ehe er sie heiratete, nahezu arrogant klang. Aber das konnte sich nur zu ihrem Vorteil auswirken, wenn sie jetzt eine Zeitlang von ihm abhängig war. Sie konnte diesen Vorwand dazu nutzen, die Eheschließung so lange wie möglich hinauszuzögern. Sie mußte ihm und seinem Leben von Anfang an mit absoluter Geringschätzung begegnen, damit er nicht allzu überrascht war, wenn sie darauf bestand, daß nichts aus ihnen werden konnte. Und wenn sie sich überlegte, was sie bisher von Arizona und den abgehärteten Männern dieser Gegend gesehen hatte, dann glaubte sie nicht, daß sie viel Heuchelei brauchen würde.

Die Kutsche wankte, als sie ein fast ausgetrocknetes Flußbett überquerte. Von dem Fluß waren nur vereinzelte schlammige Pfützen zu erkennen. In der leuchtend bunten Kutsche war Platz für neun Mitreisende, doch sie waren nur zu viert. Sharisse war die einzige, die in Newcomb aussteigen würde. Da reichlich Platz vorhanden war, hatte niemand etwas dagegen einzuwenden gehabt, daß sie Charley aus seinem Körbchen befreite. Doch alle Mitreisenden hatten ihn angestarrt, als hätten sie noch nie ein Haustier gesehen. Das konnte durchaus sein. Sie hatte jedenfalls keine andere Katze mehr gesehen, seit sie in Kansas umgestiegen war.

Vor ihnen lagen Berge, auf denen wirklich Bäume wuchsen. Nach der Wüste und den Steppen und den Bergen, die nichts als Felsen mit Kakteen waren, überraschte dieser Anblick sie so sehr, daß Sharisse die Stadt gar nicht wahrnahm, bis der Fahrer rief: »Newcomb. Eine Stunde Aufenthalt, Leute.«

Sharisse merkte, daß ihre Eitelkeit die Oberhand gewann. Plötzlich wünschte sie, sie hätte sich beim letzten Aufenthalt umgezogen. Statt dessen hatte sie sich seit ihrer Abreise nicht mehr vollständig umgezogen, und ihr war klar geworden, daß sie Jennys Dienste als zu selbstverständlich voraussetzte; denn sie war mit einer Bluse abgereist, die sie ohne Hilfe nicht ausziehen konnte.

Sharisse faßte sich wieder und rief sich in Erinnerung, daß sie es nicht darauf abgesehen hatte, einen guten Eindruck zu machen. Es war gar nicht dumm, wenn sie so schlimm aussah, wie sie sich fühlte.

Ein Riese erschien in dem aufgewirbelten Staub, um den Passagieren beim Aussteigen behilflich zu sein. Sharisse starrte ihn an und sah dann eilig zur Seite, als sie sich dabei ertappte. Als er ihr die Hand reichte, um ihr beim Aussteigen zu helfen, war sie zu geistesabwesend, um ihn zu bemerken, denn sie fragte sich, welcher der Männer, die um die Kutsche herumstanden, Lucas Holt sein mochte.

»Da will ich doch gleich verflucht sein.«

Sharisse wandte sich wieder zu dem Riesen um. Er ließ ihre Hand nicht los. »Ach, wirklich, Sir?« sagte sie hochmütig.

Er war so gnädig, verstört zu wirken. »Nur eine Redewendung, Ma'am.«

»Ich weiß«, erwiderte sie kühl, und sie war erstaunt, als er daraufhin grinste.

Als sie auf dem Boden stand, waren seine Ausmaße noch erstaunlicher – so groß und so breitschultrig. Er gab ihr regelrecht das Gefühl, winzig zu sein, und das war ein Gefühl, das sie bisher noch nie gehabt hatte. Ihr Vater war groß, aber neben diesem Mann hätte er zwergenhaft gewirkt. War dies ein Land der Riesen? Aber nein, der nervöse Blick, den sie in die Runde warf, zeigte ihr die Sorte von Männern, deren Anblick sie gewohnt war. Nur dieser eine Mann war groß, dieser Mann, der sie mit einem Ausdruck des Besitzerstolzes im Gesicht musterte.

Ihr Herzschlag setzte einen Moment lang aus. Das konnte doch nicht Lucas Holt sein!

»Sie sind doch nicht etwa...?«

»Lucas Holt.« Er grinste noch breiter, und seine gleichmäßigen weißen Zähne blitzen auf. »Ich brauche Sie nicht zu fragen, wer Sie sind, Miß Hammond.«

So hätte sich Sharisse Lucas Holt in ihren kühnsten Träumen nicht ausgemalt, so männlich, ein so scharf geschnittenes Gesicht und so kräftig gebaut. Sie nahm die leise Arroganz wahr, die von ihm ausging, und, du meine Güte, er erinnerte sie an ihren Vater. Augenblicklich entschied sie, daß sie es nicht wagen durfte, ihm die Wahrheit zu sagen, nicht, wenn er ihrem Vater ähnelte.

Sie versuchte, hinter diese rohe Kraft zu sehen, die sie ängstigte. Zumindest war er jung, vielleicht fünfundzwanzig oder sechsundzwanzig. Und als häßlich konnte sie ihn auch nicht bezeichnen. Manche Frauen hätten ihn sogar schrecklich attraktiv gefunden, aber sie war makellos gepflegte, penible Männer gewohnt. Er trug nicht einmal ein Jackett. Sein Hemd stand oben offen, und er roch nach Pferden und nach Leder. Er hatte sogar einen Revolver an seiner Hüfte hängen. War das ein Wilder?

Er war glatt rasiert, aber das lenkte die Aufmerksamkeit nur um so stärker auf seine sonnengebräunte Haut und sein unfrisiertes, langes schwarzes Haar. Seine Augen waren ungewöhnlich. Die Farbe ließ sie an eine Chrysoberyllkette denken, die sie besaß, mit gelblich grünen Steinen, die klar waren und leuchteten. Und als Kontrast zu dieser dunklen Haut wirkten seine Augen nur noch strahlender.

Lucas ließ sich von dem Mädchen betrachten. Sie war es, das Mädchen, das ihm auf dem Bild lieber gewesen war. Sie war leicht verrupft, aber das gab ihr etwas Sinnlicheres. Verdammt, sie sah wirklich gut aus! Es schien ihm fast so, als hätte er sie sich hierhergewünscht, und jetzt war sie da.

»Ich hole jetzt wohl am besten Ihr Gepäck, Ma'am.«

Sharisse sah ihm nach. Er grinste. Warum schien er bloß so erfreut zu sein? Sie sah gräßlich aus. Er hätte entsetzt sein müssen.

»Der Buggy steht da drüben«, sagte er, als er mit ihrem Gepäck zurückkam.

Ihr Blick fiel auf das Hotel. »Aber ich dachte... ich meine...«

»Daß Sie im Ort wohnen? Nein, Ma'am, Sie werden bei mir auf der Ranch wohnen. Aber Sie brauchen sich nicht um Ihren Ruf zu sorgen. Wir sind dort nicht allein.«

Es war wohl zuviel verlangt, wenn sie gehofft hatte, er würde ihr Unterkunft und Verpflegung zahlen, wenn gleichzeitig seine riesige Ranch mit einem Heer von Dienstboten leerstand.

»Brauchen Sie noch irgend etwas, ehe wir die Stadt verlassen?« fragte Lucas.

Sharisse lächelte schüchtern. »Das einzige, was ich brauche, Mr. Holt, ist ein ausgiebiges heißes Bad. Seit ich New York verlassen habe, habe ich kein anständiges Bad mehr genommen. Aber das wird wohl warten müssen, bis wir Ihre Ranch erreicht haben.«

»Sie haben sich auf dem Weg keine Unterkunft gesucht?«

Sie errötete, aber vielleicht war es gar nicht schlecht, wenn er gleich die Wahrheit erfuhr. »Ich hatte nicht genug Geld. Ich habe alles für die Mahlzeiten ausgegeben.«

Er sah sie prüfend an. »Sie haben also überhaupt kein Geld?«

Sharisse war wütend auf sich selbst. Ihr Zorn ließ sie schnippisch werden. »Ist das etwa ein Problem? Sie haben doch nicht etwa eine Aussteuer erwartet, oder?«

»Nein, Ma'am.« Er grinste. Sehr gut, sie war ihm also völlig ausgeliefert und konnte nicht einfach abreisen, wann es ihr paßte. »Aber genaugenommen habe ich auch Sie gar nicht erwartet.«

»Das verstehe ich nicht.« Sharisse legte die Stirn in Falten.

Lucas zog das Bild aus der Tasche und drückte es ihr in die Hand. »In Ihrem Brief stand, Sie seien das Mädchen auf der linken Seite.«

Sie riß die Augen auf. Stephanie hatte sie also belogen, um ihre Bedenken zu zerstreuen. Sie erstarrte. Hier stand er jetzt, erwartete Stephanie und bekam statt dessen sie.

»Ich... ich bringe rechts und links manchmal durcheinander. Es tut mir furchtbar leid, Mr. Holt. Sie müssen schrecklich enttäuscht sein.«

»Ma'am, wenn ich, wie Sie es nennen,schrecklich enttäuscht wäre, würde ich Sie wieder in die Kutsche setzen. Wie heißen Sie eigentlich mit Vornamen? Ich kann Sie nicht ewig Ma'am nennen.«

Sein Lächeln war ermutigend, und seine Stimme war tief und voll. Sie hatte damit gerechnet, aber sie war noch nervöser, als sie es erwartet hatte.

»Sharisse«, sagte sie.

»Das klingt französisch.«

»Meine Mutter war Französin.«

»Es wäre unangebracht, zu förmlich zu sein. Ich werde Luke genannt.«

In genau dem Moment nannte ihn jemand so. »Wen hast du denn da, Luke?«

Er war ein gedrungener, kleiner Mann, der in der Tür des Krämerladens von Newcomb stand. Ihre Aufmerksamkeit wandte sich dem Mann zu, als Lucas sie einander vorstellte. Sie war überrascht, als er hinzufügte: »Ich kenne Miß Hammond schon von früher, ehe ich hierhergekommen bin. Sie hat endlich eingewilligt, meine Frau zu werden.«

»Ist das wahr?« Thomas Bilford strahlte vor Begeisterung.

»Dann muß man wohl gratulieren. Kommt Ihr Bruder auch zur Hochzeit?«

»Ich habe keine große Sache vor. Ich schnappe mir den Geistlichen, wenn er wieder in der Stadt ist. Das ist alles.«

Als sie das letzte Haus der Ortschaft hinter sich gelassen hatten, fragte Sharisse nachdenklich: »Warum haben Sie Mr. Bilford gesagt, daß wir uns aus dem Osten kennen?«

Lucas zuckte die Achseln. »Niemand würde glauben, daß du auf eine Annonce gekommen bist. Aber wenn es dir lieber ist...«

»Nein, es ist schon in Ordnung«, versicherte sie ihm.

Sharisse verstummte wieder und wandte ihre Augen ab. In dem Mann, der neben ihr saß, hatte sich ein Wandel vollzogen. Ohne das knabenhafte Grinsen konnte er kalt und unnahbar wirken. Er schien zu grübeln. Hatte sie etwas Falsches gesagt?

»Warum bist du hier, Sharisse Hammond?«

»Ich bin kürzlich verwitwet.«

Das erregte seine Aufmerksamkeit, doch sie wurde bleich, als seine Augen sie durchbohrten. Tagelang hatte sie Zeit gehabt, sich die Antwort auf diese Frage zu überlegen, aber eins hatte sie nicht bedacht! Machte er zur Voraussetzung, daß sie Jungfrau sein mußte? Die Geschichte von der verarmten Witwe war ihr als eine geniale Ausflucht erschienen, um damit ihre Reaktion auf seine Annonce zu erklären.

»Es tut mir leid, wenn Sie ein junges, unschuldiges Mädchen erwartet haben«, sagte Sharisse leise. »Selbstverständlich verstehe ich, wenn Sie...«

»Das spielt keine Rolle«, schnitt ihr Lucas das Wort ab.

Er richtete seinen Blick wieder auf die Straße und war wütend auf sich selbst, weil er so reagiert hatte. Es spielte wahrhaftig keine Rolle. Hatte er nicht ohnehin die Möglichkeit in Betracht gezogen, daß sie keine Jungfrau war? Warum also stieß er sich jetzt daran?

»War es der Mann auf dem Foto?« fragte Lucas nach einer Weile.

»War er was...? Gütiger Himmel, nein. Das ist mein Vater.«

»Lebt dein Vater noch?«

»Ja, aber wir sind uns... fremd geworden. Mein Vater hat nichts von meinem Mann gehalten, verstehen Sie. Und er ist nicht der Typ von Mann, der schnell verzeiht.«

»Du konntest also nach dem Tod deines Mannes nicht zu ihm zurückkehren?«

»Nein. Das wäre kein Problem gewesen, wenn mein Mann mich nicht völlig mittellos zurückgelassen hätte. Natürlich hätte ich ihn gar nicht erst geheiratet, wenn ich gewußt hätte, wie hoch verschuldet er war. Aber...« Sie seufzte. »Ich stamme aus einer reichen Familie, verstehen Sie. Daher konnte ich nicht arbeiten gehen, um mich selbst zu ernähren, als ich festgestellt habe, wie schlimm die Dinge wirklich lagen. Als ich dann Ihre Annonce gesehen habe, schien mir das genau die richtige Lösung zu sein.«

»Du läßt etwas außer acht.«

»Nein, das glaube ich nicht.« Sie geriet allmählich in Panik.

»Du bist nicht gerade das, was man als unattraktives Mädchen bezeichnen würde«, sagte er betont. »Wenn du das Gefühl hattest, wieder heiraten zu müssen, warum bist du dann so weit gereist? Du mußt Angebote in deiner näheren Umgebung gehabt haben.«

Sharisse lächelte über diese Vermutung. Natürlich hatte sie Heiratsanträge bekommen, jede Menge, und das schon seit ihrem fünfzehnten Geburtstag. Aber diese Anträge waren von Männern gekommen, die sich von ihrem Reichtum angelockt fühlten oder die in anderer Hinsicht indiskutabel waren.

»Ja, es sind etliche Männer an mich herangetreten.«

»Und?«

»Sie waren nicht nach meinem Geschmack.«

»Was wäre denn nach deinem Geschmack?«

Sharisse wand sich.

»Ich kann arrogante Männer nicht leiden, und auch männliche Strenge und Härte stören mich. Ich mag empfindsame, zarte Naturen, die gutmütig und...«

»Bist du sicher, daß du einen Mann beschreibst?« fragte Lucas, der den Mund nicht halten konnte.

»Ich kann Ihnen versichern, daß ich solche Männer gekannt habe«, sagte sie empört.

»Dein Mann?«

»Ja.«

Lucas brummte vor sich hin. »Du bist mit mir ein ganz schönes Risiko eingegangen. Was ist, wenn ich keine dieser Eigenschaften besitze?«

Innerlich stöhnte sie. »Nicht einmal eine einzige?«

»Das habe ich nicht gesagt. Aber woher wolltest du das vorher wissen?«

»Ich... ich fürchte, ich habe mir darüber gar keine Gedanken gemacht. Ich hatte nur das Gefühl, daß alles andere besser ist als die Möglichkeiten, die ich zu Hause zur Wahl hatte. Natürlich hatte ich das Beste gehofft.«

»Bist du enttäuscht?«

»Sie können doch nicht im Ernst erwarten, daß ich das jetzt schon beantworte.« Sie verlor zusehends die Fassung.

In seiner Stimme schwang Belustigung mit. »Schätzchen, dein erster Blick hat mir gesagt, ob du enttäuscht bist oder nicht.«

»Das Aussehen ist bei einem Mann nicht alles«, hörte Sharisse sich mit spröder Stimme sagen.

Sie stellte entgeistert fest, daß sie ihm unabsichtlich ein Kompliment gemacht hatte. Sie hatte ihn ihre Geringschätzung spüren lassen wollen.

Wieder grinste er. Und ihr wurde klar, daß sie, obwohl sie schon eine Weile miteinander redeten, überhaupt nichts über ihn wußte. Sie wagte es, selbst eine direkte Frage zu stellen. »Sie sind doch hoffentlich nicht arrogant?«

»Ich hoffe, nein.«

Sie ging noch weiter. »Herrschsüchtig?«

Er kicherte in sich hinein. »Ich? Ein hübsches Ding wie dich rücksichtslos überrennen? Ich käme im Traum nicht darauf.«

Warum hatte sie bloß das ganz ausgeprägte Gefühl, daß er sich über sie lustig machte? Sie verstummte und gab es für den Moment auf, das zu ergründen.

6

Willow lehnte in der offenen Tür und sah der Staubwolke, die aus der Ferne näherkam, entgegen. Ihr Haus, das nur einen Innenraum hatte, war, an den Maßstäben der Weißen gemessen, klein. Aber sie war eine Reisighütte mit niedrigem Dach gewohnt, und daher war das Haus für ihre Verhältnisse groß. Seit ihr Mann sie vor zwei Jahren von ihrem Stamm und ihrer Familie fortgeholt und sie hierhergebracht hatte, hatte sie sich daran gewöhnt.

Willow hatte nur zu einem Viertel Apachenblut. Ein anderes Viertel war mexikanisch. Die übrige Hälfte war, dank eines üblen Schurken, der ihre Mutter vergewaltigt hatte, eine nicht näher bekannte weiße Mischung. Und doch wirkte sie wie eine Vollblutindianerin, und daraus schöpfte sie großen Stolz.

»Da kommt er, Billy«, sagte Willow mit ihrer leisen, melodischen Stimme.

Billy Wolf trat zu seiner Frau, um ebenfalls der Staubwolke entgegenzusehen. Er schlang von hinten seine Arme um ihren schwangeren Bauch.

»Glaubst du, daß er sie mitbringt?«

Willow spürte, daß Billy hinter ihrem Rücken breit grinste. Sie hatte dieses Grinsen in letzter Zeit nur allzu häufig gesehen.

»Findest du es immer noch lustig, daß du ihm diese Heirat eingeredet hast?«

»Ich glaube, genau das braucht er. Es hängt ihm doch schon zum Hals raus, daß es so lange dauert, den Riesen in die Knie zu zwingen. Noch einen Monat, und dann hätte er zugelassen, daß Slade den Fall auf seine Weise regelt. Luke braucht Zerstreuung in irgendeiner Form. Warum nicht durch eine Frau?«

»Aber vielleicht mag er sie gar nicht.«

»Sie mögen?« sagte Billy kichernd. »Zum Teufel, von mir aus kann er sie hassen, solange sie ihn bloß ablenkt.«

»Du hast dabei überhaupt nicht an das Mädchen gedacht«, warf Willow ihm vor.

Er wirkte keineswegs zerknirscht. »Ich bin doch schließlich hier, um mich um meine Freunde zu kümmern, und das steht an erster Stelle. Und jetzt komm rein, ehe sie uns sehen. Damen aus der Stadt kriegen immer das Gruseln, wenn sie ihren ersten echten Indianer vor sich sehen. Lassen wir ihr noch Zeit bis morgen, ehe wir ihre Bekanntschaft machen.«

Willow musterte ihren Mann kritisch. »Du hast doch nicht etwa vor, sie zu erschrecken, Billy?«

»Täte ich das der Braut meines Freundes an?«

Nein, natürlich würde er das nicht tun, nicht ihr Mann, der für jeden Scherz zu haben war.

Sharisse schloß die Augen und versuchte, sich einzubilden, daß das Haus nicht wirklich klein war, nur... anheimelnd? Es gelang ihr nicht. Es war ein schlichtes, quadratisches Gebäude, das nicht einmal verputzt war. Eine Hütte. Und dort sollte sie leben? Es stand auch ein Stall da, und der war doppelt so groß wie das Haus und auch nicht verputzt. Eine große Pferdeweide mit einem hohen, alten Pappelwäldchen, das Schatten auf die Weide warf, war hinter dem Stall zu sehen. Ein halbes Dutzend Pferde stand träge auf der Weide herum. Etwa dreißig Meter hinter der Weide lag eine weitere Hütte, die noch kleiner als die erste war.

»Ich kann mir vorstellen, daß du größere Behausungen gewohnt bist«, sagte Lucas, während er ihr beim Aussteigen behilflich war.

Sharisse antwortete nicht darauf. Er hatte diese Äußerung nicht gerade in Form einer Entschuldigung vorgebracht, und was also hätte sie darauf sagen können? Daß ihr Zuhause an der Fifth Avenue eine kolossale Villa war? Das brauchte er wahrhaftig nicht zu wissen.

Was sie sich dachte, war ohnehin in ihrem Gesicht zu sehen, und Lucas grinste, denn er wußte, wie schockiert sie war. Was hatte sie denn erwartet? Wahrscheinlich ein Haus wie das, das Samuel Newcomb hingestellt hatte, um demonstrativ mit seinem Reichtum zu prunken, zwei Stockwerke mit hohen Räumen und luxuriöser Ausstattung. Lucas' Haus diente seinem Zweck, und er hatte schon schlechter gewohnt. Zwar auch schon besser, aber alles, was er hier brauchte, war ein Dach über dem Kopf. Es war ja schließlich nicht so, daß er die Absicht hatte, hierzubleiben. Er hätte es vielleicht trotzdem für sie ein wenig herrichten sollen, aber andererseits brauchte sie nicht zu erfahren, daß er das nicht getan hatte.

Er beobachtete sie verstohlen. Fürchtete sie sich wirklich vor ihm oder war sie immer so nervös? Vielleicht hatte seine Größe sie eingeschüchtert. Das war bei den meisten Frauen der Fall. Aber andererseits hielt sie sich wahrscheinlich für zu groß. Aus seiner Sicht schien sie genau die richtige Größe zu haben.

Lucas hielt ihr die Tür auf, während sie sich umsah und die Sonne auf die Kakteen und das endlose Weideland herunterbrannte, das sich so weit erstreckte, wie das Auge reichte. Er malte sich aus, daß es nicht lange dauern würde, bis ihre sahnig weiße Haut eine goldene Bräune haben würde – wenn er sie erst dazu gebracht hatte, im Garten hinter dem Haus zu arbeiten und sich leichter zu bekleiden. In diesem Reisekostüm mußte sie kochen. Je eher sie es auszog...

In Gedanken zog er sie jetzt schon aus. »Sharisse?«

Sie zuckte zusammen, denn sie hatte ihn einen Moment lang vergessen. Er stand in der Tür, und sie fragte sich, was sie im Hausinnern erwarten würde.

Seufzend trat Sharisse ein. Gedämpftes Licht drang durch die geschlossenen Vorhänge, und ihre Augen kamen nicht dazu, sich an die Dunkelheit zu gewöhnen, ehe die Tür geschlossen wurde und sie feststellen mußte, daß sie herumgewirbelt und an Lucas Holts muskulöse Brust gezogen wurde. Sie wollte vor Schreck laut aufschreien, doch seine Lippen, die auf ihren lagen, erstickten diesen Laut.

Sie war vom Donner gerührt, und Charley fauchte, und plötzlich stand sie allein da und starrte Lucas zitternd und mit weit aufgerissenen Augen an. Es war schwer zu sagen, wer von beiden verblüffter war.

»Ich dachte immer, das sei nur eine sinnbildliche Redewendung«, sagte Lucas. »Aber ich vermute, es stimmt doch, daß Frauen wirklich wie Katzen fauchen können.«

»Es ist wohl wirklich nur eine Redewendung. Es war ein männliches Fauchen, und er ist wirklich ein Kater. Ich hoffe, Sie haben nichts dagegen; aber ich konnte Charley beim besten Willen nicht zurücklassen.«

Sie stellte den Korb ab, öffnete ihn und holte Charley heraus. Lucas starrte entgeistert auf die langhaarigste Katze, die er je gesehen hatte, einen kleinen, stämmigen Kater, dessen goldrotes Fell fast dieselbe Farbe wie das Haar des Mädchens hatte. Er hatte im Osten Dutzende von Katzen gesehen, aber noch nie eine solche.

In dem Moment kam Mack auf sie zu. »Was zum Teufel ist das?« schrie er. »Nicht Sie, Ma'am«, räumte er eilig ein. »Aber das, was Sie da in der Hand halten?«

Sharisse starrte den kleinen Mann mit den grauen Bartstoppeln, den lebhaften blauen Augen und dem breitkrempigen Hut an. Lucas stellte sie einander eilig vor und erklärte, welche Aufgaben auf der Ranch unter Macks Bereich fielen. Aber Mack interessierte sich nicht im geringsten für Sharisse. Seine Blicke waren auf Charley gerichtet.

»Was ist das?« wiederholte er.

»Charley, mein Haustier.«

»Sie halten sich dieses wilde Tier als Haustier?«

»Er ist nicht wild«, versicherte sie ihm. »Er ist eine Perserkatze. In Europa habe ich einige gesehen. In Amerika sind sie eher selten. In England werden sogar Vorstellungen abgehalten, bei denen man seltene Rassen wie Charley öffentlich vorführt.«

»Die einzigen Katzen, die es hier gibt, sind Raubtiere«, bemerkte Mack. »Und der Kleine da beißt nicht?« Er streckte zögernd eine Hand aus, um das Haustier Charley anzufassen, und diese Mühe wurde mit einem tiefen Knurren belohnt.

»Sie müssen ihm verzeihen«, entschuldigte sich Sharisse. »Ich fürchte, er freundet sich nicht allzu schnell mit Fremden an. Ich bin so ziemlich die einzige, deren Nähe er duldet.«

Mack brummte vor sich hin und wandte sich ab. »Passen Sie lieber auf, daß Billy dieses feiste kleine Ding nicht erwischt. Der glaubt glatt, er hätte wieder mal was Neues gefunden, was er in den Kochtopf werfen kann.«

Sharisse riß die Augen weit auf und sah Lucas entsetzt an. »Habe ich das richtig verstanden?«

»Mach dir keine Sorgen. Von allem, was Mack sagt, muß man einen Teil abziehen. Und Billy arbeitet auch für mich und ist nicht halb so wild, wie Mack dir einreden will.«

Sie wußte nicht, ob er sich einen Spaß mit ihr erlaubte, aber erst mußte sie ein anderes wichtiges Thema anschneiden. »Mr. Holt, was Sie getan haben...«

»Du meinst, weil ich meine zukünftige Frau angemessen willkommen heiße?«

Sharisse war bestürzt über sein teuflisch charmantes Grinsen, das seine Lippen voll und weich erscheinen ließ und ihn verheerend gut aussehen ließ.

»Wir sind gestört worden«, sagte er. »Wenn du gern möchtest, daß ich weitermache...:

»Nein! Ich meine, was Verlobten nach einer langen Zeit des Werbens gestattet ist, trifft doch auf uns nicht zu. Wir haben uns schließlich gerade erst kennengelernt.«

»Und du willst mich erst besser kennenlernen?«

»Genau.« Sie war erleichtert. Es würde wohl doch nicht so schwierig werden, mit ihm zurechtzukommen. Jedenfalls nicht, solange er einsah, daß sie keine Intimitäten zuließ.

»Aber wie soll ich dich kennenlernen, wenn du mich auf Armeslänge von dir fernhältst? Wenn du nicht gern küßt, dann haben wir ein Problem.«

Von ihrer Antwort schien viel abzuhängen. Sie war außer sich.

»Ich pflege mich nicht von Fremden küssen zu lassen«, sagte sie, »und noch sind Sie ein Fremder.«

Lucas schüttelte den Kopf. »Du sagst mir, ich soll Distanz halten, aber wenn ich das tue, dann bleiben wir länger als nötig

Fremde. So, wie es aussieht, wird es ein paar Monate dauern, bis ich weiß, ob du dich hier einfügen kannst. Soll ich etwa soviel Zeit vergeuden, um *dann* herauszufinden, ob wir uns miteinander verstehen?«

Sharisse war entgeistert. In seinen Augen war es reine Zeitverschwendung, wenn er, nachdem sie sich in anderer Hinsicht bewährt hatte, feststellen mußte, daß es zwischen ihnen absolut nicht funkte. Das stimmte. Aber das, was er vorschlug, war abscheulich. Sollte sie es etwa zulassen, daß er sich Freiheiten bei ihr herausnahm?

Sharisse griff auf ihr jahrelang anerzogenes und aufgesetztes Selbstbewußtsein zurück. »Mr. Holt, mir ist klar, daß unsere Situation höchst ungewöhnlich ist und daß ich daher Zugeständnisse machen muß. Ich muß Sie dennoch bitten, mir wenigstens etwas Zeit zu geben, mich an Sie zu gewöhnen. Nach einer Weile könnte dann ein Kuß zulässig sein – wenn Sie darauf bestehen. Aber mehr als das kann ich beim besten Willen nicht zulassen, nicht vor unserer Hochzeit. Und wenn Ihnen das nicht genügt...«

Lucas wußte, wann er nachgeben mußte. »Ich glaube, das ist die vernünftigste Lösung. Dein Zimmer ist dort links. Ich hole jetzt dein Gepäck rein.«

Sharisse sah sich seufzend in dem kahlen Zimmer um und ließ die Schultern hängen. Die Einrichtung war deprimierend kärglich. Sie schauderte bei dem Gedanken, wie wohl ihr Schlafzimmer aussehen mochte. Sie öffnete die beiden einzigen Türen, hinter denen Schlafzimmer lagen. In ihrem Zimmer befand sich nichts, was ihr auch nur halbwegs gefallen hätte. Das andere Zimmer mit dem ungemachten Bett und den herumliegenden schmutzigen Kleidern mußte Lucas' Schlafzimmer sein. Fast war es ihr peinlich, daß sie sich in seinem Schlafzimmer umgesehen hatte. Leise schloß sie die Tür.

Dann dämmerte es ihr. Mehr als diese drei Zimmer gab es nicht. Keine Unterkünfte für das Hauspersonal. Das hieß...

»Wie gefällt es dir hier?« fragte Lucas, der mit ihrem Gepäck zurückkam. Sharisse fühlte sich nicht in der Lage, ihm zu antworten, nicht, solange ihr der schreckliche Gedanke nicht aus dem Kopf ging, sie könnten die beiden einzigen sein, die in diesem Haus schliefen. »Sie haben... nicht zufällig Dienstboten, oder?«

»Kein Hauspersonal, das nicht.« Er schenkte ihr dieses bezaubernde knabenhafte Grinsen. »Jetzt weißt du auch, wozu ich eine Frau brauche.«

Wieder trieb er seine Scherze mit ihr, und doch war sie beleidigt. »Wäre es nicht einfacher, ein Dienstmädchen einzustellen?«

»Wesentlich einfacher«, stimmte er ihr zu. »Aber kann ich von einem Dienstmädchen erwarten, daß es mein Bett mit mir teilt, was meinst du?«

Sie zuckte zusammen und wußte nicht, ob es Furcht war.

»Jetzt sorge ich für dein Bad«, sagte er. »Du hast hier nichts zu befürchten, Sharisse. Nicht, solange ich die Verantwortung für dich trage.«

Sie blieb allein zurück und wog gegeneinander ab, was an diesem Tag geschehen und gesagt worden war. Nichts zu befürchten? Wie konnte sie dieser Situation entkommen? Sie hatte keine Möglichkeit. Hier saß sie jetzt unter Vorspiegelung falscher Tatsachen fest und hatte nicht die leiseste Ahnung, wie sie das Beste daraus machen sollte.

7

Sharisse schlug die Augen auf und wurde von der Morgensonne geblendet, deren Strahlen ein kleiner Spiegel, den sie ungünstig aufgestellt hatte, direkt auf ihr Kissen warf. Sie zog ihren leichten Morgenmantel aus Seide über und trat ans Fenster. Das bezaubernde Gewand, eine Kreation aus Hellgrün mit weißer Spitze, paßte zu dem Negligé, das ihre Tante ihr geschenkt hatte, als sie in Frankreich waren. Sharisse hatte dieses und ein ähnliches Kleidungsstück mitgenommen, weil sie geglaubt hatte, sie würde irgendwo allein in einem reizenden kleinen Häuschen wohnen und sich nicht mit einem Mann in eine Art von Hütte teilen müssen.

Sie stellte fest, daß das Fenster so dicht über dem Boden war, daß jeder, der wollte, hineinschauen und sie schlafen sehen konnte. Errötend zog sie die Vorhänge zu. Dann setzte sie sich wieder auf das Bett und versuchte, ruhiger zu werden. Alles in diesem Zimmer erinnerte sie an Lucas, die große runde Wanne, die er gestern für sie gefüllt hatte und in der noch das kalte Wasser war, das Tablett mit dem Geschirr. Ihr Blick fiel auf die Bluse, die sie unter großen Mühen zu retten versucht hatte und die jetzt als ein zerrissener Haufen in der Ecke lag. In einem Anfall von Wut hatte sie sie dorthin geworfen, nachdem sie sich gezwungen gesehen hatte, sich das Kleidungsstück vom Leib zu reißen. Aber sie hätte schließlich schlecht *ihn* oder Mack um Hilfe bitten können. Allein mit zwei Männern – das entsprach also seiner Vorstellung von Anstand!

Auf dem Schreibtisch lag der Brief, den sie noch bis spät in die Nacht hinein geschrieben hatte. Dann fielen ihr wieder ihre Kleider ein. Es war einfach lachhaft, eine formelle Garderobe für alle Anlässe, nur nicht das, was sie unter den jetzigen Umständen gebrauchen konnte. Sie wußte nicht, ob sie lachen oder weinen sollte.

Ihr war nach Weinen zumute, aber das hatte sie Stephanie nicht geschrieben. Stunden hatte sie damit zugebracht, den Brief so zu formulieren, daß ihre Schwester nicht in Panik geriet und sich nicht vor Gewissensbissen zerfleischte. Sie hatte nur zum Ausdruck bringen wollen, daß sie hier nicht allzu lange bleiben konnte und daß Stephanie sich etwas anderes einfallen lassen mußte, da sie von hier aus nicht die Möglichkeit dazu hatte.

Sharisse zog sich betont langsam an, um den unvermeidlichen Augenblick, in dem sie Lucas Holt wieder gegenübertreten mußte, möglichst lange hinauszuschieben. Charley lag noch schlafend in dem leeren Waschzuber, in dem er sich gestern abend zusammengerollt hatte. Sie fragte sich, ob er sich wohl an die Hitze gewöhnen und weniger Fell verlieren würde. Sie fragte sich, ob es ihr möglich sein würde, sich an die Hitze zu gewöhnen. Gewappnet verließ sie den Raum.

Sie war erleichtert, als sie feststellte, daß niemand im Wohnzimmer war, doch dann merkte sie, daß sie Hunger hatte. Weder auf dem Tisch noch auf dem Herd stand Essen für sie bereit, noch nicht einmal eine Kanne Kaffee. Sie stellte ihr Tablett mit dem Abendessengeschirr neben den Spülstein und zog ein Durchforsten der Speisekammer in Erwägung. Sie vermutete, daß hier früh gegessen wurde und sie das Frühstück ganz schlicht verpaßt hatte.

Ehe sie die Tür öffnen konnte, öffnete sich diese von außen, und Lucas trat ein. Sein Blick fiel auf ihre Kleidung, über die Rüschen und Spitzen.

»Gehst du aus?«

Sharisse war überrascht. »Ich habe mich nicht ausgehfertig gemacht«, sagte sie, als müsse sie einem kleinen Kind etwas erklären. »Das hier ist ein schlichtes Morgenkleid.«

Er lachte. »Meine Süße, das, was du da anhast, ist schicker als alles, was die Damen in Newcomb am Sonntag tragen. Und das soll kein Kleid zum Ausgehen sein?«

Sie war entrüstet. »Ich fürchte, etwas Schlichteres habe ich nicht, abgesehen von meinem Reisekostüm.«

»Und das ist zu warm«, sagte Lucas kopfschüttelnd. »Ich sehe schon, daß ich dir neue Kleider besorgen muß.«

Sharisse errötete. »Ich komme schon mit dem zurecht, was ich habe.«

»So? Und damit willst du Hausarbeiten erledigen?«

Hausarbeiten? »Wenn... wenn es sein muß«, sagte sie bestürzt.

»Wie du meinst.« Er wollte sich auf keine Diskussion mit ihr einlassen. »Wo ist das Frühstück?«

»Es gibt keins.«

»Das sehe ich selbst«, erwiderte er geduldig. »Wann fängst du damit an?«

»Ich?« stieß sie hervor. »Aber ich kann nicht kochen.«

»Du kannst nicht kochen? Dann wirst du es wohl in aller Eile lernen müssen.«

»Aber wer hat denn bisher gekocht?«

»Ich oder Mack, und manchmal hat Willow sich unser erbarmt und uns ein richtiges Essen hingestellt.«

»Willow?«

»Billys Frau.«

»Wollen Sie damit sagen, daß es hier noch eine andere Frau gibt?«

»Na klar. Übrigens erwartet sie jederzeit ihr Kind. Und da sie mit Billy und sich selbst schon alle Hände voll zu tun hat, brauchst du erst gar nicht auf die Idee zu kommen, sie um Hilfe zu bitten. Ich habe mein ganzes Leben lang selbst für mich gesorgt, Sharisse. Aber jetzt bist du ja hier...«

Sie riß die Augen auf, als ihr dämmerte, was das heißen sollte. »Aber ich kann wirklich nicht kochen. Ich meine, ich habe es noch nie getan. Es gab immer Bedienstete.« Sie verstummte. Sein Gesicht drückte keinerlei Mitgefühl aus. »Ich nehme an, daß ich es lernen könnte... wenn jemand da ist, der es mir beibringen kann.«

Er brummte. »Ich nehme an, ich kann Billy dazu bringen, dir ein Kochbuch zu besorgen, wenn er heute in die Stadt fährt.« Mit einem unzufriedenen Seufzer ging er auf die Vorratskammer zu.

»Es tut mir leid, Mr. Holt«, sagte Sharisse, die sich gezwungen sah, das zu sagen, obwohl sie selbst nicht so recht wußte, warum.

»Macht nichts«, sagte er über die Schulter. »Solange du kräftig genug für deine anderen Aufgaben bist und schnell dazulernst.«

Eine Stunde später war ihr Kleid mit Mehl und Fett bespritzt, obwohl sie sich eine Schürze umgebunden hatte, und ihre erste Kochstunde zeigte ihr, daß sie gar keinen Spaß daran hatte.

Nach dem Frühstück blieb sie allein am Tisch sitzen, trank noch eine Tasse von dem abscheulichsten Kaffee, den sie je getrunken hatte, und bemerkte plötzlich, daß es ihr überlassen blieb, den ganzen Dreck, den sie beim Kochen gemacht hatte, wegzuwischen.

»Ich könnte schreien!« sagte sie laut vor sich hin, als Charley, der auf den Küchentisch gesprungen war, einen Satz machte und mit seinen Pfoten das Mehl auf dem Boden verteilte. Hätte sie doch nur geahnt, daß es hier keine Dienstboten gab und daß sie selbst die Arbeit der Dienstboten erledigen mußte!

Es dauerte lange, bis sie das Geschirr gespült hatte, und als Sharisse sich in ihr Zimmer flüchten wollte, schrie sie beim Anblick des halbnackten Mannes, der in der Hintertür stand, laut auf. Langes schwarzes Haar floß ihm bis auf die Schultern, und um die Stirn hatte er sich eine Art Schal gebunden. Seine nackte Brust war unter einer kurzen Lederjacke deutlich zu sehen, und seine kniehohen Stiefel verbargen mehr von seinen Beinen als das rechteckige Stück Stoff, das er trug.

In diesem Moment war es unmöglich zu sagen, wer verblüffter war, Sharisse, die einem Wilden gegenüberstand, oder Billy, dem es zum ersten Mal in seinem ganzen Leben die Sprache verschlagen hatte. Er hatte eine kleine Blondine erwartet, die schreiend zu Luke laufen würde, und statt dessen stand er einer Amazone gegenüber, die größer war als er selbst. Zugegeben, geschrien hatte sie, aber sie war nicht einen Zentimeter zurückgewichen.

Lucas, der den Schrei gehört hatte, stürzte durch die Vordertür. »Was zum...?« Er sah die beiden an, erfaßte die Situation und bedachte Billy mit einem ärgerlichen Stirnrunzeln. »Du hättest dir wenigstens eine Hose anziehen können, Billy, solange sie sich noch nicht an dich gewöhnt hat.«

Billy war erleichtert. »Es war zu heiß«, sagte er, als sei das eine ausreichende Erklärung. »Was ist aus der mit den gelben Haaren geworden?«

»Das war die Falsche«, antwortete Lucas barsch.

»Aber du hast mir doch das Foto gezeigt und gesagt...«

»Das war ein Irrtum«, sagte Lucas warnend und durch zusammengepreßte Zähne. »Habt ihr euch eigentlich schon miteinander bekannt gemacht, oder steht ihr nur rum und starrt einander an?«

Beide waren verlegen, Sharisse in zweierlei Hinsicht, weil sie wieder an das Täuschungsmanöver erinnert worden war, auf das sie sich eingelassen hatte, aber auch, weil sie Billy für einen Wilden gehalten hatte, sich jedoch herausstellte, daß er offensichtlich ein Freund von Lucas war.

»Ich bin Billy Wolf, Ma'am, ein guter Freund von Slade Holt – und jetzt von Lucas«, sagte er mit einem verschmitzten Lächeln.

»Sharisse Hammond«, erwiderte sie, doch es klang noch etwas gespreizt.

»Ich wollte Sie nicht erschrecken«, sagte Billy, weil Lucas dabeistand. »Ich bin nur gekommen, um zu fragen, ob ich Ihnen etwas aus der Stadt mitbringen kann.«

Sharisse sagte: »Ich hätte wirklich einen Brief aufzugeben, wenn das nicht zuviel verlangt ist. Ich hole ihn eben.«

Sowie sie das Zimmer verlassen hatte, flüsterte Billy Lucas zu: »Als du gesehen hast, wie groß sie ist – warum hast du sie dann nicht sofort wieder nach Hause geschickt?«

Lucas grinste. »Sie ist nicht zu groß.«

Billy musterte ihn von Kopf bis Fuß. »Ja, ich nehme an, ihre Größe stört dich nicht allzu sehr. Aber, meine Güte, Luke, sie ist so mager!«

Lucas zog eine Augenbraue hoch. »Findest du?«

»Da es meine Idee war, will ich nur nicht, daß du jetzt enttäuscht von ihr bist.«

Sharisse kam wieder ins Zimmer und reichte Billy den Brief, doch als Lucas die Hand danach ausstreckte, erbleichte sie angesichts dieser Unverschämtheit. Sie wäre im Traum nicht darauf gekommen, daß er diesen Brief lesen könnte, ehe er sicher aufgegeben war.

»Trudi Baker?« Lucas las den Namen laut vor und sah sie dann fragend an.

Sharisse konnte sich vorstellen, was er dachte. Als sie gesagt hatte, sie habe in New York niemanden gehabt, an den sie sich hätte wenden können, mußte er angenommen haben, daß es niemanden außer ihrem Vater und ihrer Schwester gab.

»Trudi ist eine Freundin meiner Schwester. Meine Schwester Stephanie ist erst siebzehn und lebt noch zu Hause bei meinem Vater. Und daher konnte sie mir auch nicht helfen.« Es bereitete ihr Unbehagen, über diese Dinge zu sprechen, während der neugierige Billy zuhörte. »Ich schicke den Brief an ihre beste Freundin; das mit meinem Vater habe ich Ihnen schließlich schon erklärt.«

Sie hielt den Atem an, als er den Brief noch einmal ansah, ehe er ihn mit einem Achselzucken an Billy weitergab.

»Gib den Brief auf, Billy, und vergiß das Kochbuch nicht.«

Sharisse sah Billy nach und war überrascht, als Lucas sie verlegen anlächelte. »Mein Verhalten war anmaßend, und ich entschuldige mich dafür. Ich fürchte, meine Neugier hat die Oberhand gewonnen. Ich hatte nicht damit gerechnet, daß du jemandem schreiben würdest.«

»Meine Schwester und ich, wir stehen uns sehr nahe.« Sharisse ließ sich erweichen, gerade soviel zu erklären. »Ich kann zwar nicht direkt an sie schreiben, wegen meines Vaters, aber sie hat mich versprechen lassen, ihr Bescheid zu geben, wenn ich heil angekommen bin.«

»Sie weiß, mit welcher Absicht du in den Westen gekommen bist? Und sie fand die Idee gut?«

Ja, und zwar aus tiefstem Herzen, hätte Sharisse am liebsten erbittert gesagt, doch dann überkamen sie schon allein bei diesem Gedanken Schuldgefühle. Sie konnte all das wahrhaftig nicht ihrer Schwester in die Schuhe schieben.

»Was hätte sie sonst sagen sollen? Stephanie kennt die näheren Umstände.«

Er sagte versonnen. »Sie hat auf dem Bild älter als siebzehn ausgesehen. Aber dich habe ich schließlich auch für älter als achtzehn gehalten.«

»Das liegt daran...«

Sie unterbrach sich abrupt, da sie im letzten Moment noch merkte, daß er aus Stephanies Briefen auf ihr Alter geschlossen hatte. Welche Überraschungen standen ihr noch bevor, weil Stephanie mit diesem Mann korrespondiert hatte? Sie wünschte, sie könnte diese Briefe sehen, ehe sie durch einen ungeschickten Zufall alles verpfuschte.

»Woran?« fragte Lucas.

»An meiner Größe«, beendete sie unbeholfen ihren Satz. »Dadurch habe ich immer älter gewirkt.«

»Du bist nicht gern so groß, stimmt's?«

Ihr blieb nahezu die Luft weg. Noch kein Mann war so taktlos gewesen, dieses Thema auch nur anzusprechen. Allein die Vorstellung! Daß dieser hier sich einbildete... hatte er denn überhaupt keine Manieren?

»Es geht nicht so sehr darum, daß ich nicht gern groß bin«, sagte sie zu ihrer Verteidigung und versuchte gleichzeitig, ihm einen Vorwurf zu machen. »Es geht eher darum, daß die meisten Männer sich durch meine Größe aus der Fassung bringen lassen, und das ist manchmal peinlich.«

»Ich nicht.«

»Nein, Sie gewiß nicht«, sagte sie trocken.

Er lachte. Dann nahm er ihren Ellbogen und ging mit ihr auf die Tür zu. »Wie wäre es mit einem kleinen Spaziergang? Deine Arbeit kann noch ein Weilchen liegenbleiben.«

Diese Dreistigkeit, dachte Sharisse. Er hatte nicht einmal abgewartet, ob sie sich einverstanden erklärte, mit ihm spazierenzugehen. Dann wurde ihr erst klar, was er eigentlich gesagt hatte.

»Was sind das eigentlich für Arbeiten, von denen Sie sprechen, Mr. Holt?« Sie entzog ihm mit einer entschiedenen Bewegung ihren Ellbogen, blieb stehen und zwang ihn, ebenfalls stehen zu bleiben und ihr ins Gesicht zu sehen.

»Der Garten braucht Pflege – Unkrautjäten und so weiter. Es müssen Kleider gewaschen werden. Mein Zimmer hätte es auch nötig, mal gründlich saubergemacht zu werden. Frauenarbeiten eben.«

Sie wollte Einwände erheben, doch in seiner Stimme hatte etwas Bedrohliches gelegen, und sie war sich nie sicher, wann er wirklich wütend war.

»Mir war nicht klar...«

»Das sehe ich selbst«, sagte er freundlich. »Und daher mache ich auch Zugeständnisse. Aber ich habe Sie in meinem Brief gewarnt, daß das Leben hier nicht einfach ist.«

Konnte sie es wagen zu behaupten, sie hätte geglaubt, daß seine Warnungen sich auf das Klima bezogen? Keinen Moment lang war sie auf den Gedanken gekommen, sie könnte Dienstbotenarbeiten verrichten müssen, doch anders konnte sie ihre Situation nicht betrachten. Und sie konnte nicht das geringste dagegen unternehmen, es sei denn, sich augenblicklich von ihm nach New York schicken zu lassen. Diese Vorstellung war eine gewaltige Versuchung, doch als sie an ihre Schwester dachte, rührten sich Gewissensbisse. Sie mußte Stephanie eine Chance geben. Sie wollte sich selbst nicht eingestehen, wie sehr sie sich davor fürchtete, ihrem Vater gegenüberzutreten.

Sie zwang sich zu einem Lächeln, obwohl sie am liebsten geweint hätte. »Wir wollten doch spazierengehen.«

Er grinste und nahm wieder ihren Ellbogen. Sie nahm diese Berührung überdeutlich wahr. Als er sie zum Pferch geführt hatte, wich sie angewidert zurück, und er sagte: »Was ist?«

Sie sah ihn von der Seite an. »Ich kann Pferde nicht leiden. Und besonders unangenehm ist mir der Geruch von Pferden.«

Er grinste. »Das hier ist eine Ranch, auf der Pferde gezüchtet werden, Schätzchen. Du wirst dich an den Geruch gewöhnen müssen.«

»Ich wüßte nicht, warum.« Sie kniff argwöhnisch die Augen zusammen. »Es sei denn, Sie erwarten von mir, daß ich die Ställe reinige. Ich sage Ihnen gleich...«

»Jetzt aber langsam. Kein Mensch hat ein Wort über das Reinigen der Ställe gesagt. Aber du wirst reiten lernen.«

»Nein, niemals.« Sie schüttelte nachdrücklich den Kopf. »Ich kann den Buggy fahren, mit dem Sie mich gestern abgeholt haben.«

»Den hat Billy ausgeliehen. Er gehört mir nicht.« In eben dem Moment verließ Billy mit dem Buggy die Ranch, und der Staub, den er aufwirbelte, raubte beiden den Atem. Lucas sah Sharisses Gesicht, und ihm wurde ganz elend zumute. Er hatte sie zu schnell und mit zu vielen Anforderungen gleichzeitig konfrontiert.

»Bist du immer so schön, nachdem du den ganzen Morgen in der Küche verbracht hast?«

Sie wandte sich erstaunt zu ihm um.

»Sie machen sich über mich lustig, Mr. Holt. Sie müssen doch wissen, daß das der erste Vormittag war, den ich je in einer

Küche verbracht habe.« Ihre weitere Überlegung, daß ihr Teint für wahre Schönheit nicht bleich genug war, sprach sie nicht aus.

»Dann scheint dir die Küchenarbeit zu bekommen.« Er grinste.

Ehe sie etwas darauf antworten konnte, führte er sie in den Schatten der Pappeln. Dort stand eine Bank, die gerade breit genug für zwei Leute war, doch er setzte sich nicht neben sie, sondern stellte einen Fuß auf die Bank und stützte einen Arm auf sein Knie. Er ragte über ihr auf, ragte fast bedrohlich über ihr auf.

Sie warf den Kopf in den Nacken, um ihn anzusehen. Sein Kuß kam für sie absolut überraschend, und sie wollte sich losreißen, doch er hatte seine Hände auf ihre Schultern gelegt, und sie war gezwungen, sich von ihm küssen zu lassen und in diese Edelsteinaugen zu sehen und sich zu fragen, welche Gefühle sie dort sah. Es dauerte nur wenige Sekunden, bis sie die Konsistenz seiner Lippen wahrnahm, spürte, wie zart sie waren. Seine Hände glitten von ihren Schultern auf ihren Hals, und urplötzlich fühlte sie sich ganz benommen. Ihre Augen schlossen sich. Ihre Lippen bewegten sich herausfordernd unter seinen Lippen, bis er die Herausforderung annahm und seine Zunge sich kühn zwischen ihre Lippen schlich.

Sharisse zuckte atemlos zusammen. »Mr. Holt!«

So war sie in ihrem Leben noch nicht geküßt worden!

Sie kam sich unglaublich naiv vor. Wenn sie bedachte, wie kurz sie davor gestanden hatte, mit Antoine zu schlafen, und wie wenig sie doch über das Küssen wußte. So hatte Antoine sie nie geküßt.

Der Gedanke an Antoine ließ einen matten Zorn in ihr aufsteigen. Alle Männer waren gleich. Sie gaben einem nie etwas, ohne eine Gegenleistung für ihre Schmeicheleien zu erwarten. Von ihr hatten sie immer dasselbe gewollt – entweder ihr Geld oder ihren Körper. Jetzt konnte sie dem noch etwas anderes hinzufügen – Dienstbarkeit. Lucas Holt war auf eine Hausangestellte auf Lebzeiten aus, die zudem noch den Vorteil hatte, einen Körper zu besitzen, der ihm behagte. Freundlicher konnte man es beim besten Willen nicht ausdrücken.

»Ich dachte, wir hätten uns gestern abend geeinigt, Mr. Holt.« Beim Klang ihrer Stimme wäre Wasser gefroren.

Er grinste sie spitzbübisch an. »Meinst du nicht, es sei an der Zeit, daß du mich Luke nennst?«

»Nein. Und wir haben uns auf etwas geeinigt, aber sie scheinen entschlossen zu sein, diese Abmachung zu ignorieren.«

Er zwinkerte fröhlich. »Hast du Angst vor mir? Ist es das?«

»Ich bin nicht sicher.«

»Wenigstens bist du ehrlich, das muß ich dir lassen.«

Und das sagte er ausgerechnet ihr! Es war entsetzlich peinlich. »Ich kenne Sie doch überhaupt nicht!« platzte sie heraus.

»Du willst meine Lebensgeschichte hören? Vielleicht später, aber jetzt gehe ich an die Arbeit.«

Mit der Arroganz, die sie von ihrem Vater kannte, hatte er sie sozusagen entlassen. Sie wußte, daß sie selbst arrogant war und daß daraus nur Kämpfe entstehen konnten. Wie gut, daß sie nicht wirklich einen Mann suchte!

8

Sharisse stellte die letzte Schale auf den Tisch, trat zurück und wischte sich die Stirn ab. Sie hatte es geschafft, hatte ganz allein ihre erste Mahlzeit zubereitet. Es sah zwar nicht so aus wie irgend etwas, was sie je gegessen hatte, aber darüber machte sie sich jetzt keine Sorgen. Billy hatte ihr ein Kochbuch mit Rezepten vom Lande in die Hand gedrückt, und sie konnte nur vermuten, daß sich das Essen auf dem Lande von dem in der Stadt unterschied. Manche der Begriffe in dem Buch hatte sie nicht verstanden, und daher hatte sie diese Schritte einfach ausgelassen. Was konnte es schon schaden, wenn sie ein oder zwei Kleinigkeiten wegließ? Sie hatte genug Essen für drei Personen zubereitet, denn niemand hatte ihr gesagt, ob Mack mit ihnen essen würde oder nicht.

Als sie die Tür öffnete, um Luft zu schnappen mußte sie zugeben, daß sie etwas derart Schönes wie diesen Sonnenuntergang noch nie gesehen hatte. Im Zug waren die Jalousien immer wegen der Nachmittagssonne heruntergezogen worden, und daher hatte sie nicht gewußt, wie spektakulär die Sonnenuntergänge im Westen waren. Wenn sonst schon nichts bei dieser wahnwitzigen Reise herauskam –so war es ihr doch zumindest möglich gewesen, diesen Anblick zu erleben.

»Warum hast du mich nicht gerufen?«

Sharisse wirbelte herum. Lucas' Hemd stand bis zur Taille offen, und er hatte sich ein Handtuch um den Nacken gelegt.

Sein Haar war feucht, und seine gesamte Ausstrahlung war so überwältigend maskulin, daß sie sofort auf der Hut war.

»Es wird doch hoffentlich nicht von mir erwartet, daß ich auch noch Jagd auf Sie mache, wenn es Essen gibt.« Ihr Tonfall war ganz unmißverständlich hochmütig.

Lucas riß seinen Blick von ihr los und ging zum Tisch. »Es reicht, wenn du mir aus dem Fenster zuschreist«, sagte er, während er das Essen betrachtete.

»Ich schreie nicht, Mr. Holt.«

»Wirklich?« Er hatte ihr wieder seine gesamte Aufmerksamkeit zugewandt. »Auch dann nicht, wenn du die Fassung verlierst?«

»Ich verliere nie die Fassung.«

Er lachte. »Schätzchen, eine Rothaarige, die nicht die Fassung verliert, wäre etwas ganz Neues.«

Sharisse schnappte nach Luft. »Ich bin nicht rothaarig.«

»Nein, aber es kommt dem schon recht nah.«

»Ich wüßte nicht, was meine Haarfarbe damit zu tun haben soll. Mein Vater könnte Ihnen sagen, daß ich ein freundlicher und umgänglicher Mensch bin, und dafür halte ich mich auch.«

»Und frei von jeder Aufmüpfigkeit?« Seine Augen lachten.

»Ich mag mich nicht streiten, wenn Sie das meinen«, gab sie zurück. »Ich habe als Kind mehr als genug Streit miterlebt. Ich bin dankbar dafür, daß ich das aufbrausende Temperament meiner Eltern nicht geerbt habe.«

Lucas grinste. »Ich denke, ich habe schon genügend heißblütige Frauen gehabt. Eine bezaubernde, hingebungsvolle Ehefrau wird eine nette Abwechslung sein.«

Sharisse errötete. Ein Gentleman hätte nie auch nur mit einem Wort die Frauen in seiner Vergangenheit erwähnt.

»Wenn Sie sich jetzt bitte setzen würden, Mr. Holt.«

»Wann wirst du endlich aufhören, derart steif zu sein? Und für wen ist dieses dritte Gedeck aufgelegt? Erwarten wir Besuch?«

»Ich wußte nicht, ob Mack mit uns ißt. Sie sagten, daß Mr. Wolf eine Frau hat, die sich um ihn kümmert, aber...«

»So, er ist also Mack, aber ich bin immer noch Mr. Holt?« Ärger blitzte in seinen Worte nauf. »Wie kommt das?«

Sharisse stöhnte. »Ich... ich sollte Sie vielleicht doch Lucas nennen«, räumte sie schließlich ein.

»Luke wäre noch besser.«

»Lucas ist angemessener.«

»Ich möchte wetten, daß dein Vater zur Beschreibung deiner Person mehrfach das Wort ›stur‹ verwendet hat.«

Sharisse mußte gegen ihren Willen lächeln. Manchmal fürchtete sie sich vor ihm, aber sein Charme war mitreißend. Wenn man ihn in einen Anzug gesteckt und ihm das Haar geschnitten hätte, hätten die Damen bei ihr zu Hause ihn als einen liebenswerten Lümmel angesehen, vielleicht sogar gefunden, daß er gut aussah. Ja, sogar ziemlich gut. Wenn sie gestern nicht ganz so sehr von seinem rauhen Auftreten und von seiner Körpergröße schokkiert gewesen wäre, hätte sie erkannt, daß unter seiner dunkelbraunen Haut ein recht attraktives Gesicht verborgen war. Aber das Weiß einer Lilie war derzeit in Mode, keine bronzefarbene Haut. Daran würde sie immer denken müssen. Es war nicht angebracht, daß sie diesen Mann attraktiv fand.

»Du hast zwar für drei Personen gedeckt, aber das Essen reicht nur deshalb für zwei Mäuler, weil ich nicht besonders hungrig bin. Mack hat uns ein üppiges Mittagessen gerichtet.«

Röte stieg in ihre Wangen, als sie sich fragte, ob er heute mittag hier gewesen war, um zu sehen, wo sein Mittagessen blieb. Nach dem späten Frühstück wäre sie gar nicht erst auf diese Idee gekommen. Was hatte er überhaupt den ganzen Nachmittag über getan?

»Ich habe drei wilde Pferde zugeritten«, sagte er in dem Moment. »Körperliche Arbeit macht hungrig. Wir haben so viele Aufträge, daß Billy und ich demnächst wieder in die Berge gehen müssen, um neue Pferde einzufangen.«

»Ihr fangt Pferde?« fragte Sharisse überrascht. »Ich dachte, ihr züchtet sie. Ist die Zucht nicht das Übliche auf einer Pferderanch?«

»Es ist noch keine zwei Jahre her, seit ich mich hier niedergelassen habe, Sharisse. Ich konnte kein einziges Pferd zu dieser Ranch dazukaufen. Ich habe mit einem Zuchtprogramm begonnen, sogar ein Vollblut aus Kentucky geholt, aber es dauert lange, bis man eine Zucht aufgebaut hat. In den Hügeln weidet eine ganze Menge Fohlen, aber keins der Fohlen ist alt genug für den Verkauf, und so wird es auch noch eine ganze Weile bleiben.«

»Ich verstehe. Es ist nur... du hast dich hier so gut eingelebt, daß ich dachte, du seist schon wesentlich länger hier.«

»Es dauert nicht lange, bis man sich eingewöhnt hat«, sagte er bedeutungsvoll.

»Ich nehme an, es hängt davon ab, aus welchen Verhältnissen man stammt«, murmelte sie.

»Glaubst du, ich käme aus so anderen Verhältnissen als du?« fragte er belustigt.

»Auf diese Antwort warte ich bisher noch«, sagte sie liebenswürdig.

Er lachte. »Laß mich diese Mahlzeit genießen, ehe ich dir meine Lebensgeschichte erzähle.«

Er fing an zu essen, während sie sich etwas auf den Teller schöpfte. Sie warf ihm Seitenblicke zu, weil sie wissen wollte, wie er über ihren ersten Kochversuch dachte, doch sein Gesichtsausdruck war unergründlich.

Sie steckte sich den ersten Bissen Fleisch in den Mund. Es war zäh und knochentrocken. Das Brot schmeckte verschimmelt, und als sie es sich näher ansah, fand sie rohes Mehl. Die Karotten waren hart, aber eßbar. Die Kartoffeln waren breiig. Die Zwiebeln waren genau richtig. Aber was konnte man bei einer Zwiebel schon falsch machen? Und der Kaffee war, nach dem vierten Anlauf, göttlich.

Sie sah Lucas mit glühenden Wangen an. »Es schmeckt gräßlich, stimmt's?«

»Ich habe schon Schlimmeres gegessen«, brummte er.

Sie war einfach nicht bereit, sich davon aus der Fassung bringen zu lassen. »Ich vermute, die wenigen Dinge, die ich im Rezept ausgelassen habe, waren doch wichtiger, als ich dachte.«

»Willst du damit sagen, daß du improvisiert hast?«

»Nein, ich habe nur die Dinge weggelassen, die ich nicht verstanden habe. Aber woher hätte ich auch wissen sollen, was ›kneten‹ in Zusammenhang mit Brot bedeutet? Ich habe dieses Wort nie gehört. Und dann stand da, daß man das Rindfleisch langsam garen soll, aber nirgends wird erklärt, was langsam garen ist. Dann stand da, daß man Wasser dazugeben soll, aber nicht wieviel, und daß man es nach Geschmack würzen soll, aber nicht womit. Außerdem habe ich ohnehin nur Salz gefunden.«

»Die Kräuter wachsen im Garten, Sharisse.«

»Ein guter Zeitpunkt, mir das zu sagen.«

»Ich glaube, Willow muß dich doch einmal besuchen. Du kannst sie nach den Dingen fragen, die du nicht verstehst. Aber tu wenigstens ein paar Kaffeebohnen in den Kaffee.«

»Der Kaffee ist doch perfekt!«

»Er schmeckt wie heißes Wasser.«

Lucas lehnte sich zurück. Für einen allerersten Versuch war das Essen gar nicht so übel gewesen. Außerdem hatte er damit gerechnet, sie zerzaust und am Ende ihrer Kräfte vorzufinden, aber sie sah nach der ungewohnten Arbeit gut aus, zu gut sogar.

Den ganzen Tag über war sie ihm nicht aus dem Kopf gegangen, und er hatte sich ständig beschäftigen müssen, um der Versuchung zu entgehen, immer wieder zu ihr zurückzukommen. Er konnte sich nicht erinnern, je so oft an eine Frau gedacht zu haben. Keine Frau war ihm jemals so nahe gewesen. Es war eine schlichte Tatsache, daß er sie begehrte. Er gestand sich jetzt ein, daß das schon so war, seit er das Foto von ihr zum ersten Mal gesehen hatte. Jetzt, da sie in Fleisch und Blut vor ihm stand, war er entflammt. Dieses Lodern war fast mehr als das, was sein Körper ertragen konnte. Wenn er derart begierig darauf war, sie zu besitzen, nachdem sie erst einen Tag lang hier war, dann wußte er nicht, wie er es verhindern sollte, mit ihr zu schlafen, ehe er sie fortschickte. Das widersprach seinen Plänen, aber er hatte nicht vor, gegen seine Begierde anzukämpfen. Wäre sie noch eine Jungfrau gewesen, so hätte er sich größere Gedanken machen müssen, aber sie war keine Jungfrau.

»Habe ich dir eigentlich schon gesagt, wie bezaubernd du in diesem Kleid aussiehst?« hörte er sich sagen.

Sharisse sah ihn über die Schulter an. »In diesem alten Lumpen? Meine Güte, Mr... Lucas, ich sehe gräßlich aus. Ich wollte mir vor dem Essen ein Abendkleid anziehen, aber dann hatte ich nicht mehr die Zeit dazu.«

Lucas grinste vor sich hin. Der Mann, der sie sah, wenn sie sich besonders schön gemacht hatte, war zu bedauern. Er stellte sich hinter sie, und als ihr schwacher Duft in seine Nase stieg, kam er kaum gegen den Drang an, sie zu berühren. Doch statt dessen griff er zu einem Geschirrtuch.

»Ich helfe dir beim Abtrocknen.«

Dieses Angebot überraschte sie. Er wollte sie nicht übermäßig belasten, jedenfalls noch nicht. Ihr dankbares Lächeln war allein schon die Mühe wert. Sie konnte so reizend aussehen, wenn sie lächelte.

Nach dem Abtrocknen setzten sie sich wieder an den Tisch, und Lucas, der einen weiteren Kaffee ablehnte, holte eine Flasche und ein Glas aus einem Regal, ehe er sich setzte.

Sharisse runzelte die Stirn. »Tust du das oft?« fragte sie zögernd, während sie einen Blick auf den Whisky warf.

»Ich kann dir absolut versichern, daß ich kein Trinker bin, wenn es das ist, was dich beschäftigt.«

»Es tut mir leid.« Sharisse schlug die Augen nieder und war verlegen. »Es war ein aufdringliche Frage.«

»Es ist dein Recht, das zu wissen.«

Sie sah ihn wieder an. »Dann bist du jetzt vielleicht bereit, mir alles zu erzählen?«

Er lehnte sich mit dem Whiskyglas in der Hand nachdenklich zurück. »Wir wurden in St. Louis geboren, mein Bruder und ich. Die Familie mütterlicherseits war eine der prominentesten der Stadt. Mutter ist gestorben, und nach ihrem Tod wollte unser Vater, Jake, nichts mehr mit ihrer Familie zu tun haben. Er ist mit uns nach Arizona gegangen. Das Gold und die Aussicht auf eigenen Reichtum haben ihn hierhergezogen.«

»Er war Goldgräber?« Sharisse war erstaunt, obwohl sie wußte, daß es keinen Grund dafür gab. Seit den frühen fünfziger Jahren hatte das Gold Tausende von Menschen in den Westen gelockt.

Lucas nickte. »Mein Bruder und ich saßen in einer Pension in Tucson fest, während er in den umliegenden Bergen Gold suchte. Ärgerlicherweise hat er Gold gefunden. Sogar viel davon. Das hat ihn das Leben gekostet. '66 ist es passiert.«

»Willst du damit sagen, daß er umgebracht worden ist?«

»Ja, wegen seiner Mine.« Er nickte.

»Aber hätte der Claim dann nicht an seine Söhne fallen müssen?«

»Von Rechts wegen ja, und daher mußte man sich auch unserer entledigen.«

Sie konnte einfach nicht glauben, wie beiläufig er all das erzählte. »Was hast du getan?«

»Ich bin schleunigst aus der Stadt abgehauen.« Lucas wandte den Blick ab und sprach dann weiter. »Sloan, der Mann, der unseren Vater erschossen hat, war uns dicht auf den Fersen, um reinen Tisch zu machen, könnte man sagen.«

»Mein Gott! Was muß er für ein Ungeheuer gewesen sein, Jagd auf Kinder zu machen? Du kannst damals nicht älter als elf oder zwölf gewesen sein.«

»Zehn, um es genau zu sagen«, sagte er grimmig. »Er war ein gedungener Mörder, ein Mann, der für Geld mordet, ohne nach den Gründen zu fragen. Im Westen gibt es einige von dieser wahllosen Sorte.«

»Ihr seid ihm entkommen?«

»Nicht direkt. Es wurden Schüsse abgefeuert, und mein Bruder ist in einen Felsspalt gefallen. Da Sloan direkt hinter mir war, konnte ich nicht umkehren und nach ihm sehen. Ich mußte weiterreiten. Aber als ich Sloan erst abgehängt hatte, hatte ich mich verirrt. Ich brauchte Tage, um den Weg zu der Stelle zu finden, an der Slade gestürzt war, und inzwischen war keine Spur mehr von ihm zu sehen. Mir blieb nichts anderes übrig, als nach St. Louis zu reiten und zu hoffen, daß er dasselbe getan hatte.«

»Und dort hast du ihn gefunden?«

»Er ist nie dort aufgetaucht.« Es herrschte Schweigen.

»Ich bin in St. Louis bei einer Tante geblieben, in dem Glauben, Slade sei tot. Es ist noch gar nicht so lange her, seit er mich schließlich gefunden hat.«

»Warum hat er so lange damit gewartet?«

»Er war von einer Art Gedächtnisverlust befallen. An das meiste konnte er sich klar erinnern, aber er wußte nicht mehr, daß wir in St. Louis Familienangehörige hatten, und auch nicht, was aus mir geworden war. Er wußte nicht, ob ich tot oder am Leben war oder auch nur, wo er die Suche nach mir hätte beginnen sollen. Ein weiteres Problem war natürlich Sloan – er konnte sich in keiner Stadt zeigen, weil er fürchten mußte, Sloan könnte ihn sehen.«

»Und was hat er getan?«

»Er ist allein in der Wildnis geblieben. Er hat in den Bergen gelebt, in denen sonst nur die Apachen leben.«

»Das ist doch wohl ein Witz!«

»Nein. Er hat acht Jahre lang allein in den Bergen gelebt. Aber als er neunzehn war, ist etwas geschehen, was ihn die Erinnerung hat wiederfinden lassen; und dann konnte er mich aufspüren.«

Sharisse hörte ihm gespannt zu. »Es klingt nicht so, als seist du froh darüber.«

Er lächelte ein trauriges Lächeln. »Er war nicht mehr der, den ich in Erinnerung hatte. Wir waren immer nahezu identisch. Das sind wir jetzt nicht mehr. Diese Jahre, die er ganz allein verbracht hat, haben ihn tiefgreifend verändert.« Er zuckte die Achseln und grinste. »Wenn wir eine große Familie wären – was wir aber nicht sind –, wäre er wohl das, was man als schwarzes Schaf bezeichnet.«

»So schlimm?«

»Nach Meinung mancher Menschen schon.«

Er führte das nicht näher aus, und sie wollte nicht weiter in ihn dringen.

»Was ist bloß aus der Goldmine deines Vaters geworden?«

»Sie ist nie gefunden worden. Eine Ironie des Schicksals, findest du nicht?«

»Daß dein Vater umsonst ermordet worden ist? Das kann man wohl sagen! Und der Mann, der ihn erschossen hat – hat er je seine Strafe bekommen?«

»Sloan ist tot.« Seine Stimme wurde rauh. »Aber der Mann, der ihn für diesen Mord bezahlt hat, läuft noch frei herum.«

»Du weißt, wer das ist?«

»Ja, aber ich kann es nicht beweisen. Ich kann nichts anderes tun, als ihn zum Duell herauszufordern. Und er ist kein guter Schütze. Das heißt, daß es glatter Mord wäre.«

»Oh«, murmelte sie. »Es muß schrecklich für dich sein, nichts tun zu können.«

»Das kann man wohl sagen«, erwiderte er bitter.

Sie wechselte das Thema, damit Lucas sich nicht von ihr bedrängt fühlte.

»Warum bist du nach Arizona zurückgekommen?«

»Auf der einen Seite, weil ich das Stadtleben satt hatte. Aber das war nicht alles. Slade wollte sich nicht in St. Louis niederlassen, und daher habe ich mich entschlossen, näher zu ihm zu ziehen.«

»Er lebt in Newcomb?«

»Slade bleibt nie allzu lange an einem Ort, aber er kommt von Zeit zu Zeit nach Newcomb. Ich kriege ihn manchmal zu sehen, weil er durch diese Gegend hier zieht.«

Darüber dachte sie einen Moment lang nach. »Du mußt ihn sehr gern haben, wenn du ein solches Opfer für ihn bringst.«

Lucas lachte fröhlich über ihre Argumentation. »Schätzchen, ich sehe das nicht als Opfer an. Mir gefällt es hier.«

»Es tut mir leid. Ich wollte damit nicht sagen... jedenfalls freut es mich für dich, daß du deinen Bruder wiedergefunden hast und daß ihr einander wieder nahesteht. Das muß schrecklich gewesen sein, diese jahrelange Trennung.«

»Wie kommst du auf den Gedanken, daß wir einander nahestehen?«

Sie war verlegen, als sie sah, daß er breit grinste. »Nun, ich habe nur angenommen...«

»Slade kann man nicht nahestehen, Sharisse. Das kann niemand, nicht einmal Billy, der Apache, der ihn in den Jahren gekannt hat, in denen er in der Wildnis gelebt hat. Wir stehen einander nicht so nah wie in unserer Kindheit, Zwillinge hin, Zwillinge her.«

»Heißt das, daß ihr Zwillinge seid, die gleich aussehen?«

»Ja, stimmt.«

»Meine Güte. In der Schule gab es Zwillinge, die auch immer gleich angezogen waren. Es war fast unmöglich, sie auseinanderzuhalten. Ist das bei deinem Bruder und dir auch so?«

»Wir ziehen nicht das gleiche an, aber ich vermute, wenn man uns auszieht, könnte uns niemand mehr auseinanderhalten.«

»Ach, du meine Güte«, sagte sie. »Dann muß ich wohl noch dankbar dafür sein, daß er nicht hier lebt. Ich habe schon genug Probleme, mit all dem Neuen zurechtzukommen, ohne mir auch noch Sorgen darüber machen zu müssen, wer von euch wer ist.«

»Ich glaube nicht, daß es dir Schwierigkeiten bereiten würde, uns beide auseinanderzuhalten. Wir sehen gleich aus, aber wir sind so verschieden voneinander wie Tag und Nacht.«

»Aber wie kann...«

»Wenn du ihn kennenlernst, Schätzchen, dann wirst du wissen, wovon ich spreche«, erwiderte er geheimnisvoll, und damit war das Thema beendet. »Gibt es noch andere Punkte, in denen ich deine Neugier befriedigen kann?«

»Im Moment nicht«, sagte sie mit einem Dankeslächeln. Sie streckte sich. »Ich glaube, nach einem so langen Tag wäre mir nichts lieber als ein schönes, warmes Bad vor dem Schlafengehen.«

»Die Eimer stehen dort drüben.« Er wies mit einer Kopfbewegung auf den Spülstein.

»Aber...« Sie war entgeistert. »Heißt das, daß ich sie rübertragen muß?«

»Wenn du baden willst.«

»Aber gestern...«

» ...hatte ich Mitleid mit dir, weil du erschöpft von deiner langen Reise warst. Aber du kannst nicht von mir erwarten, daß ich auf Dauer Wasser für dich trage. Das ist Frauenarbeit.«

Sie ließ niedergeschlagen die Schultern hängen. »Ich verstehe.«

»Vielleicht möchtest du die Wanne hier aufstellen?« schlug er vor. »Das wäre näher.«

»Ich finde, ein Bad ist doch keine ganz so reizvolle Vorstellung mehr«, sagte sie mit kläglicher Stimme.

Lucas konnte sich nur mit Mühe ein Lachen verkneifen. Sie wirkte so hilflos, daß er sich ihrer fast wieder erbarmt hätte, aber wenn er sie verhätschelte, selbst wenn ihm selbst danach zumute war, dann stand das im Widerspruch zu allem, was er anstrebte.

»Weißt du was, Sharisse? Etwa vier Meilen von hier gibt es in den Bergen einen Teich. Das Wasser soll jetzt noch angenehm warm sein. Wir haben Vollmond. Hast du Lust auf einen Ausritt bei Mondschein?«

Wie wunderbar das klang! Aber es war eine Grausamkeit von ihm, ihr das vorzuschlagen.

»Ich habe dir doch schon gesagt, daß ich nicht reiten kann«, sagte sie. »Ich habe in meinem ganzen Leben noch nie auf einem Pferd gesessen.«

»Es war ja nur eine Überlegung. Schließlich ist es noch früh. Aber du wirst es lernen müssen. Ohne ein Pferd kann man diese Ranch nicht verlassen.«

»Du könntest einen Einspänner kaufen.«

Der hoffnungsvolle Klang ihrer Stimme war herzerweichend. Doch er blieb fest. »Ich bin dafür bekannt, kein Geld aus dem Fenster zu werfen, und das wäre die reinste Verschwendung, wenn ich gleichzeitig ein halbes Dutzend Stuten hier stehen habe, die alle sanft genug sind, um sich von dir reiten zu lassen.«

»Ich werde es mir überlegen.«

Sie stand steif auf und ging auf ihre Zimmertür zu.

»Gute Nacht, Lucas.«

»Ist das alles?« Er zog eine Augenbraue hoch. »Du hast doch nicht etwa Einwände gegen einen Gutenachtkuß?« Grinsend fügte er hinzu: »Es wäre besser, du gewöhnst dich gleich daran. Ich küsse nämlich gern.«

»Das habe ich auch schon gemerkt«, erwiderte sie trocken. Dann seufzte sie resigniert. »Also gut, meinetwegen.«

Sie beugte sich vor und wollte ihm einen Kuß von der Sorte geben, wie sie ihn ihrem Vater gegeben hätte. Doch in dem Moment, in dem ihre Lippen seinen Mund berührten, schlang er seine Arme um sie, und sie konnte sich nicht mehr losreißen.

Er küßte sie mit unglaublicher Zärtlichkeit, und seine Lippen, die sich sachte über ihren Mund bewegten, ließen ihre Glieder ganz köstlich ermatten. Sie fühlte sich lachhaft schwach. Das Seltsamste war, daß sie sich gar nicht mehr losreißen wollte. Sie genoß das süße Forschen seiner Lippen. Selbst der beißende Whiskygeschmack seines Atems war verlockend.

Seine Hände bewegten sich über ihren Rücken und ließen Schauer über ihr Rückgrat laufen. Dann koste er plötzlich ihren Nacken. Die Hand bewegte sich langsam nach unten. Ihr Herz schlug heftig. Sie wußte, was er vorhatte, aber sie brachte den Willen nicht auf, ihn davon abzuhalten. Als seine Hand schließlich kühn auf ihrer Brust lag, glaubte sie, ohnmächtig zu werden, denn bei aller Verruchtheit genoß sie es.

Es war Wahnsinn. Sie wußte, daß sie nicht zulassen durfte, was hier geschah, doch sie ließ sich absolut von den süßen Empfindungen mitreißen, die er in ihr wachrief. Als seine Lippen über ihre Wange auf ihren Hals glitten, fand sie endlich ihre Stimme wieder.

»Lucas.«

Es klang wie eine Liebkosung, obwohl sie es als Zurechtweisung gedacht hatte. Ihre Hände hatten nicht die Kraft, ihn von sich zu stoßen. Seine Lippen lagen jetzt auf ihrem Ohr, und die Empfindungen verstärkten sich, bis sie nicht mehr wußte, wie sie sie ertragen sollte.

Seine Zunge glitt in ihr Ohr, und sie glaubte, das Bewußtsein zu verlieren.

»Ich will dich, Shari, das weißt du doch, oder? Laß mich dich lieben.« Seine Stimme wurde noch rauchiger. »Wenn wir jetzt verheiratet wären, dann wäre es doch genau das, was wir für den Rest des Abends täten. Es wird Stunden dauern, dich angemessen zu lieben, und ich will dich angemessen lieben. Shari.«

Seine Worte berauschten sie. Sie mußte sich gegen ihn zur Wehr setzen. Schon allein die Art, auf die er ihren Namen flüsterte, ließ sie genüßlich erschaudern. Er sprach ihn aus wie das französische *chérie*.

»Du kannst nicht... wir sind nicht... Lucas! Bitte!« Sie flehte ihn um Hilfe an, weil sie nicht mehr die Kraft hatte, sich ihm zu widersetzen.

Er lehnte sich zurück, um ihr in die Augen sehen zu können, doch seine Arme drückten sie weiterhin dicht an sich. In seinen Augen stand eine sengende Glut, die sich bis in ihre Seele bohrte.

»Du bist doch nicht mehr unschuldig. Warum weigerst du dich? Du weißt selbst, daß es gut sein wird. Ob jetzt oder später, das spielt doch keine Rolle. Und selbst, wenn wir nicht heiraten, macht es keinen Unterschied. Wehr dich nicht dagegen, Shari.«

Er hatte etwas Falsches gesagt. Er wußte es noch im selben Augenblick, als er in ihren Amethystaugen die Funken sah, die sie tief violett werden ließen.

»Nur ein Mann kann behaupten, daß das keinen Unterschied macht. Dir bedeutet es offensichtlich nicht mehr als ein Vergnügen für den Moment. Aber für eine Frau muß es mehr sein.«

»Du redest wie eine Jungfrau«, sagte er vorwurfsvoll. »Wem tut es weh, wenn wir beide uns jetzt lieben?«

Sharisse stockte der Atem. Wie hätte sie antworten können, wenn alle Antworten, die sie hatte, die einer Jungfrau waren? War einer Witwe die Promiskuität gestattet? Woher sollte sie das wissen?

»Ich weiß nicht, warum ich überhaupt mit dir darüber rede«, sagte sie abwehrend. »Vor der Eheschließung gibt es keine ehelichen Rechte.«

»Willst du mich zwingen, den Pfarrer zu holen, wenn es nur darum geht, meine Qualen zu lindern?«

Ihre Bauchmuskeln spannten sich. »Welche Qualen?«

Er runzelte die Stirn. »Spiel nicht mit mir, Sharisse. Du kannst nicht verheiratet gewesen sein und so wenig über Männer wissen. Du spürst es doch selbst.« Er preßte ihre Hüften fest an sein Becken, und sie schnappte nach Luft. »Glaubst du etwa, das sei nicht schmerzhaft, wenn ich nichts dagegen tun kann?«

»Ich... ich...« Ihr Gesicht war flammend rot, und sie bemühte sich mit aller Kraft, sich von ihm loszureißen. »Es tut mir leid, ich...«

»Schon gut.« Er schnitt ihr heftig das Wort ab und ließ sie los. Dann verfluchte er sich, als er die Furcht in ihren Augen sah. »Ich bin derjenige, der sich entschuldigen muß, Sharisse. Ich dränge dich zu sehr, und es tut mir leid. Aber du bist so verflucht begehrenswert...«

»Du... du holst doch nicht den Geistlichen?« fragte sie zögernd.

Hatte er sie damit erschreckt? »Woher zum Teufel soll ich das wissen? Verdammt noch mal, du frustrierst mich, Frau.«

Er drehte sich auf dem Absatz um und verließ das Haus. Was

sollte sie bloß tun? Noch einmal würde sie es nicht durchhalten. Was auf Erden sollte sie bloß tun?

9

Lucas band sein Pferd vor dem Saloon an und schlenderte durch die Tür. Nur wenige Männer blickten auf, doch diese wenigen sahen neugierig zu, als er an die Bar trat und Whisky bestellte. Es kam nicht oft vor, daß man Lucas in der Stadt sah, und abends war das noch seltener.

Lucas trank ein Glas Whisky, und als Ben ihm nachschenken wollte, griff er wortlos nach der Flasche und setzte sich an einen leeren Tisch. Langsam sah er sich im Raum um, aber es waren nur die Leute da, die sonst auch in Whiskers Bar rumhingen – bis auf Leon Waggoner, der an einem Kartentisch saß. Lucas behielt den Vorarbeiter der Newcomb-Ranch im Auge und trank dabei aus seiner Flasche.

Er hatte Leon noch nie leiden können. Dieser Mann ging ihm einfach gegen den Strich. In der Stadt, die er gegründet hatte, war Newcomb ein König, und daher wurde jeder, der für Newcomb arbeitete, auf nahezu ehrfürchtige Weise behandelt; und das war Leon von Anfang an zu Kopf gestiegen. Er war vom Typ her ein Schläger, und er besaß auch die entsprechende Statur und das Gewicht. Niemand legte sich mit Leon an. Zu schade, daß es ihm immer gelang, sich rar zu machen, wenn Slade in die Stadt kam, dachte Lucas zynisch.

Leon bemerkte die kalten grünen Augen nicht, die sich in seinen Rücken bohrten. Er hatte gerade eine Gewinnsträhne, und die drei Spieler, mit denen er zusammensaß, nahmen das nicht allzu erfreut auf; doch keiner von ihnen wagte es, Einwände zu erheben. Sie kannten ihn und hatten wahrhaft keine Lust, ihn zu provozieren. Er war gut aufgelegt, doch das hätte sich in dem Moment ändern können, in dem auch nur einer der Spieler versuchte, den Tisch zu verlassen. Es wäre nicht das erste Mal. Will Days hatte sich mit dieser und keiner anderen Geste eine gebrochene Nase eingehandelt.

Henry Foster, der Leon gegenübersaß, packte die Verzweiflung. Er hatte schon mehr Geld verloren, als er sich leisten konnte.

Spätestens beim übernächsten Blatt würde er das Hypothekengeld angreifen müssen, und seine Frau würde ihn umbringen. Ihnen gehörte die einzige Waffenhandlung in der ganzen Stadt, doch es war keine große Stadt, die Geschäfte waren noch nie gut gelaufen. Mit der Zeit hatten sie sich immer tiefer bei der Bank verschuldet, und es sah nicht danach aus, als würden sie je aus dieser Verschuldung herauskommen. Und hier saß er jetzt und spielte. Würde er denn niemals etwas dazulernen? Konnte sich Leon denn endlich zufriedengeben und aufhören?

Henry hatte gesehen, daß Lucas Holt den Saloon betreten hatte. Es sprach vielleicht nicht für ihn, aber Henry hatte sich von Männern von Holts Kaliber immer einschüchtern lassen. Die ganz Stillen waren noch schlimmer als Aufschneider wie Leon. Er kannte Lucas nicht persönlich und wollte ihn auch nicht kennenlernen. Ihm reichte es schon, daß er einmal Munition an seinen Bruder verkauft und eimerweise geschwitzt hatte, ehe dieser Mann seinen Laden wieder verlassen hatte. Das war die Sorte Mann, der man am besten aus dem Weg ging. Wer konnte sagen, daß Lucas nicht genauso war? Freundlich wirkte er jedenfalls mit Sicherheit nicht.

Henry kam auf einen Gedanken. Ihm war alles recht, um dieses Spiel zu beenden, ohne den Eindruck zu erwecken, daß er einfach aussteigen wollte.

»Hören Sie mal, Leon«, setzte Henry an, und er räusperte sich nervös. »Mr. Holt zeigt gewaltiges Interesse an Ihnen, seit er den Saloon betreten hat.«

»Welcher Holt?« Leon wirbelte herum und sah Lucas in die Augen. Dann wandte er sich mit einem hörbaren Seufzer der Erleichterung wieder um. »Ach der.« Ohne allzu große Begeisterung rechte er das Geld zusammen.

Henry blieb beharrlich. »Ich frage mich, warum er Sie ununterbrochen anstarrt.«

»Vielleicht bewundert er den Sitz meiner Kleidung«, knurrte Leon. »Halten Sie den Mund, und geben Sie die Karten aus.«

Es hatte nicht geklappt. Henry schluckte schwer. Er konnte einfach nicht weiterspielen. Er mußte Leons Zorn riskieren und aussteigen. Lieber gleich als später, wenn er völlig pleite war.

»Sie haben mich geschröpft, Leon«, sagte er. Er erhob sich und hoffte das Beste. »Ich muß mich jetzt verabschieden.«

Ehe Leon ihn auffordern konnte, tiefer in die Tasche zu greifen, standen die beiden anderen Männer eilig auf und fielen in dieselbe Ausrede ein.

Leon war erbost, doch er ließ sie gehen, und die drei Männer hatten es eilig, den Saloon zu verlassen. Leon Waggoner verschwendete keinen weiteren Gedanken an sie, denn er hatte vor, über Nacht in Sams Privatgemächern zu bleiben. Vielleicht konnte er sogar eins von Rosas Mädchen dazu bringen, bei ihm zu bleiben.

Als er aufstand, starrte Lucas Holt ihn immer noch an. Leon trat beiläufig an seinen Tisch, stellte einen Stiefel auf einen freien Stuhl neben Lucas und beugte sich vor.

»Ich habe gehört, daß Sie heiraten, Holt. Man hört, daß sie wirklich eine Wucht ist.«

»So?«

Leon kicherte anzüglich. »Sie kommen sonst am Abend nicht in die Stadt. Was ist passiert? Haben Sie sich mit Ihrer Verlobten gezankt?«

Lucas stellte die halbleere Flasche ab. »Mir paßt es nicht, daß Sie über meine zukünftige Frau reden, Leon«, erwiderte Lucas mit einer leisen, bedrohlichen Stimme.

»Zum Teufel, es reden doch alle über sie«, sagte Leon unbeirrt. »Sieht sie wirklich so gut aus, wie man sagt?«

»Vielleicht haben Sie mich nicht richtig verstanden.«

»O doch, aber ich schere mich keinen Furz darum, was Ihnen paßt. Vielleicht ist Ihr Bruder ein guter Schütze, aber das heißt noch lange nicht, daß Sie schießen können.«

»Legen sie Ihre Waffen ab, und ich zeige Ihnen, daß über meine Frau nicht geredet wird.«

»Ach, Sie sind auf eine Schlägerei aus? Da sind Sie an den Richtigen geraten.«

Während beide ihre Waffen ablegten, schlug Leon Lucas den Halfter samt Pistole ins Gesicht, und Lucas taumelte ein paar Schritte zurück. Sein Ohr war blutverschmiert, und in seinen Augen stand glühender Zorn, als er knurrend auf Leon losging und beide auf den Fußboden des Saloons knallten.

Etliche Stunden später pfiff Lucas fröhlich vor sich hin, während er sein Pferd am Zügel nach Hause führte. Sein Kiefer schmerzte, seine Knöchel waren geschwollen, und sein Brustkasten tat tierisch weh, aber es war die Sache wert gewesen. Jetzt konnte er vielleicht doch einschlafen, ohne an sie zu denken.

10

Lucas war erstaunt, als ein Frühstück für ihn bereitstand, doch Sharisses Gesicht mit dem verkniffenen Mund erstaunte ihn nicht. Sie servierte ihm das Frühstück schweigend und hielt auch dann noch ihre Augen abgewandt, als sie sich neben ihn gesetzt hatte. Während der gesamten Mahlzeit blieb sie eisern stumm.

Lucas war teils belustigt, teils besorgt. Lag es nur an seinen amourösen Annäherungen? Oder hatte sie ihn gehört, als er sich letzte Nacht nach seiner Rückkehr aus der Stadt in ihr Zimmer geschlichen hatte? Er hatte nur nachsehen wollen, ob alles in Ordnung war. Nein, nicht nur das. Er hatte sich auch vergewissern wollen, daß sie nicht in Panik geraten und davongelaufen war. Und es war auch nicht so, daß er irgend etwas gesehen hätte, was er nicht hätte sehen dürfen. Sie hatte sich die Decke bis zum Hals hinaufgezogen. Sie hatte noch nicht einmal ihren Knoten zum Schlafen gelöst, und daher war selbst seine Neugier wie lang ihr Haar wohl sein mochte, nicht befriedigt worden.

Sharisse ließ sich Zeit mit dem Abspülen, weil sie hoffte, Lucas würde das Haus verlassen, ehe sie damit fertig war. Das, was sie ihm zu sagen hatte, erforderte Nerven, die sie im Moment nicht hatte. Wenn er nur etwas gesagt hätte, ihr einen Anknüpfungspunkt gegeben hätte. Aber er hatte am Tisch gesessen und ebenso beharrlich geschwiegen wie sie. Irgend etwas mußte schließlich gesagt werden. Sie hatte nicht vor, es auf eine Wiederholung des empörenden Verhaltens der vergangenen Nacht ankommen zu lassen. Dieser Gedanke gab ihr den nötigen Mut.

»Wir müssen miteinander reden, Lucas.«

»Über gestern abend?«

»Ja.«

Sie setzte sich wieder, doch ehe sie etwas sagen konnte, griff er über den Tisch und nahm ihre Hand in seine.

»Darf ich mich vorher noch einmal entschuldigen?«

Die Berührung brachte Sharisse aus der Fassung, und das heisere Timbre seiner Stimme trug seinen Teil dazu bei. Sie konnte ihm nicht in die Augen sehen, und daher starrte sie auf die Hand, die ihre Hand sanft drückte. Verblüfft nahm sie die geschwollenen, aufgeschabten Knöchel wahr.

»Du hast dich verletzt.« Ihre Lider hoben sich, und sie sah ihm ins Gesicht. Seine linke Backe war geschwollen.

»Es ist nichts weiter«, erwiderte Lucas mit einer gewissen Verlegenheit. »Ich hatte nur ein kleines Handgemenge mit dem Vorarbeiter von Newcombs Ranch.«

»Hier? Oder auf seiner Ranch?«

»In der Stadt.«

»Oh. Ich habe gar nicht gemerkt, daß du die Ranch verlassen hast.« Sie wurde neugierig. »Wer hat gewonnen?«

»Keiner von uns beiden.« Lucas grinste sie schüchtern an. »Ich fürchte, ich habe mich nicht besonders angestrengt.«

»Und warum nicht?« Schnell räumte sie ein: »Ich meine, wenn du zu einer Schlägerei gezwungen warst, dann sollte man doch meinen, daß du versucht hast zu gewinnen. Oder zumindest zu verhindern, daß du verletzt wirst.«

»Ich wollte diesen Mann nicht verletzten, Sharisse. Und außerdem bin ich auch nicht verletzt. Das ist nichts weiter. Aber deine Anteilnahme freut mich.«

Sein Grinsen war plötzlich frech. Er wirkte nahezu eingebildet. Sie wandte sich ab und war wütend, weil er ihre Neugier nicht als das ausgelegt hatte, was sie war.

»Wegen gestern abend, Lucas...«

»Ich weiß«, sagte er. »Du bist mir böse. Das kann ich dir nicht vorwerfen.«

»Es ist mehr als nur das«, sagte sie voller Unbehagen, denn sie erinnerte sich nicht nur an seine Kühnheit, sondern auch an das, was sie für ihn empfunden hatte. »Was du getan hast, war...«

»... unverzeihlich, ich weiß«, sagte er.

Sharisse funkelte ihn böse an. »Würdest du *mich* das sagen lassen? Ja, es war unverzeihlich«, fuhr sie fort. »Du hattest kein Recht, mich derart glühend mit deinen Annäherungsversuchen zu bedrängen, und du hattest auch kein Recht, wütend zu werden, als ich mich dir widersetzt habe. Zu allem Überfluß hast du auch noch versucht, mir Schuldgefühle einzuflößen, obwohl ich wahrhaftig nichts getan habe, um dich zu ermutigen.«

»Ich glaube, du vergißt etwas«, sagte er ruhig.

Sie beäugte ihn wachsam. »Was denn?«

»Du bist hierher gekommen, um mich zu heiraten. Die meisten Bräute, die auf Anzeigen antworten, heiraten am Tag ihrer Ankunft, und jetzt verstehe ich, warum. Der einzige Grund, aus dem es bei dir anders ist, ist der, daß ich uns Zeit zugestehe, damit wir einander erst kennenlernen können.«

»Du hast gesagt, es sei, weil du sehen wolltest, ob ich mich hier einfügen kann«, erinnerte sie ihn steif.

»Das auch. Aber es ist nun mal eine Tatsache, daß ich darauf hätte bestehen können, dich gleich am ersten Tag zu heiraten.«

Ihr war unbehaglich zumute, aber sie wollte sich den Mund nicht stopfen lassen. »Es ist ohnehin gut, daß du das nicht getan hast.«

Er zog die Brauen zusammen. »So, findest du?«

»Ja, weil ich... weil ich es mir anders überlegt habe, was die Heirat angeht. Ich muß dich bitten, mich wieder nach Hause zu schicken.«

»Wenn du schmollst, dann schreckst du wirklich vor nichts zurück, oder?«

»Darum geht es nicht.«

»Worum geht es denn?«

»Es ist reine Geschmackssache«, sagte sie. »Du bist mir viel zu gewalttätig.«

Er schnitt ihr mit einem Lachen das Wort ab. »Schätzchen, wenn ich wirklich so gewalttätig wäre, dann hättest du letzte Nacht in meinem Bett geschlafen und nicht in deinem. Ist dir das denn nicht klar?«

Sie erhob sich nervös und trat an das offene Fenster. Sie kehrte ihm den Rücken zu, während sie mit ihm sprach. »Ich bin es nicht gewohnt, derartige Themen zu diskutieren.« Er konnte sie kaum verstehen. »Ich weiß nicht, was für eine Art von Frauen du gewohnt bist, Lucas, aber ich bin nicht hergekommen, um deine Mätresse zu werden. Es ist unbillig, das von mir zu verlangen. Ich kann ganz einfach keinen Tag länger hierbleiben, nicht, wenn dasselbe noch einmal passieren könnte.«

Er sagte nichts. Ihre Nervosität wuchs mit jeder Sekunde, die sich die Stille in die Länge zog. Schließlich riskierte sie es, einen Blick auf ihn zu werfen. Er hatte die Augen niedergeschlagen und starrte den Tisch an. Warum sagte er denn nichts?

»Du verstehst das doch, oder, Lucas?« fragte sie vorsichtig.

In den Augen, die er ihr zuwandte, konnte sie nichts lesen. »Du kannst nicht fortgehen, Sharisse«, sagte er ganz schlicht.

»Ich kann nicht?« echote sie. »Was willst du damit sagen?«

»Ich kann dich im Moment nicht zurückschicken.«

»Warum nicht?« Die Nervosität und die Angst ließen sie lauter werden.

»Es kostet eine Stange Geld, quer durch das Land zu reisen, Sharisse. Alles, was ich an Geld habe, ist in dieser Ranch fest angelegt. Es hat mich mein gesamtes Bargeld gekostet, dich hierher kommen zu lassen. Ich habe kein Geld mehr übrig, um dich zurückzuschicken.«

Sie war zu benommen, um auch nur irgend etwas zu sagen.

Er beherrschte das Lügen allmählich recht gut, dachte Lucas angewidert. Aber, verdammt nochmal, daß sie ihm so kommen würde – damit hatte er nicht gerechnet. Und er konnte jetzt nicht noch einmal von vorn anfangen. Die Leute wußten schon von ihr. Es war zu spät, um ein anderes Mädchen ins Spiel zu bringen.

Sie starrte aus dem Fenster, und ihr Rücken war stocksteif. »Weißt du, ich glaube, wir sollten deinen übereilten Entschluß einfach vergessen und noch einmal von vorn anfangen«, schlug Lucas vor. »Ich bin gestern abend vielleicht etwas zu heftig gewesen, aber ich wollte dich unbedingt haben, und du kannst einem Mann keine Vorwürfe machen, wenn er versucht, das zu bekommen, was er haben will. Ich habe dir Angst eingejagt. Es tut mir leid. Aber ich habe dir schließlich nichts Böses angetan, stimmt's?«

Sharisse holte tief Luft. »Nein, wohl nicht. Aber ich kann das nicht noch einmal durchmachen, Lucas.«

»Wenn es dich so sehr aus der Fassung bringt, daß ich dich begehre, dann werde ich diese Wünsche eben für mich behalten.«

»Aber könntest du nicht einfach... könntest du mich nicht einfach gar nicht wollen?« wagte sie sich schüchtern vor. Dies schien ihr eine besonders gute Idee zu sein.

Die Frage überraschte ihn. »Wie lange warst du eigentlich verheiratet?«

»Warum?«

»Weil du so verflucht wenig über Männer weißt.«

»Ich war wirklich nicht allzu lange verheiratet.« Sie konnte ihm nicht in die Augen sehen, aber er führte es darauf zurück, daß sie verlegen war.

»Hat dir dein Mann denn nie erklärt, daß ein Mann seinen Körper manchmal nicht unter Kontrolle hat? Er kann beim Anblick einer schönen Frau entflammt werden, und dann gibt es nicht das geringste, was er dagegen tun kann, daß sein Körper auf diese Frau reagiert.«

»Nein, das wußte ich nicht«, gestand sie. »Ist es das, was letzte Nacht passiert ist?«

»Ich fürchte, ja. Aber du hast keinen Moment lang in Gefahr geschwebt, vergewaltigt zu werden, meine Süße. Ich habe nie einer Frau ein Leid angetan oder eine Frau genommen, die es nicht wollte. Ich würde dich zu nichts zwingen, Sharisse. Du glaubst mir doch, oder?«

»Ich weiß es nicht«, gestand sie offen ein.

»Dann komm jetzt her, und ich beweise es dir«, sagte er.

»Was?«

»Komm schon her. Um Himmels willen, ich tue dir nichts.«

Sie kam langsam auf ihn zu. Er konnte nur hoffen, daß es nicht allzu lange dauern würde, bis sie ihm vertraute.

Als sie am Tisch stand, erhob er sich und zog sie in seine Arme, wobei er ihre verblüfften Einwände ignorierte. Er küßte sie inbrünstig und ausdauernd, und er hörte nicht auf, ehe er spürte, daß ihr Widerstand nachließ. Dann ließ er sie los.

»Siehst du?« sagte Lucas. »Es fällt mir zwar nicht leicht, dich wieder loszulassen, aber ich tue es trotzdem.«

Und dann ließ er sie stehen. Sharisse hätte am liebsten mit dem Fuß aufgestampft, als sie ihm nachblickte, denn er hatte diese Gefühle wieder in ihr auflodern lassen, und sie hatte gar nicht gewollt, daß das aufhörte.

11

Die Esseneinladung auf Samuel Newcombs Ranch an diesem Abend brachte Sharisse in Aufruhr. Die Einladung wurde am Spätnachmittag überbracht, und sie wollte sie ablehnen. Es war ganz unerhört, eine Einladung anzunehmen, die einem nur wenige Stunden Zeit ließ, sich zurechtzumachen. Doch Lucas hatte für sie beide zugesagt und ihr erst Bescheid gegeben, als der Bote, der die Einladung überbracht hatte, schon gegangen war.

Und was hätte sie einwenden können? Samuel Newcomb war der reichste Mann in dieser Gegend. Sie hatte seinen Namen in ganz Newcomb gelesen, auf der Fleischerei, dem Kolonialwarenladen, dem Sattlergeschäft, der Bank und sogar auf dem Zeitungsgebäude. Wenn sie eine Zeitlang hierblieb, dann konnte es wahrhaftig nicht schaden, den Gründer dieser Stadt kennenzulernen. Vielleicht konnte er ihr helfen, wenn ihre Lage sich verschlechterte.

Es war ein entsetzlicher Schlag für sie gewesen, als sie feststellen mußte, daß Lucas es sich nicht leisten konnte, sie nach Hause zu schicken. Somit saß sie nicht nur fest, sondern dieser Umstand häufte zusätzliche Schuldgefühle auf. Der Mann hatte sein gesamtes Geld ausgegeben, um eine Ehefrau zu bekommen, und sie hatte von Anfang an nie die Absicht gehabt, ihn zu heiraten. Wenn Stephanie ihr kein Geld schickte, würde sie Lucas bitten müssen, ihr sobald wie möglich das Geld für die Rückreise zu geben, und das würde bedeuten, daß er um so länger warten mußte, ehe er sich eine andere Braut besorgen und sich deren Reisekosten leisten konnte. Wie abscheulich, ihn auf diese Weise auszunutzen!

Sie fing an, sich zu fragen, ob ihr Opfer wirklich die Sache wert gewesen war.

Ein erfreulicher Aspekt an dieser Essenseinladung war der, daß sie nicht zu kochen brauchte. Lucas war nicht allzu begeistert von der Vorstellung, die Newcombs zu besuchen, doch er hatte sich am Abend zuvor mit einem Angestellten der Newcomb-Ranch gestritten, und wahrscheinlich war ihm deshalb unwohl zumute.

Sharisse wurde nicht rechtzeitig fertig. Sie mußte alles selbst machen, sogar ihr Badewasser selbst anwärmen. Doch als sie fertig war, war sie mit dem Ergebnis zufrieden. Ihr Abendkleid war faltenlos, und sie hatte eine von Jennys einfacheren Frisuren imitiert und die Frisur mit einem Blumensträußchen aus kleinen weißen Rosen gekrönt. Sie trug eins ihrer Lieblingskleider; Damast und Seidenköper waren hier in einer Kombination aus Blau und Elfenbein gemeinsam verarbeitet. Das Kleid hatte einen tiefen, runden Ausschnitt und kurze Ärmel. Ihre langen elfenbeinfarbenen Handschuhe wirkten ohne Armbänder nackt, und ein schlichtes Samtband um den Hals mußte als Schmuck ausreichen; doch sie hatte das Gefühl, das Ensemble sei erst mit einer elfenbeinfarbenen Pelerine, die mit Nerz eingefaßt war, komplett.

Sie schloß gerade die kleine Schnalle dieses kurzen Umhangs, als Lucas anklopfte. Sie öffnete die Tür und wartete gespannt darauf, daß er etwas sagen würde. Seine Augen glitten über sie. Er war frisch rasiert und trug ein Jackett. Es war aus Hirschleder und hatte Fransen, und es war wohl kaum als Abendanzug zu bezeichnen, aber es war sauber. Sein weißes Hemd war aus Seide. Er trug eine graue Hose, die er in polierte schwarze Stiefel gesteckt hatte. Und er hatte seinen Pistolengürtel abgelegt.

»Nun?« brach sie das Schweigen.

»Fiona wird grün vor Neid«, sagte er.

Sharisse sah ihn finster an. »Erzähl mir jetzt bitte nicht, ich sei zu gut angezogen. Das ist wirklich nichts weiter als ein schlichtes Abendkleid. Normalerweise habe ich es nur zu Hause getragen.«

»Nicht mal gut genug zum Ausgehen, was?«

»Lucas!«

»Du bist wunderschön, mein Schatz. Und für eine Zusammenkunft bei Newcombs – nein, dafür bist du nicht zu elegant gekleidet. Je schicker, desto besser, wenn es nach Sam geht.«

»Wer ist Fiona?« fragte sie, als er sie zu der Kutsche führte, die Sam geschickt hatte.

»Sams Frau. Seine Braut, sollte ich vielleicht besser sagen. Sie sind noch kein ganzes Jahr miteinander verheiratet.«

»Gibt es irgendwelche Dinge, die ich über diese Leute wissen sollte, ehe wir ankommen?«

»Nur, daß Sam einen Blick für hübsche Mädchen hat und daß du dich daher hüten mußt.«

»Aber er ist doch verheiratet«, sagte sie entrüstet.

»Na und?«

Diese plumpe Antwort rief ihre eigenen Erfahrungen mit einem verheirateten Mann in Erinnerung, und sie verstummte, als der mexikanische Kutscher mit ihnen die Ranch verließ. Ihre Erinnerungen bestürmten sie, und keine dieser Erinnerungen war erfreulich.

Sie hatte Antoine Gautier auf einer Party kennengelernt, die sie und ihre Tante eine Woche nach ihrer Ankunft in Frankreich besucht hatte. Antoine war so schick, so gutaussehend, so einnehmend und von einem so gewinnenden Wesen. Er war der erste Mann, der sie wirklich beeindruckt hatte. Sie glaubte, sich verliebt zu haben. Später gestand er ihr, daß auch er sich verliebt hatte. Sie war kaum achtzehn Jahre alt, und Antoine war ein Mann von Welt.

Die Liebe fördert das logische Denken nicht. Sie hätte merken sollen, daß etwas nicht stimmte, wenn ein Mann niemals versuchte, ihre Lippen zu küssen, und immer nur ihre Hände küßte. Das Tempo dieses Werbens hätte ihr Rätsel aufgeben sollen. Aber sie war so dumm gewesen zu glauben, daß er sie liebte. Bei einer der Partys hatte sie zugelassen, daß er sie in ein leeres Schlafzimmer hineinmanövrierte.

Antoine hatte ihr oft genug gesagt, daß er sie begehrte, und sie war nur allzu willig gewesen, sich von ihm nehmen zu lassen. Er hatte sie nie gebeten, seine Frau zu werden; aber es lag natürlich auf der Hand, daß er sie heiraten würde. Die Ehe gehörte dazu, wenn man sich von einem Mann lieben ließ. Natürlich würde er sie heiraten – daran bestand kein Zweifel.

Später wurde ihr klar, daß er sich darauf verlassen hatte, daß sie stillschweigend davon ausging.

Sie zog sich an jenem Abend furchtsam aus, während er auf dem Bett saß und sie drängte, sich zu beeilen. Als sie sich zu ihm legte, hatte er nichts weiter als seine Hose ausgezogen, aber sie ging nicht näher auf diesen Umstand ein.

Es kam zu keinen zärtlichen Liebkosungen, und er sagte ihr auch keine netten Worte mehr. Antoine packte sie, zerrte sie unter sich und wollte ihr ohne die leiseste Verzögerung ihre Jungfräulichkeit nehmen. Gott sei Dank war in genau diesem Augenblick die Tür aufgerissen worden, und eine Frau hatte das Zimmer betreten.

Antoine war wütend. »Zwei Minuten, Marie! Konntest du denn keine zwei Minuten warten?«

»Aber ich dachte doch, du seist inzwischen fertig, *mon cher*«, hatte die hübsche Brünette freundlich erwidert. »Wie lange brauchst du denn noch, um deine Wette zu gewinnen?«

Eine Wette! Ihre gesamten Illusionen begründeten sich auf einer Wette. Wie gern sie geweint und so getan hätte, als seien sie alle drei nicht in diesem Zimmer und als läge sie nicht nackt dort. Doch sie weinte nicht. Es gelang ihr sogar, den Raum mit einem gewissen Maß an Würde zu verlassen.

Später hatte sie dann erfahren, daß die Brünette seine Ehefrau war. Nach allem, was passiert war, spielte das auch fast keine Rolle mehr. Sie hatte ihre Lektion gelernt: Männern durfte man nicht trauen.

Lucas war genauso schlecht aufgelegt. Das war immer so, wenn er gezwungen war, Samuel Newcombs Gesellschaft zu ertragen. Dennoch mußte er sich dem aussetzen. Schließlich war er nur deshalb hier. Doch er haßte diese Heuchelei, haßte es, sich freundlich zu geben, wenn er in Wirklichkeit nichts anderes wollte, als diesen Menschen umzubringen. Doch Sam war nach wie vor durch sein Testament abgesichert, und die Belohnung, die er für die Ergreifung seines Mörders ausgesetzt hatte, war im Lauf der Jahre heraufgesetzt worden.

Lucas wußte, daß diese Einladung nur auf Sams Neugier zurückzuführen war. Sam wollte Sharisse kennenlernen. Ihm konnte das nur recht sein, denn Lucas bekam somit Gelegenheit, den entscheidenden Teil seines Planes anzukurbeln. Er mußte nur sehen, daß er Sam allein erwischte, um ihm die Neuigkeiten zu unterbreiten.

Nach all dieser Zeit war das Ende in greifbarer Nähe gerückt. Es konnte nur noch wenige Monate dauern, bis Samuel Newcomb feststellen mußte, daß er restlos verarmt war. Er mußte lediglich heute abend anbeißen, wenn Lucas den Köder auslegte, das war alles.

Fiona hatte unwissentlich dazu beigetragen, denn sie kostete Sam eine ganz schöne Stange Geld. Sam wollte ihr nicht sagen, daß sein Kapital weitgehend festgelegt war, und daher hatte er seine kleinen Immobilien in Newcomb verkauft, um ihr alles kaufen zu können, was sie sich nur irgend wünschte. Um sie glücklich zu machen und bei guter Laune zu erhalten, mußte er fortwährend Dinge verkaufen.

12

Sharisse hatte Schwierigkeiten damit, sich all diese Namen zu merken. Es hatte sich herausgestellt, daß diese Abendgesellschaft ihr zu Ehren veranstaltet wurde, und die halbe Stadt war eingeladen worden.

Mr. Newcomb führte sie persönlich herum und stellte sie allen Anwesenden vor. Seine Frau, Fiona, hatte sie begrüßt und sie daraufhin mit einer erschreckenden Portion von Grobheit ignoriert. Samuel Newcomb schien dieses Verhalten ausgesprochen amüsant zu finden.

»Sie ist eifersüchtig, aber darüber brauchen Sie sich wahrhaftig keine Sorgen zu machen«, hatte er Sharisse zugeflüstert. »Sie war bisher das hübscheste Mädchen in der ganzen Gegend, aber diese Ehre gebührt jetzt Ihnen. Ich muß sagen, Miß Hammond, daß Lucas zu beneiden ist.«

Sie errötete heftig und mochte diesen Mann auf Anhieb. Er war recht distinguiert, Anfang vierzig und hatte sandbraunes Haar und graue Augen, die vielleicht ein wenig zu offen zeigten, was er dachte. Er war ein Mann, der die schönen Dinge des Lebens genoß, und sein Haus war beeindruckend. Er war aber auch, wie Lucas ihr bereits zur Warnung gesagt hatte, ein Mann, der einen Blick für Frauen hatte.

Sie hatte jedoch nichts gegen seine bewundernden Blicke einzuwenden. Sie fühlte sich in Sams Gegenwart wohl, ohne ihn allzu ernst zu nehmen, als er ihr vorschlug, er könne ein nettes, kleines Häuschen für sie finden, falls sie Lucas je überdrüssig würde.

Allein diese Vorstellung! Samuel Newcomb war alt genug, um ihr Vater sein zu können. Aber er neckte sie nur, das wußte sie gewiß. Es war ganz offensichtlich, daß er hingebungsvoll in seine Frau verliebt war, denn sowie sie nicht mehr nahe genug bei ihm war, suchten seine Blicke sie. Fiona war eine sehr hübsche Frau mit blauschwarzem Haar und blaßblauen Augen. Sie war wesentlich jünger als ihr Mann, sogar nicht viel älter als Sharisse selbst, wenn man es genau nahm.

Es war kein förmliches Abendessen – dazu waren zu viele Menschen geladen. Die Leute suchten sich selbst einen Platz aus, um sich hinzusetzen, und die Teller stellten sie sich auf den Schoß. Sharisse fühlte sich wohl. Es war ein einfaches Essen, nichts Raffiniertes, aber es gab Unmengen davon, und Champagner wurde freizügig ausgeschenkt.

Lucas ließ sie allein, damit sie sich mit den Damen unterhalten konnte. Er war damit beschäftigt, Glückwünsche entgegenzunehmen und immer wieder die Geschichte zu wiederholen, wie sie einander kennengelernt hatten. Sie hörte sich diese Geschichte aufmerksam an, um nichts durcheinanderzubringen, falls man ihr dieselbe Frage stellen würde.

Die Menschen, die sie kennenlernte, waren freundlich und schienen sich herzlich und aufrichtig für sie zu freuen. Doch wirklich wohl war ihr nur zumute, weil Lucas immer in ihrer Sichtweite war. Es war schwer zu analysieren, warum gerade er den Ausschlag dafür gab, daß sie sich wohl fühlte, obwohl sie sich doch so unwohl fühlte, wenn sie mit ihm allein war. Sie merkte selbst gar nicht daß sie ihn mit ihren Blicken immer wieder suchte.

Er fiel in dieser Menge auf, und das lag nicht nur an seiner Körpergröße. Andere Männer trugen Kleidungsstücke, die lose saßen, wohingegen sich die Kleidung auf Lucas' Körper über seinen Muskeln spannte. Von ihm ging eine Aura unerschütterlicher Kraft und rauher Männlichkeit aus. Und gegen ihren Willen bemerkte sie auch, daß die Leute aus der Stadt ihn mit gewaltigem Respekt behandelten.

»Er sieht viel besser aus, als es einem Mann gestattet sein sollte, finden Sie nicht?«

Sharisse hatte Lucas wieder angestarrt, und jetzt wandte sie sich zu Naddy Durant um. »Von wem sprechen Sie?« fragte sie.

»Von Ihrem Mann natürlich.«

»Oh.« Sharisse stand verblüfft von der unverblümten Offenheit des jungen Mädchens.

Naddy war erst sechzehn. Ihre Mutter Lila, die neben ihr saß, schien an dieser Äußerung nichts Befremdliches zu finden. Lila nickte zustimmend, und auch die anderen Damen, die in dieser Ecke versammelt waren, nickten.

»Aber er ist doch noch gar nicht mein Mann«, stellte Sharisse klar.

»Schätzchen. Sie sind doch schon so gut wie verheiratet«, sagte Mrs. Landis. »Also früher, in den alten Zeiten, hat man von jungen Paaren nicht erwartet, daß sie so lange warten, wenn selten ein Pfarrer in die Gegend kam. Solange sie es nur wollten und konnten, haben sie einen Hausstand gegründet und den Segen auf später verschoben. Jetzt haben die meisten Städte ihren eigenen Pfarrer. Wir hatten eine Zeitlang auch einen, aber seit er verstorben ist, hat niemand seinen Platz eingenommen.«

»Ich verstehe«, erwiderte Sharisse höflich.

»Ich gebe gern zu, daß ich immer gehofft hatte, ich würde Luke einmal auffallen.« Naddy beugte sich vor, als sage sie das ganz im Vertrauen, doch alle sechs anwesenden Frauen beugten sich ebenfalls vor und steckten die Köpfe zusammen. »Entweder er oder sein Bruder Slade. Sie sind beide so...«

»Naddy Durant!« sagte Lila atemlos. »Es ist etwas ganz anderes, ob man einen netten, respektablen Mann wie unseren Luke bewundert, oder ob man sich über einen Mann wie Slade Gedanken macht. Ich dachte, ich hätte dich Besseres gelehrt, Kleines.«

Naddy schien sich durch diesen Einwand kein bißchen einschüchtern zu lassen. »Haben Sie Slade schon kennengelernt?« fragte sie Sharisse.

»Nein, ich fürchte, ich habe seine Bekanntschaft noch nicht gemacht«, erwiderte Sharisse.

»Na, dann steht Ihnen ja noch was bevor.«

»Aber nichts, worauf Sie sich freuen sollten«, verbesserte Lila ihre Tochter. Ihr Unwille stand ihr jetzt ganz deutlich auf ihrem Gesicht geschrieben.

»Ach, so übel ist der Junge doch gar nicht, Lila«, warf Mrs. Landis ein.

»Doch, das ist er«, schlug sich eine andere Frau auf Lilas Seite.

»Wir sollten eigentlich gar nicht über Slade reden.«

»Und warum nicht, Lila?« Ihr Mann, Emery, war mit John Hadley zu ihnen gekommen. »Schließlich kann sich nicht jede Stadt damit brüsten, die Heimat eines berühmten Revolverhelden zu sein.«

»Also, hör mal, du weißt doch selbst genau, daß Slade Holt nicht aus Newcomb stammt«, widersprach Lila ihrem Mann.

»Nein, aber seit sich sein Bruder hier niedergelassen hat, ist er nirgends mehr zu Hause als in Newcomb.«

Sharisse starrte Emery Durant neugierig an. »Was heißt Revolverheld? Läßt er sich von anderen engagieren?« Sie hatte die Augen weit aufgerissen.

Emery schüttelte den Kopf. »Nicht, daß ich wüßte. Ich habe nie gehört, daß er für andere arbeitet. Wollen Sie damit etwa sagen, daß Luke Ihnen nichts von seinem Bruder erzählt hat?«

»Nicht allzuviel«, gestand sie ein.

»Was Sie nicht sagen!« Emery strahlte über das ganze Gesicht wie ein Kind an Weihnachten. Er vergewisserte sich nur mit einem Blick in die Runde, daß Luke am anderen Ende des Raumes stand, ehe er sich neben seine Frau setzte. »Na, dann erzähle ich Ihnen doch mal von dem Tag, an dem Slade Holt zum ersten Mal nach Newcomb gekommen ist.«

Die Frauen seufzten einstimmig, denn sie hatten alle diese Geschichte schon zahllose Male gehört. Sharisse war nicht sicher, ob sie diese Geschichte überhaupt hören wollte.

»Er war gekleidet wie ein Indianer«, sagte John Hadley, ehe Emery auch nur den Mund aufmachen konnte. »Und ausgesehen hat er auch wie einer, mit Haaren bis auf die Schultern und...«

»Läßt du mich jetzt vielleicht mal die Geschichte erzählen, John?« sagte Emery empört.

»Ich war schließlich dabei«, brummte John. »Du warst nicht dabei.«

»Was genau soll Slade eigentlich getan haben?« warf Sharisse ein, um dem vorzubeugen, was wie der Anfang einer hitzigen Diskussion wirkte.

»Na ja, er hat Feral Sloan umgelegt. Sloan war ein harter Junge, ein Schläger und früher ein gedungener Mörder, einer von der übelsten Sorte.«

»Sloan!« keuchte Sharisse, als sie diesen Namen hörte.

Sie warf einen Blick in die Richtung, in der Lucas stand, und sie fragte sich, warum er ihr davon nichts erzählt hatte. Sie konnte gerade noch sehen, wie er mit Samuel Newcomb den Raum verließ. Dann wandte sie sich wieder zu Emery Durant um und hoffte, daß sie ihn mißverstanden hatte.

»Wollen Sie damit sagen, daß Slade Holt ein Mörder ist?«

»Nun«, erwiderte Emery, »der einzige, den er hier in dieser Gegend umgelegt hat, ist Feral. Und das ist jetzt fast sieben Jahre her; damals war er noch ganz jung. Es gab Gerüchte, die besagten, er hätte schon ein Dutzend Männer ins Grab befördert. Man kann beim besten Willen nicht sagen, wie viele es inzwischen sind.«

Sharisse wurde zunehmend blasser. »Und warum ist er nicht verhaftet worden?«

»Warum?« fragte Emery.

Sie zwinkerte ungläubig. »Aber Sie haben doch gerade gesagt, daß er hier einen Mann getötet hat.«

»Es war ein fairer Kampf, Miß Hammond. Was anderes kann wirklich niemand behaupten.« Alle, die in der Nähe waren, nickten. »Slade hat Feral sogar als ersten die Pistole ziehen lassen. Slade war ganz einfach schneller. Jemanden, der so schnell zieht, hat man noch nicht gesehen.«

Wußten diese Menschen, daß Sloan Slades Vater getötet hatte? fragte sie sich. Sie brauchte etwas zu trinken. Was sie dagegen überhaupt nicht gebrauchen konnte, war weiteres Gerede über Lucas' Bruder. ›Schwarzes Schaf‹ hatte er ihn genannt. Allerdings!

In Sam Newcombs Arbeitszimmer drehte sich die Diskussion ebenfalls um Slade, denn Sam erwähnte ihn, als er und Lucas auf Stühlen an seinem Schreibtisch Platz nahmen. »Haben Sie Ihren Bruder in letzter Zeit gesehen?«

»Seit einer ganzen Weile nicht«, erwiderte Lucas, dem es Schwierigkeiten bereitete, keine Miene zu verziehen.

Es blieb nie aus. Sam fragte ihn jedesmal, wenn sie sich trafen, nach Slade. Er ließ gern Revolverhelden für sich arbeiten, und sie wußten alle beide, daß Leon Waggoner nicht allzu schnell und auch kein allzu guter Schütze war.

»Mein Angebot steht noch. Sagen Sie ihm das, wenn Sie ihn wiedersehen.«

»Das werde ich tun.«

»Was war jetzt eigentlich so wichtig, daß wir es ganz privat erörtern müssen?« fragte Sam, während er sich eine Zigarre anzündete.

»Ich fürchte, es sind schlechte Nachrichten.« Lucas kam direkt zur Sache. »Die Eisenbahnlinie, die wir finanziert haben, steht vor gewissen Schwierigkeiten. Es sieht ganz danach aus, als sei es eine kluge Entscheidung von Ihnen gewesen, nicht mehr Geld in dieses Geschäft zu stecken, als Sie es sich leisten können.«

»Was soll das heißen?«

»Man hat die Kosten der Fertigstellung dieser Strecke unterschätzt. Es scheint, daß ihnen das Geld ausgegangen ist, aber es sind bisher nur dreiviertel der Schienen verlegt. Die gesamte Arbeit ist eingestellt worden, und es gelingt der Gesellschaft nicht, neue Interessenten zu finden, die zu einer Investition bereit sind, und daher kann die Sache nicht abgeschlossen werden. Die Banken sind ganz schlicht nicht interessiert an diesem Geschäft. Ich bin somit bankrott, aber wenigstens habe ich ja noch die Ranch. Ich hoffe nur, daß sie bald Geld abwerfen wird. Ich bin wirklich froh, daß ich Sie davor gewarnt habe, nicht allzuviel zu investieren; denn es scheint, als bekämen wir nichts zurück.«

Sam war sprachlos. Lucas wußte warum. Er hatte nur allzu gut gewußt, daß Sam seinen Rat nicht annehmen würde, als er von diesem Geschäft mit der Eisenbahn gesprochen hatte, und er hatte sich nicht getäuscht. Sam hatte sich nicht nach seinem Rat gerichtet und hatte große Investitionen getätigt, weil er versucht hatte, die Aktienmehrheit zu bekommen, und er hatte Lucas nicht erzählt, was er getan hatte. Sam hatte seinen gesamten Besitz außerhalb von Newcomb verkauft und sogar den größten Teil der Einlagen seiner Bank eingesetzt, weil er den Traum gehabt hatte, einer der ganz großen der Eisenbahn zu werden. Nach seinem ersten Besuch auf der Baustelle hatte er sich nie mehr um die Arbeiten gekümmert und die Fortschritte nie überprüft, sondern die Berichte, die ihm die Anwälte der Firma geschickt hatten, als absolut ausreichend angesehen. Es hatte keine Notwendigkeit bestanden, Geld hinauszuwerfen und wirklich Schienen zu verlegen. Die ursprüngliche Kulisse, die für seinen einmaligen Besuch aufgebaut worden war, hatte bereits ausgereicht.

»Es... es muß doch die Möglichkeit geben...«

»Nur, wenn sie jemanden kennen, der gern eine Teilstrecke eines Eisenbahnnetzes besäße«, erwiderte Lucas in beiläufigem Gesprächston. »Die Geldgeber, die ursprünglich an dem Projekt beteiligt waren, sind jetzt aufgefordert, den Rest an Geld, der noch gebraucht wird, aufzubringen, und das ist eine ganz ordentliche Summe. Aber ich bin pleite. Ich kann es nicht tun. Haben Sie denn noch keinen Brief bekommen?«

»Nein«, sagte Sam.

»Dann bekommen Sie ihn bestimmt noch. Dort finden Sie in allen Einzelheiten Erklärungen dafür, was schiefgegangen ist – obwohl uns das auch nicht gerade viel nützt. Ich sollte jetzt wieder zu Sharisse gehen und mich um sie kümmern, vermute ich. Gute Nacht, Sam.«

Sam nickte nur. Er fühlte sich elend, elend bis in seine Eingeweide. Alles, was er sich im Laufe der Jahre aufgebaut hatte, war futsch, wenn er nicht noch mehr Bargeld auftreiben konnte. Er würde diesem Anwalt aus St. Louis telegrafieren müssen, demjenigen, der etwas über europäische Klienten geschrieben hatte, die eine große Ranch in dieser Gegend suchten. Vielleicht hatte einer dieser Klienten auch Lust, ein Hotel zu kaufen. Das würde bedeuten, daß er alles aufs Spiel setzte, aber was blieb ihm anderes übrig?

Er mußte es einfach tun. Er hatte keine andere Wahl. Und außerdem war er zu alt, um noch einmal von vorn anzufangen. Die Zeiten hatten sich geändert. Es war nicht mehr so leicht, aus anderen Claims das Gold zu stehlen, um schnell zu Reichtum zu kommen. Das Gesetz hatte in Arizona seinen Einzug gehalten.

Er blieb allein in seinem Arbeitszimmer sitzen und sah ins Leere. Er wußte, was er zu tun hatte. Er wußte, daß ihm nichts anderes übrigblieb.

13

Sharisse war betrunken. Sie konnte wunderbar damit umgehen; sie hielt sich so würdevoll und gab sich so zurückhaltend, daß niemand auch nur auf den Gedanken kam. Selbst Lucas merkte es erst, als sie kicherte, sowie sie in der Kutsche saßen, und dann mit dem Kopf auf seiner Schulter einschlief.

Lucas amüsierte sich. Er hätte nicht geglaubt, daß das arrogante Mädchen an diesem Punkt kommen könnte, und er war überrascht und auch ein wenig erstaunt. Aber schließlich hätte ihn an diesem Abend nichts aus der Ruhe bringen können, nicht nach seiner Unterhaltung mit Sam.

Als er Sam in dessen Arbeitszimmer gegenübergesessen hatte, hatte er die Panik des Mannes förmlich riechen können. Wie lange hatte er auf diesen Moment gewartet!

Fast lachte er laut, als er an die kleine Herde von Pferden dachte, die Newcomb bestellt hatte. Wenn der Zeitpunkt der Lieferung kam, würde nichts übrig sein, womit er sie bezahlen konnte. Doch Lucas würde die Pferde einfangen und zähmen müssen, als sei ihm dieser Umstand nicht bewußt.

Sharisse rührte sich neben ihm, legte einen Arm über seine Brust und schmiegte ihren Kopf an seinen Nacken. Ihr kurzer Umhang sprang auf und gab ihm einen Ausblick in ihr tief ausgeschnittenes Decolleté und die sanfte Wölbung ihrer Brüste. Seine Hand, die auf ihrer Taille lag, bewegte sich sanft über ihre Kurven.

Was sollte er bloß mit ihr anfangen? Sie war wesentlich mehr als nur das, was er zu erwerben geglaubt hatte. Er begehrte dieses Mädchen, das so zufrieden an ihn geschmiegt schlief. Und diese Begierde war so gewaltig, daß es ihm vorkam, als habe sie sich über Jahre aufgebaut und nicht erst in den drei Tagen, seit sie hier war. Drei Tage, und schon jetzt heckte er Pläne aus, sie zu verführen.

Er schüttelte den Kopf, verabscheute sich selbst und das, worüber er keine Herrschaft hatte. Das Ganze konnte nur mit Reue enden, das wußte er jetzt schon, aber was konnte er denn tun? Er hatte sie vorn und hinten belogen, und es würde noch zu viel mehr Lügen kommen, ehe er mit ihr fertig war. War es denn noch nicht schlimm genug, daß er sie in Newcombs Untergang hineingezogen hatte, sie dazu benutzte, diesen zu bewerkstelligen?

Sie fürchtete sich vor ihm, obwohl er einfach nicht verstehen konnte, warum. Daher hatte sie auch schon gesagt, daß sie ihn gar nicht heiraten wollte. Wenn er sie in sein Bett zog, würde sie es dann immer noch so sehen? War sie der Typ Frau, der Liebe im Bett mit absoluter Hingabe gleichsetzte? Er wünschte, sie wäre durchschaubarer gewesen. Und er wünschte, sie würde sich nicht vor ihm fürchten.

Die Kutsche hielt vor dem Haus an, doch Sharisse schlief immer noch tief und fest. Lucas setzte sich behutsam auf und zog sie mit sich.

»Sharisse?«

Sie runzelte die Stirn und hielt sich an seiner Jacke fest. »Aber ich will ihn nicht heiraten, Vater. Stephanie liebt Joel, nicht ich.«

Lucas grinste und fragte sich, worum sich das alles wohl drehen mochte. »Sharisse, wach auf.«

Sie schlug die Augen auf und wußte nicht, wo sie war. »Wer...? Oh, du bist es.« Sie sah sich in der Kutsche um. »Was tun wir hier?«

»Die Party – weißt du noch? Wir kommen gerade von dort nach Hause.«

Sie wankte und fand ihr Gleichgewicht wieder, indem sie sich an ihm festhielt. Lucas hob sie auf den Boden.

»Kannst du laufen, oder muß ich dich ins Haus tragen?« fragte er belustigt und hoffte auf Letzteres.

»Mich tragen? Das ist ja wohl absurd.«

Sharisse ging ihm voraus und auf die Tür zu, und sie lief beachtlich gerade. Lucas stellte fest, daß der Kutscher grinste, und er grinste auch, während er sich verabschiedete und ihn fortschickte. Er fing Sharisse auf, als sie gegen die Tür wankte.

»Ich dachte, da seien keine Stufen«, sagte sie empört, und sie warf einen bösen Blick auf Lucas, der hinter ihr stand.

»Da sind auch keine«, sagte er kichernd.

»Ach.«

Der Mondschein flutete in das Zimmer, und daher schaltete er kein Licht ein. Er riß sie in seine Arme und wunderte sich über die Wirkung, die das auf ihn ausübte. Er hielt sie im Arm, hatte sie genau da, wo er sie haben wollte. Und doch war er so machtlos wie sie, nicht in der Lage, ihren Lippen zu widerstehen, die sich so bezaubernd teilten.

Er wollte ihre Lippen nur kosten, doch ihre Lippen bewegten sich unter seinem Mund, warm und lebendig, und entzündeten ein Feuer in ihm. Er stöhnte laut. Sharisse seufzte, legte ihren Kopf an seine Schulter und merkte gar nicht, was sie ihm eigentlich antat.

Ihm wurde klar, daß er sie genau jetzt haben konnte. In ihrem Zustand würde sie sich nicht widersetzen. Aber so wollte er es nicht haben. Sie mußte es selbst wollen, ihn begehren, nicht durch Alkohol außer Gefecht gesetzt sein. Wenn er sie jetzt nahm, würde sie sich vielleicht gar nicht daran erinnern können. Aber wenn sie sich erinnerte, konnte sie es nachträglich bereuen und ihn möglicherweise dafür verabscheuen. Er wollte keine Schuldgefühle, keine Gewissensbisse, keine Anklagen. Und aus irgendwelchen unverständlichen Gründen war es ihm wichtig, daß sie sich daran erinnern konnte.

Zum Teufel, woher kamen bloß all diese noblen Gefühle? Er hatte nach wie vor die Absicht, sie unter allen Umständen zu verführen. Wenn er skrupellos war, war es das beste, wenn er es jetzt gleich tat.

Sharisse seufzte. Sie war wieder eingeschlafen. Lucas lächelte versonnen. Nicht heute, mein Schätzchen, aber bald. Seine Lippen streiften ihre Stirn, und er trug sie in ihr Zimmer.

Sie erwachte, als er sie auf das Bett legte und ihr die Schuhe ausziehen wollte. »Das kann ich selbst«, protestierte sie.

Sie setzte sich zu schnell auf und fiel wieder zurück, weil ihr schwindlig wurde. Lucas grinste.

»Stell dir mich doch einfach als deine Zofe vor«, sagte er, als er ihre Schuhe auf den Boden fallen ließ. »Ich bin sicher, daß du so was gehabt hast.«

»Aber du siehst Jenny überhaupt nicht ähnlich.« Das fand sie sehr komisch, und sie kicherte. Sie bemerkte nicht, daß er ihr den Umhang auszog, doch sie beugte sich vor, damit er die Knöpfe auf ihrem Rücken öffnen konnte. »Ich bin froh, daß sie jetzt nicht hier ist, denn sonst bekäme ich wirklich Schimpfe. Sie hält gar nichts vom Trinken, verstehst du...« Sie schnapte nach Luft. »Warum hast du mir nicht gesagt, daß dein Bruder ein Mörder ist?«

»Weil das nicht wahr ist.«

»Aber er hat Hunderte von Menschen getötet!«

»Hunderte?«

»Na ja, vielleicht auch nur Dutzende, aber was macht das für einen Unterschied?«

»Du hast auf diesen Klatsch gehört, Sharisse.« Er grinste, als er sie vom Bett hob, um ihr Abendkleid unter ihr herauszuziehen. Sie merkte es nicht.

»Ich mußte es mir zwangsläufig anhören. Mein Gott – daß du ihn nur als schwarzes Schaf bezeichnet hast! Das ist doch wohl recht milde ausgedrückt, meinst du nicht? Du hättest mich wenigstens warnen können.«

»Weil er einen Mann getötet hat?«

»Viele Männer!«

»Er hat nur einen einzigen Mann getötet, Sharisse. Alle anderen, die er angeblich umgebracht hat, existieren nicht. Das sind nur Gerüchte, sonst gar nichts. Es ist das, was die Leute gern über ihn glauben möchten.«

»Wirklich nur einen?«

»Ja.« Er fing an, ihr Korsett aufzuschnüren.

»Aber...«

»Das war ein kaltblütiger Mörder, der den Tod verdient hat.«

Sie hatte vergessen, daß der Mann hinter Lucas und Slade hergeritten war, als sie noch Kinder waren, und daß er Jagd auf sie gemacht hatte, nachdem er ihren Vater getötet hatte. Wenn die Gesetze nicht in der Lage waren, ihn zu richten, war es dann so falsch, daß Slade Gerechtigkeit geübt hatte?

»Die Leute sagen, daß es ein fairer Kampf war«, sagte Sharisse leise.

»Das war es auch. Slade hätte dabei ebensogut sterben können.«

»Es tut mir leid.«

»Vergiß es.« Er hatte das Korsett aufgeschnürt und machte sich jetzt an die erfreuliche Aufgabe, ihr die Seidenstrümpfe auszuziehen.

Sharisse seufzte und streckte sich. »Ich bin froh, daß er nicht so schlimm ist, wie sie ihn hingestellt haben.«

Lucas seufzte auch und fragte sich, wie er das alles ertragen sollte – sie auszuziehen, damit sie ungehindert schlafen konnte, während sein Körper völlig andere Vorstellungen vom weiteren Verlauf des Abends hatte. Er verfluchte sie dafür, daß sie sich in einen solchen Zustand getrunken hatte.

»Slade ist, wie er ist«, sagte Lucas mürrisch, denn er wollte nicht noch mehr durchmachen.

»Das ist schön so.«

Lucas schüttelte den Kopf. Sie hatte ihn gar nicht gehört. Sie war schon wieder am Einschlafen.

Er deckte sie zu und küßte sie zart auf die Stirn. »Gute Nacht, Shari.«

»Antoine... mein Geliebter.«

Die genuschelten Worte waren kaum verständlich. Antoine? Ihr Ehemann? Er hörte diesen Namen zum ersten Mal. Sie hatte gesagt, sie hätte ihren Mann geliebt. Er hatte nicht weiter darüber nachgedacht, doch jetzt mußte er feststellen, daß ihm dieser Gedanke gar nicht paßte.

Verdammt noch mal! Sie brachte ihn ganz durcheinander. Sollte er vielleicht doch eher als geplant mit Billy in die Berge ziehen? Je eher, desto besser, sagte er sich grimmig.

14

Ein Kitzeln im Gesicht weckte Sharisse. Sie schlug die Augen auf und sah in Charleys große kupferfarbenen Augen. Er schnurrte laut. Als er den Kopf bewegte, kitzelten sie wieder seine langen Schnurrhaare. Sie lächelte, denn so war sie schon oft am Morgen erwacht. Dies war seine ungeduldige Art, sie darüber zu informieren, daß er Hunger hatte.

Sie setzte sich zu schnell auf, und das Pochen in ihrem Kopf begann. Sie legte ihre Finger auf die Schläfen, damit es aufhörte, und sie fragte sich, ob sie wohl krank sei. Aber nein, dachte sie, denn blitzartig schoß ihr die Erinnerung an die letzte Nacht durch den Kopf. Diese letzten drei Gläser Champagner hätte sie niemals trinken dürfen. Jetzt wußte sie, was Jenny immer mit dem Teufel Alkohol gemeint hatte. Was für ein entsetzlicher Kopfschmerz! Es war nur erträglich, solange sie still liegen blieb.

Vage Erinnerungen traten ihr vor Augen. Sie konnte sich daran erinnern, gestolpert zu sein, als sie durch die Tür hatte gehen wollen, und sie erinnerte sich auch, daß Lucas sie hochgehoben und geküßt hatte. Und mit welcher Deutlichkeit sie sich daran erinnerte! Sie hatten über Slade gesprochen, aber sie wußte nicht mehr, warum. Was hatte sie geredet?

»Miß Hammond?«

»Was ist?« fauchte sie, doch dann merkte sie, daß eine Frauenstimme sie von der anderen Seite der Tür gerufen hatte. »Bist du das, Willow? Komm rein.«

Sharisse wollte die Decke über ihr Nachthemd ziehen, doch sie mußte atemlos bemerken, daß sie gar kein Nachthemd trug. Sie war noch in ihrem Miederhemdchen und ihrem Petticoat. Ihre Augen weiteten sich vor Entsetzen, als weitere Erinnerungen durch ihren Kopf schossen.

»Ist alles in Ordnung mit Ihnen?«

»Was?« Sharisse bemühte sich, das Indianermädchen anzulächeln. »Ja, es geht mir gut, wirklich. Mir ist nur gerade etwas eingefallen... etwas Gräßliches. Du bist also Billy Wolfs Frau?«

Das Mädchen nickte. Mit den Mandelaugen in einem ovalen Gesicht, dem glatten schwarzen Haar, das ihr bis über die Schultern fiel und der dunklen, glänzenden Haut war sie eine recht exotische Erscheinung. Sie trug einen ausgebleichten blauen Rock, der bis auf ihre nackten Füße reichte, und eine weite, langärmelige blaue Bluse. Sharisse hatte nicht damit gerechnet, daß sie so hübsch und so zart aussehen würde, nicht mit diesem heidnischen Barbaren als Ehemann.

»Lucas hat gesagt, ich soll Sie nicht wecken, aber ich habe mir allmählich doch Sorgen gemacht. Es geht auf Mittag zu«, sagte Willow.

»Meine Güte, ich hatte keine Ahnung.«

Sie sah, daß die Sonne durch die offenen Vorhänge in das Zimmer strömte, Vorhänge, die sie normalerweise geschlossen hätte. Das bestätigte ihr, daß Lucas sie ins Bett gebracht hatte und dann gegangen war. Er war doch gegangen, oder etwa nicht?

»Sind Sie auch ganz sicher, daß Ihnen nichts fehlt?« fragte Willow behutsam und mit einer zarten, melodischen Stimme, die Sharisses angespannte Nerven beschwichtigte.

»Ja, wirklich. Ich... ich habe nur ein wenig Kopfschmerzen.«

»Wenn Sie mögen, kann ich Ihnen etwas gegen die Schmerzen zubereiten«, erbot sich Willow.

»Tätest du das wirklich? Das wäre schrecklich nett. Ich ziehe mich nur schnell an und komme dann ins andere Zimmer.«

Als die Tür sich geschlossen hatte, suchte Sharisse wie rasend in ihrem Gedächtnis. Lucas war fortgegangen, nachdem er sie entkleidet hatte. Oder war er doch nicht fortgegangen? Sie hatte nicht das Gefühl, daß ihr die Jungfräulichkeit genommen worden war, aber vielleicht hätte sie den Unterschied gar nicht erkannt. Sie mußte einfach ihre Erinnerung wiederfinden!

Kurz darauf öffnete Sharisse zögernd die Tür, weil sie fürchtete, Lucas im Nebenzimmer vorzufinden. Doch dort war nur Willow.

»Meine Güte.« Sharisse lächelte sie an. »Ich habe es vorhin nicht bemerkt, aber du erwartest das Kind ja schon bald, nicht wahr?«

Willow strich mit ihren Händen liebevoll über ihren vorstehenden Bauch. »Ja es kommt jetzt bald.«

»Gibt es hier in der Nähe einen Arzt?«

»Wozu?«

»Aber... gewiß...« Sharisse verstummte, weil sie nicht wußte, was sie sagen sollte.

Willow lächelte sie an. »Wozu brauche ich denn einen Arzt? Ich weiß selbst, was zu tun ist.«

»Heißt das, daß du keine Hilfe haben willst?«

»Das ist etwas, was ganz allein mir gehört. Ich werde sogar Billy fortschicken, wenn er zurückkommt, ehe das Baby da ist.«

»Zurückkommt? Ist er fort?«

»In den Bergen. Er und Luke sind in den Bergen, um die Wildpferde für Mr. Newcomb zu fangen.

Sharisse gelang es, ihr Erstaunen zu verbergen. »Lucas hat das erwähnt, ja. Mir war nur nicht klar, daß er... schon so bald fortgeht.«

»Ich verstehe schon. Er hat es Ihnen nicht gesagt. Ganz wie ein Mann, der einen Abschied vermeiden will, wenn er sich noch nicht wirklich an eine Frau gewöhnt hat. Billy war genauso, als wir erst kurze Zeit verheiratet waren. Er hat sich nichts dabei gedacht, einfach wegzugehen, ohne mir zu sagen, daß er geht oder wohin er geht.«

»Das liegt doch sicher daran, daß er es gewohnt war, allein zu leben?« schlug Sharisse vor.

»Nein. Er war schon einmal verheiratet. Seine erste Frau war natürlich ein böses Weib, und er ist ihr nach Möglichkeit aus dem Weg gegangen. Vielleicht haben Sie recht, und es lag nur daran, daß er es so gewohnt war. Jetzt mag er Abschiede, weil er das als Vorwand nutzt, um...«

Sie lächelte, und Sharisse war schockiert über diese freimütige Anspielung. Außerdem bereitete es ihr extreme Schwierigkeiten, sich Billy, der wie ein Wilder aussah, als verliebten Mann vorzustellen.

»Ist das für mich?« Sharisse deutete auf ein Glas, das auf dem Tisch stand. Als Willow nickte, nippte sie von der zähen Flüssigkeit, stellte fest, daß das Getränk nur ein wenig bitter war, und trank den Rest aus.

»Setzen Sie sich«, sagte Willow, die das Glas nahm. »Ich mache Ihnen jetzt Frühstück.«

Sharisse war entgeistert. »Davon will ich kein Wort hören. Du solltest im Bett liegen, und um dich sollte sich jemand kümmern und für dich sorgen, nicht umgekehrt. Und überhaupt ist es jetzt

Mittagessenszeit. Du setzt dich hin, und ich koche das Essen.«

»Warum sollte ich im Bett liegen?«

»Warum? Wegen deines Zustandes.«

Willow lachte leise. »Ich bin nicht krank. Ich bekomme nur ein Baby.«

»Aber dann kann man doch nicht von dir erwarten, daß du all das tust, was du normalerweise tust. Die wenigen Frauen, die ich kenne, die Babys bekommen haben, haben das Haus nicht mehr verlassen, sowie sich die ersten Anzeichen einer Schwangerschaft gezeigt haben. In den letzten Monaten haben sie sich ganz ins Bett gelegt. Meine eigene Mutter hat darauf bestanden, daß man sie umsorgte und ihr alles abnahm, als sie meine Schwester erwartet hat.«

»Vielleicht war sie wirklich krank.«

»Nein, soweit ich mich erinnere, war sie kerngesund und das blühende Leben.« Sharisse legte nachdenklich die Stirn in Falten. »Du meinst, es ist gar nicht nötig, sich derart zu schonen und verhätscheln zu lassen?«

»Eine Indianerin würde ausgelacht, wenn sie sich durch eine so kleine Unpäßlichkeit davon abhalten ließe, für sich selbst und für ihre Familie zu sorgen. Wenn man rumliegt und nichts tut, so kann das den Körper nur schwächen, und man braucht doch Kraft für die Geburt.«

»Aus der Sicht habe ich mir das nie überlegt.«

»Wenn du erst selbst ein Kind bekommst, wirst du sehen, daß es ein Vergnügen ist und keine Last. Es gibt Kräuter, die gegen die Übelkeit am Anfang helfen, und danach ist es nur noch eine reine Freude zu wissen, daß du neues Leben in die Welt setzen wirst. Der Schmerz am Ende ist nur ein kleines Opfer für das Wunder dieses neuen Lebens.«

Wie auf Erden hatte sich dieses Thema derart verselbständigen können? Jetzt ging es doch wahrhaftig um ihr eigenes Baby! Das war etwas, worüber sie erst noch nachdenken mußte, und bisher wollte sie gar nicht anfangen, sich Gedanken darüber zu machen.

»Ich koche jetzt trotzdem das Mittagessen, aber vielleicht kannst du mir zuschauen und mir Ratschläge geben. Ich nehme an, du hast schon gehört, daß ich nicht kochen kann.«

Willow kicherte vor sich hin, ein mitreißender Laut. »Billy findet das komisch. Er stellt sich Luke schon bis auf Haut und Knochen abgemagert vor.«

»So?« sagte Sharisse bissig. »Sehen wir doch mal, ober er nicht statt dessen bei mir Fett ansetzt.«

15

Es war eine wunderbare Woche. Lucas war fort, und Sharisse konnte sich endlich einmal entspannen. Sie stellte fest, daß sie sich trotz der Arbeit und der Hitze tatsächlich wohlfühlte. Das lag an Willows Gesellschaft. Es war schön, mit einer anderen Frau befreundet zu sein, ohne jede Rivalität. Bei ihren Freundinnen zu Hause war ein Rivalitätsdenken, ganz gleich, wie unterschwellig, immer mit im Spiel gewesen.

Als sie sich erst einmal an Willows offene und freimütige Art gewöhnt hatte, wurde ihr langsam klar, wie prüde sie in Wirklichkeit war, und sie begann, die Einstellung der Indianer zum Leben zu bewundern.

Einen ganzen Tag brachten sie damit zu, Kerzen und Seife herzustellen, und an einem anderen Tag bereiteten sie Konserven zu. Sharisse lernte, wie man Gemüse einmachte. Sie legte ihr Kochbuch weg, weil es ihr einfacher erschien, sich selbst Notizen zu machen, wenn Willow ihr die Dinge erklärte. Die Ergebnisse waren gut. Sie versetzte sich selbst damit in Erstaunen, daß es ihr Spaß machte, Dinge zu lernen, und sie fing schon an, sich zu wünschen, Lucas käme nicht wieder. Sie freute sich gar nicht auf neuerliche Spannungen, die seine Gegenwart zwangsläufig mit sich brachte.

Sie bemühte sich, überhaupt nicht an ihn zu denken. Tagsüber, während sie beschäftigt war, ging das ganz leicht. Aber nachts, wenn sie allein im Haus war, war ihr zu deutlich bewußt, wie allein sie war. Das kleinste Geräusch erschreckte sie. Dann wünschte sie sich, Lucas möge möglichst schnell zurückkommen, aber auch nur dann.

Dann konnte sie ihn sich auch deutlich vorstellen, und das, was sie sah, beunruhigte sie auf seltsame Weise, und noch mehr beunruhigten sie ihre eigenen Gedanken. Sie mußte feststellen, daß sie sich an die köstlichen Empfindungen erinnerte, die er in ihr wachgerufen hatte.

Eines Tages schlief Sharisse ein, während ihr diese Dinge durch den Kopf gingen. Darauf folgte ein erfreulicher Traum. Doch als Charley miaute, war sie augenblicklich wach und setzte sich im Bett auf.

»Was ist, Charley?«

Dann sah sie die Antwort selbst. Da Lucas fort war, hatte sie sich mit offenen Vorhängen sicher gefühlt. Es war gerade so hell, daß sie die Gestalt eines Mannes erkennenn konnte, die am Fußende ihres Bettes stand. Lucas war also wieder da. Das war ja eine nette Art, sie darüber zu informieren.

»Ich bin wohl auf die Katze getreten.« Damit begründete er Charleys Miauen. In dem Moment sprang Charley schutzsuchend in ihre Arme. Sie hielt in fest, um ihm ein Gefühl der Geborgenheit zu geben, und Lucas' Unverschämtheit erzürnte sie. »Was soll das eigentlich heißen, daß du einfach reinkommst, während ich schlafe?«

Ein Streichholz flackerte auf, und Sharisse hielt sich die Hand vor die Augen. Im nächsten Moment war die Kerze auf ihrem kleinen Schreibtisch angezündet, und sie konnte erkennen, daß Lucas sie anstarrte – mit einem ganz merkwürdigen Gesichtsausdruck.

»Ich sollte jetzt wohl fragen, was du hier zu suchen hast«, sagte er mit tonloser Stimme.

Eine entsetzliche Ahnung beschlich sie. Die dichten Stoppeln auf dem Kinn, das wüste, ungebändigte Haar und sogar die Staubschicht, von der er überzogen war – all das war zu erwarten gewesen. Doch die Kleidung war so ganz anders als alles, was Lucas bisher je getragen hatte: eine schwarze Hose, die in Wildlederstiefeln mit weichen Sohlen steckte, die bis zum Knie reichten, dort mit Fransen besetzt und schwarz gefärbt waren. Das marineblaue Hemd hing über der Hose. Ein schwarzer, handgemachter Halfter hing auf seiner rechte Hüfte. Ein Gewehr mit schimmerndem Perlmuttgriff hing an seinem Oberschenkel. Ein schwarzes Seidentuch, das er sich um den Hals gebunden und seitlich geknotet hatte, vervollständigte das finstere, bedrohliche Aussehen.

Es mußte Lucas sein. Es mußte einfach Lucas sein.

»Lucas?« Ihre Stimme quietschte derart, daß es ihr peinlich war.

Er schüttelte langsam den Kopf, und ein Mundwinkel zog sich zur Karikatur eines Lächelns nach oben. Er trat langsam und mit absolut geräuschlosen Schritten näher an das Bett heran.

»Du kannst nicht zu Luke gehören, denn sonst lägst du in seinem Bett.« Er musterte sie mit Interesse. »Wer also bist du?«

Die Farbe wich aus ihrem Gesicht. Mein Gott! Mein Gott! Es war wirklich Slade! Die Augen, die ihre Blicke festhielten, hypnotisierten sie.

»Keine Antwort?« Er knotete das Tuch auf und ließ es auf das Bett fallen. Dann griff er nach dem Pistolenhalfter. Während all dessen ließ er sie keinen Moment lang aus den Augen. »Wie du willst. Ich brauche deinen Namen nicht zu kennen, um mich zu dir ins Bett zu legen.«

Ihr Herz hämmerte wie wild, aber trotz allem konnte sie sich nicht von der Stelle rühren. Es war gar nicht wahr. Sie lag gar nicht da und sah Lucas' Bruder beim Ausziehen zu.

Sein Hemd fiel zu Boden, und dann setzte er sich auf die Bettkante, um seine Stiefel auszuziehen. Sharisse sprang auf der anderen Seite aus dem Bett und riß Charley und die übrige Zudecke mit sich. Aber es war die falsche Bettseite. Die Tür war auf der anderen Seite – dort, wo er saß.

Sie starrte ihn an, und ihre Augen waren dunkelviolett. Sie machte sich keine Vorstellung davon, wie komisch sie aussah, während sie Charley an ihre Brust drückte und mit der anderen Hand die Bettdecke festhielt. Die Bettdecke konnte sie kaum bedecken, und das blaue Negligé enthüllte nur allzu deutlich, was auch die Decke nicht bedecken konnte.

Slade hatte sich nicht von der Stelle gerührt.

»Wenn es irgendwelche Probleme damit gibt, daß ich mich zu dir ins Bett lege, dann spuck sie am besten gleich aus.«

Sharisse deutete mit einem ausgestreckten Finger auf die Tür. »Raus!«

Sie hatte das Falsche gesagt. Augenblicklich wurde es ihr selbst klar. Er kam um das Bett herum auf sie zu, sein Gesichtsausdruck war bedrohlich, und alles wurde nur um so bedrohlicher dadurch, daß er halbnackt war. Sie wich zurück, bis sie an der Wand stand.

»Warum?«

Er stand so dicht vor ihr, daß seine breiten Schultern ihr den Blick auf den Rest des Zimmers versperrten. Dieses eine Wort, das so heftig ausgestoßen worden war, hallte in ihrem Kopf wider. Sie wagte es nicht, ihm in die Augen zu sehen, und somit konnte sie ihren Blick nur auf die harten Muskelstränge auf seiner Brust richten, die ebenso erschreckend waren. Sie preßte Charley fest an sich, so fest, daß er sich wand, um aus ihrem Arm zu springen, und sie mußte ihn loslassen oder riskieren, daß die Bettdecke herunterfiel.

»Ich.. ich wollte Sie nicht...« Sie zwang sich, es auszusprechen. »Sie hatten kein Recht, in mein Zimmer zu kommen.«

»Das ist mein Zimmer, Schätzchen.« sagte er. »Das ist das Zimmer, in dem ich immer schlafe, wenn ich Luke besuche.«

»Dann sind Sie gar nicht absichtlich...«

Sie starrte seine Lippen an, die sich zu einem wölfischen Grinsen verzogen. »Schätzchen, du warst eine ebenso große Überraschung für mich, wie ich es mit Sicherheit für dich war. Eine angenehme Überraschung allerdings, das muß ich zugeben.«

Ein Finger legte sich auf ihre Wange, und sie zitterte. Sie brachte den Mut nicht auf, ihm auf die Hand zu schlagen.

»Ich... ich muß Sie bitten, jetzt zu gehen, Mr. Holt.«

»Du kannst mich darum bitten, aber dafür mußt du schon einen guten Grund haben.« Er hob ihr Kinn hoch und zwang sie, ihn anzusehen. »Ich würde nämlich lieber bleiben.«

»Das geht nicht!« keuchte sie. Sie versuchte, an ihm vorbeizuschlüpfen, doch er ließ sie nicht entkommen. »Bitte, Mr. Holt.«

»Vielleicht sagst du mir besser doch, wer du bist«, schlug er vor.

»Ich bin die Verlobte Ihres Bruders.«

»Laß dir was Besseres einfallen.«

»Aber es ist wahr!«

»Das bezweifle ich ja gar nicht, Schätzchen«, erwiderte er mit heiserer Stimme. »Ich brauche nur eine bessere Begründung dafür, mir einen anderen Schlafplatz zu suchen.«

»Das kann doch wohl nicht Ihr Ernst sein!«

»Wieso nicht?«

»Er ist Ihr Bruder!«

»Und du bist die schönste Frau, die mir je über den Weg gelaufen ist«, äußerte er mit aller Deutlichkeit. »Was hat der Umstand, daß Luke mein Bruder ist, mit dem zu tun, was ich im Moment empfinde?«

»Ich werde ihn heiraten«, sagte sie. Stimmte vielleicht etwas nicht mit Slade?

»Noch bist du nicht mit ihm verheiratet.« Er zuckte die Achseln.

Seine Hand glitt auf ihren Nacken und übte dort eine leichten Druck aus, der ihren Kopf nach vorn zog. »Nein«, flüsterte sie. »Nein. Bitte.« Sie bekam kaum noch Luft.

Sein Mund schloß sich auf ihren Lippen, heiß und fordernd.

Schauer der Angst zogen über ihren Rücken. Ein Knie zwängte sich zwischen ihre Beine und preßte sich gegen ihre Lenden, und sie konnte ihn nicht aufhalten. Ein Glühen zog durch ihren ganzen Körper, und gegen ihren Willen stöhnte sie leicht.

Es war nur allzu leicht, sich vorzustellen, es sei Lucas. Dieselben Empfindungen, die Lucas bei ihr wachrief, regten sich. Wie konnte es nur sein, daß sie das beide bei ihr konnten? Das hier war Slade, nicht Lucas, und er erwies sich als genauso gefährlich, wie er ihr geschildert worden war.

Es gelang ihr, ihn von sich zu stoßen. »Nein!«

Er trat zurück. Wilde Leidenschaft glühte in seinen funkelnden grünen Augen. Die Zudecke war ihr heruntergefallen, und diese Augen verschlangen ihren Körper durch das durchsichtige Nachthemd.

»Du solltest dich nicht mit einem so durchsichtigen, kleinen Hauch von Nichts bekleiden. Das Ding könnte ich dir in einer Sekunde runterreißen.«

»Rühren Sie mich nicht an!«

»Du weißt schon, daß ich dich zu meiner Frau machen könnte.«

»Tun Sie es nicht,« erwiderte sie flüsternd.

Es sah sie versonnen an und lag offenbar im Streit mit sich selbst. Sie hielt den Atem an.

Seine Hand schoß vor, seine Finger glitten über die zarte Rundung ihres Halses und dann in das tiefe V ihres Nachthemds hinein. Seiner Finger waren warm und ließen ihre Knie weich werden. Doch das, was Funken in ihrem Bauch aufstieben ließ, war der Blick, der in seinen Augen stand.

»Ich schreie – Mack hört es.«

Er lächelte, und dann sprach er wieder mit dieser rauhen Stimme. »Mack hört nicht gut, oder wußtest du das nicht? Aber warum sprichst du von dem alten Kerl? Käme Luke denn nicht zu deiner Rettung?«

»Muß ich denn gerettet werden?«

»Das kommt darauf an, wie du es siehst.«

Offensichtlich glaubte er, Lucas sei im Nebenzimmer. »Sie könnten einfach wieder gehen«, schlug sie vor.

»Schätzchen, ich sagte dir doch bereits, daß ich lieber bleiben würde.«

»Aber Lucas ...«

» ... braucht nichts davon zu erfahren.«

»Ich werde es ihm sagen.« Ihre Stimme war weniger als ein Flüstern. »Damit kommen Sie mir nicht davon.«

»Dann schrei doch, und hol ihn her. Ich kämpfe mit ihm um dich, wenn es das ist, was du haben willst.« Als sie nicht antwortete, lachte er. »Du rufst ihn nicht? Vielleicht willst du gar nicht, daß er jetzt kommt?«

Sie spürte die Hysterie nahen. »Er ist nicht da. Er fängt mit Billy Wolf wilde Pferde ein.«

»Dann sind wir also ganz allein? Und warum vergeudest du die Zeit noch mit Worten?«

Er beugte sich vor, doch Sharisse stieß beide Hände mit aller Kraft gegen seine Brust. »Ich warne Sie, Slade Holt. Ich *werde* es Lucas erzählen, und dafür wird er Sie hassen.«

»Glaubst du etwa, das macht mir etwas aus?«

»Sie sind widerwärtig!« keuchte sie. »Wenn Sie unbedingt eine Frau haben wollen…«

»…dann suchen Sie sich doch woanders eine?« Seine Augen glitten auf ihre Brüste. »Das willst du doch nicht im Ernst.« Die Augen sahen ihr spöttisch wieder ins Gesicht. »Du zitterst ja.«

»Ja, Sie machen mir Angst.«

»Du zitterst aber nicht deshalb.«

»Schluß jetzt!« schrie sie.

Er musterte sie abschätzend. »Warum kämpfst du dagegen an?« Dann legte er die Stirn in Falten. »Oder ist Luke der einzige, den du willst?«

»Ja«, hauchte sie, und dann noch einmal, diesmal nachdrücklicher: »Ja.«

Er trat so plötzlich zurück, daß sie regelrecht in seine Arme fiel. Sie machte augenblicklich einen Satz.

Sie glaubte, ein Seufzen gehört zu haben, aber sie war nicht sicher. Er drehte sich um und ging wieder zum Bett. Sie heftete ihre Blicke auf ihn und spürte, wie schwach sie auf den Beinen war.

»Wie heißt du?« Er hob seine Sachen wieder auf.

»Sharisse Hammond.«

»Seit wann kennst du meinen Bruder?«

»Noch nicht lange.« Sie wünschte sich verzweifelt, er würde jetzt gehen. »Vielleicht kann Lucas Ihre Neugier befriedigen, Mr. Holt.«

»Mache ich dich wirklich so nervös?«

»Ja.«

Er lachte. »Schon gut, ich gehe.« Doch in der Tür blieb er noch einmal stehen und drehte sich um, um sie ein letztes Mal mit diesen strahlend grünen Augen zu durchbohren. »Ich bleibe in der Gegend, bis Luke zurückkommt.« Dann fügte er leise und unheilvoll hinzu: »Mit dir bin ich noch nicht fertig, meine Schöne. Laß mir Zeit. Du wirst feststellen, daß ich genauso gut bin wie Luke. Ehe ich von hier fortgehe, werde ich es dir beweisen.«

Die Tür wurde geschlossen, doch Sharisse blieb wie angewurzelt stehen, wo sie stand, bis sie gehört hatte, daß er die Tür von Lucas' Zimmer schloß. Dann rannte sie zu ihrer eigenen Tür und schloß sie ab.

16

Sharisse kroch in der Morgendämmerung aus dem Bett, schlüpfte in ihren seidenen Morgenmantel, setzte den Kaffee auf und legte sich dann wieder ins Bett. Das war schon alles, was sie für Lucas' Bruder tun würde. Sie hatte nicht die Absicht, für ihn zu kochen, und je seltener sie ihn sah, desto besser.

Als sie am späteren Morgen aufstand, sah sie, daß die Tür zu Lucas' Zimmer offenstand. Das Bett war gemacht, und nirgends stand eine schmutzige Tasse herum. Slade hatte keine Spuren hinterlassen, doch die Kaffeekanne war fast leer, und daher konnte sie nicht hoffen, daß er die Ranch noch in der Nacht verlassen hatte.

Sie setzte frisches Wasser auf, um den sehr starken Kaffee zu verdünnen, doch ehe sie ihn übergossen hatte, legten sich zwei Hände um ihre Taille und zogen sie an einen festen Körper. Ein glattrasiertes Kinn schmiegte sich an ihre Wangen. Sie war so verblüfft, daß sie fast die Fassung verlor. Sie hatte absolut keinen Laut gehört. Doch ein eiliger Blick über ihre Schulter zeigte ihr dieses glattrasierte Gesicht, und sie seufzte erleichtert auf.

»Oh, Lucas, du hast mich zu Tode erschreckt. Ich dachte, du seist..«

Er lachte gehässig. »Ich habe dir doch gesagt, daß es keinen Unterschied macht, meine Schöne. Du brauchst noch nicht einmal die Augen zu schließen, um dir vorzustellen ich sei er.«

Sie stieß ihn von sich und beschimpfte ihn. Er setzte sich an den Tisch.

»Ich bin dir lästig, was?« fragte er leise.

»Ja.«

»Du wirst dich an mich gewöhnen.«

»Daran habe ich die größten Zweifel, Mr. Holt.«

»Da du ohnehin in die Familie einheiratest, kannst du mich auch Slade nennen.«

Sie drehte sich um und sah ihn wütend an. Sie dachte an die vergangene Nacht. »Ich bin hier, um Ihren Bruder zu heiraten, nicht Sie.«

»Die Apachen sorgen dafür, daß alles in der Familie bleibt«, erklärte er ihr. »Wenn ein Krieger stirbt, wird von seiner Witwe erwartet, daß sie seinen Bruder heiratet.«

»Wir sind beide keine Apachen.« Dabei vergaß sie nicht, daß er wie ein Apache gelebt hatte.

»Du bist nicht aus dieser Gegend?« fragte er.

»Nein, ich komme aus... St. Louis«, sagte sie nervös, nachdem sie sich wieder an die Geschichte erinnert hatte, die Lucas erfunden hatte.

»Wie hast du Lucas kennengelernt? Er ist seit zwei Jahren nicht mehr im Osten gewesen.«

Sie wandte sich ab. »Lucas kann das besser erklären als ich.«

»War es Liebe auf den ersten Blick?«

»Mr. Holt.«

»Sag mir bloß nicht, das ginge mich nichts an. Schließlich ist er mein Bruder und mein einziger lebender Verwandter.«

»Ich wünschte, an diesen Umstand hätten Sie letzte Nacht gedacht«, sagte sie barsch.

Er zuckte ganz leicht die Achseln. »Das eine hat nichts mit dem anderen zu tun, soweit es mich betrifft. Wie ich bereits sagte, bist du noch nicht mit ihm verheiratet.«

Sie konnte nicht hoffen, daß er sein abscheuliches Verhalten bereuen würde. Das hätte sie gleich wissen müssen. Er stand auf, und seine Augen strahlten kräftiger. Sie spürte, daß sich ihre Brust genauso zusammenschnürte wie in der vergangenen Nacht und sie mußte tief einatmen, um überhaupt noch Luft zu bekommen.

Er kam langsam auf sie zu. »Kommen Sie mir nicht zu nahe, Slade.« Sie hielt die dampfende Kaffeetasse vor sich, um ihrer Warnung Nachdruck zu verleihen.

Er blieb stehen. »Du willst dich gegen mich zur Wehr setzen?«

»Jederzeit.«

»Aber du hast keine Chance zu gewinnen«, teilte er ihr ganz offen mit. »Wenn du eine Waffe in der Hand hieltest, würde das auch keinen Unterschied machen. Verstehst du das denn nicht?«

Seine Hand schoß vor und umklammerte ihr Handgelenk mit eisernem Griff. Er drückte ihre Hand auf den Tisch und preßte sie so fest, daß sie die Kaffeetasse loslassen mußte.

»Ich rechne dir hoch an, daß du es versucht hast, Schätzchen.« Hörte sie Belustigung aus seiner Stimme heraus? »Aber versuch es nicht noch einmal. Und zieh heute nacht wieder dieses hübsche blaue Nachthemd an.«

Er küßte sie schnell und brutal und ließ sie dann los. Ohne sich auch nur noch einmal umzusehen, ging er durch die Tür ins Freie.

17

»Mack?«

»Ja, hier bin ich.«

Sie hatte sich nur mit einem Taschentuch, das sie sich auf die Nase preßte, in den Stall gewagt, aber die Drohung war zu ernst, und sie hatte keine andere Wahl. Nur Lucas würde sie beschützen können.

»Kannst du ein Pferd für mich satteln, Mack?«

Er beäugte sie skeptisch. »Luke hat so was gesagt, als hätten Sie noch nie auf einem Pferd gesessen.«

»Das stimmt, aber er hat auch gesagt, daß ich es irgendwie lernen muß.«

Ihr graute bei der Vorstellung, sich auf ein Pferd setzen zu müssen.

»Das ist auch wahr. Wollen Sie üben oder wollen Sie in die Stadt?«

»Eigentlich will ich Lucas suchen. Ich hatte gehofft, Sie könnten mich zu ihm bringen.«

»Himmel, das ist ein Ritt von mindestens drei bis vier Stunden!« rief er aus. »Und man kann beim besten Willen nicht sagen, wo sie ihr Lager aufgeschlagen haben. Ich bräuchte Tage, um die beiden zu finden. So lange kann ich die Ranch nicht allein lassen.« Er sah sie forschend an. »Was ist denn so brandheiß und wichtig, daß es nicht noch ein bis zwei Tage warten kann? Bis dahin sollte er wieder da sein.«

Das konnte sie ihm nicht so ohne weiteres erklären, und sie wurde immer nervöser. »Würdest du mir bitte ein Pferd satteln?«

»Nicht, wenn Sie etwas so Närrisches vorhaben. Wenn Sie statt dessen erst mal in die Stadt reiten und sich einen Spurenleser suchen würden, der sie in weniger als einem Tag finden kann...«

Sie strahlte ihn an. »Ja! Genau so werde ich es machen.« Sie wußte nicht, womit sie einen Spurenleser bezahlen sollte, doch darüber konnte sie sich später Sorgen machen.

»Das haben Sie also vor?« fragte er argwöhnisch.

»Ich bin doch nicht völlig blöde, Mack. Ich wußte nur einfach nicht, daß ich jemanden engagieren kann, der mich zu Lucas bringt. Jetzt, nachdem du mir das erklärt hast...«

»Schon gut, dann mache ich Sally für Sie fertig. Die sollte für den ersten Ritt genau richtig sein.«

Sei sah ihm nach und rang die Hände. Sie wünschte, er würde sich beeilen.

Sie hatte sich ein altes Hemd von Lucas geborgt und die Ärmel mehrfach hochgekrempelt; dazu trug sie ihren Reiserock, darunter sämtliche Petticoats als Polster, und unter einem breitkrempigen Hut von Lucas hatte sie sich die Haare zu einem Knoten hochgesteckt. So lächerlich hatte sie in ihrem ganzen Leben noch nicht ausgesehen, aber das spielte angesichts der Sachlage keine Rolle.

»Du läufst vor mir davon, meine Schöne!«

Sharisse zuckte zusammen und drehte sich zu Slade um.

»Ich.. ich wollte nur...«

»Sie will Luke sehen, weil sie ihm was zu sagen hat«, sagte Mack, der zurückkam. Er führte Sally, einen kleinen Fuchs, an den Zügeln. »Ich habe ihr gesagt, sie soll warten, weil er ohnehin bald zurückkommt, aber die Kleine ist hartnäckig. Will in die Stadt jemanden suchen, der sie zu ihm bringt.«

Slade sah sie mit einem Grinsen an, in dem sie nichts lesen konnte.

»Ihn geht es überhaupt nichts an, wohin ich gehe«, fauchte sie Mack an.

»Ich wüßte nicht, warum nicht«, brummte Mack. »Schließlich ist er Lukes Bruder. Und außerdem, verdammt noch mal, kennt er die Berge besser als jeder andere. Er könnte Luke noch vor dem Sonnenuntergang finden. Warum bitten Sie ihn nicht, Sie zu Luke zu bringen?«

Sharisse erbleichte und schüttelte heftig den Kopf. »Das kommt gar nicht in Frage.«

»Warum nicht?« fragte Slade zuvorkommend. »Ich habe ohnehin nichts Besseres zu tun. Ich hätte überhaupt nichts dagegen.«

»Ich will Ihnen nicht zur Last fallen.«

»Das täten Sie gar nicht.«

»Aber...«

»Es ist sinnlos zu streiten, Miß Hammond«, schnitt ihr Slade das Wort ab. »Ich kann Sie gar nicht allein ausreiten lassen. Man kann nie wissen, wer Ihnen zwischen hier und der Stadt über den Weg laufen könnte. Natürlich«, fügte er grinsend hinzu, »können Sie immer noch einfach hierbleiben und darauf warten, daß mein Bruder zurückkommt.«

Die Anspielung war deutlich. Hierbleiben und warten, bis Slade in ihr Schlafzimmer kam. Er wollte sie in eine Falle locken. Wenn sie blieb, war sie verloren. Aber er ließ auch nicht zu, daß sie ohne ihn die Ranch verließ. Er konnte seine Drohungen ebensogut unterwegs wahrmachen. Welche Gefahr war die geringere?

Er legte ihr Schweigen als Zustimmung aus und ging um sein Pferd zu holen.

Sie folgte ihm, bis sie nicht mehr in Macks Hörweite waren. »Sie wissen genau, warum ich fortgehe«, zischte sie. »Warum können Sie mich nicht in Ruhe lassen?« Er antwortete nicht und sah sie nicht einmal an. »Ich will, daß Sie mich in Ruhe lassen. Können Sie das denn nicht verstehen?«

Als hätte er kein Wort von dem, was sie gesagt hatte, gehört, sah er sein Pferd an und rief Mack zu: »Du brauchst das Pferd nicht für sie fertigzumachen, Mack. Sie reitet mit mir.«

»Nein, das tue ich nicht«, sagte Sharisse.

»In diesem engen Rock kannst du dich nur im Damensitz auf ein Pferd setzen, es sei denn, du ziehst ihn so weit hoch, daß deine Beine nackt sind, und ich bin sicher, daß du das nicht vorhast.«

»Ich reite überhaupt nicht mit Ihnen«, flüsterte sie.

Sie drehte sich um, um zu gehen, doch er packte ihr Handgelenk, und im nächsten Moment saß sie seitlich auf seinem Pferd. Ehe sie auch nur versuchen konnte, sich heruntergleiten zu lassen, war er neben ihr und hielt sie fest. Er griff nach den Zügeln.

»Schrei nicht, meine Schöne«, hauchte er leise. »Der alte Mann glaubt sonst nur, daß du dich vor dem Pferd fürchtest.«

Bis sie sich ausgerechnet hatte, daß Mack vielleicht doch so klug war, etwas anderes daraus zu schließen, war es zu spät. Slade galoppierte aus dem Stall, und ihr erschrecktes Keuchen galt wirklich dem Pferd. Sie konnte es nicht unterdrücken. Sie hörte sein Lachen, doch sie machte sich nichts daraus. Ihr erster Ritt auf einem Pferd war genauso, wie sie es sich vorgestellt hatte – einfach grauenhaft. Doch als er das Pferd in Trab fallen ließ, war es noch schlimmer. Die Erschütterungen waren so heftig, daß ihre Zähne aufeinanderschlugen.

Etliche Meilen von der Ranch entfernt hielt Slade das Pferd an. »Ich habe zwar nichts dagegen, daß du mich derart an dich preßt, Schätzchen, aber es ist wirklich nicht nötig. Ich lasse dich nicht runterfallen.«

Sie löste ihre Umklammerung so weit, daß sie sich ein wenig von ihm entfernen konnte, doch sie traute ihrer Lage nicht genug, um ihn loszulassen. Der Boden war so schrecklich weit unter ihr.

Slade hatte einen Arm um ihre Taille geschlungen und drehte sich jetzt im Sattel um und griff hinter sich. »Heb mal deinen Hintern hoch«, sagte er, als er sich wieder umgedreht hatte.

»Was?«

Sein Gesicht war völlig ausdruckslos. »Stütz dich auf die Schultern des Pferdes und zieh dich hoch, damit ich diese Decke unter dich legen kann. Es wird ein langer Ritt, und ich wüßte nicht, warum du nicht bequemer sitzen solltest.«

»Oh.« Sie wagte es jetzt, ihn zu fragen. »Heißt das, daß Sie mich zu Lucas bringen?«

Für den Rest des Tages ritten sie in einem gleichmäßigen Trab voran und wechselten kein weiteres Wort miteinander. Konnte sie ihm vertrauen? Würde er sie wirklich zu Lucas bringen?

Als die Sonne gerade über der grandiosen Landschaft unterging und alles in den Schein ihrer letzten Strahlen tauchte, fragte sie sich besorgt, ob sie Lucas finden würden, ehe sie nichts mehr sehen konnten – und ob Slade sie wirklich zu Lucas brachte. In dem Moment überraschte er sie damit, daß er sagte: »Wir sind da.«

Es war nichts zu sehen.

»Du glaubst doch nicht, daß sie ein Rudel Wildpferde einfach rumstehen lassen?« sagte er. »Das San-Carlos-Reservat ist nicht allzuweit von hier. Durch diese Gegend streifen Apachen.«

»Apachen?« sagte sie furchtsam, und sie sah ihn über die Schulter an. »Aber ich dachte, alle Indianer seien jetzt in Reservaten.«

»Manche lassen sich eben nicht gern einsperren«, erwiderte er. »Arizona wird seit über zwanzig Jahren von unzufriedenen Indianerkriegern heimgesucht. Wir befinden uns jetzt exakt in dem Gebiet, in das sie ihre Ausfälle über die Grenzen des Reservats machen.«

»Dann hätten wir also jederzeit auf eine Horde Indianer stoßen können?«

»Ängstigt dich diese Vorstellung?«

»Ja, natürlich.«

»Dazu besteht kein Grund«, sagte er beiläufig. »Der einzige Indianer, der im Moment in der Nähe ist, ist Billy, und der ist absolut harmlos.«

»Woher wollen Sie das wissen? Und wo ist er?«

»Ich denke, am anderen Ende dieses schmalen Weges, der vor uns liegt«, sagte er, ohne auf ihre erste Frage einzugehen. Er stieg vom Pferd und streckte ihr seine Hände entgegen. »Komm runter.«

Sie griff nach dem Sattelknauf. »Woher wissen Sie das? War es so einfach, ihren Spuren zu folgen?«

»Billy weiß, wie man Spuren verwischt.«

»Aber wie können Sie dann wissen...«

»Ich habe eine Zeitlang in diesen Bergen gelebt. Ich habe selbst Wildpferde eingefangen. Billy und ich haben diese Stelle öfter aufgesucht.«

Natürlich kannte er sich hier aus. Lucas hatte ihr doch erzählt, daß Slade acht Jahre lang in der Wildnis gelebt hatte. Und die streunenden Indianer, von denen er gesprochen hatte? Wahrscheinlich kannte er sie sogar persönlich!

Sie glitt vom Pferd, stütze dabei ihre Hände auf seine Schultern und ließ sich von ihm auf den Boden heben. Doch dann ließ er sie nicht los. Ehe sie ihre Arme fallen lassen konnte, riß er sie an sich und preßte seinen Mund gierig auf ihre Lippen. Sie konnte nicht mehr klar denken. Ihr blieb nicht einmal die Zeit, sich zu wehren, ehe ihr Körper sie im Stich ließ und diese plötzlichen Wogen von glühender Hitze auskostete, die sie durchströmten und ihr schwindlig vor Augen werden ließen. Ihre Arme legten sich aus eigenem Antrieb um seinen Hals.

Ein ersticktes Stöhnen entrang sich ihm, und er ließ sie abrupt los. Sie taumelte rückwärts gegen das Pferd. Was hatte ihn diesmal zurückgehalten? Seine Augen funkelten gefährlich, aber war das, was sie dort sehen konnte, Begierde oder Zorn?

Wortlos packte er ihr Handgelenk und zerrte sie hinter sich her durch einen Hohlweg, der zwischen Felsmauern verlief. Sie konnte sich nicht von ihm losreißen. Sie hatte keine Macht über ihn – und auch nicht über ihr eigenes Los. Entweder Lucas war hier, am Ende dieses Weges, oder sein berüchtigter Bruder würde sie innerhalb kürzester Zeit schändigen.

18

Der Anblick der Pferde, die an der Felswand festgebunden waren, machte Sharisse vor Erleichterung ganz benommen. Billy kauerte an einem Feuer und grillte Fleisch. Er sah erstaunt auf, als Slade Sharisse durch eine schmale Öffnung zwischen den Felswänden auf den kleinen freien Platz stieß.

Die Felswände endeten abrupt, und die gesamte Kulisse war von der untergehenden Sonne in ein blutrotes Licht getaucht.

Billy stand auf. Er war genauso gekleidet wie beim ersten Mal, als sie ihn gesehen hatte; er sah wie ein Wilder aus.

»Weshalb hast du sie hierhergebracht?« fragte Billy gereizt.

»Sie wollte Lucas suchen«, erwiderte Slade tonlos.

Sharisse entfernte sich eilig von ihm und stellte sich dichter neben Billy. Billy machte sie doch nicht ganz so nervös wie Slade. »Wo ist Lucas?«

»Du bist verrückt«, teilte Billy ihr in aller Direktheit mit. »Morgen hätten wir uns ohnehin auf den Heimweg gemacht.«

»Und woher hätte ich das wissen sollen?« sagte Sharisse trotzig. »Bitte, wo ist Lucas?«

Slade stand neben ihr, ehe Billy antworten konnte.

»Schön dich wiederzusehen, Billy.«

»Ich habe mich schon gefragt, ob du überhaupt wiederkommst«. Billy war jetzt ganz entspannt und strahlte ihn freudig an.

Slade zuckte die Achseln. »Luke scheint auch allein zurechtzukommen. Mit deiner Hilfe natürlich«, fügte er mit einem Blick auf die eingepferchten Pferde hinzu. »Wieviele gehören ihm?«

»Mehr als die Hälfte«, sagte Billy fröhlich. »Du hast ihm einiges beigebracht, ehe du gegangen bist.«

»Billy, wo ist Lucas?« fragte Sharisse mit scharfer Stimme.

»Irgendwo da hinten.« Er wies mit einer Kopfbewegung auf den Ausgang dieses Platzes, der dem, durch den sie gekommen waren, gegenüberlag. »Ich habe ihn den ganzen Tag noch nicht gesehen«, erklärte Billy. »Er hat einen jungen Falben gefangen, der sich in der Herde rumgetrieben hat, solange der Hengst fort war. Wir konnten ihn nicht bei den Stuten lassen. Ihm stand soviel Pferdefleisch zur Auswahl, daß er keine Ruhe geben wollte.« Er grinste, weil er fand, dieses Thema müsse in ihren Ohren schrecklich heikel sein, und merkte nicht, daß sie absolut keine Vorstellung davon hatte, wovon er eigentlich sprach. »Wir mußten ihn wegbringen, damit er sie nicht mehr riechen kann. Ich schätze, Luke hat sich entschlossen, ihm Gesellschaft zu leisten.«

Sharisse starrte in den schmalen Weg zwischen den Felswänden. Es wurde jetzt mit jedem Augenblick dunkler. Was war, wenn Lucas sich entschied, die ganze Nacht über nicht in dieses Lager zurückzukehren?«

Sie warf Slade einen zögernden Blick zu und stellte fest, daß er sie mit belustigten Blicken beobachtete. Sie rückte wieder von ihm ab und lief um das Feuer herum. Sein Lachen ließ ihr Schauer über den Rücken laufen.

»Hol doch bitte mein Pferd, Billy, ja?« sagte Slade, ohne Sharisse aus den Auen zu lassen. »Es war ein besonders nervenaufreibender Tag.«

Sharisse hielt den Atem an. Sie beide miteinander allein? Nein, danke.»Ich glaube, ich suche Lucas jetzt lieber, statt hier auf ihn zu warten«, sagte sie eilig.

»Jetzt wartest du erst mal«, sagte Billy. Er bückte sich, um ein großes Stück Fleisch in ein Stück ungegerbtes Leder zu wickeln. Er warf es ihr zu. »Wenn du ohnehin zu ihm gehst, kannst du ihm das auch gleich mitnehmen, und ich kann mir die Mühe sparen – für den Fall, daß er sich die ganze Nacht zu dem Hengst legen will.«

»Wenn er erst weiß, daß ich hier bin, wird er zu uns kommen«, sagte Slade. »Ich freue mich schon darauf, ihn zu sehen. Halte ihn nicht zu lange auf, meine Schöne.« Er sah ihr in die Augen. »Mein Bruder und ich – wir haben etwas miteinander zu regeln, und ich habe keine Lust, es aufzuschieben.«

Sharisse rannte fast. Sie fühlte sich überhaupt nicht sicher, auch dann nicht, als sie Slade hinter sich zurückgelassen hatte. Der schmale Pfad wurde breiter, doch das Tageslicht war fast erloschen, und sie konnte kaum noch etwas sehen. Alles war dunkel, und bedrohliche Schatten fielen herab, insbesondere auf der Seite des Weges, die steil abfiel.

Sie begab sich immer weiter in die unbekannte Wildnis hinein, aber sie wußte nicht, wie weit sich Lucas von dem Schlafplatz entfernt hatte und wie weit sie noch laufen mußte. Sie konnte nur beten, daß sie ihn finden würde, solange es noch nicht stockdunkel war. Wenn sie ihn nicht fand, hieß das, daß sie die Nacht allein mit Slade und Billy verbringen mußte. Sie wußte ohnehin nicht, ob sie sich nicht schon längst verirrt hatte. Sobald sie von absoluter Dunkelheit umfangen war, sah sie den Schein eines Feuers. Sie lief auf das Feuer zu. Direkt am Feuer stand das Pferd, das an einem Pflock im Boden festgebunden war. Sie stand auf einer kleinen, runden Fläche, die von Geröll umgeben war, eine Sackgasse, wenn man nicht so behende war, einen dieser glatten Felsen zu besteigen.

Lucas war offensichtlich so behende. Er lag flach auf dem Bauch auf den riesigen Felsen und hielt eine Waffe auf sie gerichtet. Sharisse erstarrte.

»Sharisse? Was, zum Teufel, tust du denn hier?«

Er sprang mit Leichtigkeit in einer einzigen gleitenden Bewegung von dem Fels herunter und lief zu der Decke am Feuer. Er steckte die Pistole wieder in den Halter, der neben seinen Satteltaschen lag. Sein Anblick gab ihr zu denken. Er trug kein Hemd. Seine blaue Hose steckte in seinen kniehohen schwarzen Wildlederstiefeln, ganz wie bei Slade.

»Lucas? Du bist es doch, oder nicht?«

»Was ist denn das für eine merkwürdige Frage?«

»Eine entscheidendere Frage, als du glaubst«, sagte sie, und sie spürte die gesamte Anspannung der letzten Stunden auf sich lasten.

»Du hast meinen Bruder kennengelernt?« fragte er. »Ist das der Grund, aus dem du nicht mehr sicher bist, ob ich es bin, Shari?«

Shari. Mehr brauchte sie nicht zu hören. Slade konnte nicht wissen, wie Lucas ihren Namen abkürzte. Dazu noch die französische Betonung!

»O Lucas!« Sie lief auf ihn zu und schlang ihre Arme um ihn, und es war ihr auch ganz gleich, daß seine Brust entblößt war. »Ich kann dir gar nicht sagen, wie froh ich bin, dich zu sehen!«

»Das sehe ich selbst«, murmelte er, während er sie an sich drückte. »Aber vielleicht solltest du mir das jetzt doch erklären.«

Sie hielt ihn fest und konnte gar nicht fassen, was für ein Gefühl der Sicherheit und Geborgenheit er ihr vermittelte. »Es war gräßlich«, sprudelte sie heraus. »Ich hoffe, es stört dich nicht allzu sehr, aber ich muß dir sagen, daß ich deinen Bruder absolut nicht leiden kann.«

Er hielt sie auf Armeslänge von sich, um ihr Gesicht sehen zu können. »Was hat er getan?«

»Er...« Sie unterbrach sich. Jetzt, da sie wieder in Sicherheit war, kam sie sich fast albern dabei vor, daß sie sich derart gefürchtet hatte. Würde er sie auslachen, wenn sie es ihm erzählte? »Oh, müssen wir jetzt darüber reden? Ich glaube.. ich habe dir dein Abendessen mitgebracht, sieh mal.« Sie drückte ihm das Stück Fleisch in die Hand, das sie auf dem ganzen Weg umklammert hatte. »Billy war nicht sicher, ob du heute nacht zu ihm zurückkommst, und daher hat er mir das mitgegeben.«

»Aber wie bist du hierhergekommen?«

»Slade hat mich hergebracht.«

»Soll das heißen, daß er hier ist? Warum hast du das denn nicht gleich gesagt?«

Er ließ sie stehen und warf Erde in das Feuer, um die Glut zu ersticken.

»Warte, Lucas!« rief sie, und er wirbelte zu ihr herum, sah sie an und wartete. »Müssen wir zu den anderen gehen? Er.. er ist doch morgen früh auch noch da.«

Er sah sie verwirrt an. »Heißt das, daß du hierbleiben willst?«

»Ja.«

»Ich habe nur eine Decke.«

Sie bekam diese Warnung überhaupt nicht mit, Ihr einziger Gedanke war der, eine Gegenüberstellung hinauszuzögern, und daher hörte sie nicht allzu aufmerksam zu. »Es ist nicht allzu kalt«, erwiderte sie sorglos.

Lucas zögerte. Wußte sie, worauf sie sich hier einließ? Es kam ihm vor, als seien alle ihre Ängste von ihm abgezogen worden, um jetzt auf Slade gerichtet zu ein. Er hatte gehofft, daß es dazu kommen würde. Er konnte seinem Bruder wirklich dankbar sein.

»Dann fühl dich doch ganz wie zu Hause.« Er grinste und warf ihr das Stück Fleisch wieder zu. »Iß erst mal das da; in meinen Satteltaschen findest du Brot.«

Sharisse setzte sich auf seine Decke. Sie nahm ihren Hut ab. Dann errötete sie, weil ihr klar wurde, daß er vermutlich den Hut und das Hemd als seine eigenen Sachen erkannt hatte.

»Ich habe mir ein paar Dinge von dir ausgeborgt, um hierherzukommen«, sagte sie. »Ich hoffe, du hast nichts dagegen.«

»Das Hemd steht dir besser, als es mir je gestanden hat.«

Er konzentrierte sich ganz darauf, das Feuer wieder anzufachen. Sie breitete das Essen um sich herum aus und zögerte nur einen kurzen Moment, ehe sie mit ihren Fingern ein Stück Fleisch vom Knochen riß. Sie war ausgehungert.

»Willst du es mir jetzt erzählen?« fragte er leise, während er sich neben sie setzte.

»Was?«

»Was dich dazu gebracht hat, dich auf ein Pferd zu setzen und hierherzukommen. Ich hätte schwören können, daß du wild entschlossen warst, das Reiten nicht zu lernen.«

»Oh«, sagte sie ausweichend.

Sie wollte ihm wirklich nicht erzählen, was für ein abscheulicher Mensch sein Bruder war. Es konnte sogar sein, daß er ihr kein Wort glaubte, und was dann? »Der Ritt war nicht ganz so schlimm, wie ich es mir vorgestellt habe«, sagte sie. »Aber ich mußte schließlich nicht selbst mit dem Pferd zurechtkommen. Ich bin... ich bin beim Reiten vor Slade gesessen.«

»Habe ich dich falsch verstanden? Ich dachte, Slade sei der Grund, weshalb du hier bist?«

»Ja, doch.«

»Und doch warst du damit einverstanden, daß er dich hierherbringt, und du hast sogar auf einem Pferd mit ihm gesessen?«

»Lucas«, sagte sie, »er hat mir keine andere Wahl gelassen. Er hat gesehen, daß ich die Ranch verlassen wollte, um dich zu suchen, und dann hat er darauf bestanden, mich zu begleiten. Er hat mich sogar auf sein Pferd gesetzt und ist losgeritten, ehe ich etwas daran ändern konnte. Ich wollte nicht, daß er mitkommt. Himmel, der Grund, aus dem ich fortreiten mußte, war doch...«

Sie zögerte, und Lucas grinste. »War, daß du ihm entkommen wolltest?«

»Findest du das etwa komisch?«

»So ist Slade nun mal, Schätzchen. Er fragt nur äußerst selten um Erlaubnis, ehe er etwas tut. Du bist an Slade einfach noch nicht gewöhnt.«

»Ich habe nicht vor, mich an ihn zu gewöhnen.« Sie fing an, sich verspottet zu fühlen.

»Urteilst du nicht etwas gar zu streng über ihn?«

»Nein!«

»Er hat dir doch nichts Böses getan, oder?«

»Nun... nein...«

»Also gut, Sharisse.« Ihre ausweichenden Antworten ärgerten ihn. »Was genau hat Slade denn getan?«

Sie brachte es nicht über sich, in diese forschenden Augen zu blicken. »Er hat mich geküßt.«

»Das ist alles?«

»Lucas!« schrie sie, und ihre Stimme prallte von den Felsen ab. »Reicht das denn nicht? Er wußte, daß ich deine Verlobte bin, und er hat mich trotzdem geküßt!«

»Schätzchen, ich verstehe ja, daß es dich aus der Fassung gebracht hat, aber ich kann Slade nicht wahrhaft vorwerfen, daß er es versucht hat. Vielleicht ist dir nicht klar, welche Versuchung du darstellst«, sagte er unverblümt.

Sie wandte sich ab. Sie hatte damit gerechnet, daß er wütend sein würde, nicht amüsiert. War ihre Reaktion etwa hysterisch gewesen? Die Drohung, die ihr so greifbar erschienen war. Trotz allem mußte sie sagen, daß Slade sie zu Lucas gebracht hatte und daß er sich ihr nicht aufgezwungen, sondern ihr nur damit gedroht hatte.

»Ich kann ihn trotzdem nicht leiden.« Ihre innere Erregung ließ ihre Stimme schrill klingen.

»Die meisten Menschen mögen ihn nicht, Schätzchen.«

War es Bitterkeit, was sie aus seiner Stimme heraushörte? Es klang so traurig. »Es tut mir leid. Du bist doch nicht böse auf ihn, oder?«

»Nein.«

»Ich wäre nicht hergekommen, wenn er mich nicht so nervös gemacht hätte. Verstehst du, ich konnte einfach nicht mit ihm allein bleiben.«

»Es ist schon gut, Shari.« Er lächelte besänftigend. »Du brauchst dir deshalb keine Sorgen zu machen. Er wird dich nicht mehr belästigen.«

Jedenfalls nicht, solange ich bei dir bin, fügte sie für sich hinzu. »Ich bin froh, daß du nicht so bist wie er«, sagte sie impulsiv. Sie konnte nichts in seinem Gesicht lesen.

19

Sie schlief nicht, und er wußte es. Sie war unruhig, wandte sich ihm zu und wieder von ihm ab. Lucas lag da und kämpfte mit sich selbst. Er fragte sich, was mit ihr los sein mochte.

Sharisse hatte protestiert, als er sich neben sie gelegt hatte, aber sie hatten nur diese eine Decke. Sie mußte neben ihm liegen, und sie hatte sogar seinen Arm als Kissen angenommen. Aber sie war so nervös wie eine Katze. Zweifellos bereitete ihr diese Nähe Sorgen, aber schließlich machte eben diese Nähe auch ihm Kummer. Er staunte sogar wirklich über seine eigene Zurückhaltung und Selbstbeherrschung. Er hatte sie dort, wo er sie haben wollte, und er war sogar recht sicher, daß er sie dazu bringen könnte, auf ihn zu reagieren, und doch hielt er sich ihr fern.

Sie hätte es mit sich geschehen lassen. Sie vertraute ihm, suchte Schutz bei ihm, und daher konnte er sie nicht ausnutzen. Dieses Vertrauen war ihm so lieb und tat ihm so wohl, daß er es nicht mißbrauchen wollte.

Sharisse war entgeistert und wütend auf sich selbst. Sie hatte dagelegen und in das erlöschende Feuer gestarrt, doch das Einschlafen war ihr unmöglich gewesen. Sie hatte nie neben einem Mann geschlafen und hatte sich keine Vorstellung davon gemacht, wie beunruhigend das sein konnte. War das Begehren? Wollte sie, daß sie sich nach einem Mann verzehrte? Von dem Moment an, in dem Lucas sich zu ihr auf die schmale Decke gelegt hatte, hatte sie diese seltsame Unruhe gespürt. Was konnte diesen schrecklichen Rätseln, vor denen sie stand, ein Ende setzen? Sie hätte sich Antoine bereitwillig hingegeben, obwohl nichts von diesem ruhelosen Sehnen dagewesen war, und daher mußte sie sich fragen, warum sie sich jetzt derart beharrlich sträubte. Schließlich brauchte es ja niemand zu wissen. Ihre Freundin Sheila hatte gesagt, es gäbe Möglichkeiten, einen Mann glauben zu lassen, man sei noch eine Jungfrau, wenn man es gar nicht mehr war. Aber wie sah das im umgekehrten Falle aus? Konnte man einen Mann glauben lassen, man sei keine Jungfrau mehr, wenn man es noch war? Sie konnte sich Lucas nicht geben und dabei Gefahr laufen, daß er es doch merkte, denn dann wüßte er, daß sie gelogen hatte und gar nicht verheiratet gewesen war. Jetzt war es zu spät, um die Wahrheit einzugestehen.

»Shari, du schläfst ja gar nicht.«

Es war keine Frage.

Sie blieb möglichst lange ganz still liegen, und dann drehte sie sich langsam zu ihm um und sah ihn an.

»Lucas? Ist etwas?«

Wie dämlich das klang. Sie wußte nur zu gut, was los war. Er machte sich gar nicht die Mühe, ihr zu antworten.

»Shari.« Er sagte nur das und sonst gar nichts.

Sein Gesichtsausdruck und das, was in seinen Augen stand, sagten ihr, was er jetzt tun würde. Und sie wollte wahrhaftig, daß er es tat.

Seine Augen glitten über ihr Gesicht, und mit seinen Blicken streichelte er das, was er sah. Sein Blick blieb auf ihren Lippen liegen, und dann senkte sich sein Mund auf ihre Lippen, um sie für sich zu fordern. Sein Geschmack und sein Geruch erfüllten sie, berauschten sie und raubten ihr die Sinne. Die Zeit stand still. Es gab nur noch seinen Mund, der Wunder bewirkte. Die Nadeln fielen aus ihrem Haar, das als grandiose Kaskade hinabstürzte, und sie spürte, daß seine Finger durch ihr Haar glitten. Ihre Hände hoben sich, um sich um seinen Hals zu schlingen und ihm zu sagen, daß ihr recht war, was er tat. Seine Zunge glitt zwischen ihre Zähne, und sie hieß sie willkommen, neckte sie freundlich und folgte ihr zögernd mit ihrer eigenen Zunge.

Er stöhnte, und seine Lippen strichen über ihr Gesicht und zu ihren Brüsten hinab. Sie preßte ihn dichter an sich. Er begann, sie auszuziehen, und kurz darauf war ihr Hemd offen, dann ihr Rock. Ihre vielen Petticoats wurden geöffnet, und selbst die Ösen ihres Korsetts ließen sich von seinen geschickten Fingern lösen.

Er zog sie auf die Füße, und bei dieser flinken und gewandten Bewegung fiel die Hälfte ihrer Kleidungsstücke zu Boden. Mit einem Arm zog er sie an sich, und mit der anderen Hand beendete er sein Werk, sie auszuziehen. Als sie auf den Gedanken kam, nein zu sagen, war sie bereits vollkommen nackt, und er legte sie gerade wieder sachte auf die Decke zurück. Seine glühenden Küsse zerstreuten ihren letzten Widerstand, und sie gab sich mit ihrem gesamten Wesen hin. Verwundert streichelte er sie, und Schauer der Begierde durchzuckten sie. Ganz plötzlich hörte er auf und rückte von ihr ab, und fast hätte sie laut aufgeschrien. Er warf seine Kleider von sich und kam wieder zu ihr.

Seine Blicke verschlangen sie, und in ihnen brannte eine Leidenschaft, die sie in ihren Bann zog. Jetzt war, und sie wußte es, ihre letzte Gelegenheit gekommen, ihm Einhalt zu gebieten. Kein Wort kam über ihre Lippen. Sie spürte nur noch ihn, dieses großartige Gefühl seines kräftigen, männlichen Körpers, der sich an sie preßte. Sie streckte ihre Arme aus, um ihn noch dichter an sich zu ziehen, und er zögerte nur einen Moment lang, ehe er sich von ihr so weit herunterziehen ließ, daß sein gesamter Körper sie bedeckte. Sein Mund nahm ihre Lippen in einem glühenden Kuß gefangen.

Er drang langsam in sie ein, kostete es aus. Doch seine zärtliche Behutsamkeit bewirkte, daß sich stetig ein Schmerz aufbaute, als er sich an dem Häutchen bewegte, das nicht nachgeben wollte. Sharisse versuchte, ihm näher zu kommen, doch er küßte nur immer wieder ihre Brüste und bewegte sich in ihr. Seine Lippen wirkten weitere Wunder, und als er plötzlich tief in sie eintauchte, war der stechende Schmerz vorüber, ehe sie auch nur begonnen hatte, den Schmerz wahrzunehmen.

Es war geschehen. Sharisse fühlte sich unglaublich erleichtert. Eine unendliche Last war plötzlich von ihr genommen. Er füllte sie aus und berührte sie auf eine Weise, die sie von Wogen ständig neuer Begierde überschwemmen ließ. Glut entfachte sich in ihren Lenden, und kurz darauf war nur noch die Lust da, die sich mit jeder Bewegung verstärkte. Der Genuß nahm nahezu unerträgliche Ausmaße an und war in seiner Intensität erschrekkend. Wogen durchfluteten sie, süße Schauer rieselten durch sie hindurch, und sie zitterte und bebte vor Schwäche. Lucas preßte sie fest an sich, um ein allerletztes Mal in sie einzutauchen. Sie spürte das Pochen und empfand grenzenlose Zärtlichkeit für diesen Mann, der sie verschlang. Sie drückte ihn so fest sie konnte an sich.

20

Sharisse erwachte plötzlich. Sie war nur von einem ihrer Petticoats bedeckt. Lucas hatte sie beim Schlafen beobachtet. Wie peinlich!

»Guten Morgen, meine Schöne!«

Sie schnappte nach Luft, wirbelte herum, sah ihm ins Gesicht und drückte die Decke an sich. »Lucas?«

»Heißt das, daß du immer noch nicht sicher bist?« Er lachte.

»Nenn mich nicht so!« fauchte sie; sie war gereizt, weil eine Woge von Angst sie mit sich gerissen hatte.

»Aber du *bist* schön.«

Er kniete sich neben sie und raubte ihr einen Kuß. Dann fuhr er mit einem Finger durch ihre Locken.

»Ich war wirklich verdammt neugierig, wie lang dein Haar wohl ist«, sagte er mit einer Beiläufigkeit, die sie verzweifeln ließ. »Warum versteckst du es in einem Knoten?«

»Ich bin zu alt, um mein Haar offen zu tragen.«

»Zu alt? Was soll das heißen – zu alt?«

»Das ist völlig aus der Mode gekommen, Lucas.«

»Und du mußt dich selbst hier draußen nach der Mode richten?«

Das spöttische Funkeln in seinen Augen brachte sie aus der Fassung. Das und ihr Wissen darum, wie nackt sie unter dieser Decke war.

»Lucas, das ist nicht der rechte Zeitpunkt, um meine Frisur zu erörtern. Ich würde mich jetzt gern anziehen, wenn du nichts dagegen hättest, ein paar Minuten zu verschwinden.«

»Das ist wieder etwas anderes«, sagte er, und er hob ihr Korsett auf, das auf dem Kleiderberg lag. »Warum trägst du eigentlich dieses steife Ding? Du brauchst es doch gar nicht.«

»Lucas!« Sie riß ihm in größter Verlegenheit das Korsett aus der Hand. »Was ich anziehe oder nicht anziehe, geht dich nichts an.«

»O doch, nämlich dann, wenn du dich in einem Maß einschnürst, das sich nicht mehr mit dem gesunden Menschenverstand vereinbaren läßt. Die Frauen im Westen...«

»Im Moment interessieren mich die Frauen im Westen absolut nicht. Lucas, bitte, ich möchte mich jetzt anziehen.«

»Schon gut, Schätzchen.« Er stand belustigt auf. »Ich hatte nur dein Wohlbefinden im Auge.«

Ging er jetzt? Allein die Vorstellung, ohne Korsett rumzulaufen! Was war bloß in ihn gefahren?

»Wenn du dich waschen willst – Wasser und ein Handtuch sind da. Ich gebe dir zehn Minuten Zeit, also trödele nicht. Man braucht einen ganzen Tag, um die Stuten zur Ranch zu treiben. Billy kommt allein damit zurecht, aber er wird nicht aufbrechen, ehe wir uns den beiden angeschlossen haben.«

›Den beiden‹ hieß, daß Slade noch da war. Wie konnte sie ihm nach der letzten Nacht ins Gesicht sehen? Würde er sich ausmalen können, was geschehen war?

Lucas hatte die vergangene Nacht mit keinem Wort erwähnt. Jetzt hatte sie das unglaublichste Erlebnis ihres gesamten bisherigen Lebens hinter sich gebracht, und er verhielt sich, als sei nichts gewesen. Nein, das stimmte nicht ganz. War sein Verhalten nicht intimer, vielleicht sogar besitzergreifend?

Dann wurde ihr plötzlich klar: Der Umstand, daß er kein Wort gesagt hatte, konnte nur bedeuten, daß er nicht wußte, daß sie noch eine Jungfrau gewesen war. Sie hatte sich umsonst Sorgen gemacht.

Ihre Erleichterung war gewaltig, und das nicht nur, weil er nicht gemerkt hatte, daß sie ihn hinters Licht geführt hatte. Es hatte zudem die Möglichkeit bestanden, daß er sich aus Gründen der Ehre verpflichtet gefühlt hätte, sie zu heiraten, nachdem er ihr die Jungfräulichkeit geraubt hatte; aber jetzt brauchte sie sich auch darum keine Sorgen zu machen.

Sie weigerte sich, länger darüber nachzudenken; statt dessen nutzte sie eilig die zehn Minuten, die ihr blieben. Doch es dauerte nicht allzu lange, bis sie wieder in einer Klemme steckte: Sie hatte getrocknetes Blut auf dem Handtuch entdeckt. Sie ließ es eilig fallen und versuchte hastig, mit Erde die Spuren zu verwischen. Doch sowie sie das Gefühl hatte, die Tarnung sei gelungen, fiel ihr Blick auf die Decke. Sie hatte keine Zeit mehr, die verräterischen Spuren herauszuwaschen. Sie würde dafür sorgen müssen, daß die Decke auf dem Rückweg in ihrer Nähe blieb.

Sie zog gerade ihre Stiefel an, als Lucas zurückkam. »Fertig?« fragte er.

»Ja.«

Hastig hob sie die zusammengerollte Decke auf, als er seine Sachen zusammenpackte. Er sah sie fragend an, und sie sagte: »Ich dachte, ich könnte sie auf dem Heimritt als Kissen benutzen.«

»Hat Slade dir diesen Trick beigebracht?«

»Ja.«

»Sehr rücksichtsvoll von ihm, findest du nicht?«

»Doch, das kann sein«, murrte sie verdrossen.

»Du hast doch nicht etwa Bedenken, ihn wiederzusehen, oder?« fragte er zart, während er sie an den Schultern hielt.

»Ich...« Sie brachte die Worte nicht heraus, denn seine Nähe verwirrte sie. »Nein... nicht, solange du bei mir bist.«

»Gut.« Er tätschelte ihren Rücken und suchte dann den Rest seiner Sachen zusammen, schnallte sich den Pistolengurt um und warf die Satteltaschen über seine Schulter. »Seine Besuche sind kurz und selten«, fügte er hinzu. »Du mußt also nie über einen längeren Zeitraum mit ihm auskommen.«

Der Umstand, daß er an dem, was sie mit seinem Bruder hatte durchmachen müssen, nichts Böses fand, machte alles nur noch schlimmer. »Das klingt ja ermutigend.«

Entweder er hörte den Sarkasmus nicht aus ihrer Stimme heraus, oder er entschied sich, ihn zu ignorieren. Er band den Hengst los und sagte kein Wort mehr, bis das Pferd spürte, daß das Seil nachgab, sich aufbäumte und vor Lucas scheute.

»Bleib ein gutes Stück hinter mir zurück, Sharisse«, warnte Lucas sie. »Dieser Kerl könnte ausschlagen, und ich bin nicht sicher, ob ich ihn festhalten kann.«

Der Hengst bockte, mußte gezerrt und mit Schmeicheleien vorangetrieben werden, bis sie sich den anderen Pferden näherten. Von dem Moment an mußte Lucas ihn mit aller Kraft zurückhalten.

Als Sharisse das Lager erreichte, hatte Lucas Billy den Hengst übergeben, und Billy würde jetzt den Hengst bändigen und gleichzeitig die Stuten vorantreiben müssen. Sie und Lucas würden auf Lucas' Pferd reiten.

Lucas war derjenige, der die Frage stellte. »Wo ist Slade?«

Billy sah nicht auf. »Er ist furchtbar sauer gewesen, als du letzte Nacht nicht zum Lager zurückgekommen bist. Ich glaube, er hat es nicht allzu gut aufgenommen, daß du bei ihr geblieben bist, wenn du statt dessen deinen Bruder hättest treffen können.« Er blickte jetzt auf, und dabei stellte sich deutlich heraus, daß er die ganze Geschichte äußerst amüsant fand. »Nein, ich glaube, das hat ihm überhaupt nicht gefallen.«

»Hat er das gesagt?«

Billy grinste. »Nein, aber ich habe mir ausgerechnet, daß es wohl das ist, was ihn grün ärgert. Gesagt hat er so gut wie gar nichts. Du weißt ja, wie er ist, wenn er plötzlich ganz still und verschlossen wird. Dann ist es leichter, mit einem Maultier zu reden.«

Sharisse blieb sitzen, bis die Herde sich auf den Weg gemacht hatte. War Lucas jetzt wütend? Als er auf sie zukam und ihr die Hand reichte, um ihr auf sein Pferd zu helfen, erinnerte sein

Gesichtsausdruck sie an Slade, und das gefiel ihr überhaupt nicht. Sie fühlte sich gezwungen, etwas zu sagen.

»Es tut mir leid, daß er nicht gewartet hat, Lucas.«

Sein Gesichtsausdruck veränderte sich nicht. »So, wirklich?«

Sie richtete sich steif auf. »Ich bin keine Heuchlerin. Mir tut es kein bißchen leid, daß ich ihn nicht wiederzusehen brauche. Aber wenn er meinetwegen wieder gegangen ist, dann tut es mir leid, daß ich dich davon abgehalten habe, ihn zu sehen. Ich meine, es tut mir leid, daß du nicht hierhergekommen bist, um ihn zu sehen.«

»Ist er denn deinetwegen gegangen, Sharisse?«

»Woher soll ich das denn wissen?« fragte sie fassungslos.

»Vielleicht hast du es unterlassen, mir alles zu erzählen, was sich zwischen euch beiden abgespielt hat?«

Ihr wurde äußerst unbehaglich. »Ich habe dir gesagt, daß er mich haben wollte. Und er... er hat mir ganz den Eindruck gemacht, als wolle er sich mit dir um mich streiten. Vielleicht hat er es sich anders überlegt und ist gegangen, damit ihr beiden euch nicht doch noch in die Haare geratet.«

»Mein Bruder? Sich wegen einer Frau mit mir in die Haare geraten? Was, zum Teufel, hast du getan, um ihn dazu zu bringen, daß er dich so unbedingt haben wollte?«

»Wie kannst du es wagen, mich zu beschuldigen? Ich bin hier schließlich nicht diejenige, die etwas falsch gemacht hat.«

Ihre dunklen Amethystaugen blitzten zornig auf, und sie brauchte ihre gesamte Selbstbeherrschung, um ihm keine Ohrfeige zu geben. Doch dieser Ausbruch ungezügelter Wut belustigte Lucas, und er schlang seine Arme um sie und zog ihren widerstrebenden Körper dicht an sich.

»Schon gut«, räumte er ein. »Ich schätze, du brauchst gar nichts weiter zu tun. Ich weiß, wie leicht es ist, sich von dir mitreißen zu lassen, Sharisse.«

Es überraschte sie, wie abrupt sein Verhalten umschlagen konnte, fast so, als seien seine Anschuldigungen geheuchelt gewesen, als hätte er sie nur ganz bewußt provozieren wollen. Sie war äußerst verwirrt.

»Lucas... sollten wir jetzt nicht losreiten?«

»Ich habe dir doch schon gesagt, daß Billy allein mit den Pferden zurechtkommt, wenn er sich erst auf den Weg gemacht hat. Wir haben keine Eile.«

Die rauchige Klangfarbe seiner Stimme war ihr eine Warnung. Sie wußte, woran er dachte. Der Gedanke, sich am hellichten Tage von ihm lieben zu lassen, war so ungeheuerlich, daß sie es sich nicht gestatten durfte, es sich auch nur vorzustellen. Und doch preßte er sie auf eine Weise an sich, die sie aufwühlte. Schließlich fand sie ihre Stimme wieder.

»Lucas? Sollten wir nicht... losreiten?«

Er seufzte und ließ sie los. »Ich fürchte, du machst dir Sorgen um deinen Kater?«

Sharisse war erstaunt über diese Frage, doch sie stürzte sich dankbar auf diesen Vorwand. »Ja, ich habe ihn noch nie so lange allein gelassen.«

»Dann komm jetzt. Es ist ein langer Ritt. Und man kann es ja nie so genau wissen. Vielleicht ist Slade auf die Ranch zurückgekehrt und erwartet mich dort.«

Er hob sie vor sich auf das Pferd, um sie im Gleichgewicht halten zu können, nicht so wie Slade, der sie so vor sich hingesetzt hatte, daß er sie berühren und verängstigen konnte. Es war ja eine solche Erleichterung, mit Lucas nach Hause zu reiten! Und trotz allem, ja, es war wirklich so, erschien ihr das kleine Häuschen allmählich als ein Zuhause.

Sie ritten schweigend los, immer noch ein wenig auf der Hut voreinander, doch das änderte nichts daran, daß beide die Nähe und die Gesellschaft des anderen genüßlich auskosteten.

21

Sharisse hielt das Baby in den Armen und wiegte es sachte. Dieser Säugling mit dem dichten schwarzen Haar auf dem Kopf und mit dem winzigen, makellos geschnittenen Gesicht faszinierte sie grenzenlos. Der Junge war in der Nacht, in der sie aus den Bergen zurückgekehrt waren, geboren worden, als hätte Willow darauf gewartet, daß ihr Mann wieder nach Hause kam.

Billy Wolf war ihr jedoch während der Geburt keine Hilfe gewesen. Sharisse hatte gehört, daß er Lucas gestanden hatte er habe während der Geburt geschlafen und sei erst von dem ersten Schrei des Kindes erwacht.

Das war an sich schon erstaunlich. Ebenso erstaunlich war, daß

Willow am nächsten Tag schon aufstand und herumlief. Willow widerlegte alles, was Sharisse je über das Kinderkriegen gehört hatte. Bei ihr wirkte alles ganz normal. Und der kleine Junge war gesund und kräftig, und es war eine Freude, ihn zu beobachten.

Sharisse hatte in den letzten drei Tagen ihre Arbeit liegen lassen und die Zeit ganz mit Willow und ihrem Baby verbracht. Lucas schien nichts dagegen zu haben, daß er sein Essen mit Verspätung bekam oder daß seine Kleider nicht gewaschen waren. Er schien es zu dulden und sich darüber lustig zu machen, daß Sharisse über nichts anderes als das Baby mehr sprach.

Lucas hatte sehr viel damit zu tun, die neuen Stuten einzureiten. Das war ein Segen, denn abends war er erschöpft, und bisher hatte er keine weiteren Annäherungsversuche unternommen. Aber wie lange würde das so bleiben?

Ihr Problem war, daß sie nicht wußte, was sie von Lucas zu erwarten hatte. Anfangs hatte es ihr Sorgen bereitet, daß er so begehrlich gewesen war. Jetzt bereitete es ihr Sorgen, daß er keinerlei Annäherungsversuche unternahm. Sie schliefen nach wie vor allein im Haus, und doch schlug er nicht vor, daß sie in einem Bett zusammen schlafen sollten. War er einfach nur erschöpft? Wenn sie ihn bloß hätte fragen können, aber an dieses Thema traute sie sich wahrhaftig nicht heran.

Weiteren Kummer bereitete ihr, daß sie nichts von Stephanie gehört hatte. Und dabei hätte doch der kleinste Brief schon so viel zu ihrem Seelenfrieden beigetragen!

Lucas war am Morgen in die Stadt geritten, um Vorräte zu besorgen, aber er war noch nicht zurückgekommen, und es war schon spät am Nachmittag. Sie war schon ganz außer sich, als sie den Einspänner hörte, der auf die Ranch fuhr. Sie rannte zur Haustür und erreichte sie in dem Moment, in dem Lucas den Wagen anhielt.

»Was tust du mit dem Einspänner?« rief sie ihm zu.

»Dich in die Stadt bringen. Ich dachte, du hättest vielleicht Lust, im Hotel zu Abend zu essen.«

Was für eine wunderbare Idee. Sie hatte zwar einen Verdacht, weshalb er ihr diesen Vorschlag machte, aber das konnte sie ihm wirklich nicht vorwerfen. Es lag an ihrer Küche.

Er sprang aus dem Wagen, warf ihr ein strahlendes Lächeln zu und drückte ihr zwei eingewickelte Päckchen in die Hand. »Das ist für dich, aber du darfst es jetzt noch nicht auspacken«, sagte er zu ihr. »Und zieh dir für den heutigen Abend das eleganteste Stadtkleid an, das du hast. Es ist jemand in der Stadt, den ich dir vorstellen möchte.«

»Und wer ist dieser jemand?«

»Ein Freund von mir aus dem Osten – aus St. Louis, um es genau zu sagen. Er ist heute gekommen.«

»Aber«, sagte sie voller Unbehagen, »du hast mir doch gesagt, selbst mein schlichtestes Kleid sei zu schick für diese Gegend. Ich möchte nicht übermäßig herausgeputzt wirken, Lucas.«

»Du wirst nicht so wirken.«

»Hast du die Absicht, mit mir anzugeben?«

»Was ist dagegen einzuwenden?« Er grinste. »Schließlich kann nicht jeder Mann von sich behaupten, seine Verlobte sei die bestaussehende Frau in der ganzen Gegend.«

»Lucas, jetzt aber im Ernst!«

»Es ist mein Ernst, meine Schöne.«

»Ich habe dich gebeten, mich nicht so zu nennen.«

»Willst du jetzt stehenbleiben und dich mit mir streiten, oder willst du dich nicht lieber fertigmachen? Ich dachte, du freust dich, wenn wir einen Abend in der Stadt verbringen. Es ist ein ganz normaler Wochentag, und daher wird nicht allzuviel los sein. Und außerdem ist Emery Buskett selbst ein Städter, und daher wird er ganz bezaubert von dir sein.«

»Hast du ihm gesagt, ich käme aus St. Louis, wie du es hier allen erzählt hast? Gütiger Himmel, Lucas, soll ich etwa detailliert über eine Stadt reden, in der ich nie gewesen bin?«

»Jetzt gerate nicht in Panik, solange du keinen Grund dazu hast.« Er grinste wieder. »Er weiß tatsächlich nicht das Geringste über dich. Wir hatten heute andere Dinge zu besprechen.«

»Kommst du deshalb so spät?«

»Gütiger Himmel, Sharisse, das klingt ja ganz nach einer Ehefrau«, klagte er.

»Nein, ganz bestimmt nicht!« stieß sie empört heraus. Aber sie wußte, daß er sich nur einen Scherz mit ihr erlaubte.

»Für mich war es selbst eine Überraschung, Emery zu treffen«, erklärte er. »Ich wußte gar nicht, daß er kommt.«

»Und jetzt willst du ihn überraschen – mit mir?«

»Du magst keine Überraschungen?«

Was hätte sie tun können, wenn er derart zu Streichen aufgelegt war? Er mußte einen angenehmen Tag mit seinem Freund, den er so unerwartet wiedergetroffen hatte, verbracht haben, und vielleicht hatte er auch ein Glas zuviel getrunken.

»Ich gehe jetzt und mache mich fertig, Lucas.«

»Braves Mädchen.« Er kniff sie liebevoll in die Wange. »Du kannst das Haus ganz für dich haben, wenn du in der Küche baden willst, um Zeit zu sparen. Ich wasche mich in der Scheune.«

»Und du kommst auch nicht rein, ehe ich dich rufe?«

»Versprechen kann ich dir nichts, meine Schöne.«

Er lachte, und sie sah ihm nach, als er davonschlenderte. Warum beharrte er darauf, sie ›meine Schöne‹ zu nennen, obwohl er wußte, daß sie das nicht leiden konnte? Und wie konnte sie ihm auf die Dauer böse sein, wenn er ein so liebenswürdiger Stromer war?

22

Das Palace Hotel war eine freudige Überraschung, ganz anders, als sie es sich vorgestellt hatte. Es war ein schmales Gebäude, das nur drei Stockwerke hoch war, und das oberste Stockwerk war eine einzige riesige Suite, die ganz Samuel Newcomb gehörte. Doch hinter der schlichten Holzfassade verbarg sich Luxus. Zwischen den Kronleuchtern und den Kristallglaslampen auf sämtlichen Tischen im Raum fühlte sie sich ganz wie zu Hause. Natürlich wäre ein feines Restaurant in New York nie so leer gewesen, und sie hätte auch kein so schlichtes Kleid getragen wie das, von dem sie geglaubt hatte, es sei elegant genug für den Anlaß.

Es saß nur noch ein anderes Paar im Saal, und es war auch nur ein Kellner da, um sie zu bedienen. Sie beobachtete Lucas verstohlen, während sie dasaßen und Emerys Eintreffen erwarteten.

Sie hatte mit keinem Wort die Päckchen erwähnt, die er aus der Stadt mitgebracht hatte. Die schlichten Kattunkleider waren offensichtlich für ihre Arbeit gedacht, und vermutlich waren die Männerhosen und die Baumwollhemden zum Reiten da. Diese Kleidungsstücke sagten ihr, daß sie, wenn es nach ihm ging, nicht allzu schnell abreisen würde.

Während sie auf Emery warteten, beobachtete auch Lucas seinerseits Sharisse. Sie raubte ihm den Atem. Er hatte ihr gesagt, sie solle sich feinmachen, und er hatte sich darunter modischen

Schnickschnack vorgestellt. Doch sie verkörperte die reinste Eleganz, ganz in rotem und schwarzem Damast. Der Rock hatte drei Volants aus französischer Spitze, die so aufgesetzt waren, daß der glänzende schwarze Satin darunter zu sehen war. Das Kleid betonte ihr üppiges, welliges kupferfarbenes Haar. Sie sah phantastisch aus. Aber schließlich gefiel sie ihm immer. Er schüttelte den Kopf. Wenn er nur nicht dahintergekommen wäre, was für eine kleine Lügnerin sie war.

Er wußte immer noch nicht, was er davon halten sollte. Verdammt noch mal, sie konnte ebensogut Geschichten erfinden wie er. Und er war genauso leichtgläubig gewesen wie sie und hatte ihr jedes Wort geglaubt. Er war nie auf den Gedanken gekommen, sie könnte wirklich noch eine Jungfrau sein. Eine Jungfrau! Er hätte es wissen müssen. Genauso hatte sie sich schließlich auch benommen.

Dieser Umstand begeisterte und erboste ihn. In der Nacht nach dieser gewaltigen Überraschung hatte er kein Auge zugemacht, soviel stand fest. Er hatte Stunden über Stunden mit dem Versuch zugebracht, dahinterzukommen, welche Motive sie haben konnte, sich als Witwe auszugeben, wenn doch die schlichte Wahrheit weitaus ansprechender gewesen wäre. Er konnte sich keinen Reim darauf machen.

Am nächsten Morgen war es ihr gelungen, die Beweise ihrer gerade erst verlorenen Jungfräulichkeit zu vertuschen. Das kleine Unschuldslamm glaubte wahrhaftig, der Schwindel sei nicht aufgeflogen, und sie hatte auch vor, es dabei zu belassen. Aber warum bloß? Und wie mochte ihre wahre Geschichte aussehen? Lief sie vor jemandem davon? Vor dem Gesetz? Hatte sie wirklich nicht die leiseste Absicht, ihn zu heiraten? Oder war auch das gelogen? Seine Neugier verzehrte ihn.

Diese phantastischen Amethystaugen wandten sich ihm zu, und sie lächelte ihn schüchtern an. Zum Teufel, es gab keinen Grund, aus dem er sie nicht so lange halten konnte, bis er sie nicht mehr gebrauchen konnte. Fünf Minuten später kam Emery, aber er war nicht allein. Lucas stöhnte beim Anblick der Newcombs. Er konnte es sich nicht erklären, Emery hatte ihm gesagt, daß Sam darauf bestanden hatte, niemand solle etwas von dem Verkauf seiner Ranch erfahren, jedenfalls noch nicht. Wie würde Sam damit umgehen, daß man ihn in Gesellschaft des Anwalts ertappte? Auch Emery erweckte den Eindruck, als ob er sich ausgesprochen unwohl fühlte. Die Dinge aus der Ferne zu regeln, war eine Sache, aber plötzlich mitten im Rampenlicht eines kolossalen Betruges zu stehen, war etwas ganz anderes. Lucas hatte lange gebraucht, ehe er einen Anwalt gefunden hatte, dessen Skrupel ihn bei dem, was er vorhatte, keine Probleme machten. Er hatte nie in Erwägung gezogen, Emery und Sam Newcomb könnten einander jemals persönlich gegenüberstehen.

In eben diesem Moment wünschte sich Samuel Newcomb, er wäre überall sonst, nur nicht da, wo er jetzt war. Es war Fionas Idee gewesen, mit diesem Mann, mit dem er gemeinsam Geschäfte machte, im Hotel zu Abend zu essen. Er hatte Fiona nämlich erzählt, Emery Buskett sei genau das, ein Partner, mit dem er Geschäfte machte. Und jetzt hatte sie wahrhaftig Holt und dessen Verlobte erspäht und ging direkt auf den Tisch der beiden zu. Noch schlimmer hätte es gar nicht kommen können.

Verdammt noch mal. Er hatte nicht gewollt, daß Luke etwas davon erfuhr, daß dieser Mann, der die Abwicklung ihrer beider Investitionen tätigte, in der Stadt war. Er würde sich sicher fragen, warum dieser Mann in die Stadt gekommen war, und wenn er zwei und zwei zusammenzählte, konnte er sich ausrechnen, was Sam vorhatte. Sam erwarb die neuen Aktien unter Fionas Mädchennamen, damit keiner der ursprünglichen Geldgeber erfahren konnte, daß er darauf aus war, die Mehrheit an sich zu reißen. Wenn dieser Umstand bekannt wurde, konnte jemand anderes auf dieselbe Idee kommen und ebenfalls versuchen, die Aktienmehrheit an sich zu reißen und somit allein bestimmen zu können. Sam war äußerst vorsichtig vorgegangen, und jetzt das. Darüber, daß Holt eine große Summe investieren könnte, brauchte er sich keine Sorgen zu machen; doch es bestand die Möglichkeit, daß er einen der anderen Geldgeber kannte und ausplauderte, was Sam vorhatte.

Wenn der Zeitpunkt gekommen war, das Streckennetz auszubauen, würde Sam dafür sorgen, daß die Eisenbahnschienen nach Newcomb verlegt wurden. Sein Traum, die Stadt, die er gegründet hatte, könne eines Tages eine wichtige Stadt werden, war in den Bereich des Möglichen gerückt. Und wenn die Gewinne erst eingingen, konnte er sehr schnell alles, was er verkauft hatte, wieder zurückkaufen.

Nichts würde leichter sein, wenn die Käufer, die nicht anwesend waren und die Emery hier vertrat, erst herausfanden, daß

Newcomb auf dem besten Wege war, eine Geisterstadt zu werden. Sam hatte Emery eine beachtliche Summe dafür versprochen, diese Information vorläufig für sich zu behalten. Das war auch der Grund, aus dem er darauf beharrt hatte, daß Emery nach Newcomb kam. Ein derart heikles Thema wollte er der Post nicht anvertrauen. Wenn seine Versuche, den Anwalt zu kaufen, fehlgeschlagen wären, hätte Sam ihn ganz einfach abgeschoben und seine Geschäfte mit jemand anderem gemacht. Doch Emery war mit allem einverstanden gewesen. Er hatte Sam versichert, daß er und Luke keineswegs freundschaftlich miteinander standen. Außerdem würden die Geschäfte, die Sam hier tätigte, Holts Investition wieder rentabel machen, und daher konnte er sich wahrhaftig nicht beklagen, wenn er schließlich doch etwas davon erfuhr.

»Was für eine angenehme Überraschung«, sagte Fiona. »Mit dir haben wir hier ganz bestimmt nicht gerechnet, Luke – und natürlich auch nicht mit deiner charmanten Verlobten«, murmelte sie. Ihre blaßblauen Augen sahen Sharisse mit unverhohlener Verachtung an. »Wie heißen Sie eigentlich, meine Liebe?« Sie wandte sich wieder von ihr ab und lächelte Lucas an. »Du armer Kerl. Ich nehme an, das Hotel ist derzeit der einzige Ort, an dem du etwas Anständiges zu Essen bekommst.«

Diese plumpe Beleidigung schockierte Sharisse. Die angemessene Haltung, mit der sie gern darauf reagiert hätte, war eisige Höflichkeit. So hätte es sich gehört. Doch die Art, auf die Fiona Newcomb Lucas mit ihren Blicken verschlang, hatte Sharisse gerade noch gefehlt, und sie verlor gänzlich aus den Augen, was sich jetzt gehörte.

Zum Glück fand Lucas seine Stimme, ehe sie die Klauen zeigen konnte. »Ich brauche keine Anlässe, um meine Verlobte zum Abendessen hierher auszuführen, Fiona, aber falls du neugierig sein solltest, was ihre Fähigkeiten in der Küche angeht, so kann ich dir gleich sagen, daß sie deinen importierten Koch beschämt und in den Schatten stellt.«

»Wie schön für dich«, erwiderte Fiona trocken.

Sharisse strahlte über diese liebenswürdige Lüge. »Wenn Sie es genau wissen wollen, Mrs. Newcomb, Lucas hat mir versprochen, daß ich mir einen Abend lang die neuesten Neuigkeiten aus St. Louis anhören kann. Ein Freund von ihm ist in der Stadt.«

»Doch nicht etwa unser Mr. Buskett?« fragte Fiona. Sie warf einen Blick über ihre Schulter und sah ihn mit Sam näher kommen.

»Woher wußten Sie denn, daß Emery in der Stadt ist, Luke?« fragte Sam argwöhnisch.

»Ich habe ihn zufällig getroffen, als ich heute in der Stadt war. Aber Sie wissen ja selbst, wie sich Anwälte verhalten, wenn sie geschäftlich unterwegs sind – immer nur Arbeit und keine Geselligkeit. Und da er nur auf der Durchreise ist, habe ich mir gedacht, wenn ich Sharisse heute nicht in der Stadt ausführe, damit sie ihn kennenlernen kann, bekommt sie gar keine Gelegenheit dazu. Aber woher wußten Sie denn, daß er sich hier in der Stadt aufhält?«

»Er, äh, er ist auf der Ranch vorbeigekommen, um einen Anstandsbesuch zu machen und sich bei mir vorzustellen. Schließlich habe ich diesen Mann noch nie persönlich gesehen, und er regelt doch immerhin einige meiner Angelegenheiten.«

»Stimmt das, Emery?« schalt Lucas ihn in freundschaftlichem Tonfall aus. »Meine Einladung wolltest du nicht annehmen, aber Sam hast du besucht?«

Emery war zu verlegen, um eine Antwort zu finden, doch Sam hatte die rechte Reaktion für ihn parat. »Ich bin sicher, daß er Sie auf Ihrer Ranch aufgesucht hätte, wenn Sie ihn nicht bereits in der Stadt getroffen hätten, Luke.«

»Ja, natürlich.« Emery hatte die Sprache wiedergefunden. »Lucas, du hast mir ja gar nicht erzählt, daß du heiraten willst. Wenn ich das gewußt hätte, wäre ich mit Sicherheit zu dir gekommen, um dir meine Glückwünsche auszusprechen.«

Lucas lächelte und war froh, daß sich der Anwalt so schnell wieder gefangen hatte. Er stellte sie einander vor. Fiona stand da und siedete sichtlich, als Emery ihrer Rivalin einen Handkuß gab.

»Hammond?« sagte Emery versonnen. »Diesen Namen habe ich doch kürzlich erst gehört, aber wo?«

Sharisse erschrak. Er konnte unmöglich etwas von ihr gehört haben, doch sie wechselte auf alle Fälle das Thema.

»Ich nehme an, Sie werden mich enttäuschen, wenn Sie bereits eine Esseneinladung eingegangen sind, Mr. Buskett«, sagte sie. Sie warf einen flüchtigen Blick auf Sam und Fiona. »Aber vielleicht kommen Sie ja wieder einmal nach Newcomb, und dann könnten wir uns treffen?«

»Wenn es mir vergönnt ist, mich ihrer Gesellschaft zu erfreuen, komme ich mit Sicherheit bald wieder«, erwiderte Emery wortgewandt.

»Warum nicht gleich?« warf Fiona ein, die eine Gelegenheit für sich gekommen sah, Lucas einen ganzen Abend lang mit List und Tücke zu umgarnen. »Es gibt doch keinen Grund, aus dem wir nicht alle zusammen essen könnten, oder?« Fiona setzte sich neben Lucas, ehe Sam nein sagen konnte. »Schließlich wollen wir es unserer Kleinen doch nicht nehmen, den neuesten Klatsch aus ihrer Heimat zu hören. Es könnte sich in den zwei Wochen, seit sie hier ist, ja schon *so* viel zugetragen haben.«

Fionas Sarkasmus entging keinem der Anwesenden, doch Sharisse entschied sich, sich dumm zu stellen. »Sie sind wirklich zu liebenswürdig, Mrs. Newcomb, und das nicht nur, weil Sie sich mit uns in Mr. Buskett teilen.« Sie lachte. »Es ist schon seit Ewigkeiten nicht mehr vorgekommen, daß jemand mich die Kleine nennt. Ich hatte schon angefangen, mich recht alt zu fühlen.«

»Sicher ist es Ihre ungünstige Körpergröße, von der sich die Leute täuschen lassen«, sagte Fiona abfällig. »Aber ich habe natürlich gleich gesehen, daß Sie jung sind. Eine Frau merkt so etwas.«

»Oh, Mrs. Newcomb, Sie müssen jetzt wirklich aufhören, mir zu schmeicheln. So jung ist man nun mit zwanzig auch nicht mehr.« Sie wagte es nicht, Lucas anzusehen, da sie fürchtete, ihm könne das im Hals steckengeblieben sein, was er für eine Lüge halten mußte. »Aber wenn ich erst so alt bin wie Sie, habe ich vielleicht keine Probleme mehr damit, daß man mich für jünger hält, als ich es bin. Sie haben damit doch keine Probleme, oder?«

Sam mußte beinahe lachen, als er sah, wie verbissen Fiona ihre Lippen aufeinanderpreßte. Er und Emery zogen einen weiteren Tisch heran, um sich zu setzen. Er wußte, was mit seiner Frau los war. Sie ertrug es einfach nicht mehr, daß sie nicht mehr das schönste Liebchen im Umkreis sein sollte, und seit sie Sharisse Hammond gesehen hatte, war sie eine regelrechte Hexe. Dazu kam noch, daß die neue Schönheit den Mann hatte, nach dem sich Fiona zerfraß. Wenn Luke dieses Mädchen doch nur möglichst schnell geheiratet und Fionas Hoffnungen ein für alle Mal ein Ende gesetzt hätte, wäre Sams Leben vielleicht ein wenig einfacher gewesen. Er bedeutete dem Kellner, eine Runde Getränke zu bringen, und dann wappnete er sich für den bevorstehenden Abend.

Mit seinen knapp dreißig Jahren und seinem Ruf als Frauenheld, den er bei seinen Freunden genoß, vergaß Emery Buskett vollständig die Gründe, aus denen er hier war, und er setzte sich auf den Stuhl neben Sharisse. Eine Frau von Miß Hammonds Eleganz und Bildung in dieser Kleinstadt zu finden, war eine gänzlich unerwartete Freude, und es war ganz und gar seine Absicht, sie für den Lauf dieses Abendessens zu belagern und eine Monopolstellung bei ihr geltend zu machen, wenn Mrs. Newcomb auch nur solange ihr Keifen einstellte, daß er Gelegenheit dazu fand.

Hier war für ihn nichts zu holen, das wußte er. Sharisse stammte zweifellos aus einer dieser reichen Familien in St. Louis, über die er nur in der Zeitung etwas gelesen hatte. Dennoch konnte er sich nicht erinnern, den Namen Hammond je gehört zu haben. Jedenfalls nicht in St. Louis. Aber wo hatte er diesen Namen denn gerade erst kürzlich gehört? Verdammt noch mal, er haßte es, wenn ihm etwas Derartiges entfiel.

Die Getränke wurden gebracht, Whisky für die Gentlemen und eine Flasche guter Weißwein für die Damen. Sam nahm es auf sich, das Abendessen für alle Anwesenden zu bestellen, und das Abendessen schritt fröhlich voran, während Fiona ihre gesamte Aufmerksamkeit auf Lucas richtete und es Sharisse gelang, den reizenden Emery Buskett zu täuschen und ihn in dem Glauben zu lassen, sie wisse ganz genau, wovon er sprach, während er ihr dies und das über die Gesellschaft von St. Louis erzählte.

Sie wußte nicht, daß Lucas ihrer Unterhaltung mehr Aufmerksamkeit schenkte als dem, was Fiona zu ihm sagte. Ihr Auftritt belustigte ihn, doch die unverhohlene Bewunderung, die Emery ihr entgegenbrachte, war mehr, als er sich gewünscht hatte. Dieser Mann sah alles andere als schlecht aus, und seine Ausstrahlung hatte etwas leicht Geckenhaftes, was wahrscheinlich bewirkte, daß sie sich bei ihm sehr gut aufgehoben und auf vertrautem Boden fühlte. Wahrscheinlich erinnerte er sie an alles, was sie hinter sich zurückgelassen hatte. Wie, zum Teufel, hatte er nur auf die Idee kommen können, Sharisse mit Emery zusammenzubringen? Wie hatte er nur so dämlich sein können!

»Marcus Hammond!« rief Emery plötzlich aus, und als alle Anwesenden ihn anstarrten, wurde er verlegen. »Es tut mir leid. Sie wissen ja selbst, wie es ist, wenn einem etwas auf der Zunge liegt und einfach nicht herauskommt. Das war der Name, der mir vorhin beim besten Willen nicht einfallen wollte.«

»Dann belassen Sie es nicht dabei, sondern reden Sie weiter«, sagte Fiona trocken.

»Oh, es war nichts weiter«, erwiderte Emery.

»Ein Verwandter von Ihnen, meine Liebe?« fragte Fiona Sharisse, wobei ganz offensichtlich war, daß es sie nicht im geringsten interessierte.

»Nein«, sagte Sharisse etwas zu laut. Es war ihr mit Mühe gelungen, ihre Gesichtszüge unter Kontrolle zu behalten, doch das mit der Stimme war wieder etwas anderes. Sie fügte mit gesenkten Lidern hinzu: »Ich fürchte, von einem Marcus Hammond habe ich noch nie gehört.«

Emery entschied sich, die Geschichte zu erzählen. Sie war an sich recht unterhaltsam. »Er ist ein reicher Exzentriker aus New York. Ein Freund von mir, der dort lebt, und eine ganze Menge anderer Menschen laufen Gefahr, ihre Stellung loszuwerden, wenn sie die Tochter dieses exzentrischen Mannes nicht finden. Mein Freund Jim arbeitet für eines der großen Detektivbüros in New York, verstehen Sie. Die Belohnung, die für das Auffinden dieses Mädchens ausgesetzt ist, ist so lachhaft hoch, daß sein Boß Ergebnisse haben will oder seine gesamte Belegschaft rausschmeißt.«

»In New York?« sagte Lucas nachdenklich. »Wie heißt das Mädchen?«

Sharisse wäre am liebsten unter den Tisch gekrochen.

»Ich fürchte, ich habe mich nie nach dem Namen der Tochter erkundigt«, antwortete Emery.

»Ist das Mädchen entführt worden, Mr. Buskett?« fragte Sharisse vorsichtig, da ihr klar wurde, daß Lucas sich fragen würde, was mit ihr los sei, wenn sie nicht das geringste Interesse zeigte.

»Nein, sie ist ausgerissen, und daher konnte Jim, als er mich letzte Woche besucht hat, auch nur klagen. Er ist für vier Bundesstaaten zuständig und hat wenig Hoffnung auf Erfolg. Es ist schlicht zu einfach, in einem Land dieser Größe unterzutauchen, indem man einfach seinen Namen oder sein Aussehen ändert. Man weiß, daß das Mädchen New York mit der Bahn verlassen hat und daß sie Schmuck in einem Wert bei sich hatte, der es ihr möglich macht, überall hinzugehen. Aber Jim rechnet damit, daß sie heimlich umgekehrt ist und sich jetzt in einem dieser eleganten Hotels von New York verbirgt. Das ist zumindest seine Theorie.«

»Warum?« fragte Fiona.

»Sie ist in New York geboren und hat ihr ganzes Leben dort verbracht. Bis auf eine Europareise hat sie New York nie verlassen.

Warum sollte sie wegen nichts weiter als einer Unstimmigkeit mit ihrem Vater ihr einziges Zuhause, das sie kennt, verlassen? Deshalb ist sie nämlich ausgerissen. Jim klagt darüber, daß das Mädchen wahrscheinlich von sich aus nach Hause zurückkehren wird und somit niemand die hohe Belohnung bekommt, was heißt, daß man ihn umsonst in den Westen geschickt hat.«

»Das klingt alles sehr faszinierend, Mr. Buskett«, sagte Fiona mit einer Unschuldsmiene. »Insbesondere, da wir hier unsere eigene Miß Hammond haben, die mit uns an einem Tisch sitzt. Wenn Luke uns nicht gesagt hätte, daß sie aus St. Louis kommt, dann würde ich mich jetzt wirklich fragen, ob sie nicht dieses verzogene kleine Mädchen ist, das seinem Vater davongelaufen ist.«

Sharisse zwang sich, ganz ruhig zu wirken. Sie hätte am liebsten laut geschrien. Die Frau war nichts weiter als ein gehässiges Weib, und dennoch richtete sie mehr Schaden an, als sie selbst es auch nur ahnen konnte. Das ließ sich aus Lucas' Gesichtszügen ablesen.

Ihre Augen wurden dunkelviolett, doch ihre Lippen hatten sich zu einem starren Lächeln verzogen. »Warum sagen Sie so etwas, Mrs. Newcomb? Derart phantastische Unterstellungen würde man doch nur von einem Greis oder von einem Betrunkenen erwarten. Aber so alt sind Sie nun doch nicht, und Ihren Wein haben Sie bisher auch kaum angerührt. Welche Entschuldigung haben Sie dafür, daß Sie derart lächerliche Spekulationen anstellen?«

Fiona zog sich halb aus ihrem Stuhl. »Jetzt hör mal, du kleines...«

»Aber, aber«, fiel ihr Sam belustigt ins Wort. »Warum gibst du dich nicht einfach mit einem Unentschieden zufrieden, Fiona?«

»Aber...«

»Vergiß es«, sagte er mit Nachdruck. »Geh dir die Nase pudern oder so was, während ich dir ein Dessert bestelle, damit du dich wieder abregst.«

Sie verließ empört den Saal. Doch auch Sharisse erhob sich augenblicklich.

»Auch meine Nase könnte ein wenig Puder gebrauchen, wenn Sie mich bitte entschuldigen, meine Herren?«

»Sharisse.«

Sie ignorierte bewußt die Warnung, die in seiner Stimme mitschwang. »Mach dir keine Sorgen, Lucas. Ich werde nicht untertauchen. Ich folgte nur dem Laut der Tür, die eben gerade zugeschlagen worden ist.«

Mit einem strahlenden Lächeln stand sie vom Tisch auf und war fort, ehe er sie zurückrufen konnte. Jetzt wollte sie sich ansehen, wie Mrs. Newcomb sich in einer privaten Gegenüberstellung hielt.

Lucas saß mit finsterem Gesicht da und trommelte mit seinen Fingerspitzen auf den Tisch. Sam dagegen konnte seine Belustigung kaum verbergen. Emery war absolut perplex.

Im nächsten Moment war der Lärm, der aus der Damentoilette zu ihnen herüberdrang, zwar gedämpft, aber dennoch so laut, daß Lucas aufsprang.

»Ach was, lassen Sie die beiden doch in Ruhe.« Sam, dessen Laune sich merklich verbesserte, hielt ihn zurück. »Was können zwei Frauen einander schon antun?«

»Darum geht es hier wohl kaum«, fauchte Lucas.

»Haben Sie ein Herz und mischen Sie sich um meinetwegen nicht ein«, redete ihm Sam zu. »Wenn Fiona es sich nicht von der Seele reden kann, dann ist das Leben mit ihr die reinste Hölle. Und, ganz im Ernst, was können Sie einander schon antun? Frauen werden nicht gewalttätig. Sie sind ganz darauf spezialisiert, sich gegenseitig zu beschimpfen.«

Er hatte recht, sagte sich Lucas. Langsam setzte er sich wieder hin. Die Schreie ebbten ab. Das Geräusch einer Tür, die zugeschlagen wurde, signalisierte, daß das, was sich abgespielt hatte – was auch immer es gewesen sein mochte –, vorüber war. Dennoch kehrte keine der beiden Frauen zurück. Lucas wurde zusehends besorgter.

Er wollte sich gerade wieder erheben, als Sam von der Rezeption die Nachricht übermittelt wurde, Mrs. Newcomb habe sich in ihre Suite zurückgezogen.

»Ohne irgendwelche näheren Erklärungen?« fragte Sam.

Der Hotelangestellte kannte seinen Boß gut genug, um ihn anzugrinsen. »Nun, Sir, ich glaube nicht, daß Sie gern hören wollen, was Mrs. Newcomb im übrigen noch zu sagen hatte.«

Sam räusperte sich. »Nein, ich glaube auch, daß ich das gar nicht hören will.« Er schickte den Mann fort und wandte sich wieder an Emery und Lucas. »Verzeihen sie meiner Frau, bitte, meine Herren. Sie ist sonst nicht so grob.«

»Sie bleiben also heute nacht hier im Hotel, Sam?« kommentierte Lucas.

»Ja. Ich spiele ernstlich mit dem Gedanken, ganz in die Stadt zu ziehen«, erwiderte er. »Vielleicht ist es das, was Fiona stört. Sie langweilt sich auf der Ranch so sehr, daß sie gar nichts mehr mit sich anzufangen weiß.«

Lucas gratulierte Sam stumm zu diesem einleuchtenden Vorwand. Er hatte sich schon gefragt, wie Sam den Umzug in die Stadt erklären wollte, ohne einzugestehen, daß er die Ranch verkauft hatte.

»Sie könnten ganz einfach Ihre Dienstboten entlassen«, sagte Lucas kichernd. »Dann hätte Fiona etwas zu tun.«

»Ha! Sie würde mit den Dienstboten weggehen. Nein, ich fürchte, ich habe diese Frau ganz schrecklich verdorben. Passen Sie auf, daß Sie mit Ihrer hübschen Kleinen nicht denselben Fehler machen, Luke.«

»Sharisse verderben? Um das zu tun, müßte ich mit ihr in den Osten gehen. Diese Art von Leben ist sie nicht gewohnt.«

»Sie spielen also mit dem Gedanken, von hier fortzugehen?« fragte Sam, dessen Interesse erwacht war.

»Ich dachte, Sie hätten mir gerade geraten, sie nicht zu verderben.«

»Stimmt, das habe ich getan.« Es gelang Sam nicht, seine Enttäuschung zu überspielen.

Der Hotelangestellte von der Rezeption kam wieder, doch diesmal brachte er eine Nachricht für Lucas. »Ihre Zukünftige läßt Ihnen ihre Entschuldigung übermitteln, Mr. Holt, aber sie kommt leider nicht wieder. Ich glaube nicht, daß sie sich allzu gut fühlt.«

»Wo ist sie?«

»Sie erwartet Sie in Ihrer Kutsche vor dem Hotel.«

»Ich hoffe, daß nichts, was Fiona gesagt hat, daran schuld ist«, sagte Sam zuvorkommend, und die drei Männer erhoben sich, um zu gehen.

Lucas war wütend genug, um zu sagen: »Zweifellos liegt es an dem, was Fiona gesagt hat, und wir wissen beide, warum. Ich habe es endgültig satt. Sie ist jetzt Ihre Frau. Was auch zwischen ihr und mir war – es ist vorbei. Sorgen Sie dafür, daß sie das endlich begreift, Sam. Denn wenn ich es ihr begreiflich machen muß, könnte es verflucht gut sein, daß ich ihr den Hals umdrehe – insbesondere nach dem heutigen Abend.«

Lucas überließ es Sam, Emery das, was er soeben gesagt hatte, ganz nach seinem eigenen Belieben zu erklären.

23

Sharisse konnte nicht einfach aufhören zu weinen. Es war so albern, und sie hatte es seit ihrer katastrophalen Affäre mit Antoine nicht mehr getan. Aber hatte sie sich heute abend nicht genauso dumm verhalten wie damals? So hatte sie sich in ihrem ganzen Leben noch nicht benommen. Sie fürchtete, sich selbst nicht mehr zu kennen, fürchtete, dieses ungestüme Abenteuer verändere sie auf eine Art und Weise, gegen die sie nichts unternehmen konnte. Mit Sicherheit war das der Grund für diese Tränen, die einfach nicht aufhören wollten.

So fand Lucas sie vor, das Gesicht in den Händen und mit bebenden Schultern. Sie weinte tonlos vor sich hin. Wenn sie in ein lautes Wehklagen ausgebrochen wäre, hätte er es vielleicht für einen weiblichen Kniff gehalten, Aufmerksamkeit auf sich zu ziehen, doch dieses stumme Leiden beunruhigte ihn zutiefst. Ein Gefühl, das lange in ihm geschlummert hatte, regte sich übermächtig, der Instinkt, zu beschützen und zu verteidigen, was ihm gehörte.

»Sharisse.«

Beim Klang seiner Stimme riß sie den Kopf ruckartig hoch. Sie hatte gehofft, daß sie ihn vorher hören würde, daß sie Zeit fände, sich wieder zu fangen. Warum war er so leise an sie herangekommen? Sie war versteinert. Sie hatte auch vorgehabt, ihm ihr Gesicht nicht zuzuwenden und ihre linke Wange hinter ihrer Hand zu verbergen. Doch jetzt sah sie ihm ins Gesicht, und das, was sie hatte vermeiden wollen, war geschehen. Sein Gesichtsausdruck ging von Sorge in unverkennbare Wut über, als er das leuchtend rote Mal auf ihrer Wange sah.

Einen Moment lang hielt Sharisse den Atem an und war nicht sicher, gegen wen sich sein Zorn richtete. Dann explodierte er. »Ich bringe sie um!«

»Ich bin nicht verletzt, Lucas«, versicherte ihm Sharisse.

»Warum weinst du dann so schrecklich?«

»Ich weine über das, was ich getan habe. Oh, es war einfach

gräßlich!« Wieder strömten Tränen aus ihren Augen. »Ich hätte ihr nicht nachgehen sollen. Ich hätte auf dich hören sollen. Aber ich hätte nie geglaubt, daß sie handgreiflich wird.«

Er setzte sich neben sie und zog sie in seine Arme. »Fiona lebt nach anderen Vorstellungen als du, mein Schätzchen. Ich dachte, das sei dir klar.«

»Wie hätte mir das klar sein sollen? Ich bin zivilisierte Frauen gewohnt. Ich wollte nur dahinterkommen, warum sie derart auf mir herumhackt, und ich wollte ihr zu verstehen geben, daß die Grenzen meiner Toleranz erreicht sind. Aber als sie mich geschlagen hat, oh, ich weiß nicht, was über mich gekommen ist... ich habe sie auch geohrfeigt, Lucas. Es tut mir so leid.«

Er hielt sie erstaunt auf Armeslänge von sich fern. »Das war nur ein natürlicher Instinkt«, sagte er leise zu ihr. »Darüber brauchst du nicht zu weinen, und ich kann dir versichern, daß Fiona es verdient hat.«

»Aber du verstehst das nicht«, rief sie aus. »Ich glaube, ich habe ihr die Nase gebrochen!«

Er war schockiert, aber er mußte laut loslachen.

»Das ist nicht zum Lachen, Lucas Holt.«

»O Gott, doch, das ist es«, sagte er lachend. »Sie hat dich beleidigt, sie hat dich geschlagen, und du weinst, weil sie mehr abgekriegt hat, als du wolltest. Glaube mir, das ist wirklich komisch.«

»Aber eine gebrochene Nase, Lucas.«

»Hast du gehört, daß der Knochen gebrochen ist?«

»Nein, aber sie hat geblutet, und sie hat mich angesehen, als hätte ich sie gerade umgebracht.«

»Ja, klar«, sagte er. »Sie hat nicht damit gerechnet, daß das zivilisierte Mädchen sich wehrt. Du brauchst dir deshalb überhaupt keine Sorgen zu machen, Schätzchen. Wenn sie so schlimm verletzt gewesen wäre, hätte sie das gesamte Hotel zusammengeschrien.«

»Glaubst du das wirklich?« fragte sie voller Hoffnung.

»Ja, das glaube ich.«

Sharisse zog ihr Taschentuch aus ihrer Handtasche. Sie war jetzt ruhiger.

»Es tut mir leid, daß ich so abrupt verschwunden bin. Ich hoffe, du hast meine Entschuldigung weitergegeben.«

»Was Sam angeht, habe ich mehr als nur das getan. Dieser

Mann sollte seine Frau besser unter Kontrolle haben«, sagte er unwillig. »Warum hat sie dir eine Ohrfeige gegeben?«

Sharisse überlegte sich noch einmal, was alles gesagt worden war, ehe es zu den Handgreiflichkeiten gekommen war, und dann spannte sie ihren Rücken an und blieb steif sitzen. Doch als sie Lucas ansah, stand Unschuld in ihrem Gesicht geschrieben.

»Ich habe lediglich angedeutet, wenn sie als Mätresse so großartig gewesen sei, wie sie glaubt, dann hättest du das Verhältnis nicht abgebrochen und dich nicht nach einer Ehefrau umgesehen.«

Lucas zuckte zusammen. »Sie hat es dir also erzählt?«

»Eigentlich hat sie nur gesagt, sie hätte dich vor mir *gehabt* und könnte dich jederzeit wieder *haben*, wenn sie dich wollte. Sie ist recht *grob.*«

»Hast du ihr das geglaubt?«

»Ich habe keinen Grund gesehen, eine so plumpe Behauptung in Zweifel zu ziehen.« Ihre Eisigkeit drückte sich jetzt offenkundiger in ihrem Verhalten aus.

»Ich will verdammt sein«, sagte Lucas grinsend. »Du bist eifersüchtig, stimmt's? Deshalb hast du ihr eine runtergehauen.«

»Das ist ja wohl absurd«, erklärte Sharisse glühend. »Aber du hättest mich wirklich vorwarnen können, Lucas. Dort wo ich herkomme, zwingt ein Mann seine Verlobte nicht, mit seiner ehemaligen Mätresse zu Abend zu essen.«

»Verdammt noch mal, sie war nie meine Mätresse, Sharisse. Ich habe sie gelegentlich gesehen, nicht regelmäßig und nicht nur sie. Sie hat mir deutlich zu verstehen gegeben, daß sie zu haben ist, und wir hatten eine recht nette Zeit miteinander. Das ist alles, was gewesen ist. Als sie Newcomb geheiratet hat, war es vorbei. Wenn sie damit angibt, sie könnte mich wiederhaben, dann stimmt das nicht. Ich lasse mich nicht mit den Ehefrauen anderer Männer ein.«

»Und wenn sie nicht verheiratet wäre?«

Er lächelte. »Warum sollte ich sie wollen, wenn ich doch dich habe?«

Sharisse errötete und wandte ihre Augen ab. Doch sie sprach mit fester Stimme, als sie sich vorwagte und fragte: »Wenn es so schön mit ihr war, warum hast du sie dann nicht geheiratet?«

»Wenn ein Mann jede Frau heiraten würde, mit der er sich einläßt, dann hätte er mit der Zeit einen ganzen Stall voll Ehefrauen, Schätzchen. Willst du wirklich, daß ich dir Rechenschaft über alles ablege, was ich getan habe, ehe du hierhergekommen bist?«

»Du hast meine Frage nicht beantwortet, Lucas. Warum hast du sie nicht geheiratet, als du es hättest tun können?«

»Ich könnte jetzt sagen, ich hätte nicht geglaubt, daß sie eine gute Ehefrau abgibt, aber es ist ganz einfach so, daß ich damals gar keine Frau haben wollte. Ist deine Eifersucht damit beschwichtigt?«

»Ich war nicht eifersüchtig«, beharrte sie.

»Natürlich nicht«, sagte er glatt, und er kostete die Situation aus.

Sie schnappte nach Luft. »Ich könnte schreien! Bring mich nach Hause, Mr. Holt. Für heute reicht es mir von deiner anregenden Unterhaltung.«

»Ja, Ma'am.« Er kicherte und setzte die Kutsche in Bewegung.

Die Heimfahrt verlief schweigend. Als sie die Ranch erreicht hatten, übergab er Mack den Buggy und begleitete Sharisse zum Haus. Sie wartete nur, bis Lucas eine Lampe angezündet hatte, damit sie den Weg in ihr Zimmer fand. Seine direkte Frage, als sie gerade ihr Zimmer betreten wollte, ließ sie abrupt stehenbleiben.

»Wer ist Joel?«

Sie wirbelte trotz ihrer Erstarrung zu ihm herum. »Wo hast du diesen Namen gehört?«

»Von dir.«

Ihre Gedanken überschlugen sich. »Ich rede doch nicht etwa im Schlaf, oder?«

»Nein, aber du nuschelst so einiges vor dich hin, wenn du betrunken bist.«

Seine Stimme klang überhaupt nicht belustigt, und sein Gesichtsausdruck war finster. Sie war augenblicklich auf der Hut.

»Joel ist ein Freund, Lucas. Jemand, mit dem ich gemeinsam aufgewachsen bin. Warum? Was habe ich gesagt?«

»Du hast deinem Vater gesagt, daß du ihn nicht heiraten willst, daß Stephanie ihn liebt und nicht du.« Er ging auf sie zu, während sie gezwungen war, ihm in die Augen zu sehen. »Ist das der Grund, weshalb du deinem Vater davongelaufen bist, Sharisse?«

»Nein.« Fast hätte sie sich verraten, doch dann merkte sie, was eigentlich mit dieser Frage gemeint war. »Du glaubst, daß ich das Mädchen bin, von dem Mr. Buskett uns erzählt hat, oder?«

»Bist du es denn nicht?«

»Ich glaube, diese Frage bereits am früheren Abend beantwortet zu haben«, erwiderte sie steif. »Aber ehe du noch länger an mir zweifelst, sollte ich dir vielleicht sagen, daß mein Vater John Richards heißt. Hammond war der Name meines Ehemannes.« Wie geschickt sie inzwischen geworden war. »Ich vermute, ich hätte das schon eher klarstellen sollen, aber es ist mir nicht wichtig erschienen.«

»Antoine Hammond?«

»Aber ganz bestimmt nicht! Antoine ist mir geradezu widerlich!« sagte sie heftig. Sie war aus der Fassung geraten. Dann fing sie sich wieder. »Ich vermute, Antoine habe ich auch in dieser Nacht erwähnt, in der ich zuviel getrunken habe?«

»Ja.«

»Was genau habe ich denn gesagt, wenn du daraufhin vermutet hast, er sei mein Ehemann?«

»Du hast ihn ›mein Geliebter‹ genannt.«

»Oh«, sagte sie. Wie sollte sie das jetzt bloß erklären?

»Was von beidem trifft jetzt zu, Sharisse?« fragte er mit sanfter Stimme. »Hast du Antoine geliebt oder war er dir widerlich?«

Er fuhr mit einem Finger über ihre Wange, ließ die Fingerspitze über ihren Hals und ihre Schulter gleiten und ließ seine Hand mit genau soviel Druck auf ihre Schulter fallen, daß sie sich nicht abwenden konnte. Er hatte vor, sie so festzuhalten, bis er eine Antwort bekam. Vielleicht war jetzt der rechte Zeitpunkt für die Wahrheit gekommen, oder zumindest für einen Teil der Wahrheit.

»Antoine war ein Mann, den ich vor langer Zeit kennengelernt habe, Lucas. Ich war jung und naiv, und er war weltgewandt, romantisch und unglaublich gutaussehend. Ich glaubte, ich sei verliebt, aber in Wirklichkeit war ich nur in das Alter gekommen, in dem ich mich hätte verlieben können. Daher war ich für den ersten Mann empfänglich, der sich auch nur die geringste Mühe gemacht hat, mich für sich zu gewinnen. Das ist mir heute klar, aber damals war ich zu verzaubert.« Bitterkeit schlich sich in ihre Stimme ein, und ihre Augen wurden bei dieser Erinnerung dunkler. »Antoine hat sich als ein Schurke von der übelsten Sorte erwiesen, ein Lump, ein Lügner, ein Schwindler. Er...«

Sharisse wurde blaß, als sie merkte, daß ihre Beschreibung exakt auf das zutraf, was inzwischen aus ihr selbst geworden war. Wenn Lucas je herausfand, wie sehr sie ihn belogen und hinter das Licht geführt hatte...

»Er hat was?«

Sie senkte die Lider. »Er... er wollte nur eins von mir. Zum Glück habe ich noch rechtzeitig von seiner Perfidie erfahren.«

»Du meinst, so konntest dir die Jungfräulichkeit gerade noch bewahren.«

Ihre Lider flatterten, und sie sah ihm in die Augen.

»Ja«, antwortete sie leise.

»Aber dein Herz hast du ihm freizügig geschenkt. Ich hatte bisher den Eindruck, dein Ehemann sei der einzige Mann in deiner Vergangenheit gewesen. Wie viele andere gab es außer Antoine, in die du dich verliebt glaubtest?«

Dieser Spott entfachte ihre Wut. Wie konnte er es wagen, dieses demütigende Erlebnis derart auf die leichte Schulter zu nehmen? Sie dachte wieder an Fiona und daran, wie beiläufig er seine früheren Verhältnisse behandelte.

Sie lächelte ganz reizend und zuckte mit den Achseln. »Du kannst nicht von mir erwarten, daß ich eine solche Frage beantworte, Lucas. Ich bin keine Frau von der Sorte, die Buch darüber führt.«

»So viele, was?« Er kicherte vor sich hin.

Sie biß verzweifelt die Zähne aufeinander. Dieser Halunke. Er wußte ganz genau, was sie vorhatte. Aber jetzt war es zu spät, um einen Rückzieher zu machen. Und überhaupt wollte sie ihn jetzt gezielt auf die Palme bringen.

»Ja, so viele. Kann ich etwas dafür, daß ich wankelmütig bin?«

Er schüttelte in gespieltem Mitgefühl den Kopf. »So viele Lieben, und nur ein Ehemann – bisher jedenfalls. Wen also liebst du im Moment, Shari?«

Seine Lippen schlossen sich über ihrem Mund. Er erwartete keine Antwort. Liebe hatte nichts damit zu tun. Er war ein Mann von der Sorte, der es egal war, ob sie ihn liebte, solange er nur bekam, was er haben wollte. Aber sie würde es ihm nicht geben – nicht noch einmal. Sie wollte nicht... daß er... mit ihr...

In dem Moment, in dem ihre Arme sich um seinen Nacken schlangen und sie ihre Niederlage eingestand, hob er sie vom Boden hoch und trug sie zu ihrem Bett. Seine kleine Jungfrau. Vielleicht liebte sie ihn nicht, und vielleicht war sie eine ungewöhnlich gute Lügnerin –, aber ihr Körper konnte nicht lügen. Sie gehörte ihm. Jedenfalls für den Moment.

24

Sharisse streckte sich genüßlich und schlug die Augen auf. Es dauerte einen Moment, bis ihr klar wurde, daß die nackte Männerbrust, auf die ihr Blick fiel, ihr nicht mehr fremd war. Sie wußte, daß sie eigentlich entsetzt sein müßte, daß sie unendlich niedergeschlagen sein müßte. Die ganze Nacht hatte sie mit einem Mann im selben Bett verbracht, und jetzt erwachte sie neben ihm, als seien sie verheiratet, und dabei waren sie es gar nicht! Er war keineswegs verpflichtet, sie zu heiraten, weil er ihr die Jungfräulichkeit geraubt hatte. Und außerdem wußte er nicht einmal die Wahrheit!

Sie hätte wirklich ein wenig empört darüber sein müssen, daß er immer noch da war, in ihrem Bett lag, alles bekam, was ihm von einer Ehefrau zustand, ohne sich wirklich an sie zu binden. Doch die Wahrheit war, daß sie schrecklich enttäuscht gewesen wäre, wenn er sie verlassen hätte, nachdem sie einander so grandios geliebt hatten. Und es gefiel ihr auch, daß er da war und sie sich an ihn schmiegen konnte.

Sie wußte, daß es gefährlich für sie gewesen wäre zu analysieren, warum es ihr so ging, wie es ihr ging. Wenn sie auch nur einen Moment lang geglaubt hätte, sie könnte sich in Lucas verlieben, dann wäre sie in helle Panik geraten. Kein arroganter Mann wie ihr Vater würde für den Rest ihres Lebens über sie herrschen, selbst dann nicht, wenn er auf so subtile Weise arrogant war wie Lucas.

Nein, sie fühlte sich sicherer bei dem Gedanken, vielleicht ein wenig unmoralisch veranlagt zu sein. Nein, nicht wirklich von der ganz schlimmen Sorte. Gütiger Himmel, sie war eine Frau von zwanzig Jahren, die sich eine eigene Meinung bilden konnte. Warum hätte sie warten sollen, bis sie verheiratet war, um die Ekstase zu erfahren, die sie bei Lucas erlebt hatte? Warum hätte sie sich diesen Genuß versagen sollen, bloß weil sie nicht mit ihm verheiratet war?

Sharisse lächelte über ihre vernünftigen Erklärungen. Sie wurde wirklich zusehends verdorbener. Aber gerade jetzt, während sie auf Lucas' nackte Brust schaute, störte es sie überhaupt nicht.

Wie anders er doch aussah, wenn er schlief. Sie hatte ihn zum ersten Mal schlafend gesehen. Zum ersten Mal hatte sie sich Zeit lassen und ihn in aller Ruhe anschauen können. Das, was sie sah, gefiel ihr, die Muskelstränge, die über seine Brust und seine bloßen Arme verliefen, die Art, auf die sich seine Brustbehaarung gelockt bis zu einem Punkt auf seinem Bauch zog. Selbst wenn er entspannt dalag, sah man seine Kraft.

Sie war beunruhigt, als sie plötzlich feststellte, daß er ohne das gewohnte Grinsen, das um seine Lippen spielte, und ohne das Lachen in diesen Edelsteinaugen sehr gut sein gefährlicher Bruder hätte sein können.

Wie war sie bloß auf diesen Gedanken gekommen? Sie hatte nicht mehr an Slade gedacht, seit sie mit Lucas aus den Bergen zurückgekommen war. Sie war erleichtert gewesen, als sich herausgestellt hatte, daß Slade sie nicht mehr auf der Ranch erwartete. Aber es stimmte. Mit geschlossenen Augen und entspanntem Gesicht war nicht der geringste Unterschied zwischen den beiden zu erkennen.

Zwillinge. Bemerkenswert, was verschiedene Erfahrungen aus zwei Brüdern machen konnten: den einen so gefährlich wie eine zusammengerollte Klapperschlange und den anderen zu einem liebenswerten Schelm. Der eine von beiden nahm Rücksicht auf ihre Gefühle, der andere tat sie mit Arroganz und Geringschätzigkeit ab.

Sharisse wandte eilig ihren Blick ab, da sie sich davor fürchtete, diesen Gedankengang weiterzuführen. Ihr Blick fiel auf Charley, der Lucas noch nie gemocht hatte und jetzt übellaunig wirkte. Charley sprang in diesem Moment aus dem Fenster, als wolle er seiner Unzufriedenheit Ausdruck verliehen. So etwas! Von der eigenen Katze brüskiert zu werden!

»Guten Morgen, meine Schöne.«

Sharisse drehte sich abrupt zu Lucas um. »Wie oft muß ich dich denn noch bitten, mich nicht so zu nennen?« sagte sie unwillig.

»Schimpf mich nicht, mein Schatz. Nicht so früh am Morgen.« Er zog sie zu sich herunter, und mit einer einzigen behenden Bewegung lag er auf ihr und grinste sie spitzbübisch an. »Und warum darf ich dich nicht so nennen?«

»Weil dein Bruder mich so genannt hat und weil es mich an ihn erinnert«, gab sie mit aller Würde, die sie in diesem Moment aufbringen konnte, zurück.

Seine Lippen streiften spielerisch ihren Mund, und dann küßte er ihre zarten, formvollendeten Brüste. »Gut, das will ich nicht, zumindest dann nicht, wenn ich dich gerade liebe. Ich habe wirklich keine Lust, auf meinen eigenen Bruder eifersüchtig zu sein.«

»Neigst du zu Eifersucht, Lucas?«

Zwischen zärtlichen Küssen murmelte er: »Ich weiß es nicht.«

»Warum hast du das dann gesagt?«

»Sagen wir doch einfach, wenn du bei mir bist, will ich sicher sein, daß du auch ganz bei mir bist. Verstanden?«

»Ich kann im Moment kaum denken, Lucas«, flüsterte sie.

Ihre Augen schlossen sich, und sie stöhnte leise, als er sich tiefer nach unten bewegte, seine Lippen ihren Bauch berührten, seine Hände nach ihren Hüften griffen und sie vom Bett hochzogen, während ihr Kopf nach hinten fiel. Sie verlor sich in einem Strudel, den er immer wüster brausen ließ.

Fast hätte sie aufgeschrien, als er aufhörte. Als sie die Augen aufschlug, sah er sie auf eine Weise an, die ihr das Gefühl gab, angebetet, bewundert und begehrt zu werden, grenzenlos begehrt. Dieser Mann war nicht auf ihr Geld oder auf ihre Jungfräulichkeit aus. Wenn er mit ihr schlief, so tat er es ohne jeden Hintergedanken. Er begehrte sie ganz einfach – um ihrer selbst willen. Dieses Gefühl berauschte sie und schlug eine Saite in ihr an, die sie mit Wärme erfüllte, die nie zuvor berührt worden war.

»Mein Gott, bist du schön.«

»Ich fange an zu glauben, daß du es wirklich so siehst«, sagte sie atemlos.

Er sah ihr fest in die Augen. »Glaubst du es denn nicht?«

»O Lucas, hör auf zu reden«, stöhnte sie. Sie streckte ihre Hände nach seinem Kopf aus und zog ihn zu sich herunter.

Er lachte ein tiefes Lachen. Sie wollte ihn haben, jetzt sofort, doch er wollte sie genüßlich auskosten, sie erforschen, all ihre Tiefen ergründen. Er wollte ihr die süßesten Genüsse verschaffen, die sie bisher nicht kannte.

Seine Lippen forderten mit einem sengenden Kuß ihren Mund für sich, während seine Hände ihre empfindsamsten Stellen fanden. Er erfuhr, womit er sie am meisten begeistern konnte, während er sie von einem köstlichen Höhenflug zum nächsten brachte. Er erfuhr auch, daß es, sowie es um Sharisse ging, ein ebenso großes Vergnügen bereitete, zu geben wie zu nehmen. Ehe der Morgen vorüber war, hatte er ihr alle Hemmungen genommen und jede Schranke eingerissen. Es war eine Erfahrung, die keiner von beiden je vergessen würde.

25

Sharisse ließ den Petticoat, den sie gerade wusch, fallen, als Lucas um die Hausecke bog. Er trug Charley, der sich behaglich zusammengerollt hatte, auf dem Arm. Lucas grinste, und Charley schnurrte. Sharisse mußte sich ernstlich fragen, ob sie an Einbildung litt. Doch in dem Moment, in dem Charley sie schnuppern konnte, stieß er ein entsetzliches Gebrüll aus und kämpfte wie ein Dämon, um sich aus Lucas' Armen zu befreien. Sowie er sich losgerissen hatte, sprang er durch das Schlafzimmerfenster.

»Ich dachte mir doch gleich, daß er das tut«, sagte Lucas, während er sich auf die Teppichstange neben ihr setzte. »Ich bin einfach nicht dahintergekommen, warum er und ich nicht miteinander klargekommen sind. Verstehst du, gewöhnlich kann ich mit Tieren umgehen. Das liegt in der Familie. Aber jetzt bin ich endlich dahintergekommen, was los war.«

»Was denn?«

»Wann hat Charles zum letzten Mal eine Katze gehabt?«

»Lucas!«

Er lachte. »Ich meine es ernst. Er ist ein Kater, und er braucht eine Katze, wie jeder Mann eine Frau braucht. Und da keine Katze erreichbar ist, benutzt er dich als Ersatz.«

»Das ist ja absurd.«

»Dieser Kater sieht in mir und jedem anderen, der dir nahe kommt, einen Rivalen.«

»Unsinn«, beharrte sie. »Ich habe dir doch gesagt, daß er Fremde nicht mag.«

»Warum ist Charley dann im Stall unglaublich freundlich auf mich zugekommen? Weil du nicht da warst und er nicht mit mir um dich kämpfen mußte.«

»Willst du damit sagen, daß er wirklich von sich aus auf dich zugekommen ist?«

»Du hast doch selbst gesehen, daß er sich von mir hat tragen lassen.«

»Aber wenn das, was du sagst, wahr ist, wie soll ich dann hier ein Weibchen für ihn finden?«

»Ich glaube nicht, daß es in Newcomb andere Katzen gibt, aber ich kann eine Suchmeldung in der näheren Umgebung aufgeben, und dann sehen wir ja, was dabei herauskommt. Ich muß heute den Buggy zurückbringen. Zieh dich jetzt um und komm mit.«

»Aber wie komme ich aus der Stadt zurück?«

»Du wirst reiten. Es ist ohnehin an der Zeit, daß du es lernst.«

Sie wandte sich von ihm ab und schrubbte wieder ihren Petticoat. »Ich glaube, ich bleibe lieber hier. Du brauchst mich nicht, um diese Zettel auszuhängen.«

»Aber ich möchte deine Gesellschaft.«

»Ich habe zuviel Arbeit, Lucas.«

»Jetzt geh und zieh dir diese Hose an, die ich dir gekauft habe, Sharisse.«

Sie riß mit einem Ruck den Kopf hoch. »Ich ziehe diese Hose nicht an, und schon gar nicht, wenn wir in die Stadt fahren!« Wie konnte er es wagen, sie herumzukommandieren?

»Ich habe sie nicht gekauft, damit du sie nicht trägst. Und jetzt wirst du sie anziehen.«

»Nein, das werde ich eben nicht tun«, erwiderte sie störrisch. Sie schüttelte den Kopf.

Er stand langsam auf und kam auf sie zu. Sie wich zurück, ohne den tropfnassen Petticoat loszulassen; wie eine Waffe hielt sie ihn vor sich.

»Wie wäre es mit einer kleinen Wette, Schätzchen?« fragte er mit leiser Stimme. »Willst du wetten, ob du mit mir in die Stadt kommst, und zwar in dieser Hose? Willst du wetten, ob ich sie dir persönlich anziehe, wenn du es nicht tust?«

Sie riß die Augen auf. »Das kannst du nicht machen!«

Als er noch einen Schritt näher auf sie zukam, stürzte sie zum Haus. Ehe sie die Hintertür erreicht hatte, hatte er sie eingeholt.

»Ja, gut!« schrie sie. »Ich tue es ja schon, aber stell mich wieder hin.«

Er tat es, und Sharisse war außer sich vor Zorn, als sie sah, daß er grinste. »Laß dir nicht zu lange Zeit, damit ich nicht glaube, daß du doch meine Hilfe brauchst.«

»Lucas Holt, du bist ein Tyrann!« fauchte sie.

Er ging und rief über seine Schulter zurück: »Nein, bin ich nicht. Ich kann es nur nicht ertragen, heute von dir getrennt zu sein.«

»Oh, ich könnte schreien!« Und sie tat es.

Zwei Stunden später lieferten sie den Wagen ab und stellten die zwei Pferde, die sie zur Ranch zurückbringen würden, im Stall unter. Sharisse trug ihr Reisekostüm, die Jacke über dem Hemd, das Lucas ihr gekauft hatte, und unter dem Rock versteckte sie die grauenhafte Hose. Lucas, dieser widerliche Rohling, lachte über ihren Kompromiß.

Aber es war ihr nicht möglich gewesen, länger böse auf ihn zu sein. Das unterschied diesen Gauner von allen anderen Männern, die sie kannte. Sie konnte entsetzlich wütend auf ihn sein, aber er brauchte nur zu grinsen und sie zu necken und ihr zu schmeicheln, und schon vergaß sie, weshalb sie überhaupt wütend gewesen war.

Lucas ließ sie an der Postabfertigung stehen und sah nach, ob Emerys Kutsche an diesem Morgen pünktlich abgefahren war. »Ich habe gestern etwas vergessen, was ich ihm unbedingt noch sagen wollte«, erklärte er, »und wenn die Kutsche wie gewöhnlich Verspätung hat, kann ich es mir sparen, ihm zu schreiben.«

»Was soll ich tun, während ich auf dich warte?«

»Fertige drei Abschriften von der Suchmeldung an, und wenn ich wieder da bin, bezahle ich das Aufgeben. Du weißt besser als ich, wie man die Art von Katze beschreiben kann, die Charley gefallen könnte. Wilber wird dir Papier und einen Stift geben. Und sieh doch auch gleich nach, ob wir Post bekommen haben.«

»Aber wäre die Post denn nicht auf der Ranch abgeliefert worden?«

Er schüttelte den Kopf. »Man muß sich die Post hier abholen.«

»Heißt das, daß hier ein Brief für mich liegen könnte,und ich weiß gar nichts davon?« Sie war entsetzt.

Als Lucas fort war, ging sie schnell ins Postamt und sprach mit Wilber, der hinter seinem Schalter saß. Ihre Hoffnungen wurde so schnell zerschlagen, wie sie in ihr aufgestiegen waren. Kein Brief von Stephanie. Es waren zwei Briefe für Lucas da, einer von Monsieur Andrevie in New Orleans und der andere von Emery Buskett in Newcomb. Sie grinste über das ganze Gesicht. Sie nahm an, auch Emery habe etwas vergessen, was er Lucas unbedingt noch sagen wollte.

Sie verfaßte ihren Suchauftrag behutsam. Allein die Vorstellung, mit dieser Anzeige eine Gefährtin für Charley zu suchen! Ein Mann, der sich über Anzeigen eine Braut suchte, war nötig, um auf den Gedanken zu kommen, auf dieselbe Art eine Katze zu organisieren. Ein Mann war vonnöten, wenn es darum ging, an männliche Bedürfnisse zu denken. Sie seufzte. Sie hatte nie daran gedacht, Charley eine Gefährtin zu besorgen. Eine Dame dachte nicht an solche Dinge. Oder doch?

Lucas fand Emery in dem Moment im Depot, in dem die Kutsche gerade angerollt kam.

»Gut, daß du gekommen bist, um dich von mir zu verabschieden, Lucas.«

»Du brauchst dir nichts darauf einzubilden«, sagte Lucas mit einem breiten Grinsen. »Ich mußte einen Wagen zurückbringen, den ich gemietet hatte.« Er half Emery, seinen Koffer auf die Ladefläche zu heben.

»Ich habe einen Brief für dich hier abgegeben«, sagte Emery, »in dem ich dir detailliert über mein Zusammentreffen mit Newcomb berichte.«

»Gut, aber ich möchte, daß du außer der Geschichte, an der du im Moment arbeitest, noch etwas anderes für mich tust.«

»Was du willst, Lucas«, erwiderte Emery eifrig. »Dafür bezahlst du mich ja schließlich.«

»Dieser Freund von dir, der Detektiv.«

»Jim?«

»Ja. Ich möchte, daß du ihn aufsuchst, sobald du wieder zu Hause bist.«

»Ich bezweifle, daß er noch in St. Louis ist, Lucas.«

»Mir ist egal, wo er ist, und selbst wenn er sich schon auf den Rückweg nach New York gemacht hat, mußt du ihn für mich finden. Ich will, daß du die übrigen Informationen aus ihm herausholst, die er über diese Hammond-Tochter hat. Ich will ihren Namen wissen, und ich will eine Beschreibung von ihr haben, alles, was er nur irgend über sie weiß.«

»Ist sie etwa doch mit deiner Verlobten verwandt?«

»Sharisse ist nicht sicher, aber ihr ist eingefallen, daß sie Cousinen in New York hat, Leute, zu denen ihre Familie den Kontakt verloren hat. Sie wüßte gern mehr über das Mädchen.«

»Es wird mir ein Vergnügen sein, einer so schönen jungen Frau zu Diensten zu sein«, sagte Emery liebenswürdig. »Es tut mir leid, daß du sie nicht mitgebracht hast, damit ich es ihr selbst sagen kann. Ich hätte sie liebend gerne noch einmal gesehen.«

»Du vergißt, daß sie schon vergeben ist«, sagte Lucas, und sein Tonfall war plötzlich kühl und schneidend.

Emery grinste. »Eine Frau wie sie ist einen Diebstahl wert, Lucas, selbst dann, wenn es einen Freund trifft.« Sein Lächeln wurde strahlender, als sein Blick auf Sharisse fiel. »Ach, du hast sie also doch mitgebracht.«

Lucas sah, daß Sharisse gerade in diesem Moment auf den Bürgersteig getreten war und daß Leon Waggoner, der nur noch wenige Meter von ihr entfernt war, gerade auf sie zukam.

»Ich wünsche dir eine sichere Heimreise, Emery«, sagte Lucas geistesabwesend, während er sich entfernte.

»Aber, Lucas...«

Emery verstummte, denn er wußte selbst, wann seine Zeit gekommen war. Ein seltsamer Mann, dieser Lucas Holt. Meistens freundlich und umgänglich, manchmal kühl und gleichgültig. Er hatte seine Versuche, Lucas zu verstehen, aufgegeben. Solange die Bezahlung gut war, spielte es keine Rolle, was für ein Mensch er war. Und die Bezahlung war wahrhaft gut.

26

Als Lucas hinzukam, hatte Leon Waggoner sich Sharisse bereits vorgestellt und wollte sich nicht von ihr abwimmeln lassen. Sie hatte begriffen, daß das der Mann war, mit dem Lucas sich geschlagen hatte, doch er ließ sich immer noch nicht abschütteln.

Als Lucas ihn vor die Wahl stellte, sich zwischen einem Faustkampf und dem Ziehen seiner Waffe zu entscheiden, verlor er die Fassung.

»Seit sie in der Stadt ist, sind Sie nicht mehr wiederzuerkennen. Sie sind verrückt. Ich lege mich doch nicht mit einem Verrückten an.«

Waggoner drehte sich um und ging.

Sharisse war gereizt, aber ihr Zorn schien Lucas zu gelten. Hatte sie sich etwa nicht vor Leon Waggoner gefürchtet? Lucas wußte nicht, wie ihm geschah.

»Wie machst du das?« beschuldigte sie ihn barsch.

»Was denn, Shari?«

»Manchmal bist du Slade zum Verwechseln ähnlich.«

»So, wirklich?« Er grinste. »Slade wird sich freuen, wenn er das hört.«

»Wieso?« fragte sie vorsichtig.

»Er hat mir alles beigebracht, was ich kann. Du glaubst doch nicht etwa, ein sanftmütiger Mensch wie ich käme hier ohne ein paar Lektionen im Überleben zurecht?«

»Soll das heißen, daß alles nur Bluff ist?«

»Natürlich. Was denn sonst?«

Sie runzelte die Stirn. »Warum habe ich dann das Gefühl, daß das, was du sagst, nicht die Wahrheit ist?«

Als er nicht antwortete, fragte sie: »Warum wirst du von der Hälfte aller Menschen hier in der Stadt freundlich behandelt, und warum geht dir die andere Hälfte bewußt aus dem Weg?«

»Das bildest du dir ein, Sharisse.«

»Nein, ganz bestimmt nicht«, beharrte sie. Sein Gesicht zeigte deutlich, daß diese Beobachtung ihm nicht paßte, aber sie mußte Gewißheit haben. »Warum fürchten sie dich, Lucas? Gibt es einen Grund dafür?«

»Sie fürchten sich nicht vor mir, verdammt noch mal. Das weißt du doch selbst.«

»Ist es Slade?«

»Ich möchte wirklich wissen, warum du ständig an Slade denkst!«

»Ich denke doch gar nicht an ihn.«

»So? Ich glaube, mein Bruder hat einen zu starken Eindruck bei dir hinterlassen.«

»Wenn er mich beeindruckt hat, dann damit, daß er arrogant, kalt, herzlos...«

»Das scheint mir doch ein starker Eindruck zu sein.«

»So ein Unsinn!« sagte sie fassungslos. »Ich habe dir doch gesagt, daß ich ihn nicht leiden kann. Ich hoffe, daß ich ihn nie wiedersehe. Aber dann, wenn du dich genauso verhältst wie er, kann ich kaum etwas dagegen tun, daß ich an ihn denke.«

Er sah sie durchdringend an. Was dachte er jetzt? Ahnte er, wie kurz sie davor gestanden hatte, Slades Form von Überredungskünsten zu erliegen?

»In mancher Hinsicht bin ich wirklich ganz wie er, Sharisse«, sagte Lucas schließlich. »Vielleicht ist es gut, wenn du das begreifst.«

Was zum Teufel sollte das jetzt heißen?

27

Sharisse brachte Lucas das Mittagessen in den Stall. Er hatte ihr am Morgen kurz mitgeteilt, er werde mit Billy in die Berge reiten, um nach den Fohlen zu sehen.

Wenn ihr vor drei Wochen jemand gesagt hätte, sie würde sich noch bemühen, diesem Mann zu gefallen, dann hätte sie über diese absurde Vorstellung gelacht. Sie wollte alles tun, damit er sie aus reiner Unzufriedenheit heraus nach New York zurückschickte. Seit ihrem Zusammentreffen mit Leon Waggoner war er mit Sicherheit unzufrieden, und nach ihrer darauffolgenden Auseinandersetzung über Slade hatte er schon fünf Tage lang kaum noch mit ihr gesprochen und sie nicht angerührt.

Es konnte ihr nur recht sein. Schließlich konnte sie jetzt täglich mit einem Brief von Stephanie und mit dem Geld für die Heimreise rechnen. Warum also bemühte sie sich überhaupt um Lucas?

Was für eine undenkbare Situation! Ihre Gefühle waren einfach zu widersprüchlich. Sie war sich nicht mehr sicher, was sie eigentlich wollte. Es war entsetzlich, einen Mann körperlich zu begehren, mit dem sie eine Heirat nie auch nur in Betracht gezogen hätte. Was war bloß los mit ihr? Bei ihr stimmte etwas nicht, und sie mußte die Gefühle ignorieren, die er in ihr wachrief. Sie mußte sich selbst wieder in den Griff kriegen.

Lucas war nicht im Stall, aber Mack war da. Er sattelte gerade sein Pferd, und sie legte die Stirn in Falten.

»Du gehst doch nicht etwa mit Lucas und Billy in die Berge, Mack?«

Er warf ihr einen Blick zu. »Nein, Ma'am. Ich reite in die Stadt, um ein paar Dinge zu besorgen, die Luke letzte Woche vergessen hat.«

»Heißt das, daß Willow und ich hier allein sind?«

Er verstand sie endlich. »Kein Grund zur Sorge, Mädchen. Luke ist in Hörweite, wenn Sie ihn brauchen. Wenn jemand herkommt, den Sie nicht kennen, dann feuern Sie einfach einen Schuß mit der Flinte ab, die über dem Kamin hängt, und schon ist er da.«

»Oh, mir war nicht klar, daß die Fohlen so nah sind.«

»Weiter weg, und sie könnten plötzlich verschwinden«, sagte Mack kichernd. »Indianer, Sie wissen schon«, fügte er dann hinzu.

Sharisse ging nicht darauf ein. Mack machte sich auf den Weg, und Lucas und Billy kamen. Sie saßen auf Decken und wollten die Pferde, deren erster Ausritt es war, auch nicht satteln. Lucas packte das Mittagessen ein, das sie ihnen gebracht hatte, und sah Sharisse auf eine Weise an, daß sie wußte, sie würde von sich aus auf ihn zugehen, wenn er nicht sofort verschwand.

»Wir werden nicht den ganzen Tag brauchen«, sagte er in das angespannte Schweigen hinein. Dann sprang er vom Pferd, riß sie stöhnend an sich und küßte sie.

»Ich habe in letzter Zeit nicht gut geschlafen«, sagte er grinsend. »Vielleicht war ich lange genug ärgerlich.«

»Das finde ich auch.«

Er ließ sie widerwillig los. »Verausgabe dich heute nicht zu sehr«, sagte er beim Aufsteigen.

»Denselben Vorschlag könnte ich dir auch machen.«

Er lachte fröhlich und ritt los. Sharisse stand da und sah ihm zu, während er galoppierte, um Billy einzuholen.

28

Sharisse hatte es bewußt vermieden, an ihren Vater zu denken, seit Emery Buskett ihn erwähnt hatte. Doch heute hatte sie fast den ganzen Tag für sich allein und jede Menge Zeit, und sie mußte feststellen, daß ihre Gedanken sich um Marcus drehten.

Selbst wenn sie in den nächsten Tagen die finanziellen Mittel bekam, nach Hause zurückzukehren, konnte sie sich nicht direkt nach Hause begeben, noch nicht. Wenn die Belohnung für ihre Rückkehr wirklich so hoch war, wie Emery es behauptet hatte, dann hatte sich seine Wut noch nicht gelegt. Es stand außer Frage, daß sie ihm nicht gegenübertreten konnte, solange er sich nicht beruhigt hatte. Aber noch schlimmer wäre es gewesen, wenn einer seiner Detektive sie fand und sie zu ihm zurückbrachte. Daher konnte sie vorläufig auch nicht nach New York zurückkehren.

Vielleicht konnte sie zu ihrer Tante gehen. Sicher hatte man Tante Sophies Haus bereits überprüft und würde es wohl kaum noch einmal nach ihr durchsuchen. Und ihre Tante würde sich hinter sie stellen, wenn sie erst gehört hatte, wie unvernünftig sich ihr Schwager verhalten hatte, als es um Joel ging. Tante Sophie war romantisch veranlagt.

Ein anderes Problem, das Sharisse beschäftigte, war, daß sie Stephanie wegen ihres Schmucks zur Rede stellen mußte. Ihre Schwester hatte sie bereits einiges gekostet, mehr, als sie hätte ahnen können. Sie konnte die Verzweiflung nachvollziehen, die Stephanie dazu gebracht hatte, und was hatte Sharisse eigentlich wirklich verloren, von ihrer Unschuld einmal ganz abgesehen? Um die Wahrheit zu sagen, vermißte sie sie überhaupt nicht.

Sie lächelte, als sich Lucas wieder in ihre Gedanken einschlich. Sie wünschte, die Zeit würde schneller vergehen. Vorfreude stieg in ihr auf.

Willow und das Baby schliefen, und um sich zu beschäftigen, beschloß Sharisse, sich um den Garten zu kümmern. Sie holte Wasser aus dem Brunnen und beugte sich gerade über den Eimer, um selbst einen Schluck zu trinken als sie neben ihrem Gesicht ein anderes Spiegelbild im Wasser sah. Sharisse richtete sich so ruckartig auf, daß ihr Kopf gegen sein Kinn schlug. Der Mann stieß einen Laut aus, sie schnappte nach Luft, und dann starrten sie einander entgeistert an. Sie war so erschrocken, daß sie keinen Schrei herausbrachte. Ein Indianer, klein und staubig – und er sah sie an, als hätte er noch nie in seinem Leben eine weiße Frau gesehen. War er genauso verblüfft wie sie?

Ihr Haar schien ihn besonders zu faszinieren. Sie hatte es gelöst, nachdem Lucas gegangen war, weil sie wußte, daß ihm das so gut gefiel. Aber jetzt griff dieser Wilde nach einer Locke, die ihr über die Schulter fiel. Sollte sie etwa skalpiert werden?

Ihre Stimme ließ sie im Stich, doch ihre Reflexe waren nicht außer Kraft gesetzt. Sie schlug die Hand des Indianers zur Seite und sah in dem Moment einen weiteren Indianer auf einem Pferd um die Hausecke biegen. Nein! Es kamen noch zwei und dann noch mehr.

Sie lief zum Haus und schlug die Tür zu, doch ein Blick auf die vielen offenen Fenster sagte ihr, daß es zwecklos war, die Tür zu verriegeln. Die Flinte über dem Kamin war ihre einzige Chance. Sie hatte natürlich nicht die leiseste Ahnung, wie man damit umging, aber da es ihre einzige Chance war, blieb ihr nichts anderes übrig, als es zu probieren.

Die Hintertür wurde aufgerissen; sie hob die schwere Flinte an ihre Brust und richtete den Lauf auf die Tür. Dazu brauchte sie ihre gesamte Kraft. Als sie das schwere Ding hochriß, drehte sie sich einmal im Kreis, und als sie die Flinte schließlich wieder auf die

Tür gerichtet hatte, standen bereits sieben Apachen im Raum, deren unheilvolle Blicke sie erstarren ließen.

Sie geriet in Panik, und ihre Finger drückten auf den Abzug. Wenn es ihr gelang, einen von ihnen zu verwunden, würden die anderen vielleicht verschwinden. Aber nichts geschah. Sie drückte fester. Immer noch nichts. Noch schlimmer war, daß sie sehen konnten, was sie hier versuchte. Sie fingen an, sie auszulachen.

»Du kämst weiter, wenn du auf den Abzug und nicht auf die Sicherung drückst.«

Sharisse wirbelte herum. Die Haustür hatte sich leise geöffnet, und dort stand er. »Lucas! Gott sei Dank!«

Doch als sie sah, wie er gekleidet war, wurde ihr klar, daß es nicht Lucas war. Trotzdem hatte sie noch nie in ihrem Leben beim Anblick eines Menschen eine solche Erleichterung gepackt – selbst wenn es Slade war.

Er kam auf sie zu und nahm ihr die Flinte aus der Hand.

»Du verflucht dämliches Weibstück«, knurrte er so leise, daß nur sie ihn hören konnte. »Wolltest du dich denn unbedingt umbringen lassen?«

Sie erstarrte. »Ich wollte mich verteidigen.«

Er fluchte tonlos vor sich hin, während er die Flinte wieder an ihren Platz legte. Dann sagte er zu den Indianern etwas in deren Sprache, und sie gingen. Als der letzte Indianer durch die Tür gegangen war, lehnte sie sich an die Wand, und allmählich kam wieder eine Spur von Farbe in ihr Gesicht.

»Sie kennen sie?« fragte sie Slade.

»Ja, ich habe sie hierhergebracht. Zwei ihrer Pferde schaffen es nicht bis nach Mexiko. Dort wollen sie hin, und daher wollten sie die Pferde eintauschen.«

Als sie seine Worte erfaßte, explodierte sie. »Sie waren also die ganze Zeit über hier! Sie hätten sich wirklich eher zeigen können! Warum haben Sie das nicht getan?«

Er zog die Augenbrauen zusammen. »Ich glaube, dein Tonfall behagt mir nicht, Frau.«

»So, es behagt Ihnen nicht!« schrie sie ihn an. Sie stieß sich von der Wand ab, kam auf ihn zu und baute sich vor ihm auf. »Ich schere mich einen Dreck darum, was Ihnen behagt. Mir behagt es jedenfalls nicht, wenn man mich zu Tode erschreckt. Ich habe den Eindruck, Ihnen bereitet es ein persönliches Vergnügen, Frauen zu erschrecken.«

»Weißt du, daß du zusammenhanglosen Unsinn redest?«

»Ich rede absolut keinen Unsinn!« rief sie stürmisch. »Sie haben mich absichtlich erschreckt!«

»Du bist hysterisch. Wenn du dich abregen würdest, würdest du selbst sehen, daß du dich wegen nichts und wieder nichts hast erschrecken lassen. Du warst keinen Moment lang in Gefahr.«

»So, und woher hätte ich das wissen sollen?«

»Jetzt könnte ich dich fragen, woher ich hätte wissen sollen, daß du augenblicklich durchdrehst, wenn du meine Freunde siehst. Und da du anscheinend wissen willst, wo ich war – Billys Frau hat uns kommen gehört und mich zu sich gerufen, weil sie mir sagen wollte, daß Luke nicht da ist. Und keine Minute später habe ich deinen Aufschrei gehört und bin herbeigeeilt, um nachzusehen, was hier los ist. Ich hätte dir nicht eher sagen können, daß ich hier bin. Es war rein zeitlich nicht möglich.«

»Eine Minute?« keuchte sie.

War wirklich nicht mehr Zeit vergangen? Wahrscheinlich hatte er recht. Dann hatte er sie also doch nicht erschrecken wollen. Es war nur ein Versehen gewesen. Mit diesen Anschuldigungen, die sie gegen ihn vorgebracht hatte, hatte sie sich wirklich zum Gespött gemacht.

»Ich ... ich muß mich vielleicht doch bei Ihnen entschuldigen«, sagte sie unbeholfen.

»Vergiß es.« Er ging an ihr vorbei zur Hintertür. Nachdem er die Koppel einen Moment lang beobachtet hatte, teilte er ihr mit: »Sie haben sich die Pferde, die sie wollen, schon ausgesucht.«

»Sollte Lucas nicht vorher gefragt werden?« fragte Sharisse vorsichtig.

»Das würde auch nichts ändern«, erwiderte Slade. »Das da draußen ist eine Räuberbande. Entweder man gibt ihnen, was sie haben wollen, und läßt sie weiterziehen, oder sie nehmen sich, was sie wollen, und es gibt Verletzte.«

Keine Gefahr, hatte er gesagt. »Nette Freunde haben Sie da«, sagte sie hitzig.

Er warf ihr einen Blick zu. »Es ist besser, sie zum Freund als zum Feind zu haben.«

»Reiten sie jetzt weiter?«

Er rief etwas durch die Tür, hob eine Hand zum Abschied und schloß dann die Tür. »Sie sind schon fort.«

»Aber reiten Sie denn nicht mit?«

Er setzte seinen Hut ab und warf ihn auf den Tisch. »Ich habe sie heute morgen erst getroffen und bin nur mit ihnen geritten, weil wir dieselbe Richtung hatten. Sie sind gekommen, um sich Pferde zu holen – und ich bin gekommen, weil ich dich sehen wollte.«

Ganz plötzlich hatte sie die Indianer vergessen. »Sie meinen, Sie wollten Lucas besuchen?«

»Nein, dich. Es paßt mir sogar sehr gut in den Kram, daß Luke nicht da ist.«

Seine Augen hielten ihre Blicke fest, ein so leuchtendes Gelbgrün, daß sie zu glühen schienen. Sie konnte sich nicht von der Stelle rühren, als er auf sie zukam.

»Lucas wird bald zurückkommen«, flüsterte sie atemlos.

»Na und?«

»Sie haben ihre Zeit vergeudet, wenn Sie nur gekommen sind, um mich zu sehen.«

»Warum überläßt du es nicht mir, das zu beurteilen?«

Er wollte sie packen, doch sie streckte die Hände aus und hielt ihn von sich fern. »Bitte, nicht. Seit ich Sie das letzte Mal gesehen habe... ich habe mich in der Zwischenzeit an Lucas gebunden. Er und ich... wir haben...«

»Er hat dich also in sein Bett gekriegt.« Er verzog spöttisch den Mund. »Ich habe dir bereits gesagt, daß das für mich keinen Unterschied macht.«

Sie holte tief Atem. »Aber für mich!«

»So? Das will ich doch gleich mal sehen.«

Er schlug ihre Hände zur Seite und preßte sie gewaltsam an sich. Sein Mund senkte sich mit roher Gewalt auf ihre Lippen. Sie wand sich, doch nach einem Moment gab sie es auf, denn seine Arme waren wie Stahl. Und dann begann ihr Körper ganz unaufgefordert auf ihn zu reagieren. Und ebenso plötzlich stieß Slade sie von sich.

Sharisse taumelte rückwärts gegen die Wand. Sie war bestürzt. Hatte sie nicht all das schon einmal durchgemacht? In den Bergen, kurz bevor sie Billy getroffen hatte? Auch damals hatte Slade sie nur geküßt, um sie dann abrupt loszulassen. War all das nichts weiter als ein grausames Spiel, das er mit ihr spielte, oder hatte er vielleicht doch ein Gewissen?

»Ich denke, diese Frage dürfte somit beantwortet sein, meinst du nicht?« Slades Stimme war schneidend. »Du bist die wankelmütigste Frau, die man sich nur denken kann. Oder reicht dir mein Bruder vielleicht als Mann nicht aus?«

»Wovon sprechen Sie?« fragte sie zornig. »*Sie* haben *mich* geküßt!«

»Aber du hast meinen Kuß erwidert, Frau.«

Ja, das hatte sie wirklich getan. Himmel, was war bloß los mit ihr? Es waren zwei verschiedene Männer. Warum konnte sie sie nicht auseinanderhalten? Wenn ihre Sinne nicht derart bestürmt wurden, bereitete es ihr überhaupt keine Schwierigkeiten, die beiden auseinanderzuhalten. Nur wenn sie sich an sie preßten, verlor sie die Kontrolle über sich selbst. Begehrte sie beide? Nein! Das konnte sie nicht von sich selbst glauben. Es war indiskutabel.

»Warum haben Sie mich überhaupt geküßt, wenn Sie keine Reaktion haben wollten?« fragte sie.

»Habe ich das gesagt?«

»Jetzt hören Sie endlich auf, mich zu verwirren. Sie waren wütend. Das können Sie nicht leugnen.«

»So gut kennst du mich also, was?«

Sein Gesicht war jetzt absolut verschlossen, und ein nervöser Schauer lief über ihr Rückgrat. Wie konnte man mit einem Mann umgehen, der die heftigsten Gefühlsregungen absolut verbergen konnte? Er konnte so wütend sein, daß er Mordgedanken hegte, ohne daß sie es auch nur gemerkt hätte.

»Was wollen Sie von mir, Slade?«

»Keine Scheinheiligkeit. Wenn ich mit dir schlafe, will ich hinterher keine Vorwürfe hören.«

»Sie... Sie wollen doch nicht etwa...?«

Sein Lachen schnitt ihr das Wort ab, ein absolut unheimlicher Laut. »Ich habe doch nicht den ganzen Weg zurückgelegt, um jetzt nur zu reden.«

»Aber ich will Sie nicht!«

Sowie sie es ausgesprochen hatte, fiel ihr wieder ein, daß er vom Gegenteil überzeugt war.

»Wenn... wenn ich auf Sie reagiert habe, Slade, dann nur, weil Lucas mich in letzter Zeit vernachlässigt hat.«

Seine Blicke wanderten langsam über ihren Körper. »Wenn du versuchst, mir einzureden, daß er dich jetzt schon satt hat, dann fürchte ich, daß ich dir das nicht glaube.«

»Das habe ich nicht gesagt. Wir hatten eine... Auseinandersetzung... Ihretwegen.«

Sie hätte sich am liebsten selbst geohrfeigt.

»Warum wohl?« sagte er nachdenklich. »Vielleicht ist er dahintergekommen, daß du schon die ganze Zeit nach mir lechzt.«

»Das ist doch absurd! Müssen Sie denn immer die falschen Schlußfolgerungen ziehen? Es war lediglich, weil er sich manchmal so benimmt wie Sie, und das kann ich nicht leiden, und genau das habe ich ihm gesagt. Er ist genauso schlimm wie Sie, wenn es darum geht, falsche Schlußfolgerungen zu ziehen. Er hat angenommen... aber ich denke ja gar nicht daran, Ihnen das zu erklären!«

»Warum denn nicht? Ich bin ganz fasziniert.«

Seine Belustigung trug nur noch zu ihrem Zorn bei. »Ich glaube, Sie haben mich falsch verstanden«, sagte sie so herablassend, wie sie es nur irgend herausbrachte. »Ich kann weder Sie noch irgend etwas an Ihnen leiden. Sie sind ein kalter, dickfelliger Mann, Slade, und Ihre Arroganz ist mir widerwärtig. Sie erinnern mich an meinen Vater, der allerdings nicht annähernd so rücksichtslos ist wie Sie. Ich war verrückt, wenn ich Sie wollte, obwohl ich Lucas habe.«

»Obwohl er dich vernachlässigt. Obwohl er dich vielleicht auch weiterhin vernachlässigen wird?«

»Selbst wenn er mich nie mehr anrührt«, sagte sie beharrlich. »Weil er zärtlich und einfühlsam ist und nicht versuchen würde, sich zu nehmen, was ich ihm nicht geben will.«

»Aber erregt er dich denn so wie ich, meine Schöne?«

Im nächsten Moment packte er sie und schlang seine Arme um sie. Sie war darauf vorbereitet, sich zur Wehr zu setzen, ihm zu beweisen, daß sie ihn wirklich nicht wollte, doch er tat das, was sie am allerwenigsten von ihm erwartet hatte, und wieder wurde sie in tiefe Verwirrung gestürzt. Statt sie mit roher Leidenschaft zu bezwingen, bewegte er seine Lippen mit erlesener Zartheit auf ihrem Mund. Er erinnerte sie so sehr an Lucas, daß sie auf ihn reagierte, wie sie auf Lucas reagiert hätte.

Slade beendete den Kuß, doch diesmal ließ er sie nicht los. Seine Augen glühten, als sie sich in ihre Augen gruben und sie schmelzen ließen.

»Du glaubst vielleicht wirklich, daß dir Luke lieber ist, meine Schöne«, flüsterte er, »aber deinem Körper ist es ganz egal, wer von uns beiden mit dir ins Bett geht. Du und ich, wir wissen das. Ich glaube, es ist an der Zeit, daß Luke es auch erfährt. Dein Bett ist ein guter Ort, um es ihm klarzumachen. Dort wird er uns vorfinden, wenn er zurückkommt.«

»Nein!« schrie sie. Er hob sie auf seine Arme und trug sie zum Schlafzimmer. »Oh, bitte, Slade, du verstehst das nicht. Genau das versteht ihr alle beide nicht. Würdest du mir jetzt zuhören?« Sie trommelte mit ihren Fäusten auf seine Brust, bis er stehenblieb und sie seine Aufmerksamkeit ganz für sich hatte. »Wenn du mich küßt und wenn er mich küßt, dann ist es dasselbe. Es besteht kein Unterschied zwischen euch beiden. Ich verstehe selbst nicht, woran das liegt, es sei denn, weil ihr Zwillinge seid. Ihr habt beide dieselbe Macht über mich.«

»Du gibst es also endlich zu?« Sein Tonfall war keineswegs triumphierend.

»Was ich dir sage, ist, daß ich, sowie du mich losläßt und ich wieder klar denken kann, in aller Aufrichtigkeit sagen kann, daß mir Lucas lieber ist. Vielleicht könnte es dir gelingen, von mir zu bekommen, was du haben willst, aber ich hasse dich dafür.«

»Glaubst du wirklich, das stört mich?«

»Ja! Ich bin *nicht* wankelmütig!« Sie sagte es auch zu sich selbst, nicht nur, um ihn zu überzeugen. »Lucas hat mich zu seiner Frau gemacht – nicht von Rechts wegen, aber ich gehöre ihm. Ich will nicht mehr als einen Mann.«

»Um genau das herauszufinden, bin ich hier.«

»Muß ich dich anflehen, mich in Ruhe zu lassen?«

»Tätest du das?« fragte er leise.

»Ja.«

Jetzt triumphierte er. Sie sah es in seinen Augen. Er wollte sie zu allem Überfluß auch noch demütigen. Einen derart widerwärtigen Menschen hatte sie noch nie erlebt. Sie fing an zu weinen.

»Muß das sein?« fragte Slade grob.

Er stellte sie hin und rückte von ihr ab. Sharisse konnte einfach nicht glauben, was hier geschah. Hatte sie wirklich das Mittel gefunden, ihn sich vom Leib zu halten? Sie weinte noch heftiger.

»Hör auf, Frau!« befahl er ihr.

»Läßt du mich in Ruhe?«

»Ja.«

»Schwörst du es?« fragte sie zwischen zwei Schluchzlauten. »Wirst du mich auch nie wieder anrühren?«

»Ich schwöre es, verdammt noch mal!«

Sie beruhigte sich. Sie hatte alles gehört, was sie hören wollte.

Als sie sich die Tränen trocknete, sah Slade sie finster an.

»Weißt du, meine Schöne, wenn ich auch nur einen Moment lang glauben könnte...«

»Du hast es geschworen, Slade«, reif sie ihm eilig ins Gedächtnis.

»Ja, das habe ich getan.« Er nahm seinen Hut und blieb in der Haustür stehen.

Impulsiv sagte sie: »Es ist zu schade, daß ihr beide nicht ein und dieselbe Person seid, Slade, Dann würde ich...« Sie unterbrach sich verwirrt. Konnte sie es nicht bei diesem guten Ende belassen?

Er lachte. »Dann müßtest du uns nicht beide begehren, ja?«

»Weißt du, Lucas hat wenig von dir, aber du hast nichts von ihm. Geh fort, Slade. Laß uns in Ruhe.«

29

Sharisse saß am Küchentisch, als Lucas und Billy am Spätnachmittag zurückkamen. Sie hatte ein Gebräu vor sich stehen, von dem sie keine Ahnung hatte, was es war. Sie war zu Willow gegangen und hatte sie um etwas zur Beruhigung ihrer Nerven gebeten, und Willow war ihrem Wunsch nachgekommen, wenn auch ungern. Sharisse war es ganz gleich, was sie trank, denn nach der zweiten Tasse, die sie fast geleert hatte, war sie ruhig.

Als sie Lucas in der Tür stehen sah, sah sie im ersten Moment nur diese verfluchten Wildlederstiefel, und sie glaubte einen Moment lang, Slade sei zurückgekommen. Doch das hier war Lucas. Keine Vergleiche mehr.

»Du bist früh wieder da«, äußerte sie.

»Eigentlich bin ich spät dran«, erwiderte Lucas, und sein Blick fiel auf den Krug, der vor Sharisse stand. »He, trinkst du da etwa Billys Mescal?«

Sharisse lächelte. »Ich weiß nicht, was es ist. Nach den ersten Schlucken ist es gar nicht übel. Und du kannst nicht spät dran sein. Mack ist noch nicht zurückgekommen, und er hat gesagt, er würde nicht lange fort sein.«

Lucas runzelte die Stirn. »Ist alles in Ordnung mit dir, Sharisse?«

Seine Sorge tat ihr wohl. »Ja, natürlich. Warum denn nicht?«

»Willow hat gesagt, daß Slade hier war.«

»Ja, dein liebenswürdiger Bruder hat uns einen Besuch abgestattet. Weißt du, Lucas, ich glaube, ich habe Slade falsch eingeschätzt. Er ist eigentlich gar nicht so übel. Schließlich hat er mich weder vergewaltigt noch umgebracht noch sonst etwas dergleichen.«

Lucas brach in Gelächter aus. »Du bist ja betrunken!«

»Bin ich nicht.«

Er zog sie auf die Füße und legte einen Arm um ihre Taille. »Das ist nicht gerade der Empfang, auf den ich mich so gefreut habe, Schätzchen«, sagte er heiser zu ihr. »Ich habe den ganzen Tag an dich gedacht, aber wie könnte ich deinen jetzigen Zustand ausnutzen?«

»Ausnutzen?« Sie legte die Stirn in Falten, doch dann dämmerte es ihr. »Ach so, das.« Sie schlang ihre Arme um seinen Hals. »Hör mal, Sir, wenn du es nicht tust, werde ich dir das nie verzeihen.«

»Wenn ich was nicht tue?«

»Mich ausnutzen. Ich bestehe darauf.«

»Nun ja, wenn du darauf bestehst.«

Sharisse quietschte, als er sie über seine Schulter warf. Er trug sie direkt in sein Schlafzimmer und ließ sie auf das Bett fallen.

Sie klammerte sich beim Fallen an ihn und vergewisserte sich, daß er neben sie fiel. Was für ein wunderbares Gefühl, ihn bei sich zu haben und keine Schuldgefühle bei dem, was sie empfand, zu spüren. Was sie empfand, war Feuer in ihrem Blut.

»O Lucas, ich will dich ja so sehr.«

Lucas wich zurück. »Das tut er anscheinend jedesmal mit dir, stimmt's?« fragte er, ohne sie aus den Augen zu lassen.

»Tu das nicht. Sprich nicht von ihm«, flehte sie ihn an. »Dich will ich haben, nur dich.«

Seine Augen forschten lange Zeit in ihren Augen, ehe er antwortete: »Ja, das scheint mir auch so zu sein.«

Er begann sie zu küssen, und sie wußte, daß alles wieder gut werden würde. Sie konnte an nichts anderes mehr denken als an ihn, sie spürte die Glut seines Mundes, seinen Körper, der sich an sie preßte.

Doch plötzlich löste er sich von ihr und lauschte.

»Das ist nur Mack, der zurückkommt«, sagte sie, als sie die Hufe hörte.

»Das ist mehr als ein Pferd, Sharisse.«

»Bekommen wir Gesellschaft?« Ihr Mut sank. »Aber wenn wir einfach nicht rausgehen, reiten sie doch sicher weiter, oder?«

»Ich habe die Haustür offen gelassen.«

»Das soll doch nicht etwa heißen, daß jetzt jemand reinkommt, ganz gleich, wer?«

»Die meisten Leute halten es hier so.«

Sie sahen gleichzeitig die Schlafzimmertür an. Auch sie stand offen. Lucas fluchte und stand vom Bett auf.

»Komm.« Er seufzte. »Wenn du mich weiterhin so ansiehst, werde ich jeden Besucher, ganz gleich, wer es ist, erschießen.«

»Nein, das will ich wirklich nicht, Lucas.« Sie kicherte.

Sie drehte sich um, um ihre Kleider glattzustreichen, während Lucas ins Wohnzimmer ging. Als sie zu ihm kam, fand sie zu ihrem Erstaunen Samuel Newcomb vor. Mack und ein weiterer Mann waren bei ihm.

Mack hielt ihr einen Brief hin. »Ich hoffe, es hat keinen Ärger gegeben, Ma'am«, sagte er. »Ich hätte nicht geglaubt, daß ich so lange fort bin, aber mir ist ein alter Kumpel über den Weg gelaufen, den ich seit zwanzig Jahren nicht mehr gesehen habe. Wir mußten ein paar Erinnerungen aufwärmen.

Sharisse hörte ihn kaum. Ihr war plötzlich ganz komisch zumute. Hier war das, worauf sie so begierig gewartet hatte, ihr Brief. Doch alles, woran sie denken konnte, war Lucas. Hier hielt sie ihre Möglichkeit zur Flucht in der Hand, und dort stand Lucas. Der Gedanke, seine wunderbaren Hände, die ihren Körper zum Leben erweckten, nie mehr zu spüren, ließ sie in Panik geraten.

»Würden die Herren mich bitte für ein paar Minuten entschuldigen? Auf diesen Brief warte ich schon seit langem.«

»Sharisse!«

Lucas war verärgert über die Grobheit, mit der sie die Gäste ignorierte, aber sie konnte es kaum erwarten. »Ich bin sofort wieder da, Lucas«, versicherte sie ihm, ehe sie in ihr Zimmer floh.

Meine liebste Rissy,
Du kannst Dir gar nicht vorstellen, wie schwierig es war, eine Möglichkeit zu finden, Dir diesen Brief zukommen zu lassen. Ich darf nicht mehr tun und lassen, was ich will, und ich darf auch keine Besucher mehr empfangen. Aber Mrs. Etherton hat sich meiner erbarmt, und sie hat mir versprochen, Trudi heimlich ins Haus zu lassen, damit sie mich besuchen kann, und daher werde ich Trudi den Brief

mitgeben, damit sie ihn bei der Post aufgibt. Ich habe es nicht gewagt, einen der Dienstboten zu fragen, denn sie hätten es Vater sagen können.
Rissy, es war ganz gräßlich hier. Da Du fort bist, habe ich Vaters Zorn mit voller Wucht abbekommen, und ich fürchte, keiner von uns beiden hat sich vorstellen können, wie wütend er sein kann. Er hat mich von der ganzen Welt abgeschnitten. Ich kann nirgends hingehen, und niemand kann mich besuchen. Sogar die Dienstboten dürfen nicht mehr mit mir sprechen. Und es war mir nicht möglich, Joel auch nur ein einziges Mal zu sehen! Noch nicht einmal dann, als Vater und Mr. Parrington zu sich gebeten hat, um ihnen Deine ›Krankheit‹ zu erklären. Das hat er auch allen unseren Freunden erzählt – daß Du krank bist und daß die Hochzeit noch eine Weile hinausgeschoben wird. Aber das war, als er noch dachte, er würde dich schnell wiederfinden. Inzwischen ist soviel Zeit vergangen, daß er Joels Vater die Wahrheit sagen mußte. Das hat seinen Zorn natürlich nur um so schlimmer werden lassen.
Oh, er war einfach schrecklich, Rissy. Ich sehe in absehbarer Zeit keine Hoffnung für Joel und mich. Wenn ich auch nur Joels Namen ausspreche, geht Vater in die Luft. Aber das ist noch nicht das Schlimmste. Vater sagt jetzt, wenn Du nicht innerhalb der nächsten Woche nach Hause kommst, was, wie wir beide wissen, unmöglich ist, wird er Dich enterben.
Ich könnte nur noch heulen. Es ist alles meine Schuld. Ich weiß nicht, wie Du mir das je verzeihen kannst. Aber gib bitte die Hoffnung nicht auf. Ich verspreche Dir, daß ich mir etwas einfallen lasse. Es wird nur noch ein wenig dauern. Zumindest war ich erleichtert, als ich Deine Beschreibung von Mr. Holt gelesen habe. Es klingt ganz so, als sei er ein verständiger Mann, und daher macht es Dir wohl keine Schwierigkeiten, ihm noch ein wenig länger zur Last zu fallen. Verzweifle nicht, Rissy.

Sharisse stützte den Kopf in ihre Hände. Verzweifle nicht. Und das, obwohl dem Brief weder Fahrkarten noch Geld beigelegt waren? Enterbt innerhalb der nächsten Woche? Der Brief hatte länger gebraucht, um sie zu erreichen. Was hieß das alles? Daß sie nicht nach Hause kommen konnte? Daß sie nie mehr nach Hause kommen konnte? Sollte sie für alle Ewigkeit hier festsitzen?

Sie blieb über einen längeren Zeitraum regungslos sitzen, wo sie saß. Nach einer Weile hörte sie, daß Lucas die Tür öffnete. »Ich glaube, du solltest jetzt doch wieder kommen, Sharisse. Sam hat uns eine kleine Überraschung mitgebracht.«

Sie hörte, wie gepreßt seine Stimme klang, doch sie machte sich keine Gedanken darüber. Sie war zu geschafft, um sich auch nur noch mit irgendeinem weiteren Problem auseinanderzusetzen. Sie stand automatisch auf und folgte Lucas ins Nebenzimmer.

30

Lucas kehrte im Morgengrauen auf die Ranch zurück und fragte sich, was Sharisse wohl davon halten mochte, daß er sie vor sechs Tagen im Stich gelassen hatte, denn so würde sie sein Verschwinden mit Sicherheit auslegen. Somit war ziemlich klar, wie die Begrüßung ausfallen würde. Aber schließlich hatte er die Katze für Charley gekauft und nicht für sie. Er setzte sie aus und verließ sich darauf, daß Charley sie schnell wittern würde. Im Moment mußte er sich mit seiner eigenen Frau befassen.

Er betrat Sharisses Zimmer, warf Charley hinaus und schloß die Tür. Sharisse erwachte nicht, und er konnte sie in aller Ruhe betrachten. Die Wirkung, die sie auf ihn ausübte, war überwältigend, doch als er den Ring auf ihrem Nachttisch liegen sah, war er sehr schnell wieder ziemlich gereizt.

Übellaunig ließ er sich auf das Bett plumpsen, um sie damit zu wecken. Es gelang.

»Lucas?«

Hörte er Freude aus ihrer Stimme heraus? Nein. Das war die Stimme einer erbosten Frau. Gut so. Warum sollte er auch der einzige sein, der außer sich war?

»Wie ist es dir ergangen, mein Schatz?« fragte er.

»Wie es mir ergangen ist?« keuchte Sharisse. Sie sprang aus dem Bett, schnappte sich ihren Morgenmantel und rückte ein ganzes Stück von ihm ab. »Wie kannst du es wagen, mir diese Frage zu stellen – nach allem, was du getan hast?«

»Ich habe doch gar nichts getan. Ich war nur eine Weile fort.«

»Davon spreche ich nicht!« fauchte sie. «Von mir aus kannst du gleich wieder abhauen. Du hast mich reingelegt, Lucas. Ich hätte diese ganze lächerliche Zeremonie für einen Traum gehalten, wenn Mack mich nicht Mrs. Holt genannt hätte!«

»Dann war es also wirklich Panik, was ich in deinem Gesicht gesehen habe, als ich dich dem Geistlichen vorgestellt habe. Und ich habe mir eingeredet, du seist nur überrascht.«

Sein Sarkasmus ließ Sharisse verstummen. Warum mußte diese Auseinandersetzung denn ausgerechnet jetzt stattfinden, zu einer Zeit, zu der sie noch gar nicht richtig wach war? Sie hatte ihre wahren Gefühle vor ihm verbergen wollen, und jetzt bestätigte sich auch noch ihr Verdacht – daß ihn der Priester, den Samuel Newcomb mitgebracht hatte, noch mehr aus der Fassung gebracht hatte als sie.

»Es war nichts anderes als Erstaunen, Lucas«, sagte sie mit ruhigerer und sachlicherer Stimme. »Aber ich kann es nicht leiden, wenn man mich derart übergeht.«

»Ich dachte, du hättest von ›reingelegt‹ gesprochen.«

»Wie soll ich mir denn sonst vorkommen?« brachte sie zu ihrer Verteidigung hervor. »Zum ersten war ich an dem Tag überhaupt nicht ich selbst. Ich hatte dieses üble Gebräu getrunken, das Willow mir gegeben hat. Und vorher hatte mich ein halbes Dutzend Indianer so erschreckt, daß ich fast den Verstand verloren hätte, ganz zu schweigen von deinem Bruder. Und als Krönung des Ganzen... na ja, reden wir nicht mehr davon«, räumte sie schnell ein. »Himmel, ich kann mich nicht einmal mehr an die Hälfte dessen erinnern, was sich an diesem Tag abgespielt hat.«

»Was macht das für einen Unterschied? Da der Priester schon danebenstand, konntest du ohnehin keine größeren Entscheidungen mehr treffen. Daran erinnerst du dich doch, oder? Oder waren dir die Zeit und der Ort wichtiger als dein Ruf?« Sie drehte ihm beleidigt den Rücken zu, und er sagte hämisch: »Nein, das dachte ich mir.«

Lucas warf wütende Blicke auf ihren Rücken. Vielleicht hatte sie nicht die Wahl gehabt, aber er hätte alles verhindern können. Er hätte Sam und den Geistlichen aus dem Haus werfen können, wenn er Lust gehabt hätte. Aber nein, er hatte in erster Linie an Sharisse gedacht, an Sharisse und ihr verfluchtes Zartgefühl. Er hatte es einfach nicht über sich gebracht, sie vor Sam zu beschämen, indem er sich weigerte, sie zu heiraten. Was war er doch für ein Gentleman.

Aber das, was ihn so erboste, war gar nicht, daß er sie geheiratet hatte. Die Ehe schließlich war ohnehin nicht rechtskräftig, wenn er sich nicht entschloß, sie anzuerkennen. Das wußte sie natürlich nicht. Er war wütend, weil er die Kontrolle über die Lage verloren hatte.

Zum Teufel mit Newcomb und seinen Einmischungen. Dieser Lump hatte auch noch geglaubt, den beiden einen Gefallen zu tun, indem er den Geistlichen auf die Ranch brachte, aber alles, was damit erreicht war, lief nur darauf hinaus, daß Lucas' Pläne nicht mehr aufgingen. Sechs Tage hatte er jetzt herumgegrübelt, und trotzdem wußte Lucas immer noch nicht weiter. Verdammt noch mal!

Vielleicht war es das Beste, wenn Sharisse weiterhin wütend auf ihn war. Mit Sicherheit würde es dadurch für sie beide leichter sein, wenn die endgültige Trennung kam.

»Weißt du was, Sharisse? Wenn ich dein Verhalten sehe, könnte ich fast glauben, daß du gar nicht heiraten wolltest.«

Seine Mutmaßung, die nur zu sehr der Wahrheit entsprach, ließ die Wut, die in ihr siedete, überkochen. »Wie kannst du so etwas behaupten?« gab sie zurück. Mit großen Schritten kam sie auf ihn zu. Sie hatte die Arme in die Hüften gestemmt. »Bin ich etwa nicht hierhergekommen, um zu heiraten? Habe ich denn nicht das Recht, erbost zu sein, wenn plötzlich alles ganz anders aussieht? Du hast mir gesagt, du würdest mir Zeit lassen, mich hier einzugewöhnen, Zeit, dich kennenzulernen. Das hast du mir selbst gesagt. Und ich war noch keine fünf Wochen hier, als wir auch schon verheiratet waren.«

»Ich finde, du hast mich in dieser Zeit recht gut kennengelernt«, sagte er höhnisch.

Sie errötete. »Darum geht es nicht«, beharrte sie. »Und außerdem – wenn das Verhalten von einem von uns beiden viel zu wünschen übrigläßt, dann ist es das deine. Du kannst nicht abstreiten, daß du an diesem Tag außer dir vor Wut warst, Lucas. Du warst so wütend, daß du direkt nach dem Geistlichen verschwunden bist, ohne doch auch nur zu verabschieden. Und du bist immer noch wütend. Ich wüßte wirklich gern, warum.«

Lucas sah ihr fest in die Augen. Er hatte jetzt zwei Möglichkeiten. Er konnte Sharisse beschwichtigen und ihre Beziehung wieder so werden lassen, wie sie vorher gewesen war. Oder er konnte zur Abwechslung ehrlich sein, womit er sie allerdings gegen sich aufbringen würde, und zwar endgültig. Wählte er die erste Möglichkeit, so nutzte das ihm, wählte er die zweite, so nutzte es ihr.

Um ihretwillen hatte er keine Wahl, und es blieb ihm nur eine Möglichkeit. Mit einstudierter Gleichgültigkeit sagte er: »Wenn ich hier ein wenig verstört wirke, dann liegt das ganz einfach daran, daß ich nie die Absicht hatte, dich zu heiraten, Sharisse.«

Sie starrte ihn stumm und ungläubig an.

»Was?«

»Es ist die Wahrheit.«

Sharisse war ganz elend zumute. All die Jahre, in denen sie sich wegen ihrer Größe und ihres zu dunklen Teints unattraktiv gefühlt hatte, brachen wieder über sie herein.

»Das verstehe ich nicht, Lucas. Ich... ich weiß, daß du geglaubt hast, vielleicht sei Stephanie deine Braut, aber du hast gesagt, daß das keine Rolle spielt. Und jetzt sagst du, daß es dich doch stört. Warum hast du mich nicht auf der Stelle wieder nach Hause geschickt, wenn du mich so indiskutabel findest?«

Der gequälte Blick in ihren Augen zerriß ihn innerlich. Er wollte sie in Wut bringen, nicht sie verletzen.

»Verdammt noch mal, du hast mich völlig falsch verstanden«, sagte er eilig. »Ich habe nichts gegen dich einzuwenden, Sharisse. Hör mal, ich habe noch nie eine begehrenswertere Frau als dich gesehen. Ich wollte nur einfach gar nicht heiraten – keine Frau, ganz gleich, wen. Das ist nicht persönlich gemeint.«

»Aber du hast eine Heiratsanzeige aufgegeben.«

»Ja, das habe ich getan.«

»Ohne jede Absicht, das Mädchen zu heiraten?«

»Ja, das stimmt.«

»Aber warum?« rief sie aus.

»Das, mein Liebling, geht dich nichts an.«

»Das geht mich nichts an? Oh...!« Sie wandte ihm wieder den Rücken zu, wirbelte jedoch bereits im nächsten Augenblick wieder herum. »Du hast mich ohne ehrenwerte Absichten verführt!«

»Ich habe keine Klagen aus deinem Mund vernommen.«

Sie ohrfeigte ihn, und sie hätte ein zweites Mal zugeschlagen, wenn er ihre Handgelenke nicht festgehalten hätte. »Du bist widerwärtig, Lucas!«

»Ja, vielleicht«, seufzte er. »Aber jetzt laß uns über dich reden und darüber, wer du wirklich bist.«

Ihr Herz setzte einen Schlag lang aus. »Was... was meinst du damit?« fragte sie wachsam.

»Denk mal darüber nach. Wenn eine Frau behauptet, verwitwet

zu sein, dann kann man davon ausgehen, daß sie keine Jungfrau mehr ist. Wie erklärst du den Umstand, daß du jungfräulich warst?«

»Du hast es gewußt?« fragte sie atemlos. »Warum hast du kein Wort gesagt?«

Lucas zuckte die Achseln. »Ich wollte dich nicht in Verlegenheit bringen.«

»Ach, aber jetzt bringst du mich seelenruhig in Verlegenheit, weil ich deine Frau bin?«

Sie war viel zu wütend, um zuzulassen, daß er den Spieß umdrehte – nicht nach dem, was er gerade selbst eingestanden hatte. Im Lichte dieses Geständnisses lösten sich ihre eigenen Schuldgefühle auf.

»Laß mich los, Lucas«, forderte sie mit eisiger Stimme.

»Wirst du deine Hände ruhighalten?«

»Die Ohrfeige hast du dir verdient.«

»Das, was ich verdient habe, deckt sich nicht immer mit dem, was ich bereit bin hinzunehmen, Sharisse«, erklärte er ihr barsch. »Außerdem haben wir gerade über dich gesprochen.«

Er ließ sie los, und sie rieb sich die Handgelenke, während sie ihn wütend anfunkelte. Sie suchte rasend nach Vorwänden, mit denen sie seine Neugier beschwichtigen konnte, ohne irgend etwas einzugestehen.

»Lucas«, setzte sie mit leiser Arroganz an, »wenn ein Mann selbst nicht aufrichtig ist, neigt er dazu, anderen skeptisch gegenüberzustehen.«

»Natürlich, wenn er guten Grund dazu hat. Deine angebliche frühere Ehe ist stark anzuzweifeln.«

»Bist du je auf den Gedanken gekommen, mein Mann könnte ein Problem gehabt haben? Er könnte die Ehe vielleicht einfach nicht vollzogen haben? Es ist ein Jammer, aber nicht alle Männer sind so gesund und kräftig wie du. Deshalb habe ich mich aber nicht weniger mit ihm verheiratet gefühlt.«

Lucas schnitt eine Grimasse. Himmel, sie war wirklich bei all dem das unschuldige Opfer gewesen. Er würde die Meinung, die er sich von ihr gemacht hatte, noch einmal gründlich überdenken müssen. Und, verdammt noch mal, er konnte schon jetzt sehen, wie sich seine Schuld anhäufte, und er etwas dämlich Edles tun würde, um alles wiedergutzumachen.

»Wenn du eine Nichtigkeitserklärung dieser Ehe wünschst«,

bot Lucas ihr ruhig an, »dann ist das unter den gegebenen Umständen machbar.«

»Natürlich will ich das«, sagte Sharisse steif. »Du glaubst doch nicht etwa, ich würde bei einem Mann bleiben, der mich nicht haben will.«

Er sah auf den Fußboden. »So sei es denn. Aber bis dahin wirst du hierbleiben. Und wenn es sich so leicht regeln läßt – mit einer Ungültigkeitserklärung anstatt einer Scheidung –, dann halte dich um Himmels willen besser fern von mir. Denn daß ich dich begehre, stand immer außer Frage.«

Es entstand ein Schweigen, ehe sie sagte: »Warum kann ich nicht gleich fortgehen?«

»Ich bin pleite, Sharisse. Ich kann es mir nicht leisten, dich fortzuschicken, von New York ganz zu schweigen. Du willst doch nach New York gehen, oder?«

»Ja. Wie lange kann es dauern, Lucas?«

»Wozu so eilig? Du bist doch hergekommen, um zu heiraten, oder hast du das etwa vergessen?« schleuderte er ihr an den Kopf. »Betrachte dich für den Moment als verheiratet, ja?«

»Ich finde diese Situation untragbar«, sagte sie mit flacher Stimme.

»Glaubst du etwa, daß es mir behagt? Am liebsten würde ich dich mit Küssen zum Schweigen bringen, aber ich habe nicht vor, dem Übel, das ich dir bereits zugefügt habe, noch mehr hinzuzufügen.« Er stand auf und ging zur Tür. »Aber der Grund, aus dem ich dich gebraucht habe, ist noch da, und da wir jetzt verheiratet sind, würden zu viele Fragen aufgeworfen, wenn du weggingst. Du wirst mit mir gemeinsam abwarten müssen, bis es vorüber ist, Sharisse.«

»Und du bist nicht bereit, mir den Grund zu sagen?«

»Nein.«

»Dann geh jetzt, Lucas. Und sei bitte so anständig, keinen Fuß mehr in dieses Zimmer zu setzen.«

Er verließ sie. Es tat ihm leid, daß er sie verletzt hatte, er sehnte sich schmerzlich danach, sie zu lieben, und er war voller Reue und Sorgen.

31

Der Wunsch zu gehen war etwas ganz anderes, als tatsächlich den Mut aufzubringen, fortzugehen. Das mußte Sharisse bald feststellen. Sie wäre nicht ganz so verzweifelt gewesen, wenn er ihr wenigstens gesagt hätte, wie lange sie noch hier bleiben mußte; schließlich konnte es sich um Jahre handeln. Ein weiteres Problem bestand darin, daß sie nicht so ohne weiteres in die Stadt gehen und Samuel Newcomb um Hilfe bitten konnte, da Lucas das Recht hatte, sie zurückzuhalten. Sie war rechtsgültig mit ihm verheiratet. Und sie wußte, daß es nur eine Frage der Zeit war, wann sie Lucas all das verzeihen würde. Sie hätte diesem Mann alles verziehen. Wenn sie wieder ein Liebespaar würden, hätte sie nicht mehr die Kraft, die Ehe für ungültig erklären zu lassen. Sie mußte auf der Stelle fortgehen.

Sie bat Mack, ihr ein Pferd zu satteln, und als sie Charley schließlich im Stall fand, reagierte er nicht im mindesten auf ihre Stimme.

Zu ihrem Erstaunen sah Sharisse eine zweite Katze, Lucas mußte sie mitgebracht haben. Wie reizend von ihm! Aber sie durfte nicht zulassen, daß ein so simpler Umstand sie in ihrem Vorhaben beirrte. Sie mußte sich alles andere wieder ins Gedächtnis rufen, was er getan hatte.

Charley wollte seine neue Freundin offensichtlich nicht verlassen, doch Sharisse hatte nicht vor, ihn hierzulassen. Sie sperrte ihn in sein Körbchen und eilte weiter. Mack war ihr nicht gefolgt und hatte daher auch nicht sehen können, daß sie ihre Habe auf das Pferd band. Das einzige, was sie jetzt noch zu tun hatte, war, sich von Willow und deren Baby zu verabschieden.

Es war ein tränenreicher Abschied. Willow versuchte nicht, sie aufzuhalten. Sie stellte keine Fragen und schien sich vorstellen zu können, was Sharisse empfand.

Sharisse erreichte ohne jeden Zwischenfall die Stadt. Sie ließ das Pferd im Stall stehen, damit Lucas es dort finden konnte, und dann machte sie sich auf den Weg zum Hotel. Wilber, der vor dem Postamt saß, rief ihr zu, er habe einen Brief für sie.

Dieser Umstand an sich war schon eine Überraschung, doch das, was in dem Umschlag steckte, ließ sie einen Freudenschrei ausstoßen. Geld! Mehr als genug für ihre Heimreise. Sie konnte ihr Glück kaum fassen, daß das Geld ausgerechnet dann kam, wenn sie es am dringendsten brauchte. Jetzt brauchte sie niemandem mehr zur Last zu fallen und auch nicht das Risiko eingehen, Samuel Newcomb um Hilfe zu bitten. Sie konnte Newcomb verlassen, ehe Lucas auch nur etwas von ihrem Verschwinden ahnte.

Sharisse ging direkt zur Postkutsche, ohne sich auch nur die Zeit zu nehmen, Stephanies Brief zu lesen. Ihre einzige Sorge war, wann die nächste Kutsche fuhr. Ihre Glückssträhne hielt an, denn die Kutsche hatte Verspätung und wurde jeden Moment erwartet.

Das Warten war nervenaufreibend. Selbst, als die große, behäbige Kutsche in die Stadt rollte, mußte Sharisse noch eine weitere Stunde warten, weil die Pferde gewechselt wurden und der Kutscher eine Mahlzeit zu sich nahm.

Sie wartete in der Kutsche. Es war der reinste Backofen. Die Ledergardinen waren vorgezogen, doch hier konnte sie sich verbergen.

Sie fing gerade an sich zu entspannen, als die Tür sich öffnete, Slade in die Kutsche stieg und sich neben sie setzte. Sie war absolut versteinert.

»Wie…?«

»Hab' dich in die Stadt kommen sehen«, sagte er. »Seit dem Moment an beobachte ich dich.«

»Aber was tust *du* in Newcomb?«

»Ich treibe mich nach Lust und Laune rum.« Seine Augen durchbohrten sie. »Und wohin fährst du, meine Schöne?«

Sie preßte die Lippen zusammen, denn ihm brauchte sie überhaupt nichts zu sagen.

»Keine Antwort?« fragte er forschend.

»Das geht dich nichts an«, sagte sie verbissen.

»So, da wäre ich mir nicht so sicher.« Er lehnte sich auf dem Sitz zurück und sagte in einem allzu beiläufigen Tonfall: »Ich habe Luke vor ein paar Tagen in Tucson gesehen. Ich habe ihm wohl nicht so recht geglaubt, als er gesagt hat, daß er die Schlinge zugezogen hat. Ich bin hergekommen, um die Wahrheit herauszufinden. Allerdings habe ich von etlichen Leuten gehört, daß ein Geistlicher eine ehrbare Frau aus dir gemacht hat.« Er seufzte. »Ehrbare Frauen habe ich noch nie gemocht.«

»Ist es nicht vielleicht umgekehrt?« fragte sie. »Daß die ehrbaren Frauen dich nicht mögen?«

Er lächelte. »So, meinst du? Aber wir haben gerade von deinem neuen Status gesprochen, Mrs. Holt, und darüber, ob das, was du tust, mich etwas angeht oder nicht. Mir scheint, solange du mit meinem Bruder verheiratet bist, geht es mich etwas an.«

»Unsinn«, fauchte Sharisse. »Du hast dir nie etwas aus deinem Bruder gemacht. Seine Gefühle haben dich nicht interessiert. Warum also willst du plötzlich seine Interessen wahren?«

»Wer spricht den von seinen Interessen? Der Name, den du jetzt trägst, ist auch mein Name, meine Schöne. Glaubst du, ich will, daß es heißt, ein Holt könnte seine Frau nicht halten?«

Ehe sie auch nur ein Wort sagen konnte, fuhr er fort. »Du bist allein hier. Das sagt mir, daß Luke nichts davon weiß, daß du fortgehst. Und ich dachte wirklich schon, du wolltest nur ihn. Das hast du mir doch selbst gesagt, oder etwa nicht?« fragte er höhnisch.

»Laß mich in Ruhe, Slade.«

Sie wandte sich ab, doch er packte ihr Kinn und zwang sie, ihn anzusehen. »Antworte mir.«

»Ja!« Und dann: »Ja, er war das einzige, was ich wollte. Aber das spielt jetzt keine Rolle mehr, weil er gar keine Frau haben will. Mit diesem Wissen kann ich nicht hierbleiben!«

»Vielleicht weiß er selbst nicht, was er will«, bemerkte Slade auf seine unergründliche Weise. »Hast du dich in ihn verliebt?«

»Aber gewiß nicht«, erwiderte sie zu überstürzt. »Und du brauchst dir auch keine Sorgen zu machen, Slade. Lucas läßt mich mit Freuden gehen. Er erwartet von mir, daß ich die Ehe für ungültig erklären lasse. Ich werde ihn nicht enttäuschen. Ich werde sobald wie möglich dafür sorgen.«

Er sah sie nachdenklich an und sagte dann: »Wenn das so ist, dann möchte ich doch, solange du noch seine Braut bist, auf eine alte Sitte zurückgreifen.«

Sie streckte ihm die Hände entgegen, um ihn zurückzuhalten. »Nein, Slade!«

Sein Mund schloß sich über ihren Lippen, und er küßte sie roh und prüfend. Wogen der Erregung durchfluteten sie. O nein, nicht schon wieder, dachte sie verzweifelt. Doch sie preßte sich dichter an seinen kräftigen Körper, selbst dann noch, als sie versuchte, sich von ihm zu lösen.

Als er losließ, war sie benommen und atemlos.

Und dann war er verschwunden, so plötzlich, wie er aufgetaucht war.

32

Billy blieb abrupt stehen, als er in den Stall kam und sah, daß Lucas sein Pferd mit mehr bepackte, als er für eine lange Reise gebrauchen konnte. »Willow hat mir gesagt, daß deine Frau abgehauen ist. Holst du sie zurück?«

Lucas machte sich nicht die Mühe, zu ihm aufzublicken. »Nein.«

»Was soll das dann alles heißen? Du warst doch gerade eine Woche weg. Wo hast du überhaupt gesteckt?«

»Ich habe mich rumgetrieben.«

»Ach«, sagte Billy zynisch.

Lucas kicherte in sich hinein. »Seit wann bist du so neugierig, wenn es um mich geht?«

»Seit du an dem Tag verschwunden bist, an dem du geheiratet hast«, erwiderte Billy. »Ich habe mir überlegt, daß du die Ehe vielleicht nicht allzu gut verträgst.«

»Tu' ich auch nicht.«

»So was, Luke, und dabei dachte ich, daß du sie gern hast.«

Lucas zuckte abwehrend die Achseln. »Das hat nichts damit zu tun. Ich bin nicht so wie du, Billy. Ich wollte einfach keine Frau haben, das war alles.«

»Warum hast du dich dann von mir dazu überreden lassen, eine Anzeige aufzugeben?« Billys Stimme wurde schrill vor Empörung. »Du impfst mir ganz scheußliche Schuldgefühle ein, Luke. Willow hat gesagt, ich würde es noch bereuen, daß ich mich in dein Leben eingemischt habe.«

»Vergiß es. Ich habe mitgespielt, weil es mir als eine gute Idee erschienen ist. Es war nicht deine Schuld. Ich hatte nie wirklich vor, das Mädchen zu heiraten.«

»Hat sie das gewußt?«

»Jetzt weiß sie es.«

Billy stieß einen leisen Pfiff aus. »Somit bist du jetzt verheiratet und hast doch keine Frau, die du vorzeigen kannst. Willst du es dabei belassen?«

Lucas seufzte.

»Deshalb ist sie also weggegangen?« fragte Billy.

Lucas nickte. Er zog in Erwägung, Billy zu erklären, daß diese Eheschließung nicht unbedingt rechtskräftig war, doch dann entschied er sich dagegen. »Ich brauche nichts zu unternehmen,

Billy. Sharisse wird sich darum kümmern, diese Ehe zu beenden, sobald sie wieder in New York ist.«

»Bist du sicher?«

»Ich bin ganz sicher.«

Billy runzelte die Stirn. »Hast du vor, den Friedhof in Tucson wieder aufzusuchen?« fragte er vorsichtig. »Packst du deshalb soviel Zeug zusammen?«

»Das habe ich vor ein paar Tagen schon getan.« Endlich sah Lucas ihm ins Gesicht. »Ich gehe fort von hier.«

»Nein!«

Lucas mußte lachen. Billy sah mit seinen ungläubigen Kulleraugen gar nicht mehr wie Billy aus.

»Warum überrascht dich das so sehr?« fragte Lucas. »Du wußtest doch, daß ich bald fortgehe.«

»Ja, aber doch jetzt noch nicht. Es ist noch nicht vorbei. Wie kannst du fortgehen, solange es noch nicht erledigt ist?«

Lucas zuckte die Achseln. »Die letzte Phase ist angebrochen. Ich werde hier nicht mehr gebraucht.«

»Ich kann es einfach nicht glauben. Nach all der Zeit, die du hineingesteckt hast, damit deine Pläne sich verwirklichen lassen?«

»Genau das war es, Billy. Ich war lange genug hier.«

»Du gehst, weil sie fort ist, stimmt's?«

»Vielleicht«, räumte Lucas unwillig ein. »Aber was macht das für einen Unterschied? Den Rest kannst du abwickeln. Die vielen Dankesschreiben von den verschiedenen Wohltätigkeitsorganisationen, denen sie Sams Geld nachgeworfen haben, liegen in meinem Zimmer. Du brauchst nur noch dafür zu sorgen, daß er sie bekommt, sobald Buskett Bescheid gibt, daß Sams Ranch verkauft ist und daß Sams letztes Geld für gute Zwecke ausgegeben worden ist. Er ist nicht dumm. Er wird augenblicklich erkennen, daß er seinen gesamten Besitz los ist. Die Bank habe ich selbst gekauft, damit ich diese gesamten Hypotheken löschen kann. Ich schicke dir jemanden, der das übernimmt.«

»Findest du, das ist die Ausgaben wert?«

»Ja. Ich will, daß die Leute hier die Freiheit haben, in Städte weiterzuziehen, die aufblühen, wenn sie sich dazu durchringen können.«

»Du weißt selbst, daß alle fortgehen werden. Diese Stadt wird innerhalb von einem Jahr ausgestorben sein... Mensch, Luke, ich dachte, du wolltest Newcomb diesen letzten Schlag selbst verpassen«, murrte Billy. »Was soll denn das für eine Rache sein – einfach abzuhauen, ohne auch nur sein Gesicht zu sehen, wenn er diese Briefe liest? Ich kann dich einfach nicht verstehen.«

»Es ging nie um Rache, Billy. Es ging um Gerechtigkeit. Und der Gerechtigkeit ist Genüge getan. Außerdem kann ich mir sein Gesicht vorstellen«, sagte Lucas grimmig. »Ich brauche nicht hier zu sein, um es selbst zu sehen. Ich habe ihn fertiggemacht. Er ist erledigt. Der nächste Schritt wird sein, daß seine Frau und dieses kleine Heer, das ihm das Gefühl gibt, ein König zu sein, ihn verlassen. Dann hat er nichts mehr außer dieser Suite in einem Hotel, das ohnehin nie Einnahmen abgeworfen hat, und bald wird dieses Hotel von einer Geisterstadt umgeben sein.«

»Was wird aus der Ranch hier?«

»Verkauf sie, wenn du einen Dummen findest. Oder behalte sie, wenn du Lust hast. Für mich macht es keinen Unterschied, was du damit anfängst. Du kannst sie gerne haben.«

»Wahrscheinlich gehe ich wieder ins Reservat. Willow gefällt es dort besser.«

»Das dachte ich mir.«

»Und du?«

»Henri Andrevie hat mir geschrieben, daß er sich eine Weile in New Orleans aufhalten wird, ehe er wieder nach Frankreich segelt, um dort die Casinos aufzusuchen. Ich glaube, ich schließe mich ihm an.«

»Ist das nicht der Halunke, der dir soviel beigebracht hat?«

»Genau der. Er hat nie verstanden, warum ich das Gesellschaftsleben aufgeben und Rancher werden wollte. Vielleicht erkläre ich es ihm jetzt, damit er etwas zum Lachen hat.«

»Vielleicht solltest du das besser bleiben lassen. Er könnte sich ausrechnen, wie sehr du ihn früher ausgenutzt hast.«

»Ich vermute, du hast recht«, räumte Lucas ein.

Er sah Billy ein letztes Mal an. Wie gut sie einander doch verstanden. Diesen Freund würde er vermissen.

»Glaubst du, du kommst mal wieder?« fragte Billy mit traurigem Gesicht.

»Das kann man nie wissen«, sagte Lucas. Seine einzige Sorge war, daß Sam Newcomb sich nicht an Jake Holt erinnern würde. Es war wichtig, daß er wußte, wem er sein Verderben zu verdanken hatte. Doch wenn er lange genug darüber nachdachte, würde er schon darauf kommen.

33

»Ist das deine erste Reise in die Großstadt, mein Kind?« fragte die elegant gekleidete Dame, die neben Sharisse saß, herablassend.

»Ich bin in New York zu Hause«, erwiderte Sharisse automatisch.

»Oh.«

Die Dame wandte sich ab. Sie hatte das Interesse verloren, da sich ihr keine Gelegenheit bot, das Mädchen vom Lande mit Geschichten aus der Großstadt zu verwirren. Sharisse zuckte die Achseln und sah wieder aus dem Fenster.

Sie sah wirklich aus wie vom Lande, doch auf dieser Reise hatte sie ganz andere Sorgen gehabt, als auf ihr Äußeres zu achten.

In weniger als einer Stunde würde sie zu Hause sein. Was erwartete sie dort? Aus dem Brief, der in ihrer Handtasche steckte, konnte sie sich beim besten Willen nichts zusammenreimen. Sharisse hatte ihn seit ihrer Abreise aus Newcomb schon so oft gelesen, daß sie ihn auswendig konnte, doch sie war immer noch nicht dahintergekommen, was das alles heißen sollte.

Sie zog Stephanies zerknitterten Brief wieder heraus und versuchte ein letztes Mal, etwas daraus zu entnehmen.

Meine liebe, liebe Rissy,

meine Träume sind endlich wahr geworden. Joel und ich haben gestern abend heimlich geheiratet. Das muß Dir schrecklich plötzlich vorkommen, vor allem nach meinem letzten Brief. So war es auch. Oh, ich wünschte, ich hätte gewartet, ehe ich Dir diesen Brief geschrieben habe, aber ich hätte nicht geglaubt, daß Joel die Dinge so schnell regeln könnte. Aber er hat es getan. Und jetzt muß ich Dir gestehen, daß ich Dich belogen habe.

Oh, Rissy, Du mußt es einfach verstehen. Als Du geschrieben hast, daß Du augenblicklich wieder nach Hause kommen willst, wußte ich einfach nicht, was ich sonst hätte tun sollen. Ich konnte nur versuchen, Dich davon zu überzeugen, daß das nicht geht. Es war einfach noch zu früh. Vater war ganz krank vor Sorge um Dich, aber es war nie die Rede davon, die Hochzeit ausfallen zu lassen. Er war nicht bereit, auch nur ein Wort mit mir darüber zu reden, und ich dachte, wenn Du zurückkommst, zwingt er Dich, Joel zu heiraten.

Verstehst Du, er wollte Edward Parrington gegenüber einfach nicht zugeben, daß Du fortgelaufen bist. In dem Punkt habe ich Dich

belogen, Rissy. Er hat mit niemandem gesprochen, weil er viel zu sehr um dich besorgt war, als daß er noch wütend hätte sein können. Am zweiten Tag nach Deiner Abreise ist es dazu gekommen. Ich war diejenige, die Deine Abwesenheit jedem gegenüber mit Ausflüchten vertuscht hat. Natürlich wären Sheila und andere Freundinnen von Dir gern gekommen, um Dich zu besuchen, solange Du krank bist, und daher habe ich ihnen gesagt, daß Du nicht krank bist, sondern Tante Sophie, und daß Du zu ihr gefahren bist, um Dich um sie zu kümmern.
Es glauben immer noch alle, daß Du vorhast, Joel zu heiraten, aber wir können immer noch behaupten, Du hättest es Dir anders überlegt, während Du fort warst. Später, wenn eine gewisse Zeit vergangen ist, können wir dann öffentlich bekanntgeben, daß Joel und ich gemeinsam durchgebrannt sind. Auf die Weise erfährt niemand, daß Du ausgerissen bist.
Das klingt sicher alles recht verzwickt, aber in Wirklichkeit ist es das gar nicht. Ich hätte dich nie belogen, wenn ich nicht derart verzweifelt gewesen wäre, Rissy. Und glaube nicht, ich sei völlig herzlos gewesen, was Vater angeht. Ich habe ihm nicht gesagt, wo Du bist, aber ich habe ihn wissen lassen, daß Du geschrieben hast und daß es Dir gutgeht. Ich habe ihm auch gesagt, Du würdest bald wieder nach Hause kommen. Komm bitte wirklich bald, Rissy, ehe er vor Kummer krank wird.
Sei bitte nicht böse auf mich, Rissy. Ich habe wirklich versucht, Dir zu verstehen zu geben, daß alles gut ausgeht, als ich Dir gesagt habe, Du solltest nicht verzweifeln. Erinnerst Du Dich? Du hast es doch sicher verstanden?

Sharisse steckte den Brief wieder ein. Es half nichts. Sie konnte sich immer noch kein Urteil darüber bilden, ob Stephanie ihr diesmal die Wahrheit schrieb oder ob ihr Vater herausgefunden hatte, daß Stephanie wußte, wo sie war, und ob er sie gezwungen hatte, diesen Brief zu schreiben, damit Sharisse wieder nach Hause kam. Würde sie Marcus Hammond von seiner schlimmsten Seite erleben, oder hatte er sich wirklich so große Sorgen um sie gemacht, daß er sie mit Freuden wieder aufnehmen würde?

Der Gedanke, Stephanie könnte ihr in diesem Brief etwas vorgemacht haben, war ihr verhaßt. Aber noch weit schlimmer war es zu akzeptieren, daß dieser erste Brief eine Lüge gewesen sein sollte. Einen Fremden mit Lügen hinters Licht zu führen, wie sie es getan hatte, war eine Sache. Aber die eigene Schwester bewußt hinters Licht zu führen! Schließlich war dieser erste Brief indirekt schuld daran, daß sie jetzt verheiratet war! Wenn er nicht zu dem Zeitpunkt gekommen wäre, zu dem er gekommen war, hätte sie an diesem Tag vielleicht eher ihre Sinne beisammen gehabt. Es war einfach unfaßbar, daß die süße kleine Stephanie so gewissenlos sein konnte, selbst, wenn es dabei um Liebe ging.

Sharisse wünschte, daß sie auf der Heimreise ihre einzige Sorge gewesen. Aber nein. Sie mußte feststellen, daß sie Lucas vermißte. Sie hätte es selbst nicht für möglich gehalten, und doch war sie noch keinen Tag aus Newcomb verschwunden, als sich deutlich herausstellte, daß das, was sie empfand, reine Melancholie war.

Es war ihm immer gelungen, ihr nahezukommen, ob sie es nun gewollt hatte oder nicht. Er konnte sie belustigen, sie aus der Fassung bringen, ihr sogar Angst einjagen und natürlich konnte er Schauer der Wonne in ihr wecken. Ganz gleich, was es auch war – als sie mit ihm zusammen war, hatte sie immer irgend etwas empfunden.

Und jetzt, da sie ihn vermißte, hatte sie ihre Gefühle nicht mehr unter Kontrolle. Sie war wütend auf ihre Schwester, besorgt um ihren Vater, und die Gefühle, die Lucas in ihr wachgerufen hatte, setzten sie einem ständigen Auf und Ab aus, das sie nicht gewohnt war und mit dem sie nicht umgehen konnte. Diese Anspannung laugte sie aus, und sie war mit den Nerven ziemlich am Ende.

34

Eine intensive Herbstsonne brannte auf die ruhige Allee herunter, doch Sharisse, die inzwischen eine heißere Sonne gewohnt war, nahm sie gar nicht zur Kenntnis. Sie stand auf dem Randstein und blickte zu dem Haus der Hammonds auf, als der Fahrer, den sie gemietet hatte, schon längst verschwunden war. Irgendwie kam ihr all das fremd vor. Sie war keine drei Monate von zu Hause fort gewesen, aber ihr erschien es, als seien Jahre vergangen. Störender als alles andere war das Gefühl, daß sie gar nicht hierher gehörte.

Sharisse, die die Stufen sehr langsam hinaufstieg und tief durchatmete, fühlte sich versucht anzuklopfen, doch das hätte feige gewirkt, und diesen Eindruck wollte sie ganz bestimmt nicht vermitteln. Sie schritt mit der Selbstverständlichkeit, als gehöre sie hierher, durch die Tür und blieb dann überwältigt in der riesigen Eingangshalle stehen. Über lange Jahre hatte sie all das als selbstverständlich hingenommen, die marmornen Fußböden, die dikken Tapeten, die Kristalleuchter, diese gesamte unaufdringliche Eleganz.

Sie stand da und wurde sich darüber klar, mit welcher Leichtigkeit sie all das dafür aufgegeben hätte, wieder in Lucas' Edelsteinaugen zu sehen. Dann schalt sie sich selbst aus. Lucas wollte sie nicht haben. Daran mußte sie immer denken, damit sie endlich aufhörte, so oft an ihn zu denken.

»Miß Hammond!«

Sharisse zuckte zusammen, als ihr Name durch den gewaltigen Saal hallte. Mrs. Etherton stand auf dem oberen Treppenabsatz, so steif wie eh und je, wenn sie auch im Moment recht erschüttert war.

»Was ist, Mrs. Etherton?« rief Marcus Hammond durch die Tür seines Arbeitszimmers.

Es folgte absolute Stille. Sharisse rührte sich nicht, kein Muskel in ihrem ganzen Körper bewegte sich, und sie hielt sogar den Atem an. Es dauerte nur einen Moment, bis Marcus Hammond in der Tür auftauchte. Er blieb stehen und starrte sie an, und seine blauen Augen musterten sie flink von Kopf bis Fuß, ehe sie auf ihrem Gesicht haften blieben. Wenn sie damit gerechnet hatte, einen Mann vorzufinden, der krank vor Sorge war, so entsprach das nicht dem Bild, das sich ihr bot. Er wirkte ein wenig müde um die Augen herum, aber ansonsten war kein Unterschied zu erkennen.

Sharisse bemühte sich, keine Regung auf ihr Gesicht treten zu lassen. War das, was sie einen Moment lang auf dem Gesicht ihres Vaters sah, ehe auch er jede Regung aus seinen Zügen verbannte, Erleichterung? Sie konnte es nicht beurteilen, denn eilige Schritte, die hinzuliefen, ließen ihn finster die Stirn runzeln.

Stephanie hatte Mrs. Ethertons Ausruf gehört und rannte hinzu. Auf der Treppe prallte sie fast mit der Haushälterin zusammen. Doch Sharisse bedachte ihre Schwester mit keinem Blick, denn sie konnte ihre Augen nicht von ihrem Vater lösen. Er funkelte sie beide böse an. Dann sagte er zu Sharisse: »Stell diese Sachen ab und komm rein.«

Wie leicht es doch war, sich wieder darauf umzustellen, die Anweisungen dieses Mannes zu befolgen, ohne weitere Fragen zu stellen. Sharisse stellte ihren Koffer und Charleys Körbchen auf dem Fußboden ab und ging durch die Halle, um das Arbeitszimmer ihres Vaters zu betreten. Ein flüchtiger Blick auf ihre Schwester zeigte ihr, wie besorgt diese war, und das trug nur noch zu ihrer eigenen Nervosität bei.

Die Tür schloß sich hinter ihr, und Sharisse wappnete sich für das Bevorstehende. Sie konnte die Stille nicht ertragen. »Du bist immer noch wütend auf mich?«

»Natürlich bin ich noch wütend«, sagte er mit rauher Stimme, doch während er diese Worte aussprach, kam er auf sie zu und zog sie in seine Arme. Er drückte sie so fest an sich, daß sie keine Luft mehr bekam. Dann ließ er sie ebenso plötzlich wieder los. Sie konnte ihn nur noch erstaunt anstarren. Er hatte eine finstere Miene aufgesetzt, doch das konnte sie jetzt nicht mehr ängstigen.

Es war also die Wahrheit. Er hatte sich wirklich Sorgen um sie gemacht. Ihre Erleichterung war so groß, daß sie vor Freude strahlte.

»Ich glaube fast, du hast mich vermißt, Vater.«

»Werd mir bloß nicht frech, Mädchen«, sagte er streng. »Ich sollte dich wahrhaft verprügeln. Was du getan hast, war das Verantwortungloseste...«

»Das ist mir klar.« Sie schnitt ihm das Wort ab, ehe er sich in seine Wut hineinsteigern konnte. »Und es tut mir auch wirklich leid, Vater. Niemand bereut diese Dummheit mehr als ich selbst.«

Jetzt brach seine Sorge durch. »Du bist doch in Ordnung, Rissy, oder fehlt dir etwas? Ich meine, es ist doch nichts... dir ist doch nichts zugestoßen?«

Sie zögerte. »Tja...« Sie wollte ihm nichts über Lucas erzählen, wenn es nicht unbedingt sein mußte. »Nein. Ich sehe doch gut aus, oder etwa nicht?«

»Hast du dich in letzter Zeit einmal im Spiegel gesehen?« fragte er barsch.

Sharisse errötete. »Ich war länger als zwei Wochen unterwegs, Vater. Wenn ich mich erst gebadet und umgezogen habe...«

»Zwei Wochen?« rief er aus. »Wo, um Himmels willen, bist du gewesen? Die Männer, die ich engagiert habe, konnten dich nirgends finden. Zwei Wochen!«

»Ich... ich war in Arizona.«

»Das ist ja am anderen Ende des Landes! Bist du verrückt? Die

Gebiete außerhalb der Staaten sind noch nicht zivilisiert. Wie bist du bloß...«

»Spielt das jetzt wirklich eine Rolle?« unterbrach sie ihn. »Ich bin wieder zu Hause.«

Marcus preßte die Lippen zusammen. Er wußte nicht mehr, wie er mit dieser Tochter umgehen sollte. So hatte er sie nie erlebt, und er hatte nicht gewußt, daß sie so war – genauso wie ihre Mutter.

Außerdem wollte Marcus es nicht auf eine neuerliche Demonstration ihrer neuentdeckten Unabhängigkeit ankommen lassen. Wie erklärte man seinem Kind, welche Qualen man durchlitten hatte, weil man nicht gewußt hatte, wo die Tochter war oder ob sie überhaupt noch am Leben war? Sie würde es nicht verstehen, nicht, ehe sie selbst Kinder hatte. Marcus wußte, daß er es nicht darauf ankommen lassen durfte, daß sie ein zweites Mal verschwand. Er hätte es einfach nicht durchgestanden, und das wußte er genau.

»Setz dich, Sharisse.« Er ging um seinen Schreibtisch herum, auf die andere Seite, auf der er sich mehr als Herr der Lage fühlte. »Ich will ein feierliches Versprechen darauf, daß du nie mehr ohne meinen Segen das Haus verlassen wirst. Du bist jetzt in einem Alter, in dem ein gewisses Maß an Freiheit denkbar ist, aber das macht dich nicht unangreifbar. Außerdem erfordert deine Herkunft ein angemessenes Verhalten, Sharisse. Alles, was sich nicht ziemt, ist eine Schande für unseren guten Namen. Habe ich dein Wort darauf?«

»Ja.«

Ihre knappe und präzise Antwort ließ Marcus nachdenklich werden. Bereute sie ihr Verhalten wirklich? Wenn ja, dann war dies ein günstiger Zeitpunkt, um festzustellen, wie weit ihre Reue ging.

»Es freut mich, daß du verständig bist, mein liebes Kind. Sicher ist es dir eine Erleichterung, wenn du hörst, daß dein Mißgeschick nichts geändert hat. Deine Hochzeit wird wie geplant stattfinden, wenn auch mit einer leichten Verzögerung.«

»Vater...«

»Ich möchte kein Wort des Widerspruchs hören«, sagte er hitzig.

»Du wirst mehr als nur ein Wort hören«, sagte sie ebenso hitzig. »Ich kann Joel nicht heiraten. Stephanie ist mit ihm verheiratet.«

Er starrte sie wortlos an.

»Frag sie doch selbst, Vater.«

Wenn es etwas gab, was Marcus absolut nicht ausstehen konnte, dann, daß er überrumpelt wurde. Seine Brauen zogen sich finster zusammen, als er mit forschen Schritten zur Tür ging, um seine jüngere Tochter herbeizuzitieren. Doch sowie er die Tür aufgerissen hatte, taumelte Stephanie ins Zimmer. Ihr war entgangen, daß ihr Vater auf die Tür zukam, an der sie gelauscht hatte. Jetzt stand sie beschämt da, weil er sie dabei ertappt hatte.

»Ist das wahr?« fragte Marcus wütend. »Bist du mit Joel verheiratet?«

Stephanie zitterte. Sie hatte es noch nie mit ihrem Vater aufnehmen können, wenn er wütend war. Sie war nicht in der Lage, ihm in die Augen zu sehen, doch sie brachte ein Flüstern heraus. »Ja.«

»Und wie das?«

Stephanie sammelte ihren Mut zusammen. »Joel hat es arrangiert. Wir... wird sind in den Norden gefahren. Wir haben in einer kleinen Kirche geheiratet... und er hat mich wieder nach Hause gebracht, ehe du vom Büro zurückgekommen bist.«

»Und das bezeichnest du als verheiratet?« schrie Marcus heraus. »Das ist ja lachhaft! Ich werde diese Ehe für ungültig erklären lassen.«

»Nein!« schrie Stephanie.

»Ich dulde keinen Trotz mehr in diesem Haus! Geh in dein Zimmer!«

Stephanie drehte sich um und wandte ihrer Schwester ihr betroffenes Gesicht zu. »Tu etwas, Rissy.«

Plötzlich fühlte sich Sharisse entsetzlich matt. Tonlos antwortete sie auf das Flehen ihrer Schwester: »Ich glaube, ich habe schon genug für dich getan, meinst du nicht auch?«

Stephanie brach in ein lautes Schluchzen aus, während sie aus dem Zimmer lief und zur Treppe stürzte. Marcus schloß die Tür hinter ihr und kehrte an seinen Schreibtisch zurück. Wie sehr es ihm verhaßt war, wenn jemand sich in seine wohldurchdachten Pläne einmischte.

»Du siehst, wie leicht sich das regeln ließ«, äußerte er selbstgefällig.

Sharisse seufzte. Ihr Vater war nach wie vor das herrschende Oberhaupt, das die Gefühle anderer nicht in Betracht zog.

Sie sah ihm fest in die Augen. »Warum ist es dir eigentlich so wichtig, daß ich Joel heirate? Es kann nicht daran liegen, daß du unsere Familie mit seiner verbinden willst, denn das hat Stephanie ohnehin schon erreicht. Und er zieht offensichtlich sie vor. Was paßt dir daran nicht?«

»Du bist diejenige, die den größten Teil meines Vermögens erben wird, Sharisse. Und da dein Mann die geschäftlichen Dinge für dich regeln wird, muß es jemand sein, bei dem ich das Gefühl habe, daß er dieser Aufgabe gewachsen ist. Ich dachte, du seist so vernünftig, dir darüber im klaren zu sein.«

»Dann überlaß doch alles Stephanie«, argumentierte sie.

»Nein.«

»Warum nicht? Warum sollte ich mehr bekommen, bloß weil ich älter bin? Das erscheint mir nicht gerade gerecht.«

»Du mißverstehst mich, Rissy. Es ist nicht so, daß ich deine Schwester mittellos hinterlasse. Ich werde ihr lediglich den Besitz hinterlassen, um den man sich nicht ständig zu kümmern braucht, das ist alles.«

»Du hast also Pläne für Stephanie? Ich nehme an, du hast bereits einen Ehemann für sie ausgesucht.«

Marcus runzelte die Stirn. »Das hat keine Eile. Sie ist noch jung.«

»Und verliebt und verheiratet. Ich kann nicht einsehen, warum du es nicht einfach umgekehrt machst. Meine Güte, Pläne kann man doch ändern. Laß ihr doch die Geschäfte, um die du dir so viele Sorgen machst, und hinterlaß mir das, was du andernfalls ihr hinterlassen hättest. Dann hast du trotz allem Joel, der sich um diese Geschäfte kümmern kann, und alle sind glücklich. Warum bist du damit nicht einverstanden? Es wäre so einfach.«

»Edward will dich als Schwiegertochter und nicht deine Schwester.«

Plötzliches Verstehen trat in ihre Augen. Bruchstücke von Auseinandersetzungen, die sie als Kind mitangehört hatte, fielen ihr schlagartig wieder ein. »Es liegt daran, daß Edward meine Mutter geliebt hat, und ich erinnere ihn an sie, stimmt das?«

Als sie sein schockiertes Gesicht sah, wurde Sharisse wütend. Jetzt kannte sie endlich die Gründe für seine Hartnäckigkeit. »Ja, ich weiß es schon lange.«

»Woher?«

»Mutter und du, ihr habt Unstimmigkeiten nie leise ausgetragen, Vater, und ich kann mich erinnern, daß es in vielen eurer

Auseinandersetzungen um Edward Parrington ging. Ich dachte, du seist eifersüchtig, weil er Mutter vor dir gekannt hat. Aber jetzt frage ich mich, wie viele dieser Auseinandersetzungen durch deine eigenen Schuldgefühle ausgelöst wurden, Vater.«

»Es reicht, Sharisse.«

»Nein, das glaube ich nicht«, fuhr sie fort. »Daran liegt es, das stimmt doch? Du fühlst dich immer noch schuldig, weil du sie deinem besten Freund ausgespannt hast. Und du warst bereit, deine beiden Töchter zu opfern, um diese Schuld wiedergutzumachen.«

»Das ist absoluter Unsinn!«

»Warum«, fragte sie erbittert, »hältst du dann so hartnäckig an einem Plan fest, der für Stephanie und für mich längst nicht mehr zur Diskussion steht?«

»Weil du durchaus bereit warst, Joel zu nehmen, bis deine Schwester gesagt hat, daß sie ihn haben will. Ein solcher Unsinn. Bist du nie auf den Gedanken gekommen, daß sie ihn nur haben will, weil sie dir etwas wegnehmen wollte?«

»Willst du damit sagen, daß sie ihn vielleicht gar nicht wirklich liebt?« Sharisse sah ihn finster an. Ihrem Vater war nicht bewußt, was Stephanie alles getan hatte, um Joel zu bekommen. »Nein, das kann ich einfach nicht glauben. Sie liebt ihn.«

»Sie ist noch ein Kind, Sharisse. Es mag sein, daß sie im Moment glaubt, verliebt zu sein, aber dasselbe wird sie für ein Dutzend Männer empfinden, ehe sie reif für eine Heirat ist, und das wird noch etliche Jahre dauern. Nein, ihre überstürzte Eheschließung wird rückgängig gemacht. Ich lasse mir doch von der Laune eines Kindes nicht wohldurchdachte Pläne zerstören.«

»Und du wirst es dir nicht noch einmal überlegen?«

»Nein.«

Sharisse sackte auf ihrem Stuhl zusammen. Sie hatte sich bemüht, Lucas geheimzuhalten; aber so sollte es wohl nicht kommen.

»Das ist wirklich ein Jammer, Vater.«

»Was soll denn das jetzt heißen?«

»Selbst wenn es dir gelingen sollte, Stephanies Ehe für ungültig zu erklären, kann ich Joel trotzdem nicht heiraten. Ich wollte es dir eigentlich nicht sagen, aber du läßt mir keine andere Wahl. Ich habe bereits einen Mann.«

»Du lügst«, sagte er mit gepreßter Stimme.

Sharisse öffnete ihre Handtasche und legte ihren Trauschein auf den Tisch.

Er nahm ihn sorgsam in die Hand und las ihn. Dann ließ er ihn wieder auf seinen Schreibtisch fallen. »Ich werde auch diese Ehe für ungültig erklären lassen.«

Sharisse schüttelte langsam den Kopf. »Du kannst nicht das Geringste dagegen unternehmen, Vater. Ich weiß nichts über Joel und Steph, aber Lucas und ich hatten unsere Hochzeitsnacht, wenn du verstehst, was ich meine.« Sie brauchte wirklich nicht zuzugeben, daß es vor der Hochzeit dazu gekommen war. »Ich glaube nicht, daß du die Ehe für ungültig erklären kannst, wenn ich nicht abstreite, daß die Ehe vollzogen worden ist.«

Ihr Vater kochte vor Wut. »Dann wird es eben eine Scheidung geben!« schrie er.

»Und den Skandal wirst du über dich hereinbrachen lassen?« Sie hob ihre Stimme im selben Maß wie er.

Ihr Mund war fest zusammengepreßt, und ihre Augen sprühten trotzige Funken. Marcus wußte, daß er sich geschlagen geben mußte. Er konnte wirklich nicht das Geringste unternehmen, nicht, wenn die Ehe vollzogen worden war. Dabei fiel ihm ein, daß er Stephanie gar nicht gefragt hatte, ob sie und Joel... Gütiger Himmel, wie hatten sich die Dinge, die ohnehin schon schlecht standen, so katastrophal entwickeln können?

Sharisse ließ sich ein wenig erweichen, als sie sah, wie niedergeschlagen er war. »Wenn du vernünftig bist und zuläßt, daß Stephanie und Joel miteinander verheiratet bleiben, dann bin ich einverstanden, meine Ehe für ungültig erklären zu lassen. Ich werde einen anderen Mann finden, gegen den du nichts einzuwenden hast. Du kannst das tun, was ich dir vorhin schon vorgeschlagen habe. Du änderst einfach deine Pläne, was das Erbe angeht. Um ehrlich zu sein, ich habe es gar nicht eilig, wieder zu heiraten. Laß Joel und Steph erben, was du mir zugedacht hast, Vater.«

»Du hast gesagt, du seist mit deinem Mann intim gewesen. Wie kannst du die Ehe dann für ungültig erklären?«

Das Thema war ohnehin schon peinlich genug, auch, wenn sie nicht im Detail darauf eingingen. »Er wird nichts dagegen haben. Ich brauche ja nicht allzu genau bei der Wahrheit zu bleiben, wenn es darum geht, was zwischen uns gewesen ist, wenn er ohnehin einverstanden ist. Kannst du das über einen Anwalt regeln?«

»Es läßt sich alles regeln«, sagte er hastig. »Aber jetzt noch mal klar und deutlich: Du sagst also, daß dieser Lucas Holt sich nicht darum kümmert, was du tust?«

»Das war jetzt eine recht plumpe Formulierung, aber im Prinzip stimmt das. Verstehst du, eigentlich wollte keiner von uns beiden heiraten. Es war eine Frage der Umstände. Ich habe unter seiner Obhut gelebt, die Leute haben angenommen, daß wir heiraten wollen, der Geistliche kam – o Vater, das ist eine lange Geschichte. Darauf möchte ich im Moment lieber nicht eingehen«, beendete sie seufzend ihre Ausführungen.

Davon wollte Marcus nichts hören. »Glaub bloß nicht, daß du mir nichts über diesen Mann zu erzählen brauchst.«

»Eigentlich gibt es da gar nichts zu erzählen«, sagte sie. »Er ist Rancher.«

»In Arizona?«

»Ja.«

»Wie steht er da?«

Sharisse wußte, wie ihr Vater die Dinge betrachtete. »Er ist nicht reich. Er besitzt eine kleine Ranch mit Pferdezucht außerhalb der Stadt Newcomb. Sie kann ihn und die wenigen Männer, die dort arbeiten, nur mit Mühe ernähren. Er fängt Wildpferde ein, zähmt sie und verkauft sie dann an die Armee und an andere Rancher. Die Zucht, die er begonnen hat, ist noch nicht soweit, daß er die Pferde verkaufen kann, wenn ich das richtig verstanden habe.«

»Was für ein Mensch ist er?«

Sharisse, die nicht an Lucas denken wollte, erwiderte beiläufig: »Ich vermute, man könnte sagen, daß er gut aussieht, wenn man diesen Typ Mann mag.«

»Diesen Typ?«

Er wollte sie einfach nicht in Ruhe lassen. Sie seufzte. »Dunkel, hager, außerordentlich männlich. Groß ist er auch, und entsetzlich stark, und er hat einen Körper...« Sie errötete bis an den Haaransatz. Was tat sie hier, »Sagen wir doch einfach, daß manche Männer ihn um seinen Körperbau beneiden würden. Was seinen Charakter angeht, nun, er ist wie du. Hartnäckig und arrogant.« Ihr Vater hatte nichts dazu zu sagen. »Lucas kann auch auf eine ganz lausbubenhafte Weise charmant sein. Er ist ganz anders als alle anderen Männer, die ich kenne.«

»Woher kennst du ihn eigentlich?«

Sie versuchte, sich gelangweilt zu geben. »Das ist auch eine eher komplizierte Geschichte.«

Marcus gefielen ihre Ausflüchte überhaupt nicht, doch er hatte alles gehört, was er wissen mußte, zumindest für den Moment. »Und du bist sicher, daß er nichts für dich ist?«

Sie senkte die Lider und fühlte sich ganz plötzlich mutlos und deprimiert. »Das ist nicht von Bedeutung.«

»Warum nicht?«

»Wenn du es unbedingt wissen mußt – er wollte mich nicht. Er war wütend, als wir gezwungen waren zu heiraten.«

Marcus wurde blaß, doch dann strömte die Röte in sein Gesicht. »Dieser Mann hat es gewagt, *meine* Tochter zu verschmähen?«

»Um Himmels willen, Vater, der Umstand, daß ich deine Tochter bin, hatte überhaupt nichts damit zu tun. Ich habe Lucas nie etwas über meine Herkunft erzählt. Er hat sogar geglaubt, ich sei völlig mittellos.«

»Du warst ihm also nicht gut genug«, schloß Marcus daraus. »Ein Mädchen ohne Geld.«

»Nein. Ich glaube nicht, daß meine finanziellen Hintergründe irgend etwas damit zu tun hatten. Er wollte ganz einfach nicht heiraten. Er wollte keine Frau.«

»Dann hätte er den Anstand besitzen sollen, nicht mit dir zu schlafen, ehe er dich wieder nach Hause schickt.«

Sharisse zuckte zusammen. Lucas stand jetzt so herzlos da; aber wie konnte sie die Dinge erklären?

»Er hat mich nicht nach Hause geschickt, Vater. Ich bin aus eigenem Antrieb gegangen, sobald ich das Geld hatte und fortgehen konnte. Lucas wird die Ehe von sich aus nicht beenden. Er überläßt es ganz mir. Ich bezweifle nicht, daß er mein Mann bleiben würde, wenn ich darauf bestünde.«

»Weshalb bist du dir so sicher?«

»Wir haben uns in verschiedener Hinsicht gut vertragen.«

Wieder wich sie ihm aus, und Marcus fragte argwöhnisch: »Bist du mir gegenüber im Moment wirklich ehrlich, Rissy?«

»Wie meinst du das?«

»Hat dieser Mann dich wirklich fortgehen lassen, oder bist du einfach auf und davon, wie du es hier auch getan hast?«

»Ich habe nicht darüber mit ihm gesprochen, wenn es das ist, was du meinst«, erwiderte sie gereizt. »Aus irgendwelchen Gründen, die er mir nicht nannte, wollte er, daß ich noch eine Weile bei ihm bleibe. Aber wie hätte ich denn bleiben können, nachdem er zugegeben hatte, daß er gar keine Frau wollte?«

Marcus dachte einen Moment lang nach, ehe er fragte: »Hältst du es für möglich, daß er dir nachreist?«

»Nein«, sagte sie entschieden. »Selbst, wenn er das wollte, hätte er nicht das Geld für eine weite Reise. Und außerdem gibt es keinen Grund, aus dem er mir nachreisen würde. Ich bin wirklich erschöpft, Vater.«

»Natürlich«, räumte Marcus ein. »Nur noch eins.«

Sie seufzte. »Ja?«

»Bist du schwanger?«

Sie riß ungläubig die Augen auf. Auf diesen Gedanken war sie gar nicht gekommen. Keinen Moment lang hatte sie an so etwas gedacht.

»Nein!« rief sie aus.

»Dann sollte es keine Probleme geben.« Er sah sie fest an, denn sie wirkte beunruhigt. »Dein ›nein‹ kam vielleicht etwas zu hastig heraus?«

»Vielleicht«, gestand sie jämmerlich ein. »Es ist noch zu früh, um das sagen zu können.«

»Es wäre also möglich?«

»Ja!« fauchte sie. »Es ist möglich.«

Marcus ließ sich ihre Reaktion durch den Kopf gehen und sagte dann widerstrebend: »Ich vermute, wir sollten alle Schritte, die unternommen werden können, hinauszögern, bist du ganz sicher bist.«

»Muß das sein?«

Er zuckte die Achseln. »Wir könnten immer noch einen Ehemann an deiner Seite erfinden, wenn es nötig wird. Aber da du bereits einen hast und auch ziemlich sicher bist, daß du ihn ohnehin nie wiedersehn wirst, wüßte ich nicht, warum wir eine Lüge in die Welt setzen sollten. Was meinst du?«

»Stimmt, das könnte sich erübrigen. Dann muß ich wohl jetzt einfach abwarten.«

Nachdem Sharisse gegangen war, lehnte sich Marcus zurück. Er trommelte mit seinen Fingerspitzen auf den Schreibtisch. Seine beiden Töchter waren verheiratet. Er hatte keine von beiden vergeben. Seine gesamten, sorgsam ausgearbeiteten Pläne hatten sich zerschlagen. War alles nur ein Traum? Er schüttelte den Kopf.

Die eine Tochter war glücklich. Edward konnte überredet werden. Und die andere Tochter? Sie hatte ausweichend geantwortet, was ihre Gefühle für diesen Mann betraf, für diesen Holt, aber es war ihm keineswegs entgangen, wie schnell sie für ihn eingesprungen war und ihn verteidigt hatte. Und sie war ins Schwärmen geraten als sie ihn beschrieben hatte. Liebte sie vielleicht diesen Kerl, ohne es zu wissen? Hatte er sie nur durch seine Zurückweisung verletzt?

Diese Ablehnung seiner Tochter wurmte Marcus. Für wen, zum Teufel, hielt sich dieser Lucas Holt? Er hatte wahrhaft Lust – nein, es war wirklich das Beste, wenn er es dabei beließ. Dennoch faszinierte ihn etwas, was Sharisse über diesen Mann gesagt hatte. Holt sei wie er. Das war das einzige, was ihm an dem jungen Joel nicht paßte. Er stellte sich recht geschickt an, aber es fehlte ihm an Rückgrat.

Als hartnäckig und arrogant – so hatte sie Holt bezeichnet. Ein Mann, der aus demselben Holz geschnitzt war wie er selbst, Marcus lächelte zum erstenmal an diesem Tag. Er wußte, daß er die Dinge auf sich beruhen lassen sollte. Aber andererseits...

35

Sharisse legte sich auf ihr Bett zurück und schloß die Augen. Sie hatte gerade zwei Stunden lang Jennys Anstrengungen über sich ergehen lassen, und ihre Haut prickelte von Kopf bis Fuß. Jenny hatte sie geschrubbt, um ihre neue Hautfarbe zu entfernen, die so gar nicht in Mode war. Sharisse streichelte geistesabwesend Charley, der vor Behagen schnurrte, weil er wieder zu Hause war.

Ein Baby. War das denn möglich? Ja, natürlich. Ihre Regel setzte immer in so großen Abständen ein, daß sie daraus nicht viel entnehmen konnte. Sie war mit einem Mann zusammen gewesen, mit einem vollblütigen, leidenschaftlichen Mann. Sie hatte sich von ihm lieben lassen, und mehr brauchte es nicht.

Wollte sie ein Kind von Lucas haben? Einen Jungen, der zu einem Abbild seines Vaters heranwachsen würde – stark, schön und arrogant. Oder ein Mädchen. Wie eine Tochter von ihm wohl aussehen würde? Sie wußte, daß sie sich darüber jetzt noch gar keine Gedanken hätte machen dürfen. Es war noch zu früh. Dennoch war sie machtlos. Jetzt, nachdem sich der Schock gelegt hatte, erfüllte sie eine seltsame Verwunderung. Es kam ihr wie Magie vor, wie ein Wunder, daß aus dieser fantastischen Leidenschaft etwas entstanden sein sollte, daß sie möglicherweise etwas geschaffen hatten. Sie wollte sein Kind haben. Sie wollte dieses Kind ebensosehr wie ihn selbst. Diesen abscheulichen Mann. Sie verzehrte sich immer noch vor Sehnsucht nach ihm. Und dabei hatte er sie wahrscheinlich längst vergessen.

»O Rissy!« Stephanie stürzte ohne jede Vorankündigung in ihr Zimmer und riß Sharisse aus ihren Gedanken. »Vater hat mir gerade Bescheid gegeben, daß er Joel für heute abend zum Essen eingeladen hat. Das Essen ist dazu gedacht, ihn offiziell in die Familie aufzunehmen. Ich weiß nicht, wie du das gemacht hast. Ich bin dir ja so dankbar. Ich wußte gleich, daß du mich nicht im Stich läßt.«

Sharisse setzte sich langsam auf und sah ihre Schwester an. »Ich habe es nicht für dich getan, Stephanie. Ich habe es für mich getan.«

»Aber...«

»Vater wollte nach wie vor, daß ich Joel heirate. Das kam natürlich nicht in Frage.«

»Ja, natürlich. Das wäre nicht richtig, nachdem Joel und ich... na ja, du weißt schon.« flüsterte Stephanie.

»Nein, ich weiß gar nichts.«

Stephanie errötete. »Wir sind nach der Hochzeit nicht direkt nach Hause gefahren. Wir sind in ein kleines Gasthaus gegangen und...«

»Um Himmels willen, Stephanie, warum hast du das Vater nicht gesagt?« fauchte Sharisse.

»So etwas könnte ich ihm doch nicht sagen«, hauchte Stephanie. »Du hast doch selbst gesehen, wie wütend er war. Das hätte doch auch nichts geändert.«

Sharisse rief fassungslos aus: »Natürlich hätte es etwas geändert. Wenn du mit Joel zusammen warst, dann kann die Ehe nicht für ungültig erklärt werden. Weißt du denn gar nichts?«

»Ach, du meine Güte. Ich glaube, Joel hat so etwas gesagt. Aber ich war heute so außer mir, daß ich nicht mehr denken konnte.«

»Du denkst an gar nichts«, erwiderte Sharisse zornig. »Du machst dir keine Gedanken über mögliche Konsequenzen, und du denkst nicht an...«

»Ich kann gar nicht verstehen, warum du so mißmutig bist, Rissy. Es hat doch alles geklappt und ist gut ausgegangen, oder etwa nicht?«

»Ja, für dich. Aber ich mußte Vater einen Grund nennen, aus dem ich Joel nicht heiraten kann, und das war etwas, was ich für mich behalten wollte. Ach, ich weiß selbst nicht, warum ich überhaupt noch mit dir rede – nach allem, was du mir angetan hast.«

»Ach, Rissy, sei doch nicht so«, bettelte Stephanie. »Ich kann dir alles erklären.«

»Kannst du das wirklich?« fragte Sharisse erbost. »Dann fang doch mal damit an, daß du mir sagst, wo mein Schmuck ist. Ich war nämlich nur deshalb, weil ich ihn nicht hatte, gezwungen, bis nach Arizona zu reisen. Warum hast du mir den Schmuck weggenommen?«

»Ich weiß, wie impulsiv du bist, Rissy. Ich hatte Angst, du könntest es dir anders überlegen und gleich wieder zurückkommen. Und ich hatte doch recht, oder? Du hast sofort nach deiner Ankunft geschrieben, daß du nicht in Arizona bleiben willst.«

»Ja. Aber es gibt einen gewaltigen Unterschied. Nämlich den, ob man allein ist. In einem ruhigen, kleinen Städtchen. Oder ob man da ist, *wo ich war*.« Sharisse stieß die Worte durch zusammengepreßte Zähne heraus. »Kannst du dir überhaupt eine Vorstellung davon machen, wie es dort war? Dort kommt es noch zu Indianerüberfällen. Die Männer tragen Waffen an den Hüften und denken sich nichts dabei, einander zu erschießen. Und was die Sonne deiner Haut antut, kannst du an mir sehen, Stephanie.« Sie deutete auf ihr Gesicht. »Es handelt sich hierbei keineswegs um Theaterschminke, die ich aufgetragen habe. Es wird Monate dauern, ehe das wieder ausgebleicht ist.«

»Meine Güte, Rissy, warum hast du kein Wort von alledem in deinem Brief geschrieben?«

»Weil ich auf deine Gefühle Rücksicht genommen habe! Ich dachte, wenn du wüßtest, in welcher Lage ich wirklich war, hättest du dir solche Sorgen um mich gemacht, daß du nicht mehr sachlich gehandelt hättest, um unserer Situation ein Ende zu machen. Aber jetzt sehe ich selbst, daß es nichts geändert hätte. Du bedauerst nichts.«

»Das ist nicht wahr. Wenn es eine andere Möglichkeit gegeben hätte…«

»Ach, sei doch ruhig, Stephanie! Ich habe mir schon genug angehört.«

Sharisse stand auf und wandte sich von ihrer Schwester ab, doch Stephanie wollte nicht gehen. Sie sah auf Sharisses steifen Rücken und sagte mürrisch: »Du hast Vater einen Grund dafür genannt, daß du Joel nicht heiraten kannst. Warum hast du diese Ausrede nicht schon früher benutzt? Dann hättest du gar nicht erst weggehen müssen.«

Sharisse, die vor ihrer Frisierkommode saß, funkelte Stephanies Spiegelbild wütend an. »Offensichtlich ist meine Begründung neueren Datums, denn sonst hätte ich das getan. Ich kann Joel nicht heiraten, weil ich schon einen Mann habe – und das habe ich meinem Aufenthalt in Arizona zu verdanken.«

»Was?« Stephanie fühlte sich plötzlich ganz elend. »Du hast ihn geheiratet? Aber das geht doch nicht!«

Sharisse drehte sich langsam auf ihrem Stuhl um. »So, das geht also nicht?«

»So war es doch nicht gedacht. Warum hast du das getan?«

»Man lebt nun einmal nicht mit einem Mann im selben Haus und weigert sich, ihn zu heiraten, wenn der Priester ins Haus kommt«, sagte Sharisse trocken. »Ich hatte keine Wahl.«

»Aber das ist ja entsetzlich, Rissy. Ich wollte nicht, daß dir so etwas zustößt.«

»Ich weiß«, sagte Sharisse seufzend.

»Was hat Vater dazu gesagt?«

»Begeistert war er nicht gerade.«

»Aber du bleibst doch nicht Mr. Holts Frau, oder?«

»Nein.«

»Kommst du wieder aus der Geschichte raus?«

Sharisse nickte. »Er wollte keine Frau haben.«

Stephanie schnappte nach Luft. »Doch. Er...«

»Er hat mir genausoviel vorgemacht wie ich ihm. Er hatte von Anfang an nie die Absicht, mich oder irgend jemanden zu heiraten.«

Stephanie war empört, aber schon dämmerte ihr wieder etwas. »O Gott! Wenn du ihn geheiratet hast, dann heißt das, daß du... mit ihm schlafen mußtest. Ohne ihn zu lieben. Wie gräßlich, Rissy. Mit Joel war es zwar nicht das, was ich mir davon erwartet habe, aber ich liebe ihn wenigstens. Du mußt ja so unglücklich gewesen sein.«

Sharisse lächelte gegen ihren Willen. »In der Hinsicht habe ich nicht zu klagen, Stephanie.«

»Soll das heißen, daß du ihn mochtest?« Das jüngere Mädchen war entgeistert.

»Lucas ist ein Mistkerl, sieht fantastisch aus, und es ist einem in seiner Gegenwart keine Sekunde langweilig. Er hat mehr schlechte als gute Eigenschaften, aber als Liebhaber war er super, Steph. Ich war sehr glücklich.«

Stephanie wußte überhaupt nicht mehr, was sie sagen sollte. Die Offenheit ihrer Schwester schockierte sie. Und außerdem beneidete sie sie nach ihrer enttäuschenden Erfahrung mit Joel.

Schließlich sagte sie mürrisch: »Ich weiß nicht, warum du so böse auf mich bist. Schließlich hast du doch eine wunderbare Zeit mit Lucas Holt verbracht.«

Sharisse hatte darauf keine Antwort parat.

36

Lucas glaubte allmählich, wenn man einen Spielsalon gesehen hatte, hatte man alle Spielsalons gesehen. Der, den Henri in Südfrankreich gefunden hatte, war prächtiger als die meisten anderen, und er war so geräumig, daß die Tische weit auseinander standen. Das Aprilwetter ließ zu, daß die hohen Fenster offenstanden, und in der Luft mischten sich die Gerüche der Blumen mit dem Parfüm der Frauen. Und es waren viele Frauen im Raum.

»Die ist verheiratet«, sagte Henri, als er bemerkte, daß Lucas eine Brünette ansah. »Aber es freut mich zu sehen, daß dein Interesse überhaupt wieder geweckt ist, mon ami.«

Lucas brummte mürrisch. »Ich habe den Eindruck, daß du mir, wie sonst auch, über jeden der Anwesenden etwas erzählen kannst.«

»Natürlich. Im Gegensatz zu dir habe ich meine Zeit heute nicht damit vergeudet, am Strand spazierenzugehen. Ich habe einen Kellner aufgetrieben, der sehr gesprächig ist. Es war außerordentlich informativ.«

Zu den speziellen Begabungen von Henri Andrevie gehörte es, vorher zu wissen, mit wem er spielte. Es gelang ihm stets, über jeden einzelnen etwas in Erfahrung zu bringen, ehe er sich hinsetzte, um ihnen das Geld abzunehmen. Informationen persönlicher Natur brachten ihm einen Vorteil gegenüber den anderen ein, und Henri konnte sehr gut von seinen Spielgewinnen leben.

Er war sehr zierlich, und er und der große Lucas waren ein beachtliches Paar. Er war blond und hatte taubengraue Augen, die schelmisch zwinkerten, und er sah jünger als neununddreißig aus. Er war leichtsinnig und leichtlebig und konnte sich mit Ausreden aus jeder Lage winden und die Damen mit nicht mehr als einem Lächeln bezaubern. In den Monaten, in denen sie wieder einmal gemeinsam gereist waren, hatte Lucas gesehen, daß Henri seine Anziehungskraft nicht eingebüßt hatte.

»Die Engländer spielen gegeneinander und halten sich von den anderen Nationen fern. Dieser Herzog dort drüben spielt sehr ernst und gewissenhaft, aber er gewinnt nie. Diese beiden Messieurs dort drüben, Varnoux und Montour, sind Brüder, aber sie haben sich andere Namen zugelegt, damit es niemand erfährt. Sie geben einander Zeichen und verständigen sich mit Signalen. Halte dich ihrem Tisch um Himmels willen fern. Mit dem dort wirst du mit Vergnügen spielen.« Henri deutete auf einen gutgekleideten Mann, der auf eine Weise hübsch war, die seine Züge fast feminin erscheinen ließ. »Er hat keine Ahnung von Karten, aber er ist aus tiefstem Inneren eine Spielernatur, und er schließt jede Wette ab. Übrigens ist es seine Frau, die du angestarrt hast. Sieht gut aus, findest du nicht?«

»Doch, sehr.«

Henri seufzte. »Wenn ich mich auch noch so sehr bemüht habe, dich dazu zu bringen, daß du dich deines Lebens freust – ich muß dich warnen, dich nicht an ihr zu versuchen. Es sei denn, du hättest nichts dagegen, daß ihr Mann zuschaut.«

»Das ist wohl doch nicht mein Fall.«

»Ja, die beiden sind ein dekadentes Paar. Ich habe gehört, seine Spezialität bestünde darin, Jungfrauen zu verführen, und er schließt Wetten darauf ab, wie schnell er es schafft. Seine Frau ist bestens über all das informiert. Ist das nicht reizend?«

»Aber bekommt er denn nie Ärger mit einem aufgebrachten Vater oder mit Brüdern?«

»Gelegentlich. Das ist auch der Grund, aus dem er und seine Frau nie allzu lange an einem Ort bleiben.«

Lucas lachte. »Du darfst nicht alles glauben, was man dir erzählt, Henri.«

»Oh, aber in jeder Lüge steckt ein Körnchen Wahrheit.«

Eine Erinnerung nagte an Lucas. »Er heißt doch nicht zufällig Antoine, oder doch?«

Henri zuckte die Achseln. »Die beiden heißen Gautier. Die Vornamen weiß ich nicht. Warum? Weißt du etwas über ihn?«

»Es wäre ein zu großer Zufall. Ich weiß selbst nicht, wie ich auf den Gedanken gekommen bin.«

Er wußte es nur allzu gut. Er war an diesem Tag zu lange allein gewesen, und wie immer, wenn er allein war, hatte er ununterbrochen an Sharisse gedacht. Jedes Wort, das sie miteinander geredet hatten, war in seinem Gedächtnis aufgezeichnet, als hätten diese Gespräche erst gestern stattgefunden und nicht im letzten Sommer. Und heute hatte er an Antoine gedacht. Antoine hatte nur eins von ihr gewollt, so wie auch dieser Gautier nur eins von seinen Opfern wollte.

Es konnte nicht derselbe Mann sein, aber Lucas wollte verflucht sein, wenn er sich nicht wünschte, er wäre es. Er fühlte sich so elend, weil er selbst Sharisse so schlecht behandelt hatte, daß er gar nichts dagegen gehabt hätte, um ihretwillen ein wenig Rache zu üben. Das Ärgerliche war nur, daß sie nie etwas davon erfahren würde. So unmöglich es ihm gewesen war, sie zu vergessen, so katastrophal würde es andererseits sein, sie jemals wiederzusehen. Er hoffte immer noch, daß sich die Erinnerung mit der Zeit abschwächen würde und daß sein Leid nachlassen würde, daß seine lächerliche Sehnsucht nach ihr ein Ende finden würde.

Ihr hatte es zweifellos keine Schwierigkeiten bereitet, ihn zu vergessen. Die Ehe dürfte schon längst für ungültig erklärt worden sein. Vielleicht hatte sie sogar inzwischen wieder geheiratet. Selbst, wenn er den Wunsch verspürt hätte, sie wiederzusehen, hätte er gar nicht gewußt, wo er sie finden konnte. Das Geld, das er bei einer Bank in New York für sie hinterlegt hatte, war noch da, völlig unberührt. Die Nachforschungen, die er über vier Monate angestellt hatte, hatten zu keinem Ergebnis geführt. Der einzige John Richards, der sich auffinden ließ, war ein immigrierter Hutmacher, der keine Töchter hatte. Es gab keine Mrs. Hammond, auf die ihre Beschreibung paßte, und eine Miß Richards gab es auch nicht.

Henri erzählte Lucas immer noch Dinge über die übrigen Anwesenden, doch Lucas hörte ihm nur sporadisch zu. Schließlich gingen sie auseinander, und Henri begab sich an den Tisch des Herzogs.

Lucas beobachtete weiterhin den schnöselhaften Gautier. Nach einer Weile stand dieser auf und gesellte sich zu zwei Herren, mit denen er offensichtlich bekannt war. Aus ihrer Unterhaltung, die schon bald recht angeregt war, sowie aus den heimlichen Seitenblicken, die sie auf ein hübsches dunkelhaariges Mädchen warfen, das sich am anderen Ende des Raumes aufhielt, konnte Lucas schließen, daß hier eine Wette abgeschlossen wurde.

Seine Neugier lockte ihn an die Bar, an der die drei Männer ihre Unterhaltung gerade beendeten. Er war wirklich dankbar, daß er recht gut Französisch gelernt hatte, weitgehend durch Henri.

»Zwei Wochen?«

»Eineinhalb, Antoine, und keinen Tag mehr.«

»Einverstanden.«

Antoine. War das derselbe Mann? Der Name war in Frankreich keineswegs ungewöhnlich, und zweifellos gab es viele Männer, die es amüsant fanden, junge Mädchen zu verführen, weil ein anderer sie provoziert hatte, oder weil Wetten abgeschlossen worden waren.

Gautier wirkte sehr selbstzufrieden, als seine beiden Begleiter ihn verließen. Er bestellte sich einen Drink und drehte sich dann um, um das dunkelhaarige Mädchen am anderen Ende des Raumes anzustarren.

»Wenn Sie gestatten.« Lucas bezahlte den Drink und reichte ihn dem kleineren Mann.

Gautier nahm die Einladung an und musterte Lucas prüfend. »Kenne ich Sie, Monsieur?«

»Nein, aber ich glaube, ich habe schon von Ihnen gehört. Antoine Gautier, das sind Sie doch?«

»Ja.«

»Das dachte ich mir nach der interessanten Wette, die ich gerade mit angehört habe.«

Gautier kicherte, und die besorgte Anspannung fiel von ihm ab. »Vielleicht möchten Sie sich meinen Freunden gern anschließen und auch ein bißchen Geld verlieren.«

»Nicht, wenn Sie das Mädchen schon kennen.« Lucas ging ganz auf ihn ein und spielte mit.

»Nein, das Vergnügen, ihre Bekanntschaft zu machen, hatte ich noch nicht«, versicherte ihm der Geck. »Sie hat Claude abblitzen lassen, und das ist der Grund, weshalb er die Wette abschließen wollte.«

»Claude ist einer der beiden Männer, die gerade gegangen sind?«

»Ja. Er hofft, daß er sich damit trösten kann, daß ich es auch nicht schaffe. Aber wenn Sie an meinen Fähigkeiten zweifeln, Monsieur, dann suchen Sie sich irgendein Mädchen in diesem Raum aus. Eine doppelte Herausforderung wäre mir ein Vergnügen.«

Lucas konnte seinen Abscheu kaum verbergen. Die Augen des Mannes strahlten vor Vorfreude. Mit seinen Grübchen und dem Eifer, der auf seinem Gesicht stand, war er regelrecht hübsch. Fühlten sich Frauen denn wirklich von diesem Pfau angezogen?

»Sie scheinen sich Ihres Sieges sicher zu sein«, hob Lucas hervor. »Ich frage mich, wie das kommt.«

»Weil es mir nie mißlingt.«

»Nie? Nicht ein einziges Mal?«

Antoine errötete. »Ja, stimmt. Sie sagten, Sie hätten schon von mir gehört. Ich vermute, Sie haben Jean-Paul kennengelernt, und er hat es Ihnen erzählt? Es ist drei Jahre her, und dennoch brüstet er sich bis heute jedem gegenüber damit, daß er der einzige ist, der bei einer solchen Wette Geld von mir kassiert hat.«

»Das Mädchen ist Ihnen entgangen?«

»Ja, wahrhaftig. Sie war von einer reizenden Unschuld. Achtzehn. Wie naiv sie doch in diesem Alter sind. Und fast hätte ich sie gehabt. Nur noch ein paar Minuten, und mein Rekord wäre bis heute ungebrochen.«

Vor drei Jahren achtzehn? Das war nicht Sharisse. Lucas wäre schrecklich enttäuscht gewesen, wenn er keinen Anlaß fand, diesem Schurken das Gesicht einzuschlagen.

»Was ist dazwischengekommen?« fragte Lucas.

Antoine kicherte hämisch. »Meine Frau konnte es nicht erwarten, mich wieder an ihrer Seite zu haben. Sie mußte ins Zimmer kommen und alles kaputtmachen, weil rausgekommen ist, daß sie meine Frau ist.«

»Ihre Frau hat nichts gegen Ihre Eroberungen einzuwenden?«

»Ganz und gar nicht, und daher kann ich auch nicht verstehen, warum sie meine Chancen bei der Amerikanerin bewußt zunichte gemacht hat. Und es war Absicht, obwohl sie es bis heute nicht zugibt.«

»Eifersucht?«

»Vielleicht«, sagte Antoine seufzend. »Wenn das Mädchen

nichts weiter als eine gewöhnliche Schönheit gewesen wäre, hätte Marie sich nicht eingemischt. Aber diese kleine Hammond war etwas ganz anderes, überschäumend...«

»Hammond?« warf Lucas ein. »Ich kenne eine Mrs. Hammond. Ebenfalls Amerikanerin.«

Antoine wich einen Schritt zurück. »Sie... Sie brauchen nicht zu fürchten, ich hätte mit... mit einer Bekannten von Ihnen angebandelt. Ich belästige keine verheirateten Frauen.«

»Sharisse.« Lucas stieß den Namen heftig aus und sah den Franzosen erbleichen. »Du Lump!« knurrte Lucas, der bisher Französisch gesprochen hatte und jetzt auf seine Sprache zurückgriff.

Antoine war schockiert. »Sie sind Amerikaner?«

»Ja, und ich glaube, Sie und ich sollten lieber ins Freie gehen. Machen Sie einen Spaziergang mit mir.«

»Ich verstehe Sie nicht.«

»Raus mit Ihnen, Gautier, und zwar auf der Stelle.«

Antoine wußte ganz genau, was los war. Sein Magen drehte sich um. Die unglaubliche Körpergröße des Amerikaners war ihm keineswegs entgangen.

»Monsieur, ich bin gegen jede Gewalttätigkeit. Seien Sie doch vernünftig. Ich habe dem Mädchen nichts getan.«

»Ich bezweifle, daß sie das so sieht.« Lucas gab Gautier einen Stoß in Richtung Tür. »Und geben Sie keinen Laut von sich, mon ami, oder ich breche Ihnen den Arm«, fügte er bedrohlich flüsternd hinzu.

»Was... was bedeutet sie Ihnen?«

Er zerrte den Franzosen in den Garten. Was bedeutete sie ihm? Seine Wut sagte alles.

»Sie gehört mir!«

»Aber Sie wissen doch, daß ich bei ihr versagt habe!«

»Nur, weil sich Ihre Frau eingemischt hat. Ihr Motiv, Gautier, ist das, was mich krank macht. Einer Frau nachzulaufen, weil man sie will, ist etwas ganz anderes, als sie auf Grund einer Wette zu verführen! Hat sie es herausgefunden?«

»Was?«

»Reizen Sie mich nicht, Gautier«, knurrte Lucas. »Hat sie herausgefunden, daß Sie ihr wegen einer Wette nachgelaufen sind?«

Antoine war zu ängstlich, um zu lügen. »Meine Frau hat es in ihrer Gegenwart erwähnt, ja.«

»Dann ist sie also nicht nur in ihren Gefühlen verletzt, sondern auch noch gedemütigt worden.«

Lucas sagte das so leise, daß Antoine überrascht und fassungslos war, als er spürte, daß ihm die Nase gebrochen wurde. Er taumelte rückwärts, fiel ins Gebüsch und hielt sich die Hände in sein schmerzendes Gesicht.

»Bitte...«, stöhnte er.

Lucas riß ihn auf die Füße, ehe er weiterreden konnte. Er schlug ihn erbarmungslos zusammen, und jeder Schlag war gezielt und dazu gedacht, ihm den größtmöglichen Schaden zuzufügen, insbesondere diesem hübschen Gesicht.

Es dauerte nur wenige Minuten, bis der Franzose kaum noch bei Bewußtsein war. Lucas stand da und wickelte sich ein Taschentuch um seine blutenden Knöchel. Er kochte immer noch vor Zorn.

»Sie können sich bei Ihrer Frau dafür bedanken, daß ich Ihnen nur das Gesicht umgestaltet habe«, sagt Lucas. »Wenn Sie bei Sharisse Erfolg gehabt hätten, hätte ich Sie vielleicht umgebracht. Aber ich glaube, jetzt gewinnen Sie Ihre Wette nicht mehr so ohne weiteres, Monsieur Gautier. Wenn Sie das nächste Mal in einen Spiegel sehen, werden Sie sich an mich erinnern.«

Lucas ging, und seine Schritte beschleunigten sich von selbst, weil ihn ein neuerlicher Zorn gepackt hatte. Sie hatte ihn belogen, hatte gelogen, was ihr Alter anging, ihren Namen, ihre angebliche Ehe. Er erinnerte sich an ihre Reaktion an dem Tag, an dem sie ihn geheiratet hatte. Das hieß also auch, daß sie nie die Absicht gehabt hatte, ihn zu heiraten. Es hieß außerdem, daß er sich in all diesen Monaten mit Schuldgefühlen herumgeschlagen hatte, die völlig überflüssig waren. Zweifellos war sie begeistert gewesen, als sie gehört hatte, daß er gar keine Frau wollte, und noch begeisterter mußte sie gewesen sein, als er ihr gesagt hatte, es sei möglich, die Ehe für ungültig erklären zu lassen. War sie etwa nicht augenblicklich verschwunden? Und woher, zum Teufel, hatte sie das Geld gehabt, das ihr die Heimreise ermöglicht hatte? War auch ihre Behauptung, mittellos zu sein, eine Lüge gewesen? War auch nur irgend etwas, was er aus Sharisse' Mund gehört hatte, keine Lüge gewesen?

Sein Zorn hatte ein gefährliches Ausmaß angenommen, als Lucas das Hotel erreichte, doch wie immer verbarg er seine Gefühle meisterlich. Der Mann an der Rezeption schöpfte keinen

Verdacht, als er ihm einen Brief aushändigte. Er kam von Emery Buskett und war fünf Monate unterwegs gewesen, ehe er Lucas erreicht hatte.

Lucas ging in sein Zimmer und öffnete erst dort den Brief, der von der weiten Reise sehr mitgenommen war. Ihm war alles willkommen, was ihn von Sharisse ablenkte, und sei es auch nur für Minuten. Auch die Flasche, die vor ihm stand, war ihm sehr willkommen.

Lucas,
gut, daß Du Dich endlich dazu durchgerungen hast, mir Bescheid zu geben, wo ich Dich finden kann. Ich wußte gar nicht, was ich davon halten soll, als Billy Wolf mir telegrafiert hat, du hättest Arizona verlassen. Ich wußte auch nicht, ob Du die Informationen von meinem Freund Jim noch haben willst oder nicht. Jim war wieder in New York und mit einem anderen Fall beauftragt, und da ich nicht wußte, wohin man ihn diesmal beordert hatte, konnte ich ihn nicht finden. Aber vor einem Monat hat er mich ausfindig gemacht, und Du wirst nie darauf kommen, warum.
Jim ist von demselben Marcus Hammond engagiert worden... um Dich zu finden. Er war bereits in Newcomb gewesen und hatte mit Billy gesprochen, der ihm vage Auskünfte gegeben hatte, die darauf schließen ließen, daß Du Dich irgendwo in Europa aufhalten könntest. Aber Billy hat ihm meinen Namen genannt. Ich vermute, er hat sich gedacht, daß Du eventuell Kontakt zu mir aufnimmst und gern von dieser Geschichte wüßtest. Zu dem Zeitpunkt, zu dem Jim mich in Chicago aufgespürt hat, denn dorthin bin ich jetzt gezogen, hatte er die Nase ziemlich voll von dieser Herumfahrerei. Und natürlich konnte ich ihm auch nichts über Dich erzählen, und das hat auch nicht gerade die üble Lage dieses armen Kerles verbessert.
Was die Informationen angeht, die Du von mir haben wolltest, empfinde ich es als äußerst seltsam, daß Du mich gebraucht hast, um Dir bestätigen zu lassen, daß Deine Verlobte Marcus Hammonds Tochter ist. Du mußt es schon die ganze Zeit gewußt haben – der Name stimmt, und die Personenbeschreibung stimmt auch. Es konnte doch kein Zufall sein. Jim hat mir erzählt, daß Miß Hammond – ganz so, wie er es vermutet hatte – aus eigenem Antrieb wieder nach Hause gekommen ist. Und jetzt sucht ihr Vater Dich. War sie wirklich Deine Verlobte, oder hast Du ihr nur dabei geholfen, sich vor ihrem Vater zu verstecken? Schon gut, ich nehme an, daß mich das wahrhaft nichts angeht.
Von Jim habe ich gehört, daß Newcomb rasend schnell zu einer Geister-

stadt herunterkommt. Es waren nur noch wenige Menschen da, die er nach Dir fragen konnte, abgesehen von einem gewissen Samuel Newcomb, der getobt und die Behauptung aufgestellt hat, Du seist für seinen Ruin verantwortlich. Jim konnte mit dem, was dieser Mann zu sagen hatte, nichts anfangen, weil er ihn nie nüchtern genug vorgefunden hat, um auch nur irgendwelche brauchbaren Antworten von ihm zu bekommen.

Falls Du mich je wieder brauchen solltest, dann weißt Du, wo Du mich findest.

Untertänigst Dein
Emery Buskett

Lucas las den Brief ein zweites Mal, ehe er ihn zusammenknüllte und ihn quer durch das Zimmer warf. Sharisse war also wieder zu Hause bei ihrem Vater. Eine Ausreißerin, nicht der Familie entfremdet, nicht mittellos. Fanden diese Lügen, mit denen sie ihn getäuscht hatte, denn nie ein Ende?

Die Schlußfolgerung, zu der er kam, ließ sie absolut verdammenswert dastehen. Das verzogene reiche Mädchen, das wütend auf seinen Vater war, Lucas' Anzeige als eine Möglichkeit sah, eine Zeitlang zu verschwinden, und sich keinerlei Gedanken darüber machte, was sie mit ihrem Verhalten anrichten konnte. Sie hatte unter keinen Umständen ahnen können, daß er gar nicht ernstlich eine Frau suchte. Schließlich hätte er ein einsamer Narr sein können, der sich Hals über Kopf in sie verliebte und dem das Herz brach, als sie verschwand. Hatte sie das überhaupt in Betracht gezogen? Machte es ihr etwas aus? Natürlich nicht. Diese Sorte Frau dachte nie an den anderen, immer nur an sich selbst.

Kein Wunder, daß es ihm nicht gelungen war, sie zu finden. Zweifellos besaßen diese inkompetenten Bankiers, denen er die Angelegenheit übertragen hatte, nicht den Verstand, sämtliche Hammond-Haushalte zu überprüfen. Entweder das, oder Marcus Hammond hatte sie dafür bezahlt, daß sie keine Informationen weitergaben.

War das der Grund, aus dem Hammond ihn suchte? Wußte er etwas von dem Geld, das Lucas für Sharisse hinterlegt hatte? Ein Mann seiner Größenordnung konnte darin eine Beleidigung sehen. Aber andererseits konnte es auch sein, daß Sharisse, um ihre eigene Haut zu retten, gebeichtet hatte, wie er sie behandelt hatte. Es war gut möglich, daß Hammond ein erzürnter Vater war, der Vergeltung suchte. Zweifellos hatte sie die Rolle, die sie selbst gespielt hatte, in den unschuldigsten Farben ausgemalt.

Lucas lehnte sich zurück, und seine Mundwinkel zogen sich zur Karikatur eines Lächelns nach oben. Ihn den Wölfen vorzuwerfen, war ihr das zuzutrauen? Er schüttelte den Kopf und griff nach der Flasche. Sie hätte die Dinge lieber so belassen sollen, wie sie waren.

37

Sharisse begleitete ihre Freundin Carol Peterson nach Hause, zu einem Haus am Lafayette Place. Dort lag eins der älteren Wohngebiete, das nach wie vor von der Oberschicht besetzt war und dem Fortschreiten des Handels immer noch standhielt. Sharisse hätte eigentlich auch kommen sollen, doch da sie nicht erschienen war, hatten Sharisse und Carol gemeinsam einen netten Nachmittag verbracht. Sie waren zwischen dem Union und dem Madison Square spazierengegangen, und Sharisses Fahrer war ihnen im Schrittempo gefolgt. Natürlich hatten die Mädchen es nicht lassen können, vor den besten Geschäften stehenzubleiben, und sich die Auslagen anzusehen.

Sharisse war müde, aber sie hatte es keineswegs eilig, gleich nach Hause zu kommen, obwohl sie für den Abend ein Rendezvous hatte. Sie sagte dem Fahrer, er solle sich Zeit lassen, denn sie wollte den Anblick der Stadt auskosten, die sie so sehr liebte.

Sie erfreute sich an dem Treiben, das auf den Straßen herrschte, doch als sie nach Hause kam und ihren Hut und ihre Handschuhe ablegte, erschien ihr Vater in der Tür seines Arbeitszimmers.

»Ich möchte mit dir reden, Rissy.«

»Hat das nicht Zeit, Vater? Robert führt mich heute abend ins Theater aus, und ich habe nicht mehr viel Zeit, um mich fertigzumachen.«

»Dann hättest du eher von deinen Einkäufen zurückkommen sollen«, sagte er unwillig. »Und gerade deine Einkäufe der letzten Zeit sind es, worüber ich mit dir reden will.«

Sharisse seufzte und folgte ihm in sein Allerheiligstes. »Du wirst mich doch nicht etwa maßregeln, weil ich zuviel Geld ausgebe, oder? Ich habe mir doch nur ein paar neue Kleider gekauft, Vater.«

»Ein paar? Ich glaube, letzte Woche wurde mindestens ein Dutzend Schachteln ins Haus geliefert, und täglich kommt mehr.«

»Nun ja, die Tournüre wird wieder modern. Du kannst doch nicht von mir erwarten, daß ich die Mode des Vorjahrs trage, wenn derart drastische Veränderungen vorgenommen wurden. Und außerdem hast du mir noch nie eine gute Garderobe mißgönnt.«

»Das ist nicht der Grund, aus dem ich dich zu mir gerufen habe, Rissy. Von mir aus kannst du dir hundert neue Kleider kaufen. Ich will lediglich wissen, wer sie bezahlt.«

»Bezahlt? Was soll das? Du natürlich.«

»So, wirklich?«

Sharisse legte die Stirn in Falten. »Ich verstehe kein Wort.«

»Ich war heute morgen zufällig auf dem Broadway und wollte deine Rechnungen begleichen. Aber die Kleider waren schon bezahlt.«

»Joel muß Stephs Kleider bezahlt haben. Sicher ist das nur eine Verwechslung.«

Ihr Vater schüttelte den Kopf. »Dein Vorname war ausdrücklich genannt worden, und in drei anderen Geschäften, in denen du Einkäufe tätigst, stand ich vor derselben Situation.«

Sharisse setzte sich an seinen Schreibtisch. Sie war reichlich verwirrt. »Ich weiß nicht, was ich sagen soll. Ich habe keine Ahnung.«

»Was ist mit Robert?«

»Ich kenne ihn kaum.«

»Und gibt es andere Männer, mit denen du ausgehst?«

»Vater, willst du etwa andeuten, ich sei die Mätresse eines Mannes?«

Er räusperte sich. »Nein, natürlich nicht, aber du mußt einen reichen Gönner haben.«

»Ich muß jetzt wirklich gehen, Vater. Gehst du heute abend in den Club? Ich finde, es ist eine schreckliche Vorstellung, daß du alleine zu Hause sitzt.«

»Mach dir um mich keine Sorgen. Ich denke, ich bleibe auf und warte auf dich. Vielleicht kannst du heute abend etwas in Erfahrung bringen.«

38

Der erste Akt des Stückes hatte bereits angefangen, als sie und Robert ins Theater kamen. Der Platz, an dem das Theater stand, war bewachsen und voller Bänke in kleinen Nischen oder zwischen Bäumen. Nachts war es ein Platz für Liebende.

Sharisse wußte nicht, warum sie mit solcher Sehnsucht auf die Bänke sah, als sie an Roberts Arm die Akademie betrat. Robert konnte sie wahrhaftig nicht reizen, obwohl er nicht schlecht aussah und aufmerksam und zuvorkommend war. Er hatte ihr auch deutlich zu verstehen gegeben, daß er weit mehr als nur ihr Kavalier sein wollte, mit dem sie ausging. Aber wenn sie sich einen Liebhaber nahm, dann mußte er größer und ein dunklerer Typ mit breiteren Schultern sein, eher wie...

Sie versuchte, abzuschalten und der Handlung des Theaterstücks zu folgen. Doch bald fiel ihr Blick auf ihren Ring. Wieder hatte sie, wie bei jedem formellen Anlaß, Schmucksteine in der Farbe seiner Augen gewählt. Warum konnte sie ihn nicht vergessen?

Ein Jahr war jetzt vergangen, ein ganzes Jahr, seit sie Lucas Holt gesehen hatte, und doch stand sein Bild so klar vor ihren Augen, als hätte sie ihn erst gestern gesehen.

»Sharisse! Dachte ich mir doch, daß du das bist!«

Sie blickte auf und sah Sheila Harris, die sich durch die Menge einen Weg zu ihr bahnte. Die Pausenlichter waren eingeschaltet, und der größte Teil des Publikums drängte sich ins Foyer. Robert entschuldigte sich, um ebenfalls ins Foyer zu gehen, und Sheila setzte sich auf seinen Platz. Sheila, die sich nie nach der Mode richtete, sah in allem, was sie trug, phantastisch aus. Sie war eine wirkliche Schönheit.

Im Moment hatte sie ihre blauen Augen weit aufgerissen und wirkte sehr neugierig, als sie sich zu Sharisse vorbeugte, sowie Robert aus ihrer Hörweite verschwunden war. »Was tust du denn mit dem?«

»Hallo, Sheila.« Sharisse strahlte sie an. »Schön, dich zu sehen.«

»Ach so, ja, guten Abend«, sagte Sheila unwillig.

»Wir haben dich heute vermißt.«

»Heute? O nein! War das heute? Hätte ich mich vielleicht mit dir oder Carol treffen sollen? Das habe ich ganz vergessen. Du verzeihst es mir doch sicher noch einmal, oder?«

»Natürlich.« Sharisse amüsierte sich immer wieder über Sheila.

»Und? Beantwortest du jetzt meine Frage nach Robert?«

Sharisse zuckte die Achseln. »Robert ist schon seit einer Weile mein Begleiter. Das weißt du doch. Du siehst mich doch ständig mit ihm zusammen.«

»Ich weiß. So habe ich es auch gar nicht gemeint. Ich dachte nur... ja, also... warum gehst du mit Robert aus, wenn er wieder da ist?«

»Er? Drück dich verständlicher aus, Sheila.«

»Mach mir doch nichts vor, Sharisse.« Sheila kniff die Augen zusammen. »Ich habe mich wie ein absoluter Dummkopf benommen, als ich ihn kennengelernt habe, und das ist alles deine Schuld. Ich war vor Staunen einfach sprachlos – und du weißt selbst, daß ich in meinem ganzen Leben noch nicht sprachlos war.«

»Sheila, würdest du mir jetzt bitte augenblicklich erklären, wovon du eigentlich sprichst!« Sharisse war gereizt.

»Es war absolut unfair von dir, mich überhaupt nicht vorzuwarnen. Ich habe dich angefleht, mir Einzelheiten zu erzählen, und du hast mir nicht mehr gesagt als ›er ist anders‹. Das war ja wohl eine gewaltige Untertreibung! ›Anders‹. Er ist einfach phantastisch. Warum hast du mir das nie gesagt?

Sharisse lehnte sich kopfschüttelnd zurück. Es war unmöglich.

»Du sagst, daß du... ihn kennengelernt hast. Wann?«

»Gestern abend, bei der Soiree der Stewarts. Donald hat ihn mir vorgestellt. Du kennst doch Donald.«

»Ja, ja, der Mann, mit dem du manchmal ausgehst. Natürlich kenne ich Donald. Aber jetzt erzähl weiter, Sheila.«

Sheila sprach weiter und Sharisse betete, sie würde sie nicht fragen, warum sie keinen Kontakt zu Lucas hatte. »Also, Donald hat keinen Bezug zwischen ihm und dir hergestellt und ihn nur als Mr. Holt vorgestellt. Klar, wie viele Holts kennen wir denn? Ich mußte ihn einfach ganz direkt fragen, ob er dein Mann ist. Ich habe nicht damit gerechnet, nicht nach der lieblosen Beschreibung, die du von ihm abgegeben hast. Du kannst dir gar nicht vorstellen, wie überrascht ich war, als er ja gesagt hat.«

»Was... was hat Lucas sonst noch gesagt?«

»Nicht allzuviel. Er redet wohl nie besonders viel, oder? Ich habe ihn nach seinem Schiff gefragt.« Sharisse wirkte verärgert, und Sheila fragte besorgt: »Was ist denn los mit dir?«

»Nichts. Erzähl weiter.«

»Ich habe ihn nach seinem Schiff gefragt und ob seine Reise in den Orient erfolgreich verlaufen ist, aber er hat furchtbar ausweichend geantwortet. Und natürlich habe ich ihn gefragt, warum du nicht bei ihm bist, und er hat gesagt, daß du dich nicht besonders wohl fühlst. Aber es muß dir ja schon wieder wesentlich besser gehen, denn sonst wärst du ja heute nicht hier mit... oh, du meine Güte. Er hat eine ganze Menge Fragen gestellt, vorwiegend zu Robert.«

»Was? Du hast ihm etwas von Robert erzählt?«

»Ich habe es ihm nicht erzählt«, sagte Sheila mit verletzter Stimme. »Ich mußte annehmen, daß du es ihm bereits erzählt hast, denn er wußte, daß Robert in letzter Zeit dein Begleiter ist. Er wollte wissen, was für ein Mensch Robert ist, aber ich konnte ihm nicht viel erzählen, weil ich erst vor zwei Monaten wieder in die Stadt gekommen bin, und als ich weggegangen bin, warst du noch mit deiner Tante im Norden des Landes. Aber dein Mann war äußerst neugierig, was Robert angeht. Aber wahrscheinlich liegt das auf der Hand, wenn er so lange geschäftlich unterwegs war. Eine derart lange Trennung ist ja nicht unbedingt der ideale Anfang für eine Ehe, aber es ließ sich doch nichts dagegen machen, oder?«

»Was?« Sharisse konnte kaum noch einen klaren Gedanken fassen.

»Bleibt er jetzt wenigstens eine Weile hier, ehe er wieder eine Reise antreten muß? Ich habe mich ja gefragt, wie du einen Kapitän heiraten konntest, selbst wenn er ein eigenes Schiff besitzt, aber jetzt verstehe ich allerdings, warum du ihn geheiratet hast! Es mag zwar sein, daß er über längere Zeiträume fort ist, aber wenn er zu Hause ist, oh, dann kann ich dich nur noch beneiden!«

Sharisse hörte sich selbst sagen. »Ich... ich weiß nicht, wann er wieder abreist, Sheila. Wir...äh...wir sind noch nicht dazu gekommen, diese Dinge zu besprechen.«

»Aber wo ist er jetzt?«

»Beschäftigt«, fauchte Sharisse, doch dann lächelte sie eilig und sagte beiläufig: »Wenn er jetzt zu Hause ist, dann heißt das doch noch lange nicht, daß ich ein Monopol auf seine freie Zeit anmelde. Er muß sich um viel Geschäftliches kümmern. Um Dinge, die während seiner Abwesenheit vernachlässigt worden sind.«

»Bist du deshalb mit Robert hier?«

»Ja. Und jetzt muß ich wirklich gehen und nachsehen, was ihn aufhält«, sagte sie mit fester Stimme.

Sie stand auf, um zu gehen, doch ihre Freundin hielt sie am Ellbogen fest.

»Was ist mit der Party, die deine Schwester am kommenden Samstag gibt? Du kannst deinen Mann doch bestimmt dazu bringen, daß er diese Party mit dir zusammen besucht. Wer von unseren Freunden hat ihn außer mir schon kennengelernt?«

Nicht auch das noch! »Ich weiß es nicht, Sheila. Wir werden es abwarten müssen. Das stellt sich dann schon von selbst heraus«, murmelte Sharisse, die es eilig hatte, sie loszuwerden.

Sie suchte Robert und bat ihn, sie augenblicklich nach Hause zu bringen. Sie nannte den bohrenden Kopfschmerz, der sich ihrer bemächtigt hatte, als legitimen Vorwand. Auf dem Heimweg wechselte sie so gut wie kein Wort mit ihm, und dann verabschiedete sie sich hastig und zerstreut von ihm. Mrs. Etherton kam ihr in der Eingangshalle entgegen, nahm ihr den Umhang und die Handschuhe ab und nahm besorgt Sharisses angespanntes Gesicht zur Kenntnis.

»Bitte, wo ist mein Vater?«

Die Haushälterin verzog keine Miene und sagte mißbilligend: »In der Küche, Miß.«

»Fällt er mal wieder über den Kühlschrank her?« fragte Sharisse mit einem breiten Grinsen.

»Ich glaube, ja, Miß.«

Sharisse grinste immer noch über das ganze Gesicht, als sie sich auf den Weg zu ihm machte. Ihr gefiel die Vorstellung, daß er die Dienstboten verärgerte, indem er in ihren Herrschaftsbereich eindrang. Das war so typisch für ihn. Sie fand ihn allein in der Küche vor, und vor ihm auf dem Küchentisch sah sie ein kaltes Huhn und einen Laib Brot. Ganz allein war er doch nicht. In der Ecke lag Clarissa, die crèmefarbene Katze, die Sharisse nach ihrer Heimkehr nach einer wochenlangen Suche gefunden hatte. Clarissa säugte ihre drei Kätzchen. Und Charley, der sich nie allzuweit von seiner kleinen Familie entfernte, strich um Marcus' Füße. Sharisse hörte erstaunt, wie ihr Vater sagte: »Verfluchter Kater. Ich vermute, du willst mitessen?«

»Also so was, läßt du dich doch wirklich erweichen!« Marcus zuckte zusammen, drehte sich um und funkelte sie böse an. »Ich bin zu alt, um mich derart erschrecken zu lassen.«

»Es tut mir leid.« Sie setzte sich an den Tisch und nahm ein Stück Huhn.

Er sah sie neugierig an. »Du bist früh zurückgekommen. Bist du dahintergekommen, wer dein heimlicher Bewunderer ist!«

»Nein – vielleicht doch. Am besten erzähle ich es dir gleich genauso, wie es sich abgespielt hat, und dann sehen wir mal, welchen Reim *du* dir darauf machst. Sheila war im Theater, und sie hat mir erzählt, daß sie Lucas gestern abend bei den Stewarts kennengelernt hat.«

»Lucas? Du meinst ... *Lucas*?«

»Ja.«

»Also, wenn das nicht hochinteressant ist.«

»Ich finde es eher erschreckend. Könnte es nicht sein, daß jemand anderes sich als Lucas ausgibt?« fragte Sharisse hoffnungsvoll. Aber sie wußte, daß es nicht so sein konnte, nicht nach der glühenden Bewunderung, mit der Sheila ihn geschildert hatte.

»Was hast du ihr gesagt?« fragte ihr Vater.

»Ich konnte ihr ja nicht gut sagen, ich wüßte nicht, daß er hier ist. Wie hätte das denn ausgesehen? Sie fand ihn einfach phantastisch«, fügte sie gehässig hinzu.

»Beschreibt man so einen Mann?« fragte Marcus.

»Ja, Sheila schon. Sie fand ihn äußerst attraktiv«, sagte sie hämisch.

»Wenn ich mich recht erinnere, hast du das genauso gesehen. Aber gut. Gehen wir davon aus, daß dieser Mann dein Ehemann ist. Er ist hier. Und was tust du jetzt?«

»Ich tue gar nichts. Ich werde Lucas jedenfalls ganz bestimmt nicht treffen.«

»Vielleicht mußt du ihn sehen. Ich kann ihm nicht gut den Zutritt zu meinem Haus verweigern, wenn er dich sehen will. Er ist immer noch dein Mann. Vielleicht war er sich über diesen Umstand nicht im klaren, als er hier angekommen ist, aber offensichtlich weiß er es inzwischen. Und er hat sich abgesichert, damit du dir über seine Rechte als Ehemann im klaren bist.«

»Wie meinst du das?«

»Er hat deine Einkäufe bezahlt. Ich behaupte, daß er dir damit etwas zu verstehen geben wollte.«

»Mit anderen Worten heißt das, er will mir zu verstehen geben, daß er die Möglichkeit hat, die Rolle meines Mannes zu spielen, wenn er es so wünscht?«

»Genau.«

»Ich weiß nicht recht, Vater. Lucas neigt mehr zur Direktheit. Er würde eher hier ins Haus platzen und...«

»Warum hat er es dann nicht getan?«

»Woher soll ich denn wissen, was er sich denkt?«

»Ich bin sicher, daß du es selbst weißt. Er wird herausfinden wollen, warum du noch mit ihm verheiratet bist, Rissy. Wirst du es ihm sagen?«

»Nein«, erwiderte sie heftig. »Ganz bestimmt nicht.«

»Dann solltest du dir auf der Stelle etwas einfallen lassen; denn ich glaube nicht, daß es noch lange dauert, bis du Lucas Holt wiedersiehst.«

39

Sharisse hatte gerade zu Mittag gegessen, als ihre Schwester mit schnelleren Schritten in das Eßzimmer kam, als sie es seit langem an ihr beobachtet hatte. Dennoch bewegte sie sich, an normalen Maßstäben gemessen, langsam. Bei Stephanie, die im fünften Monat schwanger war, war zwar noch so gut wie nichts zu sehen, doch von dem Moment an, in dem sie erfahren hatte, daß sie in anderen Umständen war, hatte sie sich in demselben Maß geschont, wie sie es schon bei ihrer Mutter beobachtet hatte. Ganz gleich, wie oft Sharisse ihr auch zu erklären versucht hatte, daß es gesünder war, wenn sie sich selbst nicht wie einen Invaliden behandelte – ihre jüngere Schwester wollte einfach nicht auf sie hören.

Heute war Stephanie geradezu lebhaft. Sie sah sich flüchtig im Zimmer um, um sich zu vergewissern, daß sie auch wirklich mit Sharisse allein war. Stephanie setzte sich äußerst umständlich hin. »Vater ist doch nicht zu Hause, oder?«

»An einem Samstag? Du weißt doch, daß er samstags immer mit deinem Schwiegervater zu Mittag ißt.«

»Ich wollte nur ganz sicher sein. Ich will nicht, daß er uns hören kann.«

»Ich habe keine Geheimnisse mehr vor Vater, Steph.«

»Du hast ihm doch nicht erzählt, welche Rolle ich gespielt habe, als du...«

Sharisse beruhigte sich schnell. »Nein, nein. Sei ganz unbesorgt. Aber ich habe nichts vor ihm zu verbergen, wenn es nur mich betrifft.«

»Nicht einmal, daß Lucas Holt in New York ist?«

Stephanie glaubte, ihr eine monumentale Neuigkeit zu überbringen, und sie machte ein langes Gesicht, als Sharisse sagte: »Wir wissen es beide.«

»Ihr wißt es? Gütiger Himmel, und warum hat mir niemand ein Wort davon erzählt? Ich mußte es heute von Trudi hören. Sie hat es von Barbara Stewart gehört, und du weißt ja, wie Barbara...«

»Mir ist klar, was hier los ist, Steph«, schnitt ihr Sharisse trocken das Wort ab. »Ich nehme an, daß Sheila diejenige ist, die dafür sorgt, daß es jeder erfährt. Sie hat ihn nämlich kennengelernt. Bei den Stewarts.«

»Und?«

»Was ist?«

Stephanie fuchtelte ungeduldig mit den Händen in der Luft herum. »Was tut er hier?«

»Ich weiß es nicht.«

Stephanie stand kurz vor dem Siedepunkt. »Du willst es mir wohl nicht sagen. Oder was ist hier los?«

»Ich habe keine Geheimnisse vor dir, Steph. Ich weiß wirklich nicht, warum Lucas hier ist. Ich habe ihn nicht gesehen.«

Sharisse wollte nicht zugeben, wie sehr es an ihr nagte, daß Lucas sie nicht aufgesucht hatte. Was wollte er mit diesem Versteckspiel erreichen, das er mit ihr trieb?

»Ich dachte mir doch, daß ich meine Töchter höre«, rief Marcus aus, als er das Zimmer betrat.

Sharisse war überrascht, ihn zu sehen. »Hast du denn nicht mit Edward gegessen?«

»Mir ist etwas dazwischengekommen. Und was führt dich hierher, meine Liebe?« fragte er Stephanie. Er gab ihr einen Kuß.

»Ich mußte Luft schnappen. Diese ganze Putzerei in unserem Haus, du weißt schon. Ich mußte einfach mal raus. Kommst du heute Abend zu meiner Party, Vater?«

»Um Himmels willen, nein. Das ist etwas für euch junge Leute. Ich werde den Abend im Club verbringen.«

»Ich sollte jetzt wirklich wieder nach Hause gehen und nachsehen, wie die Dinge vorankommen«, sagte Stephanie, die nur ungern wieder gehen wollte.

»Wenn du dich beeilst, erwischst du meine Kutsche noch vor dem Haus. Der Kutscher kann dich nach Hause bringen, Stephanie.«

Sharisse stöhnte. »Du bist genauso schlimm wie sie, Vater. Sie wohnt nur eine Kreuzung von hier. Sie braucht die Bewegung.«

»Unsinn, Rissy«, sagte Stephanie fröhlich, als sie sich mühsam hochzog, um zu gehen. »Es schadet nie, wenn man sich vorsieht.«

Als sie wieder allein waren, schalt Sharisse ihren Vater aus. »Du solltest sie nicht auch noch darin bestärken.«

»Ich weiß. Aber gerade im Moment erinnert sie mich so sehr an eure Mutter. Das kann man von dir beim besten Willen nicht behaupten. Du hast dich bis zum Schluß benommen, als sei nichts Besonders.«

»Ich hatte Glück. Jemand hat es mir gezeigt...ach, schon gut. Was ist dir bei deinem Mittagessen dazwischengekommen?«

»Das hier wurde im Restaurant abgegeben.« Er ließ einen Aktenordner auf den Tisch fallen. »Darauf warte ich schon seit zwei Tagen. Es ist ein Bericht über deinen Mann.«

»Das ist doch wohl nicht dein Ernst!«

»Doch, natürlich. Er wohnt im Fifth Avenue Hotel und ist schon seit gut einem Monat dort.«

»So lange? Aber das ist ein Luxushotel! Woher hat er das Geld? Ich frage mich, ob er seine Ranch verkauft hat?«

»Seine Ranch ist verkauft worden, das schon, aber nicht durch ihn. Ein Billy Wolf hat sie im letzten Jahr verkauft. Lucas Holt hat die Gegend schon lange vor diesem Verkauf verlassen.«

Sharisse starrte ihren Vater mit weit aufgerissenen Augen an. »Woher weißt du all das?«

»Ich habe letztes Jahr jemanden nach Arizona geschickt. Es war doch naheliegend, daß ich Nachforschungen über ihn anstelle.«

»Du hast diese Dinge während der gesamten Zeit gewußt und mir nie ein Wort davon erzählt?«

»Es wäre sinnlos gewesen, darüber zu sprechen, und außerdem wollte ich dich nicht unnötig aus der Fassung bringen. Ganz abgesehen davon: Holt war spurlos verschwunden, und ich habe mich gezwungen gesehen, die Suche abzubrechen.«

»Verschwunden?«

»Ein alter Mann, der für ihn gearbeitet hat, hat gesagt, daß er seine Ranch noch an demselben Tag verlassen hat, an dem du von dort fortgegangen bist«, erwiderte Marcus. »Danach hat ihn kein Mensch mehr gesehen.«

Sie dachte eine Zeitlang darüber nach. »Glaubst du, daß er versucht hat, mir zu folgen?«

»Nein. Er hätte dich mit Leichtigkeit einholen können.«

»Natürlich.« Sie konnte die Enttäuschung nicht ganz aus ihrer Stimme verbannen. »Warum hätte er es auch versuchen sollen?«

Marcus musterte sie versonnen. »Es kamen Berichte, die besagt haben, daß er für den Ruin des Begründers der Stadt Newcomb verantwortlich war. Wenn das so ist, dann *mußte* er Newcomb vielleicht verlassen. Der ganze Ort ist völlig heruntergekommen. Weißt du etwas darüber?«

»Samuel Newcomb? Aber die beiden sind befreundet...oder so ähnlich. Nein, ich kann nicht glauben, daß Lucas etwas Derartiges tut. Lucas nicht.«

Er räusperte sich. »Wie ich schon sagte, waren das nur Meldungen.«

»Was hast du sonst noch herausgefunden?«

»Mr. Wolf – mein Detektiv hat ihn aufgespürt – hat angedeutet, dein Mann könnte auf dem Weg nach Europa sein.«

»Nach Europa! Aber er hatte kein Geld.«

»Jetzt hat er jedenfalls Geld«, sagte ihr Vater. »Er wohnt in einem der teuersten Hotels der ganzen Stadt, und er hat das alte Tindel-Haus gekauft.«

»Er hat was?«

»Etwas gibt mir Rätsel auf«, sagte Marcus. »Ich dachte, diesen einen Punkt könntest du mir vielleicht erklären.«

»Nur einen?« fragte sie sarkastisch. »Gütiger Himmel, ich kann gar nicht glauben, daß wir wirklich über den Mann sprechen, den ich einmal gekannt habe!«

»Vielleicht tun wir das auch gar nicht.«

»Vater«, setzte sie matt an, doch er unterbrach sie.

»Dieser Mann hat sich im Hotel als Slade Holt und nicht als Lucas Holt eingetragen.«

»Slade! O nein, nicht auch das noch!«

Marcus war gewarnt, weil jede Farbe aus ihrem Gesicht gewichen war. »Was hat es damit auf sich, Rissy?«

»Slade ist Lucas' Bruder!«

»Aber weshalb sollte er den Namen seines Bruders benutzen?«

»Vielleicht ist es gar nicht Lucas«, hauchte sie atemlos. »Vielleicht ist es wirklich Slade.«

»Unsinn. Dieser Mann behauptet, dein Ehemann zu sein. Du könntest ihn jederzeit bloßstellen, wenn er es nicht ist.«

»So, könnte ich das?« Sie lachte bitter. »Sie sind Zwillinge. Ich kann sie nur auseinanderhalten, weil Slade sich wie ein Indianer kleidet. Wenn er sich hier unauffällig kleidet, was wohl der Fall sein dürfte, kann ich den Unterschied nicht erkennen. Ich schwöre es dir.«

»Dann ist das vielleicht gar nicht dein Mann?«

Sie biß sich auf die Lippe und rief dann aus: »Oh, ich weiß einfach nicht mehr, was ich denken soll!«

»Ich werde in das Hotel gehen und diesen Mann zur Rede stellen müssen«, sagte ihr Vater resolut.

»Nein!« Sharisse sprang abrupt von ihrem Stuhl auf. »Das kannst du nicht tun!«

»Warum nicht?«

»Wenn es Slade ist, dann ist er...schwierig. Er ist ganz anders als Lucas. Slade ist allein in der Wildnis aufgewachsen. Er ist ein Revolverheld. Er ist direkt und grob. Er ist kein zivilisierter Mensch. Mit Slade kann man nicht reden, Vater. So leicht geht das nicht.«

»Hat er irgendein Interesse an dir?« fragte ihr Vater.

»Ja, das hatte er«, gestand sie widerwillig. »Er ist nicht die Sorte Mann, mit der eine Gegenüberstellung möglich wäre, Vater. Tu daher bitte gar nichts.«

»Irgend etwas muß geschehen, Rissy. Wir können nicht einfach abwarten und uns Fragen stellen.«

»Doch, das können wir«, beharrte sie. »Du hast selbst gesagt, daß es wahrscheinlich nicht allzu lange dauert, bis er mich aufsucht. Wenn es wirklich Slade ist, würde ich ein Treffen gerne bis in alle Ewigkeit hinauszögern.« Sie schlug ihre Augen nieder. »Ich weiß, wie ich mit Lucas umgehen kann«, erklärte sie schließlich. »Aber mit Slade? Mein Gott, wenn er es sich in den Kopf gesetzt hat, sich als Lucas auszugeben, um mich zu zwingen...«

»Das würde er nicht wagen«, knurrte Marcus.

»O doch, Vater. Er ist völlig skrupellos. Er fände es lustig, eine Zeitlang die Rolle meines Mannes zu spielen, mich dort zu haben, wo...aber ich sagte ja schon, daß er damals versucht hat, mir nachzustellen.«

»Vielleicht solltest du wieder für eine Weile zu deiner Tante gehen.«

»Nein, damit ist nichts gelöst. Wie sollte ich dann jemals aus dieser Situation herauskommen? Nein, ich sollte so weiterleben, wie ich sonst auch lebe. Ich weigere mich, mich vor ihm zu verstecken. Was ich tun sollte, ist, am Montag einen Anwalt aufzusuchen, damit es mit dieser Ehe ein für allemal vorbei ist. Dann spielt es auch keine Rolle mehr, ob es sich um Lucas oder um Slade handelt.«

»Es ist zu spät, um diese Ehe so leicht zu beenden, Sharisse. Du brauchst jetzt die Einwilligung deines Mannes. Das weißt du selbst«, rief er ihr sachte ins Gedächtnis zurück.

»Ein Gutes hat es für sich«, sagte sie kläglich. »Seine Einstellung zu einer Scheidung wird mir Aufschluß darüber geben, wer er ist. Wenn er keine Scheidung haben will, dann weiß ich, daß es Slade ist.«

Ihr Vater stand da und sah sie betrübt an. Dann wandte er sich ab und verließ das Eßzimmer. Er brauchte dringend die Gelegenheit, über all das nachzudenken. Allein, in seinem Arbeitszimmer.

40

»Du wolltest früher kommen, und statt dessen kommst du zu spät, Rissy«, klagte Stephanie, als sie ihre Schwester am Arm nahm und sie zum Salon führte.

»Schimpf nicht mit mir. Denn fast wäre ich gar nicht gekommen. Robert hat schriftlich abgesagt, und wenn ich nicht schon angezogen gewesen wäre, als ich seine Nachricht bekommen habe, wäre ich gar nicht hier erschienen.«

»Aber es macht doch nichts, daß du nicht in Begleitung bist. Du kennst ohnehin alle, die hier sind.«

»Deshalb habe ich mich ja auch entschlossen, trotzdem zu kommen.« In Wirklichkeit hatte sie das Bedürfnis nach dieser Ablenkung verspürt, die sie allzu dringend nötig hatte. »Und allzu sehr habe ich mich gar nicht verspätet. Sheila ist wohl auch noch nicht da, soweit ich das sehe?«

»Sie ist die einzige außer dir, die noch nicht da ist. Und auf sie kann man sich nie verlassen.«

»Jetzt sei nicht so mürrisch, Stephanie. Es steht dir nicht.«

Es klingelte. »Geh jetzt lieber an die Tür, um deine letzten Gäste zu begrüßen«, sagte Sharisse. Sie ließ Stephanie stehen. »Ich kann allein reingehen. Ich werde...«

»Was ist, Rissy?« Stephanie sah in die Richtung in die ihre Schwester blickte, und hielt den Atem an. »Ist er das? Er ist es doch, oder? Oh, was soll ich bloß tun? Soll ich Joel holen, damit er ihn auffordert, wieder zu gehen? Rissy?«

»Stephanie, sei nicht so dumm!« fauchte Sharisse. »Einen Mann wie ihn kann man nicht dazu bringen, wieder wegzugehen, wenn er nicht gehen will. Wenn du Joel in die Sache hineinziehst, gibt es nur Ärger. Tu einfach so, als sei alles in Ordnung.«

»Wie soll ich das denn machen?« Stephanie hielt Sharisse am Arm fest. »O Gott, jetzt hat er dich gesehen! Er kommt auf dich zu, Rissy! Ich gehe jetzt lieber.«

»Wage es nicht, mich mit ihm allein zu lassen«, zischte Sharisse ihr zu.

Sie drehte sich um. Ihre Blicke trafen sich. Und plötzlich wurde ihr ganz anders. Es waren diese Augen, das klare Grün mit dem goldenen Schimmer, strahlend und entwaffnend.

Sie reagierte immer noch auf seinen Blick, und er war auch in seiner eleganten Kleidung und mit kürzerem Haar immer noch der Mann, den sie niemals vergessen konnte.

»Hallo, meine Schöne.«

Die rauhe Stimme ließ sachte Schauer durch sie rieseln. »Ich glaube, du kennst bereits einige meiner Freunde, aber meine Schwester hast du bisher noch nicht kennengelernt«, sagte sie so ruhig wie möglich. Er warf einen flüchtigen Blick auf die fassungslose Blondine und nickte ihr kurz zu. Dann sah er Sharisse wieder an. Sein Gesicht hätte aus Granit gemeißelt sein können. Die beiden blieben stehen, sahen einander unerbittlich in die Augen und rührten sich nicht.

»Endlich sehen wir das junge Paar zusammen«, rief Sheila aus, die mit schnellen Schritten auf sie zukam. Donald war an ihrer Seite. »Du kommst nie darauf, wo wir ihn gefunden haben, Sharisse. Am entgegengesetzten Ende der Stadt. Ich wußte, daß er niemals rechtzeitig kommt, wenn wir ihn nicht mitnehmen.«

»Wie aufmerksam von dir, Sheila«, erwiderte Sharisse mit gepreßter Stimme.

»Wir unterhalten uns später noch, mein Liebling«, sagte Sheila fröhlich. »Ich muß erst alle begrüßen. Ich will ja nicht zu unhöflich sein.«

Sheila betrat den Salon, und Stephanie folgte ihr. Sharisse blieb mit ihm allein.

»Können wir uns hier irgendwo ungestört unterhalten?«

»Nein!« Sie errötete, als sie hörte, mit welchem Nachdruck es herauskam.

»Fürchtest du dich davor, mit mir allein zu sein, meine Schöne?«

»Nein, ich...ich sehe nur keinen Grund, aus dem wir nicht bleiben sollten, wo wir sind.«

»Wie du willst«, knurrte er. »Aber warten kann ich nicht mehr.«

Er zog sie abrupt an sich, und sein Mund senkte sich heftig auf ihre Lippen. Sein Körper, der sich an sie preßte, wirkte wie ein Blitz, der einschlug, und seine Lippen waren gierig und fordernd. Sie war machtlos und konnte sich nicht wehren. Ihre Hände wanderten über seine Schultern, legten sich um seinen Nacken und in sein Haar.

Er hob seinen Kopf und fragte sich, ob sie sich sofort von ihm losreißen würde, doch sie tat es nicht. Ihre Augen glühten dunkel wie Amethyst.

»Ich fürchte, ich habe die Beherrschung verloren«, sagte er mit zarter Stimme.

»Was?«

Er mußte über ihren verwirrten Zustand lachen. »Sieh dich doch um, meine Schöne.«

Sie tat es, und dann lief sie bis zu den Haarwurzeln rot an. Stephanie starrte sie verwundert an. Sheila grinste über das ganze Gesicht. Trudi Baker und ein paar andere Mädchen kicherten. Die Männer im Raum gaben sich große Mühe, so zu tun, als hätten sie nichts gesehen. Sie wäre am liebsten gestorben.

Sie drehte sich wieder zu ihm um, sah, daß ihre Hände noch um seinen Hals geschlungen waren, zog sie zurück und trat einige Schritte nach hinten. »Wie konntest du das tun?« zischte sie ihn wütend an.

»Ganz einfach, und mit großem Vergnügen«, erwiderte er. Er nahm ihren Arm und führte sie ein Stück weiter von ihrem Publikum fort. »Warum stellst du nicht dir selbst diese Frage? Du hast mich soeben vor allen Anwesenden als deinen Ehemann anerkannt.«

»So, und bist du es etwa nicht?« fauchte sie.

»Nein.«

Sie riß die Augen weit auf. »*Du* bist es also! Wie abscheulich du doch bist. Es wundert mich nur, daß du es zugegeben hast.«

»Slade?« Er zog eine dieser dunklen Augenbrauen hoch, und sie geriet noch mehr in Wut. »Wie kommst du darauf, daß ich Slade bin?«

Sharisse schüttelte den Kopf. »Versuch jetzt nicht, mich zu verwirren. In deinem Hotel bist du als Slade Holt eingetragen.«

»Dein Vater hat also Nachforschungen über mich angestellt – wieder einmal.« Seine Stimme wurde kalt.

»Wieder?« fragte sie zögernd. »Du weißt etwas von dem Mann, den er nach Newcomb geschickt hat?«

»Deshalb bin ich hier. Ich will Näheres darüber wissen. Und auch ansonsten gibt es noch einiges, was ich wissen will.«

»Aber er hat Lucas gesucht, nicht dich. Oh, ich könnte laut schreien.«

Er kicherte in sich hinein. »Wenn das so ist, dann sollten wir uns wohl doch ein ungestörtes Plätzchen suchen. Wie wäre es mit dem Schlafzimmer deiner Schwester?«

»Als ob ich mich dir in einem Schlafzimmer anvertrauen würde«, sagte sie. »Der Garten muß genügen.«

Sie führte ihn in den ummauerten Garten hinter dem Haus. Dort standen Bänke, und zwischen den Rosen versteckt war ein Springbrunnen. Der Garten war vom Haus her in einen schwachen Lichtschein getaucht, und im Freien war es angenehm kühl. Nachdem sie die Türen geschlossen hatte, drehte sie sich um.

»Wenn du nicht augenblicklich mit deinen Erklärungen beginnst, haben wir nichts miteinander zu bereden«, teilte sie ihm in aller Deutlichkeit mit.

»Ich? Nein, meine Süße, du bist diejenige, die hier einiges zu erklären hat.«

»Nicht, ehe du mir sagst, wer du bist.«

Er zog seine Augen zusammen. »Ich bin der Mann, den du in Arizona geheiratet hast.«

»Warum hast du dann bestritten, daß du mein Mann bist?«

»Weil die Urkunde in deinem Besitz, auf der steht, daß wir verheiratet sind, ungültig ist.«

Sie starrte ihn mit offenem Mund an. »Soll das heißen, daß der Geistliche gar kein...«

»O, der Geistliche war echt. Du und ich, wir wissen, daß ich dich geheiratet habe. Aber kannst du es beweisen? Bin ich dein Ehemann, wenn ich unter einem anderen Namen lebe?«

»Ich verstehe überhaupt nichts mehr. Du kannst eine Ehe doch nicht dadurch lösen, daß du deinen Namen änderst.«

»O doch, das kann ich. Und du weißt, daß ich es kann... wenn der andere Name, den ich mir zulege, ›Slade‹ ist. Es bringt gewisse Vorteile mit sich, einen Zwillingsbruder zu haben.«

»Eine solche Abscheulichkeit habe ich noch nie gehört. Das kann doch nicht wahr sein!«

»Ich werde dir nicht näher erklären, warum es durchaus möglich ist, aber du kannst mir glauben, daß es geht. Dieses Papier, auf dem steht, daß wir verheiratet sind, ist nur dann gültig, wenn ich zugebe, daß ich Lucas Holt bin.«

»Aber du hast doch zugegeben, daß du Lucas bist.«

»Dir gegenüber.« Er grinste. »Sonst niemandem gegenüber.«

»Das ist nicht wahr. Sheila hält dich für meinen Mann. Du hast es weder ihr noch sonst jemandem gegenüber bestritten.«

Er zuckte die Achseln. »Viele Paare geben vor, miteinander verheiratet zu sein, damit niemand ihnen vorwerfen kann, sie seien unmoralisch. Ich frage mich, was deine Freunde wohl sagen würden, wenn sie auf die Idee kämen, du könntest ihnen von Anfang an etwas vorgemacht haben?«

Sharisse atmete tief ein. Es wäre ein Skandal, und das wußte er.

»Aber die Zeremonie hat stattgefunden, und...«

»... und du hast keine Zeugen. Deine Freunde würden lediglich glauben, daß du dich bemühst, deinen Ruf zu retten. Es liegt in der menschlichen Natur, jedem anderen nur das Schlechteste zuzutrauen, wenn Gerüchte im Umlauf sind. Und erst recht, wenn sich die Gerüchte häufen. Das weißt du selbst.«

»Das kannst du mir nicht antun«, sagte sie entschieden. »Wir müssen verheiratet sein.«

»Warum?«

Seine Stimme wurde lauter. Was steckte dahinter?

»Lucas, ich weiß, daß du überrascht gewesen sein mußt, als du festgestellt hast, daß ich immer noch mit dir verheiratet bin.«

»Überrascht ist wohl das falsche Wort.«

»Laß es dir doch erklären. Ich hatte wirklich die Absicht, die Ehe für ungültig erklären zu lassen, aber als ich wieder zu Hause war, hat mein Vater immer noch darauf beharrt, daß ich Joel heirate.«

»Den Mann deiner Schwester?«

»Ja. Sieh mal, Stephanie hat ihn geliebt. Habe ich dir das nicht schon einmal erzählt? Aber mein Vater wollte nichts davon hören, und er hätte mich gezwungen, Joel zu heiraten. Hätte ich ihm nicht gesagt, daß ich schon verheiratet bin, dann wäre ich jetzt Mrs. Parrington. Natürlich hat es ihm nicht gepaßt. Ich vermute, daß er dich gesucht hat, um sich ein Bild davon zu machen, was für ein Mensch du bist.«

»Hast du ihm nicht ohnehin gesagt, daß ich ein Schuft bin?«

Sie war getroffen. »Ich habe ihm nicht gesagt, was für ein betrügerischer Lump du warst, wenn es das ist, was du meinst.«

»Ich?« explodierte er, und in einem Wutanfall packte er ihre Schultern. Doch ein Blick in ihre weit aufgerissenen, furchtsamen Augen reichte aus. Er rüttelte sie nicht, sondern stieß sie nur von sich.

»Reden wir doch über Lug und Trug – nämlich über die Täuschungsmanöver von deiner Seite«, sagte er kalt. »*Mrs.* Hammond, war es nicht so? Die Tochter eines John Richards? Achtzehn Jahre alt, das hast du behauptet. Mittellos – eine Witwe – abgebrochene Kontakte zu deinem Vater. Habe ich vielleicht noch einige deiner Lügen vergessen?«

Sie wand sich. »Lucas, ich kann es dir erklären.«

»So, kannst du das?« Er schrie inzwischen. »Was wäre gewesen, wenn ich wirklich ein armer Trottel gewesen wäre, der eine Frau haben wollte? Hast du dir das auch nur einen Moment lang überlegt, als du auf meine Anzeige geantwortet hast? Hast du einen Gedanken daran verschwendet?«

»Ich habe nicht auf die Anzeige geantwortet!« schrie Sharisse ihn an. »Das war nicht ich. Das war meine Schwester!«

Sie starrten einander erstaunt an. Dann sagte er. »Setz dich, Sharisse, und fang ganz von vorne an.«

Sie tat es, erklärte ihm noch einmal die Sache mit Joel und Stephanie. »Sie war so todunglücklich darüber, daß ich Joel heiraten sollte, daß sie nicht mehr wußte, was sie tat. Du kannst es ihr nicht vorwerfen, Lucas. Ich hatte die Absicht, dir die Fahrkarten gemeinsam mit einem Brief von Stephanie zurückzuschicken. Aber als ich New York verlassen hatte, mußte ich feststellen, daß mein Schmuck fort war.« Sie erklärte es ihm nicht näher, sondern sprach eilig weiter. »Ich hatte keine andere Wahl mehr. Ich mußte die Fahrkarte benutzen, weil ich kein Geld hatte.«

»Warum hast du mir all das nicht gleich bei deiner Ankunft gesagt? Verdammt noch mal, ich hätte ein Abkommen mit dir getroffen. Wir hätten einander ohne alle diese Lügen helfen können.«

»Ich hätte es getan, aber du warst so furchteinflößend. Ich hatte Angst. Ich hatte gehofft, du würdest mich nicht wollen und mich wieder in den Osten schicken.« Er lachte, doch das ignorierte sie. »Was für ein Abkommen hättest du mit mir getroffen? Warum hast du mich dort gebraucht, Lucas? Hatte es etwas mit Samuel Newcomb zu tun?«

»Dein Vater hat auch das herausgefunden, oder?!«

»Nur Gerüchte. Hast du Sam wirklich ruiniert? Absichtlich?«

»Nur deshalb war ich dort«, sagte er ohne jede Verlegenheit. »Sam war so streng bewacht und so gut abgesichert, daß es nicht möglich war, ihn umzubringen, aber mir hat es gereicht, ihn absolut zu ruinieren. Und nach einer Weile hat Fiona mir Steine in den Weg gelegt, indem sie Newcomb eifersüchtig gemacht hat. Ich konnte es zu diesem Zeitpunkt nicht gebrauchen, daß er mir feindselig gegenübersteht, und daher habe ich mir ausgerechnet, daß er sich wohl beruhigt, wenn ich eine Verlobte habe. Und so war es auch.«

Während er das sagte, dämmerte es ihr. »Er ist der Mann, der den Mörder deines Vaters für diesen Mord bezahlt hat, oder?«

Lucas nickte. »Ich konnte es nicht beweisen, aber er ist es.«

Sie schüttelte erstaunt den Kopf. »Slade hat den einen erledigt, und du hast dich um den anderen gekümmert. Ihr Holts wartet nicht ab und verlaßt euch nicht auf die Gesetze, wenn es darum geht, ein Unrecht wiedergutzumachen.«

Er hätte ihr die ganze Geschichte erzählen können, aber im Moment sah er darin keinen Sinn. Er wußte immer noch nicht, was er mit ihr anfangen sollte. Er hatte nicht damit gerechnet, daß schon allein ihr Anblick nach dieser langen Zeit Qualen in ihm auslösen würde, die ihn verzehrten. Sie war genauso schön, wie er sie in Erinnerung gehabt hatte, wenn nicht noch schöner, und, verdammt nochmal, er begehrte sie grenzenlos. Selbst die Vorstellung, daß sie ein herzloses Luder war, konnte ihn nicht von ihr abbringen.

Er hatte sich zu lange seiner Versonnenheit überlassen und Sharisse wurde unruhig. Was mochte er bloß denken? »Lucas, sieh mal, ich weiß, daß du gar keine Frau haben willst, und es tut mir leid, daß ich nicht schon eher etwas unternommen habe. Aber ich werde es tun. Ich werde so bald wie möglich für eine Scheidung sorgen.«

»Du kannst dich nicht von einem Mann scheiden lassen, mit dem du nicht verheiratet bist«, erwiderte er geistesabwesend.

»Lucas! Du bist doch nicht etwa immer noch wütend auf mich, weil ich dich belogen habe? Dazu hast du kein Recht.« Sie verlor schon wieder ihre Fassung. »Du hast mich im selben Maß belogen. Was wäre gewesen, wenn *ich* wirklich einen Mann zum Heiraten gesucht hätte?«

»Ich hätte dich reichlich für deine Enttäuschung entschädigt. Ich habe auch tatsächlich ein kleines Vermögen auf einer Bank hier in New York für dich hinterlegt. Aber natürlich ließ sich nirgends eine Mrs. Hammond finden, der das Geld zukommen sollte.« Er zuckte die Achseln. »Da ich jetzt weiß, daß du es nicht brauchst, habe ich es für etwas anderes ausgegeben.«

Sharisses Augen sprühten Funken. »Du hattest schon immer Geld, stimmt's? Du hättest mich nach Hause schicken können, als ich dich darum gebeten habe. Du...oh!«

»Ich bin recht froh, daß ich das nicht getan habe.«

»Warum hast du dieses Leben geführt, obwohl du Geld hattest?«

»Die Goldmine meines Vaters hat mich reich gemacht, aber ich habe in Arizona eine Rolle gespielt, die nur für Sam gedacht war, und es ließ sich nicht mit dieser Rolle vereinbaren, mit Geld um mich zu werfen.«

»Du hast mir doch erzählt, die Mine sei nie gefunden worden.«

»Ich habe gesagt, daß Newcomb sie nicht gefunden hat. Mein Bruder und ich wußten, wo sie lag.«

»Dann bist du also wirklich reich?«

»Bist du jetzt enttäuscht?«

Das Glitzern in seinen Augen brachte sie in Wut. »Ich bin sicher, daß sich dadurch nichts ändert.«

»So, wirklich nicht?«

»Nein. Ob reich oder nicht – du bist ein Ekel!«

Er lachte lauthals. »Und ich dachte schon, du würdest dich freuen, wenn du erfährst, daß ich dir die vielen kleinen Luxusgüter kaufen kann, die du gewohnt bist. Andererseits könntest du es gebrauchen, daß jemand deinen Einkäufen einen Riegel vorschiebt. Du gibst wirklich zuviel Geld aus.«

Ihr blieb die Luft weg, als sie verstand, was er damit sagen wollte. »Niemand hat dich aufgefordert, meine Rechnungen zu bezahlen, Lucas! Warum hast du das getan?«

»Du trägst meinen Namen. Das berechtigt mich, zu tun, was ich will, wenn es dich betrifft.«

Sie sprang mit einem Satz auf. »Aber du hast gesagt, daß du nicht mein Mann bist!«

»Ich habe es nicht öffentlich bestritten – noch nicht. Oder?«

»Aber du hast es vor, stimmt's?« fauchte sie. Er gab ihr keine Antwort, und ihr ging die Luft aus. Sie setzte sich langsam wieder hin. »O Lucas, warum willst du mir das antun? Ich kann mit dem Skandal fertigwerden, den eine Scheidung auslöst, aber nicht damit, daß ich überhaupt nie verheiratet gewesen sein soll.«

»Du hast dieses Durcheinander selbst zustande gebracht, Sharisse.«

»Ich habe dir doch erklärt, warum!« schrie sie.

»Wegen deiner Schwester«, erwiderte er, »aber jetzt ist sie schon lange verheiratet. Welche Entschuldigung hast du dafür, daß du diese Situation nicht schon eher richtiggestellt hast?«

Sharisse wandte ihre Augen ab. Wenn sie ihm die Wahrheit sagte, dann war das gleichbedeutend damit, ihn zu etwas zu zwingen, was er nicht wollte. Das würde sie nicht tun. Sie konnte es nicht tun.

»Ich... ich dachte, es schadet niemandem, wenn die Dinge so bleiben, wie sie sind, Lucas. Mein Vater hätte auf die Idee kommen können, mir einen anderen Mann zu suchen, und ich wollte keinen anderen Mann heiraten.« Wie wahr das in Wirklichkeit war, ging ihr in dem Moment auf.

»Und wenn ich eines Tages die Absicht hätte zu heiraten?«

»Aber du hast doch gesagt, wir seien nicht verheiratet.«

»Das konntest du nicht wissen.«

»Irgendwann hätte ich schon etwas unternommen. Ich habe nur einfach nicht geglaubt, daß es eilig ist. Welchen Unterschied macht das für dich, Lucas? Warum kann ich nicht einfach eine Scheidung vortäuschen? Damit wären alle Probleme gelöst. Ich schwöre dir, daß ich dir nie mehr zur Last falle und daß du mich nie mehr zu sehen brauchst.«

Seine Augen verengten sich zu Schlitzen. Sie niemals wiedersehen?

»Wenn du eine Scheidung willst, Sharisse, dann mußt du mich vorher noch einmal heiraten.«

»Aber das ist doch lächerlich!«

»Tu es, oder laß es bleiben«, erwiderte er barsch.

»Weshalb?«

»Weil ich die Scheinheiligkeit satt habe.«

»Gut, Lucas, wenn es sein muß. Aber ich schwöre dir, daß du verrückt bist.«

»Vielleicht bin ich das.« Er lächelte so bezaubernd, daß sie in Wut geriet. »Ich hole dich morgen gegen zehn ab. Sei dann bitte schon soweit. Und mach dir keine Sorgen. Niemand braucht zu erfahren, daß du mich wieder heiratest, damit du dich von mir scheiden lassen kannst. Nur die Scheidung wird an die Öffentlichkeit kommen müssen.«

»Du bist äußerst unvernünftig«, sagte sie verdrossen, »aber ein vernünftiger Mensch warst du noch nie, Lucas.«

»Ich schaffe nur Ordnung, meine Schöne. Dagegen kannst du nichts einwenden.«

Sie wußte nicht, wie er das meinte, und sie stellte keine Fragen. Sie war plötzlich sehr erschöpft.

»Entschuldige mich bitte, weil ich nicht mehr reingehe«, sagte er. »Ich mache mir nichts aus diesem nichtssagenden Plaudern. Wir Seeleute machen uns nichts daraus, das verstehst du doch.« Sie errötete, als er sie wieder daran erinnerte, und er fragte: »War es wirklich nötig, mich ausgerechnet zum Kapitän zu machen?«

»Es schien angemessen für einen Mann, den man nie zu sehen kriegt«, sagte sie gereizt.

»Ich nehme an, wir können immer noch behaupten, ich hätte die Seefahrt aufgegeben.«

Sein breites Grinsen erzürnte sie. »Sag doch von mir aus, was du willst – und ich bin sicher, daß du das ohnehin tust. Wie immer.«

Sie wandte sich schmollend ab und ging. Er blieb stehen und grinste, während er ihr nachblickte.

41

Sharisse zog sich ein dezentes Kaschmirkleid in einem Kobaltblau mit einem dazu passenden Umhang an. Nichts Schickes für diesen lachhaften Ausflug.

Lucas kam pünktlich, und sie gab ihm gar nicht erst die Gelegenheit, aus seiner Kutsche auszusteigen, sondern eilte ihm entgegen. Das belustigte ihn.

»Man könnte glauben, du kannst es kaum erwarten, mich zu sehen«, äußerte er, während er sie neben sich in die Kutsche zog.

»Ich wollte nur nicht, daß du meinen Vater siehst«, sagte sie übellaunig.

»Gerade darauf habe ich mich schon gefreut. Du hast gesagt, daß dein Vater und ich uns ähnlich sind. Hast du ihm denn nicht gesagt, daß wir wieder heiraten?«

»Aber gewiß nicht. Du hast selbst gesagt, niemand bräuchte etwas davon zu erfahren«, rief sie ihm ins Gedächtnis zurück.

»Ja, das habe ich gesagt«, sagte er seufzend.

»Hast du es dir anders überlegt?« fragte sie voller Hoffnung.

»Ach, meine Schöne«, sagte er schelmenhaft, »was ändert es, wenn du mich zweimal heiratest, so lange das Endergebnis genau das ist, was du willst?«

»Du meinst, was *du* willst!«

Er lachte, und Sharisse lehnte sich steif zurück. Sie war entschlossen, ihn zu ignorieren. Die weitere Fahrt verlief schweigend. Sharisse kochte vor Wut, und Lucas war ganz davon in Anspruch genommen, sie zu beobachten. Er fuhr mit ihr aus der Stadt hinaus, in eine kleine Kirche. Er hatte alles im voraus arrangiert, und der Pfarrer erwartete ihn mit zwei Gemeindemitgliedern, die die Rolle der Trauzeugen übernehmen würden.

Sharisse ließ alles in versteinertem Schweigen über sich ergehen, bis der Pfarrer sich nach Ablauf der Hälfte der Zeremonie namentlich an Lucas wandte und dabei einen Namen gebrauchte, mit dessen Nennung sie nicht gerechnet hatte.

Ehe sie laut protestieren konnte, flüsterte er ihr ins Ohr: »Mach dir keine Sorgen. Ein kleiner Irrtum, aber dadurch ändert sich nichts.«

»Aber...«

»Wenn du nicht mitspielst, gibt es nur eine Alternative, und du weißt, was ich meine.«

Sharisse kniff die Lippen zusammen.

Lucas rechnete mit weiteren Einwänden, als sie unterschreiben mußte, und er freute sich schon darauf, doch Sharisse überraschte ihn. Er konnte nicht wissen, daß sie sich nicht daran erinnerte, ihre erste Heiratsurkunde unterschrieben zu haben, und daher irritierte sie auch der Umstand nicht, daß der Pfarrer ihre Namen noch nicht eingetragen hatte. Sie sagte auch nichts, als er darauf bestand, daß sie mit ihrem Mädchennamen unterschrieb. Sie tat es einfach und stolzierte dann aus der Kirche, um in der Kutsche auf ihn zu warten.

Als er zu ihr kam, ließ er das vollständige Dokument auf ihren Schoß fallen, lehnte sich zurück und wartete. Er brauchte nicht lange zu warten.

Sharisse las nur bis zu der Stelle, an der Slades Name stand und dann funkelte sie Lucas wütend an. »Du hast gesagt, es sei nur ein Irrtum gewesen, als er den falschen Namen gesagt hat. Aber du hast auch mit ›Slade‹ unterschrieben!« Sie warf ihm die Urkunde hin.

Er sah sie an, aber er sagte kein Wort.

»Wie konntest du mir das antun, Lucas? Du hast mich mit deinem Bruder verheiratet!«

»Nein. Ich habe dich mit mir verheiratet, und zwar diesmal rechtsgültig. Ist es dir immer noch nicht klar?«

Sie ließ alle ihre Fragen durch ihren Kopf schießen und fand dabei einige Antworten. »Du bist wirklich Slade? Du hast nur so getan, als seist du Lucas, um mich reinzulegen! Und was zum Teufel meinst du mit *diesmal*?« Er lächelte, und sie schrie: »*Du* warst also derjenige, der mich damals geheiratet hat. Du bist an dem Tag noch einmal zurückgekommen und hast mir weisgemacht, du seist Lucas, damit du... Wenn der Pfarrer nicht ausgerechnet in dem Moment gekommen wäre, dann hättest du – kein Wunder, daß Lucas so wütend war. Du hast mich ohne sein Wissen mit ihm verheiratet!«

»Ein Teil davon stimmt, meine Schöne, aber nur ein Teil. Willst du den Rest der Geschichte hören, oder willst du weiterhin überkochen?«

»Was kannst du mir denn sagen, um das zu entschuldigen, was du getan hast?« sagte sie erbost. Wie konnte er es wagen, so herablassend zu sein? »Ich bin doch nicht etwa mit euch beiden verheiratet, oder?«

»Nein. Deine erste Eheschließung war nicht legal.«

Zumindest war sie keine Bigamistin, wenn ihr auch dieser Gedanke nur wenig Erleichterung verschaffte.

»Ich weiß nicht, was du mit allen diesen Tricks erreichen wolltest, Slade. Von *dir* werde ich mich scheiden lassen – mit dem größten Vergnügen. Du hast nichts erreicht.«

»Wirst du dich von mir scheiden lassen, meine Schöne?«

»Auf der Stelle«, versicherte sie ihm.

Sharisse wandte sich ab. Die Angelegenheit war geregelt.

Die Rückkehr verlief so schweigsam wie die Hinfahrt, doch dann überraschte er sie damit, daß er sagte: »Geh und pack ein paar Sachen zusammen, Sharisse. Du ziehst jetzt zu mir.«

»Sei nicht albern, Slade.« Sie wollte aus der Kutsche steigen.

»Ich habe dich nicht zum Spaß geheiratet. Ich hatte bisher keine Rechte, aber jetzt habe ich sie, und ich habe auch vor, es dabei zu belassen. Tu, was ich dir sage.«

Sie war entsetzt. »Aber ich bleibe nicht deine Frau! Niemals!«

Sie lief ins Haus und schlug die Tür hinter sich zu, doch einen Moment später riß er die Tür auf.

»Du hast doch nicht etwa geglaubt, daß es so einfach ist, oder?«

Wutentbrannt sah sie ihn an. »Raus!«

»Was zum Teufel geht hier vor?« Marcus trat in die Eingangshalle und starrte den großen, dunkelhaarigen Fremden an.

Sharisse drehte sich zu ihrem Vater um und sagte mit derselben wutentbrannten Stimme. »Er glaubt, bloß weil ich ihn geheiratet habe, kann er mir Vorschriften machen. Aber er hat mich reingelegt, Vater. Er ist nicht Lucas. Er ist Slade! Sag *du* ihm, daß er damit nicht durchkommt, weil *ich* ihn nämlich nie wiedersehen will.«

Mit diesen Worten rannte sie die Treppe hinauf und ließ die beiden Männer stehen, die einander anstarrten. Marcus war bestürzt. War das etwa sein Schwiegersohn, dieser junge Mann, der so furchteinflößend wirkte und dessen Augen, die ihn ansahen, ohne auch nur mit der Wimper zu zucken, auf die kalte Entschlossenheit hinweisen?

»Ich hatte gehofft, wir würden uns unter weniger komplizierten Umständen kennenlernen, Mr. Hammond, aber jetzt muß ich Sie warnen, sich nicht einzumischen.« Marcus wollte Einwände erheben, doch sein Schwiegersohn sagte: »Es mag zwar sein, daß sie Ihre Tochter ist, aber ein Ehemann hat unbestrittene Rechte. Das wissen Sie selbst. Ich verlasse das Haus nicht ohne sie.«

»Dann sind Sie wirklich mit ihr verheiratet?«

»Sie haben selbst gehört, daß sie es zugegeben hat.«

»Aber sie war mit Ihrem Bruder verheiratet. Sie sind nicht Lucas Holt.«

»Mr. Hammond, das ist eine lange Geschichte. Um der Gerechtigkeit willen sollte Sharisse die erste sein, die sie hört. Sie brauchen im Moment nicht mehr zu wissen, als daß ich sie liebe und glaube, daß sie mich auch liebt.«

Marcus lächelte gegen seinen Willen. »Oh, ich bezweifle nicht, daß sie verliebt ist, wenn sie es auch nie eingestanden hat. Ich wußte, daß sie verliebt war, als sie aus Arizona zurückgekommen ist. Aber der, den sie liebt, ist Lucas Holt. Sie dagegen kann sie nicht ausstehen, das können Sie mir glauben.«

»Es mag sein, daß sie Ihnen gegenüber diesen Eindruck erweckt hat, aber ich kann Ihnen versichern, daß ihre Gefühle sich noch im Lauf des heutigen Tages ändern werden. Und jetzt hole ich meine Frau – ob mit oder ohne Ihre Genehmigung. Es wäre für uns beide leichter, wenn Sie es mir gestatten. Ein schlechter Anfang kann uns beiden nicht lieb sein. Aber nichts wird mich davon abhalten, sie aus diesem Haus zu holen, weder der Wirbel, den sie machen wird, noch irgendwelche Einwände von Ihrer Seite. Sie verstehen?«

»Bei Gott, sie hat recht gehabt«, platzte Marcus heraus. »Der Umgang mit Ihnen ist wirklich nicht einfach. Erwarten Sie von mir, daß mir Ihr Wort darauf reicht, daß Sharisse nicht unglücklich sein wird, weil sie mit Ihnen verheiratet ist?«

»Ja, so ist es.«

Marcus schüttelte den Kopf. Was für eine unsägliche Situation. Aber Sharisse hatte nicht abstreiten können, daß sie mit diesem Mann verheiratet war. Welche Wahl hatte Marcus in dem Fall?

»Wenn das so ist«, sagte Marcus seufzend. »Ihr Zimmer ist die zweite Tür links. Aber Sie sollen verdammt sein, wenn ich diese Entscheidung jemals bereue, Holt. Merken Sie sich das. Behandeln Sie sie gut, haben Sie verstanden?«

Eine schwarze Augenbraue wurde hochgezogen. »Ist das eine Drohung, Mr. Hammond?«

»Nein. Ja, doch, bei Gott, und wie.«

»Alles klar.« Der junge Mann lachte und stieg die Treppe hinauf.

42

Sharisse hatte ihre Tür natürlich abgeschlossen, doch das Schloß gab nach, als er sich mit der Schulter gegen die Tür stemmte.

Sie stand mitten im Zimmer und weigerte sich, sich einschüchtern zu lassen. »Was hast du mit meinem Vater gemacht?« klagte sie ihn an. »Warum hat er dich nicht davon abgehalten, in mein Zimmer zu kommen, obwohl du hier nicht erwünscht bist?«

»Er war so klug zu erkennen, daß du zu mir gehörst. Du akzeptierst diesen Umstand am besten jetzt gleich.« Mit zwei großen Schritten stand er vor ihr und hielt sie an den Schultern fest. »Wirst du dieses Zimmer jetzt auf würdevolle Art verlassen, oder muß ich dich raustragen?«

»Das tätest du nicht!« Er warf sie über seine Schulter. »Laß mich runter, Slade! Das mache ich nicht mit!« Davon ließ er sich nicht abhalten. »Vielleicht gelingt es dir, mich zu zwingen, mit dir zusammenzuleben, aber ich werde niemals zulassen, daß du mich auch nur anrührst. Ich liebe Lucas! Hast du gehört?« Er lief weiter. »Ich hasse dich!«

Er packte sie in seine Kutsche, und sie rückte soweit wie möglich von ihm ab.

»Was ist mit meinen Sachen?« fragte sie.

»Wir werden sie holen lassen.«

»Ich hoffe, du weißt, wie widerlich du bist.«

»Doch, ja, ich glaube, ich weiß es.« Er besaß die Dreistigkeit, sie anzugrinsen. »Wir sind in wenigen Minuten in meinem Hotel, und daher schlage ich vor, daß du dich jetzt beruhigst und dir überlegst, wie du das Hotel betreten möchtest. Mir macht es nichts aus, dich hineinzutragen.«

Seine Finger hielten ihren Ellenbogen mit festen Griff, als sie das Hotel betraten. Sie machte keine Szene, als sie an den luxuriösen Gesellschaftsräumen vorbeikamen und zum Fahrstuhl gingen.

Slades Zimmer lag im fünften Stock. Die prächtige Ausstattung fiel ihr auf, als sie sich von ihm losriß und sich setzte. Sie hatte vor, wie festgewachsen auf diesem Stuhl sitzen zu bleiben. Er baute sich mit verschränkten Armen und gespreizten Beinen vor ihr auf.

Sie musterte ihn zornig. »Glaube nicht, daß du mich einschüchtern kannst, Slade Holt. Das kannst du nämlich nicht!«

Er sah sich im Zimmer um. »Diese Zimmer sind komfortabel genug, um hierzubleiben, bis das Haus fertig ist. Noch eine Woche, bis dahin sollte es geschafft sein.«

»Hast du nicht den Eindruck, daß du eine Menge Dinge als selbstverständlich voraussetzt?«

Er lächelte. »Stellst du unsere Eheschließung etwa immer noch in Frage? Dein Freund Robert hat mich verstanden, als ich ihm gesagt habe, daß er nicht mehr gebraucht wird. Und doch mußt du noch überzeugt werden, oder?«

»Deshalb hat Robert... oh! Weshalb bist du wirklich in New York, Slade? Du paßt nicht in diese Stadt. Du bist ein Revolverheld, ein Produkt des unzivilisierten Westens. Du kannst unmöglich vorhaben, hier zu leben.«

»Ich glaube, ich habe bereits bewiesen, daß ich mich so ziemlich überall einfügen kann.«

»Aber du wirst dich doch nicht wirklich hier niederlassen, oder?«

»Warum nicht? Ich wollte schon immer mehr von der Welt sehen, aber ich bin genug gereist. Ich fürchte, es war nicht so spannend wie ich es mir vorgestellt habe, aber vielleicht liegt das auch daran, daß ich dich nicht abschütteln konnte. Eines Tages müssen wir uns Europa gemeinsam ansehen.«

»Europa? Dann warst du also mit Lucas in Europa?«

»So könnte man es auch sagen.« Er grinste. »Lucas hat übrigens in Frankreich einen Bekannten von dir getroffen, einen widerlichen kleinen Pfau, der Wetten abschließt, in denen es um naive Jungfrauen geht.«

»Antoine?« sagte sie atemlos.

»Ich fürchte, Lucas hat an dem, was dieser Mann als einen Sport betreibt, Anstoß genommen. Er hat mit Gautiers Gesicht den Boden aufgewischt, und jetzt ist sein Gesicht nicht mehr so hübsch wie vorher.«

In ihren Augen blitzte Erstaunen auf, aber auch ein unverkennbares Vergnügen. »Das hat Lucas für mich getan?«

»Ich habe es getan«, antwortete Slade mit zarter Stimme.

»Du? Aber du hast doch gesagt...«

»Wann wirst du endlich die Wahrheit begreifen, Sharisse? Weißt du es denn immer noch nicht? Es gibt nur einen von uns beiden.«

Die Farbe wich aus ihrem Gesicht. »Das... das ist unmöglich«, sagte sie zitternd.

Er kniete neben ihr nieder, und als ihre Augen auf einer Höhe mit seinen Augen waren, sagte er so zart, wie er es nur irgend sagen konnte: »Du fürchtest dich nicht vor mir. Früher hast du dich vor mir gefürchtet, aber jetzt nicht mehr. Hast du dich nie gefragt, woran das liegt?«

Ihre Augen sahen forschend in sein Gesicht. Es stimmte. Er war nicht mehr gefährlich. Wenn sie nicht so wütend gewesen wäre, hätte sie es schon eher erkannt.

»Dann mußt du also Lucas sein«, schloß sie daraus.

Er seufzte und stand auf. Sein Gesicht wurde hart. Jede Zartheit war verschwunden – einfach so. Die Veränderung war abrupt und verblüffend, und ihr blieb kein Raum mehr für irgendwelche Zweifel. Es war Slade.

»Sharisse, Lucas ist tot.« Seine Stimme war von Erbitterung durchwoben. »Feral Sloan hat Lucas am selben Tag getötet, an dem er meinen Vater getötet hat. Das habe ich selbst bis zu dem Tag, an dem ich Sloan erschossen habe, nicht gewußt. Fast zehn Jahre lang habe ich geglaubt, Lucas sei davongekommen, sei noch am Leben, und irgendwo würde ich ihn eines Tages finden. Ich hatte seinen Tod aus meinem Bewußtsein ausgesperrt, verstehst du, aber ich habe es selbst erlebt, ich war dabei, und das war kurz vor dem Moment, an dem ich das Bewußtsein verloren habe.«

Slade wandte sich von ihr ab, um seinen Kummer zu verbergen. »Lucas ist nicht weitergeritten, als ich vom Pferd gefallen und in die Felsspalte gestürzt bin. Der dumme Junge hat sein Pferd angehalten, weil er versuchen wollte, mir zu helfen. Ich nehme an, ich hätte dasselbe getan. Wir standen einander zu nahe als Zwillinge, waren jeder zu sehr ein Teil des anderen. Diese Nähe hat Sloan die Möglichkeit gegeben, uns einzuholen und Lucas eine Kugel in den Rücken zu jagen.

Ich war blutüberströmt, weil ich eine Platzwunde am Kopf hatte; daher vermute ich, daß Sloan annahm, ich sei tot. Er hat sich gedacht, daß eine Leiche, die er zurückbringt, als Beweis ausreicht – zusammen mit meinem Pferd, das er auch mitgenommen hat –, daß kein Holt mehr am Leben ist.«

Er verstummte eine Zeitlang. »Niemand, der diese Goldmine für sich beanspruchen kann«, sagte er dann. »Ich war neunzehn, als ich das Grab meines Bruder neben dem meines Vaters in Tucson gefunden habe.«

Sharisse starrte auf seinen Rücken, und der Schmerz schnürte ihre Brust zusammen.

»Du hast Sloan getötet. Warum hast du nicht auch Newcomb umgebracht? Ich hätte es getan.«

Er drehte sich zu ihr um, sah sie an und war von dem Zorn, der in ihrer Stimme mitschwang, überrascht. »Ich habe es dir doch gesagt. Er hatte sich abgesichert, und zwar zu gut. Ich wäre für den Rest meines Lebens ein Gehetzter gewesen, ein Mann auf der Flucht, und wie das ist, wußte ich bereits. Es gab nur eine Möglichkeit, auf die Newcomb bekommen konnte, was er verdient hatte. Ich habe ihm das weggenommen, worauf er den meisten Wert gelegt hat, seinen Reichtum. Seine unrechtmäßig erworbenen Gelder.«

»Aber du hast lange Zeit gewartet, ehe du es getan hast.«

»Es hat eben so lange gedauert, Sharisse. Es hat sorgsame Planung vorausgesetzt. Und außerdem wäre ich als ich selbst niemals damit durchgekommen. Du hast gesehen, wie die Leute in Newcomb über mich gedacht haben. Du hast dich selbst vor mir gefürchtet.«

»Dein Verhalten war brutal, Slade.«

Er grinste sie an. »Schätzchen, im Vergleich dazu, wie ich vor acht Jahren war, war ich ein Heiliger. Nachdem ich mein halbes Leben mit Furcht und Haß als ständige Begleiter verbracht hatte, konnte ich mich nicht anders benehmen. Ich kannte nichts anderes mehr. In mir war keine Spur von Freundlichkeit übrig. Wie hätte ich Newcomb dazu bringen können, mir zu vertrauen, wenn er mich als einen Killer ansah? Ich mußte mich grundlegend ändern, einen ganz anderen Mann erschaffen.

Ich bin in den Osten gegangen, um das zu erreichen, um zivilisierter zu werden. Ich bin von Natur aus zurückhaltend, aber ich mußte mich dazu erziehen, meine Reserviertheit abzulegen und aufgeschlossener und freundlicher zu werden. Das Zusammentreffen mit einem französischen Spieler hat mir dabei geholfen. Henri Andrevie hat alles verkörpert, was ich nicht war, ein rücksichtsloser, leichtsinniger Kerl, ein charmanter Draufgänger mit einem unerschöpflichen Sinn für Humor, genau die Sorte von Mann, in die du dich verliebt hast.«

Sharisse errötete, als er sie vielsagend anlächelte.

»Warum hast du all diese Mühen, dich zu verändern, auf dich genommen, statt einfach jemanden zu engagieren, der sich um

Samuel Newcomb kümmert? Das Geld hattest du. Wäre das nicht viel leichter gewesen?«

»Ja, aber das hätte mich nicht zufriedengestellt. Ich glaube nicht daran, daß es hilft, wenn ich jemanden anderen meine Arbeit erledigen lasse. Es war etwas, was ich persönlich tun mußte. Es hat fünf Jahre gedauert, bis ich das Gefühl hatte, ich sei jetzt soweit.

Aber als ich als völlig anderer Mensch nach Newcomb zurückgekommen bin, hat all das doch nicht ausgereicht. Jeder in dieser Stadt hat sich an mich erinnert. Und der Versuch, Samuel Newcomb davon zu überzeugen, ich hätte mich gebessert, hätte zu nichts geführt. Daher wurde ich zu meinem eigenen Zwillingsbruder, und ich habe mich als Lucas ausgegeben, um Newcomb reinzulegen.« Er setzte sich ihr gegenüber, und seine Anspannung ließ ein wenig nach. »Niemand hat Verdacht geschöpft, daß es in Wirklichkeit keine zwei von uns gibt. Der Umstand, daß ich gelegentlich als ich selbst in der Stadt aufgetaucht bin, hat dazu beigetragen, weil wir so verschieden voneinander waren.«

»Und niemand hat etwas davon gewußt? Kein Mensch?«

»Nur Billy.«

»Natürlich.« Sie nickte. »Er hat sich ein Vergnügen daraus gemacht, mir Geschichten zu erzählen, als ich gerade erst auf die Ranch gekommen war, Geschichten über dich und Lucas und sich und wie ihr gemeinsam Pferde gefangen habt.«

Er lachte in sich hinein, und sie sagte: »Es erstaunt mich, daß er nie einen Schnitzer gemacht und dich versehentlich Slade genannt hat.«

»Um jeden derartigen Ausrutscher auszuschließen, mußte ich darauf bestehen, daß er Lucas und mich selbst dann strikt voneinander trennt, wenn wir allein waren.«

»Dann war diese ganze Geschichte über dich, oder besser gesagt Lucas, der bei einer Tante in St. Louis gelebt hat, erlogen?«

»Ach, diese Tante gab es, aber sie war eine schreckliche Frau. Luke und ich haben sie genauso sehr gehaßt wie unser Vater. Es wäre nie in Betracht gekommen, zu ihr zurückzugehen.«

»Du hättest mir all das eher erzählen können«, sagte sie, während sie sich bemühte, alles Gesagte wirklich zu erfassen.

»Nein, das hätte ich nicht tun können. In deiner eigenen Geschichte kamen zu viele Widersprüche vor, als daß ich dir hätte trauen können.«

»Aber du hast es zugelassen, daß ich Newcomb in dem Glauben verlasse, ich sei verheiratet, obwohl mein Ehemann von Anfang an nie existiert hat. Wie konntest du bloß so rücksichtslos sein?«

»Es bestand keine Notwendigkeit, dir das zu erzählen. Du wolltest die Ehe ohnehin für ungültig erklären lassen, erinnerst du dich?«

»Warum war es notwendig, daß ich dich je als Slade kennenlernen mußte?« fragte sie. »Du weißt selbst, wieviel Angst er mir eingejagt hat.«

»Ich fürchte, das war reiner Egoismus von meiner Seite. Ich wollte dich so sehr, aber du hast es mir schwer gemacht. Ich konnte an nichts anderes als an dich mehr denken. Ich dachte, als Slade könnte ich bewirken, daß du auf der Suche nach Schutz in Lucas' Arme fliegst. Es hat geklappt.«

»Ja, natürlich hat es geklappt«, fauchte sie. »Lucas war nicht mehr annähernd so angsteinflößend nach Slade. Das war ja kaum zu überbieten.«

»Genauso hatte ich es mir gedacht«, gab er zu. »Ich konnte nicht verstehen, warum du dich so vor Lucas gefürchtet hast. Einmal hast du dich als Witwe ausgegeben, und deine Reaktion auf seine Küsse stand im Widerspruch zu den Einwänden, die du erhoben hast. Du hast ihn zurückgewiesen, doch wußte ich, daß du ihn haben wolltest.«

Sie errötete und schlug die Augen nieder. Mußte er denn so offen sein? »Erst im nachhinein ist mir klar geworden, daß deine Reaktionen bei jedem Mann extrem gewesen wären, der deine Jungfräulichkeit bedroht hätte. Du hättest mir wirklich sagen sollen, daß du noch eine Jungfrau bist.«

»Dann bist du in dieser Nacht im Gebirge abwechselnd an beiden Orten gewesen? Billy hat natürlich mitgespielt und mich glauben lassen, daß ihr zwei seid.« Jetzt brach alles auf einmal über sie herein. »Kein Wunder, daß Slade mich so problemlos in Ruhe gelassen hat, als wir im Gebirge angekommen waren. Du bist ganz einfach davon ausgegangen, daß du mich später in deinem Bett liegen hast, als Lucas.«

»Das stimmt. Du kannst nicht bestreiten, daß ich es Lucas erleichtert habe. Du wolltest uns beide. Du hast dich für ihn entschieden, aber der rohe Slade, vor dem du dich gefürchtet hast, hätte auch mit dir schlafen können, und du wußtest, daß diese Möglichkeit denkbar war.«

Oh, wie gern sie es abgestritten hätte. Aber das ging nicht. Und er wußte, daß sie es nicht leugnen konnte. Wieder wurde sie wütend.

»Reiner Egoismus reicht als Bezeichnung für deine Vorgehensweise noch nicht aus«, sagte sie erbittert.

»Du kannst mir nach so langer Zeit keine Schuldgefühle mehr dafür aufzwingen, daß ich mit dir geschlafen habe! Ich hätte in die Stadt fahren, zu Rosa gehen und mir eins der Mädchen aussuchen können, aber ich wollte nur dich. Zum Teufel, ich wollte dich schon haben, ehe du angekommen bist, nur von diesem verdammten Bild her. Kannst du dir überhaupt vorstellen, wie lachhaft begeistert ich war, als du anstelle deiner Schwester aufgetaucht bist?«

Es bereitete ihr eine absurde Freude, das aus seinem Mund zu hören. Und sie bereute, um bei der Wahrheit zu bleiben, nicht eine Minute lang, daß sie sich ihm hingegeben hatte. Aber er war es nicht gewesen – es war Lucas. Sie hatte nur mit Lucas geschlafen, und er war nicht Lucas.

»Oh, du bringst mich völlig durcheinander!«

Er schwieg und ließ sie ihre eigenen Gedanken durchforsten. »Warum bist du dieses zweite Mal auf der Ranch aufgetaucht? Es war doch schon schlimm genug, daß ich den Verdacht hatte, du hättest dieselbe Macht über mich wie Lucas. Mußtest du es unter Beweis stellen, damit ich mich noch elender fühle?«

Seine Lippen wurden schmal. »Ich hatte gehofft, ich könnte es widerlegen, nicht beweisen. Es hat mir nicht allzu sehr behagt, daß du uns beide begehrt hast. Ich dachte, du würdest mich endgültig vergessen, nachdem Lucas dich geliebt hat, aber so war es nicht, stimmt's?«

Sein Tonfall war so beißend, daß sie die Augen weit aufriß. »Du kannst nicht auf dich selbst eifersüchtig sein, Slade.«

»Du wußtest nicht, daß wir ein und derselbe Mann sind, Sharisse. In deiner Vorstellung waren wir zwei absolut voneinander getrennte Personen.«

»In meiner Vorstellung warst du ein Aspekt von ihm, seine gefährliche und unberechenbare Seite...« Sie unterbrach sich, als sich dieses Grinsen, das sie derart in Wut versetzte, wieder auf seinem Gesicht breitmachte. »Was ist hier so komisch, bitte?«

»Du hast gerade eben zugegeben, daß du mich liebst, mein Schatz!«

»Das habe ich absolut und überhaupt nicht getan«, sagte sie empört. »Ich habe mich in Lucas verliebt, nicht in dich.« Sein kalter Blick brachte sie aus der Fassung. »Ach, du weißt doch, was ich meine!«

»Und wie kommst du auf den Gedanken, ich sei nicht der Mann, in den du dich verliebt hast?«

»Du benimmst dich ganz anders. Du bist nicht annähernd so nett.«

»Es gibt nur einen Mann, Sharisse – mich. Jetzt kann ich ich selbst sein. Keine Rollenspiele mehr, und ich brauche auch nicht mehr bei allem, was ich tue, vorsichtig zu sein.«

»Aber als Slade hast du mir immer Angst eingejagt.«

»Das war Absicht, Liebling. Du glaubst doch nicht etwa, ich hätte gewollt, daß du dich uns beiden hingibst, oder?«

Sie erinnerte sich an die beiden ersten Male, bei denen sie sich ihm beinah hingegeben hätte, einmal auf der Ranch und dann im Gebirge. Nicht nur fast – sie hatte sich ihm hingegeben. Und ihr fiel auch ihre Verwirrung wieder ein, als er sie beide Male von sich gestoßen hatte. Sie erinnerte sich an seinen triumphierenden Blick, als sie gesagt hatte, sie sei bereit, ihn anzuflehen, wenn er sie nur in Ruhe ließe. Zu dem Zeitpunkt hatte sie geglaubt, es sei dazu gedacht, sie zu demütigen, aber jetzt wurde ihr klar, daß sein Triumph daher kam, daß sie eine klare Entscheidung getroffen hatte – daß sie nicht alle beide haben wollte.

»Aber warum bist du dann wieder auf der Ranch aufgetaucht?« fragte sie ihn. »Du hattest bereits erreicht, was du erreichen wolltest. Lucas und ich...«

»Diesmal war es unfreiwillig, Sharisse. Die Dinge liegen so, daß ich an diesem Tag früher nach Hause kommen wollte, denn so, wie wir uns voneinander getrennt hatten, konnte ich nicht den ganzen Tag darauf warten, wieder bei dir zu sein. Aber dann bin ich diesen Apatschen über den Weg gelaufen, und ich wußte, daß ich nicht als Lucas mit ihnen auftauchen konnte. Du hättest dich fragen können, weshalb ich mich gar so problemlos mit ihnen verständigen kann.«

»Aber du hättest nicht wieder Annäherungsversuche machen müssen.«

»Nein, aber als ich dann da war, ist mir wieder eingefallen, worüber wir – oder du und Lucas – gestritten haben, und aus einem Impuls heraus wollte ich dieses Thema endgültig und für alle Zeiten aus der Welt schaffen. Und du hast dich entschieden. Aber du hast es reichlich ausgekostet, es mir unter die Nase zu reiben, stimmt's?«

Sie konnte nicht in seine wissenden Augen sehen, als ihr wieder einfiel, wie nachtragend sie gewesen war, sowie er ihr versprochen hatte, sie in Ruhe zu lassen. »Was wäre gewesen, wenn ich nicht angefangen hätte zu weinen? Hättest du dann mit mir geschlafen?«

Er schüttelte den Kopf. »Ich hätte mir etwas anderes ausgedacht, damit du dich mir verweigerst. Du warst nie in Gefahr, von mir gewaltsam genommen zu werden, meine Schöne.«

»Ich wünschte, das hätte ich während dieser ganzen Zeit gewußt«, sagte sie mürrisch.

»Du weißt, daß ich dir immer wieder die Entscheidung überlassen habe. Leicht war das nicht«, sagte er. »Jedesmal, wenn ich in deiner Nähe war, habe ich mich mitreißen lassen, ganz gleich, in welcher Rolle ich aufgetreten bin. Und es waren beides Rollen, Sharisse. Ich bin nicht wie der Slade, den du in Arizona kennengelernt hast, und ich bin auch nicht Lucas.«

Sie runzelte die Stirn. Er war eine Mischung aus ihnen beiden, und gleichzeitig war er keiner von beiden. Hatte sie sich nicht damals selbst gewünscht, beide seien ein und derselbe Mann? Was er auch sonst sein mochte – eins wußte sie. Das war der Mann, in den sie sich verliebt hatte, und das trotz ihrer festen Entschlossenheit, niemals ihr Herz zu verlieren.

Aber was empfand er? Sie fühlte sich in der Lage, sich an ihn zu gewöhnen, an ihn als denjenigen, der er wirklich war. Aber welche Gefühle brachte er ihr entgegen?

Sie sah ihn lange an, ehe sie fragte: »Warum bist du mir an diesem Tag zur Kutsche gefolgt?«

»Ich habe beobachtet, wie du von der Ranch fortgeritten bist, und ich dachte mir, daß du versuchen wirst, die Stadt zu verlassen.«

»Aber warum bist du als Slade gekommen?«

»Du warst so aufgebracht, weil du Lucas verlassen wolltest, und daher dachte ich mir, daß du in der Stadt eine Szene gemacht hättest, wenn ich als Lucas erschienen wäre.«

»Aber du hättest mich schon einholen können, ehe ich Newcomb erreicht habe. Warum hast du zugelassen, daß ich die Kutsche bestieg?«

»Ich hatte das Gefühl, ich hätte dir genug angetan, Sharisse. Wenn du entschlossen warst zu gehen, wollte ich dich nicht zurückhalten. Es wäre einfach nicht anständig gewesen. Aber ich mußte dich noch einmal sehen – und irgend etwas zu dir sagen. Das war mir nur als Slade möglich, ohne dich in Panik geraten zu lassen. Ich konnte dich doch nicht einfach fortgehen lassen, ohne etwas zu unternehmen.«

»Warum nicht?« fragte sie.

»Um Himmels willen, Frau, ist dir denn immer noch nicht klar, daß ich dich liebe? Warum zum Teufel sollte ich sonst hier sein? Und warum sollte ich sonst dastehen und diese dummen Fragen beantworten, wenn ich in Wirklichkeit nichts anderes will, als dich in meine Arme zu nehmen und dir zu zeigen, wie sehr ich dich liebe?«

»Wenn das so ist«, sagte sie leise, »was hält dich dann noch davon ab?«

Slade starrte sie verblüfft an und brach in Gelächter aus. »Sie sind wirklich erstaunlich, Mrs. Holt. War das alles, was nötig war, um dich für mich zu gewinnen?«

Lächelnd kam sie in seine Arme.

»Ich liebe dich, meine Schöne«, murmelte er. »Ich will dich, und ich brauche dich. Und jetzt laß es mich dir zeigen.«

43

Die Kutsche fuhr flott durch die Fith Avenue, aber Sharisse konnte es gar nicht schnell genug gehen. Sie war sehr aufgeregt, und an allem war ihr Vater schuld. Slade dagegen saß ganz lässig da, sah sie vom Nebensitz aus an und wirkte ganz so, als spielte es eigentlich keine Rolle, daß sie in dem Moment gestört worden waren, in dem er sie auf seine Arme gehoben hatte, um sie zum Bett zu tragen.

Das war mehr, als man einem Mädchen zumuten konnte. Ein Jahr lang hatte sie darauf gewartet, daß dieser Mann wieder in ihr Leben treten würde, ein ganzes Jahr lang, in dem sie von ihm geträumt hatte, sich nach ihm gesehnt hatte, und genau in dem Moment, in dem sie entdeckt hatte, daß er sie genausosehr liebte wie sie ihn, hatte ihr Vater alles kaputtgemacht, indem er zwei

Schläger zu ihnen geschickt hatte, die darauf beharrten, daß sie in das Haus der Hammonds zurückkehrten.

Sharisse funkelte Slade an. »Wie kannst du ganz selbstverständlich dasitzen? Bist du denn überhaupt nicht wütend?«

Slade lächelte über diesen Ausbruch von Temperament. »Der Zeitpunkt kam mir nicht gelegen, aber ich habe diese Männer erwartet. Ich wußte, daß dein Vater irgend etwas unternehmen würde. Er war zu leicht davon zu überzeugen, daß ich dich einfach mitnehme. Ich bin sicher, daß er sich Sorgen um dich gemacht hat.«

»Aber...«

»Sowie dein Vater sich vergewissert hat, daß es dir gutgeht, werden wir einen Ort finden, an dem wir allein sind.«

»Versprichst du mir das?« Er lachte, und ihre Offenheit entzückte ihn. »Komm her, komm näher zu mir.« Er zog sie quer durch die Kutsche auf seinen Schoß. »Ich kann dich im Moment nicht lieben«, flüsterte er ihr zu, »aber ich kann dich wenigstens im Arm halten. Wäre es dir peinlich, in einer offenen Kutsche zu schmusen?«

»Das läßt sich herausfinden.« Sie grinste und schlang ihre Arme um seinen Nacken, als er ihre Lippen mit einem glühenden Kuß eroberte.

Slade beendete den Kuß zu einem Zeitpunkt, zu dem es ihm gerade noch möglich war, und er atmete tief ein. Dann setzte er sie auf den Sitz, der seinem gegenüberlag. »Eine allzu gute Idee war das nicht, Sharisse.«

Sie lächelte über sein Unbehagen. Er saß nicht mehr ganz so ruhig da. Und in seinen Augen stand eine schwache Glut, die ganz ihr gehörte. Sie seufzte und trieb mit stummen Bitten die Pferde an.

Sie versuchte, sich eine Ablenkung einfallen zu lassen, irgend etwas, was das rasende Pochen ihres Herzens hätte mildern können. »Ich weiß nicht, ob ich mir wirklich wünsche, daß du in New York lebst, Slade. Hier gibt es so viele schöne Frauen...«

Er schüttelte den Kopf. »Wann wirst du endlich die Tatsache begreifen, daß sich keine andere Frau mit dir messen kann?«

Sie strahlte. »Was meinst du, sollen wir uns hier niederlassen?«

»Für den Moment ja, obwohl ich vom Westen eingenommen bin. Ich dachte daran, wieder eine Ranch mit Pferdezucht zu gründen, diesmal ernsthaft. Was hältst du davon, die Hälfte des

Jahres hier und das restliche halbe Jahr im Westen zu verbringen? Diesmal bräuchtest du das Kochen und den Haushalt natürlich nicht zu übernehmen.«

»Ich glaube, das könnte mir gefallen – wenn du dich erweichen läßt und mir eine Kutsche kaufst.«

»Ich nehme an, daß ich eine einzige Kutsche durchaus tolerieren könnte. Wie geht es übrigens Charley?«

Sie lachte. »Er bewacht mich nicht mehr eifersüchtig, wenn es das ist, woran du denkst. Er hat inzwischen seine eigene kleine Familie.«

»Vielleicht bewacht er dich nicht mehr eifersüchtig, aber ich kann dir versichern, daß ich eifersüchtig war, als ich ihn zusammengerollt auf deinem Schoß gesehen habe, wenn du ihn gestreichelt und mit ihm geschmust hast. Du ahnst nicht, wie oft ich mir damals gewünscht habe, ich könnte mit diesem Kater tauschen.«

Sie erreichten das Haus der Hammonds, und die beiden stämmigen Männer, die die Pferde gelenkt hatten, sprangen eilig ab, um sie ins Haus zu geleiten. Aber sie standen noch nicht in der Eingangshalle, als Slade einem der Männer einen Kinnhaken verpaßte und dann einen Hieb in die Eingeweide des anderen folgen ließ. Zwei weitere schnell ausgegebene Schläge streckten die beiden Männer auf den Marmorfußboden.

»Was zum Teufel...?«

Sharisse drehte sich zu ihrem Vater um, der Slade beobachtet hatte. Slade strich sich ganz lässig die Kleidung glatt und sagte: »Nur, damit Sie sehen, daß ich nicht hier bin, weil Sie es so verfügt haben, Mr. Hammond.«

Sharisse kicherte nervös. »Ich wünschte, das hättest du im Hotel schon getan.«

Sie schmiegte sich an Slade und umarmte ihn. Ihre Augen sahen fest in seine Augen, und sie spürte eine so flammende Begierde, daß sie sich gezwungen sah, sich von ihm loszureißen, ehe sie völlig vergaß, wo sie war.

»Es war ziemlich anmaßend, uns so in unseren Flitterwochen aufzuschrecken, Vater, aber ich weiß es zu schätzen, daß du dich um mich sorgst. Du kannst sehen, daß es mir jetzt gutgeht.« Slade flüsterte sie zu: »Ich erwarte dich in meinem Zimmer. Diesmal brauchst du die Tür nicht aufzubrechen.«

Sie lief die Stufen hinauf, und die beiden Männer blieben allein zurück und musterten einander. Slade stellte überrascht fest, daß der ältere Mann nicht unzufrieden wirkte. Er hätte gestaunt, wenn er gewußt hätte, wie begeistert Marcus in Wirklichkeit war. Endlich hatte er doch noch einen Schwiegersohn bekommen, der in der Lage war, seine Geschäfte zu übernehmen, in der Lage, mit Sharisse umzugehen. Wenn nicht Slade, dann einer der wunderbaren Söhne, die er haben würde. Einer von ihnen würde sich schon um die Geschäfte kümmern und Marcus' Imperium vorstehen. Er hatte kaum Zweifel daran, daß sie Söhne haben würden, viele Söhne. Und Marcus war hartnäckig genug, noch lange genug zu leben, um seine Enkel selbst dazu zu erziehen.

»Haben Sie immer noch Zweifel, Mr. Hammond?« fragte Slade ganz schlicht.

Marcus lachte. »Nicht die geringsten, mein Junge, aber auch gar keine. Und da deine Frau dich oben erwartet, finde ich, wir sollten unsere Unterredung auf einen späteren Zeitpunkt verschieben. Meinst du nicht auch?«

Slade spürte jede Anspannung von sich abfallen, und seine gelbgrünen Augen strahlten. »O doch.«

Sharisse ließ sich auf das Bett zurückfallen, und ihre Augen strahlten eine dunkle Leidenschaft aus. Ihre Lippen waren wund von Slades glühenden Küssen, doch diese Schmerzen waren angenehm, und sie war begierig auf mehr. Er stand da und blickte auf sie herab, als sie anfing, sich auszuziehen, und sie spürte das vertraute Zusammenschnüren ihrer Brust, als diese grünen Augen über sie glitten. Das war nicht der charmante Lausejunge Lucas. Slades Ernst erfüllte sie mit einer betäubenden Erregung, die an Furcht grenzte.

Sie wollte gerade ihr Kleid ausziehen, als Slade ihr Einhalt gebot, sich zu ihr auf das Bett setzte, ihre Hände festhielt und mit einschmeichelnder und überzeugender Stimme auf sie einredete.

»Laß mich das tun, Shari. Ich habe so oft von diesem Moment geträumt, daß es mir wie eine Ewigkeit erscheint.«

Sie überließ sich ganz seinen Händen und bewegte sich nur auf seine Anweisung hin, bis sie nackt war. Sie konnte ihre Hände einfach nicht stillhalten. Sie mußte ihn berühren, die männliche Kraft spüren, die er darstellte. Es war zu lange her.

»Du hast ein Kind bekommen.«

Verblüfft folgte sie seinem Blick auf ihre entblößten Brüste. Die verräterischen Streifen waren enthüllt. Sie wandte ihren Blick von ihm ab und ließ sich seufzend zurückfallen. Jetzt war der Zeitpunkt gekommen, oder etwa nicht? Sie konnte nichts anderes mehr tun, als es ihm zu erzählen.

»Ja«, sagte sie mit ruhiger Stimme.

»Hast du mit dem Gedanken gespielt, es mir mitzuteilen – irgendwann jedenfalls?« fragte er eisig. »Oder ist es deiner Aufmerksamkeit vielleicht entgangen, daß ich nichts davon wußte?«

Sie sah ihm in die Augen und sagte ganz ruhig« »Slade, du hast mir deutlich zu verstehen gegeben, daß du keine Frau wolltest. Wie hätte ich dich zwingen können, verheiratet zu bleiben, wenn du diese Ehe überhaupt nicht wolltest? Wenn du etwas von den Mädchen gewußt hättest, hättest du dich verpflichtet gefühlt, mit mir verheiratet zu bleiben, und wie du weißt, habe ich auch meinen Stolz.« Ihre Stimme wurde lauter, als sie spürte, daß die gesamte Müdigkeit und die Heimlichtuerei des letzten Jahres über ihr zusammenbrachen. Sie brauchte eine Weile, bis sie bemerkte, daß er sie absolut ungläubig anstarrte.

»Mädchen?« wiederholte er. »Mehr als eins?«

»Zwillinge«, sagte sie. »Und danke für deine Warnung, daß Zwillinge durchaus eine Möglichkeit sind. Es war mir hilfreich, daß ich ein wenig vorgewarnt war.«

»Zwillinge? Töchter?« fragte er wie betäubt, und sie schlang ihre Arme um seinen Hals und zog ihn zu sich herunter, um ihn zu küssen.

»Es wird mich mehr als glücklich machen, dir mit jeder Einzelheit über deine Töchter in den Ohren zu liegen, aber *nicht jetzt*!«

»Schon gut, meine Schöne.« Er sah lächelnd auf sie herunter. »Aber erinnere mich daran, daß ich dir später noch sage, wie wunderbar du bist.«

Er küßte sie ausgiebig, ehe sie auch nur ein weiteres Wort sagen konnte, und sehr kurz darauf konnten sie an nichts anderes mehr denken, als an die Schauer und das Feuer, das wieder entfacht wurde. Es würde alles gut werden, sagte sie sich, während die Glut in ihr aufstieg. Nein, es würde noch viel besser werden. Es würde ganz wunderbar werden, einfach wunderbar. Und es würde in alle Ewigkeit so weitergehen, immer anhalten. Sie würden gemeinsam weitermachen und immer weitermachen, so glühend von ihrer Liebe verzehrt, wie sie in diesem Moment von ihrer Leidenschaft verzehrt wurde.

Sie schlang ihre Arme inbrünstig um ihn, hielt ihre Liebe mit aller Kraft fest, und er beantwortete das mit einer Leidenschaft, die der ihren gewachsen war und sie von einem Gipfel zum nächsten führte, bis sie gemeinsam in einer grandiosen, niemals erlöschenden weißglühenden Flamme loderten.

Johanna Lindsey

Meisterin des historischen Liebesromans

Heute ist Johanna Lindsey eine international anerkannte Bestsellerautorin. Zahlreiche Preise, darunter der »Romantic Times Award«, sind Zeichen ihres schriftstellerischen Talents. Dieses wurde, wie sie selbst sagt, »zufällig« entdeckt: »Verheiratet und Mutter von zwei Kindern, hatte ich plötzlich das dringende Bedürfnis zu schreiben.« Innerhalb kurzer Zeit eroberte sie mit ihrem ersten Roman *Die gefangene Braut* die Bestsellerlisten Amerikas. Von ihrem für sie selbst überraschenden Erfolg beflügelt und unterstützt von einer täglich wachsenden Leserschar, schrieb sie weiter. »Ich weiß nicht, warum und wie mir alle diese Geschichten einfallen, aber es gibt für mich noch so viel zu erzählen, daß ich mich selbst nur noch schreiben sehe.«

Das Geheimnis ihres Erfolges ist Johanna Lindseys unnachahmliche Begabung, ihre Leser zu fesseln. Von ihrem Erzählstil bezaubert, läßt der Leser sich in die historische Welt ihrer Romane entführen.

»Es gibt für mich nichts Schöneres, als zu wissen, daß das, womit ich täglich meine Zeit verbringe – ich schreibe 10 bis 16 Stunden pro Tag – so vielen Menschen Freude macht.« Davon angespornt schreibt die nunmehr finanziell unabhängige Johanna Lindsey für ihre Leserschaft, der sie »die wunderschönsten Jahre« ihres Lebens verdankt.

Verzeichnis lieferbarer Titel

(Stand April 1992)

HEYNE BÜCHER

JANET DAILEY

Janet Dailey ist weltweit eine der meistgelesenen amerikanischen Autorinnen leidenschaftlicher Liebesromane.

01/6914

01/7620

01/7715

01/7809

01/7999

01/8073

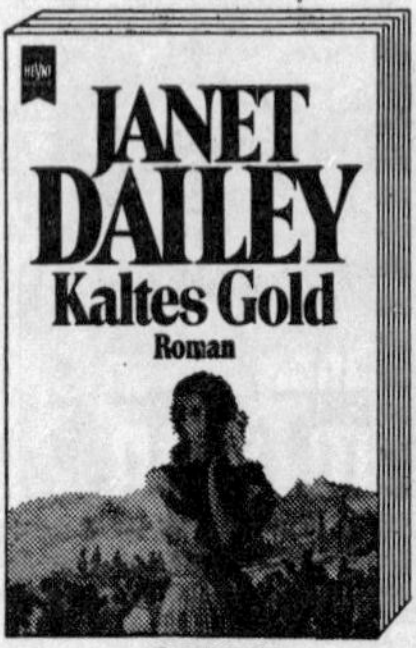

01/8146

Wilhelm Heyne Verlag München

HEYNE BÜCHER

Romane für »SIE«

Romane um Liebe, Abenteuer, Leidenschaft und Verrat – vom großen historischen Liebesroman bis zum modernen Roman aus der Glitzerwelt des Jet-Set.

04/45

04/46

04/47

04/48

04/49

04/50

04/51

Wilhelm Heyne Verlag München